アンソロジー内容総覧

日本の小説・外国の小説 2007-2016

日外アソシエーツ

Contents List of Anthologies

Novel of Japan and Foreign Countries

2007-2016

Compiled by

Nichigai Associates, Inc.

©2018 by Nichigai Associates, Inc.

Printed in Japan

本書はディジタルデータでご利用いただくことができます。詳細はお問い合わせください。

●編集担当● 高橋 朝子／木村 月子／成田 さくら子

刊行にあたって

　時代小説・推理小説・ＳＦなどのジャンルには、個人の長篇や短篇集のほかに、以前から複数の作家の作品を集めたアンソロジーの出版が盛んであり、それは現在に至るまで続いている。「食」や「猫」といったテーマにも根強い人気があり、いくつものアンソロジーが編まれている。また近年はネット上に作品を発表する場も増え、それらを集めた作品集が刊行されるようにもなった。東日本大震災をテーマとしてツイッター上に発表された作品を集めたものや、ショートショートのような短い怪談の物語集などもある。

　本書は『アンソロジー内容総覧 日本の小説・外国の小説』（1997年6月刊）『同 日本の小説・外国の小説 1997-2006』（2007年4月刊）の継続版として、2007年（平成19年）～2016年（平成28年）の間に日本国内で刊行されたアンソロジーを逐一現物調査して編纂した内容細目集である。編集テーマは今までのものを参考にしたが、今版では特に「震災文学」の項目を設けた。目次の一覧だけでなく、作家名索引・作品名索引を付して作家名・作品名からの検索を可能にした。

　なお、本書においてはアンソロジーを複数の作家の小説作品を集めた作品集・選集と定義している。そのため、一個人の作品のみ掲載されている作品集は収録しなかった。また、現物を確認できなかったアンソロジーについても収録を断念した。個人の作品集については小社「日本文学全集綜覧」「世界文学全集綜覧」「個人著作集内容総覧」の各シリーズを参照いただきたい。その他、児童文学や評論・随筆のアンソロジーについては『アンソロジー内容総覧 児童文学』（2001年5月刊）『同 児童文学 追補版（2001-2011）』（2012

年1月刊）『同 評論・随筆』（2006年7月刊）を併せてご利用いただ
ければ幸いである。

　本書が、図書館での読書案内、文学の調査研究などに広く活用さ
れることを願っている。

　　2017年11月

　　　　　　　　　　　　　　　　　日外アソシエーツ

目　次

凡　例 ………………………………………………………… (6)

収録アンソロジー一覧 ……………………………………… (8)

アンソロジー内容総覧 日本の小説・外国の小説

時代小説・歴史小説……… 1

推理小説・ミステリー… 32

幻想小説………………… 107

怪奇小説・ホラー……… 115

ＳＦ・ファンタジー……… 158

言葉・書籍の小説……… 185

音楽・映画小説………… 191

スポーツ小説…………… 192

旅行小説………………… 194

食・グルメ小説………… 197

恋愛小説………………… 204

女流小説・女性の小説… 228

家族の小説……………… 232

職業小説・労働文学…… 235

戦争文学………………… 239

震災文学………………… 241

自然文学・動物文学…… 246

地方文学・郷土文学…… 254

その他…………………… 273

　日本…………………… 283

アジア…………………… 355

　中国・台湾…………… 356

　韓国・朝鮮…………… 357

　モンゴル……………… 358

　ラオス………………… 359

　タイ…………………… 359

　ミャンマー…………… 360

　トルコ………………… 360

欧米……………………… 361

　イギリス・アイルランド … 367

　アメリカ……………… 368

　フランス……………… 374

　イタリア……………… 374

　ロシア………………… 375

　ベルギー……………… 376

　中南米………………… 377

オセアニア……………… 378

　オーストラリア……… 378

　パプア・ニューギニア… 378

作家名索引…………………………………………………… 379

作品名索引…………………………………………………… 607

凡　例

1. 本書の内容

　本書は、2007年（平成19年）から2016年（平成28年）までの10年間に日本国内で刊行されたアンソロジーのうち、近現代小説に関するもの1,164冊の内容細目集である。5,642人の作家の13,944タイトル（作者不詳の作品を入れれば14,000タイトル）の作品を収録した。

2. 収録対象

（1）近現代小説のアンソロジーを収録したが、以下の場合は収録対象外とした。
　　　　・一人の作家の作品だけを集めたもの
　　　　・児童書
（2）近現代小説だけでなく他の形式の作品も集めたものについては、近現代小説を中心にしていると判断される場合に限って収録した。

3. 図書の分類

　時代小説、推理小説といった編集テーマに従って分類し、見出しを立てた。特定テーマを持たないアンソロジーや類似のテーマが少ないアンソロジーは「その他」としてまとめ、収録作家の出身地域・国によって細分し見出しを立てた。
　　　〈例〉「ベスト本格ミステリ」→推理小説・ミステリー
　　　　　　「アメリカ新進作家傑作選」→その他／欧米／アメリカ

4. 図書の排列

（1）各見出しの下に、書名の五十音順に排列した。なお、書名がアルファベットで始まるものは五十音順の末尾にABC順で排列した。
（2）濁音・半濁音は清音扱いとし、ヂ→シ、ヅ→ス、ヴ→ウとみなした。拗促音は直音扱いとし、長音（音引き）は無視した。

5. 図書の記述

採録にあたっては全て原本により調査し、原本目次に記載がない項目や副題についても可能な限り掲載した。

（1）書誌事項

　　文献番号（［　］で表示）／書名／副書名／版表示／巻次
編者・訳者名
出版者／出版年月／頁数／大きさ／定価（刊行時）／叢書名／叢書番号／叢書責任者名
ISBN

（2）内容細目

内容目次（作品名／著者・訳者名，挿絵画家名（　）で表示）／原本掲載開始頁）

6. 作家名索引

（1）各作品の著者を姓の五十音順、名の五十音順に排列した。欧文表記は末尾にまとめた。

（2）作家名の下に作品名を五十音順に示した。

（3）図書の所在は本文の文献番号で示した。

7. 作品名索引

（1）各作品名を五十音順に排列し、作家名を補記した。欧文表記は末尾にまとめた。

（2）同一作品名で異なる作品については、作家名の五十音順に排列した。

（3）図書の所在は本文の文献番号で示した。

8. 参考資料

本書の編集に際し、以下の資料を参考にした。

データベース「bookplus」

JAPAN/MARC

収録アンソロジー一覧（書名五十音順）

【あ】

愛（SDP 2009.9）……………………………… 0629

哀歌の雨（祥伝社文庫 2016.4）…………… 0001

愛が燃える砂漠―サマー・シズラー2011
（ハーレクイン 2011.8）……………… 0630

愛してるって言えばよかった（泰文堂
2012.10）…………………………………… 0631

愛書狂（平凡社 2014.5）…………………… 0577

愛と絆の季節―クリスマス・ストーリー
2008（ハーレクイン 2008.11）………… 0632

愛と狂熱のサマー・ラブ（ハーレクイン
2014.8）…………………………………… 0633

愛と祝福の魔法―クリスマス・ストーリー
2016（ハーパーコリンズ・ジャパン
2016.11）………………………………… 0634

愛は永遠に―ウエディング・ストーリー
2007（ハーレクイン 2007.9）………… 0635

愛は永遠に―ウエディング・ストーリー
2008（ハーレクイン 2008.9）………… 0636

愛は永遠に―ウエディング・ストーリー
2009（ハーレクイン 2009.9）………… 0637

愛は永遠に―ウエディング・ストーリー
2010（ハーレクイン 2010.9）………… 0638

愛は永遠に―ウエディング・ストーリー
2011（ハーレクイン 2011.9）………… 0639

愛は永遠に―ウエディング・ストーリー
2012（ハーレクイン 2012.9）………… 0640

愛は永遠に―ウエディング・ストーリー
2013（ハーレクイン 2013.9）………… 0641

愛は永遠に―ウエディング・ストーリー
2014（ハーレクイン 2014.5）………… 0642

愛は永遠に―ウエディング・ストーリー
2015（ハーレクイン 2015.5）………… 0643

青に捧げる悪夢（角川文庫 2013.2）…… 0130

赤に捧げる殺意（角川文庫 2013.2）…… 0131

赤ひげ横丁―人情時代小説傑作選（新潮文
庫 2009.10）……………………………… 0002

秋びより―時代小説アンソロジー（角川文
庫 2014.10）……………………………… 0003

悪意の迷路（光文社 2016.11）………… 0132

悪魔黙示録「新青年」一九三八―探偵小説
暗黒の時代へ（光文社文庫 2011.8）… 0133

悪夢の行方―「読楽」ミステリーアンソロ
ジー（徳間文庫 2016.1）……………… 0134

明日町こんぺいとう商店街―招きうさぎと
七軒の物語（ポプラ文庫 2013.12）…… 0893

明日町こんぺいとう商店街 2（ポプラ文
庫 2014.4）……………………………… 0894

明日町こんぺいとう商店街―招きうさぎと
七軒の物語 3（ポプラ文庫 2016.9）… 0895

あしたは戦争（ちくま文庫 2016.1）…… 0491

アステロイド・ツリーの彼方へ（創元SF文
庫 2016.6）……………………………… 0492

あなたが生まれた日―家族の愛が温かな
10の感動ストーリー（泰文堂 2013.3）… 0755

あなたが名探偵（創元推理文庫 2009.4）… 0135

あなたと、どこかへ。（文春文庫 2008.5）… 0644

あなたに、大切な香りの記憶はあります
か？―短編小説集（文藝春秋
2008.10）………………………………… 0896

あなたに、大切な香りの記憶はあります
か？（文春文庫 2011.10）……………… 0897

あのころの、（実業之日本社文庫
2012.4）…………………………………… 0898

あの夏の恋のきらめき―サマー・シズラー
2016（ハーパーコリンズ・ジャパン
2016.7）…………………………………… 0645

あの日から―東日本大震災鎮魂岩手県出身
作家短編集（岩手日報社 2015.10）…… 0780

あの日、君と Boys（集英社文庫
2012.5）…………………………………… 0899

あの日、君と Girls（集英社文庫
2012.5）…………………………………… 0900

あの日に戻れたら（主婦と生活社
2007.9）…………………………………… 0646

あの街で二人は―seven love stories（新潮
文庫 2014.6）…………………………… 0647

甘い記憶（新潮社 2008.8）……………… 0648

甘い記憶（新潮文庫 2011.3）…………… 0649

収録アンソロジー一覧　　　うんめ

甘い罠―8つの短篇小説集（文春文庫
　2012.7）……………………………… 0740
アメリカ新進作家傑作選　2006（DHC
　2007.8）……………………………… 1142
アメリカ新進作家傑作選　2007（DHC
　2008.12）…………………………… 1143
アメリカ新進作家傑作選　2008（DHC
　2009.11）…………………………… 1144
アメリカ短編ベスト10（松柏社 2016.6）‥ 1145
アメリカン・マスターピース　古典篇（ス
　イッチ・パブリッシング 2013.10）……… 1146
妖（あやかし）がささやく（翡翠出版
　2015.8）……………………………… 0407
あやかしの深川―受け継がれる怪異な土地
　の物語（猿江商會 2016.7）…………… 0408
怪しき我が家―一家の怪談競作集（MF文庫
　2011.2）……………………………… 0409
綾辻行人と有栖川有栖のミステリ・ジョッ
　キー　1（講談社 2008.7）…………… 0136
綾辻行人と有栖川有栖のミステリ・ジョッ
　キー　2（講談社 2009.11）………… 0137
綾辻行人と有栖川有栖のミステリ・ジョッ
　キー　3（講談社 2012.4）…………… 0138
新走（アラバシリ）―Powers Selection（講
　談社 2011.5）………………………… 0901
アリス殺人事件―不思議の国のアリス　ミ
　ステリーアンソロジー（河出文庫
　2016.6）……………………………… 0139
アンソロジー・プロレタリア文学　1（森
　話社 2013.9）………………………… 0764
アンソロジー・プロレタリア文学　2（森
　話社 2014.4）………………………… 0765
アンソロジー・プロレタリア文学　3（森
　話社 2015.5）………………………… 0766

【い】

いきものがたり（双文社出版 2013.4）…… 0787
異形の白昼―恐怖小説集（ちくま文庫
　2013.9）……………………………… 0410
居心地の悪い部屋（角川書店 2012.3）…… 0387
居心地の悪い部屋（河出文庫 2015.11）…… 0388
「いじめ」をめぐる物語（朝日新聞出版
　2015.9）……………………………… 0902
「伊豆文学賞」優秀作品集　第17回（羽衣
　出版 2014.3）………………………… 0812

「伊豆文学賞」優秀作品集　第18回（羽衣
　出版 2015.3）………………………… 0813
「伊豆文学賞」優秀作品集　第19回（羽衣
　出版 2016.3）………………………… 0814
いずれは死ぬ身（河出書房新社 2009.6）‥ 1123
痛み（双葉社 2012.5）………………… 0140
いつか、君へ　Boys（集英社文庫
　2012.6）……………………………… 0903
いつか、君へ　Girls（集英社文庫
　2012.6）……………………………… 0904
五つの愛の物語―クリスマス・ストーリー
　2015（ハーパーコリンズ・ジャパン
　2015.11）…………………………… 0650
五つの小さな物語―フランス短篇集（彩流
　社 2011.4）…………………………… 1153
伊藤計劃トリビュート（ハヤカワ文庫
　2015.8）……………………………… 0493
いなさ参ろう―第12回「伊豆文学賞」優秀
　作品集（羽衣出版 2009.3）…………… 0815
いまのあなたへ―村上春樹への12のオ
　マージュ（NHK出版 2014.5）……… 0905
いま、私たちの隣りに誰がいるのか―
　Korean short stories（作品社
　2007.5）……………………………… 1116
厭な物語（文春文庫 2013.2）…………… 1124

【う】

ヴィクトリア朝幽霊物語―短篇集（ア
　ティーナ・プレス 2013.4（第2刷））…… 0411
ヴィジョンズ（講談社 2016.10）………… 0494
ヴィンテージ・セブン（講談社 2007.9）‥ 0906
失われた空―日本人の涙と心の名作8選
　（新潮文庫 2014.10）………………… 0907
嘘つきとおせっかい（エムオン・エンタテ
　インメント 2012.4）………………… 0908
うちへ帰ろう―家族を想うあなたに贈る短
　篇小説集（泰文堂 2013.1）…………… 0756
宇宙小説（講談社文庫 2012.3）………… 0909
美しい恋の物語（筑摩書房 2010.9）…… 0651
美しい子ども（新潮社 2013.8）………… 1125
うなぎ―人情小説集（ちくま文庫
　2016.1）……………………………… 0611
運命の人はどこですか？（祥伝社文庫
　2013.4）……………………………… 0652

(9)

【え】

永遠の夏―戦争小説集（実業之日本社文庫
　2015.2）‥‥‥‥‥‥‥‥‥‥‥ *0776*
映画狂時代（新潮文庫 2014.7）‥‥‥‥ *0596*
江戸味わい帖　料理人篇（ハルキ文庫
　2015.10）‥‥‥‥‥‥‥‥‥‥‥ *0612*
エドガー賞全集―1990～2007（ハヤカワ・
　ミステリ文庫 2008.9）‥‥‥‥‥‥ *0141*
江戸川乱歩と13人の新青年　〈文学派〉編
　（光文社文庫 2008.5）‥‥‥‥‥‥ *0142*
江戸川乱歩と13人の新青年　〈論理派〉編
　（光文社文庫 2008.1）‥‥‥‥‥‥ *0143*
江戸川乱歩と13の宝石（光文社文庫
　2007.5）‥‥‥‥‥‥‥‥‥‥‥ *0144*
江戸川乱歩と13の宝石　第2集（光文社文
　庫 2007.9）‥‥‥‥‥‥‥‥‥‥ *0145*
江戸川乱歩に愛をこめて（光文社文庫
　2011.2）‥‥‥‥‥‥‥‥‥‥‥ *0146*
江戸川乱歩の推理教室（光文社文庫
　2008.9）‥‥‥‥‥‥‥‥‥‥‥ *0147*
江戸川乱歩の推理試験（光文社文庫
　2009.1）‥‥‥‥‥‥‥‥‥‥‥ *0148*
江戸三百年を読む―傑作時代小説 シリー
　ズ江戸学　上（江戸騒乱編）（角川文庫
　2009.9）‥‥‥‥‥‥‥‥‥‥‥ *0004*
江戸三百年を読む―傑作時代小説 シリー
　ズ江戸学　下（幕末風雲編）（角川文庫
　2009.9）‥‥‥‥‥‥‥‥‥‥‥ *0005*
江戸しのび雨（学研M文庫 2012.9）‥‥ *0006*
江戸なごり雨（学研M文庫 2013.9）‥‥ *0007*
江戸なみだ雨―市井稼業小説傑作選（学研
　M文庫 2010.3）‥‥‥‥‥‥‥‥ *0008*
江戸猫ばなし（光文社文庫 2014.9）‥‥ *0788*
江戸の鈍感力―時代小説傑作選（集英社文
　庫 2007.12）‥‥‥‥‥‥‥‥‥‥ *0009*
江戸の漫遊力―時代小説傑作選（集英社文
　庫 2008.12）‥‥‥‥‥‥‥‥‥‥ *0010*
江戸の名探偵―時代推理小説傑作選（徳間文庫
　2009.10）‥‥‥‥‥‥‥‥‥‥‥ *0011*
江戸迷宮（光文社文庫 2011.1）‥‥‥‥ *0412*
江戸めぐり雨（学研M文庫 2014.9）‥‥ *0012*
江戸夕しぐれ―市井稼業小説傑作選（学研
　M文庫 2011.9）‥‥‥‥‥‥‥‥ *0013*
江戸夢あかり（学研M文庫 2013.4）‥‥ *0014*

エドワード・ゴーリーが愛する12の怪談
　―憑かれた鏡（河出文庫 2012.6）‥‥ *0413*
エラリー・クイーンの災難（論創社
　2012.5）‥‥‥‥‥‥‥‥‥‥‥ *0149*
エール！　1（実業之日本社文庫
　2012.10）‥‥‥‥‥‥‥‥‥‥‥ *0767*
エール！　2（実業之日本社文庫
　2013.4）‥‥‥‥‥‥‥‥‥‥‥ *0768*
エール！　3（実業之日本社文庫
　2013.10）‥‥‥‥‥‥‥‥‥‥‥ *0769*

【お】

おいしい話―料理小説傑作選（徳間文庫
　2007.1）‥‥‥‥‥‥‥‥‥‥‥ *0613*
王陵と駐屯軍―朝鮮戦争と韓国の戦後派文
　学（凱風社 2014.11）‥‥‥‥‥‥ *1117*
大江戸「町」物語（宝島社文庫 2013.12）‥ *0015*
大江戸「町」物語 風（宝島社文庫
　2014.3）‥‥‥‥‥‥‥‥‥‥‥ *0016*
大江戸「町」物語 月（宝島社文庫
　2014.6）‥‥‥‥‥‥‥‥‥‥‥ *0017*
大江戸「町」物語 光（宝島社文庫
　2014.10）‥‥‥‥‥‥‥‥‥‥‥ *0018*
大江戸万華鏡―美味小説傑作選（学研M文
　庫 2014.3）‥‥‥‥‥‥‥‥‥‥ *0614*
狼女物語―美しくも妖しい短編傑作選（工
　作舎 2011.3）‥‥‥‥‥‥‥‥‥ *0389*
大きな棺の小さな鍵―本格短編ベスト・セ
　レクション（講談社文庫 2009.1）‥‥ *0150*
大坂の陣―近代文学名作選（岩波書店
　2016.11）‥‥‥‥‥‥‥‥‥‥‥ *0019*
大阪文学名作選（講談社文芸文庫
　2011.11）‥‥‥‥‥‥‥‥‥‥‥ *0816*
大阪ラビリンス（新潮文庫 2014.9）‥‥ *0817*
大崎梢リクエスト！　本屋さんのアンソロ
　ジー（光文社 2013.1）‥‥‥‥‥‥ *0578*
大崎梢リクエスト！　本屋さんのアンソロ
　ジー（光文社文庫 2014.8）‥‥‥‥ *0579*
お母さんのなみだ（泰文堂 2016.6）‥‥ *0757*
おかしい話（筑摩書房 2010.11）‥‥‥ *0869*
小川洋子の陶酔短篇箱（河出書房新社
　2014.1）‥‥‥‥‥‥‥‥‥‥‥ *0910*
小川洋子の偏愛短篇箱（河出書房新社
　2009.3）‥‥‥‥‥‥‥‥‥‥‥ *0911*

収録アンソロジー一覧　　かわに

小川洋子の偏愛短篇箱（河出文庫
　　2012.6）……………………… 0912
屋上の三角形（主婦と生活社 2008.5）…… 0653
教えたくなる名短篇（ちくま文庫
　　2014.6）……………………… 0870
御白洲裁き―時代推理傑作選（徳間文庫
　　2009.12）…………………… 0020
恐ろしい話（筑摩書房 2011.1）……… 0414
男たちの怪談百物語（メディアファクト
　　リー 2012.10）……………… 0415
大人が読む。ケータイ小説―第1回ケータ
　　イ文学賞アンソロジー（オンブック
　　2007.11）…………………… 0913
オトナの片思い（角川春樹事務所
　　2007.8）……………………… 0654
オトナの片思い（ハルキ文庫 2009.5）… 0655
思いがけない話（筑摩書房 2010.12）… 0390
親不孝長屋―人情時代小説傑作選（新潮文
　　庫 2007.7）………………… 0021
折り紙衛星の伝説（創元SF文庫 2015.6）… 0495
女　1（あの出版 2016.4）………… 0741
女　2（あの出版 2016.4）………… 0742
女がそれを食べるとき（幻冬舎文庫
　　2013.4）……………………… 0615
女城主―戦国時代小説傑作選（PHP文芸文
　　庫 2016.9）………………… 0022
女たちの怪談百物語（メディアファクト
　　リー 2010.11）……………… 0416
女たちの怪談百物語（角川ホラー文庫
　　2014.1）……………………… 0417
女ともだち（小学館 2010.3）……… 0743
女ともだち（小学館文庫 2013.3）…… 0744
おんなの戦（角川文庫 2010.12）…… 0023

【か】

海煙―第13回「伊豆文学賞」優秀作品集
　　（羽衣出版 2010.2）………… 0818
怪奇・幻想・綺想文学集―種村季弘翻訳集
　　成（国書刊行会 2012.2）…… 0418
怪奇小説精華（ちくま文庫 2012.11）… 0419
怪奇小説日和―黄金時代傑作選（ちくま文
　　庫 2013.11）………………… 0420
怪集 蠱毒―創作怪談発掘大会傑作選（竹
　　書房文庫 2009.12）………… 0421

怪獣文藝―パートカラー（メディアファク
　　トリー 2013.3）……………… 0422
怪獣文藝の逆襲（KADOKAWA
　　2015.3）……………………… 0423
怪集 蟲（竹書房文庫 2009.8）……… 0424
怪樹の腕―〈ウィアード・テールズ〉戦前
　　邦訳傑作選（東京創元社 2013.2）…… 0425
街娼―パンパン＆オンリー（皓星社
　　2015.11）…………………… 0914
怪談累ケ淵（勉誠出版 2007.7）…… 0426
怪談四十九夜（竹書房文庫 2016.5）… 0427
怪談列島ニッポン―書き下ろし諸国奇談競
　　作集（MF文庫 2009.2）…… 0428
外地探偵小説集　南方篇（せらび書房
　　2010.6）……………………… 0151
回転ドアから（全作家協会 2015.7）… 0915
怪物園（光文社文庫 2009.8）……… 0429
輝きのとき―ウエディング・ストーリー
　　2016（ハーパーコリンズ・ジャパン
　　2016.5）……………………… 0656
隠された鍵（講談社文庫 2008.11）… 0152
拡張幻想（創元SF文庫 2012.6）…… 0496
賭けと人生（筑摩書房 2011.4）…… 0871
風間光枝探偵日記（論創社 2007.10）… 0153
果実（SDP 2009.7）……………… 0616
風色デイズ（ハルキ文庫 2012.12）… 0598
河童のお弟子（ちくま文庫 2014.12）… 0916
金沢三文豪掌文庫（金沢文化振興財団
　　2009.10）…………………… 0819
金沢三文豪掌文庫　いきもの編（金沢文化
　　振興財団 2010.9）…………… 0789
金沢三文豪掌文庫　たべもの編（金沢文化
　　振興財団 2011.9）…………… 0617
金沢にて（双葉文庫 2015.6）……… 0820
蝦蟇倉市事件　1（東京創元社 2010.1）… 0154
蝦蟇倉市事件　2（東京創元社 2010.2）… 0155
歌謡曲だよ、人生は―映画監督短編集（メ
　　ディアファクトリー 2007.4）………… 0597
からくり伝言少女（講談社文庫 2015.1）… 0156
彼の女たち（講談社文庫 2012.4）… 0745
カレンダー・ラブ・ストーリー―読むと恋
　　したくなる（星海社文庫 2014.7）…… 0657
かわいい―第16回フェリシモ文学賞優秀
　　作品集（（神戸）フェリシモ 2013.6）… 0821
かわさきの文学―かわさき文学賞50年記念
　　作品集　〔2009年〕（審美社 2009.4）… 0822
川に死体のある風景（創元推理文庫
　　2010.3）……………………… 0157

(11)

かわや　　　　　　　収録アンソロジー一覧

廁の怪―便所怪談競作集（MF文庫
　2010.4）……………………………… 0430
監獄舎の殺人―ミステリーズ！　新人賞受
　賞作品集（創元推理文庫 2016.12）…… 0158
がんこ長屋（新潮文庫 2013.10）………… 0024
神林長平トリビュート（早川書房
　2009.11）……………………………… 0497
神林長平トリビュート（ハヤカワ文庫
　2012.4）……………………………… 0498

【き】

記憶に残っていること―新潮クレスト・
　ブックス短篇小説ベスト・コレクション
　（新潮社 2008.8）…………………… 1126
喜劇綺劇（光文社文庫 2009.12）………… 0431
危険なマッチ箱（文春文庫 2009.12）…… 0917
キス・キス・キス―聖夜に、あと一度だけ
　（ヴィレッジブックス 2007.11）…… 0658
キス・キス・キス―素直になれなくて
　（ヴィレッジブックス 2008.3）……… 0659
キス・キス・キス―サプライズパーティの
　夜に（ヴィレッジブックス 2008.7）…… 0660
キス・キス・キス―土曜日はタキシードに
　恋して（ヴィレッジブックス
　2008.11）……………………………… 0661
キス・キス・キス　チェリーな気持ちで
　（ヴィレッジブックス 2009.6）……… 0662
キス・キス・キス　抱きしめるほどせつな
　くて（ヴィレッジブックス 2009.11）… 0663
きずな―時代小説親子情話（ハルキ文庫
　2011.9）……………………………… 0025
奇想天外のミステリー（宝島社文庫
　2009.8）……………………………… 0159
奇想博物館（光文社 2013.12）…………… 0160
鬼譚（ちくま文庫 2014.9）……………… 0432
きのこ文学名作選（港の人 2010.11）…… 0790
気分は名探偵―犯人当てアンソロジー（徳
　間文庫 2008.9）……………………… 0161
君を忘れない―恋愛短篇小説集（泰文堂
　2012.10）……………………………… 0664
君がいない―恋愛短篇小説集（泰文堂
　2013.2）……………………………… 0665
君が好き―恋愛短篇小説集（泰文堂
　2012.8）……………………………… 0666

君と過ごす季節―春から夏へ、12の暦物語
　（ポプラ文庫 2012.12）……………… 0918
君と過ごす季節―秋から冬へ、12の暦物語
　（ポプラ文庫 2012.12）……………… 0919
君に会いたい―恋愛短篇小説集（泰文堂
　2012.6）……………………………… 0667
君に伝えたい―恋愛短篇小説集（泰文堂
　2013.4）……………………………… 0668
逆想コンチェルト―イラスト先行・競作小
　説アンソロジー　奏の1（徳間書店
　2010.6）……………………………… 0920
逆想コンチェルト―イラスト先行・競作小
　説アンソロジー　奏の2（徳間書店
　2010.8）……………………………… 0921
吸血妖鬼譚―ゴシック名訳集成（学研M文
　庫 2008.10）………………………… 0433
九州戦国志―傑作時代小説（PHP文庫
　2008.12）……………………………… 0026
9人の隣人たちの声―中国新鋭作家短編小
　説選（勉誠出版 2012.9）…………… 1111
9の扉―リレー短編集（マガジンハウス
　2009.7）……………………………… 0922
9の扉（角川文庫 2013.11）……………… 0923
驚愕遊園地（光文社 2013.11）…………… 0162
驚愕遊園地（光文社文庫 2016.5）……… 0163
教科書に載った小説（ポプラ社 2008.4）… 0872
教科書に載った小説（ポプラ文庫
　2012.10）……………………………… 0873
教科書名短篇 少年時代（中公文庫
　2016.4）……………………………… 0874
教科書名短篇 人間の情景（中公文庫
　2016.4）……………………………… 0924
京都綺談（有楽出版社 2015.6）………… 0434
京都宵（光文社文庫 2008.9）…………… 0435
恐怖の花（ランダムハウス講談社
　2007.10）……………………………… 0436
恐怖の森（ランダムハウス講談社
　2007.9）……………………………… 0437
恐怖箱 遺伝記（竹書房文庫 2008.12）…… 0438
きょうも上天気―SF短編傑作選（角川文庫
　2010.1）……………………………… 0499
虚構機関―年刊日本SF傑作選（創元SF文
　庫 2008.12）………………………… 0500
極光星群（創元SF文庫 2013.6）………… 0501
キラキラデイズ（新潮文庫 2014.1）…… 0925
機略縦横！　真田戦記―傑作時代小説
　（PHP文庫 2008.7）………………… 0027
欣喜の風（祥伝社文庫 2016.3）………… 0028

(12)

吟醸掌篇―召しませ短篇小説 vol.1（けい
こう舎 2016.4）⋯⋯⋯⋯⋯⋯⋯⋯ 0926
金田一耕助に捧ぐ九つの狂想曲（角川文庫
2012.11）⋯⋯⋯⋯⋯⋯⋯⋯⋯⋯ 0164

【く】

クィア短編小説集―名づけえぬ欲望の物語
（平凡社 2016.8）⋯⋯⋯⋯⋯⋯⋯ 1127
グイン・サーガ・ワールド―グイン・サー
ガ続篇プロジェクト 1（ハヤカワ文庫
2011.5）⋯⋯⋯⋯⋯⋯⋯⋯⋯⋯ 0502
グイン・サーガ・ワールド―グイン・サー
ガ続篇プロジェクト 2（ハヤカワ文庫
2011.8）⋯⋯⋯⋯⋯⋯⋯⋯⋯⋯ 0503
グイン・サーガ・ワールド―グイン・サー
ガ続篇プロジェクト 3（ハヤカワ文庫
2011.11）⋯⋯⋯⋯⋯⋯⋯⋯⋯⋯ 0504
グイン・サーガ・ワールド―グイン・サー
ガ続篇プロジェクト 4（ハヤカワ文庫
2012.2）⋯⋯⋯⋯⋯⋯⋯⋯⋯⋯ 0505
グイン・サーガ・ワールド―グイン・サー
ガ続篇プロジェクト 5（ハヤカワ文庫
2012.9）⋯⋯⋯⋯⋯⋯⋯⋯⋯⋯ 0506
グイン・サーガ・ワールド―グイン・サー
ガ続篇プロジェクト 6（ハヤカワ文庫
2012.12）⋯⋯⋯⋯⋯⋯⋯⋯⋯⋯ 0507
グイン・サーガ・ワールド―グイン・サー
ガ続篇プロジェクト 7（ハヤカワ文庫
2013.3）⋯⋯⋯⋯⋯⋯⋯⋯⋯⋯ 0508
グイン・サーガ・ワールド―グイン・サー
ガ続篇プロジェクト 8（ハヤカワ文庫
2013.6）⋯⋯⋯⋯⋯⋯⋯⋯⋯⋯ 0509
くだものだもの（ランダムハウス講談社
2007.9）⋯⋯⋯⋯⋯⋯⋯⋯⋯⋯ 0618
クトゥルフ神話への招待―遊星からの物体
X（扶桑社ミステリー 2012.8）⋯⋯ 0439
くノ一、百華―時代小説アンソロジー（集
英社文庫 2013.11）⋯⋯⋯⋯⋯⋯ 0029
暗闇を見よ（光文社 2010.11）⋯⋯⋯ 0165
暗闇を見よ（光文社文庫 2015.4）⋯⋯ 0166
紅蓮の翼―異彩時代小説秀作撰（叢文社
2007.8）⋯⋯⋯⋯⋯⋯⋯⋯⋯⋯ 0030
黒い破壊者―宇宙生命SF傑作選（創元SF
文庫 2014.11）⋯⋯⋯⋯⋯⋯⋯⋯ 0510
黒田官兵衛―小説集（作品社 2013.9）⋯⋯ 0031

黒門町伝七捕物帳―時代小説競作選（光文
社文庫 2015.8）⋯⋯⋯⋯⋯⋯⋯⋯ 0032
軍師の生きざま―短篇小説集（作品社
2008.11）⋯⋯⋯⋯⋯⋯⋯⋯⋯⋯ 0033
軍師の生きざま―時代小説傑作選（コス
ミック出版 2008.11）⋯⋯⋯⋯⋯⋯ 0034
軍師の生きざま（実業之日本社文庫
2013.6）⋯⋯⋯⋯⋯⋯⋯⋯⋯⋯ 0035
軍師の死にざま（実業之日本社文庫
2013.6）⋯⋯⋯⋯⋯⋯⋯⋯⋯⋯ 0036
軍師は死なず（実業之日本社文庫
2014.2）⋯⋯⋯⋯⋯⋯⋯⋯⋯⋯ 0037

【け】

警官の貌（双葉文庫 2014.3）⋯⋯⋯⋯ 0167
経済小説名作選（ちくま文庫 2014.5）⋯⋯ 0927
警察小説傑作短篇集（ランダムハウス講談
社 2009.7）⋯⋯⋯⋯⋯⋯⋯⋯⋯ 0168
敬太とかわうそ―第15回「伊豆文学賞」優
秀作品集（羽衣出版 2012.3）⋯⋯⋯ 0823
激動東京五輪1964（講談社 2015.9）⋯⋯ 0928
結晶銀河―年刊日本SF傑作選（創元SF文
庫 2011.7）⋯⋯⋯⋯⋯⋯⋯⋯⋯ 0511
決戦！ 大坂城（講談社 2015.5）⋯⋯⋯ 0038
決戦！ 大坂の陣（実業之日本社文庫
2014.6）⋯⋯⋯⋯⋯⋯⋯⋯⋯⋯ 0039
決戦！ 桶狭間（講談社 2016.11）⋯⋯⋯ 0040
決戦川中島―傑作時代小説（PHP文庫
2007.3）⋯⋯⋯⋯⋯⋯⋯⋯⋯⋯ 0041
決戦！ 川中島（講談社 2016.5）⋯⋯⋯ 0042
決戦！ 三國志（講談社 2015.12）⋯⋯⋯ 0043
決戦！ 関ケ原（講談社 2014.11）⋯⋯⋯ 0044
決戦！ 本能寺（講談社 2015.11）⋯⋯⋯ 0045
血闘！ 新選組（実業之日本社文庫
2016.2）⋯⋯⋯⋯⋯⋯⋯⋯⋯⋯ 0046
決闘！ 関ケ原（実業之日本社文庫
2015.8）⋯⋯⋯⋯⋯⋯⋯⋯⋯⋯ 0047
気配―第10回フェリシモ文学賞作品集
（（神戸）フェリシモ 2007.4）⋯⋯ 0824
幻視の系譜（ちくま文庫 2013.10）⋯⋯⋯ 0391
源氏物語九つの変奏（新潮文庫 2011.5）⋯ 0048
原色の想像力―創元SF短編賞アンソロ
ジー（創元SF文庫 2010.12）⋯⋯⋯ 0512
原色の想像力―創元SF短編賞アンソロ
ジー 2（創元SF文庫 2012.3）⋯⋯⋯ 0513

幻想小説神髄（ちくま文庫 2012.12）…… 0392
幻想探偵（光文社文庫 2009.2）………… 0440
幻想の坩堝―ベルギー・フランス語幻想短
　編集（松籟社 2016.12）………… 0393
現代アイルランド女性作家短編集（新水社
　2016.10）………… 0746
現代沖縄文学作品選（講談社文芸文庫
　2011.7）………… 0825
現代作家代表作選集　第1集（鼎書房
　2012.6）………… 0929
現代作家代表作選集　第2集（鼎書房
　2012.9）………… 0930
現代作家代表作選集　第3集（鼎書房
　2013.3）………… 0931
現代作家代表作選集　第4集（鼎書房
　2013.7）………… 0932
現代作家代表作選集　第5集（鼎書房
　2013.10）………… 0933
現代作家代表作選集　第6集（鼎書房
　2014.2）………… 0934
現代作家代表作選集　第7集（鼎書房
　2014.5）………… 0935
現代作家代表作選集　第8集（鼎書房
　2014.8）………… 0936
現代作家代表作選集　第9集（鼎書房
　2015.1）………… 0937
現代作家代表作選集　第10集（鼎書房
　2015.5）………… 0938
現代タイのポストモダン短編集（大同生命
　国際文化基金 2012.12）………… 1120
現代短編小説選―2005〜2009（日本民主主
　義文学会 2010.6）………… 0770
現代中国青年作家秀作選（鼎書房
　2010.10）………… 1112
現代トルコ文学選　2（東京外国語大学外国
　語学部トルコ語専攻研究室 2012.3）… 1122
現場に臨め（光文社 2010.10）…… 0169
現場に臨め（光文社文庫 2014.4）…… 0170
幻妖の水脈（みお）（ちくま文庫
　2013.9）………… 0394

【こ】

恋しくて―Ten Selected Love Stories（中
　央公論新社 2013.9）………… 0669

恋しくて―TEN SELECTED LOVE
　STORIES（中公文庫 2016.9）………… 0670
恋時雨―恋はときどき泪が出る（メディア
　ファクトリー 2009.9）………… 0671
コイノカオリ（角川文庫 2008.2）…… 0672
恋のかけら（幻冬舎 2008.8）………… 0673
恋のかけら（幻冬舎文庫 2012.2）…… 0674
恋のかたち、愛のいろ（徳間書店
　2008.2）………… 0675
恋のかたち、愛のいろ（徳間文庫
　2010.10）………… 0676
恋の聖地―そこは、最後の恋に出会う場
　所。（新潮文庫 2013.6）………… 0677
恋のトビラ（集英社 2008.5）………… 0678
恋のトビラ―好き、やっぱり好き。（集英
　社文庫 2010.5）………… 0679
恋人たちの夏物語（ハーレクイン
　2010.8）………… 0680
恋みち―現代版・源氏物語（スターツ出版
　2008.9）………… 0681
恋は、しばらくお休みです。―恋愛短篇小
　説集（泰文堂 2013.12）………… 0682
凍れる女神の秘密（講談社文庫 2014.1）‥ 0171
告白（ソフトバンククリエイティブ
　2009.3）………… 0683
ここがウィネトカなら、きみはジュディ―
　時間SF傑作選 SFマガジン創刊50周年
　記念アンソロジー（ハヤカワ文庫
　2010.9）………… 0514
心洗われる話（筑摩書房 2010.9）…… 0875
心に火を。（廣済堂出版 2014.5）…… 0771
ゴシック短編小説集（春風社 2012.1）… 0441
51番目の密室―世界短篇傑作集（早川書房
　2010.5）………… 0172
誤植文学アンソロジー―校正者のいる風景
　（論創社 2015.12）………… 0580
古書ミステリー倶楽部―傑作推理小説
　（光文社文庫 2013.10）………… 0581
古書ミステリー倶楽部―傑作推理小説
　2（光文社文庫 2014.5）………… 0582
古書ミステリー倶楽部―傑作推理小説
　3（光文社文庫 2015.5）………… 0583
ゴースト・ストーリー傑作選―英米女性作
　家8短篇（みすず書房 2009.5）…… 0442
午前零時（新潮社 2007.6）………… 0939
午前零時―P.S.昨日の私へ（新潮文庫
　2009.12）………… 0940
古典BL小説集（平凡社 2015.5）………… 0876

収録アンソロジー一覧　　こふん

孤独な交響曲（シンフォニー）（講談社文
　庫 2007.4）……………………… 0173
言葉にできない悲しみ（泰文堂
　2015.10）…………………… 0941
こどものころにみた夢（講談社 2008.6）‥ 0942
コドモノセカイ（河出書房新社
　2015.10）…………………… 0758
この愛のゆくえ─ポケットアンソロジー
　（岩波文庫別冊 2011.6）……………… 0684
この時代小説がすごい！　時代小説傑作選
　（宝島社文庫 2016.10）……………… 0049
この部屋で君と（新潮文庫 2014.9）…… 0759
『このミス』が選ぶ！　オールタイム・ベ
　スト短編ミステリー　黒（宝島社文庫
　2015.5）…………………………… 0174
『このミス』が選ぶ！　オールタイム・ベ
　スト短編ミステリー　赤（宝島社文庫
　2015.4）…………………………… 0175
『このミステリーがすごい！』大賞作家書
　き下ろしBOOK　vol.14（宝島社
　2016.9）…………………………… 0176
『このミステリーがすごい！』大賞作家書
　き下ろしBOOK　vol.15（宝島社
　2016.12）………………………… 0177
『このミステリーがすごい！』大賞作家書
　き下ろしブック（宝島社 2012.8）…… 0178
『このミステリーがすごい！』大賞作家書
　き下ろしブック　vol.2（宝島社
　2013.9）…………………………… 0179
『このミステリーがすごい！』大賞作家書
　き下ろしブック　vol.3（宝島社
　2013.11）………………………… 0180
『このミステリーがすごい！』大賞作家書
　き下ろしブック　vol.4（宝島社
　2014.2）…………………………… 0181
『このミステリーがすごい！』大賞作家書
　き下ろしブック　vol.5（宝島社
　2014.5）…………………………… 0182
『このミステリーがすごい！』大賞作家書
　き下ろしブック　vol.6（宝島社
　2014.8）…………………………… 0183
『このミステリーがすごい！』大賞作家書
　き下ろしブック　vol.7（宝島社
　2014.11）………………………… 0184
『このミステリーがすごい！』大賞作家書
　き下ろしブック　vol.8（宝島社
　2015.2）…………………………… 0185

『このミステリーがすごい！』大賞作家書
　き下ろしブック　vol.9（宝島社
　2015.5）…………………………… 0186
『このミステリーがすごい！』大賞作家書
　き下ろしブック　vol.10（宝島社
　2015.9）…………………………… 0187
『このミステリーがすごい！』大賞作家書
　き下ろしブック　vol.11（宝島社
　2015.12）………………………… 0188
『このミステリーがすごい！』大賞作家書
　き下ろしブック　vol.12（宝島社
　2016.3）…………………………… 0189
『このミステリーがすごい！』大賞作家書
　き下ろしブック　vol.13（宝島社
　2016.7）…………………………… 0190
このミステリーがすごい！　三つの迷宮
　（宝島社文庫 2015.11）……………… 0191
このミステリーがすごい！　四つの謎（宝
　島社 2014.12）…………………… 0192
コーヒーと小説（mille books 2016.10）‥ 0943
5分で驚く！　どんでん返しの物語（宝島社
　文庫 2016.6）……………………… 0193
5分で凍る！　ぞっとする怖い話（宝島社文
　庫 2015.5）………………………… 0443
5分で泣ける！　胸がいっぱいになる物語
　（宝島社文庫 2015.4）……………… 0194
5分で読める！　怖いはなし（宝島社文庫
　2014.6）…………………………… 0444
5分で読める！　ひと駅ストーリー─『こ
　のミステリーがすごい！』大賞×日本ラ
　ブストーリー大賞×『このライトノベル
　がすごい！』大賞　夏の記憶東口編（宝
　島社文庫 2013.7）………………… 0195
5分で読める！　ひと駅ストーリー─『こ
　のミステリーがすごい！』大賞×日本ラ
　ブストーリー大賞×『このライトノベル
　がすごい！』大賞　夏の記憶西口編（宝
　島社文庫 2013.7）………………… 0196
5分で読める！　ひと駅ストーリー　冬の
　記憶東口編（宝島社文庫 2013.12）…… 0197
5分で読める！　ひと駅ストーリー　冬の
　記憶西口編（宝島社文庫 2013.12）…… 0198
5分で読める！　ひと駅ストーリー─『こ
　のミステリーがすごい！』大賞×日本ラ
　ブストーリー大賞×『このライトノベル
　がすごい！』大賞　降車編（宝島社文庫
　2012.12）………………………… 0199

(15)

こふん　　　　収録アンソロジー一覧

5分で読める！　ひと駅ストーリー——『このミステリーがすごい！』大賞×日本ラブストーリー大賞×『このライトノベルがすごい！』大賞　乗車編（宝島社文庫 2012.12）……………… 0200

5分で読める！　ひと駅ストーリー　食の話（宝島社文庫 2015.10）…………… 0619

5分で読める！　ひと駅ストーリー　猫の物語（宝島社文庫 2014.9）………… 0791

5分で読める！　ひと駅ストーリー　本の物語（宝島社文庫 2014.12）………… 0584

5分で読める！　ひと駅ストーリー　旅の話（宝島社文庫 2015.12）………… 0603

5分で笑える！　おバカで愉快な物語（宝島社文庫 2016.3）………………… 0201

コレクション私小説の冒険　1（勉誠出版 2013.10）………………………… 0944

コレクション私小説の冒険　2（勉誠出版 2013.11）………………………… 0945

殺しが二人を別つまで（ハヤカワ・ミステリ文庫 2007.10）………………… 0202

殺しのグレイテスト・ヒッツ（ハヤカワ・ミステリ文庫 2007.1）…………… 0203

こわい部屋（ちくま文庫 2012.8）……… 0445

近藤史恵リクエスト！　ペットのアンソロジー（光文社 2013.1）……………… 0792

近藤史恵リクエスト！　ペットのアンソロジー（光文社文庫 2014.7）………… 0793

【 さ 】

最後の一日—さよならが胸に染みる10の物語（泰文堂 2011.5）……………… 0946

最後の一日 3月23日—さよならが胸に染みる10の物語（泰文堂 2013.11）…… 0947

最後の一日 7月22日—さよならが胸に染みる物語（泰文堂 2012.6）………… 0948

最後の一日 6月30日—さよならが胸に染みる10の物語（泰文堂 2013.2）…… 0949

最後の恋—つまり、自分史上最高の恋。（新潮文庫 2008.12）……………… 0685

最後の恋プレミアム—つまり、自分史上最高の恋。（新潮文庫 2011.12）…… 0686

最後の恋MEN'S—つまり、自分史上最高の恋。（新潮文庫 2012.6）………… 0687

最後の一日12月18日—さよならが胸に染みる10の物語（泰文堂 2011.11）……… 0950

彩四季・江戸慕情（光文社文庫 2012.6）… 0050

サイドストーリーズ（角川文庫 2015.3）… 0951

坂木司リクエスト！　和菓子のアンソロジー（光文社 2013.1）……………… 0620

坂木司リクエスト！　和菓子のアンソロジー（光文社文庫 2014.6）………… 0621

さきがけ文学賞選集　第1巻（秋田魁新報社 2013.10）…………………… 0826

さきがけ文学賞選集　第2巻（秋田魁新報社 2014.3）…………………… 0827

さきがけ文学賞選集　第3巻（秋田魁新報社 2015.9）…………………… 0828

さきがけ文学賞選集　第4巻（秋田魁新報社 2016.1）…………………… 0829

さきがけ文学賞選集　第5巻（秋田魁新報社 2016.9）…………………… 0830

作品で読む20世紀の日本文学（白地社（発売）2008.3）…………………… 0952

ざくろの実—アメリカ女流作家怪奇小説選（鳥影社 2008.6）……………… 0446

殺意の隘路（光文社 2016.12）………… 0204

雑話集—ロシア短編集（「雑話集」の会 2005.12）…………………… 1157

雑話集—ロシア短編集　2（「雑話集」の会 2009.4）…………………… 1158

雑話集—ロシア短編集　3（ロシア文学翻訳グループクーチカ 2014.6）………… 1159

真田忍者、参上！—隠密伝奇傑作集（河出文庫 2015.11）………………… 0051

真田幸村—小説集（作品社 2015.10）…… 0052

砂漠を走る船の道—ミステリーズ！　新人賞受賞作品集（創元推理文庫 2016.11）…………………… 0205

ザ・ベストミステリーズ—推理小説年鑑 2007（講談社 2007.7）……………… 0206

ザ・ベストミステリーズ—推理小説年鑑 2008（講談社 2008.7）……………… 0207

ザ・ベストミステリーズ—推理小説年鑑 2009（講談社 2009.7）……………… 0208

ザ・ベストミステリーズ—推理小説年鑑 2010（講談社 2010.7）……………… 0209

ザ・ベストミステリーズ—推理小説年鑑 2011（講談社 2011.7）……………… 0210

ザ・ベストミステリーズ—推理小説年鑑 2012（講談社 2012.7）……………… 0211

ザ・ベストミステリーズ—推理小説年鑑 2013（講談社 2013.4）……………… 0212

(16)

ザ・ベストミステリーズ—推理小説年鑑
　2014（講談社　2014.5）………… *0213*
ザ・ベストミステリーズ—推理小説年鑑
　2015（講談社　2015.5）………… *0214*
ザ・ベストミステリーズ—推理小説年鑑
　2016（講談社　2016.5）………… *0215*
さよなら、大好きな人—スウィート＆ビ
　ターな7ストーリー（泰文堂　2011.6）… *0688*
さよならの儀式（創元SF文庫　2014.6）… *0515*
さよならブルートレイン—寝台列車ミステ
　リー傑作選（光文社文庫　2015.10）… *0604*
山岳迷宮（ラビリンス）—山のミステリー
　傑作選（光文社文庫　2016.7）……… *0216*
サンカの民を追って—山窩小説傑作選（河
　出文庫　2015.3）…………………… *0953*
残響—英・米・アイルランド短編小説集
　（九州大学出版会　2011.3）………… *1128*
30の神品—ショートショート傑作選（扶桑
　社文庫　2016.10）………………… *0877*
3.11心に残る140字の物語（学研パブリッ
　シング　2011.6）…………………… *0781*

【し】

幸せな哀しみの話（文春文庫　2009.4）…… *0954*
しあわせなミステリー（宝島社　2012.4）… *0217*
死を招く乗客—ミステリーアンソロジー
　（有楽出版社　2015.2）…………… *0605*
栞子さんの本棚—ビブリア古書堂セレクト
　ブック（角川文庫　2013.5）………… *0878*
仕掛けられた罪（講談社文庫　2008.4）… *0218*
時間はだれも待ってくれない—21世紀東
　欧SF・ファンタスチカ傑作集（東京創元
　社　2011.9）………………………… *0516*
しぐれ舟—時代小説招待席（徳間文庫
　2008.1）……………………………… *0053*
事件を追いかけろ　サプライズの花束編
　（光文社文庫　2009.4）…………… *0219*
事件の痕跡（光文社　2007.11）……… *0220*
事件の痕跡（光文社文庫　2012.4）…… *0221*
地獄—英国怪談中篇傑作集（メディアファ
　クトリー　2008.3）………………… *0447*
志士—吉田松陰アンソロジー（新潮文庫
　2014.12）…………………………… *0054*
私小説の生き方（アーツ・アンド・クラフ
　ツ　2009.6）………………………… *0955*

辞書、のような物語。（大修館書店
　2013.4）……………………………… *0585*
自薦THEどんでん返し（双葉文庫
　2016.5）……………………………… *0222*
時代小説ザ・ベスト　2016（集英社文庫
　2016.6）……………………………… *0055*
七人の役小角（小学館文庫　2007.10）…… *0056*
七人の十兵衛—傑作時代小説（PHP文庫
　2007.11）…………………………… *0057*
七人の龍馬—傑作時代小説（PHP文庫
　2010.2）……………………………… *0058*
疾風怒濤！　上杉戦記—傑作時代小説
　（PHP文庫　2008.3）……………… *0059*
10分間ミステリー（宝島社文庫　2012.2）… *0223*
10分間ミステリー THE BEST（宝島社文
　庫　2016.9）………………………… *0224*
失恋前夜—大人のための恋愛短篇集（泰文
　堂　2013.9）………………………… *0689*
シティ・マラソンズ（文春文庫　2013.3）… *0956*
死人に口無し—時代推理傑作選（徳間文庫
　2009.11）…………………………… *0060*
忍び寄る闇の奇譚（講談社　2008.11）…… *0957*
しのぶ雨江戸恋慕—新鷹会・傑作時代小説
　選（光文社文庫　2016.6）………… *0061*
澁澤龍彥訳暗黒怪奇短篇集（河出文庫
　2013.8）……………………………… *0448*
澁澤龍彥訳幻想怪奇短篇集（河出文庫
　2013.2）……………………………… *0449*
しみじみ読むアメリカ文学—現代文学短編
　作品集（松柏社　2007.6）………… *1147*
しみじみ読むイギリス・アイルランド文学
　—現代文学短編作品集（松柏社
　2007.6）……………………………… *1139*
じゃがいも—中国現代文学短編集（小学館
　スクウェア　2007.12）……………… *1113*
じゃがいも—中国現代文学短編集（鼎書房
　2012.2）……………………………… *1114*
灼熱の恋人たち—サマー・シズラー2008
　（ハーレクイン　2008.7）………… *0690*
シャーロック・ホームズ　アメリカの冒険
　（原書房　2012.2）………………… *0225*
シャーロック・ホームズ　アンダーショー
　の冒険（原書房　2016.12）………… *0226*
シャーロック・ホームズとヴィクトリア朝
　の怪人たち　1（扶桑社ミステリー
　2015.9）……………………………… *0227*
シャーロック・ホームズとヴィクトリア朝
　の怪人たち　2（扶桑社ミステリー
　2015.11）…………………………… *0228*

シャーロック・ホームズに愛をこめて（光文社文庫 2010.1）……… 0229	掌中のエスプリ―フランス文学短篇名作集（弘学社 2013.11）……… 1154
シャーロック・ホームズに再び愛をこめて（光文社文庫 2010.7）……… 0230	『少年倶楽部』短篇選（講談社文芸文庫 2013.11）……… 0964
シャーロック・ホームズの栄冠（論創社 2007.1）……… 0231	『少年倶楽部』熱血・痛快・時代短篇選（講談社文芸文庫 2015.1）……… 0065
シャーロック・ホームズの災難―日本版（論創社 2007.12）……… 0232	少年のなみだ（泰文堂 2014.6）……… 0965
シャーロック・ホームズの大冒険 上（原書房 2009.7）……… 0233	縄文4000年の謎に挑む―宮畑遺跡の「巨大柱」と「焼かれた家」 福島市宮畑ミステリー大賞作品集（現代書林 2016.2）… 0831
シャーロック・ホームズの大冒険 下（原書房 2009.12）……… 0234	所轄―警察アンソロジー（ハルキ文庫 2016.10）……… 0240
上海のシャーロック・ホームズ（国書刊行会 2016.1）……… 0235	職人気質（小学館文庫 2007.5）……… 0066
12星座小説集（講談社文庫 2013.5）……… 0958	諸国物語―stories from the world（ポプラ社 2008.2）……… 0879
12人のカウンセラーが語る12の物語（ミネルヴァ書房 2010.7）……… 0959	ショートショートの缶詰（キノブックス 2016.5）……… 0966
12の贈り物―東日本大震災支援岩手県在住作家自選短編集（荒蝦夷 2011.8）… 0782	ショートショートの花束 1（講談社文庫 2009.3）……… 0967
十年交差点（新潮文庫 2016.9）……… 0960	ショートショートの花束 2（講談社文庫 2010.4）……… 0968
十年後のこと（河出書房新社 2016.11）… 0961	ショートショートの花束 3（講談社文庫 2011.4）……… 0969
十の罪業 Black（創元推理文庫 2009.1）……… 0236	ショートショートの花束 4（講談社文庫 2012.4）……… 0970
十の罪業 Red（創元推理文庫 2009.1）… 0237	ショートショートの花束 5（講談社文庫 2013.4）……… 0971
18の罪―現代ミステリ傑作選（ヴィレッジブックス 2012.11）……… 0238	ショートショートの花束 6（講談社文庫 2014.4）……… 0972
10ラブ・ストーリーズ（朝日文庫 2011.11）……… 0691	ショートショートの花束 7（講談社文庫 2015.4）……… 0973
シュガー＆スパイス（ヴィレッジブックス 2007.12）……… 0692	ショートショートの花束 8（講談社文庫 2016.4）……… 0974
主婦に捧げる犯罪―書下ろしミステリ傑作選（武田ランダムハウスジャパン 2012.3）……… 0239	ショートショートの広場 19（講談社文庫 2007.5）……… 0975
主命にござる（新潮文庫 2015.4）……… 0062	ショートショートの広場 20（講談社文庫 2008.3）……… 0976
狩猟文学マスターピース（みすず書房 2011.12）……… 0794	書物愛 海外篇（創元ライブラリ 2014.2）……… 0586
笑劇―SFバカ本カタストロフィ集（小学館文庫 2007.1）……… 0517	書物愛 日本篇（創元ライブラリ 2014.2）……… 0587
衝撃を受けた時代小説傑作選（文春文庫 2011.9）……… 0063	シルヴァー・スクリーム 上（創元推理文庫 2013.11）……… 0450
笑止―SFバカ本シュール集（小学館文庫 2007.6）……… 0518	シルヴァー・スクリーム 下（創元推理文庫 2013.11）……… 0451
少女のなみだ（泰文堂 2014.6）……… 0760	史話（凱風社 2009.2）……… 0067
小説の家（新潮社 2016.7）……… 0962	新・幻想と怪奇（早川書房 2009.5）……… 0452
小説乃湯―お風呂小説アンソロジー（角川文庫 2013.3）……… 0963	
小説「武士道」（三笠書房 2008.11）…… 0064	

収録アンソロジー一覧　　　せんそ

新釈グリム童話―めでたし、めでたし？
（集英社オレンジ文庫　2016.3）……… 0977
心中小説名作選（集英社文庫　2008.11）… 0978
神出鬼没！　戦国忍者伝―傑作時代小説
（PHP文庫　2009.3）………………… 0068
人生を変えた時代小説傑作選（文春文庫
2010.2）…………………………… 0069
新選組出陣（廣済堂出版　2014.2）……… 0070
新選組出陣（徳間文庫　2014.2）………… 0071
シンデレラ（竹書房文庫　2015.4）……… 0693
新編・日本幻想文学集成　1（国書刊行会
2016.6）…………………………… 0395
新編・日本幻想文学集成　2（国書刊行会
2016.8）…………………………… 0396
新編・日本幻想文学集成　3（国書刊行会
2016.10）…………………………… 0397
新編・日本幻想文学集成　4（国書刊行会
2016.12）…………………………… 0398
新・本格推理　7（光文社文庫　2007.3）… 0241
新・本格推理　8（光文社文庫　2008.3）… 0242
新・本格推理　特別編（光文社文庫
2009.3）…………………………… 0243
深夜バス78回転の問題―本格短編ベスト・
セレクション（講談社文庫　2008.1）…・ 0244
心霊理論（光文社文庫　2007.8）………… 0453

【す】

スウィート・サマー・ラブ（ハーパーコリ
ンズ・ジャパン　2015.8）……………… 0694
好き、だった。―はじめての失恋、七つの
話（MF文庫　2010.2）………………… 0695
好きなのに（泰文堂　2013.5）…………… 0696
すごい恋愛（泰文堂　2012.12）………… 0697
スタートライン―始まりをめぐる19の物
語（幻冬舎文庫　2010.4）……………… 0979
スティーヴ・フィーヴァー―ポストヒュー
マンSF傑作選 SFマガジン創刊50周年
記念アンソロジー（ハヤカワ文庫
2010.11）…………………………… 0519
捨てる―アンソロジー（文藝春秋
2015.11）…………………………… 0747
素浪人横丁―人情時代小説傑作選（新潮文
庫　2009.7）………………………… 0072

【せ】

星海社カレンダー小説　2012上（星海社
2012.7）…………………………… 0980
星海社カレンダー小説　2012下（星海社
2012.7）…………………………… 0981
青鞜小説集（講談社文芸文庫　2014.7）…・ 0748
聖なる夜に君は（角川文庫　2009.11）…… 0982
生の深みを覗く―ポケットアンソロジー
（岩波文庫別冊　2010.7）……………… 0880
世界堂書店（文春文庫　2014.5）………… 0881
関ケ原・運命を分けた決断―傑作時代小説
（PHP文庫　2007.6）………………… 0073
雪月花・江戸景色（光文社文庫　2013.6）・ 0074
絶体絶命！（泰文堂　2011.6）…………… 0983
セブンティーン・ガールズ（角川文庫
2014.5）…………………………… 0984
セブンミステリーズ（講談社文庫
2009.4）…………………………… 0245
ゼロ年代SF傑作選（ハヤカワ文庫
2010.2）…………………………… 0520
0番目の事件簿（講談社　2012.11）……… 0246
世話焼き長屋―人情時代小説傑作選（新潮
文庫　2008.2）……………………… 0075
戦国秘史―歴史小説アンソロジー（角川文
庫　2016.7）………………………… 0076
全作家短編集　第15巻（のべる出版企画
2016.8）…………………………… 0985
全作家短編小説集　第6巻（全作家協会
2007.7）…………………………… 0986
全作家短編小説集　第7巻（全作家協会
2008.7）…………………………… 0987
全作家短編小説集　第8巻（全作家協会
2009.7）…………………………… 0988
全作家短編小説集　第9巻（全作家協会
2010.7）…………………………… 0989
全作家短編小説集　第10巻（のべる出版
2011.6）…………………………… 0990
全作家短編小説集　第11巻（全作家協会
2012.6）…………………………… 0991
全作家短編小説集　第12巻（全作家協会
2013.6）…………………………… 0992
戦前探偵小説四人集（論創社　2011.6）…・ 0247
戦争小説短篇名作選（講談社文芸文庫
2015.7）…………………………… 0777

(19)

せんち　　　　　収録アンソロジー一覧

センチメンタル急行―あの日へ帰る、旅情
　短篇集（泰文堂 2010.9）················· 0606
千の脚を持つ男―怪物ホラー傑作選（創元
　推理文庫 2007.9）······················· 0454

【 そ 】

そういうものだろ、仕事っていうのは（日
　本経済新聞出版社 2011.2）··············· 0772
創刊一〇〇年三田文学名作選（三田文学会
　2010.7）································· 0993
空飛ぶモルグ街の研究（講談社文庫
　2013.1）································· 0248
それでも三月は、また（講談社 2012.2）··· 0783
それはまだヒミツ―少年少女の物語（新潮
　文庫 2012.2）····························· 0994

【 た 】

代表作時代小説　平成19年度（光文社
　2007.6）································· 0077
代表作時代小説　平成20年度（光文社
　2008.6）································· 0078
代表作時代小説　平成21年度（光文社
　2009.6）································· 0079
代表作時代小説　平成22年度（光文社
　2010.6）································· 0080
代表作時代小説　平成23年度（光文社
　2011.6）································· 0081
代表作時代小説　平成24年度（光文社
　2012.6）································· 0082
代表作時代小説　平成25年度（光文社
　2013.6）································· 0083
代表作時代小説　平成26年度（光文社
　2014.6）································· 0084
ダイヤモンド・ドッグ―《多文化を映す》
　現代オーストラリア短編小説集（現代企
　画室 2008.5）····························· 1163
太陽系無宿／お祖母ちゃんと宇宙海賊―ス
　ペース・オペラ名作選（創元SF文庫
　2013.1）································· 0521
第三の新人名作選（講談社文芸文庫
　2011.8）································· 0995
だから猫は猫そのものではない（凱風社
　2015.5）································· 0795

暗闇（ダークサイド）を追いかけろ（光文
　社文庫 2008.5）··························· 0249
竹中英太郎　1（皓星社 2016.6）········· 0455
竹中英太郎　2（皓星社 2016.8）········· 0250
竹中英太郎　3（皓星社 2016.11）········ 0996
竹中半兵衛―小説集（作品社 2014.3）··· 0085
太宰治賞　2007（筑摩書房 2007.6）······ 0997
太宰治賞　2008（筑摩書房 2008.6）······ 0998
太宰治賞　2009（筑摩書房 2009.6）······ 0999
太宰治賞　2010（筑摩書房 2010.6）······ 1000
太宰治賞　2011（筑摩書房 2011.6）······ 1001
太宰治賞　2012（筑摩書房 2012.6）······ 1002
太宰治賞　2013（筑摩書房 2013.6）······ 1003
太宰治賞　2014（筑摩書房 2014.6）······ 1004
太宰治賞　2015（筑摩書房 2015.6）······ 1005
太宰治賞　2016（筑摩書房 2016.6）······ 1006
たそがれ江戸暮色（光文社文庫 2014.6）·· 0086
たそがれ長屋―人情時代小説傑作選（新潮
　文庫 2008.10）···························· 0087
たそがれゆく未来（ちくま文庫 2016.3）·· 0522
多々良島ふたたび―ウルトラ怪獣アンソロ
　ジー（早川書房 2015.7）················· 0523
立川文学―「立川文学賞」作品集　第1回
　（けやき出版 2011.5）··················· 0832
立川文学　2（けやき出版 2012.7）········ 0833
立川文学　3（けやき出版 2013.6）········ 0834
立川文学　4（けやき出版 2014.6）········ 0835
立川文学　5（けやき出版 2015.6）········ 0836
立川文学　6（けやき出版 2016.6）········ 0837
タッグ私の相棒―警察アンソロジー（角川
　春樹事務所 2015.6）····················· 0251
楽しい夜（講談社 2016.2）··············· 1129
旅を数えて（光文社 2007.8）············· 0607
旅の終わり、始まりの旅（小学館文庫
　2012.3）································· 0608
誰も知らない「桃太郎」「かぐや姫」のす
　べて（明拓出版 2009.5）················· 1007
探偵Xからの挑戦状！（小学館文庫
　2009.10）································ 0252
探偵Xからの挑戦状！　season2（小学館
　文庫 2011.2）····························· 0253
探偵Xからの挑戦状！　〔season〕3（小
　学館文庫 2012.5）························· 0254
探偵小説の風景―トラフィック・コレク
　ション　上（光文社文庫 2009.5）······· 0255
探偵小説の風景―トラフィック・コレク
　ション　下（光文社文庫 2009.9）······· 0256
探偵の殺される夜（講談社文庫 2016.1）·· 0257

(20)

収録アンソロジー一覧　　　　　　てのひ

たんときれいに召し上がれ—美食文学精選
　（芸術新聞社 2015.1）‥‥‥‥‥‥ *0622*
短編工場（集英社文庫 2012.10）‥‥‥ *1008*
短篇集　4（双葉文庫 2008.6）‥‥‥‥ *0258*
短篇集（ヴィレッジブックス 2010.4）‥‥ *1009*
短篇小説日和—英国異色傑作選（ちくま文
　庫 2013.3）‥‥‥‥‥‥‥‥‥‥ *1140*
短篇で読むシチリア（みすず書房
　2011.1）‥‥‥‥‥‥‥‥‥‥‥ *1155*
短篇ベストコレクション—現代の小説
　2007（徳間文庫 2007.6）‥‥‥‥ *1010*
短篇ベストコレクション—現代の小説
　2008（徳間文庫 2008.6）‥‥‥‥ *1011*
短篇ベストコレクション—現代の小説
　2009（徳間文庫 2009.6）‥‥‥‥ *1012*
短篇ベストコレクション—現代の小説
　2010（徳間文庫 2010.6）‥‥‥‥ *1013*
短篇ベストコレクション—現代の小説
　2011（徳間文庫 2011.6）‥‥‥‥ *1014*
短篇ベストコレクション—現代の小説
　2012（徳間文庫 2012.6）‥‥‥‥ *1015*
短篇ベストコレクション—現代の小説
　2013（徳間文庫 2013.6）‥‥‥‥ *1016*
短篇ベストコレクション—現代の小説
　2014（徳間文庫 2014.6）‥‥‥‥ *1017*
短篇ベストコレクション—現代の小説
　2015（徳間文庫 2015.6）‥‥‥‥ *1018*
短篇ベストコレクション—現代の小説
　2016（徳間文庫 2016.6）‥‥‥‥ *1019*

【ち】

地を這う捜査—「読楽」警察小説アンソロ
　ジー（徳間文庫 2015.12）‥‥‥‥ *0259*
地球の静止する日（角川文庫 2008.11）‥ *0524*
チーズと塩と豆と（ホーム社 2010.10）‥ *0623*
チーズと塩と豆と（集英社文庫
　2013.10）‥‥‥‥‥‥‥‥‥‥‥ *0624*
血の報復—「在満」中国人作家短篇集（ゆ
　まに書房 2016.7）‥‥‥‥‥‥‥ *1115*
超弦領域—年刊日本SF傑作選（創元SF文
　庫 2009.6）‥‥‥‥‥‥‥‥‥‥ *0525*
釣聖—第11回「伊豆文学賞」優秀作品集
　（静岡新聞社 2008.3）‥‥‥‥‥‥ *0838*
超短編傑作選　v.6（創英社 2007.7）‥‥ *1020*
超短編の世界（創英社 2008.6）‥‥‥‥ *1021*

超短編の世界　vol.2（創英社 2009.9）‥‥ *1022*
超短編の世界　vol.3（創英社 2011.2）‥‥ *1023*

【つ】

憑きびと—「読楽」ホラー小説アンソロ
　ジー（徳間文庫 2016.2）‥‥‥‥‥ *0456*
妻を失う—離別作品集（講談社文芸文庫
　2014.11）‥‥‥‥‥‥‥‥‥‥‥ *0761*
冷たい方程式（ハヤカワ文庫 2011.11）‥ *0526*

【て】

デッド・オア・アライヴ—江戸川乱歩賞作
　家アンソロジー（講談社 2013.12）‥‥ *0260*
デッド・オア・アライヴ（講談社文庫
　2014.9）‥‥‥‥‥‥‥‥‥‥‥ *0261*
鉄ミス倶楽部東海道新幹線50—推理小説
　アンソロジー（光文社文庫 2014.9）‥ *0609*
てのひら怪談—ビーケーワン怪談大賞傑作
　選（ポプラ社 2007.2）‥‥‥‥‥‥ *0457*
てのひら怪談—ビーケーワン怪談大賞傑作
　選（ポプラ文庫 2008.6）‥‥‥‥‥ *0458*
てのひら怪談—ビーケーワン怪談大賞傑作
　選　2（ポプラ社 2007.12）‥‥‥‥ *0459*
てのひら怪談—ビーケーワン怪談大賞傑作
　選　百怪繚乱篇（ポプラ社 2008.6）‥ *0460*
てのひら怪談—ビーケーワン怪談大賞傑作
　選　己丑（ポプラ文庫 2009.6）‥‥‥ *0461*
てのひら怪談—ビーケーワン怪談大賞傑作
　選　庚寅（ポプラ文庫 2010.6）‥‥‥ *0462*
てのひら怪談—ビーケーワン怪談大賞傑作
　選　辛卯（ポプラ文庫 2011.6）‥‥‥ *0463*
てのひら怪談—ビーケーワン怪談大賞傑作
　選　壬辰（ポプラ文庫 2012.6）‥‥‥ *0464*
てのひら怪談　癸巳（MF文庫 2013.12）‥ *0465*
てのひら猫語り—書き下ろし時代小説集
　（白泉社 2014.11）‥‥‥‥‥‥‥ *0796*
てのひらの宇宙—星雲賞短編SF傑作選（創
　元SF文庫 2013.3）‥‥‥‥‥‥‥ *0527*
てのひらの恋—けれど、いちばん大切なあ
　の人との記憶。（角川文庫 2014.1）‥‥ *0698*

(21)

てんか　　　　収録アンソロジー一覧

天外消失―世界短篇傑作集 Off the face of
the earth and other stories（早川書房
2008.12）……………………………… 0262
天空の家―イラン女性作家選（段々社
2014.5）……………………………… 0749
天国の風―アジア短篇ベスト・セレクショ
ン（新潮社 2011.2）……………… 1110
天使が微笑んだら―クリスマス・ストー
リー2008（ハーレクイン 2008.10）…… 0699
天地驚愕のミステリー（宝島社文庫
2009.8）……………………………… 0263
天変動く大震災と作家たち（インパクト出
版会 2011.9）……………………… 0784
電話ミステリー倶楽部―傑作推理小説集
（光文社文庫 2016.5）…………… 0264

【と】

ドイツ幻想小説傑作選―ロマン派の森から
（ちくま文庫 2010.2）…………… 0399
東京小説（日経文芸文庫 2013.12）… 0839
東京ホタル（ポプラ社 2013.5）…… 0840
東京ホタル（ポプラ文庫 2015.5）… 0841
刀剣―歴史時代小説名作アンソロジー（中
公文庫 2016.4）…………………… 0088
童貞小説集（ちくま文庫 2007.9）… 0882
どうぶつたちの贈り物（PHP研究所
2016.2）……………………………… 0797
東北戦国志―傑作時代小説（PHP文庫
2009.9）……………………………… 0089
時を生きる種族―ファンタスティック時間
SF傑作選（創元SF文庫 2013.7）… 0528
時の娘―ロマンティック時間SF傑作選（創
元SF文庫 2009.10）……………… 0529
時の罠（文春文庫 2014.7）………… 1024
時よとまれ、君は美しい―スポーツ小説名
作集（角川文庫 2007.12）……… 0599
毒殺協奏曲（原書房 2016.6）……… 0265
とっておきの話（筑摩書房 2011.5）… 0883
とっておき名短篇（ちくま文庫 2011.1）… 1025
隣りの不安、目前の恐怖（双葉文庫
2016.6）……………………………… 0266
となりのもののけさん―競作短篇集（ポプ
ラ文庫ピュアフル 2014.9）…… 0466
怒髪の雷（祥伝社文庫 2016.3）…… 0090
扉の向こうへ（全作家協会 2014.7）… 1026

十和田、奥入瀬 水と土地をめぐる旅（青幻
舎 2013.9）………………………… 0842

【な】

「内向の世代」初期作品アンソロジー（講
談社文芸文庫 2016.1）…………… 1027
ナイン・ストーリーズ・オブ・ゲンジ（新
潮社 2008.10）…………………… 0091
19（ナインティーン）（メディアワークス
文庫 2010.12）…………………… 1028
渚にて―あの日からの〈みちのく怪談〉
（荒蝦夷 2016.7）………………… 0785
泣ける！ 北海道（泰文堂 2015.4）…… 0843
ナゴヤドームで待ちあわせ（ポプラ社
2016.7）……………………………… 0600
情けがからむ朱房の十手―傑作時代小説
（PHP文庫 2009.1）……………… 0092
謎―スペシャル・ブレンド・ミステリー
002（講談社文庫 2007.9）……… 0267
謎―スペシャル・ブレンド・ミステリー
003（講談社文庫 2008.9）……… 0268
謎―スペシャル・ブレンド・ミステリー
004（講談社文庫 2009.9）……… 0269
謎―スペシャル・ブレンド・ミステリー
005（講談社文庫 2010.9）……… 0270
謎―スペシャル・ブレンド・ミステリー
006（講談社文庫 2011.9）……… 0271
謎―スペシャル・ブレンド・ミステリー
007（講談社文庫 2012.10）…… 0272
謎―スペシャル・ブレンド・ミステリー
008（講談社文庫 2013.10）…… 0273
謎―スペシャル・ブレンド・ミステリー
009（講談社文庫 2014.9）……… 0274
謎の部屋（ちくま文庫 2012.7）…… 0275
謎の放課後―学校のミステリー（角川文庫
2013.11）…………………………… 0276
謎の放課後―学校の七不思議（角川文庫
2015.8）……………………………… 0467
謎の物語（ちくま文庫 2012.2）…… 1130
夏色の恋の誘惑（ハーレクイン 2013.8）… 0700
夏しぐれ―時代小説アンソロジー（角川文
庫 2012.7）………………………… 0093
夏に恋したシンデレラ（ハーパーコリン
ズ・ジャパン 2016.8）…………… 0701
夏休み（角川文庫 2014.6）………… 1029

(22)

収録アンソロジー一覧　　**ねらわ**

70年代日本SFベスト集成　1（ちくま文庫
　2014.10）……………………………… *0530*
70年代日本SFベスト集成　2（ちくま文庫
　2014.12）……………………………… *0531*
70年代日本SFベスト集成　3（ちくま文庫
　2015.2）……………………………… *0532*
70年代日本SFベスト集成　4（ちくま文庫
　2015.4）……………………………… *0533*
70年代日本SFベスト集成　5（ちくま文庫
　2015.6）……………………………… *0534*
七つの死者の囁き（新潮文庫 2008.12）… *0468*
七つの忠臣蔵（新潮文庫 2016.12）…… *0094*
怠けものの話（筑摩書房 2011.3）……… *0884*
涙がこぼれないように―さよならが胸を打
　つ10の物語（泰文堂 2014.4）………… *1030*
涙の百年文学―もう一度読みたい（太陽出
　版 2009.4）…………………………… *1031*
南欧怪談三題（未來社 2011.10）……… *0469*

【 に 】

逃げゆく物語の話―ゼロ年代日本SFベス
　ト集成 F（創元SF文庫 2010.10）…… *0535*
二時間目国語（宝島社文庫 2008.8）…… *0885*
二十一世紀ミャンマー作品集（大同生命国
　際文化基金 2015.11）………………… *1121*
29歳（日本経済新聞出版社 2008.11）… *1032*
29歳（新潮文庫 2012.3）……………… *1033*
二十の悪夢―角川ホラー文庫創刊20周年
　記念アンソロジー（角川ホラー文庫
　2013.10）……………………………… *0470*
20の短編小説（朝日文庫 2016.1）……… *1034*
日本SF短篇50―日本SF作家クラブ創立50
　周年記念アンソロジー　1（ハヤカワ文
　庫 2013.2）…………………………… *0536*
日本SF短篇50―日本SF作家クラブ創立50
　周年記念アンソロジー　2（ハヤカワ文
　庫 2013.4）…………………………… *0537*
日本SF短篇50―日本SF作家クラブ創立50
　周年記念アンソロジー　3（ハヤカワ文
　庫 2013.6）…………………………… *0538*
日本SF短篇50―日本SF作家クラブ創立50
　周年記念アンソロジー　4（ハヤカワ文
　庫 2013.8）…………………………… *0539*

日本SF短篇50―日本SF作家クラブ創立50
　周年記念アンソロジー　5（ハヤカワ文
　庫 2013.10）………………………… *0540*
日本怪獣侵略伝―ご当地怪獣異聞集（洋泉
　社 2015.4）…………………………… *0541*
日本海文学大賞―大賞作品集　1（日本海
　文学大賞運営委員会 2007.11）……… *0844*
日本海文学大賞―大賞作品集　2（日本海
　文学大賞運営委員会 2007.11）……… *0845*
日本海文学大賞―大賞作品集　3（日本海
　文学大賞運営委員会 2007.11）……… *0846*
日本剣客伝　江戸篇（朝日文庫
　2012.10）……………………………… *0095*
日本剣客伝　戦国篇（朝日文庫
　2012.10）……………………………… *0096*
日本剣客伝　幕末篇（朝日文庫
　2012.10）……………………………… *0097*
日本原発小説集（水声社 2011.10）…… *1035*
日本縦断世界遺産殺人紀行（有楽出版社
　2014.12）……………………………… *0277*
日本の少年小説―「少国民」のゆくえ（イ
　ンパクト出版会 2016.7）…………… *1036*
「日本浪曼派」集（新学社 2007.1）……… *1037*
にゃんそろじー（新潮文庫 2014.6）…… *0798*
女人（小学館文庫 2007.2）…………… *0098*
人魚―mermaid & merman（皓星社
　2016.3）……………………………… *0400*
人間みな病気（ランダムハウス講談社
　2007.11）……………………………… *1038*
忍者だもの―忍法小説五番勝負（新潮文庫
　2015.2）……………………………… *0099*

【 ね 】

猫（中公文庫 2009.11）………………… *0799*
猫愛（凱風社 2008.12）………………… *0800*
猫とわたしの七日間―青春ミステリーアン
　ソロジー（ポプラ文庫ピュアフル
　2013.11）……………………………… *0801*
ねこ！　ネコ！　猫！―nekoミステリー傑
　作選（徳間文庫 2008.10）…………… *0802*
猫は神さまの贈り物　小説編（有楽出版社
　2014.5）……………………………… *0803*
鼠小僧次郎吉（国書刊行会 2012.11）…… *0100*
眠れなくなる夢十夜（新潮文庫 2009.6）… *1039*
狙われた女（扶桑社ミステリー 2014.7）… *0471*

(23)

【の】

ノスタルジー1972（講談社 2016.11）…… *1040*

野辺に朽ちぬとも―吉田松陰と松下村塾の
男たち（集英社文庫 2015.1）………… *0101*

【は】

ばあば新茶マラソンをとぶ―第16回「伊豆
文学賞」優秀作品集（羽衣出版
2013.3）………………………………… *0847*

バカミスじゃない!?―史上空前のバカミ
ス・アンソロジー（宝島社 2007.6）… *0278*

伯爵の血族―紅ノ章（光文社文庫
2007.4）………………………………… *0472*

幕末京都血風録―傑作時代小説（PHP文庫
2007.11）……………………………… *0102*

幕末スパイ戦争（徳間文庫 2015.8）…… *0103*

幕末の剣鬼たち―時代小説傑作選（コス
ミック出版 2009.12）………………… *0104*

初めて恋してます。―サナギからチョウへ
（主婦と生活社 2010.12）…………… *0702*

はじめての小説（ミステリー）―内田康夫
＆東京・北区が選んだ気鋭のミステリー
（実業之日本社 2008.1）…………… *0279*

はじめての小説（ミステリー） 2（実業之
日本社 2013.3）……………………… *0280*

バッド・バッド・ボーイズ（ハヤカワ文庫
2011.1）………………………………… *0703*

花月夜綺譚―怪談集（集英社文庫
2007.9）………………………………… *0473*

花と剣と侍―新鷹会・傑作時代小説選（光
文社文庫 2009.6）…………………… *0105*

母のなみだ―愛しき家族を想う短篇小説集
（泰文堂 2012.3）…………………… *0762*

母のなみだ・ひまわり―愛しき家族を想う
短篇小説集（泰文堂 2013.6）……… *0763*

パプア・ニューギニア小説集（三重大学出
版会 2008.7）………………………… *1164*

はよう寝んか明日が来るぞ―第14回「伊豆
文学賞」優秀作品集（静岡新聞社
2011.3）………………………………… *0848*

春はやて―時代小説アンソロジー（角川文
庫 2016.3）…………………………… *0106*

晴れた日は謎を追って（創元推理文庫
2014.12）……………………………… *0281*

晩菊―女体についての八篇（中公文庫
2016.4）………………………………… *1041*

判決―法廷ミステリー傑作集（徳間文庫
2010.3）………………………………… *0282*

犯罪は詩人の楽しみ―詩人ミステリ集成
（創元推理文庫 2012.9）…………… *0283*

ハーン・ザ・ラストハンター―アメリカ
ン・オタク小説集（筑摩書房
2016.10）……………………………… *1148*

犯人たちの部屋（講談社文庫 2007.11）… *0284*

犯人は秘かに笑う―ユーモアミステリー傑
作選（光文社文庫 2007.1）………… *0285*

【ひ】

ヒー・イズ・レジェンド（小学館文庫
2010.4）………………………………… *1131*

東と西 1（小学館 2009.12）………… *1042*

東と西 1（小学館文庫 2012.1）……… *1043*

東と西 2（小学館 2010.7）…………… *1044*

東と西 2（小学館文庫 2012.2）……… *1045*

被差別小説傑作集（河出文庫 2016.3）… *1046*

被差別文学全集（河出文庫 2016.8）…… *1047*

飛翔―C★NOVELS大賞作家アンソロ
ジー（中央公論新社 2013.3）……… *1048*

ひつじアンソロジー 小説編2（ひつじ書
房 2009.4）…………………………… *0804*

ひと粒の宇宙（角川文庫 2009.11）…… *1049*

ひとなつの。―真夏に読みたい五つの物語
（角川文庫 2014.7）………………… *1050*

ひとにぎりの異形（光文社文庫
2007.12）……………………………… *0474*

人はお金をつかわずにはいられない（日本
経済新聞出版社 2011.10）…………… *0773*

人は死んだら電柱になる―電柱アンソロ
ジー（遠すぎる未来団 2014.8）……… *1051*

姫君たちの戦国―時代小説傑作選（PHP文
芸文庫 2011.2）……………………… *0107*

百年小説―the birth of modern Japanese
literature（ポプラ社 2012.1）……… *1052*

100の恋―幸せになるための恋愛短篇集
（泰文堂 2010.9）…………………… *0704*

100万分の1回のねこ（講談社 2015.7）… *0805*

収録アンソロジー一覧　　ふんこ

140字の物語—Twitter小説集 #twnovel
　（ディスカヴァー・トゥエンティワン
　2009.11）……………………………… *1053*
憑依（光文社文庫 2010.5）…………… *0475*
氷河の滴—現代スイス女性作家作品集（鳥
　影社・ロゴス企画 2007.5）…………… *0750*
ひらく—第15回フェリシモ文学賞（（神
　戸）フェリシモ 2012.6）……………… *0849*

【ふ】

ファイン/キュート素敵かわいい作品選
　（ちくま文庫 2015.5）………………… *0886*
ファン（主婦と生活社 2009.4）……… *0705*
ファンタスティック・ヘンジ（変タジー同
　好会 2012.11）…………………………… *0542*
フィリップ・マーロウの事件（ハヤカワ・
　ミステリ文庫 2007.3）………………… *0286*
フェイスオフ対決（集英社文庫 2015.9）‥ *0287*
不可能犯罪コレクション（原書房
　2009.6）…………………………………… *0288*
ブキミな人びと（ランダムハウス講談社
　2007.11）………………………………… *1054*
福島の文学—11人の作家（講談社文芸文庫
　2014.3）…………………………………… *0850*
不思議の国のアリス ミステリー館（河出
　文庫 2015.9）…………………………… *0289*
不思議の足跡（光文社 2007.10）……… *0290*
不思議の足跡（光文社文庫 2011.4）…… *0291*
不思議の扉　午後の教室（角川文庫
　2011.8）…………………………………… *0543*
不思議の扉　ありえない恋（角川文庫
　2011.2）…………………………………… *0544*
不思議の扉　時をかける恋（角川文庫
　2010.2）…………………………………… *0545*
不思議の扉　時間がいっぱい（角川文庫
　2010.3）…………………………………… *0546*
ふしぎ日和—「季節風」書き下ろし短編集
　（インターグロー 2015.2）…………… *0401*
富士山（角川文庫 2013.9）…………… *0806*
武士道（小学館文庫 2007.3）………… *0108*
武士道切絵図—新鷹会・傑作時代小説選
　（光文社文庫 2010.6）………………… *0109*
武士道歳時記—新鷹会・傑作時代小説選
　（光文社文庫 2008.6）………………… *0110*
武士道残月抄（光文社文庫 2011.6）…… *0111*

藤本義一文学賞　第1回（（大阪）たる出版
　2016.1）…………………………………… *0851*
ふたり—時代小説夫婦情話（ハルキ文庫
　2010.5）…………………………………… *0112*
ぶどう酒色の海—イタリア中短編小説集
　（イタリア文藝叢書刊行委員会
　2013.10）………………………………… *1156*
吹雪の山荘—赤い死の影の下に（東京創元
　社 2008.1）……………………………… *0292*
吹雪の山荘—リレーミステリ（創元推理文
　庫 2014.11）……………………………… *0293*
冬ごもり—時代小説アンソロジー（角川文
　庫 2013.12）……………………………… *0113*
ブラックミステリーズ—12の黒い謎をめ
　ぐる219の質問（角川文庫 2015.4）…… *0294*
フランダースの声—現代ベルギー小説アン
　ソロジー（松籟社 2013.11）…………… *1160*
ブリティッシュ＆アイリッシュ・マスター
　ピース（スイッチ・パブリッシング
　2015.7）…………………………………… *1141*
ふりむけば闇—時代小説招待席（徳間文庫
　2007.10）………………………………… *0114*
古きものたちの墓—クトゥルフ神話への招
　待（扶桑社ミステリー 2013.7）……… *0476*
文学 2007（講談社 2007.5）…………… *1055*
文学 2008（講談社 2008.4）…………… *1056*
文学 2009（講談社 2009.4）…………… *1057*
文学 2010（講談社 2010.4）…………… *1058*
文学 2011（講談社 2011.5）…………… *1059*
文学 2012（講談社 2012.4）…………… *1060*
文学 2013（講談社 2013.4）…………… *1061*
文学 2014（講談社 2014.4）…………… *1062*
文学 2015（講談社 2015.4）…………… *1063*
文学 2016（講談社 2016.4）…………… *1064*
文学で考える〈仕事〉の百年（双文社出版
　2010.3）…………………………………… *0774*
文学で考える〈仕事〉の百年（翰林書房
　2016.9）…………………………………… *0775*
文学で考える〈日本〉とは何か（双文社出
　版 2007.4）……………………………… *1065*
文学で考える〈日本〉とは何か（翰林書房
　2016.9）…………………………………… *1066*
文学に描かれた戦争—徳島大空襲を中心に
　（徳島県文化振興財団徳島県立文学書道
　館 2015.8）……………………………… *0778*
文芸あねもね（新潮文庫 2012.3）……… *0751*
文豪さんへ。—近代文学トリビュートアン
　ソロジー（MF文庫 2009.12）………… *1067*

(25)

ふんこ　　収録アンソロジー一覧

文豪山怪奇譚—山の怪談名作選（山と渓谷社 2016.2）……… 0477
文豪たちが書いた怖い名作短編集（彩図社 2014.1）……… 0478
文豪たちが書いた耽美小説短編集（彩図社 2015.10）……… 1068
文豪たちが書いた泣ける名作短編集（彩図社 2014.9）……… 1069
文豪てのひら怪談（ポプラ文庫 2009.8）‥ 0479
文豪のミステリー小説（集英社文庫 2008.2）……… 0295
文人御馳走帖（新潮文庫 2014.8）……… 0625

【へ】

平成28年熊本地震作品集（くまもと文学・歴史館友の会 2016.8）……… 0786
壁画の中の顔—こわい話気味のわるい話 3（沖積舎 2012.7）……… 0480
ベスト・アメリカン・短編ミステリ（DHC 2010.11）……… 0296
ベスト・アメリカン・短編ミステリ 2012（DHC 2012.11）……… 0297
ベスト・アメリカン・短編ミステリ 2014（DHC 2015.1）……… 0298
ベスト・アメリカン・ミステリ クラック・コカイン・ダイエット（早川書房 2007.12）……… 0299
ベスト・ストーリーズ 1（早川書房 2015.12）……… 1132
ベスト・ストーリーズ 2（早川書房 2016.4）……… 1133
ベスト・ストーリーズ 3（早川書房 2016.8）……… 1134
ベスト本格ミステリ 2011（講談社 2011.6）……… 0300
ベスト本格ミステリ 2012（講談社 2012.6）……… 0301
ベスト本格ミステリ 2013（講談社 2013.6）……… 0302
ベスト本格ミステリ 2014（講談社 2014.6）……… 0303
ベスト本格ミステリ 2015（講談社 2015.6）……… 0304
ベスト本格ミステリ 2016（講談社 2016.6）……… 0305

変愛小説集（講談社 2008.5）……… 0706
変愛小説集（講談社文庫 2014.10）……… 0707
変愛小説集 2（講談社 2010.5）……… 0708
変愛小説集 日本作家編（講談社 2014.9）……… 0709
変事異聞（小学館文庫 2007.7）……… 0115
変身ものがたり（筑摩書房 2010.10）…… 0402

【ほ】

放課後探偵団—書き下ろし学園ミステリ・アンソロジー（創元推理文庫 2010.11）……… 0306
胞子文学名作選（港の人 2013.9）……… 0807
「宝石」一九五〇一牟家殺人事件：探偵小説傑作集（光文社文庫 2012.5）……… 0307
宝石ザミステリー（光文社 2011.12）…… 0308
宝石ザミステリー 2（光文社 2012.12）‥ 0309
宝石ザミステリー 3（光文社 2013.12）‥ 0310
宝石ザミステリー 2016（光文社 2015.12）……… 0313
宝石ザミステリー 2014夏（光文社 2014.8）……… 0311
宝石ザミステリー 2014冬（光文社 2014.12）……… 0312
宝石ザミステリー Blue（光文社 2016.12）……… 0315
宝石ザミステリー Red（光文社 2016.8）……… 0314
暴走する正義（ちくま文庫 2016.2）…… 0547
法廷ジャックの心理学—本格短編ベスト・セレクション（講談社文庫 2011.1）…… 0316
ポーカーはやめられない—ポーカー・ミステリ書下ろし傑作選（ランダムハウス講談社 2010.3）……… 0317
ぼくの、マシン—ゼロ年代日本SFベスト集成 S（創元SF文庫 2010.10）……… 0548
ぼくらの自由—第10回「伊豆文学賞」優秀作品集（静岡新聞社 2007.3）……… 0852
誇り（双葉社 2010.11）……… 0318
ほっこりミステリー（宝島社文庫 2014.3）……… 0319
ポーに捧げる20の物語（早川書房 2009.12）……… 1149
ボロゴーヴはミムジイ—伊藤典夫翻訳SF傑作選（ハヤカワ文庫 2016.11）……… 0549

(26)

収録アンソロジー一覧　　　　まほろ

ホワイト・ウェディング（SDP
　2007.12）‥‥‥‥‥‥‥‥‥‥‥‥ 0710
ホワイトハウスのペット探偵（講談社文庫
　2009.4）‥‥‥‥‥‥‥‥‥‥‥‥ 0320
本をめぐる物語――一冊の扉（角川文庫
　2014.2）‥‥‥‥‥‥‥‥‥‥‥‥ 0588
本をめぐる物語―栞は夢をみる（角川文庫
　2014.3）‥‥‥‥‥‥‥‥‥‥‥‥ 0589
本をめぐる物語―小説よ、永遠に（角川文
　庫 2015.11）‥‥‥‥‥‥‥‥‥‥ 0590
本格ミステリー二〇〇七年本格短編ベス
　ト・セレクション　07（講談社
　2007.5）‥‥‥‥‥‥‥‥‥‥‥‥ 0321
本格ミステリー二〇〇八年本格短編ベス
　ト・セレクション　08（講談社
　2008.6）‥‥‥‥‥‥‥‥‥‥‥‥ 0322
本格ミステリー二〇〇九年本格短編ベス
　ト・セレクション　09（講談社
　2009.6）‥‥‥‥‥‥‥‥‥‥‥‥ 0323
本格ミステリー二〇一〇年本格短編ベス
　ト・セレクション　’10（講談社
　2010.6）‥‥‥‥‥‥‥‥‥‥‥‥ 0324
本からはじまる物語（メディアパル
　2007.12）‥‥‥‥‥‥‥‥‥‥‥‥ 0591
本当のうそ（講談社 2007.12）‥‥‥‥ 1070
本能寺―男たちの決断―傑作時代小説
　（PHP文庫 2007.2）‥‥‥‥‥‥‥ 0116
本迷宮―本を巡る不思議な物語（日本図書
　設計家協会 2016.10）‥‥‥‥‥‥ 0592

【ま】

マイ・バレンタイン―愛の贈りもの
　2007（ハーレクイン 2007.1）‥‥‥ 0711
マイ・バレンタイン―愛の贈りもの
　2008（ハーレクイン 2008.1）‥‥‥ 0712
マイ・バレンタイン―愛の贈りもの
　2009（ハーレクイン 2009.1）‥‥‥ 0713
マイ・バレンタイン―愛の贈りもの
　2010（ハーレクイン 2010.1）‥‥‥ 0714
マイ・バレンタイン―愛の贈りもの
　2011（ハーレクイン 2011.1）‥‥‥ 0715
マイ・バレンタイン―愛の贈りもの
　2012（ハーレクイン 2012.1）‥‥‥ 0716
マイ・バレンタイン―愛の贈りもの
　2015（ハーレクイン 2015.1）‥‥‥ 0717

マイ・バレンタイン―愛の贈りもの
　2016（ハーパーコリンズ・ジャパン
　2016.1）‥‥‥‥‥‥‥‥‥‥‥‥ 0718
マイ・ベスト・ミステリー　1（文春文庫
　2007.8）‥‥‥‥‥‥‥‥‥‥‥‥ 0325
マイ・ベスト・ミステリー　2（文春文庫
　2007.8）‥‥‥‥‥‥‥‥‥‥‥‥ 0326
マイ・ベスト・ミステリー　3（文春文庫
　2007.9）‥‥‥‥‥‥‥‥‥‥‥‥ 0327
マイ・ベスト・ミステリー　4（文春文庫
　2007.10）‥‥‥‥‥‥‥‥‥‥‥‥ 0328
マイ・ベスト・ミステリー　5（文春文庫
　2007.11）‥‥‥‥‥‥‥‥‥‥‥‥ 0329
マイ・ベスト・ミステリー　6（文春文庫
　2007.12）‥‥‥‥‥‥‥‥‥‥‥‥ 0330
曲げられた真相（講談社文庫 2009.11）‥‥ 0331
マシン・オブ・デス―A Collection of
　Stories about People who Know How
　They Will DIE（アルファポリス
　2012.1）‥‥‥‥‥‥‥‥‥‥‥‥ 1150
マシン・オブ・デス（アルファポリス文庫
　2013.10）‥‥‥‥‥‥‥‥‥‥‥‥ 1151
街角で謎が待っている（創元推理文庫
　2014.12）‥‥‥‥‥‥‥‥‥‥‥‥ 0332
街角の書店―18の奇妙な物語（創元推理文
　庫 2015.5）‥‥‥‥‥‥‥‥‥‥‥ 1135
松江怪談―新作怪談 松江物語（今井印刷
　2015.10）‥‥‥‥‥‥‥‥‥‥‥‥ 0481
真夏の恋の物語―サマー・シズラー
　2009（ハーレクイン 2009.7）‥‥‥ 0719
真夏の恋の物語―サマー・シズラー
　2010（ハーレクイン 2010.7）‥‥‥ 0720
真夏の恋の物語―サマー・シズラー
　2012（ハーレクイン 2012.7）‥‥‥ 0721
真夏の恋の物語―サマー・シズラー
　2013（ハーレクイン 2013.7）‥‥‥ 0722
真夏の恋の物語―サマー・シズラー
　2014（ハーレクイン 2014.7）‥‥‥ 0723
真夏のシンデレラ・ストーリー―サマー・
　シズラー2015（ハーパーコリンズ・ジャ
　パン 2015.7）‥‥‥‥‥‥‥‥‥‥ 0724
学び舎は血を招く（講談社 2008.11）‥‥‥ 0333
幻の剣鬼七番勝負―傑作時代小説（PHP文
　庫 2008.5）‥‥‥‥‥‥‥‥‥‥‥ 0117
まほろ市の殺人―推理アンソロジー（祥伝
　社 2009.3）‥‥‥‥‥‥‥‥‥‥‥ 0334
まほろ市の殺人（祥伝社文庫 2013.2）‥‥ 0335
幻の名探偵―傑作アンソロジー（光文社文
　庫 2013.5）‥‥‥‥‥‥‥‥‥‥‥ 0336

まると　収録アンソロジー一覧

マルドゥック・ストーリーズ―公式二次創
　作集（ハヤカワ文庫 2016.9）………… 0550
丸谷才一編・花柳小説傑作選（講談社文芸
　文庫 2013.2）……………………………… 1071
万華鏡―第14回フェリシモ文学賞作品集
　（（神戸）フェリシモ 2011.6）………… 0853
マンハッタン物語（二見文庫 2008.8）… 0337
まんぷく長屋―食欲文学傑作選（新潮文庫
　2014.11）…………………………………… 0626

【み】

見えない殺人カード―本格短編ベスト・セ
　レクション（講談社文庫 2012.1）……… 0338
味覚小説名作集（光文社文庫 2016.1）… 0627
右か、左か（文春文庫 2010.1）………… 1072
御子神さん―幸福をもたらす♂三毛猫（竹
　書房文庫 2010.12）……………………… 0808
ミステリ愛。免許皆伝！（講談社
　2010.3）…………………………………… 0339
ミステリアス・ショーケース（早川書房
　2012.3）…………………………………… 0340
ミステリ★オールスターズ（角川書店
　2010.9）…………………………………… 0341
ミステリ・オールスターズ（角川文庫
　2012.9）…………………………………… 0342
ミステリ魂。校歌斉唱！（講談社
　2010.3）…………………………………… 0343
ミステリマガジン700―創刊700号記念ア
　ンソロジー　海外篇（ハヤカワ・ミステ
　リ文庫 2014.4）…………………………… 0344
ミステリマガジン700―創刊700号記念ア
　ンソロジー　国内篇（ハヤカワ・ミステ
　リ文庫 2014.4）…………………………… 0345
ミステリ・リーグ傑作選　上（論創社
　2007.5）…………………………………… 0346
ミステリ・リーグ傑作選　下（論創社
　2007.6）…………………………………… 0347
ミセス・ヴィールの幽霊―こわい話気味の
　わるい話 1（沖積舎 2011.12）………… 0482
三田文学短篇選（講談社文芸文庫
　2010.9）…………………………………… 1073
みちのく怪談名作選　vol.1（荒蝦夷
　2010.11）…………………………………… 0854
密室晩餐会（原書房 2011.6）…………… 0348

脈動―同人誌作家作品選（ファーストワン
　2013.12）…………………………………… 1074
妙ちきりん―「読楽」時代小説アンソロ
　ジー（徳間文庫 2016.3）………………… 0118
未来妖怪（光文社文庫 2008.7）………… 0483
みんなの少年探偵団（ポプラ社
　2014.11）…………………………………… 0349
みんなの少年探偵団（ポプラ文庫
　2016.12）…………………………………… 0350
みんなの少年探偵団　2（ポプラ社
　2016.3）…………………………………… 0351

【む】

無人踏切―鉄道ミステリー傑作選（光文社
　文庫 2008.11）…………………………… 0610
むすぶ―第11回フェリシモ文学賞作品集
　（（神戸）フェリシモ 2008.6）………… 0855
娘秘剣（徳間文庫 2011.3）……………… 0119

【め】

メアリー・スーを殺して―幻夢コレクショ
　ン（朝日新聞出版 2016.2）……………… 0403
迷君に候（新潮文庫 2015.6）…………… 0120
明治深刻悲惨小説集（講談社文芸文庫
　2016.6）…………………………………… 1075
名城伝（ハルキ文庫 2015.10）………… 0121
名探偵を追いかけろ（光文社文庫
　2007.5）…………………………………… 0352
名探偵だって恋をする（角川文庫
　2013.9）…………………………………… 0353
名探偵登場！（講談社 2014.4）………… 0354
名探偵登場！（講談社文庫 2016.4）…… 0355
名探偵と鉄旅―鉄道ミステリー傑作選（光
　文社文庫 2016.10）……………………… 0356
名探偵に訊け（光文社 2010.9）………… 0357
名探偵に訊け（光文社文庫 2013.4）…… 0358
名探偵の奇跡（光文社 2007.9）………… 0359
名探偵の奇跡（光文社文庫 2010.5）…… 0360
名探偵の饗宴（朝日文庫 2015.3）……… 0361
名短篇、ここにあり（ちくま文庫
　2008.1）…………………………………… 1076

収録アンソロジー一覧　　　　よいこ

名短篇、さらにあり（ちくま文庫
　2008.2）……………………… 1077
名短篇ほりだしもの（ちくま文庫
　2011.1）……………………… 1078
名刀伝（ハルキ文庫 2015.4）………… 0122
名刀伝　2（ハルキ文庫 2015.11）……… 0123
めぐり逢う四季（きせつ）（二見文庫
　2009.11）……………………… 0725
珍しい物語のつくり方―本格短編ベスト・
　セレクション（講談社文庫 2010.1）…… 0362
近代童話（メルヘン）と賢治（おうふう
　2014.2）……………………… 1079
麺'sミステリー倶楽部―傑作推理小説集
　（光文社文庫 2012.10）…………… 0363

【 も 】

もう一度読みたい教科書の泣ける名作（学
　研教育出版 2013.8）…………… 0887
もう一度読みたい教科書の泣ける名作
　再び（学研教育出版 2014.12）…… 0888
燃える天使（角川文庫 2009.10）……… 0726
もっと厭な物語（文春文庫 2014.2）…… 0889
もっとすごい！　10分間ミステリー（宝島
　社文庫 2013.5）………………… 0364
ものがたりのお菓子箱（飛鳥新社
　2008.11）……………………… 1080
物語のルミナリエ（光文社文庫
　2011.12）……………………… 0484
もの食う話（文春文庫 2015.2）………… 0628
モーフィー時計の午前零時―チェス小説ア
　ンソロジー（国書刊行会 2009.2）…… 1136
モロッコ幻想物語（岩波書店 2013.5）…… 0404
モンゴル近現代短編小説選（パブリック・
　ブレイン 2013.8）……………… 1118
モンスターズ―現代アメリカ傑作短篇集
　（白水社 2014.8）………………… 1152

【 や 】

柳生の剣、八番勝負（廣済堂文庫
　2009.11）……………………… 0124
躍進―C★NOVELS大賞作家アンソロ
　ジー（中央公論新社 2012.11）……… 1081

病短編小説集（平凡社 2016.9）………… 1137
山口雅也の本格ミステリ・アンソロジー
　（角川文庫 2007.12）…………… 0365
闇市（皓星社 2015.9）………………… 1082

【 ゆ 】

夕まぐれ江戸小景（光文社文庫 2015.6）… 0125
幽霊船―今日泊亜蘭翻訳怪奇小説コレク
　ション（我刊我書房 2015.6）……… 0485
幽霊でもいいから会いたい（泰文堂
　2014.10）……………………… 1083
雪国にて―北海道・東北編（双葉文庫
　2015.6）……………………… 0856
ゆきのまち幻想文学賞小品集　16（（青
　森）企画集団ぷりずむ 2007.1）…… 0857
ゆきのまち幻想文学賞小品集　17（（青
　森）企画集団ぷりずむ 2008.3）…… 0858
ゆきのまち幻想文学賞小品集　18（（青
　森）企画集団ぷりずむ 2009.3）…… 0859
ゆきのまち幻想文学賞小品集　19（（青
　森）企画集団ぷりずむ 2010.3）…… 0860
ゆきのまち幻想文学賞小品集　20（（青
　森）企画集団ぷりずむ 2011.4）…… 0861
ゆきのまち幻想文学賞小品集　21（（青
　森）企画集団ぷりずむ 2012.3）…… 0862
ゆきのまち幻想文学賞小品集　22（（青
　森）企画集団ぷりずむ 2013.3）…… 0863
ゆきのまち幻想文学賞小品集　23（（青
　森）企画集団ぷりずむ 2014.4）…… 0864
ゆきのまち幻想文学賞小品集　24（（青
　森）企画集団ぷりずむ 2015.3）…… 0865
ゆきのまち幻想文学賞小品集　25（（青
　森）企画集団ぷりずむ 2015.10）…… 0866
ゆくりなくも（鶴書院 2009.11）……… 1084
夢（SDP 2009.7）…………………… 1085
ゆれる―第12回フェリシモ文学賞作品集
　（（神戸）フェリシモ 2009.6）………… 0867

【 よ 】

宵越し猫語り―書き下ろし時代小説集（白
　泉社 2015.11）………………… 0809

妖怪変化―京極堂トリビュート（講談社
　2007.12）……………………………… 0486
吉原花魁（角川文庫 2009.12）………… 0126
四つの愛の物語―クリスマス・ストーリー
　2007（ハーレクイン 2007.11）………… 0727
四つの愛の物語―クリスマス・ストーリー
　2009（ハーレクイン 2009.11）………… 0728
四つの愛の物語―クリスマス・ストーリー
　2010（ハーレクイン 2010.11）………… 0729
四つの愛の物語―クリスマス・ストーリー
　2011（ハーレクイン 2011.11）………… 0730
四つの愛の物語―クリスマス・ストーリー
　2012（ハーレクイン 2012.11）………… 0731
四つの愛の物語―クリスマス・ストーリー
　2013（ハーレクイン 2013.11）………… 0732
四つの愛の物語―クリスマス・ストーリー
　2014（ハーレクイン 2014.11）………… 0733
読まずにいられぬ名短篇（ちくま文庫
　2014.5）…………………………………… 0890
蘇らぬ朝「大逆事件」以後の文学（インパ
　クト出版会 2010.12）………………… 1086
甦る名探偵―探偵小説アンソロジー（光文
　社文庫 2014.10）……………………… 0366
読み聞かせる戦争（光文社 2015.7）…… 0779
読んでおきたい近代日本小説選（龍書房
　2012.4）………………………………… 1087

【ら】

ラオス現代文学選集（大同生命国際文化基
　金 2013.12）…………………………… 1119
楽園追放rewired―サイバーパンクSF傑作
　選（ハヤカワ文庫 2014.10）………… 0551
ラテンアメリカ傑作短編集―中南米スペイ
　ン語圏文学史を辿る（彩流社 2014.1）‥ 1161
ラテンアメリカ五人集（集英社文庫
　2011.7）………………………………… 1162
ラブソングに飽きたら（幻冬舎文庫
　2015.2）………………………………… 0734
ラント夫人―こわい話気味のわるい話 2
　（沖積舎 2012.3）……………………… 0487

【り】

リテラリーゴシック・イン・ジャパン―文
　学的ゴシック作品選（ちくま文庫
　2014.1）………………………………… 0488
リトル・リトル・クトゥルー―史上最小の
　神話小説集（学習研究社 2009.1）…… 0489
留学生文学賞作品集　2006（留学生文学賞
　委員会 2007.1）………………………… 0891
量子回廊―年刊日本SF傑作選（創元SF文
　庫 2010.7）……………………………… 0552
龍馬参上（新潮文庫 2010.10）………… 0127
龍馬と志士たち―時代小説傑作選（コス
　ミック出版 2009.11）………………… 0128
龍馬の天命―坂本龍馬名手の八篇（実業之
　日本社 2010.1）………………………… 0129

【れ】

冷と温―第13回フェリシモ文学賞作品集
　（（神戸）フェリシモ 2010.6）………… 0868
レズビアン短編小説集―女たちの時間（平
　凡社 2015.6）…………………………… 1138
恋愛小説（新潮文庫 2007.3）…………… 0735

【ろ】

ろうそくの炎がささやく言葉（勁草書房
　2011.8）………………………………… 1088
60年代日本SFベスト集成（ちくま文庫
　2013.3）………………………………… 0553
ロシア幻想短編集（アルトアーツ
　2016.7）………………………………… 0405
ロシア幻想短編集　2（アルトアーツ
　2016.10（第2刷））…………………… 0406
ロシアSF短編集（アルトアーツ
　2016.11）………………………………… 0554
論理学園事件帳―本格短編ベスト・セレク
　ション（講談社文庫 2007.1）………… 0367

【わ】

ワイオミング生まれの宇宙飛行士―宇宙開
　発SF傑作選 SFマガジン創刊50周年記念
　アンソロジー(ハヤカワ文庫 2010.7)‥ *0555*
吾輩も猫である(新潮文庫 2016.12)‥‥‥ *0810*
別れ(SDP 2009.9) ‥‥‥‥‥‥‥‥‥‥ *1089*
忘れがたい者たち―ライトノベル・ジュブ
　ナイル選集(創英社 2007.7)‥‥‥‥‥ *1090*
忘れない。―贈りものをめぐる十の話(メ
　ディアファクトリー 2007.12)‥‥‥‥ *1091*
早稲田作家処女作集(講談社文芸文庫
　2012.6)‥‥‥‥‥‥‥‥‥‥‥‥‥ *1092*
私小説名作選　上(講談社文芸文庫
　2012.5)‥‥‥‥‥‥‥‥‥‥‥‥‥ *1093*
私小説名作選　下(講談社文芸文庫
　2012.6)‥‥‥‥‥‥‥‥‥‥‥‥‥ *1094*
私らしくあの場所へ(講談社文庫
　2009.5)‥‥‥‥‥‥‥‥‥‥‥‥‥ *0736*
わたしは女の子だから(英治出版
　2012.11)‥‥‥‥‥‥‥‥‥‥‥‥‥ *0752*
悪いやつの物語(筑摩書房 2011.2)‥‥‥ *0892*
我等、同じ船に乗り(文春文庫
　2009.11)‥‥‥‥‥‥‥‥‥‥‥‥‥ *1095*

【ABC】

AIと人類は共存できるか？―人工知能SF
　アンソロジー(早川書房 2016.11)‥‥ *0556*
Anniversary 50―カッパ・ノベルス創刊50
　周年記念作品(光文社 2009.12)‥‥‥ *1096*
BIBLIO MYSTERIES　1(ディスカ
　ヴァー・トゥエンティワン 2014.11)‥ *0593*
BIBLIO MYSTERIES　2(ディスカ
　ヴァー・トゥエンティワン 2014.11)‥ *0594*
BIBLIO MYSTERIES　3(ディスカ
　ヴァー・トゥエンティワン 2014.11)‥ *0595*
Bluff騙し合いの夜(講談社文庫 2012.4)‥ *0368*
BORDER善と悪の境界(講談社文庫
　2013.11)‥‥‥‥‥‥‥‥‥‥‥‥‥ *0369*
BUNGO―文豪短篇傑作選(角川文庫
　2012.8)‥‥‥‥‥‥‥‥‥‥‥‥‥ *1097*
C・N 25―C・novels創刊25周年アンソロ
　ジー(中央公論新社 2007.11)‥‥‥‥ *1098*

Colors(ホーム社 2008.4)‥‥‥‥‥‥‥ *1099*
Colors(集英社文庫 2009.10)‥‥‥‥‥ *1100*
Doubtきりのない疑惑(講談社文庫
　2011.11)‥‥‥‥‥‥‥‥‥‥‥‥‥ *0370*
Esprit知恵と企みの競演(講談社文庫
　2016.11)‥‥‥‥‥‥‥‥‥‥‥‥‥ *0371*
Fの肖像―フランケンシュタインの幻想た
　ち(光文社文庫 2010.9)‥‥‥‥‥‥‥ *0490*
Fantasy Seller(新潮文庫 2011.6)‥‥‥‥ *0557*
Fiction zero/narrative zero(講談社
　2007.8)‥‥‥‥‥‥‥‥‥‥‥‥‥ *1101*
Guilty殺意の連鎖(講談社文庫 2014.4)‥ *0372*
Happy Box(PHP研究所 2012.3)‥‥‥‥ *1102*
Happy Box(PHP文芸文庫 2015.11)‥‥ *1103*
Invitation(文藝春秋 2010.1)‥‥‥‥‥ *0753*
Joy！(講談社 2008.4)‥‥‥‥‥‥‥‥ *0754*
Junction運命の分岐点(講談社文庫
　2015.4)‥‥‥‥‥‥‥‥‥‥‥‥‥ *0373*
Logic真相への回廊(講談社文庫
　2013.4)‥‥‥‥‥‥‥‥‥‥‥‥‥ *0374*
LOVE & TRIP by LESPORTSAC(宝島
　社文庫 2013.9)‥‥‥‥‥‥‥‥‥‥‥ *0737*
Love letter(幻冬舎文庫 2008.4)‥‥‥‥ *0738*
Love or like―恋愛アンソロジー(祥伝社
　文庫 2008.9)‥‥‥‥‥‥‥‥‥‥‥ *0739*
Magma　噴の巻(ソフト商品開発研究所
　2016.10)‥‥‥‥‥‥‥‥‥‥‥‥‥ *1104*
MARVELOUS MYSTERY―至高のミス
　テリー、ここにあり(講談社文庫
　2010.11)‥‥‥‥‥‥‥‥‥‥‥‥‥ *0375*
Mystery Seller(新潮文庫 2012.2)‥‥‥‥ *0376*
NOVA―書き下ろし日本SFコレクション
　1(河出文庫 2009.12)‥‥‥‥‥‥‥ *0558*
NOVA―書き下ろし日本SFコレクション
　2(河出文庫 2010.7)‥‥‥‥‥‥‥‥ *0559*
NOVA―書き下ろし日本SFコレクション
　3(河出文庫 2010.12)‥‥‥‥‥‥‥ *0560*
NOVA―書き下ろし日本SFコレクション
　4(河出文庫 2011.5)‥‥‥‥‥‥‥‥ *0561*
NOVA―書き下ろし日本SFコレクション
　5(河出文庫 2011.8)‥‥‥‥‥‥‥‥ *0562*
NOVA―書き下ろし日本SFコレクション
　6(河出文庫 2011.11)‥‥‥‥‥‥‥ *0563*
NOVA―書き下ろし日本SFコレクション
　7(河出文庫 2012.3)‥‥‥‥‥‥‥‥ *0564*
NOVA―書き下ろし日本SFコレクション
　8(河出文庫 2012.7)‥‥‥‥‥‥‥‥ *0565*

NOV 収録アンソロジー一覧

NOVA―書き下ろし日本SFコレクション
9（河出文庫 2013.1）················· 0566

NOVA―書き下ろし日本SFコレクション
10（河出文庫 2013.7）················ 0567

NOVA+―書き下ろし日本SFコレクショ
ン バベル（河出文庫 2014.10）··········· 0568

NOVA+―書き下ろし日本SFコレクショ
ン 〔2〕（河出文庫 2015.10）············ 0569

Play推理遊戯（講談社文庫 2011.4）······· 0377

QED鏡家の薬屋探偵―メフィスト賞トリ
ビュート（講談社 2010.8）················ 0378

Question謎解きの最高峰（講談社文庫
2015.11）····························· 0379

SF宝石―ぜーんぶ！ 新作読み切り（光文
社 2013.8）····························· 0570

SF宝石―すべて新作読み切り！ 2015（光
文社 2015.8）·························· 0571

SFマガジン700―創刊700号記念アンソロ
ジー 海外篇（ハヤカワ文庫 2014.5）·· 0572

SFマガジン700―創刊700号記念アンソロ
ジー 国内篇（ハヤカワ文庫 2014.5）·· 0573

SF JACK（角川書店 2013.2）············· 0574

SF JACK（角川文庫 2016.2）············· 0575

Shadow闇に潜む真実（講談社文庫
2014.11）····························· 0380

Spiralめくるめく謎（講談社文庫
2012.11）····························· 0381

Sports stories（埼玉県さいたま市
2009.1）······························ 0601

Sports stories（埼玉県さいたま市
2010.12）····························· 0602

Story seller（新潮文庫 2009.2）············· 1105

Story seller 2（新潮文庫 2010.2）········· 1106

Story Seller 3（新潮文庫 2011.2）······· 1107

Story seller annex（新潮文庫 2014.2）···· 1108

Symphony漆黒の交響曲（講談社文庫
2016.4）······························ 0382

THE密室―ミステリーアンソロジー（有楽
出版社 2014.9）························· 0383

THE密室（実業之日本社文庫 2016.10）·· 0384

THE名探偵―ミステリーアンソロジー（有
楽出版社 2014.9）······················ 0385

THE FUTURE IS JAPANESE（早川書
房 2012.7）···························· 0576

ULTIMATE MYSTERY―究極のミステ
リー、ここにあり（講談社文庫
2010.4）······························ 0386

Wonderful Story（PHP研究所
2014.10）····························· 0811

X'mas Stories――一年でいちばん奇跡が起
きる日（新潮文庫 2016.12）··············· 1109

時代小説・歴史小説

[0001] 哀歌の雨
祥伝社　2016.4　256p　16cm
580円　（祥伝社文庫　ん1-57―競作
時代アンソロジー　哀）
ISBN978-4-396-34207-4

待宵びと（今井絵美子）……………………… 7
風流捕物帖 "きつね"（岡本さとる）………… 89
かえるが飛んだ（藤原緋沙子）……………… 167
解説―迫真の人間ドラマ、独特の味わい
（菊池仁）…………………………………… 249

[0002] 赤ひげ横丁―人情時代小
説傑作選
縄田一男選
新潮社　2009.10　243p　16cm
400円　（新潮文庫　い-17-75）
ISBN978-4-10-139728-3

徒労に賭ける（山本周五郎）………………… 7
介護鬼（菊地秀行）…………………………… 47
向椿山（乙川優三郎）………………………… 91
眠れドクトル（杉本苑子）…………………… 133
鬼熊酒屋（池波正太郎）……………………… 189
選者解説（縄田一男）………………………… 237

[0003] 秋びより―時代小説アン
ソロジー
縄田一男編
KADOKAWA　2014.10　253p
15cm　560円　（角川文庫　時一い8-
52）
ISBN978-4-04-102068-5

市松小僧始末（池波正太郎）………………… 5
秋つばめ―逢坂（おうさか）・秋（藤原緋沙子）‥ 39
菊人形の昔（岡本綺堂）……………………… 103
蛍と呼ぶな（岩井三四二）…………………… 143
解錠綺譚（きたん）（佐江衆一）……………… 187
解説（縄田一男）……………………………… 248

[0004] 江戸三百年を読む―傑作
時代小説　シリーズ江戸学　上（江戸
騒乱編）
縄田一男編
角川学芸出版　2009.9　329p　15cm
781円　（角川文庫　15909―〔角川ソ
フィア文庫〕〔I-11-7〕）
ISBN978-4-04-409406-5

江戸、泰平のはじまり（縄田一男）………… 5
江戸っ子由来（柴田錬三郎）………………… 11
忠直卿行状記（ただなおきょうぎょうじょうき）（海
音寺潮五郎）……………………………… 35
夢剣（笹沢左保）……………………………… 75
武蔵を仆（たお）した男（新宮正春）………… 119
由井正雪の最期（武田泰淳）………………… 157
原田甲斐（中山義秀）………………………… 173
ぎやまん蠟燭（杉本苑子）…………………… 203
柳沢殿の内意（南條範夫）…………………… 239

絵島・生島(松本清張) …………………… 287
作者紹介 ……………………………… 324

[0005] 江戸三百年を読む―傑作
時代小説 シリーズ江戸学 下(幕末
風雲編)
縄田一男編
角川学芸出版 2009.9 317p 15cm
781円 〔角川文庫 15910―〔角川ソ
フィア文庫〕〔I-11-8〕〕
ISBN978-4-04-409407-2

徳川三百年の終焉(縄田一男) …………… 5
殺された天一坊(浜尾四郎) ……………… 11
加賀騒動(安部龍太郎) …………………… 35
近藤富士(新田次郎) ……………………… 63
釜中の魚(ふちゅうのうお)(諸田玲子) …… 85
虎徹(司馬遼太郎) ……………………… 145
青梅(あおうめ)(古川薫) ……………… 181
龍馬殺し(大岡昇平) …………………… 225
玉瘤(子母沢寛) ………………………… 249

[0006] 江戸しのび雨
縄田一男編
学研パブリッシング 2012.9 354p
15cm 686円 〔学研M文庫 な-17-3
―市井稼業小説傑作選〕
ISBN978-4-05-900781-4

看板(池波正太郎) ………………………… 5
蔵宿師(くらやどし)(南原幹雄) ………… 43
火術師(五味康祐) ………………………… 89
女ぶり(平岩弓枝) ……………………… 135
鬼怒(きぬ)のせせらぎ(伊藤桂一) …… 167
雑踏(宇江佐真理) ……………………… 199
菱あられ(山本一力) …………………… 255
一心不乱物語(柴田錬三郎) …………… 305
作品解説(縄田一男) …………………… 345

[0007] 江戸なごり雨
縄田一男編
学研パブリッシング 2013.9 379p
15cm 695円 〔学研M文庫 な-17-4
―市井稼業小説傑作選〕
ISBN978-4-05-900852-1

出刃打お玉(池波正太郎) ………………… 5
織部の茶碗(宇江佐真理) ………………… 41
臆病者(北原亞以子) ……………………… 97
思案橋の二人(佐江衆一) ……………… 133
三人の留守居役(松本清張) …………… 209
剣鬼と遊女(山田風太郎) ……………… 273
なんの花か薫る(山本周五郎) ………… 319
作品解説(縄田一男) …………………… 371

[0008] 江戸なみだ雨―市井稼業
小説傑作選
縄田一男編
学研パブリッシング 2010.3 387p
15cm 695円 〔学研M文庫 な-17-
1〕
ISBN978-4-05-900627-5

こんち午の日(山本周五郎) ……………… 5
おこう(平岩弓枝) ………………………… 71
仲町の夜雨(山本一力) ………………… 119
狐拳(宇江佐真理) ……………………… 171
水明り(佐江衆一) ……………………… 227
けだもの(池宮彰一郎) ………………… 241
作品解説(縄田一男) …………………… 373

時代小説・歴史小説　　　　　　　　0012

[0009]　江戸の鈍感力―時代小説
傑作選
細谷正充編
集英社　2007.12　302p　16cm
552円　（集英社文庫）
ISBN978-4-08-746245-6

江戸怪盗記（池波正太郎）……………………… 9
山女魚剣法（伊藤桂一）……………………… 43
世は春じゃ（杉本苑子）……………………… 75
湯のけむり（富田常雄）……………………… 123
春日（中山義秀）……………………… 155
婚入りの夜（古川薫）……………………… 185
上総風土記（村上元三）……………………… 217
愚鈍物語（山本周五郎）……………………… 265
作品解説（細谷正充）……………………… 294

[0010]　江戸の漫遊力―時代小説
傑作選
細谷正充編
集英社　2008.12　468p　16cm
762円　（集英社文庫）
ISBN978-4-08-746382-8

お馬は六百八十里（神坂次郎）………………… 9
犬の抜けまいり（佐江衆一）……………………… 81
暮坂峠への疾走（笹沢左保）……………………… 101
槍持ち佐五平の首（佐藤雅美）……………………… 151
ああ三百七十里（杉本苑子）……………………… 195
六合目の仇討（あだうち）（新田次郎）………… 229
東海道 抜きつ抜かれつ（村上元三）………… 259
赤穂飛脚（山田風太郎）……………………… 309
春風街道（山手樹一郎）……………………… 425
作品解説（細谷正充）……………………… 461

[0011]　江戸の名探偵―時代推理
傑作選
日本推理作家協会編
徳間書店　2009.10　349p　16cm
629円　（徳間文庫　に-3-5）
ISBN978-4-19-893056-1

序文（東野圭吾）……………………… 3
赤い鞭（逢坂剛）……………………… 7
飛竜剣（野村胡堂）……………………… 65
茶巾たまご（畠中恵）……………………… 93
天狗殺し（高橋克彦）……………………… 141
百物語の夜（横溝正史）……………………… 167
地獄の目利き（諸田玲子）……………………… 213
目吉（めきち）の死人形（泡坂妻夫）………… 279
消えた兇器（柴田錬三郎）……………………… 317
解説（山前譲）……………………… 343

[0012]　江戸めぐり雨
縄田一男編
学研パブリッシング　2014.9　319p
15cm　660円　（学研M文庫　な-17-5
―市井稼業小説傑作選）
ISBN978-4-05-900890-3

梅雨の湯豆腐（池波正太郎）……………………… 5
名人かたぎ（北原亞以子）……………………… 41
町の島帰り（松本清張）……………………… 81
泉岳寺の白明（村上元三）……………………… 131
紙漉（諸田玲子）……………………… 149
対の鉋（佐江衆一）……………………… 193
ありの足音（山本一力）……………………… 243
作品解説（縄田一男）……………………… 307

3

時代小説・歴史小説

[0013] 江戸夕しぐれ―市井稼業
小説傑作選
縄田一男編
学研パブリッシング　2011.9　424p
15cm　714円　（学研M文庫　な-17-
2)
ISBN978-4-05-900712-8

かあちゃん（山本周五郎）…………………… 5
金太郎蕎麦（池波正太郎）………………… 61
狂歌師（平岩弓枝）………………………… 95
首吊り御本尊（宮部みゆき）…………… 143
生死の町―京都おんな貸本屋日記（澤田ふ
じ子）…………………………………… 173
打役（諸田玲子）………………………… 219
梅匂う（宇江佐真理）…………………… 271
のぼりうなぎ（山本一力）……………… 325
作品解説（縄田一男）…………………… 415

[0014] 江戸夢あかり　新装版
菊池仁編
学研パブリッシング　2013.4　464p
15cm　752円　（学研M文庫　き-8-7
―市井・人情小説傑作選）
ISBN978-4-05-900821-7

いぶし銀の雪（佐江衆一）……………………… 7
恋知らず（北原亞以子）………………… 57
泣けよミイラ坊（杉本苑子）……………… 93
神無月（宮部みゆき）…………………… 135
なんの花か薫る（山本周五郎）………… 161
ほくろ供養（井口朝生）………………… 205
芍薬奇人（白井喬二）…………………… 243
蕎麦切おその（池波正太郎）…………… 261
初代団十郎暗殺事件（南原幹雄）……… 291
宮崎友禅斎（永岡慶之助）……………… 339
雁の絵（澤田ふじ子）…………………… 379
作品解説（菊池仁）……………………… 417
市井・人情もの傑作選ベスト55 ……… 445

[0015] 大江戸「町」物語
宝島社　2013.12　351p　16cm
648円　（宝島社文庫　Cこ-10-1)
ISBN978-4-8002-1863-6

執筆者プロフィール ……………………… 4
八丁堀 八丁堀の刃（小杉健治）………………… 5
湯島 介錯人別所龍玄始末（辻堂魁）…… 77
内藤新宿 とぼけた男（中谷航太郎）…… 141
浅草 香り路地（倉阪鬼一郎）…………… 203
両国 やっておくれな（早見俊）………… 273

[0016] 大江戸「町」物語 風
宝島社　2014.3　269p　16cm
650円　（宝島社文庫　Cわ-2-1)
ISBN978-4-8002-2379-1

本所深川 オサキぬらりひょんに会う―ものの
け本所深川事件帖オサキシリーズ（高橋
由太）…………………………………… 7
神楽坂・四谷 夕霞の女（千野隆司）………… 55
千住宿 付け馬―隠密牛太郎・小蝶丸（中谷航
太郎）…………………………………… 127
八丁堀 鬼が見える（和田はつ子）……… 189
執筆者プロフィール …………………… 巻末

[0017] 大江戸「町」物語 月
宝島社　2014.6　278p　16cm
650円　（宝島社文庫　Cつ-1-1)
ISBN978-4-8002-2746-1

本郷 一期一会―介錯人別所龍玄始末（辻堂
魁）……………………………………… 7
小石川 珠簪の夢（千野隆司）…………… 81
板橋宿 縁切榎―隠密牛太郎・小蝶丸（中谷航
太郎）…………………………………… 155
谷中 藍染川慕情（倉阪鬼一郎）………… 219
執筆者プロフィール …………………… 巻末

時代小説・歴史小説　　　　0021

[0018]　大江戸「町」物語 光
宝島社　2014.10　284p　16cm
650円　（宝島社文庫 Cう-8-1）
ISBN978-4-8002-3359-2

千住宿 宿場の光（上田秀人） …………………… 7
芝 廻り橋（倉阪鬼一郎） …………………… 61
板橋宿・志村 悲悲…（辻堂魁） …………………… 127
両国 仇でござる（早見俊） …………………… 207
執筆者プロフィール ………………… 巻末

[0019]　大坂の陣―近代文学名作選
日高昭二編
岩波書店　2016.11　260p　20cm
2500円
ISBN978-4-00-061159-6

はじめに ………………………………………… v
詩史豊太閤―薨去（岩野泡鳴） …………… 3
最後の太閤（太宰治） ………………………… 6
狂人遺書（坂口安吾） ………………………… 8
不老術（塚原渋柿園） ………………………… 55
脚本大坂城―戯曲淀君集の内（岡本綺堂）… 70
大いに笑ふ淀君（坪内逍遙） ……………… 91
大阪城（渡邊霞亭） …………………………… 115
真田大助の死（大倉桃郎） …………………… 127
からくり琉球館の巻（吉川英治） ………… 141
英雄の碑（児玉花外） ………………………… 165
明石全登（福本日南） ………………………… 167
真田幸村（菊池寛） …………………………… 179
木村重成の妻（上司小剣） …………………… 191
桑名古庵（田中英光） ………………………… 196
大阪役に就て（徳富蘇峰） …………………… 217
著者一覧 ………………………………………… 225
大坂の陣 近代文学作品一覧 ……………… 229
解説 大坂の陣と近代文学（日高昭二）…… 245
あとがき ………………………………………… 259

[0020]　御白洲裁き―時代推理傑
作選
日本推理作家協会編
徳間書店　2009.12　477p　16cm
686円　（徳間文庫 に3-7）
ISBN978-4-19-893086-8

序文（東野圭吾） ……………………………… 3
忍者六道銭（山田風太郎） …………………… 7
吉原雀（近藤史恵） …………………………… 65
東海道を走る剣士（南條範夫） ……………… 169
力士の妾宅（多岐川恭） ……………………… 215
まぶたの父（岡田秀文） ……………………… 261
真説・赤城山（天藤真） ……………………… 321
見かえり峠の落日（笹沢左保） ……………… 341
端午のとうふ（山本一力） …………………… 393
解説（細谷正充） ……………………………… 471

[0021]　親不孝長屋―人情時代小
説傑作選
池波正太郎, 平岩弓枝, 松本清張, 山本
周五郎, 宮部みゆき選, 縄田一男選
新潮社　2007.7　193p　16cm
362円　（新潮文庫）
ISBN978-4-10-139724-5

おっ母、すまねえ（池波正太郎） …………… 7
邪魔っけ（平岩弓枝） ………………………… 43
左の腕（松本清張） …………………………… 81
釣忍（山本周五郎） …………………………… 119
神無月（宮部みゆき） ………………………… 161
選者解説（縄田一男） ………………………… 187

5

時代小説・歴史小説

［0022］ 女城主―戦国時代小説傑作選
細谷正充編
PHP研究所　2016.9　234p　15cm
620円　（PHP文芸文庫　い1-5）
ISBN978-4-569-76610-2

本多忠勝の女(むすめ)（井上靖）……………… 7
母の覚悟（岩井三四二）……………………… 33
虎目の女城主（植松三十里）………………… 77
立花誾千代(たちばなぎんちよ)（滝口康彦）……… 151
笄堀(こうがいぼり)（山本周五郎）………… 171
夫婦の城（池波正太郎）……………………… 197
解説（細谷正充）……………………………… 228

［0023］ おんなの戦
縄田一男編
角川書店　2010.12　359p　15cm
629円　（角川文庫 16599）
ISBN978-4-04-367107-6

お市の三人娘の生存競争（永井路子）……… 7
　敵将に殉じた猛母―淀殿…………………… 8
　世渡り上手の知恵者―お初………………… 25
　無欲にして強運―お江……………………… 37
小谷城(おだにじよう)―横恋慕(よこれんぼ)した
　家臣（南條範夫）…………………………… 49
明智光秀の母（新田次郎）………………… 121
淀君（井上友一郎）………………………… 195
北ノ政所（司馬遼太郎）…………………… 241
千姫絵図（澤田ふじ子）…………………… 299
解説（縄田一男）…………………………… 351

［0024］ がんこ長屋
縄田一男選
新潮社　2013.10　277p　16cm
490円　（新潮文庫　い-16-99―人情時
代小説傑作選）
ISBN978-4-10-139729-0

蕎麦切(そばきり)おその（池波正太郎）……… 7
柴の家（乙川優三郎）………………………… 39
火術師（五味康祐）…………………………… 79
下駄屋おけい（宇江佐真理）……………… 123
武家草鞋（山本周五郎）…………………… 173
名人（柴田錬三郎）………………………… 211
選者解説（縄田一男）……………………… 272

［0025］ きずな―時代小説親子情話
細谷正充編
角川春樹事務所　2011.9　251p
16cm　667円　（ハルキ文庫　ほ3-2―
時代小説文庫）
ISBN978-4-7584-3595-6

鬼子母火(きしほび)（宮部みゆき）………… 7
この父その子（池波正太郎）………………… 37
漆喰くい（髙田郁）………………………… 103
糸車（山本周五郎）………………………… 157
親なし子なし（平岩弓枝）………………… 185
編者解説（細谷正充）……………………… 244

［0026］ 九州戦国志―傑作時代小説
細谷正充編
PHP研究所　2008.12　381p　15cm
686円　（PHP文庫）
ISBN978-4-569-67142-0

ピント日本見聞記（杉本苑子）……………… 7
与四郎涙雨（滝口康彦）……………………… 69
さいごの一人（白石一郎）…………………… 99
城井一族の殉節（高橋直樹）……………… 129

時代小説・歴史小説　　0031

虎之助一代（南原幹雄）……………… 233
立花宗茂（海音寺潮五郎）…………… 305
解説（細谷正充）……………………… 371

[0027]　機略縦横！　真田戦記―傑
　　　　作時代小説
　　　　細谷正充編
　PHP研究所　2008.7　237p　15cm
　　552円　（PHP文庫）
　　ISBN978-4-569-67065-2

真田幸隆　謀略の譜（広瀬仁紀）……………… 7
真田昌幸　徳川軍を二度破った智将（南條範夫）33
真田信之の妻　龍吟の剣（宮本昌孝）………… 57
真田幸村　旗は六連銭（滝口康彦）…………… 71
真田幸綱　真田影武者（井上靖）……………… 97
真田の忍び　安南の六連銭（新宮正春）……… 121
真田信之　獅子の眠り（池波正太郎）………… 177
解説（細谷正充）……………………………… 227

[0028]　欣喜の風
　祥伝社　2016.3　232p　16cm
　580円　（祥伝社文庫　ん1-55―競作
　　　　　　時代アンソロジー）
　　ISBN978-4-396-34195-4

薬屋（わらのや）の歌（井川香四郎）………… 7
跡取り（小杉健治）…………………………… 79
鬼の目にも泪（佐々木裕一）………………… 153
解説：濃厚な人間ドラマが光る斬新なアン
　ソロジー（菊地仁）………………………… 223

[0029]　くノ一、百華―時代小説ア
　　　　ンソロジー
　　　　細谷正充編
　集英社　2013.11　294p　16cm
　600円　（集英社文庫　ほ16-9）
　　ISBN978-4-08-745136-8

やぶれ弥五兵衛（池波正太郎）………………… 7

帰蝶（岩井三四二）…………………………… 55
怪奇、白狼譚（岡田稔）……………………… 109
妻は、くノ一（風野真知雄）………………… 151
艶説「くノ一」変化（へんげ）（戸部新十郎）‥ 191
くノ一紅騎兵（山田風太郎）………………… 231
解説（細谷正充）……………………………… 287

[0030]　紅蓮の翼―異彩時代小説
　　　　秀作撰
　　　　今川徳三編
　叢文社　2007.8　251p　19cm
　　1500円
　　ISBN978-4-7947-0583-9

真田幸村（今川徳三）…………………………… 5
本多正信（今川徳三）………………………… 28
雑兵譚（数野和夫）…………………………… 43
坂額と浅利与一（畑川皓）…………………… 77
武蔵と小次郎（堀内万寿夫）………………… 104
曲亭馬琴（堀内万寿夫）……………………… 135
甚兵衛の手（七瀬圭子）……………………… 154
木喰上人（一瀬玉枝）………………………… 182
杉本茂十郎（屋代浩二郎）…………………… 207
執筆者略歴…………………………………… 249

[0031]　黒田官兵衛―小説集
　　　　末國善己編
　作品社　2013.9　339p　20cm
　　1800円
　　ISBN978-4-86182-448-7

黒田如水（菊池寛）……………………………… 5
黒田如水（鷲尾雨工）………………………… 19
二流の人（坂口安吾）………………………… 171
城井谷崩れ（海音寺潮五郎）………………… 247
黒田如水（武者小路実篤）…………………… 283
智謀の人　黒田如水（池波正太郎）………… 303
編者解説（末國善己）………………………… 325

7

[0032] 黒門町伝七捕物帳―時代小説競作選
縄田一男編
光文社　2015.8　314p　16cm
700円　（光文社文庫　な12-3）
ISBN978-4-334-76957-4

櫛（山手樹一郎）……………………… 5
酒樽の謎（村上元三）………………… 23
十本の指（高木彬光）………………… 67
通り魔（横溝正史）…………………… 85
くちなし懺悔（角田喜久雄）………… 131
殺し場雪明り（城昌幸）……………… 151
斬られた幽霊（野村胡堂）…………… 199
餘燼（よじん）（戸川貞雄）………… 243
乳を刺す（邦枝完二）………………… 261
解説（縄田一男）……………………… 307

[0033] 軍師の生きざま―短篇小説集
末國善己編
作品社　2008.11　341p　20cm
1800円
ISBN978-4-86182-207-0

異説晴信初陣記（新田次郎）………………… 5
梟雄（坂口安吾）……………………………… 41
紅楓子の恋（宮本昌孝）……………………… 67
城井谷崩れ（海音寺潮五郎）………………… 99
石鹸（シャボン）（火坂雅志）……………… 135
直江山城守（尾崎士郎）……………………… 167
柳生刺客状（隆慶一郎）……………………… 193
真田の蔭武者（大佛次郎）…………………… 247
後藤又兵衛（国枝史郎）……………………… 271
獅子の眠り（池波正太郎）…………………… 285
編者解説（末國善己）………………………… 324

[0034] 軍師の生きざま―時代小説傑作選
清水將大編
コスミック出版　2008.11　397p
15cm　695円　（コスミック・時代文庫）
ISBN978-4-7747-2227-6

美鷹の爪（童門冬二）………………………… 7
まぼろしの軍師（新田次郎）………………… 35
鴛鴦ならび行く（安西篤子）………………… 67
城を守る者（山本周五郎）…………………… 97
鬼骨の人（津本陽）…………………………… 119
黒田如水（坂口安吾）………………………… 147
男の城（池波正太郎）………………………… 173
真田影武者（井上靖）………………………… 293
権謀の裏（滝口康彦）………………………… 317
直江兼続参上（南原幹雄）…………………… 355

[0035] 軍師の生きざま
末國善己編
実業之日本社　2013.6　426p　16cm
686円　（実業之日本社文庫　ん2-1）
ISBN978-4-408-55133-3

異説晴信初陣記―板垣信形（新田次郎）……… 7
梟雄―斎藤道三（坂口安吾）………………… 51
紅楓子（こうふうし）の恋―山本勘助（宮本昌孝）……………………………………… 85
城井谷（きいだに）崩れ―黒田官兵衛（海音寺潮五郎）…………………………………… 123
石鹸（しゃぼん）―石田三成（火坂雅志）……… 167
直江山城守―直江兼続（尾崎士郎）………… 205
柳生刺客状―柳生宗矩（隆慶一郎）………… 239
真田の蔭武者―真田幸村（大佛次郎）……… 309
後藤又兵衛（国枝史郎）……………………… 337
獅子の眠り―真田信之（池波正太郎）……… 355
編者解説（末國善己）………………………… 403

時代小説・歴史小説　　　0040

［0036］　軍師の死にざま
末國善己編
実業之日本社　2013.6　441p　16cm
686円　（実業之日本社文庫　ん2-2）
ISBN978-4-408-55134-0

雲州英雄記—山中鹿之介（池波正太郎）……… 7
鴛鴦ならび行く—太原雪斎（安西篤子）…… 67
城を守る者—千坂対馬（山本周五郎）……… 99
まぼろしの軍師—山本勘助（新田次郎）…… 123
竹中半兵衛（柴田錬三郎）……………………… 155
天守閣の久秀—松永久秀（南條範夫）……… 187
黒田如水（坂口安吾）…………………………… 221
くノ一紅騎兵—直江兼続（山田風太郎）…… 247
軍師二人—真田幸村・後藤又兵衛（司馬遼
　太郎）………………………………………… 299
権謀の裏—鍋島直茂（滝口康彦）…………… 337
戦国権謀—本多正純（松本清張）…………… 377
編者解説（末國善己）………………………… 417
編者略歴 ……………………………………… 442

［0037］　軍師は死なず
実業之日本社　2014.2　381p　16cm
648円　（実業之日本社文庫　ん2-3）
ISBN978-4-408-55162-3

太田道灌の最期—太田道灌（新田次郎）……… 7
鬼骨（きこつ）の人—竹中半兵衛（津本陽）…… 67
叛（はん）の忍法帖—明智光秀（山田風太郎）‥ 95
背伸び—安国寺恵瓊（松本清張）…………… 163
片倉小十郎—片倉景綱（堀和久）…………… 191
直江山城守—直江兼続（坂口安吾）………… 215
大谷刑部（おおたにぎょうぶ）—大谷吉継（吉川英
　治）…………………………………………… 237
天下を狙う—黒田如水（西村京太郎）……… 283
片腕浪人—明石全登（柴田錬三郎）………… 319
紅炎（こうえん）—毛利勝永（池波正太郎）…… 345
編者解説（末國善己）………………………… 371

［0038］　決戦！　大坂城
講談社　2015.5　314p　19cm
1600円
ISBN978-4-06-219503-4

［口絵］夏の陣・冬の陣　合戦地図（折地図1枚）
鳳凰記（葉室麟）……………………………… 5
日ノ本一の兵（木下昌輝）…………………… 47
十万両を食う（富樫倫太郎）………………… 89
五霊戦鬼（乾緑郎）…………………………… 131
忠直の檻（天野純希）………………………… 163
黄金児（冲方丁）……………………………… 201
男が立たぬ（伊東潤）………………………… 257
略歴 ……………………………………………巻末

［0039］　決戦！　大坂の陣
実業之日本社　2014.6　524p　16cm
741円　（実業之日本社文庫　ん2-4）
ISBN978-4-408-55177-7

幻妖桐の葉おとし（山田風太郎）……………… 7
風に吹かれる裸木（中山義秀）……………… 79
長曾我部盛親（東秀紀）……………………… 161
若江堤の霧（司馬遼太郎）…………………… 233
老将（火坂雅志）……………………………… 277
旗は六連銭（滝口康彦）……………………… 319
大坂落城（安部龍太郎）……………………… 345
やぶれ弥五兵衛（池波正太郎）……………… 363
秀頼走路（松本清張）………………………… 407
大坂夢の陣（小松左京）……………………… 433
編者解説 ……………………………………… 515
編者略歴（末國善己）………………………… 525

［0040］　決戦！　桶狭間
講談社　2016.11　279p　19cm
1600円
ISBN978-4-06-220295-4

覇舞謡（冲方丁）……………………………… 5

9

時代小説・歴史小説

いのちがけ(砂原浩太朗) ……………… 35
首ひとつ(矢野隆) …………………… 69
わが気をつがんや(富樫倫太郎) ………… 103
非足の人(宮本昌孝) ………………… 155
義元の首(木下昌輝) ………………… 207
漸く、見えた。(花村萬月) …………… 259
略歴 ………………………………… 巻末

―――――――――――――――――
［0041］　決戦川中島―傑作時代小説
縄田一男編
PHP研究所　2007.3　325p　15cm
610円　　(PHP文庫)
ISBN978-4-569-66802-4
―――――――――――――――――

武田信玄(檀一雄) …………………… 5
上杉謙信(檀一雄) …………………… 37
まぼろしの軍師(新田次郎) …………… 83
川中島の戦(松本清張) ……………… 119
炎の武士(池波正太郎) ……………… 161
天目山の雲(井上靖) ………………… 281
解説(縄田一男) ……………………… 318
著者略歴 …………………………… 巻末

―――――――――――――――――
［0042］　決戦！　川中島
講談社　2016.5　293p　19cm
1600円
ISBN978-4-06-220045-5
―――――――――――――――――

五宝の矛(冲方丁) …………………… 5
啄木鳥(きつつき)(佐藤巌太郎) …………… 61
捨て身の思慕(吉川永青) …………… 97
凡夫の瞳(矢野隆) …………………… 135
影武者対影武者(乾緑郎) …………… 171
甘粕の退き口(木下昌輝) …………… 201
うつけの影(宮本昌孝) ……………… 249

―――――――――――――――――
［0043］　決戦！　三國志
講談社　2015.12　214p　19cm
1400円
ISBN978-4-06-219856-1
―――――――――――――――――

姦雄遊戯(木下昌輝) ………………… 5
天を分かつ川(天野純希) …………… 63
応報の士(吉川永青) ………………… 109
倭人操倶木(わじんそぐき)(東郷隆) ………… 149
亡国の後(田中芳樹) ………………… 185
略歴 ………………………………… 216

―――――――――――――――――
［0044］　決戦！　関ケ原
講談社　2014.11　298p　19cm
1600円
ISBN978-4-06-219251-4
―――――――――――――――――

〔口絵〕西軍・東軍(折1枚)
人を致して(伊東潤) ………………… 5
笹を嚙ませよ(吉川永青) …………… 67
有楽斎の城(天野純希) ……………… 105
無為秀家(上田秀人) ………………… 143
丸に十文字(矢野隆) ………………… 179
真紅の米(冲方丁) …………………… 223
孤狼なり(葉室麟) …………………… 269
略歴 ………………………………… 巻末

―――――――――――――――――
［0045］　決戦！　本能寺
講談社　2015.11　331p　19cm
1600円
ISBN978-4-06-219803-5
―――――――――――――――――

〔口絵〕京詳細図(折地図1枚)
覇王の血(伊東潤) …………………… 5
焰の首級(矢野隆) …………………… 69
宗室の器(天野純希) ………………… 105
水魚の心(宮本昌孝) ………………… 145
幽斎の悪采(木下昌輝) ……………… 191
鷹、翔ける(葉室麟) ………………… 237

時代小説・歴史小説

純白き（しろき）鬼札（冲方丁）……………… 271
略歴 ………………………………………… 巻末

［0046］　血闘！　新選組
実業之日本社　2016.2　524p　16cm
741円　（実業之日本社文庫　ん2-7）
ISBN978-4-408-55281-1

色（池波正太郎）………………………………… 7
おしの（大内美予子）…………………………… 59
赤い風に舞う（藤本義一）…………………… 151
群狼相食む（宇能鴻一郎）…………………… 191
女間者おつな―山南敬助の女（南原幹雄）… 249
石段下の闇（火坂雅志）……………………… 301
祇園石段下の血闘（津本陽）………………… 343
近藤勇の首（新宮正春）……………………… 393
五稜郭の夕日（中村彰彦）…………………… 429
剣菓（森村誠一）……………………………… 455
編者解説（末國善己）………………………… 515

［0047］　決闘！　関ケ原
実業之日本社　2015.8　505p　16cm
741円　（実業之日本社文庫　ん2-6）
ISBN978-4-408-55252-1

〔口絵〕関ケ原合戦布陣図 ……………………… 6
関ケ原の戦（松本清張）………………………… 9
直江兼続（なおえかねつぐ）参上（南原幹雄）…… 113
敵はいずこに（岩井三四二）………………… 157
島左近（しまさこん）（尾崎士郎）…………… 203
松野主馬（まつのしゅめ）は動かず（中村彰彦）… 233
間諜（かんちょう）―蜂谷与助（はちやよすけ）（池波
　正太郎）………………………………………… 295
退き口（東郷隆）……………………………… 327
日本の美しき侍（中山義秀）………………… 367
石田三成―清涼の士（澤田ふじ子）………… 403
剣の漢（おとこ）―上泉主水泰綱（かみいずみもんど
　やすつな）（火坂雅志）……………………… 447
編者解説（末國善己）………………………… 494
編者略歴 ……………………………………… 506

［0048］　源氏物語九つの変奏
新潮社　2011.5　316p　16cm
476円　（新潮文庫　え-10-52）
ISBN978-4-10-133962-7

帚木（松浦理英子）……………………………… 9
夕顔（江國香織）………………………………… 37
若紫（角田光代）………………………………… 71
末摘花（町田康）………………………………… 95
葵（金原ひとみ）……………………………… 145
須磨（島田雅彦）……………………………… 173
蛍（日和聡子）………………………………… 217
柏木（桐野夏生）……………………………… 249
浮舟（小池昌代）……………………………… 273

［0049］　この時代小説がすごい！
時代小説傑作選
宝島社　2016.10　333p　16cm
648円　（宝島社文庫　Cい-12-1）
ISBN978-4-8002-6228-8

はじめに ………………………………………… 4
国を蹴った男（伊東潤）………………………… 7
赦免花は散った（笹沢左保）………………… 79
錯乱（池波正太郎）…………………………… 161
笊ノ目万兵衛門外へ（山田風太郎）………… 231
直江山城守（坂口安吾）……………………… 299
『この時代小説がすごい！』が選ぶ!!時代小
　説ベストテンアンケート詳細 …………… 325

［0050］　彩四季・江戸慕情
平岩弓枝監修
光文社　2012.6　427p　16cm
686円　（光文社文庫　し25-10―新鷹
　会・傑作時代小説選）
ISBN978-4-334-76428-9

はじめに（平岩弓枝）…………………………… 7
山吹女房（山岡荘八）…………………………… 9

11

時代小説・歴史小説

肥った鼠（村上元三）‥‥‥‥‥‥‥‥ 37
山本孫三郎（長谷川伸）‥‥‥‥‥‥‥ 71
夜馬車（山手樹一郎）‥‥‥‥‥‥‥‥ 103
薊野の狸（あぞうののたぬき）（田岡典夫）‥‥‥‥ 135
逆潮（さかしお）（湊邦三）‥‥‥‥‥‥‥ 157
軍役（戸部新十郎）‥‥‥‥‥‥‥‥‥ 215
あぶ、あぶ（武田八洲満）‥‥‥‥‥‥ 285
おちょろ丸（神坂次郎）‥‥‥‥‥‥‥ 319
大江戸まんじゅう合戦（鳴海風）‥‥‥ 361
梅屋敷の女（平岩弓枝）‥‥‥‥‥‥‥ 387
解説（朝比奈次郎）‥‥‥‥‥‥‥‥‥ 423

```
［0051］　真田忍者、参上！ ―隠密
　　　　　伝奇傑作集
　　　河出書房新社　2015.11　241p
　　　15cm　730円　（河出文庫 い12-2）
　　　　　ISBN978-4-309-41417-1
```

三好清海入道（柴田錬三郎）‥‥‥‥‥ 7
いだてん百里より どろん六連銭の巻（山田風太
　郎）‥‥‥‥‥‥‥‥‥‥‥‥‥‥‥ 45
神変卍飛脚（宮崎惇）‥‥‥‥‥‥‥‥ 83
霧隠才蔵の秘密（嵐山光三郎）‥‥‥‥ 137
忍びの者をくどく法（田辺聖子）‥‥‥ 165
闇の中の声（池波正太郎）‥‥‥‥‥‥ 193
編者解説（末國善己）‥‥‥‥‥‥‥‥ 233

```
［0052］　真田幸村 ―小説集
　　　　　末國善己編
　　　作品社　2015.10　362p　20cm
　　　　　　　　1800円
　　　　ISBN978-4-86182-556-9
```

太陽を斬る（南原幹雄）‥‥‥‥‥‥‥ 5
執念谷の物語（海音寺潮五郎）‥‥‥‥ 53
刑部忍法陣（山田風太郎）‥‥‥‥‥‥ 111
曾呂利新左衛門（柴田錬三郎）‥‥‥‥ 159
真田幸村（菊池寛）‥‥‥‥‥‥‥‥‥ 193
猿飛佐助の死（五味康祐）‥‥‥‥‥‥ 217
真田影武者（井上靖）‥‥‥‥‥‥‥‥ 259
角兵衛狂乱図（池波正太郎）‥‥‥‥‥ 279
編者解説（末國善己）‥‥‥‥‥‥‥‥ 349

```
［0053］　しぐれ舟 ―時代小説招待席
　　　　　藤水名子監修
　　　徳間書店　2008.1　413p　16cm
　　　667円　（徳間文庫）
　　　　ISBN978-4-19-892728-8
```

夢筆耕（石川英輔）‥‥‥‥‥‥‥‥‥ 5
掘留の家（宇江佐真理）‥‥‥‥‥‥‥ 45
象鳴き坂（薄井ゆうじ）‥‥‥‥‥‥‥ 95
臨時廻り（押川國秋）‥‥‥‥‥‥‥‥ 153
あづさ弓（加門七海）‥‥‥‥‥‥‥‥ 189
猫姫（島村洋子）‥‥‥‥‥‥‥‥‥‥ 221
リメンバー（藤水名子）‥‥‥‥‥‥‥ 257
たまくらを売る女（藤川桂介）‥‥‥‥ 311
柘榴の人（山崎洋子）‥‥‥‥‥‥‥‥ 359
初刊本あとがき（藤水名子）‥‥‥‥‥ 401
文庫版あとがき（石川英輔）‥‥‥‥‥ 410

```
［0054］　志士 ―吉田松陰アンソ
　　　　　ロジー
　　　　　末國善己編
　　　新潮社　2014.12　251p　16cm
　　　490円　（新潮文庫 い-16-121）
　　　　ISBN978-4-10-126361-8
```

吉田松陰 吉田松陰の恋（古川薫）‥‥‥‥‥ 9
高杉晋作 若き獅子 ―高杉晋作（池波正太郎）‥ 73
久坂玄瑞 螢よ死ぬな（童門冬二）‥‥‥‥ 101
伊藤博文 長州シックス夢をかなえた白熊（荒
　山徹）‥‥‥‥‥‥‥‥‥‥‥‥‥‥ 135
白石正一郎 炎（北原亞以子）‥‥‥‥‥‥ 175
橋本左内 城中の霜（山本周五郎）‥‥‥‥ 213
編者解説（末國善己）‥‥‥‥‥‥‥‥ 242

時代小説・歴史小説　　0058

[0055]　時代小説ザ・ベスト　2016
日本文藝家協会編
集英社　2016.6　471p　16cm
880円　（集英社文庫　に15-1）
ISBN978-4-08-745463-5

梅香餅（藤原緋沙子）………………………… 9
直隆の武辺（天野純希）……………………… 63
泣き娘（小島環）……………………………… 105
山の端の月（中嶋隆）………………………… 151
呑龍（木内昇）………………………………… 183
青もみじ（宇江佐真理）……………………… 229
クサリ鎌のシシド（木下昌輝）……………… 275
名残の花（澤田瞳子）………………………… 317
紛者（まがいもの）（朝井まかて）…………… 365
家康謀殺（伊東潤）…………………………… 403
【巻末エッセイ】地獄への誘い（竹田真砂子）‥ 464

[0056]　七人の役小角
夢枕獏監修
小学館　2007.10　332p　15cm
562円　（小学館文庫）
ISBN978-4-09-408211-1

膨らんでいく伝説―まえがきに代えて（夢
枕獏）………………………………………… 4
葛城の王者（黒岩重吾）……………………… 17
睡蓮―花妖譚六（司馬遼太郎）……………… 67
役小角の伝説（藤巻一保）…………………… 77
邪神戦記（永井豪）…………………………… 101
小角伝説―飛鳥霊異記（六道慧）…………… 161
役行者と鬼（志村有弘）……………………… 213
神変大菩薩伝（じんぺんだいぼさつでん）（坪内逍
遙）…………………………………………… 269
解説―役優婆塞（えんのうばそく）という力学（夢
枕獏）………………………………………… 324
筆者略歴……………………………………… 333

[0057]　七人の十兵衛―傑作時代
小説
縄田一男編
PHP研究所　2007.11　311p　15cm
619円　（PHP文庫）
ISBN978-4-569-66804-8

柳生一族（松本清張）………………………… 7
秘し刀霞落し（五味康祐）…………………… 41
柳生の鬼（隆慶一郎）………………………… 87
柳生十兵衛の眼（新宮正春）………………… 121
鬼神の弱点は何処に（笹沢左保）…………… 165
百万両呪縛（高木彬光）……………………… 215
十兵衛の最期（大隈敏）……………………… 267
解説（縄田一男）……………………………… 303

[0058]　七人の龍馬―傑作時代小説
細谷正充編
PHP研究所　2010.2　269p　15cm
590円　（PHP文庫　つ4-8）
ISBN978-4-569-67396-7

戦いの美学（童門冬二）……………………… 7
お仁王さまとシバテン（田岡典夫）………… 43
桂小五郎と坂本竜馬（戸部新十郎）………… 69
水面（みのも）の月（澤田ふじ子）………… 107
うそつき小次郎と竜馬（津本陽）…………… 139
さんずん（神坂次郎）………………………… 177
坂本龍馬の眉間（新宮正春）………………… 223
解説（細谷正充）……………………………… 260
著者略歴……………………………………… 268

13

時代小説・歴史小説

[0059] 疾風怒濤！　上杉戦記—傑
作時代小説
細谷正充編
PHP研究所　2008.3　333p　15cm
648円　（PHP文庫）
ISBN978-4-569-66993-9

竹俣（東郷隆）…………………………… 7
城を守る者（山本周五郎）……………… 37
芙蓉湖物語（海音寺潮五郎）…………… 61
流転の若鷹（永井路子）………………… 91
羊羹合戦（火坂雅志）…………………… 131
ばてれん兜（神坂次郎）………………… 195
美鷹の爪（童門冬二）…………………… 215
丹前屏風（大佛次郎）…………………… 243
解説（細谷正充）………………………… 323
筆者略歴…………………………………… 332

[0060]　死人に口無し—時代推理
傑作選
日本推理作家協会編
徳間書店　2009.11　392p　16cm
648円　（徳間文庫　に-3-6）
ISBN978-4-19-893073-8

序文（東野圭吾）………………………… 3
穴の中の護符（松本清張）……………… 7
迷い鳩（宮部みゆき）…………………… 37
娘のいのち濡れ手で千両（結城昌治）…… 103
首切りの鐘（風野真知雄）……………… 157
犯人当て横丁の名探偵（仁木悦子）…… 233
形見（小杉健治）………………………… 251
影踏み鬼（翔田寛）……………………… 295
振袖と刃物（戸板康二）………………… 347
解説（末國善己）………………………… 385

[0061]　しのぶ雨江戸恋慕—新鷹
会・傑作時代小説選
平岩弓枝監修
光文社　2016.6　413p　16cm
700円　（光文社文庫　し25-14—〔光
文社時代小説文庫〕）
ISBN978-4-334-77311-3

はじめに一心の親・長谷川伸先生（伊東昌
輝）……………………………………… 7
名人竿忠（長谷川伸）…………………… 9
三度目の顔（村上元三）………………… 75
浪人まつり（山手樹一郎）……………… 103
正月四日の客（池波正太郎）…………… 133
大山詣り（戸部新十郎）………………… 159
鳴海の象（田岡典夫）…………………… 217
よく忠によく孝に（武田八洲満）……… 249
花咲ける武士道（神坂次郎）…………… 311
江戸の毒蛇—琉球屋おまん（平岩弓枝）…… 361
解説（朝比奈次郎）……………………… 408

[0062]　主命にござる
縄田一男編
新潮社　2015.4　327p　16cm
550円　（新潮文庫　い-17-86）
ISBN978-4-10-139732-0

錯乱（池波正太郎）……………………… 7
佐渡流人行（松本清張）………………… 73
小川の辺（ほとり）（藤沢周平）……… 139
兵庫頭（ひょうごのかみ）の叛乱（はんらん）（神坂次
郎）……………………………………… 183
拝領妻始末（滝口康彦）………………… 209
笊ノ目（ざるのめ）万兵衛門外へ（山田風太郎）…… 259
編者解説…………………………………… 322

14

時代小説・歴史小説　　0066

[0063]　衝撃を受けた時代小説傑
　　　　作選
文藝春秋　2011.9　277p　16cm
571円　（文春文庫　編20-2）
ISBN978-4-16-780138-0

暗殺剣虎ノ眼（藤沢周平）………………… 7
正義の政府はあり得るか（山田風太郎）…… 49
血みどろ絵金（榎本滋民）………………… 109
異聞浪人記（滝口康彦）…………………… 143
冬の金魚（岡本綺堂）……………………… 179
忠直卿行状記（菊池寛）…………………… 215
〈座談会〉衝撃を受けた時代小説（杉本章子,
　宇江佐真理, あさのあつこ）…………… 261
出典一覧 …………………………………… 279

[0064]　小説「武士道」
縄田一男編
三笠書房　2008.11　403p　15cm
657円　（知的生きかた文庫）
ISBN978-4-8379-7742-1

鳥居強右衛門（池波正太郎）………………… 5
柳枝の剣（隆慶一郎）……………………… 53
藪三左衛門（津本陽）……………………… 93
堀主水と宗矩（五味康祐）………………… 115
受城異聞記（池宮彰一郎）………………… 257
放し討ち柳の辻（滝口康彦）……………… 325
平山行蔵（柴田錬三郎）…………………… 369
解説（縄田一男）…………………………… 397

[0065]　『少年倶楽部』熱血・痛
　　　　快・時代短篇選
講談社文芸文庫編
講談社　2015.1　444p　16cm
1700円　（講談社文芸文庫　こJ37）
ISBN978-4-06-290255-7

武田菱誉れの初陣（吉川英治）……………… 9

不思議なノートブック（横山銀吉）………… 28
お祖父様は犬嫌い（磯村善夫）…………… 40
獣（けだもの）をうつ少年（片岡鉄兵）……… 56
名優のなさけ（サトウハチロー）………… 76
小山羊の唄（池田宣政）…………………… 88
名剣旭丸（金子光晴）……………………… 109
靺鞨（まっかつ）嵐（江口渙）……………… 119
肉弾相搏つ巨人（鳴弦楼主人）…………… 140
難破船の犬（十一谷義三郎）……………… 156
南極の黄金船（橋爪健）…………………… 175
熊狩り夜話（中川勇）……………………… 191
鞍馬天狗（大佛次郎）……………………… 206
シルダの馬鹿市民（東山新吉）…………… 251
師弟決死隊（赤川武助）…………………… 267
秋空晴れて（朝日壮吉）…………………… 294
天晴れ黄八幡兄弟（三木喬太郎）………… 315
武士の子（赤川武助）……………………… 340
我が父強し（大倉桃郎）…………………… 362
ぼくらの英雄（梶野千萬騎）……………… 379
大造爺さんと雁（椋鳩十）………………… 401
太平洋の橋（小出正吾）…………………… 413
『少年倶楽部』小史 ……………………… 433

[0066]　職人気質
縄田一男編著
小学館　2007.5　328p　15cm
600円　（小学館文庫─時代小説アン
　ソロジー 4）
ISBN978-4-09-408170-1

狂言師（平岩弓枝）…………………………… 5
火術師（五味康祐）………………………… 51
対の鉋（かんな）（佐江衆一）……………… 93
夜鷹蕎麦十六文（北原亞以子）…………… 137
刺青降誕（仁田義男）……………………… 171
備後表（宇江佐真理）……………………… 215
名人（柴田錬三郎）………………………… 265
作者紹介（縄田一男）……………………… 323

15

時代小説・歴史小説

［0067］ 史話
凱風社　2009.2　189p　19cm
1400円　（PD叢書　吉田和明, 新田
準編）
ISBN978-4-7736-3304-7

織田信長（坂口安吾）……………… 7
俊寛（芥川龍之介）………………… 41
平将門（幸田露伴）………………… 73
武蔵野（山田美妙）………………… 137
解説 望むところは精神の自由を失なわざ
　ることなり（吉田和明）………… 162
作家紹介 …………………………… 188

［0068］ 神出鬼没！ 戦国忍者伝―
傑作時代小説
細谷正充編
PHP研究所　2009.3　329p　15cm
648円　（PHP文庫　し42-2）
ISBN978-4-569-67190-1

猿飛佐助の死（五味康祐）………… 7
決死の伊賀越え（滝口康彦）……… 61
最後の忍者（神坂次郎）…………… 91
叛（網淵謙錠）……………………… 115
女忍小袖始末（光瀬龍）…………… 153
関ケ原忍び風（徳永真一郎）……… 217
百々地三太夫（柴田錬三郎）……… 243
半蔵門外の変（戸部新十郎）……… 287
解説（細谷正充）…………………… 317
著者略歴 …………………………… 328

［0069］ 人生を変えた時代小説傑
作選
山本一力, 児玉清, 縄田一男選
文藝春秋　2010.2　297p　16cm
629円　（文春文庫 編20-1）
ISBN978-4-16-777347-2

入れ札（菊池寛）…………………… 7
佐渡流人行（松本清張）…………… 27
桜を斬る（五味康祐）……………… 87
麦屋町昼下がり（藤沢周平）……… 111
笊ノ目万兵衛門外へ（山田風太郎）… 185
仕舞始（池宮彰一郎）……………… 243
座談会 人生を変えた時代小説（山本一力,
　児玉清, 縄田一男）……………… 281

［0070］ 新選組出陣
歴史時代作家クラブ編
廣済堂出版　2014.2　445p　19cm
1900円
ISBN978-4-331-05961-6

花は桜木―山南敬助（天堂晋助）…………… 5
終わりの始まり―河合耆三郎（響由布子）… 39
京の茶漬―山崎烝（飯島一次）…………… 81
誠の桜―市村鉄之助（嵯峨野晶）………… 119
龍虎邂逅―近藤勇（岳真也）……………… 171
最後に明かされた謎―土方歳三（塚本青
　史）………………………………………… 203
時読みの女―永倉新八（鈴木英治）……… 259
天狐の剣―沖田総司（大久保智弘）……… 321
誠の旗の下で―藤堂平助（秋山香乃）…… 371
<特別企画>「新選組誕生と清河八郎」展を
　観に行く―座談会（鳥羽亮, 秋山香乃）… 427
著者紹介 ……………………………………… 444

時代小説・歴史小説　　　　0074

[0071]　新選組出陣
歴史時代作家クラブ編
徳間書店　2014.2　534p　15cm
750円　（徳間文庫　れ2-1）
ISBN978-4-19-893952-6

花は桜木―山南敬助（天堂晋助）……………… 5
終わりの始まり―河合耆三郎（響由布子）… 39
京の茶漬―山崎烝（飯島一次）…………… 81
誠の桜―市村鉄之助（嵯峨野晶）………… 119
龍虎邂逅（りゅうこかいこう）―近藤勇（岳真也）‥ 171
最後に明かされた謎―土方歳三（塚本青
　史）…………………………………… 203
時読みの女（ひと）―永倉新八（鈴木英治）… 259
天孤の剣―沖田総司（大久保智弘）……… 321
誠の旗の下で―藤堂平助（秋山香乃）…… 371
【特別企画】「新選組誕生と清河八郎」展を
　観に行く一座談会（鳥羽亮, 秋山香乃〔ほ
　か〕）………………………………… 427
著者紹介……………………………… 444

[0072]　素浪人横丁―人情時代小
　　　　説傑作選
縄田一男選
新潮社　2009.7　219p　16cm
400円　（新潮文庫　い-17-74）
ISBN978-4-10-139727-6

雨あがる（山本周五郎）………………… 7
異聞浪人記（滝口康彦）………………… 57
夫婦浪人―『剣客商売四 天魔』より（池波
　正太郎）………………………………… 95
八辻ケ原（峰隆一郎）…………………… 155
浪人まつり（山手樹一郎）……………… 181
選者解説（縄田一男）…………………… 212

[0073]　関ケ原・運命を分けた決断
　　　　―傑作時代小説
細谷正充編
PHP研究所　2007.6　277p　15cm
619円　（PHP文庫）
ISBN978-4-569-66861-1

島津義弘 退き口（東郷隆）……………… 7
小早川秀秋 放れ駒（戸部新十郎）……… 49
鍋島直茂 権謀の裏（滝口康彦）………… 99
直江兼続 直江兼続参上（南原幹雄）…… 141
宮部長煕 関ケ原別記（永井路子）……… 189
黒田如水 智謀の人―黒田如水（池波正太郎）‥ 237
解説（細谷正充）………………………… 267

[0074]　雪月花・江戸景色
平岩弓枝監修
光文社　2013.6　423p　16cm
686円　（光文社文庫　し25-11―新鷹
　会・傑作時代小説選）
ISBN978-4-334-76588-0

はじめに（伊東昌輝）…………………… 7
飛驒の了戒（長谷川伸）………………… 9
五両金心中（山岡荘八）………………… 43
河童役者（村上元三）…………………… 73
福の神だという女（山手樹一郎）……… 105
蕎麦切おその（池波正太郎）…………… 141
秘曲（戸部新十郎）……………………… 171
海に金色の帆（武田八洲満）…………… 213
弥勒ものがたり（田岡典夫）…………… 243
チェストかわら版（桐生悠三）………… 259
天連関理府（テレガラフ）（鳴海風）…… 319
狂言師（平岩弓枝）……………………… 373
解説（朝比奈次郎）……………………… 418

17

時代小説・歴史小説

[0075] 世話焼き長屋―人情時代
小説傑作選
縄田一男選
新潮社　2008.2　255p　16cm
438円　（新潮文庫）
ISBN978-4-10-139725-2

お千代（池波正太郎）…………………… 7
浮かれ節―竃河岸（へっついがし）（宇江佐真理）‥ 41
小田原鰹（乙川優三郎）………………… 101
証（あかし）（北原亞以子）……………… 183
骨折り和助（村上元三）………………… 221
選者解説（縄田一男）…………………… 249

[0076] 戦国秘史―歴史小説アン
ソロジー
KADOKAWA　2016.7　389p
15cm　720円　（角川文庫　時―い69-
51）
ISBN978-4-04-104330-1

ルシファー・ストーン（伊東潤）………… 5
戦国ぶっかけ飯（風野真知雄）………… 73
伏見燃ゆ　鳥居元忠伝（武内涼）……… 123
神慮のまにまに（中路啓太）…………… 183
武商諜人（宮本昌孝）…………………… 235
死地奔槍（矢野隆）……………………… 289
春の夜の夢（吉川永青）………………… 337

[0077] 代表作時代小説　平成19
年度
人情と艶、想い溢れて
日本文藝家協会編
光文社　2007.6　465p　20cm
2300円
ISBN978-4-334-92556-7

まえがき（伊藤桂一）…………………… 1
のうぜんかずらの花咲けば（宇江佐真理）…… 9

流離剣統譜（荒山徹）…………………… 37
三別抄耽羅戦記（金重明）……………… 83
蛍と呼ぶな（岩井三四二）……………… 121
嵐の前（北原亞以子）…………………… 145
虫の声（坂東眞砂子）…………………… 167
梅香る日（北方謙三）…………………… 193
人皇王流転（田中芳樹）………………… 213
坐視に堪えず（東郷隆）………………… 237
困った奴よ（二階堂玲太）……………… 265
乙路（乙川優三郎）……………………… 287
二度の岐路に立つ（三好徹）…………… 313
吉備津の釜（泡坂妻夫）………………… 337
木更津余話（佐江衆一）………………… 351
殺人刀（津本陽）………………………… 371
悪萬（花村萬月）………………………… 391
川沿いの道（諸田玲子）………………… 413
心中むらくも村正（山本兼一）………… 433
あとがき（磯貝勝太郎）………………… 459

[0078] 代表作時代小説　平成20
年度
町屋の情け、宿場のえにし
日本文藝家協会編
光文社　2008.6　449p　20cm
2300円
ISBN978-4-334-92615-1

まえがき（安西篤子）…………………… 1
化鳥斬り（東郷隆）……………………… 9
女たらし（諸田玲子）…………………… 35
酒しぶき清麿（山本兼一）……………… 57
燭怪（田中芳樹）………………………… 83
秘術・身受けの滑り槍（二階堂玲太）…… 109
孤軍の城（野田真理子）………………… 131
おゆき（井上ひさし）…………………… 175
朽木越え（岩井三四二）………………… 191
新富士模様（逢坂剛）…………………… 215
桜十字の紋章（平岩弓枝）……………… 247
女街の供養（澤田ふじ子）……………… 271
暁の波（安住洋子）……………………… 305
我が愛は海の彼方に（荒山徹）………… 329
菜の花や（泡坂妻夫）…………………… 353
天命の人（三好徹）……………………… 367
彼岸花（宇江佐真理）…………………… 391
吉宗の恋（岳宏一郎）…………………… 419

時代小説・歴史小説　　　　　　　　0081

あとがき（縄田一男）……………… 444

[0079]　代表作時代小説　平成21
年度
男と女、秘めた想いを
日本文藝家協会編
光文社　2009.6　454p　20cm
2300円
ISBN978-4-334-92665-6

まえがき（伊藤桂一）……………………… 1
ささら波（安住洋子）……………………… 9
五ん兵衛船（泡坂妻夫）…………………… 29
歳月の舟（北重人）………………………… 41
青江の太刀（好村兼一）…………………… 75
左馬助殿軍語（磯田道史）……………… 111
面影ほろり（宇江佐真理）……………… 145
よりにもよって（諸田玲子）…………… 169
鼠か虎か（荒山徹）……………………… 193
隠れ念仏（海老沢泰久）………………… 217
おしゅん吾嬬杜夜雨（坂岡真）………… 247
夜半亭有情（葉室麟）…………………… 269
笹の雪（乙川優三郎）…………………… 289
非利法権天（見延典子）………………… 309
海と風の郷（岩井三四二）……………… 329
ぬくもり―水原親憲（火坂雅志）……… 361
帰り花（北原亞以子）…………………… 385
だいこん畑の女（東郷隆）……………… 405
花童（西條奈加）………………………… 425
あとがき（磯貝勝太郎）………………… 449

[0080]　代表作時代小説　平成22
年度
凛とした生きざま、惚れ惚れと
日本文藝家協会編
光文社　2010.6　385p　20cm
2200円
ISBN978-4-334-92713-4

まえがき（安西篤子）……………………… 1
びんしけん（宇江佐真理）………………… 9
喧嘩飛脚（泡坂妻夫）……………………… 31

不義密通一件（岩井三四二）…………… 43
舞燈籠（蜂谷涼）………………………… 63
ヴァリニャーノの思惑（山本兼一）…… 93
辻斬り　無用庵隠居修行（海老沢泰久）… 119
うどんげの花（鳴海風）………………… 145
蓬ケ原（東郷隆）………………………… 159
逍遙の季節（乙川優三郎）……………… 179
犀の子守歌（西條奈加）………………… 205
二つの鉢花（北重人）…………………… 229
捨足軽（北原亞以子）…………………… 255
闇中斎剣法書（好村兼一）……………… 275
銀子三枚（山本一力）…………………… 311
朝鮮通信使いよいよ畢（お）わる（荒山徹）… 333
女人入眼（葉室麟）……………………… 357
あとがき（縄田一男）…………………… 380

[0081]　代表作時代小説　平成23
年度
想い想われ、情けが沁みる
日本文藝家協会編
光文社　2011.6　393p　20cm
2200円
ISBN978-4-334-92767-7

まえがき（伊藤桂一）
菩薩修繕出入一件（岩井三四二）……… 9
我らが胸の鼓動（宇江佐真理）………… 29
何首烏（カシュウ）（梶よう子）………… 57
黒マンサージートロイメライ　琉球寓話集
（池上永一）……………………………… 73
甜瓜（かもうり）（乙川優三郎）………… 95
海の音（北原亞以子）…………………… 109
まぼろし一味陰始末（田牧大和）……… 139
四月馬鹿（エープリルフール）（出久根達郎）… 161
いすず橋（村木嵐）……………………… 185
ちぎれ雲（杉本章子）…………………… 213
鯨のくる城（伊東潤）…………………… 241
からこ夢幻（山本兼一）………………… 279
梅の影（葉室麟）………………………… 309
やどかりびと（諸田玲子）……………… 331
蟋（こおろぎ）橋（木内昇）…………… 363
あとがき（末國善己）

19

時代小説・歴史小説

[0082]　代表作時代小説　平成24
年度
重なる心、触れ合う身体、ただ温かく
日本文藝家協会編
光文社　2012.6　378p　20cm
2200円
ISBN978-4-334-92831-5

毒蛾に刺された男 (伊東潤) ………………… 11
船饅頭 (小池昌代) ……………………… 37
高麗討ち (東郷隆) ……………………… 51
平家の光源氏 (高橋直樹) ……………… 73
馬上の局 (火坂雅志) …………………… 95
勝ちは、勝ち (松井今朝子) ………… 119
別式女 (好村兼一) …………………… 135
シュニィユー軍神ひょっとこ葉武太郎伝
　(荒山徹) …………………………… 159
蚊帳のなか (池永陽) ………………… 183
金丸家の関ケ原 (岩井三四二) ……… 207
夏芒の庭 (澤田瞳子) ………………… 233
夕すずめ (杉本章子) ………………… 261
牡丹咲くころ (葉室麟) ……………… 285
チャーリーの受難 (皆川博子) ……… 309
たもと石 (山本一力) ………………… 323
天竺の甘露 (吉川永青) ……………… 349

[0083]　代表作時代小説　平成25
年度
生きざまに熱き思いを重ね合わせ
日本文藝家協会編
光文社　2013.6　406p　20cm
2300円
ISBN978-4-334-92887-2

まえがき (安西篤子)
梅枝 (西條奈加) ………………………… 9
毒と毒 (犬飼六岐) …………………… 35
春山入り (青山文平) ………………… 59
汐の恋文 (葉室麟) …………………… 83
戦は算術に候 (伊東潤) ……………… 103
初陣物語 (東郷隆) …………………… 133

井伊の虎 (火坂雅志) ………………… 153
分散配分出入一件 (岩井三四二) …… 183
老梅 (北原亞以子) …………………… 201
去年今年 (こぞことし) (杉本章子) …… 221
じょさね (竹田真砂子) ……………… 245
葭切 (藤原緋沙子) …………………… 261
仕官の花 (村木嵐) …………………… 289
月兎 (折口真喜子) …………………… 313
長州シックス夢をかなえた白熊 (荒山徹) ‥ 327
蓼食う虫も (諸田玲子) ……………… 351
ないたカラス (中島要) ……………… 375
あとがき (末國善己)

[0084]　代表作時代小説　平成26
年度
時を超える熱き思い、絆と志
日本文藝家協会編
光文社　2014.6　425p　20cm
2300円
ISBN978-4-334-92950-3

まえがき (竹田真砂)
はで彦 (奥山景布子) ………………… 11
約束 (宮本紀子) ……………………… 33
玉手箱 (竹田真砂子) ………………… 71
天草の賦 (葉室麟) …………………… 85
小才子 (こざいし) (伊東潤) ………… 105
密使の太刀 (犬飼六岐) ……………… 135
鳴鶴 (澤田瞳子) ……………………… 157
昼とんび (村木嵐) …………………… 183
医は仁術なり (仁志耕一郎) ………… 203
夏の日 (青山文平) …………………… 225
義元の呪縛 (天野純希) ……………… 249
人生胸算用 (稲葉稔) ………………… 275
ぎやまん身の上物語 (北原亞以子) … 297
頼越人 (小松エメル) ………………… 303
水戸黄門天下の副編集長 (月村了衛) ‥‥ 331
二代目 (東郷隆) ……………………… 371
紀尾井坂の残照 (谷津矢車) ………… 397
あとがき (縄田一男)

時代小説・歴史小説

[0085] 竹中半兵衛―小説集
末國善己編
作品社　2014.3　338p　20cm
1800円
ISBN978-4-86182-474-6

竹中半兵衛（海音寺潮五郎）………………… 5
鬼骨の人（津本陽）…………………………… 39
竹中半兵衛 生涯一軍師にて候（八尋舜右）‥ 61
わかれ 半兵衛と秀吉（谷口純）……………… 97
幻の軍師（火坂雅志）………………………… 233
竹中半兵衛（柴田錬三郎）…………………… 255
踏絵の軍師（山田風太郎）…………………… 283
編者解説（末國喜己）………………………… 326

[0086] たそがれ江戸暮色
平岩弓枝監修
光文社　2014.6　426p　16cm
720円　（光文社文庫 し25-12―新鷹
会・傑作時代小説選）
ISBN978-4-334-76762-4

はじめに（伊藤昌輝）………………………… 7
髯題目の政（長谷川伸）……………………… 9
捕物蕎麦（村上元三）………………………… 59
鬼坊主の女（池波正太郎）…………………… 95
竹光と女房と（山手樹一郎）………………… 123
親鸞の末裔たち（山岡荘八）………………… 145
牡丹の雨（土師清二）………………………… 175
大望の身（戸部新十郎）……………………… 205
地の虫―北賀市市太郎伝（小橋博）………… 249
木星将に月に入らんとす（鳴海風）………… 331
文珠院の僧―花和尚お七（平岩弓枝）……… 375
解説（朝比奈次郎）…………………………… 420

[0087] たそがれ長屋―人情時代
小説傑作選
縄田一男選
新潮社　2008.10　309p　16cm
476円　（新潮文庫）
ISBN978-4-10-139726-9

疼痛二百両（池波正太郎）…………………… 7
いっぽん桜（山本一力）……………………… 53
ともだち（北原亞以子）……………………… 139
あとのない仮名（山本周五郎）……………… 175
静かな木（藤沢周平）………………………… 263
選者解説（縄田一男）………………………… 302

[0088] 刀剣―歴史時代小説名作
アンソロジー
末國善己編
中央公論新社　2016.4　347p　16cm
740円　（中公文庫 す28-1）
ISBN978-4-12-206245-0

氷柱折り【清麿】（隆慶一郎）………………… 7
心中むらくも村正【村正】（山本兼一）……… 57
虎徹【虎徹】（柴田錬三郎）…………………… 101
竹俣【竹俣兼光】（東郷隆）…………………… 119
寛永相合傘【粟田口】（林不忘）……………… 149
青江の太刀【青江】（好村兼一）……………… 171
秘剣！ 三十六人斬り【不動国行】（新宮正
春）…………………………………………… 231
騒ぐ刀【国広】（宮部みゆき）………………… 259
編者解説（末國善己）………………………… 337

[0089] 東北戦国志―傑作時代小説
細谷正充編
PHP研究所　2009.9　313p　15cm
648円　（PHP文庫 ま37-2）
ISBN978-4-569-67313-4

吹毛(すいもう)の剣（新宮正春）…………………… 7

時代小説・歴史小説

奥羽の鬼姫―伊達政宗の母（神坂次郎）…… 45
ゴロツキ風雲録（長部日出雄）……………… 65
霧の城（南條範夫）…………………………… 115
軍師哭く（五味康祐）………………………… 157
奥羽の二人（松本清張）……………………… 187
贋まさざね記（三浦哲郎）…………………… 221
解説（細谷正充）……………………………… 303

```
［0090］　怒髪の雷
祥伝社　2016.3　222p　16cm
580円　（祥伝社文庫　ん1-56―競作
時代アンソロジー）
ISBN978-4-396-34196-1
```

怒りの簪（鳥羽亮）…………………………… 7
らくだの馬が死んだ（野口卓）……………… 61
不義の証 素浪人稼業（藤井邦夫）………… 137
解説：時代小説の最先端を知る最高のガイ
ド（末國善己）……………………………… 216

```
［0091］　ナイン・ストーリーズ・オ
ブ・ゲンジ
新潮社　2008.10　285p　20cm
1400円
ISBN978-4-10-380851-0
```

帚木（松浦理英子）…………………………… 7
夕顔（江國香織）……………………………… 31
若紫（角田光代）……………………………… 63
末摘花（町田康）……………………………… 85
葵（金原ひとみ）……………………………… 131
須磨（島田雅彦）……………………………… 155
蛍（日和聡子）………………………………… 195
柏木（桐野夏生）……………………………… 225
浮舟（小池昌代）……………………………… 247

```
［0092］　情けがからむ朱房の十手
―傑作時代小説
縄田一男編
PHP研究所　2009.1　347p　15cm
667円　（PHP文庫　み14-3）
ISBN978-4-569-67127-7
```

江戸怪盗記（池波正太郎）…………………… 7
鰹千両（宮部みゆき）………………………… 41
夜鷹三味線（村上元三）……………………… 91
夜の橋（澤田ふじ子）………………………… 125
めんくらい凧（都筑道夫）…………………… 177
三本指の男（久世光彦）……………………… 225
三つ橋渡った（平岩弓枝）…………………… 295
解説（縄田一男）……………………………… 340
著者略歴（五十音順）………………………… 348

```
［0093］　夏しぐれ―時代小説アン
ソロジー
縄田一男編
角川書店　2013.7　238p　15cm
514円　（角川文庫　ひ4-52）
ISBN978-4-04-100924-6
```

二十六夜待の殺人―『御宿かわせみ』より
（平岩弓枝）………………………………… 5
ひぐらし―『隅田川御用帳』より（藤原緋
沙子）………………………………………… 41
似非侍（諸田玲子）…………………………… 115
夢の浮橋―『人形佐七捕物帳』より（横溝
正史）………………………………………… 159
怪談累ケ淵（柴田錬三郎）…………………… 197
解説（縄田一男）……………………………… 233

時代小説・歴史小説　　0099

［0094］　七つの忠臣蔵
縄田一男編
新潮社　2016.12　309p　16cm
550円　（新潮文庫　い-17-88）
ISBN978-4-10-139734-4

べんがら炬燵（吉川英治）‥‥‥‥‥‥‥‥ 7
火消しの殿（池波正太郎）‥‥‥‥‥‥‥ 63
実説「安兵衛」（柴田錬三郎）‥‥‥‥‥ 103
脱盟の槍―高田郡兵衛（海音寺潮五郎）‥‥ 133
命をはった賭け―大阪商人 天野屋利兵衛
（佐江衆一）‥‥‥‥‥‥‥‥‥‥‥ 179
吉良上野の立場（菊池寛）‥‥‥‥‥‥ 213
永代橋帰帆（山本一力）‥‥‥‥‥‥‥ 247
編者解説（縄田一男）‥‥‥‥‥‥‥‥ 296

［0095］　日本剣客伝　江戸篇
朝日新聞出版　2012.10　383p
15cm　680円　（朝日文庫　に1-7）
ISBN978-4-02-264683-5

柳生十兵衛（山岡荘八）‥‥‥‥‥‥‥‥ 9
堀部安兵衛（吉行淳之介）‥‥‥‥‥‥ 179
針谷夕雲（有馬頼義）‥‥‥‥‥‥‥‥ 279

［0096］　日本剣客伝　戦国篇
朝日新聞出版　2012.10　297p
15cm　620円　（朝日文庫　に1-6）
ISBN978-4-02-264684-2

塚原卜伝（南條範夫）‥‥‥‥‥‥‥‥‥ 9
上泉伊勢守（池波正太郎）‥‥‥‥‥‥ 119
小野次郎右衛門（柴田錬三郎）‥‥‥‥ 227

［0097］　日本剣客伝　幕末篇
朝日新聞出版　2012.10　444p
15cm　740円　（朝日文庫　に1-8）
ISBN978-4-02-264685-9

高柳又四郎（村上元三）‥‥‥‥‥‥‥‥ 9
千葉周作（海音寺潮五郎）‥‥‥‥‥‥ 167
沖田総司（永井龍男）‥‥‥‥‥‥‥‥ 317

［0098］　女人
縄田一男編著
小学館　2007.2　363p　15cm
600円　（小学館文庫―時代小説アン
ソロジー 2）
ISBN978-4-09-408147-3

拝領妻始末（滝口康彦）‥‥‥‥‥‥‥‥ 5
奥方切腹（海音寺潮五郎）‥‥‥‥‥‥ 51
無明の宿（澤田ふじ子）‥‥‥‥‥‥‥ 95
介護鬼（菊地秀行）‥‥‥‥‥‥‥‥‥ 153
ナポレオン芸者（白石一郎）‥‥‥‥‥ 195
出島阿蘭陀屋敷（平岩弓枝）‥‥‥‥‥ 221
キヨ命（高橋義夫）‥‥‥‥‥‥‥‥‥ 265
女賊お紐の冒険（神坂次郎）‥‥‥‥‥ 293
春雪の門（古川薫）‥‥‥‥‥‥‥‥‥ 325
作者紹介（縄田一男）‥‥‥‥‥‥‥‥ 356

［0099］　忍者だもの―忍法小説五
番勝負
縄田一男編
新潮社　2015.2　268p　16cm
520円　（新潮文庫　い-17-81）
ISBN978-4-10-139731-3

鬼火（池波正太郎）‥‥‥‥‥‥‥‥‥‥ 7
蜀山人（柴田錬三郎）‥‥‥‥‥‥‥‥ 49
猿飛佐助（織田作之助）‥‥‥‥‥‥‥ 107
赤絵獅子（平岩弓枝）‥‥‥‥‥‥‥‥ 179
忍者服部半蔵（山田風太郎）‥‥‥‥‥ 219

23

0100　時代小説・歴史小説

編者解説（縄田一男）…………………… *263*

［0100］　鼠小僧次郎吉
国書刊行会　2012.11　254p　20cm
2300円　（義と仁叢書 4）
ISBN978-4-336-05408-1

まえがき ……………………………………… *1*
鼠小僧次郎吉（芥川龍之介）…………………… *7*
鼠小僧外伝（菊池寛）………………………… *39*
鼠小僧実記―絵本（鈴木金次郎）…………… *105*
義賊としての鼠小僧―巻末特集（割田剛
雄）……………………………………………… *249*
巻末特集 義賊としての鼠小僧（割田剛雄）…… *249*

［0101］　野辺に朽ちぬとも―吉田
松陰と松下村塾の男たち
細谷正充編
集英社　2015.1　349p　16cm
660円　（集英社文庫 ほ16-10）
ISBN978-4-08-745279-2

吉田松陰（海音寺潮五郎）…………………… *7*
三条河原町の遭遇（古川薫）………………… *143*
若き獅子（池波正太郎）……………………… *241*
小五郎さんはペシミスト（南條範夫）……… *269*
博文の貌（かお）（羽山信樹）……………… *297*
松風の道（細谷正充）………………………… *327*

［0102］　幕末京都血風録―傑作時
代小説
細谷正充編
PHP研究所　2007.11　261p　15cm
619円　（PHP文庫）
ISBN978-4-569-66809-3

寺田屋騒動 寺田屋の散華（津本陽）……………… *7*
姉小路卿暗殺 猿ケ辻風聞（滝口康彦）……………… *45*
禁門の変 京洛の風雲（南條範夫）……………… *93*

天皇崩御 孝明天皇の死（安部龍太郎）……… *119*
高台寺党壊滅 勇（いさみ）の腰痛（火坂雅志）…… *135*
坂本龍馬暗殺 龍（りょう）（綱淵謙錠）…………… *175*
錦旗誕生 不義の御旗（澤田ふじ子）………… *205*
解説（細谷正充）……………………………… *249*

［0103］　幕末スパイ戦争
歴史時代作家クラブ編
徳間書店　2015.8　434p　15cm
720円　（徳間文庫 れ2-2）
ISBN978-4-19-894003-4

黒船忍者（多田容子）………………………… *5*
会津の隠密（天堂晋助）……………………… *53*
暗殺者の輪舞曲（嵯峨野晶）………………… *91*
乗り遅れた譜代藩の志士（喜安幸夫）……… *137*
桜島燃ゆ（井川香四郎）……………………… *175*
二百六十八年目の失意―苦無花お初外伝
（誉田龍一）…………………………………… *215*
逃げる旗本（芦川淳一）……………………… *271*
三十余戦、無敗の男―仙台藩鴉組 細谷十
太夫（聖龍人）………………………………… *321*
黒脛巾組始末（平谷美樹）…………………… *375*
解説（細谷正充）……………………………… *428*

［0104］　幕末の剣鬼たち―時代小
説傑作選
清水將大編
コスミック出版　2009.12　428p
15cm　752円　（コスミック・時代文
庫 し5-3）
ISBN978-4-7747-2302-0

近藤勇、江戸の日々（津本陽）……………… *5*
近藤勇 天然理心流（戸部新十郎）…………… *33*
歳三、五稜郭に死す（三好徹）……………… *193*
新選組生残りの剣客―永倉新八（池波正太
郎）……………………………………………… *229*
剣客物語（子母澤寛）………………………… *245*
人斬り彦斎（海音寺潮五郎）………………… *303*
示現流 中村半次郎「純情薩摩隼人」（柴田
錬三郎）………………………………………… *325*

時代小説・歴史小説　　　　　　　0108

一刀正伝無刀流 山岡鉄舟「山岡鉄舟」（五
　味康祐）………………………… 371
榊原健吉（戸川幸夫）…………………… 399

```
［0105］　花と剣と侍―新鷹会・傑作
　　　　　時代小説選
　　　　　平岩弓枝監修
　　　光文社　2009.6　423p　16cm
　　　686円　（光文社文庫 し25-7―［光文
　　　　社時代小説文庫]）
　　　ISBN978-4-334-74609-4
```

はじめに（平岩弓枝）……………………… 7
真田範之助（長谷川伸）…………………… 9
ひとり狼（村上元三）……………………… 23
霧の中（山手樹一郎）……………………… 75
舞台うらの男（池波正太郎）……………… 103
京の夢（戸部新十郎）……………………… 141
五人の武士（武田八洲満）………………… 191
人間の情景（野村敏雄）…………………… 217
男谷精一郎信友（戸川幸夫）……………… 269
海賊船ドクター・サイゾー（松岡弘一）…… 297
深川形櫛（古賀宣子）……………………… 327
末期の夢（鎌田樹）………………………… 351
子を思う闇（平岩弓枝）…………………… 381
解説（朝比奈次郎）………………………… 419

```
［0106］　春はやて―時代小説アン
　　　　　ソロジー
　　　　　縄田一男編
　　　KADOKAWA　2016.3　228p
　　　15cm　560円　（角川文庫 時―ひ4-
　　　　53)
　　　ISBN978-4-04-102067-8
```

江戸の娘（平岩弓枝）……………………… 5
夜明けの雨―聖坂・春（藤原緋沙子）……… 47
桃花無明剣（柴田錬三郎）………………… 107
五月人形（野村胡堂）……………………… 133
お照の父（岡本綺堂）……………………… 187
解説（縄田一男）…………………………… 223

```
［0107]　姫君たちの戦国―時代小
　　　　　説傑作選
　　　　　細谷正充編
　　　PHP研究所　2011.2　253p　15cm
　　　648円　（PHP文芸文庫 か2-1)
　　　ISBN978-4-569-67592-3
```

岐阜城のお茶々様（海音寺潮五郎）……… 7
海の女戦士（アマゾネス）（邦光史郎）………… 35
奥羽の鬼姫―伊達政宗の母（早乙女貢）…… 97
泣き笑い姫（安西篤子）…………………… 123
八丈こぶな草（野村敏雄）………………… 157
姫君御姉妹（南條範夫）…………………… 171
千姫絵図（澤田ふじ子）…………………… 195
解説（細谷正充）…………………………… 246
著者略歴…………………………………… 252

```
［0108]　武士道
　　　　　縄田一男編
　　　小学館　2007.3　348p　15cm
　　　600円　（小学館文庫―時代小説アン
　　　　ソロジー 3)
　　　ISBN978-4-09-408158-9
```

九思の剣（池宮彰一郎）…………………… 5
男一代の記（海音寺潮五郎）……………… 69
仲秋十五日（滝口康彦）…………………… 109
男伊達（安部龍太郎）……………………… 153
小林平八郎―百年後の士道（高橋直樹）…… 169
梅一枝（柴田錬三郎）……………………… 247
笊ノ目万兵衛門外へ（山田風太郎）………… 285
作者紹介（縄田一男）……………………… 343

25

時代小説・歴史小説

[0109] 武士道切絵図―新鷹会・傑
作時代小説選
平岩弓枝監修
光文社　2010.6　496p　16cm
762円　（光文社文庫　し25-8―〔光文
社時代小説文庫〕）
ISBN978-4-334-74804-3

はじめに（平岩弓枝）……………………… 7
小楯の兵蔵騒ぎ（長谷川伸）…………… 9
此ノ件厳秘ノ事（村上元三）……………… 39
下郎の夢（山手樹一郎）…………………… 77
基盤の首（池波正太郎）…………………… 107
白萩の宿（田岡典夫）……………………… 131
あしの功名（戸部新十郎）………………… 155
菊のはなかげ（武田八洲満）……………… 197
身はたとひ（眞鍋元之）…………………… 235
仏の荷（神坂次郎）………………………… 271
蝦夷のけもの道（横倉辰次）……………… 327
相剋の血（二階堂玲太）…………………… 385
曲物師の娘（鎌田樹）……………………… 415
呪いの家（平岩弓枝）……………………… 455
解説（朝比奈次郎）………………………… 492

[0110] 武士道蔵時記―新鷹会・傑
作時代小説選
平岩弓枝監修
光文社　2008.6　577p　16cm
857円　（光文社文庫）
ISBN978-4-334-74437-3

はじめに（平岩弓枝）……………………… 7
脛毛の筆―三浦権太夫（長谷川伸）……… 9
桶屋の鬼吉（村上元三）…………………… 27
死神（山手樹一郎）………………………… 61
佐々木唯三郎（戸川幸夫）………………… 85
花骨牌（かるた）（湊邦三）………………… 123
逆転（池波正太郎）………………………… 165
手向（戸部新十郎）………………………… 225
永見右衛門尉貞愛（武田八洲満）………… 265
死描（野村敏雄）…………………………… 301
村上浪六（長谷川幸延）…………………… 331

秘伝（神坂次郎）…………………………… 377
楳本法神と法神流（藤島一虎）…………… 437
信虎の最期（二階堂玲太）………………… 459
赦免船―島椿（小山啓子）………………… 489
七化けおさん（平岩弓枝）………………… 517
解説（朝比奈次郎）………………………… 573

[0111] 武士道残月抄
平岩弓枝監修
光文社　2011.6　525p　16cm
800円　（光文社文庫　し25-9―新鷹
会・傑作時代小説選）
ISBN978-4-334-74966-8

はじめに（平岩弓枝）……………………… 7
敵討たれに（長谷川伸）…………………… 9
内蔵頭治政（土師清二）…………………… 51
利根の川霧（村上元三）…………………… 81
ざんぎり（山手樹一郎）…………………… 121
宮本武蔵の女（山岡荘八）………………… 151
刃傷（池波正太郎）………………………… 199
大石進種次（戸川幸夫）…………………… 233
初職（湊邦三）……………………………… 263
五彩の山（戸部新十郎）…………………… 305
いろはにほへとかたきうち（武田八洲満）… 345
豚とさむらい（神坂次郎）………………… 389
暗殺犬（桐生悠三）………………………… 427
遊女殺し―太公望のおせん（平岩弓枝）…… 463
解説（朝比奈次郎）………………………… 520

[0112] ふたり―時代小説夫婦情話
細谷正充編
角川春樹事務所　2010.5　201p
16cm　629円　（ハルキ文庫　ほ3-1―
時代小説文庫）
ISBN978-4-7584-3476-8

夫婦の城（池波正太郎）…………………… 7
恋文（宇江佐真理）………………………… 37
関寺小町（火坂雅志）……………………… 83
凶妻の絵（澤田ふじ子）…………………… 127
雨あがる（山本周五郎）…………………… 151

時代小説・歴史小説　　　　　　　　　0116

編者解説(細谷正充)…………………… 196

［0113］　冬ごもり─時代小説アンソロジー
縄田一男編
KADOKAWA　2013.12　271p
15cm　560円　（角川文庫　い8-51）
ISBN978-4-04-101144-7

正月四日の客(池波正太郎)………………… 5
鬼子母火(宮部みゆき)……………………… 33
甲府在番(松本清張)………………………… 63
留場の五郎次(南原幹雄)………………… 119
出奔(宇江佐真理)………………………… 171
永代橋帰帆(山本一力)…………………… 217
解説(縄田一男)…………………………… 266

［0114］　ふりむけば闇─時代小説招待席
藤水名子監修
徳間書店　2007.10　375p　16cm
648円　（徳間文庫）
ISBN978-4-19-892684-7

村重好み─耀變天目記(秋月達郎)………… 5
かっぱぎ権左(浅田次郎)…………………… 47
龍の置き土産(高橋義夫)…………………… 91
子守唄(火坂雅志)………………………… 129
秋萌えのラプソディー(藤水名子)……… 173
Cloneと虹(眉村卓)……………………… 235
秋篠新次郎(宮本昌孝)…………………… 271
リボルバー(山崎洋子)…………………… 321
初刊本あとがき…………………………… 365
文庫版あとがき(に代えて)……………… 372

［0115］　変事異聞
縄田一男編著
小学館　2007.7　300p　15cm
571円　（小学館文庫─時代小説アンソロジー 5）
ISBN978-4-09-408186-2

開化散髪どころ(池波正太郎)……………… 5
サンフランシスコの晩餐会(古川薫)……… 39
応天門の変(南條範夫)……………………… 47
時の日(新田次郎)………………………… 113
秀頼走路(松本清張)……………………… 157
生命の灯(山手樹一郎)…………………… 183
信長豪剣記(羽山信樹)…………………… 225
作者紹介(縄田一男)……………………… 295

［0116］　本能寺・男たちの決断─傑作時代小説
細谷正充編
PHP研究所　2007.2　267p　15cm
590円　（PHP文庫）
ISBN978-4-569-66781-2

明智光秀 ときは今(滝口康彦)……………… 7
羽柴秀吉 最後に笑う禿鼠(南條範夫)……… 29
徳川家康 伊賀越え(新田次郎)……………… 65
森蘭丸 蘭丸、叛く(宮本昌孝)……………… 95
筒井順慶 青苔記(永井路子)……………… 121
神屋宗湛 盗っ人宗湛(火坂雅志)………… 171
津田宗及 本能寺ノ変朝─堺の豪商・天王寺屋宗及(赤木駿介)…………………………… 215
解説(細谷正充)…………………………… 257
著者略歴…………………………………… 266

27

時代小説・歴史小説

［0117］ 幻の剣鬼七番勝負―傑作時代小説
縄田一男編
PHP研究所　2008.5　317p　15cm
619円　（PHP文庫）
ISBN978-4-569-67018-8

秘剣（五味康祐）……………………… 7
一の太刀（柴田錬三郎）……………… 59
妖剣林田左文（山田風太郎）………… 101
水鏡（戸部新十郎）…………………… 175
笹の露（新宮正春）…………………… 213
念流手の内（津本陽）………………… 253
破門（羽山信樹）……………………… 277
解説（縄田一男）……………………… 305
著者略歴……………………………… 316
出典…………………………………… 318

［0118］ 妙ちきりん―「読楽」時代小説アンソロジー
徳間文庫編集部編
徳間書店　2016.3　314p　15cm
640円　（徳間文庫 と16-18）
ISBN978-4-19-894083-6

件の夢―シロの伊勢道中（小松エメル）…… 5
異聞 巌流島決闘（天野純希）………… 55
魔王の子、鬼の娘（仁木英之）……… 109
あけずのくらの（輪渡颯介）………… 157
妖刀・籠釣瓶（毛利亘宏）…………… 203
隠神刑部（乾緑郎）…………………… 259
解説（末國善己）……………………… 305
初出一覧「読楽」…………………… 316

［0119］ 娘秘剣
細谷正充編
徳間書店　2011.3　405p　16cm
667円　（徳間文庫 ほ-8-1）
ISBN978-4-19-893327-2

寛政女武道（池波正太郎）…………… 5
余寒の雪（宇江佐真理）……………… 45
先意流「浦波」（五味康祐）………… 97
秘剣鱗返し（早乙女貢）……………… 131
嫋々の剣（澤田ふじ子）……………… 175
願流仇討行（柴田錬三郎）…………… 211
春風仇討行（宮本昌孝）……………… 293
解説（細谷正充）……………………… 397
底本…………………………………… 396

［0120］ 迷君に候
縄田一男編
新潮社　2015.6　244p　16cm
490円　（新潮文庫 い-17-87）
ISBN978-4-10-139733-7

ジャズ大名（筒井康隆）……………… 7
殺生関白（柴田錬三郎）……………… 51
晩春の夕暮れに（池波正太郎）……… 115
桜田御用屋敷（小松重男）…………… 153
金玉百助の来歴（神坂次郎）………… 181
忠直卿（ただなおきょう）行状記（菊池寛）…… 191
選者解説（縄田一男）………………… 239

［0121］ 名城伝
細谷正充編
角川春樹事務所　2015.10　291p
16cm　760円　（ハルキ文庫 ほ3-4―時代小説文庫）
ISBN978-4-7584-3954-1

名城伝に登場する名城達 ………………巻頭
播州姫路御城図、および現在の空撮写真 …巻頭

時代小説・歴史小説　　　　　　　　　　　　0124

名城鑑賞方法 ………………………… 巻頭
命の城―沼田城（池波正太郎）………… 7
大野修理の娘―大坂城（滝口康彦）……… 39
松江城の人柱―松江城（南條範夫）……… 79
開城の使者―鶴ケ城（中村彰彦）………… 87
玉砕―岩屋城（白石一郎）…………… 125
コラム 書院造から始まった天守（三浦正
幸）……………………………………… 136
忍城の美女―忍城（東郷隆）……………… 137
コラム 石垣の隙間の秘密（三浦正幸）… 186
闇の松明―伏見城（高橋直樹）…………… 187
コラム 城門の柱の秘密（三浦正幸）…… 246
おさかべ姫―姫路城（火坂雅志）……… 247
編者解説（細谷正充）………………… 285

```
［0122］　名刀伝
細谷正充編
角川春樹事務所　2015.4　321p
16cm　780円　（ハルキ文庫 ほ3-3―
時代小説文庫）
ISBN978-4-7584-3894-0
```

編者略歴 …………………………… 巻頭
小鍛冶―小狐丸（浅田次郎）……………… 7
うわき国広―堀川国広（山本兼一）……… 69
にっかり国広―にっかり青江（東郷隆）… 115
コラム 名刀たるとは何か ……………… 148
抜国吉―粟田口国吉（羽山信樹）……… 149
コラム 名刀たちの優美な愛称（中村彰彦）… 192
明治兜割り―胴太貫正国（津本陽）…… 193
朝右衛門の刀箪笥―和泉守兼定（好村兼
一）…………………………………… 231
槍は日本号―日本号（白石一郎）……… 305
店紹介 銀座長州屋…………………… 313
編者解説（細谷正充）………………… 315

```
［0123］　名刀伝　2
細谷正充編
角川春樹事務所　2015.11　279p
16cm　760円　（ハルキ文庫 ほ3-5―
時代小説文庫）
ISBN978-4-7584-3961-9
```

編者略歴 …………………………… 巻頭
虎徹―長曾禰虎徹（柴田錬三郎）………… 7
試し胴―大和則長（東郷隆）……………… 25
コラム 日本刀の鐔 名作鐔紹介（1）…… 62
艶刀忌―越前守助広（赤江瀑）…………… 63
コラム 日本刀の鐔 名作鐔紹介（2）… 100
贋の正宗―正宗（澤田ふじ子）………… 101
コラム 日本刀の鐔 名作鐔紹介（3）… 156
村正―村正（海音寺潮五郎）…………… 157
コラム 日本刀の鐔 名作鐔紹介（4）… 190
ガリヴァー忍法島―天叢雲剣（山田風太
郎）…………………………………… 191
店紹介 銀座長州屋…………………… 271
編者解説（細谷正充）………………… 272

```
［0124］　柳生の剣、八番勝負
縄田一男編
廣済堂あかつき　2009.11　343p
16cm　619円　（廣済堂文庫 1375―
特選時代小説）
ISBN978-4-331-61378-8
```

柳生五郎右衛門（柴田錬三郎）…………… 5
殺人鬼（五味康祐）………………………… 57
柳生の宿（白井喬二）……………………… 97
砂塵（羽山信樹）………………………… 121
柳生連也斎（戸部新十郎）……………… 149
柳生友矩の歯（新宮正春）……………… 173
柳生の金魚（山岡荘八）………………… 217
柳枝の剣（隆慶一郎）…………………… 299
解説（縄田一男）………………………… 336

29

時代小説・歴史小説

［0125］　夕まぐれ江戸小景
平岩弓枝監修
光文社　2015.6　415p　16cm
720円　（光文社文庫　し25-13―新鷹
会・傑作時代小説選）
ISBN978-4-334-76929-1

はじめに―流行作家も新人も同じ机で（伊
東昌輝）……………………………… 7
関の弥太ッペ（長谷川伸）…………………… 9
深川雪景色（村上元三）……………………… 63
江戸へ逃げる女（山手樹一郎）……………… 95
一両二分の屋敷（山岡荘八）……………… 127
縄張り（しま）（池波正太郎）……………… 157
檻の中（戸部新十郎）……………………… 199
箱根の山椒魚（田岡典夫）………………… 241
徳川宗春（徳永真一郎）…………………… 267
落首（小橋博）……………………………… 301
猫姫おなつ（平岩弓枝）…………………… 351
解説（朝比奈次郎）………………………… 410

［0126］　吉原花魁
縄田一男編
角川書店　2009.12　357p　15cm
629円　（角川文庫　16030―〔歴史・
時代アンソロジー〕）
ISBN978-4-04-367106-9

張りの吉原（隆慶一郎）……………………… 5
吉原大門の殺人（平岩弓枝）………………… 31
紫陽花（宇江佐真理）………………………… 67
はやり正月の心中（杉本章子）…………… 103
爪の代金五十両（南原幹雄）……………… 131
剣鬼と遊女（山田風太郎）………………… 185
三千歳たそがれ天保六花撰ノ内（藤沢周
平）………………………………… 229
恋じまい（松井今朝子）…………………… 277
解説（縄田一男）…………………………… 347

［0127］　龍馬参上
縄田一男選
新潮社　2010.10　178p　16cm
362円　（新潮文庫　あ-35-51）
ISBN978-4-10-130521-9

龍馬暗殺（安部龍太郎）……………………… 7
海援隊誕生記（宮地佐一郎）………………… 25
蛍（織田作之助）…………………………… 105
刺客の娘（船山馨）………………………… 127
西郷隆盛と坂本龍馬（綱淵謙錠）………… 155
選者解説（縄田一男）……………………… 173

［0128］　龍馬と志士たち―時代小
説傑作選
清水將大編
コスミック出版　2009.11　421p
15cm　743円　（コスミック・時代文
庫　し5-2）
ISBN978-4-7747-2297-9

勝海舟と坂本龍馬（邦光史郎）……………… 7
人斬り稼業（三好徹）………………………… 51
龍（りょう）（綱淵謙錠）…………………… 91
うそつき小次郎と竜馬（津本陽）………… 119
桂小五郎と坂本竜馬（戸部新十郎）……… 155
刺客（せっか）（五味康祐）……………… 193
武市半平太（海音寺潮五郎）……………… 223
若き獅子（池波正太郎）…………………… 323
坂本龍馬の写真（伴野朗）………………… 347
刺客の娘（船山馨）………………………… 397

時代小説・歴史小説　　　　　　　　　　0129

```
┌─────────────────────────────────────┐
│ ［0129］　龍馬の天命―坂本龍馬名    │
│ 　　　　　手の八篇                  │
│ 　　末國善己編                      │
│ 実業之日本社　2010.1　279p　20cm    │
│ 　　　　　1600円                    │
│ 　ISBN978-4-408-53566-1             │
└─────────────────────────────────────┘
```

乙女 (とめ) (阿井景子) ………………………… 5
竜馬殺し (大岡昇平) ……………………… 41
斬奸刀 (安部龍太郎) ……………………… 63
異説猿ケ辻の変 (隆慶一郎) ……………… 107
坂本龍馬の写真 (伴野朗) ………………… 133
うそつき小次郎と竜馬 (津本陽) ………… 175
坂本龍馬の眉間 (新宮正春) ……………… 205
お龍 (北原亞以子) ………………………… 235
編者解説 (末國善己) ……………………… 262

推理小説・ミステリー

［0130］ 青に捧げる悪夢
角川書店　2013.2　536p　15cm
781円　（角川文庫　あ201-1）
ISBN978-4-04-100700-6

水晶の夜、翡翠の朝（恩田陸）‥‥‥‥‥‥‥‥ 5
みたびのサマータイム（若竹七海）‥‥‥‥‥ 57
水仙の季節（近藤史恵）‥‥‥‥‥‥‥‥‥‥ 109
攫われて（小林泰三）‥‥‥‥‥‥‥‥‥‥‥ 157
階段（乙一）‥‥‥‥‥‥‥‥‥‥‥‥‥‥‥ 201
ふたり遊び（篠田真由美）‥‥‥‥‥‥‥‥‥ 271
還って来た少女（新津きよみ）‥‥‥‥‥‥‥ 327
闇の羽音（岡本賢一）‥‥‥‥‥‥‥‥‥‥‥ 369
ラベンダー・サマー（瀬川ことび）‥‥‥‥ 429
天狗と宿題、幼なじみ（はやみねかおる）‥ 483

［0131］ 赤に捧げる殺意
角川書店　2013.2　497p　15cm
781円　（角川文庫　あ202-1）
ISBN978-4-04-100697-9

砕けた叫び（有栖川有栖）‥‥‥‥‥‥‥‥‥ 5
トロイの密室（折原一）‥‥‥‥‥‥‥‥‥‥ 37
神影荘奇談（太田忠司）‥‥‥‥‥‥‥‥‥‥ 75
命の恩人（赤川次郎）‥‥‥‥‥‥‥‥‥‥‥ 117
時計じかけの小鳥（西澤保彦）‥‥‥‥‥‥‥ 147
タワーに死す（霞流一）‥‥‥‥‥‥‥‥‥‥ 179
Aは安楽椅子のA（鯨統一郎）‥‥‥‥‥‥‥ 211
氷山の一角（麻耶雄嵩）‥‥‥‥‥‥‥‥‥‥ 247

［0132］ 悪意の迷路
日本推理作家協会編
光文社　2016.11　504p　19cm
1800円　（最新ベスト・ミステリー）
ISBN978-4-334-91134-8

編纂序文（西上心太）‥‥‥‥‥‥‥‥‥‥‥ 3
願わない少女（芦沢央）‥‥‥‥‥‥‥‥‥‥ 13
ドレスと留袖（歌野晶午）‥‥‥‥‥‥‥‥‥ 53
不適切な排除（大沢在昌）‥‥‥‥‥‥‥‥‥ 89
うれひは青し空よりも（大山誠一郎）‥‥‥ 117
憂慮する令嬢の事件（北原尚彦）‥‥‥‥‥ 139
シャルロットの友達（近藤史恵）‥‥‥‥‥ 173
水戸黄門 謎の乙姫御殿（月村了衛）‥‥‥ 195
パズル輻晦（西澤保彦）‥‥‥‥‥‥‥‥‥ 231
魔法使いと死者からの伝言（東川篤哉）‥‥ 273
潜入調査（藤田宜永）‥‥‥‥‥‥‥‥‥‥ 329
屋根裏の同居者（三津田信三）‥‥‥‥‥‥ 381
優しい人（湊かなえ）‥‥‥‥‥‥‥‥‥‥ 403
永遠のマフラー（森村誠一）‥‥‥‥‥‥‥ 429
背負う者（柚月裕子）‥‥‥‥‥‥‥‥‥‥ 437
綱渡りの成功例（米澤穂信）‥‥‥‥‥‥‥ 475

［0133］ 悪魔黙示録「新青年」一九
三八―探偵小説暗黒の時代へ
ミステリー文学資料館編
光文社　2011.8　343p　16cm
686円　（光文社文庫　み19-38）
ISBN978-4-334-74987-3

まえがき ‥‥‥‥‥‥‥‥‥‥‥‥‥‥‥‥ 3
猟奇商人（城昌幸）‥‥‥‥‥‥‥‥‥‥‥‥ 7
薔薇悪魔の話（渡辺啓助）‥‥‥‥‥‥‥‥‥ 23

推理小説・ミステリー　　　　0137

唄わぬ時計(大阪圭吉) ………………… 39
オースチンを襲う(妹尾アキ夫) ……… 70
懐しい人々(井上良夫) ………………… 82
「悪魔黙示録」について(大下宇陀児) …… 92
悪魔黙示録(赤沼三郎) ………………… 95
一週間(横溝正史) ……………………… 241
永遠の女囚(木々高太郎) ……………… 277
蝶と処方箋(蘭郁二郎) ………………… 313
解説(山前譲) …………………………… 336
年表 世相と探偵小説の動向 …………… 344

[0134]　悪夢の行方―「読楽」ミス
テリーアンソロジー
徳間文庫編集部編
徳間書店　2016.1　264p　15cm
620円　(徳間文庫　と16-16)
ISBN978-4-19-894059-1

ふたつのシュークリーム(伊岡瞬) ……… 5
逢魔ケ時(おうまがとき)(黒崎視音) …… 61
嘘つき鼠(梓崎優) ……………………… 119
連鎖(高嶋哲夫) ………………………… 157
出戻り(西村健) ………………………… 211
解説―読書中も、その後も愉しませてくれ
る一冊(村上貴史) ……………………… 255

[0135]　あなたが名探偵
東京創元社　2009.4　321p　15cm
760円　(創元推理文庫 400-53)
ISBN978-4-488-40053-8

蚊取湖殺人事件(泡坂妻夫) …………… 9
お弁当ぐるぐる(西澤保彦) …………… 53
大きな森の小さな密室(小林泰三) …… 99
ヘリオスの神像(麻耶雄嵩) …………… 139
ゼウスの息子たち(法月綸太郎) ……… 187
読者よ欺かれておくれ(芦辺拓) ……… 235
左手でバーベキュー(霞流一) ………… 281

[0136]　綾辻行人と有栖川有栖の
ミステリ・ジョッキー　1
綾辻行人,有栖川有栖編・著
講談社　2008.7　334p　19cm
1600円
ISBN978-4-06-214710-1

まえがき(綾辻行人) …………………… 6
第1回　それぞれの"ふるさと" ………… 9
　Disc1　技師の親指(コナン・ドイル著,
　　延原謙訳) ………………………… 15
　Disc2　赤い部屋(江戸川乱歩) ……… 49
第2回　早くも番外編 …………………… 87
　Disc3　恐怖(竹本健治) ……………… 93
　Disc4　開いた窓(江坂遊) …………… 105
　Disc5　踊る細胞(江坂遊) …………… 108
　Disc6　残されていた文字(井上雅彦) … 120
第3回　ミステリとマジック …………… 131
　Disc7　新透明人間(ディクスン・カー著,
　　宇野利泰訳) ……………………… 135
　Disc8　ヨギ ガンジーの予言(泡坂妻夫) ‥ 174
第4回　ミステリとパズル ……………… 223
　Disc9　黒い九月の手(南條範夫) …… 227
　Disc10　ガラスの丸天井付き時計の冒険
　　(エラリー・クイーン著,井上勇訳) ‥ 291
あとがき(有栖川有栖) ………………… 332

[0137]　綾辻行人と有栖川有栖の
ミステリ・ジョッキー　2
綾辻行人,有栖川有栖編・著
講談社　2009.11　280p　19cm
1600円
ISBN978-4-06-215898-5

まえがき(綾辻行人) …………………… 6
第5回　特別編 公開ライヴ！ ………… 9
　Disc1　黒鳥亭殺人事件(有栖川有栖) … 13
　Disc2　意外な犯人(綾辻行人) ……… 62
第6回　「謎」の手ざわり ……………… 123
　Disc3　終電車(都筑道夫) …………… 126
　Disc4　なにかが起こった(ディーノ・
　　ブッツァーティ著,脇功訳) ……… 146

33

推理小説・ミステリー

第7回　オドロキとナルホド……………… *167*
Disc5　アウトサイダー（H.P.ラヴクラフ
　ト著，大瀧啓裕訳）………………… *169*
Disc6　新都市建設（小松左京）………… *179*
Disc7　親愛なるエス君へ（連城三紀彦）‥ *201*
第8回　アンソロジストの愉（たの）しみ……… *237*
Disc8　油あげの雨―スペイン童話（会田
　由訳）……………………………… *241*
Disc9　六連続殺人事件（別役実）……… *250*
Disc10　ナイト捜し―問題編・解答編（大
　川一夫）…………………………… *258*
あとがき（有栖川有栖）………………… *278*

［0138］　綾辻行人と有栖川有栖の
ミステリ・ジョッキー　3
綾辻行人，有栖川有栖編・著
講談社　2012.4　319p　19cm
1700円
ISBN978-4-06-217531-9

まえがき（綾辻行人）…………………… *6*
第9回　プレ新本格、二人の女王（クイーン）…… *9*
Disc1　袋小路の死神（栗本薫）………… *13*
Disc2　虹への疾走（山村美紗）………… *46*
第10回　首切りと足切り………………… *85*
Disc3　秘密の庭（G.K.チェスタトン著，
　中村保男訳）……………………… *89*
Disc4　赤い靴（山田風太郎）………… *121*
第11回　グロテスクなヴィジョン………… *157*
Disc5　頭のなかの鐘（倉阪鬼一郎）…… *160*
Disc6　発狂する重役（島田荘司）……… *182*
最終回　ミステリとルール……………… *227*
Disc7　探偵小説十戒（ロナルド・A.ノッ
　クス著，宮脇孝雄，宮脇裕子訳）…… *230*
Disc7　推理小説作法の二十則（ヴァン・
　ダイン著，井上勇訳）……………… *231*
Disc7　四つの黄金律（ディクスン・カー
　著，宇野利泰，永井淳訳）………… *247*
薔薇荘殺人事件（鮎川哲也）…………… *255*
あとがき（有栖川有栖）………………… *316*

［0139］　アリス殺人事件―不思議の
国のアリス ミステリーアンソロジー
横井司編
河出書房新社　2016.6　345p　15cm
830円　（河出文庫 あ26-1）
ISBN978-4-309-41455-3

ジャバウォッキー（有栖川有栖）………… *7*
白い騎士は歌う（宮部みゆき）………… *39*
DYING MESSAGE《Y》（篠田真由美）…… *109*
言語と密室のコンポジション（柄刀一）…… *173*
不在のお茶会（山口雅也）……………… *235*
鏡迷宮（北原尚彦）……………………… *301*
解説（横井司）…………………………… *330*
著者略歴・収録作品出典……………… *344*

［0140］　痛み
双葉社　2012.5　214p　19cm
1000円
ISBN978-4-575-23771-9

見ざる、書かざる、言わざる―ハーシュソ
　サエティ（貫井徳郎）…………………… *5*
シザーズ（福田和代）…………………… *65*
三十九番（誉田哲也）………………… *153*

［0141］　エドガー賞全集―1990～
2007
早川書房　2008.9　655p　16cm
1000円　（ハヤカワ・ミステリ文庫）
ISBN978-4-15-177951-0

悪党どもが多すぎる（ドナルド・E.ウェス
　トレイク著，木村二郎訳）……………… *9*
エルヴィスは生きている（リン・バレット
　著，木村二郎訳）…………………… *35*
九人の息子たち（ウェンディ・ホーンズビー
　著，宇佐川晶子訳）………………… *65*
メアリー、メアリー、ドアを閉めて（ベン
　ジャミン・M.シュッツ著，対馬妙訳）…… *87*

推理小説・ミステリー　　　　　　　　　　0143

ケラーの治療法（ローレンス・ブロック著，
　田口俊樹訳）……………………………… 129
ダンシング・ベア（ダグ・アリン著，田口
　俊樹訳）…………………………………… 183
判事の相続人（ジーン・B.クーパー著，羽
　田詩津子訳）……………………………… 221
赤粘土の町（マイケル・マローン著，高儀
　進訳）……………………………………… 251
ケラーの責任（ローレンス・ブロック著，
　田口俊樹訳）……………………………… 285
密猟者たち（トム・フランクリン著，伏見
　威蕃訳）…………………………………… 327
英雄たち（アン・ペリー著，浅羽莢子訳）‥ 405
ミッシング・イン・アクション（ピーター・
　ロビンスン著，巴妙子訳）……………… 431
ペテン師ディランシー（S.J.ローザン著，
　直良和美訳）……………………………… 469
メキシカン・ギャツビー（レイモンド・ス
　テイバー著，東野さやか訳）…………… 515
メイドたち（G.ミキ・ヘイデン著，東野さ
　やか訳）…………………………………… 545
隠れた条件（ジェイムズ・W.ホール著，延
　原泰子訳）………………………………… 573
銃後の守り（チャールズ・アルダイ著，羽
　地和世訳）………………………………… 605
解説（編集部）……………………………… 647

［0142］　江戸川乱歩と13人の新青
年　〈文学派〉編
ミステリー文学資料館編
光文社　2008.5　419p　16cm
686円　（光文社文庫）
ISBN978-4-334-74422-9

江戸川乱歩「日本の探偵小説」より ………… 8
A　情操派 ……………………………………… 11
　情獄（大下宇陀児）………………………… 13
　押絵の奇蹟（夢野久作）…………………… 59
　杭を打つ音（葛山二郎）…………………… 155
　柘榴病（瀬下耽）…………………………… 179
　レテーロ・エン・ラ・カーヴォ（橋本五
　　郎）………………………………………… 197
　レビウガール殺し（延原謙）……………… 211
　B墓地事件（松浦美寿一）………………… 237
B　怪奇派 ……………………………………… 259

面影双紙（横溝正史）……………………… 261
偽眼（いれめ）のマドンナ（渡辺啓助）……… 287
本牧のヴィナス（妹尾アキ夫）…………… 311
C　幻想派 ……………………………………… 331
　胡桃園の青白き番人（水谷準）…………… 333
　ジャマイカ氏の実験（城昌幸）…………… 369
　リビアの月夜（Humoresque）（稲垣足
　　穂）………………………………………… 391
解題（山前譲）……………………………… 403

［0143］　江戸川乱歩と13人の新青
年　〈論理派〉編
ミステリー文学資料館編
光文社　2008.1　429p　16cm
686円　（光文社文庫）
ISBN978-4-334-74370-3

江戸川乱歩「日本の探偵小説」より ………… 8
理化学的探偵小説 ……………………………… 9
　ニッケルの文鎮（甲賀三郎）……………… 11
　爬虫館事件（海野十三）…………………… 41
　聖アレキセイ寺院の惨劇（小栗虫太郎）… 77
　石塀幽霊（大阪圭吉）……………………… 131
心理的探偵小説 ………………………………… 155
　網膜脈視症（木々高太郎）………………… 159
　変化する陳述（石浜金作）………………… 189
医学的探偵小説 ………………………………… 219
　痴人の復讐（小酒井不木）………………… 221
　蜘蛛（米田三星）…………………………… 235
法律の探偵小説 ………………………………… 257
　彼が殺したか（浜尾四郎）………………… 259
　開鎖を命ぜられた妖怪館（山本禾太郎）‥ 329
社会の探偵小説 ………………………………… 353
　監獄部屋（羽志主水）……………………… 355
その他の理智的探偵小説 ……………………… 369
　予審調書（平林初之輔）…………………… 371
　現場不在証明（アリバイ）（角田喜久雄）…… 391
解題（山前譲）……………………………… 413

35

推理小説・ミステリー

夜明けまで（大藪春彦）..................... 347
金属音病事件（佐野洋）..................... 377
解題 雑誌フリークとしての江戸川乱歩（新
　保博久）..................... 462

［0144］　江戸川乱歩と13の宝石
ミステリー文学資料館編
光文社　2007.5　483p　16cm
743円　（光文社文庫）
ISBN978-4-334-74252-2

飾燈（日影丈吉）..................... 9
詫び証文（火野葦平）..................... 49
手紙（宮野村子）..................... 81
銀の匙（鷲尾三郎）..................... 121
ラ・クカラチャ（高城高）..................... 167
あれこれ始末書 歌姫委託殺人事件―あれこれ始
　末書（徳川夢声）..................... 199
首（山田風太郎）..................... 223
処刑（星新一）..................... 267
リヤン王の明察（小沼丹）..................... 299
玩物の果てに（久能啓二）..................... 333
みのむし（香山滋）..................... 377
鼠はにっこりこ（飛鳥高）..................... 413
薔薇夫人（江戸川乱歩）..................... 445
解題 雑誌「宝石」と江戸川乱歩（新保博
　久）..................... 464

［0145］　江戸川乱歩と13の宝石
第2集
ミステリー文学資料館編
光文社　2007.9　483p　16cm
743円　（光文社文庫）
ISBN978-4-334-74311-6

粘土の犬（仁木悦子）..................... 9
獅子（山村正夫）..................... 41
重たい影（土屋隆夫）..................... 87
ママゴト（城昌幸）..................... 127
これからの探偵小説（松本清張, 江戸川乱
　歩）..................... 133
寝衣（ネグリジェ）（渡辺啓助）..................... 143
切断（土英雄）..................... 179
泥靴の死神―屍臭を追う男（島田一男）..... 201
似合わない指輪（竹村直伸）..................... 241
完全脱獄（楠田匡介）..................... 285
お墓に青い花を（樹下太郎）..................... 323

［0146］　江戸川乱歩に愛をこめて
ミステリー文学資料館編
光文社　2011.2　371p　16cm
686円　（光文社文庫　み19-37）
ISBN978-4-334-74911-8

講談・江戸川乱歩一代記（芦辺拓）..................... 7
無闇坂（森真沙子）..................... 21
新・D坂の殺人事件（恩田陸）..................... 65
屋根裏の散歩者（有栖川有栖）..................... 85
屍を（江戸川乱歩, 小酒井不木）..................... 133
悪魔のトリル（高橋克彦）..................... 141
死聴率（島田荘司）..................... 187
怪人明智文代（大槻ケンヂ）..................... 219
東京鐵道ホテル24号室（辻真先）..................... 251
女王のおしゃぶり（北杜夫）..................... 285
小説・江戸川乱歩の館（鈴木幸夫）..................... 321
解説（新保博久）..................... 357

［0147］　江戸川乱歩の推理教室
ミステリー文学資料館編
光文社　2008.9　355p　16cm
648円　（光文社文庫）
ISBN978-4-334-74478-6

文学クイズ「探偵小説」（江戸川乱歩）......... 9
推理教室..................... 15
　まえがき（江戸川乱歩）..................... 16
　影なき射手（楠田匡介）..................... 21
　月夜の時計（仁木悦子）..................... 35
　飯場の殺人（飛鳥高）..................... 53
　不完全犯罪（鮎川哲也）..................... 65
　四人の同級生（永瀬三吾）..................... 81
江戸川乱歩の頭の体操（1）（江戸川乱歩）... 100
　語らぬ沼（千代有三）..................... 101
　土曜日に死んだ女（佐野洋）..................... 113
　消えた井原老人（宮原龍雄）..................... 127

推理小説・ミステリー　　　　　　　　　　　　　0149

毒コーヒーの謎（岡田鯱彦）················· 143
眠れない夜（多岐川恭）······················ 155
ガラスの眼（鷲尾三郎）······················ 171
にわか雨（飛鳥高）··························· 189
江戸川乱歩の頭の体操(2)（江戸川乱歩）··· 200
貨車引込線（樹下太郎）······················ 201
サーカス殺人事件（大河内常平）··········· 213
死の超特急（鷲尾三郎）······················ 227
孔雀夫人の誕生日（山村正夫）·············· 239
無口な車掌（飛鳥高）························· 259
自殺狂夫人（永瀬三吾）······················ 275
見えない手（土屋隆夫）······················ 287
諸君は名探偵になれますか？（江戸川乱
歩）··· 305
手がかりの巻································ 306
アリバイの巻······························ 309
指紋の巻··································· 315
江戸川乱歩の頭の体操(3)（江戸川乱歩）·· 321
宝石商殺人事件（木々高太郎出題者，江戸
川乱歩，水谷準解答者）··············· 323
解題 江戸川乱歩と犯人当て小説（新保博
久）··· 338

[0148]　江戸川乱歩の推理試験
ミステリー文学資料館編
光文社　2009.1　376p　16cm
648円　（光文社文庫 み19-32）
ISBN978-4-334-74534-9

推理試験 ····································· 9
出題者のことば（江戸川乱歩）············· 10
とどめを刺す（渡辺剣次）··················· 13
車中の人（飛鳥高）··························· 21
第三の穴（楠田匡介）························· 29
小さなビルの裏で（桂英二）················· 39
三人の容疑者（佐野洋）······················ 47
推理教室 ····································· 57
孤独な朝食（樹下太郎）······················ 59
九十九点の犯罪（土屋隆夫）················· 73
見晴台の惨劇（山村正夫）··················· 91
殺人混成曲（千代有三）······················ 111
薄い刃（飛鳥高）····························· 121
江戸川乱歩の頭の体操(1)（江戸川乱歩）·· 138
競馬場の殺人（大河内常平）················· 139
干潟の小屋（多岐川恭）······················ 151

深夜の殺人者（岡田鯱彦）··················· 165
バッカスの睡り（鷲尾三郎）················· 177
江戸川乱歩の頭の体操(2)（江戸川乱歩）·· 192
湯壺の中の死体（宮原龍雄）················· 193
あるエープリール・フール（佐野洋）··· 207
密室の兇器（山村正夫）······················ 227
呼鈴（永瀬三吾）····························· 237
表装（楠田匡介）····························· 251
落花（飛鳥高）······························· 269
魚眠荘殺人事件（鮎川哲也）················· 281
奇怪なアルバイト（江戸川乱歩）··········· 301
霧にとけた真珠（江戸川乱歩）·············· 311
精神分析医の死（江戸川乱歩出題者，大
下宇陀児解答者）······················ 319
犯人は誰だ（堀崎繁喜出題者，江戸川乱
歩，木々高太郎，大下宇陀児解答者）··· 333
解題 犯人当て小説の系譜（新保博久）······· 356

[0149]　エラリー・クイーンの災難
飯城勇三編訳
論創社　2012.5　407p　20cm
2600円　（論創海外ミステリ 97）
ISBN978-4-8460-1145-1

まえがき（飯城勇三）························· 6
第一部 贋作篇 ······························ 9
生存者への公開状（F.M.ネヴィンズ・ジュ
ニア）······································ 11
インクの輪（エドワード・D.ホック）····· 37
ライツヴィルのカーニバル（エドワード・
D.ホック）································· 79
日本鎧の謎（馬天）························· 107
本の事件（デイル・C.アンドリュース，
カート・セルク）······················ 143
第二部 パロディ篇 ························· 205
十ケ月間の不首尾（J.N.ウィリアムスン）·· 207
イギリス寒村の謎（アーサー・ポージス）·· 217
ダイイング・メッセージ（リーイン・ラ
クーエ）··································· 231
画期なき男（ジョン・L.ブリーン）······· 247
壁に書かれた目録（デヴィッド・ピール）·· 255
フーダニット（J.P.サタイヤ）············· 267
第三部 オマージュ篇 ······················ 301
どもりの六分儀の事件（ベイナード・ケ
ンドリック，クレイトン・ロースン）·· 303

37

アフリカ川魚の謎（ジェイムズ・ホールディング）………… 317
拝啓、クイーン編集長さま（マージ・ジャクソン）…………………… 337
E・Q・グリフェン第二の事件（ジョシュ・パークター）……………… 345
ドルリー（スティーヴン・クイーン）…… 371
エラリー・クイーン贋作・パロディの系譜（飯城勇三）…………………… 388

破壊神（シヴァ）の第三の眼（山口海旋風）…… 27
湖ホテル（北村小松）…………………… 89
南方探偵局（耶止説夫）………………… 151
スーツ・ケース（玉川一郎）…………… 169
食人鬼（日影丈吉）……………………… 201
C・ルメラの死体（田中万三記）……… 227
スマトラに沈む（陳舜臣）……………… 271
付「詩魂の飛沫」（「スマトラに沈む」初出時作者コメント）…………… 335
あとがき ………………………………… 355

［0150］ 大きな棺の小さな鍵―本格短編ベスト・セレクション
本格ミステリ作家クラブ編
講談社 2009.1 603p 15cm
933円 （講談社文庫 ほ31-7）
ISBN978-4-06-276256-4

序文（比村薫）………………………………… 8
小説
　大きな森の小さな密室（小林泰三）……… 11
　黄昏時に鬼たちは（山口雅也）…………… 55
　騒がしい密室（竹本健治）……………… 133
　覆面（マスク）（伯方雪日）…………… 237
　雲の南（柳広司）………………………… 313
　二つの鍵（三雲岳斗）…………………… 339
　光る棺の中の白骨（柄刀一）…………… 423
　敬虔過ぎた狂信者（鳥飼否宇）………… 509
マンガ
　木乃伊（ミイラ）の恋（高橋葉介）…… 543
評論
　密室作法 改訂（天城一）……………… 561
解説 横断的な読書の愉しみ（小森健太朗）‥ 596

［0151］ 外地探偵小説集　南方篇
藤田知浩編
せらび書房 2010.6 356p 19cm
2400円
ISBN978-4-915961-70-0

関連図 ………………………………………… 4
探偵小説的南方案内（藤田知浩文，グレゴリ青山画）………………………………… 7

［0152］ 隠された鍵
日本推理作家協会編
講談社 2008.11 525p 15cm
800円 （講談社文庫―ミステリー傑作選）
ISBN978-4-06-276201-4

伝説の星（石田衣良）………………………… 5
Deco-chin（中島らも）…………………… 71
ゼウスの息子たち（法月綸太郎）………… 121
虚空楽園（朱川湊人）……………………… 173
光る棺の中の白骨（柄刀一）……………… 235
愛書家倶楽部（北原尚彦）………………… 319
プロセルピナ（飛鳥部勝則）……………… 357
大松鮨の奇妙な客（蒼井上鷹）…………… 399
犬の写真（池永陽）………………………… 471
解説（細谷正充）…………………………… 517

［0153］ 風間光枝探偵日記
論創社 2007.10 368p 20cm
2800円 （論創ミステリ叢書 31）
ISBN978-4-8460-0719-5

風間光枝探偵日記 ……………………………… 1
　離魂の妻（木々高太郎）…………………… 3
　什器破壊業事件（海野十三）…………… 23
　危女保護同盟（大下宇陀児）…………… 47
　赤はぎ指紋の秘密（木々高太郎）……… 67
　盗聴犬（海野十三）……………………… 87
　慎重令嬢（大下宇陀児）………………… 111
　金冠文字（木々高太郎）………………… 129

痣のある女（海野十三）……………… 147
虹と薔薇（大下宇陀児）……………… 165
科学捕物帳（海野十三）……………… 187
鬼仏洞事件 ………………………… 189
人間天狗事件 ……………………… 213
恐怖の廊下事件 …………………… 237
探偵西へ飛ぶ！ …………………… 259
蜂矢風子探偵簿（海野十三）………… 279
沈香事件 …………………………… 281
妻の艶書 …………………………… 295
幽霊妻 ……………………………… 315
都市のなかの女性探偵たち（横井司）… 335
解題（横井司）………………………… 349

［0154］　蝦蟇倉市事件　1
東京創元社　2010.1　317p　20cm
1700円　（東京創元社・ミステリ・フ
ロンティア）
ISBN978-4-488-01735-4

弓投げの崖を見てはいけない（道尾秀介）…… 7
浜田青年ホントスカ（伊坂幸太郎）………… 83
不可能犯罪係自身の事件（大山誠一郎）…… 121
大黒天（福田栄一）…………………… 185
Gカップ・フェイント（伯方雪日）……… 253
執筆者コメント ……………………… 318

［0155］　蝦蟇倉市事件　2
東京創元社　2010.2　323p　20cm
1700円　（東京創元社・ミステリ・フ
ロンティア　51）
ISBN978-4-488-01762-0

さくら炎上（北山猛邦）………………… 7
毒入りローストビーフ事件（桜坂洋）……… 65
密室の本―真知博士五十番目の事件（村崎
友）……………………………… 117
観客席からの眺め（越谷オサム）………… 179
消えた左腕事件（秋月涼介）…………… 219
ナイフを失われた思い出の中に（米澤穂
信）……………………………… 267
執筆者コメント ……………………… 324

［0156］　からくり伝言少女
本格ミステリ作家クラブ編
講談社　2015.1　572p　15cm
1500円　（講談社文庫　ほ31-13―本
格短編ベスト・セレクション）
ISBN978-4-06-293019-2

序（法月綸太郎）……………………… 8
ロジカル・デスゲーム（有栖川有栖）…… 11
からくりツィスカの余命（市井豊）……… 65
鏡の迷宮、白い蝶（谷原秋桜子）……… 133
天の狗（鳥飼否宇）…………………… 215
聖剣パズル（高井忍）………………… 279
死者からの伝言をどうぞ（東川篤哉）…… 353
羅漢崩れ（飛鳥部勝則）……………… 413
エレメントコスモス（初野晴）………… 433
オーブランの少女（深緑野分）………… 483
ケメルマンの閉じた世界（杉江松恋）…… 555
解説（乾くるみ）……………………… 562

［0157］　川に死体のある風景
e-NOVELS編
東京創元社　2010.3　358p　15cm
860円　（創元推理文庫　400-54）
ISBN978-4-488-40054-5

序文（歌野晶午）……………………… 8
玉川上死（歌野晶午）………………… 11
水底の連鎖（黒田研二）……………… 65
捜索者（大倉崇裕）…………………… 127
この世でいちばん珍しい水死人（佳多山大
地）……………………………… 187
悪霊憑き（綾辻行人）………………… 239
桜川のオフィーリア（有栖川有栖）……… 309

［0158］ 監獄舎の殺人―ミステリーズ！ 新人賞受賞作品集

東京創元社　2016.12　285p　15cm
760円　（創元推理文庫　Mん9-2）
ISBN978-4-488-40060-6

強欲な羊（美輪和音）……………… 9
かんがえるひとになりかけ（近田鳶迩）…… 65
サーチライトと誘蛾灯（櫻田智也）……… 125
消えた脳病変（浅ノ宮遼）……………… 173
監獄舎の殺人（伊吹亜門）……………… 223
解説（福井健太）……………… 281

［0159］ 奇想天外のミステリー 小山正編

宝島社　2009.8　222p　16cm
457円　（宝島社文庫）
ISBN978-4-7966-7221-4

序文（2）……………………… 6
長篇・異界活人事件（辻眞先）………… 13
大行進（鯨統一郎）……………… 45
警部補・山倉浩一 あれだけの事件簿（かく
たかひろ）……………………… 91
悪事の清算（戸梶圭太）……………… 103
BAKABAKAします（霞流一）………… 125
日本ミステリー暗黒史 バカミス狩りⅡ（小
山正）……………………… 187

［0160］ 奇想博物館 日本推理作家協会編

光文社　2013.12　409p　19cm
1800円　（最新ベスト・ミステリー）
ISBN978-4-334-92921-3

ミステリーは短編から～アンソロジーの楽
しみ―編纂序文（西上心太）………… 3
小さな兵隊（伊坂幸太郎）…………… 13
玩具店の英雄（石持浅海）…………… 47

漆黒（乾ルカ）……………………… 69
区立花園公園（大沢在昌）…………… 97
黒い手帳（北村薫）……………… 111
常習犯（今野敏）………………… 121
国会図書館のボルト（坂木司）………… 147
遠い夏の記憶（朱川湊人）…………… 169
親子ごっこ（長岡弘樹）……………… 185
シンリガクの実験（深水黎一郎）……… 209
初仕事はゴムの味（誉田哲也）………… 237
暗がりの子供（道尾秀介）…………… 265
長井優介へ（湊かなえ）……………… 317
野槌の墓（宮部みゆき）……………… 345
ただ一人の幻影（森村誠一）………… 387

［0161］ 気分は名探偵―犯人当てアンソロジー

徳間書店　2008.9　380p　16cm
629円　（徳間文庫）
ISBN978-4-19-892852-0

ガラスの檻（おり）の殺人（有栖川有栖）……… 6
蝶番（ちょうつがい）の問題（貫井徳郎）……… 59
二つの凶器（麻耶雄嵩）……………… 109
十五分間の出来事（霧舎巧）………… 183
漂流者（我孫子武丸）……………… 237
ヒュドラ第十の首（法月綸太郎）……… 291
まだまだ謎は終わらない 謎の著者座談会「わたし
は誰でしょう？」……………… 345

［0162］ 驚愕遊園地 日本推理作家協会編

光文社　2013.11　453p　19cm
1800円　（最新ベスト・ミステリー）
ISBN978-4-334-92916-9

ミステリーは意外性の文芸―編纂序文（円
堂都志昭）……………………… 3
呪いの特売（赤川次郎）……………… 13
黒い密室―続・薔薇荘殺人事件（芦辺拓）… 31
四分間では短すぎる（有栖川有栖）…… 59
梟のシエスタ（伊与原新）…………… 97
君の歌（大崎梢）……………… 121

推理小説・ミステリー　　　　　　　　0166

思い違い（恩田陸）……………………… 151
カミソリ狐（大門剛明）………………… 163
美弥谷団地の逃亡者（辻村深月）……… 191
呻き淵（うめきぶち）（鳥飼否宇）…… 213
対（つい）の住処（西澤保彦）………… 255
シレネッタの丘（初野晴）……………… 295
烏賊神家の一族の殺人（東川篤哉）…… 335
クリスマスミステリ（東野圭吾）……… 371
おみくじと紙切れ（麻耶雄嵩）………… 395
913（米澤穂信）………………………… 417

```
┌─────────────────────────────┐
│    ［0163］ 驚愕遊園地        │
│      日本推理作家協会編       │
│   光文社　2016.5　701p　16cm  │
│   1200円　（光文社文庫　に6-43―日本│
│    ベストミステリー選集）     │
│      ISBN978-4-334-77291-8    │
└─────────────────────────────┘
```

呪いの特売（赤川次郎）…………………… 7
黒い密室―続・薔薇荘殺人事件（芦辺拓）… 39
四分間では短すぎる（有栖川有栖）…… 87
梟のシエスタ（伊与原新）……………… 151
君の歌（大崎梢）………………………… 189
思い違い（恩田陸）……………………… 239
カミソリ狐（大門剛明）………………… 259
美弥谷団地の逃亡者（辻村深月）……… 307
呻き淵（うめきぶち）（鳥飼否宇）…… 343
対（つい）の住処（西澤保彦）………… 411
シレネッタの丘（初野晴）……………… 475
烏賊神家の一族の殺人（東川篤哉）…… 543
おみくじと紙切れ（麻耶雄嵩）………… 593
913（米澤穂信）………………………… 629
解説―ミステリーは意外性の文芸（円堂都
　志昭）………………………………… 695

```
┌─────────────────────────────┐
│   ［0164］ 金田一耕助に捧ぐ九つの │
│            狂想曲              │
│   角川書店　2012.11　398p　15cm │
│   667円　（角川文庫　あ6-900）  │
│      ISBN978-4-04-100572-9     │
└─────────────────────────────┘
```

無題（京極夏彦）…………………………… 5

キンダイチ先生の推理（有栖川有栖）……… 27
愛の遠近法的倒錯（小川勝己）………… 47
ナマ猫鍋事件（北森鴻）………………… 81
月光座―金田一耕助へのオマージュ（栗本
　薫）…………………………………… 105
鳥辺野の午後（柴田よしき）…………… 135
雪花散り花（菅浩江）…………………… 167
松竹梅（服部まゆみ）…………………… 201
闇夜にカラスが散歩する（赤川次郎）……… 233

```
┌─────────────────────────────┐
│    ［0165］ 暗闇を見よ        │
│      日本推理作家協会編       │
│   光文社　2010.11　369p　18cm │
│   1300円　（Kappa novels―最新ベス│
│    トミステリー）             │
│      ISBN978-4-334-07703-7    │
└─────────────────────────────┘
```

恐怖と理性 現代ミステリーの両義性―編
　纂序文（横井司）………………………… 5
隣の四畳半（赤川次郎）………………… 15
ゲバルトX（飴村行）…………………… 51
ちゃーちゃん（乾ルカ）………………… 73
おねえちゃん（歌野晶午）……………… 95
三つ、惚れられ（北村薫）……………… 125
猫と死の街（倉知淳）…………………… 141
雪を待つ朝（柴田よしき）……………… 185
十円参り（辻村深月）…………………… 207
引き立て役倶楽部の陰謀（法月綸太郎）… 219
吉原首代売女御免帳（平山夢明）……… 273
冬の鬼（道尾秀介）……………………… 299
ろくろ首（柳広司）……………………… 311
身内に不幸がありまして（米澤穂信）… 339
初出一覧……………………………………… 370

```
┌─────────────────────────────┐
│    ［0166］ 暗闇を見よ        │
│      日本推理作家協会編       │
│   光文社　2015.4　512p　16cm  │
│   960円　（光文社文庫　に6-42―日本│
│    ベストミステリー選集）     │
│      ISBN978-4-334-76898-0    │
└─────────────────────────────┘
```

隣の四畳半（赤川次郎）…………………… 7

推理小説・ミステリー

ゲバルトX（飴村行）……………………… 65
ちゃーちゃん（乾ルカ）…………………… 95
おねえちゃん（歌野晶午）………………… 123
三つ、惚れられ（北村薫）………………… 165
猫と死の街（倉知淳）……………………… 191
雪を待つ朝（柴田よしき）………………… 253
十円参り（辻村深月）……………………… 281
引き立て役倶楽部の陰謀（法月綸太郎）… 297
吉原首代売女御免帳（平山夢明）………… 369
冬の鬼（道尾秀介）………………………… 407
ろくろ首（柳広司）………………………… 425
身内に不幸がありまして（米澤穂信）…… 465
解説―恐怖と理性 現代ミステリーの両義
　性（横井司）……………………………… 506

［0167］　警官の貌
双葉社　2014.3　317p　15cm
629円　（双葉文庫　こ-10-05）
ISBN978-4-575-51658-6

常習犯（今野敏）……………………………… 5
三十九番（誉田哲也）……………………… 55
シザーズ（福田和代）……………………… 133
見ざる、書かざる、言わざる―ハーシュソ
　サエティ（貫井徳郎）…………………… 237
編者解説（細谷正充）……………………… 311

［0168］　警察小説傑作短篇集
大沢在昌選，日本ペンクラブ編
ランダムハウス講談社　2009.7
406p　15cm　760円　（ランダムハ
ウス講談社文庫　お2-1）
ISBN978-4-270-10309-8

巻頭エッセイ「警察小説を書く楽しみ、読
　む楽しみ」（大沢在昌）…………………… 6
若い刑事―新宿警察シリーズより（藤原審
　爾）………………………………………… 13
熱い死角―結城昌治自選傑作短篇集より
　（結城昌治）……………………………… 89
折鶴の血―折鶴刑事部長シリーズより（佐
　野洋）……………………………………… 131

椿の入墨―神崎省吾事件簿シリーズより
　（高橋治）………………………………… 183
写真うつりのよい女―退職刑事シリーズよ
　り（都筑道夫）…………………………… 261
幽霊銀座を歩く―銀座警察シリーズより
　（三好徹）………………………………… 305
兇悪の門―兇悪シリーズより（生島治郎）… 351
巻末解説　「警察小説が試みたさまざまな
　方法的冒険」（郷原宏）………………… 398

［0169］　現場に臨め
日本推理作家協会編
光文社　2010.10　442p　18cm
1238円　（Kappa novels―最新ベス
トミステリー）
ISBN978-4-334-07701-3

現場に残された証拠がさらなるドラマを生
　む―編纂序文（末國善己）……………… 5
オウンゴール（蒼井上鷹）………………… 15
撃てない警官（安東能明）………………… 53
スジ読み（池井戸潤）……………………… 85
おれたちの街（逢坂剛）…………………… 111
亡霊（大沢在昌）…………………………… 159
冤罪（今野敏）……………………………… 177
爪占い（佐伯洋）…………………………… 199
賢者のもてなし（柴田哲孝）……………… 231
天誅（曽根圭介）…………………………… 257
文字板（長岡弘樹）………………………… 283
思い出を盗んだ女（新津きよみ）………… 315
シンメトリー（誉田哲也）………………… 339
償い（薬丸岳）……………………………… 367
墓標（横山秀夫）…………………………… 393
小さな異邦人（連城三紀彦）……………… 409
初出一覧…………………………………… 444

推理小説・ミステリー　　　　　　　　　　　　　　　0173

解説（柄刀一）…………………………………… 515

［0170］　現場に臨め
日本推理作家協会編
光文社　2014.4　637p　16cm
1020円　（光文社文庫　に6-41―日本
ベストミステリー選集）
ISBN978-4-334-76733-4

オウンゴール（蒼井上鷹）……………………… 7
撃てない警官（安東能明）……………………… 59
スジ読み（池井戸潤）…………………………… 103
おれたちの街（逢坂剛）………………………… 143
亡霊（大沢在昌）………………………………… 211
冤罪（今野敏）…………………………………… 239
爪占い（佐野洋）………………………………… 273
賢者のもてなし（柴田哲孝）…………………… 319
天誅（曽根圭介）………………………………… 359
文字板（長岡弘樹）……………………………… 399
思い出を盗んだ女（新津きよみ）…………… 445
シンメトリー（誉田哲也）……………………… 481
償い（薬丸岳）…………………………………… 521
墓標（横山秀夫）………………………………… 559
小さな異邦人（連城三紀彦）…………………… 583
解説―現場に残された証拠がさらなるドラ
マを生む（末國善己）………………………… 630

［0171］　凍れる女神の秘密
本格ミステリ作家クラブ編
講談社　2014.1　524p　15cm
1500円　（講談社文庫　ほ31-12―本
格短編ベスト・セレクション）
ISBN978-4-06-277755-1

序（法月綸太郎）………………………………… 8
三人の女神の問題（法月綸太郎）…………… 11
札幌ジンギスカンの謎（山田正紀）………… 71
佳也子の屋根に雪ふりつむ（大山誠一郎）…139
我が家の序列（黒田研二）……………………… 197
《せうえうか》の秘密（乾くるみ）…………… 267
凍れるルーシー（梓崎優）……………………… 341
イタリア国旗の食卓（谷原秋桜子）………… 413
泡坂ミステリ考―亜愛一郎シリーズを中心
に（横井司）…………………………………… 493

［0172］　51番目の密室―世界短篇
傑作集
早川書房編集部編
早川書房　2010.5　398p　19cm
1700円　（Hayakawa pocket
mystery books no.1835）
ISBN978-4-15-001835-1

うぶな心が張り裂ける（クレイグ・ライス）‥9
燕京綺譚（ヘレン・マクロイ）………………… 41
魔の森の家（カーター・ディクスン）……… 77
百万に一つの偶然（ロイ・ヴィカーズ）…… 109
少年の意志（Q.パトリック）………………… 141
51番目の密室（ロバート・アーサー）……… 165
燈台（E.A.ポー,R.ブロック）………………… 193
一滴の血（コーネル・ウールリッチ）……… 213
アスコット・タイ事件（ロバート・L.フィッ
シュ）…………………………………………… 245
選ばれた者（リース・デイヴィス）………… 259
長方形の部屋（エドワード・D.ホック）…… 305
ジェミニイ・クリケット事件（クリスチア
ナ・ブランド）……………………………… 321
短篇の魅力について―座談会（石橋喬司,稲
葉明雄,小鷹信光）…………………………… 363
解説…………………………………………… 395

［0173］　孤独な交響曲（シンフォ
ニー）
日本推理作家協会編
講談社　2007.4　569p　15cm
800円　（講談社文庫―ミステリー傑
作選）
ISBN978-4-06-275705-8

欠けた古茶碗（逢坂剛）………………………… 5
第四の殺意（横山秀夫）………………………… 79
ヒーラー（篠田節子）…………………………… 135
死神の精度（伊坂幸太郎）……………………… 197
思い出した（畠中恵）…………………………… 243
偶然（折原一）…………………………………… 285

推理小説・ミステリー

転居先不明（歌野晶午）……………………… 327
時うどん（田中啓文）……………………… 407
胡鬼板心中（小川勝己）……………………… 455
とむらい鉄道（小貫風樹）……………………… 503
解説―極土の短編集にして裁量のガイド
ブック（村上貴史）……………………… 555

［0174］　『このミス』が選ぶ！
オールタイム・ベスト短編ミステ
リー　黒
宝島社　2015.5　306p　16cm
670円　（宝島社文庫 Cお-5-1）
ISBN978-4-8002-4143-6

はじめに（『このミステリーがすごい！』編
集部）……………………… 6
達也が嗤う（鮎川哲也）……………………… 9
心理試験（江戸川乱歩）……………………… 77
第三の時効（横山秀夫）……………………… 127
天狗（大坪砂男）……………………… 195
赤い密室（鮎川哲也）……………………… 217
解説（千街晶之）……………………… 300

［0175］　『このミス』が選ぶ！
オールタイム・ベスト短編ミステ
リー　赤
宝島社　2015.4　328p　16cm
670円　（宝島社文庫 Cれ-2-1）
ISBN978-4-8002-4037-8

はじめに（『このミステリーがすごい！』編
集部）……………………… 6
戻り川心中（連城三紀彦）……………………… 9
妖婦の宿（高木彬光）……………………… 83
押絵と旅する男（江戸川乱歩）……………………… 177
DL2号機事件（泡坂妻夫）……………………… 213
桔梗の宿（連城三紀彦）……………………… 263
解説（新保博久）……………………… 322

［0176］　『このミステリーがすご
い！』大賞作家書き下ろしBOOK
vol.14
『このミステリーがすごい！』編集
部編
宝島社　2016.9　248p　21cm
1200円
ISBN978-4-8002-5957-8

リケジョ探偵の謎解きラボ Research01―
亡霊に殺された女（喜多喜久）……………… 5
谷中レトロカメラ店の謎日和 鏡に消えたライカM3
オリーブ（柊サナカ）……………………… 77
重大事案対策班橘川七海 ナイトストーカー（後編）
（塔山郁）……………………… 133
オサキまんじゅう大食い合戦へ 第3回（高
橋由太）……………………… 175
ホーム・スイート・ホームグラウンド（佐
藤青南）……………………… 215

［0177］　『このミステリーがすご
い！』大賞作家書き下ろしBOOK
vol.15
『このミステリーがすごい！』編集
部編
宝島社　2016.12　254p　21cm
1200円
ISBN978-4-8002-6366-7

連続殺人鬼カエル男ふたたび・2（中山七里）‥ 5
リケジョ探偵の謎解きラボ Research02―
亡霊に殺された女（喜多喜久）…………… 79
《特別掲載》大江戸科学捜査 八丁堀のおゆう
―千両富くじ根津の夢（山本巧次）……… 149
谷中レトロカメラ店の謎日和 ―柏尾家、ガウディ
屋敷の宝さがし（柊サナカ）……………… 177
裁きを望む（柚月裕子）……………………… 193

推理小説・ミステリー　　　　　　　　　　　　　　0181

[0178] 『このミステリーがすご
い!』大賞作家書き下ろしブック
宝島社　2012.8　255p　21cm
1200円
ISBN978-4-8002-0135-5

いつまでもショパン(中山七里) ················ 3
私はなんでも知っている(佐藤青南) ········ 43
鷹野鍼灸院の事件簿・2—置き忘れのペイ
　ン(乾緑郎) ····································· 73
チェ・ゲバラ、その生と死(海堂尊) ······· 107
キルキルカンパニー(七尾与史) ············ 137
オサキつくもがみ編 一反木綿(高橋由太) ··· 167
ストリート・ファイティング・マン(深町
　秋生) ·· 187
業をおろす(柚月裕子) ······················ 215

[0179] 『このミステリーがすご
い!』大賞作家書き下ろしブック
vol.2
宝島社　2013.9　252p　21cm
1200円
ISBN978-4-8002-1524-6

死命を賭ける—《死命》刑事部編(柚月裕子) ·· 5
午後三時までの退屈な風景(岡崎琢磨) ····· 53
チェ・ゲバラ、その生と死 連載二回 ボリ
　ビアのゲバラ(海堂尊) ······················ 85
死亡フラグが立ちましたのずっと前(七尾
　与史) ·· 115
消防女子!! 横浜消防局・高柳蘭の奮闘〈抄〉
　(佐藤青南) ···································· 173
鷹野鍼灸院の事件簿・3—失われた風景(乾
　緑郎) ·· 207

[0180] 『このミステリーがすご
い!』大賞作家書き下ろしブック
vol.3
宝島社　2013.11　255p　21cm
1200円
ISBN978-4-8002-1535-2

鷹野鍼灸院の事件簿・4—それぞれのすれ
　違い(乾緑郎) ··································· 5
ドS編集長のただならぬ婚活(七尾与史) ···· 37
サイレント・ヴォイス イヤよイヤよも隙の
　うち(佐藤青南) ································ 75
チェ・ゲバラ、その生と死 連載第三回—
　アルゼンチン人は時計を合わせない・そ
　してチェは死んだ。(海堂尊) ·············· 109
オサキぬらりひょんに会う(高橋由太) ····· 181
つゆの朝ごはん 第一話—「ポタージュ・ボ
　ン・ファム」(友井羊) ······················ 181
パルヘッタの恋(岡崎琢磨) ··················· 215

[0181] 『このミステリーがすご
い!』大賞作家書き下ろしブック
vol.4
宝島社　2014.2　251p　21cm
1200円
ISBN978-4-8002-2284-8

鷹野鍼灸院の事件簿・5—マクワウリを刺
　す(乾緑郎) ····································· 5
僕はもう憑かれたよ 第一話(七尾与史) ····· 55
もののけ本所深川事件帖オサキと骸骨幽霊
　〈抄〉(高橋由太) ····························· 95
消えたプレゼント・ダーツ(岡崎琢磨) ····· 129
つゆの朝ごはん 第二話—ヴィーナスは知っ
　ている(友井羊) ······························ 155
サイレント・ヴォイス トロイの落馬(佐藤
　青南) ·· 181
サイレント・ヴォイス アブナイ十代(佐藤
　青南) ·· 215

推理小説・ミステリー

[0182]　『このミステリーがすご
い！』大賞作家書き下ろしブック
vol.5
宝島社　2014.5　253p　21cm
1200円
ISBN978-4-8002-2286-2

リトル・ゲットー・ボーイ（深町秋生）‥‥‥‥ 5
僕はもう憑かれたよ　第二話（七尾与史）‥‥‥ 51
可視化するアール・ブリュット（岡崎琢磨）‥‥ 87
つゆの朝ごはん　第三話―「ふくちゃんの
ダイエット奮闘記」（友井羊）‥‥‥‥‥‥ 133
公開処刑人　森のくまさん2―お嬢さん、お
逃げなさい（抄）（堀内公太郎）‥‥‥‥‥ 183

[0183]　『このミステリーがすご
い！』大賞作家書き下ろしブック
vol.6
宝島社　2014.8　252p　21cm
1200円
ISBN978-4-8002-3049-2

どこかでベートーヴェン　第一話（中山七里）‥ 5
目は口ほどにモノをいう（佐藤青南）‥‥‥‥ 29
純喫茶タレーランの庭で（岡崎琢磨）‥‥‥‥ 91
僕はもう憑かれたよ　第三話（七尾与史）‥‥ 117
つゆの朝ごはん　第四話―日が暮れるまで
待って（友井羊）‥‥‥‥‥‥‥‥‥‥‥ 159
JC科学捜査官 case.2―雛菊こまりと“くね
くね”殺人事件（上甲宣之）‥‥‥‥‥‥‥ 177

[0184]　『このミステリーがすご
い！』大賞作家書き下ろしブック
vol.7
宝島社　2014.11　254p　21cm
1200円
ISBN978-4-8002-3391-2

どこかでベートーヴェン　第二話（中山千里）‥ 5
狂おしいほどEYEしてる（佐藤青南）‥‥‥‥ 41

僕はもう憑かれたよ　第四話（七尾与史）‥‥ 103
なないろ金平糖　第一話（伽古屋圭市）‥‥‥ 153
JC科学捜査官 case・3―雛菊こまりと“赤
いはんてん着せましょかぁ”殺人事件（上
甲宣之）‥‥‥‥‥‥‥‥‥‥‥‥‥‥‥ 211

[0185]　『このミステリーがすご
い！』大賞作家書き下ろしブック
vol.8
『このミステリーがすごい！』編集
部編
宝島社　2015.2　255p　21cm
1200円
ISBN978-4-8002-3751-4

発心のアリバイ（海堂尊）‥‥‥‥‥‥‥‥‥ 5
どこかでベートーヴェン　第3話（中山七里）‥ 57
僕はもう憑かれたよ　最終話（七尾与史）‥‥ 95
ペテン師のポリフォニー（佐藤青南）‥‥‥‥ 119
なないろ金平糖　第2話（伽古屋圭市）‥‥‥ 159
JC科学捜査官 case・4―雛菊こまりと“メ
リーさんの電話”殺人事件（上甲宣之）‥‥ 195

[0186]　『このミステリーがすご
い！』大賞作家書き下ろしブック
vol.9
『このミステリーがすごい！』編集
部編
宝島社　2015.5　251p　21cm
1200円
ISBN978-4-8002-4013-2

二人のクラウン（乾緑郎）‥‥‥‥‥‥‥‥‥ 5
モーニング・タイム（友井羊）‥‥‥‥‥‥‥ 41
修行のタイムリミット（海堂尊）‥‥‥‥‥‥ 75
どこかでベートーヴェン　第四話（中山七
里）‥‥‥‥‥‥‥‥‥‥‥‥‥‥‥‥‥ 131
JC科学捜査官 case・5―雛菊こまりと“き
さらぎ駅”事件（上甲宣之）‥‥‥‥‥‥‥ 167
重大事案対策班 橘川七海 ラブ・アブダクション
（塔山郁）‥‥‥‥‥‥‥‥‥‥‥‥‥‥ 219

推理小説・ミステリー　　0190

［0187］　『このミステリーがすご
い！』大賞作家書き下ろしブック
vol.10
『このミステリーがすごい！』編集
部編
宝島社　2015.9　251p　21cm
1200円
ISBN978-4-8002-4531-1

どこかでベートーヴェン 第五話（中山七里）‥5
シチューのひと（友井羊）………………… 57
重大事案対策班 橘川七海 ダークサイドソウル（塔
山郁）……………………………………… 81
目の上のあいつ（佐藤青南）……………… 19
鷹野鍼灸院の事件簿・7―坂道に立つ女（乾
緑郎）……………………………………… 185

［0188］　『このミステリーがすご
い！』大賞作家書き下ろしブック
vol.11
『このミステリーがすごい！』編集
部編
宝島社　2015.12　255p　21cm
1200円
ISBN978-4-8002-4864-0

どこかでベートーヴェン 第六話（中山七里）‥5
鷹野鍼灸院の事件簿・8―師、去りし後（乾
緑郎）……………………………………… 43
山奥ガール（友井羊）……………………… 95
ご近所さんにご用心（佐藤青南）………… 135
周吉が死んじゃった（高橋由太）………… 199

［0189］　『このミステリーがすご
い！』大賞作家書き下ろしブック
vol.12
『このミステリーがすごい！』編集
部編
宝島社　2016.3　253p　21cm
1200円
ISBN978-4-8002-5364-4

どこかでベートーヴェン 第七話（中山七里）‥5
敵の敵も敵（佐藤青南）…………………… 73
オサキまんじゅう大食い合戦へ（高橋由
太）………………………………………… 135
重大事案対策班 橘川七海 イノセントボイス（塔山
郁）………………………………………… 165
鷹野鍼灸院の事件簿・9―アイスマンの呼
ぶ声（乾緑郎）…………………………… 209

［0190］　『このミステリーがすご
い！』大賞作家書き下ろしブック
vol.13
『このミステリーがすごい！』編集
部編
宝島社　2016.7　254p　21cm
1200円
ISBN978-4-8002-5705-5

連続殺人鬼カエル男ふたたび―集中掲載
（中山七里）……………………………… 5
オサキまんじゅう大食い合戦へ 第2回（高
橋由太）…………………………………… 135
信じる者は足もとをすくわれる（佐藤青
南）………………………………………… 161
谷中レトロカメラ店の謎日和 カメラ売りの野良少
女（柊サナカ）…………………………… 197
重大事案対策班橘川七海 ナイトストーカー（前編）
（塔山郁）………………………………… 219

47

推理小説・ミステリー

**［0191］ このミステリーがすご
い! 三つの迷宮**
宝島社　2015.11　260p　16cm
600円　(宝島社文庫 Cき-5-1)
ISBN978-4-8002-4251-8

リケジョ探偵の謎解きラボ(喜多喜久) ……… 7
ポセイドンの罰(中山七里) ……………… 97
冬、来たる(降田天) ……………… 181

**［0192］ このミステリーがすご
い! 四つの謎**
宝島社　2014.12　310p　19cm
1200円
ISBN978-4-8002-3529-9

残されたセンリツ(中山七里) ……………… 5
黒いパンテル(乾緑郎) ……………… 61
ダイヤモンドダスト(安生正) ……………… 151
カシオペアのエンドロール(海堂尊) ……… 201

**［0193］ 5分で驚く! どんでん返
しの物語**
『このミステリーがすごい!』編集
部編
宝島社　2016.6　264p　16cm
650円　(宝島社文庫 Cこ-7-15)
ISBN978-4-8002-5629-4

仙境の晩餐(安生正) ……………… 9
人を殺さば穴みっつ(塔山郁) ……………… 19
断罪の雪(桂修司) ……………… 31
アーティフィシャル・ロマンス(島津緒繰)‥ 41
マカロンと女子会(友井羊) ……………… 51
闇の世界の証言者(深津十一) ……………… 63
記念日(伽古屋圭市) ……………… 73
定年(塔山郁) ……………… 83
幸福な食卓(喜多南) ……………… 93
ロストハイウェイ(梶永正史) ……………… 103

卒業旅行ジャック(篠原昌裕) ………… 113
雪の轍(佐藤青南) ……………… 123
走馬灯流し(逢上央士) ……………… 133
パラダイス・カフェ(沢木まひろ) ……… 143
かわいそうなうさぎ(武田綾乃) ……… 153
冬空の彼方に(喜多喜久) ……………… 163
チョウセンアサガオの咲く夏(柚月裕子)‥ 173
白い記憶(安生正) ……………… 183
葉桜のタイムカプセル(岡崎琢磨) ……… 193
ある人気作家の憂鬱(島津緒繰) ……… 205
隣の黒猫、僕の子猫(堀内公太郎) ……… 215
柿(友井羊) ……………… 235
アンゲリカのクリスマスローズ(中山七
里) ……………… 245

**［0194］ 5分で泣ける! 胸がいっ
ぱいになる物語**
『このミステリーがすごい!』編集
部編
宝島社　2015.4　285p　16cm
650円　(宝島社文庫 Cこ-7-10)
ISBN978-4-8002-3920-4

サクラ・サクラ(柚月裕子) ……………… 9
夏の終りに(里田和登) ……………… 21
柿(友井羊) ……………… 33
一年後の夏(喜多南) ……………… 43
最後のスタンプ(乾緑郎) ……………… 53
葉桜のタイムカプセル(岡崎琢磨) ……… 65
スノーブラザー(大泉貴) ……………… 77
父のスピーチ(喜多喜久) ……………… 87
月の瞳(紫藤ケイ) ……………… 97
世界からあなたの笑顔が消えた日(佐藤青
南) ……………… 107
ピートの春(乾緑郎) ……………… 117
まぶしい夜顔(林由美子) ……………… 127
着ぐるみのいる風景(喜多南) ……………… 137
天からの手紙(上原小夜) ……………… 147
I love you,Teddy(深沢仁) ……………… 157
ファースト・スノウ(沢木まひろ) ……… 169
らくがきちょうの神様(上原小夜) ……… 179
祈り捧げる(林由美子) ……………… 189
西瓜(小林ミア) ……………… 199
クリスマスローズ(咲乃月音) ……………… 209
夏の幻(深沢仁) ……………… 219

推理小説・ミステリー　　　　　　　　　0196

二人の食卓（里田和登）……………… 229
精霊流し（佐藤青南）………………… 239
アンゲリカのクリスマスローズ（中山七
　里）………………………………… 249
今ひとたび（森川楓子）……………… 259
がたんごとん（咲乃月音）…………… 269
執筆者プロフィール一覧……………… 281

走馬灯流し（逢上央士）……………… 231
婚活電車（山下貴光）………………… 241
菊島直人のいちばんアツい日（千梨らく）‥ 251
開かずの踏切（安生正）……………… 261
夏の夜の不幸な連鎖（桂修司）……… 271
カナブン（喜多喜久）………………… 281
精霊流し（佐藤青南）………………… 291

```
［0195］　5分で読める！　ひと駅ス
トーリー──『このミステリーがすご
い！』大賞×日本ラブストーリー大
賞×『このライトノベルがすごい！』
大賞　夏の記憶東口編
『このミステリーがすごい！』編集
　　　　　　　　　　　　　　部編
宝島社　2013.7　300p　16cm
648円　（宝島社文庫 Cこ-7-3）
ISBN978-4-8002-1042-5
```

```
［0196］　5分で読める！　ひと駅ス
トーリー──『このミステリーがすご
い！』大賞×日本ラブストーリー大
賞×『このライトノベルがすごい！』
大賞　夏の記憶西口編
『このミステリーがすごい！』編集
　　　　　　　　　　　　　　部編
宝島社　2013.7　290p　16cm
648円　（宝島社文庫 Cこ-7-4）
ISBN978-4-8002-1044-9
```

滋味豊かで、バラエティに富んだ「おつま
　み弁当」。行楽のお供に、ぜひ！（茶木則
　雄）………………………………………… 8
チョウセンアサガオの咲く夏（柚月裕子）‥ 11
全裸刑事チャーリー 真夏の黒い巨塔？ 殺
　人事件（七尾与史）……………………… 21
猫斬り（森川楓子）………………………… 31
一年後の夏（喜多南）……………………… 41
まぶしい夜顔（林由美子）………………… 51
スイカ割りの男（藤八景）………………… 61
昔の彼（上原小夜）………………………… 71
ヘンタイの汚名は受けたくない（篠原昌裕）‥ 81
当世粗忽長屋（飛山裕一）………………… 91
転記コンサルタント（伊園旬）………… 101
ホルマリン槽の女（相戸結衣）………… 111
中二ですから（谷春慶）………………… 121
趣味は人間観察（新藤卓広）…………… 131
ひまわりの朝（咲乃月音）……………… 141
ぽちゃぽちゃバンビ（大胴九郎）……… 151
オデッサの棺（高山聖史）……………… 161
飼育の秘（ますくど）…………………… 171
さよならジンクス（蒼井ひかり）……… 181
地獄の沙汰も顔次第（水原秀策）……… 191
時空のおっさん（中村啓）……………… 201
夏の幻（深沢仁）………………………… 211
月のない夏の夜のこと（中居真麻）…… 221

滋味豊かで、バラエティに富んだ「おつま
　み弁当」。行楽のお供に、ぜひ！（茶木則
　雄）………………………………………… 8
盆帰り（中山七里）………………………… 11
マジ半端ねぇ>リア充研究記録（おかもと
　（仮））……………………………………… 21
夏祭りのリンゴ飴は甘くて酸っぱい味がす
　る（堀内公太郎）………………………… 31
消えていくその日まで（里田和登）……… 41
西瓜（小林ミア）…………………………… 51
後追い（拓未司）…………………………… 61
なつのドン・キホーテたち（大泉貴）…… 71
苦潮（天田式）……………………………… 81
俺の彼女は人見知り（武田綾乃）………… 91
蛍（紫藤ケイ）…………………………… 101
しろくまは愛の味（奈良美那）………… 111
或る夏のディレールメント（遊馬足掻）‥ 121
落ち屋（浅倉卓弥）……………………… 131
ドライアイスの婚約者（宇木聡史）…… 141
擦れ違いトゥルーエンド（木野裕喜）… 151
ベストショット（有沢真由）…………… 161
夏の終わり（伽古屋圭市）……………… 171
占いの館（水田美意子）………………… 181
嵐の夜に（塔山郁）……………………… 191
憧れの白い砂浜（友井羊）……………… 201
心霊特急（吉川英梨）…………………… 211

49

推理小説・ミステリー

夏色の残像（深津十一）・・・・・・・・・・・・・ 221
夏の夜の現実（遠藤浅蜊）・・・・・・・・・・・ 231
啼く蟬（上村佑）・・・・・・・・・・・・・・・・・・・ 241
サマータイム（法坂一広）・・・・・・・・・・・ 251
パラダイス・カフェ（沢木まひろ）・・・・・ 261
名前も知らない（岡崎琢磨）・・・・・・・・・ 271
死体たちの夏（乾緑郎）・・・・・・・・・・・・・ 281

クリスマスとイブ（吉川英梨）・・・・・・・・ 241
闇の世界の証言者（深津十一）・・・・・・・ 251
アーティフィシャル・ロマンス（島津緒繰）・・ 261
雪夜の出来事（森川楓子）・・・・・・・・・・ 271
アンゲリカのクリスマスローズ（中山七里）・・・・・・・・・・・・・・・・・・・・・・・・・・・・・・・・ 281

［0197］　5分で読める！　ひと駅ストーリー　冬の記憶東口編
『このミステリーがすごい！』編集部編
宝島社　2013.12　290p　16cm
648円　（宝島社文庫　Cこ-7-5）
ISBN978-4-8002-1820-9

驚いて、笑えて唸って、ちょっぴり泣ける！（茶木則雄）・・・・・・・・・・・・・・・・・・・・ 8
雪の轍（佐藤青南）・・・・・・・・・・・・・・・・ 11
卒業（小林ミア）・・・・・・・・・・・・・・・・・・ 21
白い記憶（安生正）・・・・・・・・・・・・・・・・ 31
聖なる夜に赤く灯るは（深沢仁）・・・・・ 41
綿虫（天田式）・・・・・・・・・・・・・・・・・・・・ 51
単身赴任の夜（山下貴光）・・・・・・・・・・ 61
手首賽銭（上甲宣之）・・・・・・・・・・・・・・ 71
趣味の愉悦（柊サナカ）・・・・・・・・・・・・ 81
『サンタクロースの冬』事件裁判の結果報告―季報ジャパンリーガル『兎コラム』より抜粋（おかもと（仮））・・・・・・・・・・・ 91
その男、剣呑（けんのん）につき（蒼井ひかり）・・ 101
ジャックと雪化粧の精（紫藤ケイ）・・・・・ 111
野良市議会予算特別委員会（遠藤浅蜊）・・・・・ 121
風船コンサルタント（伊園旬）・・・・・・・・ 131
天からの手紙（上原小夜）・・・・・・・・・・ 141
緩慢な殺人（中村啓）・・・・・・・・・・・・・・ 151
サンタとオオタの夜（宇木聡史）・・・・・・ 161
植木鉢少女の枯れる季節（藤八景）・・・ 171
Happy Xmas（水原秀策）・・・・・・・・・・ 181
とぼけた二人（千梨らく）・・・・・・・・・・・ 191
キャッチボールとサンタクロース（新藤卓広）・・・・・・・・・・・・・・・・・・・・・・・・・・・・・・・ 201
最後の一本（上村佑）・・・・・・・・・・・・・・ 211
"女傑"マリエ・ロクサーヌの美しく勇敢な最後（大間九郎）・・・・・・・・・・・・・・・・ 221
このみす大賞（浅倉卓弥）・・・・・・・・・・ 231

［0198］　5分で読める！　ひと駅ストーリー　冬の記憶西口編
『このミステリーがすごい！』編集部編
宝島社　2013.12　280p　16cm
648円　（宝島社文庫　Cこ-7-6）
ISBN978-4-8002-1822-3

驚いて、笑えて唸って、ちょっぴり泣ける！（茶木則雄）・・・・・・・・・・・・・・・・・・・・ 8
冬空の彼方に（喜多喜久）・・・・・・・・・・ 11
二人の食卓（里田和登）・・・・・・・・・・・・ 21
祈り捧げる（林由美子）・・・・・・・・・・・・ 31
ファースト・スノウ（沢木まひろ）・・・・・ 41
吊り橋効果（喜多南）・・・・・・・・・・・・・・ 51
恋する消しゴム（堀内公太郎）・・・・・・・ 61
凶々しい声（柳原慧）・・・・・・・・・・・・・・ 71
ジュンイチ君（有沢真由）・・・・・・・・・・・ 81
聖夜にジングルベルが鳴り響く（木野裕喜）・・ 91
スノーブラザー（大泉貴）・・・・・・・・・・ 101
刹那に見る夢のつづきは（伽古屋圭市）・・・ 111
恋愛白帯女子のクリスマス（篠原昌裕）・・ 121
真冬の蜂（高山聖史）・・・・・・・・・・・・・ 131
クリスマスローズ（咲乃月音）・・・・・・・ 141
福岡国際マラソンに出る方法（法坂一広）・・ 151
神隠し（相戸結衣）・・・・・・・・・・・・・・・・ 161
クリスマス・パラドックス（逢上央士）・・・・・ 171
『女の人』のいないバレンタイン（友井羊）・・ 181
ヒロインは、ぽっちゃり『刑』（英アタル）・・ 191
ゆきだるまのしずく（塔山郁）・・・・・・・・ 201
真っ白な甲子園（遊馬足搔）・・・・・・・・ 211
雪のせい（水田美意子）・・・・・・・・・・・・ 221
アトラクションの主人公は映画の主人公顔負け（奈良美那）・・・・・・・・・・・・・・・・ 231
断罪の雪（桂修司）・・・・・・・・・・・・・・・・ 241
かわいそうなうさぎ（武田綾乃）・・・・・・ 251
ある雪男の物語（拓未司）・・・・・・・・・・ 261
全裸刑事チャーリー戦慄！　真冬のアベサ

推理小説・ミステリー　0200

ダ事件（七尾与史）……………… *271*

［0199］　5分で読める！　ひと駅ストーリー──『このミステリーがすごい！』大賞×日本ラブストーリー大賞×『このライトノベルがすごい！』大賞　降車編
『このミステリーがすごい！』編集部編
宝島社　2012.12　279p　16cm
648円　（宝島社文庫　Cこ-7-2）
ISBN978-4-8002-0086-0

意外なオチ、納得のオチ、想像の斜め上をいくオチ（茶木則雄）……………… *8*
原稿取り（柚月裕子）……………… *11*
最後のスタンプ（乾緑郎）……………… *23*
全裸刑事（デカ）チャーリー　恐怖の全裸車両（七尾与史）……………… *35*
緊急下車（林由美子）……………… *47*
二本早い電車で。（森川楓子）……………… *57*
それでもキミはやってない（法坂一広）…… *67*
夏の終わりに（里田和登）……………… *77*
僕は知っている（上村佑）……………… *89*
メイルシュトローム（谷春慶）……………… *99*
銘菓（高山聖史）……………… *111*
ひと駅間の隠し場所（水田美意子）……… *123*
ひと駅のプレゼント（宇木聡史）……………… *135*
旅の終着（岡崎琢磨）……………… *147*
車窓コンサルタント（伊園旬）……………… *157*
あなたの最終電車（藍上ゆう）……………… *167*
隣の男（ハセベバクシンオー）……………… *179*
秋の水（天田式）……………… *191*
大塩（おおしお）では、うしろいちりょうのとびらがひらきません（中居真麻）……… *201*
男は車上にて面影を見る（木野裕喜）……… *211*
定年（塔山郁）……………… *223*
本当に無料（ただ）で乗れます（桂修司）…… *233*
I love you,Teddy（深沢仁）……………… *245*
物騒な世の中（佐藤青南）……………… *257*
がたんごとん（咲乃月音）……………… *269*

［0200］　5分で読める！　ひと駅ストーリー──『このミステリーがすごい！』大賞×日本ラブストーリー大賞×『このライトノベルがすごい！』大賞　乗車編
『このミステリーがすごい！』編集部編
宝島社　2012.12　282p　16cm
648円　（宝島社文庫　Cこ-7-1）
ISBN978-4-8002-0084-6

意外なオチ、納得のオチ、想像の斜め上をいくオチ（茶木則雄）……………… *8*
オシフィエンチム駅へ（中山七里）……… *11*
揺れる最終電車（拓未司）……………… *21*
オサキ宿場町へ（高橋由太）……………… *33*
斜め上でした（大間九郎）……………… *45*
通快バタフライエフェクト（矢樹純）……… *57*
らくがきちょうの神様（上原小夜）……… *67*
電車強盗のリスクパフォーマンス（篠原昌裕）……………… *77*
通りすがりのエイリアン（大泉貴）……… *89*
浮いている男（堀内公太郎）……………… *101*
闇に向かう電車（柳原慧）……………… *113*
海天（あまて）警部の憂鬱（吉川英梨）……… *125*
快速マリンライナー（山下貴光）……………… *137*
空想少女は悶絶中（おかもと（仮））……… *149*
頭のお手入れ（奈良美那）……………… *159*
忍者☆車窓ラン！（友井羊）……………… *169*
あなたのうしろに（浅倉卓弥）……………… *179*
着ぐるみのいる風景（喜多南）……………… *191*
途中下車（中村啓）……………… *201*
ダイヤモンド（沢木まひろ）……………… *211*
天使の指輪（伽古屋圭市）……………… *223*
哀れな男（千梨らく）……………… *233*
専用車両（遠藤浅蜊）……………… *243*
座席と中年（太朗想史郎）……………… *253*
地下鉄異臭事件の顛末（喜多喜久）……… *263*
宿命（深町秋生）……………… *273*

51

［0201］ 5分で笑える！ おバカで愉快な物語

『このミステリーがすごい！』編集部編
宝島社　2016.3　294p　16cm
650円　（宝島社文庫 Cこ-7-14）
ISBN978-4-8002-5343-9

原稿取り（柚月裕子）………………… 9
全裸刑事(デカ)チャーリー（七尾与史）……… 21
猫か空き巣かマイコォか（おかもと（仮））‥ 33
斜め上でした（大間九郎）……………… 43
わらしべ長者スピンオフ（木野裕喜）……… 55
ロックスターの正しい死に方（柊サナカ）… 65
海天(あまて)警部の憂鬱（吉川英梨）……… 75
空想少女は悶絶中（おかもと（仮））……… 87
浮いている男（堀内公太郎）…………… 97
専用車両（遠藤浅蜊）…………………… 109
オサキ宿場町へ（高橋由太）…………… 119
全裸刑事(デカ)チャーリー 恐怖の全裸車両
　（七尾与史）…………………………… 131
銀河帝国の崩壊byジャスティス（大泉貴）‥ 143
夏の夜の現実（遠藤浅蜊）……………… 153
メイルシュトローム（谷春慶）………… 163
ヘンタイの汚名は受けたくない（篠原昌
　裕）…………………………………… 175
猫の恩返し〈妄想〉（喜多南）………… 185
悟りを開きし者（木野裕喜）…………… 195
野良市議会予算特別委員会（遠藤浅蜊）… 205
さらば愛しき書（森川楓子）…………… 215
選ばれし勇者（柊サナカ）……………… 225
聖夜にジングルベルが鳴り響く（木野裕
　喜）…………………………………… 235
マジ半端ねぇリア充研究記録（おかもと
　（仮））……………………………… 245
全裸刑事(デカ)チャーリー オシャレな股間!?
　殺人事件（七尾与史）………………… 255
ブックよさらば（深町秋生）…………… 267
死ぬか太るか（中山七里）……………… 277
執筆者プロフィール一覧……………… 289

［0202］ 殺しが二人を別つまで

ハーラン・コーベン編
早川書房　2007.10　550p　16cm
1000円　（ハヤカワ・ミステリ文庫）
ISBN978-4-15-177351-8

はじめに（ハーラン・コーベン著，山本や
　よい訳）……………………………… 5
クイニー公園（リドリー・ピアスン著，菊
　地よしみ訳）………………………… 11
もう安全（リー・チャイルド著，小林宏明
　訳）…………………………………… 27
銃後の守り（チャールズ・アルダイ著，羽
　地和世訳）…………………………… 51
最後のフライト（ブレンダン・デュボイズ
　著，三角和代訳）…………………… 93
かすかな光，わずかな記憶（ボニー・ハー
　ン・ヒル著，茅律子訳）…………… 115
よた話（スティーヴ・ホッケンスミス著，
　日暮雅通訳）………………………… 137
遠雷（ウィリアム・ケント・クルーガー著，
　澄木柚訳）…………………………… 171
死が二人を別つまで（ティム・マリーニー
　著，木村二郎訳）…………………… 189
冷酷な真実（リック・マクマハン著，林香
　織訳）………………………………… 207
銃声（P.J.パリッシュ著，鳥見真生訳）……237
サイバーデート（トム・サヴェージ著，奥
　村章子訳）…………………………… 273
帰郷（チャールズ・トッド著，山本やよい
　訳）…………………………………… 303
テレサ（ティム・ウォルフォース著，大野
　尚江訳）……………………………… 323
ちょっとした修理（ジェフ・アボット著，
　佐藤耕士訳）………………………… 345
チェッリーニの解決策（ジム・フジッリ著，
　公手成幸訳）………………………… 377
心から愛するただひとりの人（ローラ・リッ
　プマン著，吉澤康子訳）…………… 405
愛妻（R.L.スタイン著，青木千鶴訳）……… 439
凄まじい力に追われて（ジェイ・ブランド
　ン著，漆原敦子訳）………………… 473
罠に落ちて（ハーラン・コーベン著，山本
　やよい訳）…………………………… 511
解説（H・K）………………………… 541

推理小説・ミステリー

［0203］　殺しのグレイテスト・ヒッツ
ロバート・J.ランディージ編
早川書房　2007.1　587p　16cm
980円　（ハヤカワ・ミステリ文庫）
ISBN978-4-15-176751-7

はじめに—なんと呼ぼうと、殺し屋は……
（田口俊樹訳）………………………… 5
ケラーのカルマ（ローレンス・ブロック著,
田口俊樹訳）………………………… 11
隠れた条件（ジェイムズ・W.ホール著, 延
原泰子訳）…………………………… 61
クォリーの運（マックス・アラン・コリン
ズ著, 田口俊樹訳）………………… 95
怒りの帰郷（エド・ゴーマン著, 木村二郎
訳）………………………………… 145
ミスディレクション（バーバラ・セラネラ
著, 高山真由美訳）………………… 165
スノウ、スノウ、スノウ（ジョン・ハーヴェ
イ著, 駒月雅子訳）………………… 203
おれの魂に（ロバート・J.ランディージ著,
真崎義博訳）………………………… 245
カルマはドグマを撃つ（ジェフ・アボット
著, 佐藤耕士訳）…………………… 287
最高に秀逸な計略（リー・チャイルド著,
小林宏明訳）………………………… 321
ドクター・サリヴァンの図書室（クリス
ティーン・マシューズ著, 古賀弥生訳）‥ 337
回顧展（ケヴィン・ウィグノール著, 猪俣
美江子訳）…………………………… 369
仕事に適った道具（マーカス・ペレグリマ
ス著, 藤田佳澄訳）………………… 401
売出中（ジェニー・サイラー著, 安藤由紀
子訳）……………………………… 453
契約完了（ポール・ギーヨ著, 澁谷正子訳）… 489
章と節（ジェフリー・ディーヴァー著, 池
田真紀子訳）………………………… 541
解説（H・K）……………………… 575

［0204］　殺意の隘路
日本推理作家協会編
光文社　2016.12　433p　19cm
1800円　（最新ベスト・ミステリー）
ISBN978-4-334-91139-3

編纂序文（円堂都司昭）………………… 3
もう一色選べる丼（青崎有吾）………… 13
もういいかい（赤川次郎）……………… 43
線路の国のアリス（有栖川有栖）……… 61
ルックスライク（伊坂幸太郎）………… 93
九尾の狐（石持浅海）…………………… 123
黒い瞳の内（乾ルカ）…………………… 145
柊と太陽（恩田陸）……………………… 169
幻の追伸（北村薫）……………………… 183
人事（今野敏）…………………………… 203
夏の終わりの時間割（長岡弘樹）……… 225
理由ありの旧校舎—学園密室？（初野晴）‥ 247
ルーキー登場（東野圭吾）……………… 289
定跡外の誘拐（円居挽）………………… 325
旧友（麻耶雄嵩）………………………… 369
副島さんは言っている—十月（若竹七海）‥ 401

［0205］　砂漠を走る船の道—ミステリーズ！　新人賞受賞作品集
東京創元社　2016.11　294p　15cm
760円　（創元推理文庫 Mん9-1）
ISBN978-4-488-40059-0

漂流巌流島（高井忍）…………………… 9
殺三狼（しゃさんろう）（秋梨惟喬）…… 75
田舎の刑事の趣味とお仕事（滝田務雄）‥‥ 119
夜の床屋（沢村浩輔）…………………… 185
砂漠を走る船の道（梓崎優）…………… 227
編者解説（福井健太）…………………… 288

推理小説・ミステリー

```
［0206］ ザ・ベストミステリーズ—
　　　推理小説年鑑　2007
　　　日本推理作家協会編
　　講談社　2007.7　421p　20cm
　　　　　　3500円
　　ISBN978-4-06-114908-3
```

序（大沢在昌）………………………… 5
罪つくり（横山秀夫）………………… 9
ホームシックシアター（春口裕子）……… 43
ラスト・セッション（蒼井上鷹）………… 65
あなたに会いたくて（不知火京介）……… 101
脂肪遊戯（桜庭一樹）………………… 125
標野にて　君が袖振る（大崎梢）……… 147
未来へ踏み出す足（石持浅海）……… 181
ラストマティーニ（北森鴻）………… 205
エクステ効果（菅浩江）……………… 225
落下る（東野圭吾）…………………… 245
早朝ねはん（門井慶喜）……………… 271
オムライス（薬丸岳）………………… 305
スペインの靴（三上洸）……………… 327
心あたりのある者は（米澤穂信）…… 357
熊王ジャック（柳広司）……………… 377
推理小説・二〇〇六年（千街晶之）… 403
推理小説関係受賞リスト……………… 411

```
［0207］ ザ・ベストミステリーズ—
　　　推理小説年鑑　2008
　　　日本推理作家協会編
　　講談社　2008.7　439p　20cm
　　　　　　3500円
　　ISBN978-4-06-114909-0
```

序（大沢在昌）………………………… 4
傍聞き（長岡弘樹）…………………… 9
堂場警部補とこぼれたミルク（蒼井上鷹）… 37
退出ゲーム（初野晴）………………… 77
悪い手（逢坂剛）……………………… 115
選挙トトカルチョ（佐野洋）………… 149
薔薇の色（今野敏）…………………… 175
初鰹（柴田哲孝）……………………… 189
その日まで（新津きよみ）…………… 211

ねずみと探偵—あぼやん（新野剛志）……… 231
人事マン（沢村凛）…………………… 267
点と円（西村健）……………………… 293
辛い飴—永見緋太郎の事件簿（田中啓文）… 315
黒い履歴（薬丸岳）…………………… 335
はだしの親父（黒田研二）…………… 359
ギリシャ羊の秘密（法月綸太郎）…… 389
推理小説・二〇〇七年（千街晶之）… 420
推理小説関係受賞リスト……………… 428

```
［0208］ ザ・ベストミステリーズ—
　　　推理小説年鑑　2009
　　　日本推理作家協会編
　　講談社　2009.7　479p　20cm
　　　　　　3500円
　　ISBN978-4-06-114910-6
```

序（東野圭吾）………………………… 5
熱帯夜（曽根圭介）…………………… 9
渋い夢—永見緋太郎の事件簿（田中啓文）… 41
しらみつぶしの時計（法月綸太郎）… 71
第四象限の密室（澤本等）…………… 97
ず（けもの）（道尾秀介）……………… 131
パラドックス実践（門井慶喜）……… 155
検問（伊坂幸太郎）…………………… 187
駆込み訴え（石持浅海）……………… 209
前世の因縁（沢村凛）………………… 233
身代金の奪い方（柄刀一）…………… 261
モデル（乾ルカ）……………………… 303
見えない猫（黒崎緑）………………… 333
ハートレス（薬丸岳）………………… 355
音の正体（折原一）…………………… 377
リターンズ（山田深夜）……………… 405
夜の自画像（連城三紀彦）…………… 427
推理小説・二〇〇八年（千街晶之）… 460
推理小説関係受賞リスト……………… 468

推理小説・ミステリー　　0211

［0209］　ザ・ベストミステリーズ—
推理小説年鑑　2010
日本推理作家協会編
講談社　2010.7　487p　20cm
3500円
ISBN978-4-06-114911-3

序（東野圭吾）……………………………… 5
随監（安東能明）…………………………… 9
ミスファイア（伊岡瞬）………………… 33
ドロッピング・ゲーム（石持浅海）……… 65
レッド・シグナル（遠藤武文）………… 99
星風よ、淀みに吹け（小川一水）……… 129
ノビ師（黒崎視音）……………………… 171
生き証人（末浦広海）…………………… 191
老友（曽根圭介）………………………… 215
この雨が上がる頃（大門剛明）………… 237
眼の池（鳥飼否宇）……………………… 259
波形の声（長岡弘樹）…………………… 299
師匠（永瀬隼介）………………………… 327
九のつく蔵（西澤保彦）………………… 357
夏の光（道尾秀介）……………………… 379
休日（薬丸岳）…………………………… 405
雨が降る頃（結城充考）………………… 425
未来の花（横山秀夫）…………………… 449
推理小説・二〇〇九年（千街晶之）…… 468
推理小説関係受賞リスト………………… 476

［0210］　ザ・ベストミステリーズ—
推理小説年鑑　2011
日本推理作家協会編
講談社　2011.7　396p　19cm
1600円
ISBN978-4-06-114912-0

序（東野圭吾）……………………………巻頭
人間の尊厳と八〇〇メートル—日本推理作
家協会賞短編部門受賞作（深水黎一郎）…… 9
原始人ランナウェイ（相沢沙呼）……… 33
殷帝の宝剣（秋梨惟喬）………………… 69
アポロンのナイフ（有栖川有栖）……… 101
義憤（曽根圭介）………………………… 139

芹葉大学の夢と殺人（辻村深月）……… 161
本部から来た男（塔山郁）……………… 199
天の狗（鳥飼否宇）……………………… 217
死ぬのは誰か（早見江堂）……………… 251
棺桶（平山瑞穂）………………………… 273
橘の寺（道尾秀介）……………………… 303
満願（米澤穂信）………………………… 343
推理小説・二〇一〇年（千街晶之）……… 376
推理小説関係受賞リスト………………… 384

［0211］　ザ・ベストミステリーズ—
推理小説年鑑　2012
日本推理作家協会編
講談社　2012.7　351p　19cm
1600円
ISBN978-4-06-114913-7

序（東野圭吾）……………………………… 6
望郷、海の星（湊かなえ）………………… 9
三階に止まる（石持浅海）……………… 37
ダークルーム（近藤史恵）……………… 59
超越数トッカータ（杉井光）…………… 77
言うな地蔵（大門剛明）………………… 103
新陰流“月影”（高井忍）………………… 123
原罪SHOW（長江俊和）………………… 157
オンブタイ（長岡弘樹）………………… 191
現場の見取り図—大癋見警部の事件簿（深
水黎一郎）……………………………… 211
足塚不二雄『UTOPIA最後の世界大戦』（鶴
書房）（三上延）……………………… 223
この手500万（両角長彦）……………… 255
死人宿（米澤穂信）……………………… 277
残響ばよえ〜ん（詠坂雄二）…………… 303
推理小説・二〇一一年（佳多山大地）……… 334
推理小説関係受賞リスト………………… 339

55

推理小説・ミステリー

推理小説・2013年（福井健太）………………… 332
推理小説関係受賞リスト ………………………… 336
収録作品初出 ………………………………… 巻末

［0212］　ザ・ベストミステリーズ—
推理小説年鑑　2013
日本推理作家協会編
講談社　2013.4　366p　19cm
1600円
ISBN978-4-06-114914-4

序（東野圭吾）…………………………………… 6
父の葬式（天祢涼）……………………………… 9
本と謎の日々（有栖川有栖）…………………… 43
機巧のイヴ（乾緑郎）…………………………… 65
青い絹の人形（岸田るり子）…………………… 91
ゆるやかな自殺（貴志祐介）…………………… 123
妄執（曽根圭介）………………………………… 149
宗像くんと万年筆事件（中田永一）…………… 173
悲しみの子（七河迦南）………………………… 209
探偵・竹花と命の電話（藤田宜永）…………… 231
青葉の盤（宮内悠介）…………………………… 261
心を掬う（柚月裕子）…………………………… 287
暗い越流（若竹七海）…………………………… 325
推理小説・二〇一二年（佳多山大地）………… 348
推理小説関係受賞リスト ……………………… 353

［0214］　ザ・ベストミステリーズ—
推理小説年鑑　2015
日本推理作家協会編
講談社　2015.5　372p　19cm
1700円
ISBN978-4-06-114916-8

序（今野敏）…………………………………… 巻頭
許されようとは思いません（芦沢央）………… 7
散る花、咲く花（歌野晶午）…………………… 33
座敷童と兎と亀と（加納朋子）………………… 63
死は朝、羽ばたく（下村敦史）………………… 91
自作自演のミルフィーユ（白河三兎）………… 115
雨上がりに傘を差すように（瀬那和章）……… 145
カレーの女神様（葉真中顕）…………………… 181
ゆるキャラはなぜ殺される（東川篤哉）……… 207
十年目のバレンタインデー（東野圭吾）……… 243
ドールズ密室ハウス（堀燐太郎）……………… 263
不可触（両角長彦）……………………………… 295
ゴブリンシャークの目（若竹七海）…………… 327
推理小説・2014年（福井健太）………………… 356
推理小説関係受賞リスト ……………………… 360
収録作品初出 ………………………………… 巻末

［0213］　ザ・ベストミステリーズ—
推理小説年鑑　2014
日本推理作家協会編
講談社　2014.5　349p　19cm
1600円
ISBN978-4-06-114915-1

序（今野敏）…………………………………… 巻頭
彗星さんたち（伊坂幸太郎）…………………… 9
暁光（今野敏）…………………………………… 39
墓石の呼ぶ声（翔田寛）………………………… 57
恋文（西澤保彦）………………………………… 93
春の十字架（東川篤哉）………………………… 131
コーチ人事（本城雅人）………………………… 173
言えない言葉—the words in a capsule（本
多孝好）……………………………………… 201
五度目の春のヒヨコ（水生大海）……………… 231
人魚姫の泡沫（森晶麿）………………………… 261
不惑（薬丸岳）…………………………………… 299

［0215］　ザ・ベストミステリーズ—
推理小説年鑑　2016
日本推理作家協会編
講談社　2016.5　365p　19cm
1700円
ISBN978-4-06-114917-5

序（今野敏）…………………………………… 巻頭
おばあちゃんといっしょ（大石直紀）………… 7
ババ抜き（永嶋恵美）…………………………… 31
リケジョの婚活（秋吉理香子）………………… 49
絵の中の男（芦沢央）…………………………… 75
監獄舎の殺人（伊吹亜門）……………………… 105
分かれ道（大沢在昌）…………………………… 139

推理小説・ミステリー　　　　　　　　0219

サイレン（小林由香）……………………149
十五秒（榊林銘）…………………………177
凄腕（永瀬隼介）…………………………213
グラスタンク（日野草）…………………249
二番札（南大沢健）………………………281
静かな炎天（若竹七海）…………………313
推理小説・2015年（香山二三郎）………344
推理小説関係受賞リスト…………………352
収録作品初出………………………………巻末

[0216]　山岳迷宮（ラビリンス）―
山のミステリー傑作選
山前譲編
光文社　2016.7　346p　16cm
780円　（光文社文庫　や22-5）
ISBN978-4-334-77324-3

避難命令（梓林太郎）……………………… 5
モーレン小屋（樋口明雄）……………… 45
冷たいホットライン（七河迦南）……… 83
死体昇天（角田喜久雄）…………………123
虹の立つ村（仁木悦子）…………………151
雪渓は笑った（加藤薫）…………………197
悪女の谷（長井彬）………………………235
虚偽の雪渓（森村誠一）…………………295
解説（山前譲）……………………………334

[0217]　しあわせなミステリー
宝島社　2012.4　229p　20cm
1333円
ISBN978-4-7966-9790-3

BEE（伊坂幸太郎）………………………… 5
二百十日の風（中山七里）……………… 55
心を掬う（柚月裕子）……………………115
18番テーブルの幽霊（吉川英梨）………179
著者紹介……………………………………巻末

[0218]　仕掛けられた罪
日本推理作家協会編
講談社　2008.4　531p　15cm
800円　（講談社文庫―ミステリー傑
作選）
ISBN978-4-06-276026-3

お母さまのロシアのスープ（荻原浩）……… 5
死神と藤田（伊坂幸太郎）……………… 51
黄昏時に鬼たちは（山口雅也）…………101
マイ・スウィート・ファニー・ヘル（戸梶
圭太）………………………………177
貧者の軍隊（石持浅海）…………………243
子は鎹（田中啓文）………………………277
東山殿御庭（朝松健）……………………337
二つの鍵（三雲岳斗）……………………407
ディープ・キス（草上仁）………………491
解説（円堂都司昭）………………………523

[0219]　事件を追いかけろ　サプ
ライズの花束編
日本推理作家協会編
光文社　2009.4　609p　16cm
914円　（光文社文庫　に6-36―日本
ベストミステリー選集 36）
ISBN978-4-334-74576-9

立ち向かう者（東直己）…………………… 7
蚊取湖殺人事件（泡坂妻夫）…………… 51
口座相違（池井戸潤）…………………… 95
バンク（伊坂幸太郎）……………………143
ジョーカーとレスラー（大沢在昌）……199
天使の歌声（北川歩実）…………………235
偽りの季節（五條瑛）……………………277
死人の逆恨み（笹本稜平）………………317
名誉キャディー（佐野洋）………………355
雪模様（永井するみ）……………………389
リメーク（夏樹静子）……………………439
拾ったあとで（新津きよみ）……………469
花をちぎれない程…（光原百合）………503
密室の抜け穴（横山秀夫）………………553
解説（細谷正充）…………………………605

57

推理小説・ミステリー

［0220］　事件の痕跡
光文社　2007.11　490p　18cm
1390円　（Kappa novels—最新ベス
ト・ミステリー　日本推理作家協会
編）
ISBN978-4-334-07668-9

物語の始まり、事件の始まり—序文（横井
司）………………………………… 5
私はこうしてデビューした（蒼井上鷹）…… 13
女交渉人ヒカル（五十嵐貴久）…………… 55
五つのプレゼント（乾くるみ）…………… 81
玉川上死（歌野晶午）…………………… 119
ツルの一声（逢坂剛）…………………… 155
コパカバーナの棹師…気取り（垣根涼介）… 201
ラスカル3（加藤実秋）………………… 235
通夜盗（佐野洋）………………………… 273
ほころび（夏樹静子）…………………… 297
二度とふたたび（新津きよみ）………… 333
世界の終わり（馳星周）………………… 359
希望の形（光原百合）…………………… 403
ヒロインへの招待状（連城三紀彦）……… 435
初出一覧 ……………………………… 巻末

［0221］　事件の痕跡
日本推理作家協会編
光文社　2012.4　671p　16cm
1000円　（光文社文庫　に6-39—日本
ベストミステリー選集）
ISBN978-4-334-76398-5

私はこうしてデビューした（蒼井上鷹）…… 7
女交渉人ヒカル（五十嵐貴久）…………… 65
五つのプレゼント（乾くるみ）………… 101
玉川上死（歌野晶午）…………………… 151
ツルの一声（逢坂剛）…………………… 205
コパカバーナの棹師…気取り（垣根涼介）… 269
ラスカル3（加藤実秋）………………… 319
通夜盗（佐野洋）………………………… 365
ほころび（夏樹静子）…………………… 399
二度とふたたび（新津きよみ）………… 449
世界の終わり（馳星周）………………… 487

希望の形（光原百合）…………………… 547
ヒロインへの招待状（連城三紀彦）……… 591
解説—物語の始まり、事件の始まり（横井
司）……………………………… 666

［0222］　自薦THEどんでん返し
双葉社　2016.5　278p　15cm
583円　（双葉文庫　あ-39-02）
ISBN978-4-575-51893-1

再生（綾辻行人）………………………… 5
書く機械（ライティング・マシン）（有栖川有栖）… 47
アリバイ・ジ・アンビバレンス（西澤保彦）… 85
蝶番の問題（貫井徳郎）………………… 141
カニバリズム小論（法月綸太郎）……… 189
藤枝邸の完全なる密室（東川篤哉）……… 229
解説（関根亨）…………………………… 269

［0223］　10分間ミステリー
『このミステリーがすごい！』大賞編
集部編
宝島社　2012.2　326p　16cm
648円　（宝島社文庫　Cこ-5-1—〔こ
のミス大賞〕）
ISBN978-4-7966-8712-6

はじめに（茶木則雄）…………………… 8
新手のセールストーク（法坂一広）……… 11
柿（友井羊）……………………………… 21
主よ、人の望みの喜びよ（浅倉卓弥）…… 31
セブンスターズ、オクトパス（式田ティエ
ン）……………………………………… 43
防犯心理テスト（上甲宣之）…………… 55
電話ボックス（柳原慧）………………… 67
転落（ハセベバクシンオー）…………… 79
臆病者の流儀（深町秋生）……………… 89
ベストセラー作家（水原秀策）………… 99
十枚のエチュード（海堂尊）…………… 111
七月七日に逢いましょう（水田美意子）… 123
眺望コンサルタント（伊園旬）………… 133
ゴミの問題（高山聖史）………………… 145
恋のブランド（増田俊也）……………… 157

推理小説・ミステリー

澄み渡る青空（拓未司）……………… 167
死を呼ぶ勲章（桂修司）……………… 177
十一月の客（森川楓子）……………… 187
女の勘（山下貴光）…………………… 199
サクラ・サクラ（柚月裕子）………… 209
人を殺さば穴みっつ（塔山郁）……… 221
永遠のかくれんぼ（中村啓）………… 223
神さまと姫さま（太朗想史郎）……… 243
最後の容疑者（中山七里）…………… 253
ある閉ざされた雪の雀荘で（伽古屋圭市）‥263
オサキ油揚げ泥棒になる（高橋由太）……275
全裸刑事チャーリー（七尾与史）…… 285
沼地獄（乾緑郎）……………………… 297
父のスピーチ（喜多喜久）…………… 307
私のカレーライス（佐藤青南）……… 317

[0224] 10分間ミステリー THE
BEST
『このミステリーがすごい！』大賞編
集部編
宝島社　2016.9　559p　16cm
740円　（宝島社文庫 Cこ-5-3）
ISBN978-4-8002-6038-3

虹の飴（海堂尊）……………………… 13
最後の容疑者（中山七里）…………… 27
抜け忍サドンデス（乾緑郎）………… 37
初天神（降田天）……………………… 49
父のスピーチ（喜多喜久）…………… 61
なんでもあり（深町秋生）…………… 71
境界線（城山真一）…………………… 83
今ひとたび（森川楓子）……………… 95
全裸刑事（デカ）チャーリー（七尾与史）…105
五十六（加藤鉄児）…………………… 117
転落（ハセベバクシンオー）………… 129
オサキ油揚げ泥棒になる（高橋由太）……139
刑法第四五条（越谷友華）…………… 149
記念日（伽古屋圭市）………………… 161
防犯心理テスト（上甲宣之）………… 171
花子の生首（一色さゆり）…………… 183
ずっと、欲しかった女の子（矢樹純）… 193
新手のセールストーク（法坂一広）… 203
靴磨きジャンの四角い永遠（柊サナカ）…213
稀有なる食材（深津十一）…………… 223
澄み渡る青空（拓未司）……………… 235

ロケット花火（才羽楽）……………… 245
ほおずき（天田式）…………………… 255
最低の男（篠原昌裕）………………… 267
眺望コンサルタント（伊園旬）……… 279
"けあらし"に潜む殺意（八木圭一）… 291
オー・マイ・ゴッド（山下貴光）…… 301
獲物（塔山郁）………………………… 313
器物損壊（枝松蛍）…………………… 323
七月七日に逢いましょう（水田美意子）‥333
走馬灯（新藤卓広）…………………… 343
満腹亭の謎解きお弁当は今日もホカホカ
のよね（大津光央）………………… 355
お届けモノ（高山聖史）……………… 365
神さまと姫さま（太朗想史郎）……… 377
脱走者の行方（影山匙）……………… 387
部屋と手錠と私（水原秀策）………… 397
微笑む女（中村啓）…………………… 409
その朝のアリバイは（山本巧次）…… 421
電話ボックス（柳原慧）……………… 431
ゆうしゃのゆううつ（堀内公太郎）… 441
最後の客（梶永正史）………………… 453
死を呼ぶ勲章（桂修司）……………… 465
世界からあなたの笑顔が消えた日（佐藤青
南）………………………………… 475
誰何と星（神家正成）………………… 485
葉桜のタイムカプセル（岡崎琢磨）… 495
柿（友井羊）…………………………… 507
茶色ではない色（辻堂ゆめ）………… 517
恋のブランド（増田俊也）…………… 529
特約条項 第三条（安生正）………… 539
サクラ・サクラ（柚月裕子）………… 549

[0225] シャーロック・ホームズ
アメリカの冒険
日暮雅通訳
原書房　2012.2　474p　20cm
1900円
ISBN978-4-562-04756-7

はじめに―「お察しのとおり（アズ・ユー・バー
シーヴ）、アメリカ人です」……… 4
ウォーバートン大佐の狂気（リンジー・フェ
イ）……………………………………… 7
幽霊と機械（ロイド・ローズ）……… 35
引退した役者の家の地下から発見された

推理小説・ミステリー

未公開回想録からの抜粋（スティーヴ・ホッケンスミス）……………… 65
ユタの花（ロバート・ポール）…………… 107
咳こむ歯医者の事件（ローレン・D.エスルマン）………………………………… 135
消えた牧師の娘（ヴィクトリア・トンプスン）………………………………… 165
クロケット大佐のヴァイオリン（ギリアン・リンスコット）……………………… 193
ホワイト・シティの冒険（ビル・クライダー）…… 225
甦った男（ポーラ・コーエン）…………… 251
七つのクルミ（ダニエル・スタシャワー）… 281
ボストンのドローミオ（マシュー・パール）… 317
女王蜂のライバル事件（キャロリン・ウィート）………………………………… 347
失われたスリー・クォーターズの事件（ジョン・L.ブリーン）……………………… 375
たそがれの歌（マイケル・ブラナック）… 403
モリアーティ、モランほか――正典における反アイルランド的心情（マイケル・ウォルシュ）…………………………… 437
アメリカにやってきたシャーロック・ホームズの生みの親（クリストファー・レドモンド）……………………………… 453
アメリカのロマン（A.コナン・ドイル）… 465
訳者あとがき ………………………………… 464

［0226］ シャーロック・ホームズ
アンダーショーの冒険
デイヴィッド・マーカム編, 日暮雅通訳
原書房 2016.12 363p 20cm
2000円
ISBN978-4-562-05356-8

はじめに（デイヴィッド・マーカム）……… 5
序――研究と天分（ロジャー・ジョンスン）… 14
刊行にあたって（リチャード・ドイル）…… 17
アンダーショー――今も続くホームズ・レガシー（スティーヴ・エメッツ）………… 20
第1部 1881～1889
質屋の娘の冒険（デイヴィッド・マーカム）……………………………… 23
沼地の宿屋の冒険（デニス・O.スミス）… 67
アーカード屋敷の秘密（ウィル・トマス）… 97

死を招く詩（マシュー・ブース）………… 129
第2部 1890～1895
無政府主義者の爆弾（ビル・クライダー）… 161
柳細工のかご（リンジー・フェイ）……… 189
無政府主義者のトリック（アンドリュー・レーン）……………………………… 225
第3部 1896～1929
地下鉄の乗客（ポール・ギルバート）…… 265
植物学者の手袋（ジェイムズ・ラヴグローヴ）………………………………… 301
魔笛泥棒（ラリー・ミレット）………… 335
解説（日暮雅通）…………………………… 362

［0227］ シャーロック・ホームズと
ヴィクトリア朝の怪人たち 1
ジョージ・マン編, 尾之上浩司訳
扶桑社 2015.9 318p 16cm
880円 （扶桑社ミステリー マ34-1）
ISBN978-4-594-07312-1

序（ジョージ・マン）………………………… 7
失われた第二十一章（マーク・ホダー）… 11
シャーロック・ホームズと品の悪い未亡人（マグス・L.ハリデイ）………………… 63
セヴン・シスターズの切り裂き魔（カヴァン・スコット）…………………………… 91
シャーロック・ホームズ対フランケンシュタインの怪物（ニック・カイム）………… 131
クリスマス・ホテルのハドソン夫人（ポール・マグルス）……………………… 183
地を這う巨大生物事件（ジョージ・マン）… 239
解説（北原尚彦）…………………………… 307

［0228］ シャーロック・ホームズと
ヴィクトリア朝の怪人たち 2
ジョージ・マン編, 尾之上浩司訳
扶桑社 2015.11 335p 16cm
880円 （扶桑社ミステリー マ34-2）
ISBN978-4-594-07331-2

閉ざされた客室（スチュアート・ダグラス）… 7
火星人大使の悲劇（エリック・ブラウン）… 71

推理小説・ミステリー　　　　　　　　　0231

地下鉄のミイラ男（リチャード・ディニッ
　ク）……………………………………… 105
ペニーロイヤルミント協会（ケリー・ヘイ
　ル）……………………………………… 135
ペルシャのスリッパー（スティーヴ・ロッ
　クリー）………………………………… 173
泥棒のもの（マーク・ライト）………… 197
ハドソン夫人は大忙し（デイヴィッド・バー
　ネット）………………………………… 253
堕ちた銀行家の謎（ジェームズ・ラヴグロー
　ヴ）……………………………………… 287
解説（北原尚彦）………………………… 319
訳者あとがき……………………………… 335

┌─────────────────────┐
│　［0229］　シャーロック・ホームズに　│
│　　　　　　愛をこめて　　　　　　　　│
│　　　ミステリー文学資料館編　　　　　│
│　　光文社　2010.1　369p　16cm　　　　│
│　　648円　（光文社文庫　み19-35）　　│
│　　ISBN978-4-334-74716-9　　　　　　　│
└─────────────────────┘

まえがき ………………………………………… 3
黄色い下宿人（山田風太郎）………………… 7
踊るお人形（夢枕獏）………………………… 57
シャーロック・ホームズの内幕（星新一）‥ 115
ワトスン博士の内幕（北原尚彦）………… 129
死の乳母（木々高太郎）…………………… 139
シャーシー・トゥームズの悪夢（深町眞理
　子）………………………………………… 159
緋色の紛糾（柄刀一）……………………… 185
ダンシング・ロブスターの謎（加納一朗）‥ 239
「スマトラの大ネズミ」事件（田中啓文）‥ 261
解説（新保博久）…………………………… 353

┌─────────────────────┐
│　［0230］　シャーロック・ホームズに　│
│　　　　　　再び愛をこめて　　　　　　│
│　　　ミステリー文学資料館編　　　　　│
│　　光文社　2010.7　337p　16cm　　　　│
│　　619円　　（光文社文庫）　　　　　　│
│　　ISBN978-4-334-74815-9　　　　　　　│
└─────────────────────┘

まえがき（ミステリー文学資料館）………… 3

絶筆（赤川次郎）………………………………… 7
名探偵誕生（柴田錬三郎）…………………… 17
蹉跌（鮎川哲也）……………………………… 41
シャーロック・ホームズの口寄せ（清水義
　範）………………………………………… 65
亀腹同盟（松尾由美）………………………… 89
禿頭組合（北杜夫）………………………… 161
兵隊の死（渡辺温）………………………… 225
ホームズもどき（都筑道夫）……………… 229
探偵ラジオ・ドラマ 赤馬旅館（小栗虫太郎）…… 261
リラの香のする手紙（妹尾アキ夫）……… 281
解説（新保博久）…………………………… 321

┌─────────────────────┐
│　［0231］　シャーロック・ホームズの　│
│　　　　　　　栄冠　　　　　　　　　　│
│　　　　　北原尚彦編訳　　　　　　　　│
│　　論創社　2007.1　394p　20cm　　　　│
│　　2500円　［論創海外ミステリ 61］　　│
│　　ISBN978-4-8460-0744-7　　　　　　　│
└─────────────────────┘

序 緋色の前説 …………………………………… 1
第I部　王道篇 ………………………………… 5
　一等車の秘密（ロナルド・A.ノックス）…… 7
　ワトスン博士の友人（E.C.ベントリー）‥ 29
　おばけオオカミ事件（アントニー・バウ
　　チャー）………………………………… 39
　ボー・ピープのヒツジ失踪事件（アント
　　ニー・バークリー）…………………… 53
　シャーロックの強奪（A.A.ミルン）……… 61
　真説シャーロック・ホームズの生還（ロー
　　ド・ワトスン（E.F.ベンスン＆ユース
　　タス・H.マイルズ）））……………… 67
　第二の収穫（ロバート・バー）………… 83
第II部　もどき篇 ………………………… 103
　南洋スープ会社事件（ロス・マクドナル
　　ド）……………………………………… 105
　ステイトリー・ホームズの冒険（アーサー・
　　ポージス）……………………………… 113
　ステイトリー・ホームズの新冒険（アー
　　サー・ポージス）……………………… 125
　ステイトリー・ホームズと金属箱事件
　　（アーサー・ポージス）……………… 141
　まだらの手（ピーター・トッド）……… 149
　四十四のサイン（ピーター・トッド）‥ 161
第III部　語られざる事件篇 ……………… 173

61

疲労した船長の事件（アラン・ウィルス
　ン）………………………… 175
調教された鵜の事件（オーガスト・ダー
　レス）……………………… 205
コンク・シングルトン偽造事件（ギャヴィ
　ン・ブレンド）…………… 233
トスカ枢機卿事件（S.C.ロバーツ）…… 239
第IV部　対決篇……………………… 251
シャーロック・ホームズ対デュパン（アー
　サー・チャップマン）……… 253
シャーロック・ホームズ対勇将ジェラー
　ル ………………………… 261
シャーロック・ホームズ対007（ドナル
　ド・スタンリー）…………… 269
第V部　異色篇……………………… 279
犯罪者捕獲法奇譚（キャロリン・ウェル
　ズ）………………………… 281
小惑星の力学（ロバート・ブロック）… 291
サセックスの白日夢（ベイジル・ラスボー
　ン）………………………… 305
シャーロック・ホームズなんか恐くない
　（ビル・プロンジーニ）…… 315
註 七パーセントの注釈 …………… 336
解説 編訳者最後の挨拶 …………… 356

```
┌─────────────────────────────┐
│ ［0232］ シャーロック・ホームズの │
│          災難―日本版          │
│          北原尚彦編            │
│   論創社 2007.12 462p 20cm     │
│          1900円                │
│   ISBN978-4-8460-0759-1        │
└─────────────────────────────┘
```

序（北原尚彦）………………………… 5
第I部　パスティーシュ篇 …………… 7
日本海軍の秘密（中田耕治）………… 9
盗まれたカキエモンの謎（荒俣宏）…… 51
「名馬シルヴァー・ブレイズ」後日（林
　望）………………………… 63
第II部　パロディ篇 ………………… 73
銭形平次ロンドン捕物帖（北杜夫）… 75
ルーマニアの醜聞（中川裕朗）……… 127
殺人ガリデブ（北原尚彦）…………… 155
第III部　クラシック篇 ……………… 179
その後のワトソン博士（東健而）…… 181
黒い箱（稲垣足穂）…………………… 193

エルロック・ショルムス氏の新冒険（天
　城一）……………………… 197
ホームズの正直（乾信一郎）………… 203
第IV部　エロティック篇 …………… 209
全裸楽園事件（郡山千冬）…………… 211
赤毛連盟（砂川しげひさ）…………… 225
第V部　ショートショート篇 ……… 231
ごろつき（都筑道夫）………………… 233
にんぽまにあ（都筑道夫）…………… 239
「捕星船業者の消失」事件（加納一朗）… 249
ゲイシャガール失踪事件（夢枕獏）… 257
第VI部　異色篇……………………… 265
赤い怪盗（柴田錬三郎）……………… 267
カバは忘れない―ロンドン動物園殺人事
　件（オリジナル版）（山口雅也）… 283
名探偵ホームズ 怪犯人の行方（山中峯太郎）… 323
第VII部　新世紀篇 ………………… 377
険奇探偵小説 ホシナ大探偵のうち 真鱈の肝（横田
　順彌）……………………… 379
赤毛サークル（喜国雅彦）…………… 411
編者解説 …………………………… 423

```
┌─────────────────────────────┐
│ ［0233］ シャーロック・ホームズの │
│          大冒険 上            │
│   マイク・アシュレイ編，日暮雅通訳 │
│   原書房 2009.7 433p 20cm     │
│          1800円                │
│   ISBN978-4-562-04503-7        │
└─────────────────────────────┘
```

序（リチャード・ランスリン・グリーン）…… 5
はじめに（マイク・アシュレイ）…………… 10
第一部　初期（ホームズの学生時代）……… 13
消えたキリスト降誕画（デリク・ウィル
　ソン）……………………… 19
キルデア街クラブ騒動（ピーター・トレ
　メイン）…………………… 53
第二部　一八八〇年代 ……………… 81
アバネッティ一家の恐るべき事件（クレ
　ア・グリフェン）…………… 83
サーカス美女ヴィットーリアの事件（エ
　ドワード・D.ホック）……… 125
ダーリントンの替え玉事件（デイヴィッ
　ド・スチュアート・デイヴィーズ）… 147
怪しい使用人（バーバラ・ローデン）… 177
アマチュア物乞い団事件（ジョン・グレ

ゴリー・ベタンコート）‥‥‥‥‥ 193
銀のバックル事件（デニス・O.スミス）‥ 223
スポーツ好きの郷士の事件（ガイ・N.ス
ミス）‥‥‥‥‥‥‥‥‥‥‥‥‥‥ 257
アトキンスン兄弟の失踪（エリック・ブ
ラウン）‥‥‥‥‥‥‥‥‥‥‥‥ 281
流れ星事件（サイモン・クラーク）‥‥‥ 307
第三部　一八九〇年代 ‥‥‥‥‥‥‥‥ 337
ドーセット街の下宿人（マイケル・ムア
コック）‥‥‥‥‥‥‥‥‥‥‥‥ 341
アドルトンの呪い（バリー・ロバーツ）‥ 387
訳者あとがきと解説（日暮雅通）‥‥‥‥ 426

```
［0234］　シャーロック・ホームズの
　　　　　　大冒険　下
　マイク・アシュレイ編，日暮雅通訳
　　原書房　2009.12　443p　20cm
　　　　　　　1800円
　　ISBN978-4-562-04537-2
```

第三部　一八九〇年代 ‥‥‥‥‥‥‥‥‥ 5
パリのジェントルマン（ロバート・ワイ
ンバーグ，ロイス・H.グレッシュ）‥‥‥ 7
慣性調整装置をめぐる事件（スティーヴ
ン・バクスター）‥‥‥‥‥‥‥‥ 27
神の手（ピーター・クラウザー）‥‥‥‥ 65
悩める画家の事件（ベイジル・コッパー）‥ 101
病める統治者の事件（H.R.F.キーティン
グ）‥‥‥‥‥‥‥‥‥‥‥‥‥‥ 141
忌まわしい赤ヒル事件（デイヴィッド・
ラングフォード）‥‥‥‥‥‥‥‥ 167
聖杯をめぐる冒険（ロジャー・ジョンソ
ン）‥‥‥‥‥‥‥‥‥‥‥‥‥‥ 191
忠臣への手紙（エイミー・マイヤーズ）‥ 203
第四部　最期の日々（一八九〇年代以降）‥ 237
自殺願望の弁護士（マーティン・エドワー
ズ）‥‥‥‥‥‥‥‥‥‥‥‥‥‥ 241
レイチェル・ハウエルズの遺産（マイケ
ル・ドイル）‥‥‥‥‥‥‥‥‥‥ 273
ブルガリア外交官の事件（ザカリア・エ
ルジンチリオール）‥‥‥‥‥‥‥ 319
ウォリックシャーの竜巻（F.グウィンプ
レイン・マッキンタイア）‥‥‥‥ 365
最後の闘い（L.B.グリーンウッド）‥‥‥ 403
シャーロック・ホームズの事件年表 ‥‥‥ 424

訳者あとがきと解説（日暮雅通）‥‥‥‥‥ 438

```
［0235］　上海のシャーロック・ホー
　　　　　　ムズ
　　　　樽本照雄編・訳
　国書刊行会　2016.1　404p　20cm
　2400円　（ホームズ万国博覧会　中国
　　　　　　　　篇）
　　ISBN978-4-336-05991-8
```

上海のシャーロック・ホームズ最初の事件
（冷血）‥‥‥‥‥‥‥‥‥‥‥‥‥‥‥‥ 7
上海のシャーロック・ホームズ第二の事件
（天笑）‥‥‥‥‥‥‥‥‥‥‥‥‥‥‥ 15
深く浅い事件（ワトスン著，鴛水不因人訳）‥ 23
モルヒネ事件—上海のシャーロック・ホー
ムズ第三の事件（冷血）‥‥‥‥‥‥‥ 127
隠されたガン事件—上海のシャーロック・
ホームズ第四の事件（天笑）‥‥‥‥‥ 135
福爾摩斯最後の事件（桐上白侶鴻訳）‥‥‥ 141
主婦殺害事件（ワトスン）‥‥‥‥‥‥‥‥ 235

```
［0236］　十の罪業　Black
　エド・マクベイン編，白石朗，田口俊
　　　　　　樹訳
　東京創元社　2009.1　699p　15cm
　1600円　（創元推理文庫　169-06）
　　ISBN978-4-488-16906-0
```

永遠（ジェフリー・ディーヴァー）‥‥‥‥ 9
彼らが残したもの（スティーヴン・キング）‥ 221
玉蜀黍の乙女（コーンメイデン）—ある愛の物語
（ジョイス・キャロル・オーツ）‥‥‥ 281
アーチボルド—線上を歩く者（ウォルター・
モズリイ）‥‥‥‥‥‥‥‥‥‥‥‥ 439
人質（アン・ペリー）‥‥‥‥‥‥‥‥‥‥ 589
著者紹介 ‥‥‥‥‥‥‥‥‥‥‥‥‥‥‥ 696

推理小説・ミステリー

［0237］　十の罪業　Red
エド・マクベイン編
東京創元社　2009.1　687p　15cm
1600円　（創元推理文庫 169-05）
ISBN978-4-488-16905-3

序（エド・マクベイン）…………………… 9
憎悪（エド・マクベイン著，木村二郎訳）… 13
金は金なり（ドナルド・E.ウェストレイク
　著，木村二郎訳）………………………… 147
ランサムの女たち（ジョン・ファリス著，
　中川聖訳）………………………………… 255
復活（シャーリン・マクラム著，中川聖訳）… 469
ケラーの適応能力（ローレンス・ブロック
　著，田口俊樹訳）………………………… 575
著者紹介 ……………………………………… 683

**［0238］　18の罪─現代ミステリ傑
作選**
エド・ゴーマン，マーティン・H.グ
リーンバーグ編
ヴィレッジブックス　2012.11　482p
15cm　880円　（ヴィレッジブックス
F-フ19-1）
ISBN978-4-86491-025-5

純白の美少女（ローレンス・ブロック著，
　田口俊樹訳）……………………………… 7
つぐない（ジェフリー・ディーヴァー著，
　土屋晃訳）………………………………… 23
マルホランド・ダイブ（マイクル・コナリー
　著，古沢嘉通訳）………………………… 57
ポニーガール（ローラ・リップマン著，吉
　澤康子訳）………………………………… 85
悪魔の犬（ディック・ロクティ著，加賀山
　卓朗訳）…………………………………… 101
記憶の囚人（ロバート・S.レヴィンスン著，
　加賀山卓朗訳）…………………………… 139
救い（パトリシア・アボット著，濱野大道
　訳）………………………………………… 171
死を捜す犬（ブライアン・クォーターマス
　著，濱野大道訳）………………………… 195
記念日（ヒラリー・デイヴィッドソン著，

加賀山卓朗訳）…………………………… 211
ふつうでないこと（ケリー・アシュウィン
　著，加賀山卓朗訳）……………………… 221
犬ほどにも命をなくして（ダグ・アリン著，
　田口俊樹訳）……………………………… 229
ブルース・イン・ザ・カブール・ナイト（ク
　ラーク・ハワード著，加賀山卓朗訳）…… 285
冒瀆の天使（ローレン・D.エスルマン著，
　森嶋マリ訳）……………………………… 335
死が我らを分かつまで（トム・ピクシリリー
　著，濱野大道訳）………………………… 369
殺しをやってた（ナンシー・ピカード著，
　森嶋マリ訳）……………………………… 385
代理人（クリスティン・キャスリン・ラッ
　シュ著，森嶋マリ訳）…………………… 403
当たりくじ（ビル・プロンジーニ著，加賀
　山卓朗訳）………………………………… 441
酷暑のバレンタイン（ジョイス・キャロル・
　オーツ著，高山真由美訳）……………… 455
解説（三橋曉）……………………………… 475

**［0239］　主婦に捧げる犯罪─書下
ろしミステリ傑作選**
クリスティン・マシューズ編，田口
俊樹訳
武田ランダムハウスジャパン
2012.3　503p　15cm　950円　（RH
ブックス＋プラス　マ5-1）
ISBN978-4-270-10407-1

はじめに─クリスティンへ（クリスティン・
　マシューズ著，田中文訳）……………… 7
逃した大魚（ジュリー・スミス）………… 15
マジでむかつく最低最悪耳くそ野郎（ネヴァ
　ダ・バー）………………………………… 61
救済の家（クリスティン・マシューズ）…… 77
芝生と秩序─ローン＆オーダー（キャロル・
　ネルソン・ダグラス）…………………… 111
愉(たの)しいドライヴ（ナンシー・ピカー
　ド）………………………………………… 151
隣りのコレクター（エリザベス・マッシー）… 173
厳しい試練（サラ・パレツキー）………… 207
トレーラー・ビフォー＆アフター（バーバ
　ラ・コリンズ）…………………………… 259
見えないマイナス記号（デニーズ・ミーナ）… 281
バージー、ベイビー（ヴィッキー・ヘンド

推理小説・ミステリー　　　　　　　　　0243

リックス）……………………… 297
今度晴れたら（S.J.ローザン）…………… 331
彼はかく語りき…彼女もかく語りき（マー
　シャ・マラー）……………………… 343
義母の殺し方（スーザン・レッドベター）‥ 379
母の制裁（アイリーン・ドライアー）……… 423
デザートはいかが？………………… 457
訳者あとがき（田口俊樹）………………… 499

```
┌─────────────────────────────┐
│  ［0240］　所轄―警察アンソロジー       │
│　　　　　日本推理作家協会編              │
│　　　角川春樹事務所　2016.10　269p      │
│　　　16cm　600円　（ハルキ文庫 に10-   │
│　　　　　　　　　1）                    │
│　　　　ISBN978-4-7584-4043-1          │
└─────────────────────────────┘
```

黄昏（薬丸岳）……………………………… 7
ストレンジャー――沖縄県警外国人対策課
　（渡辺裕之）……………………………… 49
恨みを刻む（柚月裕子）…………………… 103
オレキバ（呉勝浩）………………………… 153
みぎわ（今野敏）…………………………… 217

```
┌─────────────────────────────┐
│　　　　［0241］　新・本格推理　7        │
│　　　　　　　Qの悲劇                   │
│　　　　　　二階堂黎人編                 │
│　　　光文社　2007.3　668p　16cm        │
│　　　990円　（光文社文庫―文庫の雑誌）  │
│　　　　ISBN978-4-334-74221-8          │
└─────────────────────────────┘
```

まえがき（二階堂黎人）……………………… 7
暗黒の海を漂う黄金の林檎（七河迦南）…… 31
床屋の源さん、探偵になる（青山蘭堂）…… 105
黄昏に沈む、魔術師の助手（如月妃）…… 161
くるまれて（葦原崇貴）…………………… 221
密室の石棒（藤原遊子）…………………… 271
収録作家9人に訊く………………………… 341
歪んだ鏡（成重奇荘）……………………… 369
詭計の神（愛理修）………………………… 431
ホワットダニットパズル（園田修一郎）…… 495
イルクの秋（安萬純一）…………………… 565
『新・本格推理07』の選評（二階堂黎人）… 629

《新・本格推理》第八回原稿募集………… 669

```
┌─────────────────────────────┐
│　　　　［0242］　新・本格推理　8        │
│　　　　　　消えた殺人者                 │
│　　　　　　二階堂黎人編                 │
│　　　光文社　2008.3　694p　16cm        │
│　　　1000円　（光文社文庫―文庫の雑誌） │
│　　　　ISBN978-4-334-74396-3          │
└─────────────────────────────┘
```

まえがき（二階堂黎人）……………………… 7
ウェルメイド・オキュパイド（堀燐太郎）… 29
コンポジット・ボム（藤崎秋平）………… 103
論理の犠牲者（優騎洸）…………………… 177
第四象限の密室（澤本等）………………… 247
天空からの槍（泉水尭）…………………… 307
収録作家9人に訊く………………………… 371
ミカエルの心臓（獏野行進）……………… 395
賢者セント・メーテルの敗北（小宮英嗣）‥ 469
シュレーディンガーの雪密室（園田修一
　郎）………………………………………… 523
エクイノツィオの奇跡（森輝喜）………… 589
『新・本格推理08』の選評（二階堂黎人）‥ 665
《新・本格推理》第九回 原稿募集………… 696

```
┌─────────────────────────────┐
│　　　［0243］　新・本格推理　特別編     │
│　　　　　不可能犯罪の饗宴               │
│　　　　　　二階堂黎人編                 │
│　　　光文社　2009.3　569p　16cm        │
│　　　857円　（光文社文庫 に18-7―文庫  │
│　　　　　　　の雑誌）                  │
│　　　　ISBN978-4-334-74562-2          │
└─────────────────────────────┘
```

まえがき（二階堂黎人）……………………… 7
死霊の如き歩くもの（三津田信三）………… 17
花散る夜に（光原百合）…………………… 95
時速四十キロの密室（東川篤哉）………… 165
ハンギング・ゲーム（石持浅海）………… 231
特別対談『本格推理』の時代は終わらない
　（二階堂黎人，柄刀一）………………… 305
評論 地上最高のゲーム道場―『本格』シ
　リーズの功績（村上貴史）……………… 321
聖アレキサンドラ寺院の惨劇（加賀美雅

之）‥‥‥‥‥‥‥‥‥‥‥‥‥‥‥‥ 345
かれ草の雪とけたれば（鏑木蓮）‥‥‥‥‥ 417
7番目の椅子 だから誰もいなくなった（園
　田修一郎）‥‥‥‥‥‥‥‥‥‥‥‥‥‥ 489
選評（二階堂黎人）‥‥‥‥‥‥‥‥‥‥‥ 556

［0244］ 深夜バス78回転の問題―
本格短編ベスト・セレクション
本格ミステリ作家クラブ編
講談社　2008.1　627p　15cm
933円　（講談社文庫）
ISBN978-4-06-275954-0

序（北村薫）‥‥‥‥‥‥‥‥‥‥‥‥‥‥‥ 8
小説
　眼前の密室（横山秀夫）‥‥‥‥‥‥‥‥ 11
　Y駅発深夜バス（青木知己）‥‥‥‥‥‥ 63
　廃墟と青空（鳥飼否宇）‥‥‥‥‥‥‥‥ 123
　盗まれた手紙（法月綸太郎）‥‥‥‥‥‥ 207
　78回転の密室（芦辺拓）‥‥‥‥‥‥‥‥ 239
　顔のない敵（石持浅海）‥‥‥‥‥‥‥‥ 293
　イエローカード（柄刀一）‥‥‥‥‥‥‥ 333
　霧ヶ峰涼の屈辱（東川篤哉）‥‥‥‥‥‥ 385
　筆合戦（高橋克彦）‥‥‥‥‥‥‥‥‥‥ 431
　憑代忌（北森鴻）‥‥‥‥‥‥‥‥‥‥‥ 459
　走る目覚まし時計の問題（松尾由美）‥‥ 517
評論
　『ブラッディ・マーダー』/推理小説はク
　　リスティに始まり、後期クイーン・ボ
　　ルヘス・エーコ・オースターをどう読
　　むかまで（波多野健）‥‥‥‥‥‥‥‥ 567
　解説（巽昌章）‥‥‥‥‥‥‥‥‥‥‥‥ 618

［0245］ セブンミステリーズ
日本推理作家協会編
講談社　2009.4　381p　15cm
695円　（講談社文庫　に6-63―ミス
　　　テリー傑作選）
ISBN978-4-06-276336-3

死神対老女（伊坂幸太郎）‥‥‥‥‥‥‥‥ 5
挑発する赤（田中啓文）‥‥‥‥‥‥‥‥‥ 65

バスジャック（三崎亜記）‥‥‥‥‥‥‥‥ 119
シャルロットだけはぼくのもの（米澤穂
　信）‥‥‥‥‥‥‥‥‥‥‥‥‥‥‥‥‥ 141
鬼無里（北森鴻）‥‥‥‥‥‥‥‥‥‥‥‥ 187
壊れた少女を拾ったので（遠藤徹）‥‥‥‥ 243
影屋の告白（明川哲也）‥‥‥‥‥‥‥‥‥ 287
解説（吉野仁）‥‥‥‥‥‥‥‥‥‥‥‥‥ 371

［0246］ 0番目の事件簿
メフィスト編集部編
講談社　2012.11　383p　19cm
1500円
ISBN978-4-06-218078-8

まえがき（有栖川有栖）‥‥‥‥‥‥‥‥‥ 2
蒼ざめた星（有栖川有栖）‥‥‥‥‥‥‥‥ 7
三国の宿にて（有栖川有栖）‥‥‥‥‥‥‥ 24
殺人パントマイム（法月綸太郎）‥‥‥‥‥ 29
「何故」と「然り」と二十の私と（法月綸太
　郎）‥‥‥‥‥‥‥‥‥‥‥‥‥‥‥‥‥ 64
都筑道夫を読んだ男（霧舎巧）‥‥‥‥‥‥ 69
鬼ではなかったけれど…（霧舎巧）‥‥‥‥ 89
フィギュア・フォー（我孫子武丸）‥‥‥‥ 95
捨てるに捨てられないネタ（我孫子武丸）‥‥ 108
ゴルゴダの密室（霞流一）‥‥‥‥‥‥‥‥ 111
早稲田満のこと（霞流一）‥‥‥‥‥‥‥‥ 126
バカスヴィル家の犬（高田崇史）‥‥‥‥‥ 131
初心忘るべからず（高田崇史）‥‥‥‥‥‥ 142
虫とり（西澤保彦）‥‥‥‥‥‥‥‥‥‥‥ 145
二十年前から、この芸風（西澤保彦）‥‥‥ 186
14（初野晴）‥‥‥‥‥‥‥‥‥‥‥‥‥‥ 191
兼業で小説家を目指す方々へ（初野晴）‥‥ 248
富望荘で人が死ぬのだ（村崎友）‥‥‥‥‥ 251
あの無邪気さが羨ましい（村崎友）‥‥‥‥ 273
Judgment（汀こるもの）‥‥‥‥‥‥‥‥‥ 277
裁かれるのは誰か？（汀こるもの）‥‥‥‥ 306
遠すぎる風景（綾辻行人）‥‥‥‥‥‥‥‥ 311
苦肉の策（綾辻行人）‥‥‥‥‥‥‥‥‥‥ 377
あとがき（綾辻行人）‥‥‥‥‥‥‥‥‥‥ 382

推理小説・ミステリー

［0247］ 戦前探偵小説四人集
論創社　2011.6　491p　20cm
3200円　（論創ミステリ叢書 50　横
井司監修）
ISBN978-4-8460-1065-2

羽志主水 ……………………………………… 1
　蠅の肢 …………………………………… 3
　監獄部屋 ………………………………… 13
　越後獅子 ………………………………… 23
　天佑 ……………………………………… 35
　処女作について ………………………… 43
　雁釣り …………………………………… 45
　唯炎 ……………………………………… 47
　涙香の思出 ……………………………… 49
　マイクロフォン ………………………… 51
水上呂理 …………………………………… 53
　精神分析 ………………………………… 55
　蹠の衝動 ………………………………… 87
　犬の芸当 ………………………………… 111
　麻痺性痴呆患者の犯罪工作 …………… 127
　驚き盤 …………………………………… 145
　石は語らず ……………………………… 163
　処女作の思ひ出 ………………………… 191
　お問合せ ………………………………… 192
　燃えない焔 ……………………………… 193
星田三平 …………………………………… 195
　せんとらる地球市建設記録 …………… 197
　探偵殺害事件 …………………………… 245
　落下傘嬢(パラシュートガール)殺害事件 …… 265
　エル・ベチヨオ ………………………… 289
　米国(アメリカ)の戦慄 ………………… 309
　もだん・しんごう ……………………… 331
　偽視界 …………………………………… 343
米田三星 …………………………………… 361
　生きてゐる皮膚 ………………………… 363
　蜘蛛 ……………………………………… 385
　告げ口心臓 ……………………………… 401
　血劇 ……………………………………… 423
　児を産む死人 …………………………… 430
　森下雨村さんと私 ……………………… 437
解題(横井司) ……………………………… 449

［0248］ 空飛ぶモルグ街の研究
本格ミステリ作家クラブ編
講談社　2013.1　615p　15cm
1320円　（講談社文庫 ほ31-11―本
格短編ベスト・セレクション）
ISBN978-4-06-277451-2

序(辻真先) ………………………………… 8
しらみつぶしの時計(法月綸太郎) ……… 11
路上に放置されたパン屑の研究(小林泰三) ‥ 59
加速度円舞曲(麻耶雄嵩) ………………… 109
ロビンソン(柳広司) ……………………… 163
空飛ぶ絨毯(沢村浩輔) …………………… 225
チェスター街の日(柄刀一) ……………… 283
雷雨の庭で(有栖川有栖) ………………… 365
迷家の如き動くもの(三津田信三) ……… 437
二枚舌の掛軸(乾くるみ) ………………… 515
読まず嫌い。名作入門五秒前『モルグ街の
　殺人』はほんとうに元祖ミステリなの
　か？(千野帽子) ………………………… 581
解説(山前謙) ……………………………… 606

［0249］ 暗闇（ダークサイド）を追
いかけろ
日本推理作家協会編
光文社　2008.5　586p　16cm
876円　（光文社文庫―日本ベストミ
ステリー選集 35）
ISBN978-4-334-74421-2

古井戸(明野照葉) ………………………… 7
人こひ初めしはじめなり(飯野文彦) …… 27
ぽきぽき(五十嵐貴久) …………………… 63
ラストコール(石田衣良) ………………… 105
夢想の部屋(岩井志麻子) ………………… 143
刺青の女(小沢章友) ……………………… 149
Closet(乙一) ……………………………… 187
憑代忌(北森鴻) …………………………… 225
アトランティス大陸の秘密(鯨統一郎) …… 275
昭和湯の幻(倉阪鬼一郎) ………………… 317
願い(柴田よしき) ………………………… 343
印字された不幸の手紙の問題(西澤保彦) ‥ 381

推理小説・ミステリー

DRIVE UP（馳星周）……………417
すまじき熱帯（平山夢明）…………463
不登校の少女（福澤徹三）…………495
疥（ひぜん）（物集高音）……………529
妬忌津（ときしん）（森福都）………545
解説―闇を！　もっと闇を！（笹川吉晴）‥582

［0250］　竹中英太郎　2
推理
竹中英太郎画，末永昭二編
皓星社　2016.8　297p　19cm
2300円　（挿絵叢書）
ISBN978-4-7744-0616-9

平凡社版『江戸川乱歩全集』付録『探偵趣味』表
題紙……………………………巻頭
序（浜田雄介）………………………6
桐屋敷の殺人事件（川崎七郎）………11
火を吹く息（大泉黒石）………………43
渦巻（江戸川乱歩）……………………65
青蛇の帯皮（バンド）（森下雨村）……77
挿画ギャラリー 芙蓉屋敷の秘密（横溝正史）…113
挿画ギャラリー 魔人（大下宇陀児）…135
挿画ギャラリー 地獄風景（附・脚本「黒手組」）
（江戸川乱歩）………………………173
箪笥の中の囚人（めしゅうど）（橋本五郎）…203
挿画ギャラリー 赤外線男（海野十三）…227
R燈台の悲劇（大下宇陀児）…………233
名探偵と「初出誌からわかること」（末永昭
二）……………………………………284

［0251］　タッグ私の相棒―警察ア
ンソロジー
日本推理作家協会編
角川春樹事務所　2015.6　262p
20cm　1600円
ISBN978-4-7584-1260-5

光陰（今野敏）…………………………3
張込み（西村健）………………………37
真夜中の相棒（柴田よしき）…………73
舞台裏（池田久輝）……………………111

後席の男（押井守）…………………147
孤月殺人事件（柴田哲孝）…………175
再会（逢坂剛）………………………207

［0252］　探偵Xからの挑戦状！
小学館　2009.10　365p　15cm
619円　（小学館文庫　つ5-1）
ISBN978-4-09-408440-5

問題編（モンダイヘン）………………9
DMがいっぱい（辻真先）……………11
赤目荘の惨劇（白峰良介）……………31
猫が消えた（黒崎緑）…………………75
サンタとサタン（霞流一）…………115
森江春策の災難（芦辺拓）…………159
セブ島の青い海（井上夢人）………183
石田黙のある部屋（折原一）………213
靴の中の死体―クリスマスの密室（山口
雅也）…………………………………245
解答編（カイトウヘン）……………285
DMがいっぱい（辻真先）…………287
赤目荘の惨劇（白峰良介）…………292
猫が消えた（黒崎緑）………………298
サンタとサタン（霞流一）…………311
森江春策の災難（芦辺拓）…………322
セブ島の青い海（井上夢人）………334
石田黙のある部屋（折原一）………340
靴の中の死体―クリスマスの密室（山口
雅也）…………………………………348
著者プロフィール……………………356
解説……………………………………358

［0253］　探偵Xからの挑戦状！
season2
小学館　2011.2　187p　15cm
438円　（小学館文庫　つ5-2）
ISBN978-4-09-408592-1

問題編……………………………………7
嵐の柩島で誰が死ぬ［問題編］（辻真先）…9
メゾン・カサブランカ［問題編］（近藤史
恵）……………………………………35

推理小説・ミステリー 0257

殺人トーナメント［問題編］（井上夢人）‥ 63
記憶のアリバイ［問題編］（我孫子武丸）‥ 93
解決編 ‥‥‥‥‥‥‥‥‥‥‥‥‥‥ 125
　嵐の枢島で誰が死ぬ［解決編］（辻真先）‥ 127
　メゾン・カサブランカ［解決編］（近藤史
　恵）‥‥‥‥‥‥‥‥‥‥‥‥‥‥ 147
　殺人トーナメント［解決編］（井上夢人）‥ 159
　記憶のアリバイ［解決編］（我孫子武丸）‥ 171
著者プロフィール ‥‥‥‥‥‥‥‥‥ 178
解説（三橋曉）‥‥‥‥‥‥‥‥‥‥‥ 180
探偵Xからの挑戦状！ season2番組放送時
　データ ‥‥‥‥‥‥‥‥‥‥‥‥‥ 189

乗合自動車（川田功）‥‥‥‥‥‥‥‥ 195
秘められたる挿話（松本泰）‥‥‥‥‥ 205
青バスの女（辰野九紫）‥‥‥‥‥‥‥ 223
その暴風雨（城昌幸）‥‥‥‥‥‥‥‥ 243
父を失う話（渡辺温）‥‥‥‥‥‥‥‥ 253
酒壜の中の手記（水谷準）‥‥‥‥‥‥ 263
首吊船（横溝正史）‥‥‥‥‥‥‥‥‥ 279
解説（山前譲）‥‥‥‥‥‥‥‥‥‥‥ 359

［0256］　探偵小説の風景―トラ
フィック・コレクション　下
ミステリー文学資料館編
光文社　2009.9　379p　16cm
648円　（光文社文庫　み19-34）
ISBN978-4-334-74650-6

［0254］　探偵Xからの挑戦状！
〔season〕3
小学館　2012.5　249p　15cm
552円　（小学館文庫　つ5-3）
ISBN978-4-09-408724-6

まえがき ‥‥‥‥‥‥‥‥‥‥‥‥‥ 3
省線電車の射撃手（海野十三）‥‥‥‥ 9
空を飛ぶパラソル（夢野久作）‥‥‥‥ 55
百日紅（牧逸馬）‥‥‥‥‥‥‥‥‥‥ 95
白い手（中野圭介）‥‥‥‥‥‥‥‥‥ 113
隼のお正月（久山秀子）‥‥‥‥‥‥‥ 123
豆菊（角田喜久雄）‥‥‥‥‥‥‥‥‥ 133
セントルイス・ブルース（平塚白銀）‥ 155
綺譚六三四一（光石介太郎）‥‥‥‥‥ 217
白妖（大阪圭吉）‥‥‥‥‥‥‥‥‥‥ 251
踊る影絵（大倉燁子）‥‥‥‥‥‥‥‥ 281
砂丘（水谷準）‥‥‥‥‥‥‥‥‥‥‥ 303
若鮎丸殺人事件（マコ・鬼一）‥‥‥‥ 317
新聞紙の包（小酒井不木）‥‥‥‥‥‥ 341
鑑定料（城昌幸）‥‥‥‥‥‥‥‥‥‥ 357
解説（山前譲）‥‥‥‥‥‥‥‥‥‥‥ 368

殺人は難しい（貫井徳郎）‥‥‥‥‥‥ 7
ビスケット（北村薫）‥‥‥‥‥‥‥‥ 33
怪盗Xからの挑戦状（米澤穂信）‥‥‥ 91
ゴーグル男の怪（島田荘司）‥‥‥‥‥ 163
著者プロフィール ‥‥‥‥‥‥‥‥‥ 248
番組放送時データ ‥‥‥‥‥‥‥‥‥ 251

［0257］　探偵の殺される夜
本格ミステリ作家クラブ編
講談社　2016.1　571p　15cm
1500円　（講談社文庫　ほ31-14―本
格短編ベスト・セレクション）
ISBN978-4-06-293308-7

［0255］　探偵小説の風景―トラ
フィック・コレクション　上
ミステリー文学資料館編
光文社　2009.5　371p　16cm
648円　（光文社文庫）
ISBN978-4-334-74590-5

まえがき ‥‥‥‥‥‥‥‥‥‥‥‥‥ 3
途上の犯人（浜尾四郎）‥‥‥‥‥‥‥ 9
急行十三時間（甲賀三郎）‥‥‥‥‥‥ 47
颱風圏（曾我明）‥‥‥‥‥‥‥‥‥‥ 73
彼の失敗（井田敏行）‥‥‥‥‥‥‥‥ 95
髭（佐々木味津三）‥‥‥‥‥‥‥‥‥ 107
少年と一万円（山本禾太郎）‥‥‥‥‥ 137
視線（本田緒生）‥‥‥‥‥‥‥‥‥‥ 165
目撃者（戸田巽）‥‥‥‥‥‥‥‥‥‥ 175

序（法月綸太郎）‥‥‥‥‥‥‥‥‥‥ 8
オンブタイ（長岡弘樹）‥‥‥‥‥‥‥ 11

69

白きを見れば（麻耶雄嵩）……………… 49
払ってください（青井夏海）…………… 107
雀の森の異常な夜（東川篤哉）………… 185
密室劇場（貴志祐介）…………………… 257
失楽園（柳広司）………………………… 329
不良品探偵（滝田務雄）………………… 387
死刑囚はなぜ殺される（鳥飼否宇）…… 445
鞣かれる（辻真先）……………………… 505
東西「覗き」くらべ（巽昌章）………… 551
解説（福井健太）………………………… 562

```
［0258］　短篇集　4
双葉社　2008.6　233p　15cm
552円　（双葉文庫―日本推理作家協
会賞受賞作全集　76）
ISBN978-4-575-65875-0
```

妻の女友達（小池真理子）………………… 5
めんどうみてあげるね（鈴木輝一郎）…… 65
ル・ジタン（斎藤純）……………………… 113
解説（山前譲）……………………………… 204
日本推理作家協会賞　受賞リスト ……… 227

```
［0259］　地を這う捜査―「読楽」警
察小説アンソロジー
徳間文庫編集部編
徳間書店　2015.12　278p　15cm
630円　（徳間文庫　と16-15）
ISBN978-4-19-894045-4
```

密室の戦犯（安東能明）…………………… 5
また会おう（河合莞爾）…………………… 53
交通鑑識官（佐藤青南）…………………… 91
山の中の犬（日明恩）……………………… 137
洞（うろ）の奥（葉真中顕）……………… 175
卑怯者の流儀（深町秋生）………………… 223
解説（香山二三郎）………………………… 274

```
［0260］　デッド・オア・アライヴ―
江戸川乱歩賞作家アンソロジー
講談社　2013.12　352p　19cm
1600円
ISBN978-4-06-218759-6
```

不惑（薬丸岳）……………………………… 5
イーストウッドに助けはこない（竹吉優輔）‥ 65
悪魔的暗示（Наваждение）（高野史緒）… 123
クイズ＆ドリーム（横関大）…………… 165
平和への祈り（遠藤武文）……………… 203
墓石の呼ぶ声（翔田寛）………………… 253
終章〜タイムオーバー〜（鏑木蓮）…… 309

```
［0261］　デッド・オア・アライヴ
講談社　2014.9　397p　15cm
770円　（講談社文庫　ら8-5）
ISBN978-4-06-277874-9
```

序文（高野史緒）…………………………… 6
不惑（薬丸岳）……………………………… 9
イーストウッドに助けはこない（竹吉優輔）‥ 69
悪魔的暗示（Наваждение）（高野史緒）… 133
クイズ＆ドリーム（横関大）…………… 181
平和への祈り（遠藤武文）……………… 223
墓石の呼ぶ声（翔田寛）………………… 279
水の泡〜死を受けいれるまで（鏑木蓮）…… 341
解説（佳多山大地）……………………… 390

```
［0262］　天外消失―世界短篇傑作
集 Off the face of the earth and
other stories
早川書房編集部編
早川書房　2008.12　321p　19cm
1400円　（ハヤカワ・ミステリ）
ISBN978-4-15-001819-1
```

ジャングル探偵ターザン（エドガー・ライ
ス・バロウズ）……………………………… 9

死刑前夜（ブレット・ハリデイ）…………… 31
殺し屋（ジョルジュ・シムノン）…………… 51
エメラルド色の空（エリック・アンブラー）‥ 89
後ろを見るな（フレドリック・ブラウン）‥ 103
天外消失（クレイトン・ロースン）………… 123
この手で人を殺してから（アーサー・ウイ
　リアムズ）………………………………… 155
懐郷病のビュイック（ジョン・D.マクドナ
　ルド）……………………………………… 175
ラヴデイ氏の短い休暇（イーヴリン・ウ
　ォー）……………………………………… 195
探偵作家は天国へ行ける（C.B.ギルフォー
　ド）………………………………………… 209
女か虎か（フランク・R.ストックトン）…・ 245
白いカーペットの上のごほうび（アル・ジェ
　イムズ）…………………………………… 255
火星のダイヤモンド（ポール・アンダース
　ン）………………………………………… 267
最後で最高の密室（スティーヴン・バー）・ 297
解説 ………………………………………… 315

［0263］　天地驚愕のミステリー
小山正編
宝島社　2009.8　221p　16cm
457円　（宝島社文庫）
ISBN978-4-7966-7219-1

序文（1）（小川正）……………………………… 6
失敗作（鳥飼否宇）…………………………… 13
三人の剥製（北原尚彦）……………………… 41
乙女的困惑（ガーリー・パズルメント）（船越百恵）‥ 75
半熟卵（ソフトボイルド）にしてくれと探偵は
　言った（山口雅也）……………………… 157
日本ミステリー暗黒史バカミス狩り1（小山
　正）………………………………………… 199

［0264］　電話ミステリー倶楽部―
傑作推理小説集
ミステリー文学資料館編
光文社　2016.5　408p　16cm
820円　（光文社文庫　み19-47）
ISBN978-4-334-77292-5

まえがき …………………………………………… 3
口絵 江戸川乱歩と電話機（昭和四年、博物
　館編集室にて）（江戸川乱歩絵）…………… 7
幸福（しあわせ）通信（阿刀田高）……………… 9
笹島局九九〇九番（鮎川哲也）……………… 37
ダイヤル7（泡坂妻夫）……………………… 67
　問題編 …………………………………… 68
　解決編 ………………………………… 106
電話（高橋克彦）…………………………… 121
糸ノコとジグザグ（島田荘司）…………… 129
電話だけが知っている（岡嶋二人）……… 183
識者の意見（清水義範）…………………… 227
偽装の回路（山村美紗）…………………… 235
電話（吉行淳之介）………………………… 275
猪鹿蝶（久生十蘭）………………………… 291
留守番電話（笠井潔）……………………… 309
十一台の携帯電話（中井紀夫）…………… 319
偶然（折原一）……………………………… 357
解説（新保博久）…………………………… 397

［0265］　毒殺協奏曲
アミの会（仮）編
原書房　2016.6　373p　19cm
1800円
ISBN978-4-562-05334-6

伴奏者（永嶋恵美）………………………………… 5
猫は毒殺に関与しない（柴田よしき）……… 61
罪を認めてください（新津きよみ）……… 131
劇的な幕切れ（有栖川有栖）……………… 171
ナザル（松村比呂美）……………………… 207
吹雪の朝（小林泰三）……………………… 251
完璧な蒐集（篠田真由美）………………… 299
三人の女の物語（光原百合）……………… 335
　ある女王の物語 ………………………… 337

ある姫君の物語 …………………… 345
ある人妻の物語 …………………… 362
あとがき（新津きよみ）…………… 370

歩道橋の男（原寮）………………… 273
酷い天罰（夏樹静子）……………… 327
終りに（宮部みゆき）……………… 380

［0266］　隣りの不安、目前の恐怖
双葉社　2016.6　397p　15cm
694円　（双葉文庫　す-11-03―日本推
理作家協会賞受賞作家傑作短編集 3）
ISBN978-4-575-65897-2

空家の少年（有馬頼義）………………………… 5
その犬の名はリリー（石沢英太郎）………… 45
陰獣（江戸川乱歩）……………………………… 82
耳すます部屋（折原一）…………………… 227
あなたのためを思って（鈴木輝一郎）…… 271
さよなら、キリハラさん（宮部みゆき）…… 307
解説（山本譲）………………………………… 390

**［0267］　謎―スペシャル・ブレン
ド・ミステリー　002**
宮部みゆき選，日本推理作家協会編
講談社　2007.9　380p　15cm
648円　（講談社文庫）
ISBN978-4-06-275838-3

序文（大沢在昌）……………………………… 5
はじめに（宮部みゆき）……………………… 7
年表 一九七一年/選者一言 ………………… 7
　「男一匹」生島治郎 ……………………… 15
　「企業特訓殺人事件」森村誠一 ………… 17
　「闇の中の子供」小松左京 ……………… 20
男一匹（生島治郎）…………………………… 23
企業特訓殺人事件（森村誠一）…………… 51
闇の中の子供（小松左京）………………… 95
年表 一九八一年/選者一言 ……………… 169
　「暗い窓」佐野洋 ……………………… 174
　「首くくりの木」都筑道夫 …………… 177
暗い窓（佐野洋）…………………………… 181
首くくりの木（都筑道夫）………………… 207
年表 一九九一年/選者一言 ……………… 259
　「歩道橋の男」原寮 …………………… 263
　「酷い天罰」夏樹静子 ………………… 266

**［0268］　謎―スペシャル・ブレン
ド・ミステリー　003**
恩田陸選，日本推理作家協会編
講談社　2008.9　403p　15cm
695円　（講談社文庫）
ISBN978-4-06-276153-6

序文（大沢在昌）……………………………… 5
死者の電話（佐野洋）………………………… 7
一匹や二匹（仁木悦子）…………………… 41
眠れる森の醜女（戸川昌子）……………… 107
純情の蠍（天藤真）………………………… 155
奇縁（高橋克彦）…………………………… 203
アメリカ・アイス（馬場信浩）…………… 247
帰り花（長井彬）…………………………… 297
マッチ箱の人生（阿刀田高）……………… 363
解説（恩田陸）……………………………… 396

**［0269］　謎―スペシャル・ブレン
ド・ミステリー　004**
京極夏彦選，日本推理作家協会編
講談社　2009.9　383p　15cm
695円　（講談社文庫　に6-64）
ISBN978-4-06-276466-7

序文（東野圭吾）……………………………… 5
謎 ……………………………………………… 7
　重ねて二つ（法月綸太郎）……………… 11
　マジック・ボックス（都筑道夫）……… 41
疑 ……………………………………………… 81
　暗い玄海灘に（夏樹静子）……………… 85
　理外の理（松本清張）…………………… 145
譚 …………………………………………… 173
　熱い闇（山崎洋子）……………………… 177
　宝蘭と二人の男（陳舜臣）……………… 239
情 …………………………………………… 303
　別荘の犬（山田正紀）…………………… 307
　黒髪（連城三紀彦）……………………… 333

推理小説・ミステリー

[0270] 謎─スペシャル・ブレン
ド・ミステリー 005
伊坂幸太郎選，日本推理作家協会編
講談社 2010.9 414p 15cm
695円 （講談社文庫 に6-67）
ISBN978-4-06-276761-3

序文（東野圭吾）……………………… 5
長い話（陳舜臣）……………………… 7
盗まれて（今邑彩）……………………… 57
飯鉢山山腹（泡坂妻夫）……………… 95
パスポートの秘密（夏樹静子）……… 153
私に向かない職業（真保裕一）……… 207
めんどうみてあげるね（鈴木輝一郎）……… 247
夜の二乗（連城三紀彦）……………… 293
長い部屋（小松左京）………………… 341
解説（伊坂幸太郎）…………………… 408

[0271] 謎─スペシャル・ブレン
ド・ミステリー 006
今野敏選，日本推理作家協会編
講談社 2011.9 349p 15cm
695円 （講談社文庫 に6-70）
ISBN978-4-06-277033-0

序文（東野圭吾）……………………… 5
手紙嫌い（若竹七海）………………… 7
海猫岬（山村正夫）…………………… 35
闇の奥（逢坂剛）……………………… 101
キッシング・カズン（陳舜臣）……… 163
移動指紋（佐野洋）…………………… 203
蠟いろの顔（都筑道夫）……………… 239
鳴神（泡坂妻夫）……………………… 279
如菩薩団（筒井康隆）………………… 315
解説（今野敏）………………………… 342

[0272] 謎─スペシャル・ブレン
ド・ミステリー 007
桜庭一樹選，日本推理作家協会編
講談社 2012.10 392p 15cm
695円 （講談社文庫 に6-73）
ISBN978-4-06-277368-3

序文（東野圭吾）……………………… 5
洋服簞笥の奥の暗闇（小泉喜美子）……… 7
グリーン車の子供（戸板康二）……… 59
鳥を見た人（赤江瀑）………………… 89
宅配便の女（夏樹静子）……………… 123
日本早春図（陳舜臣）………………… 199
伊集院大介の失敗（栗本薫）………… 259
人質カノン（宮部みゆき）…………… 333
解説（桜庭一樹）……………………… 385

[0273] 謎─スペシャル・ブレン
ド・ミステリー 008
辻村深月選，日本推理作家協会編
講談社 2013.10 430p 15cm
700円 （講談社文庫 に6-76）
ISBN978-4-06-277689-9

序文（今野敏）………………………… 5
はじめに（辻村深月）………………… 7
When（いつ）/選者の一言 ………… 9
音の密室（今邑彩）…………………… 13
Where（どこで）/選者の一言 ……… 51
神風の殉愛（森村誠一）……………… 55
Who（だれが）/選者の一言 ………… 123
猟奇小説家（我孫子武丸）…………… 127
裁かれる女（連城三紀彦）…………… 165
What（なにを）/選者の一言 ……… 231
仰角の写真（日下圭介）……………… 235
Why（なぜ）/選者の一言 …………… 321
みぞれ河岸（都筑道夫）……………… 325
How（どのように）/選者の一言 …… 345
背信の交点（ミザーズ・クロッシング）（法月綸太
郎）………………………………… 349
さいごに（辻村深月）………………… 430

推理小説・ミステリー

[0274] 謎―スペシャル・ブレン
ド・ミステリー　009
綾辻行人選，日本推理作家協会編
講談社　2014.9　412p　15cm
770円　（講談社文庫　に6-79）
ISBN978-4-06-277914-2

序文（今野敏）…………………………… 5
我らが隣人の犯罪（宮部みゆき）……… 7
裏窓のアリス（加納朋子）……………… 79
爆ぜる（東野圭吾）…………………… 123
杜若（かきつばた）の札（海渡英祐）… 189
過去が届く午後（唯川恵）…………… 239
日光写真（都筑道夫）………………… 265
ドアノブドア（歌野晶午）…………… 281
砂蛾家の消失（泡坂妻夫）…………… 341
解説（綾辻行人）……………………… 398

[0275] 謎の部屋
北村薫編
筑摩書房　2012.7　479p　15cm
950円　（ちくま文庫　き24-5―謎の
ギャラリー）
ISBN978-4-480-42961-2

大人の絵本（宇野千代）………………… 9
桃（阿部昭）…………………………… 21
俄あれ（里見弴）……………………… 41
遊びの時間は終らない（都井邦彦）… 67
絶壁（城昌幸）………………………… 123
領土（西條八十）……………………… 129
賢い王/柘榴/諸王朝（カリール・ジブラン
著，小森健太郎訳）………………… 133
　賢い王………………………………… 134
　柘榴………………………………… 136
　諸王朝……………………………… 138
豚の島の女王（ジェラルド・カーシュ著，
西崎憲訳）………………………… 141
どなた？（クルト・クーゼンベルク著，竹
内節訳）…………………………… 165
定期巡視（ジェイムズ・B.ヘンドリクス著，
桂英二訳）………………………… 175

埃だらけの抽斗（ハリイ・ミューヘイム著，
森郁夫訳）………………………… 203
猫じゃ猫じゃ（古銭信二）…………… 237
指輪/黒いハンカチ（小沼丹）……… 293
　指輪………………………………… 294
　黒いハンカチ……………………… 313
エリナーの肖像（マージャリー・アラン著，
井上勇訳）………………………… 331
返済されなかった一日（ジョヴァンニ・パ
ピーニ著，河島英昭訳）…………… 383
私のノアの箱舟（M.B.ゴフスタイン著，落
合恵子訳）………………………… 399
小鳥の歌声（ジョン・P.マクナイト著，矢
野徹訳）…………………………… 425
『謎の部屋』の愉しみ（宮部みゆき，北村薫）‥ 431

[0276] 謎の放課後―学校のミス
テリー
大森望編
KADOKAWA　2013.11　294p
15cm　560円　（角川文庫　あ101-
11）
ISBN978-4-04-100913-0

後夜祭で、つかまえて（はやみねかおる）… 5
霧ケ峰涼の屈辱（東川篤哉）………… 55
おいしいココアの作り方（米澤穂信）… 103
退出ゲーム（初野晴）………………… 147
屋根猩猩（恒川光太郎）……………… 223
解説 学園ミステリー黄金時代がやってきた！
（大森望）………………………… 288

[0277] 日本縦断世界遺産殺人紀行
山前譲編
有楽出版社　2014.12　343p　18cm
920円　（JOY NOVELS）
ISBN978-4-408-60692-7

わが愛 知床に消えた女（西村京太郎）… 7
仏像は見ていた（中津文彦）………… 71
殺意の風景 樹海の巻（宮脇俊三）… 111
幻の蝶が翔ぶ（菊村到）……………… 125

推理小説・ミステリー　　　　0280

龍神の女 (内田康夫) ……………… *189*
桜の寺殺人事件 (山村美紗) ……… *253*
瀬戸のうず潮 (梶山季之) ………… *285*
解説 (山前譲) ……………………… *334*

［0278］ バカミスじゃない!?—史
上空前のバカミス・アンソロジー
小山正編
宝島社　2007.6　349p　20cm
1700円
ISBN978-4-7966-5869-0

〈序文〉バカミスは明日に向かって飛躍する
(小山正) ………………………………… *7*
長篇異界活人事件 (辻眞先) ……………… *19*
半熟卵 (ソフトボイルド) にしてくれと探偵 (ディック) は言った (山口雅也) ………………… *51*
三人の剝製 (北原尚彦) …………………… *89*
警部補・山倉浩一 (かくたかひろ) ……… *119*
悪事の清算 (戸梶圭太作・撮影) ………… *129*
乙女の困惑 (ガーリー・パズルメント) (船越百恵) …………………………………… *151*
失敗作 (鳥飼否宇) ………………………… *227*
大行進 (鯨統一郎) ………………………… *251*
Bakabakaします (霞流一) ……………… *293*

［0279］ はじめての小説 (ミステリー)—内田康夫&東京・北区が選ん
だ気鋭のミステリー
内田康夫選・編
実業之日本社　2008.1　361p　20cm
1500円
ISBN978-4-408-53518-0

まえがき 作家への道 (内田康夫) ……………… *1*
はじめての小説 (ミステリー) 2 北区 内田康夫
ミステリー文学賞大賞作品集 ……………… *7*
黒い服の未亡人 (汐見薫) ………………… *9*
夢見の噺 (清水雅世) ……………………… *59*
ドリーム・アレイの錬金術師 (山下欣宏) ‥ *97*
師団坂・六〇 (井水伶) …………………… *147*
天狗のいたずら (田端六六) ……………… *205*
【浅見光彦ミステリー】 鏡の女 (内田康夫) ……… *255*

「はじめて」の作家・内田康夫と名探偵・浅
見光彦の謎 (山前譲) ………………… *326*
【特別企画】 名探偵・浅見光彦が住むミステ
リータウン「北区」へようこそ ……… *333*
不思議の街『北区』に生まれて (内田康夫) ‥ *334*
内田ミステリーの舞台を歩く 北区・浅見
光彦ミステリーさんぽ ………………… *338*
北区・浅見光彦ミステリーさんぽマップ ‥ *350*
【特別対談】 内田康夫×浅見光彦「プロ作家
になる!」(内田康夫) ………………… *352*
ミステリーが似合ううまち・北区2 (花川與惣
太) ……………………………………… *356*
北区 内田康夫ミステリー文学賞第六回〜
第十回入賞・最終候補作一覧 ………… *358*
第十二回北区 内田康夫ミステリー文学賞
作品募集! ……………………………… *360*

［0280］ はじめての小説 (ミステ
リー) 2
内田康夫&東京・北区が選んだ珠玉
のミステリー
内田康夫選・編
実業之日本社　2013.3　373p　19cm
1500円
ISBN978-4-408-53621-7

まえがき 小説を書くこころ (内田康夫) ……… *1*
はじめての小説 (ミステリー) 2 北区 内田康夫
ミステリー文学賞大賞作品集 ……………… *7*
金鶏郷に死出虫は嗤う (やまき美里) ……… *9*
幻の愛妻 (岩間光介) ……………………… *59*
プロへの道1 (汐見薫) …………………… *106*
完璧なママ (松田幸緒) …………………… *107*
プロへの道2 (織江耕太郎) ……………… *158*
神隠し (安堂虎夫) ………………………… *159*
プロへの道3 (山内美樹子) ……………… *212*
凶音窟 (山下歩) …………………………… *213*
内田康夫&北区が選んだ 特別賞作品選 ……… *256*
休眠打破 (和喰博司) ……………………… *257*
神隠しの町 (井上博) ……………………… *305*
プロへの道4 (井上凜) …………………… *343*
プロへの道5 (神狛しず) ………………… *344*
特別企画 ……………………………………… *345*
内田センセに訊く10の質問 (内田康夫述,
山前譲聞き手・構成) ………………… *345*

浅見光彦と歩く北区の四季＆一日さんぽ
マップ …………………………………… 357
　飛鳥山公園 ……………………………… 358
　赤羽 ……………………………………… 360
　旧古河庭園 ……………………………… 362
　王子神社 ………………………………… 364
　王子稲荷神社 …………………………… 365
　北区一日さんぽマップ ………………… 366
ミステリーが似合ううまち・北区2（花川與惣
太）………………………………………… 368
北区 内田康夫ミステリー文学賞第六回〜
第十回入賞・最終候補作一覧 ………… 370
第十二回北区 内田康夫ミステリー文学賞
作品募集！ ……………………………… 372

［0281］　晴れた日は謎を追って
東京創元社　2014.12　364p　15cm
900円　（創元推理文庫　Mん8-1―が
まくら市事件）
ISBN978-4-488-40057-6

蝦蟇倉市地図 ……………………………… 6
弓投げの崖を見てはいけない（道尾秀介）… 11
浜田青年ホントスカ（伊坂幸太郎）……… 95
不可能犯罪係自身の事件（大山誠一郎）… 137
大黒天（福田栄一）………………………… 209
Gカップ・フェイント（伯方雪日）……… 285
執筆者コメント …………………………… 358
解説（福井健太）…………………………… 360

［0282］　判決―法廷ミステリー傑
作集
山前譲編
徳間書店　2010.3　378p　16cm
629円　（徳間文庫　や-25-6）
ISBN978-4-19-893133-9

奇妙な被告（松本清張）…………………… 5
手話法廷（小杉健治）……………………… 63
証言拒否（夏樹静子）……………………… 129
鑑定証拠 使用凶器 不明（中嶋博行）……… 185
死者は訴えない（土屋隆夫）……………… 249

密室の人（横山秀夫）……………………… 299
解説（山前譲）……………………………… 371

［0283］　犯罪は詩人の楽しみ―詩
人ミステリ集成　再版
エラリー・クイーン編，柳瀬尚紀訳
東京創元社　2012.9　320p　15cm
820円　（創元推理文庫）
ISBN978-4-488-10430-6

序（エラリー・クイーン）………………… 7
免罪符売りの話（ジェフリー・チョーサー）… 16
ウェイクフィールドの牧師馬を売ること
（オリヴァー・ゴールドスミス）……… 26
ふたりの牛追い（ウォルター・スコット）… 41
ダーヴェル（ジョージ・ゴードン・ロード・
バイロン）……………………………… 81
ペリゴーの公証人（ヘンリー・ワズワース・
ロングフェロー）……………………… 92
一度きりの邪な衝動！（ウォルト・ホイッ
トマン）………………………………… 102
弁護士初舞台（W.S.ギルバート）………… 117
三人のよそ者（トマス・ハーディ）……… 134
宿無しの磔刑（ウィリアム・バトラー・イ
エーツ）………………………………… 168
インレイの帰還（ラドヤード・キプリング）… 180
レインズ法（ジョン・メイスフィールド）… 200
恐喝の倫理（ジョイス・キルマー）……… 207
スミスとジョーンズ（コンラッド・エイケ
ン）……………………………………… 220
死後の証言（マーク・ヴァン・ドーレン）… 239
シュタインピルツ方式（ロバート・グレイ
ヴス）…………………………………… 254
いかさま師（スティーヴン・ヴィンセント・
ベネ）…………………………………… 262
三無クラブ（オグデン・ナッシュ）……… 286
仲間（ミリュエル・スーカイサー）……… 293
あとがき（エラリー・クイーン）………… 311
あとがきは訳者の苦しみ ………………… 313

推理小説・ミステリー　　0286

解題（山前譲）……………………………… 486

[0284]　犯人たちの部屋
日本推理作家協会編
講談社　2007.11　537p　15cm
800円　（講談社文庫—ミステリー傑
作選）
ISBN978-4-06-275904-5

ラストドロー（石田衣良）………………… 5
蕩尽に関する一考察（有栖川有栖）……… 41
招霊（「妹のいた部屋」改題）（井上夢人）‥ 105
盗まれた手紙（法月綸太郎）……………… 153
瑠璃の契り（北森鴻）……………………… 183
死者恋（朱川湊人）………………………… 225
絵の中で溺れた男（柄刀一）……………… 281
走る目覚まし時計の問題（松尾由美）…… 355
神国崩壊（獅子宮敏彦）…………………… 401
Y駅発深夜バス（青木知己）……………… 475
解説—つながる、ひろがる（大矢博子）…‥ 530

[0285]　犯人は秘かに笑う—ユー
モアミステリー傑作選
ミステリー文学資料館編
光文社　2007.1　504p　16cm
762円　（光文社文庫—名作で読む推
理小説史）
ISBN978-4-334-74183-9

まえがき …………………………………… 3
オベタイ・ブルブル事件（徳川夢声）…… 9
五万人と居士（乾信一郎）………………… 25
われは英雄（水谷準）……………………… 43
蔵を開く（香住春吾）……………………… 87
私は死んでいる（多岐川恭）……………… 129
親友記（天藤真）…………………………… 165
喘息療法（結城昌治）……………………… 197
推理師六段（樹下太郎）…………………… 223
万引き女のセレナーデ（小泉喜美子）…… 243
駈け落ちは死体とともに（赤川次郎）…… 283
お望み通りの死体（阿刀田高）…………… 343
茶色い部屋の謎（清水義範）……………… 365
あなただけを見つめる（若竹七海）……… 407
Do you love me？（米澤穂信）…………… 443

[0286]　フィリップ・マーロウの
事件
早川書房　2007.3　574p　16cm
940円　（ハヤカワ・ミステリ文庫）
ISBN978-4-15-070456-8

完全犯罪（マックス・アラン・コリンズ著、
田口俊樹訳）……………………………… 7
黒い瞳のブロンド（ベンジャミン.M.シュッ
ツ著、木村二郎訳）……………………… 57
グレースを探せ（ジョイス・ハリントン著、
嵯峨静江訳）……………………………… 85
マリブのタッグ・チーム（ジョナサン・ヴェ
イリン著、真崎義博訳）………………… 131
悲しげな眼のブロンド（ディック・ロクティ
著、石田善彦訳）………………………… 159
ディーラーの選択（サラ・パレツキー著、
山本やよい訳）…………………………… 199
レッド・ロック（ジュリー・スミス著、長
野きよみ訳）……………………………… 233
国境の南（パコ・イグナシオ・タイボ二世
著、長野きよみ訳）……………………… 261
街はジャングル（ロジャー.L.サイモン著、
木村二郎訳）……………………………… 281
スター・ブライト（ジョン・ラッツ著、大
井良純訳）………………………………… 299
ロッカー246（ロバート.J.ランディージ著、
菊地よしみ訳）…………………………… 329
苦いレモン（スチュアート.M.カミンスキー
著、木村二郎訳）………………………… 351
東洋の精（エドワード.D.ホック著、木村二
郎訳）……………………………………… 385
職務遂行中に（ジェレマイア・ヒーリイ著、
菊地よしみ訳）…………………………… 413
悪魔の遊び場（ジェイムズ・グレイディ著、
木村二郎訳）……………………………… 453
マーロウ最後の事件（レイモンド・チャン
ドラー著、稲葉明雄訳）………………… 495
著者紹介 …………………………………… 567

77

［0287］ フェイスオフ対決
デイヴィッド・バルダッチ編，田口
俊樹訳
集英社　2015.9　559p　16cm
1100円　（集英社文庫　ハ19-1）
ISBN978-4-08-760711-6

序（デイヴィッド・バルダッチ）…………… 9
レッド・アイ（デニス・レヘイン，マイク
ル・コナリー）………………………… 15
すんでのところで（イアン・ランキン，ピー
ター・ジェイムズ）…………………… 59
ガスライト（R.L.スタイン，リンカーン・
チャイルド）…………………………… 89
笑うブッダ（M.J.ローズ，リサ・ガードナー）‥ 123
黒ヒョウに乗って（スティーヴ・マルティ
ニ，リンダ・フェアスタイン）……… 175
リンカーン・ライムと獲物（ジェフリー・
ディーヴァー，ジョン・サンドフォード）‥ 225
忌むべきものの夜（ヘザー・グレアム，F.
ポール・ウィルソン）………………… 327
短い休憩（レイモンド・クーリー，リンウッ
ド・バークレイ）……………………… 375
サイレント・ハント（ジョン・レスクワ）‥ 425
悪魔の骨（スティーブ・ベリー，ジェーム
ズ・ロリンズ）………………………… 465
有効にして有益な約因（リー・チャイルド，
ジョゼフ・フィンダー）……………… 503
著者紹介 ………………………………… 537
訳者あとがき …………………………… 555

［0288］ 不可能犯罪コレクション
二階堂黎人編
原書房　2009.6　353p　20cm
1900円　（ミステリー・リーグ）
ISBN978-4-562-04296-8

監修者まえがき（二階堂黎人）………… 4
佳也子の屋根に雪ふりつむ（大山誠一郎）‥ 9
父親はだれ？（岸田るり子）…………… 59
花はこころ（鏑木蓮）…………………… 123
天空からの死者（門前典之）…………… 179

ドロッピング・ゲーム（石持浅海）……… 237
『首吊り判事』邸の奇妙な犯罪―シャルル・
ベルトランの事件簿（加賀美雅之）…… 291

［0289］ 不思議の国のアリス ミス
テリー館
河出書房新社　2015.9　253p　15cm
740円　（河出文庫　な35-1）
ISBN978-4-309-41402-7

死の国のアリス（海渡英祐）…………… 7
アリスの不思議な旅（石川喬司）……… 55
鏡の国のアリス（都筑道夫）…………… 77
不思議の国の殺人（邦正彦）…………… 113
方子と末起（小栗虫太郎）……………… 131
干からびた犯罪（中井英夫）…………… 155
襲撃（山田正紀）………………………… 185
解説（横井司）…………………………… 243

［0290］ 不思議の足跡
光文社　2007.10　428p　18cm
1300円　（Kappa novels―最新ベス
ト・ミステリー　日本推理作家協会
編）
ISBN978-4-334-07665-8

編集序文（千街晶之）…………………… 5
吹雪に死神（伊坂幸太郎）……………… 15
酬い（石持浅海）………………………… 59
あなたの善良なる教え子より（恩田陸）…… 85
ナスカの地上絵の不思議（鯨統一郎）… 99
暴君（桜庭一樹）………………………… 123
隠されていたもの（柴田よしき）……… 153
東京しあわせクラブ（朱川湊人）……… 181
とまどい（高橋克彦）…………………… 213
八百万（畠中恵）………………………… 225
オペラントの肖像（平山夢明）………… 261
ロボットと俳句の問題（松尾由美）…… 287
箱詰めの文字（道尾秀介）……………… 333
チヨ子（宮部みゆき）…………………… 355
悪魔の辞典（山田正紀）………………… 371
Do you love me？（米澤穂信）………… 397

推理小説・ミステリー 0294

［0291］ 不思議の足跡
日本推理作家協会編
光文社　2011.4　593p　16cm
895円　（光文社文庫　に6-38―日本
ベストミステリー選集）
ISBN978-4-334-74936-1

吹雪に死神（伊坂幸太郎）………………………… 7
酬い（石持浅海）…………………………………… 67
あなたの善良なる教え子より（恩田陸）……103
ナスカの地上絵の不思議（鯨統一郎）………123
暴君（桜庭一樹）…………………………………157
隠されていたもの（柴田よしき）…………201
東京しあわせクラブ（朱川湊人）…………239
とまどい（高橋克彦）……………………………285
八百万（畠中恵）…………………………………301
オペラントの肖像（平山夢明）………………351
ロボットと俳句の問題（松尾由美）………387
箱詰めの文字（道尾秀介）……………………451
チヨ子（宮部みゆき）…………………………481
悪魔の辞典（山田正紀）………………………505
Do you love me？（米澤穂信）………………541
解説 これより先は不思議の国（千街晶之）…587

［0292］ 吹雪の山荘―赤い死の影
の下に
東京創元社　2008.1　370p　20cm
2000円　（創元クライム・クラブ）
ISBN978-4-488-01217-5

リレー小説を始めるに当たって ……………… 4
第1章　消えた山荘（笠井潔）………………… 7
第2章　幽霊はここにいた（岩崎正吾）……… 51
第3章　ウィンター・アポカリプス（北村
薫）……………………………………… 97
第4章　容疑者が消えた（若竹七海）……… 145
第5章　吹雪物語（―夢と知性）（法月綸太
郎）…………………………………… 185
第6章　《時は来た…》（法月綸太郎）……… 239
第7章　雪の中の奇妙な果実（巽昌章）…… 289
解決予想（笠井潔, 岩崎正吾, 北村薫, 若竹七
海, 法月綸太郎, 巽昌章）……… 359

［0293］ 吹雪の山荘―リレーミス
テリ
東京創元社　2014.11　414p　15cm
1000円　（創元推理文庫　Мん7-1）
ISBN978-4-488-40056-9

リレー小説を始めるに当たって ……………… 8
第一章　消えた山荘（笠井潔）……………… 11
第二章　幽霊はここにいた（岩崎正吾）…… 59
第三章　ウィンター・アポカリプス（北村
薫）…………………………………… 109
第四章　容疑者が消えた（若竹七海）……… 163
第五章　吹雪物語（―夢と知性）（法月綸太
郎）…………………………………… 207
第六章　時は来た……（法月綸太郎）……… 267
第七章　雪の中の奇妙な果実（巽昌章）…… 323
解決予想 ……………………………………… 401

［0294］ ブラックミステリーズ―
12の黒い謎をめぐる219の質問
KADOKAWA　2015.4　318p
15cm　600円　（角川文庫　こ40-30）
ISBN978-4-04-102382-2

プロローグ ……………………………………… 5
1話　一生ぶんの一分間（河野裕）………… 19
2話　のろま（秋口ぎぐる）………………… 43
3話　消えた拳銃（柘植めぐみ）…………… 67
4話　満杯の絶望（河野裕）………………… 89
5話　渾身のジャンプ（河野裕）………… 107
6話　いつまでも赤（河野裕）…………… 131
7話　やましい三人（秋口ぎぐる）……… 153
8話　ロンドン塔の少女（友野詳）……… 185
9話　子ども殺し（秋口ぎぐる）………… 209
10話　列車の指跡（友野詳）……………… 233
11話　死はすばらしい（柘植めぐみ）…… 253
12話　初対面（河野裕）…………………… 275
エピローグ …………………………………… 305
解説（安田均）……………………………… 318

推理小説・ミステリー

［0295］ 文豪のミステリー小説
山前譲編
集英社　2008.2　333p　16cm
619円　（集英社文庫）
ISBN978-4-08-746271-5

琴のそら音（夏目漱石）……………… 9
手首（大佛次郎）……………………… 51
白髪鬼（岡本綺堂）…………………… 71
出来ていた青（山本周五郎）……… 109
真昼の歩行者（大岡昇平）………… 151
あやしやな（幸田露伴）…………… 177
嫌疑（久米正雄）…………………… 207
イエスの裔（柴田錬三郎）………… 227
藪の中（芥川龍之介）……………… 309
解説（山前譲）……………………… 327

［0296］ ベスト・アメリカン・短編ミステリ
ジェフリー・ディーヴァー，オットー・ペンズラー編
DHC　2010.11　567p　19cm
2500円
ISBN978-4-88724-508-2

序文（オットー・ペンズラー著，スコジ泉訳）………………………………… 7
まえがき（ジェフリー・ディーヴァー著，渡辺育子訳）…………………… 13
錆の痕跡（N.J.エアーズ著，関口麻里子訳）… 25
復讐人へのインタビュー（トム・ビッセル著，高みづほ訳）……………… 53
勝利（アラフェア・バーク著，本庄宏行訳）… 73
ビッグ・ミッドナイト・スペシャル（ジェイムズ・リー・バーク著，山下麻貴訳）… 87
ビーンボール（ロン・カールソン著，渡辺育子訳）……………………… 113
父の日（マイクル・コナリー著，山下麻貴訳）…………………………… 173
かわいいパラサイト（デイヴィッド・コーベット著，法井ひろえ訳）……… 195
それまでクェンティン・グリーは（M.M.M.

ヘイズ著，高橋健治訳）…………… 227
二千ボルト（チャック・ホーガン著，スコジ泉訳）…………………………… 239
狂熱のマニラ（クラーク・ハワード著，関口麻里子訳）………………………… 255
懐かしき青き山なみ（ロブ・カントナー著，渡辺育子訳）……………………… 291
俺の息子（ロバート・マックルアー著，高橋健治訳）………………………… 325
フリーラジカル（アリス・マンロー著，神崎朗子訳）………………………… 341
愛する夫へ（ジョイス・キャロル・オーツ著，法井ひろえ訳）………………… 367
お尋ね者（ニック・ピッソラット著，ゴマル美保訳）………………………… 383
カミラとキャンディの王（ギャリー・クレイグ・パウエル著，神崎朗子訳）… 413
切り株に恋した男（ランディ・ローン著，本庄宏行訳）……………………… 429
Gメン（クリスティン・キャスリン・ラッシュ著，スコジ泉訳）……………… 445
水晶玉（ジョナサン・テル著，ゴマル美保訳）…………………………… 497
砂漠（ブー・チャン著，高みづほ訳）……… 521
解説（池上冬樹）…………………… 550

［0297］ ベスト・アメリカン・短編ミステリ 2012
ハーラン・コーベン編，オットー・ペンズラーシリーズ・エディター
DHC　2012.11　586p　19cm
2500円
ISBN978-4-88724-535-8

まえがき（オットー・ペンズラー著，二瓶邦夫訳）…………………………… 7
序文（ハーラン・コーベン著，藤澤透訳）… 12
大胆不敵（ブロック・アダムス著，竹内要江訳）…………………………… 17
きれいなもの、美しいもの（エリック・バーンズ著，高橋尚子訳）………… 41
清算（ローレンス・ブロック著，二瓶邦夫訳）…………………………… 71
誰が俺のモンキーを盗ったのか？（デイヴィッド・コーベット，ルイス・アルベルト・ウレア著，山口祐介訳）………… 103

推理小説・ミステリー　　　　　　0298

パトロール同乗（ブレンダン・デュボイズ
　著，中勢津子訳）……………… 137
ハイエナのこともある（ローレン・D.エス
　ルマン著，森本信子訳）……… 159
彼の手が求めしもの（ベス・アン・フェネ
　リー，トム・フランクリン著，竹内要江
　訳）……………………………… 177
人生の教訓（アーネスト・J.フィニー著，
　曽根寛樹訳）…………………… 195
単独飛行（エド・ゴーマン著，曽根寛樹訳）‥ 219
運命の街（ジェイムズ・グレイディ著，富
　山浩昌訳）……………………… 245
殺し屋（クリス・F.ホルム著，二瓶邦夫訳）‥ 285
名もなき西の地で（ハリー・ハンシッカー
　著，高橋尚子訳）……………… 323
幼児殺害犯（リチャード・ラング著，藤澤
　透訳）…………………………… 347
星が落ちてゆく（ジョー・R.ランズデール
　著，富山浩昌訳）……………… 375.
ジ・エンド・オブ・ザ・ストリング（チャー
　ルズ・マッキャリー著，中勢津子訳）…… 411
ダイヤモンド小路（デニス・マクファデン
　著，藤澤透訳）………………… 467
最後のコテージ（クリストファー・メーク
　ナー著，山口祐子訳）………… 491
ハートの風船（アンドリュー・リコンダ著，
　彦田理矢子訳）………………… 509
チン・ヨンユン、事件を捜査す（S.J.ローザ
　ン著，彦田理矢子訳）………… 535
死んだはずの男（ミッキー・スピレイン，
　マックス・アラン・コリンズ著，森本信
　子訳）…………………………… 555
解説（池上冬樹）………………… 573

　┌─────────────────┐
　│ ［0298］　ベスト・アメリカン・短編　│
　│ 　ミステリ　2014　　　　　　　　　│
　│ リザ・スコットライン編，オットー・ │
　│ 　ペンズラーシリーズ・エディター　 │
　│ 　　DHC　2015.1　599p　19cm　　　 │
　│ 　　　　　　2500円　　　　　　　　│
　│ 　　ISBN978-4-88724-559-4　　　　 │
　└─────────────────┘

序文（オットー・ペンズラー著，鈴木喜美
　訳）………………………………… 7
まえがき（リザ・スコットライン著，吉田
　結訳）…………………………… 13

覆い隠された罪（トム・バーロウ著，岩田
　奈々訳）………………………… 21
細かな赤い霧（マイクル・コナリー著，日
　向りょう訳）…………………… 41
重罪隠匿（オニール・ドゥ・ヌー著，ペル
　チ加代子訳）…………………… 63
写真の中の水兵（アイリーン・ドライヤー
　著，鈴木喜美訳）……………… 87
後日の災い（デイヴィッド・エジャリー・
　ゲイツ著，小澤緑訳）………… 109
道は墓場でおしまい（クラーク・ハワード
　著，田島栄作訳）……………… 149
越境（アンドレ・コーチス著，境原塊太訳）‥ 195
イリノイ州リモーラ（ケヴィン・ライヒー
　著，小澤緑訳）………………… 235
シャイニー・カー・イン・ザ・ナイト（ニッ
　ク・ママタス著，田島栄作訳）…… 255
漂泊者（エミリー・セイント・ジョン・マ
　ンデル著，ペルチ加代子訳）… 269
ケリーの指輪（デニス・マクファデン著，
　池田範子訳）…………………… 289
獲物（マイカ・ネイサン著，岩田奈々訳）‥ 315
いつでもどんな時でもそばにいるよ（ジョ
　イス・キャロル・オーツ著，日向りょう
　訳）……………………………… 335
電球（ナンシー・ピカード著，鈴木喜美訳）‥ 389
弾薬通り（ビル・プロンジーニ著，吉田結
　訳）……………………………… 409
インディアン（ランドール・シルヴィス著，
　境原塊太訳）…………………… 439
彼らが私たちを捨て去るとき（パトリシア・
　スミス著，松本三佳訳）……… 503
シナモン色の肌の女（ベン・ストラウド著，
　松本美佳訳）…………………… 525
二つ目の弾丸（ハンナ・ティンティ著，吉
　田結訳）………………………… 547
束縛（モーリーン・ダラス・ワトキンス著，
　池田範子訳）…………………… 563
解説（池上冬樹）………………… 585

81

推理小説・ミステリー

**［0299］ ベスト・アメリカン・ミス
テリ クラック・コカイン・ダイ
エット**
スコット・トゥロー，オットー・ペン
ズラー編
早川書房　2007.12　532p　19cm
1900円　（ハヤカワ・ミステリ）
ISBN978-4-15-001807-8

まえがき（オットー・ペンズラー著，加賀
山卓朗訳）…………………………… 7
序文（スコット・トゥロー著，加賀山卓朗
訳）………………………………… 13
船旅（カレン・E.ベンダー著，遠藤真弓訳）… 21
パイレーツ・オブ・イエローストーン（C.
J.ボックス著，高山真由美訳）………… 47
バグジー・シーゲルがぼくの友だちになっ
たわけ（ジェイムズ・リー・バーク著，
加賀山卓朗訳）…………………… 65
生まれついての悪人（ジェフリー・ディー
ヴァー著，池田真紀子訳）…………… 83
エーデルワイス（ジェーン・ハッダム著，
堀川志野舞訳）…………………… 109
テキサス・ヒート（ウイリアム・ハリスン
著，花田美也子訳）………………… 135
平和を守る（アラン・ヒースコック著，操
上恭子訳）………………………… 153
別名モーゼ・ロッカフェラ（エモリー・ホ
ルムズ二世著，玉木雄策訳）………… 181
砂嵐の追跡（ウェンディ・ホーンズビー著，
玉木雄策訳）……………………… 209
彼女のご主人さま（アンドリュー・クラヴァ
ン著，羽田詩津子訳）……………… 231
ルーリーとプリティ・ボーイ（エルモア・
レナード著，上條ひろみ訳）………… 247
クラック・コカイン・ダイエット（あるい
は、たった一週間で体重を激減させて人
生を変える方法）（ローラ・リップマン
著，三角和代訳）………………… 269
即興（エド・マクベイン著，羽地和世訳）… 287
マクヘンリーの贈り物（マイク・マクリー
ン著，木村二郎訳）………………… 311
探偵人生（ウォルター・モズリイ著，坂本
憲一訳）…………………………… 325
ぜったいほんとなんだから（ジョイス・キャ
ロル・オーツ著，井伊順彦訳）………… 375

彼女のお宝（スー・パイク著，遠藤真弓訳）… 413
スマイル（エミリー・ラボトー著，堀川志
野舞訳）…………………………… 431
アイリッシュ・クリーク縁起（R.T.スミス
著，山西美都紀訳）………………… 437
釣り銭稼業（ジェフ・サマーズ著，操上恭
子訳）……………………………… 479
密告者（スコット・ウォルヴン著，七搦理
美子訳）…………………………… 497
解説………………………………… 531

［0300］ ベスト本格ミステリ
2011
本格ミステリ作家クラブ選・編
講談社　2011.6　435p　18cm
1280円　（講談社ノベルス　ホA-11）
ISBN978-4-06-182782-0

序（辻真先）……………………………… 8
ロジカル・デスゲーム（有栖川有栖）……… 11
からくりツィスカの余命（市井豊）………… 49
鏡の迷宮、白い蝶（谷原秋桜子）………… 95
天の狗（鳥飼否宇）……………………… 153
聖剣パズル（高井忍）…………………… 199
死者からの伝言をどうぞ（東川篤哉）……… 253
羅漢崩れ（飛鳥部勝則）………………… 297
エレメントコスモス（初野晴）…………… 313
オーブランの少女（深緑野分）…………… 347
ケメルマンの閉じた世界（杉江松恋）……… 401
ベスト本格ミステリ2011—解説（川出正
樹）……………………………… 407
二〇一〇年本格ミステリ作家クラブ活動報
告（末國善己）…………………… 415

［0301］ ベスト本格ミステリ
2012
本格ミステリ作家クラブ選・編
講談社　2012.6　431p　18cm
1280円　（講談社ノベルス　ホA-12）
ISBN978-4-06-182837-7

序（辻真先）……………………………… 8
オンプタイ（長岡弘樹）………………… 11

推理小説・ミステリー

白きを見れば（麻耶雄嵩）……………… 37
払ってください（青井夏海）……………… 79
雀の森の異常な夜（東川篤哉）………… 133
密室劇場（貴志祐介）…………………… 185
失楽園（柳広司）………………………… 235
不良品探偵（滝田務雄）………………… 277
死刑囚はなぜ殺される（鳥飼否宇）……… 319
轢かれる（辻真先）……………………… 361
東西「覗き」くらべ（巽昌章）…………… 393
ベスト本格ミステリ2012—解説（諸岡卓
　真）…………………………………… 403
二〇一一年本格ミステリ作家クラブ活動報
　告（太田忠司）……………………… 411

［0302］　ベスト本格ミステリ
2013
本格ミステリ作家クラブ選・編
講談社　2013.6　433p　18cm
1280円　（講談社ノベルス　ホA-13）
ISBN978-4-06-182870-4

序（辻真先）……………………………… 8
バレンタイン昔語り（麻耶雄嵩）………… 11
宗像くんと万年筆事件（中田永一）……… 51
田舎の刑事の宝さがし（滝田務雄）……… 99
絆のふたり（里見蘭）…………………… 141
僕の夢（小島達矢）……………………… 169
青い絹の人形（岸田るり子）…………… 205
墓守ギャルポの誉れ（鳥飼否宇）……… 245
ラッキーセブン（乾くるみ）…………… 277
機巧のイヴ（乾緑郎）…………………… 331
コンチェルト・コンチェルティーノ（七河
　迦南）………………………………… 365
『皇帝のかぎ煙草入れ』解析（戸川安宣）… 393
ベスト本格ミステリ2013—解説（諸岡卓
　真）…………………………………… 405
二〇一二年本格ミステリ作家クラブ活動
　告（太田忠司）……………………… 413

［0303］　ベスト本格ミステリ
2014
本格ミステリ作家クラブ選・編
講談社　2014.6　427p　18cm
1280円　（講談社ノベルス　ホA-14）
ISBN978-4-06-299016-5

序（法月綸太郎）………………………… 8
水底の鬼（岩下悠子）…………………… 11
ボールが転がる夏（山田彩人）………… 47
狼少女の帰還（相沢沙呼）……………… 99
フラッシュモブ（遠藤武文）…………… 145
あれは子どものための歌（明神しじま）… 191
ディテクティブ・ゼミナール—第3問（円居
　挽）…………………………………… 237
黄泉路より（歌野晶午）………………… 271
紙一重（深山亮）………………………… 307
犯人は私だ！（深木章子）……………… 349
本邦ミステリドラマ界の紳士淑女録（千街
　晶之）………………………………… 379
ベスト本格ミステリ2014—解説（蔓葉信
　博）…………………………………… 397
二〇一三年本格ミステリ作家クラブ活動報
　告（千澤のり子）…………………… 405

［0304］　ベスト本格ミステリ
2015
本格ミステリ作家クラブ選・編
講談社　2015.6　451p　18cm
1380円　（講談社ノベルス　ホA-15）
ISBN978-4-06-299047-9

序（法月綸太郎）………………………… 8
最後の良薬（長岡弘樹）………………… 11
心中ロミオとジュリエット（大山誠一郎）… 39
三つの涙（乾くるみ）…………………… 63
三橋春人は花束を捨てない（織守きょうや）… 87
死は朝、羽ばたく（下村敦史）………… 143
舞姫（歌野晶午）………………………… 173
緑の女（櫻田智也）……………………… 235
真桑瓜（青山文平）……………………… 285
理由ありの旧校舎（初野晴）…………… 315

推理小説・ミステリー

許されようとは思いません(芦沢央)……… 347
髪の短くなった死体(青崎有吾)………… 381
ゆるいゆるいミステリの、ささやかな謎の
　ようなもの。(千野帽子)……………… 411
ベスト本格ミステリ2015―解説(蔓葉信
　博)……………………………………… 421
二〇一四年本格ミステリ作家クラブ活動報
　告(千澤のり子)……………………… 429

```
［0305］　ベスト本格ミステリ
2016
本格ミステリ作家クラブ選・編
講談社　2016.6　421p　18cm
1380円　(講談社ノベルス　ホA-16)
ISBN978-4-06-299076-9
```

序(法月綸太郎)…………………………… 8
まちがえられなかった男(西澤保彦)……… 11
新陰流"水月"(高井忍)…………………… 53
G坂の殺人事件(三津田信三)…………… 107
不透明なロックグラスの問題(松尾由美)‥ 145
サイバー空間はミステリを殺す(一田和
　樹)……………………………………… 183
秋は刺殺 夕日のさして血のはいと近うな
　りたるに(深水黎一郎)……………… 235
炎(大山誠一郎)………………………… 277
監獄舎の殺人(伊吹亜門)……………… 309
にらみ(長岡弘樹)……………………… 353
江戸川乱歩と新たな猟奇的エンターテイン
　メント(蔓葉信博)…………………… 377
ベスト本格ミステリ2016―解説(廣澤吉
　泰)……………………………………… 389
二〇一五年本格ミステリ作家クラブ活動報
　告(千澤のり子)……………………… 397

```
［0306］　放課後探偵団―書き下ろ
し学園ミステリ・アンソロジー
東京創元社　2010.11　345p　15cm
680円　(創元推理文庫 400-55)
ISBN978-4-488-40055-2
```

お届け先には不思議を添えて(似鳥鶏)……… 9
ボールがない(鵜林伸也)……………… 81

恋のおまじないのチンク・ア・チンク(相
　沢沙呼)………………………………… 135
横槍ワイン(市井豊)…………………… 209
スプリング・ハズ・カム(梓崎優)……… 271

```
［0307］　「宝石」一九五〇―牟家殺
人事件：探偵小説傑作集
ミステリー文学資料館編
光文社　2012.5　393p　16cm
857円　(光文社文庫　み19-39)
ISBN978-4-334-76412-8
```

まえがき ………………………………… 3
牟家殺人事件(魔子鬼一)………………… 7
「抜打座談会」を評す(江戸川乱歩)…… 219
信天翁通信(木々高太郎)……………… 233
首吊り道成寺(宮原龍雄)……………… 251
四桂(岡沢孝雄)………………………… 279
贋造犯人(椿八郎)……………………… 337
妖奇の鯉魚(岡田鯱彦)………………… 361
解説(山前譲)…………………………… 386
年表 世相と探偵小説の動向…………… 394

```
［0308］　宝石ザミステリー
光文社　2011.12　513p　21cm
952円
ISBN978-4-334-92797-4
```

正月ミステリ(東野圭吾)………………… 7
機捜235(今野敏)………………………… 35
死に至る全力疾走の謎(東川篤哉)……… 59
アンダーカヴァー(誉田哲也)…………… 97
ボス・イズ・バック(笹本稜平)………… 155
不倫刑事(小杉健治)…………………… 187
時カクテル(東直己)…………………… 225
ピンク色の霊安室(藤田宜永)………… 263
撃て、イシモト―冬の狙撃手外伝(鳴海章)‥ 323
仏像をなめる―こちら警視庁美術犯罪捜査
　班(門井慶喜)………………………… 359
大癋見警部の事件簿―番外篇(深水黎一
　郎)……………………………………… 417
おみくじと紙切れ(麻耶雄嵩)………… 443

推理小説・ミステリー　　0312

梟の昼間（恩田陸）‥‥‥‥‥‥‥‥‥ 473
霊園の男（大沢在昌）‥‥‥‥‥‥‥‥‥ 495

署長・田中健一の憂鬱（川崎草志）‥‥‥‥‥ 435
退職刑事（小杉健治）‥‥‥‥‥‥‥‥‥ 473
任侠ビジネス（笹本稜平）‥‥‥‥‥‥‥ 517
暁光（今野敏）‥‥‥‥‥‥‥‥‥‥‥‥ 551

［0309］　宝石ザミステリー　2
光文社　2012.12　545p　21cm
952円
ISBN978-4-334-92863-6

クリスマスミステリ（東野圭吾）‥‥‥‥‥‥ 7
蚤取り（湊かなえ）‥‥‥‥‥‥‥‥‥‥‥ 39
死者は溜め息を漏らさない（東川篤哉）‥ 71
拉致（東直己）‥‥‥‥‥‥‥‥‥‥‥‥ 117
インデックス（誉田哲也）‥‥‥‥‥‥‥ 151
暗い越流（若竹七海）‥‥‥‥‥‥‥‥‥ 191
実況中継（長岡弘樹）‥‥‥‥‥‥‥‥‥ 221
泥棒刑事（小杉健治）‥‥‥‥‥‥‥‥‥ 257
大癋見警部の事件簿―番外篇（深水黎一
　郎）‥‥‥‥‥‥‥‥‥‥‥‥‥‥‥ 301
保険会社がゴッホの絵を買う理由―こちら
　警視庁美術犯罪捜査班（門井慶喜）‥‥‥ 327
昏い追跡（深町秋生）‥‥‥‥‥‥‥‥‥ 379
腸詰小僧（曽根圭介）‥‥‥‥‥‥‥‥‥ 417
師走の怪談（笹本稜平）‥‥‥‥‥‥‥‥ 447
あの人は誰？《探偵竹花シリーズ》（藤田宜永）‥ 477

［0311］　宝石ザミステリー
2014夏
光文社　2014.8　449p　21cm
1000円
ISBN978-4-334-92965-7

君の瞳に乾杯（東野圭吾）‥‥‥‥‥‥‥‥ 7
罪深き女（湊かなえ）‥‥‥‥‥‥‥‥‥ 31
和尚の初恋（笹本稜平）‥‥‥‥‥‥‥‥ 61
求婚者と毒殺者（大山誠一郎）‥‥‥‥‥ 95
暴力刑事（小杉健治）‥‥‥‥‥‥‥‥‥ 119
怪獣惑星キンゴジ（田中啓文）‥‥‥‥‥ 163
南青山骨董通り探偵社（五十嵐貴久）‥‥‥ 213

［0310］　宝石ザミステリー　3
光文社　2013.12　577p　21cm
952円
ISBN978-4-334-92922-0

今夜は一人で雛祭り（東野圭吾）‥‥‥‥‥ 7
ベストフレンド（湊かなえ）‥‥‥‥‥‥ 33
お裾分け（誉田哲也）‥‥‥‥‥‥‥‥‥ 69
幸せの家（若竹七海）‥‥‥‥‥‥‥‥‥ 125
倉持和哉の二つのアリバイ（東川篤哉）‥‥‥ 165
ナナカマド（石持浅海）‥‥‥‥‥‥‥‥ 203
白い崩壊（深町秋生）‥‥‥‥‥‥‥‥‥ 231
赤い十字架（大山誠一郎）‥‥‥‥‥‥‥ 269
白秋の道標（長岡弘樹）‥‥‥‥‥‥‥‥ 299
父と子―ピーター・ブリューゲル殺人事件
　（深水黎一郎）‥‥‥‥‥‥‥‥‥‥‥ 331
少しだけ想う、あなたを（長沢樹）‥‥‥‥ 391

［0312］　宝石ザミステリー
2014冬
光文社　2014.12　577p　21cm
1000円
ISBN978-4-334-92985-5

眼力（今野敏）‥‥‥‥‥‥‥‥‥‥‥‥‥ 7
優しい人（湊かなえ）‥‥‥‥‥‥‥‥‥ 35
ゆるキャラはなぜ殺される（東川篤哉）‥‥‥ 65
人情刑事（小杉健治）‥‥‥‥‥‥‥‥‥ 111
解決屋（曽根圭介）‥‥‥‥‥‥‥‥‥‥ 155
碧い育成（深町秋生）‥‥‥‥‥‥‥‥‥ 191
もし君に、ひとつだけ（長沢樹）‥‥‥‥‥ 233
天国惑星パライゾ（田中啓文）‥‥‥‥‥ 295
とある音楽評論家の、註釈の多い死（※1）
　（深水黎一郎）‥‥‥‥‥‥‥‥‥‥‥ 353
ゴブリンシャークの目（若竹七海）‥‥‥‥ 443
雲の上の死（大山誠一郎）‥‥‥‥‥‥‥ 483
雑草の道（長岡弘樹）‥‥‥‥‥‥‥‥‥ 509
ベルちゃんの憂鬱（笹本稜平）‥‥‥‥‥ 541

85

[0313] 宝石ザミステリー 2016
光文社 2015.12 481p 21cm
1500円
ISBN978-4-334-91070-9

水晶の数珠（東野圭吾）‥‥‥‥‥‥‥‥ 7
ポイズン・ドーター（湊かなえ）‥‥‥‥‥ 35
こんど、翔んでみせろ（長沢樹）‥‥‥‥ 71
表彰刑事（小杉健治）‥‥‥‥‥‥‥‥‥ 145
母さん助けて（若竹七海）‥‥‥‥‥‥‥ 191
黒い夜会（深町秋生）‥‥‥‥‥‥‥‥‥ 233
サブマージド（葉真中顕）‥‥‥‥‥‥‥ 271
猿の惑星チキュウ（田中啓文）‥‥‥‥‥ 319
雪の日の魔術（大山誠一郎）‥‥‥‥‥‥ 359
にらみ（長岡弘樹）‥‥‥‥‥‥‥‥‥‥ 381
博士とロボットの不在証明（アリバイ）（東川
　篤哉）‥‥‥‥‥‥‥‥‥‥‥‥‥‥ 405
不眠（今野敏）‥‥‥‥‥‥‥‥‥‥‥‥ 455

[0315] 宝石ザミステリー Blue
光文社 2016.12 512p 21cm
1500円
ISBN978-4-334-91140-9

それが嫌なら無人島（誉田哲也）‥‥‥‥ 7
薔薇色の人生（永瀬隼介）‥‥‥‥‥‥‥ 43
小鳥冬馬の心像（石川智健）‥‥‥‥‥‥ 85
指揮（今野敏）‥‥‥‥‥‥‥‥‥‥‥‥ 143
応援刑事（小杉健治）‥‥‥‥‥‥‥‥‥ 171
二人半持て（横山秀夫）‥‥‥‥‥‥‥‥ 219
お地蔵様に見られてる（大石直紀）‥‥‥ 237
大山鳴動して鼠一匹（鳥飼否宇）‥‥‥‥ 269
適用者一名（深水黎一郎）‥‥‥‥‥‥‥ 297
被害者とよく似た男（東川篤哉）‥‥‥‥ 343
きれいごとじゃない（若竹七海）‥‥‥‥ 383
月夜に溺れる（長沢樹）‥‥‥‥‥‥‥‥ 429

[0314] 宝石ザミステリー Red
光文社 2016.8 417p 21cm
1500円
ISBN978-4-334-91116-4

壊れた時計（東野圭吾）‥‥‥‥‥‥‥‥ 7
留守番（曽根圭介）‥‥‥‥‥‥‥‥‥‥ 33
仏像は二度笑う（大石直紀）‥‥‥‥‥‥ 61
Excessive洋上の告白（前川裕）‥‥‥‥‥ 101
ひとんち（澤村伊智）‥‥‥‥‥‥‥‥‥ 139
CLOSE-UP本格
　黒い袖（若竹七海）‥‥‥‥‥‥‥‥‥ 169
　天網恢恢疎にして漏らさず（鳥飼否宇）‥ 219
　生存者一名（深水黎一郎）‥‥‥‥‥‥ 249
　とある密室の始まりと終わり（東川篤
　　哉）‥‥‥‥‥‥‥‥‥‥‥‥‥‥ 289
　苦い制裁（深町秋生）‥‥‥‥‥‥‥‥ 331
迷宮刑事（小杉健治）‥‥‥‥‥‥‥‥‥ 375

[0316] 法廷ジャックの心理学―
本格短編ベスト・セレクション
本格ミステリ作家クラブ編
講談社 2011.1 652p 15cm
990円 （講談社文庫 ほ31-9）
ISBN978-4-06-276857-3

序（辻真先）‥‥‥‥‥‥‥‥‥‥‥‥‥ 8
熊王ジャック（柳広司）‥‥‥‥‥‥‥‥ 11
審理（裁判員法廷二〇〇九）（芦辺拓）‥‥ 67
願かけて（泡坂妻夫）‥‥‥‥‥‥‥‥‥ 161
未来へ踏み出す足（石持浅海）‥‥‥‥‥ 185
想夫恋（北村薫）‥‥‥‥‥‥‥‥‥‥‥ 231
マックス号事件（大倉崇裕）‥‥‥‥‥‥ 309
忠臣蔵の密室（田中啓文）‥‥‥‥‥‥‥ 391
紳士ならざる者の心理学（柄刀一）‥‥‥ 463
心あたりのある者は（米澤穂信）‥‥‥‥ 567
本格ミステリの四つの場面（福井健太）‥‥ 609
宿題を取りに行く（巽昌章）‥‥‥‥‥‥ 629
解説（有栖川有栖）‥‥‥‥‥‥‥‥‥‥ 642

推理小説・ミステリー　0320

［0317］　ポーカーはやめられない—
ポーカー・ミステリ書下ろし傑作選
オットー・ペンズラー編
ランダムハウス講談社　2010.3
557p　15cm　950円
ISBN978-4-270-10342-5

序文（オットー・ペンズラー）……………… 9
まえがき（ハワード・レダラー）…………… 16
ミスター・ミドルマン（ウォルター・モズ
　リイ著，田口俊樹訳）……………………… 21
突風（ジェフリー・ディーヴァー著，田口
　俊樹訳）……………………………………… 63
一ドルのジャックポット（マイクル・コナ
　リー著，田口俊樹訳）…………………… 141
ストリップ・ポーカー（ジョイス・キャロ
　ル・オーツ著，田口俊樹訳）…………… 209
元手（サム・ヒル著，黒木章人訳）……… 257
ポーカーはやめられない（パーネル・ホー
　ル著，喜須海理子訳）…………………… 291
ヴィクトリア修道会（ルーパート・ホーム
　ズ著，田口俊樹訳）……………………… 347
イーストヴェイル・レディーズ・ポーカー・
　サークル（ピーター・ロビンスン著，田
　口俊樹訳）………………………………… 389
ソフィアの信条（ローラ・リップマン著，
　井本由美子訳）…………………………… 447
お遊びポーカー（ジョン・レスクワ著，濱
　野大道訳）………………………………… 477
朝のバスに乗りそこねて（ロレンゾ・カル
　カテラ著，田口俊樹訳）………………… 521
訳者あとがき……………………………… 553
ポーカー用語集…………………………… 558

［0318］　誇り
双葉社　2010.11　187p　19cm
950円
ISBN978-4-575-23712-2

常習犯（今野敏）…………………………… 5
猫バスの先生（東直己）………………… 51
去来（堂場瞬一）………………………… 125

［0319］　ほっこりミステリー
宝島社　2014.3　255p　16cm
590円　（宝島社文庫　Cい-10-1）
ISBN978-4-8002-2339-5

BEE（伊坂幸太郎）………………………… 7
二百十日の風（中山七里）……………… 61
心を掬う（柚月裕子）…………………… 125
18番テーブルの幽霊（吉川英梨）……… 193
解説（瀧井朝世）………………………… 250

［0320］　ホワイトハウスのペット
探偵
キャロル・N.ダグラス著・編，青木
多香子訳
講談社　2009.4　473p　15cm
876円　（講談社文庫　た113-1）
ISBN978-4-06-276350-9

序文（キャロル・ネルソン・ダグラス）……… 7
マーサのオウム（エドワード・D.ホック）‥ 11
マネシツグミの模倣（リリアン・スチュワー
　ト・カール）……………………………… 39
アリゲーターの涙（ビル・クライダー）…… 85
最も偉大な犠牲的行為（ブレンダン・デュ
　ボイズ）…………………………………… 117
タビーは言わない（ジャン・グレープ）…… 143
ひづめの下に（ジェフリー・マークス）…… 167
王女様とピックル（キャロリン・ウィート）‥ 189
メイン号を覚えてる？（ジーン・M.ダム
　ス）………………………………………… 229
秘密職員（ジャネット・バック）………… 251
熊さんの迷惑（エスター・フリーズナー）‥ 285
イジーの大あたり（P.N.エルロッド）……… 319
ファラとビュローズ・ミンデの幽霊（ケイ
　ト・グライリー）………………………… 365
カウチ先生、大統領を救う フランクリン・カ
　ウチ先生とフランキーのお話（ナンシー・
　ピカード）………………………………… 377
サックスとかけがえのない猫（キャロル・
　ネルソン・ダグラス）…………………… 411
著者紹介…………………………………… 453

87

訳者あとがき ……………………… 471

［0321］　本格ミステリー二〇〇七年
本格短編ベスト・セレクション　07
　　本格ミステリ作家クラブ編
　　講談社　2007.5　445p　18cm
　　1270円　（講談社ノベルス）
　　ISBN978-4-06-182530-7

序（北村薫）……………………………… 8
熊王ジャック（柳広司）………………… 11
裁判員法廷二〇〇九（芦辺拓）………… 45
願かけて（泡坂妻夫）………………… 107
未来へ踏み出す足（石持浅海）……… 123
想夫恋（北村薫）……………………… 155
福家警部補の災難（大倉崇裕）……… 203
忠臣蔵の密室（田中啓文）…………… 253
紳士ならざる者の心理学（柄刀一）… 299
心あたりのある者は（米澤穂信）…… 369
本格ミステリ四つの場面（福井健太）… 397
宿題を取りに行く（巽昌章）………… 413
本格ミステリ07―解説（円堂都司昭）… 423
二〇〇六年本格ミステリ作家クラブ活動報
　告（乾くるみ）……………………… 431

［0322］　本格ミステリー二〇〇八年
本格短編ベスト・セレクション　08
　　本格ミステリ作家クラブ編
　　講談社　2008.6　407p　18cm
　　1160円　（講談社ノベルス）
　　ISBN978-4-06-182599-4

序（北村薫）……………………………… 8
はだしの親父（黒田研二）…………… 11
ギリシャ羊の秘密（法月綸太郎）…… 49
殺人現場では靴をお脱ぎください（東川篤
　哉）…………………………………… 91
ウォール・ウィスパー（柄刀一）…… 125
霧の巨塔（霞流一）…………………… 185
奇偶論（北森鴻）……………………… 217
身内に不幸がありまして（米澤穂信）… 243
四枚のカード（乾くるみ）…………… 275

見えないダイイングメッセージ（北山猛
　邦）…………………………………… 321
自生する知と自壊する謎―森博嗣論 評論
　（渡邉大輔）………………………… 365
本格ミステリ08―解説（円堂都司昭）…… 379
二〇〇七年本格ミステリ作家クラブ活動報
　告（黒田研二）……………………… 387

［0323］　本格ミステリー二〇〇九年
本格短編ベスト・セレクション　09
　　本格ミステリ作家クラブ編
　　講談社　2009.6　463p　18cm
　　1320円　（講談社ノベルス　ホA-09）
　　ISBN978-4-06-182654-0

序（北村薫）……………………………… 8
しらみつぶしの時計（法月綸太郎）… 11
路上に放置されたパン屑の研究（小林泰三）… 45
加速度円舞曲（ワルツ）（麻耶雄嵩）… 79
ロビンソン（柳広司）………………… 117
空飛ぶ絨毯（沢村浩輔）……………… 161
チェスター街の日（柄刀一）………… 201
雷雨の庭で（有栖川有栖）…………… 259
迷家の如き動くもの（三津田信三）… 311
二枚舌の掛軸（乾くるみ）…………… 365
『モルグ街の殺人』はほんとうに元祖ミス
　テリなのか？―読まず嫌い。名作入門五
　秒前 評論（千野帽子）…………… 415
本格ミステリ09―解説（千街晶之）… 435
二〇〇八年本格ミステリ作家クラブ活動報
　告（黒田研二）……………………… 443

［0324］　本格ミステリー二〇一〇年
本格短編ベスト・セレクション　’10
　　本格ミステリ作家クラブ選・編
　　講談社　2010.6　443p　18cm
　　1280円　（講談社ノベルス　ホA-10）
　　ISBN978-4-06-182720-2

序（北村薫）……………………………… 8
サソリの紅い心臓（法月綸太郎）…… 11
札幌ジンギスカンの謎（山田正紀）… 55

推理小説・ミステリー

佳也子の屋根に雪ふりつむ（大山誠一郎）‥ 103
我が家の序列（黒田研二）‥‥‥‥‥ 143
《せうえうか》の秘密（乾くるみ）‥‥‥ 189
凍れるルーシー（梓崎優）‥‥‥‥‥ 241
星風よ、淀みに吹け（小川一水）‥‥‥‥ 291
イタリア国旗の食卓（谷原秋桜子）‥‥‥ 343
泡坂ミステリ考―亜愛一郎シリーズを中心
に 評論（横井司）‥‥‥‥‥ 397
本格ミステリ'10・解説（千街晶之）‥‥‥ 415
二〇〇九年本格ミステリ作家クラブ活動報
告（大倉崇裕）‥‥‥‥‥ 423

［0325］ マイ・ベスト・ミステリー
1
日本推理作家協会編
文藝春秋 2007.8 413p 16cm
676円 （文春文庫）
ISBN978-4-16-774001-6

序（逢坂剛）‥‥‥‥‥‥‥‥‥‥ 8
阿刀田高 ‥‥‥‥‥‥‥‥‥‥‥ 11
運のいい男 ‥‥‥‥‥‥‥‥‥ 12
替玉計画（結城昌治）‥‥‥‥‥ 40
阿漕な生業 ‥‥‥‥‥‥‥‥‥ 66
佐野洋 ‥‥‥‥‥‥‥‥‥‥‥‥ 71
お試し下さい ‥‥‥‥‥‥‥‥ 72
葬式紳士（結城昌治）‥‥‥‥‥ 88
ヒッチコック劇場の時代 ‥‥‥‥ 112
柴田よしき ‥‥‥‥‥‥‥‥‥‥ 115
聖夜の憂鬱 ‥‥‥‥‥‥‥‥‥ 116
版画画廊の殺人（荒巻義雄）‥‥‥ 147
無限のイマジネーションと日常の小さ
な謎 ‥‥‥‥‥‥‥‥‥‥‥ 224
志水辰夫 ‥‥‥‥‥‥‥‥‥‥‥ 227
ダチ ‥‥‥‥‥‥‥‥‥‥‥‥ 228
入れ札（菊池寛）‥‥‥‥‥‥‥ 259
頭の隅から ‥‥‥‥‥‥‥‥‥ 276
乃南アサ ‥‥‥‥‥‥‥‥‥‥‥ 279
かくし味 ‥‥‥‥‥‥‥‥‥‥ 280
夢十夜（夏目漱石）‥‥‥‥‥‥ 324
文豪の夢 ‥‥‥‥‥‥‥‥‥‥ 355
宮部みゆき ‥‥‥‥‥‥‥‥‥‥ 359
決して見えない ‥‥‥‥‥‥‥ 360
双頭の影（今邑彩）‥‥‥‥‥‥ 381
ピカリと閃いて ‥‥‥‥‥‥‥ 411

［0326］ マイ・ベスト・ミステリー
2
日本推理作家協会編
文藝春秋 2007.8 478p 16cm
714円 （文春文庫）
ISBN978-4-16-774002-3

逢坂剛 ‥‥‥‥‥‥‥‥‥‥‥‥ 9
ドゥルティを殺した男 ‥‥‥‥‥ 10
憎しみの罠（平井和正）‥‥‥‥‥ 60
その才をねたむ ‥‥‥‥‥‥‥ 128
大沢在昌 ‥‥‥‥‥‥‥‥‥‥‥ 131
湯の町オプ ‥‥‥‥‥‥‥‥‥ 132
チャイナタウン・ブルース（生島治郎）‥ 170
乾いたナイフ ‥‥‥‥‥‥‥‥ 212
北方謙三 ‥‥‥‥‥‥‥‥‥‥‥ 215
鳩 ‥‥‥‥‥‥‥‥‥‥‥‥‥ 216
鳥獣虫魚（吉行淳之介）‥‥‥‥‥ 231
行間 ‥‥‥‥‥‥‥‥‥‥‥‥ 265
黒川博行 ‥‥‥‥‥‥‥‥‥‥‥ 269
カウント・プラン ‥‥‥‥‥‥‥ 270
雪が降る（藤原伊織）‥‥‥‥‥‥ 345
計算症のリアリティー ‥‥‥‥‥ 406
真保裕一 ‥‥‥‥‥‥‥‥‥‥‥ 409
遺影 ‥‥‥‥‥‥‥‥‥‥‥‥ 410
かわうそ（向田邦子）‥‥‥‥‥‥ 461
瓢箪から駒 ‥‥‥‥‥‥‥‥‥ 476

［0327］ マイ・ベスト・ミステリー
3
日本推理作家協会編
文藝春秋 2007.9 492p 16cm
724円 （文春文庫）
ISBN978-4-16-774003-0

岩井志麻子 ‥‥‥‥‥‥‥‥‥‥ 9
魔羅節 ‥‥‥‥‥‥‥‥‥‥‥ 10
セメント樽の中の手紙（葉山嘉樹）‥ 29
夢見る貧しい人々 ‥‥‥‥‥‥‥ 35
恩田陸 ‥‥‥‥‥‥‥‥‥‥‥‥ 39
オデュッセイア ‥‥‥‥‥‥‥ 40
糸ノコとジグザグ（島田荘司）‥‥‥ 52

0328 推理小説・ミステリー

ラジオを聴きながら… ………………… 104
篠田節子 ……………………………… 107
　青らむ空のうつろのなかに ………… 108
　痩牛鬼（西村寿行）………………… 158
　ビーフになさいますか、それともポー
　　クに… ……………………………… 225
高村薫 ………………………………… 229
　みかん ………………………………… 230
　ひかりごけ（武田泰淳）…………… 237
　ざらざらしたもの …………………… 302
馳星周 ………………………………… 305
　古惑仔 ………………………………… 306
　雨の露地で（大藪春彦）…………… 328
　伊達邦彦になれなかった男たち ……… 366
山田風太郎 …………………………… 369
　まぼろしの恋妻 ……………………… 370
　瓶詰の地獄（夢野久作）…………… 400
　人を騙す ……………………………… 415
山田正紀 ……………………………… 417
　雪のなかのふたり …………………… 418
　かむなぎうた（日影丈吉）………… 459
　短編作家への道 ……………………… 490

```
［0328］ マイ・ベスト・ミステリー
            4
      日本推理作家協会編
  文藝春秋　2007.10　589p　16cm
      762円　（文春文庫）
    ISBN978-4-16-774004-7
```

赤川次郎 ……………………………………… 9
　日の丸あげて ………………………… 10
　輸血のゆくえ（夏樹静子）………… 66
　二つの『血』の物語 ………………… 114
高橋克彦 ……………………………… 117
　ねじれた記憶 ………………………… 118
　よろいの渡し（都筑道夫）………… 143
　　短編の妙 …………………………… 177
夏樹静子 ……………………………… 181
　足の裏 ………………………………… 182
　文学少女（木々高太郎）…………… 221
　　短編の出発点 ……………………… 256
西村京太郎 …………………………… 259
　南神威島 ……………………………… 260
　残酷な旅路（山村美紗）…………… 321

『南神威島』の頃 ……………………… 366
松本清張 ……………………………… 369
　西郷札 ………………………………… 370
　ヴェニスの計算狂（木々高太郎）… 425
　　木々作品のロマン性 ……………… 449
森村誠一 ……………………………… 453
　魚葬 …………………………………… 454
　赦免花は散った（笹沢左保）……… 522
　運命の出会い ………………………… 587

```
［0329］ マイ・ベスト・ミステリー
            5
      日本推理作家協会編
  文藝春秋　2007.11　463p　16cm
      714円　（文春文庫）
    ISBN978-4-16-774005-4
```

鮎川哲也 ……………………………………… 9
　人買い伊平治 ………………………… 10
　六人の容疑者（黒輪土風）………… 37
　　本格派作家の特長 ………………… 69
泡坂妻夫 ……………………………… 71
　右腕山上空 …………………………… 72
　探偵小説（横溝正史）……………… 119
　　処女作と二作目 …………………… 162
北村薫 ………………………………… 165
　ものがたり …………………………… 166
　永遠の女囚（木々高太郎）………… 188
　　作品が作品を生む ………………… 223
北森鴻 ………………………………… 227
　邪宗仏 ………………………………… 228
　椛山訪雪図（泡坂妻夫）…………… 281
　　短編というお仕事 ………………… 316
東野圭吾 ……………………………… 319
　小さな故意の物語 …………………… 320
　天城越え（松本清張）……………… 370
　　少年期の衝動 ……………………… 410
山口雅也 ……………………………… 413
　割れた卵のような …………………… 414
　卵（夢野久作）……………………… 453
　　卵の恐怖 …………………………… 461

［0330］ マイ・ベスト・ミステリー 6
日本推理作家協会編
文藝春秋　2007.12　507p　16cm
771円　（文春文庫）
ISBN978-4-16-774006-1

有栖川有栖 ……………………………… 9
　望月周平の秘かな旅 ………………… 10
　お召し（小松左京） ………………… 43
　季節がうつろう秋 …………………… 82
折原一 …………………………………… 85
　わが生涯最大の事件 ………………… 86
　原島弁護士の処置（小杉健治） ……124
　長編一本分の感動 ……………………191
加納朋子 ………………………………193
　最上階のアリス ………………………194
　DL2号機事件（泡坂妻夫） …………233
　非合理な論理 …………………………275
都筑道夫 ………………………………279
　ジャケット背広スーツ ………………280
　押絵と旅する男（江戸川乱歩） ……315
　出会い …………………………………345
法月綸太郎 ……………………………347
　ロス・マクドナルドは黄色い部屋の夢を
　見るか？ ………………………………348
　黒い扇の踊り子（都筑道夫） ………387
　『ユダの窓』と「長方形の部屋」の間 ‥431
横溝正史 ………………………………435
　神楽太夫 ………………………………436
　秘密（谷崎潤一郎） …………………459
　谷崎先生と日本探偵小説 ……………484
編集委員特別座談会 作家の原点がわかる
　アンソロジー（阿刀田高, 北村薫, 新保博
　久, 宮部みゆき） ……………………489

［0331］ 曲げられた真相
日本推理作家協会編
講談社　2009.11　389p　15cm
695円　（講談社文庫　に6-65―ミス
テリー傑作選）
ISBN978-4-06-276499-5

独白するユニバーサル横メルカトル（平山
　夢明） …………………………………… 5
白雨（はくう）（連城三紀彦） ………… 41
Rのつく月には気をつけよう（石持浅海） ‥105
マザー、ロックンロール、ファーザー（古
　川日出男） ……………………………141
糸織草子（森谷明子） …………………203
克美さんがいる（あせごのまん） ……275
流れ星のつくり方（道尾秀介） ………341
解説（村上貴史） ………………………380

［0332］ 街角で謎が待っている
東京創元社　2014.12　373p　15cm
900円　（創元推理文庫　Mん8-2―が
まくら市事件）
ISBN978-4-488-40058-3

さくら炎上（北山猛邦） ………………… 11
毒入りローストビーフ事件（桜坂洋） ……… 75
密室の本―真知博士 五十番目の事件（村崎
　友） ……………………………………135
観客席からの眺め（越谷オサム） …………203
消えた左腕事件（秋月涼介） …………247
ナイフを失われた思い出の中に（米澤穂
　信） ……………………………………301
執筆者コメント …………………………366
解説（福井健太） ………………………368

［0333］ 学び舎は血を招く
メフィスト編集部編
講談社　2008.11　294p　18cm
900円　（講談社ノベルス―メフィス
ト学園 1）
ISBN978-4-06-182621-2

世界征服同好会（竹本健治）……………… 7
殺人学園祭（楠木誠一郎）……………… 43
敲翼同惜少年春（センチメンタルレヴォリューション）
　（古野まほろ）……………………… 97
闇に潜みし獣（福田栄一）……………… 147
かものはし（日日日）…………………… 201
パラドックス実践（門井慶喜）………… 253

［0334］ まほろ市の殺人―推理ア
ンソロジー
祥伝社　2009.3　344p　18cm
876円　（Non novel 864）
ISBN978-4-396-20864-6

真幌市街地図/真幌市の沿革……………巻頭
春 無節操な死人（倉知淳）…………………… 9
夏 夏に散る花（我孫子武丸）………………… 101
秋 闇雲A子と憂鬱刑事（麻耶雄嵩）……… 173
冬 蜃気楼に手を振る（有栖川有栖）……… 253

［0335］ まほろ市の殺人
祥伝社　2013.2　477p　16cm
714円　（祥伝社文庫 ん1-50）
ISBN978-4-396-33814-5

真幌市街地図 ………………………………… 6
真幌市の沿革 ………………………………… 8
春 無節操な殺人（倉知淳）…………………… 9
夏 夏に散る花（我孫子武丸）………………… 137
秋 闇雲A子と憂鬱刑事（麻耶雄嵩）……… 239
冬 蜃気楼に手を振る（有栖川有栖）……… 347

［0336］ 幻の名探偵―傑作アンソ
ロジー
ミステリー文学資料館編
光文社　2013.5　328p　16cm
724円　（光文社文庫 み19-41）
ISBN978-4-334-76571-2

まえがき ……………………………………… 3
拾った和同開珍（甲賀三郎）……………… 7
蒔かれし種 秋月（あきつき）の日記（あわぢ生）‥ 39
素晴らしや亮吉（山下利三郎）…………… 133
古銭鑑賞家の死（葛山二郎）……………… 161
競馬会前夜（大庭武年）…………………… 187
麻雀殺人事件（海野十三）………………… 211
医学生と首（木々高太郎）………………… 243
青い服の男（守友恒）……………………… 271
解説（山前譲）……………………………… 318

［0337］ マンハッタン物語
ローレンス・ブロック編，田口俊樹,
高山真由美訳
二見書房　2008.8　401p　15cm
829円　（二見文庫―ザ・ミステリ・
コレクション）
ISBN978-4-576-08104-5

序文 ダークシティへようこそ（ローレン
　ス・ブロック）………………………巻頭
見物するにはいいところ（ジェフリー・
　ディーヴァー）…………………………… 15
善きサマリヤ人（チャールズ・アルダイ）‥ 73
最後の晩餐（キャロル・リー・ベンジャミ
　ン）………………………………………… 101
雨（トマス・H.クック）…………………… 117
次善の策（ジム・フジッリ）……………… 137
男と同じ給料をもらっているからには（ロ
　バート・ナイトリー）…………………… 163
ランドリールーム（ジョン・ラッツ）……… 187
フレディ・プリンスはあたしの守護天使
　（リズ・マルティネス）………………… 209
オルガン弾き（マアン・マイヤーズ）……… 235
どうして叩かずにいられないの？（マーティ

推理小説・ミステリー　　　　0341

ン・マイヤーズ）……………… 263
怒り（S.J.ローザン）………………… 277
ニューヨークで一番美しいアパートメント
　（ジャスティン・スコット）………… 305
最終ラウンド（C.J.サリヴァン）…… 331
オードリー・ヘプバーンの思い出に寄せて
　（シュー・シー）……………… 351
住むところはいいところ（ローレンス・ブ
　ロック）…………………………… 377
著者紹介 …………………………… 396

［0338］　見えない殺人カード―本
格短編ベスト・セレクション
本格ミステリ作家クラブ編
講談社　2012.1　559p　15cm
1229円　（講談社文庫　ほ31-10）
ISBN978-4-06-277120-7

序（辻真先）……………………………… 8
はだしの親父（黒田研二）……………… 11
ギリシャ羊の秘密（法月綸太郎）……… 71
殺人現場では靴をお脱ぎください（東川篤
　哉）………………………………… 127
ウォール・ウィスパー（柄刀一）…… 175
霧の巨塔（霞流一）…………………… 267
奇偶論（北森鴻）……………………… 315
身内に不幸がありまして（米澤穂信）… 353
四枚のカード（乾くるみ）…………… 401
見えないダイイング・メッセージ（北山猛
　邦）………………………………… 467
自生する知と自壊する謎―森博嗣論（渡邉
　大輔）……………………………… 537
解説（我孫子武丸）…………………… 554

［0339］　ミステリ愛。免許皆伝！
メフィスト編集部編
講談社　2010.3　285p　18cm
900円　（講談社ノベルス　メA-04―
メフィスト道場）
ISBN978-4-06-182708-0

Round1　一族 …………………………… 7

人類なんて関係ない（平山夢明）……… 9
祝葬（久坂部羊）………………………… 63
Round2　ヌレギヌ ………………… 111
マーキングマウス（不知火京介）…… 113
神様の思惑（黒田研二）……………… 147
Round3　鍵 ………………………… 181
Aカップの男たち（倉知淳）………… 183
鎧塚邸はなぜ軋む（村崎友）………… 233

［0340］　ミステリアス・ショー
ケース
早川書房編集部編
早川書房　2012.3　253p　19cm
1300円　（Hayakawa pocket
mystery books no.1857）
ISBN978-4-15-001857-3

ぼくがしようとしてきたこと（デイヴィッ
　ド・ゴードン）………………………… 9
クイーンズのヴァンパイア（デイヴィッド・
　ゴードン）…………………………… 31
この場所と黄海のあいだ（ニック・ピゾラッ
　ト）…………………………………… 57
彼の両手がずっと待っていたもの（トム・
　フランクリン）……………………… 85
悪魔がオレホヴォにやってくる（デイヴィッ
　ド・ベニオフ）…………………… 107
四人目の空席（スティーヴ・ハミルトン）… 147
彼女がくれたもの（トマス・H.クック）… 165
ライラックの香り（ダグ・アリン）… 187

［0341］　ミステリ★オールスターズ
本格ミステリ作家クラブ編
角川書店　2010.9　406p　19cm
1800円
ISBN978-4-04-874103-3

序文（辻真先）…………………………… 6
I …………………………………………… 9
完全犯罪あるいは善人の見えない牙（深
　水黎一郎）………………………… 11
続・二銭銅貨（北村薫）……………… 31
【静かな男】ロスコのある部屋（早見裕

93

司）……………………………… 51
水密密室！（汀こるもの）……………… 73
二毛作（鳥飼否字）………………… 93
奥の湯の出来事（小森健太朗）……… 109
星空へ行く密室（村瀬継弥）………… 127
深夜の客（山沢晴雄）………………… 147
II ……………………………………… 167
　位牌（伊井圭）……………………… 169
　腕時計（小島正樹）………………… 185
　少しの幸運（森谷明子）…………… 197
　受取人（奥田哲也）………………… 217
　最後の夏（松本寛大）……………… 227
　羅漢崩れ（飛鳥部勝則）…………… 245
III …………………………………… 259
　長い廊下の果てに（芦辺拓）……… 261
　幻の男（藤岡真）…………………… 271
　密室の鬼（辻真先）………………… 289
　ある終末夫婦のレシート（柄刀一）…… 303
　完全無欠の密室への助走（早見江堂）… 311
IV …………………………………… 321
　騒がしい男の謎（太田忠司）……… 323
　つまり誰もいなくならない（斎藤肇）… 337
　神々の大罪（門前典之）…………… 349
　蒼淵家の触手（井上雅彦）………… 365
リレーミステリー　かえれないふたり… 387
　第1章 不安な旅立ち（有栖川有栖）…… 389
　第2章 失われた記憶（光原百合）… 392
　第3章 増殖する影（綾辻行人）…… 395
　第4章 双子の伝承（法月綸太郎）… 399
　終章 災厄の結実（西澤保彦）……… 402
あとがき（芦辺拓）…………………… 405

水密密室！（汀こるもの）……………… 83
二毛作（鳥飼否字）………………… 107
奥の湯の出来事（小森健太朗）……… 125
星空へ行く密室（村瀬継弥）………… 147
深夜の客（山沢晴雄）………………… 171
II ……………………………………… 195
　位牌（伊井圭）……………………… 197
　腕時計（小島正樹）………………… 217
　少しの幸運（森谷明子）…………… 231
　受取人（奥田哲也）………………… 253
　最後の夏（松本寛大）……………… 265
　羅漢崩れ（飛鳥部勝則）…………… 287
III …………………………………… 305
　長い廊下の果てに（芦辺拓）……… 307
　幻の男（藤岡真）…………………… 319
　密室の鬼（辻真先）………………… 339
　ある終末夫婦のレシート（柄刀一）…… 351
　完全無欠の密室への助走（早見江堂）… 359
IV …………………………………… 371
　騒がしい男の謎（太田忠司）……… 373
　つまり誰もいなくならない（斎藤肇）… 389
　神々の大罪（門前典之）…………… 403
　蒼淵家の触手（井上雅彦）………… 421
リレーミステリー　かえれないふたり… 447
　第1章 不安な旅立ち（有栖川有栖）…… 449
　第2章 失われた記憶（光原百合）… 453
　第3章 増殖する影（綾辻行人）…… 457
　第4章 双子の伝承（法月綸太郎）… 461
　終章 災厄の結実（西澤保彦）……… 465
あとがき（芦辺拓）…………………… 470

［0342］　ミステリ・オールスターズ
本格ミステリ作家クラブ編
角川書店　2012.9　472p　15cm
819円　（角川文庫　あ45-50）
ISBN978-4-04-100469-2

序文（辻真先）……………………………… 6
I ……………………………………………… 9
　完全犯罪あるいは善人の見えない牙（深
　　水黎一郎）………………………… 11
　続・二銭銅貨（北村薫）…………… 35
　【静かな男】ロスコのある部屋（早見裕
　　司）………………………………… 59

［0343］　ミステリ魂。校歌斉唱！
メフィスト編集部編
講談社　2010.3　282p　18cm
900円　（講談社ノベルス　メA-03—
メフィスト学園）
ISBN978-4-06-182707-3

無貌の王国（『名もなき王のための遊戯』を
　改題）（三雲岳斗）………………… 7
《せうえうか》の秘密（乾くるみ）………… 65
ディフェンディング・ゲーム（石持浅海）… 117
三大欲求―無修正版（浦賀和宏）… 159
三猿ゲーム（矢野龍王）………………… 231

推理小説・ミステリー　　0346

[0344]　ミステリマガジン700—創
刊700号記念アンソロジー　海外篇
杉江松恋編
早川書房　2014.4　465p　16cm
1060円　（ハヤカワ・ミステリ文庫
HM 402-1）
ISBN978-4-15-180301-7

決定的なひとひねり（A.H.Z.カー）‥‥‥‥ 7
アリバイさがし（シャーロット・アームス
トロング）‥‥‥‥‥‥‥‥‥‥‥‥ 35
終列車（フレドリック・ブラウン）‥‥‥‥ 67
憎悪の殺人（パトリシア・ハイスミス）‥‥ 79
マニング氏の金のなる木（ロバート・アー
サー）‥‥‥‥‥‥‥‥‥‥‥‥‥ 109
二十五年目のクラス会（エドワード・D.ホッ
ク）‥‥‥‥‥‥‥‥‥‥‥‥‥‥ 127
拝啓、編集長様（クリスチアナ・ブランド）‥ 175
すばらしき誘拐（ボアロー，ナルスジャッ
ク）‥‥‥‥‥‥‥‥‥‥‥‥‥‥ 193
名探偵ガリレオ（シオドア・マシスン）‥‥ 211
子守り（ルース・レンデル）‥‥‥‥‥‥ 247
リノで途中下車（ジャック・フィニイ）‥‥ 289
肝臓色の猫はいりませんか（ジェラルド・
カーシュ）‥‥‥‥‥‥‥‥‥‥‥ 335
十号船室の問題（ピーター・ラヴゼイ）‥‥ 345
ソフト・スポット（イアン・ランキン）‥‥ 371
犬のゲーム（レジナルド・ヒル）‥‥‥‥ 411
フルーツセラー（ジョイス・キャロル・オー
ツ）‥‥‥‥‥‥‥‥‥‥‥‥‥‥ 441
編集ノート（杉江松恋）‥‥‥‥‥‥‥‥ 457

[0345]　ミステリマガジン700—創
刊700号記念アンソロジー　国内篇
日下三蔵編
早川書房　2014.4　553p　16cm
1140円　（ハヤカワ・ミステリ文庫
HM 402-2）
ISBN978-4-15-180302-4

寒中水泳（結城昌治）‥‥‥‥‥‥‥‥‥ 7
ピーや（眉村卓）‥‥‥‥‥‥‥‥‥‥ 45

幻の女（田中小実昌）‥‥‥‥‥‥‥‥ 53
離れて遠き（福島正実）‥‥‥‥‥‥‥ 85
ドノヴァン、早く帰ってきて（片岡義男）‥ 109
温泉宿（都筑道夫）‥‥‥‥‥‥‥‥‥ 121
暗いクラブで逢おう（小泉喜美子）‥‥‥ 133
死体にだって見おぼえがあるぞ（田村隆
一）‥‥‥‥‥‥‥‥‥‥‥‥‥‥ 165
クイーンの色紙（鮎川哲也）‥‥‥‥‥ 171
閉じ箱（竹本健治）‥‥‥‥‥‥‥‥‥ 207
聖い夜の中で（仁木悦子）‥‥‥‥‥‥ 225
少年の見た男（原寮）‥‥‥‥‥‥‥‥ 261
『私が犯人だ』（山口雅也）‥‥‥‥‥‥ 307
城館（皆川博子）‥‥‥‥‥‥‥‥‥‥ 343
鳩（日影丈吉）‥‥‥‥‥‥‥‥‥‥‥ 363
船上にて（若竹七海）‥‥‥‥‥‥‥‥ 385
川越にやってください（米澤穂信）‥‥‥ 431
怪奇写真作家（三津田信三）‥‥‥‥‥ 445
交差（結城充考）‥‥‥‥‥‥‥‥‥‥ 481
機龍警察　輪廻（月村了衛）‥‥‥‥‥ 497
証人席（山田風太郎、渡辺啓助、日影丈吉、福
永武彦、松本清張）‥‥‥‥‥‥‥‥ 519
編集ノート（日下三蔵）‥‥‥‥‥‥‥ 545

[0346]　ミステリ・リーグ傑作
選　上
飯城勇三編
論創社　2007.5　313p　20cm
2500円　（論創海外ミステリ 64）
ISBN978-4-8460-0747-8

1号‥‥‥‥‥‥‥‥‥‥‥‥‥‥‥‥‥ 1
姿見を通して—第1回（エラリー・クイー
ン）‥‥‥‥‥‥‥‥‥‥‥‥‥‥ 2
偉大なるバーリンゲーム氏（ジョン・マー
ヴェル）‥‥‥‥‥‥‥‥‥‥‥‥ 8
パズル・デパートメント‥‥‥‥‥‥‥ 39
フーディーニの秘密（J.C.キャネル）‥‥ 48
クイーン好み—第1回（エラリー・クイー
ン）‥‥‥‥‥‥‥‥‥‥‥‥‥‥ 73
作家よ！作家よ！‥‥‥‥‥‥‥‥‥ 106
批評への招待‥‥‥‥‥‥‥‥‥‥‥ 110
2号‥‥‥‥‥‥‥‥‥‥‥‥‥‥‥‥ 113
姿見を通して—第2回（エラリー・クイー
ン）‥‥‥‥‥‥‥‥‥‥‥‥‥‥ 114
完全なる償い（ヘンリー・ウェイド）‥‥ 120

95

クイーン好み―第2回（エラリー・クイーン）……… 149
作家よ！ 作家よ！ ……………… 180
3号 …………………………… 185
姿見を通して―第3回（エラリー・クイーン）……………… 186
ガネットの銃（トマス・ウォルシュ）…… 190
読者コーナー ……………………… 223
蠅（ジェラルド・アズウェル）………… 254
クイーン好み―第3回（エラリー・クイーン）……………… 261
解説（飯城勇三）……………… 289

［0347］ ミステリ・リーグ傑作
選 下
飯城勇三編
論創社 2007.6 401p 20cm
2500円 （論創海外ミステリ 65）
ISBN978-4-8460-0748-5

クイーン好み―第3回（エラリー・クイーン）‥3
角のあるライオン（ブライアン・フリン）…… 6
4号 …………………………… 307
姿見を通して―第4回（エラリー・クイーン）……………… 308
蘭の女（チャールズ・G.ブース）……… 310
クイーン好み―第4回（エラリー・クイーン）……………… 343
黄金の雑誌、黄金の刻（芦辺拓）……… 364

［0348］ 密室晩餐会
二階堂黎人編
原書房 2011.6 326p 20cm
1800円 （ミステリー・リーグ）
ISBN978-4-562-04706-2

はじめに（二階堂黎人）………… 4
少年と少女の密室（大山誠一郎）………… 11
楢山鍵店、最後の鍵（天祢涼）…… 55
密室からの逃亡者（小島正樹）………… 101
峡谷の檻（安萬純一）……… 141
寒い朝だった―失踪した少女の謎（麻生荘

太郎）………………………… 183
ジェフ・マールの追想（加賀美雅之）……… 225

［0349］ みんなの少年探偵団
ポプラ社 2014.11 227p 19cm
1400円
ISBN978-4-591-14171-7

永遠（万城目学）…………………… 5
少女探偵団（湊かなえ）………… 65
東京の探偵たち（小路幸也）………… 109
指数犬（向井湘吾）……………… 151
解散二十面相（藤谷治）………… 191

［0350］ みんなの少年探偵団
ポプラ社 2016.12 227p 16cm
620円 （ポプラ文庫 ん1-10）
ISBN978-4-591-15272-0

永遠（万城目学）…………………… 5
少女探偵団（湊かなえ）………… 65
東京の探偵たち（小路幸也）………… 109
指数犬（向井湘吾）……………… 149
解散二十面相（藤谷治）………… 191

［0351］ みんなの少年探偵団 2
ポプラ社 2016.3 237p 19cm
1500円
ISBN978-4-591-14941-6

未来人F（有栖川有栖）…………… 5
五十年後の物語（歌野晶午）…… 49
闇からの予告状（大崎梢）……… 97
うつろう宝石（坂木司）………… 153
溶解人間（平山夢明）…………… 193

推理小説・ミステリー　　0355

[0352]　名探偵を追いかけろ
日本推理作家協会編
光文社　2007.5　635p　16cm
914円　（光文社文庫—日本ベストミ
　ステリー選集 34）
ISBN978-4-334-74250-8

三毛猫ホームズの遺失物（赤川次郎）‥‥‥‥ 7
名探偵エノケン氏（芦辺拓）‥‥‥‥‥‥‥ 45
201号室の災厄（有栖川有栖）‥‥‥‥‥‥ 89
燃える女（逢坂剛）‥‥‥‥‥‥‥‥‥‥ 149
サインペインター（大倉崇裕）‥‥‥‥‥ 199
血を吸うマント（霞流一）‥‥‥‥‥‥‥ 259
虹の家のアリス（加納朋子）‥‥‥‥‥‥ 287
カラスの動物園（倉知淳）‥‥‥‥‥‥‥ 327
筆合戦（高橋克彦）‥‥‥‥‥‥‥‥‥‥ 393
龍之介、黄色い部屋に入ってしまう（柄刀
　一）‥‥‥‥‥‥‥‥‥‥‥‥‥‥‥ 417
鬼は外（宮部みゆき）‥‥‥‥‥‥‥‥‥ 469
いつ入れ替わった？—An exchange of tears
　for smiles（森博嗣）‥‥‥‥‥‥‥‥ 517
ハブ（山田正紀）‥‥‥‥‥‥‥‥‥‥‥ 569
解説 永遠のヒーロー、それは名探偵（山前
　譲）‥‥‥‥‥‥‥‥‥‥‥‥‥‥‥ 631

[0353]　名探偵だって恋をする
角川書店　2013.9　239p　15cm
514円　（角川文庫 あ103-1）
ISBN978-4-04-101007-5

ローウェル骨董店の事件簿—秘密の小箱
　（梶野道流）‥‥‥‥‥‥‥‥‥‥‥‥ 5
花酔いロジック（森晶麿）‥‥‥‥‥‥‥ 49
浮遊惑星ホームバウンド（伊与原新）‥‥ 101
空蜘蛛（宮内悠介）‥‥‥‥‥‥‥‥‥‥ 121
消えたロザリオ—聖アリスガワ女学校の事
　件簿 1（古野まほろ）‥‥‥‥‥‥‥‥ 147
解説（三村美衣）‥‥‥‥‥‥‥‥‥‥‥ 235

[0354]　名探偵登場！
講談社　2014.4　326p　19cm
1800円
ISBN978-4-06-218903-3

科学探偵帆村（筒井康隆）‥‥‥‥‥‥‥‥ 7
文久二年閏八月の怪異（町田康）‥‥‥‥ 29
フェリシティの面接（津村記久子）‥‥‥ 65
遠眼鏡（木内昇）‥‥‥‥‥‥‥‥‥‥‥ 83
わたしとVと刑事C（藤野可織）‥‥‥‥ 99
音譜五つの春だった（片岡義男）‥‥‥‥ 117
捕まえて、鬼平！—鬼平「風説」犯科帳（青
　木淳悟）‥‥‥‥‥‥‥‥‥‥‥‥‥ 143
三毛猫は電氣鼠の夢を見るか（海猫沢めろ
　ん）‥‥‥‥‥‥‥‥‥‥‥‥‥‥‥ 165
銀座某重大事件（辻真先）‥‥‥‥‥‥‥ 191
a yellow room（谷崎由依）‥‥‥‥‥‥ 219
ふくろうたち（稲葉真弓）‥‥‥‥‥‥‥ 241
ぼくの大伯母さん（長野まゆみ）‥‥‥‥ 263
四人目の男（松浦寿輝）‥‥‥‥‥‥‥‥ 291
解説 名探偵の登場が推理小説を生んだ（中
　条省平）‥‥‥‥‥‥‥‥‥‥‥‥‥ 317
作者紹介‥‥‥‥‥‥‥‥‥‥‥‥‥‥‥ 326

[0355]　名探偵登場！
講談社　2016.4　393p　15cm
780円　（講談社文庫 つ1-7）
ISBN978-4-06-293372-8

科学探偵帆村（筒井康隆）‥‥‥‥‥‥‥‥ 9
文久二年閏八月の怪異（町田康）‥‥‥‥ 35
フェリシティの面接（津村記久子）‥‥‥ 77
遠眼鏡（木内昇）‥‥‥‥‥‥‥‥‥‥‥ 97
わたしとVと刑事C（藤野可織）‥‥‥‥ 117
音譜五つの春だった（片岡義男）‥‥‥‥ 139
捕まえて、鬼平！（青木淳悟）‥‥‥‥‥ 169
三毛猫は電氣鼠の夢を見るか（海猫沢めろ
　ん）‥‥‥‥‥‥‥‥‥‥‥‥‥‥‥ 197
銀座某重大事件（辻真先）‥‥‥‥‥‥‥ 229
a yellow room（谷崎由依）‥‥‥‥‥‥ 263
ふくろうたち（稲葉真弓）‥‥‥‥‥‥‥ 289
ぼくの大伯母さん（長野まゆみ）‥‥‥‥ 317

四人目の男（松浦寿輝）……………… 351
解説 名探偵の登場が推理小説を生んだ（中条省平）………………………… 382
作者紹介 ………………………………… 393

［0356］ 名探偵と鉄旅—鉄道ミステリー傑作選
ミステリー文学資料館編
光文社　2016.10　443p　16cm
860円　（光文社文庫 み19-48）
ISBN978-4-334-77369-4

まえがき ……………………………………… 3
三毛猫ホームズの感傷旅行（赤川次郎）…… 7
急行《あがの》（天城一）…………………… 65
緋紋谷事件（鮎川哲也）…………………… 101
碓氷峠殺人事件（内田康夫）……………… 187
鉄路に消えた断頭吏（加賀美雅之）……… 229
お座敷列車殺人号（辻真先）……………… 285
恵那峡殺人事件（津村秀介）……………… 327
特急列車は死を乗せて（山村美紗）……… 387
解説（山前譲）……………………………… 430

［0357］ 名探偵に訊け
日本推理作家協会編
光文社　2010.9　552p　18cm
1400円　（Kappa novels—最新ベストミステリー）
ISBN978-4-334-07698-6

編纂序文 名探偵登場（千街晶之）………… 5
火村英生に捧げる犯罪（有栖川有栖）…… 15
五ん兵衛船（泡坂妻夫）…………………… 51
ディフェンディング・ゲーム（石持浅海）… 63
四枚のカード（乾くるみ）………………… 103
図書館減ぶべし（門井慶喜）……………… 149
背表紙の友（北森鴻）……………………… 191
毒入りバレンタイン・チョコ（北山猛邦）…215
バグズ・ヘブン（柄刀一）………………… 265
周波数は77.4MHz（初野晴）……………… 339
殺人現場では靴をお脱ぎください（東川篤哉）………………………………………… 385

隙魔の如き覗くもの（三津田信三）……… 417
原宿消えた列車の謎（山田正紀）………… 473
蠅男（若竹七海）…………………………… 517
初出一覧 …………………………………… 554

［0358］ 名探偵に訊け
日本推理作家協会編
光文社　2013.4　770p　16cm
1000円　（光文社文庫 に6-40—日本ベストミステリー選集）
ISBN978-4-334-76561-3

火村英生に捧げる犯罪（有栖川有栖）……… 7
五ん兵衛船（泡坂妻夫）…………………… 59
ディフェンディング・ゲーム（石持浅海）… 79
四枚のカード（乾くるみ）………………… 137
図書館減ぶべし（門井慶喜）……………… 197
背表紙の友（北森鴻）……………………… 257
毒入りバレンタイン・チョコ（北山猛邦）…291
バグズ・ヘブン（柄刀一）………………… 363
周波数は77.4MHz（初野晴）……………… 465
殺人現場では靴をお脱ぎください（東川篤哉）……………………………………… 531
隙魔の如き覗くもの（三津田信三）……… 573
原宿消えた列車の謎（山田正紀）………… 653
蠅男（若竹七海）…………………………… 715
解説 名探偵登場（千街晶之）…………… 764

［0359］ 名探偵の奇跡
光文社　2007.9　453p　18cm
1286円　（Kappa novels—最新ベスト・ミステリー　日本推理作家協会編）
ISBN978-4-334-07663-4

編纂序文 探偵の歴史、名探偵の系譜（末國善己）…………………………………… 5
地獄へご案内（赤川次郎）………………… 15
裁判員法廷二〇〇九（芦辺拓）…………… 43
あるいは四風荘殺人事件（有栖川有栖）… 103
願かけて（泡坂妻夫）……………………… 145
雷鳴（大沢在昌）…………………………… 159

推理小説・ミステリー　　　0363

棄神祭（北森鴻）…………………… 171
先生と僕（坂木司）………………… 207
デューラーの瞳（柄刀一）………… 247
変奏曲＜白い密室＞（西澤保彦）…… 301
四色問題（法月綸太郎）…………… 347
カランポーの悪魔（柳広司）……… 373
永遠の時効（横山秀夫）…………… 411
初出一覧 …………………………… 454

```
［0360］　名探偵の奇跡
日本推理作家協会編
光文社　2010.5　588p　16cm
895円　（光文社文庫　に6-37―日本
ベストミステリー選集）
ISBN978-4-334-74781-7
```

地獄へご案内（赤川次郎）……………… 7
審理（裁判員法廷二〇〇九）（芦辺拓）… 49
あるいは四風荘殺人事件（有栖川有栖）…… 123
願かけて（泡坂妻夫）………………… 177
雷鳴（大沢在昌）……………………… 197
棄神祭（北森鴻）……………………… 213
先生と僕（坂木司）…………………… 259
デューラーの瞳（柄刀一）…………… 313
変奏曲＜白い密室＞（西澤保彦）…… 383
四色問題（法月綸太郎）……………… 441
カランポーの悪魔（柳広司）………… 473
永遠の時効（横山秀夫）……………… 521
解説―探偵の歴史、名探偵の系譜（末國善己）…………………………… 582

```
［0361］　名探偵の饗宴
朝日新聞出版　2015.3　347p　15cm
780円　（朝日文庫　や37-1）
ISBN978-4-02-264772-6
```

鼠が耳をすます時（山口雅也）………… 7
水難（麻耶雄嵩）……………………… 45
ウシュクダラのエンジェル（篠田真由美）… 99
ある蒐集家の死（二階堂黎人）……… 141
禁じられた遊び（法月綸太郎）……… 197
詩人の死（若竹七海）………………… 223

神の目（今邑彩）……………………… 259
バルーン・タウンの裏窓（松尾由美）…… 295
解説（千街晶之）……………………… 334

```
［0362］　珍しい物語のつくり方―
本格短編ベスト・セレクション
本格ミステリ作家クラブ編
講談社　2010.1　657p　15cm
1000円　（講談社文庫　ほ31-8）
ISBN978-4-06-276566-4
```

序（辻真先）…………………………… 8
小説 ………………………………… 11
　霧ケ峰涼の逆襲（東川篤哉）……… 11
　コインロッカーから始まる物語（黒田研二）…………………………… 59
　杉玉のゆらゆら（霞流一）………… 103
　太陽殿のイシス（ゴーレムの檻 現代版）（柄刀一）…………………… 145
　この世でいちばん珍しい水死人（佳多山大地）……………………… 205
　流れ星のつくり方（道尾秀介）…… 263
　黄鶏帖（おうけいじょう）の名跡（森福都）…… 303
　J・サーバーを読んでいた男（浅暮三文）… 381
　砕けちる褐色（田中啓文）………… 415
　陰樹の森で（石持浅海）…………… 493
　刀盗人（岩井三四二）……………… 547
　最後のメッセージ（蒼井上鷹）…… 577
　シェイク・ハーフ（米澤穂信）…… 585
評論 ………………………………… 629
　『攻殻機動隊』とエラリイ・クイーン―あやつりテーマの交錯（小森健太朗）… 629
解説（杉江松恋）……………………… 648

```
［0363］　麺'sミステリー倶楽部―傑作推理小説集
ミステリー文学資料館編
光文社　2012.10　346p　16cm
667円　（光文社文庫　み19-40）
ISBN978-4-334-76482-1
```

まえがき（〔ミステリー文学資料館〕）………… 3

99

推理小説・ミステリー

口絵（江戸川乱歩）……………… 7
探偵うどん（古今亭志ん生（5代目））… 9
はじまりの物語（北森鴻）……… 19
六本木・うどん（大沢在昌）…… 53
麺とスープと殺人と（山田正紀）… 75
夢のかけら 麺のかけら（石持浅海）…… 149
途上（西村健）…………………… 181
ラーメン殺人事件（嵯峨島昭）… 217
電気パルス聖餐（梶尾真治）…… 251
艶説鴨南蛮（村上元三）………… 271
きしめんの逆襲（清水義範）…… 299
解説（新保博久）………………… 334

［0364］　もっとすごい！　10分間
　　ミステリー
　『このミステリーがすごい！』大賞編
　　　　　　集部編
　　宝島社　2013.5　361p　16cm
　　648円　（宝島社文庫 Cこ-5-2）
　　　ISBN978-4-8002-0830-9

はじめに（茶木則雄）…………… 8
虹の飴（海堂尊）………………… 11
二十八年目のマレット（中山七里）… 25
世界からあなたの笑顔が消えた日（佐藤青
　南）……………………………… 35
ほおずき（天田式）……………… 45
Csのために（喜多喜久）………… 57
今ひとたび（森川楓子）………… 67
最低の男（篠原昌裕）…………… 77
記念日（伽古屋圭市）…………… 89
十分後に俺は死ぬ（桂修司）…… 99
特約条項 第三条（安生正）…… 111
マカロンと女子会（友井羊）…… 121
稀有なる食材（深津十一）……… 133
ずっと、欲しかった女の子（矢樹純）…… 145
獲物（塔山郁）…………………… 155
愚痴の多い相談者（法坂一広）… 165
なんでもあり（深町秋生）……… 175
部屋と手錠と私（水原秀策）…… 187
罪過の逆転（浅倉卓弥）………… 199
微笑む女（中村啓）……………… 211
私の彼は男前（水田美意子）…… 223
母の面影（拓未司）……………… 235
数字男（柳原慧）………………… 245

オー・マイ・ゴッド（山下貴光）… 257
お届けモノ（高山聖史）………… 269
ゆうしゃのゆううつ（堀内公太郎）… 281
走馬灯（新藤卓広）……………… 293
立体コンサルタント（伊園旬）… 305
葉桜のタイムカプセル（岡崎琢磨）… 315
全裸刑事チャーリー オシャレな股間!? 殺
　人事件（七尾与史）…………… 327
抜け忍サドンデス（乾緑郎）…… 339
「お薬増やしておきますね」（柚月裕子）… 351

［0365］　山口雅也の本格ミステリ・
　　アンソロジー
　　　　山口雅也編
　　角川書店　2007.12　453p　15cm
　　781円　（角川文庫）
　　　ISBN978-4-04-345503-4

Intro.―我がアンソロジスト事始（山口雅
　也）……………………………… 7
意外な謎と意外な解決の饗宴 …… 15
　道化の町（ジェイムズ・パウエル著，宮
　　脇孝雄訳）…………………… 17
　ああ無情（坂口安吾）………… 49
　足あとのなぞ（星新一）……… 91
　大叔母さんの蠅取り紙（P.D.ジェイムズ
　　著，真野明裕訳）…………… 99
　イギリス寒村の謎（アーサー・ポージス
　　著，風見潤訳）……………… 139
ミステリ漫画の競演 …………… 153
　《コーシン・ミステリイ》より（高信太
　　郎）…………………………… 155
　Zの悲劇（高信太郎）………… 157
　僧正殺人事件（高信太郎）…… 165
　グリーン殺人事件（高信太郎）… 173
　〆切だからミステリーでも勉強しよう
　　（山上たつひこ）…………… 181
「謎」小説（リドル・ストーリー）の饗宴 ………… 207
　女か虎か（フランク・R.ストックトン著，
　　中村能三訳）………………… 209
　三日月刀の促進士（フランク・R.ストッ
　　クトン著，中村能三訳）…… 222
　謎のカード（クリーヴランド・モフェッ
　　ト著，深町眞理子訳）……… 235
　謎のカード事件（エドワード・D.ホック

推理小説・ミステリー　　　　　0368

著，村社伸訳)………………… 255
最後の答(ハル・エルスン著，田中小実
　昌訳)…………………………… 289
幻の作家たちの競演 ………………… 303
ファレサイ島の奇跡(乾敦) ……… 305
新納(にいろ)の棺(宮原龍雄)……… 331
密室の競演 1(最後の密室) ……… 361
最後で最高の密室(スティーヴン・バー
　著，深町眞理子訳)……………… 363
密室学入門 最後の密室(土屋隆夫)…… 385
密室の競演 2(密室の未来)……… 413
真鍮色の密室(アイザック・アシモフ著，
　島田三蔵訳)…………………… 415
マイナス 1(J.G.バラード著，伊藤哲訳)… 429

　　[0366]　甦る名探偵―探偵小説ア
　　　　　ンソロジー
　　　ミステリー文学資料館編
　　　光文社　2014.10　408p　16cm
　　　800円　(光文社文庫 み19-44)
　　　ISBN978-4-334-76817-1

まえがき(〔ミステリー文学資料館〕)………… 3
霊魂の足(角田喜久雄) ……………… 7
銃弾の秘密(鬼怒川浩) ……………… 85
不思議の国の犯罪(天城一) ……… 125
雪(楠田匡介)………………………… 139
三月十三日午前二時(大坪砂男)……… 191
うるっぷ草の秘密(岡村雄輔)……… 227
歯(坪田宏)…………………………… 293
犠牲者(飛鳥高) …………………… 351
解説(山前譲) ……………………… 398

　　[0367]　論理学園事件帳―本格短
　　　　　編ベスト・セレクション
　　　本格ミステリ作家クラブ編
　　　講談社　2007.1　588p　15cm
　　　857円　(講談社文庫)
　　　ISBN978-4-06-275623-5

序文(北村薫) ………………………… 8
小説 ………………………………… 11

凱旋(北村薫)………………………… 11
彼女がペイシェンスを殺すはずがない
　(大山誠一郎)…………………… 29
曇斎先生事件帳―木乃伊(ミイラ)とウニ
　コール(芦辺拓)………………… 89
百万のマルコ(柳広司)…………… 129
目撃者は誰?(貫井徳郎)…………… 157
腕貫探偵(西澤保彦)………………… 239
GOTH―リストカット事件(乙一)…… 277
比類のない神々しいような瞬間(有栖川
　有栖)…………………………… 317
ミステリアス学園(鯨統一郎)……… 395
首切り監督(霞流一)………………… 443
別れてください(青井夏海) ……… 481
評論 ………………………………… 543
論理の悪夢を視る者たち.日本篇(千街晶
　之)……………………………… 543
本格ミステリに地殻変動は起きている
　か?(笠井潔)…………………… 565
解説(村上貴史)…………………… 578

　　[0368]　Bluff騙し合いの夜
　　　日本推理作家協会編
　　　講談社　2012.4　432p　15cm
　　　724円　(講談社文庫 に6-72―ミス
　　　　テリー傑作選)
　　　ISBN978-4-06-277228-0

検問(伊坂幸太郎)…………………… 5
熱帯夜(曽根圭介) ………………… 45
前世の因縁(沢村凜)……………… 109
パラドックス実践(門井慶喜)……… 159
見えない猫(黒崎緑)……………… 225
リターンズ(山田深夜)…………… 267
音の正体(折原一)………………… 309
夜の自画像(連城三紀彦)………… 363
解説(千街晶之)…………………… 426

101

［0369］　BORDER善と悪の境界
日本推理作家協会編
講談社　2013.11　455p　15cm
800円　（講談社文庫　に6-77―ミス
　　テリー傑作選）
ISBN978-4-06-277708-7

随監（安東能明）………………………… 5
夏の光（道尾秀介）……………………… 51
雨が降る頃（結城充考）………………… 101
ドロッピング・ゲーム（石持浅海）……… 147
波形の声（長岡弘樹）…………………… 213
老友（曽根圭介）………………………… 209
眼の池（鳥飼否宇）……………………… 311
師匠（永瀬隼介）………………………… 387
解説（池上冬樹）………………………… 446

［0370］　Doubtきりのない疑惑
日本推理作家協会編
講談社　2011.11　437p　15cm
695円　（講談社文庫　に6-71―ミス
　　テリー傑作選）
ISBN978-4-06-277100-9

黒い履歴（薬丸岳）……………………… 5
堂場警部補とこぼれたミルク（蒼井上鷹）… 57
選挙トトカルチョ（佐野洋）…………… 135
その日まで（新津きよみ）……………… 185
点と円（西村健）………………………… 223
傍聞き（かたえぎき）―永見緋太郎の事件簿（長
　岡弘樹）………………………………… 263
辛い飴（田中啓文）……………………… 319
悪い手（逢坂剛）………………………… 357
解説（野崎六助）………………………… 426

［0371］　Esprit機知と企みの競演
日本推理作家協会編
講談社　2016.11　370p　15cm
890円　（講談社文庫　に6-84―ミス
　　テリー傑作選）
ISBN978-4-06-293363-6

著者紹介 …………………………………巻頭
探偵・竹花と命の電話（藤田宜永）………… 5
青い絹の人形（岸田るり子）…………… 65
機巧のイヴ（乾緑郎）…………………… 125
父の葬式（天祢涼）……………………… 177
妄執（曽根圭介）………………………… 245
宗像くんと万年筆事件（中田永一）……… 291
解説―名篇を愉しみ、読み比べも愉しもう
　（村上貴史）…………………………… 361

［0372］　Guilty殺意の連鎖
日本推理作家協会編
講談社　2014.4　388p　15cm
830円　（講談社文庫　に6-78―ミス
　　テリー傑作選）
ISBN978-4-06-277779-7

芹葉（せりば）大学の夢と殺人（辻村深月）……… 5
アポロンのナイフ（有栖川有栖）…………… 77
天の狗（いぬ）（鳥飼否宇）……………… 153
死ぬのは誰か（早見江堂）……………… 219
棺桶（かんおけ）（平山瑞穂）…………… 261
満願（米澤穂信）………………………… 315
解説（千街晶之）………………………… 379

推理小説・ミステリー　0376

［0373］　Junction運命の分岐点
日本推理作家協会編
講談社　2015.4　306p　15cm
830円　（講談社文庫　に6-81─ミス
テリー傑作選）
ISBN978-4-06-293075-8

望郷、海の星（湊かなえ）……………………… 5
死人宿（米澤穂信）……………………………… 57
この手500万（両角長彦）……………………… 107
超越数トッカータ（杉井光）…………………… 151
オンブタイ（長岡弘樹）………………………… 201
残響ばよえ〜ん（詠坂雄二）…………………… 239
解説（末國善己）………………………………… 297

［0374］　Logic真相への回廊
日本推理作家協会編
講談社　2013.4　460p　15cm
762円　（講談社文庫　に6-75─ミス
テリー傑作選）
ISBN978-4-06-277510-6

休日（薬丸岳）…………………………………… 5
未来の花（横山秀夫）…………………………… 45
レッド・シグナル（遠藤武文）………………… 83
ノビ師（黒崎視音）……………………………… 143
九のつく歳（西澤保彦）………………………… 179
ミスファイア（伊岡瞬）………………………… 217
星風よ、淀みに吹け（小川一水）……………… 279
生き証人（末浦広海）…………………………… 359
この雨が上がる頃（大門剛明）………………… 409
解説（佳多山大地）……………………………… 452

［0375］　MARVELOUS
MYSTERY─至高のミステリー、
ここにあり
日本推理作家協会編
講談社　2010.11　399p　15cm
695円　（講談社文庫　に6-68─ミス
テリー傑作選）
ISBN978-4-06-276792-7

罪つくり（横山秀夫）…………………………… 5
脂肪遊戯（桜庭一樹）…………………………… 71
早朝ねはん（門井慶喜）………………………… 115
スペインの靴（三上洸）………………………… 183
標野にて　君が袖振る（大崎梢）……………… 241
オムライス（薬丸岳）…………………………… 307
ラストマティーニ（北森鴻）…………………… 351
解説（大矢博子）………………………………… 391

［0376］　Mystery Seller
新潮社ミステリーセラー編集部編
新潮社　2012.2　585p　16cm
750円　（新潮文庫　し-63-5）
ISBN978-4-10-136675-3

進々堂世界一周　戻り橋と悲願花（島田荘司）‥9
四分間では短すぎる（有栖川有栖）………… 145
夏に消えた少女（我孫子武丸）………………… 219
柘榴（米澤穂信）………………………………… 247
恐い映像（竹本健治）…………………………… 299
確かなつながり（北川歩実）…………………… 365
杜の囚人（長江俊和）…………………………… 453
失くした御守（麻耶雄嵩）……………………… 509

［0377］ Play推理遊戯
日本推理作家協会編
講談社 2011.4 387p 15cm
676円 （講談社文庫 に6-69―ミステリー傑作選）
ISBN978-4-06-276946-4

薔薇の色（今野敏）……5
退出ゲーム（初野晴）……33
人事マン（沢村凜）……107
初鰹（柴田哲孝）……155
ねずみと探偵―あぽやん（新野剛志）……197
はだしの親父（黒田研二）……265
ギリシャ羊の秘密（法月綸太郎）……325
解説（小森健太朗）……380

［0378］ QED鏡家の薬屋探偵―メフィスト賞トリビュート
メフィスト編集部編
講談社 2010.8 259p 18cm
900円 （講談社ノベルス メA-05）
ISBN978-4-06-182734-9

鏡家サーガ……7
漂流カーペット―鏡家サーガ（竹本健治）……9
QED……75
外嶋一郎主義―QED（西澤保彦）……77
薬剤師とヤクザ医師の長い夜―QED（椹野道流）……129
薬屋探偵妖綺談……170
リベザル童話『メフィストくん』―薬屋探偵妖綺談（令丈ヒロ子）……173
一杯のカレーライス―薬屋探偵妖綺談（時村尚）……207

［0379］ Question謎解きの最高峰
日本推理作家協会編
講談社 2015.11 350p 15cm
830円 （講談社文庫 に6-82―ミステリー傑作選）
ISBN978-4-06-293092-5

足塚不二雄『UTOPIA最後の世界大戦』（鶴書房）（三上延）……5
三階に止まる（石持浅海）……67
新陰流"月影"（しんかげりゅうつきかげ）（高井忍）……111
言うな地蔵（大門剛明）……177
現場の見取り図 大癋見（おおべしみ）警部の事件簿（深水黎一郎）……217
ダークルーム（近藤史恵）……241
原罪SHOW（長江俊和）……275
解説（大矢博子）……340

［0380］ Shadow闇に潜む真実
日本推理作家協会編
講談社 2014.11 348p 15cm
830円 （講談社文庫 に6-80―ミステリー傑作選）
ISBN978-4-06-277920-3

人間の尊厳と八〇〇メートル（深水黎一郎）……5
本部から来た男（塔山郁）……51
原始人ランナウェイ（相沢沙呼）……83
義憤（ぎふん）（曽根圭介）……153
殷帝之宝剣（いんていのほうけん）（秋梨惟喬）……193
橘（たちばな）の寺（道尾秀介）……255
解説（日下三蔵）……334

推理小説・ミステリー　　　　　　　　　　0384

［0381］　Spiralめくるめく謎
日本推理作家協会編
講談社　2012.11　477p　15cm
695円　（講談社文庫　に6-74―ミス
テリー傑作選）
ISBN978-4-06-277427-7

犭（ケモノ）（道尾秀介）…………………… 5
駈込み訴え（石持浅海）………………… 53
モドル（乾ルカ）………………………… 99
第四象限の密室（澤本等）…………… 155
身代金の奪い方（柄刀一）…………… 223
渋い夢―永見緋太郎の事件簿（田中啓文）‥305
しらみつぶしの時計（法月綸太郎）……… 367
ハートレス（薬丸岳）…………………… 417
解説（日下三蔵）………………………… 464

［0382］　Symphony漆黒の交響曲
日本推理作家協会編
講談社　2016.4　315p　15cm
830円　（講談社文庫　に6-83―ミス
テリー傑作選）
ISBN978-4-06-293362-9

暗い越流（若竹七海）…………………… 5
本と謎の日々（有栖川有栖）…………… 49
ゆるやかな自殺（貴志祐介）…………… 89
悲しみの子（七河迦南）……………… 139
青葉の盤（宮内悠介）………………… 181
心を掬う（柚月裕子）………………… 233
解説（佳多山大地）…………………… 306

［0383］　THE密室―ミステリーア
ンソロジー
山前譲編
有楽出版社　2014.9　274p　18cm
950円　（JOY NOVELS）
ISBN978-4-408-60688-0

犯罪の場（飛鳥高）……………………… 9
白い密室（鮎川哲也）………………… 37
球形の楽園（泡坂妻夫）……………… 75
不透明な密室―Invisible Man（折原一）‥‥113
梨の花（陳舜臣）……………………… 147
降霊術（山村正夫）…………………… 191
ストリーカーが死んだ（山村美紗）……… 233
解説―密室の扉はいつ開けられる（山前
譲）………………………………… 268

［0384］　THE密室
山前譲編
実業之日本社　2016.10　334p
16cm　620円　（実業之日本社文庫
ん5-1）
ISBN978-4-408-55322-1

犯罪の場（飛鳥高）……………………… 9
白い密室（鮎川哲也）………………… 39
球形の楽園（泡坂妻夫）……………… 85
不透明な密室―Invisible Man（折原一）‥‥133
梨の花（陳舜臣）……………………… 177
降霊術（山村正夫）…………………… 231
ストリーカーが死んだ（山村美紗）……… 283
解説―密室の扉はいつ開けられる（山前
譲）………………………………… 328

105

推理小説・ミステリー

```
［0385］　THE名探偵―ミステリー
　　　　　　アンソロジー
　　　　　　山前譲編
　　有楽出版社　2014.9　243p　18cm
　　　950円　　（JOY NOVELS）
　　　ISBN978-4-408-60687-3
```

心理試験（江戸川乱歩）……………………… 9
五人の子供（角田喜久雄）………………… 49
性痴（高木彬光）…………………………… 73
温室事件（福永武彦）……………………… 109
灰色の手袋（仁木悦子）…………………… 151
團十郎切腹事件（戸板康二）……………… 201
解説―名探偵、その華麗なる謎解き（山前
　譲）………………………………………… 238

```
［0386］　ULTIMATE
MYSTERY―究極のミステリー、
　　　　　ここにあり
　　　日本推理作家協会編
　　講談社　2010.4　405p　15cm
　　695円　　（講談社文庫　に6-66―ミス
　　　　　　テリー傑作選）
　　　ISBN978-4-06-276637-1
```

落下（おち）る（東野圭吾）……………………… 5
熊王ジャック（柳広司）…………………… 67
未来へ踏み出す足（石持浅海）…………… 117
心あたりのある者は（米澤穂信）………… 163
あなたに会いたくて（不知火京介）……… 205
ラスト・セッション（蒼井上鷹）………… 247
エクステ効果（菅浩江）…………………… 315
ホームシックシアター（春口裕子）……… 355
解説（香山二三郎）………………………… 398

幻想小説

［0387］　居心地の悪い部屋
岸本佐知子編訳
角川書店　2012.3　218p　20cm
1600円
ISBN978-4-04-110127-8

へべはジャリを殺す（ブライアン・エヴン
　ソン）………………………………… 5
チャメトラ（ルイス・アルベルト・ウレア）‥ 19
あざ（アンナ・カヴァン）………………… 29
来訪者（ジュディ・バドニッツ）………… 41
どう眠った？（ポール・グレノン）……… 67
父、まばたきもせず（ブライアン・エヴン
　ソン）………………………………… 85
分身（リッキー・デュコーネイ）………… 97
潜水夫（ダイバー）（ルイス・ロビンソン）…… 103
やあ！ やってるかい！（ジョイス・キャロ
　ル・オーツ）………………………… 137
ささやき（レイ・ヴクサヴィッチ）……… 149
ケーキ（ステイシー・レヴィーン）……… 171
喜びと哀愁の野球トリビア・クイズ（ケン・
　カルファス）………………………… 183
編訳者あとがき ………………………… 210

［0388］　居心地の悪い部屋
岸本佐知子編訳
河出書房新社　2015.11　191p
15cm　740円　（河出文庫 キ4-1）
ISBN978-4-309-46415-2

へべはジャリを殺す（ブライアン・エヴン
　ソン）………………………………… 7
チャメトラ（ルイス・アルベルト・ウレア）‥ 19
あざ（アンナ・カヴァン）………………… 27

どう眠った？（ポール・グレノン）……… 37
父、まばたきもせず（ブライアン・エヴン
　ソン）………………………………… 53
分身（リッキー・デュコーネイ）………… 65
オリエンテーション（ダニエル・オロズコ）‥ 69
潜水夫（ダイバー）（ルイス・ロビンソン）…… 83
やあ！ やってるかい！（ジョイス・キャロ
　ル・オーツ）………………………… 115
ささやき（レイ・ヴクサヴィッチ）……… 125
ケーキ（ステイシー・レヴィーン）……… 145
喜びと哀愁の野球トリビア・クイズ（ケン・
　カルファス）………………………… 157
編訳者あとがき ………………………… 181
文庫版あとがき ………………………… 190

**［0389］　狼女物語―美しくも妖し
い短編傑作選**
ウェルズ恵子編・解説，大貫昌子訳
工作舎　2011.3　225p　20cm
2400円
ISBN978-4-87502-436-1

イーナ（マンリー・バニスター）………… 5
白マントの女（クレメンス・ハウスマン）… 27
向こう岸の青い花―ブルターニュ伝説（エ
　リック・ステンボック）………………… 85
コストプチンの白狼（ギルバート・キャン
　ベル）………………………………… 103
狼娘の島（ジョージ・マクドナルド）……… 147
狼女物語（キャサリン・クロウ）………… 157
総説 狼女―私たちの心の物語 ………… 185
作者・作品解説 ………………………… 209
編者・訳者紹介 ………………………… 228

［0390］ 思いがけない話

安野光雅, 森毅, 井上ひさし, 池内紀編
筑摩書房　2010.12　518p　15cm
1000円　（ちくま文学の森 5）
ISBN978-4-480-42735-9

夜までは（室生犀星著）………………… 8
改心（O.ヘンリー著, 大津栄一郎訳）……… 11
くびかざり（モーパッサン著, 杉捷夫訳）… 27
嫉妬（F.ブゥテ著, 堀口大學訳）………… 47
外套（ゴーゴリ著, 平井肇訳）………… 71
煙草の害について（チェーホフ著, 米川正
　夫訳）………………………………… 131
バケツと綱（T.F.ボイス著, 龍口直太郎訳）…143
エスコリエ夫人の異常な冒険（P.ルイス著,
　小松清訳）…………………………… 159
蛇含草（じゃがんそう）（桂三木助演, 飯島友治
　編）…………………………………… 177
あけたままの窓（サキ著, 中西秀男訳）…… 195
魔術（芥川龍之介著）…………………… 203
押絵（おしえ）と旅する男（江戸川乱歩著）… 221
アムステルダムの水夫（アポリネール著,
　堀口大學訳）………………………… 255
人間と蛇（ビアス著, 西川正身訳）…… 267
親切な恋人（A.アレー著, 山田稔訳）… 283
頭蓋骨に描かれた絵（ボンテンペルリ著,
　下位英一訳）………………………… 289
仇討三態（菊池寛著）…………………… 307
湖畔（久生十蘭著）……………………… 341
砂男（ホフマン著, 種村季弘訳）……… 389
雪たたき（幸田露伴著）………………… 453
物語について―解説にかえて（森毅）…… 514
この本の表記・テクストについて………巻末

［0391］ 幻視の系譜

東雅夫編
筑摩書房　2013.10　602,4p　15cm
1300円　（ちくま文庫　ひ21-6―日本
幻想文学大全）
ISBN978-4-480-43112-7

松風（観阿彌原作, 野上豊一郎編訳）……… 11

化鳥（泉鏡花）…………………………… 23
牛女（小川未明）………………………… 55
猫町（萩原朔太郎）……………………… 64
魔術師（谷崎潤一郎）…………………… 81
木魂（夢野久作）………………………… 112
蜜のあわれ（室生犀星）………………… 150
妙な話（芥川龍之介）…………………… 296
ひかりの素足（宮沢賢治）……………… 305
片腕（川端康成）………………………… 336
Kの昇天―或はKの溺死（梶井基次郎）… 365
父を失う話（渡辺温）…………………… 376
文字禍（中島敦）………………………… 382
虚空（埴谷雄高）………………………… 393
百鬼の会（吉田健一）…………………… 429
摩天楼（島尾敏雄）……………………… 447
地下街（中井英夫）……………………… 456
デンドロカカリヤ（安部公房）………… 468
少女架刑（吉村昭）……………………… 496
春の寵児（赤江瀑）……………………… 553
巨刹（倉橋由美子）……………………… 575
解説（東雅夫）…………………………… 595
著者・訳者紹介………………………………… i

［0392］ 幻想小説神髄

東雅夫編
筑摩書房　2012.12　623p　15cm
1300円　（ちくま文庫　ひ21-3―世界
幻想文学大全）
ISBN978-4-480-43013-7

天堂より神の不在を告げる死せるキリスト
　の言葉（ジャン・パウル著, 池田信雄訳）…11
ザイスの学徒（ノヴァーリス著, 山室静訳）…21
金髪のエックベルト（ルートヴィヒ・ティー
　ク著, 今泉文子訳）…………………… 67
黄金宝壺（E.T.A.ホフマン著, 石川道雄訳）…98
ヴェラ（ヴィリエ・ド・リラダン著, 齋藤
　磯雄訳）……………………………… 236
アウル・クリーク橋の一事件（アンブロー
　ズ・ビアス著, 中村能三訳）………… 252
精（フィオナ・マクラウド著, 松村みね子
　訳）…………………………………… 267
白魔（アーサー・マッケン著, 南條竹則訳）…311
光と影（フョードル・ソログープ著, 中山
　省三郎訳）…………………………… 371

幻想小説　　　　0394

大地炎上（マルセル・シュウォッブ著，多
　田智満子訳）…………………………… 412
なぞ（W.デ・ラ・メア著，紀田順一郎訳）‥ 418
衣裳戸棚（トーマス・マン著，実吉捷郎訳）‥ 427
バブルクンドの崩壊（ロード・ダンセイニ
　著，佐藤正明訳）……………………… 441
月の王（ギヨーム・アポリネール著，窪田
　般彌訳）………………………………… 459
剣を鍛える話（魯迅著，竹内好訳）……… 485
父の気がかり（フランツ・カフカ著，池内
　紀訳）…………………………………… 512
沖の小娘（J.シュペルヴィエル著，堀口大
　學訳）…………………………………… 515
洞窟（エヴゲーニー・ザミャーチン著，川
　端香男里訳）…………………………… 527
クレプシドラ・サナトリウム（ブルーノ・
　シュルツ著，工藤幸雄訳）…………… 545
アレフ（ホルヘ・ルイス・ボルヘス著，牛
　島信明訳）……………………………… 581
解説（東雅夫）…………………………… 605
著者・翻訳者紹介…………………………… i

［0393］　幻想の坩堝―ベルギー・フ
　　　ランス語幻想短編集
岩本和子，三田順訳
松籟社　2016.12　312p　19cm
1800円
ISBN978-4-87984-352-4

序―ベルギーの魔に魅せられて（東雅夫）…… v
夢の研究（モーリス・マーテルランク著，
　岩本和子訳）…………………………… 3
時計（ジョルジュ・ローデンバック著，村
　松定史訳）……………………………… 29
陪審員（エドモン・ピカール著，松下和美
　訳）……………………………………… 47
分身（フランス・エレンス著，三田順訳）‥ 117
エスコリアル（ミシェル・ド・ゲルドロー
　ド著，小林亜美訳）…………………… 129
魔術（ミシェル・ド・ゲルドロード著，小
　林亜美訳）……………………………… 153
不起訴（トーマス・オーウェン著，岡本夢
　子訳）…………………………………… 183
夜の主（ジャン・レー著，三田順訳）……… 197
劇中劇（マルセル・ティリー著，岩本和子

訳）……………………………………… 255
作家・作品紹介…………………………… 281
幻想の坩堝―ベルギーのフランス語作家と
　幻想文学（三田順）…………………… 301
ベルギー研究会と本書の成立経緯について
　（岩本和子）…………………………… 305
編者・訳者・執筆者紹介………………… 310

［0394］　幻妖の水脈（みお）
東雅夫編
筑摩書房　2013.9　602,4p　15cm
1300円　（ちくま文庫　ひ21-5―日本
幻想文学大全）
ISBN978-4-480-43111-0

序（澁澤龍彦）…………………………… 11
夕顔―『源氏物語』より（紫式部著，円地
　文子訳）………………………………… 15
『今昔物語』より（福永武彦訳）………… 77
白峯―『雨月物語』より（上田秋成著，石
　川淳訳）………………………………… 91
耳無芳一のはなし―『怪談』より（小泉八
　雲著，平井呈一訳）…………………… 103
夢十夜（夏目漱石）……………………… 118
観画談（幸田露伴）……………………… 149
高野聖（泉鏡花）………………………… 176
『遠野物語』より（柳田國男）………… 246
死者の書（折口信夫）…………………… 250
冥途（内田百閒）………………………… 368
女誡扇綺譚（佐藤春夫）………………… 372
押絵と旅する男（江戸川乱歩）………… 426
セメント樽の中の手紙（葉山嘉樹）…… 454
『一千一秒物語』より（稲垣足穂）…… 459
予言（久生十蘭）………………………… 466
桜の森の満開の下（坂口安吾）………… 488
月夜蟹（日影丈吉）……………………… 518
仲間（三島由紀夫）……………………… 548
火山に死す―『唐草物語』より（澁澤龍彦）… 554
風見鶏（都筑道夫）……………………… 573
牛の首（小松左京）……………………… 591
解説（東雅夫）…………………………… 596
著者・訳者紹介…………………………… i

109

幻想小説

```
┌─────────────────────────────┐
│ ［0395］ 新編・日本幻想文学集成     │
│              1              │
│   安藤礼二, 山尾悠子, 高原英理, 諏訪哲 │
│              史編            │
│   国書刊行会  2016.6  756p  22cm  │
│           5000円            │
│     ISBN978-4-336-06026-6    │
└─────────────────────────────┘
```

安部公房（安藤礼二編）……………………… 9
　デンドロカカリヤ―［雑誌「表現」版］… 13
　詩人の生涯 …………………………………… 41
　家 ……………………………………………… 53
　鉛の卵 ………………………………………… 69
　チチンデラ ヤパナ ………………………… 94
　カーブの向う ………………………………… 118
　ユープケッチャ ……………………………… 141
　砂漠の思想 …………………………………… 161
　クレオールの魂 ……………………………… 171
　解説 砂漠の方舟（安藤礼二）……………… 185
倉橋由美子（山尾悠子編）…………………… 199
　貝のなか ……………………………………… 203
　囚人 …………………………………………… 222
　夢のなかの街 ………………………………… 248
　宇宙人 ………………………………………… 273
　隊商宿 ………………………………………… 296
　白い髪の童女 ………………………………… 316
　虫になつたザムザの話 ……………………… 345
　アポロンの首 ………………………………… 350
　神秘的な動物 ………………………………… 355
　ある老人の図書館 …………………………… 361
　解説 変貌する観念的世界（山尾悠子）… 371
中井英夫（高原英理編）……………………… 383
　火星植物園 …………………………………… 387
　影の舞踏会 …………………………………… 396
　地下街 ………………………………………… 405
　牧神の春 ……………………………………… 414
　薔薇の獄 ……………………………………… 423
　薔薇の縛め …………………………………… 430
　被衣 …………………………………………… 439
　薔人 …………………………………………… 447
　幻戯 …………………………………………… 455
　日蝕の子ら …………………………………… 465
　銃器店へ ……………………………………… 483
　卵の王子たち ………………………………… 514

　夕映少年 ……………………………………… 518
　星の砕片 ……………………………………… 521
　解説 結末の意外性が大切なのではない（高
　　原英理）…………………………………… 535
日影丈吉（諏訪哲史編）……………………… 543
　かぜひき ……………………………………… 547
　屋根の下の気象 ……………………………… 563
　ある絵画論 …………………………………… 581
　墓碣市民 ……………………………………… 596
　好もしい人生 ………………………………… 614
　舶来幻術師 …………………………………… 626
　角の家 ………………………………………… 641
　ある生長 ……………………………………… 654
　山姫 …………………………………………… 659
　こわい家 ……………………………………… 672
　壁の男 ………………………………………… 676
　さんどりよんの唾 …………………………… 689
　浮き草 ………………………………………… 695
　猫の泉 ………………………………………… 700
　硝子の章 ……………………………………… 723
　解説 万華鏡の破れ穴（諏訪哲史）……… 744
年譜 …………………………………………… 753

```
┌─────────────────────────────┐
│ ［0396］ 新編・日本幻想文学集成     │
│              2              │
│   富士川義之, 池内紀, 種村季弘編     │
│   国書刊行会  2016.8  709p  22cm  │
│           5800円            │
│     ISBN978-4-336-06027-3    │
└─────────────────────────────┘
```

澁澤龍彦（富士川義之編）…………………… 9
　都心ノ病院ニテ幻覚ヲ見タルコト ……… 13
　護法 …………………………………………… 21
　ダイダロス …………………………………… 40
　画美人 ………………………………………… 55
　桃鳩図について ……………………………… 77
　鏡と影について ……………………………… 89
　女体消滅 ……………………………………… 101
　空飛ぶ大納言 ………………………………… 115
　鳥と少女 ……………………………………… 129
　犬狼都市 ……………………………………… 142
　エピクロスの肋骨 …………………………… 166
　解説 リヴレスクな文学者（富士川義之）… 184
吉田健一（富士川義之編）…………………… 193
　海坊主 ………………………………………… 197

幻想小説　　　　　　　　　0397

饗宴 …………………………… 202
或る田舎町の魅力 …………… 212
沼 ……………………………… 217
逃げる話 ……………………… 229
邯鄲 …………………………… 245
空蟬 …………………………… 257
酒の精 ………………………… 277
道端 …………………………… 291
ホレス・ワルポオル ………… 307
時間―より第I章 …………… 320
解説 酒には精神がある（富士川義之）…… 332
花田清輝（池内紀編）………… 339
歌 ……………………………… 343
球面三角 ……………………… 357
『ドン・キホーテ』註釈 …… 365
楕円幻想 ……………………… 369
テレザ・パンザの手紙 ……… 375
林檎に関する一考察 ………… 379
鏡の国の風景 ………………… 387
海について …………………… 415
七 ……………………………… 427
ものみな歌でおわる―第一幕第一景 …… 451
ものぐさ太郎 ………………… 462
御伽草子 ……………………… 473
開かずの箱 …………………… 481
伊勢氏家訓 …………………… 497
石山怪談 ……………………… 510
舞の本 ………………………… 516
解説 テレザ・パンザの手紙 第二信（池内
紀）…………………………… 522
幸田露伴（種村季弘編）……… 529
雪たゝき ……………………… 533
望樹記 ………………………… 570
ウッチャリ拾ひ ……………… 597
土偶木偶 ……………………… 603
新浦島 ………………………… 634
芳野山の仙女 ………………… 675
神仙道の一先人 ……………… 677
楊貴妃と香 …………………… 690
解説 無鉄砲な隠遁（種村季弘）…………… 698
年譜 …………………………… 706

［0397］　新編・日本幻想文学集成
3
松山俊太郎, 橋本治, 堀切直人, 須永朝
彦編
国書刊行会　2016.10　689p　22cm
5800円
ISBN978-4-336-06028-0

谷崎潤一郎（松山俊太郎編）………………… 9
秘密 …………………………… 13
人魚の嘆き …………………… 30
天鵞絨の夢 …………………… 50
鶴唳 …………………………… 85
夢の浮橋 ……………………… 102
解説 アモラルなモラリスト（松山俊太郎）‥ 150
久生十蘭（橋本治編）………… 169
新残酷物語 …………………… 173
母子像 ………………………… 197
新西遊記 ……………………… 207
うすゆき抄 …………………… 234
奥の海 ………………………… 267
海難記 ………………………… 283
解説 凪の海（橋本治）………… 315
岡本かの子（堀切直人編）…… 323
過去世 ………………………… 327
蝙蝠 …………………………… 339
小町の芍薬 …………………… 354
みちのく ……………………… 361
老主の一時期 ………………… 370
汗 ……………………………… 389
夏の夜の夢 …………………… 392
上田秋成の晩年 ……………… 402
秋の夜がたり ………………… 421
川 ……………………………… 433
狂童女の恋 …………………… 445
雪 ……………………………… 451
蔦の門 ………………………… 458
愛 ……………………………… 468
渾沌未分 ……………………… 471
解説 生命の更新術（堀切直人）…………… 492
円地文子（須永朝彦編）……… 507
かの子変相 …………………… 511
二世の縁 拾遺 ……………… 524
双面 …………………………… 541

幻想小説

春の歌 ………… 565	置いてけ堀 ………… 485
冬の旅 ………… 581	解説 江戸殺し始末（種村季弘）………… 497
鬼 ………… 601	須永朝彦（泉鏡花編）………… 505
花食い姥 ………… 620	化鳥 ………… 509
猫の草子 ………… 631	蠅を憎む記 ………… 533
解説 悖徳の彩（須永朝彦）………… 677	処方秘箋 ………… 538
年譜 ………… 686	二世の契 ………… 547
	貴婦人 ………… 572
	印度更紗 ………… 585

```
［0398］　新編・日本幻想文学集成
4
堀切直人，松山俊太郎，種村季弘，須永
朝彦編
国書刊行会　2016.12　693p　22cm
5800円
ISBN978-4-336-06029-7
```

	伯爵の釵 ………… 599
	妖魔の辻占 ………… 628
	雨ばけ ………… 652
	光籃 ………… 656
	紅玉 ………… 666
	解説 細部の驚異（須永朝彦）………… 682
	年譜 ………… 690

夢野久作（堀切直人編）………… 9
人の顔 ………… 13
死後の恋 ………… 22
微笑（ほほえみ）………… 43
卵 ………… 45
童貞 ………… 50
怪夢 ………… 69
白菊 ………… 86
難船小僧（S・O・S・BOY）………… 102
木魂（すだま）………… 131
解説 「灰頭土面」の神秘（堀切直人）…… 158
小栗虫太郎（松山俊太郎編）………… 169
完全犯罪 ………… 173
紅軍巴幕（パムー）を越ゆ ………… 226
海螺斎沿海州先占記 ………… 276
解説 虚像的迫真性への偏執（松山俊太郎）‥ 312
岡本綺堂（種村季弘編）………… 331
影を踏まれた女 ………… 335
魚妖 ………… 351
鰻に呪はれた男 ………… 359
猿の眼 ………… 377
蟹 ………… 390
黄（きいろ）い紙 ………… 403
火薬庫 ………… 413
穴 ………… 425
蚯蚓 ………… 439
停車場の少女 ………… 449
兜 ………… 457
鎧櫃の血 ………… 471

```
［0399］　ドイツ幻想小説傑作選―
ロマン派の森から
今泉文子編訳
筑摩書房　2010.2　319p　15cm
1200円　（ちくま文庫　と21-1）
ISBN978-4-480-42665-9
```

金髪のエックベルト（ルートヴィヒ・ティー
ク）………… 7
アーデルベルトの寓話（アーデルベルト・
フォン・シャミッソー）………… 47
アラビアの女予言者メリュック・マリア・
ブランヴィル（アーヒム・フォン・アル
ニム）………… 61
大理石像（ヨーゼフ・フォン・アイヒェン
ドルフ）………… 121
ファールンの鉱山（E.T.A.ホフマン）……… 213
解説 ………… 282

幻想小説　　　0403

［0400］　人魚—mermaid &
merman
長井那智子編
皓星社　2016.3　281p　19cm
1700円　（紙礫 3）
ISBN978-4-7744-0609-1

北の海（中原中也）………………………… 1
赤いろうそくと人魚（小川未明）………… 4
漁師とかれの魂（オスカー・ワイルド著,
長井那智子訳）………………………… 18
人魚物語（アンデルセン著, 高須梅渓意訳）.. 72
人魚の嘆き（谷崎潤一郎）………………… 79
怪船「人魚号」（高橋鐵）………………… 112
カッパのクー——アイルランド民話（片山廣
子訳）…………………………………… 144
人魚の海—新釈諸国噺（太宰治）………… 167
人魚伝（安部公房）………………………… 185
解説（長井那智子）………………………… 245
著者紹介 …………………………………… 278

［0401］　ふしぎ日和—「季節風」書
き下ろし短編集
インターグロー　2015.2　253p
15cm　660円　（すこし不思議文庫）
ISBN978-4-07-410614-1

「ふしぎ日和」に寄せて。（あさのあつこ）…… 4
1.正義の味方 ヘルメットマン（吉田純子）…… 7
2.うたう湯釜（森川成美）………………… 53
3.働き女子！（工藤純子）………………… 97
4.裏木戸の向こうから（村田和文）……… 137
5.生まれたての笑顔（井嶋敦子）………… 181
6.山小屋（田沢五月）……………………… 209
著者＆選者プロフィール ………………… 254

［0402］　変身ものがたり
安野光雅, 森毅, 井上ひさし, 池内紀編
筑摩書房　2010.10　534p　15cm
1000円　（ちくま文学の森 3）
ISBN978-4-480-42733-5

死なない蛸（萩原朔太郎著）……………… 8
風博士（坂口安吾著）……………………… 11
オノレ・シュブラックの失踪（アポリネー
ル著, 川口篤訳）……………………… 23
壁抜け男（エーメ著, 中村真一郎訳）…… 33
鼻（ゴーゴリ著, 平井肇訳）……………… 51
のっぺらぼう（子母澤寛著）……………… 99
夢応（むおう）の鯉魚（りぎょ）（上田秋成著, 石
川淳訳）………………………………… 105
魚服記（太宰治著）………………………… 117
こうのとりになったカリフ（ハウフ著, 高
橋健二訳）……………………………… 131
妖精族のむすめ（ダンセイニ著, 荒俣宏訳）.. 151
山月記（中島敦著）………………………… 179
高野聖（泉鏡花著）………………………… 193
死霊の恋（ゴーチエ著, 田辺貞之助訳）… 273
マルセイユのまぼろし（コクトー著, 清水
徹訳）…………………………………… 329
秘密（谷崎潤一郎著）……………………… 345
人間椅子（江戸川乱歩著）………………… 373
化粧（川端康成著）………………………… 403
お化けの世界（坪田譲治著）……………… 409
猫町（萩原朔太郎著）……………………… 449
夢十夜（夏目漱石著）……………………… 469
東京日記（抄）（内田百閒著）…………… 505
鞍馬天狗と丹下左善—解説にかえて（池内
紀）……………………………………… 528
この本の表記・テクストについて ……… 巻末

［0403］　メアリー・スーを殺して—
幻夢コレクション
朝日新聞出版　2016.2　349p　20cm
1500円
ISBN978-4-02-251310-6

愛すべき猿の日記（乙一）………………… 7

作品解説（安達寛高）………… 8
山羊座の友人（乙一）………… 27
　作品解説（安達寛高）………… 28
宗像くんと万年筆事件（中田永一）……… 131
　作品解説（安達寛高）………… 132
メアリー・スーを殺して（中田永一）……… 193
　作品解説（安達寛高）………… 194
トランシーバー（山白朝子）………… 227
　作品解説（安達寛高）………… 228
ある印刷物の行方（山白朝子）………… 255
　作品解説（安達寛高）………… 256
エヴァ・マリー・クロス（越前魔太郎）………… 299
　作品解説（安達寛高）………… 300
【著者略歴】………… 350

［0404］　モロッコ幻想物語
ポール・ボウルズ編，越川芳明訳
岩波書店　2013.5　166p　20cm
2400円
ISBN978-4-00-025313-0

魚が魚を食べる夢を見た男（アフマド・ヤ
　アクービー）………… 1
ゲーム（アフマド・ヤアクービー）………… 11
昨夜思いついたこと（アフマド・ヤアクー
　ビー）………… 15
三つのヒカーヤ：臆病、愚鈍、貪欲（アブ
　ドゥッサラーム・ブライシュ）………… 35
　臆病（アブドゥッサラーム・ブライシュ）… 35
　愚鈍（アブドゥッサラーム・ブライシュ）… 37
　貪欲（アブドゥッサラーム・ブライシュ）… 39
トラック運転手ウマル（アブドゥッサラー
　ム・ブライシュ）………… 43
異父兄弟（ラルビー・ライヤーシー）………… 55
竪琴（ムハンマド・ムラーベト）………… 87
ル・フェッラーフ（ムハンマド・ムラーベ
　ト）………… 97
狩猟家サイヤード（ムハンマド・ムラーベ
　ト）………… 103
黒い鳥（ムハンマド・ムラーベト）………… 121
蟻（ムハンマド・ムラーベト）………… 131
衣装箱（ムハンマド・ムラーベト）………… 137
解説（四方田犬彦）………… 147
創作と翻訳―訳者あとがきに代えて（越川
　芳明）………… 161

［0405］　ロシア幻想短編集
西周成編訳
アルトアーツ　2016.7　116p　19cm
1100円
ISBN978-4-9908805-5-2

オルゴールの中の街（ウラジミール・オド
　エフスキー）………… 5
勝ち誇る愛の歌（イワン・ツルゲーネフ）… 20
酔っ払いと素面の悪魔との会話（アントン・
　チェーホフ）………… 61
夢（アレクサンドル・クプリーン）………… 66
獣が即位した国（フョードル・ソログーブ）… 73
ストラディヴァリウスのヴァイオリン（ニ
　コライ・グミリョーフ）………… 91
魔法の不名誉（アレクサンドル・グリーン）… 102
解説（西周成）………… 111

［0406］　ロシア幻想短編集　2
名前のない街
西周成編訳
アルトアーツ　2016.10（第2刷）
118p　19cm　1100円
ISBN978-4-9908805-8-3

ヴルダラクの家族（A.K.トルストイ）………… 5
吸血鬼（ステーチキン）………… 50
名前のない街（オドエフスキー）………… 62
ザラ王女（グミリョーフ）………… 86
乾杯（クプリーン）………… 94
生ける家具（ゾズーリャ）………… 100
解説（西周成）………… 114

怪奇小説・ホラー

［0407］　妖（あやかし）がささやく
小川英子, 佐々木江利子編
翠琥出版　2015.8　149p　22cm
ISBN978-4-907463-02-1

あやかしあそび（高見ゆかり）‥‥‥‥‥‥ 5
漫才（晴居彗星）‥‥‥‥‥‥‥‥‥‥‥‥ 19
妖と稚児（齊藤飛鳥）‥‥‥‥‥‥‥‥‥‥ 33
死ぬのはこわい（小川英子）‥‥‥‥‥‥‥ 49
ラジエール（八木原一恵）‥‥‥‥‥‥‥‥ 63
レモンの死んだ朝（西村さとみ）‥‥‥‥‥ 77
ダレダ（しかをかし）‥‥‥‥‥‥‥‥‥‥ 89
沼の娘（佐々木江利子）‥‥‥‥‥‥‥‥‥ 109
とりかえル（後藤耕）‥‥‥‥‥‥‥‥‥‥ 121
あの桜（くほひでき）‥‥‥‥‥‥‥‥‥‥ 133
プロフィール‥‥‥‥‥‥‥‥‥‥‥‥‥‥ 145

［0408］　あやかしの深川―受け継がれる怪異な土地の物語
東雅夫編
猿江商會　2016.7　316p　19cm
2000円
ISBN978-4-908260-05-6

〔口絵〕深川七不思議 北葛飾狸松（三木淳史）‥‥‥‥‥‥‥‥‥‥‥‥‥‥‥‥ 2
まえがき（東雅夫）‥‥‥‥‥‥‥‥‥‥‥ 9
深川七不思識（松川碧泉）‥‥‥‥‥‥‥‥ 18
深川七不思議（伊東潮花口演，門賀美央子抄訳）‥‥‥‥‥‥‥‥‥‥‥‥‥‥‥‥ 22
刺青（谷崎潤一郎）‥‥‥‥‥‥‥‥‥‥‥ 48
鵺の来歴（日影丈吉）‥‥‥‥‥‥‥‥‥‥ 58
時雨鬼（宮部みゆき）‥‥‥‥‥‥‥‥‥‥ 86

深川浅景（泉鏡花）‥‥‥‥‥‥‥‥‥‥‥ 118
深川の散歩（永井荷風）‥‥‥‥‥‥‥‥‥ 164
永代橋と深川八幡（種村季弘）‥‥‥‥‥‥ 174
鶴屋南北の町（今尾哲也）‥‥‥‥‥‥‥‥ 182
怪談阿三の森（三遊亭圓朝著，横山泰子校注）‥‥‥‥‥‥‥‥‥‥‥‥‥‥‥‥ 236
赤坂与力の妻亡霊の事（根岸鎮衛著，長谷川強校注）‥‥‥‥‥‥‥‥‥‥‥‥ 272
海嘯が生んだ怪談（矢田挿雲）‥‥‥‥‥‥ 274
海坊主（田辺貞之助）‥‥‥‥‥‥‥‥‥‥ 288
崎川橋にて（加門七海）‥‥‥‥‥‥‥‥‥ 292
編者解説（東雅夫）‥‥‥‥‥‥‥‥‥‥‥ 302

［0409］　怪しき我が家―家の怪談競作集
東雅夫編
メディアファクトリー　2011.2
244p　15cm　552円　（MF文庫 ひ-1-3―ダ・ヴィンチ）
ISBN978-4-8401-3825-3

釘屋敷/水屋敷（皆川博子）‥‥‥‥‥‥‥ 7
家が死んどる（福澤徹三）‥‥‥‥‥‥‥‥ 19
押入れヒラヒラ（黒史郎）‥‥‥‥‥‥‥‥ 35
我が家の人形（田辺青蛙）‥‥‥‥‥‥‥‥ 61
母とクロチョロ（雀野日名子）‥‥‥‥‥‥ 87
ちかしらさん（朱雀門出）‥‥‥‥‥‥‥‥ 111
悪霊の家（神狛しず）‥‥‥‥‥‥‥‥‥‥ 129
犬嫌い（宇佐美まこと）‥‥‥‥‥‥‥‥‥ 149
葦の原（金子みづは）‥‥‥‥‥‥‥‥‥‥ 173
浅草の家（南條竹則）‥‥‥‥‥‥‥‥‥‥ 205
凶宅奇聞（東雅夫）‥‥‥‥‥‥‥‥‥‥‥ 223

115

［0410］ 異形の白昼—恐怖小説集
筒井康隆編
筑摩書房　2013.9　385p　15cm
900円　（ちくま文庫　つ19-2）
ISBN978-4-480-43092-2

さまよう犬（星新一）‥‥‥‥‥‥‥‥‥‥‥ 7
蜘蛛（遠藤周作）‥‥‥‥‥‥‥‥‥‥‥‥ 11
くだんのはは（小松左京）‥‥‥‥‥‥‥‥ 29
甘美な牢獄（宇能鴻一郎）‥‥‥‥‥‥‥‥ 67
孤独なカラス（結城昌治）‥‥‥‥‥‥‥‥ 93
仕事ください（眉村卓）‥‥‥‥‥‥‥‥ 127
母子像（筒井康隆）‥‥‥‥‥‥‥‥‥‥ 147
頭の中の昏（くら）い唄（生島治郎）‥‥‥ 175
長い暗い冬（曾野綾子）‥‥‥‥‥‥‥‥ 211
老人の予言（笹沢佐保）‥‥‥‥‥‥‥‥ 235
闇の儀式（都筑道夫）‥‥‥‥‥‥‥‥‥ 251
追跡者（吉行淳之介）‥‥‥‥‥‥‥‥‥ 285
緋の堕胎（戸川昌子）‥‥‥‥‥‥‥‥‥ 289
解説・編輯後記（筒井康隆）‥‥‥‥‥‥ 357
ちくま文庫版解説（東雅夫）‥‥‥‥‥‥ 379

［0411］ ヴィクトリア朝幽霊物語
—短篇集
松岡光治編訳
アティーナ・プレス　2013.4（第2刷）
334p　15cm　800円
ISBN978-4-86340-147-1

約束を守った花婿（イーディス・ネズビット）‥‥‥‥‥‥‥‥‥‥‥‥‥‥‥‥‥ 1
殺人裁判（チャールズ・ディケンズ）‥‥‥ 21
窓をたたく音（ダイナ・マロック）‥‥‥‥ 47
鉄道員の復讐（アミーリア・エドワーズ）‥ 77
牧師の告白（ウィルキー・コリンズ）‥‥ 117
オンジエ通りの怪（シェリダン・レ・ファニュ）‥‥‥‥‥‥‥‥‥‥‥‥‥‥‥ 165
婆やの話（エリザベス・ギャスケル）‥‥ 213
クライトン館の秘密（メアリ・ブラッドン）‥ 261
あとがき‥‥‥‥‥‥‥‥‥‥‥‥‥‥ 325

［0412］ 江戸迷宮
井上雅彦監修
光文社　2011.1　530p　16cm
952円　（光文社文庫　い31-35—異形
コレクション　17）
ISBN978-4-334-74901-9

編集序文（井上雅彦）
かくれ鬼（中島要）‥‥‥‥‥‥‥‥‥‥ 15
黒昔（しい）（朝松健）‥‥‥‥‥‥‥‥‥ 43
振り向いた女（竹河聖）‥‥‥‥‥‥‥‥ 97
萩供養（平谷美樹）‥‥‥‥‥‥‥‥‥ 131
雛妓（おしゃく）（長島槙子）‥‥‥‥‥ 173
常世舟（とこよぶね）（倉阪鬼一郎）‥‥ 205
彫物師甚三郎首生娘（ほりものしじんざぶろうくび
　のきむすめ）（薄井ゆうじ）‥‥‥‥‥ 233
異聞耳算用.其の2（平山夢明）‥‥‥‥ 263
江戸珍鬼草子（入江鳩斎作，菊地秀行訳）‥ 287
大江戸百物語（石川英輔）‥‥‥‥‥‥ 295
風神（タタツシンイチ）‥‥‥‥‥‥‥‥ 307
笹色紅（ささいろべに）（井上雅彦）‥‥ 343
鉢頭摩（はちずま）（佐々木ゆう）‥‥‥ 363
闇に走る（藤水名子）‥‥‥‥‥‥‥‥ 399
定信公始末（森真沙子）‥‥‥‥‥‥‥ 431
泡影（岡田秀文）‥‥‥‥‥‥‥‥‥‥ 463
ぐるりよーざ いんへるの（加門七海）‥‥ 487
宿かせと刀投げ出す雪吹哉（なげだすふぶきかな）
　—蕪村—（皆川博子）‥‥‥‥‥‥‥ 521
付録 井上雅彦アンソロジー一覧‥‥‥‥ 巻末

［0413］ エドワード・ゴーリーが愛する12の怪談—憑かれた鏡
E.ゴーリー編，柴田元幸他訳
河出書房新社　2012.6　348p　15cm
850円　（河出文庫　コ6-1）
ISBN978-4-309-46374-2

空家（A.ブラックウッド）‥‥‥‥‥‥‥ 7
八月の炎暑（W.F.ハーヴィ）‥‥‥‥‥‥ 33
信号手（C.ディケンズ）‥‥‥‥‥‥‥‥ 45
豪州からの客（L.P.ハートリー）‥‥‥‥ 69
十三本目の木（R.H.モールデン）‥‥‥ 105

怪奇小説・ホラー　　0415

死体泥棒（R.L.スティーヴンスン）……… *129*
大理石の軀（E.ネズビット）……………… *163*
判事の家（B.ストーカー）………………… *183*
亡霊の影（T.フッド）……………………… *219*
猿の手（W.W.ジェイコブズ）…………… *245*
夢の女（W.コリンズ）……………………… *267*
古代文字の秘法（M.R.ジェイムズ）……… *307*
解説―ルッキング・グラス・ライブラリー
　のゴーリー（濱中利信）………………… *343*

貧家の子女がその両親並びに祖国にとって
　の重荷となることを防止し、かつ社会に
　対して有用ならしめんとする方法につい
　ての私案（スウィフト著，深町弘三訳）‥ *439*
ひかりごけ（武田泰淳著）………………… *455*
なぜ怖がりたがるのか？―解説にかえて
　（池内紀）………………………………… *525*
この本の表記・テクストについて……… 巻末

```
［0414］　恐ろしい話
安野光雅, 森毅, 井上ひさし, 池内紀編
筑摩書房　2011.1　532p　15cm
1100円　（ちくま文学の森 6）
ISBN978-4-480-42736-6
```

「出エジプト記」より―文語訳「旧約聖書」‥ *8*
詩人のナプキン（アポリネール著，堀口大
　學訳）……………………………………… *11*
バッソンピエール元帥の回想記から（ホフ
　マンスタール著，大山定一訳）………… *21*
蠅（ピランデルロ著，山口清訳）………… *41*
爪（アイリッシュ著，阿部主計訳）……… *59*
信号手（ディケンズ著，小池滋訳）……… *77*
「お前が犯人だ」（ポー著，丸谷才一訳）… *103*
盗賊の花むこ（グリム著，池内紀訳）…… *129*
ロカルノの女乞食（クライスト著，種村季
　弘訳）……………………………………… *139*
緑の物怪（もののけ）（ネルヴァル著，渡辺一
　夫訳）……………………………………… *147*
竈（かまど）の中の顔（田中貢太郎著）…… *161*
剣を鍛える話（魯迅著，竹内好訳）……… *183*
断頭台の秘密（ヴィリエ・ド・リラダン著，
　渡辺一夫訳）……………………………… *215*
剃刀（かみそり）（志賀直哉著）…………… *237*
三浦右衛門（みうらうえもん）の最後（菊池寛著）… *253*
利根の渡（わたし）（岡本綺堂著）………… *267*
死後の恋（夢野久作著）…………………… *287*
網膜脈視症（もうまくみゃくししょう）（木々高太
　郎著）……………………………………… *321*
罪のあがない（サキ著，中西秀男訳）…… *353*
ひも（モーパッサン著，杉捷夫訳）……… *365*
マウントドレイゴ卿の死（モーム著，田中
　西二郎訳）………………………………… *381*
ごくつぶし（ミルボー著，河盛好蔵訳）… *429*

```
［0415］　男たちの怪談百物語
東雅夫監修
メディアファクトリー　2012.10
281p　19cm　1300円　（〔幽
BOOKS〕）
ISBN978-4-8401-4837-5
```

会主口上（東雅夫）……………………………… *6*
バレー部の夏合宿（紙舞）……………………… *13*
手形（安曇潤平）………………………………… *17*
いまからな…（朱雀門出）……………………… *20*
禍福（小島水青）………………………………… *24*
むじな（黒木あるじ）…………………………… *26*
接待（小原猛）…………………………………… *29*
堕落の部屋（黒史郎）…………………………… *32*
巡回（松村進吉）………………………………… *37*
生駒山の秘密会（水沫流人）…………………… *39*
真相（紗那）……………………………………… *42*
おしどり夫婦（紙舞）…………………………… *46*
祖母の話（黒木あるじ）………………………… *49*
桜回廊（安曇潤平）……………………………… *52*
女人禁制（紗那）………………………………… *54*
山火事（松村進吉）……………………………… *57*
誰が引いた？（安曇潤平）……………………… *59*
爆笑するもの（黒史郎）………………………… *61*
列見の辻（朱雀門出）…………………………… *63*
千葉のリゾートホテル（小島水青）…………… *66*
谷中の美術館（水沫流人）……………………… *69*
告白（小原猛）…………………………………… *72*
死神の顔（黒史郎）……………………………… *76*
憑依（紗那）……………………………………… *79*
神域（紙舞）……………………………………… *81*
城跡の病院（黒木あるじ）……………………… *84*
うらみ葛の葉（朱雀門出）……………………… *87*
守り神（松村進吉）……………………………… *90*
逆襲（紗那）……………………………………… *93*

117

怪奇小説・ホラー

御嶽の祟り（小原猛）......96
ドッペルゲンガー（安曇潤平）......101
山田さんのこと（水沫流人）......103
危機一髪（安曇潤平）......106
英会話教室のドア（紙舞）......108
参列者（黒木あるじ）......110
密談（紗那）......113
修学旅行（小島水青）......116
やきかんごふ（朱雀門出）......118
油すまし（小原猛）......120
天井裏の声（黒史郎）......122
蜃気楼（水沫流人）......125
ぶるぶる（紗那）......127
言えない話（松村進吉）......129
燈籠流し（安曇潤平）......131
魂の温度（紙舞）......133
もう一つの墓（朱雀門出）......136
デコチン君（黒史郎）......138
身代わり（紗那）......142
臭談（小原猛）......145
恐山の宿坊（黒木あるじ）......147
嘲笑（安曇潤平）......150
心霊写真（小島水青）......152
川辺の儀式（水沫流人）......154
カイロにて（松村進吉）......157
盲点（紙舞）......160
私ですよ（安曇潤平）......163
ロシアの廃墟（紗那）......166
ポーランドの墓地（黒木あるじ）......168
カンボジアの骨（松村進吉）......171
蛇を遣わします（朱雀門出）......174
怪しい来客―1（紙舞）......177
怪しい来客―2（黒史郎）......179
怪しい来客―3（安曇潤平）......180
二十五階（黒史郎）......182
ハロウィンパーティ（紗那）......185
浮遊物（黒木あるじ）......187
清滝トンネル（紙舞）......190
辻占（朱雀門出）......193
小さい人―1（小原猛）......196
小さい人―2（紗那）......198
小さい人―3（黒木あるじ）......200
怪しい部屋（小島水青）......202
きっかけ（小原猛）......204
晩酌（水沫流人）......206
青い光（紙舞）......209
通過するもの（松村進吉）......212

こっちだよ（水沫流人）......214
くせいけ（朱雀門出）......217
五つの生首（小島水青）......220
水音（松村進吉）......222
探しもの（黒史郎）......224
諦めのいい子（安曇潤平）......226
ぬりかべ（小原猛）......228
ふすま（紙舞）......230
子孫（松村進吉）......232
録画エラー（黒木あるじ）......234
ペロと黒猫（朱雀門出）......237
水難（水沫流人）......239
浦和の馬頭観音（小島水青）......242
霊視（小原猛）......244
三センチ（松村進吉）......247
泣き女（紗那）......249
幽霊自動車（小島水青）......252
書かなかった話（黒史郎）......254
祖母の贈り物（水沫流人）......257
渡し船（安曇潤平）......259
コノエさん（朱雀門出）......264
百物語（小原猛）......268
ミドリさん（紙舞）......270
母親たち（黒木あるじ）......274
見届人記（京極夏彦）......278

［0416］ 女たちの怪談百物語
東雅夫監修
メディアファクトリー　2010.11
315p　19cm　1300円　〔幽
books〕）
ISBN978-4-8401-3599-3

会主口上（東雅夫）......8
百物語をすると…―1（加門七海）......10
恐山（長島槇子）......15
雨の日に触ってはいけない（三輪チサ）......19
怪談鍋（立原透耶）......23
幽霊管理人（伊藤三巳華）......29
只今満員です（神狛しず）......34
ある女芸人の元マネージャーの話―その1
（岩井志麻子）......36
心霊スポットにて（宍戸レイ）......44
トイレに現れたお祖母ちゃん（勝山海百合）......46
廃病院（宇佐美まこと）......48

怪奇小説・ホラー

台風中継での話（加門七海） …………… 52
渓谷の宿（長島槇子） …………………… 55
今もいる（三輪チサ） …………………… 58
白い服を着た女（立原透耶） …………… 63
ガチョウの歌（伊藤三巳華） …………… 66
自動販売機（神狛しず） ………………… 69
美容院の話（岩井志麻子） ……………… 71
編集長の怖い話（宍戸レイ） …………… 74
小さいサラリーマン（たち）（勝山海百合）‥ 77
美容師の話（宇佐美まこと） …………… 79
真夜中の住宅街での話（加門七海） …… 81
人間じゃない（長島槇子） ……………… 85
人身事故の話（三輪チサ） ……………… 87
一両目には乗らない（立原透耶） ……… 90
中央線の駅（伊藤三巳華） ……………… 93
風呂場の女（神狛しず） ………………… 95
ある女芸人の元マネージャーの話—その2
　（岩井志麻子） ………………………… 98
露出ムービー（宍戸レイ） ……………… 101
頭だけの男（勝山海百合） ……………… 103
安ホテル（宇佐美まこと） ……………… 104
道路に女がうずくまっていた話（加門七
　海） ……………………………………… 107
ツキ過ぎる（長島槇子） ………………… 112
ぬいぐるみの話（三輪チサ） …………… 115
おかっぱの女の子（立原透耶） ………… 117
廃病院（伊藤三巳華） …………………… 121
藤娘、踊る（神狛しず） ………………… 125
グラビアアイドルの話（岩井志麻子） … 127
HIDEの話（宍戸レイ） ………………… 131
神かくし（勝山海百合） ………………… 133
機織り（宇佐美まこと） ………………… 135
甘党（加門七海） ………………………… 137
父の話（長島槇子） ……………………… 141
百物語をすると…—2（三輪チサ） …… 143
心霊写真（立原透耶） …………………… 145
大きな顔（伊藤三巳華） ………………… 148
神社を守護するお兄ちゃん（神狛しず） … 151
女の顔（岩井志麻子） …………………… 153
アパート（宍戸レイ） …………………… 155
泉のぬし（勝山海百合） ………………… 156
長距離トラック（宇佐美まこと） ……… 158
靖国神社での話（加門七海） …………… 161
テレビをつけておくと（長島槇子） …… 166
作業服の男（三輪チサ） ………………… 168
赤い絨毯（立原透耶） …………………… 170
泳ぐ手（伊藤三巳華） …………………… 172

家具・ロフト・残留思念付部屋有りマス（神
　狛しず） ………………………………… 176
校長先生の話（岩井志麻子） …………… 177
海外の幽霊ホテル（宍戸レイ） ………… 180
しらせ（勝山海百合） …………………… 182
道で拾うモノ（宇佐美まこと） ………… 185
伊豆での話（加門七海） ………………… 187
山小屋でのこと（長島槇子） …………… 191
鬼子母神の話（三輪チサ） ……………… 195
中国での話（立原透耶） ………………… 199
神奈川県の山で（伊藤三巳華） ………… 203
熊の首（神狛しず） ……………………… 206
ある女芸人の元マネージャーの話—その3
　（岩井志麻子） ………………………… 208
SMホテル（宍戸レイ） ………………… 212
葉書と帰還兵（勝山海百合） …………… 215
裏方のおばあさん（宇佐美まこと） …… 217
軽井沢での話（加門七海） ……………… 219
白い馬（長島槇子） ……………………… 223
旧街道の話（三輪チサ） ………………… 224
散歩途中で（立原透耶） ………………… 228
大阪城の話（伊藤三巳華） ……………… 230
あの子の気配（神狛しず） ……………… 233
岡山の友だちの話（岩井志麻子） ……… 234
コックリさん（宍戸レイ） ……………… 236
メガネレンズ（勝山海百合） …………… 239
異界への通路（宇佐美まこと） ………… 240
火葬場の話（加門七海） ………………… 243
M君のこと（長島槇子） ………………… 248
緑の庭の話（三輪チサ） ………………… 251
生霊（立原透耶） ………………………… 255
プレイボーイの友達（伊藤三巳華） …… 259
見えない保育士（神狛しず） …………… 262
廊下に立っていたおばさんの話（岩井志麻
　子） ……………………………………… 264
蟻（宍戸レイ） …………………………… 266
呉服屋の大旦那さん（勝山海百合） …… 267
霊の通り路（宇佐美まこと） …………… 270
ハワイでの話（加門七海） ……………… 272
鳥獣の宿（長島槇子） …………………… 283
ホテルの話（三輪チサ） ………………… 288
人間違い（立原透耶） …………………… 290
子供の頃の思い出（伊藤三巳華） ……… 293
殺しの兄妹（神狛しず） ………………… 296
ある自称やり手の編集者の話（岩井志麻
　子） ……………………………………… 297
南瓜（宍戸レイ） ………………………… 303

119

体がずれた（宇佐美まこと）……………… 306
見届け人記（京極夏彦）……………………… 312

[0417] 女たちの怪談百物語
東雅夫監修，幽編集部編
KADOKAWA　2014.1　326p
15cm　680円　（角川ホラー文庫　H
ゆ2-1）
ISBN978-4-04-101192-8

会主口上（東雅夫）……………………… 13
百物語をすると…1（加門七海）………… 16
恐山（長島槙子）………………………… 21
雨の日に触ってはいけない（三輪チサ）… 25
怪談鍋（立原透耶）……………………… 30
幽霊管理人（伊藤三巳華）……………… 35
只今満員です（神狛しず）……………… 41
ある女芸人の元マネージャーの話―その1
　（岩井志麻子）…………………………… 42
心霊スポットにて（宍戸レイ）………… 51
トイレに現れたお祖母ちゃん（勝山海百合）… 53
廃病院（宇佐美まこと）………………… 55
台風中継での話（加門七海）…………… 58
渓谷の宿（長島槙子）…………………… 61
今もいる（三輪チサ）…………………… 64
白い服を着た女（立原透耶）…………… 69
ガチョウの歌（伊藤三巳華）…………… 72
自動販売機（神狛しず）………………… 75
美容院の話（岩井志麻子）……………… 77
編集長の怖い話（宍戸レイ）…………… 80
小さいサラリーマン（たち）（勝山海百合）… 82
美容師の話（宇佐美まこと）…………… 84
真夜中の住宅街での話（加門七海）…… 87
人間じゃない（長島槙子）……………… 90
人身事故の話（三輪チサ）……………… 93
一両目には乗らない（立原透耶）……… 95
中央線の駅（伊藤三巳華）……………… 98
風呂場の女（神狛しず）………………… 101
ある女芸人の元マネージャーの話―その2
　（岩井志麻子）…………………………… 103
露出ムービー（宍戸レイ）……………… 106
頭だけの男（勝山海百合）……………… 108
安ホテル（宇佐美まこと）……………… 110
道路に女がうずくまっていた話（加門七
海）……………………………………… 112

ツキ過ぎる（長島槙子）………………… 118
ぬいぐるみの話（三輪チサ）…………… 120
おかっぱの女の子（立原透耶）………… 123
廃病院（伊藤三巳華）…………………… 126
藤娘、踊る（神狛しず）………………… 130
グラビアアイドルの話（岩井志麻子）… 132
HIDEの話（宍戸レイ）………………… 136
神かくし（勝山海百合）………………… 138
機織り（宇佐美まこと）………………… 140
甘党（加門七海）………………………… 142
父の話（長島槙子）……………………… 145
百物語をすると…2（三輪チサ）……… 148
心霊写真（立原透耶）…………………… 150
大きな顔（伊藤三巳華）………………… 152
神社を守護するお兄ちゃん（神狛しず）… 155
女の顔（岩井志麻子）…………………… 157
アパート（宍戸レイ）…………………… 159
泉のぬし（勝山海百合）………………… 160
長距離トラック（宇佐美まこと）……… 162
靖国神社での話（加門七海）…………… 165
テレビをつけておくと（長島槙子）…… 170
作業服の男（三輪チサ）………………… 172
赤い絨毯（立原透耶）…………………… 174
泳ぐ手（伊藤三巳華）…………………… 176
家具・ロフト・残留思念付部屋有りマス（神
　狛しず）………………………………… 180
校長先生の話（岩井志麻子）…………… 181
海外の幽霊ホテル（宍戸レイ）………… 184
しらせ（勝山海百合）…………………… 186
道で拾うモノ（宇佐美まこと）………… 189
伊豆での話（加門七海）………………… 191
山小屋でのこと（長島槙子）…………… 195
鬼子母神の話（三輪チサ）……………… 199
中国での話（立原透耶）………………… 204
神奈川県の山で（伊藤三巳華）………… 207
熊の首（神狛しず）……………………… 210
ある女芸人の元マネージャーの話―その3
　（岩井志麻子）…………………………… 212
SMホテル（宍戸レイ）………………… 217
葉書と帰還兵（勝山海百合）…………… 219
裏方のおばあさん（宇佐美まこと）…… 221
軽井沢での話（加門七海）……………… 223
白い馬（長島槙子）……………………… 227
旧街道の話（三輪チサ）………………… 228
散歩途中で（立原透耶）………………… 232
大阪城の話（伊藤三巳華）……………… 234
あの子の気配（神狛しず）……………… 237

怪奇小説・ホラー　　　　0418

岡山の友だちの話（岩井志麻子）……………238
コックリさん（宍戸レイ）……………………240
メガネレンズ（勝山海百合）…………………243
異界への通路（宇佐美まこと）………………244
火葬場の話（加門七海）………………………247
M君のこと（長島槇子）………………………252
緑の庭の話（三輪チサ）………………………255
生霊（立原透耶）………………………………259
プレイボーイの友達（伊藤三巳華）…………264
見えない保育士（神狛しず）…………………268
廊下に立っていたおばさんの話（岩井志麻
　子）……………………………………………271
蟻（宍戸レイ）…………………………………271
呉服屋の大旦那さん（勝山海百合）…………274
霊の通り路（宇佐美まこと）…………………276
ハワイでの話（加門七海）……………………287
鳥獣の宿（長島槇子）…………………………292
ホテルの話（三輪チサ）………………………295
人間違い（立原透耶）…………………………297
子供の頃の思い出（伊藤三巳華）……………300
殺しの兄妹（神狛しず）………………………301
ある自称やり手の編集者の話（岩井志麻
　子）……………………………………………308
南瓜（宍戸レイ）………………………………310
体がずれた（宇佐美まこと）…………………310
見届け人記（みとどけにんしるす）（京極夏彦）…318
解説―あの世とこの世を結ぶ女性たち（横
　山泰子）………………………………………322

［0418］　怪奇・幻想・綺想文学集―
　種村季弘翻訳集成
　種村季弘訳
　国書刊行会　2012.2　590p　22cm
　6200円
　ISBN978-4-336-05468-5

奇妙な幽霊物語（ヨーハン・ペーター・ヘー
　ベル）……………………………………………9
吸血鬼の女（E.Th.A.ホフマン）……………15
ファルンの鉱山（E.Th.A.ホフマン）………31
夜警（抄）（ボナヴェントゥラ）……………63
ド・サヴェルヌ夫人（アヒム・フォン・ア
　ルニム）………………………………………73
エラとルイとのあいだのあらゆる時代の精
　神における愛の対話（オスカル・パニッ

ツァ）……………………………………………87
こおろぎ遊び（グスタフ・マイリンク）……101
ヨブ・パウペルスム博士はいかにしてその
　娘に赤い薔薇をもたらしたか（グスタフ・
　マイリンク）…………………………………117
チンデレッラ博士の植物（グスタフ・マイ
　リンク）………………………………………129
レオンハルト師（グスタフ・マイリンク）…143
無気味なもの（マックス・ブロート）………185
無用の飼育者（ハンス・ヘニー・ヤーン）…195
北極星と牝虎（ハンス・ヘニー・ヤーン）…199
陶器でこしらえた女（ハイミート・フォン・
　ドーデラー）…………………………………209
文学史（ローベルト・ノイマン）……………217
私が斃した男（ゲルト・ガイザー）…………229
郵便屋シュヴァルの大いなる夢（ペーター・
　ウルリッヒ・ヴァイス）……………………241
トンネル（フリートリヒ・デュレンマット）…255
事故（フリートリヒ・デュレンマット）……267
ドラキュラ・ドラキュラ（H.C.アルトマン）…313
オイレンシュピーゲル（ペーター・ローザ
　イ）……………………………………………331
吸血鬼（ルイージ・カプアーナ）……………369
ヤン様（アロイス・イラーセク）……………387
吸血鳥（マルセル・シュオッブ）……………453
深夜城の庭師（ハンス・アルプ, ビセンテ・
　ウイドブロ）…………………………………461
吸血鬼（ジャン・ミストレル）………………471
麒麟（ルイス・ブニュエル）…………………505
ブレーキ（カルロ・マンツォーニ）…………513
窓の前の原始時代（マヌエル・ヴァン・ロッ
　ゲム）…………………………………………517
ある犬の生涯（マヌエル・ヴァン・ロッゲ
　ム）……………………………………………523
モビール（P.C.イエルシルド）………………531
残念です（スワヴォミル・ムロジェック）…547
一本足で（ハンス・アルプ）…………………551
解説（池内紀）…………………………………569
種村季弘翻訳書誌（齋藤靖朗編）……………579

［0419］ 怪奇小説精華
東雅夫編
筑摩書房　2012.11　614,4p　15cm
1300円　（ちくま文庫　ひ21-2―世界
幻想文学大全）
ISBN978-4-480-43012-0

嘘好き、または懐疑者（ルーキアーノス著，
高津春繁訳） 11
石清虚／竜肉／小猟犬―『聊斎志異』より（蒲
松齢著，柴田天馬訳） 46
　　石清虚 46
　　竜肉 52
　　小猟犬 52
ヴィール夫人の亡霊（ダニエル・デフォー
著，岡本綺堂訳） 56
ロカルノの女乞食（ハインリヒ・フォン・
クライスト著，種村季弘訳） 73
スペードの女王（A.S.プーシキン著，神西
清訳） 77
イールのヴィーナス（プロスペル・メリメ
著，杉捷夫訳） 121
幽霊屋敷（エドワード・ブルワー=リット
ン著，平井呈一訳） 174
アッシャア家の崩没（エドガー・アラン・
ポオ著，龍膽寺旻訳） 241
ヴィイ（ニコライ・V.ゴーゴリ著，小平武
訳） 269
クラリモンド（テオフィール・ゴーチエ著，
芥川龍之介訳） 331
背の高い女（ペドロ・アントニオ・デ・ア
ラルコン著，堀内研二訳） 376
オルラ（モーパッサン著，青柳瑞穂訳） 402
猿の手（W.W.ジェイコブズ著，倉阪鬼一
郎訳） 446
獣の印（J.R.キプリング著，橋本槇矩訳） .. 464
蜘蛛（ハンス・ハインツ・エーヴェルス著，
前川道介訳） 485
羽根まくら（オラシオ・キローガ著，甕由
己夫訳） 523
闇の路地（ジャン・レイ著，森茂太郎訳） .. 529
占拠された屋敷（フリオ・コルタサル著，
木村榮一訳） 595
解説（東雅夫） 605
著者・翻訳者紹介 i

［0420］ 怪奇小説日和―黄金時代
傑作選
西崎憲編訳
筑摩書房　2013.11　519p　15cm
1000円　（ちくま文庫　に13-2）
ISBN978-4-480-43118-9

墓を愛した少年（フィッツ=ジェイムズ・
オブライエン著，西崎憲訳） 7
岩のひきだし（ヨナス・リー著，西崎憲訳） .. 17
フローレンス・フラナリー（マージョリー・
ボウエン著，佐藤弓生訳） 35
陽気なる魂（エリザベス・ボウエン著，西
崎憲訳） 71
マーマレードの酒（ジョーン・エイケン著，
西崎憲訳） 95
茶色い手（アーサー・コナン・ドイル著，
西崎憲訳） 111
七短剣の聖女（ヴァーノン・リー著，西崎
憲訳） 141
がらんどうの男（トマス・バーク著，佐藤
弓生訳） 189
妖精にさらわれた子供（J.S.レ・ファニュ
著，佐藤弓生訳） 213
ボルドー行の乗合馬車（ハリファックス卿
著，倉阪鬼一郎訳） 231
遭難（アン・ブリッジ著，高山直之，西崎憲
訳） 239
花嫁（M.P.シール著，西崎憲訳） 281
喉切り農場（J.D.ベリズフォード著，西崎
憲訳） 309
真ん中のひきだし（H.R.ウェイクフィール
ド著，西崎憲訳） 319
列車（ロバート・エイクマン著，今本渉訳） .. 347
旅行時計（W.F.ハーヴィー著，西崎憲訳） .. 419
ターンヘルム（ヒュー・ウォルポール著，
西崎憲，柴﨑みな子訳） 431
失われた船（W.W.ジェイコブズ著，西崎
憲訳） 463
怪奇小説考（西崎憲） 477
　　怪奇小説の黄金時代 479
　　境界の書架 491
　　The Study of Twilight 503
あとがき（西崎憲） 517

怪奇小説・ホラー　　0424

［0421］　怪集 蟲毒―創作怪談発掘
大会傑作選
加藤一編
竹書房　2009.12　245p　15cm
619円　（竹書房文庫 HO-75）
ISBN978-4-8124-4020-9

巻頭言―連鎖する小説群という試み（加藤
一）……………………………………… 3
ムシイチザの話（黒実操）………………… 6
遺念蟬（謠堂）…………………………… 15
マンティスの祈り（森下うるり）………… 16
虫のある家庭（謠堂）…………………… 31
楽園（つくね乱蔵）……………………… 37
紫陽花の（ねこや堂）…………………… 44
クロスローダーの轍（せんべい猫）……… 52
面影は寂しげに微笑む（せんべい猫）…… 126
失敗したおやすみなさい（つくね乱蔵）… 150
蝗の村（深澤夜）………………………… 161
結果発表………………………………… 244

［0422］　怪獣文藝―パートカラー
東雅夫編
メディアファクトリー　2013.3
315p　20cm　1900円　（〔幽
BOOKS〕）
ISBN978-4-8401-5144-3

怪獣地獄（黒史郎）……………………… 2
さなぎのゆめ（松村進吉）………………… 8
怪獣都市（菊地秀行）…………………… 17
穢い國から（牧野修）…………………… 53
ナミ（佐野史郎）………………………… 99
大怪獣対談―Part.1（佐野史郎, 赤坂憲雄）‥ 138
みちのく怪獣探訪録（黒木あるじ）……… 151
松井清衛門、推参つかまつる（山田正紀）‥ 167
中古獣カラゴラン（雀野日名子）………… 203
火戸町上空の決戦（小島水青）………… 223
別の存在（吉村萬壱）…………………… 245
大怪獣対談―Part.2（夢枕獏, 樋口真嗣）… 284
怪獣文藝縁起―あとがきに代えて（東雅
夫）……………………………………… 305

［0423］　怪獣文藝の逆襲
東雅夫編
KADOKAWA　2015.3　317p
20cm　1900円　（〔幽BOOKS〕）
ISBN978-4-04-102419-5

はじめに（編者）…………………… 巻頭
怪獣二十六号（樋口真嗣）………………… 7
怪獣チェイサー（大倉崇裕）…………… 27
廃都の怪神（山本弘）…………………… 69
ブリラが来た夜（梶尾真治）…………… 109
黒い虹（太田忠司）……………………… 145
怪獣の夢（有栖川有栖）………………… 179
孤独な怪獣（園子温）…………………… 209
トウキョウ・デスワーム（小中千昭）…… 233
聖戦戦記白い影（井上伸一郎）………… 261
生きかわり死にかわり、かれらは逆襲する
（東雅夫）…………………………… 306

［0424］　怪集 蟲
加藤一監修
竹書房　2009.8　239p　15cm
619円　（竹書房文庫 HO-68）
ISBN978-4-8124-3890-9

小春小町（松村進吉）…………………… 3
あなたを待ち侘びて（つくね乱蔵）……… 77
父と子と精霊と（深澤夜）……………… 153
解説（加藤一）………………………… 230
あとがき（松村進吉）…………………… 232
あとがき（深澤夜）……………………… 236

123

怪奇小説・ホラー

[0425] 怪樹の腕─〈ウィアード・
テールズ〉戦前邦訳傑作選
会津信吾, 藤元直樹編
東京創元社 2013.2 471p 20cm
2800円
ISBN978-4-488-01306-6

はじめに(会津信吾, 藤元直樹) …………巻頭
深夜の自動車(アーチー・ビンズ著, 妹尾
韶夫訳) ………………………………… 9
第三の拇指紋(モーティマー・リヴィタン
著, 延原謙訳) ………………………… 25
寄生手─バーンストラム博士の日記(R.ア
ンソニー著, 栄訳) …………………… 45
蝙蝠鐘楼(オーガスト・ダーレス著, 妹尾
アキ夫訳) ……………………………… 63
漂流者の手記(フランク・ベルナップ・ロ
ング) …………………………………… 79
白手の黒奴(しろてのくろんぼ)(エリ・コルター) ‥ 97
離魂術(ポール・S.パワーズ著, 甲賀三郎
翻案) ………………………………… 119
納骨堂に(ヴィクター・ローワン著, 大関
花子訳) ……………………………… 137
悪魔の床(とこ)(ジェラルド・ディーン著,
大関花子訳) ………………………… 155
片手片足の無い骸骨(H.トムソン・リッチ
著, 大関花子訳) …………………… 183
死霊(ラウル・ルノアール著, 安田専一訳) ‥ 203
河岸の怪人(ヘンリー・W.ホワイトヒル著,
辺見素雄翻案) ……………………… 223
足枷の花嫁(スチュワート・ヴァン・ダー・
ヴィア著, 内海雄翻案) …………… 239
蟹人(かにおとこ)(ロメオ・プール著, 大川清
一郎翻案) …………………………… 259
死人の唇(W.J.スタンパー) ……………… 277
博士(はくし)を拾ふ(シーウェル・ピースリー・
ライト著, 大川清一郎翻案) ……… 291
アフリカの恐怖(W.チズウェル・コリンズ
著, 小幡昌甫翻案) ………………… 309
洞窟の妖魔(パウル・S.パワーズ著, 小幡
昌甫翻案) …………………………… 335
怪樹(かいじゅ)の腕(R.G.マクレディ著, 小
幡昌甫翻案) ………………………… 351
執念(H.トンプソン・リッチ著, 妹尾アキ
夫訳) ………………………………… 367

黒いカーテン(C.フランクリン・ミラー著,
妹尾アキ夫訳) ……………………… 385
成層圏の秘密(ラルフ・ミルン・ファーリー
著, 妹尾アキ夫訳) ………………… 403
パルプマガジンと日本人(会津信吾) ……… 421
怪奇な話─ウィアード・テールズ(藤元直
樹) …………………………………… 427

[0426] 怪談累ケ淵
志村有弘編著
勉誠出版 2007.7 204p 19cm
1500円
ISBN978-4-585-05377-4

累物語(田中貢太郎) …………………………… 3
怪談累ケ淵(かさねがふち)(柴田錬三郎) …………… 9
怨霊累ケ淵(おんりょうかさねがふち)(狭山温)…… 41
真景累ケ淵(小栗健次) ……………………… 69
現代語訳 死霊解脱物語聞書(志村有弘訳) ‥ 93
解説「怪談 累ケ淵」について(志村有弘) ‥ 181

[0427] 怪談四十九夜
黒木あるじ監修
竹書房 2016.5 223p 15cm
650円 (竹書房文庫 HO-274)
ISBN978-4-8019-0704-1

まえがき(黒木あるじ) ………………………… 2
怨念の力(葛西俊和) …………………………… 8
触れるもの(葛西俊和) ……………………… 13
緊急停止(葛西俊和) ………………………… 18
住宅地, 深夜にて(葛西俊和) ……………… 23
賽銭(さいせん)泥棒(葛西俊和) …………………… 28
迎えの光は(葛西俊和) ……………………… 32
閉店後(我妻俊樹) …………………………… 36
迷路の天狗(我妻俊樹) ……………………… 40
相方(我妻俊樹) ……………………………… 44
プレゼントの人形(我妻俊樹) ……………… 48
イガヤシ(我妻俊樹) ………………………… 52
傾向と対策(黒木あるじ) …………………… 56
仮説と対策(黒木あるじ) …………………… 60
父親(伊計翼) ………………………………… 64

怪奇小説・ホラー　　　　　　　　　　0429

刺青（伊計翼）……………………… 68
ニュース（伊計翼）………………… 72
おんながいる（伊計翼）…………… 77
仏壇（伊計翼）……………………… 81
隣（泡沫虚唄）……………………… 85
立っている（泡沫虚唄）…………… 90
呼ぶ風鈴（泡沫虚唄）……………… 94
用心しろ（泡沫虚唄）……………… 98
棚の裏（泡沫虚唄）………………… 102
ドアとドア（神薫）………………… 106
彼氏の仕事（神薫）………………… 110
赤と黒（神薫）……………………… 114
バイバイン（神薫）………………… 118
婆汁（神薫）………………………… 122
ソロキャンプツーリング（明神ちさと）…… 126
録音ボタン（明神ちさと）………… 130
網目温泉（明神ちさと）…………… 134
生者（ひと）でなしVSヒトデナシ（明神ちさ
　と）………………………………… 138
換気口（明神ちさと）……………… 142
予報（百目鬼野干）………………… 146
微風（百目鬼野干）………………… 150
月番（百目鬼野干）………………… 155
風（百目鬼野干）…………………… 160
夜の蟬（百目鬼野干）……………… 165
一連の出来事（冨士玉女）………… 170
最後の言葉（冨士玉女）…………… 174
怒りの矛先（冨士玉女）…………… 178
人の最後（冨士玉女）……………… 182
墓守の山（冨士玉女）……………… 186
遺影と鍵（吉澤有貴）……………… 190
川の向こう（吉澤有貴）…………… 195
浣腸祈禱（吉澤有貴）……………… 200
柱時計とロボット（吉澤有貴）…… 205
竹藪（たけやぶ）の彼（吉澤有貴）…… 209
ずっと一緒（吉澤有貴）…………… 214
著者紹介……………………………… 220

［0428］　怪談列島ニッポン―書き
下ろし諸国奇談競作集
東雅夫編
メディアファクトリー　2009.2
284p　15cm　590円　（MF文庫　ひ-
1-1―ダ・ヴィンチ）
ISBN978-4-8401-2674-8

弥勒節（恒川光太郎）………………… 7
聖婚の海（長島槇子）……………… 41
層（水沫流人）……………………… 73
清水坂（有栖川有栖）……………… 113
きたぐに母子歌（雀野日名子）…… 129
山北飢談（黒史郎）………………… 157
附四万六千日 日本橋観光（加門七海）…… 191
熊のほうがおっかない（勝山海百合）…… 229
湿原の女神（宇佐美まこと）……… 253
諸国奇談の系譜（東雅夫）………… 281

［0429］　怪物團
井上雅彦監修
光文社　2009.8　617p　16cm
952円　（光文社文庫　い31-30―異形
コレクション　43）
ISBN978-4-334-74638-4

編集序文（井上雅彦）……………… 7
洞窟（飛鳥部勝則）………………… 15
緑の鳥は終わりを眺め（黒史郎）… 39
醜い空（朝松健）…………………… 69
ふたりきりの町―根無し草（タンブル・ウィード）
　の伝説（菊地秀行）……………… 121
碧い花屋敷（井上雅彦）…………… 155
カナダマ（化野燐）………………… 195
夢みる葦笛（上田早夕里）………… 245
牛男（倉阪鬼一郎）………………… 279
父子像（朝宮運河）………………… 305
ばけもの（児嶋都）………………… 319
代役（石田一）……………………… 335
麗人宴（入江敦彦）………………… 353
私とソレの関係（飯野文彦）……… 391
沈む子供（牧野修）………………… 413

怪奇小説・ホラー

ゲバルトX（飴村行）……………… 453
血塗れ看護婦（友成純一）………… 481
ウは鵜飼いのウ（平山夢明）……… 513
ボルヘスハウス909（真藤順丈）… 539
夕陽が沈む（皆川博子）…………… 581
暗い魔窟と明るい魔境（岩井志麻子）……… 591
追悼 田中文雄さんに捧ぐ（井上雅彦）…… 616

［0430］ 厠の怪─便所怪談競作集
東雅夫編
メディアファクトリー　2010.4
250p　15cm　552円　（MF文庫 ひ-
1-2─ダ・ヴィンチ）
ISBN978-4-8401-3289-3

便所の神様（京極夏彦）…………… 7
きちがい便所（平山夢明）………… 31
盆の厠（福澤徹三）………………… 63
魔爛性の楽園（飴村行）…………… 87
トイレ文化博物館のさんざめく怪異（黒史
郎）……………………………… 115
あーぶくたった─わらべうた考（長島槇
子）……………………………… 139
隠処（こもりく）（水沫流人）…………… 165
縁切り厠（岡部えつ）……………… 189
学校の便所の怪談（松谷みよ子）… 215
厠の乙女─便所怪談の系譜（東雅夫）……… 229

［0431］ 喜劇綺劇
井上雅彦監修
光文社　2009.12　565p　16cm
914円　（光文社文庫 い31-32─異形
コレクション　44）
ISBN978-4-334-74698-8

編集序文（井上雅彦）……………… 7
首狂言天守投合（朝松健）………… 13
成程それで合点録（かんべむさし）……… 39
第二箱船荘の悲劇（北野勇作）…… 61
調伏キャンプ（加門七海）………… 89
李連杰（リー・リンチェイ）の妻（長谷川純子）… 131
ぼくのおじさん（霞流一）………… 165

誤用だ！　御用だ！（高井信）…… 205
地獄の新喜劇（田中啓文）………… 237
矢崎麗夜の夢日記（矢崎存美）…… 261
アシェンデンの流儀（井上雅彦）… 285
エレファント・ジョーク（浅暮三文）…… 311
夜なのに（田中哲弥）……………… 329
家族対抗カミングアウト合戦（森奈津子）… 357
アナル・トーク（飯野文彦）……… 389
妄執館（菊地秀行）………………… 417
終末芸人（真藤順丈）……………… 437
山藤孝一の『笑っちゃだめヨ!!』（牧野修）… 475
名もなく貧しくみすぼらしく（清水義範）… 513
未完成交狂楽（加納一朗）………… 537

［0432］ 鬼譚
夢枕獏編著
筑摩書房　2014.9　436,2p　15cm
950円　（ちくま文庫 ゆ6-1）
ISBN978-4-480-43205-6

桜の森の満開の下（坂口安吾）…… 9
赤いろうそくと人魚（小川未明）… 43
安達が原（手塚治虫）……………… 59
夜叉御前（山岸凉子）……………… 119
吉備津の釜（上田秋成）…………… 153
僧の死にて後、舌残りて山に在りて法花を
誦する語、第三十一（今昔物語集）……… 169
鬼、油瓶の形と現じて人を殺す語、第十九
（今昔物語集）………………… 175
近江国安義橋なる鬼、人を喰ふ語（コト）、第
十三（今昔物語集）…………… 179
日蔵上人吉野山にて鬼にあふ事（宇治拾遺
物語）…………………………… 189
鬼の誕生（馬場あき子）…………… 193
魔境・京都（小松和彦、内藤正敏）… 225
檜垣─闇法師（夢枕獏）…………… 267
死にかた（筒井康隆）……………… 323
夕顔（倉橋由美子）………………… 345
鬼の歌よみ（田辺聖子）…………… 355
解説 鬼たちの宴（夢枕獏）……… 415
著者・作品紹介……………………… i

怪奇小説・ホラー　　　　　　　　　　　　　　　　　　　　0436

［0433］　吸血妖鬼譚―ゴシック名訳集成
学習研究社　2008.10　565p　15cm
1800円　（学研M文庫―伝奇ノ匣 9
東雅夫編）
ISBN978-4-05-900531-5

怪異ぶくろ（抄）（日夏耿之介）……………… 5
クリスタベル姫（コールリッジ著，大和資
　雄訳）……………………………………… 11
新造物者（シェリー著，瓠廼舎主人訳）…… 59
バイロンの吸血鬼（ポリドリ著，佐藤春夫
　訳）………………………………………… 123
不信者（バイロン著，小日向定次郎訳）…… 177
クラリモンド（ゴーチェ著，芥川龍之介訳）‥ 267
吸血鬼（ガストン・ルルー著，池田眞訳）‥ 319
吸血鬼（マルセル・シュウオップ著，矢野
　目源一訳）………………………………… 477
モダン吸血鬼（W.L.アルデン著，横溝正史
　訳）………………………………………… 487
屍鬼（小泉八雲著，大谷繞石訳）…………… 497
吸血鬼譚（日夏耿之介）……………………… 511
嗜屍と永生（平井呈一）……………………… 533
編者解説（東雅夫）…………………………… 541
著者プロフィール……………………………… 559

［0434］　京都綺談
山前譲編
有楽出版社　2015.6　243p　19cm
1800円
ISBN978-4-408-59436-1

光悦殺し（赤江瀑）…………………………… 5
藪の中（芥川龍之介）………………………… 33
決して忘れられない夜（岸田るり子）……… 51
躑躅（つつじ）幻想（柴田よしき）………… 85
女体消滅（澁澤龍彥）………………………… 125
廃屋（高木彬光）……………………………… 147
西陣の蝶（水上勉）…………………………… 165
高瀬舟（森鷗外）……………………………… 221
解説（山前譲）………………………………… 237

［0435］　京都宵
光文社　2008.9　554p　16cm
857円　（光文社文庫―異形コレク
ション　井上雅彦監修）
ISBN978-4-334-74475-5

編集序文（井上雅彦）………………………… 9
おくどさん（菅浩江）………………………… 17
テ・鉄輪（入江敦彦）………………………… 43
くくり姫（加門七海）………………………… 81
後ろ小路の町家（三津田信三）……………… 111
釘拾い（藤田雅矢）…………………………… 143
夜の鳥（化野燐）……………………………… 169
朱雀の池（小林泰三）………………………… 211
衿替（森山東）………………………………… 237
はだかむし（遠藤徹）………………………… 273
京都K船の裏の裏丑覗きの会とはなにか（ひ
　さうちみちお）…………………………… 301
父の恋人（竹河聖）…………………………… 315
夜想曲（菊地秀行）…………………………… 349
陰陽師鏡童子（夢枕獏）……………………… 363
「西の京」戀幻戯（こひげんぎ）（朝松健）… 389
常夜往く（五代ゆう）………………………… 415
夢ちがえの姫君（速瀬れい）………………… 439
宵の外套（井上雅彦）………………………… 459
魔道の夜（森真沙子）………………………… 497
水翁よ（赤江瀑）……………………………… 523

［0436］　恐怖の花
阿刀田高選，日本ペンクラブ編
ランダムハウス講談社　2007.10
346p　15cm　740円
ISBN978-4-270-10129-2

風見鶏（都筑道夫）…………………………… 7
時代（日影丈吉）……………………………… 29
探偵電子計算機（谷川俊太郎）……………… 53
雪（河野多惠子）……………………………… 61
黒塚（中井英夫）……………………………… 113
顕微鏡怪談／白馬（川端康成）……………… 143
情獄（大下宇陀児）…………………………… 155
双生真珠（林房雄）…………………………… 207

127

怪奇小説・ホラー

緑色の豚（安岡章太郎）……………… 257
夜の斧（五木寛之）…………………… 275
解説（阿刀田高）……………………… 342

───────────────
［0437］　恐怖の森
阿刀田高選，日本ペンクラブ編
ランダムハウス講談社　2007.9
382p　15cm　760円
ISBN978-4-270-10123-0
───────────────

簞笥（半村良）…………………………… 7
老後（結城昌治）……………………… 17
木乃伊（中島敦）……………………… 49
ひかりごけ（武田泰淳）……………… 59
セメント樽の中の手紙（葉山嘉樹）… 129
くろん坊（岡本綺堂）………………… 137
芋虫（江戸川乱歩）…………………… 169
マッチ売りの少女（野坂昭如）……… 199
大鋏（島尾敏雄）……………………… 233
驟雨（三浦哲郎）……………………… 237
ぬばたま（柴田錬三郎）……………… 269
蛇（阿刀田高）………………………… 289
ガラスの棺（渡辺淳一）……………… 317
解説（阿刀田高）……………………… 378
底本一覧………………………………… 巻末

───────────────
［0438］　恐怖箱 遺伝記
加藤一編
竹書房　2008.12　223p　15cm
600円　（竹書房文庫）
ISBN978-4-8124-3658-5
───────────────

巻頭言―遺伝記の読み方（加藤一）…… 3
遺伝地図…………………………………… 8
梅の実食えば百まで長生き（加藤一）… 10
発芽（つくね乱蔵）…………………… 22
紫陽花（久田樹生）…………………… 28
地図（つくね乱蔵）…………………… 31
信珠（茶毛）…………………………… 39
細胞記憶（久田樹生）………………… 42
Fresh（加藤一）……………………… 54
蜜柑のある庭（ねこや堂）…………… 56

届かぬ報い（蓮）……………………… 60
墓標（うえやま洋介犬）……………… 62
擬態する殺意（上原尚子）…………… 66
大好きだよ。（せんべい猫）………… 71
触るな（つくね乱蔵）………………… 74
実演販売（つくね乱蔵）……………… 78
蜜柑と梅干し（つくね乱蔵）………… 82
拾い物に福来たる（ねこや堂）……… 97
淘汰（茶毛）…………………………… 107
黙死（茶毛）…………………………… 110
ウミガメのスープ（深澤夜）………… 115
ある記事の齟齬（松村進吉）………… 132
長市の祭（深澤夜）…………………… 138
アンブッシュ（せんべい猫）………… 161
ハトと二挺拳銃とロングコート（廻転寿
　司）…………………………………… 182
名殺探訪（昼間寝子）………………… 186
著者挨拶………………………………… 218
遺伝記をもっと読む…………………… 220
結果発表、そして―…………………… 222

───────────────
［0439］　クトゥルフ神話への招待
―遊星からの物体X
扶桑社　2012.8　334p　16cm
800円　（扶桑社ミステリー　キ17-1）
ISBN978-4-594-06647-5
───────────────

遊星からの物体X（J.W.キャンベルJr.著，
　増田まもる訳）………………………… 7
ヴェールを破るもの（ラムジー・キャンベ
　ル著，尾之上浩司訳）……………… 133
魔女の帰還（ラムジー・キャンベル著，尾
　之上浩司訳）………………………… 157
呪われた石碑（ラムジー・キャンベル著，
　尾之上浩司訳）……………………… 181
スタンリー・ブルックの遺志（ラムジー・
　キャンベル著，尾之上浩司訳）…… 207
恐怖の橋（ラムジー・キャンベル著，尾之
　上浩司訳）…………………………… 223
クトゥルフの呼び声（H.P.ラヴクラフト著，
　尾之上浩司訳）……………………… 269
クトゥルフ神話の多様性を求めて（尾之上
　浩司）………………………………… 327

怪奇小説・ホラー　　　　　　　　　　　　　　　　　0441

[0440]　幻想探偵
井上雅彦監修
光文社　2009.2　602p　16cm
933円　（光文社文庫　い31-29—異形
コレクション）
ISBN978-4-334-74518-9

編集序文（井上雅彦）‥‥‥‥‥‥‥‥‥‥ 7
フギン＆ムニン（黒史郎）‥‥‥‥‥‥‥ 13
死を以て貴しと為す（三津田信三）‥‥‥ 45
バグベア（飛鳥部勝則）‥‥‥‥‥‥‥‥ 83
九のつく蔵（西澤保彦）‥‥‥‥‥‥‥ 111
証拠写真による呪いの掛け方と魔法の破り
　方（多岐亡羊）‥‥‥‥‥‥‥‥‥‥ 147
霊廟探偵（入江敦彦）‥‥‥‥‥‥‥‥ 187
煙童女—夢幻紳士 怪奇篇（高橋葉介）‥ 221
ガラスの中から（久美沙織）‥‥‥‥‥ 235
琥珀の瞳（太田忠司）‥‥‥‥‥‥‥‥ 263
レッテラ・ブラックの肖像（井上雅彦）‥ 293
憧れの街、夢の都（篠田真由美）‥‥‥ 325
羊の王（竹本健治）‥‥‥‥‥‥‥‥‥ 353
輪廻（めぐり）ゆくもの（芦辺拓）‥‥‥ 363
ペテルブルクの昼 レニングラードの夜（高
　野史緒）‥‥‥‥‥‥‥‥‥‥‥‥‥ 393
幻画の女（平山夢明）‥‥‥‥‥‥‥‥ 421
ひとつ目さうし（朝松健）‥‥‥‥‥‥ 445
サイボーグ・アイ（柄刀一）‥‥‥‥‥ 519
出口（菊地秀行）‥‥‥‥‥‥‥‥‥‥ 577

[0441]　ゴシック短編小説集
クリス・ボルディック選，石塚則子，
大沼由布，金谷益道，下楠昌哉，藤井光
編訳
春風社　2012.1　564p　20cm
3500円
ISBN978-4-86110-298-1

謝辞 ‥‥‥‥‥‥‥‥‥‥‥‥‥‥‥‥‥ 3
序論（クリス・ボルディック著，下楠昌哉
　訳）‥‥‥‥‥‥‥‥‥‥‥‥‥‥‥‥ 7
第I部 はじまり ‥‥‥‥‥‥‥‥‥‥ 31
　第I部註釈（クリス・ボルディック）‥‥ 32

サー・バートランド−断片—一七七三（ア
　ンナ・レイティティア・エイキン著，
　下楠昌哉訳）‥‥‥‥‥‥‥‥‥‥‥ 35
モントレモスの毒殺者—一七九一（リ
　チャード・カンバーランド著，藤井光
　訳）‥‥‥‥‥‥‥‥‥‥‥‥‥‥‥ 41
修道士による物語—一七九二（藤井光訳）‥ 49
レイモンド−断片—一七九九（若者）‥‥ 65
罰せられた親殺し—一七九九（大沼由布
　訳）‥‥‥‥‥‥‥‥‥‥‥‥‥‥‥ 73
フィッツ＝マーティン大修道院の廃墟—
　一八〇一（大沼由布訳）‥‥‥‥‥‥ 79
復讐の僧あるいは運命の指輪—一八〇二
　（アイザック・クルッケンデン著，下
　楠昌哉訳）‥‥‥‥‥‥‥‥‥‥‥‥ 107
第II部 19世紀 ‥‥‥‥‥‥‥‥‥‥ 121
　第II部註釈および『オックスフォード版
　ゴシック問題集』収録作品一覧（クリ
　ス・ボルディック）‥‥‥‥‥‥‥‥ 122
占星術師の予言あるいは狂人の運命—一
　八二六（大沼由布訳）‥‥‥‥‥‥‥ 129
解剖学者アンドレアス・ヴェサリウス—
　一八三三（ペトリュス・ボレル著，下
　楠昌哉，大沼由布訳）‥‥‥‥‥‥‥ 141
レディー・エルトリンガムあるいはラト
　クリフ・クロス城—一八三六（J.ワダ
　ム著，金谷益道訳）‥‥‥‥‥‥‥‥ 159
ティローンのある一族の歴史の一章—一
　八三九（シェリダン・レ・ファニュ著，
　下楠昌哉訳）‥‥‥‥‥‥‥‥‥‥‥ 165
セリーナ・セディリア—一八六五（ブレッ
　ト・ハート著，下楠昌哉訳）‥‥‥‥ 217
オララ—一八八五（ロバート・ルイス・
　スティーヴンソン著，金谷益道訳）‥ 227
グリーブ家のバーバラ—一八九一（トマ
　ス・ハーディ著，金谷益道訳）‥‥‥ 283
血まみれブランシュ—一八九二（マルセ
　ル・シュウォッブ著，大沼由布訳）‥ 325
黄色い壁紙—一八九二（シャーロット・
　パーキンス・ギルマン著，石塚則子
　訳）‥‥‥‥‥‥‥‥‥‥‥‥‥‥‥ 331
ハーストコート屋敷のハースト—一八九
　三（E.ネズビット著，石塚則子訳）‥ 355
第III部 20世紀 ‥‥‥‥‥‥‥‥‥‥ 373
　第III部註釈および『オックスフォード版
　ゴシック問題集』収録作品一覧（クリ
　ス・ボルディック）‥‥‥‥‥‥‥‥ 374
蔓草の家—一九〇五（アンブローズ・ビ
　アス著，藤井光訳）‥‥‥‥‥‥‥‥ 381

129

怪奇小説・ホラー

ジョーダンズ・エンド――一九二三（エレン・グラスゴー著, 石塚則子訳）……… 387

アヴェロワーニュの逢引――一九三一（クラーク・アシュトン・スミス著, 下楠昌哉訳）……………………… 409

アシャムのド・マネリング嬢――一九三五（F.M.メイヤー著, 大沼由布訳）……… 431

カルデンシュタインの吸血鬼――一九三八（フレデリック・カウルズ著, 金谷益道訳）…………………………… 465

クライティ――一九四一（ユードラ・ウェルティ著, 藤井光訳）……………… 489

血まみれの伯爵夫人――一九六八（アレハンドラ・ピサルニク著, 藤井光訳）…… 505

愛の館の貴婦人――一九七九（アンジェラ・カーター著, 藤井光訳）………… 523

ヤギ少女観察記録――一九八八（ジョイス・キャロル・オーツ著, 藤井光訳）… 547

付録 アッシャア屋形崩るるの記――一八三九（エドガア・アラン・ポオ著, 日夏耿之介訳）……………………… 553

解説 ……………………………………… 557

［0442］ ゴースト・ストーリー傑作選――英米女性作家8短篇
川本静子, 佐藤宏子編訳
みすず書房　2009.5　241p　20cm
3200円
ISBN978-4-622-07463-2

イギリス編
老いた子守り女の話（エリザベス・ギャスケル著, 川本静子訳）………………… 1
冷たい抱擁（メアリー・エリザベス・ブラッドン著, 川本静子訳）………… 41
ヴォクスホール通りの古家（シャーロット・リデル著, 川本静子訳）………… 59
祈り（ヴァイオレット・ハント著, 川本静子訳）…………………………………… 91
アメリカ編
藤の大樹（シャーロット・パーキンズ・ギルマン著, 佐藤宏子訳）………… 141
手紙（ケイト・ショパン著, 佐藤宏子訳）… 157
ルエラ・ミラー（メアリ・ウィルキンズ・フリーマン著, 佐藤宏子訳）………… 171
呼び鈴（イーディス・ウォートン著, 佐

藤宏子訳）…………………………………… 193
訳者あとがき ……………………………… 233

［0443］ 5分で凍る！ ぞっとする怖い話
『このミステリーがすごい！』編集部編
宝島社　2015.5　280p　16cm
650円　（宝島社文庫 Cこ-7-11）
ISBN978-4-8002-4039-2

沼地蔵（乾緑郎）………………………………… 9
チョウセンアサガオの咲く夏（柚月裕子）… 19
スイカ割りの男（藤八景）…………………… 29
オシフィエンチム駅へ（中山七里）………… 39
しろくまは愛の味（奈良美那）……………… 49
死体たちの夏（乾緑郎）………………………… 59
死を呼ぶ勲章（桂修司）………………………… 69
かわいそうなうさぎ（武田綾乃）…………… 79
夏の終わり（伽古屋圭市）…………………… 89
猫を殺すことの残酷さについて（深沢仁）… 99
セブンスターズ、オクトパス（式田ティエン）……………………………………………… 109
私のカレーライス（佐藤青南）……………… 121
母の面影（拓未司）……………………………… 131
オデッサの棺（高山聖史）…………………… 141
ある人気作家の憂鬱（島津緒�* 繰）……… 151
ずっと、欲しかった女の子（矢樹純）……… 161
隣りの黒猫、僕の子猫（堀内公太郎）……… 171
愛しのルナ（柚月裕子）……………………… 181
趣味は人間観察（新藤卓広）………………… 191
ベストセラー作家（水原秀策）……………… 201
本当に無料（ただ）で乗れます（桂修司）…… 213
十二支のネコ（上甲宣之）…………………… 225
後追い（拓未司）……………………………… 235
記念日（伽古屋圭市）………………………… 245
女の勘（山下貴光）…………………………… 255
盆帰り（中山七里）…………………………… 265
執筆者プロフィール一覧 …………………… 275

怪奇小説・ホラー　　　0445

［0444］　5分で読める！　怖いはなし
『このミステリーがすごい！』編集部編
宝島社　2014.6　270p　16cm
600円　（宝島社文庫 Cこ-7-7）
ISBN978-4-8002-2805-5

横切る（井上雅彦）……………………………… 11
リリーの災難（真梨幸子）……………………… 21
ジョージの災難（真梨幸子）…………………… 35
初孫（柚月裕子）………………………………… 45
美術室の実話（1）（倉狩聡）………………… 57
はいと答える怖い人（岩井志麻子）………… 67
喉鳴らし（林由美子）…………………………… 77
トイレまち（平山夢明）………………………… 87
赫い部屋（井上雅彦）…………………………… 93
TL（タイムライン）殺人（戸梶圭太）……… 101
美術室の実話（2）（倉狩聡）……………… 111
ひとでなし（林由美子）……………………… 121
浮き浮きしている怖い人（岩井志麻子）…… 131
履惚れ（井上雅彦）…………………………… 141
カプグラ（倉狩聡）…………………………… 151
ママ、痛いよ（戸梶圭太）…………………… 161
姿婆（林由美子）……………………………… 171
ぬらずみ様（小路幸也）……………………… 181
美術室の実話（3）（倉狩聡）……………… 189
お遍路（平山夢明）…………………………… 199
怖がる怖い人（岩井志麻子）………………… 205
蘭鋳（井上雅彦）……………………………… 215
混線 119（倉狩聡）…………………………… 223
蛇苺（井上雅彦）……………………………… 233
生き残り（戸梶圭太）………………………… 241
ふたり、いつまでも（中山七里）…………… 251
すき焼き（平山夢明）………………………… 261

［0445］　こわい部屋
北村薫編
筑摩書房　2012.8　483p　15cm
950円　（ちくま文庫 き24-6―謎のギャラリー）
ISBN978-4-480-42962-9

チャイナ・ファンタジー（南伸坊）………… 9
巨（おお）きな蛤（はまぐり）―中国民話より … 11
家の怪―森銑三『物いふ小箱』より …… 19
寒い日―『異苑』より ………………… 27
七階/待っていたのは（ディーノ・ブッツァーティ著、脇功訳）…………………… 31
　七階 ………………………………… 32
　待っていたのは ………………………… 58
お月さまと馬賊/マナイタの化けた話（小熊秀雄）……………………………………… 79
　お月さまと馬賊（ばぞく）……………… 80
　マナイタの化けた話 …………………… 87
四つの文字（林房雄）………………………… 95
煙（けむり）の環（わ）（クレイグ・ライス著、増田武訳）……………………………… 121
お父ちゃん似（ブライアン・オサリバン著、高橋泰邦訳）……………………………… 127
懐かしき我が家（ジーン・リース著、森田義信訳）……………………………………… 131
やさしいお願い（樹下太郎）………………… 135
どなたをお望み？（ヘンリィ・スレッサー著、野村光由訳）………………………… 141
避暑地（ひしょち）の出来事（アン・ウォルシュ著、多賀谷弘孝訳）……………… 157
ねずみ狩（がり）り（ヘンリィ・カットナー著、高梨正伸訳）………………………… 167
死者のポケットの中には（ジャック・フィニイ著、福島正実訳）………………… 179
二十六階の恐怖（きょうふ）（ドナルド・ホーニグ著、稲葉迪子訳）………………… 211
ナツメグの味（ジョン・コリア著、矢野浩三郎訳）……………………………………… 225
光と影（かげ）（フョードル・ソログーブ著、中山省三郎訳）……………………… 243
斧（おの）（ガストン・ルルー著、滝一郎訳）‥ 289
夏と花火と私の死体（乙一）………………… 303
価値の問題（C.L.スイーニイ著、田中小実昌訳）……………………………………… 421

『こわい部屋』の愉（たの）しみ（宮部みゆき，北村薫）……………………… *431*
〈収録作底本一覧〉………………………… *484*
〈本書に作品が収録された著者〉………… *486*

［0446］　ざくろの実—アメリカ女
流作家怪奇小説選
梅田正彦訳
鳥影社　2008.6　226p　20cm
1600円
ISBN978-4-86265-135-8

揺り椅子（シャーロット・パーキンズ・ギルマン）……………………………… *3*
壁にうつる影（メアリー・ウィルキンズ・フリーマン）…………………………… *25*
新婚の池（ゾナ・ゲイル）……………… *55*
成り行き（ウィラ・キャザー）………… *67*
なかった家（イーリア・ウィルキンソン・ピーティー）…………………………… *103*
幻覚のような（エレン・グラスゴー）……… *111*
青い男（メアリー・ハートウェル・キャザーウッド）…………………………… *149*
ざくろの実（イーデス・ウォートン）……… *167*
解説（梅田正彦）………………………… *219*

［0447］　地獄—英国怪談中篇傑作集
南條竹則編，南條竹則，坂本あおい訳
メディアファクトリー　2008.3
319p　20cm　2300円　（幽books—
幽classics）
ISBN978-4-8401-2179-8

シートンのおばさん（ウォルター・デ・ラ・メーア）……………………………… *5*
水晶の瑕（メイ・シンクレア）………… *61*
地獄（アルジャノン・ブラックウッド）……… *175*
編者あとがき（南條竹則）……………… *310*

［0448］　澁澤龍彦訳暗黒怪奇短篇集
澁澤龍彦訳
河出書房新社　2013.8　369p　15cm
950円　（河出文庫　し1-65）
ISBN978-4-309-41236-8

草叢のダイアモンド（グザヴィエ・フォルヌレ）…………………………………… *7*
罪のなかの幸福（バルベエ・ドルヴィリ）… *19*
仮面の孔（ジャン・ロラン）…………… *111*
ひとさらい（ジュール・シュペルヴィエル）… *125*
死の劇場（アンドレ・ピエール・マンディアルグ）…………………………………… *303*
最初の舞踏会（レオノラ・カリントン）……… *355*
解説（東雅夫）…………………………… *363*

［0449］　澁澤龍彦訳幻想怪奇短篇集
澁澤龍彦訳
河出書房新社　2013.2　364p　15cm
950円　（河出文庫　し1-64）
ISBN978-4-309-41200-9

呪縛の塔（マルキ・ド・サド）………… *9*
ギスモンド城の幽霊（シャルル・ノディエ）… *43*
緑色の怪物（ジェラール・ド・ネルヴァル）… *115*
解剖学者ドン・ベサリウス—悖徳物語　マドリッドの巻（ペトリュス・ボレル）……… *127*
勇み肌の男（エルネスト・エロ）……… *157*
恋愛の科学（シャルル・クロス）……… *177*
奇妙な死（アルフォンス・アレ）……… *189*
共同墓地—ふらんす怪談（アンリ・トロワイヤ）…………………………………… *197*
　殺人妄想 ……………………………… *198*
　自転車の怪 …………………………… *217*
　幽霊の死 ……………………………… *232*
　むじな ………………………………… *249*
　黒衣の老婦人 ………………………… *275*
　死亡統計学者 ………………………… *304*
　恋のカメレオン ……………………… *320*
解説（東雅夫）…………………………… *358*

怪奇小説・ホラー　　　　　　　　　　　　　0452

［0450］　シルヴァー・スクリー
　　　　　ム　上
　デイヴィッド・J.スカウ編
　東京創元社　2013.11　403p　15cm
　1160円　（創元推理文庫　Ｆン9-1）
　ISBN978-4-488-58404-7

前口上（トビー・フーパー著，夏来健次訳）‥9
幻燈（ジョン・M.フォード著，夏来健次訳）‥27
カット（F.ポール・ウィルスン著，田中一
　江訳）‥‥‥‥‥‥‥‥‥‥‥‥‥ 67
女優魂（ロバート・ブロック著，夏来健次
　訳）‥‥‥‥‥‥‥‥‥‥‥‥‥ 105
罪深きは映画（レイ・ガートン著，田中一
　江訳）‥‥‥‥‥‥‥‥‥‥‥‥ 129
セルロイドの息子（クライヴ・バーカー著，
　夏来健次訳）‥‥‥‥‥‥‥‥‥ 207
アンサー・ツリー（スティーヴン・R.ボイ
　エット著，田中一江訳）‥‥‥‥ 277
ミッドナイト・ホラー・ショウ（ジョー・
　R.ランズデール著，田中一江訳）‥ 317
裏切り（カール・エドワード・ワグナー著，
　田中一江訳）‥‥‥‥‥‥‥‥‥ 349
＜彗星座＞復活（チェット・ウィリアムスン
　著，夏来健次訳）‥‥‥‥‥‥‥ 375

［0451］　シルヴァー・スクリー
　　　　　ム　下
　デイヴィッド・J.スカウ編
　東京創元社　2013.11　426p　15cm
　1160円　（創元推理文庫　Ｆン9-2）
　ISBN978-4-488-58405-4

夜はグリーン・ファルコンを呼ぶ（ロバー
　ト・R.マキャモン著，田中一江訳）‥‥ 9
バーゲン・シネマ（ジェイ・シェクリー著，
　田中一江訳）‥‥‥‥‥‥‥‥‥ 91
特殊メイク（クレイグ・スペクター著，夏
　来健次訳）‥‥‥‥‥‥‥‥‥‥ 105
サイレン/地獄（リチャード・クリスチャ
　ン・マシスン著，田中一江訳）‥ 133
　サイレン‥‥‥‥‥‥‥‥‥‥ 135
　地獄‥‥‥‥‥‥‥‥‥‥‥‥ 140

映画の子（ミック・ギャリス著，夏来健次
　訳）‥‥‥‥‥‥‥‥‥‥‥‥‥ 149
危険な話、あるいはスプラッタ小事典（ダ
　グラス・E.ウィンター著，夏来健次訳）‥ 187
スター誕生（ジョン・スキップ著，夏来健
　次訳）‥‥‥‥‥‥‥‥‥‥‥‥ 209
廃劇場の怪（ラムジー・キャンベル著，夏
　来健次訳）‥‥‥‥‥‥‥‥‥‥ 245
カッター（エドワード・ブライアント著，
　田中一江訳）‥‥‥‥‥‥‥‥‥ 271
映魔の殿堂（マーク・アーノルド著，夏来
　健次訳）‥‥‥‥‥‥‥‥‥‥‥ 299
とどめの一劇（デイヴィッド・J.スカウ著，
　尾之上浩司訳）‥‥‥‥‥‥‥‥ 381
解説―読んでから見るか、見てから読む
　か？（尾之上浩司）‥‥‥‥‥‥ 421

［0452］　新・幻想と怪奇
　仁賀克雄編・訳
　早川書房　2009.5　268p　19cm
　1400円　（Hayakawa pocket
　mystery books no.1824）
　ISBN978-4-15-001824-5

マーサの夕食（ローズマリー・ティンパリー）‥9
闇が遊びにやってきた（ゼナ・ヘンダース
　ン）‥‥‥‥‥‥‥‥‥‥‥‥‥ 21
思考の匂い（ロバート・シェクリイ）‥‥‥ 35
不眠の一夜（チャールズ・ボーモント）‥‥ 51
銅の鋺（ジョージ・フィールディング・エ
　リオット）‥‥‥‥‥‥‥‥‥‥ 57
こまどり（ゴア・ヴィダール）‥‥‥‥‥ 73
ジェリー・マロイの供述（アンソニイ・バ
　ウチャー）‥‥‥‥‥‥‥‥‥‥ 81
虎の尾（アラン・ナース）‥‥‥‥‥‥‥ 91
切り裂きジャックはわたしの父（フィリッ
　プ・ホセ・ファーマー）‥‥‥‥ 103
ひとけのない道路（リチャード・ウィルス
　ン）‥‥‥‥‥‥‥‥‥‥‥‥‥ 113
奇妙なテナント（ウィリアム・テン）‥‥ 129
悪魔を侮るな（マンリー・ウェイド・ウェ
　ルマン）‥‥‥‥‥‥‥‥‥‥‥ 149
暗闇のかくれんぼ（A.M.バレイジ）‥‥‥ 159
万能人形（リチャード・マシスン）‥‥‥ 175
スクリーンの陰に（ロバート・ブロック）‥ 187

133

射手座（レイ・ラッセル）…………… 203
レイチェルとサイモン（ローズマリー・ティ
ンパリー）………………………………… 249

［0453］　心霊理論
光文社　2007.8　589p　16cm
914円　（光文社文庫―異形コレク
ション　井上雅彦監修）
ISBN978-4-334-74295-9

編集序文（井上雅彦）…………………… 7
ブラジル松（春日武彦）………………… 13
共振周波数（小中千昭）………………… 35
屋上から魂を見下ろす（斎藤肇）……… 55
憑霊（福澤徹三）………………………… 83
古き海の……（柄刀一）………………… 113
光の隙間（藤崎慎吾）…………………… 155
俺たちの冥福（八杉将司）……………… 193
自己相似荘（フラクタルハウス）（平谷美樹）…… 227
くさびらの道（上田早夕里）…………… 275
赤い歯型（朝松健）……………………… 305
祈り（平山夢明）………………………… 373
なまごみ（遠藤徹）……………………… 403
葛城淳一の亡霊（梶尾真治）…………… 441
ホロ（小林泰三）………………………… 473
しゃべっちゃ駄目（菊地秀行）………… 503
自殺屋（西崎憲）………………………… 517
私設博物館資料目録（井上雅彦）……… 535
鳥辺野にて（加門七海）………………… 559
そのぬくもりを（傳田光洋）…………… 581
【付録】井上雅彦アンソロジー一覧…… 589

［0454］　千の脚を持つ男―怪物ホ
ラー傑作選
中村融編
東京創元社　2007.9　381p　15cm
920円　（創元推理文庫）
ISBN978-4-488-55503-0

沼の怪（ジョゼフ・ペイン・ブレナン著，
市田泉訳）………………………………… 9
妖虫（デイヴィッド・H.ケラー著，中村融

訳）………………………………………… 49
アウター砂州（ショール）に打ちあげられたも
の（P.スカイラー・ミラー著，中村融訳）‥ 73
それ（シオドア・スタージョン著，中村融
訳）………………………………………… 97
千の脚を持つ男（フランク・ベルナップ・
ロング著，中村融訳）………………… 143
アパートの住人（アヴラム・デイヴィッド
スン著，中村融訳）…………………… 189
船から落ちた男（ジョン・コリア著，中村
融，井上知訳）………………………… 205
獲物を求めて（R.チェットウィンド＝ヘイ
ズ著，市田泉訳）……………………… 251
お人好し（ジョン・ウィンダム著，中村融，
原田孝之訳）…………………………… 275
スカーレット・レイディ（キース・ロバー
ツ著，中村融訳）……………………… 297
編者あとがき　偏愛的モンスター小説談義（中村
融）……………………………………… 369

［0455］　竹中英太郎　1
怪奇
竹中英太郎画，末永昭二編
皓星社　2016.6　237p　19cm
1800円　（挿絵叢書）
ISBN978-4-7744-0613-8

序（浜田雄介）…………………………… 2
海底（うなぞこ）（瀬下耽）……………… 7
恐ろしき復讐（畑耕一）………………… 33
死の卍（角田健太郎）…………………… 63
夜曲（ノクターン）（妹尾アキ夫）……… 93
挿絵ギャラリー　押絵の奇蹟（夢野久作）……… 121
空（くう）を飛ぶパラソル（夢野久作）… 133
けむりを吐かぬ煙突（夢野久作）……… 175
怪奇美を描く画家・竹中英太郎（末永昭二）‥ 205
竹中英太郎の挿絵（大貫伸樹）………… 223

怪奇小説・ホラー　　　　　　　　　　　　0457

［0456］　憑きびと―「読楽」ホラー
小説アンソロジー
徳間文庫編集部編
徳間書店　2016.2　349p　15cm
660円　（徳間文庫　と16-17）
ISBN978-4-19-894070-6

いっしょだから（川崎草志）…………………… 5
お正月奇談（朱川湊人）………………………… 47
クライクライ（真藤順丈）……………………… 93
夜の来訪者（田辺青蛙）……………………… 143
ひらひらくるくる（沼田まほかる）………… 185
D-0（平山夢明）……………………………… 221
にんげんじゃないもん（両角長彦）………… 295
解説（細谷正充）……………………………… 344

［0457］　てのひら怪談―ビーケー
ワン怪談大賞傑作選
加門七海, 福澤徹三, 東雅夫編
ポプラ社　2007.2　240p　20cm
1200円
ISBN978-4-591-09699-4

はじめに（東雅夫）…………………………… 1
歌舞伎（我妻俊樹）…………………………… 14
矢（夢乃鳥子）………………………………… 16
軍馬の帰還（勝山海百合）…………………… 18
夏の夜（田辺青蛙）…………………………… 20
ムグッチョの唄（江崎来人）………………… 22
吉田爺（立花腑楽）…………………………… 24
光の穴（野々宮夜猿）………………………… 26
階段（白ひびき）……………………………… 28
猫である（不狼児）…………………………… 30
薫糖（田辺青蛙）……………………………… 32
ガス室（クジラマク）………………………… 34
ひどいところ（平金魚）……………………… 38
明け方に見た夢（樋口真琴）………………… 40
兄（雨川アメ）………………………………… 42
水遊び（グリーンドルフィン）……………… 44
連れて行くわ（雨川アメ）…………………… 46
墓参り（高橋史絵）…………………………… 48
おかえり（峯野嵐）…………………………… 50

世話（杜地都）………………………………… 52
のほうさん（朱雀門出）……………………… 54
生き血（田辺青蛙）…………………………… 56
恩人（酒月茗）………………………………… 60
祖父のカセットテープ（黒史郎）…………… 62
火傷（グリーンドルフィン）………………… 64
火傷と根付（矢内りんご）…………………… 66
半券（痛田三）………………………………… 68
傘を拾った話（佐々木土下座衛門）………… 70
泣き石（六條靖子）…………………………… 72
淳くんの匣（君島慧是）……………………… 74
木乃伊（暮木椎哉）…………………………… 76
出目金（興田募）……………………………… 78
煙猫（新熊昇）………………………………… 80
指切り（不狼児）……………………………… 84
げんまん（グリーンドルフィン）…………… 86
腕相撲（木村小鳥）…………………………… 88
ご時世（松音戸子）…………………………… 90
時計（米川京）………………………………… 92
「怖い話」のメール（中島鉄也）…………… 94
怪談サイトの怪（矢内りんご）……………… 96
よくある話（伊予葉山）……………………… 98
足切り女（綾倉エリ）………………………… 100
マユミ（梅原公彦）…………………………… 102
電話（杜地都）………………………………… 104
浄霊中（我妻俊樹）…………………………… 108
換気扇（小林修）……………………………… 110
住んでいる家で昔起きたこと（佐々木隆）… 112
落ちてゆく（平金魚）………………………… 114
怪段（猫屋四季）……………………………… 116
白壁（岡部えつ）……………………………… 118
日々のつみかさね（平金魚）………………… 120
デッドヒート（ヒモロギヒロシ）…………… 122
テスト（黒田広一郎）………………………… 124
流れ（登木夏実）……………………………… 126
おーい（グリーンドルフィン）……………… 130
さんぽ（粟根のりこ）………………………… 132
踊る婆さん（白ひびき）……………………… 134
真夜中の散歩（岩里藁人）…………………… 136
キミは本物？（梅原公彦）…………………… 138
秘密基地（堀井紗由美）……………………… 140
錬想（れんそう）（加楽幽明）……………… 142
カミサマのいた公園（神森繁）……………… 144
人を喰ったはなし（クジラマク）…………… 146
んんーげっげ（有坂十緒子）………………… 148
いこうよ、いこうよ（久遠平太郎）………… 152
夜寒のあやかし（江崎来人）………………… 154

135

東京駅の質問 (君島慧是) ……………… 156
白昼 (朝宮運河) …………………………… 158
新幹線 (正本壽美) ………………………… 160
朧車 (吉野あや) …………………………… 162
見あげる二人 (朝宮運河) ……………… 164
何もできなくて、ごめんなさい。(守界) … 166
漆黒のトンネル (井下尚紀) …………… 168
乗り移るもの (秋芳雅人) ……………… 170
生ゴムマニア (クジラマク) …………… 172
山の中のレストラン (白ひびき) ……… 176
田んぼ (痛田三) …………………………… 178
とある民宿にて (梅原公彦) …………… 180
夜釣りの心得 (ヒモロギヒロシ) ……… 182
食堂にて (斜斤) …………………………… 184
料理屋 (沢井良太) ………………………… 186
シルエット (斜斤) ………………………… 188
休憩室 (貫井輝) …………………………… 190
心臓カテーテル室で (やまぐちはなこ) … 192
茉莉花 (我妻俊樹) ………………………… 194
赤い着物の女の子 (大野尚休) ………… 196
カオリちゃん (須吾托矢) ……………… 198
少女と過ごした夏 (伊藤寛) …………… 200
止まない雨 (暮木椎哉) ………………… 202
お化けの学校 (田辺青蛙) ……………… 206
神を見る人 (林不木) …………………… 208
魚怪 (勝山海百合) ………………………… 210
猫笑 (不狼児) ……………………………… 212
ブラキアの夜気 (小栗四海) …………… 214
ボコバキ (池田和尋) …………………… 216
大樹 (向井野海絵) ………………………… 218
呪いと毒 (勝山海百合) ………………… 220
祭の夜 (不狼児) …………………………… 222
寄 (よ) り来るモノ (クジラマク) …… 224
あめ玉 (田辺青蛙) ………………………… 226
マンゴープリン・オルタナティヴ (不狼児) … 228
てのひら (加門七海) …………………… 232
てのひら怪談と私 (福澤徹三) ………… 234
おわりに ……………………………………… 237
著者プロフィール・掲載作一覧 ………… 241

［0458］　てのひら怪談―ビーケー
ワン怪談大賞傑作選
加門七海, 福澤徹三, 東雅夫編
ポプラ社　2008.6　269p　16cm
540円　（ポプラ文庫）
ISBN978-4-591-10352-4

はじめに (東雅夫) ………………………………… 3
歌舞伎 (我妻俊樹) ……………………………… 10
矢 (夢乃鳥子) …………………………………… 12
軍馬の帰還 (勝山海百合) …………………… 14
夏の夜 (田辺青蛙) ……………………………… 16
ムグッチョの唄 (江崎来人) ………………… 18
手ぬぐい (六條靖子) …………………………… 20
吉田爺 (立花腑楽) ……………………………… 22
光の穴 (野々宮夜猿) …………………………… 24
階段 (白ひびき) ………………………………… 26
猫である (不狼児) ……………………………… 28
薫糖 (田辺青蛙) ………………………………… 30
ガス室 (クジラマク) …………………………… 32
ひどいところ (平金魚) ……………………… 36
明け方に見た夢 (樋口摩琴) ………………… 38
兄 (雨川アメ) …………………………………… 40
水遊び (グリーンドルフィン) …………… 42
連れて行くわ (雨川アメ) …………………… 44
墓参り (高橋史絵) ……………………………… 46
おかえり (峯野嵐) ……………………………… 48
世話 (杜地都) …………………………………… 50
のほうさん (朱雀門出) ……………………… 52
旅の忘れ物 (梅原公彦) ……………………… 54
生き血 (田辺青蛙) ……………………………… 56
恩人 (酒月茗) …………………………………… 60
祖父のカセットテープ (黒史郎) ………… 62
火傷 (グリーンドルフィン) ……………… 64
火傷と根付 (矢内りんご) …………………… 66
半券 (痛田三) …………………………………… 68
傘を拾った話 (佐々木土下座衛門) …… 70
赤い凧 (朝宮運河) ……………………………… 72
泣き石 (六條靖子) ……………………………… 74
淳くんの匣 (君島慧是) ……………………… 76
木乃伊 (暮木椎哉) ……………………………… 78
出目金 (興田募) ………………………………… 80
煙猫 (新熊昇) …………………………………… 82
折り指 (岡部えつ) ……………………………… 86

怪奇小説・ホラー　　　　　　　　　　　0459

指切り（不狼児）……………………… 88
げんまん（グリーンドルフィン）……… 90
腕相撲（木村小鳥）…………………… 92
ご時世（松音戸子）…………………… 94
時計（米川京）………………………… 96
「怖い話」のメール（中島鉄也）……… 98
怪談サイトの怪（矢内りんご）……… 100
よくある話（伊予葉山）……………… 102
足切り女（綾倉エリ）………………… 104
マユミ（梅原公彦）…………………… 106
電話（杜地都）………………………… 108
浄霊中（我妻俊樹）…………………… 112
換気扇（小林修）……………………… 114
住んでいる家で昔起きたこと（佐々木隆）… 116
落ちてゆく（平金魚）………………… 118
怪段（猫屋四季）……………………… 120
白壁（岡部えつ）……………………… 122
日々のつみかさね（平金魚）………… 124
デッドヒート（ヒモロギヒロシ）…… 126
テスト（黒田広一郎）………………… 128
流れ（登木夏実）……………………… 130
おーい（グリーンドルフィン）……… 134
さんぽ（粟根のりこ）………………… 136
踊る婆さん（白ひびき）……………… 138
真夜中の散歩（岩里藁人）…………… 140
キミは本物？（梅原公彦）…………… 142
秘密基地（堀井紗由美）……………… 144
錬想（れんそう）（加楽幽明）……… 146
カミサマのいた公園（神森繁）……… 148
人を喰ったはなし（クジラマク）…… 150
んんーげっげ（有坂十緒子）………… 152
いこうよ、いこうよ（久遠平太郎）… 156
夜寒のあやかし（江崎来人）………… 158
東京駅の質問（君島慧是）…………… 160
置き引き（クジラマク）……………… 162
白昼（朝宮運河）……………………… 164
新幹線（正本壽美）…………………… 166
朧車（吉野あや）……………………… 168
見あげる二人（朝宮運河）…………… 170
なづき（我妻俊樹）…………………… 172
何もできなくて、ごめんなさい。（守界）… 174
漆黒のトンネル（井下尚紀）………… 176
乗り移るもの（秋芳雅人）…………… 178
生ゴムマニア（クジラマク）………… 180
山の中のレストラン（白ひびき）…… 184
田んぼ（痛田三）……………………… 186
とある民宿にて（梅原公彦）………… 188

夜釣りの心得（ヒモロギヒロシ）…… 190
食堂にて（斜斤）……………………… 192
料理屋（沢井良太）…………………… 194
シルエット（斜斤）…………………… 196
休憩室（貫井輝）……………………… 198
心臓カテーテル室で（やまぐちはなこ）…… 200
月は緞帳の襞に（君島慧是）………… 202
茉莉花（我妻俊樹）…………………… 204
赤い着物の女の子（大野尚休）……… 206
カオリちゃん（須吾托矢）…………… 208
少女と過ごした夏（伊藤寛）………… 210
止まない雨（暮木椎哉）……………… 212
お化けの学校（田辺青蛙）…………… 216
（地獄、かな？）（グリーンドルフィン）… 218
神を見る人（林不木）………………… 220
魚怪（勝山海百合）…………………… 222
猫笑（不狼児）………………………… 224
ブラキアの夜気（小栗四海）………… 226
ボコバキ（池田和尋）………………… 228
大樹（向井野海絵）…………………… 230
呪いと毒（勝山海百合）……………… 232
祭の夜（不狼児）……………………… 234
寄（よそ）り来るモノ（クジラマク）… 236
あめ玉（田辺青蛙）…………………… 238
マンゴープリン・オルタナティヴ（不狼児）… 240
てのひら（加門七海）………………… 244
てのひら怪談と私（福澤徹三）……… 246
おわりに（東雅夫）…………………… 248
解説（京極夏彦）……………………… 251
著者プロフィール・掲載作一覧……… 262

[0459]　てのひら怪談―ビーケー
ワン怪談大賞傑作選　2
加門七海, 福澤徹三, 東雅夫編
ポプラ社　2007.12　251p　20cm
1200円
ISBN978-4-591-10010-3

はじめに（東雅夫）…………………… 1
赤い丸（クジラマク）………………… 16
シャボン魂（だま）（岩里藁人）…… 18
呼び止めてしまった（根多加良）…… 20
水恋鳥（フレフレ）（阿丸まり）…… 22
未練の檻（都田万葉）………………… 24

怪奇小説・ホラー

深夜の騒音（宮間波）………………… 26
赤地蔵（狩野いくみ）………………… 28
石がものいう話（高橋史絵）………… 30
阿吽の衝突（暮木椎哉）……………… 32
石に潜む（白ひびき）………………… 34
デウス・エクス・リブリス（君島慧是）… 38
幽霊画の女（田辺青蛙）……………… 40
厄（松本楽志）………………………… 42
もんがまえ（行一震）………………… 44
のぼれのぼれ（仁木一青）…………… 46
灯台（牧ゆうじ）……………………… 48
磯牡蠣（有井聡）……………………… 50
白髪汁（間倉巳堂）…………………… 52
焼き蛤（金子みづほ）………………… 54
食卓の光景（添田健一）……………… 58
二〇〇七年問題（久遠平太郎）……… 60
客（我妻俊樹）………………………… 62
気配（小林修）………………………… 64
女（武田若千）………………………… 66
伝手（島村ゆに）……………………… 68
蜘蛛の糸（米川京）…………………… 70
夜泣きの岩（小出まゆみ）…………… 72
カミソリを踏む（朱雀門出）………… 74
迦陵頻伽—極楽鳥になった禿（春乃蒼）… 76
鬼女の啼く夜（池田和尋）…………… 80
生まれ変わったら（平平之信）……… 82
禍犬（まがいぬ）様（加楽幽明）…… 84
連子窓（新熊昇）……………………… 86
猫爺（西村風池）……………………… 88
お花さん（江崎来人）………………… 90
首（沢井良太）………………………… 92
ネパールの宿（亀井はるの）………… 94
山鳴る里（長谷部弘明）……………… 96
蚊帳の外（山本ゆうじ）……………… 98
仮面夜（由田匣）……………………… 102
通夜（吉田悠軌）……………………… 104
大好きな彼女と一心同体になる方法（梅原
　公彦）………………………………… 106
いのち（漆原正貴）…………………… 108
弔夜（秋山真琴）……………………… 110
散歩にうってつけの夕べ（散葉）…… 112
影を求めて（山村幽星）……………… 114
不思議なこと（神森繁）……………… 116
狐火を追うもの（五十嵐彪太）……… 118
夏の終わりに（立花腑楽）…………… 120
グラマンの怪（うどうかおる）……… 124
カツジ君（粟根のりこ）……………… 126

町俤（ちょうてい）（酒月茗）……… 128
使命（水棲モスマン）………………… 130
風呂（駒沢直）………………………… 132
鏡（別水軒）…………………………… 134
踏み板（井上優）……………………… 136
狐がいる（井下尚紀）………………… 138
ディアマント（小栗四海）…………… 140
シミュラクラ（林不木）……………… 142
怖いビデオ（崩木十弐）……………… 144
鳥雲（黒田広一郎）…………………… 148
帰り道にて（椎名春介）……………… 150
問題教師（貫井輝）…………………… 152
せがきさん（仲町六絵）……………… 154
アキバ（亀ヶ岡重明）………………… 156
壁の手（加上鈴子）…………………… 158
写生（武田忠士）……………………… 160
酒場にて（野暮粋平）………………… 162
角打ちでのこと（日野光里）………… 164
マムシ（呪淋陀）……………………… 166
父、悩む（吉野あや）………………… 170
なめり、なめり、（有坂十緒子）…… 172
乗り物ギライ（麻見和臣）…………… 174
橋を渡る（峯岸可弥）………………… 176
僕の妹（室津圭）……………………… 178
古井戸（勝山海百合）………………… 180
千住が原からの眺め（保志成晴）…… 182
筒穴（貝原）…………………………… 184
穴（登木夏実）………………………… 186
隙間（宇藤螢子）……………………… 188
かまいたちはみた（野棘かな）……… 192
押入れ（青木美土里）………………… 194
からくり（圓眞美）…………………… 196
豆腐屋の女房（皿洗一）……………… 198
空気女（黒猫銀次）…………………… 200
移り香（沙木とも子）………………… 202
姑のハンドバッグ（六條靖子）……… 204
本日のみ限定品（石居椎）…………… 206
トキウドン（あか）…………………… 208
黒い不吉なもの（乃木ばにら）……… 210
怪鳥（湯菜岸時也）…………………… 214
ハンター（峯野嵐）…………………… 216
魅惑の芳香（大河原ちさと）………… 218
アイス墓地（松音戸子）……………… 220
スコヴィル幻想（斜斤）……………… 222
ギジ（一双）…………………………… 224
分割払い（杜地都）…………………… 226
肝だめし（不狼児）…………………… 228

怪奇小説・ホラー　0460

よそゆき（飛雄）………………… 230
死霊の盆踊り（ヒモロギヒロシ）………… 232
選評（加門七海）………………… 236
選評（福澤徹三）………………… 240
選評（東雅夫）…………………… 244
著者プロフィール・掲載作品一覧 ……… 253

［0460］　てのひら怪談―ビーケー
ワン怪談大賞傑作選　百怪繚乱篇
加門七海, 福澤徹三, 東雅夫編
ポプラ社　2008.6　243p　20cm
1200円
ISBN978-4-591-10387-6

はじめに（東雅夫）………………………… 1
土星の子供（クジラマク）………………… 14
出席簿（クジラマク）……………………… 16
額縁の部屋（クジラマク）………………… 18
プラグイン（クジラマク）………………… 20
姉やん（田辺青蛙）………………………… 22
蜜壺（田辺青蛙）…………………………… 24
月の味（田辺青蛙）………………………… 26
いちご人形（飛雄）………………………… 30
円筒形の幽霊（飛雄）……………………… 32
団欒図（飛雄）……………………………… 34
夢の結末（飛雄）…………………………… 36
泡影行燈（君島慧是）……………………… 38
うるはらすM教授の著述（抜粋）（君島慧
　是）………………………………………… 40
透明な教室（君島慧是）…………………… 42
夕陽を跨ぐ友達（君島慧是）……………… 44
巨獣（貝原）………………………………… 48
おそうめん（貝原）………………………… 50
静かな団地（貝原）………………………… 52
かえる（我妻俊樹）………………………… 54
迷路事情（我妻俊樹）……………………… 56
父の就職（我妻俊樹）……………………… 58
山彦（我妻俊樹）…………………………… 60
火車とヤンキー（ヒモロギヒロシ）……… 64
般若娘（ヒモロギヒロシ）………………… 66
男の世界（ヒモロギヒロシ）……………… 68
水獣モガンボを追え（ヒモロギヒロシ）…… 70
いいかげん幽霊だと気づいてくれないと面
　白くないわ（烏本拓）…………………… 72
電車会社（烏本拓）………………………… 74

歌姫の秘石（烏本拓）……………………… 76
歌うたい練り歩く（狩野いくみ）………… 80
トイレの河童（狩野いくみ）……………… 82
からころはつほ（狩野いくみ）…………… 84
ロス・ペペスの幻影（小栗四海）………… 86
神の左手（小栗四海）……………………… 88
COA（小栗四海）…………………………… 90
受胎（石居椎）……………………………… 94
おいていくもの（石居椎）………………… 96
影女（石居椎）……………………………… 98
亡妻（再生モスマン）……………………… 100
○ちがい電話（再生モスマン）…………… 102
私の生首（再生モスマン）………………… 104
中有駅前商店街にて（立花腑楽）………… 108
凋落（立花腑楽）…………………………… 110
鬼裂（立花腑楽）…………………………… 112
まっぷたつ（松本楽志）…………………… 114
てのひら（松本楽志）……………………… 116
盲蛇の子（松本楽志）……………………… 118
蛾鬼（黒史郎）……………………………… 120
夜闇の祭囃子（黒史郎）…………………… 122
ガクン（黒史郎）…………………………… 124
お見合い（崩木十弐）……………………… 128
プリオン的（朱雀門出）…………………… 130
三重（さぶえ）（一双）…………………… 132
邪まな視線（天津奇常）…………………… 134
間一髪（黒田広一郎）……………………… 136
赤色ウサギは何を夢見る（只助）………… 138
ザクロ甘いか酸っぱいか（岩里薬人）…… 140
おたぬきさま（島村ゆに）………………… 142
ランバス・フー・ファイター（林不木）…… 144
マシロのいた夏（堀井紗由美）…………… 146
花火（加楽幽明）…………………………… 148
月夜（杜地都）……………………………… 152
誘女（伊予葉山）…………………………… 154
浴葬（八駒海桜）…………………………… 156
きぇー（六條靖子）………………………… 158
生活音（櫻井文規）………………………… 160
海辺の家（田宮沙桜里）…………………… 162
先祖返り（青木美土里）…………………… 164
地獄の一丁目（池田和尋）………………… 166
家計を織る（都田万葉）…………………… 168
目を摘む（仲町六絵）……………………… 170
蛇が出る（圓眞美）………………………… 172
思い出（牧ゆうじ）………………………… 176
母（不狼児）………………………………… 178
重ね重ね（有坂十緒子）…………………… 180

怪奇小説・ホラー

謝罪の理由（平金魚）………… 182
夢のおとない（金子みづは）……… 184
呼ぶ声（亀井はるの）……… 186
崖の石段（山村幽星）……… 188
クマキラー（葦原崇貴）……… 190
シャボン玉（保志成晴）……… 192
海底の都（夢乃鳥子）……… 194
トゥング田（高橋史絵）……… 196
虹蟲（白ひびき）……… 198
残心（新熊昇）……… 200
渡し（斜斤）……… 202
書聖（勝山海百合）……… 206
七夕呪い合戦（仁木一青）……… 208
式神返し（亀ヶ岡重明）……… 210
枕（吉野あや）……… 212
失くしもの（沙木とも子）……… 214
ヨモツヘグヒ（沢井良太）……… 216
夜勤の心得（西村風池）……… 218
高橋さん（24号）……… 220
牛殺し（矢内りんご）……… 222
グレムリン（平平之信）……… 224
闇沼（秋山真琴）……… 226
河童のてんぷら（漆原正貴）……… 228
小人（花房一景）……… 230
門番（一双）……… 232
魚卵祭り（加門七海）……… 236
言霊の呪力（福澤徹三）……… 238
おわりに（東雅夫）……… 241
著者プロフィール・掲載作品一覧 ……… 245

［0461］ てのひら怪談—ビーケー
ワン怪談大賞傑作選 己丑
加門七海, 福澤徹三, 東雅夫編
ポプラ社 2009.6 281p 16cm
540円 （ポプラ文庫 か2-2）
ISBN978-4-591-11015-7

はじめに（東雅夫）……… 3
赤き丸（クジラマク）……… 10
シャボン魂（岩里薬人）……… 12
おそうめん（貝原）……… 14
赤地蔵（狩野いくみ）……… 16
阿吽の衝突（暮木椎哉）……… 18
門番（一双）……… 20

蛾鬼（黒史郎）……… 22
鬼裂（立花腑楽）……… 24
女（武田若千）……… 26
客（我妻俊樹）……… 28
円筒形の幽霊（飛雄）……… 30
火車とヤンキー（ヒモロギヒロシ）……… 32
泡影行燈（君島慧是）……… 36
姉やん（田辺青蛙）……… 38
古井戸（勝山海百合）……… 40
大好きな彼女と一心同体になる方法（梅原公彦）……… 42
本日のみ限定品（石居椎）……… 44
食卓の光景（添田健一）……… 46
白髪汁（間倉巳堂）……… 48
焼き蛤（金子みづは）……… 50
磯牡蠣（有井聡）……… 52
ヨモツヘグヒ（沢井良太）……… 54
魅惑の芳香（大河原ちさと）……… 56
お花さん（江崎来人）……… 58
水恋鳥（阿丸まり）……… 62
連子窓（新熊昇）……… 64
猫爺（西村風池）……… 66
禍犬様（加楽幽明）……… 68
使命（水棲モスマン）……… 70
角打ちでのこと（日野光里）……… 72
マムシ（呪淋陀）……… 74
かえる（我妻俊樹）……… 76
小人（花房一景）……… 78
首（沢井良太）……… 80
トイレの河童（狩野いくみ）……… 82
風呂（駒沢直）……… 84
グレムリン（平平之信）……… 86
黒い不吉なもの（乃木ばにら）……… 88
未練の檻（都田万葉）……… 92
受胎（石居椎）……… 94
てのひら（松本楽志）……… 96
からくり（圓眞美）……… 98
移り香（沙木とも子）……… 100
亡妻（再生モスマン）……… 102
もんがまえ（行一震）……… 104
のぼれのぼれ（仁木一青）……… 106
お見合い（崩木十弐）……… 108
プリオン的（朱雀門出）……… 110
隙間（宇藤蛍子）……… 112
踏み板（井上優）……… 114
静かな団地（貝原）……… 116
夢のおとない（金子みづは）……… 120

怪奇小説・ホラー　　　　　　　　　　　　　　　0462

重ね重ね（有坂十緒子）……………………… 122
父の就職（我妻俊樹）…………………………… 124
謝罪の理由（平金魚）…………………………… 126
父、悩む（吉野あや）…………………………… 128
思い出（牧ゆうじ）……………………………… 130
月夜（杜地都）…………………………………… 132
花火（加楽幽明）………………………………… 134
鳥雲（黒田広一郎）……………………………… 136
グラマンの怪（うどうかおる）………………… 138
カツジ君（粟根のりこ）………………………… 140
怖いビデオ（崩木十弐）………………………… 142
肝だめし（不狼児）……………………………… 144
夏の終りに（立花腑楽）………………………… 146
七夕呪い合戦（仁木一青）……………………… 148
せがきさん（仲町六絵）………………………… 150
問題教師（貫井輝）……………………………… 152
アキバ（亀ヶ岡重明）…………………………… 154
出席簿（クジラマク）…………………………… 156
マシロのいた夏（堀井沙由美）………………… 158
僕の妹（室津圭）………………………………… 160
帰り道にて（椎名春介）………………………… 164
狐火を追うもの（五十嵐彪太）………………… 166
ハンター（峯野嵐）……………………………… 168
千住が原からの眺め（保志成晴）……………… 170
巨獣（貝原）……………………………………… 172
水獣モガンボを追え（ヒモロギヒロシ）…… 174
うるはらすM教授の著述（抜粋）（君島慧
　是）…………………………………………… 176
厄（松本楽志）…………………………………… 180
アイス墓地（松音戸子）………………………… 182
スコヴィル幻想（斜斤）………………………… 184
きぇー（六條靖子）……………………………… 186
電車会社（烏本拓）……………………………… 188
酒場にて（野暮粋平）…………………………… 190
土星の子供（クジラマク）……………………… 192
からころはつぼ（狩野いくみ）………………… 194
石がものいう話（高橋史絵）…………………… 196
石に潜む（白ひびき）…………………………… 198
シミュラクラ（林不木）………………………… 200
伝手（島村ゆに）………………………………… 202
○ちがい電話（再生モスマン）………………… 204
団欒図（飛雄）…………………………………… 206
目を摘む（仲町六絵）…………………………… 210
家計を織る（都田万葉）………………………… 212
不思議なこと（神森繁）………………………… 214
蜘蛛の糸（米川京）……………………………… 216
仮通夜（由田匣）………………………………… 218

通夜（吉田悠軌）………………………………… 220
弔夜（秋山真琴）………………………………… 222
影を求めて（山村幽星）………………………… 224
押入れ（青木美土里）…………………………… 226
海底の都（夢乃鳥子）…………………………… 228
デウス・エクス・リブリス（君島慧是）…… 230
ディアマント（小栗四海）……………………… 232
幽霊画の女（田辺青蛙）………………………… 234
よそゆき（飛雄）………………………………… 236
死霊の盆踊り（ヒモロギヒロシ）……………… 238
己丑の託宣（加門七海）………………………… 242
もっと怖い怪談を（福澤徹三）………………… 248
おわりに（東雅夫）……………………………… 254
解説（稲川純二）………………………………… 257
著者プロフィール ……………………………… 272

［0462］　てのひら怪談―ビーケー
ワン怪談大賞傑作選　庚寅
加門七海, 福澤徹三, 東雅夫編
ポプラ社　2010.6　275p　16cm
560円　（ポプラ文庫　か2-3）
ISBN978-4-591-11859-7

はじめに（東雅夫）……………………………… 3
朝の予兆（飛雄）………………………………… 10
おまもり（黒木あるじ）………………………… 12
水晶橋ビルヂング（仲町六絵）………………… 14
やまんぶの帯（朱雀門出）……………………… 16
あじさい山（有井聡）…………………………… 18
本家の欄間（沙木とも子）……………………… 20
祈り（平金魚）…………………………………… 22
柿をとる人（小島モハ）………………………… 24
戦友の光（松本浄）……………………………… 26
ママ（湯菜岸時也）……………………………… 28
傘の墓場（白縫いさや）………………………… 30
祟りちゃん（影山影司）………………………… 32
山神の嫁（櫻井文規）…………………………… 36
天狗（峯岸可弥）………………………………… 38
八百年（平金魚）………………………………… 40
燈火星のごとく（金子みづは）………………… 42
さらばマトリョーシカ（ヒモロギヒロシ）… 44
蛾（我妻俊樹）…………………………………… 46
妖精（貝原）……………………………………… 48
自然薯（クジラマク）…………………………… 50

怪奇小説・ホラー

をとめトランク（沢井良太）……………… 52
告訴状（太田工兵）………………………… 54
常連（酒月茗）……………………………… 56
遺髪（宇津呂鹿太郎）……………………… 58
冥福を祈る（小瀬朧）……………………… 62
ワゴンの乗客（飛雄）……………………… 64
分岐点（小瀬朧）…………………………… 66
カーブミラー（宇津圭）…………………… 68
パッチン留め（綾倉エリ）………………… 70
いただきます（カー・イーブン）………… 72
磯女（添田健一）…………………………… 74
かいもの（珠子）…………………………… 76
カチンコチン（北詰渚）…………………… 78
NOU―能生―（勝山海百合）…………… 80
カメラ（松村佳直）………………………… 82
海外フェスの話（松音戸子）……………… 84
がんばり入道（田辺青蛙）………………… 86
トイレを借りに（青井知之）……………… 88
スクランブル（クジラマク）……………… 92
遊び（斜斤）………………………………… 94
踏まれる（内藤了）………………………… 96
下町怪異譚（亀井はるの）………………… 98
水無月に嫁す（都田万葉）……………… 100
波動（烏本拓）…………………………… 102
明滅する家族（松本楽志）……………… 104
故郷の思い出（綾倉エリ）……………… 106
古い隧道（田辺青蛙）…………………… 108
夏の記憶（野棲あづこ）………………… 110
にらめっこ（夢乃鳥子）………………… 112
未遂（川合ないる）……………………… 116
たまゆら（圓眞美）……………………… 118
月間約四〇センチメートル（椎名春介）… 120
姉妹（青木美土里）……………………… 122
お兄ちゃんの夜（平金魚）……………… 124
腹話術（崩木十弐）……………………… 126
道連れ柳（間倉巳堂）…………………… 128
視線（沙木とも子）……………………… 130
布団（皆川舞子）………………………… 132
百合（我妻俊樹）………………………… 134
父に見えるもの（石川彦士）…………… 136
遅れた死神（空守由希子）……………… 138
ゆびおり（松本楽志）…………………… 142
つゆはらい（屋敷あずさ）……………… 144
約束（夢乃鳥子）………………………… 146
蟇（ウェル冥土）………………………… 148
床相撲（黒史郎）………………………… 150
○×歯科（皿洗一）……………………… 152

歯科呪医（黒史郎）……………………… 154
古本奇譚（猫吉）………………………… 156
球体関節リナちゃん（君島慧是）……… 158
市松人形（武田若千）…………………… 160
トロイの人形（ヒモロギヒロシ）……… 162
梨園のマネキン（紺詠志）……………… 164
鳥の家（仲町六絵）……………………… 168
苦談（御於紗馬）………………………… 170
ならわし（黒木あるじ）………………… 172
三柱（有井聡）…………………………… 174
啼く魚（阿丸まり）……………………… 176
狸の葬式（葉原あきよ）………………… 178
うつる（告鳥友紀）……………………… 180
山羊の足（葉越晶）……………………… 182
鈴（埜木ばにら）………………………… 184
涼み売りと三毛猫（友井燕々）………… 186
この家につく猫（サイトウチエコ）…… 188
タマコ（蔭谷塔子）……………………… 190
でいだら（石居椎）……………………… 194
四月一日霧の日の花のスープ（高山あつひ
　　こ）…………………………………… 196
さくらの咲くあさ（さとうゆう）……… 198
漬物（貝原）……………………………… 200
マーくんのごちそう（再生モスマン）… 202
うざね（勝山海百合）…………………… 204
人魂（由田匣）…………………………… 206
ランデヴー（五十嵐彪太）……………… 208
肉色の森（立花腑楽）…………………… 210
樹戒（君島慧是）………………………… 212
ぼくと新しい神さま（国木映雪）……… 214
縁起もん（猫亞阿月）…………………… 218
田舎の風景（青井知之）………………… 220
九十八円（小瀬朧）……………………… 222
線香花火（朱雀門出）…………………… 224
炎天（明神ちさと）……………………… 226
坂をのぼって（堀井沙由美）…………… 228
楽光師匠最期の高座『死神』の録音テープ
　　（葦原崇貴）………………………… 230
夏の最後の晩餐（不狼児）……………… 232
百人魔女（江崎来人）…………………… 234
丑三つ時に（吉野あや）………………… 236
東の眠らない国（白縫いさや）………… 238
美醜記（岩里藁人）……………………… 240
庚寅の風格（加門七海）………………… 244
怪談は平明でいい（福澤徹三）………… 248
おわりに（東雅夫）……………………… 254
世紀の大発明（平山夢明）……………… 256

怪奇小説・ホラー　　　　　　　　　0463

夏の（平山夢明） ……………………… 264
著者プロフィール・掲載作一覧 ………… 266

```
［0463］　てのひら怪談―ビーケー
ワン怪談大賞傑作選　辛卯
加門七海, 福澤徹三, 東雅夫編
ポプラ社　2011.6　265p　16cm
560円　（ポプラ文庫）
ISBN978-4-591-12480-2
```

はじめに（東雅夫） …………………………… 3
チヤの遺品（平金魚） ……………………… 10
笑顔でいっぱい（椎名春介） ……………… 12
コラボ（古屋賢一） ………………………… 14
道行き（青木美土里） ……………………… 16
くさいバス（紺詠志） ……………………… 18
あふひ（芝うさぎ） ………………………… 22
ドイツ箱の八月（小島モハ） ……………… 24
赤い酒（池田一尋） ………………………… 26
あかいいと（吉野あや） …………………… 28
黒く塗ったら（行一震） …………………… 30
白の恐怖（岩里藁人） ……………………… 32
水筒の湯（小瀬朧） ………………………… 34
Mさんの犬（山下昇平） …………………… 36
まだだ（井上由） …………………………… 38
一人暮らし（夢野竹輪） …………………… 42
『幸せにね』（矢口慧） ……………………… 44
万華鏡（夢乃鳥子） ………………………… 46
悪い人（酒月茗） …………………………… 48
まちぼうけ（谷一生） ……………………… 50
安全ポスター（猫吉） ……………………… 52
彼女の音（カワナカミチカズ） …………… 54
逆怨み（小桜ひなた） ……………………… 56
手話（神沼三平太） ………………………… 58
おばさんの話（廻転寿司） ………………… 62
爺さんの話（入江克季） …………………… 64
お届け物（青井知之） ……………………… 66
焚き火（貝原） ……………………………… 68
もったいない（駒沢直） …………………… 70
八幡様（緋衣） ……………………………… 72
テレビの箱（崩木十弐） …………………… 74
廃屋（我妻俊樹） …………………………… 76
のこっている（緋衣） ……………………… 78
口（斜斤） …………………………………… 82

血天井（屋敷あずさ） ……………………… 84
天に還す（立花腑楽） ……………………… 86
汐蜂（我妻俊樹） …………………………… 88
潮騒（三浦さんぽ） ………………………… 90
いばらの孤島へ（君島慧是） ……………… 92
氷川丸の夜（松本楽志） …………………… 94
命札（必須あみのさん） …………………… 96
招く狐（神楽） ……………………………… 98
きつね風呂（石居椎） ……………………… 100
幻を追って（山村幽星） …………………… 102
七夕の夜（名島照葉） ……………………… 106
おむかえ（田中せいや） …………………… 108
ねばーらんど（間遠南） …………………… 110
畸骨譚（暮木椎哉） ………………………… 112
主婦と排水溝（三田とりの） ……………… 114
マンホール（夕村） ………………………… 116
妻の不貞（崩木十弐） ……………………… 118
抜けるので（松村佳直） …………………… 120
おたまじゃくしは蛙の子（緒川菊子） …… 122
芋虫（宮ノ川顕） …………………………… 124
小バエ一匹（告鳥友紀） …………………… 126
マリア様をみてる（地獄熊マイケル） …… 130
穿ち（白ひびき） …………………………… 132
原隊に復帰せず（勝山海百合） …………… 134
くだん抄（御於紗馬） ……………………… 136
蛇女（三和） ………………………………… 138
カマキラー（葦原崇貴） …………………… 140
籠の鳥（沙木とも子） ……………………… 142
あやかし心中（中島鉄也） ………………… 144
紙（樫木東林） ……………………………… 146
癲覚（朱雀門出） …………………………… 148
バックライト（武田若千） ………………… 150
円（鈴木文也） ……………………………… 152
友情の証（宇津呂鹿太郎） ………………… 156
果つるところ（圓眞美） …………………… 158
美しい姉（富安健夫） ……………………… 160
西瓜の穴（沢井良太） ……………………… 162
黒い手（みじかび朝日） …………………… 164
いるみたい（日野光里） …………………… 166
よびんど（畦ノ陽） ………………………… 168
ワンピースの女（丸山政也） ……………… 170
カエルの子（リュカ） ……………………… 172
夕焼け観覧（三和） ………………………… 174
樹上の人（迷跡） …………………………… 176
暗黙のルール（早乙女まぶた） …………… 178
花の写真（金澤正樹） ……………………… 180
ココアのおばちゃん（杜地都） …………… 184

143

怪奇小説・ホラー

オレンジジュース（飛雄）………………… 186
愛別（有井聡）…………………………………… 188
真夜中に豚汁（内藤了）…………………… 190
警告（葉原あきよ）…………………………… 192
現地調査について（報告）（神奈山つかさ）‥ 194
窓塞ぎ（甲斐文汀）…………………………… 196
クチコミ（松音戸子）………………………… 198
ぶち切レ（在神英資）………………………… 200
温泉宿の四つの石（一田和樹）………… 202
邪魔（篤長宙史）……………………………… 204
ほらねんね（藤村）…………………………… 208
信心（勝山海百合）…………………………… 210
ちゃんばらテッチャン（湯菜岸時也）……… 212
しるし（夏野）…………………………………… 214
『・』（不狼児）………………………………… 216
ボランティア（有井聡）……………………… 218
送り線香（高橋史絵）………………………… 220
ひとりぼっち（赤星都）……………………… 222
よんひくさんの木（江崎来人）………… 224
つじさん（黒木あるじ）……………………… 226
辛卯の幹（加門七海）………………………… 230
四つの要点（福澤徹三）……………………… 236
おわりに（東雅夫）…………………………… 242
対談（北村薫、東雅夫）……………………… 244
著者プロフィール・掲載作一覧 ………… 254

［0464］ てのひら怪談―ビーケー
ワン怪談大賞傑作選　壬辰
加門七海、福澤徹三、東雅夫編
ポプラ社　2012.6　308p　16cm
640円　（ポプラ文庫 か2-5）
ISBN978-4-591-12967-8

窓辺（小瀬朧）……………………………………… 10
鳥居の家（夢乃鳥子）……………………………… 12
ビストロシリカ（深田亨）………………………… 14
龍宮の手（松本楽志）……………………………… 16
足下に寝ている電話の向こう（黒次郎）…… 18
砂（我妻俊樹）……………………………………… 20
海水浴（江賀根）…………………………………… 22
雄勝石（勝山海百合）……………………………… 24
海辺のサクラ（ヒモロギヒロシ）…………… 26
笑顔の理由（さとうゆう）………………………… 28
おかえり（根多加良）……………………………… 30

船影（三輪チサ）…………………………………… 32
煙火（吉川楡井）…………………………………… 34
停電の夜に（松村佳直）…………………………… 36
風呂敷包み（杜地都）……………………………… 40
偵察（湯菜岸時也）………………………………… 42
片方（神沼三平太）………………………………… 44
子供靴（貫井輝）…………………………………… 46
靴（上原和樹）……………………………………… 48
靴（仙堂ルリコ）…………………………………… 50
蛙の置物（樫木東林）……………………………… 52
網戸の外（まつぐ）………………………………… 54
過ぎゆくもの（告鳥友紀）………………………… 56
花の娘（夢乃鳥子）………………………………… 58
遠くの星の青い花（小島モハ）………………… 60
花咲く家（緋衣）…………………………………… 62
隣家の風鈴（武田若千）…………………………… 66
プチプチ（梅原公彦）……………………………… 68
背戸の家（青木美土里）…………………………… 70
引越祝い（大城竜流）……………………………… 72
ただ佇む（紅林まるこ）…………………………… 74
同居人（きりゑ薫）………………………………… 76
トラック09（江原一哲）…………………………… 78
公衆もしくは共同の（三輪チサ）……………… 80
新築（クジラマク）………………………………… 82
描かれた蓮（よしおてつ）………………………… 84
湧く（杉澤京子）…………………………………… 86
喘鳴（小瀬朧）……………………………………… 88
水田に泣く（立花腑楽）…………………………… 90
坊主の行列（よいこぐま）………………………… 94
駐車場（千葉）……………………………………… 96
廃材トラック（ひびきはじめ）………………… 98
感応（大城竜流）…………………………………… 100
ここにいる（矢口慧）……………………………… 102
教習番号9（江原一哲）…………………………… 104
間の駅（葉原あきよ）……………………………… 106
二の舞（明神ちさと）……………………………… 108
自動販売機（乱雨）………………………………… 110
通貨論（クジラマク）……………………………… 112
柘榴のみち（君島慧是）…………………………… 114
闇鍋（水月聖司）…………………………………… 116
夜間訓練（添田健一）……………………………… 120
怪談会にて（登木夏実）…………………………… 122
証明写真機（安部孝作）…………………………… 124
鳥の頭（烏本拓）…………………………………… 126
「うん、そうだね」（杜地都）…………………… 128
求婚（早乙女まぶた）……………………………… 130
小石おばば（田中せいや）………………………… 132

怪奇小説・ホラー　　　　　　　　　　0465

授乳（貝原） ……………………… 134
飛脚の夢（不狼児） ……………… 136
みずこクラブ（ヒモロギヒロシ） ………… 138
ご信心のおん方さまは（高家あさひ） ……… 142
初詣（山本水城） ………………… 144
路地の猫（山村幽星） …………… 146
扇風機（久藤準） ………………… 148
携帯電話（宇津呂鹿太郎） ……… 150
誰がそう言った（阿段可成子） … 152
夜勤業務の耳（神村実希） ……… 154
体感温度はもっと高いはずだ（ももくちそ
　らミミ） ………………………… 156
タイバーズハイ（青井知之） …… 158
無秩序（ハナダ） ………………… 160
錆びた自転車（ひびきはじめ） … 162
メガネの導き（青井知之） ……… 164
裸の男（平金魚） ………………… 168
酒捻り（敬志） …………………… 170
モンシロチョウ（葦原崇貴） …… 172
出たがる（井上由） ……………… 174
アチラのいいなり（有坂トヲコ） … 176
小道具（佐多椋） ………………… 178
ライブハウスにて（綾倉エリ） … 180
イソメのこと（間遠南） ………… 182
醍醐味（大城竜流） ……………… 184
幻狐（九条紀偉） ………………… 186
倫敦（加上鈴子） ………………… 188
家族旅行（富安健夫） …………… 190
忘れられない（石本秀希） ……… 194
としのころには（さとうゆう） … 196
お化けが来るよ（江村阿康） …… 198
銃を置く（白ひびき） …………… 200
雨の日の邂逅（高柴三聞） ……… 202
赤い光（崩木十弐） ……………… 204
深さはかる（水没） ……………… 206
屋根の上（紺詠志） ……………… 208
夏の火（どこかの虫） …………… 210
氷売り（松本楽志） ……………… 212
くすくす岩（朱雀門出） ………… 214
親子（石居椎） …………………… 216
あじさいを（藤村） ……………… 220
Yさん一家（伽羅） ……………… 222
まじない（沢井良太） …………… 224
黒松の盆栽（丸山政也） ………… 226
返して（直） ……………………… 228
タヌキ（廻転寿司） ……………… 230
最後の旅支度（本田モカ） ……… 232

大喝（石居椎） …………………… 234
母（有井聡） ……………………… 236
百十の手なぐさみ（松音戸子） … 238
床下の骨（圓眞美） ……………… 240
座布団（小石川） ………………… 242
ぐにん（白ひびき） ……………… 244
ならわし（田中せいや） ………… 248
ギリシャ壺によす（高山あつひこ） … 250
自動口述機ペルセフォネ（君島慧是） ……… 252
老いる（布靴底江） ……………… 254
落しの刑事（万里せくら） ……… 256
炭鉱怪談（日野光里） …………… 258
二文字（鈴木文也） ……………… 260
花嫁（尾神ユウア） ……………… 262
折紙姫（日野光里） ……………… 264
昼下がりに（暮木椎哉） ………… 266
文殊の知恵の輪（岩里藁人） …… 268
世界の終わり（ハナダ） ………… 270
大怪談王（新熊昇） ……………… 272
壬申の胎動（加門七海） ………… 276
八百字の氷山（福澤徹三） ……… 281
おわりに（東雅夫） ……………… 286
ビーケーワン怪談 大賞の舞台裏（タカザワ
　ケンジ） ………………………… 288
てのひら怪談の魔力（辻和人） … 293
著者プロフィール・掲載作一覧 … 298

［0465］　てのひら怪談　癸巳
加門七海, 福澤徹三, 東雅夫編
KADOKAWA　2013.12　216p
15cm　600円　（MF文庫ダ・ヴィンチ か-4-3）
ISBN978-4-04-066176-6

はじめに（東雅夫） …………………… 4
夜の散歩（圓眞美） …………………… 10
HELLO（天谷朔子） ………………… 12
ヒメジョオン（小瀬朧） ……………… 14
それは知らなくていい（在神英資） ……… 16
青い灯（イズミスズ） ………………… 18
雨女（巴田夕虚） ……………………… 20
おじさん（武田若千） ………………… 22
義兄のぼやき（敬志） ………………… 24
干潟（湯菜岸時也） …………………… 26
海から告げるもの（透翅大） ………… 28

0466 怪奇小説・ホラー

新幹線の窓から（ハナダ）……………… 30
海の上を走る（よいこぐま）……………… 34
やわらかな追憶（田中せいや）………… 36
お引越し（日野光里）……………………… 38
空を舞う（白ひびき）……………………… 40
坊主（なかた夏生）………………………… 42
戸隠キャンプ場にて（内藤了）………… 44
なんだ、そうか。（真魚子）……………… 46
冬山で死ぬということ（剣先あやめ）…… 48
狼の社（籠三蔵）…………………………… 50
胡蜂（天羽孔明）…………………………… 52
土塀の向こう（多麻乃美須々）………… 56
堀の向こうから（葦原崇貴）…………… 58
モラトリアム（花鶏縁）………………… 60
可燃性（佐多椋）…………………………… 62
マッチの家（上原和樹）………………… 64
火曜日（坂巻京悟）………………………… 66
添い寝（まつぐ）…………………………… 70
動物霊園の少女（小鳥遊ミル）………… 72
鴉の死（黒形圭）…………………………… 74
初詣（龍風文哉）…………………………… 76
巳茸譚（岩里薬人）………………………… 78
ちくわのあな（来福堂）………………… 80
なめくじ（神村実希）…………………… 82
かえるのいえ、かえらぬのひ（岩里薬人）… 84
百足（告鳥友紀）…………………………… 86
蟻（駒沢直）………………………………… 88
虫除け（宇津呂鹿太郎）………………… 90
カンブリアの亡霊（化野蝶々）………… 92
青い炎（丸山政也）………………………… 96
禁足地（綾佳エリ）………………………… 98
白いライトバン（武田若千）…………… 100
ロータリーに立つ影（山村幽星）……… 102
無言の帰宅（青井知之）………………… 104
弔問（三浦さんぽ）……………………… 106
葬送の夜（黒形圭）……………………… 108
生垣の中（下川渉）……………………… 110
ひとゆらり（野棘かな）………………… 114
フジ江さんとブチッキーのこと（新熊昇）… 116
名前（三浦さんぽ）……………………… 118
卵（香箱）………………………………… 120
幽霊の臨終（沙木とも子）……………… 122
わく（剣先あおり）……………………… 124
綿菓子（貝原）…………………………… 128
長い階段（白雨）………………………… 130
お行儀良いね（富園ハルク）…………… 132
母猫の獲物（新熊昇）…………………… 134

お迎え（深田亭）………………………… 136
おじいちゃんのおふとん（透翅大）…… 138
パールのようなもの（井上閏日）……… 140
手鞠（杉澤京子）………………………… 142
テエブル（巽鏡一郎）…………………… 144
痛い本（ひびきはじめ）………………… 146
消え残るものたち（高家あさひ）……… 150
いらっしゃいませ（藤沼香子）………… 152
あらぶる妹（上原和樹）………………… 154
贈り物（鷹匠りく）……………………… 156
ドームルーペ（君島慧是）……………… 158
みによんの幽霊（深田亭）……………… 160
風水（萬暮雨）…………………………… 162
古井戸とM（紺詠志）…………………… 166
怖ろしいもの祓い（黒咲典）…………… 168
土葬（阿丸まり）………………………… 170
柿（我妻俊樹）…………………………… 174
黒白映画（夢乃鳥子）…………………… 176
卵形（らんけい）（君島慧是）………… 178
「癸巳」という転換期（加門七海）…… 180
実話らしさとはなにか（福澤徹三）…… 186
おわりに（東雅夫）……………………… 192
解説対談（綿矢りさ、東雅夫）………… 195
著者プロフィール・掲載作品一覧…… 210

```
［0466］　となりのもののけさん─
　　　　　　競作短篇集
　ポプラ社　2014.9　271p　15cm
　620円　（ポプラ文庫ピュアフル　P
　ん-1-18）
　ISBN978-4-591-14128-1
```

鬼の目元に笑いジワ（青谷真未）………… 7
かりそめの家（小松エメル）……………… 55
夜の虹（佐々木禎子）……………………… 117
稲荷道中、夏めぐり（東朔水）…………… 189
赤い林檎と金の川（村山早紀）…………… 231

怪奇小説・ホラー　　　　0472

［0467］　謎の放課後―学校の七不
思議
大森望編
KADOKAWA　2015.8　292p
15cm　560円　（角川文庫　あ101-
12）
ISBN978-4-04-103182-7

フレンドシップ・シェイバー（相沢沙呼）‥‥‥ 5
学園諜報部SIA（七尾与史）‥‥‥‥‥‥‥‥ 51
血塗られていない赤文字（深緑野分）‥‥‥‥ 99
E高生の奇妙な日常（田丸雅智）‥‥‥‥‥ 161
　　自転車に乗って‥‥‥‥‥‥‥‥‥‥‥ 163
　　E高テニス部の序列‥‥‥‥‥‥‥‥‥ 174
　　友人Iの勉強法‥‥‥‥‥‥‥‥‥‥‥ 188
踊り場の花子（辻村深月）‥‥‥‥‥‥‥‥ 201
解説（大森望）‥‥‥‥‥‥‥‥‥‥‥‥‥ 288

［0468］　七つの死者の囁き
新潮社　2008.12　282p　16cm
438円　（新潮文庫）
ISBN978-4-10-120435-2

幻の娘（有栖川有栖）‥‥‥‥‥‥‥‥‥‥‥ 7
流れ星のつくり方（道尾秀介）‥‥‥‥‥‥‥ 55
話し石（石田衣良）‥‥‥‥‥‥‥‥‥‥‥‥ 95
熱帯夜（鈴木光司）‥‥‥‥‥‥‥‥‥‥‥ 105
嘘をついた（吉来駿作）‥‥‥‥‥‥‥‥‥ 153
最後から二番目の恋（小路幸也）‥‥‥‥‥ 201
夕闇地蔵（恒川光太郎）‥‥‥‥‥‥‥‥‥ 239

［0469］　南欧怪談三題
西本晃二編訳
未來社　2011.10　161p　19cm
1800円　（転換期を読む　14）
ISBN978-4-624-93434-7

鮫女（ジュゼッペ・トマージ・ディ・ラン
ペドゥーザ）‥‥‥‥‥‥‥‥‥‥‥‥‥‥ 5

亡霊のお彌撒（アナトール・フランス）‥‥‥ 59
ヰギエの女神（プロスペル・メリメ）‥‥‥‥ 73
解題（西本晃二）‥‥‥‥‥‥‥‥‥‥‥‥ 135

［0470］　二十の悪夢―角川ホラー
文庫創刊20周年記念アンソロジー
KADOKAWA　2013.10　253p
15cm　520円　（角川ホラー文庫　H
あ50-1）
ISBN978-4-04-101052-5

逡巡の二十秒と悔恨の二十年（小林泰三）‥‥‥ 5
銀の船（恒川光太郎）‥‥‥‥‥‥‥‥‥‥ 45
母からの手紙（藤木稟）‥‥‥‥‥‥‥‥‥ 99
生まれて生きて、死んで呪って（朱川湊人）‥ 135
暑い国で彼女が語りたかった悪い夢（岩井
志麻子）‥‥‥‥‥‥‥‥‥‥‥‥‥‥‥ 185
ドリンカーの20分（平山夢明）‥‥‥‥‥‥ 213

［0471］　狙われた女
扶桑社　2014.7　463p　16cm
920円　（扶桑社ミステリー　ケ6-12）
ISBN978-4-594-07066-3

シープメドウ・ストーリー（ジャック・ケッ
チャム著，金子浩訳）‥‥‥‥‥‥‥‥‥‥ 7
狙われた女（リチャード・レイモン著，尾
之上浩司訳）‥‥‥‥‥‥‥‥‥‥‥‥‥ 75
われらが神の年2202年（エドワード・リー
著，尾之上浩司訳）‥‥‥‥‥‥‥‥‥‥ 191
訳者あとがき（尾之上浩司）‥‥‥‥‥‥‥ 459

［0472］　伯爵の血族―紅ノ章
光文社　2007.4　546p　16cm
838円　（光文社文庫―異形コレク
ション　井上雅彦監修）
ISBN978-4-334-74231-7

編集序文（井上雅彦）‥‥‥‥‥‥‥‥‥‥‥ 7
〈隻眼流廻国綺談〉石の城（菊地秀行）‥‥‥‥ 13

147

0473 怪奇小説・ホラー

吸血魔の生誕 (小中千昭) ……………… 33
≒0.04％ (平山夢明) ……………………… 51
它川 (たがわ) から (倉阪鬼一郎) ……… 81
赫眼 (あかまなこ) (三津田信三) ……… 111
楽園回帰 (飯野文彦) …………………… 141
血を吸う掌編 (牧野修) ………………… 169
影武者 (石田一) ………………………… 197
春浅き古都の宵は… (森真沙子) ……… 233
ドラキュラの家 (福澤徹三) …………… 269
蝶の断片 (加門七海) …………………… 293
連鎖劇 (速瀬れい) ……………………… 313
緋衣 (朝松健) …………………………… 329
王国 (飛鳥部勝則) ……………………… 371
混血の夜の子供とその兄弟達 (三川祐) … 399
鏡 (安土萌) ……………………………… 419
非業 (奥田哲也) ………………………… 429
死の谷 (間瀬純子) ……………………… 461
森は歌う (田中文雄) …………………… 471
月蝕領彷徨 (皆川博子) ………………… 511
流離 (さす) うものたちの館と駅 (井上雅彦) ‥515

[0473]　花月夜綺譚─怪談集
集英社文庫編集部編
集英社　2007.9　291p　16cm
533円　（集英社文庫）
ISBN978-4-08-746217-3

溺死者の薔薇園 (岩井志麻子) ………………… 9
一千一秒殺人事件 (恩田陸) …………………… 33
一節切 (花衣沙久羅) …………………………… 59
左右衛門の夜 (加門七海) ……………………… 81
紅差し太夫 (島村洋子) ………………………… 107
婆娑羅 (霜島ケイ) ……………………………… 127
ついてくる (藤水名子) ………………………… 165
水神 (藤木稟) …………………………………… 195
長屋の幽霊 (森奈津子) ………………………… 225
長虫 (山崎洋子) ………………………………… 263
解説 (細谷正充) ………………………………… 282
著者略歴 ………………………………………… 291

[0474]　ひとにぎりの異形
光文社　2007.12　591p　16cm
895円　（光文社文庫─異形コレク
ション　井上雅彦監修）
ISBN978-4-334-74355-0

編集序文 (井上雅彦) …………………………… 9
デラックスな発明 ……………………………… 17
　どこからか来た男 (白河久明) ……………… 17
　美しく仕上げるために (江坂遊) …………… 23
　あるいはマンボウでいっぱいの海 (田中
　　啓文) ………………………………………… 29
　シミュラクラの罠 (芦辺拓) ………………… 36
　ATM (太田忠司) ……………………………… 43
　饗応 (上田早夕里) …………………………… 50
　これは小説ではない (渡辺浩弐) …………… 57
　隠者 (井上雅彦) ……………………………… 64
謎とひみつと犯罪 ……………………………… 73
　ワトスン博士の内幕 (北原尚彦) …………… 73
　あのこと (早見裕司) ………………………… 80
　ベルリオーズに乾杯 (田中文雄) …………… 87
　誘惑 (奥田哲也) ……………………………… 95
　海のおくりもの (小田ゆかり) …………… 102
　蓮の花のうら (佐々木清隆) ……………… 109
　カタミタケ汁 (梶尾真治) ………………… 117
　ごみ屋敷 (福澤徹三) ……………………… 124
　開けてはならない (新津きよみ) ………… 131
　怪人影法師 (岡崎弘明) …………………… 138
　誰そ (斎藤肇) ……………………………… 146
　危険な人間 (眉村卓) ……………………… 153
闇の種族あれこれ …………………………… 159
　恐怖の形 (平谷美樹) ……………………… 159
　ハロウィーンパーティの夜 (安土萌) …… 167
　どこかの (草上仁) ………………………… 173
　死角 (小中千昭) …………………………… 180
　けものたち (植草昌実) …………………… 184
　よいどれの子 (中尾寛) …………………… 191
　立華白椿 (朝松健) ………………………… 200
　Rusty nail (石神茉莉) …………………… 207
　雪迷子 (多岐亡羊) ………………………… 212
　丼小僧 (星野幸雄) ………………………… 219
　家鳴 (佐々木ゆう) ………………………… 227
　N荘の怪 (久美沙織) ……………………… 234
　チャップリンの幽霊 (西秋生) …………… 241

怪奇小説・ホラー　　　　　　　　0475

未来からのノック ················· 251
　ノックの音が（新井素子）········· 251
　宇宙飛行士の死（平山夢明）········· 259
　夜が降る（山下定）··············· 261
　夏がきた（八杉将司）············· 268
　物思う下水道（丸川雄一）········· 273
　地球人が微笑む時（山口タオ）····· 281
　黄色い花粉都市（間瀬純子）········· 288
　最後と最初（横田順彌）··········· 295
　開封（堀晃）··················· 296
　それは確かです（かんべむさし）········· 302
つねならぬ日常 ··················· 311
　さかさま（高井信）············· 311
　こんなの、はじめて（中井紀夫）····· 318
　イタイオンナ（中原涼）··········· 324
　誘蛾灯なおれ（岬兄悟）··········· 331
　渋谷馬鹿見之詩（浅暮三文）········· 340
　誰もが目を背けるもの（大場惑）········· 343
　だるまさんがころんだ（小林雄次）········· 350
　嘘三百日記―Scarlet Dairy（川又千秋）········· 358
　バン！（飯野文彦）··············· 366
　カワウソ男（藤井俊）············· 374
　白昼（北野勇作）··············· 382
　カラス書房（林巧）··············· 385
　TEN SECONDS（山田正紀）········· 391
妖夢のような ··················· 401
　黄昏の下の図書室（松本楽志）····· 401
　嘴と痣（遠藤徹）··············· 408
　夕暮れの音楽室（田中哲弥）········· 415
　一（倉阪鬼一郎）··············· 420
　サクリファイス先輩（牧野修）····· 422
　とりつく（飛鳥部勝則）··········· 429
　浮き石を持つ人へ（輝鷹あち）····· 436
　階段（森下一仁）··············· 442
　蝶を食った男の話（三川祐）········· 448
　阿房宮（加門七海）··············· 456
　両面雀聖（リャンメンジャンセイ）（坂本一馬）·· 463
ひとにぎりの人生 ··················· 473
　廃墟線（菊地秀行）··············· 473
　砂時計（篠田真由美）············· 478
　カラス（吉沢景介）··············· 483
　美しき夢の家族（藤井青銅）········· 486
　恥ずかしい玉（薄井ゆうじ）········· 495
　穴（皆川博子）··············· 500
　聖瑞（蒼柳晋）··············· 503
　鉄と火から（マッシモ・スマレ）····· 511
　星月夜（小沢章友）··············· 515

　ウミガメの夢（矢崎存美）··········· 521
　蝶の道行（速瀬れい）··········· 529
　最後のリサイタル（傳田光洋）········· 537
　バディ・システム（深田亨）········· 541
　あなたも一週間で歌がうまくなる（西崎
　　憲）····················· 545
作者解説。ショートショートを中心に ····· 552
感謝の辞。あとがきにかえて（井上雅彦）·· 586

```
　　　　［0475］　憑依
　　　　　井上雅彦監修
　光文社　2010.5　575p　16cm
　914円　（光文社文庫　い31-33―異形
　　コレクション　45）
　　ISBN978-4-334-74784-8
```

編集序文（井上雅彦）··············· 7
一年霊（春日武彦）··············· 15
奇木の森（岡部えつ）··············· 37
溶ける日（松村比呂美）············· 71
地蔵憑き（朱雀門出）··············· 97
ついてくるもの（三津田信三）········· 131
餓え（真藤順丈）··············· 165
修羅霊（しゅらだま）（入江敦彦）········· 197
ゴルゴネイオン（黒史郎）··········· 239
首吊り屋敷（田辺青蛙）············· 271
穴（飛鳥部勝則）··············· 295
やどりびと（福澤徹三）············· 319
抜粋された学級文集への注解（井上雅彦）·· 345
眼神（まながみ）（上田早夕里）········· 371
箸魔（平山夢明）··············· 407
憑依箱と嘘箱（岩井志麻子）········· 431
スキール（町井登志夫）············· 457
陽太の日記（抜萃）（菊地秀行）········· 489
生きてゐる風（朝松健）············· 513

149

怪奇小説・ホラー

[0476] 古きものたちの墓―ク
トゥルフ神話への招待
扶桑社　2013.7　454p　16cm
952円　（扶桑社ミステリー　キ17-2）
ISBN978-4-594-06836-3

ムーン・レンズ（ラムジー・キャンベル著，
　尾之上浩司訳）………………………… 7
湖畔の住人（ラムジー・キャンベル著，尾
　之上浩司訳）……………………………… 35
古きものたちの墓（コリン・ウィルソン著，
　増田まもる訳）…………………………… 97
けがれ（ブライアン・ラムレイ著，立花圭
　一訳）……………………………………… 321
〈エッセイ〉「クトゥルフ神話」のトレンド（森
　瀬繚）……………………………………… 432

[0477] 文豪山怪奇譚―山の怪談
名作選
東雅夫編
山と溪谷社　2016.2　203p　19cm
900円
ISBN978-4-635-32006-1

千軒岳にて（火野葦平）……………………… 7
山の怪（田中貢太郎）………………………… 13
くろん坊（岡本綺堂）………………………… 19
河原坊（山脚の黎明）（宮沢賢治）…………… 47
秋葉長光―虚空に嘲るもの（本堂平四郎）… 55
百鬼夜行「本朝綺談選」より（菊池寛）……… 63
鉄の童子（村山槐多）………………………… 73
鈴鹿峠の雨（平山蘆江）……………………… 91
薬草取（泉鏡花）……………………………… 101
魚服記（太宰治）……………………………… 135
夢の日記から（中勘助）……………………… 147
山人外伝資料（山男・山女・山丈・山姥・山
　童・山姫の話）（柳田國男）………………… 161
編者解説（東雅夫）…………………………… 195
著者プロフィール（収録順）………………… 巻末

[0478] 文豪たちが書いた怖い名
作短編集
彩図社文芸部編纂
彩図社　2014.1　191p　15cm
593円
ISBN978-4-88392-966-5

序 ………………………………………………… 3
卵（夢野久作）………………………………… 11
夢十夜（夏目漱石）…………………………… 20
押絵と旅する男（江戸川乱歩）……………… 24
屍に乗る人（小泉八雲著，田部隆次訳）…… 55
破約（小泉八雲著，田部隆次訳）…………… 60
赤いろうそくと人魚（小川未明）…………… 71
過ぎた春の記憶（小川未明）………………… 86
昆虫図（久生十蘭）…………………………… 100
骨仏（久生十蘭）……………………………… 104
妙な話（芥川龍之介）………………………… 109
剃刀（志賀直哉）……………………………… 118
蟹（岡本綺堂）………………………………… 131
紅皿（火野葦平）……………………………… 152
件（内田百閒）………………………………… 167
冥途（内田百閒）……………………………… 178
著者略歴 ……………………………………… 184
出典一覧 ……………………………………… 190

[0479] 文豪てのひら怪談
東雅夫編
ポプラ社　2009.8　231p　16cm
560円　（ポプラ文庫　ひ1-1）
ISBN978-4-591-11104-8

はじめに（東雅夫）…………………………… 3
蒐集者の庭（抄）（久保竣公）………………… 12
悪の手。（車谷長吉）………………………… 14
蝶（秦恒平）…………………………………… 16
奥州のザシキワラシの話（抄）（佐々木喜
　善）…………………………………………… 18
おいでおいでの手と人形の話（抄）（夢枕
　獏）…………………………………………… 20
白い腕（阿刀田高）…………………………… 22
昔の思い出（加門七海）……………………… 24

怪奇小説・ホラー

遠野物語（抄）（柳田国男）……………… 26
井上円了氏と霊魂不滅説（抄）（伊藤晴雨）‥ 28
空襲のあと（抄）（色川武大）……………… 30
王子の狐火（鶯亭金升）…………………… 32
懶惰の歌留多（抄）（太宰治）……………… 34
たたり（星新一）…………………………… 36
お岩様と尼僧（横尾忠則）………………… 38
ねぇ。（岩佐なを）………………………… 40
幽霊の芝居見（薄田泣菫）………………… 42
幽霊（小松左京）…………………………… 44
ユウレイノウタ（入沢康夫）……………… 46
イヅク川（志賀直哉）……………………… 50
箒川（粕谷栄市）…………………………… 52
土左衛門（北村想）………………………… 54
小豆磨ぎ橋（小泉八雲著，池田雅之訳）… 56
異形の顔（抄）（平賀白山著，柴田宵曲訳）… 58
鬼言（幻聴）／同 先駆形（宮沢賢治）……… 60
椰子・椰子 冬（抄）（川上弘美）………… 62
天狗の落し文（抄）（筒井康隆）………… 63
こわいもの（抄）（江戸川乱歩）………… 64
硝子戸の中（抄）（夏目漱石）…………… 66
第三夜（大岡昇平）………………………… 68
うまれた家（抄）（片山広子）…………… 70
張巡の妾（王士禎著，岡本綺堂訳）……… 72
小説・読書生活（抄）（関戸克己）……… 74
くの字（井坂洋子）………………………… 76
医学博士（小林恭二）……………………… 78
耳の塩漬（小堀甚二）……………………… 80
熱のある時の夢（抄）（吉本ばなな）…… 82
夢日記（抄）（島尾敏雄）………………… 84
トミノの地獄（西条八十）………………… 86
宙におどる巻物―『法験記』巻上より（渋
　沢竜彦）…………………………………… 88
這って来る紐（田中貢太郎）……………… 90
追っかけられた話（稲垣足穂）…………… 92
異姓（杜光庭著，岡本綺堂訳）…………… 94
出会す（平山夢明）………………………… 96
犬頭人とは（長新太）……………………… 97
七十三枚の骨牌（城左門）………………… 100
魔のもの Folk Tales（抄）（佐藤春夫）…… 102
内裏の松原で鬼が女を食う話（福永campaign彦
　訳）………………………………………… 104
鷲狸（石川鴻斎著，小倉斉訳）…………… 106
凶（抄）（芥川竜之介）…………………… 107
奇怪な話（抄）（豊島与志雄）…………… 108
孟宗の藪（抄）（中勘助）………………… 110
生き物使い（陶宗儀著，岡本綺堂訳）…… 112

新聞（村上春樹）…………………………… 114
模様（町田康）……………………………… 117
死刑執行（多田智満子）…………………… 118
きりない話（山田野理夫）………………… 120
長い長い悪夢（都筑道夫）………………… 121
手術室（吉田知子）………………………… 122
再度の怪（抄）（三坂春編著，柴田宵曲訳）‥ 124
琵琶鬼（干宝著，岡本綺堂訳）…………… 126
一つ目小僧（抄）（平秩東作著，柴田宵曲
　訳）………………………………………… 128
へっぴりおばけ（知里真志保）…………… 130
凶宅（陶淵明著，岡本綺堂訳）…………… 132
樫の木（小川未明）………………………… 134
取り交ぜて（抄）（水野葉舟）…………… 136
あの中であそぼ（木原浩勝，中山市朗）… 138
突然の別れの日に（辻征夫）……………… 140
死者からのたのみ（抄）（松谷みよ子）… 144
死者の書（抄）（折口信夫）……………… 146
温泉（抄）（梶井基次郎）………………… 148
温泉雑記（抄）（岡本綺堂）……………… 150
鰓裂（抄）（石上玄一郎）………………… 152
夜の杉（抄）（内田百閒）………………… 154
地上の龍（抄）（松浦静山著，柴田宵曲訳）… 156
節婦（紀昀著，岡本綺堂訳）……………… 157
待つ（黒井千次）…………………………… 158
心中（川端康成）…………………………… 160
人魚（袁枚著，岡本綺堂訳）……………… 164
鸚鵡の雀（尾上柴舟）……………………… 166
このゆふべ城に近づく蜻蛉（あきつ）あり武者
　はをみなを知らざりしかば（水原紫苑）… 168
鶴（蒲松齢著，佐藤春夫訳）……………… 170
夢ばか（抄）（日影丈吉）………………… 172
猫のお林（日本民話）……………………… 174
鼠妖（抄）（堀麦水著，柴田宵曲訳）…… 176
人妖（泉鏡花）……………………………… 178
光遠の妹（菊池寛）………………………… 180
山姫（荻田安静著，須永朝彦訳）………… 182
仙境異聞（抄）（平田篤胤）……………… 184
塔（竜胆寺雄）……………………………… 186
人形変じて女人となる（明恵上人著，澁澤
　龍彦訳）…………………………………… 189
微笑（夢野久作）…………………………… 192
蛾（吉行淳之介）…………………………… 196
米国の鉄道怪談（押川春浪）……………… 198
超強力磁石（穂村弘）……………………… 200
枯野の歌（福永武彦訳）…………………… 204
その後の「リパルズ」（小栗虫太郎）…… 206

金銀（幸田露伴）‥‥‥‥‥‥‥‥‥ 208
狸の睾丸（北原白秋）‥‥‥‥‥‥‥ 210
百物語（福沢徹三）‥‥‥‥‥‥‥‥ 212
怪を語れば怪至（浅井了意著, 富士正晴訳）‥ 214
おわりに（東雅彦）‥‥‥‥‥‥‥‥ 217
著者略歴‥‥‥‥‥‥‥‥‥‥‥‥‥ 224

[0480] 壁画の中の顔―こわい話
気味のわるい話 3
平井呈一編
沖積舎　2012.7　390p　19cm
3000円
ISBN978-4-8060-3068-3

壁画の中の顔（アーノルド・スミス）‥‥‥‥ 7
一対の手―ある老嬢の怪談（アーサー・キ
　ラ・クーチ）‥‥‥‥‥‥‥‥‥‥‥ 45
徴税所（W.W.ジェイコブズ）‥‥‥‥‥‥ 79
角店（シンシア・アスキス）‥‥‥‥‥‥ 107
誰が呼んだ？（ジェイムズ・レイヴァー）‥ 149
二人提督（ジョン・メトカーフ）‥‥‥‥ 163
シャーロットの鏡（R.ヒュー・ベンソン）‥ 193
ジャーミン街奇譚（A.J.アラン）‥‥‥‥ 261
幽霊駅馬車（アメリア・B.エドワーズ）‥‥‥ 285
南西の部屋（M.E.W.フリーマン）‥‥‥‥ 321

[0481] 松江怪談―新作怪談 松江
物語
高橋一清編
今井印刷　2015.10　107p　19cm
1000円
ISBN978-4-86611-000-4

夜松の女（石橋直子）‥‥‥‥‥‥‥‥‥ 6
土蔵（稲垣考人）‥‥‥‥‥‥‥‥‥‥‥ 8
紅い傘（原美代子）‥‥‥‥‥‥‥‥‥‥ 10
誘母燈（但馬戒融）‥‥‥‥‥‥‥‥‥‥ 12
笑う石（津島研郎）‥‥‥‥‥‥‥‥‥‥ 14
山田浅右衛門覚書―目あき首（原里佳）‥‥ 16
思いのまま（森岡隆司）‥‥‥‥‥‥‥‥ 18
桜太夫のふるまい（相田美奈子）‥‥‥‥ 20
小豆磨ぎ橋（小泉八雲著, 池田雅之訳）‥‥‥ 24

水飴を買う女＜子育て幽霊＞（小泉八雲著,
　池田雅之訳）‥‥‥‥‥‥‥‥‥‥ 26
こんな晩＜子捨ての話＞（小泉八雲著, 池田
　雅之訳）‥‥‥‥‥‥‥‥‥‥‥‥ 28
松江の怪談―インタビュー（小泉凡述, 福
　瀬尚志インタビュアー）‥‥‥‥‥‥ 30
小泉八雲の思い―「科学」の進歩と人の心
　（山田太一）‥‥‥‥‥‥‥‥‥‥‥ 38
天性の作家 ラフカディオ・ハーン＝小泉八
　雲（辻原登）‥‥‥‥‥‥‥‥‥‥‥ 53
八雲作品 背後の世界―小泉セツと作家の
　妻の役割（出久根達郎）‥‥‥‥‥‥ 69
善人橋の川獺（高取裕）‥‥‥‥‥‥‥‥ 86
海の怪談（安達光雄）‥‥‥‥‥‥‥‥‥ 89
くちなわ坂の赤ん坊（長谷川博子）‥‥‥ 92
星上山の地蔵（三瓶登）‥‥‥‥‥‥‥‥ 94
蟹女房（安部千恵）‥‥‥‥‥‥‥‥‥‥ 96
「オショネ」と「アマコ」の話（河原節子）‥ 99
笄井戸（矢富彦二郎）‥‥‥‥‥‥‥‥‥ 102
あとがき 企画と意図（高橋一清）‥‥‥‥ 104

[0482] ミセス・ヴィールの幽霊―
こわい話気味のわるい話 1
平井呈一編
沖積舎　2011.12　283p　19cm
2500円
ISBN978-4-8060-3066-9

はじめに（平井呈一）‥‥‥‥‥‥‥‥‥ 7
ミセス・ヴィールの幽霊（デフォー）‥‥‥‥ 11
消えちゃった（A.E.コパード）‥‥‥‥‥ 33
希望荘（メイ・シンクレア）‥‥‥‥‥‥ 63
防人（H.R.ウエイクフィールド）‥‥‥‥‥ 97
チャールズ・リンクワースの懺悔（E.F.ベ
　ンソン）‥‥‥‥‥‥‥‥‥‥‥‥‥ 115
ブライトン街道で（リチャード・ミドルト
　ン）‥‥‥‥‥‥‥‥‥‥‥‥‥‥‥ 155
見えない眼（エルクマン - シャトリアン）‥ 167
象牙の骨牌（A.M.バレイジ）‥‥‥‥‥‥ 211
クロウル奥方の幽霊（レ・ファニュ）‥‥‥ 241

怪奇小説・ホラー 0484

［0483］ 未来妖怪

光文社　2008.7　688p　16cm
971円　（光文社文庫―異形コレク
　　ション　井上雅彦監修）
ISBN978-4-334-74452-6

編集序文（井上雅彦）……………………… 7
youkai名彙（化野燐）……………………… 15
真朱の街（上田早夕里）…………………… 37
缶の中の神（草上仁）……………………… 73
産森（ウブモリ）（八杉将司）…………………… 103
黒いエマージェンシーボックス（平谷美
　樹）……………………………………… 137
ウエダチリコはへんな顔（牧野修）………… 183
雨の夜、迷い子がひとり（石神茉莉）……… 219
試作品三号（小林泰三）…………………… 243
恋する蘭鋳（平山瑞穂）…………………… 273
エイミーの敗北（林巧）…………………… 301
未来妖怪燐寸匣（超短編作家19人集）…… 325
合わせ鏡の地獄（三津田信三）…………… 349
事実に基づいて―Based On The True
　Events（小中千昭）…………………… 385
厄病神（菊地秀行）………………………… 405
奴等（ゼム）（タタツシンイチ）………………… 417
ブログアイドル♡ちょこたん♡の秘密（＾_
　＾）（渡辺浩弐）………………………… 447
溶岩洞を伝って（梶尾真治）……………… 485
時の獄（ヒトヤ）（西秋生）…………………… 517
青猩猩探訪（井上雅彦）…………………… 545
ぬっへっほふ（朝松健）…………………… 589
ミライゾーン（間瀬純子）………………… 651
《特別付録 未来妖怪縁起》天野行雄氏（日
　本物怪観光）によるメイキング・ストー
　リー …………………………………… 683

［0484］ 物語のルミナリエ

井上雅彦監修
光文社　2011.12　498p　16cm
895円　（光文社文庫　い31-36―異形
　　コレクション）
ISBN978-4-334-76344-2

編集序文（井上雅彦）……………………… 9
出発の物語 1……………………………… 15
　猫（平谷美樹）…………………………… 17
奇妙な絆のミステリー …………………… 19
　幽霊に関する一考察（飛鳥部勝則）…… 21
　オレオレ（草上仁）……………………… 27
　すりみちゃん（梶尾真治）……………… 33
　ハドスン夫人の内幕（北原尚彦）……… 39
　しゃべる花（高橋由太）………………… 45
　キリエ（太田忠司）……………………… 51
　ひとりで大丈夫？（蒼井上鷹）………… 58
　冬のアブラゼミ（安土萌）……………… 63
終末（おわり）と再生（はじまり）……………… 71
　青い空（眉村卓）………………………… 73
　夏が終わる星（浅暮三文）……………… 76
　鋳像（タタツシンイチ）………………… 81
　ゆらぎ（傳田光洋）……………………… 86
　再生（たなかなつみ）…………………… 92
　崩壊（堀晃）……………………………… 93
出発の物語 2……………………………… 101
　AIR（瀬名秀明）………………………… 103
スペキュレイティヴな燦めき …………… 111
　庭に植える木（かんべむさし）………… 113
　密度（斎藤肇）…………………………… 119
　地下洞（植草昌実）……………………… 125
　ぼくの時間、きみの時間（八杉将司）…… 131
　僕の遺構と彼女のご意向（木立嶺）…… 137
　惑星ニッポン（岡崎弘明）……………… 143
　空を見上げよ（小中千昭）……………… 149
　トリッパー（輝鷹あち）………………… 155
笑う門には ………………………………… 163
　まごころを君に（田中啓文）…………… 165
　間抜け（井上剛）………………………… 171
　江戸珍鬼草子〈削りカス〉（菊地秀行）…… 175
　…ツキ（白河久明）……………………… 181
魔の避難場所 ……………………………… 187
　天国（北野勇作）………………………… 189

153

クレイジー・ア・ゴーゴー（飴村行）‥‥‥195
少女遠征（黒史郎）‥‥‥‥‥‥‥‥‥‥201
前奏曲（石神茉莉）‥‥‥‥‥‥‥‥‥‥206
飛びつき鬼（岡田秀文）‥‥‥‥‥‥‥‥210
父帰ル（奥田哲也）‥‥‥‥‥‥‥‥‥‥216
俺たちに明日はないかもね―でも生きる
けど（牧野修）‥‥‥‥‥‥‥‥‥‥‥223
幻想のスパッリエーラ‥‥‥‥‥‥‥‥‥229
桜（田丸雅智）‥‥‥‥‥‥‥‥‥‥‥231
そ、そら、そらそら、兎のダンス（皆川
博子）‥‥‥‥‥‥‥‥‥‥‥‥‥‥236
蛇平高原行きのロープウェイ（間瀬純
子）‥‥‥‥‥‥‥‥‥‥‥‥‥‥‥237
銀のプレート（藤井俊）‥‥‥‥‥‥‥243
星を逃げる（宮田真司）‥‥‥‥‥‥‥249
窓（堀敏実）‥‥‥‥‥‥‥‥‥‥‥‥250
時計は祝う（松本楽志）‥‥‥‥‥‥‥254
一夜酒（江坂遊）‥‥‥‥‥‥‥‥‥‥255
おくるひとびと‥‥‥‥‥‥‥‥‥‥‥‥261
機織桜（はたおりざくら）（黒木あるじ）‥‥263
約束（森山東）‥‥‥‥‥‥‥‥‥‥‥269
空襲（深田亨）‥‥‥‥‥‥‥‥‥‥‥270
灯籠釣り（加門七海）‥‥‥‥‥‥‥‥275
螢硝子（速瀬れい）‥‥‥‥‥‥‥‥‥282
墓屋（篠田真由美）‥‥‥‥‥‥‥‥‥288
一年後、砂浜にて（倉阪鬼一郎）‥‥‥294
みまもるものたち‥‥‥‥‥‥‥‥‥‥‥299
一つの月（タカスギシンタロ）‥‥‥‥301
忘れ盆・忘れな盆（小田ゆかり）‥‥‥302
望ちゃんの写らぬかげ（朱雀門出）‥‥306
その橋の袂で（矢崎存美）‥‥‥‥‥‥307
キス（峯岸可弥）‥‥‥‥‥‥‥‥‥‥313
おちゃめ（藤田雅矢）‥‥‥‥‥‥‥‥314
いつもの言葉をもう一度（井上雅彦）‥‥318
物語に捧げる物語‥‥‥‥‥‥‥‥‥‥‥325
1001の光の物語（西秋生）‥‥‥‥‥‥327
異文字（真藤順丈）‥‥‥‥‥‥‥‥‥332
アンタナナリボの金曜市（入江敦彦）‥339
塔をえらんだ男と橋をえらんだ男と港を
えらんだ男（西崎憲）‥‥‥‥‥‥‥345
楽園（立原透耶）‥‥‥‥‥‥‥‥‥‥352
石繭（いしまゆ）（上田早夕里）‥‥‥‥355
神様の作り方（坂木司）‥‥‥‥‥‥‥362
物語を継ぐもの（芦辺拓）‥‥‥‥‥‥368
小説の神様（中原涼）‥‥‥‥‥‥‥‥374
人生という回廊（ガエリア）‥‥‥‥‥‥381
灰色の道（赤井都）‥‥‥‥‥‥‥‥‥383

女か虎か（高井信）‥‥‥‥‥‥‥‥‥384
おかえり（田中哲弥）‥‥‥‥‥‥‥‥387
下魚（げざかな）（雀野日名子）‥‥‥‥392
嫁入り人形（岡部えつ）‥‥‥‥‥‥‥398
どこか遠くへ（山口タオ）‥‥‥‥‥‥404
うきつ（星野幸雄）‥‥‥‥‥‥‥‥‥411
筆置くも夢のうちなるしるしかな（朝松
健）‥‥‥‥‥‥‥‥‥‥‥‥‥‥‥418
妖精の止まり木（片理誠）‥‥‥‥‥‥423
林檎（新井素子）‥‥‥‥‥‥‥‥‥‥429
最後の挨拶（早見裕司）‥‥‥‥‥‥‥439
出発の物語 3‥‥‥‥‥‥‥‥‥‥‥‥‥445
闇の中から生まれるもの達（三川祐）‥‥447
作者解説―小さな「物語」（ショート・ショート）
を中心に‥‥‥‥‥‥‥‥‥‥‥‥‥‥454
感謝の辞。あとがきにかえて（井上雅彦）‥‥492

［0485］　幽霊船―今日泊亜蘭翻訳
怪奇小説コレクション
今日泊亜蘭訳，小野純一，善渡爾宗
衛編
我刊我書房　2015.6　137p　15cm
（盛林堂ミステリアス文庫）

幽霊船（リチャード・ミルトン）‥‥‥‥‥7
怪奇譚　妖蟲（E.F.ベンソン）‥‥‥‥‥‥41
名作妖異譚　蠟いろの顔（コリンス，ヂッケ
ンス共作）‥‥‥‥‥‥‥‥‥‥‥‥‥69
ずっとSFを夢見ていた《今日泊亜蘭インタ
ビュー》‥‥‥‥‥‥‥‥‥‥‥‥‥103
今日泊亜蘭先生はカッコイイのであった
（善渡爾宗衛）‥‥‥‥‥‥‥‥‥‥‥125

［0486］　妖怪変化―京極堂トリ
ビュート
講談社　2007.12　346p　19cm
1200円
ISBN978-4-06-214475-9

京極堂　中禅寺秋彦（石黒亜矢子画）‥‥巻頭口絵
榎木津礼二郎（小畑健画）‥‥‥‥‥‥巻頭口絵
鬼娘（あさのあつこ）‥‥‥‥‥‥‥‥‥5

怪奇小説・ホラー　　0488

そっくり（西尾維新）………………… 37
「魍魎の匣」変化抄。（原田眞人）………… 97
朦朧記録（牧野修）…………………… 203
粗忽の死神（柳家喬太郎）…………… 237
或ル挿絵画家ノ所有スル魍魎ノ函（フジワ
　ラヨウコウ）………………………… 279
薔薇十字猫探偵社（松苗あけみ）…… 291
百鬼夜行イン（諸星大二郎）………… 315

```
［0487］　ラント夫人―こわい話気
　　味のわるい話 2
　　平井呈一編
　沖積舎　2012.3　356p　19cm
　　　　　2800円
　　ISBN978-4-8060-3067-6
```

ラント夫人（ヒュー・ウォルポール）………… 7
慎重な夫婦（ソープ・マックラスキー）… 45
色絵の皿（マージョリ・ボーエン）…… 75
失踪（ウォルター・デ・ラ・メア）… 109
手招く美女（オリヴァー・オニオンズ）… 193

```
［0488］　リテラリーゴシック・イ
　ン・ジャパン―文学的ゴシック作品選
　　　高原英理編
　筑摩書房　2014.1　681p　15cm
　　1600円　（ちくま文庫 た72-1）
　　ISBN978-4-480-43120-2
```

リテラシーゴシック宣言（高原英理）……… 11
I　黎明 ……………………………… 19
　夜（北原白秋）…………………… 21
　絵本の春（泉鏡花）……………… 23
　毒もみのすきな署長さん（宮沢賢治）… 35
II　戦前ミステリの達成 …………… 43
　残虐への郷愁（江戸川乱歩）…… 45
　かいやぐら物語（横溝正史）…… 49
　失楽園殺人事件（小栗虫太郎）… 69
III　「血と薔薇」の時代 …………… 95
　月澹荘綺譚（三島由紀夫）……… 97
　醜魔たち（倉橋由美子）………… 123
　僧帽筋（塚本邦雄）……………… 143

塚本邦雄三十三首（塚本邦雄）……… 153
第九の欠落を含む十の詩篇（高橋睦郎）… 157
僧侶（吉岡実）………………………… 169
薔薇の縛め（中井英夫）……………… 177
幼児殺戮者（澁澤龍彦）……………… 189
IV　幻想文学の領土から …………… 209
　就眠儀式―Einschlaf・Zauber（須永朝
　　彦）…………………………… 211
　兎（金井美恵子）………………… 215
　葛原妙子三十三首（葛原妙子）… 235
　高柳重信十一句（高柳重信）…… 239
　大広間（吉田知子）……………… 245
　紫色の丘（竹内健）……………… 265
　花曝（はなさ）れ首（こうべ）（赤江瀑）… 295
　藤原月彦三十三句（藤原月彦）… 343
　傳説（山尾悠子）………………… 347
　眉雨（古井由吉）………………… 355
　春の滅び（皆川博子）…………… 375
　人攫いの午後―ヴィスコンティの男たち
　　（久世光彦）…………………… 395
文学的ゴシックの現在 ……………… 403
　暗黒系―Goth（乙一）…………… 405
　セカイ、蛮族、ぼく。（伊藤計劃）… 443
　ジャングリン・パパの愛撫の手（桜庭一
　　樹）…………………………… 451
　逃げよう（京極夏彦）…………… 467
　老婆J（小川洋子）……………… 497
　再殺部隊隊長の回想―ステーシー異聞
　　（大槻ケンヂ）………………… 511
　老年（倉阪鬼一郎）……………… 519
　ミンク（金原ひとみ）…………… 525
　デーモン日暮（木下古栗）……… 549
　今日の心霊（藤野可織）………… 569
　人魚の肉（中里友香）…………… 585
　壁（川口晴美）…………………… 623
　グレー・グレー（高原英理）…… 631
解説（高原英理）……………………… 665
底本一覧 ……………………………… 679

怪奇小説・ホラー

[0489] リトル・リトル・クトゥ
ルー――史上最小の神話小説集
東雅夫編
学習研究社　2009.1　255p　18cm
1200円
ISBN978-4-05-403798-4

はじめに（東雅夫）……………………… 2
手乗りクトゥルー（葦原崇貴）………… 10
一歳（葦原崇貴）………………………… 12
Radio Free Yuggoth（葦原崇貴）……… 14
いえきゅぶおじさん（葦原崇貴）……… 16
三つの鐘（葦原崇貴）…………………… 18
忠実なペット（葦原崇貴）……………… 20
世界を終わらす方法（葦原崇貴）……… 22
やれやれ、また魚か！（葦原崇貴）…… 24
海の箱（金子みづは）…………………… 28
みどりご（沙木とも子）………………… 30
エビスサマ（稲川精二）………………… 32
ヨリコに吹く風（佐手英緒）…………… 34
逢いたかっただけなのに（沙岐）……… 36
根黒の海婚（金子みづは）……………… 38
解き放たれたもの（鈴木文也）………… 40
排水口の恋人（有味風）………………… 42
アルハザードの娘（新熊昇）…………… 44
僕と彼女と知らない彼（池田和尋）…… 46
彼女のお姉さん（推定モスマン）……… 48
ユゴスの瞳（松本楽志）………………… 50
双生児（夢乃鳥子）……………………… 52
深淵の蓋（石原健二）…………………… 54
水の歓び（勝山海百合）………………… 56
白猿（阿部達昭）………………………… 58
橇犬の主（魚蹴）………………………… 62
南極海（栗花落典）……………………… 64
海枢（かいきゅう）（石原健二）……… 66
渡り来るモノ（白ひびき）……………… 68
発信（一双）……………………………… 70
クルークルー（林不木）………………… 72
培地ども（松本楽志）…………………… 74
庭園（堀井紗由美）……………………… 76
消えた絵日記（迷跡）…………………… 78
空白の石版（松本楽志）………………… 80
銀河の間隙の先より（謎村）…………… 82
自我の海（君島慧是）…………………… 84

岬にて（君島慧是）……………………… 86
それは永く遠い緑（君島慧是）………… 88
新しい生活（君島慧是）………………… 90
アボイ邸からプロヴィデンス、カリッジ・
　ストリート六十六番地に送られた走り書
　き（君島慧是）………………………… 92
いらえ（君島慧是）……………………… 94
同人誌ネクロノミコン（推定モスマン）…… 98
宇宙の卵（神野耀雄）………………… 100
黒衣の神話（斧澤燎）………………… 102
約束の書（大黒天半太）……………… 104
緑の碑文（矢内りんご）……………… 106
虚の双眸（武居隼人）………………… 108
ウレドの遺産（中沢敦）……………… 110
新たなる黙示（斧澤燎）……………… 112
白い球体（武居隼人）………………… 114
平成十九年一月十七日の日記（綾野祐介）… 116
命の書に封印されしもの（朱雀門出）… 118
刻まれた業（内山靖二郎）…………… 120
歯（堀井紗由美）……………………… 122
理想宮奇譚（斧澤燎）………………… 124
ピサの斜塔はなぜ傾いたのか（不狼児）… 126
八重洲十三座神楽（朱鷺田祐介）…… 128
ポー・トースター（小栗四海）……… 130
無頭人十四号（不狼児）……………… 134
失われた書簡（武居隼人）…………… 136
スパイN（神無月渉）………………… 138
閲覧者（矢内りんご）………………… 140
細密画（ミニアチュール）（葉越晶）… 142
奈落より（樋口摩琴）………………… 144
惑星Xの使徒（斧澤燎）……………… 146
不断の探究者（鳴神月拓也）………… 148
蔵（白ひびき）………………………… 150
全集完結に寄せて（甘南備あさ美）… 152
嘘八百（大黒天半太）………………… 154
がんばれ！ダゴン秘密教団日本支部（寺田
　旅雨）………………………………… 156
それゆけ！ダゴン秘密教団日本支部（寺田
　旅雨）………………………………… 158
負けるな！ダゴン秘密教団日本支部（寺田
　旅雨）………………………………… 160
とあるペットショップにて（寺田旅雨）… 162
ティラミスのケーキ（寺田旅雨）…… 164
ホンダのバイク（寺田旅雨）………… 166
お粗末な召喚（猫乃ツルギ）………… 170
奉仕種族ショゴスとの邂逅（推定モスマ
　ン）…………………………………… 172

怪奇小説・ホラー 0490

魚屋にて（平金魚）……………………………… 174
食品汚染（酒月茗）……………………………… 176
海縁寺駅降りる（沙岐）………………………… 178
マジカル・ショッピング（大黒天半太）…… 180
ばしゅん（松村佳直）…………………………… 182
2011（松音戸子）………………………………… 184
SF促進企画（武居隼人）……………………… 186
焼け残った手紙（深山顕彦）………………… 188
File No.九十六（クトゥルー）（冗談真実）……… 190
漂流物（加楽幽明）……………………………… 192
あしたもおいで、サミュエル・パーキンス
　（新熊昇）……………………………………… 194
夢猫記（猫乃ツルギ）…………………………… 196
英猫碑（猫乃ツルギ）…………………………… 198
テレストリアル・ゲート（ささがに）……… 200
クトゥルーの夢（夢乃鳥子）………………… 204
猫を殺すには猫をもってせよ（不狼児）…… 206
失色（桜井文規）………………………………… 208
戦闘報告未記載事項（ウィル小隊）（佐藤斗
　史生）…………………………………………… 210
戦闘報告未記載事項（ハルキ小隊）（佐藤斗
　史生）…………………………………………… 212
転界（てんかい）（守界）………………………… 214
清麗神の復活（朱雀門出）…………………… 216
宴の果てに（中沢敦）…………………………… 218
聖餐（長島槇子）………………………………… 220
日常（氏家浩靖）………………………………… 222
キ・テイル・ク・エ・キエル・ケ（不狼児）… 224
静かな海で（鰐梨）……………………………… 226
口が来た（黒史郎）……………………………… 230
海底からの悪夢（黒史郎）…………………… 232
幻夢の少年（黒史郎）…………………………… 234
顕微鏡の中の狂気（黒史郎）………………… 236
腹の中から（黒史郎）…………………………… 238
魔女の絵画（黒史郎）…………………………… 240
アーカムの河に浮かぶ（黒史郎）…………… 242
ラゴゼ・ヒイヨ（黒史郎）……………………… 244
おわりに（東雅夫）……………………………… 247
著者プロフィール一覧………………………… 255

［0490］　Fの肖像―フランケンシュ
　タインの幻想たち
　井上雅彦監修
　　光文社　2010.9　601p　16cm
　914円　（光文社文庫 い31-34―異形
　　コレクション 46）
　　ISBN978-4-334-74846-3

編集序文（井上雅彦）………………………………… 9
青髭の城で（吉川良太郎）………………………… 17
CLASSIC（真藤順丈）……………………………… 37
屍舞図（朝松健）……………………………………… 73
死なない兵士（黒崎薫）………………………… 111
切り裂き魔の家（石田一）……………………… 151
そして船は行く（井上雅彦）…………………… 171
野鳥の森（間瀬純子）…………………………… 203
生まれ変われない街角で（岩井志麻子）…… 223
自画像（天野邊）…………………………………… 247
あるグレートマザーの告白（平山夢明）…… 297
金繍忌（入江敦彦）………………………………… 317
セイヤク（中里友香）…………………………… 361
完全なる脳髄（上田早夕里）………………… 409
ドクターミンチにあいましょう（詠坂雄
　二）……………………………………………… 441
ショグゴス（小林泰三）………………………… 469
Jail Over（円城塔）……………………………… 511
光の栞（瀬名秀明）……………………………… 535
帰郷（菊地秀行）………………………………… 569

SF・ファンタジー

［0491］　あしたは戦争
筑摩書房　2016.1　458p　15cm
1000円　（ちくま文庫　き38-1―巨匠
たちの想像力　戦時体制）
ISBN978-4-480-43326-8

召集令状（小松左京）……………………… 7
戦場からの電話―Telephone Call from the
　Field（山野浩一）………………… 47
東海道戦争（筒井康隆）………………… 51
漫画 悪魔の開幕（手塚治虫）………… 105
地球要塞（海野十三）…………………… 135
芋虫（江戸川乱歩）……………………… 295
最終戦争（今日泊亜蘭）………………… 325
名古屋城が燃えた日（辻真先）………… 373
ポンラップ群島の平和（荒巻義雄）……… 389
ああ祖国よ（星新一）…………………… 417
初出一覧 ………………………………… 453
解説 どっちがSFの世界？（斎藤美奈子）… 454

［0492］　アステロイド・ツリーの彼
**　　　方へ**
大森望, 日下三蔵編
東京創元社　2016.6　610p　15cm
1300円　（創元SF文庫　SFん1-9―年
刊日本SF傑作選）
ISBN978-4-488-73409-1

序文（大森望）…………………………… 7
ヴァンテアン（藤井太洋）……………… 13
小ねずみと童貞と復活した女（高野史緒）… 31
製造人間は頭が固い（上遠野浩平）…… 81
法則（宮内悠介）………………………… 115

無人の船で発見された手記（坂永雄一）…… 133
聖なる自動販売機の冒険（森見登美彦）…… 177
ラクーンドッグ・フリート（速水螺旋人）… 191
La Poésie sauvage（飛浩隆）………………… 215
神々のビリヤード（高井信）…………… 235
＜ゲンジ物語＞の作者、＜マツダイラ・サダ
　ノブ＞（円城塔）……………………… 241
インタビュウ（野崎まど）……………… 259
なめらかな世界と、その敵（伴名練）……… 273
となりのヴィーナス（ユエミチタカ）……… 325
ある欠陥物件に関する関係者への聞き取り
　調査（林譲治）………………………… 351
橡（つるばみ）（西島伝法）………………… 357
たゆたいライトニング（梶尾真治）…… 371
ほぼ百字小説（北野勇作）……………… 431
言葉は要らない（菅浩江）……………… 457
アステロイド・ツリーの彼方へ（上田早夕
　里）……………………………………… 475
吉田同名―第七回創元SF短編賞受賞作（石
　川宗生）………………………………… 517
第7回創元SF短編賞選考経過および選評（大
　森望, 日下三蔵, 山本弘）…………… 563
2015年の日本SF界概況（大森望）………… 576
後記（日下三蔵）………………………… 597
初出一覧 ………………………………… 633
2015日本SF短編推薦作リスト …………… 605
編者紹介………………………………… 巻末

［0493］　伊藤計劃トリビュート
早川書房編集部編
早川書房　2015.8　731p　16cm
1140円　（ハヤカワ文庫 JA 1201）
ISBN978-4-15-031201-5

まえがき（塩澤快浩）…………………… 巻頭
公正的戦闘規範（藤井太洋）…………… 11

SF・ファンタジー　　0496

仮想の在処（伏見完）……………… 95
南十字星（柴田勝家）……………… 141
未明の晩餐（吉上亮）……………… 213
にんげんのくに—Le Milieu Humain（仁木
　稔）……………………………… 297
ノット・ワンダフル・ワールズ（王城夕紀）‥ 385
フランケンシュタイン三原則、あるいは屍
　者の簒奪（伴名練）……………… 469
怠惰の大罪（長谷敏司）…………… 575

```
[0494]　ヴィジョンズ
大森望編
講談社　2016.10　325p　19cm
1600円
ISBN978-4-06-220294-7
```

星に願いを（宮部みゆき）……………… 5
海の指（飛浩隆）……………………… 51
霧界（木城ゆきと）…………………… 93
アニマとエーファ（宮内悠介）……… 129
リアルタイムラジオ（円城塔）……… 161
あなたがわからない（神林長平）…… 191
震える犬（長谷敏司）………………… 223
編集後記……………………………… 322

```
[0495]　折り紙衛星の伝説
大森望、日下三蔵編
東京創元社　2015.6　618p　15cm
1300円　（創元SF文庫　SFん1-8—年
刊日本SF傑作選）
ISBN978-4-488-73408-4
```

序文（大森望）…………………………… 7
10万人のテリー（長谷敏司）………… 13
猿が出る（下永聖高）………………… 31
雷鳴（星野之宣）……………………… 69
折り紙衛星の伝説（理山貞二）……… 111
スピアボーイ（草上仁）……………… 121
φ（円城塔）…………………………… 181
再生（堀晃）…………………………… 205
ホーム列車（田丸雅智）……………… 233
薄ければ薄いほど（宮内悠介）……… 239

教室（矢部嵩）………………………… 277
一蓮托掌—R・×・ラ×ァ×ィ（伴名練）‥ 287
緊急自爆装置（三崎亜記）…………… 307
加奈の失踪（諸星大二郎）…………… 333
「恐怖の谷」から「恍惚の峰」へ～その政
　策的応用（遠藤慎一）……………… 347
わたしを数える（高島雄哉）………… 367
イージー・エスケープ（オキシタケヒコ）‥ 397
環刑錮（西島伝法）…………………… 449
第六回創元SF短編賞受賞作 神々の歩法（宮澤伊
　織）…………………………………… 497
第六回創元SF短編賞選考経過および選評
　（大森望、日下三蔵、恩田陸）…… 569
第二〇一四年の日本SF界概況（大森望）…… 582
後記（大森望）………………………… 603
初出一覧 ……………………………… 607
2014日本SF短編主要作リスト ……… 609

```
[0496]　拡張幻想
大森望、日下三蔵編
東京創元社　2012.6　645p　15cm
1300円　（創元SF文庫　SFん1-5—年
刊日本SF傑作選）
ISBN978-4-488-73405-3
```

序文（大森望）…………………………… 7
宇宙でいちばん丈夫な糸—The Ladies who
　have amazing skills at 2030（小川一水）‥ 13
5400万キロメートル彼方のツグミ（庄司卓）‥ 39
交信（恩田陸）………………………… 67
巨星（堀晃）…………………………… 71
新生（瀬名秀明）……………………… 81
Mighty TOPIO（とりみき）………… 107
神様2011（川上弘美）………………… 119
いま集合的無意識を、（神林長平）… 131
美亜羽へ贈る拳銃（伴名練）………… 163
黒い方程式（石持浅海）……………… 235
超動く家にて（宮内悠介）…………… 273
イン・ザ・ジェリーボール（黒葉雅人）…… 297
フランケン・ふらん—OCTOPUS（木々津
　克久）………………………………… 321
結婚前夜（三雲岳斗）………………… 349
ふるさとは時遠く（大西科学）……… 371
絵里（新井素子）……………………… 411
良い夜を持っている（円城塔）……… 447

159

すべての夢｜果てる地で―第三回創元SF
　短編賞受賞作（理山貞二）‥‥‥‥‥‥‥ 523
第三回創元SF短編賞選考経過および選評
　（大森望, 日下三蔵, 飛浩隆）‥‥‥‥‥‥ 597
二〇一一年の日本SF界概況（大森望）‥‥‥ 612
後記（日下三蔵）‥‥‥‥‥‥‥‥‥‥‥‥ 633
初出一覧 ‥‥‥‥‥‥‥‥‥‥‥‥‥‥‥ 637
2011年SF短編推薦作リスト ‥‥‥‥‥‥‥ 639

```
［0497］　神林長平トリビュート
　　　　　早川書房編集部編
　早川書房　2009.11　292p　20cm
　　　　　　1700円
　　ISBN978-4-15-209083-6
```

序文―敬意と挑戦（神林長平）‥‥‥‥‥‥‥ 5
狐と踊れ（桜坂洋）‥‥‥‥‥‥‥‥‥‥‥‥ 11
七胴落とし（辻村深月）‥‥‥‥‥‥‥‥‥‥ 51
完璧な涙（仁木稔）‥‥‥‥‥‥‥‥‥‥‥‥ 81
死して咲く花、実のある夢（円城塔）‥‥‥‥ 117
魂の駆動体（森深紅）‥‥‥‥‥‥‥‥‥‥‥ 149
敵は海賊（虚淵玄）‥‥‥‥‥‥‥‥‥‥‥‥ 181
我語りて世界あり（元長柾木）‥‥‥‥‥‥‥ 209
言葉使い師（海猫沢めろん）‥‥‥‥‥‥‥‥ 247

```
［0498］　神林長平トリビュート
　　　　　　早川書房
　早川書房　2012.4　331p　16cm
　760円　（ハヤカワ文庫 JA 1063）
　　ISBN978-4-15-031063-9
```

序文―敬意と挑戦（神林長平）‥‥‥‥‥‥‥ 7
狐と踊れ（桜坂洋）‥‥‥‥‥‥‥‥‥‥‥‥ 13
七胴落とし（辻村深月）‥‥‥‥‥‥‥‥‥‥ 57
完璧な涙（仁木稔）‥‥‥‥‥‥‥‥‥‥‥‥ 91
死して咲く花、実のある夢（円城塔）‥‥‥‥ 131
魂の駆動体（森深紅）‥‥‥‥‥‥‥‥‥‥‥ 167
敵は海賊（虚淵玄）‥‥‥‥‥‥‥‥‥‥‥‥ 201
我語りて世界あり（元長柾木）‥‥‥‥‥‥‥ 233
言葉使い師（海猫沢めろん）‥‥‥‥‥‥‥‥ 275
神林長平オリジナル作品紹介 ‥‥‥‥‥‥‥ 327

```
［0499］　きょうも上天気―SF短編
　　　　　　傑作選
　　　浅倉久志訳, 大森望編
　角川書店　2010.11　333p　15cm
　629円　（角川文庫 16555）
　　ISBN978-4-04-298213-5
```

オメラスから歩み去る人々（アーシュラ・
　K.ル・グィン）‥‥‥‥‥‥‥‥‥‥‥‥ 5
コーラルDの雲の彫刻師（J.G.バラード）‥ 19
ひる（ロバート・シェクリイ）‥‥‥‥‥‥‥ 53
きょうも上天気（ジェローム・ビクスビイ）‥ 87
ロト（ウォード・ムーア）‥‥‥‥‥‥‥‥‥ 125
時は金（マック・レナルズ）‥‥‥‥‥‥‥‥ 175
空飛ぶヴォルプラ（ワイマン・グイン）‥‥‥ 201
明日も明日もその明日も（カート・ヴォネ
　ガット・ジュニア）‥‥‥‥‥‥‥‥‥‥ 245
時間飛行士へのささやかな贈物（フィリッ
　プ・K.ディック）‥‥‥‥‥‥‥‥‥‥‥ 273
解説（大森望）‥‥‥‥‥‥‥‥‥‥‥‥‥ 318

```
［0500］　虚構機関―年刊日本SF傑
　　　　　　作選
　　　大森望, 日下三蔵編
　東京創元社　2008.12　516p　15cm
　1100円　（創元SF文庫 734-01）
　　ISBN978-4-488-73401-5
```

序文（大森望）‥‥‥‥‥‥‥‥‥‥‥‥‥‥ 7
グラスハートが割れないように（小川一水）‥ 15
七パーセントのテンムー（山本弘）‥‥‥‥‥ 73
羊山羊（田中哲弥）‥‥‥‥‥‥‥‥‥‥‥‥ 111
霊の中（北國浩二）‥‥‥‥‥‥‥‥‥‥‥‥ 139
パリンプセストあるいは重ね書きされた八
　つの物語（円城塔）‥‥‥‥‥‥‥‥‥‥ 169
声に出して読みたい名前（中原昌也）‥‥‥‥ 237
ダース考 着ぐるみフォビア（岸本佐知子）‥ 247
忠告（恩田陸）‥‥‥‥‥‥‥‥‥‥‥‥‥‥ 255
開封（堀晃）‥‥‥‥‥‥‥‥‥‥‥‥‥‥‥ 261
それは確かです（かんべむさし）‥‥‥‥‥‥ 269
バースディ・ケーキ（萩尾望都）‥‥‥‥‥‥ 279
いくさ 公転 星座から見た地球（福永信）‥‥ 307

SF・ファンタジー　　　　0503

うつろなテレポーター（八杉将司）………… 319
自己相似荘（平谷美樹）……………………… 359
大使の孤独（林譲治）………………………… 405
The Indifference Engine（伊藤計劃）……… 441
解説（日下三蔵）……………………………… 501
二〇〇七年の日本のSF界概況（大森望）… 509

```
［0501］　極光星群
大森望、日下三蔵編
東京創元社　2013.6　513p　15cm
1100円　（創元SF文庫 SFん1-6―年
刊日本SF傑作選）
ISBN978-4-488-73406-0
```

序文（日下三蔵）……………………………… 7
星間野球（宮内悠介）………………………… 13
氷波（上田早夕里）…………………………… 49
機巧のイヴ（乾緑郎）………………………… 85
群れ（山口雅也）……………………………… 129
百万本の薔薇（高野史緒）…………………… 161
無情のうた―『UN-GO』第二話 坂口安吾
　「明治開化安吾捕物帖ああ無情」より（會
　川昇）………………………………………… 207
とっておきの脇差（平方イコルスン）……… 233
奴隷（西崎憲）………………………………… 243
内在天文学（円城塔）………………………… 265
ウェイプスウィード（瀬尾つかさ）………… 293
Wonderful World（瀬名秀明）……………… 369
銀河風帆走―第四回創元SF短編賞受賞作
　（宮西建礼）………………………………… 415
第四回創元SF短編賞選考経過および選評
　（大森望、日下三蔵、円城塔）…………… 469
二〇一二年の日本のSF界概況（大森望）… 483
後記（日下三蔵）……………………………… 503
初出一覧……………………………………… 507
2012年SF短編推薦作リスト ………………… 508

```
［0502］　グイン・サーガ・ワールド
―グイン・サーガ続篇プロジェクト
1
天狼プロダクション監修
早川書房　2011.5　333p　16cm
660円　（ハヤカワ文庫 JA 1032）
ISBN978-4-15-031032-5
```

遺稿発掘 ドールの花嫁（栗本薫）…………… 5
グイン・サーガ外伝 星降る草原―連載第1回（久
　美沙織）……………………………………… 47
リアード武侠傳奇・伝―連載第1回（牧野
　修）…………………………………………… 139
宿命の宝冠―連載第1回（宵野ゆめ）……… 215
日記より（栗本薫）…………………………… 293
いちばん不幸で、そしていちばん幸福な少
　女―中島梓という奥さんとの日々 連載
　第1回（今岡清）…………………………… 313
監修者より…………………………………… 328

```
［0503］　グイン・サーガ・ワールド
―グイン・サーガ続篇プロジェクト
2
天狼プロダクション監修
早川書房　2011.8　318p　16cm
660円　（ハヤカワ文庫 JA 1043）
ISBN978-4-15-031043-1
```

遺稿発掘 氷惑星再び（栗本薫）……………… 5
グイン・サーガ外伝 星降る草原―連載第2回（久
　美沙織）……………………………………… 47
リアード武侠傳奇・伝―連載第2回（牧野
　修）…………………………………………… 125
宿命の宝冠―連載第2回（宵野ゆめ）……… 199
日記より（栗本薫）…………………………… 277
いちばん不幸で、そしていちばん幸福な少
　女―中島梓という奥さんとの日々 連載
　第2回（今岡清）…………………………… 303
監修者より…………………………………… 317

［0504］　グイン・サーガ・ワールド
　—グイン・サーガ続篇プロジェクト
　3
　天狼プロダクション監修
早川書房　2011.11　318p　16cm
660円　（ハヤカワ文庫 JA 1049）
ISBN978-4-15-031049-3

遺稿発掘 スペードの女王—プロローグ/第1章
　（栗本薫） ………………………………… 5
手間のかかる姫君（栗本薫） ……………… 45
星降る草原—連載第3回（久美沙織） ……… 63
リアード武侠傳奇・伝—連載第3回（牧野
　修） ……………………………………… 141
宿命の宝冠—連載第3回（宵野ゆめ） …… 217
日記より（栗本薫） ……………………… 295
ェッセイ いちばん不幸で、そしていちばん幸
　福な少女—中島梓という奥さんとの日々
　連載第3回（今岡清） ………………… 303
監修者より ……………………………… 317

［0505］　グイン・サーガ・ワールド
　—グイン・サーガ続篇プロジェクト
　4
　天狼プロダクション監修
早川書房　2012.2　350p　16cm
660円　（ハヤカワ文庫 JA 1056）
ISBN978-4-15-031056-1

遺稿発掘 スペードの女王—第一章（つづき）
　（栗本薫） ……………………………………… 5
星降る草原—最終回（久美沙織） ………… 43
リアード武侠傳奇・伝—最終回（牧野修） ‥ 135
宿命の宝冠—最終回（宵野ゆめ） ……… 223
日記より（栗本薫） ……………………… 319
いちばん不幸で、そしていちばん幸福な少
　女—中島梓という奥さんとの日々 最終
　回（今岡清） …………………………… 333
監修者より ……………………………… 347

［0506］　グイン・サーガ・ワールド
　—グイン・サーガ続篇プロジェクト
　5
　天狼プロダクション監修
早川書房　2012.9　333p　16cm
660円　（ハヤカワ文庫 JA 1081）
ISBN978-4-15-031081-3

パロの暗黒—第1回（五代ゆう） ………… 5
サイロンの挽歌—第1回（宵野ゆめ） ……… 81
タイスのたずね人（図子慧） …………… 153
現実の軛〈くびき〉、夢への飛翔—栗本薫/中
　島梓論序説 第1回（八巻大樹） ………… 235
いちばん不幸で、そしていちばん幸福な少
　女—中島梓という奥さんとの日々 第2部
　/第1回（今岡清） ……………………… 273
遺稿発掘 スペードの女王—第2章（栗本薫） … 287
監修者より ……………………………… 325

［0507］　グイン・サーガ・ワールド
　—グイン・サーガ続篇プロジェクト
　6
　天狼プロダクション監修
早川書房　2012.12　331p　16cm
660円　（ハヤカワ文庫 JA 1089）
ISBN978-4-15-031089-9

パロの暗黒—第2回（五代ゆう） ………… 5
サイロンの挽歌—第2回（宵野ゆめ） ……… 81
グイン・サーガ・トリビュート 草原の風（ひかわ玲
　子） …………………………………… 157
　栗本薫さんを偲ぶ …………………… 214
現実の軛〈くびき〉、夢への飛翔—栗本薫/中
　島梓論序説 第2回（八巻大樹） ………… 227
いちばん不幸で、そしていちばん幸福な少
　女—中島梓という奥さんとの日々 第2部
　/第2回（今岡清） ……………………… 271
遺稿発掘 スペードの女王—第2章（つづき）
　（栗本薫） …………………………… 285
監修者より ……………………………… 323

SF・ファンタジー　　　　0511

［0508］　グイン・サーガ・ワールド
―グイン・サーガ続篇プロジェクト
7
天狼プロダクション監修
早川書房　2013.3　319p　16cm
660円　（ハヤカワ文庫 JA 1101）
ISBN978-4-15-031101-8

パロの暗黒―第3回（五代ゆう）……………… 5
サイロンの挽歌―第3回（宵野ゆめ）……… 75
魔王子の召喚（牧野修）……………………… 151
現実の軛（くびき）、夢への飛翔―栗本薫/中
島梓論序説 第3回（八巻大樹）………… 233
いちばん不幸で、そしていちばん幸福な少
女―中島梓という奥さんとの日々 第2部
/第3回（今岡清）……………………………… 265
遺稿発掘 スペードの女王―第3章（栗本薫）… 279
監修者より ……………………………………… 315

［0509］　グイン・サーガ・ワールド
―グイン・サーガ続篇プロジェクト
8
天狼プロダクション監修
早川書房　2013.6　350p　16cm
660円　（ハヤカワ文庫 JA 1114）
ISBN978-4-15-031114-8

パロの暗黒―最終回（五代ゆう）……………… 5
サイロンの挽歌―最終回（宵野ゆめ）……… 91
グイン・サーガ トリビュート・コンテス
ト発表 ………………………………………… 169
現実の軛（くびき）、夢への飛翔―栗本薫/中
島梓論序説 最終回（八巻大樹）………… 245
いちばん不幸で、そしていちばん幸福な少
女―中島梓という奥さんとの日々 第2部
/最終回（今岡清）…………………………… 277
遺稿発掘 スペードの女王―第3章（つづき）
（栗本薫）……………………………………… 291

［0510］　黒い破壊者―宇宙生命SF
傑作選
中村融編
東京創元社　2014.11　398p　15cm
1000円　（創元SF文庫 SFン6-5）
ISBN978-4-488-71505-2

狩人（かりゅうど）よ、故郷に帰れ（リチャー
ド・マッケナ著，中村融訳）……………… 9
おじいちゃん（ジェイムズ・H.シュミッツ
著，中村融訳）……………………………… 87
キリエ（ポール・アンダースン著，浅倉久
志訳）………………………………………… 131
妖精の棲（す）む樹（き）（ロバート・F.ヤング
著，深町眞理子訳）………………………… 155
海への贈り物（ジャック・ヴァンス著，浅
倉久志訳）…………………………………… 239
黒い破壊者（A.E.ヴァン・ヴォークト著，
中村融訳）…………………………………… 337
編者あとがき（中村融）……………………… 393

［0511］　結晶銀河―年刊日本SF傑
作選
大森望, 日下三蔵編
東京創元社　2011.7　555p　15cm
1100円　（創元SF文庫 734-04）
ISBN978-4-488-73404-6

序文（日下三蔵）………………………………… 7
メトセラとプラスチックと太陽の臓器（冲
方丁）…………………………………………… 13
アリスマ王の愛した魔物（小川一水）……… 33
完全なる脳髄（上田早夕里）………………… 73
五色の舟（津原泰水）………………………… 103
成人式（白井弓子）…………………………… 139
機龍警察 火宅（月村了衛）………………… 167
光の栞（瀬名秀明）…………………………… 195
エデン逆行（円城塔）………………………… 227
ゼロ年代の臨界点（伴名練）………………… 241
メデューサ複合体（谷甲州）………………… 265
アリスへの決別（山本弘）…………………… 315
allo,toi,toi（長谷敏司）……………………… 337

163

じきに、こけるよ（眉村卓）…………… 423
皆勤の徒―第二回創元SF短編賞受賞作（酉
　島伝法）…………………………………… 449
第二回創元SF短編賞選考経過および選評
　（大森望，日下三蔵，堀晃）…………… 511
二〇一〇年の日本SF界概況（大森望）…… 525
後記（大森望）…………………………… 547
初出一覧 …………………………………… 551
2010年SF短編推薦作リスト ……………… 552

　　［0512］　原色の想像力―創元SF短
　　　編賞アンソロジー
　　大森望，日下三蔵，山田正紀編
　　東京創元社　2010.12　506p　15cm
　　1100円　（創元SF文庫 739-01）
　　ISBN978-4-488-73901-0

序（大森望，日下三蔵，山田正紀）……… 7
うどんキツネつきの―第一回創元SF短編
　賞・佳作（高山羽根子）………………… 15
猫のチュトラリー（端江田仗）…………… 61
時計じかけの天使（永山驢馬）…………… 97
人魚の海（笛地静恵）……………………… 157
かな式まちかど（おおむらしんいち）…… 211
ママはユビキタス（亘星恵風）…………… 241
土の塵―第一回創元SF短編賞日下三蔵賞
　（山下敬）………………………………… 295
盤上の夜―第一回創元SF短編賞山田正紀
　賞（宮内悠介）…………………………… 343
さえずりの宇宙―第一回創元SF短編賞大
　森望賞（坂永雄一）……………………… 381
ぼくの手のなかでしずかに―第一回創元SF
　短編賞受賞後第一作（松崎有理）……… 411
第一回創元SF短編賞最終選考座談会（大森
　望，日下三蔵，山田正紀，小浜徹也）……… 461
編者紹介 ………………………………… 巻末

　　［0513］　原色の想像力―創元SF短
　　　編賞アンソロジー　2
　　大森望，日下三蔵，堀晃編
　　東京創元社　2012.3　444p　15cm
　　980円　（創元SF文庫 739-02）
　　ISBN978-4-488-73902-7

序（大森望，日下三蔵，堀晃）…………… 7
繭の見る夢―第二回創元SF短編賞佳作（空
　木春宵）………………………………… 15
ニートな彼とキュートな彼女（わかつきひ
　かる）…………………………………… 85
What We Want（オキシタケヒコ）……… 113
プラナリアン（亘星恵風）……………… 173
花と少年―第二回創元SF短編賞大森望賞
　（片瀬二郎）…………………………… 207
Kudanの瞳―第二回創元SF短編賞日下三
　蔵賞（志保龍彦）……………………… 265
ものみな憩える―第二回創元SF短編賞堀
　晃賞（忍澤勉）………………………… 301
洞―の街―第二回創元SF短編賞受賞
　後第一作（酉島伝法）………………… 333
第二回創元SF短編賞最終選考座談会（大森
　望，日下三蔵，堀晃，小浜徹也）……… 407
編集部より（小浜徹也）………………… 441
編者紹介 ………………………………… 巻末

　　［0514］　ここがウィネトカなら、き
　　　みはジュディ―時間SF傑作選 SFマ
　　　ガジン創刊50周年記念アンソロジー
　　大森望編
　　早川書房　2010.9　479p　16cm
　　940円　（ハヤカワ文庫 SF 1776）
　　ISBN978-4-15-011776-4

商人と錬金術師の門（テッド・チャン著，
　大森望訳）……………………………… 7
限りなき夏（クリストファー・プリースト
　著，古沢嘉通訳）……………………… 61
彼らの生涯の最愛の時（イアン・ワトスン，
　ロベルト・クアリア著，大森望訳）…… 101
去りにし日々の光（ボブ・ショウ著，浅倉

SF・ファンタジー　0516

久志訳）……………………… 145
時の鳥（ジョージ・アレック・エフィンジャー
　著，浅倉久志訳）……………… 165
世界の終わりを見にいったとき（ロバート・
　シルヴァーバーグ著，大森望訳）……… 215
昨日は月曜日だった（シオドア・スタージョ
　ン著，大森望訳）……………… 235
旅人の憩い（デイヴィッド・I.マッスン著，
　伊藤典夫訳）…………………… 271
いまひとたびの（H.ビーム・パイパー著，
　大森望訳）……………………… 303
12：01PM（リチャード・A.ルポフ著，大森
　望訳）…………………………… 337
しばし天の祝福より遠ざかり…（ソムトウ・
　スチャリトクル著，伊藤典夫訳）……… 367
夕方、はやく（イアン・ワトスン著，大森
　望訳）…………………………… 395
ここがウィネトカなら、きみはジュディ
　（F.M.バズビイ著，室住信子訳）…… 413
編者あとがき―タイム・トラベラーの帰還
　（大森望）……………………… 465

［0515］　さよならの儀式
大森望，日下三蔵編
東京創元社　2014.6　665p　15cm
1300円　（創元SF文庫　SFん1-7―年
　刊日本SF傑作選）
ISBN978-4-488-73407-7

序文（大森望）…………………………… 7
さよならの儀式（宮部みゆき）………… 13
コラボレーション（藤井太洋）………… 49
ウンディ（草上仁）……………………… 91
エコーの中でもう一度（オキシタケヒコ）… 135
今日の心霊（藤野可織）………………… 183
食書（小田雅久仁）……………………… 201
科学探偵帆村（筒井康隆）……………… 249
死人妻（デッド・ワイフ）（式貴士）…………… 273
平賀源内無頼控（荒巻義雄）…………… 281
地下迷宮の帰宅部（石川博品）………… 307
箱庭の巨獣（田中雄一）………………… 349
電話中につき、ベス（西島伝法）……… 409
ムイシュキンの脳髄（宮内悠介）……… 419
イグノラムス・イグノラビムス（円城塔）… 457
神星伝（冲方丁）………………………… 493

風牙―第五回創元SF短編賞受賞作（門田充
　宏）……………………………… 549
第五回創元SF短編賞選考経過および選評
　（大森望，日下三蔵，瀬名秀明）……… 615
二〇一三年の日本SF界概況（大森望）… 630
後記（日下三蔵）………………………… 652
初出一覧（収録順）……………………… 657
2013年SF短編推薦作リスト…………… 658

［0516］　時間はだれも待ってくれ
ない―21世紀東欧SF・ファンタスチ
カ傑作集
高野史緒編
東京創元社　2011.9　299p　20cm
2500円
ISBN978-4-488-01339-4

序文 ツァーリとカイザーの狭間で（高野史
　緒）……………………………… 7
オーストリア……………………………… 15
　ハーベムス・パーパム―新教皇万歳（ヘ
　ルムート・W.モンマース著，識名章喜
　訳）……………………………… 17
ルーマニア………………………………… 39
　私と犬（オナ・フランツ著，住谷春也訳）… 41
　女性成功者（ロクサーナ・ブルンチェア
　ヌ著，住谷春也訳）…………… 58
ベラルーシ………………………………… 75
　ブリャハ（アンドレイ・フェダレンカ著，
　越野剛訳）……………………… 76
チェコ……………………………………… 95
　もうひとつの街（ミハル・アイヴァス）… 97
スロヴァキア……………………………… 113
　三つの色（シチェファン・フスリッツァ著，
　木村英明訳）…………………… 115
　カウントダウン（シチェファン・フスリ
　ッツァ著，阿部賢一訳）……… 130
ポーランド………………………………… 143
　時間はだれも待ってくれない（ミハウ・
　ストゥドニャレク著，小椋彩訳）……… 145
旧東ドイツ………………………………… 177
　労働者階級の手にあるインターネット
　（アンゲラ・シュタインミュラー，カー
　ルハインツ・シュタインミュラー著，
　西塔玲司訳）…………………… 179

165

SF・ファンタジー

ハンガリー ……………………… 209
　盛雲（シュンユン）、庭園に隠れる者（ダル
　ヴァシ・ラースロー著，鵜戸聡訳）…… 211
ラトヴィア ……………………… 223
　アスコルディーネの愛—ダウガワ河幻想
　（ヤーニス・エインフェルズ著，黒沢
　歩訳） ………………………… 225
セルビア ………………………… 265
　列車（ゾラン・ジヴコヴィチ著，山崎信
　一訳） ………………………… 267
解説 東欧の「幽霊」には足がある？（沼野
　充義） …………………………… 279
編者あとがき（高野史緒） …………… 291
編者・訳者プロフィール …………… 296

```
［0517］　笑劇—SFバカ本カタスト
ロフィ集
岬兄悟，大原まり子編
小学館　2007.1　374p　15cm
619円　（小学館文庫）
ISBN4-09-408138-0
```

SOW狂想曲（瀬名秀明） ………………… 7
オは愚か者のオ（大原まり子） ………… 49
ぎゅうぎゅう（岡崎弘明） ……………… 87
西城秀樹のおかげです（森奈津子） …… 123
サイバー帝国滞在記（松本侑子） ……… 165
出口君（岬兄悟） ………………………… 213
手仕事（久美沙織） ……………………… 259
フィク・ダイバー（井上雅彦） ………… 297
メロディー・フィアー（牧野修） ……… 327
解説—笑いの衝撃（岬兄悟，大原まり子）… 366

```
［0518］　笑止—SFバカ本シュー
ル集
岬兄悟，大原まり子編
小学館　2007.6　346p　15cm
590円　（小学館文庫）
ISBN978-4-09-408178-7
```

薄皮一枚（岬兄悟） ……………………… 7
エステバカ一代（高瀬美恵） …………… 51

お熱い本はお好き？（舘淳一） ………… 93
かにくい（佐藤哲也） …………………… 151
蛇腹と電気のダンス（北野勇作） ……… 179
スーパー・リーマン（大原まり子） …… 207
ノストラダムス病原体（梶尾真治） …… 233
ハッチアウト（斎藤綾子） ……………… 265
片頭痛の恋（矢崎存美） ………………… 307
解説：笑い〆（岬兄悟，大原まり子） … 339

```
［0519］　スティーヴ・フィーヴァー
—ポストヒューマンSF傑作選 SFマ
ガジン創刊50周年記念アンソロジー
山岸真編
早川書房　2010.11　491p　16cm
960円　（ハヤカワ文庫 SF 1787）
ISBN978-4-15-011787-0
```

死がふたりをわかつまで（ジェフリー・A.
　ランディス著，山岸真訳） ……………… 7
技術の結晶（ロバート・チャールズ・ウィ
　ルスン著，金子浩訳） ………………… 15
グリーンのクリーム（マイクル・G.コーニ
　イ著，山岸真訳） ……………………… 37
キャサリン・ホイール（タルシスの聖女）
　（イアン・マクドナルド著，古沢嘉通訳）… 71
ローグ・ファーム（チャールズ・ストロス
　著，金子浩訳） ………………………… 115
引き潮（メアリ・スーン・リー著，佐田千
　織訳） …………………………………… 147
脱ぎ捨てられた男（ロバート・J.ソウヤー
　著，内田昌之訳） ……………………… 167
ひまわり（キャスリン・アン・グーナン著，
　小野田和子訳） ………………………… 205
スティーヴ・フィーヴァー（グレッグ・イー
　ガン著，山岸真訳） …………………… 249
ウェディング・アルバム（デイヴィッド・
　マルセク著，浅倉久志訳） …………… 285
有意水準の石（デイヴィッド・ブリン著，
　中原尚哉訳） …………………………… 395
見せかけの生命（ブライアン・W.オール
　ディス著，浅倉久志訳） ……………… 449
編者あとがき—ラヴ・メタモルフォス・プ
　ラス（山岸真） ………………………… 483

SF・ファンタジー　　0523

［0520］　ゼロ年代SF傑作選
SFマガジン編集部編
早川書房　2010.2　380p　16cm
700円　（ハヤカワ文庫 JA 986）
ISBN978-4-15-030986-2

マルドゥック・スクランブル "104"（冲方
　丁）…………………………………… 7
アンジー・クレーマーにさよならを（新城
　カズマ）…………………………… 51
エキストラ・ラウンド（桜坂洋）…… 91
デイドリーム、鳥のように（元長柾木）… 135
Atmosphere（西島大介）…………… 181
アリスの心臓（海猫沢めろん）……… 189
地には豊穣（長谷敏司）…………… 249
おれはミサイル（秋山瑞人）………… 303
ゼロ年代におけるリアル・フィクション
　（藤田直哉）……………………… 367

［0521］　太陽系無宿/お祖母ちゃん
と宇宙海賊—スペース・オペラ名作選
野田昌宏編訳
東京創元社　2013.1　571p　15cm
1300円　（創元SF文庫 SFン9-1）
ISBN978-4-488-74301-7

第一部　太陽系無宿 ………………… 9
　鉄の神経お許しを（エドモンド・ハミル
　　トン）………………………………… 11
　大作<破滅の惑星>撮影始末記（ヘンリー・
　　カットナー）…………………… 67
　月面植物殺人事件（フランク・ベルナッ
　　プ・ロング）…………………… 127
　太陽系無宿（アンソニイ・ギルモア）… 169
　第一部編者あとがき スペース・オペラの
　　主人公達を訪ねて—私のアメリカSF
　　行脚 ……………………………… 287
第二部　お祖母ちゃんと宇宙海賊 …… 287
　夜は千の眼を持つ（ジョン・ド・クーシー）… 289
　サルガッソー小惑星（フレデリック・A.
　　カムマー・ジュニア）…………… 337
　お祖母ちゃんと宇宙海賊（ジェイムズ・

マッコネル）………………………… 391
　宇宙船上の決闘（ヘンリー・ハス）……… 439
　隕石製造団の秘密（ピーター・ハミルト
　　ン）………………………………… 481
　第二部編者あとがき あるスペース・オ
　　ペラ 研究者との対話 …………… 551
　宇宙を馳せる想像力、あるいは紙屑（パルプ）
　　の夢 ……………………………… 561

［0522］　たそがれゆく未来
筑摩書房　2016.3　441p　15cm
1000円　（ちくま文庫 き38-3—巨匠
たちの想像力 文明崩壊）
ISBN978-4-480-43328-2

火の雨ぞ降る（高木彬光）……………… 7
辺境五三二〇年（光瀬龍）…………… 39
夜に別れを告げる夜（樹下太郎）…… 75
カマガサキ二〇一三年（小松左京）… 83
おいどんの地球（松本零士）………… 115
自殺卵（眉村卓）…………………… 159
地球は赤かった（今日泊亜蘭）…… 199
耳鳴山由来（矢野徹）………………… 211
下の世界（筒井康隆）………………… 241
宇宙虫（水木しげる）………………… 275
機関車、草原に（河野典生）………… 293
鉛の卵（安部公房）…………………… 331
合成美女（倉橋由美子）……………… 373
Rôjin（楳図かずお）………………… 407
解説 五十年を経ても「近過去」に納まらな
　い「近未来」（盛田隆二）…………… 436

［0523］　多々良島ふたたび—ウル
トラ怪獣アンソロジー
早川書房　2015.7　330p　19cm
1800円　（TSUBURAYA×
HAYAKAWA UNIVERSE 01）
ISBN978-4-15-209555-8

多々良島ふたたび（山本弘）…………… 5
四四年前の中二病（山本弘）………… 43
宇宙からの贈りものたち（北野勇作）……… 45

167

大いなるQ（北野勇作）……………… 86
マウンテンピーナッツ（小林泰三）………… 89
ウルトラマンは神ではない（小林泰三）…… 135
影が来る（三津田信三）……………… 139
依頼から本作を書き上げるまで（三津田信
三）……………………………… 180
変身障害（藤崎慎吾）……………… 183
暗闇のセブン（藤崎慎吾）……………… 239
怪獣ルクスビグラの足型を取った男（田中
啓文）…………………………… 241
ウルトラマン前夜祭（田中啓文）………… 285
痕の祀り（酉島伝法）……………… 287
史上最大の侵略（酉島伝法）……………… 329

［0524］　地球の静止する日
南山宏, 尾之上浩司訳
角川書店　2008.11　359p　15cm
590円　（角川文庫）
ISBN978-4-04-298001-8

地球の静止する日（ハリー・ベイツ）………… 7
デス・レース（イブ・メルキオー）………… 81
廃墟（リン・A.ヴェナブル）……………… 103
幻の砂丘（ロッド・サーリング）………… 115
アンテオン遊星への道（ジェリイ・ソール）‥ 155
異星獣を追え！（クリフォード・D.シマッ
ク）……………………………… 181
見えざる敵（ジェリイ・ソール）………… 215
38世紀から来た兵士（ハーラン・エリスン）‥ 261
闘技場（フレドリック・ブラウン）………… 299
解説（尾之上浩司）……………… 346

［0525］　超弦領域―年刊日本SF傑
作選
大森望, 日下三蔵編
東京創元社　2009.6　547p　15cm
1100円　（創元SF文庫 734-02）
ISBN978-4-488-73402-2

序（日下三蔵）……………… 7
ノックス・マシン（法月綸太郎）………… 13
エイミーの敗北（林巧）……………… 63

ONE PIECES（樺山三英）……………… 87
時空争奪（小林泰三）……………… 121
土の枕（津原泰水）……………… 165
胡蝶蘭（藤野可織）……………… 183
分数アパート（岸本佐知子）………… 197
眠り課（石川美南）……………… 211
幻の絵の先生（最相葉月）……………… 219
全てはマグロのためだった（Boichi）……… 233
アキバ忍法帖（倉田英之）……………… 285
笑う闇（堀晃）……………… 347
青い星まで飛んでいけ（小川一水）………… 377
ムーンシャイン（円城塔）……………… 413
From the Nothing, With Love（伊藤計劃）‥ 461
二〇〇八年の日本SF界概況（大森望）……… 521
後記（大森望）……………… 535
初出一覧……………… 545
2008日本SF短篇推薦作リスト……………… 546

［0526］　冷たい方程式
伊藤典夫編・訳
早川書房　2011.11　398p　16cm
760円　（ハヤカワ文庫 SF 1832）
ISBN978-4-15-011832-7

徘徊許可証（ロバート・シェクリイ）………… 7
ランデブー（ジョン・クリストファー）…… 59
ふるさと遠く（ウォルター・S.テヴィス）‥ 77
信念（アイザック・アシモフ）………… 85
冷たい方程式（トム・ゴドウィン）………… 151
みにくい妹（ジャン・ストラザー）………… 199
オッディとイド（アルフレッド・ベスター）‥ 215
危険！　幼児逃亡中（C.L.コットレル）…… 247
ハウ＝2（クリフォード・D.シマック）……… 317
訳者あとがき……………… 389

SF・ファンタジー　　　　0530

[0527]　てのひらの宇宙―星雲賞
短編SF傑作選
大森望編
東京創元社　2013.3　471p　15cm
1000円　（創元SF文庫　SFん2-3）
ISBN978-4-488-73803-7

序（大森望）……………………………… 7
フル・ネルソン（筒井康隆）…………… 15
白壁の文字は夕陽に映える（荒巻義雄）…… 43
ヴォミーサ（小松左京）………………… 111
言葉使い師（神林長平）………………… 159
火星鉄道（マーシャン・レイルロード）一九（谷甲
州）………………………………… 191
山の上の交響楽（中井紀夫）…………… 233
恐竜ラウレンティスの幻視（梶尾真治）…… 277
そばかすのフィギュア（菅浩江）……… 309
くるぐる使い（大槻ケンヂ）…………… 345
ダイエットの方程式（草上仁）………… 383
インデペンデンス・デイ・イン・オオサカ
（愛はなくとも資本主義）（大原まり子）…… 429
後記（大森望）…………………………… 453
星雲賞日本長編・短編部門受賞作一覧…… 461

[0528]　時を生きる種族―ファン
タスティック時間SF傑作選
中村融編
東京創元社　2013.7　362p　15cm
980円　（創元SF文庫　SFん6-4）
ISBN978-4-488-71504-5

真鍮の都（ロバート・F.ヤング著，山田順
子訳）………………………………… 9
時を生きる種族（マイケル・ムアコック著，
中村融訳）…………………………… 93
恐竜狩り（L.スプレイグ・ディ・キャンプ
著，中村融訳）……………………… 125
マグワンプ4（ロバート・シルヴァーバーグ
著，浅倉久志訳）…………………… 177
地獄堕ちの朝（フリッツ・ライバー著，中
村融訳）……………………………… 213
緑のベルベットの外套を買った日（ミルド

レッド・クリンガーマン著，中村融訳）… 237
努力（T.L.シャーレッド著，中村融訳）…… 259
編者あとがき（中村融）………………… 359

[0529]　時の娘―ロマンティック
時間SF傑作選
中村融編
東京創元社　2009.10　358p　15cm
920円　（創元SF文庫　715-03）
ISBN978-4-488-71503-8

チャリティのことづて（ウィリアム・M.
リー著，安野玲訳）………………… 9
むかしをいまに（デーモン・ナイト著，浅
倉久志訳）…………………………… 49
台詞指導（ジャック・フィニイ著，中村融
訳）…………………………………… 67
かえりみれば（ウィルマー・H.シラス著，
中村融訳）…………………………… 99
時のいたみ（バート・K.ファイラー著，中
村融訳）……………………………… 135
時が新しかったころ（ロバート・F.ヤング
著，市田泉訳）……………………… 149
時の娘（チャールズ・L.ハーネス著，浅倉
久志訳）……………………………… 215
出会いのとき巡りきて（C.L.ムーア著，安
野玲訳）……………………………… 247
インキーに詫びる（R.M.グリーン・ジュニ
ア著，中村融訳）…………………… 291
編者あとがき（中村融）………………… 353

[0530]　70年代日本SFベスト集成
1
1971年度版
筒井康隆編
筑摩書房　2014.10　476p　15cm
1100円　（ちくま文庫　つ19-3）
ISBN978-4-480-43211-7

農閑期大作戦（半村良）………………… 7
真昼の断層（眉村卓）…………………… 61
使者（星新一）…………………………… 79
保護鳥（小松左京）……………………… 81

169

SF・ファンタジー

多聞寺討伐（光瀬龍）……………… *113*
二重人格（広瀬正）………………… *187*
パストラル（河野典生）…………… *231*
美亜へ贈る真珠（梶尾真治）……… *253*
ススムちゃん大ショック（永井豪）… *285*
ニュルブルクリングに陽は落ちて（高齋
　正）………………………………… *317*
ある晴れた日のウィーンは森の中にたたず
　む（荒巻義雄）…………………… *359*
徳間文庫版解説（筒井康隆）……… *449*
ちくま文庫版解説（荒巻義雄）…… *467*

```
［0531］　70年代日本SFベスト集成
　　　　　　　　2
　　　　　　1972年度版
　　　　　　筒井康隆編
　筑摩書房　2014.12　510p　15cm
　1200円　（ちくま文庫 つ19-4）
　　ISBN978-4-480-43212-4
```

門のある家（星新一）……………… *7*
おれに関する噂（筒井康隆）……… *35*
メシメリ街道（山野浩一）………… *65*
セクサロイド（松本零士）………… *103*
両面宿儺（豊田有恒）……………… *135*
彼らの幻の街（河野典生）………… *189*
柔らかい時計（荒巻義雄）………… *221*
ひきさかれた街（藤本泉）………… *273*
結晶星団（小松左京）……………… *357*
徳間文庫版解説（筒井康隆）……… *484*
ちくま文庫版解説（山田正紀）…… *503*

```
［0532］　70年代日本SFベスト集成
　　　　　　　　3
　　　　　　1973年度版
　　　　　　筒井康隆編
　筑摩書房　2015.2　452p　15cm
　1100円　（ちくま文庫 つ19-5）
　　ISBN978-4-480-43213-1
```

キングコング（北杜夫）…………… *7*
交代制（星新一）…………………… *11*

ニッポンカサドリ（河野典生）…… *21*
通りすぎた奴（眉村卓）…………… *47*
霧にむせぶ夜（ますむらひろし）… *83*
村人（半村良）……………………… *111*
立体映画（大伴昌司）……………… *149*
コレクター無惨！（野田昌宏）…… *155*
熊の木本線（筒井康隆）…………… *173*
さまよえる騎士団の伝説（矢野徹）… *199*
不安の立像（諸星大二郎）………… *229*
タイム・ジャック（小松左京）…… *253*
最後の狩猟（田中光二）…………… *313*
時の葦舟（荒巻義雄）……………… *357*
徳間文庫版解説（筒井康隆）……… *425*
ちくま文庫版解説（佐々木敦）…… *445*

```
［0533］　70年代日本SFベスト集成
　　　　　　　　4
　　　　　　1974年度版
　　　　　　筒井康隆編
　筑摩書房　2015.4　432p　15cm
　1100円　（ちくま文庫 つ19-6）
　　ISBN978-4-480-43214-8
```

屋上（眉村卓）……………………… *7*
夜が明けたら（小松左京）………… *11*
佇むひと（筒井康隆）……………… *51*
渋滞（豊田有恒）…………………… *73*
生物都市（諸星大二郎）…………… *83*
砂漠の幽霊船（真城昭）…………… *115*
有名（星新一）……………………… *129*
決戦・日本シリーズ（かんべむさし）… *137*
スフィンクスを殺せ（田中光二）… *193*
夜のバス（石川喬司）……………… *241*
ミユキちゃん（亜羅叉の沙）……… *257*
トリケラトプス（河野典生）……… *259*
真夜中の戦士（永井豪）…………… *287*
フィックス（半村良）……………… *333*
徳間文庫版解説（筒井康隆）……… *407*
ちくま文庫版解説（堀晃）………… *425*

SF・ファンタジー　　　　　　　　　　0537

第二箱船荘の悲劇（北野勇作）……………… 339
予め決定されている明日（小林泰三）……… 365
逃げゆく物語の話（牧野修）………………… 395
編者あとがき ………………………………… 441
ゼロ年代日本SF概況（大森望）…………… 449

```
［0534］　70年代日本SFベスト集成
              5
         1975年度版
         筒井康隆編
   筑摩書房　2015.6　514p　15cm
   1200円　（ちくま文庫 つ19-7）
   ISBN978-4-480-43215-5
```

テレビジョン（秋野鈴虫）…………………… 7
ボール箱（半村良）…………………………… 11
宗教違反を平気な天国（秋竜山）…………… 28
重要な部分（星新一）………………………… 35
藤野君のこと（安部公房）…………………… 51
ブラック・ジャック（手塚治虫）…………… 65
サイコ特攻隊（かんべむさし）……………… 109
折紙宇宙船の伝説（矢野徹）………………… 183
メタモルフォセス群島（筒井康隆）………… 219
襲撃のメロディ（山田正紀）………………… 257
小説でてくたあ（石川喬司）………………… 347
暗黒星団（堀晃）……………………………… 399
ヴォミーサ（小松左京）……………………… 433
徳間文庫版解説（筒井康隆）………………… 485
ちくま文庫版解説（豊田有恒）……………… 507

```
［0535］　逃げゆく物語の話―ゼロ
       年代日本SFベスト集成 F
           大森望編
   東京創元社　2010.10　476p　15cm
   1000円　（創元SF文庫 738-02）
   ISBN978-4-488-73802-0
```

序（大森望）…………………………………… 7
夕飯は七時（恩田陸）………………………… 13
彼女の痕跡展（三崎亜記）…………………… 35
陽だまりの詩（乙一）………………………… 57
ある日、爆弾がおちてきて（古橋秀之）…… 91
光の王（森岡浩之）…………………………… 129
闇が落ちる前に、もう一度（山本弘）……… 165
マルドゥック・スクランブル "-200"（冲方
　丁）………………………………………… 189
冬至草（石黒達昌）…………………………… 249
延長コード（津原泰水）……………………… 309

```
［0536］　日本SF短篇50―日本SF
       作家クラブ創立50周年記念アンソ
           ロジー　1
       日本SF作家クラブ編
   早川書房　2013.2　444p　16cm
   900円　（ハヤカワ文庫 JA 1098）
   ISBN978-4-15-031098-1
```

巻頭言（瀬名秀明）…………………………… 7
1963 墓碑銘二〇〇七年（光瀬龍）………… 11
1964 退魔戦記（豊田有恒）………………… 51
1965 ハイウェイ惑星（石原藤夫）………… 109
1966 魔法つかいの夏（石川喬司）………… 169
1967 鍵（星新一）…………………………… 211
1968 過去への電話（福島正実）…………… 225
1969 OH！ WHEN THE MARTIANS GO
     MARCHIN' IN（野田昌宏）………… 251
1970 大いなる正午（荒巻義雄）…………… 283
1971 およね平吉時穴道行（半村良）……… 333
1972 おれに関する噂（筒井康隆）………… 401
解説（星敬）…………………………………… 431

```
［0537］　日本SF短篇50―日本SF
       作家クラブ創立50周年記念アンソ
           ロジー　2
       日本SF作家クラブ編
   早川書房　2013.4　585p　16cm
   1040円　（ハヤカワ文庫 JA 1110）
   ISBN978-4-15-031110-0
```

1973 メシメリ街道（山野浩一）…………… 7
1974 名残の雪（眉村卓）…………………… 47
1975 折紙宇宙船の伝説（矢野徹）………… 131
1976 ゴルディアスの結び目（小松左京）… 169
1977 大正三年十一月十六日（横田順彌）… 255
1978 ねこひきのオルオラネ（夢枕獏）…… 287

171

SF・ファンタジー

1979 妖精が舞う（神林長平）‥‥‥‥‥ 327
1980 百光年ハネムーン（梶尾真治）‥‥‥ 371
1981 ネプチューン（新井素子）‥‥‥‥‥ 413
1982 アルザスの天使猫（大原まり子）‥‥ 531
解説（星敬）‥‥‥‥‥‥‥‥‥‥‥‥‥ 575

2000 嘔吐した宇宙飛行士（田中啓文）‥‥ 351
2001 星に願いをピノキオ二〇七六（藤崎慎
　吾）‥‥‥‥‥‥‥‥‥‥‥‥‥‥‥‥ 395
2002 かめさん（北野勇作）‥‥‥‥‥‥‥ 445
解説（星敬）‥‥‥‥‥‥‥‥‥‥‥‥‥ 483

[0538]　日本SF短篇50―日本SF
作家クラブ創立50周年記念アンソ
ロジー　3
日本SF作家クラブ編
早川書房　2013.6　524p　16cm
1000円　（ハヤカワ文庫 JA 1115）
ISBN978-4-15-031115-5

1983 交差点の恋人（山田正紀）‥‥‥‥‥ 7
1984 戦場の夜想曲（ノクターン）（田中芳樹）‥‥‥ 75
1985 滅びの風（栗本薫）‥‥‥‥‥‥‥‥ 111
1986 火星甲殻団（川又千秋）‥‥‥‥‥‥ 149
1987 見果てぬ風（中井紀夫）‥‥‥‥‥‥ 203
1988 黄昏郷（おうごんきょう）El Dormido（野阿
　梓）‥‥‥‥‥‥‥‥‥‥‥‥‥‥‥‥ 279
1989 引綱軽便鉄道（椎名誠）‥‥‥‥‥‥ 313
1990 ゆっくりと南へ（草上仁）‥‥‥‥‥ 345
1991 星殺し（谷甲州）‥‥‥‥‥‥‥‥‥ 395
1992 夢の樹が接げたなら（森岡浩之）‥‥ 431
解説（星敬）‥‥‥‥‥‥‥‥‥‥‥‥‥ 515

[0540]　日本SF短篇50―日本SF
作家クラブ創立50周年記念アンソ
ロジー　5
日本SF作家クラブ編
早川書房　2013.10　539p　16cm
1020円　（ハヤカワ文庫 JA 1131）
ISBN978-4-15-031131-5

重力の使命（林譲治）‥‥‥‥‥‥‥‥‥ 7
日本の改暦事情（冲方丁）‥‥‥‥‥‥‥ 43
ヴェネツィアの恋人（高野史緒）‥‥‥‥ 107
魚舟・獣舟（上田早夕里）‥‥‥‥‥‥‥ 137
The Indifference Engine（伊藤計劃）‥‥ 167
白鳥熱の朝（あした）に（小川一水）‥‥‥‥‥ 233
自生の夢（飛浩隆）‥‥‥‥‥‥‥‥‥‥ 301
オルダーセンの世界（山本弘）‥‥‥‥‥ 375
人間の王Most Beautiful Program（宮内悠
　介）‥‥‥‥‥‥‥‥‥‥‥‥‥‥‥‥ 423
きみに読む物語（瀬名秀明）‥‥‥‥‥‥ 475
解説（星敬日下三蔵）‥‥‥‥‥‥‥‥‥ 527

[0539]　日本SF短篇50―日本SF
作家クラブ創立50周年記念アンソ
ロジー　4
日本SF作家クラブ編
早川書房　2013.8　492p　16cm
960円　（ハヤカワ文庫 JA 1126）
ISBN978-4-15-031126-1

1993 くるぐる使い（大槻ケンヂ）‥‥‥‥ 7
1994 朽ちてゆくまで（宮部みゆき）‥‥‥ 49
1995 操作手（マニピュレーター）（篠田節子）‥‥‥ 139
1996 計算の季節（藤田雅矢）‥‥‥‥‥‥ 207
1997 永遠の森（菅浩江）‥‥‥‥‥‥‥‥ 231
1998 海を見る人（小林泰三）‥‥‥‥‥‥ 275
1999 螺旋文書（牧野修）‥‥‥‥‥‥‥‥ 317

[0541]　日本怪獣侵略伝―ご当地
怪獣異聞集
洋泉社　2015.4　350p　19cm
1700円
ISBN978-4-8003-0613-5

縄文怪獣 ドキラ登場―新潟県「ヨビコの
　文様」（村井さだゆき）‥‥‥‥‥‥‥ 7
幻影怪獣 ジューニガイン登場―東京都「十
　二階幻想」（小中千昭）‥‥‥‥‥‥‥ 73
おせっ怪獣 ヒョウガラヤン登場―大阪府
　「新喜劇の巨人」（中野貴雄）‥‥‥‥ 125
伝奇怪獣 バッケンドン登場―千葉県「南
　総怪異八犬獣」（會川昇）‥‥‥‥‥‥ 163
少女怪獣 レッシー登場―神奈川県「女は

SF・ファンタジー　　　　　　　　　　　　　0545

怪獣 男は愛嬌」(井口昇) ……………… 227
台風怪獣 ヒーカジドン登場―番外編 沖縄
　県「ヒーカジドン大戦争」(上原正三) … 281
あとがき ……………………………………… 344

［0542］　ファンタスティック・ヘ
　　　　　　ンジ
　　変タジー同好会　2012.11　56p
　　　　　　21cm

序(縞田理理) …………………………………巻頭
アベラールとエロイーズ(縞田理理) ………… 7
終(つい)の箱庭(神尾アルミ) ………………… 17
猫の風景(ひかわ玲子) ………………………… 27
魔法使いは王命に従い竜殺しを試みる(栗
　原ちひろ) …………………………………… 33
グリム幻視『白鳥』(妹尾ゆふ子) ………… 47

［0543］　不思議の扉　午後の教室
　　　　　　大森望編
　　角川書店　2011.8　265p　15cm
　　514円　（角川文庫 16970）
　　ISBN978-4-04-394468-2

インコ先生(湊かなえ) ………………………… 5
三時間目のまどか(古橋秀之) ……………… 15
迷走恋の裏路地(森見登美彦) ……………… 57
S理論(有川浩) ………………………………… 67
お召し(小松左京) ……………………………… 83
テロルの創世(平山夢明) …………………… 129
ポップ・アート(ジョー・ヒル著，大森望
　訳) …………………………………………… 187
保吉の手帳から(芥川龍之介) ……………… 235
解説 学園ワンダーランドへようこそ(大森
　望) …………………………………………… 255

［0544］　不思議の扉　ありえない恋
　　　　　　大森望編
　　角川書店　2011.2　283p　15cm
　　514円　（角川文庫 16358）
　　ISBN978-4-04-394372-2

サルスベリ(梨木香歩) ………………………… 5
いそしぎ(椎名誠) ……………………………… 17
海馬(川上弘美) ………………………………… 55
不思議のひと触れ(スタージョン著，大森
　望訳) ………………………………………… 81
スノードーム(三崎亜記) …………………… 111
海を見る人(小林泰三) ……………………… 121
長持の恋(万城目学) ………………………… 167
片腕(川端康成) ……………………………… 239
解説 世界でひとつだけの恋―不思議ラブス
　トーリーの世界(大森望) ………………… 276

［0545］　不思議の扉　時をかける恋
　　　　　　大森望編
　　角川書店　2010.2　286p　15cm
　　514円　（角川文庫 16134）
　　ISBN978-4-04-394339-5

美亜へ贈る真珠(梶尾真治) …………………… 5
エアハート嬢の到着(恩田陸) ……………… 41
Calling You(乙一) ………………………… 111
眠り姫(貴子潤一郎) ………………………… 169
浦島さん(太宰治) …………………………… 197
机の中のラブレター(ジャック・フィニイ) ‥ 249
解説 タイムトラベル・ロマンスの世界(大
　森望) ………………………………………… 279

173

[0546] 不思議の扉　時間がいっぱい
大森望編
角川書店　2010.3　283p　15cm
514円　〔角川文庫 16178〕
ISBN978-4-04-394340-1

しゃっくり（筒井康隆）････････････････････ 5
戦国バレンタインデー（大槻ケンヂ）･･････ 45
おもひで女（牧野修）･･････････････････････ 67
エンドレスエイト（谷川流）････････････････ 99
時の渦（星新一）･･････････････････････････ 181
めもあある美術館（大井三重子）･･････････ 207
ベンジャミン・バトン（フィッツジェラルド
　著，永山篤一訳）･･････････････････････ 221
解説 タイム・アフター・タイム―時間をめ
　ぐる冒険（大森望）････････････････････ 275

[0547] 暴走する正義
筑摩書房　2016.2　437p　15cm
1000円　（ちくま文庫　き38-2・巨匠
たちの想像力　管理社会）
ISBN978-4-480-43327-5

公共伏魔殿（筒井康隆）･･････････････････ 7
処刑（星新一）･･･････････････････････････ 43
戦争はなかった（小松左京）･････････････ 79
こどもの国（水木しげる）･･･････････････ 107
闖入者―手記とエピローグ（安部公房）････ 171
カンタン刑（式貴士）･･････････････････ 215
錯覚屋繁昌記（半村良）･････････････････ 261
革命狂詩曲―Rapsodia Revolucionaria（山
　野浩一）････････････････････････････ 333
市（シティ）二二二〇年（光瀬龍）････････ 391
解説 二十一世紀は、憧れの実現か絶望の体
　現か（真山仁）･･････････････････････ 432

[0548] ぼくの、マシン―ゼロ年代
日本SFベスト集成 S
大森望編
東京創元社　2010.10　475p　15cm
1000円　（創元SF文庫 738-01）
ISBN978-4-488-73801-3

序（大森望）･･････････････････････････････ 7
大風呂敷と蜘蛛の糸（野尻抱介）･････････ 13
幸せになる箱庭（小川一水）･･･････････････ 59
鉄仮面をめぐる論議（上遠野浩平）･･･････ 141
嘔吐した宇宙飛行士（田中啓文）･･･････････ 183
五人姉妹（菅浩江）････････････････････ 225
魚舟・獣舟（上田早夕里）･････････････････ 263
A（桜庭一樹）･･･････････････････････････ 291
ラギッド・ガール（飛浩隆）･･･････････････ 321
Yedo（円城塔）･･････････････････････････ 389
A.T.D　Automatic　Death―EPISODE：
　0 NO DISTANCE,BUT INTERFACE
　（伊藤計劃）････････････････････････ 409
ぼくの、マシン（神林長平）･･･････････････ 433
編者あとがき ･･･････････････････････････ 469

[0549] ボロゴーヴはミムジイ―
伊藤典夫翻訳SF傑作選
高橋良平編，伊藤典夫訳
早川書房　2016.11　431p　16cm
980円　（ハヤカワ文庫 SF 2102）
ISBN978-4-15-012102-0

ボロゴーヴはミムジイ（ルイス・パジェッ
　ト）･････････････････････････････････ 7
子どもの部屋（レイモンド・F.ジョーンズ）･･ 75
虚影の街（フレデリック・ポール）･･･････ 135
ハッピー・エンド（ヘンリー・カットナー）･･ 197
若くならない男（フリッツ・ライバー）････ 235
旅人の憩い（デイヴィッド・I.マッスン）･･･ 251
思考の谺（こだま）（ジョン・ブラナー）･････ 283
Explorer of Space and Time―編者あとが
　き（高橋良平）･･････････････････････ 415
伊藤典夫インタビュー（青雲立志編）（伊藤
　典夫述，鏡明聞き手）･･････････････････ 422

SF・ファンタジー　　0552

**［0550］　マルドゥック・ストーリー
ズ―公式二次創作集**
冲方丁，早川書房編集部編
早川書房　2016.9　391p　16cm
780円　（ハヤカワ文庫 JA 1246）
ISBN978-4-15-031246-6

まえがき（冲方丁）…………………………… 3
explode scape goat（源條悟）……………… 13
Ignite（木村浪漫）…………………………… 41
さよならプリンセス（菅原照貴）…………… 77
マルドゥック・ヴェロシティ "コンフェッ
ション"-予告篇―（八岐次）……………… 117
doglike（滝坂融）…………………………… 141
The Happy Princess（近藤那彦）………… 153
マルドゥック・アヴェンジェンス（上田裕
介）………………………………………… 201
人類暦の預言者（吉上亮）………………… 267
マルドゥック・スラップスティック（坂堂
功）………………………………………… 281
マルドゥック・クランクイン！（渡馬直伸）‥ 297
五連闘争（三日月理音）…………………… 339
オーガストの命日（冲方丁）……………… 363

**［0551］　楽園追放rewired―サイ
バーパンクSF傑作選**
虚淵玄，大森望編
早川書房　2014.10　446p　16cm
820円　（ハヤカワ文庫 JA 1172）
ISBN978-4-15-031172-8

編者まえがき（虚淵玄）…………………… 3
クローム襲撃（ウィリアム・ギブスン）…… 9
間諜（ブルース・スターリング）………… 49
TR4989DA（神林長平）…………………… 79
女性型精神構造保持者（大原まり子）…… 117
パンツァーボーイ（ウォルター・ジョン・
ウィリアムズ）…………………………… 167
ロブスター（チャールズ・ストロス）…… 217
パンツァークラウンレイヴズ（吉上亮）… 283
常夏の夜（藤井太洋）……………………… 377
編者あとがき（大森望）…………………… 441

**［0552］　量子回廊―年刊日本SF傑
作選**
大森望，日下三蔵編
東京創元社　2010.7　629p　15cm
1300円　（創元SF文庫 734-03）
ISBN978-4-488-73403-9

序文（大森望）……………………………… 7
夢見る葦笛（上田早夕里）………………… 13
ひな菊（高野史緒）………………………… 47
ナルキッソスたち（森奈津子）…………… 89
夕陽が沈む（皆川博子）…………………… 155
箱（小池昌代）……………………………… 165
スパークした（最果タヒ）………………… 185
日下兄妹（市川春子）……………………… 207
夜なのに（田中哲弥）……………………… 271
はじめての駅で（北野勇作）……………… 301
観覧車（北野勇作）………………………… 305
心の闇（綾辻行人）………………………… 311
確認済飛行物体（三崎亜記）……………… 325
紙片50（倉田タカシ）……………………… 341
ラビアコントロール（木下古栗）………… 373
無限登山（八木ナガハル）………………… 381
雨ふりマージ（新城カズマ）……………… 409
For a breath I tarry（瀬名秀明）………… 467
バナナ剥きには最適の日々（円城塔）…… 501
星魂転生（谷甲州）………………………… 523
あがり―第一回創元SF短編賞受賞作（松崎
有理）……………………………………… 543
第一回創元SF短編賞選考経過および選評
（大森望，日下三蔵，山田正紀）……… 589
二〇〇九年の日本SF界概況（大森望）…… 603
後記（日下三蔵）………………………… 321
初出一覧………………………………………… 625
2009日本SF短篇推薦作リスト ……………… 627
編者紹介…………………………………… 巻末

175

SF・ファンタジー

［0553］　60年代日本SFベスト集成
筒井康隆編
筑摩書房　2013.3　457p　15cm
950円　（ちくま文庫　つ19-1）
ISBN978-4-480-43042-7

解放の時代（星新一）……………………… 7
もの（広瀬正）……………………………… 17
H氏のSF（半村良）……………………… 21
わがパキーネ（眉村卓）…………………… 31
金魚（手塚治虫）…………………………… 49
色眼鏡の狂詩曲（ラプソディ）（筒井康隆）…… 53
渡り廊下（豊田有恒）……………………… 83
ハイウェイ惑星（石原藤夫）…………… 105
X電車で行こう（山野浩一）…………… 161
そこに指が（手塚治虫）………………… 217
終りなき負債（小松左京）……………… 223
レオノーラ（平井和正）………………… 269
機関車、草原に（河野典生）…………… 297
幹線水路二〇六一年（光瀬龍）………… 335
大いなる正午（荒巻義雄）……………… 365
60年代版解説（筒井康隆）……………… 415
ちくま文庫版解説（大森望）…………… 449

［0554］　ロシアSF短編集
西周成編訳
アルトアーツ　2016.11　108p
19cm　1100円
ISBN978-4-9908805-9-0

地球の生涯の二日（ウラジーミル・オドエ
フスキー）…………………………………… 5
不死の祭日（アレクサンドル・ボグダーノ
フ）…………………………………………… 13
祖先達（セルゲイ・ステーチキン）……… 32
王の庭園（アレクサンドル・クプリーン）… 53
アクと人類の物語（エフィム・ゾズーリャ）… 62
火星に行った男（グラアーリ＝アレリス
キー）……………………………………… 84
訳者解説（西周成）………………………… 99

**［0555］　ワイオミング生まれの宇
宙飛行士―宇宙開発SF傑作選 SFマ
ガジン創刊50周年記念アンソロジー**
中村融編
早川書房　2010.7　479p　16cm
940円　（ハヤカワ文庫 SF 1769）
ISBN978-4-15-011769-6

主任設計者（アンディ・ダンカン著，中村
融訳）……………………………………… 7
サターン時代（ウィリアム・バートン著，
中村融訳）……………………………… 109
電送（ワイア）連続体（アーサー・C.クラーク，
スティーヴン・バクスター著，中村融
訳）……………………………………… 143
月をぼくのポケットに（ジェイムズ・ラヴ
グローヴ著，中村融訳）……………… 185
月その六（スティーヴン・バクスター著，
中村融訳）……………………………… 217
献身（エリック・チョイ著，中村融訳）…… 289
ワイオミング生まれの宇宙飛行士（アダム
＝トロイ・カストロ著，浅倉久志訳）…… 343
編者あとがき―宇宙開発の光と影（中村
融）……………………………………… 469

**［0556］　AIと人類は共存できる
か？ 一人工知能SFアンソロジー**
人工知能学会編
早川書房　2016.11　430p　20cm
2100円
ISBN978-4-15-209648-7

眠れぬ夜のスクリーニング（早瀬耕）……… 5
人工知能研究をめぐる欲望の対話（江間
有沙）…………………………………… 89
第二内戦（藤井太洋）…………………… 105
人を超える人工知能は如何にして生まれ
るのか？―ライブラの集合体は何を思
う？（栗原聡）………………………… 168
仕事がいつまで経っても終わらない件（長
谷敏司）………………………………… 185
AIのできないこと、人がやりたいこと
（相澤彰子）…………………………… 242

SF・ファンタジー　　　　　　　　0559

塋域の偽聖者（吉上亮）……………… 255
AIは人を救済できるか─ヒューマンエー
　ジェントインタラクション研究の視点
　から（大澤博隆）…………………… 332
再突入（倉田タカシ）………………… 353
芸術と人間と人工知能（松原仁）……… 418

［0557］　Fantasy Seller
新潮社ファンタジーセラー編集部編
新潮社　2011.6　435p　16cm
590円　（新潮文庫　し-63-4）
ISBN978-4-10-136674-6

太郎君、東へ（畠中恵）………………… 9
雷のお届けもの（仁木英之）…………… 73
四畳半世界放浪記（森見登美彦）……… 137
暗いバス（堀川アサコ）……………… 151
水鏡の虜（とりこ）（遠田潤子）……… 187
哭く戦艦（なくふね）（紫野貴李）…… 245
スミス氏の箱庭（石野晶）…………… 301
赫夜島（かぐやしま）（宇月原晴明）… 355

［0558］　NOVA─書き下ろし日本
SFコレクション　1
大森望責任編集
河出書房新社　2009.12　446p
15cm　950円　（河出文庫　お20-1）
ISBN978-4-309-40994-8

序（大森望）…………………………… 3
社員たち─得意先から帰ってきたら、会社
　が地中深くに沈んでいた（北野勇作）…… 13
忘却の侵略─冷静に観察すればわかること
　だ。姿なき侵略者の攻撃は始まっている
　（小林泰三）………………………… 21
エンゼルフレンチ─ひとり深宇宙に旅立っ
　たあなたと、もっとミスドでおしゃべり
　してたくて（藤田雅矢）……………… 75
七歩跳んだ男─その男は死んでいた。初の
　月面殺人事件か？　本格SF的と学会的本
　格ミステリ開幕（山本弘）…………… 97
ガラスの地球を救え！──なにもかも、み
　な懐かしい…SFを愛する者たちすべて

の魂に捧ぐ（田中啓文）……………… 159
隣人─家庭を襲い胃を満たし脳に染み入る
　この臭い…恐ろしい非常識が越してきた
　（田中哲弥）………………………… 197
ゴルコンダ─先輩の奥さん、めちゃめちゃ
　美人さんだし、こんな状況なら憧れの花
　びら大回転ですよ（斉藤直子）……… 227
黎明コンビニ血祭り実話SP─戦え！　対既
　知外生命体殲滅部隊ジューシーフルー
　ツ!!（牧野修）……………………… 255
Beaver Weaver─海狸（ビーバー）の紡ぎ出
　す無限の宇宙のあの過去と、いつかまた
　必ず出会う（円城塔）……………… 295
自生の夢─七十三人を死に追いやった稀代
　の殺人者が、かの怪物を滅ぼすために、
　いま、召還される（飛浩隆）……… 347
屍者の帝国─わたしの名はジョン・H・ワ
　トソン。軍医兼フランケンシュタイン技
　術者の卵だ（伊藤計劃）…………… 419
編集後記 ……………………………… 442

［0559］　NOVA─書き下ろし日本
SFコレクション　2
大森望責任編集
河出書房新社　2010.7　446p　15cm
950円　（河出文庫　お20-2）
ISBN978-4-309-41027-2

序（大森望）…………………………… 3
かくも無数の悲鳴─場末の星の酒場にて、
　人類の希望はおれに託された。日本SF
　界の巨匠が世界の扉を開く（神林長平）… 13
レンズマンの子供─信じられないよ。目が
　覚めたら、世界は一変してたんだ（小路
　幸也）……………………………… 49
バベルの牢獄─甘いバニラの匂いは、紙
　の本の記憶。前代未聞の脱獄小説、誕生
　（法月綸太郎）……………………… 75
夕暮にゆうくりなき声満ちて風─世界と地
　図と連続と不連続と僕。できるだけゆっ
　くりお読み下さい（倉田タカシ）…… 101
東京の日記─都電。キャタピラー。伝書鳩
　の群れ。桜。とりどりの和菓子。私の見
　た東京（恩田陸）…………………… 115
てのひら宇宙譚─間借りに来た宇宙人、人
　面瘡のお見合い…奇妙奇天烈！　超短編

177

劇場（田辺青蛙）……………… 149

衝突―国際移民プロジェクトは各地で進行
中だが、貧乏くじを引くのはいつも私だ
（曽根圭介）……………………… 163

クリュセの魚―火星のあの夏、十一歳のぼ
くは、十六歳の麻理沙に恋をした－三島
由紀夫賞受賞第一作（東浩紀）………… 203

マトリカレント―いずれ貴女もまた耳にす
るはず、深海の響きを。るぶぶぶるう
ううううんんん（新城カズマ）………… 275

五色の舟―一夜の幻を売る異形の家族に、
怪物 "くだん" が見せた未来（津原泰水）‥ 311

聖痕―「少年Aは人間を超えた存在になる」
そう信じる人々がいた。怒濤の展開、驚
愕の問題作（宮部みゆき）……………… 347

行列―そして絢爛なるものたちが空を渉
り、すべては静かに終わる（西崎憲）‥‥ 433

編集後記 ……………………………… 444

［0560］　NOVA―書き下ろし日本
SFコレクション　3
大森望責任編集
河出書房新社　2010.12　454p
15cm　950円　（河出文庫 お20-3）
ISBN978-4-309-41055-5

序（大森望）………………………………… 3

万物理論―完全版 SF大将 特別編（とりみ
き）………………………………………… 13

ろーどそうるずーバイクの寿命はもって十
五年だ。おれはミュージーアムに入りた
いなあ（小川一水）……………………… 23

想い出の家―現実を拡張する－進化したメ
ガネのもつ、重要な機能だ（森岡浩之）‥‥ 73

東山屋敷の人々―五十を過ぎて老化をやめ
た "彼" は、跡継ぎにぼくを指名した（長
谷敏司）………………………………… 109

犀が通る―珈琲と苺トーストと鷲尾（害は
ないけど変な人）と英二くんと中道さん
と星図と犀と－野間文芸新人賞受賞第一
作（円城塔）…………………………… 163

ギリシア小文字の誕生―民たちよ、見よ。
そして書き記せ。これがお前たちの求め
た文字である（浅暮三文）…………… 219

火星のプリンセス―火星には酒が必要だ。
人類を酩酊させる者－きみと麻理沙の娘

が（東浩紀）…………………………… 235

メデューサ複合体―木星の大気中に浮かぶ
巨大構造物は、何かがおかしい…宇宙土
木SF、復活（谷甲州）……………… 295

希望―父は悪魔に身を重ね、科学の力で世
界を変えた－希望を継ぐ者はどこへ？
（瀬名秀明）…………………………… 345

編集後記 ……………………………… 450

［0561］　NOVA―書き下ろし日本
SFコレクション　4
大森望責任編集
河出書房新社　2011.5　459p　15cm
950円　（河出文庫 お20-4）
ISBN978-4-309-41077-7

序（大森望）………………………………… 3
最后の祖父（京極夏彦）…………………… 13
社員食堂の恐怖（北野勇作）……………… 51
ドリフター（斉藤直子）…………………… 81
赤い森（森田季節）……………………… 115
マッドサイエンティストへの手紙（森深
紅）……………………………………… 147
警視庁吸血犯罪捜査班（林譲治）……… 201
瑠璃と紅玉の女王（竹本健治）………… 249
宇宙以前（最果タヒ）…………………… 267
バットランド（山田正紀）……………… 329
編集後記 ……………………………… 456

［0562］　NOVA―書き下ろし日本
SFコレクション　5
大森望責任編集
河出書房新社　2011.8　442p　15cm
950円　（河出文庫 お20-5）
ISBN978-4-309-41098-2

序（大森望）………………………………… 3
ナイト・ブルーの記録（上田早夕里）…… 13
愛は、こぼれるqの音色（図子慧）……… 63
凍（い）て蝶（須賀しのぶ）…………… 113
三階に止まる（石持浅海）……………… 167
アサムラール―バリに死す（友成純一）‥‥ 207

SF・ファンタジー　　0564

スペース金融道（宮内悠介）……………… 269
火星のプリンセス.続（東浩紀）…………… 319
密使（伊坂幸太郎）………………………… 371
編集後記 …………………………………… 438

```
┌─────────────────────────────┐
│  ［0563］　NOVA―書き下ろし日本  │
│     SFコレクション　6         │
│       大森望責任編集            │
│   河出書房新社　2011.11　454p   │
│    15cm 950円　（河出文庫 お20-6）│
│     ISBN978-4-309-41113-2      │
└─────────────────────────────┘
```

序（大森望）………………………………… 3
白い恋人たち―一部が見えない女体は、完
　全体よりエロティックなのである（斉藤
　直子）……………………………………… 13
十五年の孤独―人類史上初！ 軌道エレベー
　ター人力登攀（七佳弁京）……………… 51
硝子の向こうの恋人―三年前に死んだ“運
　命の人”を救うのは、ぼくだ。-王道タイ
　ムトラベル・ロマンス（蘇部健一）……… 87
超現実な彼女―代書屋ミクラの初仕事 す
　べてがなぞでいみふめい―超純情な青年
　の唄（松崎有理）……………………… 135
母のいる島―十六人の子宝に恵まれた母の
　意志を、娘たちは受け継いだ（高山羽根
　子）……………………………………… 185
リビング・オブ・ザ・デッド―高校演劇部
　をめぐる三人の女。うち二人は死んだ。
　これは殺人の告白だ（船戸一人）……… 213
庭、庭師、徒弟―地下、密林、川、山、廃
　墟…無限に続く世界を知るには、歩くし
　かない（樺山三英）…………………… 269
とんがりとその周辺―あのとんがりは、人を
　乗せて月まで行ったという（北野勇作）‥ 311
僕がもう死んでいるってことは内緒だよ
　―二年にわたりおいらの家は燃えている
　（牧野修）……………………………… 337
保安官の明日―人口八二三人の町に起き
　た、女子大生の拉致監禁事件。カードが
　また揃ったか…（宮部みゆき）………… 377
編集後記 ………………………………… 451

```
┌─────────────────────────────┐
│  ［0564］　NOVA―書き下ろし日本  │
│     SFコレクション　7         │
│       大森望責任編集            │
│  河出書房新社　2012.3　445p　15cm │
│     950円　（河出文庫 お20-7）    │
│     ISBN978-4-309-41136-1      │
└─────────────────────────────┘
```

序（大森望）………………………………… 3
スペース地獄篇―高利貸しや神を蔑ろにす
　る者は地獄に封じられる‐ダンテ『神曲』
　地獄篇（宮内悠介）……………………… 13
コズミックロマンスカルテットwith E―
　「結婚してぇん…」全裸女が宇宙船に現
　れた（小川一水）……………………… 61
灼熱のヴィーナス―金星上空で大事故が発
　生した。だが、本部から現場への指示は
　奇妙だった…（谷甲州）……………… 105
土星人襲来―シャワーや一般的なサービス
　は必要ありません。僕は土星人なんです
　（増田俊也）…………………………… 157
社内肝試し大会に関するメモ―会社の地下
　で事故が起こったんだ。で、死んだよ、
　研究員が（北野勇作）………………… 197
植物標本集（ハーバリウム）―昭和初期に建てら
　れた温室の地下から発見された、伝説の
　トビスミレ（藤田雅矢）……………… 225
開閉式―母の手の甲には、緑色の扉があっ
　た（西崎憲）…………………………… 255
ヒツギとイオリ―ママが手配した今度の
　“友だち”は、最強だった（壁井ユカコ）‥ 265
リンナチューン―鈴名鈴名鈴名。ぼくは鈴
　名を離しはしない（扇智史）………… 331
サムライ・ポテト―駅構内のファースト
　フード店に立つコンパニオン・ロボット
　が目覚めたとき（片瀬二郎）………… 367
編集後記 ………………………………… 440

179

［0565］ NOVA—書き下ろし日本SFコレクション 8

大森望責任編集
河出書房新社 2012.7 429p 15cm
950円 （河出文庫 お20-8）
ISBN978-4-309-41162-0

序（大森望）……………………………… 3
大卒ポンプ—あっぱれあっぱれ、大卒ポンプ！ -あり得べき近未来社会を描いた巻頭作（北野勇作）…………………………… 13
銀の匙—情報環境へのアクセスが保障された時代にて -天才詩人アリス・ウォン、誕生（飛浩隆）………………………… 41
落としもの—紫の海の砂浜で拾った人間の眼鏡は、どこから落ちてきたの？（松尾由美）……………………………… 59
人の身として思いつく限り、最高にどでかい望み—弟が連れてきたのは、望みを何でもかなえてくれる神だったんだ（粕谷知世）…………………………… 87
激辛戦国時代—日本人の味覚に激辛が訪れたとき、歴史は動いた（青山智樹）……… 123
噛み付き女——月三日夕刻、福岡県春日市に恐怖の噛み付き女、現る！（友成純一）………………………… 149
00：00：00.01pm—時間の静止した世界に閉じこめられた男が狂気とめぐりあう（片瀬二郎）…………………………… 187
雲のなかの悪魔—クールでシャープな生まれついての革命少女、難攻不落の流刑星より大脱走（山田正紀）……………… 219
曠野にて—朝日が差し初め、盤面を奪い合うゲームが始まった -天才詩人アリス・ウォン、五歳（飛浩隆）………………… 333
オールトの天使—娘ときみを救うため、ぼくは時空を超えた -ひとつの火星の物語が終わる（東浩紀）………………… 363
編集後記（大森望）……………………… 426

［0566］ NOVA—書き下ろし日本SFコレクション 9

大森望責任編集
河出書房新社 2013.1 443p 15cm
950円 （河出文庫 お20-9）
ISBN978-4-309-41190-3

序（大森望）……………………………… 3
ペケ投げ—近頃、不思議なことが、ときどき起こっているようである（眉村卓）…… 13
晩夏—ぱぴぷぺぽ一族の熱い時代（浅暮三文）……………………………… 37
禅ヒッキー—お客さまサポートセンターの島袋さん、解脱す（斉藤直子）………… 53
本能寺の大変—巨体がうなるぞ！ 信長勝つか？ 明智勝つか？ 世紀の大決斗（田中啓文）…………………………… 81
ラムネ氏ノコト—詰まらぬ物事に命を賭した男が遺したものが、今や駄菓子屋で売られているのだよ（森深紅）………… 119
サロゲート・マザー—わたしは遺伝的に繋がりのないこの子たちを産む決心をした（小林泰三）…………………………… 161
検索ワード：異次元/深夜会議—そのとき密室でなにが起きたのか？ 都会の恐怖譚、二本立て（片瀬二郎）…………… 197
　検索ワード：異次元 ………………… 199
　深夜会議 …………………………… 214
スペース蜃気楼—アンドロイドの紳士の社交場、空飛ぶラスベガスでの大勝負（宮内悠介）…………………………… 231
メロンを掘る熊は宇宙で生きろ—不当な拘束、不当な労働、不当な搾取が、鉱山惑星では行われている！（木本雅彦）…… 287
ダマスカス第三工区—不可解な事故だった。この星の氷には、意思があるのか？（谷甲州）…………………………… 329
アトラクタの奏でる音楽—あなたの曲、すごく気に入っちゃって…だから、実験に使わせてほしいんです（扇智史）……… 373
編集後記（大森望）……………………… 440

SF・ファンタジー

［0567］ NOVA―書き下ろし日本
SFコレクション　10
大森望責任編集
河出書房新社　2013.7　642p　15cm
1200円　（河出文庫　お20-10）
ISBN978-4-309-41230-6

序（大森望）…………………………… 3
妄想少女―心の中の少女がみずみずしくある限り、私はまだまだ頑張れる（菅浩江）‥ 13
メルボルンの想い出―街のクローズが終わるまでは、インターネットも電話も使えません（柴崎友香）………………………… 49
味噌樽の中のカブト虫―私の頭の中にはカブト虫がいる（北野勇作）………………… 73
ライフ・オブザリビングデッド―ゾンビの浜田はきょうも出社する（片瀬二郎）…… 109
地獄八景―ただいまから地獄にご案内いたします‐山野浩一、三十三年ぶりの新作（山野浩一）……………………………… 131
大正航時機綺譚―「ええ金儲けのネタを思いついたんや」「金儲けって、また詐欺かいな」（山本弘）……………………… 167
かみ☆ふぁみ！―彼女の家族が「お前なんぞにうちの子はやらん」と頑なな件 お父さんがね、あなたは「生涯童貞のまま惨たらしく死ぬ」だって（伴名練）…… 219
百合君と百合ちゃん―満二十八歳までに結婚することが国民の義務となりました（森奈津子）……………………………… 289
トーキョーを食べて育った―灰色の空の下、殻をまとってぼくらは駆ける。死せる魂を求めて（倉田タカシ）……………… 323
ぼくとわらう―この自伝はダウン症児の物語ではない。僕個人の物語だ（木本雅彦）…………………………………… 373
（Atlas）³―地図作成局現場担当者（＝僕）連続殺人事件（円城塔）…………………… 421
ミシェル―天才ミシェル・ジェランは、立ったまま死んでいるのが発見された‐小松左京『虚無回廊』から生まれた新たなる物語（瀬名秀明）……………………… 473
編集後記（大森望）…………………… 635

［0568］ NOVA＋―書き下ろし日
本SFコレクション バベル
大森望責任編集
河出書房新社　2014.10　506p
15cm　920円　（河出文庫　お20-11）
ISBN978-4-309-41322-8

序（大森望）…………………………… 3
戦闘員（宮部みゆき）………………… 13
機龍警察 化生（月村了衛）…………… 67
ノー・パラドクス（藤井太洋）……… 113
スペース珊瑚礁（宮内悠介）………… 181
第五の地平（野崎まど）……………… 239
奏で手のヌフレツン（酉島伝法）…… 275
バベル（長谷敏司）…………………… 365
φ（円城塔）…………………………… 479
編集後記（大森望）…………………… 502

［0569］ NOVA＋―書き下ろし日
本SFコレクション　〔2〕
屍者たちの帝国
大森望責任編集
河出書房新社　2015.10　381p
15cm　760円　（河出文庫　お20-12）
ISBN978-4-309-41407-2

序（大森望）…………………………… 3
従卒トム（藤井太洋）………………… 13
小ねずみと童貞と復活した女（高野史緒）‥ 69
神の御名は黙して唱えよ（仁木稔）… 123
屍者狩り大佐（北原尚彦）…………… 173
エリス、聞えるか？（津原泰水）…… 223
石に漱ぎて滅びなば（山田正紀）…… 245
ジャングルの物語、その他の物語（坂永雄一）……………………………… 283
海神の裔（宮部みゆき）……………… 329
『屍者の帝国』を完成させて―特別インタビュー（円城塔）…………………… 353
編集後記（大森望）…………………… 374

SF・ファンタジー

[0570] SF宝石―ぜーんぶ！　新
作読み切り
光文社　2013.8　417p　21cm
952円
ISBN978-4-334-92888-9

擬眼（瀬名秀明）……………………… 7
ゲーム（新井素子）…………………… 39
イグノラムス・イグノラビムス（円城塔）… 63
上海フランス租界祁斉路三二〇号（上田早
夕里）………………………………… 91
集団自殺と百二十億頭のイノシシ（田中啓
文）…………………………………… 129
アフター・バースト（井上雅彦）…… 157
町立探偵〈竿竹室士〉「いおり童子」と「こ
むら返し」（小川一水）…………… 167
ソラ（結城充考）……………………… 205
遺され島（樋口明雄）………………… 223
中古レコード（中島たい子）………… 257
宇宙の修行者（両角長彦）…………… 285
シミュレーション仮説（小林泰三）… 299
五カ月前から（石持浅海）…………… 337
レテの水（福田和代）………………… 367
レンタルベビー（東野圭吾）………… 397

[0571] SF宝石―すべて新作読み
切り！　2015
光文社　2015.8　513p　21cm
1500円
ISBN978-4-334-91049-5

アステロイド・ツリーの彼方へ（上田早夕
里）…………………………………… 7
あるいは土星に慰めを（新城カズマ）… 43
最後のヨカナーン（福田和代）……… 79
地底超特急、北へ（樋口明雄）……… 107
親友（中島たい子）…………………… 151
ショートショートの宝箱 …………… 183
泥酒（田丸雅智）……………… 184
ある奇跡（弐藤水流）………… 196
生き地獄（井上剛）…………… 208
聖なる自動販売機の冒険（森見登美彦）‥ 220

蛇の箱（両角長彦）…………………… 230
虫の居所（荒居蘭）…………………… 240
母（井上史）…………………………… 248
闇切丸（江坂遊）……………………… 254
辺境の星で―トワイライトゾーンのおも
いでに（梶尾真治）………………… 262
新月の獣（三川祐）…………………… 274
伯爵の知らない血族―ヴァンパイア・オム
ニバス（井上雅彦）………………… 285
第1話　喉を鳴らすもの………… 286
第2話　病をはこぶもの………… 292
第3話　太陽を喰らうもの……… 302
第4話　封印されるもの………… 305
第5話　時を超えるもの………… 316
輪廻惑星テンショウ（田中啓文）…… 327
五月の海と、見えない漂着物―風待町医院
異星人科（藤崎慎吾）……………… 377
架空論文投稿計画―あらゆる意味ででっち
あげられた数章（松崎有理）……… 445
サファイアの奇跡（東野圭吾）……… 487

[0572] SFマガジン700―創刊700
号記念アンソロジー　海外篇
山岸真編
早川書房　2014.5　463p　16cm
1060円　（ハヤカワ文庫 SF 1960）
ISBN978-4-15-011960-7

著者紹介 ………………………………巻頭
遭難者（アーサー・C.クラーク著，小隅黎
訳）…………………………………… 7
危険の報酬（ロバート・シェクリイ著，中
村融訳）……………………………… 21
夜明けとともに霧は沈み（ジョージ・R.R.
マーティン著，酒井昭伸訳）……… 59
ホール・マン（ラリイ・ニーヴン著，小隅
黎訳）………………………………… 101
江戸の花（ブルース・スターリング著，小
川隆訳）……………………………… 129
いっしょに生きよう（ジェイムズ・ティプ
トリー・ジュニア著，伊藤典夫訳）…… 175
耳を澄まして（イアン・マクドナルド著，
古沢嘉通訳）………………………… 231
対称（シンメトリー）（グレッグ・イーガン著，
山岸真訳）…………………………… 267

孤独（アーシュラ・K.ル・グィン著，小尾
　芙佐訳）………………………… 301
ポータルズ・ノンストップ（コニー・ウィ
　リス著，大森望訳）……………… 359
小さき供物（パオロ・バチガルピ著，中原
　尚哉訳）…………………………… 405
息吹（テッド・チャン著，大森望訳）…… 423
編集後記 ………………………………… 453

［0573］　SFマガジン700─創刊700
号記念アンソロジー　国内篇
大森望編
早川書房　2014.5　504p　16cm
1120円　（ハヤカワ文庫 SF 1961）
ISBN978-4-15-011961-4

緑の果て（手塚治虫）………………… 7
虎は暗闇より（平井和正）…………… 25
インサイド・SFワールド─この愛すべき
　SF作家たち（下）（伊藤典夫）………… 55
セクサロイドin THE DINOSAUR ZONE
　（松本零士）……………………… 77
上下左右（筒井康隆）………………… 111
カラッポがいっぱいの世界（鈴木いづみ）… 123
夜の記憶（貴志祐介）………………… 161
幽かな効能、機能・効果・検出（神林長平）… 205
時間旅行はあなたの健康を損なうおそれが
　あります（吾妻ひでお）………… 235
素数の呼び声（野尻抱介）…………… 241
海原の用心棒（秋山瑞人）…………… 273
さいたまチェーンソー少女（桜坂洋）… 415
Four Seasons 3.25（円城塔）………… 465
編集後記（大森望）…………………… 493

［0574］　SF JACK
日本SF作家クラブ編
角川書店　2013.2　474p　20cm
1800円
ISBN978-4-04-110398-2

神星伝（冲方丁）……………………… 7
黒猫ラ・モールの歴史観と意見（吉川良太

郎）………………………………… 55
楽園（パラディス）（上田早夕里）……… 81
チャンナン（今野敏）………………… 115
別の世界は可能かもしれない。（山田正紀）… 141
草食の楽園（小林泰三）……………… 193
不死の市（瀬名秀明）………………… 231
リアリストたち（山本弘）…………… 271
あの懐かしい蟬の声は（新井素子）…… 301
宇宙縫合（堀晃）……………………… 337
さよならの儀式（宮部みゆき）……… 367
陰態の家（夢枕獏）…………………… 399

［0575］　SF JACK
日本SF作家クラブ編
KADOKAWA　2016.2　502p
15cm　920円　（角川文庫 に23-1）
ISBN978-4-04-103895-6

神星伝（冲方丁）……………………… 7
黒猫ラ・モールの歴史観と意見（吉川良太
　郎）………………………………… 61
楽園（パラディス）（上田早夕里）……… 91
チャンナン（今野敏）………………… 129
別の世界は可能かもしれない。（山田正紀）… 159
草食の楽園（小林泰三）……………… 219
リアリストたち（山本弘）…………… 263
あの懐かしい蟬の声は（新井素子）…… 297
宇宙縫合（堀晃）……………………… 339
さよならの儀式（宮部みゆき）……… 373
陰態の家（夢枕獏）…………………… 409
解説（吉田大助）……………………… 496

［0576］　THE FUTURE IS
JAPANESE
早川書房　2012.7　398p　19cm
1700円　（ハヤカワSFシリーズJコレ
クション）
ISBN978-4-15-209310-3

まえがき（マスミ・ワシントン）………… 3
日出いづる国をめぐるSF（ニック・ママタ
　ス）………………………………… 5

SF・ファンタジー

もののあはれ（ケン・リュウ著，古沢嘉通訳） ……………………………… 11

別れの音（フェリシティ・サヴェージ著，鈴木潤訳） ……………………………… 35

地帯兵器コロンビーン（デイヴィッド・モールズ著，金子浩訳） ………………………… 57

内在天文学（円城塔） ………………………… 77

樹海（レイチェル・スワースキー著，柿沼瑛子訳） ……………………………… 97

率直に見れば（パット・キャディガン著，幹遙子訳） …………………………… 131

ゴールデンブレッド（小川一水） ………… 169

ひとつ息をして、ひと筆書く（キャサリン・M.ヴァレンテ） ……………………………… 201

クジラの肉（エカテリーナ・セディア著，黒沢由美訳） …………………………… 215

山海民（さんかいみん）（菊地秀行） …………… 227

慈悲観音（ブルース・スターリング著，小川隆訳） …………………………… 251

自生の夢（飛浩隆） ……………………………… 297

The Indifference Engine（伊藤計劃著，Edwin Hawkes訳） ……………………… 345

著者紹介 …………………………………………… 395

言葉・書籍の小説

[0577] 愛書狂
生田耕作編訳
平凡社　2014.5　239p　16cm
1400円　（平凡社ライブラリー 811）
ISBN978-4-582-76811-4

愛書狂（G.フローベール）……………………… 7
稀覯本余話（A.デュマ）………………………… 35
ビブリオマニア（Ch.ノディエ）……………… 55
愛書家地獄（Ch.アスリノー）………………… 83
愛書家煉獄（A.ラング）……………………… 129
フランスの愛書家たち………………………… 147
作者紹介………………………………………… 175
訳註……………………………………………… 197
あとがき………………………………………… 230
解説―〈愛書狂〉生田耕作（恩地源三郎）…… 233

[0578] 大崎梢リクエスト！　本屋
さんのアンソロジー
光文社　2013.1　341p　19cm
1600円
ISBN978-4-334-92865-0

まえがき（大崎梢）……………………………… 4
本と謎の日々（有栖川有栖）…………………… 7
国会図書館のボルト（坂木司）………………… 43
夫のお弁当箱に石をつめた奥さんの話（門
　井慶喜）………………………………………… 79
モブ君（乾ルカ）……………………………… 115
ロバのサイン会（吉野万理子）……………… 141
彼女のいたカフェ（誉田哲也）……………… 171
ショップtoショップ（大崎梢）……………… 201
7冊で海を越えられる（似鳥鶏）…………… 233

なつかしいひと（宮下奈都）………………… 269
空の上、空の下（飛鳥井千砂）……………… 295
あとがき（大崎梢）…………………………… 334

[0579] 大崎梢リクエスト！　本屋
さんのアンソロジー
光文社　2014.8　354p　16cm
660円　（光文社文庫 お43-4）
ISBN978-4-334-76786-0

まえがき（大崎梢）……………………………… 7
本と謎の日々（有栖川有栖）…………………… 9
国会図書館のボルト（坂木司）………………… 47
夫のお弁当箱に石をつめた奥さんの話（門
　井慶喜）………………………………………… 85
モブ君（乾ルカ）……………………………… 121
ロバのサイン会（吉野万理子）……………… 146
彼女のいたカフェ（誉田哲也）……………… 179
ショップtoショップ（大崎梢）……………… 211
7冊で海を越えられる（似鳥鶏）…………… 243
なつかしいひと（宮下奈都）………………… 281
空の上、空の下（飛鳥井千砂）……………… 307
あとがき（大崎梢）…………………………… 347

[0580] 誤植文学アンソロジー――
校正者のいる風景
高橋輝次編著
論創社　2015.12　230p　20cm
2000円
ISBN978-4-8460-1468-1

【小説篇】……………………………………………… 1
　行間さん（河内仙介）………………………… 2
　祝煙（和田芳恵）…………………………… 25

遺児（上林暁）……………… 48
祝辞（佐多稲子）……………… 63
赤魔（倉阪鬼一郎）…………… 77
青いインク（小池昌代）……… 86
「芙蓉荘」の自宅校正者（川崎彰彦）… 101
爐邊の校正（田中隆尚）……… 141
【エッセイ篇】………………… 163
わが若き日は恥多し（木下夕爾）… 164
で十条（吉村昭）……………… 168
校正恐るべし（杉本苑子）…… 171
アララギ校正の夜（杉浦明平）… 176
校正（落合重信）……………… 186
植字校正老若問答（宮崎修二朗）… 189
助詞一字の誤植―横光利一のために（大屋幸世）…………………… 193
正誤表の話（河野與一）……… 199
【解題】収録作品を読む（高橋輝次）… 203
〔底本一覧〕…………………… 227
〔執筆者紹介〕………………… 228

```
［0581］　古書ミステリー倶楽部―
　　　　　傑作推理小説集
　　　ミステリー文学資料館編
　光文社　2013.10　394p　16cm
　800円　（光文社文庫　み19-42）
　　ISBN978-4-334-76645-0
```

まえがき（ミステリー文学資料館）………… 3
〔口絵〕（江戸川乱歩絵）……………… 7
二冊の同じ本（松本清張）…………… 9
怪奇製造人（城昌幸）………………… 51
焦げた聖書（甲賀三郎）……………… 59
はんにん（戸板康二）………………… 95
献本（石沢英太郎）…………………… 117
水無月十三么九（シーサンヤオチュー）（梶山季之）…………………………… 151
神かくし（出久根達郎）……………… 197
終夜図書館（早見裕司）……………… 201
署名本が死につながる（都筑道夫）… 231
若い沙漠（野呂邦暢）………………… 265
展覧会の客（紀田順一郎）…………… 301
倉の中の実験（仁木悦子）…………… 349
解説（新保博久）……………………… 384
出典一覧……………………………… 395

```
［0582］　古書ミステリー倶楽部―
　　　　　傑作推理小説集　2
　　　ミステリー文学資料館編
　光文社　2014.5　396p　16cm
　800円　（光文社文庫　み19-43）
　　ISBN978-4-334-76742-6
```

まえがき（ミステリー文学資料館）………… 3
〔口絵〕（江戸川乱歩絵）……………… 7
アンゴウ（坂口安吾）………………… 9
凶漢消失（泡坂妻夫）………………… 31
姿なき怪盗（横田順彌）……………… 51
愛書家倶楽部（北原尚彦）…………… 81
猫舌男爵（皆川博子）………………… 115
春本太平記（山田風太郎）…………… 175
　四畳半襖（ふすま）の下張…………… 176
　地獄………………………………… 184
　バルカン戦争……………………… 190
　水揚帳（みずあげちょう）…………… 197
　蚤（のみ）の浮かれ噺（ばなし）…… 204
　＼随筆「ある古本屋」……………… 209
異説・軽井沢心中（土屋隆夫）……… 213
亡き者を偲ぶ日（乾くるみ）………… 249
　林雅賀のミステリ案内―故人の想いを探る…………………………… 270
樗館（ぶなやかた）の殺人（中井英夫）… 273
　随筆「カーの欠陥本」……………… 281
欠陥本（菊池秀行）…………………… 285
五本松の当惑（逢坂剛）……………… 309
解説（新保博久）……………………… 381

```
［0583］　古書ミステリー倶楽部―
　　　　　傑作推理小説集　3
　　　ミステリー文学資料館編
　光文社　2015.5　392p　16cm
　800円　（光文社文庫　み19-45）
　　ISBN978-4-334-76912-3
```

まえがき（ミステリー文学資料館）………… 3
〔口絵〕（江戸川乱歩絵）……………… 7
のっぽのドロレス（宮部みゆき）…… 9
閻魔堂の虹（山本一力）……………… 55

言葉・書籍の小説　　0586

緑の扉は危険（法月綸太郎）・・・・・・・・・ 67
長い暗い冬（曽野綾子）・・・・・・・・・・・ 117
書肆に潜むもの（井上雅彦）・・・・・・・・・ 141
一銭てんぷら（長谷川卓也）・・・・・・・・・ 169
悪い夏悪い旅（五木寛之）・・・・・・・・・・ 183
古本名勝負物語―随筆（五木寛之）・・・・・・ 257
バルセロナの書盗（小沼丹）・・・・・・・・・ 265
大泥棒だったヴィクトリア女王の伯父―随
　筆（小沼丹）・・・・・・・・・・・・・・・ 293
凱旋（北村薫）・・・・・・・・・・・・・・・ 297
紅唐紙（べにとおし）（野村胡堂）・・・・・・ 313
D坂の殺人事件―草稿版（江戸川乱歩）・・・・ 361
解説（新保博久）・・・・・・・・・・・・・・ 383
出典一覧・・・・・・・・・・・・・・・・・ 巻末

六法全書は語る（法坂一広）・・・・・・・・・ 209
出奔（蒼井ひかり）・・・・・・・・・・・・・ 219
あちらのお客様からの…（八木圭一）・・・・・ 229
移動図書館と百年の孤独（サブ）・・・・・・・ 239
二万パーセントの正論（越谷友華）・・・・・・ 249
小説王子（千梨らく）・・・・・・・・・・・・ 259
214の会話（影山匙）・・・・・・・・・・・・ 269
せどり商売（飛山裕一）・・・・・・・・・・・ 279
朗読おじさん（宇木聡史）・・・・・・・・・・ 289
ブックカース（塔山郁）・・・・・・・・・・・ 299
真紅の蝶が舞うころに（有沢真由）・・・・・・ 309
悟りを開きし者（木野裕喜）・・・・・・・・・ 319
きっかけ（喜多喜久）・・・・・・・・・・・・ 329
ブックよさらば（深町秋生）・・・・・・・・・ 339

[0584] 5分で読める！　ひと駅ス
　　　　トーリー　本の物語
　　　『このミステリーがすごい！』編集
　　　　部編
　　　宝島社　2014.12　348p　16cm
　　　640円　（宝島社文庫 Cこ-7-9）
　　　ISBN978-4-8002-2992-2

全裸刑事チャーリー衝撃！　股間グラビア
　殺人事件（七尾与史）・・・・・・・・・・・ 9
この本は、あなただけのために（友井羊）・・ 19
さらば愛しき書（森川楓子）・・・・・・・・・ 29
本を売ってくれないか（長谷川也）・・・・・・ 39
本に閉じ込められた男（伽古屋圭市）・・・・・ 49
本を愛する人求む（深津十一）・・・・・・・・ 59
ある人気作家の憂鬱（島津緒縞）・・・・・・・ 69
Bookstore（咲乃月音）・・・・・・・・・・・ 79
中継ぎの女（里田和登）・・・・・・・・・・・ 89
ループする悪意（柳原慧）・・・・・・・・・・ 99
黒の複合（林由美子）・・・・・・・・・・・・ 109
夢の続き（雨澄碧）・・・・・・・・・・・・・ 119
誉の代償（高山聖史）・・・・・・・・・・・・ 129
読書家専用車両（逢上央士）・・・・・・・・・ 139
ニーハイなんて脱がしてやる（奈良美那）・・・ 149
選ばれし勇者（柊サナカ）・・・・・・・・・・ 159
紙が語りかけます。ええか、ええのんか
　　（遊馬足掻）・・・・・・・・・・・・・・ 169
セカンドライフ（拓未司）・・・・・・・・・・ 179
三冊百円（上村佑）・・・・・・・・・・・・・ 189
竜殺しと出版社（遠藤浅蜊）・・・・・・・・・ 199

[0585] 辞書、のような物語。
　　　大修館書店　2013.4　181p　18cm
　　　1000円
　　　ISBN978-4-469-29100-1

あのこのこと（古澤健）・・・・・・・・・・・ 1
レネの村の辞書（田内志文）・・・・・・・・・ 17
辞書ひき屋（戌井昭人）・・・・・・・・・・・ 37
湖面にて（明川哲也）・・・・・・・・・・・・ 57
ほろ酔いと酩酊の間（大竹聡）・・・・・・・・ 73
でっかい本（西山繭子）・・・・・・・・・・・ 89
生きじびき（森山東）・・・・・・・・・・・・ 107
夢の中で宙返りをする方法（タイム涼介）・・ 127
占い（藤井青銅）・・・・・・・・・・・・・・ 145
二冊の辞書（波多野都）・・・・・・・・・・・ 161
著者一覧・・・・・・・・・・・・・・・・・ 180

[0586] 書物愛　海外篇
　　　紀田順一郎編
　　　東京創元社　2014.2　365p　15cm
　　　1000円　（創元ライブラリ Lき1-2）
　　　ISBN978-4-488-07073-1

愛書狂（ギュスターヴ・フローベール著，
　生田耕作訳）・・・・・・・・・・・・・・・ 7
薪（まき）（アナトール・フランス著，伊吹武
　彦訳）・・・・・・・・・・・・・・・・・・ 31

187

シジスモンの遺産(オクターヴ・ユザンヌ
　著,生田耕作訳)…………………… *115*
クリストファスン(ジョージ・ギッシング
　著,吉田甲子太郎訳)……………… *143*
ポインター氏の日記帳(M.R.ジェイムズ著,
　紀田順一郎訳)……………………… *173*
羊皮紙の穴(H.C.ベイリー著,永井淳訳) ‥*193*
目に見えないコレクション―ドイツ、イン
　フレーション時代のエピソード(シュテ
　ファン・ツヴァイク著,辻理訳)……… *259*
書痴メンデル(シュテファン・ツヴァイク
　著,関楠生訳)……………………… *289*
ロンバード卿の蔵書(マイケル・イネス著,
　大久保康雄訳)……………………… *335*
牧師の汚名(ジェイムズ・グールド・カズ
　ンズ著,中村保男訳)……………… *345*
解説―本をしっかり抱きしめていた(紀田
　順一郎)……………………………… *353*

[0587]　書物愛　日本篇
紀田順一郎編
東京創元社　2014.2　324p　15cm
1000円　(創元ライブラリ Lき1-3)
ISBN978-4-488-07074-8

悪魔祈禱書(夢野久作) ………………… *7*
煙(島木健作) …………………………… *31*
本の話(由起しげ子) …………………… *59*
本盗人(野呂邦暢) …………………… *105*
楽しい厄日(出久根達郎) …………… *143*
古書狩り(横田順彌) ………………… *157*
歪んだ鏡(宮部みゆき) ……………… *189*
嗤い声(稲毛怳) ……………………… *233*
展覧会の客(紀田順一郎) …………… *261*
解説―頭から本のことが離れない(紀田順
　一郎)………………………………… *310*

[0588]　本をめぐる物語―一冊の扉
ダ・ヴィンチ編集部編
KADOKAWA　2014.2　252p
15cm　520円　(角川文庫 た72-1)
ISBN978-4-04-101258-1

メアリー・スーを殺して(中田永一) ……… *5*
旅立ちの日に(宮下奈都) …………… *43*
砂に埋もれたル・コルビュジエ(原田マハ) ‥*53*
ページの角の折れた本(小手鞠るい) ……… *89*
初めて本をつくるあなたがすべきこと(朱
　野帰子) …………………………… *117*
時田風音の受難(沢木まひろ) ……… *151*
ラバーズブック(小路幸也) ………… *187*
校閲ガール(宮木あや子) …………… *215*

[0589]　本をめぐる物語―栞は夢
　をみる
ダ・ヴィンチ編集部編
KADOKAWA　2014.3　268p
15cm　520円　(角川文庫 た72-2)
ISBN978-4-04-101289-5

一冊の本(大島真寿美) …………………… *5*
水曜日になれば〈よくある話〉(柴崎友香) ‥*41*
ぴったりの本あります(福田和代) ……… *71*
『馬および他の動物』の冒険(中山七里) ‥*107*
僕たちの焚書まつり(雀野日名子) ……… *141*
トリィ&ニニギ輸送社とファナ・デザイン
　(雪舟えま) ……………………… *175*
カミダーリ(田口ランディ) ………… *209*
解釈(北村薫) ………………………… *237*

言葉・書籍の小説　　　0593

[0590]　本をめぐる物語—小説よ、
　　　　　　　　　永遠に
ダ・ヴィンチ編集部編
KADOKAWA　2015.11　347p
15cm　640円　（角川文庫　た72-3）
ISBN978-4-04-102613-7

真夜中の図書館（神永学）……………………… 5
青と赤の物語（加藤千恵）……………………… 41
壊れた妹のためのトリック（島本理生）…… 73
ゴールデンアスク（椰月美智子）…………… 115
ワールズエンド×ブックエンド（海猫沢め
　ろん）………………………………………… 153
ナオコ写本（佐藤友哉）……………………… 211
あかがね色の本（千早茜）…………………… 277
新刊小説の滅亡（藤谷治）…………………… 313

[0591]　本からはじまる物語
メディアパル　2007.12　214p
19cm　1300円
ISBN978-4-89610-090-7

飛び出す、絵本（恩田陸）……………………… 7
十一月の約束（本多孝好）……………………… 17
招き猫異譚（今江祥智）………………………… 29
白ヒゲの紳士（二階堂黎人）…………………… 41
本屋の魔法使い（阿刀田高）…………………… 53
サラマンダー（いしいしんじ）……………… 65
世界の片隅で（柴崎友香）……………………… 77
読書家ロップ（朱川湊人）……………………… 89
バックヤード（篠田節子）……………………… 99
閻魔堂の虹（山本一力）……………………… 111
気が向いたらおいでね（大道珠貴）………… 123
さよならのかわりに（市川拓司）…………… 135
メッセージ（山崎洋子）……………………… 147
迷宮書房（有栖川有栖）……………………… 159
本棚にならぶ（梨木香歩）…………………… 171
23時のブックストア（石田衣良）…………… 181
生きてきた証に（内海隆一郎）……………… 191
The Book Day（三崎亜記）…………………… 205

[0592]　本迷宮—本を巡る不思議
　　　　　　　　な物語
日本図書設計家協会　2016.10　94p
19cm

来たければ来い（眉村卓）……………………… 9
ひとりになる（間宮緑）……………………… 17
水引草（皆川博子）…………………………… 25
白い本（北村薫）……………………………… 33
最後の一冊（倉阪鬼一郎）…………………… 41
黒い本を探して（松野志保）………………… 49
密林へ！（篠田真由美）……………………… 57
ひとり気味（西島伝法）……………………… 65
一匹の本/複数の自伝（多和田葉子）……… 73
点点点丸転転丸（諏訪哲史）………………… 81
〈本迷宮 本を巡る不思議な物語〉展につい
　て……………………………………………… 89

[0593]　BIBLIO MYSTERIES
　　　　　1
ディスカヴァー・トゥエンティワン
2014.11　215p　19cm　1300円
ISBN978-4-7993-1618-4

杉江松恋氏序文「はじめに」…………………… 5
受け入れがたい犠牲（ジェフリー・ディー
　ヴァー）……………………………………… 19
美徳の書（ブルーエン）……………………… 91
ナチス・ドイツと書斎の秘密（C.J.ボック
　ス）…………………………………………… 131
死者の永いソナタ（アンドリュー・テイ
　ラー）………………………………………… 173

189

```
［0594］ BIBLIO MYSTERIES
2
ディスカヴァー・トゥエンティワン
2014.11  204p  19cm  1300円
ISBN978-4-7993-1619-1
```

杉江松恋氏序文「はじめに」......................... 5
本棚殺人事件（ネルソン・デミル）............. 19
絵本盗難事件（ローラ・リップマン）......... 121
ブック・クラブ殺人事件（ローレン・D.エ
　スルマン）... 167

```
［0595］ BIBLIO MYSTERIES
3
ディスカヴァー・トゥエンティワン
2014.11  228p  19cm  1300円
ISBN978-4-7993-1620-7
```

杉江松恋氏序文「はじめに」......................... 5
カクストン私設図書館（ジョン・コナリー）.. 19
亡霊たちの書（リード・ファレル・コール
　マン）.. 111
巻物（アン・ペリー）............................. 161

音楽・映画小説

[0596] 映画狂時代
檀ふみ編
新潮社　2014.7　373p　16cm
630円　（新潮文庫　た-80-3）
ISBN978-4-10-116154-9

『日日雑記』より（武田百合子）……………… 9
人面疽（谷崎潤一郎）………………………… 19
小津安二郎芸談（小津安二郎）……………… 51
地獄の黙示録（村上龍）……………………… 69
映画の恐怖（江戸川乱歩）…………………… 89
活動写真（北杜夫）…………………………… 99
x＝バリアフリー（西川美和）……………… 131
ある映画の記憶（恩田陸）…………………… 143
弱者の糧（太宰治）…………………………… 181
ハリウッド・ハリウッド（筒井康隆）……… 187
普通の人（向田邦子）………………………… 205
思い出の銀幕（三浦しをん）………………… 213
旅順入城式（内田百閒）……………………… 271
嘘と真実（塩野七生）………………………… 279
顔（松本清張）………………………………… 289
娘と私（檀一雄）……………………………… 357
編者解説―夢は無限に芽生え（檀ふみ）…… 363
底本一覧 ……………………………………… 373

[0597] 歌謡曲だよ、人生は―映画
監督短編集
メディアファクトリー　2007.4
293p　15cm　571円
ISBN978-4-8401-1847-7

女のみち（三原光尋）…………………………… 5
乙女のワルツ（宮島竜治）…………………… 29

ラブユー東京（片岡英子）…………………… 49
これが青春だ（七字幸久）…………………… 71
いとしのマックス/マックス・ア・ゴーゴー
　（蛭子能収）……………………………… 105
みんな夢の中（おさだたつや）……………… 125
逢いたくて逢いたくて（矢口史靖）………… 153
東京ラプソディ（山口晃二）………………… 183
小指の想い出（タナカ・T）………………… 213
僕は泣いちっち（磯村一路）………………… 234
ざんげの値打ちもない（水谷俊之）………… 265
あとがき―十一人の監督たちについて（桝
　井省志）………………………………… 288

スポーツ小説

［0598］　風色デイズ
角川春樹事務所　2012.12　285p
16cm　571円　（ハルキ文庫　あ23-
1)
ISBN978-4-7584-3704-2

おれたちがボールを追いかける理由（はら
だみずき） ……………………………… 5
眠れる森の美女（梅田みか） ……………… 49
ハンド、する？（川島誠） ………………… 85
体育館フォーメーション（大崎梢） ……… 125
アプセットメイカー（三羽省吾） ………… 171
チームF（あさのあつこ） ………………… 211
クラッシャー（堂場瞬一） ………………… 249

［0599］　時よとまれ、君は美しい―
スポーツ小説名作集
齋藤愼爾編
角川書店　2007.12　392p　15cm
629円　（角川文庫）
ISBN978-4-04-121209-7

剣（三島由紀夫） ……………………………… 5
時の崖（安部公房） ………………………… 81
球の行方（安岡章太郎） …………………… 103
昼の花火（山川方夫） ……………………… 123
チャンピオン（井上靖） …………………… 143
一〇〇メートル（倉橋由美子） …………… 213
ナイン（井上ひさし） ……………………… 235
いわゆるひとつのトータル的な長嶋節（清
水義範） ………………………………… 249
一刀斎は背番号6（五味康祐） …………… 275
北壁（石原慎太郎） ………………………… 311
解説（齋藤愼爾） …………………………… 372

［0600］　ナゴヤドームで待ちあわせ
ポプラ社　2016.7　222p　19cm
1400円
ISBN978-4-591-15087-0

マサが辞めたら（太田忠司） ………………… 5
ママはダンシング・クイーン（吉川トリコ）‥ 47
ヴァーチャル・ライヴ10・8決戦（鳥飼否
宇） ……………………………………… 97
ドラゴンズ漫談（広小路尚祈） …………… 135
もうひとつの10・8（深水黎一郎） ……… 173
解説に代えて―だからドラゴンズが好きな
ので（大矢博子） ……………………… 208

［0601］　Sports stories
埼玉県さいたま市　2009.1　384p
19cm　953円　（さいたま市スポーツ
文学賞受賞作品集　第4回）

スポーツ文学賞 …………………………………… 1
　大賞 オガンバチ（藤井仁司） ………………… 3
　優秀賞 タイ・ブレーク（小川栄） ………… 67
　優秀賞 世界の一隅（いちぐう）（遊座守） …… 133
　佳作 カムイエクウチカウシ山残照（太田
実） …………………………………… 195
　佳作 チューブ・ライディングの長い夜（北
代司） ………………………………… 259
スポーツエッセイ賞 …………………………… 307
　エッセイ賞 暴走じいちゃん―野球編（小田
由季子） ……………………………… 309
　優秀賞 スズメの微笑み―バレーボールと
歩んだ道（中島由美子） ……………… 323
　佳作 父と卓球（佐中恭子） ………………… 341

スポーツ小説　　　0602

佳作 レッツエンジョイ乗馬！（大谷房子）‥355
刊行にあたって（相川宗一）‥‥‥‥‥‥367
選評 ‥‥‥‥‥‥‥‥‥‥‥‥‥‥‥‥369
　スポーツ文学賞 ‥‥‥‥‥‥‥‥‥370
　　相次いで、外国を舞台とした大賞受賞
　　　作の誕生（磯貝勝太郎）‥‥‥‥370
　　国際色を活かす受賞作（伊藤桂一）‥‥372
　　読む楽しさを満喫（大谷羊太郎）‥‥374
　　読むスポーツの魅力（増田明美）‥‥376
　スポーツエッセイ賞 ‥‥‥‥‥‥‥378
　　スポーツを通して人生の歩み方を（森
　　　孝慈）‥‥‥‥‥‥‥‥‥‥‥378
　　言葉とスポーツで潤う人生（ヨーコ・
　　　ゼッターランド）‥‥‥‥‥‥‥380
　　スポーツの夢をつなぐ（義田貴士）‥‥382
資料（応募結果/最終選考候補作品/募集要
　項）‥‥‥‥‥‥‥‥‥‥‥‥‥‥巻末

ワユキヒデ）‥‥‥‥‥‥‥‥‥‥‥420
スポーツエッセイ賞 ‥‥‥‥‥‥‥‥422
　第5回さいたま市スポーツエッセイ賞
　　選考委員を務めて（森孝慈）‥‥‥‥422
　言葉が紡ぐスポーツ（ヨーコ・ゼッター
　　ランド）‥‥‥‥‥‥‥‥‥‥‥424
　登山というスポーツは人生そのもの
　　だ！（義田貴士）‥‥‥‥‥‥‥426
資料（応募結果/最終選考候補作品/募集要
　項）‥‥‥‥‥‥‥‥‥‥‥‥‥‥巻末

［0602］　Sports stories
埼玉県さいたま市　2010.12　428p
19cm　953円　（さいたま市スポーツ
　文学賞受賞作品集 第5回）

刊行にあたって ‥‥‥‥‥‥‥‥‥‥巻頭
スポーツ文学賞 ‥‥‥‥‥‥‥‥‥‥‥1
　大賞 神様のくれたタイムアウト（風野涼
　　一）‥‥‥‥‥‥‥‥‥‥‥‥‥‥3
　優秀賞 キミと風（蒔田俊史）‥‥‥‥‥83
　優秀賞 夢追い人（藤井仁司）‥‥‥‥‥157
　佳作 親父の夢（大角哲寛）‥‥‥‥‥221
　佳作 すってんころりん溝の上（小林清華）‥285
スポーツエッセイ賞 ‥‥‥‥‥‥‥‥‥359
　エッセイ賞 オロダンナの花（板橋栄子）‥‥361
　優秀賞 手作りのグラブ（藤田哲夫）‥‥‥375
　佳作 走る（白石恵子）‥‥‥‥‥‥387
　佳作 剱岳へ（畑野智明）‥‥‥‥‥397
選評 ‥‥‥‥‥‥‥‥‥‥‥‥‥‥411
　スポーツ文学賞 ‥‥‥‥‥‥‥‥412
　　今回までの受賞作をふりかえって（磯
　　　貝勝太郎）‥‥‥‥‥‥‥‥412
　　優秀作揃い（伊藤桂一）‥‥‥‥‥414
　　感動と活力を呼ぶ作品群（大谷羊太
　　　郎）‥‥‥‥‥‥‥‥‥‥‥416
　　アスリートに勧めたい（増田明美）‥‥418
　　各作品のレベルの高さに感動（タケカ

旅行小説

[0603] 5分で読める！ ひと駅ス
トーリー 旅の話
『このミステリーがすごい！』編集
部編
宝島社 2015.12 398p 16cm
640円 （宝島社文庫 Cこ-7-13）
ISBN978-4-8002-4392-8

影にそう（柚月裕子）……………… 9
しらさぎ14号の悪夢（山本巧次）………… 19
ロストハイウェイ（梶永正史）……… 29
全裸刑事チャーリー 旅の恥は脱ぎ捨て!?事
件（七尾与史）…………………… 39
命の旅（降田天）…………………… 49
わらしべ長者スピンオフ（木野裕喜）……… 57
北風と太陽（森川楓子）…………… 67
ポストの神さま（田丸久深）……… 77
めりーのだいぼうけん（おかもと（仮））…… 87
星天井の下で（辻堂ゆめ）………… 97
修学旅行のしおり―完全補完版（加藤鉄
児）……………………………… 107
百年後の旅行者（加藤雅利）……… 117
ひとり旅（山下貴光）……………… 127
情けは人のためならず（奈良美那）……… 137
ホーリーグラウンド（英アタル）… 147
赤光の照らす旅（桂修司）………… 157
開けてはならない。（逢上央士）… 167
君が伝えたかったこと（影山匙）… 177
ファインダウト（サブ）…………… 187
千三百年の往来（上村佑）………… 197
君といつまでも（水原秀策）……… 207
船旅『二十年目の憂鬱』（はまだ語録）…… 217
南風と美女とモテ期（中村啓）…… 227
乱倫巡業（飛山裕一）……………… 237
脳を旅する男（柳原慧）…………… 247
田舎旅行（遊馬足掻）……………… 257

カラフル（沢木まひろ）…………… 267
終着駅のむこう側（法坂一広）…… 277
綾瀬美穂（谷春慶）………………… 289
旅立ちの日に（上原小夜）………… 299
愛国発、地獄行きの切符（八木圭一）…… 309
雪色の恋（有沢真由）……………… 319
勇者は本当に旅立つべきなのか？（遠藤浅
蜊）……………………………… 329
卒業旅行ジャック（篠原昌裕）…… 339
空蝉のユーリャ（里田和登）……… 349
クリスマスプレゼント（武田綾乃）…… 359
マヨイガ（伽古屋圭市）…………… 369
かわいい子には旅をさせよ（深町秋生）…… 379
おかげ犬（乾緑郎）………………… 389

[0604] さよならブルートレイン
―寝台列車ミステリー傑作選
ミステリー文学資料館編
光文社 2015.10 378p 16cm
780円 （光文社文庫 み19-46）
ISBN978-4-334-76984-0

まえがき（ミステリー文学資料館）…… 3
急行出雲（いずも）（鮎川哲也）…… 7
殺意の接点（森村誠一）…………… 61
新婚特急の死神（島田一男）……… 125
ブルートレイン殺人号（辻真先）… 187
ダブルライン（姉小路祐）………… 197
亡霊航路（司凍季）………………… 271
殺人（ころし）は食堂車で（西村京太郎）…… 313
夜汽車の記憶（内田康夫）………… 359
解説（山前譲）……………………… 364

旅行小説　　　　　0609

[0605]　死を招く乗客―ミステ
リーアンソロジー
山前譲編
有楽出版社　2015.2　295p　18cm
920円　（JOY NOVELS）
ISBN978-4-408-60694-1

死刑台のロープウェイ（夏樹静子）‥‥‥‥ 7
三十六人の乗客（有馬頼義）‥‥‥‥‥‥ 69
深夜バスの女（吉村達也）‥‥‥‥‥‥‥ 99
幻のハイジャッカー（福本和也）‥‥‥‥ 125
スカイジャック（三好徹）‥‥‥‥‥‥‥ 167
伊豆の死角（津村秀介）‥‥‥‥‥‥‥‥ 205
初島航路（五十嵐均）‥‥‥‥‥‥‥‥‥ 233
密室の毒殺者（赤川次郎）‥‥‥‥‥‥‥ 267
解説（山前譲）‥‥‥‥‥‥‥‥‥‥‥‥ 290

[0606]　センチメンタル急行―あ
の日へ帰る、旅情短篇集
リンダブックス編集部編著
泰文堂　2010.9　237p　15cm
571円　（Linda books！）
ISBN978-4-8030-0202-7

最終電車（池田晴海）‥‥‥‥‥‥‥‥‥ 7
告白（谷口雅美）‥‥‥‥‥‥‥‥‥‥‥ 28
晩酌ゆうれい（甲木千絵）‥‥‥‥‥‥‥ 50
長い拝借（須藤美貴）‥‥‥‥‥‥‥‥‥ 74
終着駅（金広賢介）‥‥‥‥‥‥‥‥‥‥ 100
ボンタンアメが好きな人（田中孝博）‥‥ 126
反抗期（谷口雅美）‥‥‥‥‥‥‥‥‥‥ 150
東京の背骨（小松知佳）‥‥‥‥‥‥‥‥ 170
海のさきに（十時直子）‥‥‥‥‥‥‥‥ 192
旅情（池田晴海）‥‥‥‥‥‥‥‥‥‥‥ 216

[0607]　旅を数えて
光文社　2007.8　277p　20cm
1600円
ISBN978-4-334-92569-7

ニケツ（川本晶子）‥‥‥‥‥‥‥‥‥‥ 5
いとこ、かずん（平田俊子）‥‥‥‥‥‥ 55
ポジョとユウちゃんとなぎさドライブウェ
イ（中島京子）‥‥‥‥‥‥‥‥‥‥‥ 101
ニューヨークの亜希ちゃん（前川麻子）‥‥ 147
道くさ、道づれ、道なき道（松井雪子）‥‥ 197
ライフガード（篠田節子）‥‥‥‥‥‥‥ 235

[0608]　旅の終わり、始まりの旅
小学館　2012.3　186p　15cm
438円　（小学館文庫　い26-2）
ISBN978-4-09-408705-5

泣く女（西加奈子）‥‥‥‥‥‥‥‥‥‥ 7
捨て子たちの午後（島本理生）‥‥‥‥‥ 47
下北みれん（井上荒野）‥‥‥‥‥‥‥‥ 75
死霊婚（嶽本野ばら）‥‥‥‥‥‥‥‥‥ 101
寄り道（夏川草介）‥‥‥‥‥‥‥‥‥‥ 127

[0609]　鉄ミス倶楽部東海道新幹
線50―推理小説アンソロジー
山前譲編
光文社　2014.9　397p　16cm
740円　（光文社文庫　や22-4）
ISBN978-4-334-76800-3

歪んだ空白（森村誠一）‥‥‥‥‥‥‥‥ 5
列車電話（戸板康二）‥‥‥‥‥‥‥‥‥ 73
オフェリアは誰も殺さない（山村正夫）‥‥ 95
消えた新幹線（連城三紀彦）‥‥‥‥‥‥ 143
グルメ列車殺人事件（山村美紗）‥‥‥‥ 191
最終ひかり号の女（西村京太郎）‥‥‥‥ 269
鉄橋―ひかり157号の死者（津村秀介）‥‥ 337
新幹線年表（山前譲制作）‥‥‥‥‥‥‥ 380

195

解説（山前譲）……………………………… *382*

［0610］　無人踏切―鉄道ミステ
リー傑作選　新装版
鮎川哲也編
光文社　2008.11　676p　16cm
990円　（光文社文庫）
ISBN978-4-334-74510-3

はじめに（鮎川哲也）………………………… *3*
雷鳥九号」殺人事件（西村京太郎）………… *11*
誰かの眼が光る（菊村到）…………………… *137*
虹の日の殺人（藤雪夫）……………………… *169*
消えた貨車（夢座海二）……………………… *205*
やけた線路の上の死体（有栖川有栖）……… *237*
無人踏切（鮎川哲也）………………………… *295*
「死体を隠すには」（江島伸吾）……………… *329*
親友 B駅から乗った男（秦和之）………… *373*
砧（きぬた）最初の事件（山沢晴雄）………… *419*
鮎川哲也を読んだ男（三浦大）……………… *467*
無人列車（神戸登）…………………………… *489*
或る駅の怪事件（蟹海太郎）………………… *497*
暗い唄声（うたごえ）（山村正夫）…………… *529*
幽霊列車（赤川次郎）………………………… *593*
新装版への脱線気味な解説もしくは増結車
輛（山前譲）………………………………… *673*

食・グルメ小説

底本一覧 ……………………………… 巻末

[0611] うなぎ—人情小説集
日本ペンクラブ編，浅田次郎選
筑摩書房 2016.1 286p 15cm
780円 （ちくま文庫 あ52-1）
ISBN978-4-480-43333-6

前口上（浅田次郎）………………………… 7
鰻のたたき（内海隆一郎）……………… 11
山頭火と鰻（高橋治）…………………… 41
鰻に呪われた男（岡本綺堂）…………… 79
うなぎ（井伏鱒二）……………………… 111
うなぎ（林芙美子）……………………… 137
出口（吉行淳之介）……………………… 155
闇にひらめく（吉村昭）………………… 173
鰻（高樹のぶ子）………………………… 211
雪鰻（浅田次郎）………………………… 231
斎藤茂吉短歌選（斎藤茂吉）…………… 277
解説 暗闇の中で、ぬるり（平松洋子）…… 282

[0612] 江戸味わい帖 料理人篇
江戸料理研究会編
角川春樹事務所 2015.10 265p
16cm 680円 （ハルキ文庫 え4-1—
時代小説文庫）
ISBN978-4-7584-3951-0

金太郎蕎麦（池波正太郎）……………… 7
一椀の汁（佐江衆一）…………………… 37
木戸のむこうに（澤田ふじ子）………… 77
母子草（篠綾子）………………………… 113
こんち午の日（山本周五郎）…………… 153
鰯の子（和田はつ子）…………………… 205
解説（細谷正充）………………………… 259

[0613] おいしい話—料理小説傑
作選
結城信孝編
徳間書店 2007.1 391p 16cm
667円 （徳間文庫）
ISBN978-4-19-892548-2

お料理教室（小川洋子）………………… 5
わたし食べる人（阿刀田高）…………… 27
ぶり大根（清水義範）…………………… 71
鮟鱇（あんこう）の足（田中小実昌）……… 99
ビストロ・チェリイの蟹（井上荒野）…… 139
ババロアばあさん（小林信彦）………… 169
朋あり遠方より来たる（森瑶子）……… 197
コンソメ（辺見庸）……………………… 221
家族アルバム（金井美恵子）…………… 233
新鮮なニグ・ジュギベ・グァのソテー。キ
ウイソース掛け（田中啓文）………… 249
いのししの肉（吉行淳之介）…………… 307
たこやき多情（田辺聖子）……………… 333
編者解説（結城信孝）…………………… 377

[0614] 大江戸万華鏡—美味小説
傑作選
菊池仁編
学研パブリッシング 2014.3 372p
15cm 760円 （学研M文庫 き-8-8）
ISBN978-4-05-900875-0

はじめに—美味小説礼賛（菊池仁）…… 3
梅安晦日蕎麦（池波正太郎）…………… 9
こはだの鮓（北原亞以子）……………… 71

食・グルメ小説

最後の晩餐（北原亞以子）‥‥‥‥‥‥ 83
庖丁ざむらい（白石一郎）‥‥‥‥‥‥ 87
ひょうたん（宇江佐真理）‥‥‥‥‥ 117
風流雪見鍋（和田はつ子）‥‥‥‥‥ 169
料理八百善（南原幹雄）‥‥‥‥‥‥ 239
鯛一枚（神坂次郎）‥‥‥‥‥‥‥‥ 283
大名料理―長編小説『千両鯉』より（村上
　元三）‥‥‥‥‥‥‥‥‥‥‥‥‥ 313
作品解説（菊池仁）‥‥‥‥‥‥‥‥ 353

［0615］　女がそれを食べるとき
楊逸選，日本ペンクラブ編
幻冬舎　2013.4　333p　16cm
600円　（幻冬舎文庫　や-26-1）
ISBN978-4-344-42012-0

サモワールの薔薇とオニオングラタン（井
　上荒野）‥‥‥‥‥‥‥‥‥‥‥‥‥ 7
晴れた空の下で（江國香織）‥‥‥‥‥ 47
家霊（岡本かの子）‥‥‥‥‥‥‥‥‥ 55
贅肉（小池真理子）‥‥‥‥‥‥‥‥‥ 75
台所のおと（幸田文）‥‥‥‥‥‥‥ 121
骨の肉（河野多惠子）‥‥‥‥‥‥‥ 167
たこやき多情（田辺聖子）‥‥‥‥‥ 195
間食（山田詠美）‥‥‥‥‥‥‥‥‥ 237
幽霊の家（よしもとばなな）‥‥‥‥ 275
選者あとがき（楊逸）‥‥‥‥‥‥‥ 330

［0616］　果実
SDP　2009.7　107p　15cm　362円
（SDP bunko）
ISBN978-4-903620-62-6

檸檬（梶井基次郎）‥‥‥‥‥‥‥‥‥ 7
杏の若葉（宮本百合子）‥‥‥‥‥‥‥ 21
桜桃（太宰治）‥‥‥‥‥‥‥‥‥‥‥ 31
一房の葡萄（有島武郎）‥‥‥‥‥‥‥ 45
梨の実（小山内薫）‥‥‥‥‥‥‥‥‥ 63
葡萄水（宮沢賢治）‥‥‥‥‥‥‥‥‥ 73
柿の実（林芙美子）‥‥‥‥‥‥‥‥‥ 91
蜜柑（芥川龍之介）‥‥‥‥‥‥‥‥‥ 99

［0617］　金沢三文豪掌文庫　たべ
もの編
泉鏡花記念館, 徳田秋聲記念館, 室生
犀星記念館企画・編集
金沢文化振興財団　2011.9　93p
15cm

泉鏡花 ‥‥‥‥‥‥‥‥‥‥‥‥‥‥‥ 3
　湯どうふ ‥‥‥‥‥‥‥‥‥‥‥‥‥ 5
　真夏の梅 ‥‥‥‥‥‥‥‥‥‥‥‥ 12
徳田秋聲 ‥‥‥‥‥‥‥‥‥‥‥‥‥ 23
　涼しい飲食 ‥‥‥‥‥‥‥‥‥‥‥ 25
　大学界隈（抄）‥‥‥‥‥‥‥‥‥‥ 29
　　喫茶店今昔 ‥‥‥‥‥‥‥‥‥‥ 29
　　名物の餅菓子 ‥‥‥‥‥‥‥‥‥ 32
　鶫・鰒・鴨など（つぐみ・ふぐ・かもなど）‥‥‥ 36
室生犀星 ‥‥‥‥‥‥‥‥‥‥‥‥‥ 45
　川魚（かわうお）の記（抄）‥‥‥‥‥‥‥‥‥ 47
　　うぐい ‥‥‥‥‥‥‥‥‥‥‥‥ 48
　　はりうお ‥‥‥‥‥‥‥‥‥‥‥ 51
　　かわえび ‥‥‥‥‥‥‥‥‥‥‥ 55
　　みみじゃこ ‥‥‥‥‥‥‥‥‥‥ 58
　　ごり ‥‥‥‥‥‥‥‥‥‥‥‥‥ 60
　　あゆ ‥‥‥‥‥‥‥‥‥‥‥‥‥ 65
　　うなぎ ‥‥‥‥‥‥‥‥‥‥‥‥ 69
　　ふな ‥‥‥‥‥‥‥‥‥‥‥‥‥ 71
　　ます ‥‥‥‥‥‥‥‥‥‥‥‥‥ 75
　　あまご ‥‥‥‥‥‥‥‥‥‥‥‥ 78
　　いわな ‥‥‥‥‥‥‥‥‥‥‥‥ 80
　　さけ ‥‥‥‥‥‥‥‥‥‥‥‥‥ 81
　　かわがに ‥‥‥‥‥‥‥‥‥‥‥ 83
三文豪俳句抄（泉鏡花, 徳田秋聲, 室生犀星）‥ 87

［0618］　くだものだもの
俵万智選，日本ペンクラブ編
ランダムハウス講談社　2007.9
266p　15cm　700円
ISBN978-4-270-10122-3

ハーケンと夏みかん（椎名誠）‥‥‥‥‥ 7
白いぼうし（あまんきみこ）‥‥‥‥‥ 23
蜜柑一箱一回二個（ねじめ正一）‥‥‥ 31

食・グルメ小説　　　　　　　　0620

千両蜜柑(笑福亭松鶴) ……………… 35
蜜柑(芥川龍之介) ………………… 53
トマト雑感(高樹のぶ子) ………… 61
旬(清水義範) ……………………… 67
メロン(白石公子) ………………… 73
週末の食べ物(林真理子) ………… 81
メロン(江國香織) ………………… 89
少年の夏のスイカ(原田宗典) …… 99
やまもも(瀬戸内晴美) …………… 103
初恋(島崎藤村) …………………… 111
アイザック・ニュートン(谷川俊太郎) … 115
りんごの皮(鷺沢萠) ……………… 119
風の林檎(林望) …………………… 125
いちじくの葉(中原中也) ………… 133
枇杷(武田百合子) ………………… 137
梨屋のお嫁さん(庄野潤三) ……… 141
やまなし(宮澤賢治) ……………… 147
葡萄の置き手紙(松本侑子) ……… 157
葡萄(村上春樹) …………………… 165
桜桃(太宰治) ……………………… 169
美味・珍味・奇味・怪味・媚味・魔味・幻
　味・幼味・妖味・天味(開高健) … 181
バナナの秘密(吉本ばなな) ……… 191
くだもののたね(立原えりか) …… 197
ミーハーとバナナの時代(野田秀樹) … 201
バナナの菓子(内田百閒) ………… 213
桃太郎．桃(阿部昭) ……………… 217
レモン哀歌(高村光太郎) ………… 223
檸檬(梶井基次郎) ………………… 245
くだものだもの編集後記(俵万智) ……… 260

［0619］　5分で読める！　ひと駅ス
　　　　トーリー　食の話
『このミステリーがすごい！』編集
　　　　　　　　部編
　　宝島社　2015.10　378p　16cm
　　640円　（宝島社文庫　Cこ-7-12）
　　ISBN978-4-8002-4387-4

思い出の皿うどん(佐藤青南) ……………… 9
仙境の晩餐(安生正) ……………………… 19
このアップルパイはおいしくないね(岡崎
　琢磨) …………………………………… 29
ロックスターの正しい死に方(柊サナカ) … 39
おさらば食堂(咲乃月音) ………………… 49

ごはんの神様(長谷川也) ………… 59
異星間刑事捜査交流会(新藤卓広) … 69
料理人の価値(拓未司) …………… 79
四大義務(小林ミア) ……………… 89
濃縮レストラン(藤八景) ………… 99
テイスター・キラー(深津十一) … 109
ハンバーガージャンクション(塔山郁) … 119
ヨシダと幻食(島津緒繰) ………… 129
戦闘糧食(神家正成) ……………… 139
ミルフィーユの食べ方がわからない(相戸
　結衣) …………………………… 149
そして鶏はいなくなった(上甲宣之) … 159
ローカルアイドル吾妻ケ岡ゆりりの思考の
　軌跡(藤瀬雅輝) ………………… 169
アヒージョの罠(わな)(蒼井ひかり) …… 179
うどんをゆでるあいだに(水田美意子) … 189
腐りかけロマンティック(深沢仁) … 199
適温コンサルタント(伊園旬) …… 209
比翼連理(大間九郎) ……………… 219
けもの道(高山聖史) ……………… 229
最後の料理(千梨らく) …………… 239
トールとロキのもてなし(紫藤ケイ) …… 249
給食のじかん(越谷友華) ………… 259
とある愛好家の集い(雨澄碧) …… 269
ぼくらのドラム・プリン・プロジェクト(大
　泉貴) …………………………… 279
木下闇(天田式) …………………… 289
お弁当(小泊フユキ) ……………… 299
いただきますを言いましょう(堀内公太
　郎) ……………………………… 309
カレー屋のインド人(石田祥) …… 319
幸福な食卓(喜多南) ……………… 329
バニラ(林由美子) ………………… 339
味覚の新世界より(喜多喜久) …… 349
朝のミネストローネ(友井羊) …… 359
死ぬか太るか(中山七里) ………… 369

［0620］　坂木司リクエスト！　和菓
　　　　子のアンソロジー
　　光文社　2013.1　351p　19cm
　　　　　　1600円
　　ISBN978-4-334-92864-3

まえがき(坂木司) ………………………… 5
空の春告鳥(坂木司) ……………………… 7

食・グルメ小説

トマどら（日明恩）…………………… 43
チチとクズの国（牧野修）…………… 77
迷宮の松露（近藤史恵）……………… 115
融雪（柴田よしき）…………………… 141
糖質な彼女（木地雅映子）…………… 179
時じくの実の宮古へ（小川一水）…… 219
古入道きたりて（恒川光太郎）……… 265
しりとり（北村薫）…………………… 293
甘き織姫（畠中恵）…………………… 315
塩をひとつまみ（坂木司）…………… 348

［0621］ 坂木司リクエスト！ 和菓
子のアンソロジー
光文社　2014.6　354p　16cm
660円　（光文社文庫　さ24-4）
ISBN978-4-334-76763-1

まえがき（坂木司）…………………… 7
空の春告鳥（坂木司）………………… 9
トマどら（日明恩）…………………… 45
チチとクズの国（牧野修）…………… 79
迷宮の松露（近藤史恵）……………… 117
融雪（柴田よしき）…………………… 143
糖質な彼女（木地雅映子）…………… 181
時（とき）じくの実（み）の宮古（みやこ）へ（小川
一水）……………………………… 221
古入道きたりて（恒川光太郎）……… 267
しりとり（北村薫）…………………… 295
甘き織姫（畠中恵）…………………… 317
塩をひとつまみ（坂木司）…………… 350

［0622］ たんときれいに召し上が
れ―美食文学精選
津原泰水編
芸術新聞社　2015.1　527p　20cm
2900円
ISBN978-4-87586-415-8

絵日記（口絵）（金子國義）
新秋名菓―季節のリズム（尾崎翠）………… 9
中年男のシックな自炊生活とは（開高健）… 17
グリモの午餐会（澁澤龍彦）………………… 31

神戸（古川緑波）……………………… 43
花の雪散る里（倉橋由美子）………… 57
握り飯（隆慶一郎）…………………… 65
薬菜飯店（筒井康隆）………………… 69
人間臨終図巻―円谷幸吉（山田風太郎）…… 101
男の最良の友、モーガスに乾杯！（C.W.ニ
コル）……………………………… 107
初音の鼓―『吉野葛』より（谷崎潤一郎）… 117
セカイ、蛮族、ぼく。（伊藤計劃）………… 127
キャラメルと飴玉／お菓子の大舞踏会（夢野
久作）……………………………… 135
　キャラメルと飴玉（夢野久作）…… 137
　お菓子の大舞踏会（夢野久作）…… 139
ずずばな（芦原すなお）……………… 145
鵞掌・熊掌（青木正児）……………… 187
雛人形夢反故裏（上村一夫）………… 193
悪魔の舌（村山槐多）………………… 219
チョウザメ（南條竹則）……………… 233
趣味の茶漬け（北大路魯山人）……… 247
冬薔薇の館（太田忠司）……………… 261
栄養料理「ハウレンサウ」（三島由紀夫）… 295
全国まずいものマップ（清水義範）… 303
鏡に棲む男（中井英夫）……………… 323
コロッケ（澁川祐子）………………… 335
蟹まんじゅう（小林秀雄）…………… 345
右頬に豆を含んで（色川武大）……… 351
啓蒙かまぼこ新聞―抜粋（中島らも）… 363
芥子飯（内田百閒）…………………… 375
巴里の空の下オムレツのにおいは流れる
（石井好子）……………………… 381
天どん物語―蒲田の天どん（種村季弘）…… 403
お酒を飲むなら、おしるこのように（長沢
節）………………………………… 415
玉響（津原泰水）……………………… 423
牛鍋（森鴎外）………………………… 451
鴎外の味覚（森茉莉）………………… 457
正岡子規（夏目漱石）………………… 461
仰臥漫録―二（正岡子規）…………… 469
解題（津原泰水）……………………… 497
作家略歴…………………………………… 519

食・グルメ小説

[0623] チーズと塩と豆と
ホーム社　2010.10　199p　20cm
1300円
ISBN978-4-8342-5168-5

神さまの庭（角田光代）‥‥‥‥‥‥‥‥ 6
理由（井上荒野）‥‥‥‥‥‥‥‥‥‥‥ 56
ブレノワール（森絵都）‥‥‥‥‥‥‥‥ 98
アレンテージョ（江國香織）‥‥‥‥‥‥ 146

[0624] チーズと塩と豆と
集英社　2013.10　193p　16cm
480円　（集英社文庫　か37-6）
ISBN978-4-08-745122-1

神さまの庭（角田光代）‥‥‥‥‥‥‥‥ 7
理由（井上荒野）‥‥‥‥‥‥‥‥‥‥‥ 55
ブレノワール（森絵都）‥‥‥‥‥‥‥‥ 95
アレンテージョ（江國香織）‥‥‥‥‥‥ 141

[0625] 文人御馳走帖
嵐山光三郎編
新潮社　2014.8　373p　16cm
630円　（新潮文庫　あ-18-51）
ISBN978-4-10-141912-1

森鷗外 ‥‥‥‥‥‥‥‥‥‥‥‥‥‥‥ 11
　牛鍋 ‥‥‥‥‥‥‥‥‥‥‥‥‥‥‥ 13
　戦時糧餉談 ‥‥‥‥‥‥‥‥‥‥‥‥ 19
　服乳の注意 ‥‥‥‥‥‥‥‥‥‥‥‥ 26
幸田露伴 ‥‥‥‥‥‥‥‥‥‥‥‥‥‥ 39
　鹹加減 ‥‥‥‥‥‥‥‥‥‥‥‥‥‥ 41
　水の味 ‥‥‥‥‥‥‥‥‥‥‥‥‥‥ 47
正岡子規 ‥‥‥‥‥‥‥‥‥‥‥‥‥‥ 57
　酒 ‥‥‥‥‥‥‥‥‥‥‥‥‥‥‥‥ 57
　柚味噌会 ‥‥‥‥‥‥‥‥‥‥‥‥‥ 59
　闇汁図解 ‥‥‥‥‥‥‥‥‥‥‥‥‥ 64
　くだもの ‥‥‥‥‥‥‥‥‥‥‥‥‥ 69
泉鏡花 ‥‥‥‥‥‥‥‥‥‥‥‥‥‥‥ 85

　湯どうふ ‥‥‥‥‥‥‥‥‥‥‥‥‥ 87
永井荷風 ‥‥‥‥‥‥‥‥‥‥‥‥‥‥ 95
　西瓜 ‥‥‥‥‥‥‥‥‥‥‥‥‥‥‥ 97
斎藤茂吉 ‥‥‥‥‥‥‥‥‥‥‥‥‥‥ 117
　孫 ‥‥‥‥‥‥‥‥‥‥‥‥‥‥‥‥ 119
　茂吉小話 食/食 つづき ‥‥‥‥‥‥ 127
種田山頭火 ‥‥‥‥‥‥‥‥‥‥‥‥‥ 135
　白い路 ‥‥‥‥‥‥‥‥‥‥‥‥‥‥ 137
　漬物の味 ‥‥‥‥‥‥‥‥‥‥‥‥‥ 141
高村光太郎 ‥‥‥‥‥‥‥‥‥‥‥‥‥ 143
　米久の晩餐 ‥‥‥‥‥‥‥‥‥‥‥‥ 145
　梅酒 ‥‥‥‥‥‥‥‥‥‥‥‥‥‥‥ 151
　こごみの味 ‥‥‥‥‥‥‥‥‥‥‥‥ 153
萩原朔太郎 ‥‥‥‥‥‥‥‥‥‥‥‥‥ 155
　雲雀料理 ‥‥‥‥‥‥‥‥‥‥‥‥‥ 157
　閑雅な食慾 ‥‥‥‥‥‥‥‥‥‥‥‥ 167
内田百閒 ‥‥‥‥‥‥‥‥‥‥‥‥‥‥ 169
　薬喰 ‥‥‥‥‥‥‥‥‥‥‥‥‥‥‥ 171
　食而 ‥‥‥‥‥‥‥‥‥‥‥‥‥‥‥ 179
　喰意地 ‥‥‥‥‥‥‥‥‥‥‥‥‥‥ 184
芥川龍之介 ‥‥‥‥‥‥‥‥‥‥‥‥‥ 187
　芋粥 ‥‥‥‥‥‥‥‥‥‥‥‥‥‥‥ 189
　食物として ‥‥‥‥‥‥‥‥‥‥‥‥ 221
宮沢賢治 ‥‥‥‥‥‥‥‥‥‥‥‥‥‥ 223
　葡萄水 ‥‥‥‥‥‥‥‥‥‥‥‥‥‥ 225
川端康成 ‥‥‥‥‥‥‥‥‥‥‥‥‥‥ 237
　わかめ ‥‥‥‥‥‥‥‥‥‥‥‥‥‥ 239
稲垣足穂 ‥‥‥‥‥‥‥‥‥‥‥‥‥‥ 249
　チョコレット ‥‥‥‥‥‥‥‥‥‥‥ 251
林芙美子 ‥‥‥‥‥‥‥‥‥‥‥‥‥‥ 287
　魚 ‥‥‥‥‥‥‥‥‥‥‥‥‥‥‥‥ 289
　朝御飯 ‥‥‥‥‥‥‥‥‥‥‥‥‥‥ 294
堀辰雄 ‥‥‥‥‥‥‥‥‥‥‥‥‥‥‥ 301
　鳥料理 ‥‥‥‥‥‥‥‥‥‥‥‥‥‥ 303
坂口安吾 ‥‥‥‥‥‥‥‥‥‥‥‥‥‥ 323
　わが工夫せるオジヤ ‥‥‥‥‥‥‥‥ 325
檀一雄 ‥‥‥‥‥‥‥‥‥‥‥‥‥‥‥ 333
　廃絶させるには惜しい夏の味二つ ‥‥ 335
解説 文人はいかにして御馳走を平らげたか
　（嵐山光三郎）‥‥‥‥‥‥‥‥‥‥‥ 343

食・グルメ小説

［0626］ まんぷく長屋―食欲文学
傑作選
縄田一男編
新潮社　2014.11　265p　16cm
520円　（新潮文庫　い-16-111）
ISBN978-4-10-139730-6

看板（池波正太郎）……………………… 7
人喰人種（筒井康隆）…………………… 43
アップルパイの午後（尾崎翠）………… 69
慶長大食漢（山田風太郎）……………… 91
狸を食べすぎて身体（からだ）じゅう狸くさく
　なって困ったはなし（伊藤礼）……… 145
羊羹合戦（火坂雅志）…………………… 157
王とのつきあい（日影丈吉）…………… 221
編者解説（縄田一男）…………………… 259

［0627］ 味覚小説名作集
大河内昭爾選
光文社　2016.1　347p　16cm
740円　（光文社文庫　お49-1）
ISBN978-4-334-77230-7

鱧の皮（上司小剣）……………………… 5
茶粥の記（矢田津世子）………………… 39
鮨（岡本かの子）………………………… 71
芋粥（芥川龍之介）……………………… 103
寺泊（水上勉）…………………………… 135
苺（円地文子）…………………………… 157
料理（耕治人）…………………………… 179
佐渡（庄野潤三）………………………… 207
作品解説（大河内昭爾）………………… 301

［0628］ もの食う話
文藝春秋編
文藝春秋　2015.2　302p　16cm
560円　（文春文庫　編5-10）
ISBN978-4-16-790291-9

食前酒 ……………………………………… 13
　シャンパンの泡（堀口大學）………… 14
　食慾について（大岡昇平）…………… 15
　餓鬼道肴蔬目録（内田百閒）………… 25
　著休め 夏のおつけもの（鈴木三重吉『やど
　　の食べ物』より）…………………… 32
前菜 ………………………………………… 33
　洋装した十六の娘（大手拓次）……… 34
　百鬼園日暦（内田百閒）……………… 35
　一ぷく三杯（夢野久作）……………… 41
　妾宅（抄）（永井荷風）……………… 46
　食在廣州―食は広州に在り（邱永漢）…… 50
　グリモの午餐会（澁澤龍彦）………… 56
　松茸めし（椎名麟三）………………… 69
　鼻くそ（長谷川伸）…………………… 73
主菜 ………………………………………… 75
　雲雀料理（萩原朔太郎）……………… 76
　もの食う女（武田泰淳）……………… 77
　枇杷（武田百合子）…………………… 91
　大喰いでなければ（色川武大）……… 94
　食い地獄（赤瀬川原平）……………… 107
　出口（吉行淳之介）…………………… 118
　牛鍋（森鷗外）………………………… 133
　家靈（岡本かの子）…………………… 138
　人喰人種（筒井康隆）………………… 155
　饗宴（吉田健一）……………………… 176
サラダ ……………………………………… 191
　あさがお（山村暮鳥）………………… 192
　黒い御飯（永井龍男）………………… 193
　食人鬼（小泉八雲）…………………… 200
　悲食記（抄）―昭和十九年の日記から（古
　　川緑波）……………………………… 209
　酢のはなし（森田たま）……………… 226
　著休め 冷やしあまざけ（久保田万太郎「『自
　　分』その他」より）………………… 232
デザート …………………………………… 233
　お菓子の汽車（西条八十）…………… 234
　ビスケット（森茉莉）………………… 235

夫婦そろって動物好き（抄）（近藤紘一）‥240
悪魔くん（抄）（水木しげる）‥‥‥‥‥250
お八つの時間（向田邦子）‥‥‥‥‥‥‥258
果物地獄（直木三十五）‥‥‥‥‥‥‥‥268
食後酒‥‥‥‥‥‥‥‥‥‥‥‥‥‥‥‥271
VENDANGE（吉田一穂）‥‥‥‥‥‥‥272
幸福（中島敦）‥‥‥‥‥‥‥‥‥‥‥‥273
ニュー・ヨークの焼豆腐（福田恆存）‥‥283

恋愛小説

[0629] 愛

SDP　2009.9　266p　15cm　429円
（SDP bunko）
ISBN978-4-903620-65-7

惜みなく愛は奪う（有島武郎） ……………… 7
秋（芥川龍之介） …………………………… 181
愛（岡本かの子） …………………………… 209
夜の若葉（宮本百合子） …………………… 217
恋愛論（坂口安吾） ………………………… 251

[0630] 愛が燃える砂漠―サマー・シズラー2011

ハーレクイン　2011.8　366p　17cm
1200円
ISBN978-4-596-80624-6

シークに買われた花嫁（スーザン・マレリー
　著，平江まゆみ訳） …………………………… 5
プリンスの告白（サンドラ・マートン著，
　小池桂訳） ………………………………… 225
千の夜をあなたと（リン・レイ・ハリス著，
　秋庭葉瑠訳） ……………………………… 267

[0631] 愛してるって言えばよかった

リンダブックス編集部編著，リンダ
パブリッシャーズ企画・編集
泰文堂　2012.10　238p　15cm
600円　（リンダブックス）
ISBN978-4-8030-0371-0

誓いの言葉（谷口雅美） ……………………… 7
病めるときも（梅原満知子） ……………… 50
夫婦のセンセイ（田中孝博） ……………… 90
灰になり骨になる（池田晴海） …………… 140
関白宣言ふたたび（名取佐和子） ………… 194

[0632] 愛と絆の季節―クリスマス・ストーリー2008

ハーレクイン　2008.11　398p
17cm　1200円
ISBN978-4-596-80825-7

かけがえのない贈り物（キャロル・モーティ
　マー著，八坂よしみ訳） …………………… 5
億万長者とクリスマス（ルーシー・ゴード
　ン著，高橋美友紀訳） …………………… 119
真夜中の情熱（アンナ・デパロー著，大森
　みち花訳） ………………………………… 247
海賊のキス（ニコラ・コーニック著，仁木
　めぐみ訳） ………………………………… 287

恋愛小説　　0638

[0633]　愛と狂熱のサマー・ラブ
ハーレクイン　2014.8　348p　17cm
935円　（サマーシズラーVB ZVB3）
ISBN978-4-596-74253-7

憂鬱なフィアンセ（ルーシー・モンロー著，
松本トモミ訳）……………………… 5
愛はベネチアで（ルーシー・ゴードン著，
八坂よしみ訳）……………………… 119
それぞれの秘密（バーバラ・マクマーン著，
八坂よしみ訳）……………………… 195

[0634]　愛と祝福の魔法─クリス
マス・ストーリー2016
ハーパーコリンズ・ジャパン
2016.11　430p　17cm　1167円
ISBN978-4-596-80834-9

ハイランドの聖夜（マーガリート・ケイ著，
高木晶子訳）………………………… 5
消せない情火（メイシー・イエーツ著，松
村和紀子訳）………………………… 59
乙女の秘めやかな恋（クリスティン・メリ
ル著，さとう史緒訳）……………… 103
雪の夜の告白（J.R.ウォード著，琴葉かい
ら訳）………………………………… 175

[0635]　愛は永遠に─ウエディン
グ・ストーリー　2007
山田沙羅，松村和紀子訳
ハーレクイン　2007.9　411p　17cm
1200円
ISBN978-4-596-80710-6

魅惑の花嫁（スーザン・マレリー著，山田
沙羅訳）……………………………… 5
誇り高き結婚（モーリーン・チャイルド著，
山田沙羅訳）………………………… 177
トム・ウォーカー─テキサスの恋（ダイア
ナ・パーマー著，松村和紀子訳）……… 317

[0636]　愛は永遠に─ウエディン
グ・ストーリー　2008
小池桂訳
ハーレクイン　2008.9　233p　17cm
867円
ISBN978-4-596-80711-3

愛人の秘密（ジュリア・ジェイムズ）……… 5
フィアンセを演じて（シャロン・ケンドリッ
ク）…………………………………… 55
花嫁の決心（ヴィッキー・L.トンプソン）… 107
パリでの出来事（マリー・フェラレーラ）… 165

[0637]　愛は永遠に─ウエディン
グ・ストーリー　2009
ハーレクイン　2009.9　349p　17cm
1200円
ISBN978-4-596-80712-0

富豪のプロポーズ（キャロル・モーティマー
著，竹内栞訳）……………………… 5
天使に魅せられて（レベッカ・ウインター
ズ著，木咲リン訳）………………… 103
ウエディングは逃避行（メリッサ・ジェイ
ムズ著，村上あずさ訳）…………… 211

[0638]　愛は永遠に─ウエディン
グ・ストーリー　2010
ハーレクイン　2010.9　318p　17cm
1200円
ISBN978-4-596-80713-7

小さな約束（シャロン・サラ著，平江まゆ
み訳）………………………………… 5
花嫁の帰る場所（スーザン・ウィッグス著，
皆川孝子訳）………………………… 107
運命のプロポーズ（マーガレット・ウェイ
著，木内重子訳）…………………… 205

205

嘘と秘密と再会と（キャシー・ウィリアム
　ズ著，山口絵夢訳）……………………… 203
生涯で一度のチャンス（スーザン・フォッ
　クス著，高木晶子訳）………………………… 257

［0639］　愛は永遠に—ウエディン
グ・ストーリー　2011
ハーレクイン　2011.9　332p　17cm
1200円
ISBN978-4-596-80714-4

遠まわりの恋人たち（レベッカ・ウインター
　ズ著，松村和紀子訳）………………………… 5
ハッピーエンドをもう一度（リズ・フィー
　ルディング著，小池桂訳）………………… 109
ラブレター（バーバラ・マクマーン著，堺
　谷ますみ訳）………………………………… 153
おとぎの国のプリンス（メレディス・ウェ
　バー著，堺谷ますみ訳）…………………… 213

［0642］　愛は永遠に—ウエディン
グ・ストーリー　2014
ハーレクイン　2014.5　348p　17cm
1111円
ISBN978-4-596-80717-5

初恋を取り戻して（シャロン・サラ著，仁
　嶋いずる訳）…………………………………… 5
小さな天使のために（ジェシカ・ハート著，
　松村和紀子訳）……………………………… 115
一夜かぎりのエンゲージ—華麗なるシチリ
　ア（キャロル・マリネッリ著，田村たつ
　子訳）………………………………………… 229
幸せまでのカウントダウン（アンドレア・
　ローレンス著，高橋美友紀訳）…………… 297

［0640］　愛は永遠に—ウエディン
グ・ストーリー　2012
ハーレクイン　2012.9　318p　17cm
1200円
ISBN978-4-596-80715-1

罪深き賭け（キャロル・モーティマー著，
　すなみ翔訳）…………………………………… 5
理想の恋かなえます（デイ・ラクレア著，
　森香夏子訳）………………………………… 57
孤島の伯爵（トリッシュ・モーリ著，仁嶋
　いずる訳）…………………………………… 115
愛を思い出して（エミリー・ローズ著，後
　藤美香訳）…………………………………… 217

［0643］　愛は永遠に—ウエディン
グ・ストーリー　2015
ハーレクイン　2015.5　302p　17cm
1167円
ISBN978-4-596-80718-2

放蕩伯爵と白い真珠（キャロル・モーティ
　マー著，清水由貴子訳）……………………… 5
ウェルボーン館の奇跡（ダイアン・ガスト
　ン著，さとう史緒訳）……………………… 59
シークの愛の奴隷（マーガリート・ケイ著，
　泉智子訳）…………………………………… 175
悩める公爵（エリザベス・ロールズ著，高
　木晶子訳）…………………………………… 237

［0641］　愛は永遠に—ウエディン
グ・ストーリー　2013
ハーレクイン　2013.9　334p　17cm
1200円
ISBN978-4-596-80716-8

花嫁の姉（スーザン・マレリー著，西江璃
　子訳）…………………………………………… 5
永遠が見えなくて（シェリル・ウッズ著，
　松村和紀子訳）……………………………… 105

恋愛小説　　0649

［0644］　あなたと、どこかへ。
文藝春秋　2008.5　196p　16cm
495円　（文春文庫）
ISBN978-4-16-771782-7

乙女座の夫、蠍座の妻。(吉田修一) ………… 9
時速四十キロで未来へ向かう(角田光代) … 31
本を読む旅(石田衣良) ………………………… 63
慣れることと失うこと(甘糟りり子) ……… 81
この山道を…(林望) …………………………… 107
娘の誕生日(谷村志穂) ………………………… 131
遠い雷、赤い靴(片岡義男) ………………… 155
夜のドライブ(川上弘美) …………………… 177

［0645］　あの夏の恋のきらめき―
サマー・シズラー2016
ハーパーコリンズ・ジャパン
2016.7　350p　17cm　1167円
ISBN978-4-596-80629-1

逃避行は地中海で(リン・レイ・ハリス著,
　松村和紀子訳) ……………………………… 5
砂漠の一夜の代償(メイシー・イエーツ著,
　高木晶子訳) ………………………………… 53
ボスは放蕩社長(スーザン・マレリー著,
　西江璃子訳) ………………………………… 117

［0646］　あの日に戻れたら
主婦と生活社　2007.9　239p　19cm
952円　（Junon novels）
ISBN978-4-391-13481-0

あの日に戻れたら(山田奈津子) …………… 3
美しく咲いていけ(風空加純) ……………… 61
恋人は透明人間(植松拓也) ………………… 147
同級生(鹿目けい子) …………………………… 193
あとがき ………………………………………… 236

［0647］　あの街で二人は―seven
love stories
新潮社　2014.6　274p　16cm
520円　（新潮文庫　し-21-6）
ISBN978-4-10-133255-0

アンビバレンス(村山由佳) ………………… 9
パノラマパーク パノラマガール(加藤千
　恵) ……………………………………………… 53
バヨリン心中(山本文緒) …………………… 97
10年目の告白(マキヒロチ) ………………… 143
黒部ダムの中心で愛を叫ぶ(畑野智美) ….. 157
最後の島(井上荒野) …………………………… 211
その、すこやかならざるときも(角田光代) ·· 237
舞台になった「恋人の聖地」マップ ……… 275

［0648］　甘い記憶
新潮社　2008.8　185p　20cm
1200円
ISBN978-4-10-473151-0

ボサノバ(井上荒野) …………………………… 7
おそ夏のゆうぐれ(江國香織) ……………… 31
金と銀(川上弘美) ……………………………… 47
湖の聖人(小手鞠るい) ………………………… 79
二度目の満月(野中柊) ………………………… 115
寄生妹(吉川トリコ) …………………………… 151

［0649］　甘い記憶
新潮社編
新潮社　2011.3　187p　16cm
362円　（新潮文庫　し-22-74）
ISBN978-4-10-120808-4

ボサノバ(井上荒野) …………………………… 9
おそ夏のゆうぐれ(江國香織) ……………… 33
金と銀(川上弘美) ……………………………… 49
湖の聖人(小手鞠るい) ………………………… 81
二度目の満月(野中柊) ………………………… 117

寄生妹（吉川トリコ）……………………… 153

[0650]　五つの愛の物語─クリス
マス・ストーリー2015
ハーパーコリンズ・ジャパン
2015.11　382p　17cm　1167円
ISBN978-4-596-80833-2

クリスマス嫌いの億万長者（キャロル・モー
ティマー著，高木晶子訳）………………… 5
ドクターの意外な贈り物（キャロル・マリ
ネッリ著，高木晶子訳）………………… 107
ボスと秘書だけの聖夜（メイシー・イエー
ツ著，秋庭葉瑠訳）……………………… 153
聖夜の贖罪（アニー・バロウズ著，高橋美
友紀訳）…………………………………… 251
真夜中の奇跡（アン・スチュアート著，松
村和紀子訳）……………………………… 299

[0651]　美しい恋の物語
安野光雅，森毅，井上ひさし，池内紀編
筑摩書房　2010.9　532p　15cm
950円　（ちくま文学の森 1）
ISBN978-4-480-42731-1

初恋（島崎藤村著）…………………………… 8
燃ゆる頬（堀辰雄著）………………………… 11
初恋（尾崎翠著）……………………………… 29
柳の木の下で（アンデルセン著，大畑末吉
訳）………………………………………… 41
ラテン語学校生（ヘッセ著，高橋健二訳）… 73
隣の嫁（伊藤左千夫著）…………………… 129
未亡人（モーパッサン著，青柳瑞穂訳）… 175
エミリーの薔薇（フォークナー著，龍口直
太郎訳）…………………………………… 187
ポルトガル文（リルケ著，水野忠敏訳）… 213
肖像画（A.ハックスリー著，太田稔訳）… 267
藤十郎（とうじゅうろう）の恋（菊池寛著）……… 295
ほれぐすり（スタンダール著，桑原武夫訳）… 325
ことづけ（バルザック著，水野亮訳）…… 357
なよたけ（加藤道夫著）…………………… 383
ホテル・ヴェリエール─解説にかえて（安

野光雅）…………………………………… 524
この本の表記・テクストについて ………巻末

[0652]　運命の人はどこですか？
祥伝社　2013.4　305p　16cm
619円　（祥伝社文庫 ん1-51─〔恋愛
アンソロジー〕）
ISBN978-4-396-33832-9

神様たちのいるところ（飛鳥井千砂）……… 5
かなしい食べもの（彩瀬まる）……………… 55
運命の湯（瀬尾まいこ）…………………… 111
宇田川のマリア（西加奈子）……………… 165
インドはむりめ（南綾子）………………… 213
残業バケーション（柚木麻子）…………… 263
初出一覧 ……………………………………巻末

[0653]　屋上の三角形
主婦と生活社　2008.5　255p　19cm
952円　（Junon novels）
ISBN978-4-391-13612-8

屋上の三角形（水谷唯那）…………………… 5
愛のシアワセ（嶋田うれ葉）………………… 61
君にサヨナラを捧げる（梅田優次郎）…… 133
特別収録作品 体育館ベイビー（鹿目けい子）… 205
あとがき …………………………………… 252

[0654]　オトナの片思い
角川春樹事務所　2007.8　247p
20cm　1500円
ISBN978-4-7584-1086-1

フィンガーボウル（石田衣良）……………… 3
リリー（栗田有起）…………………………… 19
からし（伊藤たかみ）………………………… 39
やさしい背中（山田あかね）………………… 59
Enak！（三崎亜記）………………………… 81
小さな誇り（大島真寿美）………………… 105

恋愛小説　　　　　　　　　　　　　　　　　0659

ゆっくりさよなら（大崎知仁）……………… 125
鋳物の鍋（橋本紡）…………………………… 147
他人の島（井上荒野）………………………… 173
真心（佐藤正午）……………………………… 195
わか葉の恋（角田光代）……………………… 217

［0655］　オトナの片思い
角川春樹事務所　2009.5　233p
16cm　533円　（ハルキ文庫 い12-
1)
ISBN978-4-7584-3407-2

フィンガーボウル（石田衣良）………………… 7
リリー（栗田有起）…………………………… 23
からし（伊藤たかみ）………………………… 41
やさしい背中（山田あかね）………………… 59
Enak！（三崎亜記）…………………………… 79
小さな誇り（大島真寿美）………………… 101
ゆっくりさよなら（大崎知仁）……………… 119
鋳物の鍋（橋本紡）………………………… 141
他人の島（井上荒野）……………………… 165
真心（佐藤正午）…………………………… 185
わか葉の恋（角田光代）…………………… 205

［0656］　輝きのとき―ウエディン
グ・ストーリー　2016
ハーパーコリンズ・ジャパン
2016.5　316p　17cm　1167円
ISBN978-4-596-80719-9

奔放な公爵の改心（キャロル・モーティマー
著，高橋美友紀訳）…………………………… 5
大富豪の逃げた花嫁（クリスティン・リマー
著，高木晶子訳）…………………………… 95
赤ちゃんがかけた魔法（マリー・フェラレー
ラ著，藤倉詩音訳）……………………… 141

［0657］　カレンダー・ラブ・ストー
リー―読むと恋したくなる
星海社編集部編
星海社　2014.7　239p　15cm
680円　（星海社文庫 セ1-01）
ISBN978-4-06-138972-4

ホワイトデー3月14日 森川空のルール 番外編（ミ
タヒツヒト）……………………………………… 7
七夕7月7日 星の海にむけての夜想曲（佐藤友
哉）…………………………………………… 61
くじの日9月2日 キタイのアタイ（支倉凍砂）…… 105
十五夜9月13日 月のかわいい一側面（犬村小
六）………………………………………… 125
いい夫婦の日11月22日 青春離婚（紅玉いづき）… 179

［0658］　キス・キス・キス―聖夜
に、あと一度だけ
ヴィレッジブックス　2007.11　405p
15cm　820円　（ヴィレッジブック
ス）
ISBN978-4-7897-3200-0

楽園で焦がされて（ドナ・カウフマン著，
石原未奈子訳）………………………………… 7
セックスとプードルとダイヤモンド（ナン
シー・ウォレン著，松井里弥訳）………… 125
聖夜に、あと一度だけ（シャノン・マッケ
ナ著，鈴木美朋訳）……………………… 259
訳者あとがき（鈴木美朋）……………… 402

［0659］　キス・キス・キス―素直に
なれなくて
ヴィレッジブックス　2008.3　327p
15cm　800円　（ヴィレッジブック
ス）
ISBN978-4-7897-3283-3

四日間の恋人（ジャネール・デニソン著，
小原柊子訳）…………………………………… 7

誰も知らない夜（ジル・シャルヴィス著，
　みすみあき訳）……………………… *125*
素直になれなくて（ローリ・フォスター著，
　石原未奈子訳）…………………… *201*
訳者あとがき ………………………… *323*

［**0660**］　**キ ス・キ ス・キ ス**─サプラ
　イズパーティの夜に
　ヴィレッジブックス　2008.7　418p
　15cm　840円　（ヴィレッジブック
　ス）
　ISBN978-4-86332-054-3

秘密（エイミー・ガーヴェイ著，石原未奈
　子訳）……………………………………… *7*
見知らぬ恋人（ナンシー・ウォレン著，松
　井里弥訳）…………………………… *107*
サプライズパーティの夜に（シャノン・マッ
　ケナ著，鈴木美朋訳）……………… *219*
訳者あとがき ………………………… *415*

［**0661**］　**キ ス・キ ス・キ ス**─土曜日
　はタキシードに恋して
　ヴィレッジブックス　2008.11　405p
　15cm　820円　（ヴィレッジブック
　ス）
　ISBN978-4-86332-099-4

25階からの同乗者（ドナ・カウフマン著，
　松井里弥訳）……………………………… *7*
ファンタジーは真夜中に（ジャネール・デ
　ニソン著，みすみあき訳）………… *147*
土曜日はタキシードに恋して（エリン・マッ
　カーシー著，鈴木美朋訳）………… *273*
訳者あとがき ………………………… *402*

［**0662**］　**キ ス・キ ス・キ ス**　チェ
　リーな気持ちで
　ヴィレッジブックス　2009.6　321p
　15cm　800円　（ヴィレッジブックス
　F-フ6-9）
　ISBN978-4-86332-156-4

誘惑には向かない職業（ナンシー・ウォレ
　ン著，松井里弥訳）……………………… *7*
悪女になるためのレッスン（ジェイミー・
　デントン著，鈴木美朋訳）………… *135*
チェリーな気持ちで（ローリ・フォスター
　著，石原未奈子訳）………………… *253*
訳者あとがき ………………………… *318*

［**0663**］　**キ ス・キ ス・キ ス**　抱きし
　めるほどせつなくて
　ヴィレッジブックス　2009.11　381p
　15cm　840円　（ヴィレッジブックス
　F-フ6-11）
　ISBN978-4-86332-194-6

憎まれっ子、ロマンスにはばかる（メアリ
　ジャニス・デヴィッドスン著，松井里弥
　訳）……………………………………… *7*
魔女のルール（ジョアン・ロス著，鈴木美
　朋訳）………………………………… *103*
抱きしめるほどせつなくて（ローリ・フォ
　スター著，石原未奈子訳）………… *243*
訳者あとがき ………………………… *378*

［**0664**］　**君を忘れない**─恋愛短篇
　小説集
　リンダブックス編集部編著
　泰文堂　2012.10　287p　15cm
　571円　（リンダブックス）
　ISBN978-4-8030-0349-9

君を忘れない（荻田美加）………………… *6*
オトコに必要な特典は×××（遠山絵梨香）‥ *46*

こかげに咲く（濱本七恵）……………………… 84
東京ボーイズラブ（砂原美都）……………… 128
神社ガール（谷口雅美）……………………… 166
八つ葉のクローバー（鎌田直子）………… 210
ラスト・ドロップ（立見千香）…………… 252

```
［0665］　君がいない―恋愛短篇小
　　　　　説集
リンダブックス編集部編著
泰文堂　2013.2　287p　15cm
571円　（リンダブックス）
ISBN978-4-8030-0401-4
```

一粒の奇跡の砂（三谷晶子）………………… 6
痛女（いたじょ）ブログへようこそ（西条りく
　る）……………………………………………… 42
手をつなごう（濱本七恵）…………………… 84
ハレの日に（谷口雅美）……………………… 124
レインボードロップ（小野寺綾）………… 168
粉雪が積もる、その前に（遠山絵梨香）…… 212
砂埃の向こう（辻淳子）……………………… 248

```
［0666］　君が好き―恋愛短篇小説集
リンダブックス編集部編著
泰文堂　2012.8　271p　15cm
571円　（リンダブックス）
ISBN978-4-8030-0346-8
```

君が好き（遠山絵梨香）……………………… 6
ずっと一緒にいた（濱本七恵）…………… 48
忘れたはずの恋（さいとう美如）………… 94
ラブ・アフェア for MEN（栗本志津香）… 142
ワンルームの奇跡（立見千香）…………… 192
十年醸造のカタコイ（谷口雅美）………… 236

```
［0667］　君に会いたい―恋愛短篇
　　　　　小説集
リンダブックス編集部編著
泰文堂　2012.6　287p　15cm
571円　（リンダブックス）
ISBN978-4-8030-0331-4
```

君に会いたい（濱本七恵）…………………… 6
こぼしたミルクを嘆いても無駄ではない
　（荻田美加）………………………………… 50
尻軽罰当たらない女―腹黒い11人の女（三
　谷晶子）……………………………………… 86
先生の帰国（上野友之）……………………… 124
アカンタレの恋（谷口雅美）……………… 166
29バージン（砂原美都）…………………… 210
すべては手の中に（立見千香）…………… 248

```
［0668］　君に伝えたい―恋愛短篇
　　　　　小説集
リンダブックス編集部編著，リンダ
パブリッシャーズ企画・編集
泰文堂　2013.4　286p　15cm
571円　（リンダブックス）
ISBN978-4-8030-0439-7
```

共鳴者と熱帯魚（萌木美月）……………… 6
君を想う（藤宮和奏）………………………… 50
終わる季節のプレリュード（春花夏月）…… 92
愛と書いて……（西条りくる）…………… 128
ヒマワリと落陽（小枝美月記）…………… 168
アマレット（山口翔太）…………………… 208
99通の想い（髙橋幹子）…………………… 246

[0669]　恋しくて―Ten Selected
Love Stories
村上春樹編訳
中央公論新社　2013.9　372p　20cm
1800円
ISBN978-4-12-004535-6

愛し合う二人に代わって（マイリー・メロ
イ）……………………………………… 5
テレサ（デヴィッド・クレーンズ）………… 47
二人の少年と、一人の少女（トバイアス・
ウルフ）………………………………… 65
甘い夢を（ペーター・シュタム）…………… 99
L・デバードとアリエット－愛の物語（ロー
レン・グロフ）………………………… 129
薄暗い運命（リュドミラ・ペトルシェフス
カヤ）…………………………………… 181
ジャック・ランダ・ホテル（アリス・マン
ロー）…………………………………… 189
恋と水素（ジム・シェパード）…………… 241
モントリオールの恋人（リチャード・フォー
ド）……………………………………… 273
恋するザムザ（村上春樹）………………… 327
訳者あとがき　いろいろな種類の、いろん
なレベルのラブ・ストーリー…………… 367

[0670]　恋しくて―TEN
SELECTED LOVE STORIES
村上春樹編訳
中央公論新社　2016.9　374p　16cm
720円　（中公文庫　む4-11）
ISBN978-4-12-206289-4

愛し合う二人に代わって（マイリー・メロ
イ）……………………………………… 7
テレサ（デヴィッド・クレーンズ）………… 49
二人の少年と、一人の少女（トバイアス・
ウルフ）………………………………… 67
甘い夢を（ペーター・シュタム）…………… 99
L・デバードとアリエット－愛の物語（ロー
レン・グロフ）………………………… 131
薄暗い運命（リュドミラ・ペトルシェフス
カヤ）…………………………………… 183

ジャック・ランダ・ホテル（アリス・マン
ロー）…………………………………… 191
恋と水素（ジム・シェパード）…………… 243
モントリオールの恋人（リチャード・フォー
ド）……………………………………… 275
恋するザムザ（村上春樹）………………… 329
訳者あとがき―いろいろな種類の、いろん
なレベルのラブ・ストーリー…………… 369

[0671]　恋時雨―恋はときどき泪
が出る
メディアファクトリー　2009.9
141p　19cm　952円　（〔ダ・ヴィン
チブックス〕）
ISBN978-4-8401-3040-0

はじめに ……………………………………… 1
恋時雨の世界 ………………………………… 4
狗飼恭子 ……………………………………… 17
　カナブンはいない（狗飼恭子）…………… 19
　きみの隣を（狗飼恭子）…………………… 29
　絶対（狗飼恭子）…………………………… 39
　あのキャンプ（狗飼恭子）………………… 51
橋口いくよ …………………………………… 61
　されど運命（橋口いくよ）………………… 63
　失恋のしかた（橋口いくよ）……………… 75
　イッツアスモールワールド（橋口いくよ）… 87
　アテクシちゃん（橋口いくよ）…………… 99
佐藤真由美 …………………………………… 111
　ゲーム（佐藤真由美）……………………… 113
　通り雨（佐藤真由美）……………………… 123
　紫陽花（佐藤真由美）……………………… 133

[0672]　コイノカオリ
角川書店　2008.2　250p　15cm
514円　（角川文庫）
ISBN978-4-04-372605-9

水曜日の恋人（角田光代）…………………… 5
最後の教室（島本理生）……………………… 39
泣きっつらにハニー（栗田有起）…………… 85
海のなかには夜（生田紗代）………………… 125

日をつなぐ（宮下奈都）………………… 171
犬と椎茸（井上荒野）……………………… 211

星月夜（小手鞠るい）……………………… 25
苺が赤くなったら（畠中恵）……………… 59
ブルースマンに花束を（原田マハ）……… 91
号泣男と腹ペコ女（ヴァシィ章絵）……… 133
掛け星（朝倉かすみ）……………………… 171
地上発、宇宙経由（角田光代）…………… 209

［0673］ 恋のかけら
幻冬舎　2008.8　202p　20cm
1400円
ISBN978-4-344-01548-7

ラテを飲みながら（唯川恵）………………… 5
電車を乗り継いで大人になりました（山崎
　ナオコーラ）……………………………… 29
アンセクシー（朝倉かすみ）………………… 55
ちょっと変わった守護天使（山崎マキコ）… 77
雪女のブレス（南綾子）……………………… 99
無人島（小手鞠るい）……………………… 123
銀縁眼鏡と鳥の涙（豊島ミホ）…………… 145
粉（井上荒野）……………………………… 181

［0676］ 恋のかたち、愛のいろ
徳間書店　2010.10　318p　16cm
590円　（徳間文庫　ゆ-5-1）
ISBN978-4-19-893247-3

ごめん。（唯川恵）…………………………… 5
星月夜（小手鞠るい）……………………… 27
苺が赤くなったら（畠中恵）……………… 65
ブルースマンに花束を（原田マハ）……… 103
号泣男と腹ペコ女（ヴァシィ章絵）……… 153
掛け星（朝倉かすみ）……………………… 197
地上発、宇宙経由（角田光代）…………… 241
解説（藤田香織）…………………………… 312

［0674］ 恋のかけら
幻冬舎　2012.2　219p　16cm
457円　（幻冬舎文庫　ゆ-1-10）
ISBN978-4-344-41817-2

ラテを飲みながら（唯川恵）………………… 7
電車を乗り継いで大人になりました（山崎
　ナオコーラ）……………………………… 33
アンセクシー（朝倉かすみ）………………… 61
ちょっと変わった守護天使（山崎マキコ）… 85
雪女のブレス（南綾子）…………………… 109
無人島（小手鞠るい）……………………… 135
銀縁眼鏡と鳥の涙（豊島ミホ）…………… 157
粉（井上荒野）……………………………… 197

［0677］ 恋の聖地―そこは、最後の
恋に出会う場所。
新潮社　2013.6　305p　16cm
520円　（新潮文庫　し-21-5）
ISBN978-4-10-133254-3

幸福駅二月一日―愛国駅・幸福駅（原田マ
　ハ）…………………………………………… 9
たわいもない祈り―石のまち　金谷（大沼紀
　子）………………………………………… 43
しらかんば―八千穂高原（千早茜）………… 87
たゆたうひかり―霧ケ峰八島ヶ原湿原（窪
　美澄）……………………………………… 131
テレビ塔の奇跡―名古屋テレビ塔（柴門ふ
　み）………………………………………… 185
聖域の火―宮島弥山　消えずの霊火堂（三浦
　しをん）…………………………………… 211
トキちゃん―阿蘇山本堂　西巌殿寺奥之院
　（瀧羽麻子）……………………………… 257
舞台になった「恋人の聖地」マップ……… 307

［0675］ 恋のかたち、愛のいろ
徳間書店　2008.2　268p　19cm
1500円
ISBN978-4-19-862484-2

ごめん。（唯川恵）…………………………… 5

［0678］ 恋のトビラ
集英社　2008.5　132p　19cm
1100円
ISBN978-4-08-780489-8

ドラゴン＆フラワー（石田衣良）……………… 5
卒業旅行（角田光代）……………………… 27
Flying guts（嶽本野ばら）……………… 59
初恋（島本理生）………………………… 83
本物の恋（森絵都）………………………… 107

［0679］ 恋のトビラ―好き、やっぱり好き。
集英社　2010.5　170p　16cm
381円　（集英社文庫　い47-7）
ISBN978-4-08-746565-5

ドラゴン＆フラワー（石田衣良）……………… 7
卒業旅行（角田光代）……………………… 35
Flying guts（嶽本野ばら）……………… 77
初恋（島本理生）………………………… 107
本物の恋（森絵都）………………………… 139

［0680］ 恋人たちの夏物語
ハーレクイン　2010.8　346p　17cm
914円　（サマー・シズラー・ベリーベスト　ZVB-1）
ISBN978-4-596-74251-3

運命を紡ぐ花嫁（ダイアナ・パーマー作,
　伊坂奈々訳）……………………………… 5
結婚式はそのままに（アネット・ブロード
　リック作, 江田さだえ訳）………………… 105
パラダイスの一夜（ヘザー・グレアム作,
　辻早苗訳）…………………………………… 201

［0681］ 恋みち―現代版・源氏物語
スターツ出版　2008.9　301p　19cm
1000円
ISBN978-4-88381-086-4

語り（唐沢ナオ）…………………………… 4
禁恋（reY）…………………………………… 7
秘恋（陽未）………………………………… 49
恍恋（アポロ）……………………………… 95
狂恋（Chaco）……………………………… 137
忍恋（ゆき）………………………………… 181
深恋（十和）………………………………… 235
語り（唐沢ナオ）…………………………… 296
源氏物語の魅力（瀬戸内寂聴）…………… 299

［0682］ 恋は、しばらくお休みです。―恋愛短篇小説集
レインブックス編集部編
泰文堂　2013.12　223p　15cm
571円　（レインブックス）
ISBN978-4-8030-0479-3

ツリーとタワー（戸川唯）………………… 5
ゆりちゃんを殺しに（荻田美加）…………… 37
みんなのうそ（小松知佳）………………… 71
縁切り旅行は二人で（源祥子）…………… 97
チルドレン（髙橋幹子）…………………… 131
しあわせのしっぽ（谷口雅美）…………… 161
赤いオープンカーの男（砂原美都）……… 197

［0683］ 告白
ソフトバンククリエイティブ
2009.3　337p　20cm　1000円
ISBN978-4-7973-5254-2

愛してるを三回（ふつみ）………………… 5
俺が小学生!?（美キやま）………………… 89
おかんの涙（まこと）……………………… 267
君の恋に心が揺れて（咲良色）…………… 291

地球の住人たち（ギャリ著，須藤哲生訳）‥ 403
救援ニュースNo.18.附録（小林多喜二）‥ 423
源氏の君の最後の恋（マルグリット・ユ
　ルスナール著，多田智満子訳）‥‥‥‥ 443
箱の夫（吉田知子）‥‥‥‥‥‥‥‥‥‥ 459
解説 アンソロジーの作法―偶感（中村邦
　生）‥‥‥‥‥‥‥‥‥‥‥‥‥‥‥‥ 485
収録作品・作家一覧 ‥‥‥‥‥‥‥‥‥‥ 1

［0684］　この愛のゆくえ―ポケッ
トアンソロジー
中村邦生編
岩波書店　2011.6　503,4p　15cm
940円　（岩波文庫別冊 21）
ISBN978-4-00-350024-8

I ‥‥‥‥‥‥‥‥‥‥‥‥‥‥‥‥‥‥ 7
　魔法の庭（イタロ・カルヴィーノ著，和
　田忠彦訳）‥‥‥‥‥‥‥‥‥‥‥‥‥ 9
　いたずら（アントン・パーヴロヴィチ・
　チェーホフ著，松下裕訳）‥‥‥‥‥‥ 17
　燃ゆる頬（堀辰雄）‥‥‥‥‥‥‥‥‥ 27
　星―プロヴァンスのある羊飼いの物語
　（アルフォンス・ドーデー著，桜田佐
　訳）‥‥‥‥‥‥‥‥‥‥‥‥‥‥‥‥ 45
　雨のなかの噴水（三島由紀夫）‥‥‥‥ 55
II ‥‥‥‥‥‥‥‥‥‥‥‥‥‥‥‥‥‥ 69
　ささやかな愛（キャサリン・マンスフィー
　ルド著，中村邦生訳）‥‥‥‥‥‥‥‥ 71
　きりぎりす（太宰治）‥‥‥‥‥‥‥‥ 75
　流れ星の光（チェウ・ファン著，加藤栄
　訳）‥‥‥‥‥‥‥‥‥‥‥‥‥‥‥‥ 97
　大島が出来る話（菊池寛）‥‥‥‥‥‥ 121
　国賓（フランク・オコナー著，阿部公彦
　訳）‥‥‥‥‥‥‥‥‥‥‥‥‥‥‥‥ 141
III ‥‥‥‥‥‥‥‥‥‥‥‥‥‥‥‥‥‥ 167
　バラの花の精（ハンス・クリスチャン・
　アンデルセン著，大畑末吉訳）‥‥‥‥ 169
　土神ときつね（宮沢賢治）‥‥‥‥‥‥ 181
　マルテと時計（テーオドール・シュトル
　ム著，立原道造訳）‥‥‥‥‥‥‥‥‥ 201
　交尾（梶井基次郎）‥‥‥‥‥‥‥‥‥ 213
　恋をしに行く（坂口安吾）‥‥‥‥‥‥ 225
IV ‥‥‥‥‥‥‥‥‥‥‥‥‥‥‥‥‥‥ 261
　春は馬車に乗って（横光利一）‥‥‥‥ 263
　十日の菊（アーネスト・クリストファー・
　ダウスン著，南條竹則訳）‥‥‥‥‥‥ 287
　帰還（アンドレイ・プラトーノヴィチ・
　プラトーノフ著，原卓也訳）‥‥‥‥‥ 303
　扉の彼方へ（岡本かの子）‥‥‥‥‥‥ 353
　彼（ドリス・レッシング著，中村邦生訳）‥‥ 371
V ‥‥‥‥‥‥‥‥‥‥‥‥‥‥‥‥‥‥ 387
　女体（芥川龍之介）‥‥‥‥‥‥‥‥‥ 389
　とうもろこしの種まき（シャーウッド・
　アンダーソン著，中村邦生訳）‥‥‥‥ 393

［0685］　最後の恋―つまり、自分史
上最高の恋。
新潮社　2008.12　346p　16cm
514円　（新潮文庫）
ISBN978-4-10-120123-8

春太の毎日（三浦しをん）‥‥‥‥‥‥‥ 7
ヒトリシズカ（谷村志穂）‥‥‥‥‥‥‥ 51
海辺食堂の姉妹（阿川佐和子）‥‥‥‥‥ 83
スケジュール（沢村凛）‥‥‥‥‥‥‥‥ 131
LAST LOVE（柴田よしき）‥‥‥‥‥‥ 175
わたしは鏡（松尾由美）‥‥‥‥‥‥‥‥ 225
キープ（乃南アサ）‥‥‥‥‥‥‥‥‥‥ 275
おかえりなさい（角田光代）‥‥‥‥‥‥ 315

［0686］　最後の恋プレミアム―つ
まり、自分史上最高の恋。
新潮社　2011.12　246p　16cm
460円　（新潮文庫 あ-49-4）
ISBN978-4-10-120124-5

甘い記憶（大島真寿美）‥‥‥‥‥‥‥‥ 7
ブーツ（井上荒野）‥‥‥‥‥‥‥‥‥‥ 43
ヨハネスブルグのマフィア（森絵都）‥‥‥ 59
森で待つ（阿川佐和子）‥‥‥‥‥‥‥‥ 91
ときめき（島本理生）‥‥‥‥‥‥‥‥‥ 139
TSUNAMI（村山由佳）‥‥‥‥‥‥‥‥ 161
それは秘密の（乃南アサ）‥‥‥‥‥‥‥ 187

恋愛小説

［0687］ 最後の恋MEN'S―つまり、自分史上最高の恋。
新潮社　2012.6　363p　16cm
550円　（新潮文庫　し-21-4）
ISBN978-4-10-125055-7

僕の舟（伊坂幸太郎）………………… 7
3コデ5ドル（越谷オサム）………………… 63
水曜日の南階段はきれい（朝井リョウ）…… 113
イルカの恋（石田衣良）………………… 175
桜に小禽（しょうきん）（橋本紡）…………… 207
エンドロールは最後まで（荻原浩）………… 263
七月の真っ青な空に（白石一文）………… 313

［0688］ さよなら、大好きな人―スウィート＆ビターな7ストーリー
リンダブックス編集部編著
泰文堂　2011.6　269p　19cm
571円　（Linda books！）
ISBN978-4-8030-0223-2

誓い（濱本七恵）………………… 6
トライアングル（立見千香）………………… 42
マシュマロ・マン（谷口雅美）………………… 80
オタ恋（BLANC）………………… 118
ホップ・ステップ・マザー（立見千香）…… 156
終わりのまえに（谷口雅美）………………… 196
さよなら、大好きな人（濱本七恵）………… 234

［0689］ 失恋前夜―大人のための恋愛短篇集
レインブックス編集部編
泰文堂　2013.9　254p　15cm
630円　（レインブックス）
ISBN978-4-8030-0472-4

喋らない男（谷口雅美）………………… 7
準備する女（戸川唯）………………… 33
バイバイ、増田くん（源祥子）………………… 63

どうした、田部ちゃん（美崎理恵）………… 87
戦略会議（小松知佳）………………… 109
最後の夜に（波多野都）………………… 135
夢の終わり（波多野都）………………… 157
嫁入り前夜（山本博美）………………… 179
ホーム（高橋幹子）………………… 205
恋もたけなわ（美木麻里）………………… 231

［0690］ 灼熱の恋人たち―サマー・シズラー2008
ハーレクイン　2008.7　284p　17cm
1200円
ISBN978-4-596-80619-2

風の中の誓い（ヘザー・グレアム著，瀧川紫乃訳）………………… 5
渚の熱い罠（ステファニー・ボンド著，竹内喜訳）………………… 121
恋は巻毛のように（ハイディ・ベッツ著，竹内喜訳）………………… 197

［0691］ 10ラブ・ストーリーズ
林真理子編
朝日新聞出版　2011.11　465p
15cm　760円　（朝日文庫　は12-4）
ISBN978-4-02-264634-7

愛と死（武者小路実篤）………………… 5
林真理子・解説1 心から泣ける美しい純愛小説（林真理子）………………… 120
野菊の墓（伊藤左千夫）………………… 123
林真理子・解説2 余計なものをとりはらったギリシャ神話（林真理子）………………… 184
老妓抄（岡本かの子）………………… 185
林真理子・解説3 天才の心地よいリズム、比喩の美しさ（林真理子）………………… 220
ジョゼと虎と魚たち（田辺聖子）………… 223
林真理子・解説4 大好きな愛らしく切ない物語（林真理子）………………… 252
春爛漫（小池真理子）………………… 255
林真理子・解説5 知的でありながら香気をかなでる（林真理子）………………… 294

花の名前（向田邦子）……………… 297

林真理子・解説 6 日本の男女の機微をうまくす
くいあげる（林真理子）…………… 314

凪の光景（森瑤子）………………… 317

林真理子・解説 7 ひえびえとした男女の真実を
見る（林真理子）…………………… 338

ひめごと（津村節子）……………… 341

林真理子・解説 8 とぎ澄まされた観察者として
の目（林真理子）…………………… 366

夏の終り（瀬戸内寂聴）…………… 369

林真理子・解説 9 色っぽい心理描写が濃厚な恋
愛小説（林真理子）………………… 424

一年ののち（林真理子）…………… 427

林真理子・解説 10 フランス人のための日本的
恋愛案内（林真理子）……………… 464

［0692］　シュガー＆スパイス
ヴィレッジブックス　2007.12　583p
15cm　940円　（ヴィレッジブック
ス）
ISBN978-4-7897-3220-8

ホワイトナイトにキスをして（ビヴァリー・
バートン著，島村浩子訳）……………… 7

ツリーがくれた贈り物（ファーン・マイケ
ルズ著，島村浩子訳）………………… 145

秘密のサンタ（シャーリー・ジャンプ著，
島村浩子訳）…………………………… 301

クリスマス・デザートは恋してる（ジョア
ン・フルーク著，上條ひろみ訳）……… 441

訳者あとがき ………………………… 580

［0693］　シンデレラ
和佐田道子編・訳
竹書房　2015.4　207p　15cm
650円　（竹書房文庫　ぺ1-1）
ISBN978-4-8019-0271-8

シンデレラ（シャルル・ペロー）……… 4

灰まみれの少女 アッシェンプッテル（ヤー
コブ・グリム，ヴィルヘルム・グリム）… 20

バーバ・ヤガー（W.R.S.ロールストン）…… 38

コンジとバッジ ………………………… 46

バワン・プティとバワン・メラ …………… 51

タムとカムの物語 ……………………… 55

小さな黄金の星 ………………………… 68

イェ・シェン ……………………………… 77

キャット・シンデレラ（ジャンバティスタ・
バジーレ）………………………………… 83

薔薇色の靴の乙女（イソップ）………… 99

十二の月たち―あるスラヴの伝説（アレク
サンダー・コズコ）…………………… 106

フェアとブラウン、そしてトレンブリング
（ジェレマイア・カーティン）………… 121

米福粟福 ……………………………… 143

紅皿欠皿 ……………………………… 160

米埋糠埋 ……………………………… 174

皿々山 ………………………………… 176

お月とお星 …………………………… 180

手なし娘 ……………………………… 188

姥皮 …………………………………… 192

鉢かつぎ姫 …………………………… 195

編・訳者あとがき（和佐田道子）…… 198

［0694］　スウィート・サマー・ラブ
ハーパーコリンズ・ジャパン
2015.8　440p　17cm　990円　（サ
マーシズラーVB ZVB4）
ISBN978-4-596-74254-4

愛は止まらない（ローリー・フォスター著，
寺田ちせ訳）……………………………… 5

波の数だけ愛して（ジェイン・アン・クレ
ンツ著，仁嶋いずる訳）……………… 195

運命がくれた愛（ジェイン・ポーター著，
木内重子訳）…………………………… 383

オタクを拾った女の話（波多野都）‥‥‥‥‥ *86*
ヤリタイ女とサマヨウ男（砂原美都）‥‥‥‥ *130*
いつもあなたを見ている（濱本七恵）‥‥‥‥ *172*
真綿で首を絞めるような愛撫（三谷晶子）‥*220*

［0695］ 好き、だった。―はじめて
の失恋、七つの話
ダ・ヴィンチ編集部編
メディアファクトリー　2010.2
217p　15cm　524円　（MF文庫　た-
4-2―ダ・ヴィンチ）
ISBN978-4-8401-3236-7

失恋の演算（有川浩）‥‥‥‥‥‥‥‥‥‥‥‥ *7*
ノベライズ（朝倉かすみ）‥‥‥‥‥‥‥‥‥ *39*
Fleecy Love（梨屋アリエ）‥‥‥‥‥‥‥‥‥ *69*
タママ マーンを探して（石原まこちん）‥‥ *91*
マリン・ロマンティスト（吉野万理子）‥‥ *131*
とげ抜き師（紺野キリフキ）‥‥‥‥‥‥‥ *157*
はじめてのお葬式（宮木あや子）‥‥‥‥‥ *189*

［0696］ 好きなのに
リンダブックス編集部編，リンダパ
ブリッシャーズ企画・編集
泰文堂　2013.5　287p　15cm
571円　（リンダブックス）
ISBN978-4-8030-0440-3

サボテンの育て方（濱本七恵）‥‥‥‥‥‥‥ *5*
カワイイ人（谷口雅美）‥‥‥‥‥‥‥‥‥‥ *49*
夏色に沁みる記憶（吹雪舞桜）‥‥‥‥‥‥‥ *89*
ホームレスの神さま（三谷晶子）‥‥‥‥‥ *129*
クラブヴィクトリア（鎌田直子）‥‥‥‥‥ *167*
卒業証書（遠山絵梨香）‥‥‥‥‥‥‥‥‥ *209*
渚より（紺屋なろう）‥‥‥‥‥‥‥‥‥‥ *247*

［0697］ すごい恋愛
リンダブックス編集部編
泰文堂　2012.12　255p　15cm
580円　（リンダブックス）
ISBN978-4-8030-0380-2

サチコとマナブの関係性（遠山絵梨香）‥‥‥ *6*
板さんの恋（荻田美加）‥‥‥‥‥‥‥‥‥‥ *44*

［0698］ てのひらの恋―けれど、い
ちばん大切なあの人との記憶。
角川文庫編集部編
KADOKAWA　2014.1　232p
15cm　480円　（角川文庫　あ104-1）
ISBN978-4-04-101174-4

女友達（江國香織）‥‥‥‥‥‥‥‥‥‥‥‥ *5*
十二時間三十分（崎谷はるひ）‥‥‥‥‥‥ *23*
さようなら（小手鞠るい）‥‥‥‥‥‥‥‥ *63*
ひとなつの花（小川糸）‥‥‥‥‥‥‥‥‥ *111*
おやすみ（瀧羽麻子）‥‥‥‥‥‥‥‥‥‥ *159*
バスローブ（小池真理子）‥‥‥‥‥‥‥‥ *197*

［0699］ 天使が微笑んだら―クリ
スマス・ストーリー2008
ハーレクイン　2008.10　413p
17cm　1200円
ISBN978-4-596-80824-0

聖夜の再会（デビー・マッコーマー著，島
野めぐみ訳）‥‥‥‥‥‥‥‥‥‥‥‥‥‥ *5*
キャンドルに願いを（アン・スチュアート
著，田中淳子訳）‥‥‥‥‥‥‥‥‥‥‥ *111*
光を取り戻すとき（マギー・シェイン著，
戸森蓉子訳）‥‥‥‥‥‥‥‥‥‥‥‥‥ *207*
ともしびは永遠に（ジュディス・アーノル
ド著，光崎杏訳）‥‥‥‥‥‥‥‥‥‥‥ *305*

恋愛小説　　　　　　　　　　　　　　　　　0705

［0700］　夏色の恋の誘惑
ハーレクイン　2013.8　316p　17cm
876円　（サマー・シズラーVB
　　ZVB2）
ISBN978-4-596-74252-0

恋の花に敬礼！（ダイアナ・パーマー著,
　小山マヤ子訳）………………………… 5
シークの秘策（ルーシー・モンロー著,竹
　内喜訳）……………………………… 111
ひとつの嘘（バーバラ・ハネイ著, 長田乃
　莉子訳）……………………………… 241

［0701］　夏に恋したシンデレラ
ハーパーコリンズ・ジャパン
　2016.8　376p　17cm　935円　（サ
　マーシズラーVB ZVB5）
ISBN978-4-596-74255-1

夏のふれあい（ノーラ・ロバーツ著, 菊池
　陽子訳）………………………………… 5
愛していると伝えたい（リンダ・ハワード
　著, 沢田由美子訳）………………… 165
恋人たちのシエスタ（リンダ・ラエル・ミ
　ラー著, 内海規子訳）……………… 263

［0702］　初めて恋してます。―サ
　　　　　ナギからチョウへ
主婦と生活社　2010.12　261p
　19cm　952円　（Junon novels）
ISBN978-4-391-13988-4

初めて恋してます。（ユズル）…………… 5
まるであの空に愛されるように。（冬華）…… 81
放課後探偵倶楽部 消えた文字の秘密（山口
　さかな）……………………………… 169
あとがき……………………………… 256

［0703］　バッド・バッド・ボーイズ
早川書房　2011.1　489p　16cm
940円　（ハヤカワ文庫 マ-4-1―イソ
　ラ文庫 30）
ISBN978-4-15-150030-5

いつでもどこでも、あなたと（シャノン・
　マッケナ著, 早川麻百合訳）………… 7
欲望の夜が明けても（E.C.シーディ著, 高
　樹薫訳）……………………………… 211
官能の島で取引を（ケイト・ノーブル著,
　金井真弓訳）………………………… 345
解説 ………………………………… 485

［0704］　100の恋―幸せになるため
　　　　　の恋愛短篇集
リンダブックス編集部編著
泰文堂　2010.9　239p　15cm
571円　（Linda books！）
ISBN978-4-8030-0201-0

社内恋愛（立見千香）…………………… 6
サランへ 私の彼は韓国人（濱本七恵）…… 30
ハニー・ディップ・ドーナツ（時乃真帆）… 70
七人目のオトコ（ひかり）……………… 94
ママ恋（石井里奈）…………………… 122
結婚の理由（谷口雅美）……………… 146
また君に恋をする（笹原ひとみ）……… 170
最後のひと（谷口雅美）……………… 194
既婚恋愛（立見千春）………………… 218

［0705］　ファン
主婦と生活社　2009.4　219p　19cm
952円　（Junon novels）
ISBN978-4-391-13769-9

ファン（西田有希）………………………… 5
Laugh（Yumi）………………………… 73
サンガツビヨリ（矢吹みさ）…………… 121

219

あとがき ……………………… 214

〔著者紹介〕 ……………………… 291

［0706］　変愛小説集
岸本佐知子編訳
講談社　2008.5　285p　20cm
1900円
ISBN978-4-06-214544-2

五月（アリ・スミス）……………………… 7
僕らが天王星に着くころ（レイ・ヴクサ
　ヴィッチ）……………………… 31
セーター（レイ・ヴクサヴィッチ）……… 57
まる呑み（ジュリア・スラヴィン）……… 67
最後の夜（ジェームズ・ソルター）……… 91
お母さん攻略法（イアン・フレイジャー）‥113
リアル・ドール（A.M.ホームズ）………… 121
獣（モーリーン・F.マクヒュー）………… 161
ブルー・ヨーデル（スコット・スナイダー）‥171
柿右衛門の器（ニコルソン・ベイカー）……215
母たちの島（ジュディ・バドニッツ）……231
編者あとがき ……………………… 276

［0707］　変愛小説集
岸本佐知子編訳
講談社　2014.10　291p　15cm
800円　（講談社文庫　き65-1）
ISBN978-4-06-277907-4

五月（アリ・スミス）……………………… 9
僕らが天王星に着くころ（レイ・ヴクサ
　ヴィッチ）……………………… 33
セーター（レイ・ヴクサヴィッチ）……… 59
まる呑み（ジュリア・スラヴィン）……… 69
最後の夜（ジェームズ・ソルター）……… 93
お母さん攻略法（イアン・フレイジャー）‥115
リアル・ドール（A.M.ホームズ）………… 123
獣（モーリーン・F.マクヒュー）………… 165
ブルー・ヨーデル（スコット・スナイダー）‥175
柿右衛門の器（ニコルソン・ベイカー）……221
母たちの島（ジュディ・バドニッツ）……235
編訳者あとがき（岸本佐和子）……………280
文庫版あとがき（岸本佐和子）……………288

［0708］　変愛小説集　2
岸本佐知子編訳
講談社　2010.5　314p　20cm
1900円
ISBN978-4-06-216245-6

彼氏島（ステイシー・リクター）………… 7
スペシャリスト（アリソン・スミス）……… 33
妹（ミランダ・ジュライ）………………… 69
私が西部にやって来て、そこの住人になっ
　たわけ（アリソン・ベイカー）………… 91
道にて（スティーヴン・ディクソン）…… 119
ヴードゥー・ハート（スコット・スナイダー）‥131
ミルドレッド（レナード・マイケルズ）……205
マネキン（ポール・グレノン）………… 221
『人類学・その他一〇〇の物語』より（ダ
　ン・ローズ）……………………… 237
　人類学 ……………………… 239
　美女 ……………………… 239
　会報 ……………………… 240
　有料 ……………………… 241
　クラブ ……………………… 241
　ほこり ……………………… 242
　まさぐる ……………………… 242
　操（ミサオ）……………………… 243
　花 ……………………… 244
　ガラス ……………………… 244
　ひとりきり ……………………… 245
　趣味 ……………………… 245
　無関心 ……………………… 246
　ジャム ……………………… 247
　キス ……………………… 247
　笑う ……………………… 248
　レズビアン ……………………… 248
　道しるべ ……………………… 249
　裸 ……………………… 250
　ウィージャ・ボード ………… 250
　部分 ……………………… 251
　パイロット ……………………… 251
　プルースト ……………………… 252
　リハーサル ……………………… 252
　沈没 ……………………… 253
　眠る ……………………… 254

恋愛小説　0713

悪霊 ……………………………………… 254
そんなようなこと …………………… 255
剣製 ……………………………………… 255
ぺてん ………………………………… 256
警棒 ……………………………………… 256
ビデオ ………………………………… 257
元気 ……………………………………… 257
歯好症(デンタフィリア)(ジュリア・スラヴィ
　ン) ……………………………………… 259
シュワルツさんのために(ジョージ・ソー
　ンダーズ) ……………………………… 283
編訳者あとがき ……………………… 306

［0709］　変愛小説集　日本作家編
岸本佐知子編
講談社　2014.9　309p　19cm
1800円
ISBN978-4-06-219065-7

前口上(岸本佐和子) ……………………… 2
形見(川上弘美) …………………………… 11
韋駄天どこまでも(多和田葉子) ……… 29
藁の夫(本谷有希子) ……………………… 51
トリプル(村田沙耶香) …………………… 71
ほくろ毛(吉田知子) …………………… 105
逆毛のトメ(深堀骨) …………………… 129
天使たちの野合(木下古栗) …………… 153
カウンターイルミネーション(安藤桃子) ‥181
梯子の上から世界は何度だって生まれ変わ
　る(吉田篤弘) ………………………… 201
男鹿(小池昌代) ………………………… 227
クエルボ(星野智幸) …………………… 249
ニューヨーク、ニューヨーク(津島佑子) ‥273
編者あとがき …………………………… 296

［0710］　ホワイト・ウェディング
SDP編・監修
SDP　2007.12　269p　19cm
952円　（Angel works）
ISBN978-4-903620-20-6

はじまりのさくら(岩川元) ……………… 5

筆耕屋(鹿目けい子) ……………………… 57
国境なき河(岡内義人) ………………… 113
花の香る日(タテマキコ) ……………… 161
雪中花(宮下知子) ……………………… 215

［0711］　マイ・バレンタイン―愛の
　　　　　贈りもの　2007
ハーレクイン　2007.1　348p　17cm
1200円
ISBN978-4-596-80517-1

白いドレスの願い(シェリル・ウッズ著,
　大森みち花訳) …………………………… 5
愛の謎が解けたら(ジェニファー・テイラー
　著,竹原麗訳) ………………………… 31
ハートの誘惑(ウェンディ・ロズノー著,
　藤倉詩音訳) …………………………… 121
ポピーの幸せ(ダイアナ・パーマー著,高
　円寺みなみ訳) ………………………… 251

［0712］　マイ・バレンタイン―愛の
　　　　　贈りもの　2008
ハーレクイン　2008.1　537p　17cm
1295円
ISBN978-4-596-80518-8

悪魔とダンスを(チェリー・アデア著,美
　琴あまね訳) ……………………………… 5
奇跡のバレンタイン(アン・スチュアート
　著,愛甲玲訳) ………………………… 105
冷たいボス(エマ・ダーシー著,苅谷京子
　訳) ……………………………………… 345

［0713］　マイ・バレンタイン―愛の
　　　　　贈りもの　2009
ハーレクイン　2009.1　252p　17cm
933円
ISBN978-4-596-80519-5

誓いのキスを奪われて(サンドラ・マート

ン著，桂真樹訳） …………………… *5*
プレゼントは愛（ローリー・フォスター著，
　川井蒼子訳） …………………………… *117*
美しき娘（マーガレット・ムーア著，石川
　園枝訳） ………………………………… *181*
シンデレラの願い（リズ・フィールディン
　グ著，川井蒼子訳） …………………… *227*

```
┌─────────────────────────────┐
│　　［0714］　マイ・バレンタイン―愛の  │
│　　　　　贈りもの　2010              │
│　　ハーレクイン　2010.1　297p　17cm  │
│　　　　　　1200円                    │
│　　　ISBN978-4-596-80520-1          │
└─────────────────────────────┘
```

ふたたびのカリブ海（ジュリア・ジェイム
　ズ著，橋由美訳） ……………………… *5*
熱い週末（ヴィッキー・L.トンプソン著，
　山田信子訳） …………………………… *131*
三度目の求婚（ジュリア・ジャスティス著，
　大谷真理子訳） ………………………… *237*

```
┌─────────────────────────────┐
│　　［0715］　マイ・バレンタイン―愛の  │
│　　　　　贈りもの　2011              │
│　　ハーレクイン　2011.1　219p　17cm  │
│　　　　　　867円                     │
│　　　ISBN978-4-596-80521-8          │
└─────────────────────────────┘
```

優しさに包まれるとき（シャロン・サラ著，
　青山梢訳） ……………………………… *5*
伯爵の求愛（キャロル・モーティマー著，
　青山有未訳） …………………………… *83*
愛と情熱の日々（サラ・モーガン著，竹内
　喜訳） …………………………………… *129*
夢見るバレンタイン（マーナ・マッケンジー
　著，中野恵訳） ………………………… *175*

```
┌─────────────────────────────┐
│　　［0716］　マイ・バレンタイン―愛の  │
│　　　　　贈りもの　2012              │
│　　ハーレクイン　2012.1　285p　17cm  │
│　　　　　　1200円                    │
│　　　ISBN978-4-596-80522-5          │
└─────────────────────────────┘
```

謎の恋人（デイ・ラクレア著，渡辺千穂子
　訳） ……………………………………… *5*
身も心も（キャロル・モーティマー著，細
　郷妙子訳） ……………………………… *113*
夢に見たキス（ジェシカ・ハート著，松村
　和紀子訳） ……………………………… *157*
思い出のバレンタイン（タラ・T.クイン著，
　中野恵訳） ……………………………… *193*

```
┌─────────────────────────────┐
│　　［0717］　マイ・バレンタイン―愛の  │
│　　　　　贈りもの　2015              │
│　　ハーレクイン　2015.1　365p　17cm  │
│　　　　　　1167円                    │
│　　　ISBN978-4-596-80523-2          │
└─────────────────────────────┘
```

花嫁は家政婦（クリスティン・リマー著，
　平江まゆみ訳） ………………………… *5*
2月14日の約束（ジェイン・ポーター著，上
　村悦子訳） ……………………………… *177*
愛のシナリオ（レベッカ・ウインターズ著，
　仁嶋いずる訳） ………………………… *275*

```
┌─────────────────────────────┐
│　　［0718］　マイ・バレンタイン―愛の  │
│　　　　　贈りもの　2016              │
│　　ハーパーコリンズ・ジャパン        │
│　　2016.1　379p　17cm　1167円        │
│　　　ISBN978-4-596-80524-9          │
└─────────────────────────────┘
```

競り落とされた想い人（レベッカ・ウイン
　ターズ著，松村和紀子訳） …………… *5*
恋のレッスン引き受けます（マリー・フェ
　ラレーラ著，瀬野莉子訳） …………… *43*
裏切りの花束（エマ・ダーシー著，渋沢亜
　裕美訳） ………………………………… *225*

恋愛小説　　0724

[0719]　真夏の恋の物語―サマー・
　　　　シズラー　2009
ハーレクイン　2009.7　365p　17cm
　　　　1200円
ISBN978-4-596-80621-5

シークと乙女（キム・ローレンス著，高木
　晶子訳）……………………………… 5
砂漠に咲いた愛（メレディス・ウェバー著，
　原淳子訳）………………………… 117
プリンセスに選ばれて（リズ・フィールディ
　ング著，矢部真理訳）…………… 249

[0720]　真夏の恋の物語―サマー・
　　　　シズラー　2010
ハーレクイン　2010.7　394p　17cm
　　　　1200円
ISBN978-4-596-80622-2

気高きシーク（キム・ローレンス著，小林
　町子訳）……………………………… 5
結婚はナポリで（レベッカ・ウインターズ
　著，高橋美友紀訳）……………… 209
覆面の恋泥棒（ルイーズ・アレン著，古沢
　絵里訳）…………………………… 331

[0721]　真夏の恋の物語―サマー・
　　　　シズラー　2012
ハーレクイン　2012.7　315p　17cm
　　　　1200円
ISBN978-4-596-80625-3

愛を知らない伯爵（ジェニー・ルーカス著，
　早川麻百合訳）……………………… 5
異国のボス（ケイト・ヒューイット著，杉
　本ユミ訳）………………………… 111
脅されたプリンセス（ケイトリン・クルー
　ズ著，霜月桂訳）………………… 217

[0722]　真夏の恋の物語―サマー・
　　　　シズラー　2013
ハーレクイン　2013.7　318p　17cm
　　　　1200円
ISBN978-4-596-80626-0

セクシーな隣人（ローリー・フォスター著，
　平江まゆみ訳）……………………… 5
あなたに誘惑の罠を（モーリーン・チャイ
　ルド著，八坂よしみ訳）………… 109
愛と夢のはざまで（イヴォンヌ・リンゼイ
　著，皆川孝子訳）………………… 261

[0723]　真夏の恋の物語―サマー・
　　　　シズラー　2014
ハーレクイン　2014.7　318p　17cm
　　　　1111円
ISBN978-4-596-80627-7

伯爵との消えない初恋（キャロル・モーティ
　マー著，堺谷ますみ訳）…………… 5
情熱の落としもの（メレディス・ウェバー
　著，高木晶子訳）………………… 61
波打ち際のロマンス（リアン・バンクス著，
　松村和紀子訳）…………………… 163
無垢なキューピッド（エイミー・アンドルー
　ズ著，琴葉かいら訳）…………… 227

[0724]　真夏のシンデレラ・ストー
　　　　リー―サマー・シズラー2015
ハーパーコリンズ・ジャパン
　2015.7　346p　17cm　1167円
ISBN978-4-596-80628-4

子爵が見つけた壁の花（アニー・バロウズ
　著，瀬野莉子訳）…………………… 5
噂の傲慢社長（リズ・フィールディング著，
　松村和紀子訳）…………………… 59
シンデレラは涙をふいて（デビー・マッコー
　マー著，大谷真理子訳）………… 171

223

高潔な公爵の魔性（キャロル・モーティマー
　　著，上村悦子訳）……………………… 285

［0725］　めぐり逢う四季（きせつ）
嵯峨静江訳
二見書房　2009.11　538p　15cm
952円　（二見文庫　ロ10-1―ザ・ミス
テリ・コレクション）
ISBN978-4-576-09151-8

読者への手紙（メアリ・バログ）……………… 4
ローグ・ジェラードの陥落（ステフアニー・
　　ローレンス）……………………………… 7
魅せられて（メアリ・バログ）……………… 143
オンリー・ユー（ジャッキー・ダレサンド
　　ロ）………………………………………… 271
これからずっと（キャンディス・ハーン）… 405
訳者あとがき ………………………………… 534

［0726］　燃える天使
柴田元幸編訳
角川書店　2009.10　202p　15cm
552円　（角川文庫　15951）
ISBN978-4-04-394308-1

僕の恋、僕の傘（ジョン・マクガハン）……… 7
床屋の話（V.S.プリチェット）……………… 27
愛の跡（フィリップ・マッキャン）………… 41
ブロードムアの少年時代（パトリック・マ
　　グラア）…………………………………… 75
世の習い（ヴァレリー・マーティン）……… 87
ケイティの話　一九五〇年十月（シェイマ
　　ス・ディーン）…………………………… 99
太平洋の岸辺で（マーク・ヘルプリン）…… 121
猫女（スチュアート・ダイベック）………… 147
メリーゴーラウンド（ジャック・プラス
　　キー）……………………………………… 153
影製造産業に関する報告（ピーター・ケア
　　リー）……………………………………… 163
亀の悲しみ　アキレスの回想録（ジョン・フ
　　ラー）……………………………………… 171
燃える天使　謎めいた目（モアシル・スクリ

アル）…………………………………… 181
サンタクロース殺人犯（スペンサー・ホル
　　スト）……………………………………… 191
編訳者あとがき ……………………………… 198

［0727］　四つの愛の物語―クリス
マス・ストーリー　2007
ハーレクイン　2007.11　427p
17cm　1200円
ISBN978-4-596-80823-3

クリスマスはあなたと（キャロル・モーテ
　　イマー著，田村たつ子訳）………………… 5
イブの口づけ（レベッカ・ウインターズ著，
　　木内重子訳）……………………………… 103
すてきなプロポーズ（ベティ・ニールズ著，
　　秋庭葉瑠訳）……………………………… 217
聖なる贈り物（リン・ストーン著，美琴あ
　　まね訳）…………………………………… 321

［0728］　四つの愛の物語―クリス
マス・ストーリー　2009
ハーレクイン　2009.11　457p
17cm　1219円
ISBN978-4-596-80827-1

指輪はイブの日に（ダイアナ・パーマー著，
　　高橋美友紀訳）……………………………… 5
王子様と聖夜を（キャサリン・ジョージ著，
　　橋由美訳）………………………………… 111
魅惑の舞踏会（ルイーズ・アレン著，苅谷
　　京子訳）…………………………………… 237
忘れえぬクリスマス（デビー・マッコーマー
　　著，島野めぐみ訳）……………………… 365

恋愛小説　0733

［0729］　四つの愛の物語─クリスマス・ストーリー　2010
ハーレクイン　2010.11　398p
17cm　1200円
ISBN978-4-596-80828-8

レディ・ラブレスを探して（ニコラ・コーニック著，古沢絵里訳）……………… 5
いたずらな天使（デイ・ラクレア著，竹内喜訳）……………………………… 67
聖夜は億万長者と（キャロル・モーティマー著，高木晶訳）………………… 167
恋に落ちた十二月（ナタリー・アンダーソン著，山口絵夢訳）……………… 269

［0730］　四つの愛の物語─クリスマス・ストーリー　2011
ハーレクイン　2011.11　427p
17cm　1200円
ISBN978-4-596-80829-5

クリスマスに間に合えば（シャロン・ケンドリック著，霜月桂訳）…………… 5
億万長者の贈り物（キャロル・モーティマー著，古沢絵里訳）……………… 111
愛を忘れた伯爵（ジェイン・ポーター著，藤倉詩音訳）……………………… 207
キャンドルナイトの誘惑（キャサリン・ジョージ著，上村悦子訳）………… 313

［0731］　四つの愛の物語─クリスマス・ストーリー　2012
ハーレクイン　2012.11　411p
17cm　1200円
ISBN978-4-596-80830-1

魅惑のドクター（ベティ・ニールズ著，庭植奈穂子訳）……………………… 5
アリーの秘密（レベッカ・ウインターズ著，上村悦子訳）…………………… 161

プレイボーイにご用心（キャロル・モーティマー著，霜月桂訳）……………… 213
嵐の夜の奇跡（キャサリン・ジョージ著，瀧川紫乃訳）……………………… 307

［0732］　四つの愛の物語─クリスマス・ストーリー　2013
ハーレクイン　2013.11　318p
17cm　1200円
ISBN978-4-596-80831-8

ボスに恋した秘書（キャロル・モーティマー著，上村悦子訳）……………… 5
ガラスの丘のプリンセス（レベッカ・ウインターズ著，田村たつ子訳）…… 101
疑われた花嫁（ケイトリン・クルーズ著，高橋美友紀訳）…………………… 153
子爵の贈り物（アニー・バロウズ著，富永佐知子訳）………………………… 205

［0733］　四つの愛の物語─クリスマス・ストーリー　2014
ハーレクイン　2014.11　428p
17cm　1167円
ISBN978-4-596-80832-5

放蕩領主と美しき乙女（キャロル・モーティマー著，古沢絵里訳）………… 5
イヴに天使が舞いおりて（レベッカ・ウインターズ著，大谷真理子訳）…… 105
花嫁にメリー・クリスマス（マリオン・レノックス著，上村悦子訳）……… 187
純情なシンデレラ（エリザベス・ロールズ著，霜月桂訳）…………………… 309

225

恋愛小説

[0734] ラブソングに飽きたら
幻冬舎 2015.2 331p 16cm
650円 （幻冬舎文庫 か-41-1）
ISBN978-4-344-42306-0

約束のまだ途中（加藤千恵）…………………… 7
デイドリーム オブ クリスマス（椰月美智
子）…………………………………………… 45
超遅咲きDJの華麗なるセットリスト全史
（山内マリコ）……………………………… 85
雨宿りの歌（あさのあつこ）………………… 121
一点突破（LiLy）……………………………… 169
山の上の春子（青山七恵）…………………… 221
1996年のヒッピー（吉川トリコ）………… 265
ふたりのものは、みんな燃やして（川上未
映子）………………………………………… 297

[0735] 恋愛小説
新潮社編
新潮社 2007.3 228p 16cm
400円 （新潮文庫）
ISBN978-4-10-120806-0

天頂より少し下って（川上弘美）…………… 7
夏の吐息（小池真理子）……………………… 49
夜のジンファンデル（篠田節子）…………… 95
アンバランス（乃南アサ）…………………… 135
アーティチョーク（よしもとばなな）……… 183

[0736] 私らしくあの場所へ
講談社 2009.5 85p 15cm 400円
（講談社文庫 か88-9）
ISBN978-4-06-276358-5

ふたり（角田光代）…………………………… 7
ゆうれいトンネル（大道珠貴）……………… 21
風になびく青い風船（谷村志穂）…………… 33
たとえ恋は終わっても（野中柊）…………… 47
Border（有吉玉青）…………………………… 61

遠ざかる夜（島本理生）……………………… 73

[0737] LOVE & TRIP by
LESPORTSAC
日本ラブストーリー大賞編集部編
宝島社 2013.9 262p 16cm
648円 （宝島社文庫 Cに-1-1）
ISBN978-4-8002-1192-7

蛍の光（上原小夜）…………………………… 7
ブラインドデート（宇木聡史）……………… 73
お月さんを探して（咲乃月音）……………… 121
ブルー・ジャーニー（沢木まひろ）………… 167
ガールズトーク（中居真麻）………………… 219

[0738] Love letter
幻冬舎 2008.4 222p 16cm
495円 （幻冬舎文庫）
ISBN978-4-344-41104-3

ありがとう（石田衣良）……………………… 7
空（島村洋子）………………………………… 23
ラブレターなんてもらわない人生（川端裕
人）…………………………………………… 41
再会（森福都）………………………………… 67
ミルフイユ（前川麻子）……………………… 85
音のない海（山崎マキコ）…………………… 109
水槽の魚（中上紀）…………………………… 125
虫歯の薬みたいなもの（井上荒野）………… 143
竜が舞うとき（桐生典子）…………………… 163
永遠に完成しない二通の手紙（三浦しを
ん）…………………………………………… 185
きまじめユストフ（いしいしんじ）………… 203

恋愛小説

［0739］ **Love or like─恋愛アン
ソロジー**
祥伝社　2008.9　319p　16cm
600円　（祥伝社文庫）
ISBN978-4-396-33449-9

リアルラブ？（石田衣良）……………………… 7
なみうちぎわ（中田永一）…………………… 35
ハミングライフ（中村航）…………………… 99
Dear（本多孝好）…………………………… 155
わかれ道（真伏修三）………………………… 239
ネコ・ノ・デコ（山本幸久）………………… 283

女流小説・女性の小説

[0740] 甘い罠—8つの短篇小説集
文藝春秋 2012.7 224p 16cm
533円 （文春文庫 え10-2）
ISBN978-4-16-783804-1

蛾（江國香織） ······················· 9
巨人の接待（小川洋子） ·············· 35
「天にまします吾らが父ヨ、世界人類ガ、幸
　福デ、ありますヨウニ」（川上弘美） ··· 65
告白（桐野夏生） ····················· 95
捨てる（小池真理子） ················ 119
夕陽と珊瑚（髙樹のぶ子） ············ 147
カワイイ、アナタ（髙村薫） ·········· 177
リハーサル（林真理子） ·············· 201

[0741] 女 1
オトナの短篇編集部編著
あの出版 2016.4 159p 15cm
1000円 （GB—小説 オトナの短篇
シリーズ）
ISBN978-4-294-00031-1

はじめに ···························· 4
お母さんはえらいな（小川未明） ······· 7
「女らしさ」とは何か（与謝野晶子） ····· 13
秋（芥川龍之介） ····················· 33
太宰治の三文字「女」シリーズ ········ 59
　美少女（太宰治） ··················· 61
　千代女（太宰治） ··················· 72
　女生徒（太宰治） ··················· 94
もっと「女」を読みたい方は ·········· 152
備考 ······························· 153
青空文庫の記載項目 ················· 154

[0742] 女 2
オトナの短篇編集部編著
あの出版 2016.4 149p 15cm
1000円 （GB—小説 オトナの短篇
シリーズ）
ISBN978-4-294-00032-8

はじめに ···························· 4
現代若き女性の気質集（岡本かの子） ···· 7
魔性の女（大倉燁子） ················ 19
淫賣婦（葉山嘉樹） ·················· 49
オシャベリ姫（夢野久作） ············ 82
もっと「女」を読みたい方は ·········· 146
備考 ······························· 147
青空文庫の記載項目 ················· 148

[0743] 女ともだち
小学館 2010.3 153p 19cm
1300円
ISBN978-4-09-386271-4

海まであとどのくらい？（角田光代） ···· 5
野江さんと蒟蒻（井上荒野） ··········· 37
その角を左に曲がって（栗田有起） ····· 63
握られたくて（唯野未歩子） ··········· 91
エイコちゃんのしっぽ（川上弘美） ····· 129

女流小説・女性の小説　　0747

［0744］　女ともだち
小学館　2013.3　173p　16cm
419円　（小学館文庫　か29-1）
ISBN978-4-09-408805-2

海まであとどのくらい？（角田光代）……… 9
野江さんと蒟蒻（こんにゃく）（井上荒野）… 45
その角を左に曲がって（栗田有起）………… 75
握られたくて（唯野未歩子）……………… 105
エイコちゃんのしっぽ（川上弘美）……… 147

［0745］　彼の女たち
講談社　2012.4　284p　15cm
552円　（講談社文庫　え31-3）
ISBN978-4-06-277243-3

プリンセス・プリンセス（嶽本野ばら）……… 9
楽園（角田光代）……………………………… 59
17歳（唯野未歩子）………………………… 115
All about you（井上荒野）………………… 165
テンペスト（江國香織）…………………… 211
巻末座談会（嶽本野ばら，角田光代，唯野未
歩子，井上荒野，江國香織）…………… 257

**［0746］　現代アイルランド女性作
家短編集**
風呂本武敏監訳
新水社　2016.10　300p　19cm
2300円
ISBN978-4-88385-188-1

まえがき ……………………………………… 6
幻燈スライド（エドナ・オブライアン著，
吉村育子訳）……………………………… 24
人生は彼女のもの（メイヴ・ケリー著，平
敷亮子訳）………………………………… 68
愛ゆえに（メイヴ・ケリー著，平敷亮子訳）… 87
トリオ（ジェニファー・ジョンストン著，
風呂本武敏訳）………………………… 104

受難の娘たち（ジュリア・オフェイロン著，
団野恵美子訳）………………………… 116
マッド・マルガ（ジュリア・オフェイロン
著，団野恵美子訳）…………………… 154
処女について（クレア・ボイラン著，中尾
幸子訳）………………………………… 182
架空の娘（クレア・ボイラン著，中尾幸子
訳）……………………………………… 193
斜視（メアリー・モリッシー著，穴吹章子
訳）……………………………………… 216
便宜的結婚（メアリー・モリッシー著，穴
吹章子訳）……………………………… 230
ポータブル・ヴァージン（アン・エンライ
ト著，今村啓子訳）…………………… 244
建築家のラヴストーリーの家（アン・エン
ライト著，今村啓子訳）……………… 253
対価（エマ・ドノヒュー著，桑山孝子訳）… 266
手荷物（エマ・ドノヒュー著，桑山孝子訳）… 282
あとがき ………………………………… 299
訳者紹介 ………………………………… 301

［0747］　捨てる―アンソロジー
文藝春秋　2015.11　309p　19cm
1600円
ISBN978-4-16-390365-1

箱の中身は（大崎梢）……………………… 7
蜜腺（松村比呂美）……………………… 33
捨ててもらっていいですか？（福田和代）… 71
forgét me nòt（篠田真由美）…………… 107
四つの掌編（光原百合）………………… 137
　戻る人形 ……………………………… 139
　ツバメたち …………………………… 150
　バー・スイートメモリーへようこそ …… 156
　夢捨て場 ……………………………… 162
お守り（新津きよみ）…………………… 171
ババ抜き（永嶋恵美）…………………… 205
幸せのお手本（近藤史恵）……………… 237
花子さんと、捨てられた白い花の冒険（柴
田よしき）……………………………… 263
〈あとがき〉（近藤史恵）………………… 306

229

女流小説・女性の小説

[0748] 青鞜小説集
青鞜社編
講談社　2014.7　256p　16cm
1500円　（講談社文芸文庫 せC1）
ISBN978-4-06-290237-3

はしがき（らいてう）……………………… 7
京之助の居睡（ねむり）（野上弥生）……… 9
客（小笠原さだ）…………………………… 33
女医の話（水野仙）………………………… 44
太鼓の音（小金井きみ）…………………… 48
道子（荒木郁）……………………………… 54
老（尾島菊）………………………………… 65
おきな（加藤籌）…………………………… 72
教会と魔術と烏と（人見直）……………… 90
暗闘（岩野清）……………………………… 108
かおり（岡田八千代）……………………… 121
人の夫（神崎恒）…………………………… 130
手紙の一つ（神近市）……………………… 137
死の家（森しげ）…………………………… 155
乙弥と兄（林千歳）………………………… 164
執着（加藤みどり）………………………… 173
湖畔の夏（茅野雅）………………………… 191
初恋（藤岡一枝）…………………………… 202
老師（木内錠）……………………………… 217
解説（森まゆみ）…………………………… 239

[0749]　天空の家―イラン女性作
家選
藤元優子編訳
段々社　2014.5　235p　20cm
2000円　（現代アジアの女性作家秀
作シリーズ）
ISBN978-4-434-18878-7

天空の家（ゴリー・タラッキー）………… 5
長い夜（モニール―ラヴァーニープール）‥ 33
アニース（スィーミーン・ダーネシュヴァ
ル）…………………………………………… 51
小さな秘密（ファルホンデ・アーガーイー）… 91
染み（ゾヤ・ピールザード）……………… 133
見渡す限り（ファリーバー・ヴァフィー）‥ 167

アトラス（シーヴァー・アラストゥーイー）‥ 197
訳者あとがき………………………………… 224

[0750]　氷河の滴―現代スイス女
性作家作品集
スイス文学研究会編訳
鳥影社・ロゴス企画　2007.5　328p
20cm　2000円
ISBN978-4-86265-073-3

I ……………………………………………… 5
翼をもがれた女（エヴェリーン・ハスラー
著，小林貴美子訳）……………………… 7
それは豊かだった（ヴェレーナ・シュテ
ファン著，小島康男訳）………………… 27
明るい地のうえに黒々と；新本史斉/訳（エ
リカ・ペドレッティ）…………………… 49
シッピスのありがたい死者たち（ゲルト
ルート・ロイテンエッガー著，田村久
男訳）……………………………………… 67
石の時代（マリエラ・メーア著，田ノ岡
弘子訳）…………………………………… 77
II …………………………………………… 113
旅行プラン（ヘレン・マイアー著，寺島
政子訳）…………………………………… 115
テラス（ロール・ヴィース著，五十嵐豊
訳）………………………………………… 129
かえで―モノローグ（ゾエ・イェニー著，
大串紀代子訳）…………………………… 149
姉妹（クリスティン・T.シュニーダー著，
松鵜功記訳）……………………………… 157
落花生（ルート・シュヴァイケルト著，
若林恵訳）………………………………… 173
III ………………………………………… 189
花嫁（クリスティーナ・ブルンナー著，
大串紀代子訳）…………………………… 191
異国の町にて（ハンナ・ヨハンゼン著，
岩村行雄訳）……………………………… 211
IV ………………………………………… 227
パウラ・モーダーゾーン＝ベッカーに関
する最終楽章（ゲルトルート・ヴィル
カー著，山下剛訳）……………………… 229
富嶽十二景（ゲルトルート・ヴィルカー
著，山下剛訳）…………………………… 236
歩く（イルマ・ラクーザ著，新本史斉訳）‥ 259
作品解題……………………………………… 267

参考地図 ……………………………… 327

［0751］ 文芸あねもね
新潮社　2012.3　470p　16cm
670円　（新潮文庫　や-66-50）
ISBN978-4-10-136062-1

アメリカ人とリセエンヌ（山内マリコ）……… 9
二十三センチの祝福（彩瀬まる）………… 41
水流と砂金（宮木あや子）………… 89
川田伸子の少し特異なやりくち（蛭田亜紗
　子）……………………………… 121
真智の火のゆくえ（豊島ミホ）……… 157
私にふさわしいホテル（柚木麻子）……… 283
ぱばあのぱ（南綾子）………… 317
ボート（三日月拓）……… 377
子供おばさん（山本文緒）……… 415
少女病近親者・ユキ（吉川トリコ）……… 445
あとがき（山本文緒）……… 468
参加者プロフィール ……… 472
文芸あねもね☆できるまで物語 ……… 494

［0752］ わたしは女の子だから
角田光代訳
英治出版　2012.11　251p　20cm
1600円
ISBN978-4-86276-118-7

私も女（の子）だからこそ―まえがきにか
　えて（角田光代）……………………… 1
はじめに（マリー・スタントン）………… 8
道の歌（ジョアン・ハリス）……… 27
彼女の夢（ティム・ブッチャー）……… 43
店を運ぶ女（デボラ・モガー）……… 67
卵巣ルーレット（キャシー・レット）……… 93
あるカンボジア人の歌（グオシャオルー）… 115
チェンジ（マリー・フィリップス）……… 139
　返答（サブハドラ・ベルベース）……… 178
送金（アーヴィン・ウェルシュ）……… 193
〔著者紹介〕………………………… 巻末

［0753］ Invitation
文藝春秋　2010.1　234p　20cm
1400円
ISBN978-4-16-328820-8

蛾（江國香織）………………………… 7
巨人の接待（小川洋子）……………… 35
天にまします吾らが父ヨ、世界人類ガ、幸
　福デ、ありますヨウニ（川上弘美）……… 67
告白（桐野夏生）……… 97
捨てる（小池真理子）……… 121
夕陽と珊瑚（髙樹のぶ子）……… 151
カワイイ、アナタ（髙村薫）……… 183
リハーサル（林真理子）……… 209

［0754］ Joy！
講談社　2008.4　253p　20cm
1500円
ISBN978-4-06-214614-2

プリンセス・プリンセス（嶽本野ばら）……… 5
楽園（角田光代）……………… 55
17歳（唯野未歩子）……… 111
All about you（井上荒野）……… 161
テンペスト（江國香織）……… 207

家族の小説

[0755] あなたが生まれた日―家
族の愛が温かな10の感動ストーリー
リンダブックス編集部編著
泰文堂　2013.3　251p　15cm
571円　（リンダブックス）
ISBN978-4-8030-0407-6

お好み焼きのプライド（小松知佳）………… 9
女王のいた家（金広賢介）………………… 33
母の言霊（谷口雅美）……………………… 57
忘れてもいいよ（美木麻里）……………… 83
赤い風船（甲木千絵）……………………… 109
スフレケーキ（佐川里江）………………… 133
不思議なちから（美崎理恵）……………… 157
フライドポテト（甲木千絵）……………… 181
ママの恋（源祥子）………………………… 205
平均点と最高点（田中孝博）……………… 233

[0756] うちへ帰ろう―家族を想
うあなたに贈る短篇小説集
リンダブックス編集部編著，リンダ
パブリッシャーズ企画・編集
泰文堂　2013.1　245p　15cm
580円　（リンダブックス）
ISBN978-4-8030-0391-8

タラレバ（谷口雅美）……………………… 7
母の結婚（佐藤万里）……………………… 35
かぞえ歌（金広賢介）……………………… 61
お兄ちゃん記念日（田中孝博）…………… 85
ばかばかしくて楽しくて（関口暁）……… 107
パン屋のケーキ（小松知佳）……………… 131
さよなら、俺のマタニティブルー（源祥子）‥ 157

ローマの一日（野坂律子）………………… 179
神様を待っている（池田晴海）…………… 201
姉のコーヒー（甲木千絵）………………… 227

[0757] お母さんのなみだ
リンダパブリッシャーズ編集部編
泰文堂　2016.6　254p　15cm
639円　（リンダパブリッシャーズの
本）
ISBN978-4-8030-0917-0

オンライン（玉木凛）……………………… 6
父、猫を飼う（源祥子）…………………… 28
どんぐりの木（美崎理恵）………………… 52
ぼくの足の人差し指（佐川里江）………… 70
母は同い年（谷口雅美）…………………… 92
母の遺影が泣き出した（市野うあ）……… 116
昼、ロッジ亭オムライス（小林節子）…… 140
ミサコと婿入り息子（義井優）…………… 160
東風吹かば（荻野鳥子）…………………… 188
さよならクリスマス（野坂律子）………… 210
三人の食卓（浦野奈央子）………………… 234

[0758] コドモノセカイ
岸本佐知子編訳
河出書房新社　2015.10　215p
20cm　1900円
ISBN978-4-309-20687-5

まじない（リッキー・デュコーネイ）…… 7
王様ネズミ（カレン・ジョイ・ファウラー）‥ 15
子供（アリ・スミス）……………………… 29
ブタを割る（エトガル・ケレット）……… 49
ポノたち（ピーター・マインキー）……… 57

弟（ステイシー・レヴィーン）………… *81*
最終果実（レイ・ヴクサヴィッチ）………… *85*
トンネル（ベン・ルーリー）………………… *105*
追跡（ジョイス・キャロル・オーツ）……… *113*
靴（エトガル・ケレット）…………………… *129*
薬の用法（ジョー・メノ）…………………… *137*
七人の司書の館（エレン・クレイジャズ）‥ *147*
編者あとがき ………………………………… *207*

［0759］　この部屋で君と
新潮社　2014.9　315p　16cm
590円　（新潮文庫　あ-78-51―
　〔nex〕）
ISBN978-4-10-180005-9

それでは二人組を作ってください（朝井リョ
　ウ）………………………………………………… *7*
隣の空も青い（飛鳥井千砂）………………… *63*
ジャンピングニー（越谷オサム）………… *101*
女子的生活（坂木司）………………………… *133*
鳥かごの中身（徳永圭）……………………… *175*
十八階のよく飛ぶ神様（似鳥鶏）………… *211*
月の沙漠を（三上延）………………………… *253*
冷やし中華にマヨネーズ（吉川トリコ）…… *285*

［0760］　少女のなみだ
リンダブックス編集部編著
泰文堂　2014.6　222p　15cm
580円　（リンダブックス―涙がここ
　ろを癒す短篇小説集）
ISBN978-4-8030-0572-1

ベンチウォーマー（竹之内響介）…………… *7*
セメントベビー（谷口雅美）………………… *37*
SING IN THE BATH（蛭田直美）………… *65*
ママに伝えてほしいこと（佐川里江）……… *97*
飼い猫の掟、申し送ります（源祥子）…… *125*
今日は餃子の日（野坂律子）……………… *149*
ビュリダンのロバ（美崎理恵）…………… *175*
夢を見る（甲木千絵）……………………… *201*

［0761］　妻を失う―離別作品集
講談社文芸文庫編，富岡幸一郎選
講談社　2014.11　269p　16cm
1400円　（講談社文芸文庫　こJ36）
ISBN978-4-06-290248-9

元素智恵子（高村光太郎）……………………… *7*
裸形（高村光太郎）……………………………… *9*
智恵子の半生（高村光太郎）………………… *11*
小さき者へ（有島武郎）……………………… *33*
出しようのない手紙（葉山嘉樹）…………… *50*
春は馬車に乗って（横光利一）……………… *59*
死のなかの風景（原民喜）…………………… *80*
朝の悲しみ（清岡卓行）……………………… *97*
にきび（三浦哲郎）………………………… *154*
悲しいだけ（藤枝静男）…………………… *165*
妻と私（江藤淳）…………………………… *180*
解説―「死」を映し出す文学の言葉（富岡
　幸一郎）………………………………… *251*
著者紹介 …………………………………… *268*

［0762］　母のなみだ―愛しき家族
　を想う短篇小説集
リンダブックス編集部編著
泰文堂　2012.3　282p　15cm
571円　（Linda books！）
ISBN978-4-8030-0303-1

父へ（谷口雅美）………………………………… *7*
一段消し（金広賢介）………………………… *31*
嫁ぐ日まで（関口暁）………………………… *57*
運動会（甲木千絵）…………………………… *87*
二十歳の誕生日（小松知佳）……………… *115*
母が祈る理由（谷口雅美）………………… *147*
六畳一間のスイート・ホーム（田中孝博）‥ *171*
自慢の息子（野坂律子）…………………… *201*
走馬灯のように母は。（谷口雅美）………… *227*
テンショク（名取佐和子）………………… *257*

［0763］　母のなみだ・ひまわり―愛
しき家族を想う短篇小説集
リンダブックス編集部編著，リンダ
パブリッシャーズ企画・編集
泰文堂　2013.6　249p　15cm
571円　（リンダブックス）
ISBN978-4-8030-0402-1

最後の親孝行（谷口雅美）……………… 7
海辺にて（金広賢介）……………………… 33
あなたへの贈り物（佐藤万里）…………… 55
幸せな人（野坂律子）……………………… 81
もう一度、娘と（源祥子）………………… 105
父の正月（甲木千絵）……………………… 129
おかめ顔（小松知佳）……………………… 151
三日月と三等星（甲木千絵）……………… 175
カツコ美容室（美崎理恵）………………… 201
十月十日の二人（田中孝博）……………… 227

職業小説・労働文学

[0764] アンソロジー・プロレタリ
ア文学 1
貧困―飢える人々
楜沢健編

森話社 2013.9 384p 20cm
2800円
ISBN978-4-86405-051-7

凡例 ……………………………………… 6
短歌 (渡辺順三) ………………………… 7
I …………………………………………… 9
　龍介と乞食 (小林多喜二) …………… 10
　ある職工の手記 (宮地嘉六) ………… 22
　風琴と魚の町 (林芙美子) …………… 54
　川柳 (鶴彬) …………………………… 83
II ………………………………………… 85
　電報 (黒島伝治) ……………………… 86
　濁り酒 (伊藤永之介) ………………… 98
　貧しき人々の群 (宮本百合子) …… 120
　俳句 (栗林一石路) ………………… 222
　俳句 (橋本夢道) …………………… 222
III ……………………………………… 225
　棄てる金 (若杉鳥子) ……………… 226
　佐渡の唄 (里村欣三) ……………… 231
　移動する村落 (葉山嘉樹) ………… 255
解説 だから、プロレタリア文学が読みたい
　(楜沢健) …………………………… 363
編者略歴 …………………………… 巻末

[0765] アンソロジー・プロレタリ
ア文学 2
蜂起―集団のエネルギー
楜沢健編

森話社 2014.4 392p 20cm
3000円
ISBN978-4-86405-060-9

製糸女工の唄 (山中兆子) ……………… 9
地獄 (金子洋文) ……………………… 12
　川柳 (白石維想楼) …………………… 58
女店員とストライキ (佐多稲子) ……… 60
　川柳 ……………………………………… 71
豚群 (黒島伝治) ……………………… 73
　女工小唄―1 ………………………… 87
淫売婦 (葉山嘉樹) …………………… 92
　川柳 (井上剣花坊) ………………… 115
省電車掌 (黒江勇) …………………… 117
　短歌 (清水信) ……………………… 153
舗道 (宮本百合子) …………………… 155
　女工小唄―2 ……………………… 226
交番前 (中野重治) …………………… 232
　川柳 (鶴彬) ………………………… 240
鎖工場 (大杉栄) ……………………… 242
　短歌 (渡辺順三) …………………… 250
防雪林 (小林多喜二) ………………… 252
　女工小唄―3 ……………………… 361
解説 蜂起する「集団」の力、神秘、驚異 (楜
　沢健) ………………………………… 367
編者略歴 …………………………… 巻末

［0766］ アンソロジー・プロレタリア文学 3
戦争―逆らう皇軍兵士
楜沢健編
森話社　2015.5　356p　20cm
3000円
ISBN978-4-86405-080-7

川柳（鶴彬）‥‥‥‥‥‥‥‥‥‥ 9
I ‥‥‥‥‥‥‥‥‥‥‥‥‥‥‥ 11
　川柳（井上剣花坊）‥‥‥‥‥‥ 12
　橇（黒島伝治）‥‥‥‥‥‥‥‥ 14
　豪雨（立野信之）‥‥‥‥‥‥‥ 37
　怒れる高村軍曹（新井紀一）‥‥ 60
　殺戮の殿堂（白鳥省吾）‥‥‥‥ 78
II ‥‥‥‥‥‥‥‥‥‥‥‥‥‥ 83
　川柳（森田一二）‥‥‥‥‥‥‥ 84
　鉄兜（中村光夫）‥‥‥‥‥‥‥ 86
　俘虜（金子洋文）‥‥‥‥‥‥‥ 113
　三月の第四日曜（宮本百合子）‥ 122
　入営する弟に（中山フミ）‥‥‥ 160
III ‥‥‥‥‥‥‥‥‥‥‥‥‥ 165
　川柳（中島国夫）‥‥‥‥‥‥‥ 166
　軍人と文学（中野重治）‥‥‥‥ 168
　二人の中尉（平沢計七）‥‥‥‥ 175
　宣伝（高田保）‥‥‥‥‥‥‥‥ 194
　勲章（宮木喜久雄）‥‥‥‥‥‥ 264
IV ‥‥‥‥‥‥‥‥‥‥‥‥‥‥ 267
　川柳（井上信子）‥‥‥‥‥‥‥ 268
　煤煙の臭い（宮地嘉六）‥‥‥‥ 270
　麺麭（島影盟）‥‥‥‥‥‥‥‥ 307
　野ばら（小川未明）‥‥‥‥‥‥ 330
解説 戦う相手はどこにいる？（楜沢健）‥‥ 335
編者略歴‥‥‥‥‥‥‥‥‥‥‥ 巻末

［0767］ エール！　1
実業之日本社　2012.10　319p
16cm　600円　（実業之日本社文庫
ん1-1）
ISBN978-4-408-55098-5

漫画家 ウェイク・アップ（大崎梢）‥‥‥‥‥ 5
通信講座講師 六畳ひと間のLA（平山瑞穂）‥‥ 55

プラネタリウム解説員 金環日食を見よう（青井夏
　海）‥‥‥‥‥‥‥‥‥‥‥‥ 115
ディスプレイデザイナー イッツ・ア・スモール・
　ワールド（小路幸也）‥‥‥‥‥ 175
スポーツ・ライター わずか四分間の輝き（碧野
　圭）‥‥‥‥‥‥‥‥‥‥‥‥ 217
ツアー・コンダクター 終わった恋とジェット・ラ
　グ（近藤史恵）‥‥‥‥‥‥‥‥ 269
編集後記（大矢博子）‥‥‥‥‥ 316

［0768］ エール！　2
実業之日本社　2013.4　333p　16cm
600円　（実業之日本社文庫 ん1-2）
ISBN978-4-408-55121-0

スイミングインストラクター ジャグジー・トーク
　（坂木司）‥‥‥‥‥‥‥‥‥‥ 5
社会保険労務士 五度目の春のヒヨコ（水生大海）‥ 49
宅配ピザ店長 晴れのちバイトくん（拓未司）‥ 107
遺品整理会社社員 心の隙間を灯で埋めて（垣谷
　美雨）‥‥‥‥‥‥‥‥‥‥‥ 163
コミュニティFMパーソナリティー 黄昏飛行（光原百
　合）‥‥‥‥‥‥‥‥‥‥‥‥ 217
OL ヘブンリーシンフォニー（初野晴）‥‥‥‥ 271
編集後記（大矢博子）‥‥‥‥‥ 330

［0769］ エール！　3
実業之日本社　2013.10　311p
16cm　600円　（実業之日本社文庫
ん1-3）
ISBN978-4-408-55147-0

美術品輸送・展示スタッフ ヴィーナスの誕生（原
　田マハ）‥‥‥‥‥‥‥‥‥‥‥ 5
災害救急情報センター通信員 心晴（こはる）日和（日明
　恩）‥‥‥‥‥‥‥‥‥‥‥‥ 35
ベビーシッター ラブ・ミー・テンダー（森谷明
　子）‥‥‥‥‥‥‥‥‥‥‥‥ 89
農業 クール（山本幸久）‥‥‥‥‥‥‥‥‥ 139
イベント会社契約社員 シンプル・マインド（吉永
　南央）‥‥‥‥‥‥‥‥‥‥‥ 203
新幹線清掃スタッフ 彗星（すいせい）さんたち（伊坂
　幸太郎）‥‥‥‥‥‥‥‥‥‥ 251

職業小説・労働文学　　　　0773

編集後記（大矢博子）……………… 308

```
┌─────────────────────────────┐
│　　［0770］　現代短編小説選―2005～│
│　　　　　　　　　　　　　　　2009│
│　　　　　日本民主主義文学会編│
│　　日本民主主義文学会　2010.6　263p│
│　　　　　　20cm　1714円│
│　　　　ISBN978-4-406-05371-6│
└─────────────────────────────┘
```

銀の鳥（秋元いずみ）………………… 7
謝辞（櫂悦子）…………………………… 26
私の花さか爺（右遠俊郎）…………… 45
いもうと（林田遼子）………………… 56
希望とは何か（三浦協子）…………… 73
星条旗とゴッホ（稲沢潤子）………… 87
ウプソルを送る（高橋篤子）……… 109
花殻とスーツ（桐野遼）…………… 129
冬の海（菊地大）……………………… 144
レモンティー（高野哉洋）………… 154
もう一度選ぶなら（真木和泉）…… 161
働きたい理由（石井斉）…………… 198
とこしえの光（吉開那津子）……… 212
電話は鳴らない（仙洞田一彦）…… 232
蒼穹（燈山文久）……………………… 246
作者紹介 ……………………………… 261

```
┌─────────────────────────────┐
│　　　　［0771］　心に火を。│
│　　心に火をつける物語編集委員会編│
│　　廣済堂出版　2014.5　117p　19cm│
│　　　　　　　1000円│
│　　　　ISBN978-4-331-51830-4│
└─────────────────────────────┘
```

Scene1　レールの上をどこまでも行く―電
　　車の運転士編 ……………………… 6
Scene2　キャッチボールは続く―印刷会社
　　営業マン編 ………………………… 13
Scene3　起死回生！―作家編 ……… 19
Scene4　「おかえりなさい」に会いたくて
　　―お花屋さん編 ………………… 26
Scene5　数分間のカウンセリング―タク
　　シードライバー編 ……………… 33
Scene6　教えることは、ただひとつ―サッ

　　カー監督編 ………………………… 40
Scene7　父の背中―会社社長編 …… 47
Scene8　いつもの笑顔で―受付業務編 …… 54
Scene9　聴こえてくる言葉―クリエイティ
　　ブディレクター編 ……………… 62
Scene10　「ド真ん中」目指して―物流配送
　　企業の部長編 …………………… 71
Scene11　あの日の言葉を忘れない―教師
　　編 ………………………………… 78
Scene12　お客様は先生です。―スタイリ
　　スト編 …………………………… 84
Scene13　お嫁に行く日―新人教師編 …… 92
Scene14　あるべき所を求めて―書店員編… 99
Scene15　たった一言の魔法―テレフォン
　　アポインター編 ………………… 106
Scene16　あとがきにかえて―編集者編… 114

```
┌─────────────────────────────┐
│　［0772］　そういうものだろ、仕事っ│
│　　　　　　ていうのは│
│　　日本経済新聞出版社　2011.2　318p│
│　　　　　　18cm　1500円│
│　　　　ISBN978-4-532-17104-9│
└─────────────────────────────┘
```

ホームにて、蕎麦。（重松清）…………… 5
あの日。この日。そして。（野中柊）……… 59
ハート・オブ・ゴールド（石田衣良）……… 113
バルセロナの窓（大崎善生）……………… 161
きみがつらいのは、まだあきらめていない
　から（盛田隆二）……………………… 207
職場の作法（津村記久子）………………… 263

```
┌─────────────────────────────┐
│　［0773］　人はお金をつかわずには│
│　　　　　　いられない│
│　　日本経済新聞出版社　2011.10　249p│
│　　　　　　18cm　1400円│
│　　　　ISBN978-4-532-17110-0│
└─────────────────────────────┘
```

グレーゾーンの人（久間十義）…………… 5
おめでとうを伝えよう！（朝倉かすみ）…… 59
誇りに関して（山崎ナオコーラ）………… 119
人間バンク（星野智幸）…………………… 159
バスと遺産（平田俊子）…………………… 205

［0774］　文学で考える〈仕事〉の
百年
飯田祐子, 日高佳紀, 日比嘉高編
双文社出版　2010.3　201p　21cm
2000円
ISBN978-4-88164-087-6

はじめに …………………………… 巻頭
I　〈仕事〉の近世 …………………… 7
　海城発電 (泉鏡花) ………………… 8
　にごりえ (樋口一葉) …………… 22
　塵埃 (正宗白鳥) ………………… 42
　小さな王国 (谷崎潤一郎) ……… 50
　コラム 農という業 (飯田祐子) …… 73
II　広がりと変容 ………………… 75
　ヒヤシンス (吉屋信子) ………… 76
　セメント樽の中の手紙 (葉山嘉樹) …… 85
　奔流 (王昶雄) …………………… 90
　遥拝隊長 (井伏鱒二) ………… 116
　コラム 都市を生きはじめた者たち (日高佳
　　紀) ……………………………… 136
III　〈仕事〉とは何か ………… 137
　続戦争と一人の女 (坂口安吾) …… 138
　プールサイド小景 (庄野潤三) …… 152
　午後の最後の芝生 (村上春樹) …… 169
　橋の向こうの墓地 (角田光代) …… 189
　コラム 仕事の越境、文学の越境 (日比嘉
　　高) …………………………… 201

　コラム 農という業 (飯田祐子) …………… 73
II　広がりと変容 ………………… 75
　ヒヤシンス (吉屋信子) ………… 76
　セメント樽の中の手紙 (葉山嘉樹) …… 85
　奔流 (王昶雄) …………………… 90
　遥拝隊長 (井伏鱒二) ………… 116
　コラム 都市を行きはじめた者たち (日高佳
　　紀) …………………………… 136
III　"仕事"とは何か …………… 137
　続戦争と一人の女 (坂口安吾) …… 138
　プールサイド小景 (庄野潤三) …… 152
　午後の最後の芝生 (村上春樹) …… 169
　橋の向こうの墓地 (角田光代) …… 189
　コラム 仕事の越境、文学の越境 (日比嘉
　　高) …………………………… 201

［0775］　文学で考える〈仕事〉の
百年
飯田祐子, 日高佳紀, 日比嘉高編
翰林書房　2016.9　201p　21cm
1900円
ISBN978-4-87737-404-4

はじめに …………………………… 1
I　"仕事"の近代 ………………… 7
　海城発電 (泉鏡花) ……………… 8
　にごりえ (樋口一葉) …………… 22
　塵埃 (正宗白鳥) ………………… 42
　小さな王国 (谷崎潤一郎) ……… 50

戦争文学

[0776] 永遠の夏―戦争小説集
実業之日本社 2015.2 614p 16cm
880円 （実業之日本社文庫 ん2-5）
ISBN978-4-408-55214-9

著者紹介 ……………………………… 巻頭
草原に咲く一輪の花―異聞 ノモンハン事
　件（柴田哲孝）………………………… 7
真珠（坂口安吾）………………………… 61
歩哨（ほしょう）の眼について（大岡昇平）…… 83
蝗（いなご）（田村泰次郎）…………………… 97
糊塗（こと）（古処誠二）………………………… 159
抗命（帚木蓬生）………………………… 193
硫黄島に死す（城山三郎）……………… 235
潜艦呂（ろ）号99浮上せず（山田風太郎）…… 293
アンティゴネ（皆川博子）……………… 337
連鎖反応―ヒロシマ・ユモレスク（徳川夢
　声）…………………………………… 363
出孤島記（しゅっことうき）（島尾敏雄）……… 409
私刑の夏（五木寛之）…………………… 481
伝令兵（目取真俊）……………………… 539
戦争はなかった（小松左京）…………… 575
編者解説（末國善己）…………………… 604

[0777] 戦争小説短篇名作選
講談社文芸文庫編
講談社 2015.7 320p 16cm
1550円 （講談社文芸文庫 こJ38）
ISBN978-4-06-290277-9

あまりに碧い空（遠藤周作）……………… 7
召集令状（小松左京）…………………… 27
青春の記憶（佐藤泰志）………………… 67

儀式（竹西寛子）………………………… 83
北川はぼくに（田中小実昌）…………… 123
八月の風船（野坂昭如）………………… 153
曇り日の行進（林京子）………………… 169
伝令兵（目取真俊）……………………… 205
虹（吉村昭）……………………………… 241
華麗な夕暮（吉行淳之介）……………… 275
解説―言葉を奪われた証言者たち（若松英
　輔）…………………………………… 310

[0778] 文学に描かれた戦争―徳
島大空襲を中心に
徳島県文化振興財団徳島県立文学書
道館 2015.8 235p 15cm （こと
のは文庫）

多々羅川（瀬戸内寂聴）…………………… 1
眉山（森内俊雄）………………………… 31
帝国軍隊に於ける学習・序（富士正晴）…… 95
降伏日記（海野十三）…………………… 135
解説（富永正志）………………………… 226
収録作家略歴…………………………… 234

[0779] 読み聞かせる戦争　新装版
日本ペンクラブ編，加賀美幸子選
光文社 2015.7 263p 23cm
1800円
ISBN978-4-334-97827-3

選者まえがき（加賀美幸子）……………… 3
ヒロシマの空（林幸子）………………… 11
『きけわだつみのこえ』より（瀬田万之助）… 25
レイテ戦記（大岡昇平）………………… 31

私のひめゆり戦記（宮良ルリ）……………… 41
麦と兵隊（火野葦平）…………………………… 55
今夜、死ぬ（古山高麗雄）…………………… 63
叫び声（松永伍一）……………………………… 73
指揮官たちの特攻（城山三郎）…………… 81
神聖喜劇（大西巨人）…………………………… 91
母と子でみる東京大空襲（早乙女勝元）…… 101
断腸亭日乗（永井荷風）……………………… 113
生ましめんかな（栗原貞子）………………… 117
敗戦日記（高見順）……………………………… 121
はだしのゲンはピカドンを忘れない（中沢
　啓治）………………………………………… 133
私の中国捕虜体験（駒田信二）…………… 143
黒い雨（井伏鱒二）…………………………… 155
夏の花（原民喜）……………………………… 165
沖縄よどこへ行く（山之口貘）…………… 173
回天特攻学徒隊員の記録（武田五郎）…… 181
火垂るの墓（野坂昭如）……………………… 193
八月六日（峠三吉）…………………………… 205
暗い波濤（阿川弘之）………………………… 211
崖（石垣りん）………………………………… 219
七三一部隊で殺された人の遺族（敬蘭芝）… 223
夢がたり（高崎節子）………………………… 235
戦争はおしまいになった（宮本正清）…… 247
難民になる（池沢夏樹）……………………… 251
解説（太田治子）……………………………… 258

震災文学

[0780] あの日から―東日本大震
災鎮魂岩手県出身作家短編集
道又力編
岩手日報社　2015.10　496p　19cm
2000円
ISBN978-4-87201-415-0

[0781] 3.11心に残る140字の物語
内藤みか編
学研パブリッシング　2011.6　127p
18cm　952円
ISBN978-4-05-405011-2

さるの湯（高橋克彦）‥‥‥‥‥‥‥‥‥‥‥ 5
事故の死角（北上秋彦）‥‥‥‥‥‥‥‥‥ 39
お地蔵様海へ行く/風待ち岬/海から来た子
　（柏葉幸子）‥‥‥‥‥‥‥‥‥‥‥‥‥ 89
　お地蔵様海へ行く ‥‥‥‥‥‥‥‥‥‥ 91
　風待ち岬 ‥‥‥‥‥‥‥‥‥‥‥‥‥‥ 97
　海から来た子 ‥‥‥‥‥‥‥‥‥‥‥ 103
愛那の場合―呑ん兵衛横丁の事件簿より
　（松田十刻）‥‥‥‥‥‥‥‥‥‥‥‥ 113
あの日の海（斎藤純）‥‥‥‥‥‥‥‥‥ 153
長靴をはいた犬（久美沙織）‥‥‥‥‥‥ 203
加奈子（平谷美樹）‥‥‥‥‥‥‥‥‥‥ 251
水仙月の三日（澤口たまみ）‥‥‥‥‥‥ 319
海辺のカウンター（菊池幸見）‥‥‥‥‥ 365
スウィング（大村友貴美）‥‥‥‥‥‥‥ 395
もう一人の私へ（沢村鐵）‥‥‥‥‥‥‥ 425
純愛（石野晶）‥‥‥‥‥‥‥‥‥‥‥‥ 461
あとがき（道又力）‥‥‥‥‥‥‥‥‥‥ 488
著者略歴 ‥‥‥‥‥‥‥‥‥‥‥‥‥‥ 492

Part1　こころがあたたかくなる話‥‥‥‥ 7
　かぐや姫（@dropletter）‥‥‥‥‥‥‥‥ 8
　きっと、守ってくれる（@negi_a）‥‥‥‥ 9
　神様がいるところ（@ykdawn）‥‥‥‥ 10
　贈り物を袋につめて（@bttftag）‥‥‥‥ 12
　魔女のたくらみ（@aioushii）‥‥‥‥‥ 13
　避難記念日（@ideimachi）‥‥‥‥‥‥ 14
　お見舞い前線（@100_m）‥‥‥‥‥‥‥ 15
　きっとまた会えるから。（@micanaitoh）‥ 17
　幼子を守る竜（@k_you_nagi）‥‥‥‥‥ 18
　今だから会いたい。（@lotoman）‥‥‥‥ 19
　心配していたよ。（@ykdawn）‥‥‥‥‥ 20
　花のなぐさめ（@k_you_nagi）‥‥‥‥‥ 21
　明日元気になあれ（@ideimachi）‥‥‥ 22
　ドリームレスキュー（@literaryace）‥‥‥ 24
　買い支えよう（@yu_oshikiri）‥‥‥‥‥ 25
　一円玉も集まれば（@k_you_nagi）‥‥‥ 26
　うさぎの差し入れ（@k_you_nagi）‥‥‥ 27
　安心しておやすみ。（@kiyomin）‥‥‥‥ 29
　プロポーズ急増（@nayotaf）‥‥‥‥‥ 30
　メールでつながる心（@kiyosei2）‥‥‥‥ 31
　停電の夜の乾杯（@akihito_i）‥‥‥‥‥ 32
Part2　涙がこぼれる話‥‥‥‥‥‥‥‥ 33
　エイプリルフール（@harayosy）‥‥‥‥ 34
　メールの行き先（@Cyai_Cyai）‥‥‥‥ 35
　激励（@harayosy）‥‥‥‥‥‥‥‥‥ 36
　涙こらえて（@k_you_nagi）‥‥‥‥‥‥ 37
　エール（@nayotaf）‥‥‥‥‥‥‥‥‥ 38
　奇跡（@nara_kuragen）‥‥‥‥‥‥‥‥ 39

0782　震災文学

たくさんのありがとう（@ANya52lily）… 41
キャンディ（@ruka00）………………… 42
ひとりじゃないよ（@setugetufuka）… 43
将来の夢（@ti_clocks）………………… 44
ただ生きているだけで（@chiho_yoshino）… 45
ふたりで分かち合う（@chimada）…… 46
未来の友へ。（@chocolatesity）……… 48
3日分の笑顔（@ahaharui）…………… 49
朝の風景（@oboroose）………………… 50
明日はまた来る（@wacpre）………… 51
ヒーロー（@windcreator）…………… 52
もう会えない人（@silly_cats）……… 53
遠い背中（@in_youth）………………… 55
宝物は何ですか？（@micanaitoh）… 56
アールグレイ（@amamuta）………… 57
止った時を再び（@jun50r）………… 58
再会（@terueshinkawa）……………… 59
ラジオのおかげ（@another_signal）… 60
Part3　ほっとする話………………… 61
震源地（@BlackFox17）……………… 62
譲り合いの心（@jun50r）…………… 63
歴史をつくろう。（@k_you_nagi）… 64
切符一枚あれば（@bttftag）………… 66
節電新商法（@kandayudai）………… 67
日だまりの幸せ（@Lico_citrus）…… 68
水を買い占めない。（@jun50r）…… 70
精一杯の支援（@buu_kohan）……… 71
究極の節電（@shinichikudoh）…… 72
買い占めたいもの（@shortshortshort）… 73
書くと楽になる（@sakuyue）……… 74
夢の節電エアコン（@shinichikudoh）… 76
ラブカウンター（@jun50r）………… 77
余震ありすぎて（@takao_rival）…… 78
Part4　明日への希望がよみがえる話… 79
再起を誓おう（@senzaluna）……… 80
ボランティアしよう。（@k_you_nagi）… 81
故郷が呼んでいる（@micanaitoh）… 82
未来のために（@SinjowKazma）…… 83
歯車重ねて（@Orihika）……………… 84
自分支援（@another_signal）……… 85
生まれたつながり（@tokoya）…… 87
日々が戻っても（@Asatoiro）……… 88
経験を糧に（@verself）……………… 89
繰り返されても（@kamoe1983）… 90
先は長くても。（@nona140c）…… 91
救援物資（@schpertor_kaien）…… 92

がんばれるわけは…（@micanaitoh）…… 94
空っぽの棚（@simmmonnnn）……… 95
コンビニのありがたさ（@bttftag）…… 96
未来があるから。（@haruhill）…… 97
東北を味わおう。（@mumei7c）…… 98
千円鶴（@Orihika）…………………… 99
上を向いてみよう。（@ruka00）… 101
募金活動を（@shin1960）………… 102
負けないぞ日本（@windcreator）… 103
命のつかいかた（@onaishigeo）… 104
愛の桜だより（@hiro_kinako）… 105
生きる理由（@mick004）………… 106
Part5　新たな決意がうまれる話……… 107
震災を越えて（@kandayudai）… 108
光を見つめて（@takesuzume）… 109
二十年後にはきっと。（@nagi_tter）… 110
震災がくれたもの（@megumegu69）… 111
前進しよう。（@takesuzume）… 112
歌で励まそう（@senzaluna）…… 114
命の繰り返し（@hedekupauda）… 115
学び舎を前に（@aquall）………… 116
僕らが勇者になる。（@churchdevil）… 117
自分を応援したい（@Sasa_haru77）… 119
気持ち届け。（@kiyosei2）……… 120
もう一度始めよう。（@panda_adnap1）… 121
明日も笑顔で（@chiho_yoshino）… 122
ずっと、おぼえてるから。（@ruka00）… 124
何も言えないけれど。（@chiho_yoshino）… 125
忘れたくない（@aquall）………… 126
花見の決意（@ykdawn）………… 127

［0782］　12の贈り物—東日本大震
災支援岩手県在住作家自選短編集
道又力編
荒蝦夷　2011.8　447p　19cm
2000円　（叢書東北の声 18）
ISBN978-4-904863-14-5

野ざらしの唄（長尾宇迦）……………… 6
木島先生（及川和男）………………… 44
桃の花が咲く（柏葉幸子）…………… 68
お菊の皿（中津文彦）………………… 82
愛の記憶（高橋克彦）………………… 125
七番目の方角（斎藤純）……………… 147

パラオ残照(松田十刻) ……………… 185
現場痕(北上秋彦) …………………… 225
黄色いライスカレー(平谷美樹) …… 268
黄金熊の里(菊池幸見) ……………… 310
キサブロー、帰る(大村友貴美) …… 353
ツツジとドクロ(石野晶) …………… 388
解説 岩手で書き続ける作家たち(道又力)‥ 422
著者紹介 ……………………………… 444

―――――――――――――――――
［0783］　それでも三月は、また
講談社　2012.2　278p　20cm
1600円
ISBN978-4-06-217523-4
―――――――――――――――――

言葉(谷川俊太郎) …………………… 7
不死の島(多和田葉子) ……………… 11
おまじない(重松清) ………………… 23
夜泣き帽子(小川洋子) ……………… 49
神様 2011(川上弘美) ………………… 53
三月の毛糸(川上未映子) …………… 79
ルル(いしいしんじ) ………………… 101
一年後(J.D.マクラッチー著，ジェフリー・
　アングルス訳) …………………… 131
美しい祖母の聖書(池澤夏樹) ……… 137
ピース(角田光代) …………………… 157
十六年後に泊まる(古川日出男) …… 177
箱のはなし(明川哲也) ……………… 191
漁師の小舟で見た夢(バリー・ユアグロー
　著，柴田元幸訳) ………………… 201
日和山(佐伯一麦) …………………… 209
RIDE ON TIME(阿部和重) ………… 235
ユーカリの小さな葉(村上龍) ……… 245
惨事のあと、惨事のまえ(デイヴィッド・
　ピース著，山辺弦訳) …………… 261

―――――――――――――――――
［0784］　天変動く大震災と作家たち
悪麗之介編・解説
インパクト出版会　2011.9　230p
19cm　2300円　(インパクト選書
5)
ISBN978-4-7554-0216-6
―――――――――――――――――

I　一八九六年―三陸沖大地震 ……………… 5
　一八九六年―三陸沖大津波 津波と人間
　　(寺田寅彦) …………………………… 7
　問答のうた(森鴎外) …………………… 14
　火と水(抄)(大橋乙羽) ………………… 15
　海嘯遭難実況談(山本才三郎直話) …… 20
　一夜のうれい(田山花袋) ……………… 32
　片男波(小栗風葉) ……………………… 35
　破靴(山岸藪鶯) ………………………… 41
　神の裁判(柳川春葉) …………………… 46
　やまと健男(依田柳枝子) ……………… 52
　櫂の雫(佐佐木雪子) …………………… 54
　電報(三宅花圃) ………………………… 60
　のこり物(齋藤緑雨) …………………… 66
　厄払い(徳田秋聲) ……………………… 69
　『遠野物語』より(柳田國男) ………… 73
II　一九二三年―関東大震災 ……………… 75
　天変動く(與謝野晶子) ………………… 77
　震災後の感想(村上浪六) ……………… 79
　天災に非ず天譴と思え(近松秋江) …… 85
　日録(室生犀星) ………………………… 89
　鎌倉震災日記(久米正雄) ……………… 93
　大震雑記(芥川龍之介) ………………… 102
　災後雑感(菊池寛) ……………………… 107
　牢獄の半日(葉山嘉樹) ………………… 108
　その夜の刑務所訪問(布施辰治) ……… 123
　平沢君の靴 …………………………… 130
　『震災画報』より(宮武外骨) ………… 134
　燃える過去(野上彌生子) ……………… 142
　不安と騒擾と影響と(水守亀之助) …… 145
　われ地獄路をめぐる(藤澤清造) ……… 149
　サーベル礼讃(佐藤春夫) ……………… 161
　運命の醜さ(細田民樹) ………………… 162
　夜警(長田幹彦) ………………………… 169
　同胞と非同胞(柳澤健) ………………… 175
　朝鮮人のために弁ず(中西伊之助) …… 181
　甘粕は複数か？(廣津和郎) …………… 189

震災文学

鮮人事件、大杉事件の露国に於ける輿論
（山内封介）‥‥‥‥‥‥‥‥ *194*
『種蒔く人帝都震災号外』より ‥‥‥ *197*
一年後の東京（夢野久作）‥‥‥‥‥ *202*
解説 「遅れ」のナショナリズム（悪麗之介）‥ *205*

［0785］ 渚にて―あの日からの〈み
ちのく怪談〉
東北怪談同盟編
荒蝦夷　2016.7　249p　19cm
2300円
ISBN978-4-904863-53-4

呼声（黒木あるじ）‥‥‥‥‥‥‥‥ *14*
怪談の「力」（黒木あるじ）‥‥‥‥‥ *18*
背中（黒木あるじ）‥‥‥‥‥‥‥‥ *20*
閖上の釣り人（黒木あるじ）‥‥‥‥ *25*
整頓（黒木あるじ）‥‥‥‥‥‥‥‥ *29*
電話番号（黒木あるじ）‥‥‥‥‥‥ *30*
急かす店（黒木あるじ）‥‥‥‥‥‥ *32*
視点（黒木あるじ）‥‥‥‥‥‥‥‥ *33*
くろづか（黒木あるじ）‥‥‥‥‥‥ *35*
からすみ（勝山海百合）‥‥‥‥‥‥ *39*
雄勝石（勝山海百合）‥‥‥‥‥‥‥ *46*
穴（小田イ輔）‥‥‥‥‥‥‥‥‥‥ *49*
Rさんの体験（小田イ輔）‥‥‥‥‥ *56*
あの日の話（小田イ輔）‥‥‥‥‥‥ *62*
空に浮くもの（小田イ輔）‥‥‥‥‥ *67*
四年と十一か月（小田イ輔）‥‥‥‥ *70*
私の話（小田イ輔）‥‥‥‥‥‥‥‥ *75*
龍（郷内心瞳）‥‥‥‥‥‥‥‥‥‥ *83*
水難の相（郷内心瞳）‥‥‥‥‥‥‥ *84*
見えざる壁（郷内心瞳）‥‥‥‥‥‥ *91*
さらば友よ（郷内心瞳）‥‥‥‥‥‥ *95*
空還り（郷内心瞳）‥‥‥‥‥‥‥‥ *97*
来るよ！ 来るよ！（郷内心瞳）‥‥ *99*
引き寄せ（郷内心瞳）‥‥‥‥‥‥‥ *101*
チェシャ（郷内心瞳）‥‥‥‥‥‥‥ *103*
帰ろう（郷内心瞳）‥‥‥‥‥‥‥‥ *111*
中州（郷内心瞳）‥‥‥‥‥‥‥‥‥ *119*
海火（郷内心瞳）‥‥‥‥‥‥‥‥‥ *122*
半島にて（阿部喜和子）‥‥‥‥‥‥ *127*
白い花弁（須藤文音）‥‥‥‥‥‥‥ *137*
父とケサランパサラン（須藤文音）‥ *138*
ゆく先（須藤文音）‥‥‥‥‥‥‥‥ *140*

再会（須藤文音）‥‥‥‥‥‥‥‥‥ *141*
父の怪談（須藤文音）‥‥‥‥‥‥‥ *142*
従兄の話（崩木十弐）‥‥‥‥‥‥‥ *152*
回帰（崩木十弐）‥‥‥‥‥‥‥‥‥ *153*
残されたもの（崩木十弐）‥‥‥‥‥ *155*
警備保障（崩木十弐）‥‥‥‥‥‥‥ *156*
二度目の死（崩木十弐）‥‥‥‥‥‥ *189*
おかえり（根多加良）‥‥‥‥‥‥‥ *195*
しこふみ（根多加良）‥‥‥‥‥‥‥ *196*
ここは楽園（根多加良）‥‥‥‥‥‥ *198*
土とわたし（根多加良）‥‥‥‥‥‥ *205*
水辺のふたり（鷲羽大介）‥‥‥‥‥ *213*
支援物資（ジャパコミ）‥‥‥‥‥‥ *220*
解説（東雅夫）‥‥‥‥‥‥‥‥‥‥ *234*
おわりに（土方正志）‥‥‥‥‥‥‥ *247*
著者略歴 ‥‥‥‥‥‥‥‥‥‥‥‥ *248*

［0786］ 平成28年熊本地震作品集
くまもと文学・歴史館友の会編
くまもと文学・歴史館友の会
2016.8　56p　21cm　500円

「熊本地震作品集」の刊行によせて（服部英
雄）‥‥‥‥‥‥‥‥‥‥‥‥‥‥ *1*
ごあいさつ（田代格）‥‥‥‥‥‥‥ *2*
俳句
大地震（岡山裕美）‥‥‥‥‥‥‥ *6*
春の闇（菊池一郎）‥‥‥‥‥‥‥ *6*
避難所（原田千寿子）‥‥‥‥‥‥ *7*
復興のきざし（小山禎子）‥‥‥‥ *7*
川柳 ‥‥‥‥‥‥‥‥‥‥‥‥‥‥ *8*
赤紙と（岡田理子）‥‥‥‥‥‥‥ *9*
短歌
大地震を生く（加来はるか）‥‥‥ *9*
避難所（樫山隆昭）‥‥‥‥‥‥‥ *10*
抱きしむ（さとうひろこ）‥‥‥‥ *11*
薄震ならず（拓植周子）‥‥‥‥‥ *12*
赤き花（NARUMI）‥‥‥‥‥‥‥‥ *13*
紲るものなき（原良子）‥‥‥‥‥ *14*
逃げるぞ（廣重みか）‥‥‥‥‥‥ *15*
纖月（向井ゆき子）‥‥‥‥‥‥‥ *16*
益城中学（無下衛門）‥‥‥‥‥‥ *17*
とつけむにゃーこつ（村上了介）‥ *18*
地球の怒り（山川瑤子）‥‥‥‥‥ *19*

現代詩

雑草（入江満）……………………… *20*

熊本地震（上田登美）……………… *21*

熊本地震（上野陽子）……………… *22*

城（菅慶司）………………………… *23*

クレマチスの咲く庭（斉藤てる）……… *24*

小さいな復興（寺山よしこ）…………… *25*

冥冥（とよずみかなえ）………………… *26*

カテゴリー（NARUMI）…………… *27*

地震と少女（丸山由美子）…………… *28*

ここは（無下衛門）………………… *29*

川内原発（澤田博行）……………… *30*

エッセイ

孫の目 じいの目（相藤克秀）……………… *31*

軽い被害ですみました（荒木伊保里）…… *33*

平成28年4月14日まで そして平成28年4

月16日（井川捷）………………………… *35*

震災からの贈り物（岡田理子）…………… *37*

熊本地震〜激震の夜〜（樫山隆昭）……… *38*

水の都で水に苦労する（菊池一郎）……… *40*

故郷の大地が揺れて（こやたか志緒）…… *42*

大切なもの（斉藤てる）……………… *44*

「平成二十八年熊本地震」に思う（園田洋

一郎）…………………………………… *46*

地震と犬たち（楢木野史貴）……………… *48*

熊本地震（畠山明徳）………………… *50*

熊本市地震（森坂よしの）………………… *52*

編集後記（園田洋一郎, 樫山隆昭, 拓植周子,

寺尾禎子, 向井ゆき子, 丸山由美子）……… *54*

自然文学・動物文学

［0787］ いきものがたり
山田有策, 近藤裕子編
双文社出版　2013.4　185p　21cm
2000円
ISBN978-4-88164-091-3

まえがき（編者）······················· 巻頭
蝶（のぼる（正岡子規））····················· 7
春の鳥（国木田独歩）····················· 11
文鳥（夏目漱石）························· 22
狐（永井荷風）·························· 36
西班牙犬の家（佐藤春夫）················ 49
　いきものコラム　金魚（秋元薫）········· 58
人魚の嘆き（谷崎潤一郎）················ 59
十一月三日午後の事（志賀直哉）········· 80
龍（芥川龍之介）························· 88
件（内田百閒）························· 100
赤い蠟燭と人魚（小川未明）············· 109
　いきものコラム　蟹（近藤裕子）········ 120
やまなし（宮沢賢治）··················· 121
芋虫（江戸川乱歩）····················· 128
貝の穴に河童の居る事（泉鏡花）········· 148
猫町（萩原朔太郎）····················· 172
　書誌情報/作家案内/作品解説··········· 183
　いきものコラム　月に向かって吠えるの
　は？（山田有策）····················· 185

［0788］　江戸猫ばなし
光文社文庫編集部編
光文社　2014.9　312p　16cm
600円　（光文社文庫　こ1-15）
ISBN978-4-334-76805-8

主（ぬし）（赤川次郎）···················· 5
　肝試し····························· 7
　三毛猫··························· 23
　襲う····························· 31
仕立屋の猫（稲葉稔）·················· 47
与市と望月（小松エメル）·············· 97
猫の傀儡（くぐつ）（西條奈加）········· 147
ほおずき（佐々木裕一）··············· 191
九回死んだ猫（高橋由太）············· 237
鈴の音（ね）（中島要）················· 279

［0789］　金沢三文豪掌文庫　いき
もの編
泉鏡花記念館, 徳田秋聲記念館, 室生
犀星記念館企画・編集
金沢文化振興財団　2010.9　89p
15cm

泉鏡花······························ 3
　啄木鳥（きつつき）··················· 5
徳田秋聲·························· 33
　犬を逐（お）ふ··················· 35
室生犀星·························· 63
　五位鷺（ごいさぎ）················· 65
　蟋蟀斯（きりぎりす）の記············· 75
三文豪俳句抄（泉鏡花, 徳田秋聲, 室生犀星）·· 83

自然文学・動物文学　　0792

［0790］　きのこ文学名作選
飯沢耕太郎編
港の人　2010.11　360p　19cm
2600円
ISBN978-4-89629-230-5

孤独を懐しむ人（萩原朔太郎）………………… 4
きのこ会議（夢野久作）………………… 17
くさびら譚（加賀乙彦）………………… 27
尼ども山に入り、茸を食ひて舞ひし語（もの
　がたり）―『今昔物語集』より ………… 89
茸類（村田喜代子）………………… 97
あめの日（八木重吉）………………… 137
茸（きのこ）の舞姫（まひひめ）（泉鏡花）………… 152
茸（北杜夫）………………… 209
あるふぁべていく（中井英夫）………………… 237
蕈狩（正岡子規）………………… 257
茸（髙樹のぶ子）………………… 261
くさびら―『狂言集』より ………………… 277
朝に就ての童話的構図（宮澤賢治）………… 295
神かくし（南木佳士）………………… 308
キノコのアイディア（長谷川龍生）………… 343
しょうろ豚のルル（いしいしんじ）………… 347
解説　菌糸の森の奥へ（飯沢耕太郎）……… 362
作家紹介と出典 ………………… 368

［0791］　5分で読める！　ひと駅ス
トーリー　猫の物語
『このミステリーがすごい！』編集
部編
宝島社　2014.9　338p　16cm
640円　（宝島社文庫 Cこ-7-8）
ISBN978-4-8002-2990-8

愛しのルナ（柚月裕子）………………… 9
ニャン救大作戦（佐藤青南）………………… 19
猫か空き巣かマイコォか（おかもと（仮））… 29
ネコが死んだ。（新藤卓広）………………… 39
猫の恩返し（妄想）（喜多南）………………… 49
猫の恋（天田式）………………… 59
耳を澄ませば（大間九郎）………………… 69
猫と博士と愛の死と（桂修司）………………… 79

ねこ端会議（中村啓）………………… 89
極刑（小林ミア）………………… 99
隣りの黒猫、僕の子猫（堀内公太郎）……… 109
三日で忘れる。（沢木まひろ）………………… 119
四月四日午前四時四十四分、山手線某駅に
　て（藤瀬雅輝）………………… 129
キャット・ループ（石田祥）………………… 139
仲直り（梶永正史）………………… 149
空飛ぶアスタリスク（相戸結衣）………… 159
ストラップと猫耳（篠原昌裕）………………… 169
猫の目（山下貴光）………………… 179
銀河帝国の崩壊byジャスティス（大泉貴）… 189
嫌われ女（中居真麻）………………… 199
シュレディンガーの猫はポケットの中に
　（英アタル）………………… 209
月の瞳（紫藤ケイ）………………… 219
首輪コンサルタント（伊園旬）………………… 229
マヨイガの姫君（藤八景）………………… 239
猫の密室（水田美意子）………………… 249
猫物件（吉川英梨）………………… 259
ナポレオンの就職指南（小泊フユキ）……… 269
十二支のネコ（上甲宣之）………………… 279
猫を殺すことの残酷さについて（深沢仁）… 289
猫型ロボット（水原秀策）………………… 299
ホットミルク（上原小夜）………………… 309
ピートの春（乾緑郎）………………… 319
好奇心の強いチェルシー（中山七里）……… 329

［0792］　近藤史恵リクエスト！
ペットのアンソロジー
光文社　2013.1　325p　19cm
1600円
ISBN978-4-334-92866-7

まえがき（近藤史恵）………………… 4
ババアと駄犬と私（森奈津子）………………… 7
最も賢い鳥（大倉崇裕）………………… 37
灰色のエルミー（大崎梢）………………… 77
里親面接（我孫子武丸）………………… 109
ネコの時間（柄刀一）………………… 135
パッチワーク・ジャングル（汀こるもの）… 167
バステト（井上夢人）………………… 205
小犬のワルツ（太田忠司）………………… 241
『希望』（皆川博子）………………… 273
シャルロットの憂鬱（近藤史恵）………… 297

247

自然文学・動物文学

あとがき（近藤史恵）……………………… 322

［0793］　近藤史恵リクエスト！
ペットのアンソロジー
光文社　2014.7　331p　16cm
660円　（光文社文庫 こ34-6）
ISBN978-4-334-76773-0

まえがき（近藤史恵）……………………… 7
ババアと駄犬と私（森奈津子）……………… 9
最も賢い鳥（大倉崇裕）…………………… 39
灰色のエルミー（大崎梢）………………… 79
里親面接（我孫子武丸）…………………… 111
ネコの時間（柄刀一）……………………… 137
パッチワーク・ジャングル（汀こるもの）… 169
バステト（井上夢人）……………………… 207
小犬のワルツ（太田忠司）………………… 245
『希望』（皆川博子）……………………… 279
シャルロットの憂鬱（近藤史恵）………… 303
あとがき（近藤史恵）……………………… 327

［0794］　狩猟文学マスターピース
服部文祥編
みすず書房　2011.12　281p　20cm
2600円　（大人の本棚）
ISBN978-4-622-08095-4

猟の前夜（マーリオ・リゴーニ・ステルン
著，志村啓子訳）………………………… 1
鹿の贈りもの（リチャード・ネルソン著，
星川淳訳）………………………………… 7
「密猟志願」より（稲見一良）…………… 45
新しい旅（星野道夫）……………………… 81
クマと陸地（フリッチョフ・ナンセン著，
加納一郎訳）……………………………… 97
『深重の海』より（津本陽）……………… 111
灰色熊に槍で立ち向かった男たち（シド
ニー・ハンチントン著，和田穹男訳）…… 155
デルスー運命の射撃（ウラジミール・アル
セーニエフ著，長谷川四郎訳）………… 177
又吉物語（坂本直行）……………………… 197
イヌキのムグ（辻まこと）………………… 221

なめとこ山の熊（宮沢賢治）……………… 231
解説——〇頭目の鹿，もしくは狩猟文学の
傑作たち（服部文祥）…………………… 246

［0795］　だから猫は猫そのもので
はない
吉田和明, 新田準編
凱風社　2015.5　181p　21cm
1300円
ISBN978-4-7736-3904-9

随筆 ねずみと猫（寺田寅彦）……………… 6
随筆 猫の墓（夏目漱石）…………………… 33
随筆 猫（豊島与志雄）……………………… 38
　猫……………………………………………… 38
　猫性………………………………………… 43
　猫先生の弁………………………………… 45
小説 黒猫（島木健作）……………………… 53
小説 義猫の塚（田中貢太郎）……………… 66
小説 黒猫（薄田泣菫）……………………… 69
童話 透明猫（海野十三）…………………… 74
童話 猫の事務所 ある小さな官衙に関する幻
　想（宮沢賢治）…………………………… 95
童話 猫の草紙（楠山正雄）………………… 108
随筆 虎猫平太郎（石田孫太郎）…………… 121
　一　猫もカイコ業界の一役者………… 121
　二　自慢じゃないが猛虎一声のその虎様
　　　が親分………………………………… 123
　三　エジプトでは猫は神様、日本では猫
　　　は魔物………………………………… 125
　四　俚諺を一ツ見せてやろう………… 131
　五　猫の悪と猫の善（一）……………… 138
　六　猫の悪と猫の善（二）……………… 142
　七　薄雲の猫と漱石の猫………………… 146
解説 猫は猫にしてそのものではない（吉田
　和明）……………………………………… 151
作家紹介……………………………………… 175

自然文学・動物文学

[0796] てのひら猫語り―書き下ろし時代小説集

白泉社　2014.11　253p　15cm
640円　（白泉社招き猫文庫）
ISBN978-4-592-83100-6

貸物屋お庸貸し猫探し（平谷美樹）……………… 5
洗い屋おゆき（越水利江子）……………… 69
着物憑きお紺覚書 緑の袖（時海結似）……………… 119
異聞 井戸の茶碗（金巻ともこ）……………… 177
鈴江藩江戸屋敷見聞帳 にゃん！（あさのあつこ）……………… 219

[0797] どうぶつたちの贈り物

PHP研究所　2016.2　234p　19cm
1400円
ISBN978-4-569-82793-3

馬の耳に殺人（東川篤哉）……………… 5
幸運の足跡を追って（白河三兎）……………… 51
キョンちゃん（鹿島田真希）……………… 113
蹴る鶏の夏休み（似鳥鶏）……………… 153
黒子羊はどこへ（小川洋子）……………… 195
著者略歴 ……………… 238

[0798] にゃんそろじー

中川翔子編
新潮社　2014.6　355p　16cm
590円　（新潮文庫 な-86-1）
ISBN978-4-10-125881-2

猫の墓（夏目漱石）……………… 9
猫の事務所（宮沢賢治）……………… 17
黒猫（島木健作）……………… 33
小猫（幸田文）……………… 49
猫（井伏鱒二）……………… 55
クルやお前か（内田百閒）……………… 69
猫（遠藤周作）……………… 111
ふしぎなネコ（星新一）……………… 127

雲とトンガ（吉行理恵）……………… 137
「聖（セント）ジェームス病院」を歌う猫（筒井康隆）……………… 167
怪猫物語―その一、その二（北杜夫）……… 185
　その一 ……………… 187
　その二 ……………… 193
猫と暮す―蛇騒動と侵入者（金井美恵子）‥ 199
ネコ染衛門（青木玉）……………… 217
白猫さん（角野栄子）……………… 225
猫について喋って自死（町田康）……………… 231
猫（光野桃）……………… 239
生きる歓び（保坂和志）……………… 249
猫の自殺（村上春樹）……………… 293
モノレールねこ（加納朋子）……………… 299
漱石夫人は占い好き（半藤末利子）……………… 331
解説にかえて（中川翔子）……………… 349

[0799] 猫

クラフト・エヴィング商會編
中央公論新社　2009.11　209p
16cm　552円　（中公文庫 く20-1）
ISBN978-4-12-205228-4

はじめに ……………… 3
お軽はらきり（有馬頼義）……………… 13
みつちゃん（猪熊弦一郎）……………… 35
庭前（井伏鱒二）……………… 45
「隅の隠居」の話 猫騒動（大佛次郎）……… 51
仔猫の太平洋横断（尾高京子）……………… 61
猫に仕えるの記 猫族の紳士淑女（坂西志保）……………… 71
小猫（瀧井孝作）……………… 91
ねこ 猫―マイペット 客ぎらひ（谷崎潤一郎）……………… 97
小かげ 猫と母性愛（壺井榮）……………… 109
猫 子猫（寺田寅彦）……………… 127
どら猫観察記 猫の島（柳田國男）……………… 167
忘れもの、探しもの（クラフト・エヴィング商會）……………… 195
著者紹介 ……………… 203

0800　自然文学・動物文学

［0800］　猫愛
吉田和明，新田準編
凱風社　2008.12　189p　19cm
1400円　（PD叢書）
ISBN978-4-7736-3302-3

猫（豊島与志雄）……………………… 7
猫（豊島与志雄）……………………… 8
猫性（豊島与志雄）…………………… 13
猫先生の弁（豊島与志雄）…………… 16
虎猫平太郎（石田孫太郎）…………… 23
　猫もカイコ業界の一役者（石田孫太郎）… 24
　自慢じゃないが猛虎一声のその虎様が親
　　分（石田孫太郎）………………… 27
　エジプトでは猫は神様、日本では猫は魔
　　物（石田孫太郎）………………… 29
　俚諺を一ツ見てやろう（石田孫太郎）… 35
　猫の悪と猫の善（一）（石田孫太郎）… 42
　猫の悪と猫の善（二）（石田孫太郎）… 46
　薄雲の猫と漱石の猫（石田孫太郎）… 50
猫の墓（夏目漱石）…………………… 55
猫の事務所（宮沢賢治）……………… 61
ねずみと猫（寺田寅彦）……………… 75
義猫の塚（田中貢太郎）……………… 103
透明猫（海野十三）…………………… 107
黒猫（島木健作）……………………… 129
黒猫（薄田泣菫）……………………… 143
解説 猫は猫にして猫そのものではない（吉
　田和明）……………………………… 149
作家紹介 ……………………………… 184

［0801］　猫とわたしの七日間―青
春ミステリーアンソロジー
ポプラ社　2013.11　299p　15cm
640円　（ポプラ文庫ピュアフル　P
ん-1-17）
ISBN978-4-591-13667-6

本書の共通設定 ……………………… 3
砒素とネコと粉ミルク（若竹七海）… 7
消えた箱の謎（小松エメル）………… 49
まねき猫狂想曲（水生大海）………… 101
猫を抱く少女（秋山浩司）…………… 153

踊る黒猫（村山早紀）………………… 209
ひだりてさん（大山淳子）…………… 253

［0802］　ねこ！　ネコ！　猫！―
nekoミステリー傑作選
山前譲編
徳間書店　2008.10　381p　16cm
590円　（徳間文庫）
ISBN978-4-19-892873-5

保健室の午後（赤川次郎）…………… 5
共犯関係（小池真理子）……………… 53
猫の家のアリス（加納朋子）………… 79
猫と死の街（倉知淳）………………… 155
光る爪（柴田よしき）………………… 221
見えない猫（黒崎緑）………………… 261
一匹や二匹（仁木悦子）……………… 303
解説（山前譲）………………………… 367

［0803］　猫は神さまの贈り物　小
説編
山本容朗編
有楽出版社　2014.5　220p　19cm
1600円
ISBN978-4-408-59410-1

黒猫ジェリエットの話（森茉莉）…… 7
雲とトンガ（吉行理恵）……………… 63
猫のうた/愛猫（室生犀星）………… 93
　猫のうた（室生犀星）……………… 94
　愛猫（室生犀星）…………………… 95
猫と婆さん（佐藤春夫）……………… 97
猫の首（小松左京）…………………… 115
大王猫の病気（梅崎春生）…………… 149
どんぐりと山猫（宮沢賢治）………… 175
暗殺者（金井美恵子）………………… 191
ネコ（星新一）………………………… 205
編者あとがき（山本容朗）…………… 212
改訂版あとがき―小説読み、容朗への挽歌
　（峯島正行）………………………… 215

自然文学・動物文学

[0804] ひつじアンソロジー　小
説編 2
子ども・少年・少女
中村三春編
ひつじ書房　2009.4　266p　21cm
2000円
ISBN978-4-89476-366-1

子ども・少年・少女 …………………… iii
作品
　千葉省三 ………………………………… 1
　　虎ちゃんの日記(抄) ………………… 3
　　十銭 …………………………………… 13
　坪田譲治 ……………………………… 23
　　枝にかかった金輪 ………………… 25
　宮沢賢治 ……………………………… 47
　　十月の末 …………………………… 49
　北川千代 ……………………………… 61
　　夏休み日記 ………………………… 63
　　世界同盟 …………………………… 73
　吉屋信子 ……………………………… 81
　　フリージア (Freesia) ……………… 83
　　福寿草 ……………………………… 88
　安房直子 …………………………… 105
　　小さいやさしい右手 …………… 107
　横光利一 …………………………… 129
　　滑稽な復讐 ……………………… 131
　安部公房 …………………………… 139
　　探偵と彼 ………………………… 141
　福永武彦 …………………………… 161
　　夜の寂しい顔 …………………… 163
　金子光晴 …………………………… 181
　　風流尸解記(抄) ………………… 183
　　蛾 ………………………………… 193
TIPS
　私が童話を書く時の心持ち (小川未明) … 20
　子どもと文学 (いぬいとみこ) ……… 44
　注文の多い料理店 (宮沢賢治) ……… 58
　オトメの祈り (川村邦光) ………… 102
　異文化としての子ども (本田和子) …… 126
　現代児童文学の語るもの (宮川健郎) …… 158
解説
　「村童もの」の童話の旗手―千葉省三解
　　説 (米村みゆき) …………………… 202
　反復する＜遊び＞と＜死＞―坪田譲治解

　　説 (高橋秀太郎) ………………… 209
　無名の生涯を送った作家―宮沢賢治解説
　　(米村みゆき) …………………… 215
　感傷でもなく教訓でもなく―北川千代解
　　説 (森岡卓司) …………………… 222
　女学生の健気な心―吉屋信子解説 (山崎
　　眞紀子) ………………………… 229
　抽象のリアリズム、メルヘンの強度―安
　　房直子解説 (錦咲やか) ………… 236
　相対化される「母性愛」―横光利一解説
　　(中村三春) ……………………… 242
　人はいかにして加害者となるのか―安部
　　公房解説 (中村三春) …………… 248
　異郷としての現在―福永武彦解説 (野口
　　哲也) …………………………… 254
　虚構のエトランゼ―金子光晴解説 (錦咲
　　やか) …………………………… 260

[0805] 100万分の1回のねこ
講談社　2015.7　244p　20cm
1500円
ISBN978-4-06-219601-7

生きる気まんまんだった女の子の話 (江國
　香織) ……………………………… 7
竹 (岩瀬成子) ……………………… 21
インタビューあんたねこ (くどうなおこ) … 47
ある古本屋の妻の話 (井上荒野) …… 53
おかあさんのところにやってきた猫 (角田
　光代) ……………………………… 77
百万円もらった男 (町田康) ……… 109
三月十三日の夜 (今江祥智) ……… 145
あにいもうと (唯野未歩子) ……… 157
100万回殺したいハニー、スウィートダー
　リン (山田詠美) ………………… 179
黒ねこ (綿矢りさ) ………………… 199
幕間 (川上弘美) …………………… 213
博士とねこ (広瀬弦) ……………… 231
虎白カップル譚 (谷川俊太郎) …… 239

251

自然文学・動物文学

［0806］ 富士山
千野帽子編
角川書店　2013.9　332p　15cm
667円　（角川文庫　あ210-1）
ISBN978-4-04-101008-2

富嶽百景（太宰治）……………………… 7
三四郎〈抄〉（夏目漱石）……………… 37
日和下駄 第十一 夕陽 附 富士眺望（永井荷
　風）……………………………………… 49
三四郎と東京と富士山〈抄〉（丸谷才一）…… 57
この文章を読んでも富士山に登りたくなり
　ません（森見登美彦）………………… 85
竹取物語〈口語訳〉〈抄〉（星新一）…… 97
宝永噴火〈抄〉（岡本かの子）………… 119
富士山（山下清）……………………… 147
四辺の山より富士を仰ぐ記（若山牧水）…… 153
美しい墓地からの眺め（尾崎一雄）…… 167
大空の鷲（井伏鱒二）………………… 191
富士の初雪（川端康成）……………… 225
天と富士山―【東京】（赤瀬川原平）… 255
懐かしの山（沢野ひとし）…………… 273
春富士遭難（新田次郎）……………… 279
空耳畑 ときどき凄い富士が出る（千野帽
　子）…………………………………… 323

［0807］　胞子文学名作選
田中美穂編
港の人　2013.9　350p　19cm
2600円
ISBN978-4-89629-266-4

苔について（永瀬清子）…………………… 9
原稿零枚日記（抄）（小川洋子）………… 25
魚服記（太宰治）………………………… 41
俳句（松尾芭蕉）………………………… 73
俳句（小林一茶）………………………… 76
苔やはらかに。（伊藤香織）…………… 81
交合（谷川俊太郎）…………………… 115
胞子（多和田葉子）…………………… 121
俳句（野木桃花）……………………… 152
アレルギー（川上弘美）……………… 153

苔（尾崎一雄）………………………… 161
大手饅頭（内田百閒）………………… 185
海草の誇（河井酔茗）………………… 187
黴（栗本薫）…………………………… 193
春 変奏曲（宮沢賢治）………………… 243
カビ（佐伯一麦）……………………… 248
短歌（前川佐美雄）…………………… 255
幽閉（井伏鱒二）……………………… 259
第七官界彷徨（尾崎翠）……………… 263
苔（金子光晴）………………………… 351
解説（田中美穂）……………………… 357

［0808］　御子神さん―幸福をもた
らす♂三毛猫
未々月音子監修
竹書房　2010.12　319p　15cm
648円　（竹書房文庫　な2-5）
ISBN978-4-8124-4387-3

はじめのいっぽ（永森裕二）……………… 5
おわらい（石井康浩）…………………… 19
きらきら（望月桜）……………………… 55
ふくのかみ（ゆずき）…………………… 89
いじっぱり（ゆずき）………………… 115
たからもの（石井康浩）……………… 139
なつくさ（青葉涼人）………………… 181
ゆうき（石井康浩）…………………… 205
にせもの（望月桜）…………………… 249
よし（永森裕二）……………………… 275
ねこタクシー4コマシアター（いとううら
　ら）…………………………………… 295
あとがき……………………………… 318

［0809］　宵越し猫語り―書き下ろ
し時代小説集
白泉社　2015.11　252p　15cm
640円　（白泉社招き猫文庫）
ISBN978-4-592-83126-6

風来屋の猫（小松エメル）………………… 5
猫の目時計（佐々木禎子）……………… 43
両国橋物語（宮本紀子）……………… 105

自然文学・動物文学　　　　　　　0811

こねきねま―『宿屋の富』余話（森川成美）‥ 165
旅猫（近藤史恵）……………………………… 219

［0810］　吾輩も猫である
新潮社　2016.12　211p　16cm
460円　（新潮文庫　な-1-50）
ISBN978-4-10-101050-2

いつか、猫になった日（赤川次郎）………… 7
妾（わたくし）は、猫で御座います（新井素子）‥ 35
ココアとスミレ（石田衣良）………………… 73
吾輩は猫であるけれど（荻原浩）………… 97
惻隠（そくいん）（恩田陸）……………………… 107
飛梅（原田マハ）…………………………… 125
猫の神さま（村山由佳）…………………… 151
彼女との、最初の一年（山内マリコ）……… 183

［0811］　Wonderful Story
PHP研究所　2014.10　249p　19cm
1400円
ISBN978-4-569-82151-1

イヌゲンソーゴ（伊坂幸犬郎）……………… 5
海に吠える（犬崎梢）……………………… 53
バター好きのヘミングウェイ（木下半犬）‥109
パピーウォーカー（横関犬）……………… 157
犬は見ている（貫井ドッグ郎）…………… 209
解説（友清哲）……………………………… 243

253

地方文学・郷土文学

[0812]　「伊豆文学賞」優秀作品集
第17回
伊豆文学フェスティバル実行委員会編
羽衣出版　2014.3　243p　20cm
1200円
ISBN978-4-907118-08-2

小説・随筆・寄稿文部門 …………………… 5
　最優秀賞　前を歩く人—坦庵公との一日
　　（小長谷建夫）………………………… 5
　優秀賞　野づらは星あかり（大塚清司）… 55
　佳作　宝永写真館（畠ゆかり）………… 107
　佳作　興国寺城遺聞—康景出奔（増登春
　　行）…………………………………… 155
メッセージ部門 ………………………… 210
　最優秀賞　三島夏まつり（長谷川穂）…… 210
　優秀賞　情けが溶ける最強湧水都市・三
　　島（鈴木敬盛）……………………… 213
　優秀賞　遠州大念仏の夜（宮司孝男）… 216
　優秀賞　父の日の金目鯛（渡会三郎）… 219
　優秀賞　伊豆行き松川湖下車の旅（菅沼
　　美代子）……………………………… 222
　優秀賞　伊豆は第三の故郷（游美媛）… 226
選評 ……………………………………… 230
　〈小説・随筆・紀行文部門〉（三木卓, 嵐
　　山光三郎, 太田治子）……………… 230
　〈メッセージ部門〉（村松友視, 清水眞砂
　　子, 中村直美）……………………… 236

[0813]　「伊豆文学賞」優秀作品集
第18回
伊豆文学フェスティバル実行委員会編
羽衣出版　2015.3　215p　20cm
1204円
ISBN978-4-907118-16-7

小説・随筆・寄稿文部門 …………………… 5
最優秀賞　まつりのあと（鈴木清美）……… 5
優秀賞　銀鱗の背に乗って（熊崎洋）……… 55
佳作　あぜ道（倉持れい子）…………… 101
佳作　赤富士の浜（醍醐亮）…………… 131
メッセージ部門 ………………………… 174
最優秀賞　"赤電"に乗って（藤森ますみ）… 174
優秀賞　四十一年目の富士山（渡会三郎）… 178
優秀賞　Mさんの鮎（中川洋子）………… 181
優秀賞　朝の野菜直売所（栗田すみ子）…… 184
優秀賞　雨の中の如来（宮司孝男）……… 188
優秀賞　緑のプリン（安藤知明）………… 191
特別奨励賞　あやめ祭の発見（荒川百花）… 195
選評 ……………………………………… 200
　〈小説・随筆・紀行文部門〉三木卓, 村松
　　友視, 嵐山光三郎, 太田治子 ……… 200
　〈メッセージ部門〉村松友視, 清水眞砂子,
　　中村直美 …………………………… 208

地方文学・郷土文学　　0817

［0814］　「伊豆文学賞」優秀作品集
第19回
伊豆文学フェスティバル実行委員会編
羽衣出版　2016.3　187p　20cm
1204円
ISBN978-4-907118-23-5

小説・随筆・寄稿文部門 ……………………… 5
最優秀賞（小説）　蹴れ、彦五郎（今村翔吾） ‥ 5
優秀賞（紀行文）　さあ、つぎはどの森を歩
　こうか（奥田裕介） ……………………… 55
佳作（随筆）　ブタの足あと（橋本顕光） ‥‥‥ 75
佳作（小説）　恋飛脚遠州往来（齊藤洋大） ‥ 95
メッセージ部門 …………………………………… 152
最優秀賞　熊野の長藤（太田智子） ………… 152
優秀賞　風待港の盆踊り（中川洋子） ……… 155
優秀賞　これが私の夢の地図（西森涼） ‥‥‥ 158
優秀賞　鹿ん舞の里（仲野鈴代） …………… 161
優秀賞　柿田川を見つめて（土屋望海） …… 164
優秀賞　「英魂」の碑（宮司孝男） ………… 167
選評 ………………………………………………… 172
　〈小説・随筆・紀行文部門〉三木卓, 村松
　　友視, 嵐山光三郎, 太田治子 …………… 172
　〈メッセージ部門〉村松友視, 清水眞砂子,
　　中村直美 ……………………………………… 180

［0815］　いなさ参ろう─第12回
「伊豆文学賞」優秀作品集
伊豆文学フェスティバル実行委員会編
羽衣出版　2009.3　182p　20cm
1143円
ISBN978-4-938138-73-8

いなさ参ろう（山手一郎） ……………………… 3
そこはいつも青空（阪野陽花） ………… 45
鰡と子供ら（石井隆義） ……………………… 89
白い枇杷（真帆沁） …………………………… 107
トンネルを抜けて（李絳） ………………… 143
選評 ……………………………………………… 172
　時代をとらえる目（三木卓） …………… 172
　それぞれの味（村松友視） ……………… 174
　伊豆に吹く風（嵐山光三郎） …………… 176

過去から未来へ（太田治子） …………… 178

［0816］　大阪文学名作選
富岡多惠子編
講談社　2011.11　346p　16cm
1400円　（講談社文芸文庫　と A9）
ISBN978-4-06-290140-6

わが町（抄）（阪田寛夫） …………………… 7
浣腸とマリア（野坂昭如） ………………… 32
みち潮（河野多惠子） ……………………… 59
相客（庄野潤三） …………………………… 83
船場狂い（山崎豊子） …………………… 106
木の都（織田作之助） …………………… 137
大阪（抄）（小野十三郎） ……………… 152
井原西鶴（武田麟太郎） ………………… 170
子の来歴（宇野浩二） …………………… 219
身毒丸（折口信夫） ……………………… 265
十六歳の日記（川端康成） ……………… 283
知るも知らぬも大阪の一（富岡多惠子） ‥‥‥ 324

［0817］　大阪ラビリンス
有栖川有栖編
新潮社　2014.9　383p　16cm
630円　（新潮文庫　あ-46-32）
ISBN978-4-10-120437-6

ラビリンスへようこそ（有栖川有栖） ………… 9
橋の上（宇野浩二） ……………………… 15
面影双紙（横溝正史） …………………… 43
大阪の女（織田作之助） ………………… 73
大阪の穴（小松左京） …………………… 103
梅田地下オデッセイ（堀晃） …………… 121
コンニャク八兵衛（田辺聖子） ………… 197
川に消えた賊（有明夏夫） ……………… 225
おたふく（岩阪恵子） …………………… 289
天幕と銀幕の見える場所（芦辺拓） …… 319
火花1（柴崎友香） ……………………… 349
火花2（柴崎友香） ……………………… 361
あとがきに代えて（有栖川有栖） ……… 373

255

地方文学・郷土文学

[0818]　海煙—第13回「伊豆文学
賞」優秀作品集
伊豆文学フェスティバル実行委員会編
羽衣出版　2010.2　199p　20cm
1143円
ISBN978-4-938138-80-6

最優秀賞(小説)　海煙(土橋章宏) ……………… 3
優秀賞(小説)　タバコわらしべ(根室総一) …… 37
優秀賞(小説)　守り氷(冨岡美子) ……………… 75
佳作(小説)　駿府瞽女、花(萩原由男) ……… 115
佳作(小説)　三島宿(龍造寺信) ……………… 155
選評(三木卓, 村松友視, 嵐山光三郎, 太田治
子) ………………………………………… 190

[0819]　金沢三文豪掌文庫
泉鏡花記念館, 徳田秋聲記念館, 室生
犀星記念館企画・編集
金沢文化振興財団　2009.10　73p
15cm

絵本の春(泉鏡花) …………………………… 3
少年の哀み(徳田秋聲) ……………………… 21
旅にて(室生犀星) …………………………… 45
三文豪俳句抄(泉鏡花, 徳田秋聲, 室生犀星) ‥ 67
凡例 …………………………………………… 巻末

[0820]　金沢にて
双葉社　2015.6　317p　15cm
639円　（双葉文庫　す-11-01—日本推
理作家協会賞受賞作家傑作短編集 1）
ISBN978-4-575-65893-4

鳥瞰図(阿刀田高) …………………………… 5
晴のち雨天(鮎川哲也) ……………………… 35
等々力座(とどろきざ)殺人事件(戸板康二) …… 73
春怨(しゅんえん)(皆川博子) ……………… 119
友禅とピエロ(辻真先) ……………………… 197
スーパー特急「かがやき」の殺意(西村京

太郎) ………………………………………… 229
解説(山前譲) ………………………………… 306

[0821]　かわいい—第16回フェリ
シモ文学賞優秀作品集
（神戸）フェリシモ　2013.6　158p
18cm　1000円
ISBN978-4-89432-685-9

大賞　梅雨明け(湊菜海) …………………… 6
優秀賞　犬のまくらと鯨のざぶとん(日比野
碧) …………………………………………… 16
優秀賞　嫉妬に火をつけて(鮫田心臓) …… 24
佳作　借景(溝口さと子) …………………… 32
佳作　ハル子さんの胸(睦月羊子) ………… 38
佳作　天国料理人(雨の国) ………………… 44
ハートエイド(門馬昌道) …………………… 52
シロー先輩の告白(前田美幸) ……………… 57
交通事故(海野久実) ………………………… 62
バイバイほらふき(碧井かえる) …………… 66
咲いた団栗(奥田登) ………………………… 71
ビーフシチュウーでもいいかしら(森朝美) ‥ 76
夏のすきま(わかはらあつ子) ……………… 80
小さくたって(仁瓶ゆき子) ………………… 84
爪に爪なし猫に爪あり(野咲野良) ………… 89
父の指輪(荒城美鉾) ………………………… 94
苺の家(村上あつこ) ………………………… 99
きれいな人(桜庭三軒) ……………………… 104
大切な朝(貴布吉申) ………………………… 109
BABY (久下ハル) …………………………… 114
僕の彼女は○○様(パラリラ) ……………… 119
とるにたらない(勝本詩織) ………………… 123
みかの魔法の粉(木村光治子) ……………… 128
わたしのかたち(遠野奈々) ………………… 133
ふわりと咲いた(leemin) …………………… 138
かおるさん(柄澤潤) ………………………… 142
選評(近山知史, 荒井邦子, 大木秀臣〔ほ
か〕) ………………………………………… 147
総評(玉岡かおる) …………………………… 152

地方文学・郷土文学　　　0824

**［0822］　かわさきの文学―かわさ
き文学賞50年記念作品集　〔2009年〕**
かわさき文学賞の会編
審美社　2009.4　411p　19cm
3500円
ISBN978-4-7883-4124-1

縁は異なもの―かわさき文学賞五十周年を
　祝って(中本信幸) ……………………… 9
私と「かわさき文学賞」の五十年(小林勇) ‥ 12
第一部　第四十一回から五十回までの第一
　席受賞作品 ……………………………… 39
　四十一回第一席　明日の行方は、猫まかせ(妹
　　尾津多子) …………………………… 41
　四十二回第一席　晩夏(渡邊能江) ……… 62
　四十三回第一席　とりかえしのつかない一日
　　(大家学) ……………………………… 84
　四十四回第一席　直美の行方(高橋菊江) ‥ 95
　四十五回第一席　マリー(明石裕子) …… 119
　四十六回第一席　すかんぽん(上志羽峰子) ‥‥ 137
　四十七回第一席　パールウエーブ(小川苺) ‥ 163
　四十八回第一席　雨の一日(三松道尚) … 183
　四十九回第一席　消えた半夏生(沢昌子) ‥ 203
　五十回第一席　オリーブの薫りはまだ届かな
　　い(西澤いその) ……………………… 219
第二部　寄稿採録 ……………………… 257
　かわさき文学賞コンクールの三十年(八
　　木義德) ……………………………… 259
　思うこと(小林久三) …………………… 264
　第一回市長賞作品　黒い雨(古賀純) …… 267
　第十七回市長賞作品　なければなくても別にか
　　まいません(小林勇) ………………… 283
　予備選考委員作品　仕舞扇(福岡義信) ……… 310
　かわさき文学賞と我が半生(福岡義信) ‥ 330
　予備選考委員作品　歩いた道(山下芳信) ……… 333
　かわさき文学賞と私(山下芳信) ……… 355
　予備選考委員作品　八朔祭(京利幸) ……… 357
　すばらしき仲間に支えられて(京利幸) ‥ 371
　予備選考委員作品　眠る男(酒井成実) ……… 373
第三部　かわさき文学賞全入選者入選作品
　年譜(第一回～第五十回) …………… 385
　年譜 …………………………………… 387
　編集後記 ……………………………… 409

**［0823］　敬太とかわうそ―第15回
「伊豆文学賞」優秀作品集**
伊豆文学フェスティバル実行委員会編
羽衣出版　2012.3　271p　20cm
1143円
ISBN978-4-938138-94-3

小説・随筆・寄稿文部門 ………………… 5
　最優秀賞　敬太とかわうそ(植松邦文) ……… 5
　優秀賞　花の棲家(阪野陽花) ………… 55
　佳作　YAMABUKI(白鳥和也) ………… 119
　佳作　伊豆堀越御所異聞(木夏真一郎) …… 179
メッセージ部門 ………………………… 235
　最優秀賞　新幹線の車窓から(藤巻元彦) …… 236
　優秀賞　遠い裾野(宮司孝男) ………… 239
　優秀賞　懐かしい町、伊東(服部静子) …… 242
　優秀賞　連れあって札所めぐり(中川洋子) ‥ 245
　優秀賞　惚れてしまった沼津さんへ(古川
　　紀) …………………………………… 248
　優秀賞　湖西連峰の山寺跡(増田瑞穂) …… 251
　特別奨励賞　弓ケ浜での思い出(若林優稀) …… 254
選評 ……………………………………… 257
　〈小説・随筆・紀行文部門〉三木卓、村松
　　友視、嵐山光三郎、太田治子 ……… 258
　〈メッセージ部門〉村松友視、清水眞砂子、
　　中村直美 …………………………… 265

**［0824］　気配―第10回フェリシモ
文学賞作品集**
(神戸)フェリシモ　2007.4　177p
21cm　762円
ISBN978-4-89432-412-1

作家選考の部 大賞＋一般選考の部 優秀賞 海とハルオ
　(藤井彩子) ……………………………… 8
作家選考の部 優秀賞 猫の散歩(森由右子) ……… 16
作家選考の部 優秀賞 春の気配(霞永二) …… 24
一般大賞の部 優秀賞 鯖街道を、とおってな(宮
　田そら) ………………………………… 32
一般大賞の部 優秀賞 ちいさな夜(関直恵) ……… 42
アイスクリームが食べたかった(加藤望) … 54
夜のおもいで(鈴木睦子) ……………… 60

257

濃密な部屋（山田知佐枝）……………… 66
お隣さんのミシン（成野秋子）………… 71
旅の道づれ（徳永チャルコ）…………… 76
深海の少年（柴田紘）…………………… 81
恋よりも（梁瀬陽子）…………………… 86
大賞受賞者インタビュー………………… 91
一般選考会あれこれ……………………… 96
作家選考の部 選後評 ………………… 166
　　桐島洋子 …………………………… 166
　　俵万智 ……………………………… 171
雨待ち機嫌（柿生ひろみ）…………… 100
Hana（岩崎明）……………………… 103
れいにーでいず奇談（岩崎明）……… 106
小鬼（太田美砂子）…………………… 109
想い出の尻尾（中川キリコ）………… 112
祐太のこと（南梓）…………………… 115
トマト（廣田希華）…………………… 120
雪バス（暁ことり）…………………… 123
優しい風（水沢いおり）……………… 126
雨物語（深井充）……………………… 129
この道（伊藤真有）…………………… 132
金木犀の香り（堀かの子）…………… 135
春待ち（カドマリ）…………………… 140
りんごの悪魔（大谷朝子）…………… 143
音のない雨（田端智子）……………… 146
白の世界から（辻村たまき）………… 149
ドライバナナ（櫻井結花）…………… 152
あいつ（すずきさちこ）……………… 155
背もたれごしの（室岩里衣子）……… 158
夜明け前のバスルーム（清水奈緒子）……… 161
フェリシモ文学賞 10年目を迎えて ……… 175

```
［0825］　現代沖縄文学作品選
　　　　　川村湊編
講談社　2011.7　285p　16cm
1500円　（講談社文芸文庫　かV2）
ISBN978-4-06-290128-4
```

鱶に曳きずられて沖へ（安達征一郎）……… 7
K共同墓地死亡者名簿（大城貞俊）……… 14
棒兵隊（大城立裕）…………………… 56
ダバオ巡礼（崎山麻夫）……………… 79
見えないマチからションカネーが（崎山多美）……… 107
伊佐浜心中（長堂英吉）……………… 134

カーニバル闘牛大会（又吉栄喜）…… 163
軍鶏（目取真俊）……………………… 186
鬼火（山入端信子）…………………… 210
野宿（山之口貘）……………………… 237
解説（川村湊）………………………… 251
著者紹介（守屋貴嗣）………………… 268
沖縄文化史年表（守屋貴嗣）………… 271

```
［0826］　さきがけ文学賞選集　第1
　　　　　　　　　　　　　　　巻
秋田魁新報社　2013.10　287p
16cm　800円　（さきがけ文庫）
ISBN978-4-87020-341-9
```

出家せば（安藤オン）…………………… 5
リングのある風景（須田地央）………… 89
冬の航跡（宮越郷平）………………… 167
「さきがけ文学賞」と選考委員………… 285

```
［0827］　さきがけ文学賞選集　第2
　　　　　　　　　　　　　　　巻
秋田魁新報社　2014.3　305p　16cm
800円　（さきがけ文庫）
ISBN978-4-87020-347-1
```

赦免花（高妻秀樹）……………………… 5
メダル（外岡立人）…………………… 109
風のしらべ（さいとう学）…………… 201
「さきがけ文学賞」と選考委員………… 303

```
［0828］　さきがけ文学賞選集　第3
　　　　　　　　　　　　　　　巻
秋田魁新報社　2015.9　269p　16cm
800円　（さきがけ文庫）
ISBN978-4-87020-374-7
```

つぎの、つぎの青（尾河みゆき）……… 5
光芒（永田宗弘）……………………… 87
湖が燃えた日（佐藤のぶき）………… 183

地方文学・郷土文学　　0832

「さきがけ文学賞」と選考委員……………267

［0829］　さきがけ文学賞選集　第4巻
秋田魁新報社　2016.1　309p　16cm
800円　（さきがけ文庫）
ISBN978-4-87020-375-4

続きの空（上月文青）………………………5
凍てついた暦（大西功）…………………97
三鉄活人剣（塚本悟）…………………201
「さきがけ文学賞」と選考委員……………307

［0830］　さきがけ文学賞選集　第5巻
秋田魁新報社　2016.9　301p　16cm
800円　（さきがけ文庫）
ISBN978-4-87020-379-2

案山子（狸洞快）……………………………5
真昼の花火（山下奈美）………………107
蕉門秘訣（五十日寿男）………………205
「さきがけ文学賞」と選考委員……………299

［0831］　縄文4000年の謎に挑む―
宮畑遺跡の「巨大柱」と「焼かれた家」
福島市宮畑ミステリー大賞作品集
じょーもぴあ活用推進協議会編
現代書林　2016.2　316p　18cm
980円
ISBN978-4-7745-1557-1

「【宮畑ミステリー大賞】作品集」刊行に寄
　せて……………………………………………3
【宮畑ミステリー大賞】作品テーマ『宮畑
　遺跡の謎』とはなにか………………10
　1　直径90センチメートルの柱（縄文時代
　　晩期）―なぜ90センチメートルもの巨
　　大な柱を建てなければならなかったの
　　か？……………………………………10
　2　「47.82パーセント」の焼けた竪穴住
　　居―なぜ多くの竪穴住居は、焼き壊さ
　　れなければならなかったのか？………15
【宮畑ミステリー大賞】作品集……………21
　最優秀賞　ミヤハタ！　タイムスリップ（寺
　　島明美）……………………………22
　優秀賞　水神（薬生田亘）……………67
　優秀賞　植物たちの企み（沖義裕）………110
　特別賞（佐藤B作賞）金色の鬼火矢（兎月カラ
　　ス）……………………………………154
　特別賞（佐藤秀峰賞）風のように水のように―
　　宮畑遺跡物語（和久井清水）…………183
　特別賞（清水克衛賞）シッカイヤ蘭子の冒険（渡
　　辺信二）………………………………225
　特別賞（現代書林賞）オサナヤ（堕天）………272
〈資料編〉【宮畑ミステリー大賞】の概要…307

［0832］　立川文学―「立川文学賞」
作品集　第1回
「立川文学賞」実行委員会編纂
けやき出版　2011.5　401p　19cm
1500円
ISBN978-4-87751-442-6

「立川文学賞」創設について（中野隆右）……1
文芸の立川の幕が開いた！（志茂田景樹）……3
大賞　泉光院回国日記―愛染明王の闇（三友
　隆司）……………………………………9
佳作　一寸先は、光（勝間田憲男）……………83
佳作　立川トワイライトゾーン（柚刀郁茶）…135
佳作　季節よ、せめて緩やかに流れよ（古橋
　智）………………………………………199
佳作　浪人志願（一本木凱）……………………277
佳作　靖国越え（間零）………………………337

259

［0833］　立川文学　2
第二回「立川文学賞」作品集
立川文学賞実行委員会企画・編纂
けやき出版　2012.7　413p　19cm
1500円
ISBN978-4-87751-469-3

第二回「立川文学賞」について ……………… 1
独自の道を継続することが貴い（志茂田景
　樹）…………………………………………… 3
ご挨拶（清水庄平）………………………… 7
大賞 鋏とロザリオ（小出まゆみ）…………… 11
佳作 山を生きて（佐々木ゆう）…………… 85
佳作 鑢（たたら）の炎（ひ）は消えて（児嶋和歌
　子）………………………………………… 155
佳作 池尻の下女（三友隆司）……………… 223
佳作・市長特別賞 スクラム・ガール（間零）…… 331

［0834］　立川文学　3
第三回「立川文学賞」作品集
立川文学賞実行委員会企画・編纂
けやき出版　2013.6　374p　19cm
1500円
ISBN978-4-87751-499-0

第三回「立川文学賞」作品集 発刊にあたり
　（中野隆右）………………………………… 1
若い感性が奔放に言葉を踊らせ始めている
　（志茂田景樹）……………………………… 3
ご挨拶（清水庄平）………………………… 6
大賞 狩野永徳の罠（秋満吉彦）…………… 11
佳作 天覧（三井多和）……………………… 63
佳作 見えない光の夏（秋沢一氏）………… 125
佳作・市長特別賞 基地に咲く花（漸井宏彰）… 205
特別参考作品賞 丹（あか）い波（三友隆司）……… 283

［0835］　立川文学　4
第四回「立川文学賞」作品集
立川文学賞実行委員会企画・編纂
けやき出版　2014.6　334p　19cm
1500円
ISBN978-4-87751-516-4

第四回「立川文学賞」作品集 発刊にあたり
　（中野隆右）………………………………… 1
才能輩出の機が近づいている（志茂田景樹）… 3
ご挨拶（清水庄平）………………………… 6
大賞 シネマ通りに雨が降る（間零）………… 11
佳作 LIFE LIFE（蓮見仁）………………… 73
佳作 陽の残り（秋山省三）………………… 155
佳作 重四郎始末（木山省二）……………… 219
佳作・市長特別賞 古い背中（難波壱）……… 259

［0836］　立川文学　5
第五回「立川文学賞」作品集
立川文学賞実行委員会企画・編纂
けやき出版　2015.6　249p　19cm
1500円
ISBN978-4-87751-540-9

第五回「立川文学賞」作品集発刊に寄せて
　（長野隆右）………………………………… 1
粒ぞろいで確かな読み応え、後は傑出作品
　の出現が待たれる（志茂田景樹）………… 3
ご挨拶（清水庄平）………………………… 7
大賞 槍の穂先にて（板床勝美）…………… 11
佳作 トーキョー・スカイ・ツリー（蓮見仁）… 81
佳作 丁字饅頭（木山省二）………………… 123
佳作・市長特別賞 恥じらう月（高岡啓次郎）…… 183

地方文学・郷土文学

［0837］　立川文学　6
第六回「立川文学賞」作品集
立川文学賞実行委員会企画・編纂
けやき出版　2016.6　285p　19cm
1500円
ISBN978-4-87751-563-8

第六回立川文学賞発刊にあたり（中野隆右）‥ 1
文句なしに過去最高のレベルだ（志茂田景
　樹）‥‥‥‥‥‥‥‥‥‥‥‥‥‥‥‥ 3
ご挨拶（清水庄平）‥‥‥‥‥‥‥‥‥‥ 7
大賞 美し過ぎる人（松宮信男）‥‥‥‥‥ 11
佳作 鰍（かじか）突きの夏（蓑修吉）‥‥‥‥‥ 83
佳作 あるゴーストの独白（大森康宏）‥‥‥ 145
佳作 √1（斎藤準）‥‥‥‥‥‥‥‥‥‥ 213

［0838］　釣聖―第11回「伊豆文学
賞」優秀作品集
伊豆文学フェスティバル実行委員会編
静岡新聞社　2008.3　191p　20cm
1143円
ISBN978-4-7838-1113-8

最優秀賞 釣聖（蒔田淳一）‥‥‥‥‥‥‥‥ 3
優秀賞 海師の子（水野次郎）‥‥‥‥‥ 45
優秀賞 餌食（中川將幸）‥‥‥‥‥‥‥ 79
佳作 野に死に真似の遊びして（阪野陽花）‥ 109
佳作 水湧き出づる町で（伊野里健）‥‥ 147
選評 ‥‥‥‥‥‥‥‥‥‥‥‥‥‥‥ 181

［0839］　東京小説
カンタン・コリーヌ編
日本経済新聞出版社　2013.12　236p
15cm　600円　（日経文芸文庫　は1-
1）
ISBN978-4-532-28023-9

一年ののち（林真理子）‥‥‥‥‥‥‥‥ 5
屋上の黄色いテント―銀座（椎名誠）‥‥‥ 45

主婦と交番―下高井戸（藤野千夜）‥‥‥ 91
夢子―深川（村松友視）‥‥‥‥‥‥‥ 143
新宿の果実―新宿（盛田隆二）‥‥‥‥‥ 185
物語を呼び起こす街―解説にかえて ‥‥‥ 230

［0840］　東京ホタル
ポプラ社　2013.5　205p　20cm
1200円
ISBN978-4-591-13458-0

はぐれホタル（中村航）‥‥‥‥‥‥‥‥ 5
蛍の光り（小路幸也）‥‥‥‥‥‥‥‥ 33
夏のはじまりの満月（穂高明）‥‥‥‥‥ 71
宙色三景（小松エメル）‥‥‥‥‥‥‥ 101
ながれほし（原田マハ）‥‥‥‥‥‥‥ 161

［0841］　東京ホタル
ポプラ社　2015.5　203p　16cm
560円　（ポプラ文庫　ん1-7）
ISBN978-4-591-14525-8

はぐれホタル（中村航）‥‥‥‥‥‥‥‥ 5
蛍の光り（小路幸也）‥‥‥‥‥‥‥‥ 33
夏のはじまりの満月（穂高明）‥‥‥‥‥ 69
宙色三景（小松エメル）‥‥‥‥‥‥‥ 99
ながれほし（原田マハ）‥‥‥‥‥‥‥ 159

［0842］　十和田、奥入瀬 水と土地
をめぐる旅
管啓次郎, 十和田奥入瀬芸術祭編
青幻舎　2013.9　223p　19cm
1800円
ISBN978-4-86152-407-3

時に潜ってみよう、この土地で ‥‥‥‥‥ 4
1　十和田、奥入瀬の物語
　「湖底」（小林エリカ）‥‥‥‥‥‥‥ 7
　　十和田湖の成因 ‥‥‥‥‥‥‥‥ 52
　「夜」（石田千）‥‥‥‥‥‥‥‥‥ 55

261

奥入瀬渓流について ……………… 92
十和田奥入瀬アルバム 二〇一三年春夏
　（畠山直哉撮影）……………… 96
「…to watashi,towadashi」（小野正嗣）… 121
三本木の由来 …………………… 172
2　水と土地をめぐる旅―エッセイ
十和田奥入瀬ノート（管啓次郎）………… 176
時の広がり（宮永愛子）…………… 186
観光リサーチセンター（高山明）……… 194
COLUMN
この祭りまで（小澤慶介）…………… 201
「引き算」の方法で建物の寿命を全うす
　る（服部浩之）………………… 206
　知らないうちに船はでていた ……… 208
超えて、生きる（藤浩之）…………… 212
十和田、奥入瀬の物語ができるまで（影山
　裕樹）…………………………… 216
あとがき（管啓次郎）……………… 222

――――――――――――――――――――

［0843］　泣ける！　北海道
リンダパブリッシャーズ編集部編
泰文堂　2015.4　158p　18cm
950円　（リンダパブリッシャーズの
本）
ISBN978-4-8030-0683-4

――――――――――――――――――――

嘘つきの僕と、嘘つきの祖母（古平宏太）…… 7
山のヒーロー（森町歩）………………… 19
吹雪の夜の一期一会（長沼映子）……… 31
先生の名前（滝上舞）…………………… 43
手つなぎ鬼（中川剛）…………………… 55
見知らぬ人からの手紙（鈴木淳介）…… 69
ヒューマ、甘えてもいいんだよ（清水優）… 83
約束（栗山竜司）………………………… 97
あめ玉おじさん（小田神恵）…………… 111
幸せの場所（越谷蘭）…………………… 121
永遠に解けない雪（森明日香）………… 135
海を越える（池田さと美）……………… 147

――――――――――――――――――――

［0844］　日本海文学大賞―大賞作
品集　1
日本海文学大賞運営委員会　2007.11
518p　15cm

――――――――――――――――――――

日本海時代を見つめて（古谷俊明）…………… 5
輝かしい存在感を示した（秋谷豊）…………… 8
小説部門大賞
第1回（1990年）　五里峠（渡野玖美）…………… 11
第2回（1991年）　海鳴りの丘（間嶋稔）……… 117
第3回（1992年）　クロダイと飛行機（浜田嗣
　範）…………………………………… 161
第3回（1992年）　濁流の音（笛木薫）………… 209
第4回（1993年）　てんくらげ（河嶋忠）……… 259
第5回（1994年）　枝打殺人事件（中根進）…… 397

――――――――――――――――――――

［0845］　日本海文学大賞―大賞作
品集　2
日本海文学大賞運営委員会　2007.11
455p　15cm

――――――――――――――――――――

小説部門大賞
第8回（1997年）　潮境（湯浅弘子）……………… 3
第9回（1998年）　日かげぐさ（柳井寛）……… 79
第10回（1999年）　赦しの庭（舘有紀）………… 169
第11回（2000年）　星をひろいに（高橋あい）… 233
第12回（2001年）　増毛（ましけ）の魚（藤田武
　司）…………………………………… 311
第13回（2002年）　紅蓮の闇（賀川敦夫）……… 403

――――――――――――――――――――

［0846］　日本海文学大賞―大賞作
品集　3
日本海文学大賞運営委員会　2007.11
471p　15cm

――――――――――――――――――――

小説部門大賞
第14回（2003年）　じっちゃんの養豚場（木下
　訓成）………………………………… 3
第15回（2004年）　誘蛾灯（中条佑弥）………… 95

地方文学・郷土文学　　　　　　　　0849

第16回（2005年）朱色の命（長野修）‥‥‥‥ 159
第17回（2006年）桜の花をたてまつれ（木島
　次郎）‥‥‥‥‥‥‥‥‥‥‥‥‥‥ 237
第18回（2007年）崖（大島直次）‥‥‥‥‥‥ 305
詩部門大賞
第2回（1991年）加賀野浄土（藤吉外登夫）‥‥ 363
第3回（1992年）晩涛記（山村信男）‥‥‥‥ 373
第4回（1993年）若狭に想う（司茜）‥‥‥‥ 381
第5回（1994年）石臼の唄―ダムで沈んだ村
　のためのレクイエム（池田星爾）‥‥‥ 389
第6回（1995年）龍（麦田譲）‥‥‥‥‥‥‥ 397
第7回（1996年）メビウスの森（高橋協子）‥‥ 401
第9回（1998年）一人分の平和（岡島弘子）‥‥ 407
第10回（1999年）しらさぎ川（桧晋平）‥‥‥ 413
第11回（2000年）サンザシの実（向井成子）‥‥ 419
第12回（2001年）磯蟹（あずま菜ずな）‥‥‥ 423
第13回（2002年）朱い実（後藤薫）‥‥‥‥ 429
第14回（2003年）路地裏（清崎進一）‥‥‥‥ 435
第15回（2004年）お母さんの海（大竹晃子）‥‥ 417
第16回（2005年）漂う、国（大江豊）‥‥‥‥ 447
第17回（2006年）寒ブリ（安原輝彦）‥‥‥‥ 453
第18回（2007年）兵隊の雨が降る（佐々林）‥‥ 459
歴代の選考委員と受賞者一覧 ‥‥‥‥‥‥ 464

［0847］　ばあば新茶マラソンをとぶ
―第16回「伊豆文学賞」優秀作品集
伊豆文学フェスティバル実行委員会編
羽衣出版　2013.3　231p　20cm
1143円
ISBN978-4-907118-00-6

小説・随筆・紀行文部門 ‥‥‥‥‥‥‥‥ 3
最優秀賞 ばあば新茶マラソンをとぶ（鴻野
　元希）‥‥‥‥‥‥‥‥‥‥‥‥‥‥ 5
優秀賞 十一月の夏みかん（岩本和博）‥‥‥ 51
佳作 うみしみ（風霧みぞれ）‥‥‥‥‥ 113
佳作 『与平の日記』を歩く（斎藤久）‥‥‥ 173
メッセージ部門 ‥‥‥‥‥‥‥‥‥‥‥ 193
最優秀賞 浜名湖一周の旅（増田瑞穂）‥‥‥ 194
優秀賞 藤枝大祭（海野葵）‥‥‥‥‥‥ 197
優秀賞 天城峠（志賀幸一）‥‥‥‥‥‥ 200
優秀賞 伊豆は巨樹王国（川村均）‥‥‥‥ 204
優秀賞 湖西焼き物考（宮司孝男）‥‥‥‥ 208
優秀賞 やがて静かに海は終わる（清水きよ
　し）‥‥‥‥‥‥‥‥‥‥‥‥‥‥‥ 211

選評 ‥‥‥‥‥‥‥‥‥‥‥‥‥‥‥‥ 215
〈小説・随筆・紀行文部門〉（三木卓、村
　松友視、嵐山光三郎、太田治子）‥‥‥ 216
〈メッセージ部門〉（松村友視・清水眞砂
　子・中村直美）‥‥‥‥‥‥‥‥‥‥ 224

［0848］　はよう寝んか明日が来るぞ
―第14回「伊豆文学賞」優秀作品集
伊豆文学フェスティバル実行委員会編
静岡新聞社　2011.3　253p　20cm
1143円
ISBN978-4-7838-1116-9

小説・随筆・紀行文部門 ‥‥‥‥‥‥‥‥ 2
最優秀賞 はよう寝んか明日が来るぞ（前山
　博茂）‥‥‥‥‥‥‥‥‥‥‥‥‥‥ 3
優秀賞 空を飛ぶ男（宇和静樹）‥‥‥‥ 45
佳作 鬼夢（松山幸民）‥‥‥‥‥‥‥ 109
佳作 河童の夏唄（南津泰三）‥‥‥‥ 157
メッセージ部門 ‥‥‥‥‥‥‥‥‥‥‥ 213
最優秀賞 レアイズム（秋永幸宏）‥‥‥‥ 214
優秀賞 高天神の町（鈴木めい）‥‥‥‥ 218
優秀賞 ある日の出来事（鈴木美春）‥‥‥ 222
優秀賞 友情と伊豆（細谷幸子）‥‥‥‥ 225
優秀賞 懐ひろ～い（日向川伊緒）‥‥‥‥ 230
優秀賞 おだっくいの国、シヅーカに行か
　ざあ（藤岡正敏）‥‥‥‥‥‥‥‥‥ 234
選評 ‥‥‥‥‥‥‥‥‥‥‥‥‥‥‥‥ 239
小説・随筆・紀行文部門（三木卓、松村友
　視、嵐山光三郎、太田治子）‥‥‥‥‥ 239
メッセージ部門（松村友視、清水眞砂子、
　中村直美）‥‥‥‥‥‥‥‥‥‥‥‥ 248

［0849］　ひらく―第15回フェリシ
モ文学賞
（神戸）フェリシモ　2012.6　177p
21cm　762円
ISBN978-4-89432-639-2

大賞 月夜のアリババたち（荒井邦子）‥‥‥ 8
優秀賞 そのひとことで（伊藤陽子）‥‥‥ 18
優秀賞 猫が来た日（伴かおり）‥‥‥‥ 28

263

佳作 宝箱（有本吉見）……… *36*
佳作 ふすまの向こう側（安川朝子）… *46*
佳作 おじいちゃんのゴキブリ退治（赤埴千
　枝子）………………… *56*
大賞受賞者インタビュー……… *66*
選評 ……………………… *71*
三寸ノ喜び（みかみちひろ）… *80*
蒲焼日和（藤沢ナツメ）……… *84*
陸にあがった人魚（花山みちる）…… *88*
銀河鉄道（柄澤潤）…………… *92*
冷蔵庫からのおくりもの（齋藤葉子）…… *96*
サテンの靴（村上あつこ）…… *100*
青楓（神谷久香）…………… *104*
ポケットの秘密（佐井識）…… *108*
ひらひらり（つきのしずく）… *112*
駅のある風景（南もも）……… *116*
ひらき屋（宮下麻友子）……… *120*
ドッカーンなお弁当（たきざわまさかず）… *124*
手紙に乗せて（橋本夏鳴）…… *128*
願うはあなたの幸せだけを（弓場貴子）… *132*
降ってくる声（髙木栄利）…… *136*
タイムマシンはラッキョウ味（石丸桂子）… *140*
二十四センチのパンプス（永遠月心悟）… *144*
花屋の花よりきれいな花（森朝美）… *148*
木箱（蓮本芯）……………… *152*
翼を夢見たあなたへ（相木奈美）… *156*
指（鳥海たつみ）…………… *160*
Ribbon（諸井佳文）………… *164*
ごまあえ（うのみなこ）……… *168*
文学賞総評 なぜ書くか 書き続けるのか ペンが
　あなたにささやいている（玉岡かおる）… *172*
編集後記 ……………………… *176*

[0850]　福島の文学―11人の作家
講談社文芸文庫編，宍戸芳夫選
講談社　2014.3　359p　16cm
1700円　（講談社文芸文庫 こJ33）
ISBN978-4-06-290224-3

磐城七浜（草野心平）…………… *7*
上小川村（草野心平）…………… *8*
輝ける朝（水野仙子）…………… *14*
流行火事（久米正雄）…………… *31*
三郎爺（宮本百合子）…………… *46*
碑（中山義秀）…………………… *94*

和紙（東野辺薫）……………… *154*
鉛の旅（吉野せい）…………… *218*
橋のある風景（斎藤利雄）…… *238*
水芭蕉（真船豊）……………… *264*
砂嘴の丘にて（島尾敏雄）…… *294*
無言旅行（埴谷雄高）………… *325*
解題（宍戸芳夫）……………… *331*
著者紹介 ……………………… *358*

[0851]　藤本義一文学賞　第1回
帽子
藤本義一文学賞事務局編
（大阪）たる出版　2016.1　282p
20cm　1500円
ISBN978-4-905277-14-9

はじめに（藤本統紀子）…………… *3*
第1回 藤本義一文学賞 受賞作…… *9*
　最優秀賞 ……………………… *11*
　　秋霖（山田春夜）…………… *11*
　優秀賞 ………………………… *27*
　　親父の名前（フカミレン）… *27*
　　写真の向こう側（笹野裕子）… *47*
　特別賞 ………………………… *61*
　　雪地蔵（青山蓮太郎）……… *61*
　　シルクハットの宇宙（白石竹彦）…… *85*
　　おっぱいばい（眞住居明代）… *109*
　　ひび割れ（林絵里沙）……… *133*
　　墓標（梓見いふ）…………… *151*
　藤本義一の書斎～Giichi Gallery～賞 …… *173*
　　霧に、（池神泰三）………… *173*
審査員講評（難波利三，眉村卓，古川嘉一郎，
　桂文枝，フジモト芽子）…… *195*
坂（藤本義一）………………… *207*
第1回 藤本義一文学賞 最終選考25作品一
　覧 …………………………… *215*
未発表作 樹になりたい僕（藤本義一）…… *217*
藤本義一略年譜 ……………… *257*
座談会（藤本義一氏を語る）（難波利三）… *263*
寄稿「おめでとう・ありがとう」（成瀬國晴）… *278*
あとがき（中田有子）………… *280*

地方文学・郷土文学　　0854

［0852］　ぼくらの自由―第10回
「伊豆文学賞」優秀作品集
伊豆文学フェスティバル実行委員会編
静岡新聞社　2007.3　175p　20cm
1200円
ISBN978-4-7838-1112-1

最優秀賞 ぼくらの自由（贄子貴之）………………… 3
優秀賞 瀧をやぶる（松下曜子）………………… 41
優秀賞 ほら貝の音（木部博巳）………………… 73
佳作 伊豆の俳人萩原麦草（杉山早苗）……… 109
佳作 輝く木（冨岡美子）………………… 135
選評（三木卓、松村友視、嵐山光三浪、太田治
子）………………… 165

［0853］　万華鏡―第14回フェリシ
モ文学賞作品集
（神戸）フェリシモ　2011.6　177p
21cm　762円
ISBN978-4-89432-596-8

大賞　レンズの向こう（近山知史）………… 8
優秀賞　万華鏡サングラス（新小田明奈）… 18
佳作　永遠の秘密（祥寺真帆）………… 28
佳作　魔法のおうち（秋山咲絵）………… 38
佳作　思い出万華鏡（西條さやか）……… 48
大賞受賞者インタビュー ………… 58
選考評 ………… 66
それは、あきらめに似ている（原未来子）… 76
アレキシサイミアの父と（安井多恵子）…… 80
祖母の万華鏡（渋谷真弓）………… 84
満員電車（佃幸苗）………… 89
光（斉木明）………… 92
きらきら（弘中麻由）………… 96
シリバカの騎士（霜鳥つらら）………… 100
万華鏡の紐（宮本章子）………… 104
その彼は、ずっと（桜井由）………… 108
ビンを砕く（樅山秀幸）………… 112
光明（宮田一生）………… 116
いとこのスープ（朝来みゆか）………… 120
最下層フレンズ（佐井識）………… 124
ファミレスかちりかちり（松田詩織）………… 128

しあわせちらし（小野伊都子）………… 132
プレゼント（宮木広由）………… 13+
ギフト（坂本雛敬史）………… 140
トランスフォーム（岡田早苗）………… 144
白昼のチュー（阪井雅子）………… 148
半月（岡田早苗）………… 152
たそがれなき（サガラモトコ）………… 156
イニシャル占い（雅）………… 160
きみちゃんの贈り物（深野佳子）………… 165
文学を遊ぶフェリシモ文学賞を楽しむ（玉
岡かおる）………… 170
編集後記 ………… 175

［0854］　みちのく怪談名作選　vol.
1
東雅夫編
荒蝦夷　2010.11　461p　19cm
2200円　（叢書東北の声　16）
ISBN978-4-904863-07-7

鍋の中（井上ひさし）………… 7
魍魅魍魎（石上玄一郎）………… 37
日照雨/寺/念惑（佐々木鏡石（喜善））… 85
　日照雨 ………… 87
　寺 ………… 89
　念惑 ………… 90
星の塔（高橋克彦）………… 93
怪談享楽時代（野村胡堂）………… 135
死者に近い土地（長部日出雄）………… 141
魚服記（太宰治）………… 155
種山ケ原（宮沢賢治）………… 169
お菊（三浦哲郎）………… 191
冬の宿り（島尾敏雄）………… 209
新道/仁兵衛。スペクトラ/金瓶村小吟 ＜抄
＞（斎藤茂吉）………… 231
　新道 ………… 233
　仁兵衛。スペクトラ ………… 236
　金瓶村小吟＜抄＞ ………… 239
きりすと和讃/恐山（寺山修司）………… 243
　きりすと和讃 ………… 245
　恐山 ………… 265
ミイラ志願（高木彬光）………… 269
鳥海山物語（杉村顕道）………… 301
黒船/狐とり弥左衛門（山田野理夫）………… 317
　黒船 ………… 319

265

地方文学・郷土文学

狐とり弥左衛門 ……………………… 321
骨なし村（佐藤有文） ……………… 325
「奥州ばなし」より（只野真葛） …… 351
「谷の響」より（平尾魯僊） ………… 369
解説 みちのく怪談の系譜（東雅夫） … 391
著者紹介 ……………………………… 455
底本一覧 ……………………………… 461

［0855］　むすぶ―第11回フェリシ
モ文学賞作品集
（神戸）フェリシモ　2008.6　177p
21cm　762円
ISBN978-4-89432-474-9

大賞 あかいゴム（田辺十子） ………………… 8
優秀賞 雲のサーフィン（松下雛子） ………… 18
優秀賞 蝶の影（北村佳澄） …………………… 28
佳作 サワジータの部屋（永島かりん） ……… 40
佳作 輝きの海で（松本裕子） ………………… 46
佳作 コスモ酒（草見沢繁） …………………… 52
佳作 ライン（みかみちひろ） ………………… 60
佳作 ハンカチの花（坂口みちよ） …………… 68
大賞受賞者インタビュー ……………………… 76
選考会というもうひとつのステージ ……… 80
講評 …………………………………………… 82
ホタル（松永佳子） …………………………… 94
ニキータのリボン（古澤雅子） ……………… 97
飛行機用（池田月子） ……………………… 100
親分のこより（三木聖子） ………………… 104
塩むすび（水谷美佐） ……………………… 108
たそがれのレモンパン（泉たかこ） ……… 111
えんむすびの神様（松永ヒビキ） ………… 116
母の着物（榎並のぞみ） …………………… 119
君のいる場所まで（白多仁） ……………… 122
靴ひも（斉木明） …………………………… 126
こけし館（添田みわこ） …………………… 129
結びの一番（ながすみづき） ……………… 132
心むすび（田川友江） ……………………… 135
シフォン（櫻井結花） ……………………… 138
優布子さんのこと（石倉麻里） …………… 141
エア・ポケット（あい） …………………… 144
嬉し悲しや一目惚れ（今野芳彦） ………… 148
靴ひもデイズ（坂上恵理） ………………… 151
白いコール（栗田海歩瑚） ………………… 156
その手紙は海を越えて（福元直樹） ……… 159

金木犀の風に乗って（竹谷友里） ………… 162
最後の庭（靖邦子） ………………………… 165
文学という贈り物（玉岡かおる） ………… 170
編集後記 書くひと、読むひとをむすぶ …巻末

［0856］　雪国にて―北海道・東北編
双葉社　2015.6　294p　15cm
620円　（双葉文庫　す-11-02―日本推
理作家協会賞受賞作家傑作短編集 2)
ISBN978-4-575-65894-1

悪者は誰？（小池真理子） …………………… 5
溺死（そし）水系（森村誠一） ……………… 57
故郷（ふるさと）の波止場で（書類第四一五号
の秘密）（水谷準） …………………………… 99
白い闇（松本清張） ………………………… 127
十五年目の客たち（日下圭介） …………… 197
卒業写真（高橋克彦） ……………………… 239
解説（山前譲） ……………………………… 286

［0857］　ゆきのまち幻想文学賞小
品集　16
横着星
ゆきのまち通信企画・編集，高田宏，
萩尾望都，乳井昌史選
（青森）企画集団ぷりずむ　2007.1
223p　19cm　1715円
ISBN978-4-906691-24-1

入賞・入選者プロフィール ………………… 4
大賞
　横着星（川田裕美子） …………………… 7
長編賞
　春彼岸（東しいな） …………………… 15
準大賞
　白い永遠（森ゆうこ） ………………… 35
　思い出さないで（瀬川隆文） ………… 43
佳作
　乱数の雪（建石明子） ………………… 49
　雪だるまンの恩返し（小笠原天音） … 56
　光の中のレモンパイ（神崎照子） …… 62
　転校生（神山和郎） …………………… 70

地方文学・郷土文学　　　　0859

真冬の幻灯屋（岩崎明）………… 77
白い翅（川奈由季）……………… 83
雪女の肖像（東しいな）………… 90
長編佳作
スイート・スノウ（中山聖子）…… 96
眠り雪（小泉絵理）……………… 117
入選
赤い手袋（小西保明）…………… 136
雪の大文字（千鳥環）…………… 140
πの音楽（巣山ひろみ）………… 144
ダイヤモンドダスト（黛汎海）… 149
雪のひと（皆川志保乃）………… 153
聖・ダンボールタウン（五十月彩）… 158
晦（みそか）（千地隆志）……… 162
天の犬（山下奈美）……………… 167
雪童子（ゆきわらし）（関口光枝）… 172
カナダの雪原（羽菜しおり）…… 176
こなゆき（郁風）………………… 180
ジモトのひと（松坂礼子）……… 185
長編入選
雪ん子バージョンアップ！（大原啓子）… 189
最後の客（大沼珠生）…………… 201
審査講評 ……………………………… 211
ゆきのまち通信・番外編 …………… 222

[0858]　ゆきのまち幻想文学賞小
品集　17
おいらん六花
ゆきのまち通信企画・編集，高田宏，
萩尾望都，乳井昌史選
（青森）企画集団ぷりずむ　2008.3
215p　19cm　1715円
ISBN978-4-906691-28-9

大賞
おいらん六花（宇多ゆりえ）…………… 7
長編賞
きつね与次郎（大沼珠生）…………… 15
佳作
穢れなき薔薇は降る（真帆沁）……… 35
菱川さんと猫（建石明子）…………… 42
一休ちゃん（工藤実）………………… 49
赤いぽんでん（進藤小枝子）………… 55
あわてた雪女（迦都リーヌ）………… 61

たらふく（白川光）……………… 68
長編佳作
彼方の雪（中山聖子）…………… 75
ホワイト・テンポ（小瀧ひろさと）……… 96
入選
おばばの決闘（内山豪希）……… 115
杉の見る夢（翔内まいこ）……… 119
父ちゃんを待つあいだ（新宮みか）…… 123
今年から、雪に林檎が香る理由（矢口慧）… 127
お先にどうぞ（前川生子）……… 132
里桜（小野るみこ）……………… 136
梅枝（伊藤優子）………………… 141
灰色の鳥（若久恵二）…………… 145
風小僧（吉阪市造）……………… 149
雪女、ハワイに行く（豊福征子）……… 154
雪降る公園にて。―dedicated to…（三
國礼）…………………………… 158
少女と龍（小泉絵理）…………… 162
魔女の家（山木美里）…………… 166
涙ダルマが融けるとき（あおいまちる）… 170
君帰入口（森村怜）……………… 174
海に降る雪（東しいな）………… 178
空に残した想い（福島千佳）…… 183
長編入選
ジュノ（山下奈美）……………… 187
審査講評 ……………………………… 201
ゆきのまち通信 ……………………… 214

[0859]　ゆきのまち幻想文学賞小
品集　18
河童と見た空
ゆきのまち通信編，高田宏，萩尾望
都，乳井昌史選
（青森）企画集団ぷりずむ　2009.3
223p　19cm　1715円
ISBN978-4-906691-30-2

大賞 河童と見た空（前川亜希子）…………… 7
長編賞 シュネームジーク（小滝ダイゴロウ）… 16
準大賞 ストロベリーシェイク（福島千佳）… 33
準長編賞 銀化猫（田中明子）………………… 39
佳作 雪の花（坂本美智子）………………… 59
佳作 硝子の雪花（瀬川隆文）……………… 65
佳作 有ちゃん（五十月彩）………………… 72
佳作 続きは十三次元で（大沼珠生）……… 78

267

0860　　　　　　　　　　地方文学・郷土文学

佳作 江戸人情涙雪（佐竹美映）……… 84
佳作 かかしの寝顔（井手孝史）……… 91
佳作 キラキラ（森川茉乃）……… 96
長編佳作 静かな祝福（中山聖子）……… 103
入選 ……… 122
　友達0人（宮本裕志）……… 122
　ヨミコ（謎村）……… 126
　冬のホタル（杉山正和）……… 130
　三本の弦（小西保明）……… 134
　帰りの雪（久能允）……… 139
　吹雪の夜に（佐々木佐津子）……… 143
　雪中鴬（太田裕子）……… 147
　サンタのおくりもの（萌清香）……… 151
　新年明けまして、ゆきです。（志崎鋭）… 155
　エンドロール（沢渡咲）……… 159
　仕出しの徳さん（千鳥環）……… 162
　わたしの恋人（郁風）……… 166
　アンリと雪どけ祭り（高松素子）… 171
　ぼたん雪（藤田優）……… 175
長編入選 から恋（川田裕美子）……… 178
長編入選 雪玉（巣山ひろみ）……… 190
長編入選 雪が降り積もる前の、その僅かな永遠（佐々木淳一）……… 201
審査員講評 ……… 214

［0860］　ゆきのまち幻想文学賞小品集　19
雪の反転鏡
ゆきのまち通信編，高田宏，萩尾望都，乳井昌史選
（青森）企画集団ぷりずむ　2010.3
207p　19cm　1715円
ISBN978-4-906691-32-6

大賞 雪の反転鏡（中山佳子）……… 7
長編賞 潮の流れは（中山聖子）……… 15
準大賞 惑星のキオク（田中明子）……… 36
佳作 白いクジラ（剣達也）……… 43
佳作 讃歌（真帆沁）……… 49
佳作 誰にも似てない（東しいな）……… 54
佳作 てぶくろ（五十月彩）……… 61
佳作 夏に見た雪（ももくちそらミミ）……… 67
佳作 栗の実おちた（小西保明）……… 73
長編佳作 マフラーは赤い糸（大坂繁治）…… 80
長編佳作 北の王（佐々木淳一）……… 100

入選 ……… 119
　峠の酒蔵（巣山ひろみ）……… 119
　シベリア幻記（佐竹美映）……… 123
　スノーグローブ（草子）……… 127
　冬ごもり（無月火炎）……… 131
　にごり酒（森田啓子）……… 135
　雪の音（瑞木加奈）……… 139
　冬の時計師（久能允）……… 144
　知らない街（古田隆子）……… 148
　千年のはじめ（宮本紀子）……… 152
　雪客（瀬川隆文）……… 157
　雪積もる海辺に（植田富栄）……… 161
　パズル（まゆ）……… 165
長編入選 ……… 171
　ヨミコ・システム（謎村）……… 171
　耳、垂れ（福島千佳）……… 182
審査講評 ……… 195

［0861］　ゆきのまち幻想文学賞小品集　20
もうひとつの階段
ゆきのまち通信編，高田宏，萩尾望都，乳井昌史選
（青森）企画集団ぷりずむ　2011.4
215p　19cm　1715円
ISBN978-4-906691-37-1

大賞 もうひとつの階段（東しいな）……… 7
長編賞 雪の翼（巣山ひろみ）……… 15
準長編賞 猫のスノウ（加藤清子）……… 37
佳作 白い虎（荒井恵美子）……… 55
佳作 スノードーム（小林栗奈）……… 61
佳作 ともしび（青水洸）……… 69
佳作 ロンドンの雪（友成匡秀）……… 77
佳作 百年の雪時計（高橋三保子）……… 83
佳作 魂のレコード（田中明子）……… 90
佳作 暖雪（大坂繁治）……… 96
長編佳作 ディアトリマの夜（神崎照子）… 103
入選 ……… 122
　足跡（菊池和子）……… 122
　初雪の日（三木聖子）……… 126
　乳白温度（田中貴尚）……… 130
　雪まろの夏（仲町六絵）……… 134
　青い手（巣山ひろみ）……… 138

地方文学・郷土文学　　0863

室瀬川の雪（脇田正）……………… 142
ことだまひろい（佐野橙子）………… 147
真夜中の潜水艇（紋屋ノアン）……… 151
僕のティンカー・ベル（坂本美智子）…… 155
船弁当（五十月彩）…………………… 160
白鷺神社白蛇奇話（永江久美子）…… 164
雪の時間（郁風）……………………… 167
雪猿（木村智佑）……………………… 172
長編入選 …………………………………… 176
本を探して（前川生子）……………… 176
玉鬘からの贈り物（福島千佳）……… 188
審査講評 ……………………………………… 201

［0862］　ゆきのまち幻想文学賞小
　　　　　品集　21
　　　　風花―雪の物語二十七編
　　ゆきのまち通信主宰・編，高田宏，萩
　　尾望都，乳井昌史選
　　（青森）企画集団ぷりずむ　2012.3
　　207p　19cm　1715円
　　ISBN978-4-906691-42-5

大賞 風花（坂本美智子）………………… 7
長編賞 春を待つクジラ（加藤清子）…… 15
佳作 カフェオレの湯気の向こうに（高森美
　　由紀）……………………………… 35
佳作 鶴が来た夜（久保之谷薫）………… 42
佳作 ゆめじ白天目（後藤真子）………… 47
佳作 月あかりの庭で子犬のワルツを（草子）… 53
佳作 君を見る結晶夜（田中アコ）……… 59
佳作 椀の底（巣山ひろみ）……………… 66
佳作 山荘へ向かう道（舘澤亜紀）……… 74
長編佳作 光の在りか（川田裕美子）…… 80
長編佳作 津軽錦（五十月彩）…………… 99
入選 ……………………………………… 111
冬休みの宿題（真鍋正志）…………… 111
お座敷の鰐（ももくちそらミミ）…… 115
六花（守部小竹）……………………… 119
船番（藤村洋）………………………… 123
雪の子（脇田正）……………………… 127
幕を上げて（結城はに）……………… 132
馬が来た（齊藤綾子）………………… 136
てのひら（中崎千枝）………………… 140
千夜一夜（小川雫）…………………… 144
砂漠の町の雪（畑裕）………………… 148

雪だるまの種（桜伊美紀）…………… 152
雪蛙の宿で（小林義彦）……………… 156
ヌガイエ・ヌガイ（日下慶太）……… 160
しょっぱい雪（椙村紫帆）…………… 165
長編入選 …………………………………… 169
於布津（おふつ）弁天（水嶋大悟）…… 169
マトリョーシカの憂鬱（福島千佳）…… 181
審査講評 ……………………………………… 193

［0863］　ゆきのまち幻想文学賞小
　　　　　品集　22
　　　　　　大きな木
　　ゆきのまち通信主宰・編，高田宏，萩
　　尾望都，乳井昌史選
　　（青森）企画集団ぷりずむ　2013.3
　　207p　19cm　1715円
　　ISBN978-4-906691-45-6

大賞 大きな木（山ノ内真樹子）………… 7
長編賞 うきだあまん（結城はに）……… 13
準大賞 まんずまんず（紺野仲右エ門）…… 33
佳作 大震災の雪（内田東良）…………… 39
佳作 ゆきかがみ（あめのくらげ）……… 45
佳作 天使の休暇願（成田和彦）………… 52
佳作 QC（クォンタム・クレイ）（長谷川昌史）… 58
佳作 楽園のいろ（因幡縁）……………… 64
佳作 雪写し（瑞木加奈）………………… 72
長編佳作 鳥になる日（坂本美智子）…… 79
長編佳作 泉よ、泉（荒井恵美子）……… 95
入選 ……………………………………… 113
冬を待つ人（蒼隼大）………………… 113
絵画の真贋（白黒たまご）…………… 117
かみがかり（前川由衣）……………… 121
さようなら（山岸行輝）……………… 126
鎮守様の白い森（斉藤志恵）………… 130
金平糖のふるさと（有村まどか）…… 134
母の毛糸玉（星雪江）………………… 138
後の想いに（五十月彩）……………… 142
積む日（赤月折）……………………… 146
意趣返し（木村千尋）………………… 150
雪の隠れ里（小西保明）……………… 154
お雪の里（大野文楽）………………… 159
長編入選 …………………………………… 164
メロディ（小林栗奈）………………… 164

269

地方文学・郷土文学

天国からの贈り物（瀬川隆文）............. 176
審査講評 189

```
［0864］ ゆきのまち幻想文学賞小
        品集 23
     とんでるじっちゃん
ゆきのまち通信主宰・編，高田宏，萩
   尾望都，乳井昌史選
（青森）企画集団ぷりずむ 2014.4
   215p 19cm 1727円
   ISBN978-4-906691-50-0
```

大賞 とんでるじっちゃん（大沼珠生）............ 7
準長編賞 たあちゃんへ（ももくちそらミミ）‥ 15
準長編賞 春の伝言板（小林栗奈）............ 33
佳作 人魚は百年眠らない（結城はに）...... 53
佳作 藩士と珈琲（木村千尋）.............. 59
佳作 大人の童話冬神の約束（伊藤浩一）... 66
佳作 想う故に…。（瀬川隆文）............ 73
佳作 ベレスタの小箱（五十月彩）.......... 81
佳作 スノードーム（山ノ内真樹子）........ 87
長編佳作 シバタの飛べる服（前川由衣）...... 95
長編佳作 夢の通い路よるさへや（五十月彩）‥ 114
入選 130
　雪のとびら（有本吉見）.................... 130
　水底異聞（山岸行輝）...................... 134
　夜の樹（木谷新）.......................... 138
　こぎん（青水洸）.......................... 142
　ファインダー（内田花）.................... 145
　いろりばた絵巻（かとうはるな）.......... 150
　牛替（うしかえ）（杉山理紀）............ 154
　猫の夢（庚春都）.......................... 158
　ふれふれぼうず（坪子理美）.............. 162
　案山子の背中（乃田春海）................ 166
　ダイヤモンドの瞳（森田水香）............ 171
　雪子（山田耀平）.......................... 175
　冬のしっぽ（大場さやか）................ 179
　溶けない結晶（真瀬いより）.............. 183
　雪の伝説（中野睦夫）.................... 187
長編入選 192
　SNOW COUNTRY TALES（森村怜）... 192
審査講評 201

```
［0865］ ゆきのまち幻想文学賞小
        品集 24
       侘助ひとつ
ゆきのまち通信主宰・編，高田宏，萩
   尾望都，乳井昌史選
（青森）企画集団ぷりずむ 2015.3
   191p 19cm 1727円
   ISBN978-4-906691-52-4
```

大賞 侘助ひとつ（瑞木加奈）.................. 7
長編賞 およぐひと（坂本美智子）.............. 15
準大賞 諒君の三輪車（五十月彩）............. 32
準大賞 アレスケのふとん（木次園子）......... 39
佳作 沖縄の雪（森水陽一郎）.............. 45
佳作 白いカンバス（青水洸）.............. 51
佳作 雪傘の日（すずきもえこ）............ 58
佳作 旅の途中に（斉藤志恵）.............. 64
長編佳作 桜雪公園ハコノ石段ヲ上ル（神山和
　郎）..................................... 71
入選 90
　雲を飼う（織月かいこ）.................... 90
　宇宙がみえる空（山世孝幸）.............. 93
　みみてん（岩谷涼子）.................... 97
　雪ネコ（小南カーティス昌代）.......... 101
　雪どけ水の頃（大坂繁治）.............. 105
　紅（佐々木虎之助）...................... 109
　頭の上にカモメをのせて（田中アコ）.... 112
　おじいのわらぐつ（本間浩）............ 116
　甘骨山不戦協定（前川由衣）............ 121
　スノーモンスター（山下みゆき）........ 126
　彗星（真山雪彦）........................ 130
　雪女（奥田登）.......................... 134
長編入選 138
　回覧板（荒井恵美子）.................... 138
　津軽にかたむいて（佐々木淳一）........ 150
　ひかりさす（真瀬いより）.............. 162
審査講評 173

地方文学・郷土文学

[0866] ゆきのまち幻想文学賞小
品集　25
小さな魔法の降る日に
ゆきのまち通信主宰・編，高田宏，萩
尾望都，乳井昌史選
（青森）企画集団ぷりずむ　2015.10
191p　19cm　1727円
ISBN978-4-906691-55-5

大賞 小さな魔法の降る日に（毬）……………… 7
長編賞 春夏秋冬（小林栗奈）………………… 14
佳作 消えた十二月（小滝ダイゴロウ）……… 33
佳作 最後の授業（小林栗奈）……………… 42
佳作 降る賛美歌（田中アコ）……………… 49
佳作 松林の雪（長谷川不通）……………… 56
佳作 無音（青水洸）………………………… 63
佳作 跳ね馬さま（萬歳淳一）……………… 69
長編佳作 天花炎々（川田裕美子）………… 76
長編佳作 エピファネイア（公現祭）（森村怜）… 95
入選 ……………………………………………… 115
サンクトペテルブルクの絵画守護官（木
村千尋）………………………………… 115
めだぬき（山岸行輝）……………………… 119
黄金のりんご（小野塚充博）…………… 124
祝福（渡理五月）…………………………… 128
コッホ島（新川はじめ）………………… 133
美容室（緒久なつ江）…………………… 137
霜降月の庭（小田由紀子）……………… 142
雪の博物館（鷹野晶）…………………… 146
ギモーヴ（佐野優香里）………………… 150
ゆきねこ（あまのかおり）……………… 153
悲劇（おおつかここ）…………………… 158
長編入選 ……………………………………… 162
私の家に降る雪は（東しいな）………… 162
審査講評 ……………………………………… 175

[0867] ゆれる―第12回フェリシ
モ文学賞作品集
（神戸）フェリシモ　2009.6　177p
21cm　762円
ISBN978-4-89432-526-5

大賞 独り身の女（成瀬あゆみ）………………… 8
優秀賞 前歯と明日（半田浩修）………………… 18
優秀賞 私のめんどうで大切なものたち（吉井
涼）…………………………………………… 28
佳作 さくらと毛糸玉（藤沢ナツメ）………… 40
佳作 続いてゆく、揺れながらも（橙貴生）… 48
佳作 光速少年（安壇美緒）…………………… 56
大賞受賞者インタビュー……………………… 68
選考評 …………………………………………… 76
玉岡かおる…………………………………… 76
田辺十子……………………………………… 80
広瀬道子……………………………………… 81
中島淳………………………………………… 82
ハガキの夕暮れ（北村佳澄）………………… 86
日曜とワンピース（まえり）………………… 89
背中（小川めい）……………………………… 92
ひじきごはん（山木野夢）…………………… 96
ポインセチア（M）…………………………… 100
青髪と赤髪の白けむり（樫井眞生）………… 103
エイプリルフール（こみき）………………… 106
なつやすみ（水城洋子）……………………… 110
ブランコからジャンプ（永島かりん）……… 113
けむり（杉山文子）…………………………… 117
レモンのしっぽ（五十嵐千代美）…………… 120
チョコミントドーナツとキャラメルシナモ
ンドーナツ（米一和哉）………………… 124
伝言（松下雛子）……………………………… 127
数ミリのためらい（石丸桂子）……………… 130
バスケットゴール（かさぎ）………………… 134
ブラインド（夏目直）………………………… 137
同期（月島淳之介）…………………………… 140
アルクホル・ランプ（平木さくら）………… 144
万年筆の催眠術（ヤスダハル）……………… 147
赤い電車は歌い出す（小野伊都子）………… 151
パレード（真田葉奈江）……………………… 154
お気に召すカバーの色（長谷川賢人）……… 158
花の刻印（草野万理）………………………… 161
雨あがり（寺沢淳子）………………………… 164

271

地方文学・郷土文学

編集後記 共感と共振の文学賞を目指して ‥‥巻末

> ［0868］　冷と温—第13回フェリシ
> 　　　モ文学賞作品集
> （神戸）フェリシモ　2010.6　177p
> 　　　21cm　762円
> 　　ISBN978-4-89432-561-6

大賞 ココア火山（ニトラマナミ）‥‥‥‥‥‥‥ 8
優秀賞 水に棲む鬼（加園春季）‥‥‥‥‥‥ 16
優秀賞 ぬるま湯父さん（相良翔）‥‥‥‥‥ 30
佳作 焼きおにぎり（宮木広由）‥‥‥‥‥‥ 40
佳作 ファーザータイム（カミツキレイニー）‥ 48
佳作 ブルー、ブルー、ブルー、ピンク（五十
　　川椿）‥‥‥‥‥‥‥‥‥‥‥‥‥‥‥ 56
大賞受賞者インタビュー ‥‥‥‥‥‥‥‥‥ 68
選考評 ‥‥‥‥‥‥‥‥‥‥‥‥‥‥‥‥‥ 76
いっちゃんのバカ（伊藤美紀）‥‥‥‥‥‥‥ 84
温冷御礼（宮地彩）‥‥‥‥‥‥‥‥‥‥‥‥ 87
蒼の行方（杉本香恵）‥‥‥‥‥‥‥‥‥‥‥ 90
じぃちゃんの秘密（松岡由美）‥‥‥‥‥‥‥ 94
あたたかい涙（IZUMI）‥‥‥‥‥‥‥‥‥‥ 98
うたたねのあいだ（はまもさき）‥‥‥‥‥ 101
冬の沼（吉野ゆり）‥‥‥‥‥‥‥‥‥‥‥ 105
炊き立てご飯、冷やご飯（里内和也）‥‥‥ 108
薄暮の頃（片岡志保美）‥‥‥‥‥‥‥‥‥ 111
氷解（北村佳澄）‥‥‥‥‥‥‥‥‥‥‥‥ 115
プラス1（森香奈）‥‥‥‥‥‥‥‥‥‥‥‥ 118
頼りたいときに（亀野笑）‥‥‥‥‥‥‥‥ 122
Private Laughter（仲生まい）‥‥‥‥‥‥ 125
ひぐらりの間（滝田真季）‥‥‥‥‥‥‥‥ 128
冷蔵庫のキミ（宮前和代）‥‥‥‥‥‥‥‥ 132
カレー（くれいみゆ）‥‥‥‥‥‥‥‥‥‥ 136
いとしのプロビッチ（瑠璃）‥‥‥‥‥‥‥ 140
あたたかな氷（阪井雅子）‥‥‥‥‥‥‥‥ 144
ホットひといき（曠野すぐり）‥‥‥‥‥‥ 148
喧嘩の後は（古鳥くあ）‥‥‥‥‥‥‥‥‥ 150
思い出の時間（津田和美）‥‥‥‥‥‥‥‥ 154
言葉のない距離（伊波晋）‥‥‥‥‥‥‥‥ 157
祝電（石丸桂子）‥‥‥‥‥‥‥‥‥‥‥‥ 160
スープ（鈴木さちこ）‥‥‥‥‥‥‥‥‥‥ 164
ものがたりをつむぐ人（玉岡かおる）‥‥‥ 170
編集後記（フェリシモ文学賞編集部）‥‥‥ 175

その他

［0869］ おかしい話
安野光雅, 森毅, 井上ひさし, 池内紀編
筑摩書房　2010.11　516p　15cm
1000円　（ちくま文学の森 4）
ISBN978-4-480-42734-2

おかし男の歌（長谷川四郎著）⋯⋯⋯⋯⋯⋯ 8
太陽の中の女（ボンテンペルリ著, 岩崎純
　孝訳）⋯⋯⋯⋯⋯⋯⋯⋯⋯⋯⋯⋯⋯⋯⋯⋯ 11
死んでいる時間（エーメ著, 江口清訳）⋯⋯ 23
粉屋の話（チョーサー著, 西脇順三郎訳）⋯ 51
結婚申込み（チェーホフ著, 米川正夫訳）⋯ 81
勉強記（坂口安吾著）⋯⋯⋯⋯⋯⋯⋯⋯⋯⋯ 113
ニコ狆（ちん）先生（織田作之助著）⋯⋯⋯⋯ 147
いなか、の、じけん（抄）（夢野久作著）⋯⋯ 163
あたま山（やま）（八代目林家正蔵演, 飯島友
　治編）⋯⋯⋯⋯⋯⋯⋯⋯⋯⋯⋯⋯⋯⋯⋯⋯ 179
大力物語（菊池寛著）⋯⋯⋯⋯⋯⋯⋯⋯⋯⋯ 191
怪盗と名探偵（抄）（カミ著, 吉村正一郎
　訳）⋯⋯⋯⋯⋯⋯⋯⋯⋯⋯⋯⋯⋯⋯⋯⋯⋯ 207
ゾッとしたくて旅に出た若者の話（グリム
　著, 池内紀訳）⋯⋯⋯⋯⋯⋯⋯⋯⋯⋯⋯⋯ 223
運命（ヘルタイ著, 徳永康元訳）⋯⋯⋯⋯⋯ 247
海草と郭公（かっこう）時計（T.F.ボイス著,
　龍口直太郎訳）⋯⋯⋯⋯⋯⋯⋯⋯⋯⋯⋯⋯ 261
奇跡をおこせる男（H.G.ウェルズ著, 阿部
　知二訳）⋯⋯⋯⋯⋯⋯⋯⋯⋯⋯⋯⋯⋯⋯⋯ 285
幸福の塩化物（ピチグリッリ著, 五十嵐仁
　訳）⋯⋯⋯⋯⋯⋯⋯⋯⋯⋯⋯⋯⋯⋯⋯⋯⋯ 325
美食倶楽部（谷崎潤一郎著）⋯⋯⋯⋯⋯⋯⋯ 373
ラガド大学参観記（牧野信一著）⋯⋯⋯⋯⋯ 435
本当の話（抄）（ルキアノス著, 呉茂一訳）⋯ 459
形容詞「をかし」について─岡新助講師の
　最後の講義 解説にかえて（井上ひさし）⋯ 510
この本の表記・テクストについて⋯⋯⋯⋯ 巻末

［0870］ 教えたくなる名短篇
北村薫, 宮部みゆき編
筑摩書房　2014.6　446p　15cm
900円　（ちくま文庫 き24-8）
ISBN978-4-480-43164-6

第一部
青い手紙（アルバート・ペイスン・ター
　ヒューン著, 各務三郎訳）⋯⋯⋯⋯⋯⋯ 11
人間でないことがばれて出て行く女の置
　き手紙（蜂飼耳）⋯⋯⋯⋯⋯⋯⋯⋯⋯⋯ 17
親しくしていただいている（と自分が思っ
　ている）編集者に宛てた、借金申し込
　みの手紙（角田光代）⋯⋯⋯⋯⋯⋯⋯⋯ 23
手紙嫌い（若竹七海）⋯⋯⋯⋯⋯⋯⋯⋯⋯ 29
第二部
カルタ遊び（アントン・パヴロヴィチ・
　チェーホフ著, 松下裕訳）⋯⋯⋯⋯⋯⋯ 61
すごろく将棋の勝負（プロスペル・メリ
　メ著, 杉捷夫訳）⋯⋯⋯⋯⋯⋯⋯⋯⋯⋯ 71
第三部
ほんもの（ヘンリー・ジェイムズ著, 行
　方昭夫訳）⋯⋯⋯⋯⋯⋯⋯⋯⋯⋯⋯⋯⋯ 107
荒涼のベンチ（ヘンリー・ジェイムズ著,
　大津栄一郎訳）⋯⋯⋯⋯⋯⋯⋯⋯⋯⋯⋯ 161
第四部
蛇踊り（コーリー・フォード著, 竹内俊
　夫訳）⋯⋯⋯⋯⋯⋯⋯⋯⋯⋯⋯⋯⋯⋯⋯ 263
焼かれた魚（小熊秀雄）⋯⋯⋯⋯⋯⋯⋯⋯ 271
音もなく降る雪, 秘密の雪（コンラッド・
　エイケン著, 野崎孝訳）⋯⋯⋯⋯⋯⋯⋯ 283
第五部
舞踏会の手帖（長谷川修）⋯⋯⋯⋯⋯⋯⋯ 329
ささやかな平家物語（長谷川修）⋯⋯⋯⋯ 387
解説対談─時代に埋もれた名作家・長谷川
　修（北村薫, 宮部みゆき）⋯⋯⋯⋯⋯⋯⋯ 430

```
［0871］　賭けと人生
安野光雅, 森毅, 井上ひさし, 池内紀編
筑摩書房　2011.4　532p　15cm
1200円　（ちくま文学の森 9）
ISBN978-4-480-42739-7
```

全生涯（リンゲルナッツ著, 板倉鞆音訳）…… 8
賭博者（とばくしゃ）（モルナール著, 徳永康元
　訳）…………………………………………… 11
ナイフ（カターエフ著, 小野協一訳）……… 19
その名も高きキャラヴェラス郡の跳び蛙
　（マーク・トウェイン著, 野崎孝訳）…… 39
富久（とみきゅう）（桂文楽演, 安藤鶴夫聞書）‥ 55
紋三郎（もんざぶろう）の秀（ひで）（子母澤寛著）‥ 77
かけ（チェーホフ著, 原卓也訳）…………… 95
混成賭博クラブでのめぐり会い―シャペー
　ロン博士に（アポリネール著, 窪田般弥
　訳）………………………………………… 111
アフリカでの私（ボンテンペルリ著, 柏熊
　達生訳）…………………………………… 119
黒い手帳（久生十蘭著）…………………… 133
スペードの女王（プーシキン著, 神西清訳）‥ 167
木馬を駆（か）る少年（D.H.ロレンス著, 矢
　野浩三郎訳）……………………………… 217
五万ドル（ヘミングウェイ著, 鮎川信夫訳）‥ 249
塩百姓（しおびゃくしょう）（獅子文六著）… 299
闘鶏（今東光著）…………………………… 315
死人に口なし（シュニッツラー著, 岩淵達
　治訳）……………………………………… 397
もう一度（ゴールズワージー著, 増谷外世
　嗣訳）……………………………………… 433
哲人パーカー・アダスン（ビアス著, 西川
　正身訳）…………………………………… 449
最後の一句（森鷗外著）…………………… 465
喪神（そうしん）（五味康祐著）…………… 485
入れ札（ふだ）（菊池寛著）………………… 507
賭けについて―解説にかえて（森毅）…… 528
この本の表記・テクストについて ……… 巻末

```
［0872］　教科書に載った小説
佐藤雅彦編
ポプラ社　2008.4　225p　18cm
1300円
ISBN978-4-591-10318-0
```

はじめに（佐藤雅彦）………………………… 3
とんかつ（三浦哲郎）………………………… 9
出口入口（永井龍男）……………………… 23
絵本（松下竜一）…………………………… 41
ある夜（広津和郎）………………………… 65
少年の夏（吉村昭）………………………… 73
形（菊池寛）……………………………… 103
良識派（安部公房）……………………… 113
父の列車（吉村康）……………………… 119
竹生島の老僧、水練のこと―古今著聞集 ‥ 139
蠅（横光利一）…………………………… 145
ベンチ（リヒター著, 上田真而子訳）……… 161
雛（芥川龍之介）………………………… 173
あとがき―誰かが通過させたかった小説
　（佐藤雅彦）…………………………… 210
著者紹介…………………………………… 220
底本一覧…………………………………… 224
編者紹介………………………………… 巻末

```
［0873］　教科書に載った小説
佐藤雅彦編
ポプラ社　2012.10　206p　16cm
680円　（ポプラ文庫 さ5-1）
ISBN978-4-591-13116-9
```

はじめに（佐藤雅彦）………………………… 3
とんかつ（三浦哲郎）………………………… 9
出口入口（永井龍男）……………………… 23
絵本（松下竜一）…………………………… 39
ある夜（広津和郎）………………………… 61
少年の夏（吉村昭）………………………… 67
形（菊池寛）………………………………… 95
良識派（安部公房）……………………… 103
父の列車（吉村康）……………………… 107
竹生島の老僧、水練のこと―古今著聞集 ‥ 127
蠅（横光利一）…………………………… 131

その他　0876

ベンチ（リヒター著，上田真而子訳）……… 145
雛（芥川龍之介）…………………………… 155
あとがき―誰かが通過させたかった小説
　（佐藤雅彦）………………………………… 187
著者紹介・底本一覧 ……………………… 197
文庫化に寄せて ………………………… 204

┌─────────────────────────┐
│　［0874］　教科書名短篇 少年時代　│
│　　　　　中央公論新社編　　　　　│
│　中央公論新社　2016.4　234p　16cm　│
│　　700円　（中公文庫 ち8-2）　　│
│　ISBN978-4-12-206247-4　　　　　│
└─────────────────────────┘

少年の日の思い出（ヘルマン・ヘッセ著，
　高橋健二訳）……………………………… 9
胡桃割り（永井龍男）……………………… 23
晩夏（井上靖）……………………………… 43
子どもたち（長谷川四郎）………………… 67
サアカスの馬（安岡章太郎）……………… 87
童謡（吉行淳之介）………………………… 97
神馬（竹西寛子）………………………… 121
夏の葬列（山川方夫）…………………… 133
盆土産（三浦哲郎）……………………… 147
幼年時代（柏原兵三）…………………… 165
あこがれ（阿部昭）……………………… 185
故郷（魯迅著，竹内好訳）……………… 211

┌─────────────────────────┐
│　　［0875］　心洗われる話　　　│
│　安野光雅，森毅，井上ひさし，池内紀編　│
│　筑摩書房　2010.9　524p　15cm　│
│　950円　（ちくま文学の森 2）　│
│　ISBN978-4-480-42732-8　　　　│
└─────────────────────────┘

少年の日（佐藤春夫著）…………………… 8
蜜柑（芥川龍之介著）……………………… 11
碁石を呑だ八っちゃん（有島武郎著）…… 19
ファーブルとデュルイ（ルグロ著，平野威
　馬雄訳）…………………………………… 35
最後の一葉（O.ヘンリー著，大津栄一郎訳）‥ 55
芝浜（桂三木助演，飯島友治編）………… 69
貧（ひん）の意地（太宰治著）………… 103
聖水授与者（モーパッサン著，河盛好蔵訳）‥ 119

聖母の曲芸師（A.フランス著，堀口大學訳）‥ 129
盲目のジェロニモとその兄（シュニッツラー
　著，山本有三訳）……………………… 141
獅子の皮（モーム著，田中西二郎訳）…… 193
闇の絵巻（梶井基次郎著）……………… 243
三つ星の頃（野尻抱影著）……………… 253
島守（中勘助著）………………………… 265
母を恋うる記（谷崎潤一郎著）………… 303
二十六夜（宮沢賢治著）………………… 339
湊をたらした神（吉野せい著）………… 373
たけくらべ（樋口一葉著）……………… 385
瞼の母（長谷川伸著）…………………… 439
土佐源氏（宮本常一著）………………… 487
花はさかりに月はくまなきをのみ見るもの
　かは―解説にかえて（安野光雅）……… 516
この本の表記・テクストについて ……… 巻末

┌─────────────────────────┐
│　　［0876］　古典BL小説集　　　│
│　　　　　笠間千浪編　　　　　│
│　平凡社　2015.5　353p　16cm　│
│　1300円　（平凡社ライブラリー 829）│
│　ISBN978-4-582-76829-9　　　　│
└─────────────────────────┘

自然を逸する者たち（ラシルド著，熊谷謙
　介抄訳）…………………………………… 9
アンティノウスの死（ラシルド著，熊谷謙
　介訳）…………………………………… 41
ベルンハルトをめぐる友人たち（アンネマ
　リー・シュヴァルツェンバッハ著，小松
　原由理抄訳）…………………………… 55
水晶のきらめき（ジャネット・シェイン著，
　片山亜紀抄訳）………………………… 99
馭者（メアリー・ルノー著，片山亜紀抄訳）‥ 149
恋人たちの森（森茉莉）………………… 195
もうひとつのイヴ物語（マリオン・ジマー・
　ブラッドリー，ジョン・ジェイ・ウェル
　ズ著，利根川真紀訳）………………… 269
出典一覧 ………………………………… 352
〔編者〕…………………………………… 巻末

275

［0877］　30の神品―ショート
ショート傑作選
江坂遊選
扶桑社　2016.10　428p　16cm
800円　（扶桑社文庫　え5-1）
ISBN978-4-594-07565-1

はじめに（江坂遊） ……………………… 3
クミン村の賢人（アルフレッド・ヒッチコッ
　ク著，各務三郎訳） ………………… 9
おさる日記（和田誠） …………………… 15
最後の微笑（ヘンリイ・スレッサー著，山
　本俊子訳） …………………………… 43
マーメイド（阿刀田高） ………………… 53
一年のいのち（リチャード・マシスン著，
　小鷹信光訳） ………………………… 65
箽筈（半村良） …………………………… 79
みずうみ（レイ・ブラッドベリ著，伊藤典
　夫訳） ………………………………… 89
おーいででこーい（星新一） ……………103
後ろで声が（フレドリック・ブラウン著，
　中村保男訳） …………………………113
ピーや（眉村卓） …………………………133
賢者の贈りもの（O.ヘンリ著，大久保康雄
　訳） ……………………………………143
駝鳥（筒井康隆） …………………………157
アウル・クリーク橋の一事件（アンブロー
　ズ・ビアス著，中西秀男訳） ………167
地球嫌い（中原涼） ………………………185
開いた窓（サキ著，中村能三訳） ………193
水素製造法（かんべむさし） ……………203
便利な治療（マッシモ・ボンテンペルリ著，
　岩崎純孝訳） …………………………229
らんの花（都筑道夫） ……………………245
旅は道づれ（ジャック・リッチー著，谷崎
　由依訳） ………………………………251
指揮者に恋した乙女（赤川次郎） ………261
不滅の詩人（アイザック・アシモフ著，伊
　藤典夫訳） ……………………………273
冬休みにあった人（岸田今日子） ………281
猿の手（W.W.ジェイコブズ著，平井呈一
　訳） ……………………………………289
かげ草（江坂遊） …………………………317
女か虎か（F.R.ストックトン著，紀田順一
　郎訳） …………………………………323

ママゴト（城昌幸） ………………………337
夫を殺してはみたけれど（ロバート・ブロッ
　ク著，小沢瑞穂訳） …………………345
待っている女（山川方夫） ………………355
ナツメグの味（ジョン・コリア著，矢野浩
　三郎訳） ………………………………371
牛の首（小松左京） ………………………391
あとがき（江坂遊） ………………………399

［0878］　栞子さんの本棚―ビブリ
ア古書堂セレクトブック
角川書店　2013.5　314p　15cm
552円　（角川文庫　な1-51）
ISBN978-4-04-100827-0

それから（夏目漱石） …………………… 7
ジュリアとバズーカ（アンナ・カヴァン著，
　千葉薫訳） …………………………… 23
落穂拾い（小山清） ……………………… 37
サンクチュアリ（フォークナー著，加島祥
　造訳） ………………………………… 57
せどり男爵数奇譚（梶山季之） ………… 71
晩年（太宰治） …………………………… 83
クラクラ日記（坂口三千代） ……………157
蔦葛木曽棧（つたかづらきそのかけはし）（国枝史
　郎） ……………………………………191
ふたり物語（アーシュラ・K.ル・グイン著，
　杉崎和子訳） …………………………199
たんぽぽ娘（ロバート・F.ヤング著，井上
　一夫訳） ………………………………217
フローテ公園の殺人（F.W.クロフツ著，橋
　本福夫訳） ……………………………245
春と修羅（宮沢賢治） ……………………273
　永訣（えいけつ）の朝 …………………275
　昴 ………………………………………278
　真空溶媒 ………………………………281
注釈 …………………………………………299
収録された作品についての諸々（三上延）‥302
出典一覧 ……………………………………311

その他

［0879］　諸国物語──stories from the world

ポプラ社　2008.2　1149p　23cm
6600円
ISBN978-4-591-10003-5

かけ（チェーホフ著，原卓也訳）…………… 11
秘密のないスフィンクス（ワイルド著，平井程一訳）…………………………… 29
盲目のジェロニモとその兄（シュニッツラー著，山本有三訳）…………………… 47
三つの死（トルストイ著，中村白葉訳）…… 105
砂男（ホフマン著，種村季弘訳）………… 139
シルヴィ（ネルヴァル著，入沢康夫訳）…… 223
目に見えないコレクション（ツヴァイク著，辻理訳）……………………………… 297
水晶（シュティフター著，手塚富雄訳）…… 333
一人舞台（ストリンドベルヒ著，森鷗外訳）‥ 431
鰐（ドストエフスキー著，米川正夫訳）…… 449
王になろうとした男（キプリング著，金原瑞人，三辺律子共訳）………………… 533
ジュリエット祖母さん（ルゴーネス著，牛島信明訳）…………………………… 607
純な心（フロベール著，太田浩一訳）……… 625
明日（魯迅著，竹内好訳）………………… 695
バートルビー（メルヴィル著，杉浦銀策訳）‥ 711
秘密の共有者（コンラッド著，宇田川優子訳）………………………………… 799
争いの果て（モンゴメリ著，村岡花子訳）‥ 879
死せる人々（ジョイス著，安藤一郎訳）…… 905
園遊会（マンスフィールド著，浅尾敦則訳）‥ 999
もっとほんとうのこと（タゴール著，内山眞理子訳）………………………… 1037
片恋（ツルゲーネフ著，二葉亭四迷訳）… 1051

［0880］　生の深みを覗く──ポケットアンソロジー
中村邦生編

岩波書店　2010.7　473,4p　15cm
940円　（岩波文庫別冊 20）
ISBN978-4-00-350023-1

Ⅰ ……………………………………………… 7
　ラグトンばあやのカーテン（ウルフ著，中村邦生訳）………………………… 9
　小さな王国（谷崎潤一郎）…………… 13
　慈善訪問（ウェルティ著，中村邦生訳）‥ 57
　若い娘の告白（プルースト著，岩崎力訳）‥ 71
Ⅱ …………………………………………… 93
　自転車日記（夏目漱石）……………… 95
　メヌエット──ポール・ブールジェに捧ぐ（モーパッサン著，高山鉄男訳）…… 111
　ガーシュウィンのプレリュード第二番（バクスター著，田口俊樹訳）……… 121
　魚の序文（林芙美子）………………… 155
Ⅲ ………………………………………… 179
　虫（萩原朔太郎）……………………… 181
　記憶の人，フネス（ボルヘス著，鼓直訳）‥ 187
　幸福（中島敦）………………………… 203
　バッカスの巫女たち（コルタサル著，木村榮一訳）…………………………… 215
　ある学会報告（カフカ著，池内紀訳）… 237
　波との生活（パス著，野谷文昭訳）……… 255
Ⅳ ………………………………………… 265
　電車の窓（森鷗外）…………………… 267
　留置場で会った男（金史良著，大村益夫訳）………………………………… 277
　件（内田百閒）………………………… 301
　老人の死（フィリップ著，淀野隆三訳）‥ 313
　笑い屋（ベル著，青木順三訳）………… 321
　明日（魯迅著，竹内好訳）…………… 327
　ロータス（リース著，中村邦生訳）…… 339
Ⅴ ………………………………………… 361
　セメント樽の中の手紙（葉山嘉樹）… 363
　石遊び（小島信夫）…………………… 369
　七千万年の夜警（日野啓三）………… 399
　百姓マレイ（ドストエフスキー著，米川正夫訳）…………………………… 421
　空罐（林京子）………………………… 433
収録作品・作家一覧………………………… 1

［0881］ 世界堂書店
米澤穂信編
文藝春秋　2014.5　396p　16cm
770円　（文春文庫　よ29-2）
ISBN978-4-16-790101-1

源氏の君の最後の恋（マルグリット・ユル
　スナール著，多田智満子訳）……………… 9
破滅の種子（ジェラルド・カーシュ著，西
　崎憲訳）…………………………………… 25
ロンジュモーの囚人たち（レオン・ブロワ
　著，田辺保訳）…………………………… 39
シャングリラ（張系国著，三木直大訳）…… 51
東洋趣味（シノワズリ）（ヘレン・マクロイ著，
　今本渉訳）………………………………… 67
昔の借りを返す話（シュテファン・ツヴァ
　イク著，長坂聰訳）……………………… 113
バイオリンの声の少女（ジュール・シュペ
　ルヴィエル著，永田千奈訳）…………… 157
私はあなたと暮らしているけれど，あなた
　はそれを知らない（キャロル・エムシュ
　ウィラー著，畔柳和代訳）……………… 165
いっぷう変わった人々（レーナ・クルーン
　著，末延弘子訳）………………………… 189
連瑣（蒲松齢著，柴田天馬訳）…………… 213
トーランド家の長老（ヒュー・ウォルポー
　ル著，倉阪鬼一郎訳）…………………… 227
十五人の殺人者たち（ベン・ヘクト著，橋
　本福夫訳）………………………………… 249
石の葬式（パノス・カルネジス著，岩本正
　恵訳）……………………………………… 285
墓を愛した少年（フィッツ＝ジェイムズ・
　オブライエン著，西崎憲訳）…………… 355
黄泉から（久生十蘭）……………………… 363
無限なんていらない―解説にかえて（米澤
　穂信）……………………………………… 385

［0882］ 童貞小説集
小谷野敦編
筑摩書房　2007.9　414p　15cm
900円　（ちくま文庫）
ISBN978-4-480-42366-5

まえがき ………………………………………… 7
炎に追われて（三木卓）……………………… 11
お目出たき人（抄）（武者小路実篤）………… 97
平凡（抄）（二葉亭四迷）…………………… 147
アミエルの日記（抄）（フレデリック・アミ
　エル）……………………………………… 199
小春日和（アースキン・コールドウェル）‥ 251
苺の季節（アースキン・コールドウェル）‥ 279
濁った頭（志賀直哉）……………………… 287
田舎教師（抄）（田山花袋）………………… 343
夜のかけら（抄）（藤堂志津子）…………… 395
作品解説 …………………………………… 409

［0883］ とっておきの話
安野光雅，森毅，井上ひさし，池内紀編
筑摩書房　2011.5　537p　15cm
1200円　（ちくま文学の森　10）
ISBN978-4-480-42740-3

ミラボー橋（アポリネール著，堀口大學訳）‥ 8
立札（たてふだ）（豊島与志雄著）…………… 11
名人伝（中島敦著）…………………………… 33
幻談（げんだん）（幸田露伴著）……………… 47
Kの昇天（梶井基次郎著）…………………… 79
月の距離（カルヴィーノ著，米川良夫訳）… 93
山彦（やまびこ）（マーク・トウェイン著，龍口
　直太郎訳）………………………………… 121
アラビア人占星術師のはなし（W.アーヴィ
　ング著，江間章子訳）…………………… 137
山（さ）ン本（もと）五郎左衛門只今（ただいま）退
　散仕（つかまつ）る（稲垣足穂著）………… 171
榎（えのき）物語（永井荷風著）……………… 233
ひょっとこ（芥川龍之介著）……………… 251
わたし舟（斎藤緑雨著）…………………… 265
にごりえ（樋口一葉著）…………………… 271
わら椅子直しの女（モーパッサン著，杉捷

その他　0885

夫訳)………………………………… 309
ある女の日記(小泉八雲著, 平井呈一訳)‥ 325
イグアノドンの唄(中谷宇吉郎著)………… 365
村芝居(魯迅著, 竹内好訳)………… 387
羽鳥千尋(はとりちひろ)(森鷗外著)……… 407
赤西蠣太(あかにしかきた)(志賀直哉著)…… 433
唐薯武士(からいもざむらい)(海音寺潮五郎著)‥ 459
鶴(長谷川四郎著)………………… 481
「空想犯」の顚末と弁明―解説にかえて(安
　野光雅)……………………… 526
この本の表記・テクストについて ………巻末

坐っている(富士正晴著)……………… 427
屋根裏の法学士(宇野浩二著)………… 449
老妓抄(ろうぎしょう)(岡本かの子著)……… 467
怠惰について―解説にかえて(森毅)…… 499
この本の表記・テクストについて ………巻末

［0885］　二時間目国語
小川義男監修
宝島社　2008.8　219p　16cm
438円　（宝島社文庫）
ISBN978-4-7966-6563-6

はじめに(小川義男)………………………… 4
朝のリレー(谷川俊太郎)…………………… 10
スーホの白い馬(大塚勇三再話)…………… 13
トロッコ(芥川龍之介)……………………… 22
スイミー(レオ・レオニ作・絵, 谷川俊太
　郎訳)………………………………… 32
春の歌(草野心平)…………………………… 36
注文の多い料理店(宮沢賢治)……………… 39
かわいそうなぞう(土家由岐雄)…………… 54
高瀬舟(森鷗外)……………………………… 61
永訣の朝(宮沢賢治)………………………… 78
おみやげ(星新一)…………………………… 84
レモン哀歌(高村光太郎)…………………… 88
最後の授業(アルフォンス=ドーデ作, 松
　田穣訳)……………………………… 91
初恋(島崎藤村)……………………………… 103
屋根の上のサワン(井伏鱒二)……………… 106
蠅(横光利一)………………………………… 118
野ばら(小川未明)…………………………… 129
山月記(中島敦)……………………………… 136
汚れつちまつた悲しみに…(中原中也)…… 150
ごん狐(新美南吉)…………………………… 153
こころ(夏目漱石)…………………………… 166
生きる(谷川俊太郎)………………………… 199
付録・国定教科書の名称…………………… 204
なつかしのこくご問題 解答……………… 210
あとがき(小川義男)………………………… 216
出典一覧……………………………………… 218

［0884］　怠けものの話
安野光雅, 森毅, 井上ひさし, 池内紀編
筑摩書房　2011.3　504p　15cm
1100円　（ちくま文学の森 8）
ISBN978-4-480-42738-0

蟬(堀口大學著)……………………………… 8
警官と讃美歌(O.ヘンリー著, 大津栄一郎
　訳)…………………………………… 9
正直な泥棒(ドストエフスキー著, 小沼文
　彦訳)………………………………… 23
孔乙己(コンイーチー)(魯迅著, 竹内好訳)…… 65
ジュール叔父(モーパッサン著, 青柳瑞穂
　訳)…………………………………… 75
チョーカイさん(モルナール著, 徳永康元
　訳)…………………………………… 93
ビドウェル氏の私生活(サーバー著, 鳴海
　四郎訳)……………………………… 107
リップ・ヴァン・ウィンクル(W.アーヴィ
　ング著, 斎藤光訳)………………… 117
スカブラの話(上野英信著)………………… 151
懶惰(らんだ)の賦(ふ)(ケッセル著, 堀口大學
　訳)…………………………………… 169
ものぐさ病(P.モーラン著, 堀口大學訳)‥ 199
不精の代参(桂米朝演)……………………… 205
貧乏(幸田露伴著)…………………………… 221
変装狂(金子光晴著)………………………… 241
幇間(ほうかん)(谷崎潤一郎著)……………… 249
井月(せいげつ)(石川淳著)…………………… 275
よじょう(山本周五郎著)…………………… 299
懶惰(らんだ)の歌留多(かるた)(太宰治著)…… 349
ぐうたら戦記(坂口安吾著)………………… 375
大凶の籤(くじ)(武田麟太郎著)……………… 397

279

	平井呈一訳）…………………………	202
	鳥（安房直子）……………………………	230
	かわいげランド …………………………	253
	チェロキー（斉藤倫）……………………	254
	マイ富士（岸本佐知子）…………………	256
	池田澄子十三句（池田澄子）……………	260
	電（雪舟えま）……………………………	262
	水泳チーム（ミランダ・ジュライ著，岸	
	本佐知子訳）………………………	304
	うさと私（抄）（高原英理）……………	314
	少しつけ加え（高原英理）………………	334

［0886］ ファイン/キュート素敵か わいい作品選
高原英理編
筑摩書房　2015.5　348p　15cm
900円　（ちくま文庫　た72-2）
ISBN978-4-480-43262-9

はじめに（高原英理）…………………… 8
1 まずはここから ……………………… 13
　プラテーロ（フワン・ラモン・ヒメーネ
　　ス著，長南実訳）…………………… 14
　手袋を買いに（新美南吉）…………… 16
　ちびへび（工藤直子）………………… 24
　雀と人間との相似関係（北原白秋）…… 26
2 可憐の言葉 …………………………… 41
　誕生日（クリスティナ・ロセッティ著，
　　羽入謙一訳）………………………… 42
　「日記」から（知里幸恵）…………… 44
　蠅を憎む記（泉鏡花）………………… 48
　悼詩（室生犀星）……………………… 56
　聖家族（小山清）……………………… 58
　永井陽子十三首（永井陽子）………… 72
3 猫たち、犬たち ……………………… 75
　スイッチョねこ（大佛次郎）………… 76
　小猫（幸田文）………………………… 88
　ピヨのこと（金井美恵子）…………… 92
　私の秋、ポチの秋（町田康）………… 96
　おかあさんいるかな（伊藤比呂美）… 106
　アリクについて（カレル・チャペック著，
　　伴田良輔訳）……………………… 110
4 幼心のきみ …………………………… 115
　銀の匙（抄）（中勘助）……………… 116
　少女と海鬼灯（野口雨情）…………… 126
　ぞうり（山川彌千枝）………………… 132
　夕方の三十分（黒田三郎）…………… 134
5 キュートなシニア …………………… 139
　杉崎恒夫十三首（杉崎恒夫）………… 140
　月夜と眼鏡（小川未明）……………… 142
　マッサージ（東直子）………………… 150
　あけがたにくる人よ（永瀬清子）…… 164
　妻が椎茸だったころ（中島京子）…… 168
6 キュートな不思議 …………………… 195
　雑種（フランツ・カフカ著，池内紀訳）… 196
　二つの月が出る山（木原浩勝）……… 200
　一対の手（アーサー・キラ＝クーチ著，

［0887］ もう一度読みたい教科書 の泣ける名作
学研教育出版編
学研教育出版　2013.8　223p　17cm
800円
ISBN978-4-05-405789-0

はじめに …………………………………… 4
ごん狐（新美南吉）………………………… 5
注文の多い料理店（宮沢賢治）………… 21
大造じいさんとガン（椋鳩十）………… 39
かわいそうなぞう（土家由岐雄）……… 57
やまなし（宮沢賢治）…………………… 67
モチモチの木（斎藤隆介）……………… 79
手袋を買いに（新美南吉）……………… 89
百羽のツル（花岡大学）……………… 101
野ばら（小川未明）…………………… 109
ちいちゃんのかげおくり（あまんきみこ）‥ 117
アジサイ（椋鳩十）…………………… 137
きみならどうする（フランク・R.ストック
　タン著，吉田甲子太郎訳）………… 145
とびこみ（トルストイ著，宮川やすえ訳）‥ 163
空に浮かぶ騎士（アンブローズ・ビアス著，
　吉田甲子太郎訳）………………… 171
形（菊池寛）…………………………… 187
杜子春（芥川龍之介）………………… 195

その他　　0890

［0888］　もう一度読みたい教科書
の泣ける名作　再び
学研教育出版編
学研教育出版　2014.12　223p
17cm　800円
ISBN978-4-05-406191-0

はじめに ……………………………………… 4
スーホのしろいうま（大塚勇三訳）………… 5
走れメロス（太宰治）………………………… 15
ベロ出しチョンマ（斎藤隆介）……………… 41
あかいろうそく（新美南吉）………………… 53
トロッコ（芥川龍之介）……………………… 61
よだかの星（宮沢賢治）……………………… 75
おこりじぞう（山口勇子）…………………… 91
挨拶―原爆の写真によせて（石垣りん）…… 111
少年の日の思い出（ヘルマン・ヘッセ著，
　高橋健二訳）………………………………… 117
鼓くらべ（山本周五郎）……………………… 133
レモン哀歌（高村光太郎）…………………… 159
オツベルとぞう（宮沢賢治）………………… 163
高瀬舟（森鷗外）……………………………… 183
握手（井上ひさし）…………………………… 207

［0889］　もっと厭な物語
文藝春秋　2014.2　316p　16cm
650円　（文春文庫　ク17-2）
ISBN978-4-16-790046-5

『夢十夜』より　第三夜（夏目漱石）………… 9
私の仕事の邪魔をする隣人たちに関する報
　告書（エドワード・ケアリー）…………… 15
乳母車（氷川瓏）……………………………… 31
黄色い壁紙（シャーロット・パーキンズ・
　ギルマン）…………………………………… 37
深夜急行（アルフレッド・ノイズ）………… 71
ロバート（スタンリイ・エリン）…………… 83
皮を剝ぐ（草野唯雄）………………………… 111
恐怖の探求（クライヴ・バーカー）………… 151
赤い蠟燭と人魚（小川未明）………………… 223
編者解説 ……………………………………… 239
著者謹呈（ルイス・パジェット）…………… 249

［0890］　読まずにいられぬ名短篇
北村薫，宮部みゆき編
筑摩書房　2014.5　474p　15cm
900円　（ちくま文庫　き24-7）
ISBN978-4-480-43157-8

第一部 ………………………………………… 9
『動物のぞき』より（幸田文）……………… 11
　類人猿（抄）………………………………… 13
　しこまれた動物（抄）……………………… 16
デューク（江國香織）………………………… 21
第二部 ………………………………………… 33
その木戸を通って（山本周五郎）…………… 35
からっぽ（田中小実昌）……………………… 85
第三部 ………………………………………… 141
まん丸顔（ジャック・ロンドン著，辻井
　栄滋訳）……………………………………… 143
焚き火（ジャック・ロンドン著，辻井栄
　滋訳）………………………………………… 157
蜜柑の皮（尾崎士郎）………………………… 189
馬をのみこんだ男（クレイグ・ライス著，
　吉田誠一訳）………………………………… 213
蠅取紙（エリザベス・テイラー著，小野
　寺健訳）……………………………………… 221
処刑の日（ヘンリィ・スレッサー著，高
　橋泰邦訳）…………………………………… 237
第四部 ………………………………………… 259
『南島譚』より（中島敦）…………………… 261
「幸福」（中島敦）……………………………… 263
「夫婦」（中島敦）……………………………… 275
百足（小池真理子）…………………………… 291
百足殺せし女の話（抄）（吉田直哉）………… 295
第五部 ………………………………………… 303
張込み（松本清張）…………………………… 305
武州糸くり唄（倉本聰）……………………… 339
若狭宮津浜（倉本聰）………………………… 397
解説対談―松本清張の代表作が倉本聰の手
　で時代物に！（北村薫，宮部みゆき）…… 452

281

野利泰訳) ················· 171

酒樽 (さかだる)—アルフォンス・タベルニエ
に (モーパッサン著，杉捷夫訳) ········· 209

殺し屋 (ヘミングウェイ著，鮎川信夫訳) ·· 223

中世に於ける一殺人常習者の遺せる哲学的
日記の抜萃 (三島由紀夫著) ············· 247

光る道 (檀一雄著) ······················ 263

桜の森の満開の下 (坂口安吾著) ··········· 293

女強盗 (菊池寛著) ······················ 329

ナイチンゲールとばら (ワイルド著，守屋
陽一訳) ·························· 341

カチカチ山 (太宰治著) ·················· 355

手紙 (モーム著，田中西二郎訳) ··········· 389

或る調書の一節—対話 (谷崎潤一郎著) ····· 457

停車場で (小泉八雲著，平井呈一訳) ······· 481

文学強盗の最後の仕事—解説にかえて (井
上ひさし) ························ 492

この本の表記・テクストについて ········巻末

［0891］ 留学生文学賞作品集
2006
留学生文学賞委員会　2007.1　61p
26cm

小説 サラム (シリン・ネエザマフィ) ··········· 5

詩 無罪の少年/…の鳴き声、…の泣き声/バ
ルバラへ (クアク・コフィ・バリリ) ····· 29

　　詩 無罪の少年 ························ 30

　　詩 …の鳴き声、…の泣き声 ··········· 31

　　詩 バルバラへ ······················ 33

エッセイ 偏見 (グンテプスーレン・オユンビ
レグ) ·························· 35

小説 赤と白 (レオン・ユット・モイ) ········· 41

詩 独 (ジン・リーファン) ················ 53

詩 梅雨/言葉/焼肉屋合唱曲 (チョウ・シキ
ン) ···························· 57

　　詩 梅雨—涸れてゆく故郷へ ··········· 58

　　詩 言葉 ···························· 59

　　詩 焼肉屋合唱曲 ···················· 60

［0892］ 悪いやつの物語
安野光雅，森毅，井上ひさし，池内紀編
筑摩書房　2011.2　499p　15cm
1100円　（ちくま文学の森 7）
ISBN978-4-480-42737-3

囈語 (げいご) (山村暮鳥著) ·················· 8

昼日中 (森銑三著) ······················ 13

老賊譚 (ろうぞくたん) (森銑三著) ·············· 19

鼠小僧次郎吉 (芥川龍之介著) ·············· 27

女賊お君 (長谷川伸著) ·················· 55

金庫破りと放火犯の話 (チャペック著，栗
栖茜訳) ·························· 69

盗まれた白象 (マーク・トウェイン著，龍
口直太郎訳) ······················ 85

夏の愉 (たの) しみ (A.アレー著，山田稔訳) ·· 131

コーラス・ガール (チェーホフ著，米川正
夫訳・編) ························ 141

異本「アメリカの悲劇」(J.コリア著，中西
秀男訳) ·························· 155

二墺 (ふたびん) のソース (ダンセイニ著，宇

その他〔日本〕　　0897

日本

[0893]　明日町こんぺいとう商店
街―招きうさぎと七軒の物語
ポプラ社　2013.12　265p　16cm
600円　（ポプラ文庫　ん1-4）
ISBN978-4-591-13710-9

一軒目　カフェスルス（大島真寿美）………… 9
二軒目　あずかりやさん（大山淳子）……… 47
三軒目　伊藤米店（彩瀬まる）……………… 93
四軒目　チンドン屋（千早茜）……………… 135
五軒目　三波呉服店―2005（松村栄子）…… 167
六軒目　キッチン田中（吉川トリコ）……… 201
七軒目　砂糖屋綿貫（わたぬき）（中島京子）…233

[0894]　明日町こんぺいとう商
店街　2
招きうさぎと六軒の物語
ポプラ社　2014.4　247p　16cm
600円　（ポプラ文庫　ん1-5）
ISBN978-4-591-13973-8

古書卯月（藤谷治）……………………………… 9
あったか弁当・おまち堂（あさのますみ）… 39
水沢文具店（安澄加奈）……………………… 79
台湾茶「淡月」（加藤千恵）………………… 117
カサブランカ洋装店（吉川トリコ）……… 159
やきとり鳥吉（大沼紀子）………………… 195

[0895]　明日町こんぺいとう商店
街―招きうさぎと七軒の物語　3
ポプラ社　2016.9　281p　16cm
640円　（ポプラ文庫　ん1-9）
ISBN978-4-591-15134-1

カフェスルス―1年後（大島真寿美）……… 9
ブティックかずさ（越谷オサム）………… 49
エステ・イン・アズサ（青谷真未）……… 101
明日の湯（秋山浩司）……………………… 143
ドイツ料理屋「アイスバイン」（島本理生）‥ 193
多肉植物専門店「グリーンライフrei」（加
藤千恵）…………………………………… 219
赤城ミート（彩瀬まる）…………………… 245

[0896]　あなたに、大切な香りの記
憶はありますか？　―短編小説集
文藝春秋　2008.10　221p　20cm
952円
ISBN978-4-16-327680-9

夢の香り（石田衣良）……………………………… 5
父とガムと彼女（角田光代）………………… 27
いちば童子（朱川湊人）……………………… 61
アンタさん（阿川佐和子）…………………… 87
ロックとブルースに還る夜（熊谷達也）…… 117
スワン・レイク（小池真理子）……………… 141
コーヒーもう一杯（重松清）………………… 167
何も起きなかった（高樹のぶ子）…………… 199

[0897]　あなたに、大切な香りの記
憶はありますか？
文藝春秋　2011.10　230p　16cm
533円　（文春文庫　編20-3）
ISBN978-4-16-780156-4

夢の香り（石田衣良）……………………………… 7
父とガムと彼女（角田光代）………………… 29
いちば童子（朱川湊人）……………………… 65

283

アンタさん（阿川佐和子）……………… 91
ロックとブルースに還る夜（熊谷達也）…… 123
スワン・レイク（小池真理子）…………… 147
コーヒーもう一杯（重松清）……………… 175
何も起きなかった（高樹のぶ子）………… 207

```
［0898］　あのころの、
実業之日本社　2012.4　285p　16cm
552円　（実業之日本社文庫　く2-1）
ISBN978-4-408-55072-5
```

リーメンビューゲル（窪美澄）………………… 5
ぱりぱり（瀧羽麻子）……………………… 51
約束は今も届かなくて（吉野万理子）……… 95
耳の中の水（加藤千恵）…………………… 149
傘下の花（彩瀬まる）……………………… 173
終わりを待つ季節（柚木麻子）…………… 233

```
［0899］　あの日、君と　Boys
ナツイチ製作委員会編
集英社　2012.5　323p　16cm
533円　（集英社文庫　な56-1）
ISBN978-4-08-746830-4
```

逆ソクラテス（伊坂幸太郎）………………… 7
骨（井上荒野）……………………………… 75
夏のアルバム（奥田英朗）………………… 97
四本のラケット（佐川光晴）……………… 131
さよなら、ミネオ（中村航）……………… 159
ちょうどいい木切れ（西加奈子）………… 225
すーぱー・すたじあむ（柳広司）………… 255
マニアの受難（山本幸久）………………… 285

```
［0900］　あの日、君と　Girls
ナツイチ製作委員会編
集英社　2012.5　268p　16cm
533円　（集英社文庫　な56-2）
ISBN978-4-08-746831-1
```

下野原光一くんについて（あさのあつこ）…… 7
空は今日もスカイ（荻原浩）……………… 55
haircut17（加藤千恵）……………………… 103
モーガン（中島京子）……………………… 131
エースナンバー（本多孝好）……………… 167
やさしい風の道（道尾秀介）……………… 199
イエスタデイズ（村山由佳）……………… 241

```
［0901］　新走（アラバシリ）―
Powers Selection
講談社BOX編，こうもり傘イラスト
講談社　2011.5　303p　19cm
1300円　（講談社box　コC-02―
POWERS BOX）
ISBN978-4-06-283774-3
```

BBDB（バイバイデイビイ）（円居挽）……………… 7
ダンスモンキーの虚と実（新沢克海）……… 37
優作の優（岩城裕明）……………………… 67
フォーティユースボーイ（小柳粒男）……… 99
ガラパゴス・エフェクト（針谷卓史）…… 129
うなさか（杉山幌）………………………… 161
転転転校生生生（森野樹）………………… 191
アービアス（ganzi）………………………… 221
押入れで花嫁（井上竜）…………………… 251
木の葉に回すフィルム（円山まどか）…… 283

```
［0902］　「いじめ」をめぐる物語
朝日新聞出版　2015.9　225p　19cm
1400円
ISBN978-4-02-251305-2
```

サークルゲーム（荻原浩）…………………… 5

その他（日本）　　　　0906

明滅（小田雅久仁）……………… 51
20センチ先には（越谷オサム）……… 97
早穂とゆかり（辻村深月）……… 137
メントール（中島さなえ）……… 197

［0903］　いつか、君へ　Boys
ナツイチ製作委員会編
集英社　2012.6　304p　16cm
533円　（集英社文庫　な56-3）
ISBN978-4-08-746843-4

跳ぶ少年（石田衣良）……………… 7
僕の太陽（小川糸）……………… 31
ひからない蛍（朝井リョウ）……… 71
サイリウム（辻村深月）………… 125
正直な子ども（山崎ナオコーラ）…… 171
少年前夜（吉田修一）…………… 213
913（米澤穂信）………………… 237

［0904］　いつか、君へ　Girls
ナツイチ製作委員会編
集英社　2012.6　289p　16cm
533円　（集英社文庫　な56-4）
ISBN978-4-08-746844-1

てっぺん信号（三浦しをん）……… 7
きよしこの夜（島本理生）………… 47
カウンター・テコンダー（関口尚）…… 101
宗像くんと万年筆事件（中田永一）…… 137
薄荷（橋本紡）…………………… 193
ねむり姫の星（今野緒雪）……… 223

［0905］　いまのあなたへ―村上春
樹への12のオマージュ
NHK出版　2014.5　278p　20cm
1600円
ISBN978-4-14-005651-6

はじめに―十二色の「村上春樹の潜在」（編

集部）……………………………… 5
通り抜ける（淺川継太）…………… 7
気がかりな少女（淺川継太）……… 8
鉄塔のある町で（谷崎由依）……… 29
走る、訳す、そしてアメリカ（谷崎由依）…… 30
どうしてパレード（中山智幸）…… 51
卵かけごはんを彼女が食べてきたわけ
じゃなく（中山智幸）…………… 52
みせない（羽田圭介）…………… 75
カタチ（羽田圭介）……………… 76
流れ熊（戌井昭人）……………… 95
あたまに浮かんでくる人（戌井昭人）…… 96
老婆と公園で（加藤千恵）……… 119
いつかのメール（加藤千恵）…… 120
半分透明のきみ（荻世いをら）…… 135
双子のLDK（荻世いをら）……… 136
わたしはお医者さま？（松田青子）…… 159
「あなたお医者さま？」のこと（松田青
子）……………………………… 160
ファイナルガール（藤野可織）…… 183
はじめての性行為（藤野可織）…… 184
赤ずきんちゃんと新宿のオオカミ（村田沙
耶香）…………………………… 205
午前二時の朝食（村田沙耶香）…… 206
ナメクジ・チョコレート（片瀬チヲル）…… 229
デニーズでサラダを食べるだけ（片瀬チ
ヲル）…………………………… 230
ヨーの話（青山七恵）…………… 255
マチコちゃんの報告（青山七恵）…… 256

［0906］　ヴィンテージ・セブン
講談社　2007.9　184p　20cm
1400円
ISBN978-4-06-214178-9

パリの小鳥屋（伊集院静）………… 7
壬生夫妻（江國香織）……………… 39
過ぎし者の標（小池真理子）……… 61
女王（佐藤賢一）………………… 105
オルゴール（藤原伊織）………… 139

285

その他（日本）

［0907］ 失われた空──日本人の涙と心の名作8選
吉川英明編
新潮社　2014.10　340p　16cm
590円　（新潮文庫　よ-3-91）
ISBN978-4-10-126221-5

五郎治殿御始末（浅田次郎）…………………… 7
不断草（山本周五郎）……………………………… 55
庄助の夜着（宮部みゆき）……………………… 81
吹く風は秋（藤沢周平）………………………… 119
べんがら炬燵（吉川英治）……………………… 155
自害（宮尾登美子）……………………………… 211
飛行機雲（吉村昭）……………………………… 263
流鏑馬（立原正秋）……………………………… 291
果てしなき樹海に立ちて（吉川英明）……… 331
底本一覧 ………………………………………… 341

［0908］ 嘘つきとおせっかい
エムオン・エンタテインメント
2012.4　234p　19cm　1200円
（SONG NOVELS）
ISBN978-4-7897-3534-6

嘘つきとおせっかい（柴門秀文）……………… 5
サルとトマトの8ビート（圷健太）…………… 87
荒川、喫茶、ブルース（規田恵真）………… 163

［0909］ 宇宙小説
we are宇宙兄弟！ 編
講談社　2012.3　248p　15cm
552円　（講談社文庫　う63-1）
ISBN978-4-06-277234-1

宇宙姉妹（辻村深月）……………………………… 6
ウィキペディアより宇宙のこと、知ってる
よ─1（向井万起男）………………………… 60
メンテナンスマン！ つむじの法則（福田和
代）………………………………………………… 64

似てないふたり（高橋源一郎）………………… 98
ウィキペディアより宇宙のこと、知ってる
よ─2（向井万起男）……………………… 106
一九六〇年のピザとボルシチ（常盤陽）…… 110
無重力系ゆるふわコラム かっこいい宇宙？
（本谷有希子）………………………………… 146
ウィキペディアより宇宙のこと、知ってる
よ─3（向井万起男）……………………… 154
楽団兄弟（宮下奈都）………………………… 158
『アポロ13』借りてきたよ（ダ・ヴィンチ・
恐山）…………………………………………… 190
ウィキペディアより宇宙のこと、知ってる
よ─4（向井万起男）……………………… 200
インターナショナル・ウチュウ・グランプ
リ（中村航）…………………………………… 204
初出一覧 ………………………………………… 巻末

［0910］ 小川洋子の陶酔短篇箱
小川洋子編著
河出書房新社　2014.1　361p　20cm
1900円
ISBN978-4-309-02246-8

河童玉（川上弘美）……………………………… 7
仏頂玉（小川洋子解説エッセイ）…………… 22
遊動円木（葛西善蔵）………………………… 25
友だちに恵まれない人生（小川洋子解説エッ
セイ）…………………………………………… 32
外科室（泉鏡花）……………………………… 35
鳴らないポケットベル（小川洋子解説エッ
セイ）…………………………………………… 53
愛撫（梶井基次郎）…………………………… 55
文鳥のピアス（小川洋子解説エッセイ）…… 62
牧神の春（中井英夫）………………………… 65
動物園の檻（小川洋子解説エッセイ）……… 80
逢びき（木山捷平）…………………………… 83
ズロース問題（小川洋子解説エッセイ）…… 112
雨の中で最初に濡れる（魚住陽子）……… 115
禁を犯す（小川洋子解説エッセイ）……… 140
鯉（井伏鱒二）………………………………… 143
食べてはならないもの（小川洋子解説エッ
セイ）…………………………………………… 152
いりみだれた散歩（武田泰淳）…………… 155
食パンの死骸（小川洋子解説エッセイ）…… 179
雀（色川武大）………………………………… 181

その他（日本）　　　　　　　　　　　　　　0912

死後の父（小川洋子解説エッセイ）‥‥‥‥ 202
犯された兎（平岡篤頼）‥‥‥‥‥‥‥‥‥ 205
バニーガールの尻尾（小川洋子解説エッセ
　イ）‥‥‥‥‥‥‥‥‥‥‥‥‥‥‥‥‥ 233
流山寺（小池真理子）‥‥‥‥‥‥‥‥‥‥ 235
焼香の列（小川洋子解説エッセイ）‥‥‥‥ 259
五人の男（庄野潤三）‥‥‥‥‥‥‥‥‥‥ 261
選択のやり直し（小川洋子解説エッセイ）‥ 298
空想（武者小路実篤）‥‥‥‥‥‥‥‥‥‥ 301
空想倶楽部（小川洋子解説エッセイ）‥‥‥ 310
行方（日和聡子）‥‥‥‥‥‥‥‥‥‥‥‥ 313
影踏み（小川洋子解説エッセイ）‥‥‥‥‥ 346
ラプンツェル未遂事件（岸本佐知子）‥‥‥ 349
塔と刺繍（小川洋子解説エッセイ）‥‥‥‥ 354
私の陶酔短篇箱（小川洋子）‥‥‥‥‥‥‥ 356

```
［0911］　小川洋子の偏愛短篇箱
　　　　　小川洋子編著
河出書房新社　2009.3　357p　20cm
　　　　　　1900円
　　ISBN978-4-309-01916-1
```

私の偏愛短篇箱（小川洋子）‥‥‥‥‥‥‥‥ 1
奇
件（内田百閒）‥‥‥‥‥‥‥‥‥‥‥‥‥ 15
「件」の気持ち（小川洋子解説エッセイ）‥‥ 27
押絵と旅する男（江戸川乱歩）‥‥‥‥‥‥ 29
押絵と機関車トーマス（小川洋子解説エッ
　セイ）‥‥‥‥‥‥‥‥‥‥‥‥‥‥‥‥ 60
こおろぎ嬢（尾崎翠）‥‥‥‥‥‥‥‥‥‥ 63
錯覚のおばさん（小川洋子解説エッセイ）‥ 85
幻
兎（金井美恵子）‥‥‥‥‥‥‥‥‥‥‥‥ 87
兎の目は桃色（小川洋子解説エッセイ）‥‥ 110
風媒結婚（牧野信一）‥‥‥‥‥‥‥‥‥‥ 113
自分専用の宙の一室（小川洋子解説エッセ
　イ）‥‥‥‥‥‥‥‥‥‥‥‥‥‥‥‥‥ 128
過酸化マンガン水の夢（谷崎潤一郎）‥‥‥ 131
鱒の計らい（小川洋子解説エッセイ）‥‥‥ 151
花ある写真（川端康成）‥‥‥‥‥‥‥‥‥ 153
「だまされてますよ」（小川洋子解説エッセ
　イ）‥‥‥‥‥‥‥‥‥‥‥‥‥‥‥‥‥ 170
春は馬車に乗って（横光利一）‥‥‥‥‥‥ 173
馬車と私（小川洋子解説エッセイ）‥‥‥‥ 196
凄

二人の天使（森茉莉）‥‥‥‥‥‥‥‥‥‥ 199
鉱物のような作品（小川洋子解説エッセ
　イ）‥‥‥‥‥‥‥‥‥‥‥‥‥‥‥‥‥ 205
藪塚ヘビセンター（武田百合子）‥‥‥‥‥ 207
ありのままの世界（小川洋子解説エッセ
　イ）‥‥‥‥‥‥‥‥‥‥‥‥‥‥‥‥‥ 215
彼の父は私の父の父（島尾伸三）‥‥‥‥‥ 217
宇宙を前進する光（小川洋子解説エッセ
　イ）‥‥‥‥‥‥‥‥‥‥‥‥‥‥‥‥‥ 230
彗
耳（向田邦子）‥‥‥‥‥‥‥‥‥‥‥‥‥ 233
ラブのイボ（小川洋子解説エッセイ）‥‥‥ 249
みのむし（三浦哲郎）‥‥‥‥‥‥‥‥‥‥ 251
みのむしは大人しい虫ではない（小川洋子
　解説エッセイ）‥‥‥‥‥‥‥‥‥‥‥‥ 264
力道山の弟（宮本輝）‥‥‥‥‥‥‥‥‥‥ 267
愛すべき少年（小川洋子解説エッセイ）‥‥ 292
雪の降るまで（田辺聖子）‥‥‥‥‥‥‥‥ 295
死の気配に満ちた恋愛（小川洋子解説エッ
　セイ）‥‥‥‥‥‥‥‥‥‥‥‥‥‥‥‥ 322
お供え（吉田知子）‥‥‥‥‥‥‥‥‥‥‥ 325
後戻りできない（小川洋子解説エッセイ）‥ 356

```
［0912］　小川洋子の偏愛短篇箱
　　　　　小川洋子編著
河出書房新社　2012.6　348p　15cm
　840円　　（河出文庫　お27-1）
　　ISBN978-4-309-41155-2
```

私の偏愛短篇箱‥‥‥‥‥‥‥‥‥‥‥‥‥‥ 1
件（内田百閒）‥‥‥‥‥‥‥‥‥‥‥‥‥ 15
「件」の気持ち（小川洋子解説エッセイ）‥‥ 27
押絵と旅する男（江戸川乱歩）‥‥‥‥‥‥ 29
押絵と機関車トーマス（小川洋子解説エッ
　セイ）‥‥‥‥‥‥‥‥‥‥‥‥‥‥‥‥ 60
こおろぎ嬢（尾崎翠）‥‥‥‥‥‥‥‥‥‥ 63
錯覚のおばさん（小川洋子解説エッセイ）‥ 85
兎（金井美恵子）‥‥‥‥‥‥‥‥‥‥‥‥ 87
兎の目は桃色（小川洋子解説エッセイ）‥‥ 110
風媒結婚（牧野信一）‥‥‥‥‥‥‥‥‥‥ 113
自分専用の宙の一室（小川洋子解説エッセ
　イ）‥‥‥‥‥‥‥‥‥‥‥‥‥‥‥‥‥ 128
過酸化マンガン水の夢（谷崎潤一郎）‥‥‥ 131
鱒の計らい（小川洋子解説エッセイ）‥‥‥ 151
花ある写真（川端康成）‥‥‥‥‥‥‥‥‥ 153

287

「だまされてますよ」(小川洋子解説エッセイ) ……………………… 170
春は馬に乗って(横光利一) ……… 173
馬車と私(小川洋子解説エッセイ) … 196
二人の天使(森茉莉) ……………… 199
鉱物のような作品(小川洋子解説エッセイ) ……………………… 205
藪塚ヘビセンター(武田百合子) ……… 207
ありのままの世界(小川洋子解説エッセイ) ……………………… 215
彼の父は私の父の父(島尾伸三) ……… 217
宇宙を前進する光(小川洋子解説エッセイ) ……………………… 230
耳(向田邦子) ……………………… 233
ラブのイボ(小川洋子解説エッセイ) ……… 249
みのむし(三浦哲郎) ……………… 251
みのむしは大人しい虫ではない(小川洋子解説エッセイ) ……… 264
力道山の弟(宮本輝) ……………… 267
愛すべき少年(小川洋子解説エッセイ) … 292
雪の降るまで(田辺聖子) ………… 295
死の気配に満ちた恋愛(小川洋子解説エッセイ) ………………… 322
お供え(吉田知子) ………………… 325
後戻りできない(小川洋子解説エッセイ) … 356

［0913］　大人が読む。ケータイ小説
―第1回ケータイ文学賞アンソロジー
第1回ケータイ文学賞主催者編
オンブック　2007.11　158p　19cm
1200円
ISBN978-4-902950-72-4

はじめに ……………………………… 2
審査委員紹介 ………………………… 3
解氷(淺里大助) ……………………… 5
ビタークリーミーホイップベイベ(切原加恵) ……………………… 26
胸の奥を揺らす声(日野アオジ) ……… 32
兄と弟と一つのベッドで(天斗) …… 57
抹茶アイス(みか) ………………… 61
水族館で逢いましょう(美都曄子) … 65
誰よりもキミを(Mayumi) ……… 72
黒豆と薔薇(つくね乱蔵) ………… 91
桜舞い(夏音イオ) ………………… 97

TOUGARASHI'S BAR『last kissは私に…』(TOUGARASHI) ……… 126
永遠のラブレター(山田里) ……… 130
素直じゃない私(ワカ) …………… 140
私って素直じゃない(i.vv.3) …… 143
浴衣の裾が(まつはるか) ………… 145
最後のハッピーバースデー(望月誠) … 152
審査員コメント …………………… 156

［0914］　街娼―パンパン＆オンリー
マイク・モラスキー編
皓星社　2015.11　291p　19cm
1700円　　(紙礫 2)
ISBN978-4-7744-0606-0

はじめに …………………………… 1
黄金伝説(石川淳) ………………… 10
オンリー達(広池秋子) …………… 21
北海道千歳の女(平林たい子) …… 55
蝶になるまで(芝木好子) ………… 75
人間の羊(大江健三郎) …………… 99
星の流れに(色川武大) …………… 125
嘉間良心中(吉田スエ子) ………… 145
ランタナの花の咲く頃に(長堂英吉) …… 176
装画解説にかえて―下が川だった頃(堂昌一) …………………… 252
解説(マイク・モラスキー) …… 254
著者紹介 …………………………… 289
初出一覧 …………………………… 292

［0915］　回転ドアから
石川友也、須永淳、野辺慎一編
全作家協会　2015.7　483p　21cm
1800円　　(全作家短編集 第14巻)

短編集(一)
ゆくひと(陽羅義光) ……………… 6
霧の山伏峠(島永嘉子) …………… 21
支えられる人(崎村裕) …………… 45
山になる(鈴木紀子) ……………… 57
火影(有森信二) …………………… 70
蜘蛛の巣が揺れる(畠山拓) ……… 83

その他（日本）　　0917

リセット（平井文子）……………… 99
小学六年のときにボクがした殺人（戸四
　田トシユキ）………………………… 120
しおばれん（甲山羊二）……………… 135
2015年の孤独王（尾関忠雄）………… 146
歳の市雪景（小笠原幹夫）…………… 165
実存ヒプノージュリエット 二（橋てつ
　と）…………………………………… 170
母の手（菅原治子）…………………… 193
惨敗（松本しづか）…………………… 211
島酒の起こり（深海和）……………… 216
ジョン（中濱）万次郎外伝―出廷に及ば
　ず（須永淳）………………………… 236
聖夜に降る雪（石川友也）…………… 248
短編集（二）
アイネ・クライネ・ナハトムジーク（長
　月遊）………………………………… 258
二塔物語（片山龍三）………………… 279
こうして生きている（山口庸理）…… 297
写真（春風のぶこ）…………………… 303
梅雨の合い間の夢（宮部和子）……… 309
人間の淵 シリーズ（一）（通雅彦）…… 319
お先に失礼（中村春海）……………… 333
鬼が棲む時（藤木由紗）……………… 353
お人形じゃなくて人間よ（島有子）… 370
雲は流れる（原田益水）……………… 379
名ごりの夢（古倉節子）……………… 393
武奈ヶ岳から（安西玄）……………… 404
老人のつぶやき（二）（高館作夫）…… 405
舞衣（笹原実穂子）…………………… 421
クイ襲撃（小豆沢優）………………… 437
清次郎（萬歳邦昭）…………………… 443
龍馬夢一夜（原子修）………………… 456
一本献上（野辺慎一）………………… 473
あとがき……………………………… 483

［0916］　河童のお弟子
東雅夫編
筑摩書房　2014.12　457p　15cm
1200円　（ちくま文庫　ひ21-8―柳花
叢書）
ISBN978-4-480-43231-5

水草絵巻 …………………………… 巻頭
泉鏡花 ………………………………… 9

貝の穴に河童の居る事 ……………… 11
瓜の涙 ………………………………… 42
河伯令嬢 ……………………………… 64
芥川龍之介 …………………………… 127
河童及河伯―「椒図志異」より …… 129
水怪―「雑筆」より ………………… 134
河郎の歌―「蕩々帖」より ………… 136
河童 …………………………………… 138
河童 …………………………………… 143
柳田國男 ……………………………… 213
河童駒引―『山島民譚集』より …… 215
川童の話 ……………………………… 306
川童の渡り …………………………… 308
盆過ぎメドチ談 ……………………… 314
川童祭懐古 …………………………… 330
附録 …………………………………… 338
銷夏奇談（柳田國男, 尾佐竹猛, 芥川龍之
　介, 菊池寛）………………………… 338
泉鏡花座談会（泉鏡花, 柳田國男, 久保田
　万太郎, 里見弴, 菊池寛）………… 400
編者解説 河童三人男（東雅夫）…… 443
編集付記 …………………………… 巻末

［0917］　危険なマッチ箱
石田衣良編
文藝春秋　2009.12　405p　16cm
657円　（文春文庫　い47-12―心に残
る物語―日本文学秀作選）
ISBN978-4-16-717415-6

紫苑物語（石川淳）…………………… 9
ふうふう、ふうふう（色川武大）…… 83
「神戸」より第九話「鱗の湯びき」（西東三
　鬼）…………………………………… 101
おーいでてこーい（星新一）………… 115
月の光（星新一）……………………… 124
朽助（くちすけ）のいる谷間（井伏鱒二）… 133
「眼前口頭」他より（斎藤緑雨）……… 175
饗宴（吉田健一）……………………… 183
鮨（岡本かの子）……………………… 201
防空壕（江戸川乱歩）………………… 229
日向（川端康成）……………………… 255
写真（川端康成）……………………… 261
月（川端康成）………………………… 263
合掌（川端康成）……………………… 266

289

「東京焼盡」より第三十八章、第五十六章
　（内田百閒）………… 273
昼の花火（山川方夫）…………… 299
大炊介（おおいのすけ）始末（山本周五郎）…… 317
「侏儒（しゅじゅ）の言葉」より（芥川龍之介）… 375
あとがき―危険なマッチ箱（石田衣良）…… 398

［0918］　君と過ごす季節―春から
夏へ、12の暦物語
ポプラ社　2012.12　281p　16cm
580円　（ポプラ文庫 ん1-2）
ISBN978-4-591-13183-1

立春―2月4日ごろ（原田ひ香）………… 7
雨水―2月19日ごろ（大島真寿美）………… 31
啓蟄―3月6日ごろ（栗田有起）………… 53
春分―3月21日ごろ（宮崎誉子）………… 77
清明―4月5日ごろ（小手鞠るい）……… 107
穀雨―4月20日ごろ（川本晶子）……… 129
立夏―5月6日ごろ（西加奈子）……… 165
小満―5月21日ごろ（藤谷治）……… 183
芒種―6月6日ごろ（原宏一）……… 197
夏至―6月21日ごろ（三砂ちづる）……… 219
小暑―7月7日ごろ（大崎梢）……… 243
大暑―7月23日ごろ（中島たい子）……… 261

［0919］　君と過ごす季節―秋から
冬へ、12の暦物語
ポプラ社　2012.12　301p　16cm
580円　（ポプラ文庫 ん1-3）
ISBN978-4-591-13184-8

立秋―8月8日ごろ（内田春菊）………… 7
処暑―8月23日ごろ（平松洋子）………… 33
白露―9月8日ごろ（柚木麻子）………… 55
秋分―9月23日ごろ（山崎ナオコーラ）… 77
寒露―10月8日ごろ（小野寺史宜）……… 91
霜降―10月23日ごろ（小川糸）……… 119
立冬―11月7日ごろ（東直子）……… 151
小雪―11月22日ごろ（東山彰良）……… 175
大雪―12月7日ごろ（小澤征良）……… 195
冬至―12月22日ごろ（蜂飼耳）……… 221

小寒―1月5日ごろ（飛鳥井千砂）………… 239
大寒―1月20日ごろ（穂高明）………… 279

［0920］　逆想コンチェルト―イラ
スト先行・競作小説アンソロジー
奏の1
徳間書店　2010.6　311p　19cm
1700円
ISBN978-4-19-862964-9

序 ……………………………………… 1
First Session ………………………… 5
　自・我・像（神林長平）…………… 6
　コンセスター（山田正紀）………… 30
　悟りの化け物（田中啓文）………… 56
Second Session …………………… 81
　トリックショット（久美沙織）…… 82
　女の姿（林譲治）………………… 108
　幻影の壁面（梶尾真治）………… 134
Third Session …………………… 161
　つつがなきよう（新井素子）…… 162
　ゴースト（図子慧）……………… 188
　対話（ダイアローグ）（篠田真由美）…… 212
Fourth Session ………………… 233
　果てしなき航路（菊地秀行）…… 234
　新宝島（浅暮三文）……………… 254
　観てもらえませんか？（飯野文彦）…… 280
Profile…………………………… 308
新作公募！……………………… 310

［0921］　逆想コンチェルト―イラ
スト先行・競作小説アンソロジー
奏の2
徳間書店　2010.8　323p　19cm
1700円
ISBN978-4-19-862998-4

序 ……………………………………… 1
Fifth Session ………………………… 5
　トリオソナタ（井上雅彦）………… 6
　紫青代の始まり（橋元淳一郎）…… 32
　For a breath I tarry（瀬名秀明）… 54
Sixth Session…………………… 81

その他（日本）

```
心中少女（石持浅海）…………………… 82
産医、無医村区に向かう（谷甲州）……… 108
百舌鳥魔先生のアトリエ（小林泰三）…… 136
Seventh Session …………………………… 165
　あたしたちの王国（森奈津子）………… 166
　最終結晶体（倉阪鬼一郎）……………… 192
　問題画家（牧野修）……………………… 222
Eighth Session……………………………… 253
　記憶の欠片（我孫子武丸）……………… 254
　孤島のニョロニョロ（森岡浩之）……… 272
　旧ソビエト連邦・北オセチア自治共和国
　　における＜燦爛郷ノ邪眼王＞伝承の消
　　長、および "Evenmist Tales" 邦訳にま
　　つわる諸事情について（新城カズマ）… 296
Profile ……………………………………… 320
新作公募！………………………………… 322
```

［0922］　9の扉―リレー短編集
マガジンハウス　2009.7　260p
20cm　1500円
ISBN978-4-8387-2004-0

```
くしゅん（北村薫）………………………… 7
まよい猫（法月綸太郎）…………………… 31
キラキラコウモリ（殊能将之）…………… 61
ブラックジョーク（鳥飼否宇）…………… 85
バッド・テイスト（麻耶雄嵩）…………… 111
依存のお茶会（竹本健治）………………… 137
帳尻（貫井徳郎）…………………………… 171
母ちゃん、おれだよ、おれおれ（歌野晶午）… 197
さくら日和（辻村深月）…………………… 223
あとがき …………………………………… 251
　お誘いバトンの罠と幸福（辻村深月）… 252
　おいしくいただきました（歌野晶午）… 253
　いやぁ、びっくりした（貫井徳郎）…… 254
　また遊ぼうね（竹本健治）……………… 255
　ジャストフィットのお題（麻耶雄嵩）… 256
　カラスのとりもつ縁（鵜飼否宇）……… 257
　コウモリも鳥のうち（殊能将之）……… 258
　しりとりも鳥のうち？（法月綸太郎）… 259
　後書きを先に立ち読みしている人もいる
　　んでしょうねぇ（北村薫）…………… 260
```

［0923］　9の扉
KADOKAWA　2013.11　248p
15cm　520円　（角川文庫　き24-
101)
ISBN978-4-04-101095-2

```
くしゅん（北村薫）………………………… 5
まよい猫（法月綸太郎）…………………… 27
キラキラコウモリ（殊能将之）…………… 55
ブラックジョーク（鳥飼否宇）…………… 79
バッド・テイスト（麻耶雄嵩）…………… 105
依存のお茶会（竹本健治）………………… 131
帳尻（貫井徳郎）…………………………… 163
母ちゃん、おれだよ、おれおれ（歌野晶午）… 187
さくら日和（辻村深月）…………………… 213
あとがき …………………………………… 239
```

［0924］　教科書名短篇 人間の情景
中央公論新社編
中央公論新社　2016.4　230p　16cm
700円　（中公文庫　ち8-1)
ISBN978-4-12-206246-7

```
無名の人（司馬遼太郎）…………………… 9
ある情熱（司馬遼太郎）…………………… 21
最後の一句（森鷗外）……………………… 33
高瀬舟（森鷗外）…………………………… 57
鼓くらべ（山本周五郎）…………………… 81
内蔵允留守（山本周五郎）………………… 105
形（菊池寛）………………………………… 137
信念（武田泰淳）…………………………… 143
ヴェロニカ（遠藤周作）…………………… 149
前野良沢（吉村昭）………………………… 161
赤帯の話（梅崎春生）……………………… 189
凧になったお母さん（野坂昭如）………… 215
```

［0925］　キラキラデイズ
新潮社　2014.1　259p　16cm
520円　（新潮文庫　れ-2-5）
ISBN978-4-10-127045-6

バラの街の転校生（後藤みわこ）…………… 9
めっちゃ、ピカピカの、人たち。（令丈ヒロ
　子）………………………………………… 55
roleplay days（ひこ・田中）………………… 99
螢万華鏡（寮美千子）……………………… 149
光る海（香月日輪）………………………… 209
文庫版あとがき（令丈ヒロ子）…………… 256

［0926］　吟醸掌篇―召しませ短篇
小説　vol.1
けいこう舎　2016.4　103p　21cm
800円
ISBN978-4-9908862-0-2

いかりのにがさ（志賀泉著，北沢錨画）……… 2
陽だまりの幽霊（山脇千史著，木村千穂画）‥ 21
コラム 私の愛する短篇作家（空知たゆたさ
　著，有田匡画）…………………………… 26
やすぶしん（柄澤昌幸著，坂本ラドンセン
　ター画）…………………………………… 29
コラム 2015年に読んだ短篇ベスト3（1）（た
　まご猫）…………………………………… 44
コラム 2015年に読んだ短篇ベスト3（2）（江
　川盾雄）…………………………………… 46
たまもの（小沢真理子著，こざさりみ画）‥ 48
のら（広瀬心二郎著，こざさりみ画）……… 69
海の見えない海辺の部屋（栗林佐知著，耳
　湯画）……………………………………… 84
執筆者プロフィール ……………………… 101
編集後記 …………………………………… 102

［0927］　経済小説名作選
日本ペンクラブ編，城山三郎選
筑摩書房　2014.5　506p　15cm
1200円　（ちくま文庫　し46-1）
ISBN978-4-480-43180-6

セメント樽の中の手紙（葉山嘉樹）………… 7
機械（横光利一）…………………………… 15
随行さん（源氏鶏太）……………………… 47
輸出（城山三郎）…………………………… 73
巨人と玩具（開高健）……………………… 127
あざやかなひとびと（深田祐介）………… 189
樹と雪と甲虫と（木野工）………………… 261
黄色い微笑（井上武彦）…………………… 323
聖産業週間（黒井千次）…………………… 371
特別休暇（山田智彦）……………………… 409
対談解説（山田智彦，城山三郎）………… 479
文庫版解説（佐高信）……………………… 503

［0928］　激動東京五輪1964
講談社　2015.9　280p　19cm
1550円
ISBN978-4-06-219606-2

不適切な排除（大沢在昌）…………………… 5
あなたについてゆく（藤田宜永）………… 49
号外（堂場瞬一）…………………………… 83
予行演習（井上夢人）……………………… 127
アリバイ（今野敏）………………………… 163
連環（月村了衛）…………………………… 191
陽のあたる場所（東山彰良）……………… 245

［0929］　現代作家代表作選集　第1
集
鼎書房　2012.6　162p　20cm
1600円
ISBN978-4-907846-93-0

こけし（菊田英生）…………………………… 5

その他（日本）

とおい星（後藤敏春）…………………………… 33
小糠雨（小山榮雅）……………………………… 55
ティアラ（斎藤冬海）…………………………… 75
紅鶴記（佐藤駿司）……………………………… 103
みずかがみ（三野恵）…………………………… 115
ぬくすけ（杉本増生）…………………………… 129
鮗（こち）（西尾雅裕）………………………… 145
解説（志村有弘）………………………………… 155

```
［0930］　現代作家代表作選集　第2
集
鼎書房　2012.9　179p　20cm
1600円
ISBN978-4-907846-96-1
```

贋夢譚 彫る男（稲葉祥子）…………………… 5
アラベスク―西南の彼方で（おおくぼ系）… 27
一番きれいなピンク（紀田祥）………………… 83
夏・冬（西尾雅裕）……………………………… 121
　夏 ……………………………………………… 123
　冬 ……………………………………………… 135
東京双六（吉村滋）……………………………… 145
解説（志村有弘）………………………………… 173

```
［0931］　現代作家代表作選集　第3
集
鼎書房　2013.3　227p　20cm
1600円
ISBN978-4-907846-98-5
```

二十歳の石段（木下径子）……………………… 5
炬燵のバラード（桜井克明）…………………… 77
文久兵賦令農民報国記事（中田雅敏）……… 129
イエスの島で（波佐間義之）…………………… 197
解説（志村有弘）………………………………… 217

```
［0932］　現代作家代表作選集　第4
集
鼎書房　2013.7　194p　20cm
1600円
ISBN978-4-907282-04-2
```

傷痕（斎藤史子）………………………………… 5
じいちゃんの夢（重光寛子）…………………… 61
瑞穂の奇祭（地場輝彦）………………………… 93
てりむくりの生涯（登芳久）…………………… 113
雪舞（藤野碧）…………………………………… 135
落下傘花火（渡辺光昭）………………………… 157
解説（勝又浩）…………………………………… 189

```
［0933］　現代作家代表作選集　第5
集
鼎書房　2013.10　205p　20cm
1600円
ISBN978-4-907282-07-3
```

孤独（愛川弘）…………………………………… 5
古庄帯刀覚書（笠置英昭）……………………… 25
羚羊（かもしか）（金山嘉城）………………… 45
南天と蝶（暮安翠）……………………………… 67
死なない蛸（紺野夏子）………………………… 93
月見草（山崎文男）……………………………… 135
ミッドナイト・コール（和田信子）………… 161
解説（勝又浩）…………………………………… 199

```
［0934］　現代作家代表作選集　第6
集
鼎書房　2014.2　202p　20cm
1600円
ISBN978-4-907282-09-7
```

誰も知らないMy Revolution（加藤克信）…… 5
渡良瀬川啾啾（小堀文一）……………………… 57
去年（こぞ）の雪（塩田全美）………………… 91
鷹丸は姫（谷口弘子）…………………………… 105

最後の晩餐（中田雅敏）……………… 135
解説（勝又浩）…………………………… 197

ななかまどの咲く里（藤野碧）……… 101
風呂敷包み（森山透）…………………… 137
薄墨色の刻（山口道子）………………… 153
解説（勝又浩）…………………………… 195

```
［0935］　現代作家代表作選集　第7
集
鼎書房　2014.5　210p　20cm
1600円
ISBN978-4-907282-11-0
```

麦藁帽子（小野允雄）…………………… 5
匂いすみれ（金山嘉城）………………… 25
ちゃあちゃん（林知佐子）……………… 57
朝ごとに（葉山弥世）…………………… 85
川のわかれ（堀江朋子）………………… 107
燕王の都（森下征二）…………………… 127
雨の匂いと風の味（よこやままさよ）… 179
解説（志村有弘）………………………… 201

```
［0938］　現代作家代表作選集　第
10集
鼎書房　2015.5　167p　20cm
1600円
ISBN978-4-907282-21-9
```

小鳥の声（金山嘉城）…………………… 5
優曇華の花咲く頃に（中園倫）………… 31
相聞歌（西穂梓）………………………… 83
合宿の夜に怪しばむ（渡辺玲子）……… 139
解説（志村有弘）………………………… 163

```
［0936］　現代作家代表作選集　第8
集
鼎書房　2014.8　190p　20cm
1600円
ISBN978-4-907282-15-8
```

砂原利倶楽部—砂漠の薔薇（おおくぼ系）…… 5
ベリンガムの青春（桑原加代子）…………… 61
茶毘（八重瀬けい）……………………… 111
迷子鈴（和田恵子）……………………… 153
解説（志村有弘）………………………… 185

```
［0939］　午前零時
新潮社　2007.6　249p　20cm
1300円
ISBN978-4-10-459551-8
```

ハンター（鈴木光司）…………………… 7
冷めたい手（坂東眞砂子）……………… 21
夜、飛ぶもの（朱川湊人）……………… 37
卒業（恩田陸）…………………………… 53
分相応（貫井徳郎）……………………… 69
ゼロ（高野和明）………………………… 103
死神に名を贈られる午前零時（岩井志麻
子）………………………………………… 133
箱の部屋（近藤史恵）…………………… 155
午前零時のサラ（馳星周）……………… 169
悪魔の背中（浅暮三文）………………… 187
1、2、3、悠久！（桜庭一樹）………… 201
ラッキーストリング（仁木英之）……… 211
真夜中の一秒後（石田衣良）…………… 233

```
［0937］　現代作家代表作選集　第9
集
鼎書房　2015.1　200p　20cm
1600円
ISBN978-4-907282-17-2
```

温めないカレー（大矢秀樹）…………… 5
龍子触発（金山嘉城）…………………… 31
桐の花（重光寛子）……………………… 67

その他（日本）

［0940］　午前零時―P.S.昨日の私へ
新潮社　2009.12　290p　16cm
438円　（新潮文庫　い-81-51）
ISBN978-4-10-125053-3

ハンター（鈴木光司）………………………… 9
冷めたい手（坂東眞砂子）…………………… 25
夜、飛ぶもの（朱川湊人）…………………… 43
卒業（恩田陸）………………………………… 63
分相応（貫井徳郎）…………………………… 81
ゼロ（高野和明）……………………………… 121
死神に名を贈られる午前零時（岩井志麻
　子）…………………………………………… 157
箱の部屋（近藤史恵）………………………… 181
午前零時のサラ（馳星周）…………………… 197
悪魔の背中（浅暮三文）……………………… 217
1、2、3、悠久！（桜庭一樹）……………… 233
ラッキーストリング（仁木英之）…………… 245
真夜中の一秒後（石田衣良）………………… 271

［0941］　言葉にできない悲しみ
リンダパブリッシャーズ編集部編
泰文堂　2015.10　287p　15cm
639円　（リンダパブリッシャーズの
本）
ISBN978-4-8030-0801-2

わたぬき文庫の人々（吉田真司）…………… 7
チカラになりたい（市野うあ）……………… 35
あなたの背中（谷口雅美）…………………… 63
携帯が終わる日（美崎理恵）………………… 89
シュッ、シュッ、シュシュシュッ！（源祥
　子）…………………………………………… 115
解答編（甲木千絵）…………………………… 144
左手には花を（小川好暁）…………………… 173
止まらない時限爆弾を抱きしめて（蛭田直
　美）…………………………………………… 199
あの子のために（佐藤万里）………………… 229
当たり前の世界で（玉木凛々）……………… 258

［0942］　こどものころにみた夢
講談社　2008.6　146p　19cm
1900円
ISBN978-4-06-214765-1

男（角田光代）………………………………… 4
ガラスの便器（石田衣良）…………………… 16
さよなら、猫（島本理生）…………………… 28
水の恵み（阿川弘之）………………………… 40
タイムリミット（辻村深月）………………… 52
ヘビ（西加奈子）……………………………… 64
ふたり流れる（市川拓司）…………………… 76
ハントヘン（堀江敏幸）……………………… 88
雲の下の街（柴崎友香）……………………… 100
衣がえ（長野まゆみ）………………………… 112
おしっこを夢から出すな（穂村弘）………… 124
さらば、ゴジラ（高橋源一郎）……………… 136
執筆者プロフィール（掲載順）……………… 148

［0943］　コーヒーと小説
庄野雄治編
mille books　2016.10　269p　19cm
1300円
ISBN978-4-902744-83-5

はじめに ……………………………………… 3
グッド・バイ（太宰治）……………………… 9
桃太郎（芥川龍之介）………………………… 49
水仙月の四日（宮沢賢治）…………………… 61
日記帳（江戸川乱歩）………………………… 75
鮨（岡本かの子）……………………………… 91
愛撫（梶井基次郎）…………………………… 123
七階の運動（横光利一）……………………… 131
嫉妬する夫の手記（二葉亭四迷）…………… 149
野萩（久生十蘭）……………………………… 169
夜長姫と耳男（坂口安吾）…………………… 195
おわりに（庄野雄治）………………………… 259
著者紹介 ……………………………………… 262

その他（日本）

断崖にゆらめく白い掌の群（日野啓三）····· 271
解説（梅澤亜由美）···················· 293

［0944］ コレクション私小説の
冒険　1
貧者の誇り
秋山駿, 勝又浩監修, 私小説研究会編
勉誠出版　2013.10　292p　19cm
1800円
ISBN978-4-585-29560-0

監修者から（秋山駿, 勝又浩）·············· 1
初旅（壺井栄）·························· 7
洟（はな）をたらした神（吉野せい）·········· 31
紅（あか）いノート（古木鐵太郎）············ 43
一夜（藤澤清造）······················· 69
落穂（おちぼ）拾い（小山清）·············· 87
汲取屋（くみとりや）になった詩人（山之口貘）·· 105
暢気（のんき）眼鏡（尾崎一雄）············ 131
貧乏遺伝説（山口瞳）·················· 157
贅沢（ぜいたく）貧乏（森茉莉）············ 179
心の秤（はかり）（阿部光子）·············· 205
この世に招かれてきた客（耕治人）·········· 227
一夜（西村賢太）······················ 265
解説（藤田知浩）······················ 287

［0945］ コレクション私小説の
冒険　2
虚実の戯れ
秋山駿, 勝又浩監修, 私小説研究会編
勉誠出版　2013.11　298p　19cm
1800円
ISBN978-4-585-29561-7

監修者から（秋山駿, 勝又浩）·············· 1
魔睡（ますい）（森鷗外）·················· 7
海坊主（吉田健一）····················· 33
俺はNOSAKAだ（野坂昭如）·············· 43
嫗（おうな）の幻想（吉屋信子）············ 87
小説（辻潤）························· 109
愛着の名残り（近松秋江）················ 127
玩具（太宰治）······················ 175
西瓜（すいか）喰う人（牧野信一）·········· 185
さくらささくれ（中沢けい）·············· 209
虚実（高見順）······················ 241

［0946］ 最後の一日―さよならが
胸に染みる10の物語
リンダブックス編集部編著
泰文堂　2011.5　296p　15cm
571円　（Linda books！）
ISBN978-4-8030-0214-0

虹（谷口雅美）························· 7
らっきょう（名取佐和子）················ 34
日本一、やさしい一日（田中孝博）·········· 62
見えない糸（谷口雅美）················· 88
愛しの猫（梅原満知子）················· 120
君といつまでも（池田晴海）·············· 150
二枚目のハンカチ（野坂律子）············ 176
父親がわり（梅原満知子）················ 206
二十六年分のドライブ（辻淳子, 梅原満知
子）···························· 238
道を照らす光（池田晴海）················ 264

［0947］ 最後の一日 3月23日―さ
よならが胸に染みる10の物語
リンダブックス編集部編著
泰文堂　2013.11　285p　15cm
571円　（リンダブックス）
ISBN978-4-8030-0498-4

春子の手（竹之内響介）·················· 7
今日が最後の日（谷口雅美）·············· 38
青山先生（美木麻里）··················· 68
分かれ道（田中孝博）··················· 98
ストレート、ゴー（佐藤万里）············ 124
ピンク色の空の中で（蛭田直美）··········· 148
お姉ちゃんのマーくん（佐川里江）·········· 184
リリーはボクの妹だから（源祥子）·········· 214
長い長い帰り道（田中孝博）·············· 238
桜葬（さくらそう）（池田晴海）············ 262

その他（日本）　　　　　0951

[0948]　最後の一日 7月22日―さ
よならが胸に染みる物語
リンダブックス編集部編著
泰文堂　2012.6　287p　15cm
571円　（リンダブックス）
ISBN978-4-8030-0334-5

六月雨日（池田晴海）……………………… 7
姑の姑（梅原満知子）……………………… 52
あなたの嫌いな色（谷口雅美）…………… 80
「好き」と言えなくて（龍田力）………… 110
道しるべ（金広賢介）……………………… 138
世界が終わるまえに（佐川里江）………… 168
月夜の晩に母と鯛を（関口暁）…………… 198
記憶の中の町（池田晴海）………………… 228
最後の晩餐（谷口雅美）…………………… 258

[0950]　最後の一日 12月18日―さ
よならが胸に染みる10の物語
リンダブックス編集部編著
泰文堂　2011.11　295p　15cm
571円　（Linda books！）
ISBN978-4-8030-0268-3

「友人」の娘（谷口雅美）………………… 7
最終電車で（名取佐和子）………………… 38
母の絵手紙（梅原満知子）………………… 68
そら豆のうた（田中孝博）………………… 94
きっと忘れない（龍田力）………………… 120
また会う日まで（谷口雅美）……………… 152
思い出の一冊（梅原満知子）……………… 180
ハマナスノ実ヲ飾ル頃（名取佐和子）…… 206
その手を引いて（十時直子）……………… 236
もう一度（池田晴海）……………………… 266

[0949]　最後の一日 6月30日―さ
よならが胸に染みる10の物語
リンダブックス編集部編著
泰文堂　2013.2　277p　15cm
571円　（リンダブックス）
ISBN978-4-8030-0399-4

予想外のできごと（谷口雅美）…………… 7
不完全なランナー（美木麻里）…………… 36
浄巾掛け（佐藤万里）……………………… 56
おたふく（甲木千絵）……………………… 84
ひろちゃん（佐川里江）…………………… 114
夜の訪問者（三間祥平）…………………… 146
最後の運動会（源祥子）…………………… 176
すず屋のお弁当（池田晴海）……………… 208
ポテトとキャベツ（田中孝博）…………… 230
彼女の伝言（野坂律子）…………………… 248

[0951]　サイドストーリーズ
ダ・ヴィンチ編集部編
KADOKAWA　2015.3　319p
15cm　600円　（角川文庫 あ107-1）
ISBN978-4-04-102611-3

鯨と煙の冒険―『百瀬、こっちを向いて。』
　番外編（中田永一）……………………… 5
一服ひろばの謎―「防犯探偵・榎本径」シ
　リーズ番外編（貴志祐介）……………… 31
皇帝の宿―『校閲ガール』番外編（宮木あ
　や子）……………………………………… 55
街で立ち止まる時―「ススキノ探偵」シ
　リーズ番外編（東直己）………………… 79
同窓会―「君たちに明日はない」シリーズ
　番外編（垣根涼介）……………………… 107
心の距離なんて実際の距離にくらべれば、
　―『遠くでずっとそばにいる』番外編（狗
　飼恭子）…………………………………… 137
平和と希望と―『さよならドビュッシー』
　番外編（中山七里）……………………… 163
ゴロさんのテラス―『春を背負って』番外
　編（笹本稜平）…………………………… 187
雁首仲間―『天地明察』番外編（冲方丁）‥ 211

297

落としの玲子―「姫川玲子」シリーズ番外
　編（誉田哲也）……………………… 239
オレンジの水面―『北天の馬たち』番外編
　（貫井徳郎）………………………… 267
多田便利軒、探偵業に挑戦する―「まほろ
　駅前」シリーズ番外編（三浦しをん）…… 295

```
［0952］　作品で読む20世紀の日本
　　　　文学
　　　　みぎわ書房編
　　白地社（発売）　2008.3　99p　21cm
　　　　　　1500円
　　　ISBN978-4-89359-247-7
```

I　坊っちゃん（夏目漱石）………………… 7
II　雁（森鷗外）…………………………… 23
III　地獄変（芥川龍之介）………………… 43
IV　山月記（中島敦）……………………… 57
V　桜の森の満開の下（坂口安吾）……… 69
VI　潮騒（三島由紀夫）…………………… 83

```
［0953］　サンカの民を追って―山
　　　　窩小説傑作選
　　河出書房新社　2015.3　240p　15cm
　　　　840円　（河出文庫 お2-7）
　　　ISBN978-4-309-41356-3
```

帰国（田山花袋）…………………………… 9
山窩の夢（堺利彦）………………………… 49
世間師（小栗風葉）………………………… 55
山の秘密（岡本綺堂）……………………… 89
山窩の恋（国枝史郎）……………………… 124
無籍者（一幕）（中村吉蔵）……………… 152
盲目の春（椋鳩十）………………………… 187
凡父子（葉山嘉樹）………………………… 198
九月十四日記―山窩の思い出（井伏鱒二）…… 209
野性の女（細島喜美）……………………… 212
解説 国民国家の裏の真実（今井照容）…… 236
作家プロフィール/収録一覧……………… 242

```
［0954］　幸せな哀しみの話
　　　　山田詠美編
　　文藝春秋　2009.4　371p　16cm
　　629円　（文春文庫 や23-7―心に残
　　る物語―日本文学秀作選）
　　　ISBN978-4-16-755807-9
```

化粧（中上健次）…………………………… 9
愚者の街（半村良）………………………… 23
ニジンスキーの手（赤江瀑）……………… 65
クリストファー男娼窟（だんしょうくつ）（草間
　彌生）……………………………………… 125
骨の肉（河野多惠子）……………………… 193
霧の中の声（遠藤周作）…………………… 221
愛撫（庄野潤三）…………………………… 293
異物（八木義徳）…………………………… 341
あとがき―幸せな哀しみの話（山田詠美）…… 364

```
［0955］　私小説の生き方
　　　　秋山駿, 富岡幸一郎編
　　アーツ・アンド・クラフツ　2009.6
　　　315p　21cm　2200円
　　　ISBN978-4-901592-52-9
```

「人生」を生きる…………………………… 7
　少女病（田山花袋）……………………… 8
　城の崎にて（志賀直哉）………………… 21
　トカトントン（太宰治）………………… 27
　蜆（梅崎春生）…………………………… 41
　鳳仙花（川崎長太郎）…………………… 55
「夫婦・恋人」と生きる…………………… 67
　黒髪（近松秋江）………………………… 68
　業苦（嘉村礒多）………………………… 94
　清貧の書（林芙美子）…………………… 112
　暢気眼鏡（尾崎一雄）…………………… 134
　聖ヨハネ病院にて（上林暁）…………… 149
　われ深きふちより（島尾敏雄）………… 176
　忍ぶ川（三浦哲郎）……………………… 191
「家族」と生きる…………………………… 221
　哀しき父（葛西善蔵）…………………… 222
　父を売る子（牧野信一）………………… 230
　今年の春（正宗白鳥）…………………… 243

その他（日本）

黒い裾（幸田文）……………………… 248
北の河（高井有一）…………………… 266
私々小説（藤枝静男）………………… 289
作者紹介 ……………………………… 298
解説対談 私小説は、面白い。（秋山駿, 富岡幸
一郎）………………………………… 302

［0956］ シティ・マラソンズ
文藝春秋 2013.3 219p 16cm
514円 （文春文庫 み36-3）
ISBN978-4-16-776103-5

純白のライン（三浦しをん）…………… 7
フィニッシュ・ゲートから（あさのあつこ）‥ 71
金色の風（近藤史恵）………………… 147

［0957］ 忍び寄る闇の奇譚
メフィスト編集部編
講談社 2008.11 352p 18cm
1030円 （講談社ノベルス―メフィ
スト道場 1）
ISBN978-4-06-182622-9

Round1 ボクのSF ……………………… 7
少年名探偵WHO―透明人間事件（はや
みねかおる）………………………… 9
トワイライト・ミュージアム（初野晴）‥ 77
Round2 フェティシズム・ホラー ……… 139
シュガー・エンドレス（西澤保彦）…… 141
ネイルアート（真梨幸子）…………… 183
Round3 都市伝説 …………………… 249
紅い壁（村崎友）……………………… 251
恋煩い（北山猛邦）…………………… 301

［0958］ 12星座小説集
群像編
講談社 2013.5 325p 15cm
724円 （講談社文庫 く68-1）
ISBN978-4-06-277547-2

牡羊座 安政元年の牡羊座（橋本治）…………… 9
牡牛座 クラシックカー（原田ひ香）…………… 27
双子座 星と煉乳（石田千）…………………… 51
蟹座 二十六夜待ち（佐伯一麦）…………… 83
獅子座 サタデードライバー（丹下健太）…… 107
乙女座 乙女座の星（姫野カオルコ）……… 129
天秤座 天秤皿のヘビ（戌井昭人）………… 149
蠍座 いいえ 私は（荻野アンナ）……… 181
射手座 夏に出会う女（宮沢章夫）………… 209
山羊座 山羊経（町田康）…………………… 237
水瓶座 美人は気合い（藤野可織）………… 275
魚座 透明人間の夢（島田雅彦）……… 299
附記 十二星座の鍵言葉（鏡リュウジ）…… 326

［0959］ 12人のカウンセラーが語
る12の物語
杉原保史, 高石恭子編著
ミネルヴァ書房 2010.7 305p
19cm 2000円
ISBN978-4-623-05818-1

まえがき（杉原保史）………………………… i
第1話 生きのびるための死（高石恭子）…… 1
第2話 殺意の自覚（杉原保史）…………… 23
第3話 それは突然やってくる（中川純子）‥ 49
第4話 窓（山本大介）……………………… 77
第5話 傷みの通過点（高橋寛子）………… 95
第6話 迷惑がられるのはイヤなんです（田
中健夫）…………………………………… 119
第7話 デクノボウの住みか（伊藤（阿部）
一美）…………………………………… 141
第8話 自分を取りもどす道（古宮昇）…… 167
第9話 卒業まであと半年（田名場美雪）‥ 189
第10話 いのちのバトン（杉江征）……… 211
第11話 夕暮れ（道又紀子）……………… 237
第12話 折れた向日葵（ひまわり）（安住伸子）‥ 261

0960 その他（日本）

補章 事例小説―事例報告でも事例研究でも
なく（杉原保史）…………………… 283
あとがき（高石恭子）……………………… 302
執筆者紹介 ……………………………… 307

［0960］ **十年交差点**
新潮社　2016.9　273p　16cm
550円　（新潮文庫　は-38-1―〔nex〕）
ISBN978-4-10-180073-8

地球に礫にされた男（中田永一）………… 7
白紙（白河三兎）…………………………… 49
ひとつ、ふたつ（岡崎琢磨）……………… 111
君が忘れたとしても（原田ひ香）………… 171
一つ足りない（畠中恵）…………………… 219

［0961］ **十年後のこと**
河出書房新社　2016.11　217p
20cm　1600円
ISBN978-4-309-02519-3

星林（暁方ミセイ）………………………… 9
時よ止まれ（東浩紀）……………………… 15
恥ずかしい杭（天久聖一）………………… 21
大自然（彩瀬まる）………………………… 27
飛車と驟馬（絲山秋子）…………………… 33
肉まんと呼ばれた男（戌井昭人）………… 39
呼吸（海猫沢めろん）……………………… 45
10年後は天国だったと思う（蛭子能収）… 51
お返事が頂けなくなってから（円城塔）… 57
エリナ（岡田利規）………………………… 63
延長（小山田浩子）………………………… 69
線上の子どもたち（温又柔）……………… 75
さて…と（角野栄子）……………………… 81
死者の棲む森（木下古栗）………………… 87
ミッションインポッシブル（姜信子）…… 93
未来から、降り注いだもの。（小林紀晴）… 99
愛はいかづち。（最果タヒ）……………… 105
参上!!ミトッタマン（しりあがり寿）…… 111
ふたつの王国（壇蜜）……………………… 117
そういう歌（長嶋有）……………………… 123
芳子が持ってきたあの写真（中原昌也）… 129

洞窟の外（中村文則）……………………… 135
i？箱（野中柊）…………………………… 141
ポイント・カード（早助よう子）………… 147
結婚十年目のとまどい（姫野カオルコ）… 153
ゆきおろし（日和聡子）…………………… 159
コアラの袋詰め（藤田貴大）……………… 165
私のいる風景（松井周）…………………… 171
履歴書（松田青子）………………………… 177
Dahlia（森絵都）…………………………… 183
ドレスを着た日（山内マリコ）…………… 189
君（きみ）を得（う）る（山戸結希）…… 195
渡りに月の船（雪舟えま）………………… 201
十年後のいま（横尾忠則）………………… 207
希望（吉村萬壱）…………………………… 213
著者・初出一覧 ………………………… 巻末

［0962］ **小説の家**
福永信編
新潮社　2016.7　293p　22cm
3800円
ISBN978-4-10-354050-2

鳥と進化/声を聞く（柴崎友香）………… 4
女優の魂（岡田利規）……………………… 20
あたしはヤクザになりたい（山崎ナオコー
ラ）………………………………………… 46
きみはPOP（最果タヒ）………………… 64
フキンシンちゃん（長嶋有）……………… 89
言葉がチャーチル（青木淳悟）…………… 105
案内状（耕治人）…………………………… 128
Thieves in The Temple（阿部和重）……… 145
ろば奴（いしいしんじ）…………………… 170
図説東方恐怖譚―その屋敷を覆う、覆す、
覆う（古川日出男）……………………… 199
手帖から発見された手記（円城塔）……… 221
<小説>企画とは何だったのか（栗原裕一
郎）………………………………………… 242
謝辞 ………………………………………… 280
あとがき …………………………………… 292

その他（日本）　　　　　　　　　　　　　　　0966

［0963］　小説乃湯—お風呂小説ア
ンソロジー
有栖川有栖編
角川書店　2013.3　361p　15cm
590円　（角川文庫　あ26-11）
ISBN978-4-04-100686-3

小説乃湯へのご案内（有栖川有栖）…………… 5
浮世風呂（式亭三馬）………………………… 11
柳湯の事件（谷崎潤一郎）…………………… 29
泥濘（梶井基次郎）…………………………… 61
電気風呂の怪死事件（海野十三）…………… 77
玄関風呂（尾崎一雄）………………………… 113
美少女（太宰治）……………………………… 125
エロチック街道（筒井康隆）………………… 137
ああ世は夢かサウナの汗か（辻真先）……… 171
秘湯中の秘湯（清水義範）…………………… 241
水に眠る（北村薫）…………………………… 273
花も嵐も春のうち（長野まゆみ）…………… 297
旅をあきらめた友と、その母への手紙（原
田マハ）………………………………… 313
あとがきに代えて（有栖川有栖）…………… 350
初出・所収一覧……………………………… 362

［0964］　『少年倶楽部』短篇選
講談社文芸文庫編
講談社　2013.11　429p　16cm
1700円　（講談社文芸文庫　こJ32）
ISBN978-4-06-290211-3

天国の少年（森下雨村）……………………… 9
兄弟の愛（尾崎喜八）………………………… 26
霧（金子光晴）………………………………… 31
猿の絵の運命（片岡鉄兵）…………………… 46
形見の万年筆（池田宣政）…………………… 66
愛の栄光（横光利一）………………………… 77
級長の探偵（川端康成）……………………… 95
給仕勲八等（福永恭助）……………………… 114
小指一本の大試合（山中峯太郎）…………… 132
毛利元就（菊池寛）…………………………… 144
足軽の先祖（サトウハチロー）……………… 156
七人目の虜（木村毅）………………………… 171

だんまり伝九（山本周五郎）………………… 189
侠勇鳥毛の大槍（下村悦夫）………………… 209
山の太郎熊（椋鳩十）………………………… 227
笛吹き三千石（梶野千万騎）………………… 248
輝く友情（朝日壮吉）………………………… 271
にわか英雄（佐々木邦）……………………… 293
たこあげ（福田清人）………………………… 313
阿蘇の火祭り（中沢埜夫）…………………… 324
鉄腕の歌（山岡荘八）………………………… 352
軍犬疾風（はやて）号（棟田博）…………… 387
子供たちの心を耕し続けた短編群（杉山
亮）……………………………………… 410
著者紹介……………………………………… 423

［0965］　少年のなみだ
リンダブックス編集部編著
泰文堂　2014.6　222p　15cm
580円　（リンダブックス—涙がここ
ろを癒す短篇小説集）
ISBN978-4-8030-0571-4

うそつき（谷口雅美）………………………… 7
おばあちゃん、もう一回だけ（源祥子）…… 37
僕のお父さん（竹之内響介）………………… 61
父の背中（野坂律子）………………………… 93
幸せな風景（美崎理恵）……………………… 117
ぼくとお母さんとコータロー（佐川里江）‥ 145
Fの壁（蛭田直美）…………………………… 169
回り道（甲木千絵）…………………………… 201

［0966］　ショートショートの缶詰
田丸雅智編
キノブックス　2016.5　233p　17cm
1400円
ISBN978-4-908059-38-4

はじめに（田丸雅智）………………………… 1
家具屋の小径（江坂遊）……………………… 11
残されていた文字（井上雅彦）……………… 19
"海"（安土萌）………………………………… 27
夜を売る（太田忠司）………………………… 35
池猫（筒井康隆）……………………………… 43

301

その他（日本）

ザリガニさま（北野勇作）……………… 47
蛞蝓（なめくじ）（半村良）……………… 53
上る（小松左京）………………………… 65
バッタと鈴虫（川端康成）……………… 71
「ぺ」（谷川俊太郎）……………………… 79
月光浴（須永朝彦）……………………… 85
不滅のコイル（藤井太洋）……………… 93
シミリ現象（高井信）…………………… 117
草之丞（くさのじょう）の話（江國香織）…… 129
月光騎手（稲垣足穂）…………………… 141
潮干狩り（北野勇作）…………………… 147
自転する男（岡崎弘明）………………… 157
闇の中から生まれるもの達（三川祐）… 161
愚者の石（別役実）……………………… 169
鍵（かぎ）（星新一）……………………… 179
固い種子（泡坂妻夫）…………………… 195
帰郷（太田忠司）………………………… 205
パラソル（井上雅彦）…………………… 213
砂書き（江坂遊）………………………… 223

```
［0967］ ショートショートの花束
            1
        阿刀田高編
   講談社  2009.3  299p  15cm
   648円  （講談社文庫 あ4-41）
      ISBN978-4-06-276290-8
```

まえがき ………………………………… 10
記憶をなくした女（松田文鳥）………… 11
倒れる人（常盤奈津子）………………… 17
新しいメガネ（前川誠）………………… 24
落し物（耳目）…………………………… 26
ずれてる男（稲葉たえみ）……………… 28
同好の士（原カバン）…………………… 31
すみません（矛先盾一）………………… 37
不思議ラーメン（樗木聡）……………… 43
会社ごっこ（三藤英二）………………… 48
おまじない（川戸雄毅）………………… 51
最終列車の予言者（富永一彦）………… 53
ギネス級（古保カオリ）………………… 56
もういいかい（亜鷺一）………………… 58
慎重派（森江賢二）……………………… 65
相談所（安田洋平）……………………… 68
盗む女（森江賢二）……………………… 71
カッコウの巣（夏川秀樹）……………… 77

逆転（小泉秀人）………………………… 83
時間よ止まれ（小森淳一郎）…………… 85
スッピン（七瀬ざくろ）………………… 91
騙され易さチェック（耳目）…………… 95
切り札（真下光一）……………………… 100
アリバイ（森江賢二）…………………… 103
ばあちゃんの攻防（田中悦朗）………… 108
泡と消えぬ恋（氷川拓哉）……………… 110
雨の殺人者―空港（星哲朗）…………… 115
ひとごろし（矛先盾一）………………… 120
やぐらの上の雨女（竹内伸一）………… 124
42（鈴木さくら）………………………… 130
のっぺらぼう（伊藤雪魚）……………… 136
恩返し（矛先盾一）……………………… 140
コンンビニ（衣畑秀樹）………………… 145
魔法の杖（耳目）………………………… 148
満員御礼の焼き鳥屋（工藤正樹）……… 155
水溜まり（富永一彦）…………………… 158
あわてんぼう（友朗）…………………… 163
彼女と私（麻生ななお）………………… 168
眠らせて（菅原裕二郎）………………… 171
プチ（堀川茂進）………………………… 174
愛してる（火方網久）…………………… 179
金貨の行方（島崎一裕）………………… 184
小びんの中の進化（赤羽道夫）………… 189
親父の悪戯（三藤英二）………………… 194
駐車違反（須月研児）…………………… 199
浮気の証拠（森江賢二）………………… 202
鶴子（星哲朗）…………………………… 204
警告文（伊東祐治）……………………… 210
カイブン（村田青）……………………… 214
地図（野田充男）………………………… 217
ある会話（浜尾まさひろ）……………… 219
残り（大原久通）………………………… 221
お好み焼き屋の娘（藤田佳奈子）……… 223
ベストセラー（ぼへみ庵）……………… 228
クソオヤジ（古保カオリ）……………… 231
分裂（渋谷良一）………………………… 237
読書サークル（小林剛）………………… 240
参観日の作戦（柚木崎寿久）…………… 244
二人の思惑（工藤正樹）………………… 246
生きものかんさつ（丸野麻万）………… 250
脳活性ライフ（當間春也）……………… 255
恩と仇（真下光一）……………………… 260
趣味の数字（影洋一）…………………… 263
御利用ありがとうございました。（下前津
    凛）……………………………………… 269

その他（日本）　　　　　　　　　　　　　0969

リバウンドの法則（七瀬ざくろ）‥‥‥‥‥ 273
不細工な女（葵優喜）‥‥‥‥‥‥‥‥‥‥‥ 277
あとがきと選評（阿刀田高）‥‥‥‥‥‥‥‥ 282

```
［0968］　ショートショートの花束
            2
         阿刀田高編
講談社　2010.4　307p　15cm
648円　（講談社文庫　あ4-43）
ISBN978-4-06-276623-4
```

まえがき ‥‥‥‥‥‥‥‥‥‥‥‥‥‥‥‥ 10
十進法（ウルエミロ）‥‥‥‥‥‥‥‥‥‥‥ 11
大仏さん（柚木崎寿久）‥‥‥‥‥‥‥‥‥‥ 15
或る患者（清水益三）‥‥‥‥‥‥‥‥‥‥‥ 18
灰皿という熱いきっかけ（福山重博）‥‥‥ 19
ある台風伝（恩知邦衞）‥‥‥‥‥‥‥‥‥‥ 24
本好きの二人（もくだいゆういち）‥‥‥‥ 26
白紙のテスト（田中悦朗）‥‥‥‥‥‥‥‥‥ 30
二位の男（加藤秀幸）‥‥‥‥‥‥‥‥‥‥‥ 32
日本人とコンピューター（火森孝実）‥‥‥ 36
決勝進出（耳目）‥‥‥‥‥‥‥‥‥‥‥‥‥ 38
ハッピー日記（もくだいゆういち）‥‥‥‥ 44
未来の死体（夢生）‥‥‥‥‥‥‥‥‥‥‥‥ 47
資格社会（七瀬七海）‥‥‥‥‥‥‥‥‥‥‥ 50
道案内（田中悦朗）‥‥‥‥‥‥‥‥‥‥‥‥ 56
貧乏が治る薬（常盤奈津子）‥‥‥‥‥‥‥‥ 60
補正（田中悦朗）‥‥‥‥‥‥‥‥‥‥‥‥‥ 67
二十年後診断（和坂しょろ）‥‥‥‥‥‥‥‥ 71
心療内科（平聡）‥‥‥‥‥‥‥‥‥‥‥‥‥ 77
メッセージ（吉高寿男）‥‥‥‥‥‥‥‥‥‥ 84
点検（加藤博文）‥‥‥‥‥‥‥‥‥‥‥‥‥ 86
宝探し（岡俊雄）‥‥‥‥‥‥‥‥‥‥‥‥‥ 91
プレゼント（七瀬七海）‥‥‥‥‥‥‥‥‥‥ 98
欠陥住宅（沙霧ゆう）‥‥‥‥‥‥‥‥‥‥‥ 104
宝くじ（ウルエミロ）‥‥‥‥‥‥‥‥‥‥‥ 110
無人ホテル（三好創也）‥‥‥‥‥‥‥‥‥‥ 114
年下の男の子（坂上誠）‥‥‥‥‥‥‥‥‥‥ 119
ふれあい（三好創也）‥‥‥‥‥‥‥‥‥‥‥ 122
精霊（富永一彦）‥‥‥‥‥‥‥‥‥‥‥‥‥ 127
合格発表（須月研児）‥‥‥‥‥‥‥‥‥‥‥ 129
NOW ON FAKE！（古保カオリ）‥‥‥‥ 132
犯罪者たち（岡俊雄）‥‥‥‥‥‥‥‥‥‥‥ 136
進化（加藤嘉隆）‥‥‥‥‥‥‥‥‥‥‥‥‥ 142
混み男（赤羽道夫）‥‥‥‥‥‥‥‥‥‥‥‥ 145

文明の行方（手塚太郎）‥‥‥‥‥‥‥‥‥‥ 148
予知夢（るどるふ）‥‥‥‥‥‥‥‥‥‥‥‥ 154
注意書き（森江賢二）‥‥‥‥‥‥‥‥‥‥‥ 157
脅迫電話（富田誠）‥‥‥‥‥‥‥‥‥‥‥‥ 162
愉快犯（井上賢一）‥‥‥‥‥‥‥‥‥‥‥‥ 164
ひどいにおい（田村悠記）‥‥‥‥‥‥‥‥‥ 168
殺したい女（神季佑多）‥‥‥‥‥‥‥‥‥‥ 174
苦手なもの（稲村たくみ）‥‥‥‥‥‥‥‥‥ 175
家族（野田充男）‥‥‥‥‥‥‥‥‥‥‥‥‥ 178
幽霊の品格（小泉秀人）‥‥‥‥‥‥‥‥‥‥ 181
送り娘（和坂しょろ）‥‥‥‥‥‥‥‥‥‥‥ 184
ストレス社会（加藤秀幸）‥‥‥‥‥‥‥‥‥ 189
本能（越智文比古）‥‥‥‥‥‥‥‥‥‥‥‥ 194
民営化（伊丈カツキ）‥‥‥‥‥‥‥‥‥‥‥ 198
体温計（邪魔斗多蹴）‥‥‥‥‥‥‥‥‥‥‥ 201
心理テスト（井上賢一）‥‥‥‥‥‥‥‥‥‥ 207
三八（ウルエミロ）‥‥‥‥‥‥‥‥‥‥‥‥ 210
ショートカット（三藤英二）‥‥‥‥‥‥‥‥ 214
着メロ（間岩男）‥‥‥‥‥‥‥‥‥‥‥‥‥ 220
未来からのEメール（中田公敬）‥‥‥‥‥ 225
こだわり（三好創也）‥‥‥‥‥‥‥‥‥‥‥ 231
ジェラシー（サトシ）‥‥‥‥‥‥‥‥‥‥‥ 235
優良少年（ぴぴぽえちゃん）‥‥‥‥‥‥‥‥ 238
花園の管理人（家田満理）‥‥‥‥‥‥‥‥‥ 244
竜宮城（星哲朗）‥‥‥‥‥‥‥‥‥‥‥‥‥ 248
健康ナビ・カード（如月光生）‥‥‥‥‥‥‥ 254
当たり前（大原久通）‥‥‥‥‥‥‥‥‥‥‥ 259
同窓会（星哲朗）‥‥‥‥‥‥‥‥‥‥‥‥‥ 262
美しきブランコ乗り（星アガサ）‥‥‥‥‥ 268
未練（七味一平）‥‥‥‥‥‥‥‥‥‥‥‥‥ 273
路駐撲滅大作戦（烏焉）‥‥‥‥‥‥‥‥‥‥ 276
優先席（耳目）‥‥‥‥‥‥‥‥‥‥‥‥‥‥ 282
あとがきと選評（阿刀田高）‥‥‥‥‥‥‥‥ 289

```
［0969］　ショートショートの花束
            3
         阿刀田高編
講談社　2011.4　328p　15cm
676円　（講談社文庫　あ4-45）
ISBN978-4-06-276922-8
```

まえがき ‥‥‥‥‥‥‥‥‥‥‥‥‥‥‥‥ 10
夢判断（小鳥遊ふみ）‥‥‥‥‥‥‥‥‥‥‥ 11
平和ボケ（和田知見）‥‥‥‥‥‥‥‥‥‥‥ 17
許可証（シゲノトモノリ）‥‥‥‥‥‥‥‥‥ 20

303

その他（日本）

ただほど高いものはない（七味一平）……… 27
妻の気配り（窓宮荘介）……………………… 31
強請る女（清水益三）………………………… 33
くさり（小鳥遊ふみ）………………………… 35
代償（早瀬玩具）……………………………… 41
タイムマシン（友朗）………………………… 46
偽者（渋谷良一）……………………………… 49
存在観（律心）………………………………… 54
テレビ（上田進太）…………………………… 59
追試（野田充男）……………………………… 64
ギリギリ（ウルエミロ）……………………… 67
フェリーがやってきた（三藤英二）………… 71
二五〇一からの手紙（常盤奈津子）………… 77
となりの雨男（矛先盾一）…………………… 83
メンタルヘルス研修（川島美絵）…………… 88
バレンタイン作戦（もくだいゆういち）…… 94
ふんどしの時間（須月研児）………………… 97
貪食（宮越理恵）……………………………… 100
天気予報（星哲朗）…………………………… 106
超犯罪多発国（室町たけお）………………… 109
源流（小泉秀人）……………………………… 112
吠える犬（省都正人）………………………… 117
順番（岸田新平）……………………………… 123
ハッピーエンド（北川あゆ）………………… 126
徳の通帳（河野泰生）………………………… 131
下味（三浦ヨーコ）…………………………… 135
3分間で小説を書く方法（アン・レオン）… 140
凶刀（小鳥遊ふみ）…………………………… 144
治安立国（大原久通）………………………… 150
ぬこちゃんねる（三浦ヨーコ）……………… 153
結婚の条件（ひびのけん）…………………… 159
たそがれの階段（星哲朗）…………………… 165
第38巻6月12日号（耳目）…………………… 169
セブンティーン（渡辺聡）…………………… 172
耳の役割（家田満理）………………………… 177
過去夢（雪柳妙）……………………………… 182
怪盗シャイン（福本真也）…………………… 186
耳朶（浮穴千佳）……………………………… 190
個性的な彼女（みわみつる）………………… 195
生きる意味（大平友）………………………… 197
完全犯罪（省都正人）………………………… 203
ビンゴ（北川あゆ）…………………………… 207
ライオン退治（和坂しょろ）………………… 213
肥満禁止令（岩波零）………………………… 220
ワールドエンド（藍井倫）…………………… 223
正解（古沢太希）……………………………… 228
フライデー（星哲朗）………………………… 231

新宿マーサ（輝美津夫）……………………… 237
夏休みの自由課題（和坂しょろ）…………… 243
盲点（McCOY）……………………………… 248
歴史は繰り返す（前田茉莉子）……………… 252
ネットの時代（大原久通）…………………… 256
適任人事（野澤匠）…………………………… 260
監視の時代（山崎正一）……………………… 266
はてしない物語（石原旭）…………………… 269
シアワセ測定器（藤川葉）…………………… 273
宝くじのトキメキ（耳目）…………………… 277
自動小説作成マシーン（七瀬七海）………… 284
みたて（島崎一裕）…………………………… 290
靴を揃える（新岡優哉）……………………… 296
前方注意（影洋一）…………………………… 301
あんよはじょうず（紀井敦）………………… 306
あとがきと選評（阿刀田高）………………… 310

［0970］　ショートショートの花束
4
阿刀田高編
講談社　2012.4　263p　15cm
676円　（講談社文庫　あ4-47）
ISBN978-4-06-277239-6

まえがき ……………………………………… 10
こちらレシートになります（常盤奈津子）… 11
娘のための大冒険（島津由人）……………… 18
動物翻訳機（庄司勝昭）……………………… 22
探査船、火星へ（島倉信雄）………………… 26
化けて出る（島崎一裕）……………………… 32
シャドウ（小泉秀人）………………………… 33
待遇改善（島﨑一裕）………………………… 40
名演技（七味一平）…………………………… 46
ある大統領の伝記（小鳥遊ふみ）…………… 51
圧迫（大田良馬）……………………………… 56
治療法（大貧民）……………………………… 60
経済新聞（霧梨椎奈）………………………… 66
ギムネマ（坂倉剛）…………………………… 68
死刑（野田充男）……………………………… 75
ラムネ売り（七海千空）……………………… 79
壺の魚（幸田裕子）…………………………… 85
嫌いなわけ（吉平）…………………………… 90
誰にも言えない趣味（なみっち）…………… 92
カガクテキ（烏焉）…………………………… 95
油断大敵（大原久通）………………………… 98

その他（日本）　　　　　　　　　　　0971

Ｆレンジャー（絵夢） ……………… 100
誰だったっけ？（影洋一） ………… 105
死んだ人の話（本間海奈） ………… 109
グラス（田丸雅智） ………………… 110
おばあちゃんの眼鏡（一田和樹） … 113
犯罪（有馬二郎） …………………… 119
死の商人（一田和樹） ……………… 121
今日の運勢（ウルエミロ） ………… 125
Ａ型上司（大貧民） ………………… 129
不況（萩原あぎ） …………………… 133
育ての親（気熱家慈雨吉） ………… 137
悩める父親（夏川龍治） …………… 141
偽装火災（小田隆治） ……………… 146
損をしない自動販売機（真下光一） … 150
相合傘（山﨑七生） ………………… 152
お詫びとお知らせ（島﨑一裕） …… 156
やさしいひとがいた村の話（當間春也） … 158
座席ゆずりの上級者（大原久通） … 163
酔い止め薬（波風立太郎） ………… 167
魂の存在証明（一田和樹） ………… 170
運動不足の原因（大原久通） ……… 174
ドリーム・レコーダー（林翔太） … 177
雨男晴れ女（和海真二） …………… 181
むじな2009（萩原あぎ） …………… 183
腹の中（耳目） ……………………… 187
六十四分間の家出（卯月雅文） …… 192
恋のおまじない（岩波零） ………… 196
女も、虎も……（家田満理） ……… 198
ある映画監督の悩み（犬伏浩） …… 203
子供だから（當間春也） …………… 207
取り戻した人生（家田満理） ……… 211
家族の肖像（久藤準） ……………… 214
魔法のランプ（戸原一飛） ………… 217
将棋（平山敏也） …………………… 222
ジンクス（なみっち） ……………… 225
神の落胆（大原久通） ……………… 228
ふりこ（七瀬七海） ………………… 232
ステータス（葉山由季） …………… 236
正義の味方（翡翠殿夢宇） ………… 240
若いお巡りさん（窓宮荘介） ……… 244
あとがきと選評（阿刀田高） ……… 245

［0971］　ショートショートの花束
5
阿刀田高編
講談社　2013.4　285p　15cm
676円　（講談社文庫　あ4-48）
ISBN978-4-06-277518-2

まえがき …………………………… 10
分別（森江賢二） …………………… 11
適材適所（友朗） …………………… 16
遺書（森日向太） …………………… 21
運命の相手（春木シュンボク） …… 25
顔のない恋人（小泉秀人） ………… 29
人見知り克服講座（えどきりこ） … 38
納得しました（正木ジュリ） ……… 43
二〇五九年（森日向太） …………… 46
願掛け（島崎一裕） ………………… 48
癌治療（増田修男） ………………… 52
ラブ・ゲーム（影洋一） …………… 54
素晴らしい遺産（一田和樹） ……… 57
贖罪（門前清一） …………………… 61
ゴルフの特訓（増田修男） ………… 66
完全犯罪（春木シュンボク） ……… 69
ウサギとカメとキツネ（影洋一） … 74
最悪の模倣犯（一田和樹） ………… 76
一億二千万分の一（西島豪宏） …… 80
人形（小鳥遊ふみ） ………………… 83
百人目（霞ヶ浦武史） ……………… 88
いたずらの効果（島崎一裕） ……… 93
明るい暮らし（一田和樹） ………… 98
人間の本性（大森直樹） …………… 102
タイムスリップ（森岡浩平） ……… 108
備えあれば（込宮明太） …………… 114
悪い夢（律心） ……………………… 119
はしごにされた男（伊藤まさよし） … 123
ゼンマイ仕掛けの神（小泉秀人） … 125
妻の乳房（赤腹江森） ……………… 136
ある疑惑（吉田雨） ………………… 140
同郷（龍野智子） …………………… 143
夢の人（平山敏也） ………………… 148
美人湯（朔間数奇） ………………… 152
ツキの変わり目（猫吉） …………… 156
希望のクーポン（一田和樹） ……… 160
寂れた街（あじ） …………………… 164

305

0972 その他（日本）

かくれんぼ（島崎一裕）……………… 168
幽霊の見える眼鏡（松長良樹）……… 173
私が一番欲しいもの（サエキ）……… 179
良い知らせと悪い知らせ（和坂しょろ）… 183
伝言板（ニウ充）………………………… 187
エンドレス（風花雫）…………………… 191
携帯人間関係（河野泰生）……………… 196
多すぎる（釈釁礜瞽掌編妖精没子富士見英次
　　郎耳目）……………………………… 199
捕鯨異聞（猪口和則）…………………… 204
揺れる少女（黒柳尚己）………………… 208
現実（風間林檎）………………………… 212
五秒間の真実（ひろまり）……………… 217
雨降り美人と下心（律心）……………… 219
主張（越智のりと）……………………… 222
狐の嫁入り（もくだいゆういち）……… 225
走馬灯（森田浩平）……………………… 228
バリアフリー時代（律心）……………… 233
本気なの（渡辺浩）……………………… 237
小さな出来事（長門虹）………………… 240
僕と彼女の事情（南貴幸）……………… 245
カダカダ（狩生玲子）…………………… 255
エックス・デイ（七瀬七海）…………… 258
離婚ウィルス（原田学）………………… 263
あとがきと選評（阿刀田高）…………… 267

［**0972**］　ショートショートの花束
　　　　　　　6
　　　　　阿刀田高編
　講談社　2014.4　277p　15cm
　730円　（講談社文庫　あ4-49）
　ISBN978-4-06-277809-1

まえがき ………………………………… 10
奈津子、待つ（現朗）…………………… 11
持ち腐れ（小泉秀人）…………………… 15
取引（柳田功作）………………………… 20
幽霊メモ（古保カオリ）………………… 23
種（平渡敏）……………………………… 28
ある薬指の話（星野良一）……………… 32
くねくね、ぐるぐるの夏（緒久なつ江）… 35
我輩はカモではない（湖西隼）………… 41
ぼくを乗せる電車（今居海）…………… 46
マナー（平渡敏）………………………… 50
星を食べる（藤島七海）………………… 55

一部の地域（門倉信）…………………… 58
中国美人（加藤昌美）…………………… 62
修理人（ハットリミキ）………………… 64
医者の言葉（西方まぁき）……………… 68
カレーの日（律心）……………………… 72
冬の蟬（猫吉）…………………………… 75
第二の人生（ねこま）…………………… 79
わたし、飛べるかな？（柘一輝）……… 84
奇妙なマーク（山際響）………………… 89
よりによってこんな日に（柘一輝）…… 92
鬼帳面（小泉秀人）……………………… 97
手術後（野田充男）……………………… 102
北風と太陽は語り継がれる（耳目）…… 106
ロボットのお役目（金城幸介）………… 109
幸せの占い（ハットリミキ）…………… 113
見えない少女（矢口知矢）……………… 118
存在理由（臼居泰祐）…………………… 123
濃霧注意報（米田誠司）………………… 126
新発明のヘルメット（月野玉子）……… 129
ゴート・ポストマン（原尾勇貴）……… 133
便乗値上げ（前田剛力）………………… 139
禁煙（門倉信）…………………………… 143
しあわせ恐怖症（西方まぁき）………… 147
嗅覚（高田昌彦）………………………… 151
忘れた記憶（高田昌彦）………………… 156
ヒトコントローラー（柘一輝）………… 161
立つ鳥あとを濁さず（紀井敦）………… 166
足を洗う（森田浩平）…………………… 170
プレゼント（猫吉）……………………… 175
ナニー（ハットリミキ）………………… 178
WASURERU動物園（ORANGE TREE）… 183
人生（かえるいし）……………………… 188
アリバイ工作（日比野けん）…………… 192
ラッキースプレー（井川一太郎）……… 196
オリジナリティ（加藤秀幸）…………… 199
足から（清本一磨）……………………… 203
ホムンクルス（晴澤昭比古）…………… 208
王子様（野田充男）……………………… 210
ピースケ・ロス症候群（ハットリミキ）… 213
これ一台（中原裕美）…………………… 217
逆上がり（優友）………………………… 222
穴（日出彦）……………………………… 225
捨てられない（長谷川樹里）…………… 229
ニッケルの月（吉田雨）………………… 232
諦めて、鈴木さん（春木シュンボク）… 236
選択肢（あんどー春）…………………… 240
告知義務法（九頭竜正志）……………… 244

その他（日本）　　　0974

楽して儲ける男（丸藤時生）……………… 249
諏訪湖奇談（猫吉）………………………… 254
あとがきと選評（阿刀田高）……………… 258

［0973］　ショートショートの花束
7
阿刀田高編
講談社　2015.4　260p　15cm
730円　（講談社文庫　あ4-50）
ISBN978-4-06-293087-1

まえがき ……………………………………… 10
シュレディンガーの子猫（阿字平八郎）… 11
街を見下ろす（小泉秀人）………………… 15
イネのい（伊坂灯）………………………… 18
絶対に成就する結婚相談所（椚木聡）…… 21
上長の資質（港夜和馬）…………………… 26
刑事収容施設及び……第百二十七条（猫吉）… 30
聞き耳頭巾（前田剛力）…………………… 34
日本分の一（優友）………………………… 38
目覚まし時計（結城新）…………………… 42
知らぬ顔の半兵衛（里山はるか）………… 47
だるまさんがころんだ（柘一輝）………… 51
争いをなくしたい（柏原幻）……………… 56
熊と人間（黒埜形）………………………… 58
うらない（岫まりも）……………………… 62
文句が多い男（黄桜緑）…………………… 67
増殖（D坂ノボル）………………………… 71
美しい母（ハットリミキ）………………… 75
占い（土橋義史）…………………………… 79
不景気万歳（柘一輝）……………………… 83
キリギリスのうた（矢守知矢）…………… 87
もじもじのくに（こーいち。）…………… 92
消して（門倉信）…………………………… 95
遅れた誕生日（月野玉子）………………… 100
救急車（吉田小次郎）……………………… 104
小説の感想屋（紅旬新）…………………… 108
水のココロ（おだR）……………………… 112
秘めたる想い（猫吉）……………………… 116
国際基準（あんどー春）…………………… 120
共存（大原久通）…………………………… 122
思い出自販機（霧ケ峰涼）………………… 126
無意識の罪（西方まぁき）………………… 130
花の雨（奥泉明日香）……………………… 133
青春効果（律心）…………………………… 137

目には目を（六文誠）……………………… 141
飛び首（もくだいゆういち）……………… 144
人格者（北條純貴）………………………… 149
意志のない男（西方まぁき）……………… 153
親友の掟（かわずまえ）…………………… 156
閻魔様のぱそこん（奥泉明日香）………… 161
オレンジの家（齊藤想）…………………… 165
アプリケーション（億錦樹樹）…………… 169
真夏の鼻（律心）…………………………… 174
東京みやげ（星哲朗）……………………… 178
悪魔の憂鬱（牛耳東風）…………………… 182
楽しい夢（かわずまえ）…………………… 187
雨男（雨の国）……………………………… 191
ひまつぶし（もくだいゆういち）………… 196
漢字検定三級の女（光明寺祭人）………… 199
編集者の力（柘一輝）……………………… 201
大きなお世話（火森孝実）………………… 206
母からの電話（ハットリミキ）…………… 209
美しい人（香久山ゆみ）…………………… 213
聖夜の贄（龍淵灯）………………………… 216
黒いタオル（春川啓示）…………………… 219
肯定（あんどー春）………………………… 223
回転率（あんどー春）……………………… 225
悪がはびこる理由（小泉秀人）…………… 229
バリーさんの夢（西川武彦）……………… 231
偽作の証明（白樺香澄）…………………… 234
因果はめぐる（渡辺浩）…………………… 238
あとがきと選評（阿刀田高）……………… 242

［0974］　ショートショートの花束
8
阿刀田高編
講談社　2016.4　274p　15cm
730円　（講談社文庫　あ4-51）
ISBN978-4-06-293381-0

まえがき ……………………………………… 10
探偵（門倉信）……………………………… 11
運の悪い男サトウ（小田隆治）…………… 16
急ぎでお願いします（椎間浩二）………… 20
ひき逃げ事件（佐藤典利）………………… 24
批評家（春木シュンボク）………………… 26
カレーの話（太田健）……………………… 30
悩みの治療薬（高田昌彦）………………… 35
全自動家族（春みきを）…………………… 39

307

その他（日本）

ロシアン・ルーレット（北本和久）………… 43
完全犯罪（超鈴木）……………………………… 49
ジャンカ（日出彦）……………………………… 54
人間になりたい（前川誠）……………………… 59
じゃんけん必勝男（藍原貴之）………………… 63
三葉虫（黒埜形）………………………………… 68
えっち（岫まりも）……………………………… 72
美術館の少女（香久山ゆみ）…………………… 77
紺屋の白袴（土橋義史）………………………… 80
迷惑（あんどー春）……………………………… 83
シエスタの牛（金田光司）……………………… 87
深刻な不眠症（戸原一飛）……………………… 92
死ぬまで、生きよう（米澤翔）………………… 97
しずむせかい（奥泉明日香）………………… 102
一日社長体験（紀井敦）……………………… 105
今年の漢字（超鈴木）………………………… 110
体で覚えろ（島崎一裕）……………………… 114
壁（治水尋）…………………………………… 117
楽園（夢野旅人）……………………………… 120
気の利くウェイトレス（今井将吾）………… 125
小さなレンズの向こう側（赤羽道夫）……… 127
診察の結果（狩生玲子）……………………… 132
赤ペンラブレター（卜部高史）……………… 135
仲間（あんどー春）…………………………… 140
路上駐車（門倉信）…………………………… 143
かく（行方行）………………………………… 145
謎（超鈴木）…………………………………… 149
宿題代行サービス（藍原貴之）……………… 154
帰省ラッシュ（酒井貴司）…………………… 159
旅服（行方行）………………………………… 164
犬（成字終）…………………………………… 168
春先になると（ユウキ）……………………… 172
伊藤さん（戸口右亮）………………………… 176
中の手（綱島恵一）…………………………… 181
ふり（恩知邦衛）……………………………… 186
一大決心（柳霧津子）………………………… 188
アルクマン（耳目）…………………………… 193
N/65億の孤独（草間小鳥子）……………… 197
学歴主義（北條純貴）………………………… 202
力を合わせて（田辺ふみ）…………………… 205
絶対家政婦ロボ・さっちゃん（月野玉子）… 209
サル（野田充男）……………………………… 214
私と彼女となんとなく（名生良介）………… 217
評価の時代（影洋一）………………………… 222
私と牡蠣（律心）……………………………… 227
新婚すれ違い（吉田大成）…………………… 231
メッセージ（綱島恵一）……………………… 234

抱っこ（中澤貴史）…………………………… 239
退化（雪枕）…………………………………… 242
命名権（紀井敦）……………………………… 245
激辛（かがわとわ）…………………………… 250
憑依（野田充男）……………………………… 253
あとがきと選評（阿刀田高）………………… 256

［0975］ ショートショートの広場
19
阿刀田高編
講談社　2007.5　257p　15cm
552円　（講談社文庫）
ISBN978-4-06-275721-8

まえがき ……………………………………… 10
悪戯心（田中悦朗）…………………………… 11
忘却（鹿島真治）……………………………… 13
紹介（須月研児）……………………………… 15
あぶない（新田泰裕）………………………… 18
キノコ（松原直美）…………………………… 23
地球模型（相馬雨彦）………………………… 26
殺人者（きりぎりす）………………………… 30
別れ話（東山白海）…………………………… 32
若（も）しも…（伊藤雪魚）………………… 35
女乞食（鈴木雄一郎）………………………… 41
おたくもヒキコモリ？（安倍裕子）………… 45
親友（重任雅彦）……………………………… 46
白刃（こころ耕作）…………………………… 47
殺人依頼（堂間春也）………………………… 49
赤か青か（樹良介）…………………………… 55
売り上げ（木邨裕志）………………………… 58
優しい坊や（東雲鷹文）……………………… 60
特別サービス（丸山はじめ）………………… 65
お下がり（水谷佐和子）……………………… 70
テレビ路線図（MASATO）………………… 73
ファイヤー・タイガー（広瀬力）…………… 76
三字熟語（野田充男）………………………… 82
つぐない（酒井康行）………………………… 84
警告（相門亭）………………………………… 87
首太郎（柚木崎寿久）………………………… 92
真理（佐藤健司）……………………………… 96
他人の日記（一色俊哉）……………………… 100
助手席の女（森江賢二）……………………… 103
終電の幽霊（浅地健児）……………………… 107
ね、信じて（七瀬ざくろ）…………………… 112

その他（日本）　　　　　　　　　　　0976

キオク（鮎沢千加子）……………… 116
手術（渋谷良一）…………………… 118
入国初日（ぼへみ庵）……………… 122
初登校（厚谷勝）…………………… 126
タクシー（佐藤健司）……………… 128
励ましの手紙（一二三太郎）……… 131
ふたりの予知能力者（七瀬ざくろ）… 133
亀の恩返し（家田満理）…………… 138
NKK（シバタ・カズキ）………… 143
ドーナツの穴（坂倉剛）…………… 148
夢のなかで（南じゅんけい）……… 151
しゃべる豚（O・T）……………… 157
急病人（木邨裕志）………………… 162
ストーカー（森江賢二）…………… 164
うっかり同盟（柚木崎寿久）……… 170
物語（北見越）……………………… 174
不満電池（大原久通）……………… 178
二人目（関宏江）…………………… 184
悪霊（渋谷良一）…………………… 188
秘密の穴（高尾漂一）……………… 192
同時進行（北見越）………………… 195
気遣い（清水晋）…………………… 198
会いたい（家田満理）……………… 200
丑満（うしみつ）奇譚（赤崎龍次）… 203
質量不変の法則（関宏江）………… 208
俺の代理人（七瀬ざくろ）………… 211
役者魂（須月研児）………………… 216
空席（加藤秀幸）…………………… 218
改革の旗（ぼへみ庵）……………… 222
最高の価値（松田文鳥）…………… 227
三方一両得（八島徹）……………… 232
許されぬ恋（みわみつる）………… 238
ゴール（佐藤健司）………………… 240
あとがきと選評（阿刀田高）……… 244

```
［0976］　ショートショートの広場
　　　　　　　　20
　　　　　　阿刀田高編
　講談社　2008.3　305p　15cm
　　629円　（講談社文庫）
　　ISBN978-4-06-275986-1
```

まえがき ………………………………… 10
靴（やまちかずひろ）………………… 11
42.195キロ（林吨〔トン〕助）…… 13

五百円分の幸せ（常盤奈津子）…… 19
償い（無留行久志）………………… 24
父の推理小説（田中悦朗）………… 31
シャッター（野田充男）…………… 36
秘策（平繁樹）……………………… 38
ペット禁止（須月研児）…………… 41
不要なファイル（横山・M.嘉平次）… 44
オレオレサギ（相門亨）…………… 46
嫌われ者（藤平吉則）……………… 50
ガックリ（岩本勇）………………… 52
超PL法時代（七瀬ざくろ）……… 55
能力（真下光一）…………………… 60
教訓（常盤奈津子）………………… 62
再会（夏川秀樹）…………………… 65
ジャンキー・モンキー（菅野雅貴）… 70
ご請求書（夢之木直人）…………… 74
スパイラル（阿部伸之介）………… 77
体感時間（浅地健児）……………… 80
パパはサンタクロース（島崎一裕）… 86
安心感（黒羽カラス）……………… 91
コンビニ家族（井川一太郎）……… 94
老後のたのしみ（佐々木雅博）…… 98
公園に飛ぶ紙ヒコーキは（福山重博）… 104
月夜（日笠和彦）…………………… 111
誘惑（渋谷良一）…………………… 116
三年後の俺（七瀬ざくろ）………… 120
本物そっくり（矛先盾一）………… 125
痩せる石鹸（星野良一）…………… 128
宇宙からのメッセージ（北浦真）… 135
チョークの行方（田中悦朗）……… 141
都合のいい男（ひと）（久岡一美）… 144
追われる女（井上昭之）…………… 148
財布（広居歩樹）…………………… 151
花を置く人（井川一太郎）………… 155
道程（久野徹也）…………………… 159
ピアノ（針村譲司）………………… 164
これそれあれどれ（七瀬ざくろ）… 167
予言（照井文）……………………… 170
嘘（伊藤靖夫）……………………… 176
そうだよなあ（三枝蠍）…………… 182
部屋（須月研児）…………………… 184
同窓会（七瀬ざくろ）……………… 186
殺人催眠まやかしの口笛（加藤秀幸）… 191
叔父の上着（須月研児）…………… 198
夕鶴（久岡一美）…………………… 203
鼻毛の人生（ヒロ）………………… 207
アタリ（常盤奈津子）……………… 210

309

その他（日本）

眠るために生まれてきた男（広瀬力）……… 217
壁抜け男（松田文鳥）……………………… 223
わがままな正義（北川あゆ）……………… 229
ミスコン（樗木聡）………………………… 234
プロ（木塚百川）…………………………… 237
動機（家田満理）…………………………… 243
重要なのは（大原久通）…………………… 246
ベストセラー（須月研児）………………… 248
進化したケータイ（鈴木孝博）…………… 251
社霊（井川一太郎）………………………… 256
至福のとき（三橋たかし）………………… 260
満月の夜（かわずまえ）…………………… 265
桜の咲く頃（紫藤小夜子）………………… 269
懐かしい手（中田公敬）…………………… 274
ソフトクリーム（柚木崎寿久）…………… 280
自分本位な男（広瀬力）…………………… 282
あとがきと選評（阿刀田高）……………… 289

［0977］　新釈グリム童話―めでた
し、めでたし？
集英社　2016.3　301p　15cm
590円　（集英社オレンジ文庫）
ISBN978-4-08-680072-3

ルンベルシュティルツヒェン なくしものの名前（谷
瑞恵）……………………………………… 5
白雪姫 白雪姫戦争（白川紺子）………… 47
かえるの王様 二十年（響野夏菜）……… 89
眠り姫 のばらノスタルジア（松田志乃ぶ）… 133
ヘンゼルとグレーテル お菓子の家と廃屋の魔女
（希多美咲）……………………………… 189
シンデレラ A Cinderella Story（一原みう）… 249

［0978］　心中小説名作選
藤本義一選，日本ペンクラブ編
集英社　2008.11　274p　16cm
571円　（集英社文庫）
ISBN978-4-08-746377-4

心中（川端康成）…………………………… 7
銀（しろがね）心中（田宮虎彦）………… 11
来宮（きのみや）心中（大岡昇平）……… 51

村の心中（司馬遼太郎）…………………… 103
六本木心中（笹沢佐保）…………………… 117
那覇心中（梶山季之）……………………… 181
〈対談解説〉心中小説の教訓（富岡多恵子，藤本
義一）……………………………………… 243
解説 心中の経緯（あれこれ）（藤本義一）……… 267

［0979］　スタートライン―始まり
をめぐる19の物語
幻冬舎　2010.4　220p　16cm
495円　（幻冬舎文庫 お-34-2）
ISBN978-4-344-41453-2

帰省（光原百合）…………………………… 7
1620（イチロクニーゼロ）（三羽省吾）…… 17
柔らかな女の記憶（金原ひとみ）………… 27
海辺の別荘で（恒川光太郎）……………… 37
街の記憶（三崎亜記）……………………… 49
恋する交差点（中田永一）………………… 59
花嫁の悪い癖（伊藤たかみ）……………… 69
ココア（島本理生）………………………… 79
風が持っていった（橋本紡）……………… 89
会心幕張（宮木あや子）…………………… 103
終わりと始まりのあいだの木曜日（柴崎友
香）………………………………………… 115
バンドTシャツと日差しと水分の日（津村
記久子）…………………………………… 127
おしるこ（中島たい子）…………………… 139
とっぴんぱらりのぷう（朝倉かすみ）…… 151
その男と私（藤谷治）……………………… 163
トロフィー（西加奈子）…………………… 173
はじまりのものがたり（中島桃果子）…… 183
魔コごろし（万城目学）…………………… 197
パパミルク（小川糸）……………………… 209
著者一覧（掲載順）………………………… 223

その他（日本）　　　　　　　　　　　　　　　　　0985

［0980］　星海社カレンダー小説
2012上
星海社編集部編
星海社　2012.7　212p　19cm
1050円　（星海社FICTIONS　セ1-
01）
ISBN978-4-06-138833-8

私の猫（十文字青）……………………… 7
ならないリプライ（小泉陽一朗）………… 59
森川空のルール　番外編（ミタヒツヒト）…… 107
星の海にむけての夜想曲（佐藤友哉）……… 163

［0981］　星海社カレンダー小説
2012下
星海社編集部編
星海社　2012.7　249p　19cm
1100円　（星海社FICTIONS　セ1-
02）
ISBN978-4-06-138834-5

月のかわいい一側面（犬村小六）…………… 7
親愛なるお母さまへ（渡辺浩弐）………… 63
おじいちゃんの小説塾（滝本竜彦）………… 99
青春離婚（紅玉いづき）……………………… 153
下界のヒカリ（泉和良）……………………… 217

［0982］　聖なる夜に君は
角川書店　2009.11　174p　15cm
438円　（角川文庫　15985）
ISBN978-4-04-386003-6

セブンティーン（奥田英朗）………………… 5
クラスメイト（角田光代）…………………… 33
私が私であるための（大崎善生）…………… 59
雪の夜に帰る（島本理生）…………………… 79
ふたりのルール（盛田隆二）………………… 105
ハッピー・クリスマス、ヨーコ（蓮見圭一）…… 135

［0983］　絶体絶命！
リンダブックス編集部編
泰文堂　2011.6　460p　15cm
667円　（Linda books！）
ISBN978-4-8030-0228-7

バディーゲーム（関口暁）…………………… 9
タイムリミット（天沢彰）…………………… 47
合法私刑（小夜佐知子）……………………… 95
地下と宇宙の出来事（龍田力）……………… 127
ゲート（織原みわ）…………………………… 167
マーダー・マップ（澤田文）………………… 225
灯火の消えた暗闇の中で（関口暁）………… 257
その船に乗ってはいけない（竹本博文）…… 283
もう一人いる…（天沢彰）…………………… 315
浮遊島（龍田力）……………………………… 367
歪んだ愛（天沢彰）…………………………… 399

［0984］　セブンティーン・ガールズ
北上次郎編
KADOKAWA　2014.5　255p
15cm　520円　（角川文庫　あ105-1）
ISBN978-4-04-101423-3

放課後の巣（森絵都）………………………… 5
忘れないでね（豊島ミホ）…………………… 39
No.2—『スコーレNo.4』より（宮下奈都）…… 73
ゆめ（大島真寿美）…………………………… 135
小梅が通る（中田永一）……………………… 165
解説（北上次郎）……………………………… 247

［0985］　全作家短編集　第15巻
全作家協会編
のべる出版企画　2016.8　330p
21cm　1800円
ISBN978-4-904390-18-4

静かな関係（畠山拓）………………………… 4
憂年（陽羅義光）……………………………… 12

311

その他（日本）

新・松山鏡（森本正昭）‥‥‥‥‥‥‥ 19
京都で、ゴドーを待ちながら（尾関忠雄）‥‥ 36
対談「かかってきなさい」最終回（甲山羊
　　二）‥‥‥‥‥‥‥‥‥‥‥‥‥‥‥ 50
夜を駆ける女（藤木由紗）‥‥‥‥‥‥ 58
山へ（安西玄）‥‥‥‥‥‥‥‥‥‥‥ 67
漂空民（森上至晃）‥‥‥‥‥‥‥‥‥ 69
共業（ぐうごう）―実在ヒブノ4（橋てつと）‥‥‥ 88
蒲生村日記（二ツ川日和）‥‥‥‥‥ 105
婚約（片山龍三）‥‥‥‥‥‥‥‥‥ 114
潮風、長者ケ崎の…（戸四田トシユキ）‥ 125
パラレル（笹原実穂子）‥‥‥‥‥‥ 145
兆民たちの醜聞（深海和）‥‥‥‥‥ 158
晩年（豊田一郎）‥‥‥‥‥‥‥‥‥ 178
人魚（原子修）‥‥‥‥‥‥‥‥‥‥ 188
原っぱの幽霊（小笠原幹夫）‥‥‥‥ 204
明日の行方（小豆沢優）‥‥‥‥‥‥ 217
交差点（有森信二）‥‥‥‥‥‥‥‥ 224
人間の淵 シリーズその2（通雅彦）‥ 237
ラバウルの狐作戦（中村春海）‥‥‥ 245
ゴミ（北本豊春）‥‥‥‥‥‥‥‥‥ 266
川柳をつくって（高館作夫）‥‥‥‥ 279
預り物顛末記（石川友也）‥‥‥‥‥ 284
俳句の会（木村登美子）‥‥‥‥‥‥ 293
日常の中に咲くものを（島有子）‥‥ 295
アパートの男（本間真琴）‥‥‥‥‥ 301
烈々布二代―私の北海道5（坂本与市）‥ 314
敗戦（原田益水）‥‥‥‥‥‥‥‥‥ 327

```
［0986］　全作家短編小説集　第6巻
　畠山拓, 竹森仁之介, 佐々木敬祐, 野辺
　　　　　慎一編
　　全作家協会　2007.7　269p　22cm
　　　　　　3000円
　　　ISBN978-4-87703-943-1
```

〔巻頭言〕（豊田一郎）‥‥‥‥‥‥‥‥ 1
あんなか（陽羅義光）‥‥‥‥‥‥‥‥ 7
エターナル・ライフ 美術館で消えた少女
　（石川友也）‥‥‥‥‥‥‥‥‥‥ 15
門出（安西玄）‥‥‥‥‥‥‥‥‥‥ 27
頑是ない、約束（橋てつと）‥‥‥‥ 29
如月に生きて（中澤秀彬）‥‥‥‥‥ 42
元禄馬鹿噺（深海和）‥‥‥‥‥‥‥ 52
コエトイ川のコエトイ橋（岩谷征捷）‥‥‥ 63

残花（野辺慎一）‥‥‥‥‥‥‥‥‥ 72
七十八の春（神原拓生）‥‥‥‥‥‥ 85
死神たちの饗宴（豊田一郎）‥‥‥‥ 100
テクマクマヤコン（中村ブラウン）‥‥‥ 106
天袋（清水絹）‥‥‥‥‥‥‥‥‥‥ 113
峠（白石すみほ）‥‥‥‥‥‥‥‥‥ 125
峠茶屋のだんご婆さん（佐々木敬祐）‥‥‥ 137
遠い海（柚かおり）‥‥‥‥‥‥‥‥ 145
戸塚たそがれ散歩道（小笠原幹夫）‥‥ 154
友からの写真（空）‥‥‥‥‥‥‥‥ 165
人間淵（通雅彦）‥‥‥‥‥‥‥‥‥ 173
猫占い（雨宮湘介）‥‥‥‥‥‥‥‥ 184
べるリング（マックあっこ）‥‥‥‥ 194
満ち潮がくれば（古倉節子）‥‥‥‥ 201
モンパルナスの鳩（崎村裕）‥‥‥‥ 217
モン族（竹森仁之介）‥‥‥‥‥‥‥ 221
約束の虹（河野アサ）‥‥‥‥‥‥‥ 225
夢うつつ（杉本利男）‥‥‥‥‥‥‥ 236
読売争議と殺人鬼（下町遊歩）‥‥‥ 245
冷血（畠山拓）‥‥‥‥‥‥‥‥‥‥ 260
作者住所録‥‥‥‥‥‥‥‥‥‥‥‥ 268

```
［0987］　全作家短編小説集　第7巻
　畠山拓, 山崎文男, 佐々木敬祐, 野辺慎
　　　　　一編
　　全作家協会　2008.7　233p　22cm
　　　　　　3000円
　　　ISBN978-4-87703-950-9
```

〔巻頭言〕（豊田一郎）‥‥‥‥‥‥‥‥ 1
室生犀星の生母（崎村裕）‥‥‥‥‥‥ 7
維新の景（野辺慎一）‥‥‥‥‥‥‥ 15
此岸の家族（岩谷征捷）‥‥‥‥‥‥ 27
もてないおとこ（中村ブラウン）‥‥ 37
恐怖の時節（深海和）‥‥‥‥‥‥‥ 42
ある殺人（畠山拓）‥‥‥‥‥‥‥‥ 54
目白の来る山（川島徹）‥‥‥‥‥‥ 63
時のトンネル（河野アサ）‥‥‥‥‥ 74
ひとり住まい（古倉節子）‥‥‥‥‥ 85
小さな紙切れ（笹原実穂子）‥‥‥‥ 93
旅愁（中澤秀彬）‥‥‥‥‥‥‥‥‥ 107
人間淵（通雅彦）‥‥‥‥‥‥‥‥‥ 118
カウントダウン（清水絹）‥‥‥‥‥ 125
気になるひと（佐々木敬祐）‥‥‥‥ 132
房総半島（陽羅義光）‥‥‥‥‥‥‥ 142

その他（日本）

不確かな噂（杉本利男）……………… 149
サクレクール寺院の静かな朝（豊田一郎）‥ 160
運心（安西玄）…………………………… 170
掌編二題（森英津子）…………………… 172
三百五十万年後の世界頑是ない、約束.後編
　（橋てつと）…………………………… 179
煩悩の矢（岡野弘樹）…………………… 191
ぼんやりとした風景（山崎文男）……… 202
天使たち（エンジェルズ）（江藤あさひ）……… 210
カラス（島森遊子）……………………… 218

少年の海（通雅彦）……………………… 247

［0989］　全作家短編小説集　第9巻
畠山拓、山崎文男、佐々木敬祐、野辺慎
一編
全作家協会　2010.7　253p　22cm
3000円
ISBN978-4-87703-959-2

巻頭言（豊田一郎）………………………… 1
加賀の宴（杉本利男）……………………… 7
あすか（甲山羊二）……………………… 17
首なし馬（佐々木敬祐）………………… 25
母親の形見（美倉健治）………………… 34
さびしみの港（通雅彦）………………… 41
修羅になりぬ（江藤あさひ）…………… 51
嫁ぐ娘たち（小野村誠）………………… 68
祭りの日（古倉節子）…………………… 76
李雷は未来へ（宮里政充）……………… 85
湖底の灯（中澤秀彬）…………………… 96
画像考（深海和）………………………… 109
セメントのでこぼこ道（宮部和子）…… 120
河内のこと（塚本修二）………………… 130
ポンちゃんの抗議（石川友也）………… 139
ボン・ヴォワイヤージュ（豊田一郎）…… 142
死者語入（河野アサ）…………………… 147
錯誤（萩照子）…………………………… 155
牛込怪談（小笠原幹夫）………………… 163
クリスマス・イブ（北本豊春）………… 170
怖いいのち（岡野弘樹）………………… 180
松ぼっくり（山崎文男）………………… 191
鳥妻の章（畠山拓）……………………… 201
お化け屋敷の猫（春風のぶこ）………… 208
遠い日々（安西玄）……………………… 219
ジョージと逢う（笹原実穂子）………… 222
吾輩は病気である（陽羅義光）………… 228
歴史（光郷輝紀）………………………… 235
愛はことばから始まる（石原裕次）…… 245

［0988］　全作家短編小説集　第8巻
畠山拓、山崎文男、野辺慎一編
全作家協会　2009.7　255p　22cm
3000円
ISBN978-4-87703-954-7

巻頭言（豊田一郎）………………………… 1
アメリカフウの下で（中澤秀彬）………… 7
斬華（戸山路夫）………………………… 16
鳥の影（野辺慎一）……………………… 27
少女の鏡（笹原実穂子）………………… 38
約束（石川友也）………………………… 44
陽羨鵞籠の事（畠山拓）………………… 55
塵とってチン（河村アサ）……………… 61
祭礼の日（小笠原幹夫）………………… 72
みゆき橋（豊田一郎）…………………… 80
思ひに永き（深海和）…………………… 91
只見一路と控えの間（杉本利男）……… 103
朝霧（崎村裕）…………………………… 116
捨て猫とホームレス（中村ブラウン）… 126
桜花に（山崎文男）……………………… 131
旭将軍木曽義仲の生涯（石原裕次）…… 140
謎のメッセージ（佐々木敬祐）………… 152
ある老人の生活（岡野弘樹）…………… 160
恋（淘山竜子）…………………………… 171
赤い屋根（甲山羊二）…………………… 181
不知火（安西玄）………………………… 189
選択（川島徹）…………………………… 191
城（ぐすく）にのぼる（古倉節子）………… 198
缶々（清水絹）…………………………… 210
雑踏の中を（宮部和子）………………… 216
紙ヒコーキ（島内真知子）……………… 227
チェーホフの女（陽羅義光）…………… 237

その他（日本）

［0990］　全作家短編小説集　第10巻
畠山拓, 山崎文男, 野辺慎一編
のべる出版　2011.6　241p　22cm
3000円
ISBN978-4-87703-964-6

巻頭言（豊田一郎）……………………… 1
あだし野へ（有森信二）………………… 7
たねをまいて（安西玄）………………… 17
界隈の少年（石川友也）………………… 20
冬の蛍（江藤あさひ）…………………… 32
原っぱの怪人（小笠原幹夫）…………… 40
極上と並の物語（小野村誠）…………… 48
しまうま倶楽部（甲山羊二）…………… 58
ベートーベン交響曲全曲演奏会（北本豊春）‥ 66
午後のひととき（河野アサ）…………… 77
天皇と星条旗と日の丸（古倉節子）…… 85
サランへ（西土遊）……………………… 98
金子みすゞの死（崎村裕）……………… 118
造花（笹原実穂子）……………………… 124
「よし」の人たち（深海和）…………… 130
伊豆松崎小景（杉本利男）……………… 141
加州情話（塚本修二）…………………… 150
幻色回帰（天道正勝）…………………… 160
断港（通雅彦）…………………………… 171
マリアの乳房（豊田一郎）……………… 183
櫛形山の月　維新の風（中澤秀彬）…… 190
驪馬と女（畠山拓）……………………… 199
あなたに夢中（春風のぶこ）…………… 207
非国民（陽羅義光）……………………… 215
センチメンタル・ブラームス（宮里政充）‥ 223
ああ、そうなんだ（山崎文男）………… 234

［0991］　全作家短編小説集　第11巻
畠山拓, 山崎文男, 野辺慎一編
全作家協会　2012.6　235p　22cm
3000円
ISBN978-4-87703-969-1

巻頭言（豊田一郎）……………………… 1
青の時代（真船均）……………………… 7
斐子―あやこ（山寺美恵）……………… 13

ある日突然に（高館作夫）……………… 19
ある日の蜀山人（深海和）……………… 28
おやおや（山崎文男）…………………… 40
隠し水仙―中濱（ジョン）万次郎外伝（須永
　淳）…………………………………… 48
風の街（有森信二）……………………… 56
釜ヶ崎発陸前高田行き（天道正勝）…… 67
カムイ伝・穴丑（橋てつと）…………… 78
草壁正十郎（甲山羊二）………………… 90
櫛形山の月（二）明治の風景（中澤秀彬）… 99
黒い雨（河野アサ）……………………… 108
黒い絵・絵画の魅力（北本豊春）……… 114
ケインとミラーの間に（石川友也）…… 125
三度の恋（畠山拓）……………………… 131
寝台を焼く（佐藤章二）………………… 137
座り心地の良い椅子（塚本修二）……… 156
チェロの弦（秋元倫）…………………… 166
寺泊―昭和五十八年晩秋・奇妙珍妙の旅
　（西土遊）…………………………… 173
並一丁（春風のぶこ）…………………… 182
箱（笹原実穂子）………………………… 190
ぼくたちの目的（岡野弘樹）…………… 203
闇の童話（陽羅義光）…………………… 214
ゆり子の日々（古倉節子）……………… 224
別れの海（藤田愛子）…………………… 230

［0992］　全作家短編小説集　第12巻
全作家協会編
全作家協会　2013.6　204p　22cm
3000円
ISBN978-4-87703-976-9

ある遺書（原石寛）……………………… 5
困惑（陽羅義光）………………………… 13
プリティ大ちゃん（北本豊春）………… 22
たつ子の風（石川友也）………………… 33
僕だけのろまん地下（甲山羊二）……… 40
夕立雨（杉本利男）……………………… 47
愉快な客（有森信二）…………………… 57
溺れる男（畠山拓）……………………… 68
かえりみれば（安西玄）………………… 75
Mの湯温泉（山崎文男）………………… 78
三途の川亡者殺人事件（宮里政充）…… 87
ビリーブ（荒井登喜子）………………… 101
新宿夜話（豊田一郎）…………………… 112

渦（うず）（通雅彦） ……………………… 118	煙突（山川方夫） ………………………… 355
我ぞかずかく（深海和） ………………… 129	アデンまで（遠藤周作） ………………… 373
少年幸徳秋水（崎村裕） ………………… 140	浄徳寺さんの車（小沼丹） ……………… 388
胃（春風のぶこ） ………………………… 151	仮病（川上宗薫） ………………………… 396
龍安寺紅葉狩り（天道正勝） …………… 159	キリクビ（有吉佐和子） ………………… 407
因習祓い（美倉健治） …………………… 166	産土（桂芳久） …………………………… 428
三日月（河野アサ） ……………………… 172	大亀のいた海岸（小川国夫） …………… 451
僕・ミステーク（笹原実穂子） ………… 178	八月十五日（阪田寛夫） ………………… 461
ざれごと（八笘栄） ……………………… 189	日本浪曼派のために（保田與重郎） …… 476
π（パイ）は巡る（片山龍三） ………… 191	美しき鎮魂歌―『死者の書』を読みて（山
俳優（藤田愛子） ………………………… 199	本健吉） ………………………………… 485
	夏目漱石論―漱石の位置について（江藤

［0993］　創刊一〇〇年三田文学名	淳） ……………………………………… 499
作選	ぽーぶる・きくた（田中千禾夫） ……… 544
三田文学編集部編	熊野（三島由紀夫） ……………………… 557
三田文学会　2010.7　728p　21cm	食後の歌（木下杢太郎） ………………… 566
1600円	一私窩児の死（堀口大學） ……………… 568
ISBN978-4-7664-1748-7	雪（グールモン著、堀口大學訳） ……… 571
	白鳥（マラルメ著、上田敏訳） ………… 572

普請中（森鷗外） ………………………… 10	私が驢馬と連れ立つて天国へ行く為の祈り
朱日記（泉鏡花） ………………………… 15	（ジャム著、堀口大學訳） ………… 573
朝顔（久保田万太郎） …………………… 29	われ山上に立つ（野口米次郎） ………… 574
山の手の子（水上瀧太郎） ……………… 42	体裁のいい景色―人間時代の遺留品（西脇
飆風（谷崎潤一郎） ……………………… 56	順三郎） ………………………………… 576
戯作者の死（永井荷風） ………………… 77	酒、歌、煙草、また女―三田の学生時代を
奉教人の死（芥川龍之介） ……………… 103	唄へる歌（佐藤春夫） ………………… 581
喉の筋肉（小島政二郎） ………………… 112	私の食卓から（津村信夫） ……………… 582
海をみに行く（石坂洋次郎） …………… 125	漁家（三好達治） ………………………… 583
鯉（井伏鱒二） …………………………… 138	卵形の室内（瀧口修造） ………………… 584
踊子マリイ・ロオランサン（北原武夫） … 142	海景（堀田善衞） ………………………… 586
煙草密耕作（大江賢次） ………………… 151	山の酒（西脇順三郎） …………………… 587
売春婦リゼット（岡本かの子） ………… 166	薔薇（金子光晴） ………………………… 589
村のひと騒ぎ（坂口安吾） ……………… 170	死者の庭（田久保英夫） ………………… 590
魔法（南川潤） …………………………… 180	月と河と庭（岡野隆彦） ………………… 592
ある書き出し（永井龍男） ……………… 198	晩年（村野四郎） ………………………… 594
払暁（上林暁） …………………………… 202	賭博者（寺山修司） ……………………… 595
夜（高見順） ……………………………… 219	鏡の町または眼の森（多田智満子） …… 598
争多き日（中山義秀） …………………… 225	秋に（渋沢孝輔） ………………………… 601
明月珠（石川淳） ………………………… 237	不浄―五十首（与謝野晶子） …………… 602
夏の花／廃墟から（原民喜） …………… 250	春寒抄（吉井勇） ………………………… 606
二つの短篇（藤枝静男） ………………… 273	はるかなる思ひ―長歌幷短歌十四首（釋迢
暗い血（和田芳恵） ……………………… 285	空） ……………………………………… 607
或る「小倉日記」伝（松本清張） ……… 311	小草（種田山頭火） ……………………… 474
谷間（吉行淳之介） ……………………… 333	深緑（加藤楸邨） ………………………… 475
押花（野口冨士男） ……………………… 347	紫陽花（清崎敏郎） ……………………… 475
	紅茶の後（永井荷風） …………………… 614
	漱石先生と私（中勘助） ………………… 618

その他（日本）

貝殻追放（水上瀧太郎）………………… 631
千駄木の先生（小山内薫）……………… 640
三田山上の秋月（岩田豊雄）…………… 643
作家と客について（横光利一）………… 647
短夜の頃（島崎藤村）…………………… 649
独逸の本屋（森茉莉）…………………… 651
水上瀧太郎讃（宇野浩二）……………… 655
貝殻追放の作者（斎藤茂吉）…………… 656
水上瀧太郎のこと（徳田秋聲）………… 656
所感（正宗白鳥）………………………… 658
散ればこそ（白洲正子）………………… 658
詩を書く迄―マチネ・ポエチックのこと
　（中村眞一郎）………………………… 663
伊東先生（庄野潤三）…………………… 665
沖縄らしさ（島尾敏雄）………………… 666
新しい出発―戸板康二の直木賞受賞（池田
　弥三郎）………………………………… 667
江藤淳著「作家論」（小島信夫）……… 669
三田文学の思い出（丹羽文雄）………… 671
犬の私（中上健次）……………………… 672
フランス文学科第一回卒業生（白井浩司）… 673
剥製の子規（阿部昭）…………………… 675
三田時代―サルトル哲学との出合い（井筒
　俊彦）…………………………………… 678
みつめるもの（大庭みな子）…………… 680
今日は良い一日であった（宇野千代）… 683
顔の話（岡本太郎）……………………… 684
「三田文学」のこと・『昭和の文人』のこと
　（奥野健男）…………………………… 685
或る夜の西脇先生（安東伸介）………… 688
ダンテの人ごみ（須賀敦子）…………… 689
心の通い合う場（若林真）……………… 691
あの日・あの時―小山内薫追悼（水木京太）… 692
澤木梢君―澤木四方吉追悼（小泉信三）… 695
最初の人―南部修太郎追悼（川端康成）… 699
かの子の栞―岡本かの子追悼（岡本一平）… 700
影を追ふ―水上瀧太郎追悼（鏑木清方）… 704
先生の思ひ出―水上瀧太郎追悼（柴田錬三
　郎）……………………………………… 705
鎮魂歌のころ―原民喜追悼（埴谷雄高）… 707
折口信夫氏のこと―折口信夫追悼（三島由
　紀夫）…………………………………… 709
「死者の書」と共に―折口信夫追悼（加藤道
　夫）……………………………………… 710
荷風先生を悼む―永井荷風追悼（梅田晴
　夫）……………………………………… 712
永井壮吉教授―永井荷風追悼（奥野信太
　郎）……………………………………… 714

小泉さんのこと―小泉信三追悼（吉田健
　一）……………………………………… 716
勝本氏を悼む―勝本清一郎追悼（中村光
　夫）……………………………………… 717
奥野先生と私―奥野信太郎追悼（村松暎）… 719
熊のおもちゃ―丸岡明追悼（河上徹太郎）… 721
和木清三郎さんのこと―和木清三郎追悼
　（戸板康二）…………………………… 722
美しき鎮魂歌―山本健吉追悼（佐藤朔）… 724
佐藤朔先生の思い出―佐藤朔追悼（遠藤周
　作）……………………………………… 726
編纂室から……………………………… 728

```
［0994］　それはまだヒミツ―少年
　　　　　少女の物語
　　　　　今江祥智編
新潮社　2012.2　315p　16cm
550円　（新潮文庫 い-32-3）
ISBN978-4-10-100232-3
```

グッド・オールド・デイズ（石井睦美）……… 9
セカンド・ショット（川島誠）…………… 29
なんの話（岡田淳）……………………… 69
亮太（江國香織）………………………… 91
オーケストラの少年（阪田寛夫）……… 111
先生の机（俵万智）……………………… 125
いまとかあしたとかさっきとかむかしとか
　（佐野洋子）…………………………… 135
二宮金太郎（今江祥智）………………… 163
ハードボイルド（長新太）……………… 187
主日に（長谷川集平）…………………… 201
親指魚（山下明生）……………………… 218
原っぱのリーダー（眉村卓）…………… 231
きみ知るやクサヤノヒモノ（上野瞭）… 243
ぼく（夢枕獏）…………………………… 275
編者あとがき（今江祥智）……………… 313

その他（日本）　　　　　　　　　　　　　　0998

［0995］　第三の新人名作選
講談社文芸文庫編
講談社　2011.8　363p　16cm
1500円　（講談社文芸文庫　こJ24）
ISBN978-4-06-290131-4

年年歳歳（阿川弘之）······················ 7
アデンまで（遠藤周作）···················· 39
白孔雀のいるホテル（小沼丹）·········· 70
海人舟（近藤啓太郎）···················· 119
アメリカン・スクール（小島信夫）········ 162
湾内の入江で（島尾敏雄）·············· 213
プールサイド小景（庄野潤三）·········· 240
冥府山水図（三浦朱門）················ 271
ガラスの靴（安岡章太郎）·············· 293
驟雨（吉行淳之介）······················ 318
解説（富岡幸一郎）······················ 350
著者紹介································ 361

［0996］　竹中英太郎　3
エロ・グロ・ナンセンス
竹中英太郎画，末永昭二編
皓星社　2016.11　280p　19cm
2000円　（挿絵叢書）
ISBN978-4-7744-0624-4

序（浜田雄介）··························· 4
化けの皮の幸福（水谷準）··············· 9
曲がりくねった露地の奥　ねえ！　泊まって
　らっしゃいよ（横溝正史）··············· 19
だから酒は有害である（徳川夢声）········ 25
嬲られる（三上於菟吉）·················· 35
奇怪な剝製師（大下宇陀児）············· 65
世界人肉料理史（中野江漢）············· 93
のぞきからくり（水谷準）················ 113
南郷エロ探偵社長（山崎海平）·········· 131
穴一踊子オルガ・アルローワ事件―（群司
　次郎正）····························· 165
きっと・あなた〈誓死君〉（左手先作）···· 185
豚と緬羊（石浜金作）··················· 227
復讐の書（渡辺文子）··················· 245
解説　竹中英太郎バラエティ（末永昭二）··· 262

［0997］　太宰治賞　2007
筑摩書房編集部編
筑摩書房　2007.6　341p　21cm
1000円
ISBN978-4-480-80408-2

『太宰治賞2007』について··············· 5
第二十三回太宰治賞予選通過作品········· 6
第二十三回太宰治賞発表················· 9
選評（高井有一，柴田翔，加藤典洋，小川洋
　子）······························· 10
　物語の仕掛け（高井有一）············ 12
　生の秘密への通路（柴田翔）·········· 15
　小説未満のうちとそと（加藤典洋）····· 19
　楽器小説の誕生（小川洋子）·········· 22
受章の言葉（瀬川深）·················· 25
第二十三回太宰治賞受賞作·············· 29
　mit Tuba（瀬川深）················· 29
第二十三回太宰治賞最終候補作·········· 81
　首輪（芦崎凪）······················ 81
　月がゆがんでいる（橙貴生）·········· 177
　天の河原（富久一博）··············· 247
太宰治賞受賞者一覧··················· 339
第二十四回太宰治賞応募規定············ 340

［0998］　太宰治賞　2008
筑摩書房編集部編
筑摩書房　2008.6　275p　21cm
1000円
ISBN978-4-480-80412-9

『太宰治賞2008』について··············· 5
第二十四回太宰治賞予選通過作品········· 6
第二十四回太宰治賞発表················· 9
選評（高井有一，柴田翔，加藤典洋，小川洋
　子）······························· 10
　なぜ大人を書かないか（高井有一）····· 12
　高校グラフィティを越えて（柴田翔）···· 15
　新しい力作（加藤典洋）·············· 18
　格闘と戸惑いを評価（小川洋子）······ 21
受章の言葉（永瀬直矢）················ 24
第二十四回太宰治賞受賞作·············· 27

317

ロミオとインディアナ（永瀬直矢）········· 27
第二十四回太宰治賞最終候補作 ············· 97
　夏の魔法と少年（川光俊哉）············· 97
　夜は朝まで（江口隣太郎）·············· 161
　背守りの花（柚木緑子）·············· 225
太宰治賞受賞者一覧 ·············· 272
選考委員交代のお知らせ ·············· 273
第二十五回太宰治賞応募規定 ·············· 274

```
　　　［0999］　太宰治賞　2009
　　　　　筑摩書房編集部編
　　　筑摩書房　2009.6　335p　21cm
　　　　　　　1000円
　　　ISBN978-4-480-80422-8
```

『太宰治賞2009』について ·················· 5
第二十五回太宰治賞予選通過作品 ············· 6
第二十五回太宰治賞発表 ················· 9
選評（荒川洋治, 三浦しをん, 加藤典洋）······ 10
　「何か足りない」病と、「何かある病」（加
　　藤典洋）··················· 12
　小説と世界（荒川洋治）············· 15
　意図が見えない（三浦しをん）·········· 18
受章の言葉（柄澤昌幸）·············· 21
第二十五回太宰治賞受賞作 ············· 25
　だむかん（柄澤昌幸）·············· 25
第二十五回太宰治賞最終候補作 ·········· 119
　ひょうたんのイヲ（山本眞裕）········· 119
　大学半年生（小峯淳）·············· 183
　ヘラクレイトスの水（柚ちひろ）········ 259
太宰治賞受賞者一覧 ·············· 333
第二十六回太宰治賞応募規定 ··········· 334

```
　　　［1000］　太宰治賞　2010
　　　　　筑摩書房編集部編
　　　筑摩書房　2010.6　289p　21cm
　　　　　　　1000円
　　　ISBN978-4-480-80426-6
```

『太宰治賞2010』について ·················· 5
第二十六回太宰治賞予選通過作品 ············· 6
第二十六回太宰治賞発表 ················· 9

選評（荒川洋治, 小川洋子, 三浦しをん, 加藤
　　典洋）··················· 10
　暗示の道（荒川洋治）·············· 12
　あみ子との出逢い（小川洋子）·········· 15
　客観性から生まれたユーモア（三浦しを
　　ん）····················· 18
　ただの読者の意見（加藤典洋）·········· 21
受章の言葉（今村夏子）·············· 25
第二十六回太宰治賞受賞作 ············· 29
　あたらしい娘（今村夏子）············· 29
第二十六回太宰治賞最終候補作 ··········· 79
　さよなら、お助けマン（尾賀京作）········ 79
　骨捨て（泊兆潮）·············· 167
　降着円盤（古田莉都）·············· 203
太宰治賞受賞者一覧 ·············· 287
第二十七回太宰治賞応募規定 ··········· 288

```
　　　［1001］　太宰治賞　2011
　　　　　筑摩書房編集部編
　　　筑摩書房　2011.6　353p　21cm
　　　　　　　1000円
　　　ISBN978-4-480-80433-4
```

『太宰治賞2011』について ·················· 5
第二十七回太宰治賞予選通過作品 ············· 6
第二十七回太宰治賞発表 ················· 9
選評（加藤典洋, 荒川洋治, 小川洋子, 三浦し
　　をん）··················· 10
　日常的な幻想という方向（加藤典洋）······ 12
　沈黙の散文（荒川洋治）············· 15
　遮断された世界（小川洋子）·········· 18
　語りかたが重要（三浦しをん）·········· 21
受章の言葉（由井鮎彦）·············· 25
第二十七回太宰治賞受賞作 ············· 29
　会えなかった人（由井鮎彦）·········· 29
第二十七回太宰治賞最終候補作 ··········· 135
　それぞれのマラソン（小山正）·········· 135
　ゆめのみらい（佐々木俊輔）·········· 213
　ブギー（坂本四郎）·············· 257
太宰治賞受賞者一覧 ·············· 351
第二十八回太宰治賞応募規定 ··········· 352

その他（日本）　　　　1005

［1002］　太宰治賞　2012
筑摩書房編集部編
筑摩書房　2012.6　313p　21cm
1000円
ISBN978-4-480-80441-9

『太宰治賞2012』について …………………… 5
第二十八回太宰治賞予選通過作品 …………… 6
第二十八回太宰治賞発表 ……………………… 9
選評（加藤典洋, 荒川洋治, 小川洋子, 三浦し
をん）……………………………………… 10
　3・11以降の感触（加藤典洋）…………… 12
　勝ち取る（荒川洋治）…………………… 15
　もっと素直に（小川洋子）……………… 18
　伝えるための工夫（三浦しをん）……… 21
受章の言葉（隼見果奈）……………………… 25
第二十八回太宰治賞受賞作 ………………… 29
　うつぶし（隼見果奈）…………………… 29
第二十八回太宰治賞最終候補作 …………… 61
　唾棄しめる（真木由紀）………………… 61
　ニカライチの小鳥（福岡俊也）………… 111
　成長の儀式（向一日）…………………… 211
太宰治賞受賞者一覧 ………………………… 311
第二十九回太宰治賞応募規定 ……………… 312

［1003］　太宰治賞　2013
筑摩書房編集部編
筑摩書房　2013.6　313p　21cm
1000円
ISBN978-4-480-80447-1

『太宰治賞2013』について …………………… 5
第二十九回太宰治賞予選通過作品 …………… 6
第二十九回太宰治賞発表 ……………………… 9
選評（加藤典洋, 荒川洋治, 小川洋子, 三浦し
をん）……………………………………… 10
　化粧しない女性の顔（加藤典洋）………… 12
　国際色の変化（荒川洋治）……………… 15
　言葉とは何かという問い（小川洋子）…… 18
　技巧に自覚を（三浦しをん）…………… 21
受章の言葉（KSイワキ）…………………… 25
第二十九回太宰治賞受賞作 ………………… 29

　さようなら、オレンジ（KSイワキ）…… 29
第二十九回太宰治賞最終候補作 …………… 103
　背中に乗りな（晴名泉）………………… 103
　人生のはじまり、退屈な日々（佐々木基
成）………………………………………… 151
　矩形の青（水槻真希子）………………… 229
太宰治賞受賞者一覧 ………………………… 311
第二十七回太宰治賞応募規定 ……………… 312

［1004］　太宰治賞　2014
筑摩書房編集部編
筑摩書房　2014.6　337p　21cm
1000円
ISBN978-4-480-80452-5

『太宰治賞2014』について …………………… 5
第三十回太宰治賞予選通過作品 ……………… 6
第三十回太宰治賞発表 ………………………… 9
選評 ……………………………………………… 10
　選評 小説家の誕生（加藤典洋）………… 12
　選評 青い空、見える世界（荒川洋治）…… 15
　選評 不親切を貫く才能（小川洋子）…… 18
　選評 熱気あふれる野生の冒険譚（三浦し
をん）……………………………………… 21
受章の言葉（今村夏子）……………………… 25
第三十回太宰治賞受賞作 …………………… 29
　コンとアンジ（井鯉こま）……………… 29
第三十回太宰治賞最終候補作 ……………… 95
　ジンクレールの青い空（秋野佳月）…… 95
　こぐまビル（寺地はるな）……………… 161
　深夜呼吸（橙貴生）……………………… 253
太宰治賞受賞者一覧 ………………………… 335
第三十一回太宰治賞応募規定 ……………… 336

［1005］　太宰治賞　2015
筑摩書房編集部編
筑摩書房　2015.6　301p　21cm
1000円
ISBN978-4-480-80459-4

『太宰治賞2015』について …………………… 5
第三十一回太宰治賞予選通過作品 …………… 6

319

その他（日本）

第三十一回太宰治賞発表 ……………… 9
選評 …………………………………… 10
　選評 主人公が死なないことが（加藤典
　　洋）………………………………… 12
　選評 生き方の集約（荒川洋治）……… 15
　選評 書かれるべき物語（小川洋子）… 18
受章の言葉（伊藤朱里）………………… 21
第三十一回太宰治賞受賞作 …………… 25
　変わらざる喜び（伊藤朱里）………… 25
第三十一回太宰治賞最終候補作 ……… 113
　あたらしい奴隷（佐々木陸）………… 113
　装飾棺桶（稲葉祥子）………………… 171
　川向こうの式典（高萩匡智）………… 215
太宰治賞受賞者一覧 …………………… 299
第三十二回太宰治賞応募規定 ………… 300

```
［1006］　太宰治賞　2016
　　　筑摩書房編集部編
筑摩書房　2016.6　345p　21cm
　　　　　1000円
　ISBN978-4-480-80464-8
```

『太宰治賞2016』について ………………… 5
第三十二回太宰治賞予選通過作品 ……… 6
第三十二回太宰治賞発表 …………………… 9
選評 …………………………………………… 10
　選評 多勢に無勢 広井公司作を推す（加
　　藤典洋）……………………………… 12
　選評 道筋と姿勢（荒川洋治）………… 15
　選評 物語の導入とその解放（奥泉光）… 18
　選評 記憶の継承の難しさと向き合った
　　作品（中島京子）……………………… 21
受章の言葉（夜釣十六）………………… 29
第三十二回太宰治賞受賞作 …………… 29
　楽園（夜釣十六）……………………… 29
第三十二回太宰治賞最終候補作 ……… 81
　星と飴玉（サクラヒロ）……………… 81
　トランス・ペアレント（広井公司）… 179
　いつだって溺れるのは（豆塚エリ）… 273
太宰治賞受賞者一覧 …………………… 343
第三十三回太宰治賞応募規定 ………… 344

```
［1007］　誰も知らない「桃太郎」
　　　「かぐや姫」のすべて
　　　　　明拓出版編
明拓出版　2009.5　205p　19cm
1200円　（創作童話シリーズ 1）
　ISBN978-4-434-13179-0
```

はじめに …………………………………… 巻頭
第1部 誰も知らない「桃太郎」のすべて …… 7
　ものがたり「桃太郎」…………………… 8
　鬼より怖い生き物に、桃太郎逃げ出す
　　（高畑啓子）…………………………… 13
　鬼の財宝で村に「演芸場」をつくる（西
　　村酔牛）………………………………… 23
　間引き子・桃太郎、自分捜しの旅へ（久
　　慈瑛子）………………………………… 37
　黍団子に頼らない真の格闘家に成長（横
　　塚克明）………………………………… 49
　船舶王桃太郎の受難（角田諭）………… 61
　独楽と駒（岸周吾）……………………… 75
第2部 誰も知らない「かぐや姫」のすべて ‥ 103
　ものがたり「かぐや姫」……………… 104
　好きな地理の勉強のために月を出たかぐ
　　や姫（峯紅）………………………… 107
　月からきたヒロインたち（仲村はるみ）‥ 115
　月の窓の四姉妹（井出幸子）………… 127
　ハケンの姫君（野村祐子）…………… 137
　篠笛とカグヤ姫（山田涼子）………… 153
　地球にやってきた賢いおてんば娘（中倉
　　美稀）………………………………… 167
　「刑期」を終え、生化学者の道を（田中雅
　　也）…………………………………… 173
シリーズ続刊の「原稿募集」について ‥‥‥ 193

```
［1008］　短編工場
　　集英社文庫編集部編
集英社　2012.10　441p　16cm
720円　（集英社文庫 特4-18）
　ISBN978-4-08-746893-9
```

かみさまの娘（桜木紫乃）………………… 7
ゆがんだ子供（道尾秀介）………………… 33

その他（日本）　1011

ここが青山（せいざん）（奥田英朗）……………… 41
じごくゆきっ（桜庭一樹）…………………… 85
太陽のシール（伊坂幸太郎）……………… 117
チヨ子（宮部みゆき）……………………… 161
ふたりの名前（石田衣良）………………… 185
陽だまりの詩（し）（乙一）………………… 215
金鵄（きんし）のもとに（浅田次郎）……… 253
しんちゃんの自転車（荻原浩）…………… 301
川崎船（ジャッペ）（熊谷達也）…………… 331
約束（村山由佳）…………………………… 385

壬生夫妻（江國香織）……………………… 101
琥珀みがき（津原泰水）…………………… 123
かたつむり注意報（恩田陸）……………… 129
大風呂敷と蜘蛛の糸（野尻抱介）………… 151
かさかさと切手（谷村志穂）……………… 199
休暇（今野敏）……………………………… 239
アナーキー（井上荒野）…………………… 277
タワー/タワーズ（古川日出男）………… 299
野和田さん家のツグヲさん（山本幸久）…… 311
再会（大沢在昌）…………………………… 343
嵐の夜の出来事（新野哲也）……………… 379
チャコの怪談物語（平山夢明）…………… 399
おと（新井素子）…………………………… 419
天使（佐藤哲也）…………………………… 427
ペーパークラフト（三浦しをん）………… 435
白い犬のいる家（田口ランディ）………… 473
白球の彼方（あさのあつこ）……………… 493
再生（石田衣良）…………………………… 523
解説（森下一仁）…………………………… 551

［1009］　短篇集
柴田元幸編
ヴィレッジブックス　2010.4　248p
19cm　1500円
ISBN978-4-86332-240-0

誰もが何か隠しごとを持っている、私と私
　の猿以外は（クラフト・エヴィング商會）‥ 4
植木鉢（戌井昭人）………………………… 26
「ぱこ」（栗田有起）………………………… 58
物語集（石川美南）………………………… 82
朝の記憶（Comes in a Box）…………… 96
箱（小池昌代）……………………………… 132
祖母の記録（円城塔）……………………… 154
海沿いの道（柴崎友香）…………………… 180
物理の館物語（小川洋子）………………… 220
編者あとがき（柴田元幸）………………… 246
本書の執筆者………………………………… 250
初出一覧……………………………………… 252

［1011］　短篇ベストコレクション
―現代の小説　2008
日本文藝家協会編
徳間書店　2008.6　571p　16cm
876円　（徳間文庫）
ISBN978-4-19-892803-2

絹婚式（石田衣良）………………………… 5
"旅人"を待ちながら（宮部みゆき）……… 25
黒豆（諸田玲子）…………………………… 41
匂い梅（泡坂妻夫）………………………… 67
笑わないロボット（中場利一）…………… 87
涙腺転換（山田詠美）……………………… 119
秋の歌（蓮見圭一）………………………… 133
みんな半分ずつ（唯川恵）………………… 161
雪の降る夜は（桐生典子）………………… 185
黄色い冬（藤田宜永）……………………… 219
図書室のにおい（関口尚）………………… 243
ぶんぶんぶん（大沢在昌）………………… 273
弁明（恩田陸）……………………………… 305
五月雨（桜庭一樹）………………………… 327
初鰹（柴田哲孝）…………………………… 345
その日まで（新津きよみ）………………… 383
蝸牛の角（森見登美彦）…………………… 419
渦の底で（堀晃）…………………………… 449

［1010］　短篇ベストコレクション
―現代の小説　2007
日本文藝家協会編
徳間書店　2007.6　557p　16cm
876円　（徳間文庫）
ISBN978-4-19-892617-5

風牌（伊集院静）…………………………… 5
一炊の夢（小池真理子）…………………… 31
「欠陥」住宅（三崎亜記）…………………… 51
あね、いもうと（唯川恵）………………… 71

321

蟬とタイムカプセル（飯野文彦）‥‥‥‥‥ 473
唇に愛を（小路幸也）‥‥‥‥‥‥‥‥‥ 513
私のたから（高橋克彦）‥‥‥‥‥‥‥‥ 551
解説（長谷部史親）‥‥‥‥‥‥‥‥‥‥ 565

```
［1012］　短篇ベストコレクション
　　　　─現代の小説　2009
　　　　日本文藝家協会編
　徳間書店　2009.6　568p　16cm
　　876円　（徳間文庫　に-15-9）
　　ISBN978-4-19-892993-0
```

琥珀（浅田次郎）‥‥‥‥‥‥‥‥‥‥‥‥ 5
まぶしいもの（伊集院静）‥‥‥‥‥‥‥ 39
ごめん。（唯川恵）‥‥‥‥‥‥‥‥‥‥ 65
明るい農村（高村薫）‥‥‥‥‥‥‥‥‥ 83
豆を煮る男（森絵都）‥‥‥‥‥‥‥‥ 107
キャッチライト（久保寺健彦）‥‥‥‥ 119
嫁はきたとね？（新野哲也）‥‥‥‥‥ 153
同窓会（角田光代）‥‥‥‥‥‥‥‥‥ 177
明日を笑え（小路幸也）‥‥‥‥‥‥‥ 207
昭和の夜（福澤徹三）‥‥‥‥‥‥‥‥ 247
冤罪（今野敏）‥‥‥‥‥‥‥‥‥‥‥ 281
フォーカス・ポイント（鈴木光司）‥‥ 313
幻影（高橋克彦）‥‥‥‥‥‥‥‥‥‥ 339
トキノフウセンカズラ（藤田雅矢）‥‥ 359
検問（伊坂幸太郎）‥‥‥‥‥‥‥‥‥ 383
骰子の七の目（恩田陸）‥‥‥‥‥‥‥ 419
たてがみ（古処誠二）‥‥‥‥‥‥‥‥ 437
ダガーナイフ（石田衣良）‥‥‥‥‥‥ 453
女友達（江國香織）‥‥‥‥‥‥‥‥‥ 473
厭だ厭だ（あさのあつこ）‥‥‥‥‥‥ 489
ジョーカーの徹夜仕事（大沢在昌）‥‥ 511
吸血花（アルラウネ）（吉川良太郎）‥‥‥‥ 535
解説‥‥‥‥‥‥‥‥‥‥‥‥‥‥‥‥ 559

```
［1013］　短篇ベストコレクション
　　　　─現代の小説　2010
　　　　日本文藝家協会編
　徳間書店　2010.6　580p　16cm
　　876円　（徳間文庫　に-15-10）
　　ISBN978-4-19-893172-8
```

雨降る夜に（赤川次郎）‥‥‥‥‥‥‥‥‥ 5
タクシードライバー（飛鳥井千砂）‥‥‥ 39
隠し紋（泡坂妻夫）‥‥‥‥‥‥‥‥‥‥ 71
埋葬（勝目梓）‥‥‥‥‥‥‥‥‥‥‥ 89
伝単（西木正明）‥‥‥‥‥‥‥‥‥‥ 119
巡礼（坂東眞砂子）‥‥‥‥‥‥‥‥‥ 157
彼方から（加地尚武）‥‥‥‥‥‥‥‥ 169
ざくろ（北村薫）‥‥‥‥‥‥‥‥‥‥ 207
ひな菊（高野史緒）‥‥‥‥‥‥‥‥‥ 229
マイ・ジェネレーション（東山彰良）‥‥ 275
トンネル鏡（荻原浩）‥‥‥‥‥‥‥‥ 309
日本推理作家協会賞殺人事件（柳広司）‥‥ 341
廃墟（小池真理子）‥‥‥‥‥‥‥‥‥ 355
管狐と桜（千早茜）‥‥‥‥‥‥‥‥‥ 381
港が見える丘（新野哲也）‥‥‥‥‥‥ 413
石蕗（早瀬詠一郎）‥‥‥‥‥‥‥‥‥ 443
さいとう市立さいとう高校野球部雑録（あ
　さのあつこ）‥‥‥‥‥‥‥‥‥‥‥ 469
勝敗に非ず（佐江衆一）‥‥‥‥‥‥‥ 503
モーツァルトのいる島（池上永一）‥‥ 537
村（大沢在昌）‥‥‥‥‥‥‥‥‥‥‥ 545
解説（森下一仁）‥‥‥‥‥‥‥‥‥‥ 571

```
［1014］　短篇ベストコレクション
　　　　─現代の小説　2011
　　　　日本文藝家協会編
　徳間書店　2011.6　519p　15cm
　　876円　（徳間文庫　に-15-11）
　　ISBN978-4-19-893381-4
```

帰り道（浅田次郎）‥‥‥‥‥‥‥‥‥‥‥ 5
聞く耳（橋本治）‥‥‥‥‥‥‥‥‥‥ 45
こともなし（角田光代）‥‥‥‥‥‥‥ 83
人生の駐輪場（森村誠一）‥‥‥‥‥‥ 123
メトセラとプラスチックと太陽の臓器（沖

その他（日本）　　　　　　　　　　　1017

方丁）──────────── 157
フェイス・ゼロ（山田正紀）──── 179
ヴェニスと手袋（阿刀田高）──── 217
アニメ的リアリズム（筒井康隆）── 243
グッド・バイ（森見登美彦）──── 253
冷たい雨A Grave with No Name（伊野隆之）── 281
病葉（道尾秀介）────────── 317
上陸待ち（伊集院静）────── 337
二つ魂（高橋克彦）────── 363
薊（あざみ）と洋燈（皆川博子）── 383
ラストシーン（森絵都）──── 461
防波堤（今野敏）──────── 423
ドナー（仙川環）──────── 467
闇（三崎亜記）────────── 499
解説（長谷部史親）──────── 513

［1015］　短篇ベストコレクション
─現代の小説　2012
日本文藝家協会編
徳間書店　2012.6　634p　15cm
905円　（徳間文庫　に15-12）
ISBN978-4-19-893563-4

男意気初春義理事─天切り松 闇がたり（浅田次郎）──────── 5
鯛の鳴く夜に（石田衣良）──── 45
区立花園公園（大沢在昌）──── 67
ふるさとは時遠く（大西科学）── 93
台北小夜曲─DMATのジェネラル（恩田陸）──────── 139
被災地の空へ─DMATのジェネラル（海堂尊）──────── 161
わたしとわたしではない女（角田光代）── 223
星影さやかな（窪美澄）────── 247
監察─横浜みなとみらい署暴対係（今野敏）──────── 285
雨気（あまけ）のお月さん（佐藤愛子）── 327
トマトマジック（篠田節子）──── 359
ストーブ（谷村志穂）────── 405
つばくろ会からまいりました（筒井康隆）── 439
妻が椎茸だったころ（中島京子）── 447
ケーキ屋のおばさん（ねじめ正一）── 475
揚羽蝶の島（間瀬純子）──── 503
私（三崎亜記）──────── 529

ミレニアム・パヴェ（三島浩司）── 543
竜宮（森絵都）──────── 567
車輪の空気（森浩美）────── 591
解説（清原康正）──────── 622

［1016］　短篇ベストコレクション
─現代の小説　2013
日本文藝家協会編
徳間書店　2013.6　476p　15cm
686円　（徳間文庫　に15-13）
ISBN978-4-19-893705-8

時の過ぎゆくままに（井上荒野）── 5
私と踊って（恩田陸）────── 29
いつかの一歩（角田光代）──── 53
家族会議（勝目梓）────── 93
予告殺人（草上仁）────── 127
岬へ（小池真理子）────── 151
晴天のきらきら星（関口尚）── 191
四人組、大いに学習する（高村薫）── 227
横領（筒井康隆）──────── 257
幸福駅 二月一日（原田マハ）── 273
チョ松と散歩（平山夢明）──── 309
妻の一割（三崎亜記）────── 339
百匹目の火神（宮内悠介）──── 357
イエスタデイズ（村山由佳）── 401
最後のお便り（森浩美）──── 433
解説（森下一仁）──────── 466

［1017］　短篇ベストコレクション
─現代の小説　2014
日本文藝家協会編
徳間書店　2014.6　523p　15cm
700円　（徳間文庫　に15-14）
ISBN978-4-19-893843-7

獅子吼（ししく）（浅田次郎）──── 5
線路の国のアリス（有栖川有栖）── 51
大金（大沢在昌）──────── 117
太陽は気を失う（乙川優三郎）── 149
御機送る、かなもり堂（小川一水）── 173
水を飲まない捕虜（古処誠二）── 221

323

その他（日本）

影のない街（桜木紫乃）・・・・・・・・・・・・・・・・・・・・・・ 265
機龍警察沙弥（月村了衛）・・・・・・・・・・・・・・・・・・・ 295
廃園の昼餐（西崎憲）・・・・・・・・・・・・・・・・・・・・・・・ 341
無用の人（原田マハ）・・・・・・・・・・・・・・・・・・・・・・・ 375
インタヴュー（万城目学）・・・・・・・・・・・・・・・・・・・ 403
かぎ括弧のようなもの（宮内悠介）・・・・・・・・ 411
ソラ（結城充考）・・・・・・・・・・・・・・・・・・・・・・・・・・・・ 439
泣き虫（みず）の鈴（柚月裕子）・・・・・・・・・・・・・・ 467
解説（清原康正）・・・・・・・・・・・・・・・・・・・・・・・・・・・・ 511

```
［1018］　短篇ベストコレクション
―現代の小説　2015
日本文藝家協会編
徳間書店　2015.6　521p　15cm
740円　（徳間文庫　に15-15）
ISBN978-4-19-893983-0
```

流離人（さすりびと）（浅田次郎）・・・・・・・・・・・・・ 5
夜の小人（飛鳥井千砂）・・・・・・・・・・・・・・・・・・・・・ 53
うそ（井上荒野）・・・・・・・・・・・・・・・・・・・・・・・・・・・ 105
正雄の秋（奥田英朗）・・・・・・・・・・・・・・・・・・・・・・ 131
テンと月（小池真理子）・・・・・・・・・・・・・・・・・・・・ 189
E高生の奇妙な日常（田丸雅智）・・・・・・・・・・ 207
　自転車に乗って・・・・・・・・・・・・・・・・・・・・・・・・・ 209
　E高テニス部の序列・・・・・・・・・・・・・・・・・・・・ 220
　友人Iの勉強法・・・・・・・・・・・・・・・・・・・・・・・・・ 235
環刑錮（西島伝法）・・・・・・・・・・・・・・・・・・・・・・・・ 249
星球（ほしきゅう）（中澤日菜子）・・・・・・・・・・・・ 307
いらない人間（中島たい子）・・・・・・・・・・・・・・・ 359
床屋とプロゴルファー（平岡陽明）・・・・・・・・ 411
代体（山田宗樹）・・・・・・・・・・・・・・・・・・・・・・・・・・ 465
解説（森下一仁）・・・・・・・・・・・・・・・・・・・・・・・・・・ 513

```
［1019］　短篇ベストコレクション
―現代の小説　2016
日本文藝家協会編
徳間書店　2016.6　557p　15cm
760円　（徳間文庫　に15-16）
ISBN978-4-19-894115-4
```

さようなら、妻（朝倉かすみ）・・・・・・・・・・・・・・・ 5
分かれ道（大沢在昌）・・・・・・・・・・・・・・・・・・・・・・ 45

成人式（荻原浩）・・・・・・・・・・・・・・・・・・・・・・・・・・・ 67
線路脇の家（恩田陸）・・・・・・・・・・・・・・・・・・・・・ 121
辺境の星で（トワイライトゾーンのおもい
　でに）（梶尾真治）・・・・・・・・・・・・・・・・・・・・・・・ 141
おっぱいブルー（神田茜）・・・・・・・・・・・・・・・・・ 161
茶の痕跡（北村薫）・・・・・・・・・・・・・・・・・・・・・・・・ 201
降るがいい（佐々木譲）・・・・・・・・・・・・・・・・・・・ 235
わが町の人びと（髙村薫）・・・・・・・・・・・・・・・・・ 253
涙の成分比（長岡弘樹）・・・・・・・・・・・・・・・・・・・ 281
寿命（新津きよみ）・・・・・・・・・・・・・・・・・・・・・・・・ 323
ヴァンテアン（藤井太洋）・・・・・・・・・・・・・・・・・ 365
持出禁止（本城雅人）・・・・・・・・・・・・・・・・・・・・・ 385
胡蝶（三浦しをん）・・・・・・・・・・・・・・・・・・・・・・・・ 437
鞄の中（宮木あや子）・・・・・・・・・・・・・・・・・・・・・ 495
頼れるカーナビ（両角長彦）・・・・・・・・・・・・・・・ 537
解説（杉江松恋）・・・・・・・・・・・・・・・・・・・・・・・・・・ 551

```
［1020］　超短編傑作選　v.6
創英社・出版事業部編
創英社　2007.7　213p　18cm
1333円
ISBN978-4-434-10724-5
```

巻頭特別企画：書きおろし超短編小説、三編!!・・ 10
一　わたしには檸檬もないのだったし
　（川上未映子）・・・・・・・・・・・・・・・・・・・・・・・・・ 10
二　死んでる先生死んでる歌手、あらゆ
　る記憶によう耐えた（川上未映子）・・・・・ 12
三　母の目を逃がす（川上未映子）・・・・・・・・ 14
招待作家【超短編 傑作選vol.5参加者より
抜粋】・・・・・・・・・・・・・・・・・・・・・・・・・・・・・・・・・・ 17
　時を刻む計り（如月恵）・・・・・・・・・・・・・・・・・ 17
　歯車の花（青砥十）・・・・・・・・・・・・・・・・・・・・・ 21
　看板（伊東哲哉）・・・・・・・・・・・・・・・・・・・・・・・ 25
　獺―かわうそ―（郭くるみ）・・・・・・・・・・・・・ 29
　流れ星（葛城輝）・・・・・・・・・・・・・・・・・・・・・・・ 33
　唯一のもう一つ（そうざ）・・・・・・・・・・・・・・ 37
超短編 傑作選vol.6・・・・・・・・・・・・・・・・・・・・・・・ 41
　エスケイプスペイス（森永利恵）・・・・・・・・ 41
　晩冬（林万理）・・・・・・・・・・・・・・・・・・・・・・・・・ 45
　葛城輝・・・・・・・・・・・・・・・・・・・・・・・・・・・・・・・・ 49
　　海堀り人・・・・・・・・・・・・・・・・・・・・・・・・・・・・ 50
　　青い蝶・・・・・・・・・・・・・・・・・・・・・・・・・・・・・・ 52
　　堂々巡り・・・・・・・・・・・・・・・・・・・・・・・・・・・・ 54
　恩人達（そうざ）・・・・・・・・・・・・・・・・・・・・・・・ 57

その他（日本）

みきはうす店主（みきはうす店主）········ 61
　拷問 ·· 62
　忠告 ·· 64
　ナナハンライダー ······························ 66
芦田晋作 ·· 69
　しゃっくり ·· 70
　朝 ·· 72
秋、ふたり（有馬結衣）························· 75
バスを待つ間（向坂幸路）···················· 79
昆虫観察日記（小川雄輝）···················· 83
手紙（花恋）··· 87
空に架かる橋（神城耀）························· 91
紙魚の記（キクチセイイチ）················· 95
3割7分8厘（メイルマン）···················· 99
母と赤子と少年と（風見鳥）················ 103
母親になれない（三里顕）··················· 107
やっぱり結局（竹内郁深）··················· 111
私たちを見つけてくださった方へ。（麻茂
　流）··· 115
桜のこころには（桜井まふゆ）············· 119
冷蔵庫の中に（渡瀬咲良）··················· 123
ドライブの日（大日谷見）··················· 127
冬の空（南風野さきは）······················ 131
無言（轟）··· 135
箱（鈴烏ポチ丸）································· 139
三好しず九 ··· 144
　携帯 ··· 144
　待ち合わせ ······································ 146
夕暮れ（与粋鷗歌）····························· 149
わたしが仕事を休んだ理由（今唯ケンタ
　ロウ）··· 153
風景（パ・パラリ）····························· 157
青い鳥（以知子）································· 161
伊東哲哉 ··· 165
　三つの願い ······································ 166
　似顔絵 ··· 168
　ごますり器 ······································ 170
　眠れない夜 ······································ 172
　首が痛い ··· 174
　ふわふわ ··· 176
　たまにはまじめな話 ·························· 178
　助けを求める声 ································ 180
　愛情が足りない ································ 182
　寂しい夜 ··· 184
　サウンドエフェクタ ·························· 186
　日常の一コマ ··································· 188
　不思議な本屋 ··································· 190

会社の秘密と打ち上げ ······················· 192
飴 ··· 194
僕のプライド ······································ 196
帰りの足 ··· 198
寝耳から水 ··· 200
猫の手（宮田たえ）····························· 203
無垢なる羊（歌鳥）····························· 207
隔世遺伝（飯田和仁）·························· 211

```
［1021］　超短編の世界
創英社・出版事業部編，タカスギシ
　　ンタロ監修
　創英社　2008.6　165p　19cm
　　　　　　1100円
　ISBN978-4-434-11992-7
```

超短編とは？ ······································· 3
巻頭特別企画：書きおろし超短編小説 ··· 13
　境界線（坪田文）······························ 14
　空白（坪田文）································· 16
　最先端（坪田文）····························· 18
超短編作家・セレクト ························· 14
　はかのうらへまわる（松本楽志）········ 22
　むすびめ（松本楽志）······················ 24
　今昔物語異聞（森山東）··················· 26
　シベリアの猫（森山東）··················· 28
　悪魔占い（ひかるこ）······················ 30
　目玉蒐集人（ひかるこ）··················· 31
　傷（たなかなつみ）·························· 32
　出航（たなかなつみ）······················ 34
　生（赤井都）··································· 36
　午後の林（赤井都）·························· 38
　最後の誕生日（タカスギシンタロ）····· 40
　鼻の欄（タカスギシンタロ）·············· 41
　眼鏡（峯岸可弥）····························· 42
　墓を掘り返す（峯岸可弥）················· 44
　作家プロフィール ···························· 46
Webサイト「五〇〇文字の心臓」より 恐怖の超短編
　—タカスギシンタロ選 ······················ 49
　超短編五〇〇文字の心臓とは ············ 50
　Ⅰ　カラダガコワイ ························· 54
　　這い回る蝶々（五十嵐彪太）··········· 54
　　密室劇場（佐多椋）······················ 56
　　安全な恋（圓眞美）······················ 58
　　オーラルセックス（ピッピ）··········· 60

その他（日本）

アルデンテ（よもぎ） …………… 61
美術室にて（空虹桜） …………… 62
引き算（根多加良） ……………… 63
綾（大鴨居ひよこ） ……………… 64
雨（不狼児） ……………………… 65
II ココロガコワイ ………………… 69
娘たち（葉原あきよ） …………… 70
ボロボロ（水池亘） ……………… 71
象を捨てる（きき） ……………… 72
誰も知らない言葉（やまなかしほ） 74
誤作動（佐藤千恵） ……………… 76
月面炎上（穂坂コウジ） ………… 78
蝶（春名トモコ） ………………… 80
III セカイガコワイ ……………… 85
這い回る蝶々（ハカウチマリ） … 86
踊りたいほどベルボトム（宮田真司）… 88
ナマコ式（青島さかな） ………… 90
食べるな（SNOWGAME） ……… 92
面（タキガワ） …………………… 93
輝ける太陽の子（伝助） ………… 94
子を運ぶ（はやみかつとし） …… 96
愛玩動物（白縫いさや） ………… 98
夜警（永子） ……………………… 100
仮面（砂場） ……………………… 102
作品解説 …………………………… 104
一般公募部門・招待作品 ………… 107
ビスカ氏のたちの悪いいたずら（歌鳥）… 110
僕はみゆきを探している（飯田和仁）… 114
モノトーン（宮田たえ） ………… 118
一般公募部門・入賞作品 ………… 121
原始の感覚（亜紅） ……………… 124
想い（今村文香） ………………… 128
ミネラルウォーターで無理やりな午前4
　時（以知子） …………………… 132
花鳥諷詠（ak2） ………………… 136
時の澱（葛城輝） ………………… 140
夜目、逃げ足（葛城輝） ………… 142
天ぷら供養（葛城輝） …………… 144
隣人（西村充） …………………… 148
マニキュア（藤井みなみ） ……… 152
シトラスな時間（らびっと） …… 156
駅までの道（岩泉良平） ………… 160
神様（武田若千） ………………… 164

［1022］　超短編の世界　vol.2
創英社・出版事業部編，タカスギシ
ンタロ監修
創英社　2009.9　129p　19cm
1100円
ISBN978-4-434-13484-5

超短編とは？ ……………………………… 3
特別企画 書きおろし超短編小説 ………… 13
その男は笑いすぎた（戌井昭人） ……… 14
にんじん（戌井昭人） …………………… 16
花（戌井昭人） …………………………… 18
味ネコ（楠野一郎） ……………………… 20
帰還者トーマス（楠野一郎） …………… 22
茹でハゲ（楠野一郎） …………………… 24
どうでもいい日常とどうでもよくない感
　情の戦争（澤田育子） ……………… 26
パンクでナースなフェスティバルへよう
　こそ（澤田育子） …………………… 28
哲学って好きとか言いたいけど全くわ
　かんないよっていう人間によるなにか
　（澤田育子） ………………………… 30
いいキッカケ（なるせゆうせい） ……… 32
計算と放屁（なるせゆうせい） ………… 34
みにくい子は、聖なる夜に鈍く光る（な
　るせゆうせい） ……………………… 36
ゲスト作家プロフィール ………………… 38
笑いの超短編（タカスギシンタロ選） … 41
I フフフ不思議なスマイル ……………… 45
二人だけの秘密（はやみかつとし） …… 45
きのこ（松本楽志） ……………………… 46
略一族のはんらん（松本楽志） ………… 48
猿（峯岸可弥） …………………………… 49
三つの願い（赤井都） …………………… 50
犬は棒などもう嫌いだ（砂場） ………… 52
仕事（宮田真司） ………………………… 54
指先アクロバティック（青砥十） ……… 55
商談（タカスギシンタロ） ……………… 56
ツノ（タカスギシンタロ） ……………… 57
足の裏の世界（五十嵐彪太） …………… 58
駄神（大鴨居ひよこ） …………………… 60
守り神（春名トモコ） …………………… 62
はじまり（タキガワ） …………………… 64
黒い羊（立花腑楽） ……………………… 66
誰よりも速く（ハカウチマリ） ………… 68

その他（日本）　　　　　　　　　　　　　　　1023

嘯く（不狼児）……………………… 70
a long ＜S＞mile（tamax）…………… 72
Ⅱ　ホホホ微笑む日常 ……………… 75
人間ピラミッド（タカスギシンタロ）… 75
メール（ヤマシタクニコ）…………… 76
相談（ヤマシタクニコ）……………… 78
頭蓋骨を捜せ（空虹桜）……………… 80
ずんぐり（まつじ）…………………… 81
ごはんが食べられない（まつじ）…… 82
Dance（三澤未来）…………………… 84
ノイズレス（葉原あきよ）…………… 86
納得できない（葉原あきよ）………… 87
電話（武田若千）……………………… 88
マメ（SNOWGAME）………………… 89
1.ククク黒い冷笑 ……………………103
たまねぎ（白縫いさや）……………… 90
隣りの隣り（穂坂コウジ）…………… 92
楽園のアンテナ（やまなかしほ）…… 94
天使が通る（タキガワ）……………… 95
3（本田モカ）………………………… 96
三つ編み研究会（春名トモコ）……… 97
手品通り（春名トモコ）……………… 98
靴（青島さかな）……………………… 99
化石村（砂場）………………………100
たまねぎ（圓眞美）…………………103
子供の病気（森山東）………………104
鑑（森山東）…………………………105
そこにいる（タカスギシンタロ）……106
スープ（本田モカ）…………………107
隠れた男（峯岸可弥）………………108
逆襲（宮田真司）……………………110
人見さんは眠れない（宮田真司）……112
性の起源（伝助）……………………114
密室劇場（尺取虫）…………………116
コメディアン（たなかなつみ）………118
最高刑（たなかなつみ）……………120
我が家のだるまさんは転ばない（たな
かなつみ）…………………………122
結び目（永子）………………………124
もう僕死ぬの？（ひかるこ）…………126
著者プロフィール ……………………127

┌─────────────────────────────┐
│　［1023］　超短編の世界　vol.3　│
│　タカスギシンタロ, 松本楽志, たなか　│
│　　　　なつみ編　　　　　　　　│
│　　創英社　2011.2　207p　19cm　│
│　　　　　　1400円　　　　　　│
│　　ISBN978-4-434-15355-6　　│
└─────────────────────────────┘

超短編の世界へようこそ ……………………… 3
ふしぎな恋 …………………………………… 13
クリスマスまでに（森山東）………………… 13
本命チョコレート（葉原あきよ）…………… 14
一口怪談（不狼児）…………………………… 15
大好きメーター（根多加良）………………… 16
これでもか（空虹桜）………………………… 18
口づけ（森山東）……………………………… 19
あなた（峯岸可弥）…………………………… 20
ポリワタシゼーション（ハカウチマリ）…… 21
透明な雪（青砥十）…………………………… 22
雲作り（青島さかな）………………………… 24
道草（はやみかつとし）……………………… 25
ロケット男爵（タキガワ）…………………… 26
ロケット男爵（松本楽志）…………………… 27
月に学ぶ（ひかるこ）………………………… 28
糸？（圓眞美）………………………………… 30
結び目（松本楽志）…………………………… 31
ゲンゴロさん（タキガワ）…………………… 32
レースのカーテン（ひかるこ）……………… 34
領土（不狼児）………………………………… 35
その他多数（穂坂コウジ）…………………… 36
雪子たち（葉原あきよ）……………………… 37
ペパーミント症候群（空虹桜）……………… 38
アルデンテ（白縫いさや）…………………… 40
歯（タカスギシンタロ）……………………… 41
オン・ザ・ロック（空虹桜）………………… 42
踊りたいほどベルボトム（たなかなつみ）… 44
ボーイスタイル・ガールポップ（空虹桜）… 45
PEN（柴田友美）……………………………… 46
煙突（松本楽志）……………………………… 48
蝶の回転（宮田真司）………………………… 50
満月（赤井都）………………………………… 52
死ではなかった（砂場）……………………… 54
生贄（青島さかな）…………………………… 55
春眠（白縫いさや）…………………………… 56
たそがれが好きだった（根多加良）………… 58

327

その他（日本）

愛あふれて（ひかるこ）……………… 60
無題（赤井都）……………………… 61
ロマンチック・ラブ（たなかなつみ）……… 62
ピアノ（三里顕）…………………… 64
氷の女（タカスギシンタロ）…………… 65
ちゃぷちゃぷ（根多加良）…………… 66
解凍（或いは「仕事」）（峯岸可弥）…… 68
愛してた人（天音）………………… 70
黒い恋 …………………………… 71
告白（たなかなつみ）……………… 71
二人だけの秘密（たなかなつみ）…… 72
自動筆記（ヤマシタクニコ）………… 73
純愛（春名トモコ）………………… 74
至高の恋（圓眞美）………………… 75
役回り（タキガワ）………………… 76
手紙の恋人（砂場）………………… 78
世界のどこに宙ぶらりんとしているのかは
　知らないけれど、もうつまずいて怪我を
　することはないな、判るか？（峯岸可弥）… 79
ネロル婆さん（松本楽志）…………… 80
G（穂坂コウジ）…………………… 82
待ち合わせ（永子）………………… 83
たぶん好感触（黒衣）……………… 84
積み木あそび（タキガワ）…………… 86
罰（松本楽志）……………………… 87
慈青（黒衣）………………………… 88
ももの花（空虹桜）………………… 90
祈り（峯岸可弥）…………………… 92
道標への道程（伝助）……………… 94
花の愛・鳥の恋 …………………… 95
花の種（タカスギシンタロ）………… 95
昨日、犬が死んだ（葉原あきよ）…… 96
夜のキリン（春名トモコ）…………… 98
終わりと始まり（泉優）……………… 99
辞書をたべる（タカスギシンタロ）… 100
間に合わない（穂坂コウジ）……… 102
シュレディンガーの猫（瀬川潮）…… 104
小春日和（五十嵐彪太）…………… 105
記憶（佐藤千恵）………………… 106
恋人ができた日（三里顕）………… 107
水恋（高橋史絵）………………… 108
クラゲの詩（五十嵐彪太）………… 110
楽園（不狼児）…………………… 112
何の音だ（井上斑猫）…………… 114
蜘蛛の糸（タキガワ）…………… 116
ヘビの埋葬（タカスギシンタロ）… 118
みずいろの犬（鈴木みは）……… 120

うたうたい（オギ）………………… 122
雑木林の誘い（きき）……………… 124
幸運の確率（タカスギシンタロ）…… 126
観覧草（松本楽志）………………… 128
花の地図（流川透明）……………… 130
惹かれあう物語 …………………… 131
行き先（朱雀門出）………………… 131
物語の物語（松本楽志）…………… 132
物語の物語（タカスギシンタロ）…… 133
期限切れの言葉（穂坂コウジ）…… 134
期限切れの言葉（三里顕）………… 135
しっぽ（加楽幽明）………………… 136
しっぽ（たなかなつみ）…………… 137
チョコ痕（本田モカ）……………… 138
チョコ痕（穂坂コウジ）…………… 139
シンクロ（青島さかな）…………… 140
シンクロ（青砥十）………………… 141
水溶性（まつじ）………………… 142
水溶性（白縫いさや）…………… 143
笑い坊主（我妻俊樹）…………… 144
笑い坊主（たなかなつみ）……… 145
納得できない（海音寺ジョー）… 146
納得できない（三里顕）………… 147
眼球（三里顕）…………………… 148
眼球（白縫いさや）……………… 149
スクリーン・ヒーロー（水池亘）… 150
スクリーン・ヒーロー（本田モカ）… 151
300Hzの交信（白縫いさや）…… 152
模写（松本楽志）………………… 153
夢の住人（田中せいや）………… 154
乗車券（春名トモコ）…………… 156
はずれの町（砂場）……………… 157
紙袋の男（石津加保留）………… 158
マンホールの蓋（赤井都）……… 160
解決編（おがわ）………………… 162
ノイズレス（ハカウチマリ）…… 164
パラパラ（田中せいや）………… 166
オピウム（やまなかしほ）……… 168
カメラオブスキュラ（松本楽志）… 170
BOUDOIR（松本楽志）………… 172
くるくる（宮田真司）…………… 174
めでたしめでたしのその先（たなかなつ
　み）……………………………… 175
祈り（ひかるこ）………………… 176
message in a bottle（峯岸可弥）… 177
昔語り（葉原あきよ）…………… 178
長い冒険の果ての正しい結末（たなかなつ

み）······ 180
原因と結果（佐多椋）······ 182
無何有の郷（たなかなつみ）······ 184
夜、あける（砂場）······ 185
夜想曲炎上（はやみかつとし）······ 186
星が流れる（きき）······ 188
それでも愛おしいこの世界······ 153
模倣（佐多椋）······ 190
捩レ飴細工（圓眞美）······ 192
えげれす日和（朱雀門出）······ 194
川（峯岸可弥）······ 195
あるこどものおはなし（まつじ）······ 196
無題（戸賀崎珠穂）······ 198
砂漠のラジオ（Kay）······ 200
愛の愛情（ハカウチマリ）······ 202
監修者紹介······ 203
作者紹介······ 204

```
［1024］　時の罠
文藝春秋　2014.7　221p　16cm
460円　（文春文庫　み44-30）
ISBN978-4-16-790146-2
```

タイムカプセルの八年（辻村深月）······ 7
トシ＆シュン（万城目学）······ 81
下津山緣起（米澤穂信）······ 139
長井優介へ（湊かなえ）······ 173

```
［1025］　とっておき名短篇
北村薫, 宮部みゆき編
筑摩書房　2011.1　355p　15cm
760円　（ちくま文庫　き24-3）
ISBN978-4-480-42792-2
```

第一部······ 7
　愛の暴走族（穂村弘）······ 9
　ほたるいかに触る（蜂飼耳）······ 15
　運命の恋人（川上弘美）······ 21
　壹越（塚本邦雄）······ 29
第二部······ 39
　「一文物語集」より『0～108』（飯曲茂実）······ 41
第三部······ 99

酒井妙子のリボン（戸板康二）······ 101
絢爛の椅子（深沢七郎）······ 135
報酬（深沢七郎）······ 175
電筆（松本清張）······ 197
サッコとヴァンゼッティ（大岡昇平）····· 237
悪魔（岡田睦）······ 279
異形（北杜夫）······ 305
解説対談―しかし、よく書いたよね、こんなものを（北村薫,宮部みゆき）······ 337

```
［1026］　扉の向こうへ
石川友也, 須永淳, 野辺慎一編
全作家協会　2014.7　423p　21cm
1800円　（全作家短編集　第13巻）
```

短編集（一）
　驟雨（豊田一郎）······ 6
　無限大の快感（長月遊）······ 15
　行方不明（宮里政充）······ 28
　仲違（なかたがい）い（美倉健治）······ 41
　ペルソナを剝ぐ（畠山拓）······ 44
　聖岳から（安西玄）······ 49
　にたない（通雅彦）······ 51
　父の分骨（欅舘弘二）······ 64
　もう1つの海峡線（坂本与市）······ 80
　ようこそ、マシンへ（関野譲治）······ 84
　死のための哲学（古倉節子）······ 101
　花には蕾のおもかげが（島有子）······ 113
　セーヌ川の畔にて（片山龍三）······ 132
　あの頃、浪漫飛行が流れていて（春風のぶこ）······ 145
　乱気流（松本しづか）······ 154
　歌舞伎町点景（天道正勝）······ 163
　白い歯（平井文子）······ 174
　逢坂おんな殺し（陽羅義光）······ 186
短編集（二）
　風光（有森信二）······ 194
　困った人（菅原治子）······ 206
　信康異聞（深海和）······ 222
　MONOLOG（尾関忠雄）······ 236
　愛しのジュリエット（橋てつと）······ 248
　春の唄（原田益水）······ 261
　The mother（甲山羊二）······ 274
　カラス（若草田ひずる）······ 284

老人のつぶやき（一）（高館作夫）……… 297
ダイガクジン 2（山口庸理）……………… 312
歩む（河野アサ）…………………………… 326
遺書がなくったっていい（笹原実穂子）… 333
悪の壁（北本豊春）………………………… 342
薄化粧（萬歳邦昭）………………………… 352
歌は西北の風に乗って（宮部和子）……… 365
ジョン（中濱）万次郎外伝—明治への紙
　縒（須永淳）……………………………… 377
あの日の続きが（山崎文男）……………… 390
七夕の夜に（石川友也）…………………… 401
梵天祭（野辺慎一）………………………… 408

```
［1027］　「内向の世代」初期作品ア
　　　　　ンソロジー
　　　　　　黒井千次選
　　講談社　2016.1　348p　16cm
　　1700円　（講談社文芸文庫　くA7）
　　　ISBN978-4-06-290297-7
```

まえがき（黒井千次）……………………… 7
私的生活（後藤明生）……………………… 15
闇の船（黒井千次）………………………… 99
鵠沼西海岸（阿部昭）……………………… 169
日日の友（阿部昭）………………………… 197
ある秋の出来事（坂上弘）………………… 237
円陣を組む女たち（古井由吉）…………… 301

```
［1028］　19（ナインティーン）
　　　アスキー・メディアワークス
　2010.12　306p　15cm　570円　（メ
　　ディアワークス文庫　0063）
　　　ISBN978-4-04-870174-7
```

19歳だった（入間人間）…………………… 5
×××さんの場合（柴村仁）……………… 99
向日葵ラプソディ（綾崎隼）……………… 151
2Bの黒髪（紅玉いづき）………………… 205
十九になるわたしたちへ（橋本紡）……… 239

```
［1029］　夏休み
　　　　　千野帽子編
　KADOKAWA　2014.6　251p
　15cm　440円　（角川文庫　あ210-2)
　　　ISBN978-4-04-101693-0
```

あげは蝶（江國香織）……………………… 7
多摩川探検隊（辻まこと）………………… 23
クロール（佐伯一麦）……………………… 31
大自然（藤野可織）………………………… 39
おなじ緯度の下で（片岡義男）…………… 53
八月（三木卓）……………………………… 85
麦藁帽子（堀辰雄）………………………… 93
再試合（小川洋子）………………………… 125
ローマ風の休日（万城目学）……………… 145
夏の出口（角田光代）……………………… 199
夏休みは終わらない（秋元康）…………… 241
帰したくなくて夜店の燃えさうな（千野帽
　子）………………………………………… 246

```
［1030］　涙がこぼれないように—
　　　さよならが胸を打つ10の物語
　　　リンダブックス編集部編著
　泰文堂　2014.4　245p　15cm
　571円　（リンダブックス）
　　　ISBN978-4-8030-0544-8
```

板垣さんのやせがまん（名取佐和子）……… 7
虹（谷口雅美）……………………………… 26
『マツミヤ』最後の客（名取佐和子）…… 52
旅情（池田晴海）…………………………… 74
父親がわり（梅原満知子）………………… 96
終着駅（金広賢介）………………………… 128
君の卒業式（名取佐和子）………………… 152
見えない糸（谷口雅美）…………………… 172
東京の背骨（小松知佳）…………………… 204
乾杯（金広賢介）…………………………… 226

その他（日本）　　　1034

［1031］　涙の百年文学―もう一度
読みたい
風日祈舎編
太陽出版　2009.4　317p　20cm
1800円
ISBN978-4-88469-619-1

はじめに ……………………………… 4
ごん狐（新美南吉）………………………… 6
よだかの星（宮沢賢治）…………………… 22
やどなし犬（鈴木三重吉）………………… 36
一房の葡萄（有島武郎）…………………… 60
白い封筒（吉田甲子太郎）………………… 76
捕虜の子（吉田絃二郎）…………………… 96
待つ（太宰治）…………………………… 108
病院の夜明けの物音（寺田寅彦）………… 114
家霊（岡本かの子）……………………… 122
高瀬舟（森鷗外）………………………… 146
父帰る（菊池寛）………………………… 166
お母さんの思ひ出（土田耕平）…………… 188
きけ わだつみのこえ …………………… 194
野菊の墓（伊藤左千夫）………………… 210
風立ちぬ（堀辰雄）……………………… 222
不如帰（徳冨蘆花）……………………… 226
奉教人の死（芥川龍之介）……………… 240
出家とその弟子（倉田百三）…………… 250
こころ（夏目漱石）……………………… 264
破戒（島崎藤村）………………………… 272
春は馬車に乗って（横光利一）………… 280
永訣の朝（宮沢賢治）…………………… 290
さびしいとき（金子みすゞ）…………… 295
汚れつちまつた悲しみに…/また来ん春…
（中原中也）…………………………… 296
のちのおもひに（立原道造）…………… 300
レモン哀歌/梅酒（高村光太郎）………… 302
花がふつてくると思ふ/母の瞳/蟲（八木重
吉）…………………………………… 306
わすれな草/かへらぬひと（竹久夢二）… 308
さびしい人格（萩原朔太郎）…………… 310
石川啄木（石川啄木）…………………… 313
若山牧水（若山牧水）…………………… 316

［1032］　29歳
日本経済新聞出版社　2008.11　339p
20cm　1500円
ISBN978-4-532-17087-5

私の人生は56億7000万年（山崎ナオコーラ）‥5
ハワイへ行きたい（柴崎友香）…………… 49
絵葉書（中上紀）………………………… 87
ひばな。はなび。（野中柊）…………… 125
雪の夜のビターココア（宇佐美游）……… 167
クーデター、やってみないか？（栗田有起）‥211
パキラのコップ（柳美里）……………… 251
憧憬☆カトマンズ（宮木あや子）………… 299

［1033］　29歳
新潮社　2012.3　375p　16cm
630円　（新潮文庫　み-43-50）
ISBN978-4-10-128573-3

私の人生は56億7000万年（山崎ナオコーラ）‥7
ハワイへ行きたい（柴崎友香）…………… 55
絵葉書（中上紀）………………………… 99
ひばな。はなび。（野中柊）…………… 141
雪の夜のビターココア（宇佐美游）……… 187
クーデター、やってみないか？（栗田有起）‥235
パキラのコップ（柳美里）……………… 279
憧憬☆カトマンズ（宮木あや子）………… 331

［1034］　20の短編小説
小説トリッパー編集部編
朝日新聞出版　2016.1　358p　15cm
600円　（朝日文庫　し48-1）
ISBN978-4-02-264802-0

清水課長の二重線（朝井リョウ）………… 9
Across The Border（阿部和重）………… 27
if（伊坂幸太郎）………………………… 43
二十人目ルール（井上荒野）…………… 59
蒸籠を買った日（江國香織）…………… 75

331

十二面体関係（円城塔）・・・・・・・・・・・・・・・・・・・・・・・・ 93
悪い春（恩田陸）・・・・・・・・・・・・・・・・・・・・・・・・・・・・・ 111
20（川上弘美）・・・・・・・・・・・・・・・・・・・・・・・・・・・・・・ 127
20光年先の神様（木皿泉）・・・・・・・・・・・・・・・・・ 147
マダガスカル・バナナフランベを20本（桐
　野夏生）・・・・・・・・・・・・・・・・・・・・・・・・・・・・・・・・・・ 163
いま二十歳の貴女たちへ（白石一文）・・・・・・・ 179
ペチュニアフォールを知る二十の名所（津
　村記久子）・・・・・・・・・・・・・・・・・・・・・・・・・・・・・・ 195
ウエノモノ（羽田圭介）・・・・・・・・・・・・・・・・・・・ 215
ブリオッシュのある静物（原田マハ）・・・・・・・ 235
人生リングアウト（樋口毅宏）・・・・・・・・・・・・・ 253
ヴァンテアン（藤井太洋）・・・・・・・・・・・・・・・・・ 269
法則（宮内悠介）・・・・・・・・・・・・・・・・・・・・・・・・・ 287
廿世紀ホテル（森見登美彦）・・・・・・・・・・・・・・・ 307
もう二十代ではないことについて（山内マ
　リコ）・・・・・・・・・・・・・・・・・・・・・・・・・・・・・・・・・・ 323
20×20（山本文緒）・・・・・・・・・・・・・・・・・・・・・・・ 341

```
［1035］　日本原発小説集
　　　柿谷浩一編
水声社　2011.10　249p　19cm
　　　　　1800円
　　ISBN978-4-89176-852-2
```

編者から読者へ まえがきにかえて（柿谷浩一）・・・・ 9
放射能がいっぱい（清水義範）・・・・・・・・・・・・・・ 13
隣りの風車（豊田有恒）・・・・・・・・・・・・・・・・・・・ 27
乱離骨灰鬼胎草（野坂昭如）・・・・・・・・・・・・・・・ 47
虹のカマクーラ（平石貴樹）・・・・・・・・・・・・・・・ 77
西海原子力発電所（井上光晴）・・・・・・・・・・・・・ 135
解説 原発文学論序説（川村湊）・・・・・・・・・・・・・ 241

```
［1036］　日本の少年小説―「少国
　　　民」のゆくえ
相川美恵子編集・解題，『文学史を
　読みかえる』研究会企画・監修
インパクト出版会　2016.7　263,6p
　19cm　2800円　（インパクト選書
　　　　　　　8）
　ISBN978-4-7554-0268-5
```

第一章 愛国と冒険の扉を開く・・・・・・・・・・・・・・・ 9
　大和心（泉鏡花）・・・・・・・・・・・・・・・・・・・・・・・ 10
　朝鮮の併合と少年の覚悟（巌谷小波）・・・・・ 27
　南洋に君臨せる日本少年王（山中峯太郎）・・ 31
第二章 「少女」の世界・・・・・・・・・・・・・・・・・・・・・ 49
　おてんば娘日記（抄）（佐々木邦）・・・・・・・・・ 50
　忘れな草（吉屋信子）・・・・・・・・・・・・・・・・・・・ 62
　名を護る（北川千代子）・・・・・・・・・・・・・・・・・ 69
第三章 底辺からのまなざし・・・・・・・・・・・・・・・・ 81
　白い壁（本庄陸男）・・・・・・・・・・・・・・・・・・・・・ 82
　港の子供たち（武田亞公）・・・・・・・・・・・・・・・ 119
　露地うらの虹（安藤美紀夫）・・・・・・・・・・・・・ 130
第四章 われ、小国民なり・・・・・・・・・・・・・・・・・・ 149
　東の雲晴れて（山中峯太郎）・・・・・・・・・・・・・ 150
　序詩 きみは少年義勇軍（巽聖歌）・・・・・・・・・ 173
　軍曹の手紙（下畑卓）・・・・・・・・・・・・・・・・・・・ 175
第五章 軍靴の果てに・・・・・・・・・・・・・・・・・・・・・・ 187
　「少年文学」の旗の下に！（早大童話会
　　編）・・・・・・・・・・・・・・・・・・・・・・・・・・・・・・・・ 188
　浮浪児の栄光（抄）（佐野美津男）・・・・・・・・・ 191
　おならのあと（岩本敏男）・・・・・・・・・・・・・・・ 215
　島（仲宗根三重子）・・・・・・・・・・・・・・・・・・・・・ 223
　ふまれてもふまれても（狩俣繁久）・・・・・・・ 225
　The End of the World（那須正幹）・・・・・・・ 227
解題・・・・・・・・・・・・・・・・・・・・・・・・・・・・・・・・・・・・・・ 242
解説・・・・・・・・・・・・・・・・・・・・・・・・・・・・・・・・・・・・・・ 248
あとがき（相川美恵子）・・・・・・・・・・・・・・・・・・・・ 261
年表・・・・・・・・・・・・・・・・・・・・・・・・・・・・・・・・・・・・・・・ i

その他（日本）　1039

［1037］ 「日本浪曼派」集

新学社　2007.1　350p　16cm
1343円　（新学社近代浪漫派文庫
33）
ISBN978-4-7868-0091-7

浪曼化の機能（中島栄次郎） ····················· 5
町工場（緑川貢） ····································· 20
詩篇（神保光太郎） ································· 47
　あらがみ集 ·· 47
　火章 ·· 47
　春の話 ··· 48
　童篇 ·· 49
　あら神の歌 ······································· 50
　冬の話 ··· 51
　業 ··· 52
　山行するもの ···································· 52
　山を越えていくもの ·························· 52
　波について ······································· 54
　北方旅章 ·· 56
　上州前橋 ·· 56
　広瀬河 ··· 56
　浅間草春 ·· 57
　峠の像 ··· 57
　朔太郎生家 ······································· 58
詩・風雨の日―詩苑の問題（神保光太郎）··· 60
白い葬列（伊藤佐喜雄） ·························· 68
文芸の大衆化について（保田与重郎） ········ 82
新自然主義的提唱（山岸外史） ··············· 111
青春の再建と没落（亀井勝一郎） ············· 129
方法論（芳賀檀） ································· 142
父危篤（木山捷平） ······························ 155
悪夢（中村地平） ································· 189
希望の評論（十返一） ···························· 210
断崖（若林つや） ································· 225
不思議（原民喜） ································· 258
北風南風（横田文子） ···························· 280
雁の門（緒方隆士） ······························ 324

［1038］ 人間みな病気

筒井康隆選，日本ペンクラブ編
ランダムハウス講談社　2007.11
381p　15cm　760円
ISBN978-4-270-10136-0

田中静子14歳の初恋（内田春菊） ·············· 7
恐怖（谷崎潤一郎） ······························· 31
屋上（大槻ケンヂ） ······························· 45
盲腸（横光利一） ································· 51
役たたず（遠藤周作） ···························· 57
掻痒記（内田百閒） ······························ 77
したいことはできなくて（色川武大） ········ 97
精神病覚え書（坂口安吾） ····················· 115
今月の困ったちゃん（内田春菊） ············· 135
奇病患者（葛西善蔵） ···························· 171
ちぐはぐな話（秋元松代） ····················· 185
ポルノ惑星のサルモネラ人間（筒井康隆）··· 193
未確認尾行物体（島田雅彦） ··················· 281
編集後記（筒井康隆） ···························· 375

［1039］ 眠れなくなる夢十夜

「小説新潮」編集部編
新潮社　2009.6　223p　16cm
400円　（新潮文庫　し-60-2）
ISBN978-4-10-133252-9

夢一夜（阿刀田高） ······························· 7
厭だ厭だ（あさのあつこ） ····················· 17
小鳥（西加奈子） ································· 41
長い長い石段の先（荻原浩） ··················· 57
指（北村薫） ·· 81
こっちへおいで（谷村志穂） ··················· 93
柘榴のある風景（野中柊） ····················· 117
盲蛾（道尾秀介） ································· 139
翼（小池真理子） ································· 157
輝子の恋（小路幸也） ···························· 179

東の果つるところ（森絵都）・・・・・・・・・・・・・・・・・ *306*

［1040］　ノスタルジー1972
講談社　2016.11　235p　19cm
1500円
ISBN978-4-06-220296-1

川端康成が死んだ日（中島京子）・・・・・・・・・・・・・・ *5*
永遠！ チェンジ・ザ・ワールド（早見和真）・・ *29*
空中楼閣（朝倉かすみ）・・・・・・・・・・・・・・・・・・・・・・ *77*
あるタブー（堂場瞬一）・・・・・・・・・・・・・・・・・・・・・ *109*
あの年の秋（重松清）・・・・・・・・・・・・・・・・・・・・・・・ *155*
新宿薔薇戦争（皆川博子）・・・・・・・・・・・・・・・・・・・ *207*

［1041］　晩菊—女体についての八篇
安野モヨコ選・画
中央公論新社　2016.4　245p　16cm
580円　（中公文庫　あ84-1）
ISBN978-4-12-206243-6

美少女（太宰治）・・・・・・・・・・・・・・・・・・・・・・・・・・・・ *7*
越年 ETSU-NEN（岡本かの子）・・・・・・・・・・・ *21*
富美子の足（谷崎潤一郎）・・・・・・・・・・・・・・・・・・・ *45*
まっしろけのけ（有吉佐和子）・・・・・・・・・・・・・・・ *95*
女体（芥川龍之介）・・・・・・・・・・・・・・・・・・・・・・・・・ *133*
曇った硝子（森茉莉）・・・・・・・・・・・・・・・・・・・・・・・ *139*
晩菊（林芙美子）・・・・・・・・・・・・・・・・・・・・・・・・・・・ *185*
喜寿童女（石川淳）・・・・・・・・・・・・・・・・・・・・・・・・・ *215*
選者あとがき・・・・・・・・・・・・・・・・・・・・・・・・・・・・・・ *236*
著者・選者紹介・・・・・・・・・・・・・・・・・・・・・・・・・・・・ *244*

［1042］　東と西　1
小学館　2009.12　344p　20cm
2000円
ISBN978-4-09-386255-4

T（いしいしんじ）・・・・・・・・・・・・・・・・・・・・・・・・・・ *6*
猿に会う（西加奈子）・・・・・・・・・・・・・・・・・・・・・・・ *76*
極楽（栗田有起）・・・・・・・・・・・・・・・・・・・・・・・・・・・ *158*
赤、青、王子（池田進吾）・・・・・・・・・・・・・・・・・・・ *206*
すみだ川（藤谷治）・・・・・・・・・・・・・・・・・・・・・・・・・ *234*

［1043］　東と西　1
小学館　2012.1　380p　15cm
676円　（小学館文庫　い35-1）
ISBN978-4-09-408681-2

T（いしいしんじ）・・・・・・・・・・・・・・・・・・・・・・・・・・ *7*
猿に会う（西加奈子）・・・・・・・・・・・・・・・・・・・・・・・ *87*
極楽（栗田有起）・・・・・・・・・・・・・・・・・・・・・・・・・・・ *177*
赤、青、王子（池田進吾）・・・・・・・・・・・・・・・・・・・ *229*
すみだ川（藤谷治）・・・・・・・・・・・・・・・・・・・・・・・・・ *259*
東の果つるところ（森絵都）・・・・・・・・・・・・・・・・・ *339*

［1044］　東と西　2
小学館　2010.7　283p　20cm
1900円
ISBN978-4-09-386276-9

野島沖（いしいしんじ）・・・・・・・・・・・・・・・・・・・・・・ *4*
来世不動産（升野英知）・・・・・・・・・・・・・・・・・・・・・ *34*
肩先に花の香りを残す人（西村賢太）・・・・・・・・ *78*
続すみだ川（藤谷治）・・・・・・・・・・・・・・・・・・・・・・・ *108*
ダラホテル（戌井昭人）・・・・・・・・・・・・・・・・・・・・・ *144*
帰省（誉田哲也）・・・・・・・・・・・・・・・・・・・・・・・・・・・ *166*
微塵島にて（吉村萬壱）・・・・・・・・・・・・・・・・・・・・・ *226*

［1045］　東と西　2
小学館　2012.2　311p　15cm
619円　（小学館文庫　い35-2）
ISBN978-4-09-408687-4

野島沖（いしいしんじ）・・・・・・・・・・・・・・・・・・・・・・ *7*
来世不動産（升野英知）・・・・・・・・・・・・・・・・・・・・・ *39*
肩先に花の香りを残す人（西村賢太）・・・・・・・・ *87*
続すみだ川（藤谷治）・・・・・・・・・・・・・・・・・・・・・・・ *119*
ダラホテル（戌井昭人）・・・・・・・・・・・・・・・・・・・・・ *157*
帰省（誉田哲也）・・・・・・・・・・・・・・・・・・・・・・・・・・・ *181*
微塵島にて（吉村萬壱）・・・・・・・・・・・・・・・・・・・・・ *247*

その他（日本）　　1049

あとがき（塩見鮮一郎）························ 337
著者プロフィール/収録一覧··············· 339

［1046］　被差別小説傑作集
塩見鮮一郎編
河出書房新社　2016.3　322p　15cm
720円　（河出文庫　し13-10）
ISBN978-4-309-41444-7

まえがき（塩見鮮一郎）························· 3
藪こうじ（徳田秋声）··························· 11
寝白粉（小栗風葉）····························· 32
移民学園（清水紫琴）························· 56
山国の新平民（島崎藤村）················· 87
鈴木藤吉郎（森鷗外）························· 97
因縁事（宇野浩二）···························· 123
火つけ彦七（伊藤野枝）···················· 165
特殊部落の犯罪（豊島与志雄）········· 189
関東・武州長瀬事件始末（平野小剣）···205
骸骨の黒穂（くろんぼ）（夢野久作）·········· 215
黎明（島木健作）······························· 244
作品解説（塩見鮮一郎）···················· 299
あとがき（塩見鮮一郎）····················· 318
著者プロフィール/収録一覧··············· 320

［1047］　被差別文学全集
塩見鮮一郎編
河出書房新社　2016.8　342p　15cm
820円　（河出文庫　し13-11）
ISBN978-4-309-41474-4

まえがき（塩見鮮一郎）························· 3
曼珠沙華（正岡子規）························· 11
蛇くい（泉鏡花）······························· 63
俗唄三つ（小泉八雲著，稲垣巌訳）······ 69
新平民部落（岩野泡鳴）···················· 133
唱門師の話（柳田國男）···················· 138
特殊部落と寺院（喜田貞吉）·············· 150
アイデアリストの死―或る男に聞いた話
　（神近市子）································· 159
葬式の名人（川端康成）···················· 194
野晒し（春風亭柳枝）························· 204
風潮（武田繁太郎）···························· 219
ダイナマイトを食う山窩（福田蘭童）······ 269
作品解説（塩見鮮一郎）···················· 328

［1048］　飛翔―C★NOVELS大賞
作家アンソロジー
中央公論新社　2013.3　159p　18cm
500円　（C・NOVELS Fantasia　ん
1-2）
ISBN978-4-12-501243-8

哭く骸骨（多崎礼）······························ 6
まいごの×2 おやまのこ（天堂里砂）······· 32
エーラン覚書（涼原みなと）················· 58
卒業前、冬の日（鹿屋めじろ）·············· 84
ランの一日奇術入門（黒川裕子）········· 108
理不尽との遭遇（海原育人）··············· 134
COMMENTS·································· 160

［1049］　ひと粒の宇宙
角川書店　2009.11　298p　15cm
552円　（角川文庫　15983）
ISBN978-4-04-385404-2

ミケーネ（いしいしんじ）······················ 7
おねがい（石田衣良）························· 15
仔犬のお礼（伊集院静）···················· 23
永遠の契り（歌野晶午）···················· 33
ピクニック（大岡玲）·························· 43
神様捜索隊（大崎善生）···················· 51
目覚まし時計の電池（片岡義男）········· 59
立ち話（勝目梓）······························· 69
夜尿（車谷長吉）······························· 79
猫雨（玄侑宗久）······························· 83
名前漏らし（小池昌代）···················· 91
焼き鳥とクラリネット（佐伯一麦）·········· 99
あり得ること（佐野洋）····················· 117
それでいい（重松清）························· 127
たすけて（高橋克彦）························· 137
凍りつく（高橋源一郎）····················· 145
パリの君へ（高橋三千綱）·················· 155
Pearl parable（嶽本野ばら）··············· 163
出世の首（筒井康隆）························· 171

335

その他（日本）

悪夢―或いは「閉鎖されたレストランの話」
　　（西村賢太） ································· 177
関寺小町（橋本治） ························· 188
繭の遊戯（蜂飼耳） ························· 209
義足（平野啓一郎） ························· 219
あたしたち、いちばん偉い幽霊捕るわよ
　　（古川日出男） ······················· 225
雛（星野智幸） ······························· 235
樫の木の向こう側（堀江敏幸） ········· 243
コイン（又吉栄喜） ························· 251
彼女の重み（三田誠広） ··················· 267
globefish（矢作俊彦） ··················· 275
曇ったレンズの磨き方（吉田篤弘） ····· 291

［1050］　ひとなつの。―真夏に読
　　　みたい五つの物語
　　　角川文庫編集部編
　　　KADOKAWA　2014.7　232p
　　　15cm　480円　（角川文庫　あ106-1）
　　　ISBN978-4-04-101565-0

郵便少年（森見登美彦） ····················· 5
フィルムの外（大島真寿美） ··············· 35
三泊四日のサマーツアー（椰月美智子） ····· 83
真夏の動物園（瀧羽麻子） ················· 143
ささくれ紀行（藤谷治） ··················· 191

［1051］　人は死んだら電柱になる
　　　―電柱アンソロジー
　　　電柱アンソロジー制作委員会編
　　　遠すぎる未来団　2014.8　389p
　　　21cm

人は死んだら電柱になる（猫田博人（Bact.）） ·· 7
僕らは夜空を眺めていた（Beat of blues） ··· 19
きみに会いに行く（いずみやみその） ········ 27
文明開化（萩原草吉） ······················· 37
アンドロイドは柱を跨ぐ（渡橋すあも） ····· 43
カタツムリのジレンマ（km） ············· 49
朝のうちにやるいくつかのこと（夜宵） ····· 59
ガールズファイト（朔田有見） ············· 64
堕胎せよ地球の仔（ないりこけし） ········· 76

柱（淡海いさな） ····························· 84
闇（こっく） ································· 93
〔親子の考察〕（あお） ····················· 108
或る王子の死（@stdaux） ················· 110
人は死んだら電柱になる（森本ねこ） ······· 115
私の、たったひとりの友人へ（巫夏希） ···· 120
沈黙こそ弔辞（417） ······················· 135
君は死んだら電柱になる（やーま） ········· 144
電柱フレンズ（枝折まや子） ··············· 146
▼みんな電柱の中にいる（桐十） ··········· 150
電柱の骨（桧山明） ························· 158
電柱（石動一） ······························· 172
永遠の再会（かずな） ······················· 178
傷口（宇野なずき） ························· 182
かくて死者は語る（緋色） ················· 191
死の床の夢の子ら（しんしねこ） ········· 205
ギリシア悲劇『プロメテウス』三部作幕間劇 「師弟」
　　（nirva=laeva（にるば）） ········· 208
リビングデッド・ユース（15） ··········· 215
ハッピィバァスディ（水月堂） ············· 220
電柱症候群（傘月） ························· 225
そしてまた夜は（穂崎円） ················· 238
境界線（にーか） ····························· 252
人は死んだら、電柱になるという話（sainos）· 253
アイのうた（青野零奈） ··················· 259
道端に死が落ちてゐる（骨榴） ············· 263
人は死んだら電柱になる（肉・牡丹） ······· 269
自殺志願者の小話（綾桜） ················· 278
簡単な結末（ナハゼ） ······················· 282
そらは水槽（小伏史央） ··················· 302
星ふる夢みる子どもたち（ブート） ········· 317
桜色の電柱（ネコヤナギ） ················· 329
灯（ネコヤナギ） ····························· 335
夏の思い出を思い出すこと（前田六月） ····· 354
御伽の街（坂月あかね） ··················· 361
人は死ヌト（夢魅あきと） ················· 365
死後は良いとこ一度はおいで（樽合歓） ····· 368
思ひ出の君は死せり（フラン） ············· 372
電氣之街（キネオラマ） ··················· 379
コラージュ：富士夜のでんしんばしら（前
　　を向いて歩こう） ··················· 380
あとがき ····································· 383

その他（日本）　　　1054

［1052］　百年小説─the birth of
modern Japanese literature
ポプラクリエイティブネットワーク編
ポプラ社　2008.12　1331p　23cm
6600円
ISBN978-4-591-10497-2

杯（森鷗外）…………………………… 11
夢十夜（夏目漱石）…………………… 23
一口剣（幸田露伴）…………………… 61
拈華微笑（尾崎紅葉）………………… 93
吾家の富（徳富蘆花）………………… 111
武蔵野（国木田独歩）………………… 119
風呂桶（徳田秋声）…………………… 153
伸びの支度（島崎藤村）……………… 165
わかれ道（樋口一葉）………………… 181
修禅寺物語（岡本綺堂）……………… 197
猫八（岩野泡鳴）……………………… 233
外科室（泉鏡花）……………………… 177
青草（近松秋江）……………………… 199
小さき者へ（有島武郎）……………… 335
死者生者（正宗白鳥）………………… 357
勲章（永井荷風）……………………… 413
真鶴（志賀直哉）……………………… 431
恭三の父（加能作次郎）……………… 443
久米仙人（武者小路実篤）…………… 469
妹の死（中勘助）……………………… 479
刺青（谷崎潤一郎）…………………… 503
椿（里見弴）…………………………… 519
鮨（岡本かの子）……………………… 531
サラサーテの盤（内田百閒）………… 565
生涯の垣根（室生犀星）……………… 593
虎（久米正雄）………………………… 619
お富の貞操（芥川龍之介）…………… 639
窓展く（佐藤春夫）…………………… 661
雲雀（藤森成吉）……………………… 681
山の幸（葉山嘉樹）…………………… 713
押絵と旅する男（江戸川乱歩＼）…… 743
アリア人の孤独（松永延造）………… 781
ゼーロン（牧野信一）………………… 801
へんろう宿（井伏鱒二）……………… 833
機械（横光利一）……………………… 845
渦巻ける鳥の群（黒島伝治）………… 887
焼跡のイエス（石川淳）……………… 937

バッタと鈴虫（川端康成）…………… 961
暢気眼鏡（尾崎一雄）………………… 971
秋風（中山義秀）……………………… 1003
告別（由起しげ子）…………………… 1031
闇の絵巻（梶井基次郎）……………… 1081
散歩者（上林暁）……………………… 1093
幸福の彼方（林芙美子）……………… 1107
うけとり（木山捷平）………………… 1133
小美術館で（永井龍男）……………… 1167
聖家族（堀辰雄）……………………… 1185
心願の国（原民喜）…………………… 1225
波子（坂口安吾）……………………… 1239
山月記（中島敦）……………………… 1283
富嶽百景（太宰治）…………………… 1299

［1053］　140字の物語─Twitter小
説集 #twnovel
ディスカヴァー・トゥエンティワン
2009.11　137p　20cm　1300円
ISBN978-4-88759-750-1

まえがき（内藤みか）………………… 2
micanaitoh（内藤みか）……………… 9
adachib（安達瑤b）…………………… 21
SinjowKazma（新城カズマ）………… 33
Talkingdogdays（小林正親）………… 49
Watanabeyayoi（渡辺やよい）……… 61
harukiyoshii（吉井春樹）…………… 73
izutada（泉忠司）……………………… 85
kaworu963（黒崎薫）………………… 97
toiimasunomo（枡野浩一）…………… 109
EnJoe140（円城塔）…………………… 121
プロフィール／あとがき……………… 132

［1054］　ブキミな人びと
内田春菊選，日本ペンクラブ編
ランダムハウス講談社　2007.11
271p　15cm　680円
ISBN978-4-270-10137-7

真実の焼うどん（椎名誠）…………… 7
すてきなボーナス・デイ（内田春菊）……… 37

337

その他（日本）

駅のドラマツルギー（原田宗典）……………… 57
目羅博士（江戸川乱歩）………………………… 65
虱（芥川龍之介）………………………………… 99
沈没都市除霊紀行大阪の悪霊（中島らも）‥ 109
おかしな人（田辺聖子）……………………… 143
Yah！（筒井康隆）…………………………… 149
硝子戸の中（抄）（夏目漱石）……………… 171
趣味（室井滋）………………………………… 179
ニセ学生（遠藤周作）………………………… 185
人形の脳みそ（水島裕子）…………………… 211
冴子（さいこ）（清水義範）………………… 225
ブキナ人びと・編集後記（内田春菊）…… 263
新装丁版 選者あとがき（内田春菊）……… 267
底本一覧……………………………………… 271

```
［1055］ 文学 2007
日本文藝家協会編
講談社 2007.5 290p 20cm
3300円
ISBN978-4-06-214056-0
```

「文学2007」解説 ……………………………… 1
マザコン（角田光代）………………………… 19
浮寝（飯田章）………………………………… 31
天にまします吾らが父ヨ、世界人類が、幸
　福デ、ありますヨウニ（川上弘美）……… 43
モノクロウムの街と四人の女（平野啓一郎）‥ 56
寸劇・明日へのシナリオ（福永信）……… 62
ヌード・マン・ウォーキング（伊井直行）‥ 69
ててなし子クラブ（星野智幸）……………… 91
ミルフィーユ（宮崎誉子）…………………… 104
捨てる（小池真理子）………………………… 117
崖のにおい（蜂飼耳）………………………… 130
夜を泳ぎきる（樋口直哉）…………………… 140
ペチカ燃えろよ（茅野裕城子）……………… 153
山茶花（吉村昭）……………………………… 170
タタド（小池昌代）…………………………… 180
夜警（青山真治）……………………………… 205
ひよこトラック（小川洋子）………………… 216
薄暮（坂上弘）………………………………… 227
五十鈴川の鴨（竹西寛子）…………………… 239
ホワイトハッピー・ご覧のスポン（町田康）‥ 248
感じる専門家 採用試験（川上未映子）…… 263
二月（佐川光晴）……………………………… 272
作者紹介……………………………………… 288

```
［1056］ 文学 2008
日本文藝家協会編
講談社 2008.4 307p 20cm
3300円
ISBN978-4-06-214662-3
```

「文学2008」解説（島田雅彦）………………… 1
ミンク（金原ひとみ）………………………… 17
滑走路へ（堀江敏幸）………………………… 30
ヘルシンキ（池澤夏樹）……………………… 39
多年草（黒井千次）…………………………… 49
鱛（ほら）の踊り（高井有一）……………… 61
遁世記（小林恭二）…………………………… 74
りんご（吉田修一）…………………………… 86
日付の数だけ言葉が（青木淳悟）…………… 113
ピグル風ヌ吹きば（崎山多美）……………… 117
妬ましい（桑井朋子）………………………… 129
俺（佐伯一麦）………………………………… 145
蛹（田中慎弥）………………………………… 158
ターナーの耳（又吉栄喜）…………………… 170
Aデール（玄侑宗久）………………………… 203
火（中村文則）………………………………… 218
ぶるうらんど（横尾忠則）…………………… 236
火星巡暦（森内俊雄）………………………… 248
ワンちゃん（楊逸）…………………………… 266
作者紹介……………………………………… 306

```
［1057］ 文学 2009
日本文藝家協会編
講談社 2009.4 296p 20cm
3300円
ISBN978-4-06-215428-4
```

「文学2009」解説（瀬戸内寂聴）……………… 1
約束（瀬戸内寂聴）…………………………… 15
誰も映っていない（中原昌也）……………… 25
草すべり（南木佳士）………………………… 33
五月晴朗（原田康子）………………………… 58
嫌な話（前田司郎）…………………………… 72
あなたたちの恋愛は瀕死（川上未映子）…… 84
満ちる部屋（谷崎由依）……………………… 95
地下鉄の窓（村松真理）……………………… 102

寒九の滴（青山真治）……115
物語の完結（山崎ナオコーラ）……123
楽観的な方のケース（岡田利規）……138
無頭鰯（横田創）……153
指の上の深海（稲葉真弓）……168
北方交通（茅野裕城子）……183
海千山千一読み解き懺悔文（伊藤比呂美）……216
電気馬（津島佑子）……225
かけら（青山七恵）……239
闇の梯子（角田光代）……256
宇宙の日（柴崎友香）……267
廃疾かかえて（西村賢太）……277
作者紹介……294

［1058］ 文学 2010
日本文藝家協会編
講談社 2010.4 300p 20cm
3300円
ISBN978-4-06-216163-3

「文学2010」解説（川村湊）……1
考速（円城塔）……15
生死刻々（石原慎太郎）……27
その部屋（河野多惠子）……54
おと・どけ・もの（多和田葉子）……71
虫王（辻原登）……80
不浄道（吉村萬壱）……92
戒名（長嶋有）……111
ブルーシート（浅尾大輔）……127
ナイトウ代理（墨谷渉）……145
絵画（磯崎憲一郎）……152
アーノルド（松波太郎）……162
白い紙（シリン・ネザマフィ）……175
トカトントンコントロール（佐藤友哉）……213
行きゆきて玄界灘（夫馬基彦）……227
街を食べる（村田沙耶香）……239
みのる、一日（小野正嗣）……257
高くて遠い街（いしいしんじ）……282
草屈（藤沢周）……287
作者紹介……298

［1059］ 文学 2011
日本文藝家協会編
講談社 2011.5 308p 20cm
3300円
ISBN978-4-06-216930-1

「文学2011」解説（沼野充義）……1
監獄のバラード（池澤夏樹）……21
小鳥（川上弘美）……33
さよならクリストファー・ロビン（高橋源一郎）……44
田舎教師の独白（高村薫）……57
異郷（津村節子）……68
塔（松浦寿輝）……84
尿意（諏訪哲史）……97
うどん屋のジェンダー、またはコルネさん（津村記久子）……110
午後（福永信）……116
鉄腕ボトル（立松和平）……133
ストロベリーソウル（吉田修一）……141
家路（朝吹真理子）……158
冬の鞄（安達千夏）……168
スズメバチの戦闘機（青来有一）……182
役立たず（青山七恵）……205
細かい不幸（佐伯一麦）……224
ほにゃららサラダ（舞城王太郎）……240
電話（中上紀）……271
Arabeske—《ダヴィッド同盟》ノート四から（奥泉光）……280
アミダの住む町（中原文夫）……287
作者紹介……306

［1060］ 文学 2012
日本文藝家協会編
講談社 2012.4 312p 20cm
3300円
ISBN978-4-06-217642-2

「文学2012」解説（富岡幸一郎）……1
逆事（河野多惠子）……21
聖堂を描く（田中慎弥）……35
たなごころ（楊逸）……42

二人の複数（穂田川洋山）…………… 53
本屋大将（木下古栗）………………… 70
鬼の頭（前川知大）…………………… 85
おにいさんがこわい（松田青子）…… 99
難破（赤染晶子）……………………… 110
PK（伊坂幸太郎）…………………… 116
梨の花咲く町で（森内俊雄）………… 154
スポンジ（よしもとばなな）………… 168
子供の行方（古井由吉）……………… 184
おれたちの青空（佐川光晴）………… 199
永遠の子ども（荻世いをら）………… 211
憤死（綿矢りさ）……………………… 224
問題の解決（岡田利規）……………… 239
街宣車のある風景（高村薫）………… 251
イサの氾濫（木村友祐）……………… 263
作者紹介……………………………… 310

［**1061**］ **文学**　2013
日本文藝家協会編
講談社　2013.4　282p　20cm
3300円
ISBN978-4-06-218320-8

「文学2013」解説（島田雅彦）………… 1
チェーホフの学校（黒川創）………… 19
ちょうどいい木切れ（西加奈子）…… 40
哀しみのウェイトトレーニー（本谷有希子）‥ 54
おっぱい貝（小山内恵美子）………… 65
小太郎の義憤（玄侑宗久）…………… 87
野百合（村松真理）…………………… 98
ビーバーの小枝（小川洋子）………… 119
●（クロボシ）（長野まゆみ）……… 131
枝豆（橋本治）………………………… 144
おはなしして子ちゃん（藤野可織）… 160
最終回（最果タヒ）…………………… 173
家出（早助よう子）…………………… 192
Jiufenの村は九つぶん（谷崎由依）… 202
行方（日和聡子）……………………… 220
波打ち際まで（鹿島田真希）………… 236
うんじゅが、ナサキ（崎山多美）…… 244
咳（三木卓）…………………………… 258
拝む人（吉田知子）…………………… 270
作者紹介……………………………… 280

［**1062**］ **文学**　2014
日本文藝家協会編
講談社　2014.4　308p　20cm
3300円
ISBN978-4-06-218902-6

「文学2014」解説（中沢けい）………… 1
江戸鑑出世紙屑（青木淳悟）………… 19
すっぽん心中（戌井昭人）…………… 24
二十六夜待ち（佐伯一麦）…………… 47
透明人間の夢（島田雅彦）…………… 59
うらぎゅう（小山田浩子）…………… 72
砂糖で満ちてゆく（澤西祐典）……… 83
夫を買った女（瀬戸内寂聴）………… 94
恋文の値段（瀬戸内寂聴）…………… 97
あなめ（藤沢周）……………………… 99
ショッピングモールで過ごせなかった休日
　（岡田利規）………………………… 109
熊（加賀乙彦）………………………… 120
�蹐の門（西村賢太）……………… 132
骨風（篠原勝之）……………………… 144
ピエタとトランジ（藤野可織）……… 157
訪問（吉田知子）……………………… 171
その場小説―黄・スモウ・チェス（いしい
　しんじ）……………………………… 193
エビくん（浅生鴨）…………………… 202
family affair（平野啓一郎）………… 219
別所さん（絲山秋子）………………… 242
ミス・アイスサンドイッチ（川上未映子）‥ 248
フェリシティの面接（津村記久子）… 295
作者紹介……………………………… 306

［**1063**］ **文学**　2015
日本文藝家協会編
講談社　2015.4　298p　20cm
3500円
ISBN978-4-06-219447-1

「文学2015」解説（川村湊）…………… 1
男鹿（小池昌代）……………………… 19
クエルボ（星野智幸）………………… 31
藁の夫（本谷有希子）………………… 42

その他（日本） 1065

ガーデン・ノート（鹿島田真希）……………… 52
あしたまた昼寝するね（川上未映子）……… 63
みだれ尺（黒田夏子）…………………………… 72
歌の声（河野多惠子）…………………………… 78
ミス転換の不思議な赤（多和田葉子）……… 87
松明綱引き（又吉栄喜）………………………… 99
虫やしない（山田詠美）……………………… 111
神さまに会いにいく（角田光代）………… 122
昇天（金井美恵子）…………………………… 136
雀（桐野夏生）…………………………………… 145
崖（高樹のぶ子）………………………………… 156
こたつのUFO（綿矢りさ）………………… 167
春の坂道（古井由吉）………………………… 181
渇いた梢（藤田愛子）………………………… 197
大自然（彩瀬まる）…………………………… 205
鯨や東京や三千の修羅や（古川日出男）…… 208
泥棒（滝口悠生）……………………………… 230
悪の花（小野正嗣）…………………………… 253
蜥蜴（谷崎由依）……………………………… 265
作者紹介 ……………………………………… 296

［1064］ 文学 2016
日本文藝家協会編
講談社 2016.4 291p 20cm
3500円
ISBN978-4-06-220011-0

「文学2016」解説（富岡幸一郎）……………… 1
秘宝館（いしいしんじ）………………………… 19
コノドント展（絲山秋子）……………………… 29
夏、訃報、純愛（保坂和志）…………………… 34
石蹴り（松浦寿輝）……………………………… 42
鉢かづき（青山七恵）…………………………… 54
うらしま（日和聡子）…………………………… 67
ココナツの樹のある家（楊逸）………………… 80
首飾り（辻原登）………………………………… 91
おでんの卵を半分こ（片岡義男）…………… 109
カーディガン（佐藤モニカ）………………… 126
牟名主（津村記久子）………………………… 148
伊皿子の犬とパンと種（長野まゆみ）……… 169
越境と逸脱（山崎ナオコーラ）……………… 187
病棟の窓（大城立裕）………………………… 198
無声抄（諏訪哲史）…………………………… 211
まるで砂糖菓子（乙川優三郎）……………… 226

ポンペイアンレッド（高樹のぶ子）……… 238
前世は兎（吉村萬壱）………………………… 254
globarise（木下古栗）………………………… 271
なもあみだんぶーさんせうだゆう（姜信
子）………………………………………… 279

［1065］ 文学で考える〈日本〉とは
何か
飯田祐子, 日高佳紀, 日比嘉高編
双文社出版 2007.4 197p 21cm
1900円
ISBN978-4-88164-085-2

はじめに ………………………………………… 1
I 〈日本〉をつくる …………………………… 7
普請中（森鷗外）……………………………… 8
武蔵野（国木田独歩）……………………… 15
十二月八日（太宰治）……………………… 30
コラム「ディスカバー・ニッポン」（日高
佳紀）…………………………………… 39
II 帝国〈日本〉………………………………… 41
マリヤン（中島敦）………………………… 42
祝といふ男（牛島春子）…………………… 50
幼年、辻詩海、合唱について、くらいま
つくす（金鍾漢）…………………………… 65
コラム「歴史小説と〈日本〉のアイデン
ティティ」（日比嘉高）…………………… 69
III 〈戦後〉を生きる ………………………… 71
火垂るの墓（野坂昭如）…………………… 72
アメリカン・スクール（小島信夫）……… 90
水滴（目取真俊）…………………………… 117
コラム「新国家、樹立？」（飯田祐子）… 138
IV それぞれの〈日本〉……………………… 139
証しの空文（鳩沢佐美夫）………………… 140
仲間（リービ英雄）………………………… 165
母に連れられて荒れ地に住み着く（伊藤
比呂美）……………………………………… 192

341

その他（日本）

[1066] 文学で考える〈日本〉とは
何か
飯田祐子, 日高佳紀, 日比嘉高編
翰林書房　2016.9　197p　21cm
1900円
ISBN978-4-87737-403-7

はじめに …………………………………… 1
I 〈日本〉をつくる ………………………… 7
　普請中（森鷗外） ………………………… 8
　武蔵野（国木田独歩） …………………… 15
　十二月八日（太宰治） …………………… 30
　コラム「ディスカバー・ニッポン」（日高
　　佳紀） ………………………………… 39
II 帝国〈日本〉 …………………………… 41
　マリヤン（中島敦） ……………………… 42
　祝といふ男（牛島春子） ………………… 50
　幼年, 辻詩 海, 合唱について, くらいま
　　つくす（金鍾漢） ……………………… 65
　コラム「歴史小説と〈日本〉のアイデンティ
　　ティ」（日比嘉高） …………………… 69
III 〈戦後〉を生きる ……………………… 71
　火垂るの墓（野坂昭如） ………………… 72
　アメリカン・スクール（小島信夫） …… 90
　水滴（目取真俊） ……………………… 117
　コラム「新国家, 樹立？」（飯田祐子） … 138
IV それぞれの〈日本〉 ………………… 139
　証しの空文（鳩沢佐美夫） …………… 140
　仲間（リービ英雄） …………………… 165
　母に連れられて荒れ地に住み着く（伊藤
　　比呂美） ……………………………… 192

[1067] 文豪さんへ。―近代文学
トリビュートアンソロジー
ダ・ヴィンチ編集部編
メディアファクトリー　2009.12
237p　15cm　552円　（MF文庫 た-
4-1―ダ・ヴィンチ）
ISBN978-4-8401-3146-9

縁側（北村薫） ……………………………… 7
　インタビュー 夏目漱石『門』を語る（北村薫）‥ 19

門（夏目漱石） …………………………… 25
虎（田口ランディ） ……………………… 55
　インタビュー 中島敦『山月記』を語る（田口
　　ランディ） …………………………… 69
山月記（中島敦） ………………………… 75
あるソムリエの話（貫井徳郎） ………… 89
　インタビュー 葉山嘉樹『セメント樽の中の
　　手紙』を語る（貫井徳郎） ………… 101
セメント樽の中の手紙（葉山嘉樹） …… 107
陰陽師 花の下に立つ女（ひと）（夢枕獏） … 115
　インタビュー 坂口安吾『桜の森の満開の下』
　　を語る（夢枕獏） …………………… 129
桜の森の満開の下（坂口安吾） ………… 137
手袋の花（宮部みゆき） ………………… 175
　インタビュー 新美南吉『手袋を買いに』を
　　語る（宮部みゆき） ………………… 189
手袋を買いに（新美南吉） ……………… 197
洋館（吉田修一） ………………………… 207
　インタビュー 芥川龍之介『トロッコ』を語
　　る（吉田修一） ……………………… 219
トロッコ（芥川龍之介） ………………… 227

[1068] 文豪たちが書いた耽美小
説短編集
彩図社文芸部編纂
彩図社　2015.10　222p　15cm
619円
ISBN978-4-8013-0105-4

序 ………………………………………… 3
刺青（谷崎潤一郎） ………………………… 9
過去世（岡本かの子） …………………… 21
畦道（永井荷風） ………………………… 39
袈裟と盛遠（芥川龍之介） ……………… 49
人間椅子（江戸川乱歩） ………………… 63
お小姓児太郎（室生犀星） ……………… 90
俄あれ（里見弴） ……………………… 106
少女病（田山花袋） …………………… 131
瓶詰地獄（夢野久作） ………………… 154
私は海をだきしめてゐたい（坂口安吾） … 170
片腕（川端康成） ……………………… 186
著者略歴 ……………………………… 220
出典一覧 ……………………………… 333

その他（日本）　　　1072

［1069］　文豪たちが書いた泣ける
名作短編集
彩図社文芸部編纂
彩図社　2014.9　188p　15cm
590円
ISBN978-4-8013-0012-5

序 ……………………………………… 3
眉山（太宰治）………………………… 11
鍛冶屋の子（新美南吉）……………… 28
火事とポチ（有島武郎）……………… 35
春は馬車に乗って（横光利一）……… 53
蜜柑（芥川龍之介）…………………… 75
旅への誘い（織田作之助）…………… 81
葡萄蔓の束（久生十蘭）……………… 93
よだかの星（宮沢賢治）……………… 116
高瀬舟（森鷗外）……………………… 127
恩讐の彼方に（菊池寛）……………… 143
著者略歴 ……………………………… 186
出典一覧 ……………………………… 191

［1070］　本当のうそ
講談社　2007.12　206p　20cm
1400円
ISBN978-4-06-214465-0

アイスドール（石田衣良）………………… 5
ジェリー・フィッシュの夜（谷村志穂）…… 19
たわむれ（神崎京介）……………………… 37
最初でも最期でもなく（大道珠貴）……… 55
イヤリング（吉田篤弘）…………………… 71
去勢（日向蓬）……………………………… 87
舌のさきで（山本幸久）………………… 103
ダッチオーブン（井上荒野）…………… 119
プロパー・タイム（山之口洋）………… 135
雨、やみて（橋本紡）…………………… 153
母の恋（大島真寿美）…………………… 171
赤と透明（甘糟りり子）………………… 189

［1071］　丸谷才一編・花柳小説傑
作選
丸谷才一編
講談社　2013.2　380p　16cm
1600円　（講談社文芸文庫　まA5）
ISBN978-4-06-290178-9

娼婦の部屋（吉行淳之介）………………… 7
寝台の舟（吉行淳之介）………………… 35
極刑（井上ひさし）……………………… 53
てっせん（瀬戸内晴美）………………… 66
一九二一年・梅雨 稲葉正武（島村洋子）…… 82
一九四一年・春 稲葉正武（島村洋子）… 113
母（大岡昇平）…………………………… 148
蜜柑（永井龍男）………………………… 177
甲羅類（丹羽文雄）……………………… 189
河豚（里見弴）…………………………… 214
妻を買う経験（里見弴）………………… 222
瑣事（志賀直哉）………………………… 264
山科の記憶（志賀直哉）………………… 273
痴情（志賀直哉）………………………… 282
妾宅（永井荷風）………………………… 295
花火（永井荷風）………………………… 323
葡萄棚（永井荷風）……………………… 333
町の踊り場（徳田秋声）………………… 337
哀れ（佐藤春夫）………………………… 355
解説 月は東に日は西に（杉本秀太郎）…… 364
著者紹介 ………………………………… 376
丸谷さんと『花柳小説傑作選』（原田博志）… 378

［1072］　右か、左か
沢木耕太郎編
文藝春秋　2010.1　429p　16cm
648円　（文春文庫　さ2-16—心に残
る物語—日本文学秀作選）
ISBN978-4-16-720916-2

風薫るウィーンの旅六日間（小川洋子）…… 9
魔術（芥川龍之介）……………………… 29
黄金の腕（阿佐田哲也）………………… 45
その木戸を通って（山本周五郎）……… 77
プールサイド小景（庄野潤三）………… 123

343

その他（日本）

寝台(ねだい)の舟(吉行淳之介) ……………… 157
ロマネ・コンティ・一九三五年(開高健) ‥ 177
散る日本(坂口安吾) ……………… 227
ダウト(向田邦子) ……………… 265
賽子無宿(さいころむしゅく)(藤沢周平) ……… 283
人間椅子(江戸川乱歩) ……………… 341
天使が見たもの(阿部昭) ……………… 369
レーダーホーゼン(村上春樹) ……………… 391
あとがき―右か、左か(沢木耕太郎) ……… 412

［1073］ 三田文学短篇選
三田文学会編
講談社　2010.9　323p　16cm
1500円　（講談社文芸文庫　みK1）
ISBN978-4-06-290099-7

普請中(森鷗外) ……………………… 7
朝顔(久保田万太郎) ……………… 17
山の手の子(水上瀧太郎) ……………… 44
海をみに行く(石坂洋次郎) ……………… 72
村のひと騒ぎ(坂口安吾) ……………… 99
夏の花(原民喜) ……………… 118
記憶(松本清張) ……………… 140
谷間(吉行淳之介) ……………… 168
逆立(安岡章太郎) ……………… 196
形と影(伊藤桂一) ……………… 208
バンド・ボーイ(坂上弘) ……………… 235
粒子(津島佑子) ……………… 264
ともに帰るもの(立松和平) ……………… 288
解説「三田文学」の百年(田中和生) ……… 313

［1074］ 脈動―同人誌作家作品選
ファーストワン　2013.12　254p
20cm　2200円
ISBN978-4-9906232-2-7

あずき団子(三沢充男) ……………………… 7
四月一日、花曇り(亜木康子) ……………… 45
万華鏡(飛田一歩) ……………… 69
粕漬け(春木静哉) ……………… 99
回帰(水澤世都子) ……………… 145
右隣りの人(田原玲子) ……………… 177

マテリアルマダム(阿修蘭) ……………… 217
解説(尾高修也) ……………… 247

［1075］ 明治深刻悲惨小説集
講談社文芸文庫編，齋藤秀昭選
講談社　2016.6　386p　16cm
1800円　（講談社文芸文庫　こJ40）
ISBN978-4-06-290313-4

Ⅰ ……………………………………… 7
　大さかずき(川上眉山) ……………… 9
　夜行巡査(泉鏡花) ……………… 51
Ⅱ ……………………………………… 71
　蝗(いなご)うり(前田曙山) ……………… 73
　断流(田山花袋) ……………… 97
　乳母(北田薄氷) ……………… 171
Ⅲ ……………………………………… 199
　亀さん(広津柳浪) ……………… 201
　藪こうじ(徳田秋声) ……………… 245
　寝白粉(小栗風葉) ……………… 267
Ⅳ ……………………………………… 291
　女房殺し(江見水蔭) ……………… 293
　にごりえ(樋口一葉) ……………… 339
解説(齋藤秀昭) ……………… 373

［1076］ 名短篇、ここにあり
北村薫,宮部みゆき編
筑摩書房　2008.1　382p　15cm
760円　（ちくま文庫）
ISBN978-4-480-42404-4

となりの宇宙人(半村良) ……………………… 7
冷たい仕事(黒井千次) ……………… 61
むかしばなし(小松左京) ……………… 75
隠し芸の男(城山三郎) ……………… 89
少女架刑(吉村昭) ……………… 103
あしたの夕刊(吉行淳之介) ……………… 173
穴一考える人たち(山口瞳) ……………… 195
網(多岐川恭) ……………… 219
少年探偵(戸板康二) ……………… 257
誤訳(松本清張) ……………… 275
考える人(井上靖) ……………… 295
鬼(円地文子) ……………… 335

その他（日本）

解説対談―面白い短篇は数々あれど（北村
薫, 宮部みゆき）‥‥‥‥‥‥‥‥‥‥ 368

```
┌─────────────────────────────┐
│   ［1077］ 名短篇、さらにあり   │
│      北村薫, 宮部みゆき編       │
│   筑摩書房 2008.2 390p 15cm   │
│      780円 （ちくま文庫）      │
│    ISBN978-4-480-42405-1     │
└─────────────────────────────┘
```

華燭（舟橋聖一）‥‥‥‥‥‥‥‥‥‥‥‥ 7
出口入口（永井龍男）‥‥‥‥‥‥‥‥‥ 29
骨（林芙美子）‥‥‥‥‥‥‥‥‥‥‥‥ 45
雲の小径（久生十蘭）‥‥‥‥‥‥‥‥‥ 73
押入の中の鏡花先生（十和田操）‥‥‥ 113
不動図（川口松太郎）‥‥‥‥‥‥‥‥ 149
紅梅振袖（川口松太郎）‥‥‥‥‥‥‥ 163
鬼火（吉屋信子）‥‥‥‥‥‥‥‥‥‥ 193
とほほえ（内田百閒）‥‥‥‥‥‥‥‥ 205
家霊（岡本かの子）‥‥‥‥‥‥‥‥‥ 227
ぼんち（岩野泡鳴）‥‥‥‥‥‥‥‥‥ 249
ある女の生涯（島崎藤村）‥‥‥‥‥‥ 305
解説対談―小説という器の中の不思議な世
界（北村薫, 宮部みゆき）‥‥‥‥‥ 372

```
┌─────────────────────────────┐
│  ［1078］ 名短篇ほりだしもの   │
│      北村薫, 宮部みゆき編       │
│   筑摩書房 2011.1 354p 15cm   │
│   760円 （ちくま文庫 き24-4）  │
│    ISBN978-4-480-42793-9     │
└─────────────────────────────┘
```

第一部 ‥‥‥‥‥‥‥‥‥‥‥‥‥‥‥‥ 9
だめに向かって（宮沢章夫）‥‥‥‥‥ 11
探さないでください（宮沢章夫）‥‥‥ 21
「吹いていく風のバラッド」より『12』
『16』（片岡義男）‥‥‥‥‥‥‥‥‥ 31
第二部 ‥‥‥‥‥‥‥‥‥‥‥‥‥‥‥ 43
日曜日のホテルの電話（中村正常）‥‥ 45
幸福な結婚（中村正常）‥‥‥‥‥‥‥ 69
三人のウルトラ・マダム（中村正常）‥ 89
「剃刀日記」より『序』『蝶』『炭』『薔薇』
『指輪』（石川桂郎）‥‥‥‥‥‥‥ 103
少年（石川桂郎）‥‥‥‥‥‥‥‥‥‥ 135

第三部 ‥‥‥‥‥‥‥‥‥‥‥‥‥‥‥ 149
カルメン（芥川龍之介）‥‥‥‥‥‥‥ 151
イヅク川（志賀直哉）‥‥‥‥‥‥‥‥ 159
亀鳴くや（内田百閒）‥‥‥‥‥‥‥‥ 163
小坪の漁師（里見弴）‥‥‥‥‥‥‥‥ 179
虎に化ける（久野豊彦）‥‥‥‥‥‥‥ 191
中村遊廓（尾崎士郎）‥‥‥‥‥‥‥‥ 211
穴の底（伊藤人譽）‥‥‥‥‥‥‥‥‥ 235
落ちてくる！（伊藤人譽）‥‥‥‥‥‥ 261
探し人（織田作之助）‥‥‥‥‥‥‥‥ 275
人情噺（織田作之助）‥‥‥‥‥‥‥‥ 295
天衣無縫（織田作之助）‥‥‥‥‥‥‥ 307
解説対談―過呼吸になりそうなほど怖かっ
た！（北村薫, 宮部みゆき）‥‥‥‥ 332

```
┌─────────────────────────────┐
│ ［1079］ 近代童話（メルヘン）と │
│            賢治              │
│ 信時哲郎, 外村彰, 古澤夕起子, 辻本千 │
│       鶴, 森本智子編          │
│  おうふう 2014.2 208p 21cm   │
│        2000円               │
│   ISBN978-4-273-03746-8      │
└─────────────────────────────┘
```

序 ‥‥‥‥‥‥‥‥‥‥‥‥‥‥‥‥‥‥ 1
第一篇 近代童話（メルヘン）‥‥‥‥‥ 7
I 小川未明 ‥‥‥‥‥‥‥‥‥‥‥‥ 8
金の輪（小川未明）‥‥‥‥‥‥‥‥ 10
牛女（小川未明）‥‥‥‥‥‥‥‥‥ 13
野薔薇（のばら）（小川未明）‥‥‥‥ 19
赤い蠟燭と人魚（小川未明）‥‥‥‥ 23
大きな蟹（小川未明）‥‥‥‥‥‥‥ 33
II 稲垣足穂 ‥‥‥‥‥‥‥‥‥‥‥ 41
一千一秒物語（稲垣足穂）‥‥‥‥‥ 43
第三半球物語（抄）（稲垣足穂）‥‥‥ 60
ココア山の話（稲垣足穂）‥‥‥‥‥ 63
III 新美南吉 ‥‥‥‥‥‥‥‥‥‥‥ 67
詩（新美南吉）‥‥‥‥‥‥‥‥‥‥ 69
終業のベルが鳴る（新美南吉）‥‥ 69
月は（新美南吉）‥‥‥‥‥‥‥‥ 70
寓話（新美南吉）‥‥‥‥‥‥‥‥ 71
ごん狐（新美南吉）‥‥‥‥‥‥‥‥ 73
うた時計（新美南吉）‥‥‥‥‥‥‥ 81
狐（新美南吉）‥‥‥‥‥‥‥‥‥‥ 92
〔コラム〕文学館、記念館―未明・南吉・
賢治 ‥‥‥‥‥‥‥‥‥‥‥‥‥ 104

第二篇　宮沢賢治 …………………… 105
　詩（宮沢賢治）…………………… 106
　　蠕虫舞手（アンネリダタンツェーリン）（宮沢
　　　賢治）………………………… 107
　　〔今日は一日あかるくにぎやかな雪
　　　降りです〕（宮沢賢治）……… 109
　　〔わたくしどもは〕（宮沢賢治）…… 109
　　〔雨ニモ負ケズ〕（宮沢賢治）…… 110
　　月天子（宮沢賢治）…………… 111
　　よだかの星（宮沢賢治）……… 113
　　『注文の多い料理店』序/注文の多い料
　　　理店（宮沢賢治）…………… 121
　　やまなし（宮沢賢治）………… 134
　　シグナルとシグナレス（宮沢賢治）…… 141
　　虔十（けんじゅう）公園林（宮沢賢治）…… 162
　　なめとこ山の熊（宮沢賢治）… 171
　　セロ弾きのゴーシュ（宮沢賢治）…… 181
　　［コラム］足穂、南吉と賢治、未明 …… 199
　小川未明・稲垣足穂・新美南吉・宮沢賢治
　　略年譜 ………………………… 200
　あとがき ………………………… 206
　編者紹介 ………………………… 208

```
┌─────────────────────────────┐
│　［1081］　躍進―C★NOVELS大賞 │
│　　　　作家アンソロジー         │
│　中央公論新社　2012.11　165p   │
│　18cm　500円　（C・NOVELS      │
│　　　Fantasia　ん1-1）          │
│　ISBN978-4-12-501227-8          │
└─────────────────────────────┘
```

占師と盗賊（九条菜月）…………………… 6
警邏ニダスの目を逸らしたい現実（岡野め
　ぐみ）…………………………………… 32
sprout（葦原青）………………………… 58
いつかの情景（あやめゆう）…………… 84
燼灰を薙ぐおろか者（尾白未果）……… 110
曙光の円舞曲（夏目翠）………………… 140
COMMENT ……………………………… 166

```
┌─────────────────────────────┐
│　　　［1082］　闇市              │
│　　　マイク・モラスキー編       │
│　皓星社　2015.9　335p　19cm    │
│　　1700円　（紙礫　1）          │
│　ISBN978-4-7744-0605-3          │
└─────────────────────────────┘
```

はじめに ………………………………… 巻頭
貨幣（太宰治）…………………………… 12
軍事法廷（耕治人）……………………… 21
裸の捕虜（鄭承博）……………………… 50
桜の下にて（平林たい子）……………… 114
にぎり飯（永井荷風）…………………… 129
日月様（坂口安吾）……………………… 143
浣腸とマリア（野坂昭如）……………… 163
訪問客（織田作之助）…………………… 190
蜆（梅崎春生）…………………………… 213
野ざらし（石川淳）……………………… 235
蝶々（中里恒子）………………………… 267
解説（マイク・モラスキー）…………… 287
著者紹介 ………………………………… 332

```
┌─────────────────────────────┐
│　［1080］　ものがたりのお菓子箱 │
│　　　　安西水丸絵               │
│　飛鳥新社　2008.11　288p　20cm │
│　　　　1800円                   │
│　ISBN978-4-87031-882-3          │
└─────────────────────────────┘
```

魚の李太白（りたいはく）（谷崎潤一郎）………… 7
僕の帽子のお話（有島武郎）…………… 29
月夜とめがね（小川未明）……………… 45
一つのメルヘン（中原中也）…………… 59
愛撫（梶井基次郎）……………………… 65
片腕（川端康成）………………………… 77
雨のなかの噴水（三島由紀夫）………… 119
ボッコちゃん（星新一）………………… 137
幸福（中島敦）…………………………… 149
白毛（井伏鱒二）………………………… 165
するめ（伊丹十三）……………………… 189
蝿（吉行淳之介）………………………… 203
月のアペニン山（深沢七郎）…………… 213
死なない蛸（萩原朔太郎）……………… 245
ギプスを売る人（小川洋子）…………… 253
出典 ……………………………………… 287

その他（日本）　　　1086

［1083］　幽霊でもいいから会いたい
リンダブックス編集部編
泰文堂　2014.10　220p　15cm
571円　（リンダブックス）
ISBN978-4-8030-0601-8

「妹」は幽霊（谷口雅美）………………… 5
嫁の指定席（野坂律子）…………………… 38
タイムカプセル（甲木千絵）……………… 66
幽霊の時計（美崎理恵）…………………… 96
かすかなひかり（髙橋幹子）……………… 128
給湯室の女王（西条りくる）……………… 160
ただいま、見守り休暇中（源祥子）……… 190

［1084］　ゆくりなくも
シニア文学〈鶴〉編集委員会編
鶴書院　2009.11　145p　20cm
1500円　（シニア文学秀作選　第13
集）
ISBN978-4-434-13909-3

ペット談義（浦田千鶴子）………………… 7
亡き妻を恋ふる歌（根本勲）……………… 15
陶芸造り（是佐武子）……………………… 27
昭和エレジー（立石一夫）………………… 35
こころ日和（横山悦子）…………………… 45
星のたより（田口静香）…………………… 73
刻（とき）の風景（佐藤善秀）…………… 81
空色のストケシア―遠い日への誘い（國吉
和子）……………………………………… 89
緑の森を求めて―二つの大地（新井信子）‥ 105
あとがき（井口哲夫）……………………… 144

［1085］　夢
SDP　2009.7　138p　15cm　381円
（SDP bunko）
ISBN978-4-903620-63-3

夢十夜（夏目漱石）………………………… 5

真夏の夢（有島武郎）……………………… 47
夢（芥川龍之介）…………………………… 69
夏の夜の夢（岡本かの子）………………… 85
夢（森鷗外）………………………………… 105
夢の影響（与謝野晶子）…………………… 111
夢（萩原朔太郎）…………………………… 117
夢もろもろ（横光利一）…………………… 127

**［1086］　蘇らぬ朝「大逆事件」以後
の文学**
池田浩士編・解説
インパクト出版会　2010.12　323p
19cm　2800円　（インパクト選書
2）
ISBN978-4-7554-0206-7

I　冬の時代を生きる………………………… 3
奴等の力（大杉栄）………………………… 7
夏（荒畑寒村）……………………………… 10
ある墓（田山花袋）………………………… 49
或る女の幻想（佐藤春夫）………………… 53
II　韜晦・抵抗・唱和………………………… 77
花火（永井荷風）…………………………… 79
蘇らぬ朝（武藤直治）……………………… 89
『憂国志談大逆陰謀の末路』より（池雪
蕾）……………………………………… 105
III　内在化される歴史……………………… 143
芻言（今村力三郎）………………………… 147
いたづら書（沖野岩三郎）………………… 187
蜜柑の皮（尾崎士郎）……………………… 210
IV　体験の共有に向かって………………… 229
『幸徳一派大逆事件顚末』「自序」および
「自跋」（宮武外骨）………………… 231
『自叙伝』より（石川三四郎）………… 237
啄木の日をむかえて（中野重治）……… 271
「大逆帖」覚え書（近藤真柄）………… 283
大逆事件の思い出（佐藤春夫）………… 297
解説―「大逆事件」の文学表現を読む（池
田浩士）………………………………… 303

347

その他（日本）

[1087] 読んでおきたい近代日本
小説選
須田久美編
龍書房　2012.4　358p　21cm
2381円
ISBN978-4-903418-94-0

はじめに ………………………………… 5
あいびき（二葉亭四迷）………………… 7
外科室（泉鏡花）………………………… 16
にごりえ（樋口一葉）…………………… 24
十三夜（樋口一葉）……………………… 42
春の鳥（国木田独歩）…………………… 53
竹の木戸（国木田独歩）………………… 61
伸び支度（島崎藤村）…………………… 74
三四郎（抄録）（夏目漱石）…………… 80
普請中（森鷗外）………………………… 98
最後の一句（森鷗外）…………………… 103
花火（永井荷風）………………………… 112
雪解け（永井荷風）……………………… 118
刺青（谷崎潤一郎）……………………… 133
幇間（谷崎潤一郎）……………………… 139
正義派（志賀直哉）……………………… 151
清兵衛と瓢箪（志賀直哉）……………… 156
An Incident（有島武郎）……………… 160
小さき者へ（有島武郎）………………… 166
雪の日（近松秋江）……………………… 175
哀しき父（葛西善蔵）…………………… 183
椎の若葉（葛西善蔵）…………………… 190
業苦（嘉村礒多）………………………… 197
足相撲（嘉村礒多）……………………… 213
蜜柑（芥川龍之介）……………………… 218
玄鶴山房（芥川龍之介）………………… 221
身投げ救助業（菊池寛）………………… 233
忠直卿行状記（菊池寛）………………… 239
淫売婦（葉山嘉樹）……………………… 262
セメント樽の中の手紙（葉山嘉樹）…… 276
電報（黒島傳治）………………………… 279
渦巻ける烏の群（黒島傳治）…………… 286
人を殺す犬（小林多喜二）……………… 306
瀧子其他（小林多喜二）………………… 309
蝿（横光利一）…………………………… 323
頭ならびに腹（横光利一）……………… 328
檸檬（梶井基次郎）……………………… 332

桜の樹の下には（梶井基次郎）………… 337
聖家族（堀辰雄）………………………… 339
所収作品を初出・収録本一覧 ………… 355

[1088] ろうそくの炎がささやく
言葉
管啓次郎, 野崎歓編
勁草書房　2011.8　201p　21cm
1800円
ISBN978-4-326-80052-0

ろうそくがともされた（谷川俊太郎）… 2
赦（ゆる）されるために（古川日出男）… 7
片方の靴（新井高子）…………………… 10
ヨウカイだもの（中村和恵）…………… 16
ワタナベさん（中村和恵）……………… 19
わたしを読んでください。（関口涼子）… 24
白い闇のほうへ（岬多可子）…………… 34
今回の震災に記憶の地層を揺さぶられて
　（細見和之）…………………………… 38
祈りの夜（山崎佳代子）………………… 43
帰りたい理由（鄭暎惠）………………… 49
よき夕べ（ジャン・ポーラン著，笠間直穂
　子訳）…………………………………… 55
哀しみの井戸（根本美作子）…………… 58
文字たちの輪舞（ロンド）（石井洋二郎）…… 61
マグニチュード（ミシェル・ドゥギー著，
　西山雄二訳）…………………………… 70
（ひとつの心が…）（エミリー・ディキンソ
　ン著，柴田元幸訳）…………………… 73
インフルエンザ（スチュアート・ダイベッ
　ク著，柴田元幸訳）…………………… 74
この まちで（ぱくきょんみ）………… 77
箱のはなし（明川哲也）………………… 96
ローエングリンのビニール傘（田内志文）… 104
あらゆるものにまちがったラベルのついた
　王国（エイミー・ベンダー著，管啓次郎
　訳）……………………………………… 112
ピアノのそばで（林巧）………………… 119
めいのレッスン（小沼純一）…………… 123
語りかける、優しいことば—ペローの「昔話」
　（工藤庸子）…………………………… 131
しろねこ（エリザベス・マッケンジー著，
　管啓次郎訳）…………………………… 138
月夜のくだもの（文月悠光）…………… 149

その他（日本）　　1092

樹のために―カリン・ボイエの詩によせて（冨原眞弓）…………154
天文台クリニック（堀江敏幸）…………159
地震育ち（野崎歓）…………171
日本の四季（ジャン＝フィリップ・トゥーサン著，野崎歓訳）…………176
フルートの話（旦敬介）…………182
川が川に戻る最初の日（管啓次郎）…………190
あとがき…………197
写真家、装幀家より（新井卓，岡澤理奈）…200

［1089］　別れ
SDP　2009.9　268p　15cm　429円
（SDP bunko）
ISBN978-4-903620-66-4

グッド・バイ（太宰治）…………5
花園の思想（横光利一）…………49
曠野（堀辰雄）…………87
普請中（ふしんちゅう）（森鷗外）…………113
耽溺（たんでき）（岩野泡鳴）…………127

［1090］　忘れがたい者たち―ライトノベル・ジュブナイル選集
創英社出版事業部編
創英社　2007.7　195p　18cm
1200円
ISBN978-4-434-10723-8

描きおろし作品：Sleep（喜納渚）…………7
スカイ・コンタクト（平田健）…………15
きょうだい（ミトサキ）…………33
プロポーズ（岩泉良平）…………43
「運動会」の幕引き（田中大也）…………57
現実離脱（朝凪ちるこ）…………69
神様を待つ（葉原あきよ）…………91
超自傷行為（そうざ）…………107
カラスノユメ（小川雄輝）…………119
水面に眠る（日下唄）…………135
ユリイカ（山之内芳枝）…………153
僕の話を聞いてくれませんか？（岩泉良平）…………167

種。（鍋家楽士）…………181

［1091］　忘れない。―贈りものをめぐる十の話
ダ・ヴィンチ編集部編
メディアファクトリー　2007.12
215p　15cm　570円
ISBN978-4-8401-2122-4

ワスレナグサ（市川拓司）…………9
虹色の傘（大島真寿美）…………29
メーカーズマーク（樋口直哉）…………51
カノジョの飴（生田紗代）…………73
四月の風はさくら色（村崎友）…………91
引き出物（畠中恵）…………111
a fortune slip（福田栄一）…………133
夜のかさぶた（長谷川純子）…………153
雪が降る（山本幸久）…………179
クリスマスローズ（小手鞠るい）…………199

［1092］　早稲田作家処女作集
早稲田文学, 市川真人編
講談社　2012.6　330p　16cm
1500円　（講談社文芸文庫　わE1）
ISBN978-4-06-290163-5

半世紀の早稲田作家（青野季吉）…………9
寂寞（正宗白鳥）…………17
　解説（稲垣達郎）…………53
町はずれ（中村星湖）…………55
処女作の感想（中村星湖）…………79
蜥蜴（吉田絃二郎）…………80
処女作を出したころ（吉田絃二郎）…………92
恭三の父（加能作次郎）…………93
　解説（稲垣達郎）…………113
爪（牧野信一）…………115
　解説（稲垣達郎）…………127
氷る舞踏場（中河与一）…………129
氷る舞踏場（中河与一）…………150
御身（横光利一）…………151
　解説（稲垣達郎）…………178
山椒魚（井伏鱒二）…………180

その他（日本）

「山椒魚」について（井伏鱒二）……………… 190
山（浅見淵）……………………………………… 191
「山」について（浅見淵）……………………… 200
死児を焼く二人（逸見広）……………………… 202
「死児を焼く二人」顛末記（逸見広）………… 227
早春の蜜蜂（尾崎一雄）………………………… 229
処女作回想（尾崎一雄）………………………… 245
鮎（丹羽文雄）…………………………………… 246
「鮎」に就いて（丹羽文雄）…………………… 267
海豹（八木義徳）………………………………… 268
処女作の思い出（八木義徳）…………………… 296
蜃気楼（宮内寒弥）……………………………… 297
感想（宮内寒弥）………………………………… 304
あとがき（岩城順二郎）………………………… 305
解説（市川真人）………………………………… 307
著者紹介…………………………………………… 328

［1093］　私小説名作選　上
中村光夫選，日本ペンクラブ編
講談社　2012.5　279p　16cm
1400円　（講談社文芸文庫　なH5）
ISBN978-4-06-290158-1

少女病（田山花袋）……………………………… 7
風呂桶（徳田秋声）……………………………… 29
黒髪（近松秋江）………………………………… 37
戦災者の悲しみ（正宗白鳥）…………………… 80
城の崎にて（志賀直哉）………………………… 97
崖の下（嘉村礒多）……………………………… 106
檸檬（梶井基次郎）……………………………… 137
富嶽百景（太宰治）……………………………… 146
突堤にて（梅崎春生）…………………………… 173
鯉（井伏鱒二）…………………………………… 187
虫のいろいろ（尾崎一雄）……………………… 194
ブロンズの首（上林暁）………………………… 211
耳学問（木山捷平）……………………………… 229
接木の台（和田芳恵）…………………………… 247
セキセイインコ（井上靖）……………………… 265
著者紹介…………………………………………… 277

［1094］　私小説名作選　下
中村光夫選，日本ペンクラブ編
講談社　2012.6　263p　16cm
1400円　（講談社文芸文庫　なH6）
ISBN978-4-06-290159-8

私々小説（藤枝静男）…………………………… 7
歩哨の眼について（大岡昇平）………………… 21
家の中（島尾敏雄）……………………………… 32
寺泊（水上勉）…………………………………… 61
陰気な愉しみ（安岡章太郎）…………………… 78
小えびの群れ（庄野潤三）……………………… 94
男と九官鳥（遠藤周作）………………………… 116
食卓の光景（吉行淳之介）……………………… 149
魚撃ち（田中小実昌）…………………………… 161
拳銃（三浦哲郎）………………………………… 190
仙石原（高井有一）……………………………… 204
私小説の系譜―対談解説（中村光夫，水上
　勉）……………………………………………… 227
参考資料 私小説について『日本近代文学
　大事典』………………………………………… 245
　　私小説（わたくししょうせつ）（猪野謙二）……… 246
　　私小説（わたくししょうせつ）論（小笠原克）…… 257
著者紹介…………………………………………… 262

［1095］　我等、同じ船に乗り
桐野夏生編
文藝春秋　2009.11　463p　16cm
686円　（文春文庫　き19-13―心に残
る物語―日本文学秀作選）
ISBN978-4-16-760213-0

孤島夢（島尾敏雄）……………………………… 9
その夜（島尾ミホ）……………………………… 21
菊枕（松本清張）………………………………… 49
骨（林芙美子）…………………………………… 77
芋虫（江戸川乱歩）……………………………… 103
忠直卿行状記（菊池寛）………………………… 135
水仙（太宰治）…………………………………… 181
ねむり姫（澁澤龍彦）…………………………… 205
戦争と一人の女（坂口安吾）…………………… 251
続戦争と一人の女（坂口安吾）………………… 273

その他（日本）　　　　1098

鍵（谷崎潤一郎）……………………… 299
あとがき―我等、同じ船に乗り（桐野夏生）‥ 456

［1096］　**Anniversary 50**―カッ
パ・ノベルス創刊50周年記念作品
光文社　2009.12　417,17p　18cm
1100円　（Kappa novels）
ISBN978-4-334-07690-0

深泥丘奇談―切断（綾辻行人）…………… 7
雪と金婚式（有栖川有栖）……………… 53
五十階で待つ（大沢在昌）……………… 107
進々堂世界一周シェフィールド、イギリス
（島田荘司）…………………………… 133
古井戸（田中芳樹）……………………… 183
夏の光（道尾秀介）……………………… 215
博打眼（ばくちがん）（宮部みゆき）…… 259
天の配剤（はいびょう）（森村誠一）…… 333
未来の花（横山秀夫）…………………… 385

［1097］　**BUNGO**―文豪短篇傑
作選
角川書店　2012.8　299p　15cm
552円　（角川文庫　ん45-1）
ISBN978-4-04-100320-6

高瀬舟―一九一六（大正五）年一月（森鴎外）‥ 7
富美子の足―一九一九（大正八）年六–七
月（谷崎潤一郎）……………………… 25
魔術―一九一九（大正八）年一一月（芥川龍
之介）…………………………………… 77
注文の多い料理店―一九二一（大正一〇）
年一一月（宮沢賢治）………………… 95
檸檬―一九二五（大正一四）年一月（梶井基
次郎）…………………………………… 111
鮨―一九三九（昭和一四）年一月（岡本かの
子）……………………………………… 123
黄金風景―一九三九（昭和一四）年三月（太
宰治）…………………………………… 153
幸福の彼方―一九四〇（昭和一五）年（林芙
美子）…………………………………… 163
グッド・バイ―一九四八（昭和二三）年六月
（太宰治）……………………………… 185

人妻―一九四九（昭和二四）年一〇月（永井
荷風）…………………………………… 223
握った手―一九五四（昭和二九）年四月（坂
口安吾）………………………………… 241
乳房―一九六六（昭和四一）年五月（三浦哲
郎）……………………………………… 267
注釈………………………………………… 294

［1098］　**C・N 25**―C・novels創刊
25周年アンソロジー
C・novels編集部編
中央公論新社　2007.11　795p
18cm　1600円　（C novels）
ISBN978-4-12-501000-7

Gallery 1 ギャラリー（鈴木理華、沖麻実也、
椋本夏夜、木々、椎名優、由貴海里、ひたき、
桃川春日子、金田榮路、三好載克、士郎正
宗、安田忠幸、佐藤道明、高荷義之、生瀬範
義画）…………………………………… 1
Gallery 3 ギャラリー（那知上陽子、高里ウ
ズ、吟鳥子、相沢美良、鳥子、凪かすみ、香
坂ゆう、柴倉乃也、田口順子画）……… 707
荒巻義雄インタビュー 私とノベルスの25年（荒巻
義雄）…………………………………… 20
C★NOVELS、その栄光の軌跡 ………… 30
花嫁（荒巻義雄）………………………… 32
最後の街（誉田哲也）…………………… 48
黒猫非猫（くろねこにあらず）―ユーフォリ・
テクニカ0.99.1（定金伸治）…………… 74
闇の底の狩人（横山信義）……………… 100
予告探偵 カタコンベの謎（太田忠司）… 120
コミック いつか金だらいな日々―轟拳ヤマト
外伝（飯島祐輔）……………………… 149
猫たちの戦野―皇国の守護者外伝（佐藤大
輔）……………………………………… 158
ハードボイルドごっこ（鯨統一郎）…… 174
高射噴進砲隊―覇者の戦塵（谷甲州）… 194
ナイン・ライブス―スカイ・クロラ番外篇
（森博嗣）……………………………… 218
特別対談 森博嗣×荻原規子（森博嗣、荻原規
子）……………………………………… 242
帰郷―曙光の誓い後日譚（花田一三六）… 254
我等が猫たちの最良の年（三木原慧一）… 274
砕牙―聖刻群龍伝（千葉暁）…………… 302

351

神隠し谷の惨劇―サイレント・コア番外篇
　（大石英司）……………………………… *330*
Gallery 2 ギャラリー（西口司郎、東雲騎士、
　獅子猿,Wolfina、小林智美、皇なつき、小
　島文美画）……………………………… *361*
C★NOVELS、大賞SPECIAL Gallery（深
　遊、岩崎美奈子、山本ヤマト、伊藤明十、鹿
　澄ハル, カズアキ画）……………………… *369*
歴代受賞者は語る―C★NOVELS大賞受賞
　者アンケート ……………………………… *377*
C★NOVELS大賞とるには座談会―傾向と
　対策 ………………………………………… *384*
夜半を過ぎて―煌夜祭前夜（多崎礼）……… *390*
エルの遁走曲（フーガ）―オルデンベルク探偵
　事務所録外伝（九条菜月）……………… *418*
還らざる月、灰緑の月―契火の末裔外伝
　（篠月美弥）………………………………… *448*
絶対不運装置―ドラゴンキラーありますそ
　の後（海原育人）………………………… *476*
コミック スペインイタリア珍道中（鈴木理
　華）………………………………………… *505*
翻訳ファンタジー特集 駒崎優インタビュー―翻
　訳シリーズ誕生前夜（駒崎優）………… *522*
翻訳ファンタジー特集 魅惑の翻訳ファンタジー
　座談会（原島文世）……………………… *526*
彼女のユニコーン、彼女の猫―西の善き魔
　女番外篇（荻原規子）…………………… *540*
コミック 秘密の女王会議―原作：荻原規子
　『西の善き魔女』（桃川春日子）………… *581*
黒白（こくびゃく）（井上祐美子）………… *588*
あれから3年―翼は碧空を翔けて（三浦真奈
　美）………………………………………… *610*
コミック シンデレラ―クラッシュ・ブレイズ
　（鈴木理華）……………………………… *641*
市場にて―バンダル・アード＝ケナード（駒
　崎優）……………………………………… *662*
猫と三日月―熱砂の星パライソ外伝（宝珠
　なつめ）…………………………………… *682*
ノップスの十戒―PARTNER EX（柏枝真
　郷）………………………………………… *718*
がんばれ、ブライスくん！―デルフィニア
　戦記外伝（茅田砂胡）…………………… *738*

```
［1099］ Colors
ホーム社  2008.4  251p  19cm
1600円
ISBN978-4-8342-5145-6
```

黄色い冬（藤田宜永）………………………… *5*
空の青さを（宮下奈都）……………………… *29*
真っ黒星のナイン（松樹剛史）……………… *51*
ももいろのおはか（豊島ミホ）……………… *75*
緋色の帽子（池永陽）………………………… *99*
ターコイズブルーの温もり（永井するみ）‥ *121*
金色の涙（宮本昌孝）………………………… *143*
銀の匙キラキラ（水森サトリ）……………… *165*
さよならの白（関口尚）……………………… *187*
ふかみどりどり（朝倉かすみ）……………… *207*
色色灰色（花村萬月）………………………… *229*
著者紹介 …………………………………… 巻末

```
［1100］ Colors
青春と読書編集部編
集英社  2009.10  278p  16cm
600円  （集英社文庫 特17-1)
ISBN978-4-08-746493-1
```

空の青さを（宮下奈都）……………………… *9*
黄色い冬（藤田宜永）………………………… *33*
緋色の帽子（池永陽）………………………… *57*
真っ黒星のナイン（松樹剛史）……………… *81*
ももいろのおはか（豊島ミホ）……………… *107*
ふかみどりどり（朝倉かすみ）……………… *133*
ターコイズブルーの温もり（永井するみ）‥ *157*
銀の匙キラキラ（水森サトリ）……………… *181*
さよならの白（関口尚）……………………… *205*
金色の涙（宮本昌孝）………………………… *227*
色色灰色（花村萬月）………………………… *251*
著者紹介 …………………………………… *275*

その他（日本）　　1104

［1101］　Fiction zero/narrative zero
講談社文芸Ｘ出版部編
講談社　2007.8　240,55p　21cm
1200円
ISBN978-4-06-214172-7

Fiction Zero—Seven Illusions小説・ゼロ地
　平の幻影 ……………………………… 1
　フィクションゼロ宣言（古川日出男）……… 1
　デーモン（古川日出男）…………………… 3
　コミック 女子高生日記（小島アジコ）…… 69
　ハルベリー・メイの十二歳の誕生日（将
　　吉）……………………………………… 71
　コミック 女子高生日記（小島アジコ）…… 99
　幻人ダンテ（三田誠）……………………… 101
　占職術師（ヴォケイショノロジスト）の希望（小
　　川一水）………………………………… 135
　Intermission PLAYERS OF ILLU-
　　SION ………………………………… 159
　おもひでモドキ（壁井ユカコ）…………… 161
　コミック 女子高生日記（小島アジコ）…… 189
　Drop（木葉功一）………………………… 191
　僕たちは戦士じゃない（豊島ミホ）……… 205
Narrative Zero—Six Narrationsキャラク
　ター世代の話法 ………………………… 001
　探求「話法」のゼロ地点—「ギートステ
　　イト」とポストセカイ系小説（東浩紀,
　　桜坂洋, 仲俣暁生）…………………… 001
　ガンダムからの文芸キャラクタリズム革
　　命—新ガンダム、「ガンダムユニコー
　　ン」の勝算（福井晴敏, 佐々木新）…… 015
　走り続けるネット世代の早すぎた申し子
　　—ひとりからの脱ライトノベル（桑島
　　由一）…………………………………… 027
　コミック 女子高生日記（小島アジコ）…… 031
　秋葉原から飛び立つ "たんぽぽの綿毛"
　　—元メイド・遠藤菜乃のアキバ文化通
　　信（虚淵玄）…………………………… 033
　夜明け前—注目の作家が明かす、作家の
　　はじまり…（万城目学）………………… 039
　Genius party & fiction zero 天才たちの
　　シンフォニック・コラボレーション（田
　　中栄子）………………………………… 049

［1102］　Happy Box
PHP研究所　2012.3　254p　19cm
1400円
ISBN978-4-569-80294-7

Weather（伊坂幸太郎）……………………… 5
天使（山本幸久）…………………………… 57
ふりだしにすすむ（中山智幸）…………… 111
ハッピーエンドの掟（真梨幸子）………… 167
幸せな死神（小路幸也）…………………… 211
解説（友清哲）……………………………… 249

［1103］　Happy Box
PHP研究所　2015.11　282p　15cm
660円　（PHP文芸文庫 い9-1)
ISBN978-4-569-76454-2

Weather（伊坂幸太郎）……………………… 5
天使（山本幸久）…………………………… 57
ふりだしにすすむ（中山智幸）…………… 111
ハッピーエンドの掟（真梨幸子）………… 167
幸せな死神（小路幸也）…………………… 211
解説（友清哲）……………………………… 276

［1104］　Magma　噴の巻
佐藤光直, 村上玄一責任編集
ソフト商品開発研究所　2016.10
174p　21cm　920円
ISBN978-4-86488-108-1

座談会 小説を書くという生き方（佐藤光直,
　村上玄一, 松宮彰子, 御手洗紀穂述, 万波
　鮎司会）……………………………………… 6
復刊の辞 …………………………………… 4
真鍋呉夫先生のメッセージ（中村桂子）…… 5
COLUMN 私が小説を書くのは（国府田智）… 22
蝉を喰う女（佐藤光直）…………………… 23
平凡な雨（国府田智）……………………… 49
赤に憑かれる（御手洗紀穂）……………… 77

353

その他（日本）

COLUMN いつかはお茶目さん（北野恭代）… 84
私の芸人（北野恭代）…………………… 85
雑木林（松宮彰子）……………………… 111
愛の封印1（村上玄一）………………… 133
執筆者一覧 ……………………………… 175

［1105］ Story seller
新潮社ストーリーセラー編集部編
新潮社 2009.2 674p 16cm
819円 （新潮文庫 し-63-1）
ISBN978-4-10-136671-5

首折り男の周辺（伊坂幸太郎）………… 9
プロトンの中の孤独（近藤史恵）……… 95
ストーリー・セラー（有川浩）………… 151
玉野五十鈴の誉れ（米澤穂信）………… 277
333のテッペン（佐藤友哉）…………… 351
光の箱（道尾秀介）……………………… 453
ここじゃない場所（本多孝好）………… 553

［1106］ Story seller 2
新潮社ストーリーセラー編集部編
新潮社 2010.2 523p 16cm
667円 （新潮文庫 し-63-2）
ISBN978-4-10-136672-2

マリーとメアリー──ポーカー・フェース
（沢木耕太郎）……………………… 9
合コンの話（伊坂幸太郎）……………… 35
レミング（近藤史恵）…………………… 115
ヒトモドキ（有川浩）…………………… 165
リカーシブル──リブート（米澤穂信）……… 263
444のイッペン（佐藤友哉）…………… 336
日曜日のヤドカリ（本多孝好）………… 451

［1107］ Story Seller 3
新潮社ストーリーセラー編集部編
新潮社 2011.2 536p 16cm
705円 （新潮文庫 し-63-3）
ISBN978-4-10-136673-9

男派と女派（沢木耕太郎）……………… 9
ゴールよりももっと遠く（近藤史恵）……… 35
楽園（湊かなえ）………………………… 77
作家的一週間（有川浩）………………… 163
満願（米澤穂信）………………………… 217
555のコッペン（佐藤友哉）…………… 281
片恋（さだまさし）……………………… 379

［1108］ Story seller annex
新潮社ストーリーセラー編集部編
新潮社 2014.2 381p 16cm
590円 （新潮文庫 し-63-6）
ISBN978-4-10-136676-0

暗がりの子供（道尾秀介）……………… 9
トゥラーダ（近藤史恵）………………… 103
R-18──二次元規制についてとある出版関係
者たちの雑談（有川浩）…………… 145
万灯（米澤穂信）………………………… 183
ジョン・ファウルズを探して（恩田陸）…… 283
約束（湊かなえ）………………………… 305

［1109］ X'mas Stories──一年で
いちばん奇跡が起きる日
新潮社 2016.12 285p 16cm
520円 （新潮文庫 し-21-51）
ISBN978-4-10-133256-7

逆算（朝井リョウ）……………………… 7
きみに伝えたくて（あさのあつこ）………… 65
一人では無理がある（伊坂幸太郎）………… 113
柊と太陽（恩田陸）……………………… 159
子の心、サンタ知らず（白河三兎）………… 185

荒野（あらの）の果てに（三浦しをん）………… 245

アジア

［1110］　天国の風—アジア短篇ベ
スト・セレクション
高樹のぶ子編
新潮社　2011.2　269p　20cm
1800円
ISBN978-4-10-351609-5

はじめに（高樹のぶ子）……………………… 7
天国の風（チャン・トゥイ・マイ）………… 11
ぼくと妻/女神（カム・パカー）…………… 38
　ぼくと妻 ……………………………… 41
　女神 …………………………………… 50
仔犬（ラージェンドラ・ヤーダヴ）………… 63
神様の若い天使/天使の父親（シャマン・ラ
ポガン）……………………………………… 83
　神様の若い天使 ……………………… 85
　天使の父親 …………………………… 92
男の三つのお話（ジャンビーン・ダシドン
ドグ）……………………………………… 107
時を彫る男（オカ・ルスミニ）…………… 131
謝秋娘よ、いつまでも（パンシアンリー）‥153
アンドロメダ星座まで（グレゴリオ・C.ブ
リヤンテス）……………………………… 185
親切な福姫（ポッキ）さん（パクワンソ）……… 211
写真の中の人（リーテンポ）……………… 241
あとがき ………………………………… 267

中国・台湾

[1111]　9人の隣人たちの声―中国
新鋭作家短編小説選
桑島道夫編
勉誠出版　2012.9　377p　20cm
2800円
ISBN978-4-585-29521-1

この数年僕はずっと旅している（徐則臣著，
　大橋義武訳）……………………………… 1
幻覚（周嘉寧著，河村昌子訳）…………… 41
尹親方の泥人形（葛亮著，星野幸代訳）…… 57
アメリカ（ツェリンノルブ著，桑島道夫訳）‥ 95
壁の上の父（魯敏著，加藤三由紀訳）……… 131
トラジ―桔梗謡（金仁順著，水野衛子訳）‥ 207
夜中の銃声（李修文著，多田麻美訳）……… 233
狼さんいま何時（張悦然著，杉村安幾子訳）‥ 275
五人の国王とその領土（李浩著，小笠原淳
　訳）……………………………………… 291
あとがき（桑島道夫）……………………… 371
訳者プロフィール………………………… 374

[1112]　現代中国青年作家秀作選
桑島道夫編
鼎書房　2010.10　210p　21cm
2000円
ISBN978-4-907846-72-5

また人を殺してしまった（麦家作，道上知
　弘訳）…………………………………… 5
テレクラ（葛亮作，後藤典子訳）………… 17
旅路にて（魏微作，神谷まり子訳）……… 61
父の木（李浩著，小笠原淳訳）…………… 95
山中日記（崔曼莉作，河村昌子訳）……… 117
屋上にて（徐則臣作，和田知久訳）……… 133
家（張悦然作，杉村安幾子訳）…………… 161
五つの小品―随筆（安妮宝貝作，桑島道夫
　訳）……………………………………… 189
あとがき ………………………………… 209

[1113]　じゃがいも―中国現代文
学短編集
金子わこ訳
小学館スクウェア　2007.12　319p
20cm　1905円
ISBN978-4-7979-8067-7

じゃがいも（遅子建）……………………… 5
銀色の虎（魯羊）…………………………… 43
大エルティシ川（邱華棟）………………… 79
青い模様のちりれんげ（魯羊）…………… 99
雲の上の暮らし（畢飛宇）………………… 119
花瓶（星竹）………………………………… 149
花びらの晩ごはん（遅子建）……………… 171
妹，小青（シャオチン）を憶う（畢飛宇）…… 213
俺にはなぜ愛人がいないんだろう？（東
　西）……………………………………… 235
ピンク色の夜（葉弥）……………………… 291
たとえば「銀色の虎」（竹内実）…………… 310
あとがき …………………………………… 314

[1114]　じゃがいも―中国現代文
学短編集
金子わこ訳
鼎書房　2012.2　319p　20cm
2000円
ISBN978-4-907846-89-3

じゃがいも（遅子建）……………………… 5
銀色の虎（魯羊）…………………………… 43
大エルティシ川（邱華棟）………………… 79
青い模様のちりれんげ（魯羊）…………… 99
雲の上の暮らし（畢飛宇）………………… 119
花瓶（星竹）………………………………… 149
花びらの晩ごはん（遅子建）……………… 171
妹，小青（シャオチン）を憶う（畢飛宇）…… 213
俺にはなぜ愛人がいないんだろう？（東
　西）……………………………………… 235
ピンク色の夜（葉弥）……………………… 291
たとえば「銀色の虎」（竹内実）…………… 310
あとがき …………………………………… 314

その他（アジア）

デラウェイの窓（朴晟源）……………… 187
微笑/蝸牛（鄭泳文）……………………… 221
　微笑 ………………………………………… 223
　蝸牛 ………………………………………… 241
解説に代えて　日韓文学者会議のこと（平沢
　けい）……………………………………… 247

```
［1117］　王陵と駐屯軍―朝鮮戦争
　　と韓国の戦後派文学
　　　朴暎恩，真野保久編訳
　凱風社　2014.11　325p　20cm
　　　　　　2500円
　　ISBN978-4-7736-3901-8
```

I　三八度線を南に越えて ……………………… 7
　カピタン李（全光鏞）……………………… 8
　射手（全光鏞）……………………………… 43
　誤発弾（李範宣）…………………………… 56
　鶴村の人々（李範宣）……………………… 95
　カモメ（李範宣）…………………………… 120
　脱郷（李浩哲）……………………………… 137
　南から来た人々（李浩哲）………………… 159
II　三八度線以南の作家たち ……………… 221
　王陵と駐屯軍（河瑾燦）…………………… 222
　受難二代（河瑾燦）………………………… 250
　213号住宅（金光植）……………………… 264
　神話の断崖（韓末淑）……………………… 286
用語解説 ………………………………………… 302
作家紹介 ………………………………………… 308
〈解説〉朝鮮戦争と韓国の戦後派文学……… 311
訳者あとがき …………………………………… 323

```
［1115］　血の報復―「在満」中国人
　　　作家短篇集
　　　　岡田英樹訳編
　ゆまに書房　2016.7　378p　19cm
　　　　　　2500円
　　ISBN978-4-8433-5031-7
```

序 ……………………………………………… 7
血の報復（王秋蛍）…………………………… 13
本のはなし（舒柯（王秋蛍））……………… 51
ユスラウメの花（疑遅）……………………… 75
山海外経（古丁）……………………………… 109
臭い排気ガスのなかで（山丁）…………… 143
荒野を開拓した人たち（山丁）…………… 165
掌篇小説三篇（但娣）……………………… 197
　風―わが母にささげる ………………… 199
　柴を刈る女―愛する楚珊にささげる …… 205
　忽瑪河の夜 ……………………………… 214
放牧地にて（磊磊生）……………………… 223
十日間（袁犀）……………………………… 241
ある街の一夜（関沫南）…………………… 267
河面の秋（田兵）…………………………… 289
香妃（爵青）………………………………… 321
訳者あとがき ……………………………… 351
附録　「在満」中国人作家の日訳作品目録 … 378

韓国・朝鮮

```
［1116］　いま、私たちの隣りに誰が
　　いるのか―Korean short stories
　　　　安宇植編訳
　作品社　2007.5　257p　20cm
　　　　　　1800円
　　ISBN978-4-86182-121-9
```

いま、私たちの隣りに誰がいるのか（申京
　淑）………………………………………… 5
嬉しや、救世主のおでましだ（河成蘭）…… 37
同時に（趙京蘭）…………………………… 69
星がひとつところに流れる（尹大寧）…… 117
夾竹桃の陰に（成碩済）…………………… 159

357

その他（アジア）

モンゴル

［1118］ モンゴル近現代短編小説選
G.アヨルザナ，L.ウルズィートゥグス
編，柴内秀司訳
パブリック・ブレイン　2013.8
582p　19cm　1900円
ISBN978-4-905295-21-1

モンゴル短編小説の歴程、及びこの本について (G.アヨルザナ,L.ウルズィートゥグス) ･･････････････････････････････････ 6
ダシドルジーン・ナツァグドルジ ･･･････････ 17
　暗い岩 (ダシドルジーン・ナツァグドルジ) ････････････････････････････････････ 17
　上人様の涙 (ダシドルジーン・ナツァグドルジ) ･･････････････････････････････ 24
　田舎の景観 (アマゾンカ) (ダシドルジーン・ナツァグドルジ) ･･････････････ 29
ビャムビン・リンチェン ･･･････････････････ 32
　怪物ドー最後の夢 (ビャムビン・リンチェン) ･･････････････････････････････････ 41
ドンロビィン・ナムダグ ･･･････････････････ 42
　死者を待つ (ドンロビィン・ナムダグ) ･･･ 42
　ある犬の死 (ドンロビィン・ナムダグ) ･･･ 51
センディーン・エルデネ ･･･････････････････ 57
　ホランとわたし (センディーン・エルデネ) ･････････････････････････････････････ 57
　「ホランとツァンバ (センディーン・エルデネ) ･････････････････････････････････ 67
　極楽行きの装置 (センディーン・エルデネ) ･････････････････････････････････････ 73
　家畜の土埃 (センディーン・エルデネ) ･･･ 76
　老いた鳥 (センディーン・エルデネ) ･･････ 84
　太陽の鶴 (センディーン・エルデネ) ･･････ 92
ペレンレイン・ロブサンツェレン ･･･････････ 99
　水のような空色 (ペレンレイン・ロブサンツェレン) ･････････････････････････････ 99
　ノラムティン・ウヴルにて (ペレンレイン・ロブサンツェレン) ･･･････････････ 114
ソルモーニルシーン・ダシドーロブ ･･･････ 122
　仮寝の世界 (ソルモーニルシーン・ダシドーロブ) ･･･････････････････････････ 122

ドルジーン・ガルマー ･･････････････････ 141
　狼の巣 (ドルジーン・ガルマー) ･･･････ 141
プレブジャビン・プレブスレン ･･･････････ 154
　復讐 (プレブジャビン・プレブスレン) ･･ 154
ツェンディーン・ドルジゴトブ ･･･････････ 173
　わたしはなにを探しているんだ？ (ツェンディーン・ドルジゴトブ) ･･･････････ 173
　犬は家ではおとなしい (ツェンディーン・ドルジゴトブ) ･････････････････････ 176
サンジーン・プレブ ･･･････････････････ 181
　影が騒ぐとき (サンジーン・プレブ) ･･･ 181
ジャグダリン・ラグワ ･･････････････････ 213
　十七歳だった頃 (ジャグダリン・ラグワ) ･ 213
　ラブレター (ジャグダリン・ラグワ) ･･･ 218
　心臓の夢 (ジャグダリン・ラグワ) ･･････ 221
ロブサンダムビン・ダシニャム ･･･････････ 229
　月餅 (ロブサンダムビン・ダシニャム) ･ 229
チナギーン・ガルサン ･･････････････････ 241
　役割 (チナギーン・ガルサン) ･････････ 241
　天の娘 (チナギーン・ガルサン) ･･･････ 262
ジャンチブドルジーン・ダシゼベグ ･･･････ 267
　花の萎れる夏 (ジャンチブドルジーン・ダシゼベグ) ･･･････････････････････ 267
バルジリン・ドグミド ･･････････････････ 272
　幽鬼 (バルジリン・ドグミド) ･････････ 272
ダムバダルジャーギーン・ナムスライ ･････ 289
　徳の罪 (ダムバダルジャーギーン・ナムスライ) ･･･････････････････････････ 289
ダルハーギーン・ノロブ ･･･････････････ 303
　死場所 (ダルハーギーン・ノロブ) ･･････ 303
ドルゴリン・ツェンドジャヴ ･･･････････ 318
　黄金薬箋 (ドルゴリン・ツェンドジャヴ) ･ 318
グルジャビン・ニャムドルジ ･･･････････ 322
　孤児の歌 (グルジャビン・ニャムドルジ) ･･ 322
プレブジャビン・バヤルサイハン ･･･････ 347
　二百四十二 (プレブジャビン・バヤルサイハン) ･･････････････････････････ 347
　百年 (プレブジャビン・バヤルサイハン) ･･ 360
　猿は猿 (プレブジャビン・バヤルサイハン) ･･････････････････････････････ 395
ドルジゾブディン・エンフボルド ･･･････ 428
　ジャルガルマー (ドルジゾブディン・エンフボルド) ･･･････････････････････ 428
ゲンデンジャムツィン・バダムサンボー ･･ 434
　行く (ゲンデンジャムツィン・バダムサンボー) ･･････････････････････････ 434
グンアージャビン・アヨルザナ ･･･････････ 451
　時の形容詞 (グンアージャビン・アヨル

その他（アジア）　1120

ザナ）......451
猫人種の影（グンアージャビン・アヨルザナ）......456
ロブサンドルジーン・ウルズィートゥグス..464
女性（ロブサンドルジーン・ウルズィートゥグス）......464
アクアリウム（ロブサンドルジーン・ウルズィートゥグス）......480
サンジャースレンギーン・アノーダル......494
すべて（サンジャースレンギーン・アノーダル）......494
プレブフーギーン・バトホヤグ......526
青銅の心臓（プレブフーギーン・バトホヤグ）......526
バースティン・ゾルバヤル......531
まったき（バースティン・ゾルバヤル）..531
原注......539
図......540
注釈......542
作家紹介......560
訳者あとがき......574

サイポン）......89
骨壺（ブンタノーン・ソムサイポン）.....100
ブンスーン・セーンマニー......109
故郷を離れて（ブンスーン・セーンマニー）......111
生と死（ブンスーン・セーンマニー）.....121
少年僧の夢（ブンスーン・セーンマニー）..131
金持ちの病（ブンスーン・セーンマニー）..140
フンアルン・デーンビライ......153
古い絹のシン（フンアルン・デーンビライ）......155
酒と人々（フンアルン・デーンビライ）..160
用水路の開通（フンアルン・デーンビライ）......165
ドークケート......169
森の魔力（ドークケート）......171
訳者、二元裕子さんのこと（橋本逸男）......317
訳者あとがき......320
訳者略歴......322
既刊本のご案内......333

ラオス

［1119］　ラオス現代文学選集
二元裕子編訳
大同生命国際文化基金　2013.12
321p　20cm　（アジアの現代文芸—ラオス 2）

タイ

［1120］　現代タイのポストモダン短編集
宇戸清治編訳
大同生命国際文化基金　2012.12
275p　20cm　（アジアの現代文芸タイ 16）

ドワンチャンパー......7
その一言が……（ドワンチャンパー）......9
山の端に沈む太陽（ドワンチャンパー）...18
誰がお金は神様だと言ったのか？（ドワンチャンパー）......29
価値と価格（ドワンチャンパー）......43
チャンティー・ドゥアンサワン......49
深い森の中の一夜（チャンティー・ドゥアンサワン）......51
ノビ大尉の運命（チャンティー・ドゥアンサワン）......64
ブンタノーン・ソムサイポン......77
放鳥（ブンタノーン・ソムサイポン）......79
墓地の隣の飲み屋（ブンタノーン・ソム

訳者紹介（亀山郁夫）......3
僧子虎鶏虫のゲーム（ウィン・リョウワーリン）......9
滝（カノックポン・ソンソムパン）......51
旧友の呼び声—あるいは、一つの終着点（ウティット・ヘーマムーン）......115
崩れる光（プラープダー・ユン）......147
虹の八番目の色（ビンラー・サンカーラーキーリー）......187
毒蛇（デーンアラン・セーントーン）......213
タイ文学から世界文学へ あとがきに代えて......259
訳者略歴......276
既刊本のご案内......287

ミャンマー

> **［1121］　二十一世紀ミャンマー作品集**
> 南田みどり編訳
> 大同生命国際文化基金　2015.11
> 264p　20cm　（アジアの現代文芸
> ミャンマー　9）

訳者紹介―美しい名の持ち主の誠意ある仕
事（マウン・キンミン（ダヌビュー））…… 3
第一章　生 …………………………………… 11
詩1 調弦（ピューモン）………………………… 13
詩2 予兆（トゥカメインライン）……………… 16
詩3 サムライ・キングダム（モウゾー）……… 18
詩4 リサ姐御はライザへ行ったことがある
か（ゼーヤーリン）………………… 23
短編1 霧晴れ初めし朝（チョーイマン（マン
ダレー））…………………………… 29
短編2 ぼくら、君、彼らのこと（ウー・ス
エー（ダッタニカ））………………… 48
短編3 殿方よ、愛がないならお捨てになっ
て（ミンウェーヒン）……………… 62
第二章　老 …………………………………… 77
詩1 いまおまえに見える星たちは（マウン・
ピエミン）…………………………… 79
詩2 こだわり（マ・イ）………………………… 81
詩3 時代（ティッサーニー）…………………… 84
短編1 雲輝く黄昏（ウェー（イコー））……… 92
短編2 バラの尋常ならざる夢（チューニッ）‥ 105
第三章　病 …………………………………… 115
詩1 木曜ごとに（アウンチェイン）………… 117
詩2 この詩はこれにて終わる（ヘインミャッ
ゾー）………………………………… 120
詩3 詩（マウン・ピーラー）………………… 122
詩4 聖地にて靴と靴下の着用を厳禁する（ルー
サン）………………………………… 124
短編1 小さな四つ角（モウティッウェー）… 130
短編2 青い心の人（リンタイ）……………… 138
短編3 天は蓋　土は中（ジョーゾー）……… 147
短編4 車内（グエーズィンヨーウー（モウゴ
ウ））………………………………… 156
短編5 空洞状態のままのその町（モウテッハ

ン）………………………………… 167
第四章　死 …………………………………… 179
詩1 鐘を打つ音が聞こえるか（マウン・ティ
ンカイン）…………………………… 181
詩2 私のバッグの中に一本のナイフがある
（ニョウビャーワイン）……………… 184
詩3 死んでいった者の罪状（チーゾーエー）‥ 187
詩4 存在したくないわけ（モウウェー）…… 189
詩5 次の世界のためのもうひとつの創世歌
（コウ・ニェイン（マンダレー））……… 192
短編1 帰宅（スミアウン）…………………… 195
短編2 紙飛行機（ミェーモンルィン）……… 205
短編3 黒の上下（ニーミンニョウ）………… 216
短編4 スシ（ナッムー）……………………… 227
二十一世紀のビルマ文学―解説にかえて ‥ 243
著者略歴・訳者略歴 ………………………… 264

トルコ

> **［1122］　現代トルコ文学選　2**
> 林佳世子，篁日向子編
> 東京外国語大学外国語学部トルコ語
> 専攻研究室　2012.3　265p　26cm
> （TUFS Middle Eastern studies　4）
> ISBN978-4-925243-86-5

I　人の心に、愛と、血 ……………………… 1
ボヤジュキョイで愛の流血殺人事件（ム
ラトハン・ムンガン著，篁日向子訳）‥‥ 3
チャクルの物語（フェリト・エドギュ著，
南澤沙織訳）…………………………… 9
私の魂にキスを（インジ・アラル著，内
山直子訳）……………………………… 26
愛―序章と第1章「エラ、ボストン2008
年5月17日」（エリフ・シャファク著，
吉岡春菜訳）…………………………… 37
洗濯屋の娘（オルハン・ケマル著，井口
睦美訳）………………………………… 51
アイシェとファトマ（オルハン・ケマル
著，井口睦美訳）……………………… 58
II　高原の風に、サズの音色 ……………… 63
アーゼルとヤーディギャール（ムラトハ
ン・ムンガン著，篁日向子訳）……… 65
ムラドハンとセルヴィハン　もしくは水
晶の館の一物語（ムラトハン・ムンガ

その他（欧米）

ン著，簟日向子訳）……………… *90*
ケレムとアスル—第1章「ズィヤード・
ハーンと司祭」（アドナン・ビンヤザル
著，佐藤悠香訳）……………… *108*
小川に星が流れる（エミン・ウル著，細
谷和代訳）…………………… *116*
III 流れる歴史の中で………………… *131*
あるトルコの一家の物語—第5章「変化
する秩序」（イルファン・オルガ著，池
永大駿訳）…………………… *133*
二度の訪問（メムドゥフ・シェヴケット・
エセンダル著，倉田杏実訳）………… *142*
IV 笑いに，棘と，知恵……………… *159*
3つの忠告（オメル・セイフェッティン
著，田中けやき訳）……………… *161*
潔白（オメル・セイフェッティン著，田
中けやき訳）…………………… *169*
酔っ払いが飲み屋の鏡を壊した（アズィ
ズ・ネスィン著，清川智美訳）……… *172*
走るが勝ち（アズィズ・ネスィン著，清
川智美訳）…………………… *178*
我が愛しの狂人たち—序章と「偉大なる
テロリスト」（アズィズ・ネスィン著，
吉澤旅人訳）…………………… *185*
V 子供たちに愛を………………… *197*
サイト・ファイク童話3編（サイト・ファ
イク著，菱山湧人訳）…………… *199*
ふろしき ……………………… *199*
歯と歯の痛みが何か分からない男 ⋯⋯ *202*
のっぽのオメル ………………… *205*
ラフミ・アリ『アイとギュネシュ』より
4編（ラフミ・アリ著，脇西琢己訳）⋯ *209*
第1話 アイとギュネシュ ………… *209*
第2話 スズカケノキの悲しみ……… *213*
第3話 動物のいない国 …………… *214*
第4話 勇敢な漁師と9人の盗賊 …… *217*
VI 幻想と，現実と，自分………… *221*
幸せ（ナズル・エライ著，榎本有紗訳）⋯ *223*
海辺の日曜日—第1章（ナズル・エライ
著，大門志織訳）……………… *231*
家にあるもの（ユスフ・アトゥルガン著，
加藤江美訳）…………………… *239*
毎夜，ボドゥルム—第1章（セリム・イレ
リ著，丸山礼訳）……………… *243*
雨中の物語（サイト・ファイク著，高橋
健太郎訳）…………………… *253*
著者紹介 …………………………… *260*
あとがき …………………………… *265*

欧 米

［1123］ いずれは死ぬ身
柴田元幸編訳
河出書房新社　2009.6　293p　20cm
2200円
ISBN978-4-309-20521-2

ペーパー・ランタン（スチュアート・ダイ
ベック）…………………………… *7*
ジャンキーのクリスマス（ウィリアム・バ
ロウズ）…………………………… *31*
青いケシ（ジェーン・ガーダム）………… *45*
冬のはじまる日（ブリース・D'J.パンケー
ク）………………………………… *59*
スリ（トム・ジョーンズ）………………… *71*
イモ掘りの日々（ケン・スミス）………… *83*
盗んだ子供（クレア・ボイラン）……… *105*
みんなの友だちグレーゴル・ブラウン（シ
コーリャック）…………………… *125*
いずれは死ぬ身（トバイアス・ウルフ）⋯ *129*
遠い過去（ウィリアム・トレヴァー）……… *147*
強盗に遭った（エレン・カリー）……… *163*
ブラックアウト（ポール・オースター）… *175*
同郷人会（メルヴィン・ジュールズ・ビュ
キート）…………………………… *209*
Cheap Novelties（ベン・カッチャー）…… *237*
自転車スワッピング（アルフ・マクロフラ
ン）………………………………… *241*
準備，ほぼ完了（リック・バス）……… *257*
フリン家の未来（アンドルー・ショーン・
グリア）…………………………… *271*
編訳者あとがき ……………………… *287*

361

［1124］ 厭な物語
文藝春秋　2013.2　287p　16cm
552円　（文春文庫　ク17-1）
ISBN978-4-16-781215-7

崖っぷち（アガサ・クリスティー著，中村
　妙子訳）…………………………………… 9
すっぽん（パトリシア・ハイスミス著，小
　倉多加志訳）…………………………… 45
フェリシテ（モーリス・ルヴェル著，田中
　早苗訳）………………………………… 71
ナイト・オブ・ザ・ホラー・ショウ（ジョー・
　R.ランズデール著，高山真由美訳）… 83
くじ（シャーリイ・ジャクスン著，深町眞
　理子訳）………………………………… 115
シーズンの始まり（ウラジーミル・ソロー
　キン著，亀山郁夫訳）………………… 135
判決―ある物語（フランツ・カフカ著，酒
　寄進一訳）……………………………… 155
赤（リチャード・クリスチャン・マシスン
　著，高木史緒訳）……………………… 173
言えないわけ（ローレンス・ブロック著，
　田口俊樹訳）…………………………… 179
善人はそういない（フラナリー・オコナー
　著，佐々田雅子訳）…………………… 225
うしろをみるな（フレドリック・ブラウン
　著，夏来健次訳）……………………… 263
解説（千街正之）………………………… 255

［1125］ 美しい子ども
松家仁之編
新潮社　2013.8　260p　20cm
1900円　（CREST BOOKS―新潮ク
レスト・ブックス短篇小説ベスト・
コレクション）
ISBN978-4-10-590104-2

非武装地帯（アンソニー・ドーア著，岩本
　正恵訳）…………………………………… 5
地獄/天国（ジュンパ・ラヒリ著，小川高義
　訳）……………………………………… 17
エリーゼに会う（ナム・リー著，小川高義
　訳）……………………………………… 47

自然現象（リュドミラ・ウリツカヤ著，沼
　野恭子訳）……………………………… 83
水泳チーム（ミランダ・ジュライ著，岸本
　佐知子訳）……………………………… 103
階段の男（ミランダ・ジュライ著，岸本佐
　知子訳）………………………………… 111
老人が動物たちを葬る（クレメンス・マイ
　ヤー著，杵渕博樹訳）………………… 117
美しい子ども（ディミトリ・フェルフルス
　ト著，長山さき，藤井光訳）………… 129
ヒョウ（ウェルズ・タワー著，藤井光訳）… 151
若い寡婦たちには果物をただで（ネイサン・
　イングランダー著，小竹由美子訳）… 169
リューゲン島のヨハン・セバスティアン・
　バッハ（ベルンハルト・シュリンク著，
　松永美穂訳）…………………………… 193
女たち（アリス・マンロー著，小竹由美子
　訳）……………………………………… 219
ほんとうの話（松家仁之）……………… 254

［1126］ 記憶に残っていること―
新潮クレスト・ブックス短篇小説ベ
スト・コレクション
堀江敏幸編
新潮社　2008.8　254p　20cm
1900円　（Crest books）
ISBN978-4-10-590070-0

マッサージ療法士ロマン・バーマン（デイ
　ヴィッド・ベズモーズギス）……………… 5
もつれた糸（アンソニー・ドーア）……… 25
エルクの言葉（エリザベス・ギルバート）… 39
献身的な愛（アダム・ヘイズリット）…… 55
ピルザダさんが食事に来たころ（ジュンパ・
　ラヒリ）………………………………… 81
あまりもの（イーユン・リー）………… 105
島（アリステア・マクラウド）………… 127
記憶に残っていること（アリス・マンロー）… 169
息子（ベルンハルト・シュリンク）…… 201
死者とともに（ウィリアム・トレヴァー）… 227
人はなにかを失わずになにかを得ることは
　できない（堀江敏幸）………………… 246

その他（欧米）　　1130

初出一覧 ……………………………… 188

［1127］　クィア短編小説集―名づ
けえぬ欲望の物語
大橋洋一監訳
平凡社　2016.8　334p　16cm
1400円　（平凡社ライブラリー 844）
ISBN978-4-582-76844-2

わしとわが煙突（ハーマン・メルヴィル著,
利根川真紀訳）………………………… 9
モッキングバード（アンブローズ・ビアス
著, 利根川真紀訳）…………………… 59
赤毛連盟（アーサー・コナン・ドイル著,
大橋洋一訳）…………………………… 69
三人のガリデブの冒険（アーサー・コナ
ン・ドイル著, 大橋洋一訳）………… 111
ティルニー（伝オスカー・ワイルド著, 大
橋洋一訳）…………………………… 141
ポールの場合―気質の研究（ウィラ・キャ
ザー著, 利根川真紀訳）……………… 171
彫刻家の葬式（ウィラ・キャザー著, 利根
川真紀訳）…………………………… 203
アルバート・ノッブスの人生（ジョージ・
ムア著, 磯部哲也, 山田久美子訳）…… 229
解説（大橋洋一）…………………… 311

［1128］　残響―英・米・アイルラン
ド短編小説集
小田稔訳
九州大学出版会　2011.3　188p
20cm　2400円
ISBN978-4-7985-0044-7

コルドール（ウォールター・マッケン）……… 3
傷ついた海鵜（リーアム・オフラハティ）… 25
モート（ジョン・ウェイン）……………… 33
メイマ＝ブハ（ルース・フェインライト）… 77
恐怖時代の公安委員（トマス・ハーディ）… 87
白い鹿（バッド・シュルバーグ）………… 121
ミルクマーケットの出会い（ジョン・ウィッ
カム）………………………………… 145
最後の愛（アンジェラ・フース）………… 159
訳者あとがき ……………………… 183

［1129］　楽しい夜
岸本佐知子編訳
講談社　2016.2　243p　20cm
2200円
ISBN978-4-06-219951-3

ノース・オブ（マリー＝ヘレン・ベルティー
ノ）…………………………………… 7
火事（ルシア・ベルリン）………………… 41
ロイ・スパイヴィ（ミランダ・ジュライ）… 53
赤いリボン（ジョージ・ソーンダーズ）…… 71
アリの巣（アリッサ・ナッティング）……… 95
亡骸スモーカー（アリッサ・ナッティング）… 111
家族（ブレット・ロット）………………… 121
楽しい夜（ジェームズ・ソルター）……… 143
テオ（デイヴ・エガーズ）……………… 165
三角形（エレン・クレイジャズ）………… 181
安全航海（ラモーナ・オースベル）……… 205
編訳者あとがき（岸本佐知子）………… 233

［1130］　謎の物語
紀田順一郎編
筑摩書房　2012.2　414p　15cm
820円　（ちくま文庫　き6-4）
ISBN978-4-480-42905-6

仕組まれた話 ……………………………… 8
恐ろしき, 悲惨きわまる中世のロマンス
（マーク・トウェイン著, 大久保博訳）… 9
女か虎か（F.R.ストックトン著, 紀田順
一郎訳）……………………………… 29
三日月刀の督励官（F.R.ストックトン著,
紀田順一郎訳）……………………… 41
女と虎と（J.モフィット著, 仁賀克雄訳）… 53
たくらんだ話 …………………………… 108
謎のカード（C.モフェット著, 深町眞理
子訳）………………………………… 109
謎のカード―続（C.モフェット著, 深町
眞理子訳）…………………………… 129
穴のあいた記憶（B.ペロウン著, 稲井嘉

363

正訳) ……………………… 167
気になる話 ……………………… 192
　ヒギンボタム氏の災難 (N.ホーソーン著,
　　竹村和子訳) ……………………… 193
　茶わんのなか (小泉八雲著, 平井呈一訳) ‥ 215
　指貫きゲーム (O.ヘンリー著, 紀田順一
　　郎訳) ……………………… 223
　ジョコンダの微笑 (A.ハックスリー著,
　　太田稔訳) ……………………… 247
後をひく話 ……………………… 31
　野原 (ロード・ダンセイニ著, 原葵訳) ‥ 313
　宵やみ (サキ著, 中西秀男訳) ………… 321
　園丁 (ラドヤード・キプリング著, 土岐
　　知子訳) ……………………… 331
　七階 (ディノ・ブッツァーティ著, 脇功
　　訳) ……………………… 355
解説 リドル・ストーリーの真実 (紀田順一
　　郎) ……………………… 382
解題 ……………………… 396

```
［1131］　ヒー・イズ・レジェンド
　クリストファー・コンロン編
　小学館　2010.4　445p　15cm
　819円　（小学館文庫　ヒ1-4）
　ISBN978-4-09-408392-7
```

編者はしがき (クリストファー・コンロン
　著, 白石朗訳) ……………………… 7
序文 巨匠マシスン (ラムジー・キャンベル
　著, 白石朗訳) ……………………… 9
スロットル (ジョー・ヒル, スティーヴン・
　キング著, 白石朗訳) ……………… 17
リコール (F.ポール・ウィルソン著, 風間
　賢二訳) ……………………… 97
伝説の誕生 (ミック・ギャリス著, 田中一
　江訳) ……………………… 147
OK牧場の真実 (ジョン・シャーリー著, 田
　中一江訳) ……………………… 171
ルイーズ・ケアリーの日記 (トマス・F.モ
　ンテルオーニ著, 風間賢二訳) ……… 223
ヴェンチュリ (リチャード・クリスチャン・
　マシスン著, 風間賢二訳) …………… 257
追われた獲物 (ジョー・R.ランズデール著,
　風間賢二訳) ……………………… 269
地獄の家 (ヘルハウス)にもう一度 (ナンシー・

A.コリンズ著, 幹遥子訳) …………… 305
解説 名匠リチャード・マシスン (瀬名秀
　明) ……………………… 417

```
［1132］　ベスト・ストーリーズ　1
　ぴょんぴょんウサギ球
　若島正編
　早川書房　2015.12　409p　20cm
　2500円
　ISBN978-4-15-209588-6
```

ぴょんぴょんウサギ球 (リング・ラードナー
　著, 森慎一郎訳) ……………………… 7
深夜考 (ドロシー・パーカー著, 岸本佐知
　子訳) ……………………… 17
ウルグアイの世界制覇 (E.B.ホワイト著,
　柴田元幸訳) ……………………… 29
破風荘の怪事件 (ジョン・コリア著, 若島
　正訳) ……………………… 37
人はなぜ笑うのか―そもそもほんとに笑う
　のか? (ロバート・ベンチリー著, 柴田
　元幸訳) ……………………… 47
いかにもいかめしく (ジョン・オハラ著,
　片岡義男訳) ……………………… 55
雑草 (メアリー・マッカーシー著, 谷崎由
　依訳) ……………………… 67
世界が闇に包まれたとき (シャーリイ・ジャ
　クスン著, 谷崎由依訳) ……………… 105
ホームズさん, あれは巨大な犬の足跡でし
　た! (エドマンド・ウィルソン著, 佐々
　木徹訳) ……………………… 117
飲んだくれ (フランク・オコナー著, 桃尾
　美佳訳) ……………………… 129
先生のお気に入り (ジェイムズ・サーバー
　著, 柴田元幸訳) ……………………… 147
梯子 (V.S.プリチェット著, 桃尾美佳訳) ‥ 163
ヘミングウェイの横顔―「さあ, 皆さんの
　ご意見はいかがですか?」(リリアン・ロ
　ス著, 木原善彦訳) ……………………… 191
この国の六フィート (ナディン・ゴーディ
　マー著, 中村和恵訳) ……………… 241
救命具 (アーウィン・ショー著, 佐々木徹
　訳) ……………………… 265
シェイディ・ヒルのこそこそ泥棒 (ジョン・
　チーヴァー著, 森慎一郎訳) ………… 285
楢の木と斧 (エリザベス・ハードウィック

その他（欧米）　　　　1134

著，古屋美登里訳）‥‥‥‥‥‥‥‥ 321
パルテノペ（レベッカ・ウェスト著，藤井
　光訳）‥‥‥‥‥‥‥‥‥‥‥‥‥‥ 355
編者あとがき（若島正）‥‥‥‥‥‥‥ 403

```
［1133］　ベスト・ストーリーズ　2
　　　　　蛇の靴
　　　　　若島正編
　早川書房　2016.4　388p　20cm
　　　　　2500円
　　ISBN978-4-15-209613-5
```

幸先良い出だし（シルヴィア・タウンゼン
　ド・ウォーナー著，桃尾美佳訳）‥‥‥ 5
声はどこから（ユードラ・ウェルティ著，
　渡辺佐智江訳）‥‥‥‥‥‥‥‥‥‥ 15
『俺たちに明日はない』（ポーリーン・ケー
　ル著，佐々木徹訳）‥‥‥‥‥‥‥‥ 27
手紙を書く人（アイザック・バシェヴィス・
　シンガー著，木原善彦訳）‥‥‥‥‥ 65
ホフステッドとジーンおよび、他者たち
　（ハロルド・ブロドキー著，小林久美子
　訳）‥‥‥‥‥‥‥‥‥‥‥‥‥‥ 119
お静かに願いません、只今方向転換中！（S.
　J.ペレルマン著，喜志哲雄訳）‥‥‥ 167
蛇の靴（アン・ビーティ著，宮脇孝雄訳）‥ 181
大尉の御曹司（ピーター・テイラー著，若
　島正訳）‥‥‥‥‥‥‥‥‥‥‥‥ 201
野球の織り糸（ロジャー・エンジェル著，
　森慎一郎訳）‥‥‥‥‥‥‥‥‥‥ 249
脅威（ドナルド・バーセルミ著，柴田元幸
　訳）‥‥‥‥‥‥‥‥‥‥‥‥‥‥ 285
シュノーケリング（ニコルソン・ベイカー
　著，岸本佐知子訳）‥‥‥‥‥‥‥ 293
教授のおうち（アーシュラ・K.ル・グイン
　著，谷崎由依訳）‥‥‥‥‥‥‥‥ 313
列車に乗って（ジーン・ウルフ著，若島正
　訳）‥‥‥‥‥‥‥‥‥‥‥‥‥‥ 325
マル・ヌエバ（マーク・ヘルプリン著，藤
　井光訳）‥‥‥‥‥‥‥‥‥‥‥‥ 329
編者あとがき（若島正）‥‥‥‥‥‥‥ 383

```
［1134］　ベスト・ストーリーズ　3
　　　　　カボチャ頭
　　　　　若島正編
　早川書房　2016.8　430p　20cm
　　　　　3000円
　　ISBN978-4-15-209633-3
```

昔の恋人（ウィリアム・トレヴァー著，宮
　脇孝雄訳）‥‥‥‥‥‥‥‥‥‥‥‥ 5
流されて（アリス・マンロー著，若島正訳）‥ 31
足下は泥だらけ（アニー・プルー著，上岡
　伸雄訳）‥‥‥‥‥‥‥‥‥‥‥‥ 103
百十一年後の運転手（ミュリエル・スパー
　ク著，桃尾美佳訳）‥‥‥‥‥‥‥ 147
うたがわしきは罰せず（トバイアス・ウル
　フ著，小林久美子訳）‥‥‥‥‥‥ 159
スーパーゴートマン（ジョナサン・レセム
　著，渡辺佐智江訳）‥‥‥‥‥‥‥ 189
気の合う二人（ジョナサン・フランゼン著，
　森慎一郎訳）‥‥‥‥‥‥‥‥‥‥ 221
ハラド四世の治世に（スティーヴン・ミル
　ハウザー著，柴田元幸訳）‥‥‥‥ 235
満杯（ジョン・アップダイク著，森慎一郎
　訳）‥‥‥‥‥‥‥‥‥‥‥‥‥‥ 247
カボチャ頭（ジョイス・キャロル・オーツ
　著，谷崎由依訳）‥‥‥‥‥‥‥‥ 271
共犯関係（ジュリアン・バーンズ著，桃尾
　美佳訳）‥‥‥‥‥‥‥‥‥‥‥‥ 299
プレミアム・ハーモニー（スティーヴン・
　キング著，藤井光訳）‥‥‥‥‥‥ 321
レニー♡ユーニス（ゲイリー・シュタイン
　ガート著，吉田恭子訳）‥‥‥‥‥ 341
悪しき交配（カレン・ラッセル著，松田青
　子訳）‥‥‥‥‥‥‥‥‥‥‥‥‥ 387
編者あとがき（若島正）‥‥‥‥‥‥‥ 425

365

［1135］　街角の書店─18の奇妙な物語
中村融編
東京創元社　2015.5　389p　15cm
940円　（創元推理文庫　Ｆン8-2）
ISBN978-4-488-55504-7

肥満翼賛クラブ（ジョン・アンソニー・ウェスト）……………………………… 9
ディケンズを愛した男（イーヴリン・ウォー）‥ 27
お告げ（シャーリイ・ジャクスン）………… 53
アルフレッドの方舟（ジャック・ヴァンス）‥ 85
おもちゃ（ハーヴィー・ジェイコブズ）…… 99
赤い心臓と青い薔薇（ミルドレッド・クリンガーマン）………………………… 107
姉の夫（ロナルド・ダンカン）…………… 143
遭遇（ケイト・ウィルヘルム）…………… 169
ナックルズ（カート・クラーク）………… 213
試金石（テリー・カー）…………………… 229
お隣の男の子（チャド・オリヴァー）……… 255
古屋敷（フレドリック・ブラウン）……… 273
M街七番地の出来事（ジョン・スタインベック）………………………………… 281
ボルジアの手（ロジャー・ゼラズニイ）…… 297
アダムズ氏の邪悪の園（フリッツ・ライバー）………………………………… 305
大瀑布（ハリー・ハリスン）……………… 341
旅の途中で（ブリット・シュヴァイツァー）‥ 357
街角の書店（ネルスン・ボンド）………… 367
編者あとがき（中村融）…………………… 384

［1136］　モーフィー時計の午前零時─チェス小説アンソロジー
若島正編
国書刊行会　2009.2　400p　20cm
2800円
ISBN978-4-336-05097-7

チェスという名の芸術（小川洋子）………… 1
チェスの表記法と用語解説………………… 10
モーフィー時計の午前零時（フリッツ・ライバー著，若島正訳）……………………… 15

みんなで抗議を！（ジャック・リッチー著，谷崎由依訳）…………………………… 45
毒を盛られたポーン（ヘンリイ・スレッサー著，秋津知子訳）………………… 65
シャム猫（フレドリック・ブラウン著，谷崎由依訳）…………………………… 83
素晴らしき真鍮自動チェス機械（ジーン・ウルフ著，柳下毅一郎訳）………… 137
ユニコーン・ヴァリエーション（ロジャー・ゼラズニイ著，若島正訳）………… 167
必殺の新戦法（ヴィクター・コントスキー著，若島正訳）………………… 211
ゴセッジ＝ヴァーデビディアン往復書簡（ウディ・アレン著，伊藤典夫訳）………… 221
TDFチェス世界チャンピオン戦（ジュリアン・バーンズ著，渡辺佐智江訳）…… 233
マスター・ヤコブソン（ティム・クラッベ著，原啓介訳）………………… 278
去年の冬、マイアミで（ジェイムズ・カプラン著，若島正訳）………………… 331
プロブレム（ロード・ダンセイニ）……… 371
編者あとがき………………………………… 375

［1137］　病短編小説集
石塚久郎監訳
平凡社　2016.9　346p　16cm
1400円　（平凡社ライブラリー　846）
ISBN978-4-582-76846-6

1 消耗病・結核…………………………… 9
村の誇り（ワシントン・アーヴィング著，馬上紗矢香訳）………………… 11
サナトリウム（W.サマセット・モーム著，石塚久郎訳）……………………… 25
2 ハンセン病……………………………… 63
コナの保安官（ジャック・ロンドン著，土屋陽子訳）………………………… 65
ハーフ・ホワイト（ファニー・ヴァン・デ・グリフト・スティーヴンスン著，大久保譲訳）……………………… 87
3 梅毒……………………………………… 109
第三世代（アーサー・コナン・ドイル著，大久保譲訳）……………………… 111
ある新聞読者の手紙（アーネスト・ヘミングウェイ著，上田麻由子訳）…… 127
4 神経衰弱………………………………… 131

その他（欧米）　　　　　　　　　　　1139

黄色い壁紙（シャーロット・パーキンス・
　ギルマン著，馬上紗矢香訳）………… 133
脈を拝見（O.ヘンリー著，土屋陽子訳）‥ 163
5 不眠 ……………………………………… 183
　清潔な，明かりのちょうどいい場所（アー
　ネスト・ヘミングウェイ著，上田麻由
　子訳）……………………………………… 185
　眠っては覚め（F.スコット・フィッツジェ
　ラルド著，上田麻由子訳）…………… 193
6 鬱 ………………………………………… 203
　十九号室へ（ドリス・レッシング著，石
　塚久郎訳）…………………………… 205
7 癌 ………………………………………… 261
　癌 ある内科医の日記から（サミュエル・
　ウォレン著，石塚久郎訳）…………… 263
8 心臓病 …………………………………… 271
　一時間の物語（ケイト・ショパン著，馬
　上紗矢香訳）…………………………… 273
9 皮膚病 …………………………………… 279
　ある「ハンセン病患者」の日記から（ジョ
　ン・アップダイク著，土屋陽子訳）‥‥ 281
解説（石塚久郎）………………………… 303

┌─────────────────────────┐
│ ［1138］　レズビアン短編小説集― │
│　　　　女たちの時間　新装版 │
│　　　　利根川真紀編訳 │
│　　平凡社　2015.6　384p　16cm │
│　1300円　（平凡社ライブラリー　815） │
│　　ISBN978-4-582-76815-2 │
└─────────────────────────┘

マーサの愛しい女主人（セアラ・オーン・
　ジュエット）……………………………… 9
ライラックの花（ケイト・ショパン）……… 45
トミーに感傷は似合わない（ウィラ・キャ
　ザー）……………………………………… 71
シラサギ（セアラ・オーン・ジュエット）‥ 91
しなやかな愛（キャサリン・マンスフィー
　ルド）…………………………………… 113
ネリー・ディーンの歓び（ウィラ・キャザー）‥ 117
至福（キャサリン・マンスフィールド）……… 151
エイダ（ガートルード・スタイン）………… 181
ミス・オグルヴィの目覚め（ラドクリフ・
　ホール）………………………………… 187
存在の瞬間（ヴァージニア・ウルフ）…… 225
ミス・ファーとミス・スキーン（ガートルー

ド・スタイン）…………………………… 241
無化（デューナ・バーンズ）……………… 253
外から見た女子学寮（ヴァージニア・ウル
　フ）……………………………………… 271
女どうしのふたり連れ（ヘンリー・ヘンデ
　ル・リチャードソン）………………… 281
あんなふうに（カースン・マッカラーズ）‥ 293
なにもかも素敵（ジェイン・ボウルズ）…… 313
空白のページ（イサク・ディーネセン）…… 327
解説（利根川真紀）……………………… 340
参考文献 ………………………………… 384

イギリス・アイルランド

┌─────────────────────────┐
│ ［1139］　しみじみ読むイギリス・ア │
│　イルランド文学―現代文学短編作品集 │
│　阿部公彦編，岩田美喜，遠藤不比人， │
│　　片山亜紀，田尻芳樹，田村斉敏訳 │
│　　松柏社　2007.6　239p　19cm │
│　　　　　2000円 │
│　　　ISBN978-4-7754-0137-8 │
└─────────────────────────┘

はじめに …………………………………… i
誰かに話した方がいい―思春期しみじみ
　（ベリル・ベインブリッジ）………………… 1
敷物―母親の苦労しみじみ（エドナ・オブ
　ライエン）………………………………… 19
奇妙な召命―神のお召ししみじみ（モイ・
　マクローリー）…………………………… 35
清算―母と息子しみじみ（シェイマス・ヒー
　ニー）……………………………………… 61
ある家族の夕餉―ニッポンしみじみ（カズ
　オ・イシグロ）…………………………… 75
呼ばれて/小包/郊外に住む女（イーヴァン・
　ボーランド）……………………………… 97
　呼ばれて―母娘しみじみ ………………… 99
　小包―母娘しみじみ ………………… 102
　郊外に住む女 さらなる点描―母娘しみ
　　じみ ………………………………… 105
ドイツから来た子―転校生しみじみ（ロン・
　バトリン）……………………………… 113
トンネル―駆け落ちしみじみ（グレアム・
　スウィフト）…………………………… 127
屋根裏部屋で―母親しみじみ（アンドリュー・
　モーション）…………………………… 171

367

五月—恋情しみじみ（アリ・スミス）……… *179*
はじめての懺悔—告白しみじみ（フランク・
　オコナー）……………………………… *203*
ホームシック産業—アイルランドしみじみ
　（ヒューゴー・ハミルトン）…………… *225*

```
┌─────────────────────────────────┐
│  ［1140］　短篇小説日和—英国異色   │
│          傑作選                  │
│          西崎憲編訳               │
│   筑摩書房　2013.3　487p　15cm   │
│   1000円　（ちくま文庫　に13-1）  │
│     ISBN978-4-480-43034-2       │
└─────────────────────────────────┘
```

1 …………………………………………… *9*
　後に残してきた少女（ミュリエル・スパー
　　ク）……………………………………… *11*
　ミセス・ヴォードレーの旅行（マーティ
　　ン・アームストロング）……………… *23*
　羊歯（W.F.ハーヴィー）………………… *51*
　パール・ボタンはどんなふうにさらわれ
　　たか（キャサリン・マンスフィールド）‥ *67*
　決して（H.E.ベイツ）…………………… *79*
　八人の見えない日本人（グレアム・グリー
　　ン）……………………………………… *89*
　豚の島の女王（ジェラルド・カーシュ）‥ *101*
2 ………………………………………… *127*
　看板描きと水晶の魚（マージョリー・ボ
　　ウエン）……………………………… *129*
　ピム氏と聖なるパン（T.F.ポウイス）…… *167*
　羊飼いとその恋人（エリザベス・グージ）‥ *181*
　聖エウダイモンとオレンジの樹（ヴァー
　　ノン・リー）………………………… *209*
　小さな吹雪の国の冒険（F.アンスティー）‥ *231*
　コティヨン（L.P.ハートリー）………… *265*
3 ………………………………………… *309*
　告知（ニュージェント・バーカー）……… *311*
　写真（ナイジェル・ニール）…………… *319*
　殺人大将（チャールズ・ディケンズ）…… *335*
　ユグナンの妻（M.P.シール）………… *343*
　花よりもはかなく（ロバート・エイクマ
　　ン）……………………………………… *367*
　河の音（ジーン・リース）……………… *399*
　輝く草地（アンナ・カヴァン）………… *411*
　短編小説論考（西崎憲）………………… *425*
　英国短篇小説小史（西崎憲）…………… *427*
　ファンタジーとリアリティー（西崎憲）‥ *445*

短篇小説とは何か？—定義をめぐって
　（西崎憲）……………………………… *465*
あとがき ……………………………………… *486*

```
┌─────────────────────────────────┐
│ ［1141］　ブリティッシュ＆アイ   │
│     リッシュ・マスターピース      │
│        柴田元幸編訳               │
│ スイッチ・パブリッシング　2015.7  │
│  263p　20cm　2100円　（SWITCH   │
│ LIBRARY—柴田元幸翻訳叢書）      │
│    ISBN978-4-88418-442-1        │
└─────────────────────────────────┘
```

アイルランド貧民の子が両親や国の重荷と
　なるを防ぎ、公共の益となるためのささ
　やかな提案（ジョナサン・スウィフト）…… *7*
死すべき不死の者（メアリ・シェリー）…… *21*
信号手（チャールズ・ディケンズ）……… *45*
しあわせな王子（オスカー・ワイルド）…… *69*
猿の手（W.W.ジェイコブズ）…………… *87*
謎（ウォルター・デ・ラ・メア）………… *109*
秘密の共有者—沿岸の一エピソード（ジョ
　ゼフ・コンラッド）…………………… *119*
運命の猟犬（サキ）………………………… *189*
アラビー（ジェームズ・ジョイス）……… *203*
エヴリン（ジェームズ・ジョイス）……… *215*
象を撃つ（ジョージ・オーウェル）……… *225*
ウェールズの子供のクリスマス（ディラン・
　トマス）………………………………… *239*
編訳者あとがき …………………………… *254*

アメリカ

```
┌─────────────────────────────────┐
│ ［1142］　アメリカ新進作家傑作選  │
│          2006                   │
│ ジェーン・スマイリー編，ジョン・  │
│ クルカ，ナタリー・ダンフォードシ  │
│     リーズ・エディター            │
│   DHC　2007.8　383p　19cm       │
│          2500円                 │
│    ISBN978-4-88724-451-1        │
└─────────────────────────────────┘
```

序文（ジョン・クルカ，ナタリー・ダンフォー

その他（欧米）　　　1143

ド著，腰塚ゆう子訳）……………… 7
まえがき（ジェーン・スマイリー著，和田
　　美樹訳）………………………………… 12
休職期間（ジェニファー・シャフ著，仲嶋
　　雅子訳）………………………………… 23
リンドン（アンバー・ダーモント著，和田
　　美樹訳）………………………………… 51
新たな引力（アンドリュー・フォスター・
　　アルトシュル著，中尾千奈美訳）……… 75
さび止め（ジェシカ・アンソニー著，小脇
　　奈賀子訳）……………………………… 105
トランポリン（ヴァニヤ・レイノヴァ著，
　　山田友子訳）…………………………… 125
ウォーターマーク（メラニー・ウェスター
　　バーグ著，福井美緒子訳）…………… 145
役に立たない飾り，あるいはエスクワイア
　　誌の「三十歳を過ぎた男の禁止事項」か
　　ら（アルバート・E.マルティネス著，小
　　脇奈賀子訳）…………………………… 157
ジュピターズイン（サラ・ブラックマン著，
　　福井美緒子訳）………………………… 173
アリスの家（ジェイミー・キーン著，中尾
　　千奈美訳）……………………………… 191
自由の女神（マット・フリードソン著，土
　　持貴栄訳）……………………………… 213
双子未満（グレゴリー・ブレモンズ著，土
　　持貴栄訳）……………………………… 249
逆火（ミシェル・レガラード・ディートリッ
　　ク著，和田美樹訳）…………………… 267
アウトラインから始めなさい（カウイ・ハー
　　ト・ヘミングス著，仲嶋雅子訳）……… 303
ラブリーを追って（ショーン・エニス著，
　　山田友子訳）…………………………… 325
パイロット（サイアン・M.ジョーンズ著，
　　腰塚ゆう子訳）………………………… 345
解説（池上冬樹）………………………… 371

```
［1143］　アメリカ新進作家傑作選
              2007
スウ・ミラー編，ジョン・クルカ，ナ
タリー・ダンフォードシリーズ・エ
           ディター
 DHC　2008.12　375p　19cm
           2500円
  ISBN978-4-88724-477-1
```

序文（ジョン・クルカ，ナタリー・ダンフォー
　　ド著，岩瀬徳子訳）…………………… 7
まえがき（スウ・ミラー著，越前亜紀子訳）‥ 12
薔薇の香る庭（アリス・J.マーシャル著，
　　森澤美抄子訳）………………………… 19
カミシンスキイのこと（エレン・リットマ
　　ン著，江口和美訳）…………………… 41
倦怠の地に差す影（リディア・ピール著，
　　岩瀬徳子訳）…………………………… 67
柿（イーユン・リー著，田畑あや子訳）…… 95
フレディたち（M.O.ウォルシュ著，江口和
　　美訳）…………………………………… 109
清く正しい生活（ヴィエト・タン・グウェ
　　ン著，大﨑美佐子訳）………………… 129
節度ある家族（ケイミーン・ギャレット著，
　　有枝春訳）……………………………… 151
シーラ（ファーティマ・ラシード著，大下
　　英津子訳）……………………………… 183
航跡（ケビン・A.ゴンザレス著，大﨑美佐
　　子訳）…………………………………… 209
灰（アン・デ・マーケン著，田畑あや子訳）‥ 239
セバスチャン・グロージャンに何が起こっ
　　たか（ロバート・リデル著，森澤美抄子
　　訳）……………………………………… 261
大切であるとされている人たちの不適切
　　な行為（ライアン・エフゲン著，髙田綾子
　　訳）……………………………………… 285
ポンペイ再び（ケヤ・ミトラ著，大下英津
　　子訳）…………………………………… 303
カラオケ・ナイト（ダン・ポープ著，越前
　　亜紀子訳）……………………………… 325
冬は去らず（T.ジェロニモ・ジョンソン著，
　　髙田綾子訳）…………………………… 345
解説（池上冬樹）………………………… 363

369

［1144］ アメリカ新進作家傑作選
2008
リチャード・ボーシュ, ジョン・クルカ, ナタリー・ダンフォード編
DHC 2009.11 490p 19cm
2500円
ISBN978-4-88724-495-5

序文 (ジョン・クルカ, ナタリー・ダンフォード著, 小木曾圭子訳) ………… 7
まえがき (リチャード・ボーシュ著, 小木曾圭子訳) ………………………… 12
アリス (タッカー・キャップス著, 米山とも子訳) …………………………… 19
遺産 (ジェデダイア・ベリー著, 黒澤桂子訳) …………………………………… 63
伯父 (スザンヌ・リベッカ著, 權藤千恵訳) ‥ 83
マイケル・ロックフェラーを喰った男 (クリストファー・ストークス著, 柏井優基斗訳) …………………………… 107
物言わぬ男たち (レスリー・ジャミソン著, 大河原真子訳) ………………… 131
アーリー・ヒューマンズ (ガース・リスク・ホールバーグ著, 岩崎たまえ訳) ……… 171
ホライズン (ピーター・マウントフォード著, 木下朋子訳) ………………… 205
浮上 (ローレン・グロフ著, 織田祐規子訳) ‥ 223
ヘッドロック (ダン・ピンカートン著, 東梅亜希子訳) ……………………… 253
ねずみ (ジョーダン・マクマリン著, 甲田裕子訳) …………………………… 281
施し (ラジーア・サルタナ・カーン著, 新谷進訳) …………………………… 301
無敵の男たち (エリザベス・カデツキー著, 藤島みさ子訳) ………………… 317
男と少年 (オリアン・ガブリエル・デルフォス著, 吉田晶子訳) …………… 341
カオイダンの魔法使い (シャロン・メイ著, 徳地玲子訳) …………………… 369
ベン図 (デイヴィッド・ジェームズ・ポイサント著, 小木曽圭子訳) ……… 393
ネオン砂漠 (アダム・ステューマカー著, 小木曽圭子訳) …………………… 413
ここにいる人間は誰も本心を言わない (ステファン・マッキンストレイ) ………… 441
解説 (池上冬樹) ………………………………… 477

［1145］ アメリカ短編ベスト10
平石貴樹編訳
松柏社 2016.6 361p 20cm
1800円
ISBN978-4-7754-0237-5

ヴァルデマー氏の病状の真相 (エドガー・アラン・ポー) …………………… 1
バートルビー (ハーマン・メルヴィル) …… 19
ウィリアムの結婚式 (セアラ・オーン・ジュエット) ………………………… 89
ローマ熱 (イーディス・ウォートン) ……… 111
火をおこす (ジャック・ロンドン) ………… 141
あの夕陽 (ウィリアム・フォークナー) ……… 169
何かの終わり (アーネスト・ヘミングウェイ) …………………………………… 209
殺し屋であるわが子よ (バーナード・マラマッド) ……………………………… 219
サニーのブルース (ジェイムズ・ボールドウィン) ……………………………… 233
シェフの家 (レイモンド・カーヴァー) …… 299
東オレゴンの郵便局 (リチャード・ブローティガン) ……………………………… 311
あとがき ……………………………………… 323

［1146］ アメリカン・マスターピース 古典篇
柴田元幸編訳
スイッチ・パブリッシング 2013.10
262p 20cm 2100円 (SWITCH LIBRARY—柴田元幸翻訳叢書)
ISBN978-4-88418-433-9

ウェイクフィールド (ナサニエル・ホーソーン) …………………………………… 7
モルグ街の殺人 (エドガー・アラン・ポー) ‥ 25
書写人バートルビー—ウォール街の物語 (ハーマン・メルヴィル) ……………… 77
詩 (エミリー・ディキンソン) ……………… 141
ジム・スマイリーと彼の跳び蛙 (マーク・トウェイン) ……………………………… 151
本物 (ヘンリー・ジェームズ) ……………… 163

その他（欧米）　　　　1148

賢者の贈り物（O.ヘンリー） ………………… 211
火を熾す（ジャック・ロンドン） ………… 223
編者あとがき ……………………………… 250

[1147] しみじみ読むアメリカ文
学—現代文学短編作品集
平石貴樹編，畔柳和代，舌津智之，橋
本安央，堀内正規，本城誠二訳
松柏社　2007.6　339p　19cm
2000円
ISBN978-4-7754-0136-1

はじめに …………………………………… i
八〇ヤード独走—アメフトしみじみ（アー
ウィン・ショー） ……………………… 1
立場を守る—中絶しみじみ（アーシュラ・
K.ル゠グウィン） …………………… 31
家なき者—みなし児しみじみ（カート・ヴォ
ネガット） ……………………………… 55
大切にする—パーティしみじみ（アン・ビー
ティ） …………………………………… 77
二人の聖職者—老いしみじみ（リチャード・
ボーシュ） …………………………… 111
中空—父親しみじみ（フランク・コンロイ） ‥ 137
サニーのブルース—兄弟しみじみ（ジェー
ムズ・ボールドウィン） …………… 177
白いアンブレラ—アジア系しみじみ（ギッ
シュ・ジェン） ……………………… 241
アトランティスそのほか—詩でしみじみ
（マーク・ドウティ） ……………… 261
夏の読書—図書館しみじみ（バーナード・
マラマッド） ………………………… 283
砂漠の聖アントニウス—愛ししみじみ（ロー
リー・コルウィン） ………………… 299
最後の記念日—二〇年しみじみ（アースキ
ン・コールドウェル） ……………… 323

[1148] ハーン・ザ・ラストハン
ター—アメリカン・オタク小説集
ブラッドレー・ボンド編，本兌有，杉
ライカ訳
筑摩書房　2016.10　318p　19cm
1300円
ISBN978-4-480-83210-8

編者序文 …………………………………… 6
ハーン：ザ・ラストハンター（トレヴォー・
S.マイルズ） …………………………… 9
ハーン：ザ・デストロイヤー（トレヴォー・
S.マイルズ） ………………………… 43
訳者解説 ………………………………… 89
エミリー・ウィズ・アイアンドレス—セン
パイポカリプス・ナウ！（エミリー・R.
スミス） ………………………………… 95
訳者解説 ……………………………… 112
阿弥陀6（スティーヴン・ヘインズワース） ‥ 119
訳者解説 ……………………………… 143
流鏑馬な！海原ダンク！（アジッコ・ディ
ヴィス） ……………………………… 145
訳者解説 ……………………………… 182
ジゴク・プリフェクチュア（ブルース・J.
ウォレス） …………………………… 185
訳者解説 ……………………………… 233
隅田川オレンジライト（デイヴィッド・グ
リーン） ……………………………… 235
隅田川ゲイシャナイト（デイヴィッド・グ
リーン） ……………………………… 249
訳者解説 ……………………………… 257
ようこそ、ウィルヘルム！（マイケル・ス
ヴェンソン） ………………………… 259
訳者解説 ……………………………… 311
訳者あとがき ………………………… 314

その他（欧米）

春の月見（S.J.ローザン著，直良和美訳）······ 327
チャレンジャー（ダニエル・スタシャワー
　著，日暮雅通訳）··························· 353
ポーとジョーとぼく（ドン・ウィンズロウ
　著，東江一紀訳）··························· 367
モルグ街のノワール（アンジェラ・ゼーマ
　ン著，高山真由美訳）····················· 377
解説 ハッピー・バースデイ、エドガー！（巽
　孝之）····································· 419

```
［1149］ ポーに捧げる20の物語
スチュアート・M.カミンスキー編
早川書房　2009.12　425p　19cm
1800円　（Hayakawa pocket
　　mystery books no.1831）
ISBN978-4-15-001831-3
```

エドガー・アラン・ポーについて（三浦玲
　子訳）·· 9
アメリカ探偵作家クラブ（MWA）のエド
　ガー賞について ····························· 13
序文（スチュアート・M.カミンスキー著，
　三浦玲子訳）································· 15
イズラフェル（ダグ・アリン著，三角和代
　訳）·· 19
黄金虫（マイケル・A.ブラック著，横山啓
　明訳）······································ 37
ウィリアム・アラン・ウィルソン（ジョン・
　L.ブリーン著，満園真木訳）··············· 65
告げ口ごろごろ（メアリ・ヒギンズ・クラー
　ク著，宇佐川晶子訳）······················ 87
ネヴァーモア（トマス・H.クック著，高山
　真由美訳）·································· 99
エミリーの時代（ドロシー・ソールズベリ・
　デイヴィス著，茅律子訳）················· 123
キャッスル・アイランドの酒樽（ブレンダ
　ン・デュボイズ著，三角和代訳）·········· 139
ベル（ジェイムズ・W.ホール著，延原泰子
　訳）······································· 161
父祖の肖像（ジェレマイア・ヒーリイ著，
　菊地よしみ訳）····························· 183
ポー・コレクター（エドワード・D.ホック
　著，嵯峨静江訳）··························· 203
夜の放浪者（ルパート・ホームズ著，仁木
　めぐみ訳）·································· 221
音をたてる歯（スチュアート・M.カミンス
　キー著，三浦玲子訳）····················· 247
奈落の底（ポール・ルバイン著，服部理佳
　訳）······································· 265
世にも恐ろしい物語（ピーター・ラヴゼイ
　著，山本やおい訳）························· 277
ポー、ポー、ポー（ジョン・ラッツ著，延
　原泰子訳）·································· 295
告げ口ペースメーカー（P.J.パリッシュ著，
　三浦玲子訳）································· 313

```
［1150］ マシン・オブ・デス─A
Collection of Stories about People
who Know How They Will DIE
ライアン・ノース,マシュー・ベナル
ド,デーヴィッド・マルキ！ 編，旦
紀子訳
アルファポリス　2012.1　582p
　19cm　1500円
ISBN978-4-434-16298-5
```

〔漫画〕 ······································· 3
まえがき（ライアン・ノース,マシュー・ベ
　ナルド,デーヴィッド・マルキ！）··········· 6
はじめに ····································· 12
燃えるマシュマロ（カミール・アレクサ）··· 14
ファッジ（キット・ヨナ）···················· 29
ライオンに噛み裂かれてむさぼり食われる
　（ジェフリー・ウェルズ）··················· 40
絶望（K.M.ローレンス）······················ 58
自殺（デーヴィッド・マイケル・ウォート
　ン）·· 73
アーモンド（ジョン・シェルネガ）·········· 82
飢餓（マシュー・ベナルド）················· 117
癌（カムロン・ミラー）····················· 144
銃殺隊（ジャック・アンロー）··············· 151
野菜（クリス・コックス）··················· 172
ピアノ（ラファ・フランコ）················· 184
死の機械の針によるHIV感染（ブライアン・
　クィンラン）······························· 192
爆発（トム・フランシス）··················· 194
手を振っているのではない。溺れているん
　だ（エリン・マッキーン）················· 221
不適切に調理されたフグ（ゴード・セラー）·· 235
うんざりのパートナー募集広告（シェリ・
　ヤコブセン）······························· 254

その他（欧米） 1152

殺人と自殺、それぞれ（ライアン・ノース）‥257
癌（デーヴィッド・マルキ！）‥‥‥‥‥‥266
動脈瘤（アレクサンダー・ダナー）‥‥‥‥292
未成年者とのセックスによる疲労（ベン・
　“ヤーツィー”クロショー）‥‥‥‥‥310
長い年月ののち安らかな寝顔を浮かべたま
　ま、呼吸停止する（ウィリアム・グラー
　ロ）‥‥‥‥‥‥‥‥‥‥‥‥‥‥‥‥326
ダニエルによる殺害（ジュリア・ウェイン
　ライト）‥‥‥‥‥‥‥‥‥‥‥‥‥‥340
味方による誤爆（ダグラス・J.レーン）‥‥357
白紙（ペロタード）‥‥‥‥‥‥‥‥‥‥‥379
コカインと鎮痛薬（デーヴィッド・マル
　キ！）‥‥‥‥‥‥‥‥‥‥‥‥‥‥‥389
失血（ジェフ・スタウツ）‥‥‥‥‥‥‥‥430
プリズン・ナイフ・ファイト（シェーノン・
　K.ギャリティ）‥‥‥‥‥‥‥‥‥‥‥443
だれかを救おうとしているあいだに死ぬ
　（ダリーゾ・チャポンダ）‥‥‥‥‥‥458
流産（ジェームズ・L.サター）‥‥‥‥‥‥492
狙撃兵による射殺（バーソロミュー・クリッ
　ク）‥‥‥‥‥‥‥‥‥‥‥‥‥‥‥‥504
宇宙の熱的死（ジェームズ・フォアマン）‥514
溺死（C.E.ギモント）‥‥‥‥‥‥‥‥‥‥544
？（ランダル・マンロー）‥‥‥‥‥‥‥‥560
カッサンドラ（T.J.ラドクリフ）‥‥‥‥‥567
著者・イラストレーター 一覧‥‥‥‥‥‥591

［1151］　マシン・オブ・デス
ライアン・ノース，マシュー・ベナル
ド，デーヴィッド・マルキ！ 編，旦
紀子訳
アルファポリス　2013.10　429p
15cm　600円　（アルファポリス文
庫）
ISBN978-4-434-18463-5

はじめに‥‥‥‥‥‥‥‥‥‥‥‥‥‥‥‥7
ピアノ（ラファ・フランコ）‥‥‥‥‥‥‥10
未成年者とのセックスによる疲労（ベン・
　“ヤーツィー”クロショー）‥‥‥‥‥20
燃えるマシュマロ（カミール・アレクサ）‥39
飢餓（マシュー・ベナルド）‥‥‥‥‥‥‥56
狙撃兵による射殺（バーソロミュー・クリッ
　ク）‥‥‥‥‥‥‥‥‥‥‥‥‥‥‥‥88

自殺（デーヴィッド・マイケル・ウォート
　ン）‥‥‥‥‥‥‥‥‥‥‥‥‥‥‥‥99
ライオンに噛み裂かれてむさぼり食われる
　（ジェフリー・ウェルズ）‥‥‥‥‥‥110
銃殺隊（ジャック・アンロー）‥‥‥‥‥‥131
野菜（クリス・コックス）‥‥‥‥‥‥‥‥156
死の機械の針によるHIV感染（ブライアン・
　クインラン）‥‥‥‥‥‥‥‥‥‥‥‥170
不適切に調理されたフグ（ゴード・セラー）‥172
癌（デーヴィッド・マルキ！）‥‥‥‥‥‥195
動脈瘤（アレクサンダー・ダナー）‥‥‥‥226
長い年月ののち安らかな寝顔を浮かべたま
　ま、呼吸停止する（ウィリアム・グラー
　ロ）‥‥‥‥‥‥‥‥‥‥‥‥‥‥‥‥248
ダニエルによる殺害（ジュリア・ウェイン
　ライト）‥‥‥‥‥‥‥‥‥‥‥‥‥‥265
味方による誤爆（ダグラス・J.レーン）‥‥284
コカインと鎮痛薬（デーヴィッド・マル
　キ！）‥‥‥‥‥‥‥‥‥‥‥‥‥‥‥310
失血（ジェフ・スタウツ）‥‥‥‥‥‥‥‥358
プリズン・ナイフ・ファイト（シェーノン・
　K.ギャリティ）‥‥‥‥‥‥‥‥‥‥‥373
だれかを救おうとしているあいだに死ぬ
　（ダリーゾ・チャポンダ）‥‥‥‥‥‥390
著者・イラストレーター 一覧‥‥‥‥‥‥431

［1152］　モンスターズ―現代アメ
リカ傑作短篇集
B.J.ホラーズ編，古屋美登里訳
白水社　2014.8　297p　20cm
2400円
ISBN978-4-560-08382-6

序として あなたが書くと音をたてる不思議
　な怪物―文学作品に描かれたモンスター
　たち（B.J.ホラーズ）‥‥‥‥‥‥‥‥7
夢みるモンスター‥‥‥‥‥‥‥‥‥‥‥‥17
　クリーチャー・フィーチャー（ジョン・
　　マクナリー）‥‥‥‥‥‥‥‥‥‥‥19
　B・ホラー（ウェンデル・メイヨー）‥‥‥49
　ゴリラ・ガール（ボニー・ジョー・キャ
　　ンベル）‥‥‥‥‥‥‥‥‥‥‥‥‥72
　いちばん大切な美徳（ケヴィン・ウィル
　　ソン）‥‥‥‥‥‥‥‥‥‥‥‥‥‥93
モンスターですが、何か？‥‥‥‥‥‥‥‥97

373

彼女が東京を救う（ブライアン・ボールディ）………………………… 99
わたしたちのなかに（エイミー・ベンダー）………………………… 102
受け継がれたもの（ジェディディア・ベリー）………………………… 110
瓶詰め仔猫（オースティン・バン）……… 129
モンスター、万歳 ………………………… 155
モンスター（ケリー・リンク）………… 157
泥人間（マッドマン）（ベンジャミン・パーシー）………………………… 184
ダニエル（アリッサ・ナッティング）…… 196
ゾンビ日記（ジェイク・スウェアリンジェン）………………………… 219
あなたの隣にモンスター ………………… 225
フランケンシュタイン、ミイラに会う（マイク・シズニージュウスキー）…… 227
森の中の女の子たち（ケイト・バーンハイマー）………………………… 245
わたしたちがいるべき場所（ローラ・ヴァンデンバーグ）………………… 251
著者紹介 ………………………………… 279
訳者あとがき …………………………… 285
モスマン（ジェレミー・ティンダー）……… 290

フランス

```
［1153］ 五つの小さな物語─フラ
    ンス短篇集
    あやこの図書館編訳
  彩流社  2011.4  119,3p  20cm
       1500円
  ISBN978-4-7791-1616-2
```

作者紹介 ………………………………… i
訳者紹介 ………………………………… iii
ミリアーヌ姫（アンドレ・リシュタンベルジェ作，堀内知子訳）………………… 5
風の返事（ルネ・バザン作，森孝子訳）…… 33
ウィンスロップ＝スミス嬢の運命（ルイ・エモン作，斉藤瑞恵訳）………………… 55
金色の目のマルセル（アナトール・フランス作，山田佳志子訳）………………… 83
パタシュ（トリスタン・ドレーム作，森田英子訳）………………………… 103

パタシュ（トリスタン・ドレーム作，森田英子訳）………………………… 105
目を貸してあげたパタシュ（トリスタン・ドレーム作，森田英子訳）………… 110
あとがき（森孝子訳）…………………… 117

```
［1154］ 掌中のエスプリ─フラン
    ス文学短篇名作集
  日仏言語文化協会「エチュード月曜
      クラス」編訳
  弘学社  2013.11  173p  15cm
       1000円
  ISBN978-4-902964-81-3
```

献辞 ……………………………………… 3
青い眼（ギョーム・アポリネール）……… 7
死後の婚約者（ギョーム・アポリネール）… 15
宝石（ギ・ド・モーパッサン）…………… 25
白い服の婦人（アナトール・フランス）…… 41
ユマニテ（アナトール・フランス）……… 53
聖母の軽業師（アナトール・フランス）…… 67
黄楊の香り（フランソワ・コッペ）……… 79
アルルの女（アルフォンス・ドーデ）……… 93
最後の授業（アルフォンス・ドーデ）…… 103
ヴェラ（オーギュスト・ド・ヴィリエ・ド・リラダン）………………………… 115
恐怖政治下の一挿話（オノレ・ド・バルザック）………………………… 137
あとがき ………………………………… 172

イタリア

```
［1155］ 短篇で読むシチリア
     武谷なおみ編訳
  みすず書房  2011.1  233p  20cm
    2800円  （大人の本棚）
  ISBN978-4-622-08085-5
```

ロザリオ（デ・ロベルト）………………… 5
金の鍵（ヴェルガ）……………………… 26
ルーパ（ヴェルガ）……………………… 34
真実（ピランデッロ）…………………… 42

その他（欧米）　**1157**

ホテルで誰かが死んだので…（ピランデッロ）……………………………… 56
免許証（ピランデッロ）………………… 69
二度とも笑わなかった男の話（ブランカーティ）…………………………… 84
幸せな家（ブランカーティ）…………… 89
生への疑問（ヴィットリーニ）………… 106
奴隷のような人間（ヴィットリーニ）…… 110
幼年時代の場所（ランペドゥーザ）……… 136
撤去（シャーシャ）……………………… 159
言語学（シャーシャ）…………………… 175
室内ゲーム（シャーシャ）……………… 187
編訳者あとがき………………………… 217

　　　［1156］　ぶどう酒色の海—イタリ
　　　ア中短編小説集
　　　吉本奈緒子, 香川真澄編訳
　　　イタリア文藝叢書刊行委員会
　　　2013.10　215p　21cm　（イタリア
　　　文藝叢書 1）

近代編
夢（ジョヴァンニ・ヴェルガ著, 吉本奈緒子訳）……………………………… 5
移りゆく "時"（マリア・メッシーナ著, 香川真澄訳）………………………… 15
処女地（ガブリエーレ・ダンヌンツィオ著, 香川真澄訳）……………… 25
山小屋—シチリア小景（ルイジ・ピランデッロ著, 香川真澄訳）…………… 33
ドリーア城の伝説（グラツィア・デレッダ著, 香川真澄訳）………………… 41
現代編
母親（イタロ・ズヴェーヴォ著, 吉本奈緒子訳）………………………… 49
エレベーター（ミレーナ・ミラーニ著, 香川真澄訳）………………………… 57
チーズの中のねずみ（ジョルジョ・バッサーニ著, 香川真澄訳）………… 69
塑像（ニコラ・リージ著, 香川真澄訳）… 79
至上の愛（アンジェロ・ガッチョーネ著, 香川真澄訳）……………………… 87
ヴィアレッジョ沖のかれら（マリオ・トビーノ著, 香川真澄訳）…………… 99
出口のない美術館（ファブリツィオ・キ

エスーラ著, 香川真澄訳）…………… 109
ぶどう酒色の海（レオナルド・シャーシャ著, 香川真澄訳）……………… 113
嵐（ダーチャ・マライーニ著, 香川真澄訳）…………………………… 153
バンクォーの血（ダーチャ・マライーニ著, 香川真澄訳）………………… 165
コモド島（スザンナ・タマーロ著, 吉本奈緒子訳）……………………… 179
出典データとコメント（吉本奈緒子）…… 192
半島のざわめき—後書きに替えて（香川真澄）……………………………… 194
資料編
イタリア近現代文学史略年表………… 208
収録作家出生地マップ………………… 212
TESTI（原書出典）…………………… 213

ロシア

　　　［1157］　雑話集—ロシア短編集
　　　「雑話集」の会編
　　　「雑話集」の会　2005.12　103p
　　　19cm

芸の魔法（ドラグンスキイ著, 吉川智代訳）‥ 5
風と虚空（ルィバコフ著, 尾家順子訳）…… 16
国には外貨が必要だ（T.トルスタヤ著, 松川直子訳）…………………………… 30
ウサギの足（パウストフスキイ著, 山下みどり訳）…………………………… 36
堂守（ゾーシチェンコ著, 林朋子訳）……… 48
白樺（ワグネル著, 吉田差和子訳）………… 54
少佐とコオロギ（ワグネル著, 片山ふえ訳）‥ 64
輪まわし（ソログープ著, 丸尾美保訳）…… 74
花かんむりをかぶった人（ソログープ著, 丸尾美保訳）…………………………… 83
女王ディナラの物語（木村恭子訳）……… 93

375

> **［1158］　雑話集―ロシア短編集　2**
> 「雑話集」の会編
> 「雑話集」の会　2009.4　159p
> 19cm

伝説と現実（テッフィ著，吉田差和子訳）……5
鼻（ペトルシェフスカヤ著，佐藤芳子訳）…13
ボクの好きなもの（ドラグンスキイ著，須
　佐多恵訳）………………………………23
……好きじゃないもの（ドラグンスキイ著，
　須佐多恵訳）……………………………26
隠しごとはできないものだ（ドラグンスキ
　イ著，須佐多恵訳）……………………28
セリョージャの自転車がほうきになったわ
　け（ギバルギーゾフ著，武明弘子訳）……34
人生の教訓（オクジャワ著，瀬野晴子訳）…40
さまよえるオランダ人（ブルガーコフ著，
　中村栄子訳）……………………………48
さっさとおやすみ（ゾーシチェンコ著，山
　下みどり訳）……………………………54
カヤはさやいだ（ゾーシチェンコ著，林朋
　子訳）……………………………………61
水ぎょうざ（ペリメン）（L.ルキーン,E.ルキー
　ン著，前田恵訳）………………………67
検察官（ヴェレル著，宮風耕治訳）…………76
イワン・イリイチの死（ルィバコフ著，尾
　家順子訳）………………………………84
「短剣」の三つの試訳（レールモントフ著，
　木村恭子訳）…………………………106
雪（パウストフスキイ著，片山ふえ訳）……112
生まれてこなかったこどものキス（ソログー
　ブ著，丸尾美保訳）…………………129
扉をたたくジェームス・ボンド（ルィトヘ
　ウ著，吉川智代訳）…………………198

> **［1159］　雑話集―ロシア短編集　3**
> ロシア文学翻訳グループクーチカ編
> ロシア文学翻訳グループクーチカ
> 2014.6　136p　19cm

コロンブスの上陸（イリフ，ペトロフ著，林
　朋子訳）……………………………………5

黄金時代（アヴェルチェンコ著，中村栄子
　訳）………………………………………18
羽根布団（ソログーブ著，丸尾美保訳）……28
女性運動（N.トルスターヤ著，吉田差和子
　訳）………………………………………38
昨日は誕生日（ポクロフスキイ著，宮風耕
　治訳）……………………………………48
みんな全部うまくいくさ（ヴォスコボイニ
　コフ著，武明弘子訳）…………………58
東と西（アクーニン著，木村恭子訳）………70
電報語（フロローフ著，尾家順子訳）………80
原因究明（フロローフ著，尾家順子訳）……85
オレンジ（ヴェレル著，佐藤芳子訳）………90
青ひげ（ブルィチョフ著，吉田差和子訳）…96
ぼくの娘ナターシャ（ロンム著，前田恵訳）…104
かもめ（コヴェンチューク著，片山ふえ訳）…122
画家のガガさんのこと（片山ふえ）…………126
「クーチカ」とゾーシチェンコ―林朋子さ
　んの思い出……………………………128
犬の嗅覚（ゾーシチェンコ著，林朋子，クー
　チカ訳）………………………………130

ベルギー

> **［1160］　フランダースの声―現代**
> ベルギー小説アンソロジー
> フランダースセンター編
> 松籟社　2013.11　125p　20cm
> ISBN978-4-87984-321-0

巻頭エッセイ 不思議にも釣り合った何か（池田
　扶美代）……………………………………7
まえがき ……………………………………11
グループでスキップ（アンネリース・ヴェ
　ルベーケ著，井内千紗訳）……………17
一発の銃弾（アンネ・プロヴォースト著，
　板屋嘉代子訳）…………………………33
茂みの中の家（ヒューホ・クラウス著，三
　田順訳）…………………………………45
完全殺人（スリラー）（トム・ラノワ著，鈴
　木民子訳）………………………………57
正真正銘の男（クリストフ・ヴェーケマン
　著，鈴木義孝訳）………………………87
作家・作品紹介………………………………105
訳者紹介………………………………………122

その他（欧米）　　　　　　　　　　　　　　**1162**

あとがき ……………………………………… *339*

中南米

［1161］　ラテンアメリカ傑作短編集
―中南米スペイン語圏文学史を辿る
野々山真輝帆編
彩流社　2014.1　351p　20cm
3000円
ISBN978-4-7791-1969-9

屠場（エステバン・エチェベリーア著，相
　良勝訳）…………………………………… *5*
レースの後で（マヌエル・グティエレス・
　ナヘラ著，川村菜生訳）……………………*33*
ルビー（ルベン・ダリオ著，平井恒子訳）… *41*
十二番ゲート（バルドメロ・リリョ著，早
　川明子訳）……………………………………*53*
インディオの裁き（リカルド・ハイメス・
　フレイレ著，辻みさと訳）…………………*63*
田舎暮らし（アウグスト・ダルマール著，
　栗原昌子訳）…………………………………*73*
持ち主のない時計（ホセ・ロペス・ポルティー
　リョ・イ・ロハス著，有働恵子訳）………*89*
アナコンダ還る（オラシオ・キロガ著，荒
　沢千賀子訳）………………………………*125*
一杯のミルク（マヌエル・ロハス著，比田
　井和子訳）…………………………………*155*
その女（フアン・ボッシュ著，野替みさ子
　訳）…………………………………………*167*
ラモン・イェンディアの夜（リノ・ノバス・
　カルボ著，相良勝訳）……………………*173*
会話（エドゥアルド・マリェア著，鈴木宏
　吉訳）………………………………………*209*
雨（アルトゥーロ・ウスラル・ピエトリ著，
　豊泉博幸訳）………………………………*221*
新しい島々（マリア・ルイサ・ボンバル著，
　足立成子訳）………………………………*243*
マラリア（ビクトル・カセレス・ララ著，
　田中志保子訳）……………………………*271*
捕虜（アウグスト・ロア・バストス著，水
　町尚子訳）…………………………………*279*
赤いベレー（ロヘリオ・シナン著，鈴木宏
　吉訳）………………………………………*291*
カバジェーロ・チャールス（ウンベルト・
　アレナル著，栗原昌子訳）………………*323*

［1162］　ラテンアメリカ五人集
集英社　2011.7　270p　16cm
571円　（集英社文庫 ハ17-1)
ISBN978-4-08-760625-6

砂漠の戦い（ホセ・エミリオ・パチェーコ
　著，安藤哲行訳）……………………………*5*
小犬たち（マリオ・バルガス＝リョサ著，
　鈴木恵子訳）…………………………………*63*
二人のエレーナ（カルロス・フエンテス著，
　安藤哲行訳）………………………………*129*
白（オクタビオ・パス著，鼓直訳）…………*149*
青い花束（オクタビオ・パス著，野谷文昭
　訳）…………………………………………*175*
正体不明の二人への手紙（オクタビオ・パ
　ス著，野谷文昭訳）………………………*181*
グアテマラ伝説集（ミゲル・アンヘル・ア
　ストゥリアス著，牛島信明訳）…………*187*
解説（安藤哲行）……………………………*255*
『小犬たち』鑑賞エッセイ（豊崎由美）……*265*

377

オセアニア

オーストラリア

> **［1163］　ダイヤモンド・ドッグ─**
> **《多文化を映す》現代オーストラリア**
> **短編小説集**
> ケイト・ダリアン＝スミス, 有満保
> 江編
> 現代企画室　2008.5　239p　20cm
> 2400円
> ISBN978-4-7738-0804-9

ダイヤモンド・ドッグ（ニコラス・ジョー
　ズ）…………………………………… 5
カンガルー（エヴァ・サリス）………………… 25
休暇（リリー・ブレット）………………………… 33
キョーグル線（デイヴィッド・マルーフ）… 53
人生の本質（エニッド・デ・レオ）………… 67
隣人たち（ティム・ウィントン）…………… 75
北からやってきたウルフ（ウーヤンユー）… 83
アリガト（トレヴァー・シアストン）……… 97
手紙（サリー・モーガン）……………………117
ピンク色の質問（ファビエンヌ・バイエ＝
　チャールトン）………………………………125
捕獲（キム・スコット）……………………135
舌(タン)の寓話（マーリンダ・ボビス）……153
マーケットの愛（ロロ・ハウバイン）……159
沈黙夫婦（スニル・バダミ）………………173
息をするアンバー（マシュー・コンドン）…185
いいひと（マンディ・セイヤー）…………203
解説（ケイト＝ダリアン・スミス）…………221
あとがき（有満保江）………………………231

パプア・ニューギニア

> **［1164］　パプア・ニューギニア小**
> **説集**
> マイク・グレイカス編, 塚本晃久訳,
> グレイヴァ・オーライラスト
> 三重大学出版会　2008.7　235p
> 19cm　940円
> ISBN978-4-944068-91-3

夜明けの炎（ベンジャミン・ウンバ）………… 1
家出（オーガスト・キトゥアイ）…………… 57
タリ（ジム・バイタル）………………………137
解説（マイク・グレイカス）…………………226
著者紹介（マイク・グレイカス）…………230
訳者あとがき………………………………233

作家名索引

【あ】

あい
エア・ポケット ‥‥‥‥‥‥‥‥‥ 0855

阿井 景子
乙女 ‥‥‥‥‥‥‥‥‥‥‥‥‥ 0129

アイヴァス, ミハル
もうひとつの街 ‥‥‥‥‥‥‥‥ 0516

逢上 央士
開けてはならない。 ‥‥‥‥‥‥ 0603
クリスマス・パラドックス ‥‥‥‥ 0198
走馬灯流し ‥‥‥‥‥‥‥‥ 0193, 0195
読書家専用車両 ‥‥‥‥‥‥‥ 0584

藍上 ゆう
あなたの最終電車 ‥‥‥‥‥‥‥ 0199

會川 昇
伝奇怪獣 バッケンドン登場─千葉県「南
総怪異八犬獣」 ‥‥‥‥‥‥‥ 0541
無情のうた─『UN-GO』第二話 坂口安
吾「明治開化安吾捕物帖ああ無情」よ
り ‥‥‥‥‥‥‥‥‥‥‥‥‥ 0501

愛川 弘
孤独 ‥‥‥‥‥‥‥‥‥‥‥‥‥ 0933

相木 奈美
翼を夢見たあなたへ ‥‥‥‥‥‥ 0849

相澤 彰子
AIのできないこと、人がやりたいこと
‥‥‥‥‥‥‥‥‥‥‥‥‥‥ 0556

相沢 沙呼
狼少女の帰還 ‥‥‥‥‥‥‥‥‥ 0303
原始人ランナウェイ ‥‥‥‥ 0210, 0380
恋のおまじないのチンク・ア・チンク ‥ 0306
フレンドシップ・シェイパー ‥‥‥ 0467

相田 美奈子
桜太夫のふるまい ‥‥‥‥‥‥‥ 0481

間 零
シネマ通りに雨が降る ‥‥‥‥‥ 0835
スクラム・ガール ‥‥‥‥‥‥‥ 0833
靖国越え ‥‥‥‥‥‥‥‥‥‥‥ 0832

相戸 結衣
神隠し ‥‥‥‥‥‥‥‥‥‥‥‥ 0198
空飛ぶアスタリスク ‥‥‥‥‥‥ 0791
ホルマリン槽の女 ‥‥‥‥‥‥‥ 0195

ミルフィーユの食べ方がわからない ‥ 0619

相藤 克秀
孫の目 じいの目 ‥‥‥‥‥‥‥ 0786

藍原 貴之
じゃんけん必勝男 ‥‥‥‥‥‥‥ 0974
宿題代行サービス ‥‥‥‥‥‥‥ 0974

アイヒェンドルフ, ヨーゼフ・フォン
大理石像 ‥‥‥‥‥‥‥‥‥‥‥ 0399

愛理 修
詭計の神 ‥‥‥‥‥‥‥‥‥‥‥ 0241

アイリッシュ
爪 ‥‥‥‥‥‥‥‥‥‥‥‥‥‥ 0414

アーヴィング, ワシントン
アラビア人占星術師のはなし ‥‥‥ 0883
村の誇り ‥‥‥‥‥‥‥‥‥‥‥ 1137
リップ・ヴァン・ウィンクル ‥‥‥ 0884

アヴェルチェンコ
黄金時代 ‥‥‥‥‥‥‥‥‥‥‥ 1159

アウンチェイン
木曜ごとに ‥‥‥‥‥‥‥‥‥‥ 1121

あお
〔親子の考察〕 ‥‥‥‥‥‥‥‥ 1051

蒼井 上鷹
オウンゴール ‥‥‥‥‥‥‥ 0169, 0170
大松鮨の奇妙な客 ‥‥‥‥‥‥‥ 0152
最後のメッセージ ‥‥‥‥‥‥‥ 0362
堂場警部補とこぼれたミルク ‥ 0207, 0370
ひとりで大丈夫？ ‥‥‥‥‥‥‥ 0484
ラスト・セッション ‥‥‥‥ 0206, 0386
私はこうしてデビューした ‥‥ 0220, 0221

碧井 かえる
バイバイほらふき ‥‥‥‥‥‥‥ 0821

蒼 隼大
冬を待つ人 ‥‥‥‥‥‥‥‥‥‥ 0863

青井 知之
田舎の風景 ‥‥‥‥‥‥‥‥‥‥ 0462
お届け物 ‥‥‥‥‥‥‥‥‥‥‥ 0463
タイパーズハイ ‥‥‥‥‥‥‥‥ 0464
トイレを借りに ‥‥‥‥‥‥‥‥ 0462
無言の帰宅 ‥‥‥‥‥‥‥‥‥‥ 0465
メガネの導き ‥‥‥‥‥‥‥‥‥ 0464

青井 夏海
金環日食を見よう ‥‥‥‥‥‥‥ 0767
払ってください ‥‥‥‥‥‥ 0257, 0301
別れてください ‥‥‥‥‥‥‥‥ 0367

あおい　　作家名索引

蒼井 ひかり
アヒージョの罠 ……………… 0619
さよならジンクス …………… 0195
出奔 ………………………… 0584
その男、剣呑につき ………… 0197

あおい まちる
涙ダルマが融けるとき ……… 0858

葵 優喜
不細工な女 …………………… 0967

藍井 倫
ワールドエンド ……………… 0969

青木 淳悟
江戸鑑出世紙屑 ……………… 1062
言葉がチャーチル …………… 0962
捕まえて、鬼平！ …………… 0355
捕まえて、鬼平！―鬼平「風説」犯科
帳 ……………………………… 0354
日付の数だけ言葉が ………… 1056

青木 玉
ネコ染衛門 …………………… 0798

青木 知己
Ｙ駅発深夜バス ……… 0244, 0284

青木 正児
鵞掌・熊掌 …………………… 0622

青木 美土里
押入れ ………………… 0459, 0461
姉妹 ………………………… 0462
背戸の家 …………………… 0464
先祖返り …………………… 0460
道行き ……………………… 0463

青崎 有吾
髪の短くなった死体 ………… 0304
もう一色選べる丼 …………… 0204

青島 さかな
生贄 ………………………… 1023
靴 …………………………… 1022
雲作り ……………………… 1023
シンクロ …………………… 1023
ナマコ式 …………………… 1021

青砥 十
シンクロ …………………… 1023
透明な雪 …………………… 1023
歯車の花 …………………… 1020
指先アクロバティック ……… 1022

碧野 圭
わずか四分間の輝き ………… 0767

青野 季吉
半世紀の早稲田作家 ………… 1092

青野 零奈
アイのうた …………………… 1051

青葉 涼人
なつくさ …………………… 0808

青水 洸
こぎん ……………………… 0864
白いカンバス ……………… 0865
ともしび …………………… 0861
無音 ………………………… 0866

青谷 真未
エステ・イン・アズサ ……… 0895
鬼の目元に笑いジワ ………… 0466

蒼柳 晋
聖瑞 ………………………… 0474

青山 真治
寒九の滴 …………………… 1057
夜警 ………………………… 1055

青山 智樹
激辛戦国時代―日本人の味覚に激辛が訪
れたとき、歴史は動いた ……… 0565

青山 七恵
かけら ……………………… 1057
鉢かづき …………………… 1064
マチコちゃんの報告 ………… 0905
役立たず …………………… 1059
山の上の春子 ……………… 0734
ヨーの話 …………………… 0905

青山 文平
夏の日 ……………………… 0084
春山入り …………………… 0083
真桑瓜 ……………………… 0304

青山 蘭堂
床屋の源さん、探偵になる …… 0241

青山 蓮太郎
雪地蔵 ……………………… 0851

あか
トキウドン ………………… 0459

アーガーイー, ファルホンデ
小さな秘密 ………………… 0749

赤井 都
午後の林 …………………… 1021
生 …………………………… 1021
灰色の道 …………………… 0484
満月 ………………………… 1023

マンホールの蓋 …………………… 1023
三つの願い ……………………… 1022
無題 ………………………………… 1023

赤江 瀑
艶刀忌―越前守助広 ……………… 0123
光悦殺し ……………………………… 0434
水翁よ ……………………………… 0435
鳥を見た人 …………………………… 0272
ニジンスキーの手 ………………… 0954
花曝れ首 …………………………… 0488
春の寵児 …………………………… 0391

赤川 次郎
雨降る夜に ………………………… 1013
いつか、猫になった日 …………… 0810
命の恩人 …………………………… 0131
襲う ………………………………… 0788
駆け落ちは死体とともに ………… 0285
肝試し ……………………………… 0788
指揮者に恋した乙女 ……………… 0877
地獄へご案内 …………… 0359, 0360
絶筆 ………………………………… 0230
隣の四畳半 ……………… 0165, 0166
主 …………………………………… 0788
呪いの特売 ……………… 0162, 0163
日の丸あげて ……………………… 0328
二つの『血』の物語 ……………… 0328
保健室の午後 ……………………… 0802
三毛猫 ……………………………… 0788
三毛猫ホームズの遺失物 ………… 0352
三毛猫ホームズの感傷旅行 ……… 0356
密室の毒殺者 ……………………… 0605
もういいかい ……………………… 0204
闇夜にカラスが散歩する ………… 0164
幽霊列車 …………………………… 0610

赤川 武助
師弟決死隊 ………………………… 0065
武士の子 …………………………… 0065

赤木 駿介
本能寺ノ変朝―堺の豪商・天王寺屋宗
　及 ………………………………… 0116

赤崎 龍次
丑満奇譚 …………………………… 0975

明石 裕子
マリー ……………………………… 0822

赤瀬川 原平
食い地獄 …………………………… 0628

天と富士山―【東京】 …………… 0806

赤染 晶子
難破 ………………………………… 1060

赤月 折
積る日 ……………………………… 0863

暁 ことり
雪バス ……………………………… 0824

我妻 俊樹
相方 ………………………………… 0427
イガヤシ …………………………… 0427
蛾 …………………………………… 0462
かえる …………………… 0460, 0461
柿 …………………………………… 0465
歌舞伎 …………………… 0457, 0458
客 ………………………… 0459, 0461
浄霊中 …………………… 0457, 0458
砂 …………………………………… 0464
汐蜂 ………………………………… 0463
父の就職 ………………… 0460, 0461
なづき ……………………………… 0458
廃屋 ………………………………… 0463
プレゼントの人形 ………………… 0427
閉店後 ……………………………… 0427
茉莉花 …………………… 0457, 0458
迷路事情 …………………………… 0460
迷路の天狗 ………………………… 0427
山彦 ………………………………… 0460
百合 ………………………………… 0462
笑い坊主 …………………………… 1023

赤沼 三郎
悪魔黙示録 ………………………… 0133

赤埴 千枝子
おじいちゃんのゴキブリ退治 …… 0849

赤羽 道夫
小びんの中の進化 ………………… 0967
混み男 ……………………………… 0968
小さなレンズの向こう側 ………… 0974

赤腹 江森
妻の乳房 …………………………… 0971

赤星 都
ひとりぼっち ……………………… 0463

阿川 佐和子
アンタさん ……………… 0896, 0897
海辺食堂の姉妹 …………………… 0685
森で待つ …………………………… 0686

あかわ　　　　作家名索引

阿川 弘之
暗い波濤 ……………………………… 0779
年年歳歳 ……………………………… 0995
水の恵み ……………………………… 0942

阿丸 まり
土葬 …………………………………… 0465
啼く魚 ………………………………… 0462
水恋鳥 ………………………… 0459, 0461

亜木 康子
四月一日、花曇り …………………… 1074

秋 竜山
宗教違反を平気な天国 ……………… 0534

明川 哲也
影屋の告白 …………………………… 0245
湖面にて ……………………………… 0585
箱のはなし ……………………… 0783, 1088

秋口 ぎぐる
子ども殺し …………………………… 0294
のろま ………………………………… 0294
やましい三人 ………………………… 0294

秋沢 一氏
見えない光の夏 ……………………… 0834

秋月 達郎
村重好み—耀變天目記 ……………… 0114

秋月 涼介
消えた左腕事件 ………………… 0155, 0332

秋永 幸宏
レアイズム …………………………… 0848

秋梨 惟喬
殷帝之宝剣 ……………………… 0210, 0380
殺三狼 ………………………………… 0205

秋野 佳月
ジンクレールの青い空 ……………… 1004

秋野 鈴虫
テレビジョン ………………………… 0534

秋満 吉彦
狩野永徳の罠 ………………………… 0834

秋元 いずみ
銀の鳥 ………………………………… 0770

秋元 松代
ちぐはぐな話 ………………………… 1038

秋元 倫
チェロの弦 …………………………… 0991

秋元 康
夏休みは終わらない ………………… 1029

秋山 香乃
誠の旗の下で—藤堂平助 …… 0070, 0071

秋山 浩司
明日の湯 ……………………………… 0895
猫を抱く少女 ………………………… 0801

秋山 咲絵
魔法のおうち ………………………… 0853

秋山 省三
陽の残り …………………………… 0835

秋山 真琴
闇沼 …………………………………… 0460
弔夜 ……………………………… 0459, 0461

秋山 瑞人
海原の用心棒 ………………………… 0573
おれはミサイル ……………………… 0520

秋芳 雅人
乗り移るもの …………………… 0457, 0458

秋吉 理香子
リケジョの婚活 ……………………… 0215

日日日
かものはし …………………………… 0333

芥川 龍之介
秋 ………………………………… 0629, 0741
芋粥 ……………………………… 0625, 0627
お富の貞操 …………………………… 1052
河童 …………………………………… 0916
河童及河伯—「椒図志異」より …… 0916
カルメン ……………………………… 1078
河郎の歌—「蕩々帖」より ………… 0916
凶（抄） ……………………………… 0479
食物として …………………………… 0625
袈裟と盛遠 …………………………… 1068
玄鶴山房 ……………………………… 1087
地獄変 ………………………………… 0952
「侏儒の言葉」より ………………… 0917
俊寛 …………………………………… 0067
虱 ……………………………………… 1054
水怪—「雑筆」より ………………… 0916
大震雑記 ……………………………… 0784
杜子春 ………………………………… 0887
トロッコ ………………… 0885, 0888, 1067
女体 ……………………………… 0684, 1041
鼠小僧次郎吉 …………………… 0100, 0892
雛 ………………………………… 0872, 0873
ひょっとこ …………………………… 0883
奉教人の死 ……………………… 0993, 1031

384

保吉の手帳から ……………………… 0543
魔術 ……………………… 0390, 1072
魔術――一九一九（大正八）年一一月 ‥ 1097
蜜柑 …… 0616, 0618, 0875, 1069, 1087
妙な話 ……………………… 0391, 0478
桃太郎 ……………………………… 0943
藪の中 ……………………… 0295, 0434
夢 ……………………………………… 1085
龍 ……………………………………… 0787

圷 健太
サルとトマトの8ビート ………… 0908

アクーニン
東と西 ……………………………… 1159

暁方 ミセイ
星林 ………………………………… 0961

朱野 帰子
初めて本をつくるあなたがすべきこと
……………………………………… 0588

明野 照葉
古井戸 ……………………………… 0249

アーサー, ロバート
51番目の密室 ……………………… 0172
マニング氏の金のなる木 ………… 0344

朝井 まかて
紛者 ………………………………… 0055

朝井 リョウ
逆算 ………………………………… 1109
清水課長の二重線 ………………… 1034
水曜日の南階段はきれい ………… 0687
それでは二人組を作ってください … 0759
ひからない蛍 ……………………… 0903

浅井 了意
怪を語れば怪至 …………………… 0479

浅尾 大輔
ブルーシート ……………………… 1058

浅川 継太
気がかりな少女 …………………… 0905
通り抜ける ………………………… 0905

亜鷺 一
もういいかい ……………………… 0967

朝倉 かすみ
アンセクシー ……………… 0673, 0674
おめでとうを伝えよう！ ………… 0773
掛け星 ……………………… 0675, 0676
空中楼閣 …………………………… 1040

さようなら、妻 …………………… 1019
とっぴんぱらりのぷう …………… 0979
ノベライズ ………………………… 0695
ふかみどりどり …………… 1099, 1100

浅倉 卓弥
あなたのうしろに ………………… 0200
落ち屋 ……………………………… 0196
このみす大賞 ……………………… 0197
罪過の逆転 ………………………… 0364
主よ、人の望みの喜びよ ………… 0223

浅暮 三文
悪魔の背中 ………………… 0939, 0940
エレファント・ジョーク ………… 0431
ギリシア小文字の誕生―民たちよ、見よ。
　そして書き記せ。これがお前たちの求
　めた文字である ………………… 0560
渋谷馬鹿見之詩 …………………… 0474
新宝島 ……………………………… 0920
夏が終わる星 ……………………… 0484
晩夏―ぱぴぷぺぽ一族の熱い時代 … 0566
J・サーバーを読んでいた男 …… 0362

朝来 みゆか
いとこのスープ …………………… 0853

麻茂 流
私たちを見つけてくださった方へ。‥ 1020

浅田 次郎
男意気初春義理事―天切り松 闇がたり
……………………………………… 1015
帰り道 ……………………………… 1014
かっぱぎ権左 ……………………… 0114
金鵄のもとに ……………………… 1008
小鍛冶―小狐丸 …………………… 0122
琥珀 ………………………………… 1012
五郎治殿御始末 …………………… 0907
流離人 ……………………………… 1018
獅子吼 ……………………………… 1017
雪鰻 ………………………………… 0611

阿佐田 哲也
黄金の腕 …………………………… 1072

浅地 健児
終電の幽霊 ………………………… 0975
体感時間 …………………………… 0976

朝凪 ちるこ
現実離脱 …………………………… 1090

あさの あつこ
雨宿りの歌 ………………………… 0734

あさの

厭だ厭だ ……………… 1012, 1039
鬼娘 ……………………………… 0486
きみに伝えたくて ………………… 1109
さいとう市立さいとう高校野球部雑録
……………………………… 1013
下野原光一くんについて ………… 0900
鈴江藩江戸屋敷見聞帳 にゃん！ …… 0796
チームＦ ………………………… 0598
白球の彼方 ……………………… 1010
フィニッシュ・ゲートから ……… 0956

あさの ますみ
あったか弁当・おまち堂 ………… 0894

浅ノ宮 遼
消えた脳病変 …………………… 0158

朝日 壮吉
秋空晴れて ……………………… 0065
輝く友情 ………………………… 0964

朝吹 真理子
家路 ……………………………… 1059

朝松 健
赤い歯型 ………………………… 0453
生きてゐる風 …………………… 0475
首狂言天守投合 ………………… 0431
黒眚 ……………………………… 0412
屍舞図 …………………………… 0490
「西の京」戀幻戯 ……………… 0435
ぬっへっほふ …………………… 0483
東山殿御庭 ……………………… 0218
緋衣 ……………………………… 0472
ひとつ目さうし ………………… 0440
筆置くも夢のうちなるしるしかな … 0484
醜い空 …………………………… 0429
立華白椿 ………………………… 0474

浅見 淵
山 ……………………………… 1092
「山」について ………………… 1092

朝宮 運河
赤い凧 …………………………… 0458
白昼 …………………… 0457, 0458
父子像 …………………………… 0429
見あげる二人 ………… 0457, 0458

淺里 大助
解氷 ……………………………… 0913

あじ
寂れた街 ………………………… 0971

阿字 平八郎
シュレディンガーの子猫 ………… 0973

葭ヶ浦 武史
百人目 …………………………… 0971

芦川 淳一
逃げる旗本 ……………………… 0103

芦崎 凪
首輪 ……………………………… 0997

芦沢 央
絵の中の男 ……………………… 0215
願わない少女 …………………… 0132
許されようとは思いません … 0214, 0304

芦田 晋作
しゃっくり ……………………… 1020

芦原 すなお
ずずばな ………………………… 0622

葦原 青
sprout …………………………… 1081

葦原 崇貴
いえきゅぶおじさん …………… 0489
一歳 ……………………………… 0489
楽光師匠最期の高座『死神』の録音テー
プ ……………………………… 0462
カマキラー ……………………… 0463
クマキラー ……………………… 0460
くるまれて ……………………… 0241
手乗りクトゥルー ……………… 0489
世界を終わらす方法 …………… 0489
忠実なペット …………………… 0489
堀の向こうから ………………… 0465
三つの鐘 ………………………… 0489
モンシロチョウ ………………… 0464
やれやれ、また魚か！ ………… 0489
Radio Free Yuggoth …………… 0489

芦辺 拓
黄金の雑誌、黄金の刻 ………… 0347
黒い密室―続・薔薇荘殺人事件 ‥ 0162, 0163
講談・江戸川乱歩一代記 ……… 0146
裁判員法廷二〇〇九 ………… 0321, 0359
シミュラクラの罠 ……………… 0474
審理（裁判員法廷二〇〇九） … 0316, 0360
天幕と銀幕の見える場所 ……… 0817
読者よ欺かれておくれ ………… 0135
曇斎先生事件帳―木乃伊とウニコール
……………………………… 0367
長い廊下の果てに …………… 0341, 0342

78回転の密室 ……………… 0244	
名探偵エノケン氏 ……………… 0352	
輪廻りゆくもの ……………… 0440	
物語を継ぐもの ……………… 0484	
森江春策の災難 ……………… 0252	

アシモフ, アイザック

真鍮色の密室 ……………… 0365
信念 ……………… 0526
不滅の詩人 ……………… 0877

アシュウィン, ケリー

ふつうでないこと ……………… 0238

阿修蘭

マテリアルマダム ……………… 1074

アズウェル, ジェラルド

蠅 ……………… 0346

飛鳥 高

薄い刃 ……………… 0148
犠牲者 ……………… 0366
車中の人 ……………… 0148
にわか雨 ……………… 0147
鼠はにっこりこ ……………… 0144
犯罪の場 ……………… 0383, 0384
飯場の殺人 ……………… 0147
無口な車掌 ……………… 0147
落花 ……………… 0148

飛鳥井 千砂

神様たちのいるところ ……………… 0652
小寒―1月5日ごろ ……………… 0919
空の上、空の下 ……………… 0578, 0579
タクシードライバー ……………… 1013
隣の空も青い ……………… 0759
夜の小人 ……………… 1018

飛鳥部 勝則

穴 ……………… 0475
王国 ……………… 0472
洞窟 ……………… 0429
とりつく ……………… 0474
バグベア ……………… 0440
プロセルピナ ……………… 0152
幽霊に関する一考察 ……………… 0484
羅漢崩れ ……………… 0156, 0300, 0341, 0342

アスキス, シンシア

角店 ……………… 0480

梓 林太郎

避難命令 ……………… 0216

小豆沢 優

明日の行方 ……………… 0985
クイ襲撃 ……………… 0915

安土 萌

"海" ……………… 0966
鏡 ……………… 0472
ハロウィーンパーティの夜 ……………… 0474
冬のアブラゼミ ……………… 0484

アストゥリアス, ミゲル・アンヘル

グアテマラ伝説集 ……………… 1162

東 朔水

稲荷道中、夏めぐり ……………… 0466

東 しいな

海に降る雪 ……………… 0858
誰にも似てない ……………… 0860
春彼岸 ……………… 0857
もうひとつの階段 ……………… 0861
雪女の肖像 ……………… 0857
私の家に降る雪は ……………… 0866

東 直己

立ち向かう者 ……………… 0219
時カクテル ……………… 0308
猫バスの先生 ……………… 0318
街で立ち止まる時―「ススキノ探偵」シ
リーズ番外編 ……………… 0951
拉致 ……………… 0309

あずま 菜ずな

磯蟹 ……………… 0846

吾妻 ひでお

時間旅行はあなたの健康を損なうおそれ
があります ……………… 0573

東 秀紀

長曾我部盛親 ……………… 0039

東 浩紀

オールトの天使―娘ときみを救うため、
ぼくは時空を超えた-ひとつの火星の物
語が終わる ……………… 0565
火星のプリンセス―火星には酒が必要
だ。人類を酩酊させる者-きみと麻理沙
の娘が ……………… 0560
火星のプリンセス.続 ……………… 0562
クリュセの魚―火星のあの夏、十一歳の
ぼくは、十六歳の麻理沙に恋をした-三
島由紀夫賞受賞第一作 ……………… 0559
探求「話法」のゼロ地点―「ギートステ
イト」とポストセカイ系小説 ……………… 1101
時よ止まれ ……………… 0961

作家名索引

梓見 いふ
墓標 ……………………………… 0851

安澄 加奈
水沢文具店 …………………… 0894

安曇 潤平
諦めのいい子 ………………… 0415
怪しい来客—3 ……………… 0415
危機一髪 ……………………… 0415
桜回廊 ………………………… 0415
誰が引いた？ ………………… 0415
嘲笑 …………………………… 0415
手形 …………………………… 0415
燈籠流し ……………………… 0415
ドッペルゲンガー …………… 0415
私ですよ ……………………… 0415
渡し船 ………………………… 0415

安住 伸子
折れた向日葵 ………………… 0959

安住 洋子
暁の波 ………………………… 0078
ささら波 ……………………… 0079

アスリノー,Ch.
愛書家地獄 …………………… 0577

あせごの まん
克美さんがいる ……………… 0331

畦ノ陽
よびんど ……………………… 0463

浅生 鴨
エビくん ……………………… 1062

麻生 荘太郎
寒い朝だった—失踪した少女の謎 … 0348

麻生 ななお
彼女と私 ……………………… 0967

化野 燐
カナダマ ……………………… 0429
夜の鳥 ………………………… 0435
youkai名彙 …………………… 0483

安達 征一郎
鱗に曳きずられて沖へ ……… 0825

安達 千夏
冬の鞄 ………………………… 1059

安達 光雄
海の怪談 ……………………… 0481

安達 瑶b
adachib ……………………… 1053

アダムス,ブロック
大胆不敵 ……………………… 0297

阿段 可成子
誰がそう言った ……………… 0464

安壇 美緒
光速少年 ……………………… 0867

アップダイク,ジョン
ある「ハンセン病患者」の日記から ‥ 1137
満杯 …………………………… 1134

厚谷 勝
初登校 ………………………… 0975

アデア,チェリー
悪魔とダンスを ……………… 0712

阿刀田 高
阿漕な生業 …………………… 0325
ヴェニスと手袋 ……………… 1014
運のいい男 …………………… 0325
お望み通りの死体 …………… 0285
幸福通信 ……………………… 0264
白い腕 ………………………… 0479
鳥瞰図 ………………………… 0820
蛇 ……………………………… 0437
本屋の魔法使い ……………… 0591
マッチ箱の人生 ……………… 0268
マーメイド …………………… 0877
夢一夜 ………………………… 1039
わたし食べる人 ……………… 0613

アトゥルガン,ユスフ
家にあるもの ………………… 1122

花鶏 縁
モラトリアム ………………… 0465

安妮 宝貝
五つの小品—随筆 …………… 1112

姉小路 祐
ダブルライン ………………… 0604

アノーダル,サンジャースレンギーン
すべて ………………………… 1118

アーノルド,ジュディス
ともしびは永遠に …………… 0699

アーノルド,マーク
映魔の殿堂 …………………… 0451

我孫子 武丸
記憶のアリバイ[解決編] ……… 0253
記憶のアリバイ[問題編] ……… 0253
記憶の欠片 …………………… 0921

作家名索引　　　　　　　　あまた

里親面接 …………………… 0792, 0793
捨てるに捨てられないネタ ……… 0246
夏 夏に散る花 ……………… 0334, 0335
夏に消えた少女 …………………… 0376
漂流者 ……………………………… 0161
フィギュア・フォー ……………… 0246
猟奇小説家 ………………………… 0273

阿部 昭
あこがれ …………………………… 0874
鵠沼西海岸 ………………………… 1027
天使が見たもの …………………… 1072
剝製の子規 ………………………… 0993
日日の友 …………………………… 1027
桃 …………………………………… 0275
桃太郎. 桃 ………………………… 0618

阿部 和重
Across The Border ……………… 1034
RIDE ON TIME ………………… 0783
Thieves in The Temple ………… 0962

阿部 喜和子
半島にて …………………………… 0785

安部 孝作
証明写真機 ………………………… 0464

安部 公房
家 …………………………………… 0395
カーブの向う ……………………… 0395
クレオールの魂 …………………… 0395
砂漠の思想 ………………………… 0395
詩人の生涯 ………………………… 0395
探偵と彼 …………………………… 0804
チチンデラ ヤパナ ……………… 0395
闖入者―手記とエピローグ ……… 0547
デンドロカカリヤ ………………… 0391
デンドロカカリヤ―[雑誌「表現」版] ‥ 0395
時の崖 ……………………………… 0599
鉛の卵 …………………… 0395, 0522
人魚伝 ……………………………… 0400
藤野君のこと ……………………… 0534
ユープケッチャ …………………… 0395
良識派 …………………… 0872, 0873

阿部 伸之介
スパイラル ………………………… 0976

阿部 達昭
白猿 ………………………………… 0489

安部 千恵
蟹女房 ……………………………… 0481

阿部 光子
心の秤 ……………………………… 0944

安倍 裕子
おたくもヒキコモリ？ …………… 0975

安部 龍太郎
大坂落城 …………………………… 0039
男伊達 ……………………………… 0108
加賀騒動 …………………………… 0005
孝明天皇の死 ……………………… 0102
斬奸刀 ……………………………… 0129
龍馬暗殺 …………………………… 0127

亜紅
原始の感覚 ………………………… 1021

アボット, ジェフ
カルマはドグマを撃つ …………… 0203
ちょっとした修理 ………………… 0202

アボット, パトリシア
救い ………………………………… 0238

アポリネール, ギョーム
青い眼 ……………………………… 1154
アムステルダムの水夫 …………… 0390
オノレ・シュブラックの失踪 …… 0402
混成賭博クラブでのめぐり会い―シャ
ペーロン博士に ………………… 0871
死後の婚約者 ……………………… 1154
詩人のナプキン …………………… 0414
月の王 ……………………………… 0392
ミラボー橋 ………………………… 0883

アポロ
恍恋 ………………………………… 0681

甘糟 りり子
赤と透明 …………………………… 1070
慣れることと失うこと …………… 0644

天城 一
エルロック・ショルムス氏の新冒険 ‥ 0232
急行《あがの》 …………………… 0356
不思議の国の犯罪 ………………… 0366
密室作法 改訂 …………………… 0150

天沢 彰
タイムリミット …………………… 0983
もう一人いる… …………………… 0983
歪んだ愛 …………………………… 0983

天田 式
秋の水 ……………………………… 0199
木下闇 ……………………………… 0619
苦潮 ………………………………… 0196

あまね

猫の恋 ……………………… 0791
ほおずき ……………… 0224, 0364
綿虫 ……………………… 0197

天音
愛してた人 ……………………… 1023

天祢 涼
父の葬式 ……………… 0212, 0371
楢山鍵店、最後の鍵 ……………… 0348

あまの かおり
ゆきねこ ……………………… 0866

天野 純希
異聞 巌流島決闘 ……………… 0118
有楽斎の城 ……………………… 0044
宗室の器 ……………………… 0045
忠直の檻 ……………………… 0038
天を分かつ川 ……………………… 0043
直隆の武辺 ……………………… 0055
義元の呪縛 ……………………… 0084

天野 邊
自画像 ……………………… 0490

天久 聖一
恥ずかしい杭 ……………………… 0961

天谷 朔子
HELLO ……………………… 0465

あまん きみこ
白いぼうし ……………………… 0618
ちいちゃんのかげおくり ……… 0887

安萬 純一
イルクの秋 ……………………… 0241
峡谷の檻 ……………………… 0348

アミエル, フレデリック
アミエルの日記（抄） …………… 0882

アームストロング, シャーロット
アリバイさがし ……………………… 0344

アームストロング, マーティン
ミセス・ヴォードレーの旅行 …… 1140

あめの くらげ
ゆきかがみ ……………………… 0863

雨の国
雨男 ……………………… 0973
天国料理人 ……………………… 0821

雨宮 湘介
猫占い ……………………… 0986

飴村 行
クレイジー・ア・ゴーゴー ……… 0484

ゲバルトX ……………… 0165, 0166, 0429
廃爛性の楽園 ……………………… 0430

天羽 孔明
胡蜂 ……………………… 0465

綾桜
自殺志願者の小話 ……………… 1051

郁風
こなゆき ……………………… 0857
雪の時間 ……………………… 0861
わたしの恋人 ……………………… 0859

綾倉 エリ
足切り女 ……………… 0457, 0458
禁足地 ……………………… 0465
故郷の思い出 ……………………… 0462
パッチン留め ……………………… 0462
ライブハウスにて ……………… 0464

綾崎 隼
向日葵ラプソディ ……………… 1028

彩瀬 まる
赤城ミート ……………………… 0895
伊藤米店 ……………………… 0893
かなしい食べもの ……………… 0652
傘下の花 ……………………… 0898
大自然 ……………… 0961, 1063
二十三センチの祝福 …………… 0751

綾辻 行人
悪霊憑き ……………………… 0157
意外な犯人 ……………………… 0137
かえれないふたり―第3章 増殖する影
……………………… 0341, 0342
苦肉の策 ……………………… 0246
心の闇 ……………………… 0552
再生 ……………………… 0222
遠すぎる風景 ……………………… 0246
深泥丘奇談―切断 ……………… 1096

綾野 祐介
平成十九年一月十七日の日記 …… 0489

あやめ ゆう
いつかの情景 ……………………… 1081

鮎川 哲也
赤い密室 ……………………… 0174
急行出雲 ……………………… 0604
魚眠荘殺人事件 ……………… 0148
クイーンの色紙 ……………………… 0345
笹島局九九〇九番 ……………… 0264
蹉跌 ……………………… 0230

白い密室	0383, 0384		亜羅叉の沙	
達也が嗤う	0174		ミユキちゃん	0533
薔薇荘殺人事件	0138		新沢 克海	
晴のち雨天	0820		ダンスモンキーの虚と実	0901
人買い伊平治	0329		嵐山 光三郎	
緋紋谷事件	0356		霧隠才蔵の秘密	0051
不完全犯罪	0147		アラストゥーイー, シーヴァー	
本格派作家の特長	0329		アトラス	0749
無人踏切	0610		荒畑 寒村	
鮎沢 千加子			夏	1086
キオク	0975		荒巻 義雄	
アヨルザナ, グンアージャビン			私とノベルスの25年	1098
時の形容詞	1118		ある晴れた日のウィーンは森の中にたた	
猫人種の影	1118		ずむ	0530
荒井 恵美子			大いなる正午	0536, 0553
泉よ、泉	0863		白壁の文字は夕陽に映える	0527
回覧板	0865		時の葦舟	0532
白い虎	0861		花嫁	1098
新井 紀一			版画画廊の殺人	0325
怒れる高村軍曹	0766		平賀源内無頼控	0515
荒井 邦子			ポンラップ群島の平和	0491
月夜のアリババたち	0849		柔らかい時計	0531
新井 高子			荒俣 宏	
片方の靴	1088		盗まれたカキエモンの謎	0232
荒井 登喜子			荒山 徹	
ビリーブ	0992		シュニィユ―軍神ひょっとこ葉武太郎	
新井 信子			伝	0082
緑の森を求めて―二つの大地	1084		長州シックス夢をかなえた白熊	0054, 0083
新井 素子			朝鮮通信使いよいよ畢わる	0080
あの懐かしい蟬の声は	0574, 0575		鼠か虎か	0079
絵里	0496		流離剣統譜	0077
おと	1010		我が愛は海の彼方に	0078
ゲーム	0570		アラル, インジ	
つつがなきよう	0920		私の魂にキスを	1122
ネプチューン	0537		アラルコン, ペドロ・アントニオ・デ	
ノックの音が	0474		背の高い女	0419
林檎	0484		アラン, マージャリー	
妾は、猫で御座います	0810		エリナーの肖像	0275
荒居 蘭			アラン, A.J.	
虫の居所	0571		ジャーミン街奇譚	0480
荒川 百花			アリ, ラフミ	
あやめ祭の発見	0813		アイとギュネシュ	1122
荒木 郁			スズカケノキの悲しみ	1122
道子	0748		動物のいない国	1122
荒木 伊保里			勇敢な漁師と9人の盗賊	1122
軽い被害ですみました	0786			

ありあ　　　　　作家名索引

有明 夏夫
　川に消えた賊 …………………… 0817

有井 聡
　愛別 ……………………………… 0463
　あじさい山 ……………………… 0462
　磯牡蠣 ………………… 0459, 0461
　母 ………………………………… 0464
　ボランティア …………………… 0463
　三柱 ……………………………… 0462

有川 浩
　作家的一週間 …………………… 1107
　失恋の演算 ……………………… 0695
　ストーリー・セラー …………… 1105
　ヒトモドキ ……………………… 1106
　R-18―二次元規制についてとある出版関
　　係者たちの雑談 ……………… 1108
　S理論 …………………………… 0543

有坂 トヲコ
　アチラのいいなり ……………… 0464

有坂 十緒子
　重ね重ね ……………… 0460, 0461
　なめり、なめり、………………… 0459
　んんーげっげ …………… 0457, 0458

有沢 真由
　ジュンイチ君 …………………… 0198
　真紅の蝶が舞うころに ………… 0584
　ベストショット ………………… 0196
　雪色の恋 ………………………… 0603

有島 武郎
　惜しみなく愛は奪う …………… 0629
　火事とポチ ……………………… 1069
　碁石を呑だ八っちゃん ………… 0875
　小さき者へ ………… 0761, 1052, 1087
　一房の葡萄 …………… 0616, 1031
　僕の帽子のお話 ………………… 1080
　真夏の夢 ………………………… 1085
　An Incident …………………… 1087

有栖川 有栖
　蒼ざめた星 ……………………… 0246
　アポロンのナイフ …… 0210, 0372
　あるいは四風荘殺人事件 …… 0359, 0360
　怪獣の夢 ………………………… 0423
　かえれないふたり―第1章 不安な旅立
　　ち ………………… 0341, 0342
　ガラスの檻の殺人 ……………… 0161
　季節がうつろう秋 ……………… 0330

清水坂 …………………………… 0428
キンダイチ先生の推理 ………… 0164
砕けた叫び ……………………… 0131
劇的な幕切れ …………………… 0265
黒鳥亭殺人事件 ………………… 0137
桜川のオフィーリア …………… 0157
ジャバウォッキー ……………… 0139
線路の国のアリス ………… 0204, 1017
蕩尽に関する一考察 …………… 0284
201号室の災厄 ………………… 0352
火村英生に捧げる犯罪 …… 0357, 0358
比類のない神々しいような瞬間 …… 0367
冬 蜃気楼に手を振る ……… 0334, 0335
本と謎の日々 …… 0212, 0382, 0578, 0579
幻の娘 …………………………… 0468
三国の宿にて …………………… 0246
未来人F ………………………… 0351
迷宮書房 ………………………… 0591
望月周平の秘かな旅 …………… 0330
やけた線路の上の死体 ………… 0610
屋根裏の散歩者 ………………… 0146
雪と金婚式 ……………………… 1096
四分間では短すぎる …… 0162, 0163, 0376
雷雨の庭で ……………… 0248, 0323
書く機械 ………………………… 0222
ロジカル・デスゲーム …… 0156, 0300

有馬 二郎
　犯罪 ……………………………… 0970

有馬 結衣
　秋、ふたり ……………………… 1020

有馬 頼義
　空家の少年 ……………………… 0266
　お軽はらきり …………………… 0799
　三十六人の乗客 ………………… 0605
　針谷夕雲 ………………………… 0095

有村 まどか
　金平糖のふるさと ……………… 0863

有本 吉見
　宝箱 ……………………………… 0849
　雪のとびら ……………………… 0864

有森 信二
　あだし野へ ……………………… 0990
　風の街 …………………………… 0991
　交差点 …………………………… 0985
　風光 ……………………………… 1026
　火影 ……………………………… 0915

392

愉快な客	0992	鳥	0886

泡坂 妻夫

飯鉢山山腹	0270
右腕山上空	0329
隠し紋	1013
固い種子	0966
蚊取湖殺人事件	0135, 0219
椛山訪雪図	0329
願かけて	0316, 0321, 0359, 0360
吉備津の釜	0077
球形の楽園	0383, 0384
凶漢消失	0582
喧嘩飛脚	0080
五ん兵衛船	0079, 0357, 0358
砂蛾家の消失	0274
処女作と二作目	0329
ダイヤル7	0264
菜の花や	0078
鳴神	0271
匂い梅	1011
目吉の死人形	0011
ヨギ ガンジーの予言	0136
DL2号機事件	0175, 0330

あわぢ 生

蒔かれし種 秋月の日記	0336

粟根 のりこ

カツジ君	0459, 0461
さんぽ	0457, 0458

安西 篤子

鴛鴦ならび行く	0034
鴛鴦ならび行く―太原雪斎	0036
泣き笑い姫	0107

安生 正

開かずの踏切	0195
白い記憶	0193, 0197
仙境の晩餐	0193, 0619
ダイヤモンドダスト	0192
特約条項 第三条	0224, 0364

アンスティー,F.

小さな吹雪の国の冒険	1140

安西 玄

運心	0987
かえりみれば	0992
門出	0986
不知火	0988
たねをまいて	0990

有吉 佐和子

キリクビ	0993
まっしろけのけ	1041

有吉 玉青

Border	0736

アリン,ダグ

イズラフェル	1149
犬ほどにも命をなくして	0238
ダンシング・ベア	0141
ライラックの香り	0340

アルセーニエフ,ウラジミール

デルスー運命の射撃	0794

アルダイ,チャールズ

銃後の守り	0141, 0202
善きサマリヤ人	0337

アルデン,W.L.

モダン吸血鬼	0433

アルトシュル,アンドリュー・フォスター

新たな引力	1142

アルトマン,H.C.

ドラキュラ・ドラキュラ	0418

アルニム,アヒム・フォン

アラビアの女予言者メリュック・マリア・ブランヴィル	0399
ド・サヴェルヌ夫人	0418

アルプ,ハンス

一本足で	0418
深夜城の庭師	0418

アレ,アルフォンス

奇妙な死	0449
親切な恋人	0390
夏の愉しみ	0892

アレクサ,カミール

燃えるマシュマロ	1150, 1151

アレナル,ウンベルト

カバジェーロ・チャールズ	1161

アレン,ウディ

ゴセッジ゠ヴァーデビディアン往復書簡	1136

アレン,ルイーズ

覆面の恋泥棒	0720
魅惑の舞踏会	0728

安房 直子

小さいやさしい右手	0804

あんそ　作家名索引

遠い日々 …………………… 0989
聖岳から …………………… 1026
武奈ヶ岳から ……………… 0915
山へ ………………………… 0985

アンソニー, ジェシカ
さび止め …………………… 1142

アンソニー, R.
寄生手—バーンストラム博士の日記 ‥ 0425

アンダースン, ポール
火星のダイヤモンド ……… 0262
キリエ ……………………… 0510

アンダーソン, シャーウッド
とうもろこしの種まき …… 0684

アンダーソン, ナタリー
恋に落ちた十二月 ………… 0729

アンデルセン, ハンス・クリスチャン
人魚物語 …………………… 0400
バラの花の精 ……………… 0684
柳の木の下で ……………… 0651

あんどー　春
回転率 ……………………… 0973
肯定 ………………………… 0973
国際基準 …………………… 0973
選択肢 ……………………… 0972
仲間 ………………………… 0974
迷惑 ………………………… 0974

安藤　オン
出家せば …………………… 0826

安東　伸介
或る夜の西脇先生 ………… 0993

安藤　知明
緑のプリン ………………… 0813

安堂　虎夫
神隠し ……………………… 0280

安藤　美紀夫
露地うらの虹 ……………… 1036

安藤　桃子
カウンターイルミネーション …… 0709

安東　能明
撃てない警官 ………… 0169, 0170
随監 ………………… 0209, 0369
密室の戦犯 ………………… 0259

アンドリュース, デイル・C.
本の事件 …………………… 0149

アンドルーズ, エイミー
無垢なキューピッド ……… 0723

アンブラー, エリック
エメラルド色の空 ………… 0262

アンロー, ジャック
銃殺隊 ………………… 1150, 1151

【い】

李　浩哲
脱郷 ………………………… 1117
南から来た人々 …………… 1117

李　範宣
カモメ ……………………… 1117
誤発弾 ……………………… 1117
鶴村の人々 ………………… 1117

伊井　圭
位牌 ………………… 0341, 0342

伊井　直行
ヌード・マン・ウォーキング … 1055

飯島　一次
京の茶漬—山崎烝 ……… 0070, 0071

飯島　祐輔
いつか金だらいな日々—轟拳ヤマト外
伝 ………………………… 1098

飯田　章
浮寝 ………………………… 1055

飯田　茂実
「一文物語集」より『0〜108』 …… 1025

飯田　祐子
コラム「新国家、樹立？」 ……… 1065

飯野　文彦
アナル・トーク …………… 0431
蟬とタイムカプセル ……… 1011
バン！ ……………………… 0474
人こひ初めしはじめなり … 0249
観てもらえませんか？ …… 0920
楽園回帰 …………………… 0472
私とソレの関係 …………… 0429

家田　満理
会いたい …………………… 0975
女も、虎も…… …………… 0970
亀の恩返し ………………… 0975
動機 ………………………… 0976

394

取り戻した人生 ………………… 0970
花園の管理人 ………………… 0968
耳の役割 ……………………… 0969

イエーツ, ウィリアム・バトラー
宿無しの磔刑 ………………… 0283

イエーツ, メイシー
消せない情火 ………………… 0634
砂漠の一夜の代償 …………… 0645
ボスと秘書だけの聖夜 ……… 0650

イェニー, ゾエ
かえで―モノローグ ………… 0750

イエルシルド, P.C.
モビール ……………………… 0418

伊岡 瞬
ふたつのシュークリーム ……… 0134
ミスファイア …………… 0209, 0374

五十嵐 貴久
女交渉人ヒカル ………… 0220, 0221
ぽきぽき ……………………… 0249
南青山骨董通り探偵社 ……… 0311

五十嵐 千代美
レモンのしっぽ ……………… 0867

五十嵐 均
初島航路 ……………………… 0605

五十嵐 彪太
足の裏の世界 ………………… 1022
狐火を追うもの ………… 0459, 0461
クラゲの詩 …………………… 1023
小春日和 ……………………… 1023
這い回る蝶々 ………………… 1021
ランデヴー …………………… 0462

井川 一太郎
コンビニ家族 ………………… 0976
社霊 …………………………… 0976
花を置く人 …………………… 0976
ラッキースプレー …………… 0972

井川 香四郎
桜島燃ゆ ……………………… 0103
藁屋の歌 ……………………… 0028

井川 捷
平成28年4月14日まで そして平成28年4
月16日 ……………………… 0786

イーガン, グレッグ
対称 …………………………… 0572
スティーヴ・フィーヴァー …… 0519

生島 治郎
頭の中の昏い唄 ……………… 0410
男一匹 ………………………… 0267
兇悪の門―兇悪シリーズより …… 0168
チャイナタウン・ブルース …… 0326

生田 紗代
海のなかには夜 ……………… 0672
カノジョの飴 ………………… 1091

井口 朝生
ほくろ供養 …………………… 0014

井口 昇
少女怪獣 レッシー登場―神奈川県「女
は怪獣 男は愛嬌」 …………… 0541

池 雪蕾
『憂国志談大逆陰謀の末路』より …… 1086

伊計 翼
刺青 …………………………… 0427
おんながいる ………………… 0427
父親 …………………………… 0427
ニュース ……………………… 0427
仏壇 …………………………… 0427

池井戸 潤
口座相違 ……………………… 0219
スジ読み ………………… 0169, 0170

池上 永一
黒マンサージ―トロイメライ 琉球寅話
集 …………………………… 0081
モーツァルトのいる島 ……… 1013

池神 泰三
霧に, ………………………… 0851

池澤 夏樹
美しい祖母の聖書 …………… 0783
監獄のバラード ……………… 1059
難民になる …………………… 0779
ヘルシンキ …………………… 1056

池田 一尋
赤い酒 ………………………… 0463

池田 和尋
鬼女の啼く夜 ………………… 0459
地獄の一丁目 ………………… 0460
僕と彼女と知らない彼 ……… 0489
ボコバキ ………………… 0457, 0458

池田 さと美
海を越える …………………… 0843

池田 進吾
赤、青、王子 …………… 1042, 1043

いけた　作家名索引

池田　澄子
　池田澄子十三句 ………………… 0886

池田　星爾
　石臼の唄—ダムで沈んだ村のためのレク
　　イエム ………………………… 0846

池田　月子
　飛行機用 ………………………… 0855

池田　宣政
　形見の万年筆 …………………… 0964
　小山羊の唄 ……………………… 0065

池田　晴海
　神様を待っている ……………… 0756
　記憶の中の町 …………………… 0948
　君といつまでも ………………… 0946
　最終電車 ………………………… 0606
　桜葬 ……………………………… 0947
　すず屋のお弁当 ………………… 0949
　灰になり骨になる ……………… 0631
　道を照らす光 …………………… 0946
　もう一度 ………………………… 0950
　旅情 ……………………… 0606, 1030
　六月雨日 ………………………… 0948

池田　久輝
　舞台裏 …………………………… 0251

池田　弥三郎
　新しい出発—戸板康二の直木賞受賞 ‥ 0993

池永　陽
　犬の写真 ………………………… 0152
　蚊帳のなか ……………………… 0082
　緋色の帽子 ……………… 1099, 1100

池波　正太郎
　市松小僧始末 …………………… 0003
　命の城—沼田城 ………………… 0121
　色 ………………………………… 0046
　雲州英雄記—山中鹿之介 ……… 0036
　江戸怪盗記 ……………… 0009, 0092
　お千代 …………………………… 0075
　おっ母、すまねえ ……………… 0021
　男の城 …………………………… 0034
　鬼熊酒屋 ………………………… 0002
　鬼火 ……………………………… 0099
　鬼坊主の女 ……………………… 0086
　開化散髪どころ ………………… 0115
　角兵衛狂乱図 …………………… 0052
　上泉伊勢守 ……………………… 0096
　寛政女武道 ……………………… 0119

　間諜—蜂谷与助 ………………… 0047
　看板 ……………………… 0006, 0626
　基盤の首 ………………………… 0109
　逆転 ……………………………… 0110
　金太郎蕎麦 ……………… 0013, 0612
　紅炎—毛利勝永 ………………… 0037
　この父その子 …………………… 0025
　錯乱 ……………………… 0049, 0062
　獅子の眠り ……………… 0027, 0033
　獅子の眠り—真田信之 ………… 0035
　縄張り …………………………… 0125
　正月四日の客 …………… 0061, 0113
　新選組生残りの剣客—永倉新八 …… 0104
　蕎麦切おその ……… 0014, 0024, 0074
　智謀の人　黒田如水 …………… 0031
　智謀の人—黒田如水 …………… 0073
　梅雨の湯豆腐 …………………… 0012
　出刃打お玉 ……………………… 0007
　疼痛二百両 ……………………… 0087
　鳥居強右衛門 …………………… 0064
　刃傷 ……………………………… 0111
　梅安晦日蕎麦 …………………… 0614
　晩春の夕暮れに ………………… 0120
　火消しの殿 ……………………… 0094
　夫婦の城 ………………… 0022, 0112
　夫婦浪人—『剣客商売四 天魔』より ‥ 0072
　舞台うらの男 …………………… 0105
　炎の武士 ………………………… 0041
　やぶれ弥五兵衛 ………… 0029, 0039
　闇の中の声 ……………………… 0051
　若き獅子 ………………… 0101, 0128
　若き獅子—高杉晋作 …………… 0054

池宮　彰一郎
　九思の剣 ………………………… 0108
　けだもの ………………………… 0008
　仕舞始 …………………………… 0069
　受城異聞記 ……………………… 0064

井鯉　こま
　コンとアンジ …………………… 1004

伊坂　幸太郎
　イヌゲンソーゴ ………………… 0811
　逆ソクラテス …………………… 0899
　首折り男の周辺 ………………… 1105
　検問 ……………… 0208, 0368, 1012
　合コンの話 ……………………… 1106
　死神対老女 ……………………… 0245

死神と藤田	0218	**石井 康浩**	
死神の精度	0173	おわらい	0808
彗星さんたち	0213, 0769	たからもの	0808
太陽のシール	1008	ゆうき	0808
小さな兵隊	0160	**石井 洋二郎**	
浜田青年ホントスカ	0154, 0281	文字たちの輪舞	1088
バンク	0219	**石井 好子**	
一人では無理がある	1109	巴里の空の下オムレツのにおいは流れ	
吹雪に死神	0290, 0291	る	0622
僕の舟	0687	**石井 里奈**	
密使	0562	ママ恋	0704
ルックスライク	0204	**石垣 りん**	
BEE	0217, 0319	挨拶―原爆の写真によせて	0888
if	1034	崖	0779
PK	1060	**石神 茉莉**	
Weather	1102, 1103	雨の夜、迷い子がひとり	0483
伊坂 灯		前奏曲	0484
イネのい	0973	Rusty nail	0474
井坂 洋子		**石川 英輔**	
くの字	0479	大江戸百物語	0412
石居 椎		夢筆耕	0053
影女	0460	**石川 桂郎**	
おいていくもの	0460	「剃刀日記」より『序』『蝶』『炭』『薔薇』	
親子	0464	『指輪』	1078
きつね風呂	0463	少年	1078
受胎	0460, 0461	**石川 彦士**	
大喝	0464	父に見えるもの	0462
でいだら	0462	**石川 鴻斎**	
本日のみ限定品	0459, 0461	驚狸	0479
いしい しんじ		**石川 三四郎**	
きまじめユストフ	0738	『自叙伝』より	1086
サラマンダー	0591	**石川 淳**	
しょうろ豚のルル	0790	黄金伝説	0914
その場小説―黄・スモウ・チェス	1062	喜寿童女	1041
高くて遠い街	1058	紫苑物語	0917
野島沖	1044, 1045	井月	0884
秘宝館	1064	野ざらし	1082
ミケーネ	1049	明月珠	0993
ルル	0783	焼跡のイエス	1052
ろば奴	0962	**石川 喬司**	
T	1042, 1043	アリスの不思議な旅	0289
石井 隆義		小説でてくたあ	0534
鰡と子供ら	0815	魔法つかいの夏	0536
石井 斉		夜のバス	0533
働きたい理由	0770	**石川 啄木**	
石井 睦美		石川啄木	1031
グッド・オールド・デイズ	0994		

いしか　作家名索引

石川 智健
小鳥冬馬の心像 …………………… 0315

石川 友也
預り物顛末記 ……………………… 0985
エターナル・ライフ 美術館で消えた少
女 ………………………………… 0986
界隈の少年 ………………………… 0990
ケインとミラーの間に …………… 0991
聖夜に降る雪 ……………………… 0915
たつ子の風 ………………………… 0992
七夕の夜に ………………………… 1026
ポンちゃんの抗議 ………………… 0989
約束 ………………………………… 0988

石川 博品
地下迷宮の帰宅部 ………………… 0515

石川 美南
眠り課 ……………………………… 0525
物語集 ……………………………… 1009

石川 宗生
吉田同名―第七回創元SF短編賞受賞作
…………………………………… 0492

石倉 麻里
優布子さんのこと ………………… 0855

イシグロ, カズオ
ある家族の夕餉―ニッポンしみじみ ‥ 1139

石黒 達昌
冬至草 ……………………………… 0535

石坂 洋次郎
海をみに行く …………… 0993, 1073

石沢 英太郎
献本 ………………………………… 0581
その犬の名はリリー ……………… 0266

石津 加保留
紙袋の男 …………………………… 1023

石田 衣良
アイスドール ……………………… 1070
ありがとう ………………………… 0738
イルカの恋 ………………………… 0687
おねがい …………………………… 1049
ガラスの便器 ……………………… 0942
絹婚式 ……………………………… 1011
ココアとスミレ …………………… 0810
再生 ………………………………… 1010
ダガーナイフ ……………………… 1012
伝説の星 …………………………… 0152
跳ぶ少年 …………………………… 0903

ドラゴン&フラワー ………… 0678, 0679
23時のブックストア ……………… 0591
ハート・オブ・ゴールド ………… 0772
話し石 ……………………………… 0468
蜩の鳴く夜に ……………………… 1015
フィンガーボウル ………… 0654, 0655
ふたりの名前 ……………………… 1008
本を読む旅 ………………………… 0644
真夜中の一秒後 …………… 0939, 0940
夢の香り …………………… 0896, 0897
ラストコール ……………………… 0249
ラストドロー ……………………… 0284
リアルラブ？ ……………………… 0739

石田 祥
カレー屋のインド人 ……………… 0619
キャット・ループ ………………… 0791

石田 千
星と煉乳 …………………………… 0958
「夜」 ……………………………… 0842

石田 一
影武者 ……………………………… 0472
切り裂き魔の家 …………………… 0490
代役 ………………………………… 0429

石田 孫太郎
薄雲の猫と漱石の猫 ……… 0795, 0800
エジプトでは猫は神様、日本では猫は魔
物 ………………………… 0795, 0800
自慢じゃないが猛虎一声のその虎様が親
分 ………………………… 0795, 0800
虎猫平太郎 ………………… 0795, 0800
猫の悪と猫の善（一） …… 0795, 0800
猫の悪と猫の善（二） …… 0795, 0800
猫もカイコ業界の一役者 … 0795, 0800
俚諺を一ツ見てやろう …… 0795, 0800

石野 晶
純愛 ………………………………… 0780
スミス氏の箱庭 …………………… 0557
ツツジとドクロ …………………… 0782

石橋 直子
夜松の女 …………………………… 0481

石浜 金作
豚と緬羊 …………………………… 0996
変化する陳述 ……………………… 0143

石原 旭
はてしない物語 …………………… 0969

398

作家名索引　　　　いすみ

石原 健二
　海柩 ……………………… 0489
　深淵の蓋 ………………… 0489
石原 慎太郎
　生死刻々 ………………… 1058
　北壁 ……………………… 0599
石原 藤夫
　ハイウェイ惑星 ………… 0536, 0553
石原 まこちん
　タマママーンを探して …… 0695
石原 裕次
　愛はことばから始まる …… 0989
　旭将軍木曽義仲の生涯 …… 0988
井嶋 敦子
　5.生まれたての笑顔 ……… 0401
石丸 桂子
　祝電 ……………………… 0868
　数ミリのためらい ……… 0867
　タイムマシンはラッキョウ味 …… 0849
石持 浅海
　陰樹の森で ……………… 0362
　顔のない敵 ……………… 0244
　駆込み訴え ……………… 0208, 0381
　玩具店の英雄 …………… 0160
　九尾の狐 ………………… 0204
　黒い方程式 ……………… 0496
　五カ月前から …………… 0570
　三階に止まる …… 0211, 0379, 0562
　心中少女 ………………… 0921
　ディフェンディング・ゲーム
　………………… 0343, 0357, 0358
　ドロッピング・ゲーム … 0209, 0288, 0369
　ナナカマド ……………… 0310
　ハンギング・ゲーム …… 0243
　貧者の軍隊 ……………… 0218
　未来へ踏み出す足 …… 0206, 0316, 0321, 0386
　酬い ……………… 0290, 0291
　夢のかけら 麺のかけら …… 0363
　Rのつく月には気をつけよう …… 0331
石本 秀希
　忘れられない …………… 0464
伊集院 静
　仔犬のお礼 ……………… 1049
　上陸待ち ………………… 1014
　パリの小鳥屋 …………… 0906
　風牌 ……………………… 1010

　まぶしいもの …………… 1012
伊丈 カツキ
　民営化 …………………… 0968
井筒 俊彦
　三田時代―サルトル哲学との出合い … 0993
泉 和良
　下界のヒカリ …………… 0981
泉 鏡花
　雨ばけ …………………… 0398
　印度更紗 ………………… 0398
　瓜の涙 …………………… 0916
　絵本の春 ………………… 0488, 0819
　海城発電 ………………… 0774, 0775
　貝の穴に河童の居る事 …… 0787, 0916
　河伯令嬢 ………………… 0916
　啄木鳥 …………………… 0789
　茸の舞姫 ………………… 0790
　貴婦人 …………………… 0398
　外科室 ………… 0910, 1052, 1087
　化鳥 ……………… 0391, 0398
　紅玉 ……………………… 0398
　高野聖 …………… 0394, 0402
　光籃 ……………………… 0398
　三文豪俳句抄 … 0617, 0789, 0819
　朱日記 …………………… 0993
　処方秘箋 ………………… 0398
　人妖 ……………………… 0479
　二世の契 ………………… 0398
　蠅を憎む記 ……… 0398, 0886
　伯爵の釵 ………………… 0398
　深川浅景 ………………… 0408
　蛇くい …………………… 1047
　真夏の梅 ………………… 0617
　薬草取 …………………… 0477
　夜行巡査 ………………… 1075
　大和心 …………………… 1036
　湯どうふ ………… 0617, 0625
　妖魔の辻占 ……………… 0398
イズミ スズ
　青い灯 …………………… 0465
泉 たかこ
　たそがれのレモンパン …… 0855
泉水 尭
　天空からの槍 …………… 0242
泉 忠司
　izutada ………………… 1053

399

いすみ　　　　　　　　作家名索引

泉 優
　終わりと始まり …………………… 1023
いずみや みその
　きみに会いに行く ………………… 1051
石動 一
　電柱 ………………………………… 1051
五十川 椿
　ブルー、ブルー、ブルー、ピンク … 0868
磯崎 憲一郎
　絵画 ………………………………… 1058
磯田 道史
　左馬助殿軍語 ……………………… 0079
五十月 彩
　聖・ダンボールタウン …………… 0857
　津軽錦 ……………………………… 0862
　てぶくろ …………………………… 0860
　後の想いに ………………………… 0863
　船弁当 ……………………………… 0861
　ベレスタの小箱 …………………… 0864
　有ちゃん …………………………… 0859
　夢の通い路よるさへや …………… 0864
　諒君の三輪車 ……………………… 0865
イソップ
　薔薇色の靴の乙女 ………………… 0693
伊園 旬
　首輪コンサルタント ……………… 0791
　車窓コンサルタント ……………… 0199
　眺望コンサルタント ………… 0223, 0224
　適温コンサルタント ……………… 0619
　転記コンサルタント ……………… 0195
　風船コンサルタント ……………… 0197
　立体コンサルタント ……………… 0364
石上 玄一郎
　鰓裂（抄） ………………………… 0479
　魑魅魍魎 …………………………… 0854
磯村 一路
　僕は泣いちっち …………………… 0597
磯村 善夫
　お祖父様は犬嫌い ………………… 0065
五十目 寿男
　蕉門秘訣 …………………………… 0830
井田 敏行
　彼の失敗 …………………………… 0255
板床 勝美
　檜の穂先にて ……………………… 0836

板橋 栄子
　オロダンナの花 …………………… 0602
伊丹 十三
　するめ ……………………………… 1080
市井 豊
　からくりツィスカの余命 …… 0156, 0300
　横槍ワイン ………………………… 0306
市川 拓司
　さよならのかわりに ……………… 0591
　ふたり流れる ……………………… 0942
　ワスレナグサ ……………………… 1091
市川 春子
　日下兄妹 …………………………… 0552
以知子
　青い鳥 ……………………………… 1020
　ミネラルウォーターで無理やりな午前4
　　時 ………………………………… 1021
一瀬 玉枝
　木喰上人 …………………………… 0030
一双
　ギジ ………………………………… 0459
　三重 ………………………………… 0460
　発信 ………………………………… 0489
　門番 ………………………… 0460, 0461
一田 和樹
　明るい暮らし ……………………… 0971
　おばあちゃんの眼鏡 ……………… 0970
　温泉宿の四つの石 ………………… 0463
　希望のクーポン …………………… 0971
　最悪の模倣犯 ……………………… 0971
　サイバー空間はミステリを殺す …… 0305
　死の商人 …………………………… 0970
　素晴らしい遺産 …………………… 0971
　魂の存在証明 ……………………… 0970
市野 うあ
　チカラになりたい ………………… 0941
　母の遺影が泣き出した …………… 0757
一原 みう
　A Cinderella Story ……………… 0977
五木 寛之
　私刑の夏 …………………………… 0776
　古本名勝負物語―随筆 …………… 0583
　夜の斧 ……………………………… 0436
　悪い夏悪い旅 ……………………… 0583
樹 良介
　赤か青か …………………………… 0975

作家名索引　　　　いとう

一色 さゆり
　花子の生首 ……………………… 0224
一色 俊哉
　他人の日記 ……………………… 0975
一本木 凱
　浪人志願 ………………………… 0832
井手 孝史
　かかしの寝顔 …………………… 0859
井出 幸子
　月の窓の四姉妹 ………………… 1007
伊藤 朱里
　変わらざる喜び ………………… 1005
いとう うらら
　ねこタクシー4コマシアター ……… 0808
伊藤 永之介
　濁り酒 …………………………… 0764
伊藤 香織
　苔やはらかに。 ………………… 0807
伊藤 一美
　デクノボウの住みか …………… 0959
伊藤 桂一
　形と影 …………………………… 1073
　鬼怒のせせらぎ ………………… 0006
　山女魚剣法 ……………………… 0009
伊藤 計劃
　屍者の帝国―わたしの名はジョン・H・
　　ワトソン。軍医兼フランケンシュタイ
　　ン技術者の卵だ ……………… 0558
　セカイ、蛮族、ぼく。……… 0488, 0622
　A.T.D Automatic Death―EPISODE：0
　　NO DISTANCE,BUT INTERFACE
　　………………………………… 0548
　From the Nothing,With Love ……… 0525
　The Indifference Engine
　　………………… 0500, 0540, 0576
伊藤 浩一
　大人の童話冬神の約束 ………… 0864
伊藤 佐喜雄
　白い葬列 ………………………… 1037
伊藤 左千夫
　隣の嫁 …………………………… 0651
　野菊の墓 ………………… 0691, 1031
伊東 潤
　家康謀殺 ………………………… 0055
　戦は算術に候 …………………… 0083
　男が立たぬ ……………………… 0038

鯨のくる城 ……………………… 0081
国を蹴った男 …………………… 0049
小才子 …………………………… 0084
毒蛾に刺された男 ……………… 0082
覇王の血 ………………………… 0045
人を致して ……………………… 0044
ルシファー・ストーン …………… 0076
伊藤 晴雨
　井上円了氏と霊魂不滅説（抄）……… 0479
伊藤 たかみ
　からし ………………… 0654, 0655
　花嫁の悪い癖 …………………… 0979
伊東 潮花
　深川七不思議 …………………… 0408
伊東 哲哉
　愛情が足りない ………………… 1020
　飴 ………………………………… 1020
　会社の秘密と打ち上げ ………… 1020
　帰りの足 ………………………… 1020
　看板 ……………………………… 1020
　首が痛い ………………………… 1020
　ごますり器 ……………………… 1020
　サウンドエフェクタ …………… 1020
　寂しい夜 ………………………… 1020
　助けを求める声 ………………… 1020
　たまにはまじめな話 …………… 1020
　似顔絵 …………………………… 1020
　日常の一コマ …………………… 1020
　寝耳から水 ……………………… 1020
　眠れない夜 ……………………… 1020
　不思議な本屋 …………………… 1020
　ふわふわ ………………………… 1020
　僕のプライド …………………… 1020
　三つの願い ……………………… 1020
伊藤 野枝
　火つけ彦七 ……………………… 1046
伊藤 典夫
　伊藤典夫インタビュー（青雲立志編）… 0549
　インサイド・SFワールド―この愛すべき
　　SF作家たち（下）………………… 0573
伊藤 人誉
　穴の底 …………………………… 1078
　落ちてくる！ …………………… 1078
伊藤 寛
　少女と過ごした夏 ……… 0457, 0458

401

伊藤 比呂美
海千山千―読み解き懺悔文 ………… 1057
おかあさんいるかな ……………… 0886
母に連れられて荒れ地に住み着く
……………………………… 1065, 1066

伊藤 まさよし
はしごにされた男 ………………… 0971

伊藤 真有
この道 ……………………………… 0824

伊藤 美紀
いっちゃんのバカ ………………… 0868

伊藤 三巳華
大きな顔 ………………… 0416, 0417
大阪城の話 ……………… 0416, 0417
泳ぐ手 …………………… 0416, 0417
ガチョウの歌 …………… 0416, 0417
神奈川県の山で ………… 0416, 0417
子供の頃の思い出 ……… 0416, 0417
中央線の駅 ……………… 0416, 0417
廃病院 …………………… 0416, 0417
プレイボーイの友達 …… 0416, 0417
幽霊管理人 ……………… 0416, 0417

伊藤 靖夫
嘘 ………………………………… 0976

伊藤 優子
梅枝 ……………………………… 0858

伊東 祐治
警告文 …………………………… 0967

伊藤 雪魚
のっぺらぼう ……………………… 0967
若しも… ………………………… 0975

伊藤 陽子
そのひとことで …………………… 0849

伊藤 礼
狸を食べすぎて身体じゅう狸くさくなっ
て困ったはなし ……………… 0626

絲山 秋子
コノドント展 ……………………… 1064
飛車と驍馬 ………………………… 0961
別所さん …………………………… 1062

稲垣 考人
土蔵 ……………………………… 0481

稲垣 足穂
一千一秒物語 ……………………… 1079
『一千一秒物語』より …………… 0394

追っかけられた話 ………………… 0479
黒い箱 …………………………… 0232
月光騎手 ………………………… 0966
ココア山の話 …………………… 1079
山ン本五郎左衛門只今退散仕る …… 0883
第三半球物語（抄） ……………… 1079
チョコレット ……………………… 0625
リビアの月夜（Humoresque） ……… 0142

稲毛 恍
嗤い声 …………………………… 0587

稲沢 潤子
星条旗とゴッホ …………………… 0770

因幡 縁
楽園のいろ ……………………… 0863

稲葉 祥子
贋夢譚 彫る男 …………………… 0930
装飾棺桶 ………………………… 1005

稲葉 たえみ
ずれてる男 ……………………… 0967

稲葉 真弓
ふくろうたち …………… 0354, 0355
指の上の深海 …………………… 1057

稲葉 稔
仕立屋の猫 ……………………… 0788
人生胸算用 ……………………… 0084

稲見 一良
「密猟志願」より ………………… 0794

稲村 たくみ
苦手なもの ……………………… 0968

戌井 昭人
あたまに浮かんでくる人 ………… 0905
植木鉢 …………………………… 1009
辞書ひき屋 ……………………… 0585
すっぽん心中 …………………… 1062
その男は笑いすぎた ……………… 1022
ダラホテル ……………… 1044, 1045
天秤皿のヘビ …………………… 0958
流れ熊 …………………………… 0905
肉まんと呼ばれた男 ……………… 0961
にんじん ………………………… 1022
花 ………………………………… 1022

乾 敦
ファレサイ島の奇跡 ……………… 0365

乾 くるみ
五つのプレゼント ……… 0220, 0221
《せうえうか》の秘密 … 0171, 0324, 0343

亡き者を偲ぶ日 …………………… 0582
二枚舌の掛軸 …………… 0248, 0323
林雅賀のミステリ案内―故人の想いを探
る ………………………………… 0582
三つの涙 …………………………… 0304
四枚のカード … 0322, 0338, 0357, 0358
ラッキーセブン …………………… 0302

乾 信一郎
五万人と居士 …………………… 0285
ホームズの正直 ………………… 0232

いぬい とみこ
子どもと文学 …………………… 0804

乾 ルカ
黒い瞳の内 ……………………… 0204
漆黒 ……………………………… 0160
ちゃーちゃん ………… 0165, 0166
モドル ………………… 0208, 0381
モブ君 ………………… 0578, 0579

乾 緑郎
隠神刑部 ………………………… 0118
おかげ犬 ………………………… 0603
影武者対影武者 ………………… 0042
機巧のイヴ …… 0212, 0302, 0371, 0501
黒いパンテル …………………… 0192
五霊戦鬼 ………………………… 0038
最後のスタンプ ………… 0194, 0199
死体たちの夏 …………… 0196, 0443
鷹野鍼灸院の事件簿・2―置き忘れのペ
イン ……………………………… 0178
鷹野鍼灸院の事件簿・3―失われた風景
………………………………… 0179
鷹野鍼灸院の事件簿・4―それぞれのす
れ違い …………………………… 0180
鷹野鍼灸院の事件簿・5―マクワウリを
刺す ……………………………… 0181
鷹野鍼灸院の事件簿・7―坂道に立つ女
………………………………… 0187
鷹野鍼灸院の事件簿・8―師、去りし後
………………………………… 0188
鷹野鍼灸院の事件簿・9―アイスマンの
呼ぶ声 …………………………… 0189
抜け忍サドンデス ………… 0224, 0364
沼地蔵 …………………………… 0443
沼地獄 …………………………… 0223
ビートの春 ……………… 0194, 0791
二人のクラウン ………………… 0186

狗飼 恭子
あのキャンプ …………………… 0671
カナブンはいない ……………… 0671
きみの隣を ……………………… 0671
心の距離なんて実際の距離にくらべれ
ば、―『遠くでずっとそばにいる』番
外編 ……………………………… 0951
絶対 ……………………………… 0671

犬飼 六岐
毒と毒 …………………………… 0083
密使の太刀 ……………………… 0084

犬伏 浩
ある映画監督の悩み …………… 0970

犬村 小六
月のかわいい一側面 …… 0657, 0981

イネス, マイケル
ロンバード卿の蔵書 …………… 0586

伊野 隆之
冷たい雨A Grave with No Name … 1014

井上 昭之
追われる女 ……………………… 0976

井上 賢一
心理テスト ……………………… 0968
愉快犯 …………………………… 0968

井上 剣花坊
川柳 …………………… 0765, 0766

井上 荒野
アナーキー ……………………… 1010
ある古本屋の妻の話 …………… 0805
犬と椎茸 ………………………… 0672
うそ ……………………………… 1018
粉 ……………………… 0673, 0674
最後の島 ………………………… 0647
サモワールの薔薇とオニオングラタン
………………………………… 0615
下北みれん ……………………… 0608
ダッチオーブン ………………… 1070
他人の島 ………………… 0654, 0655
時の過ぎゆくままに …………… 1016
二十人目ルール ………………… 1034
野江さんと蒟蒻 ………… 0743, 0744
ビストロ・チェリイの蟹 ……… 0613
ブーツ …………………………… 0686
ボサノバ ………………… 0648, 0649
骨 ………………………………… 0899
虫歯の薬みたいなもの ………… 0738

いのう　　　　　　　　　　　作家名索引

理由 …………………………… 0623, 0624
All about you ………………… 0745, 0754

井上 閏日
　パールのようなもの ………………… 0465

井上 伸一郎
　聖獣戦記白い影 ……………………… 0423

井上 剛
　生き地獄 ……………………………… 0571
　間抜け ………………………………… 0484

井上 武彦
　黄色い微笑 …………………………… 0927

井上 友一郎
　淀君 …………………………………… 0023

井上 信子
　川柳 …………………………………… 0766

井上 斑猫
　何の音だ ……………………………… 1023

井上 ひさし
　握手 …………………………………… 0888
　おゆき ………………………………… 0078
　極刑 …………………………………… 1071
　ナイン ………………………………… 0599
　鍋の中 ………………………………… 0854

井上 博
　神隠しの町 …………………………… 0280

井上 史
　母 ……………………………………… 0571

井上 雅彦
　碧い花屋敷 …………………………… 0429
　蒼淵家の触手 ………………………… 0341
　赫い部屋 ……………………………… 0444
　アシェンデンの流儀 ………………… 0431
　アフター・バースト ………………… 0570
　いつもの言葉をもう一度 …………… 0484
　隠者 …………………………………… 0474
　笹色紅 ………………………………… 0412
　流離うものたちの館と駅 …………… 0472
　私設博物館資料目録 ………………… 0453
　書肆に潜むもの ……………………… 0583
　青猩猩探訪 …………………………… 0483
　蒼淵家の触手 ………………………… 0342
　そして船は行く ……………………… 0490
　太陽を喰らうもの …………………… 0571
　追悼 田中文雄さんに捧ぐ ………… 0429
　時を超えるもの ……………………… 0571
　トリオソナタ ………………………… 0921

残されていた文字 ………… 0136, 0966
喉を鳴らすもの ……………………… 0571
履惚れ ………………………………… 0444
伯爵の知らない血族―ヴァンパイア・オ
　ムニバス ……………………………… 0571
抜粋された学級文集への注解 …… 0475
パラソル ……………………………… 0966
フィク・ダイバー …………………… 0517
封印されるもの ……………………… 0571
蛇苺 …………………………………… 0444
病をはこぶもの ……………………… 0571
宵の外套 ……………………………… 0435
横切る ………………………………… 0444
蘭鋳 …………………………………… 0444
レッテラ・ブラックの肖像 ……… 0440

井上 優
　踏み板 ………………………… 0459, 0461

井上 光晴
　西海原子力発電所 ………………… 1035

井上 靖
　考える人 …………………………… 1076
　真田影武者 ……… 0027, 0034, 0052
　セキセイインコ …………………… 1093
　チャンピオン ……………………… 0599
　天目山の雲 ………………………… 0041
　晩夏 ………………………………… 0874
　本多忠勝の女 ……………………… 0022

井上 祐美子
　黒白 ………………………………… 1098

井上 夢人
　殺人トーナメント［解決編］ …… 0253
　殺人トーナメント［問題編］ …… 0253
　招霊（「妹のいた部屋」改題） …… 0284
　セブ島の青い海 …………………… 0252
　バステト ………………… 0792, 0793
　予行演習 …………………………… 0928

井上 由
　出たがる …………………………… 0464
　まだだ ……………………………… 0463

井上 良夫
　懐しい人々 ………………………… 0133

井上 竜
　押入れで花嫁 ……………………… 0901

猪口 和則
　捕鯨異聞 …………………………… 0971

404

作家名索引　　　いよは

猪熊 弦一郎
　みつちゃん ……………………… 0799

伊野里 健
　水湧き出づる町で ……………… 0838

井下 尚紀
　狐がいる ………………………… 0459
　漆黒のトンネル ………… 0457, 0458

伊波 晋
　言葉のない距離 ………………… 0868

伊吹 亜門
　監獄舎の殺人 ……… 0158, 0215, 0305

井伏 鱒二
　うなぎ …………………………… 0611
　大空の鷲 ………………………… 0806
　九月十四日記―山窩の思い出 … 0953
　朽助のいる谷間 ………………… 0917
　黒い雨 …………………………… 0779
　鯉 ………………… 0910, 0993, 1093
　山椒魚 …………………………… 1092
　「山椒魚」について …………… 1092
　白毛 ……………………………… 1080
　庭前 ……………………………… 0799
　猫 ………………………………… 0798
　へんろ宿 ………………………… 1052
　屋根の上のサワン ……………… 0885
　幽閉 ……………………………… 0807
　遥拝隊長 ………………………… 0774
　遙拝隊長 ………………………… 0775

イーブン, カー
　いただきます …………………… 0462

今居 海
　ぼくを乗せる電車 ……………… 0972

今井 絵美子
　待宵びと ………………………… 0001

今井 将吾
　気の利くウェイトレス ………… 0974

今江 祥智
　三月十三日の夜 ………………… 0805
　二宮金太郎 ……………………… 0994
　招き猫異譚 ……………………… 0591

今尾 哲也
　鶴屋南北の町 …………………… 0408

今岡 清
　いちばん不幸で、そしていちばん幸福な
　少女―中島梓という奥さんとの日々 連
　載第1回 ………………………… 0502

　いちばん不幸で、そしていちばん幸福な
　少女―中島梓という奥さんとの日々 連
　載第2回 ………………………… 0503
　いちばん不幸で、そしていちばん幸福な
　少女―中島梓という奥さんとの日々 連
　載第3回 ………………………… 0504
　いちばん不幸で、そしていちばん幸福な
　少女―中島梓という奥さんとの日々 最
　終回 ……………………………… 0505
　いちばん不幸で、そしていちばん幸福な
　少女―中島梓という奥さんとの日々 第
　2部/第1回 ……………………… 0506
　いちばん不幸で、そしていちばん幸福な
　少女―中島梓という奥さんとの日々 第
　2部/第2回 ……………………… 0507
　いちばん不幸で、そしていちばん幸福な
　少女―中島梓という奥さんとの日々 第
　2部/第3回 ……………………… 0508
　いちばん不幸で、そしていちばん幸福な
　少女―中島梓という奥さんとの日々 第
　2部/最終回 …………………… 0509

今川 徳三
　真田幸村 ………………………… 0030
　本多正信 ………………………… 0030

今野 芳彦
　嬉し悲しや一目惚れ …………… 0855

今邑 彩
　音の密室 ………………………… 0273
　神の目 …………………………… 0361
　双頭の影 ………………………… 0325
　盗まれて ………………………… 0270

今村 翔吾
　蹴れ、彦五郎 …………………… 0814

今村 夏子
　あたらしい娘 …………………… 1000

今村 文香
　想い ……………………………… 1021

今村 力三郎
　芻言 ……………………………… 1086

今唯 ケンタロウ
　わたしが仕事を休んだ理由 …… 1020

伊予 葉山
　誘女 ……………………………… 0460
　よくある話 ……………… 0457, 0458

伊与原 新
　梟のシエスタ …………… 0162, 0163
　浮遊惑星ホームバウンド ……… 0353

405

イラーセク, アロイス
ヤン様 ……………………………… 0418

入江 敦彦
アンタナナリボの金曜市 ………… 0484
金繍忌 …………………………… 0490
修羅霊 …………………………… 0475
テ・鉄輪 ………………………… 0435
麗人宴 …………………………… 0429
霊廟探偵 ………………………… 0440

入江 鳩斎
江戸珍鬼草子 …………………… 0412

入江 克季
爺さんの話 ……………………… 0463

入江 満
雑草 ……………………………… 0786

入沢 康夫
ユウレイノウタ ………………… 0479

イリフ
コロンブスの上陸 ……………… 1159

入間 人間
19歳だった ……………………… 1028

イレリ, セリム
毎夜、ボドゥルム―第1章 ……… 1122

色川 武大
大喰いでなければ ……………… 0628
空襲のあと(抄) ………………… 0479
したいことはできなくて ……… 1038
雀 ………………………………… 0910
ふうふう、ふうふう …………… 0917
星の流れに ……………………… 0914
右頬に豆を含んで ……………… 0622

岩井 志麻子
暑い国で彼女が語りたかった悪い夢 ‥ 0470
ある女芸人の元マネージャーの話―その
　1 ………………………… 0416, 0417
ある女芸人の元マネージャーの話―その
　2 ………………………… 0416, 0417
ある女芸人の元マネージャーの話―その
　3 ………………………… 0416, 0417
ある自称やり手の編集者の話 ‥ 0416, 0417
浮き浮きしている怖い人 ………… 0444
岡山の友だちの話 ………… 0416, 0417
女の顔 …………………… 0416, 0417
暗い魔窟と明るい魔境 ………… 0429
グラビアアイドルの話 ……… 0416, 0417
校長先生の話 …………… 0416, 0417

怖がる怖い人 …………………… 0444
死神に名を贈られる午前零時 ‥ 0939, 0940
生まれ変われない街角で ……… 0490
溺死者の薔薇園 ………………… 0473
はいと答える怖い人 …………… 0444
憑依箱と嘘箱 …………………… 0475
美容院の話 ……………… 0416, 0417
魔羅節 …………………………… 0327
夢想の部屋 ……………………… 0249
夢見る貧しい人々 ……………… 0327
廊下に立っていたおばさんの話 ‥ 0416, 0417

岩井 三四二
海と風の郷 ……………………… 0079
刀盗人 …………………………… 0362
金丸家の関ケ原 ………………… 0082
帰蝶 ……………………………… 0029
朽木越え ………………………… 0078
敵はいずこに …………………… 0047
母の覚悟 ………………………… 0022
不義密通一件 …………………… 0080
分散配分出入一件 ……………… 0083
菩薩修繕出入一件 ……………… 0081
蛍と呼ぶな ……………… 0003, 0077

岩泉 良平
駅までの道 ……………………… 1021
プロポーズ ……………………… 1090
僕の話を聞いてくれませんか？ …… 1090

岩川 元
はじまりのさくら ……………… 0710

岩城 裕明
優作の優 ………………………… 0901

岩佐 なを
ねえ。 …………………………… 0479

岩阪 恵子
おたふく ………………………… 0817

岩崎 明
真冬の幻灯屋 …………………… 0857
れいにーでいず奇談 …………… 0824
Hana …………………………… 0824

岩崎 正吾
幽霊はここにいた ……… 0292, 0293

岩里 藁人
かえるのいえ、かえらぬのひ …… 0465
ザクロ甘いか酸っぱいか ……… 0460
巳茸譚 …………………………… 0465
シャボン魂 ……………… 0459, 0461

作家名索引　　　　　　　　　ういり

白の恐怖 …………………………… 0463
美醜記 ……………………………… 0462
真夜中の散歩 ……………… 0457, 0458
文殊の知恵の輪 …………………… 0464
岩下 悠子
　水底の鬼 ………………………… 0303
岩瀬 成子
　竹 ………………………………… 0805
岩田 豊雄
　三田山上の秋月 ………………… 0993
岩波 零
　恋のおまじない ………………… 0970
　肥満禁止令 ……………………… 0969
岩野 清
　暗闘 ……………………………… 0748
岩野 泡鳴
　詩史豊太閤一薨去 ……………… 0019
　新平民部落 ……………………… 1047
　耽溺 ……………………………… 1089
　猫八 ……………………………… 1052
　ぽんち …………………………… 1077
岩間 光介
　幻の愛妻 ………………………… 0280
岩本 勇
　ガックリ ………………………… 0976
岩本 和博
　十一月の夏みかん ……………… 0847
岩本 敏男
　おならのあと …………………… 1036
巌谷 小波
　朝鮮の併合と少年の覚悟 ……… 1036
岩谷 征捷
　コエトイ川のコエトイ橋 ……… 0986
　此岸の家族 ……………………… 0987
岩谷 涼子
　みみてん ………………………… 0865
イングランダー, ネイサン
　若い寡婦たちには果物をただで …… 1125

【う】

ヴァイス, ペーター・ウルリッヒ
　郵便屋シュヴァルの大いなる夢 …… 0418

ヴァシィ章絵
　号泣男と腹ペコ女 ………… 0675, 0676
ヴァフィー, ファリーバー
　見渡す限り ……………………… 0749
ヴァレンテ, キャサリン・M.
　ひとつ息をして、ひと筆書く …… 0576
ヴァン・ヴォークト, A.E.
　黒い破壊者 ……………………… 0510
ヴァンス, ジャック
　アルフレッドの方舟 …………… 1135
　海への贈り物 …………………… 0510
ヴァン・ダイン
　推理小説作法の二十則 ………… 0138
ヴァン・ダー・ヴィア, スチュワート
　足枷の花嫁 ……………………… 0425
ヴァンデンバーグ, ローラ
　わたしたちがいるべき場所 …… 1152
ヴァン・ドーレン, マーク
　死後の証言 ……………………… 0283
ヴィカーズ, ロイ
　百万に一つの偶然 ……………… 0172
ウィグノール, ケヴィン
　回顧展 …………………………… 0203
ヴィース, ロール
　テラス …………………………… 0750
ヴィダール, ゴア
　こまどり ………………………… 0452
ウィッカム, ジョン
　ミルクマーケットの出会い ……… 1128
ウィッグス, スーザン
　花嫁の帰る場所 ………………… 0638
ヴィットリーニ
　生への疑問 ……………………… 1155
　奴隷のような人間 ……………… 1155
ウィート, キャロリン
　王女様とピックル ……………… 0320
　女王蜂のライバル事件 ………… 0225
ウイドロブロ, ビセンテ
　深夜城の庭師 …………………… 0418
ウイリアムズ, アーサー
　この手で人を殺してから ……… 0262
ウィリアムズ, ウォルター・ジョン
　パンツァーボーイ ……………… 0551

407

ういり　　　　作家名索引

ウィリアムズ, キャシー
　嘘と秘密と再会と …………… 0641
ウィリアムスン, チェット
　<彗星座>復活 ………………… 0450
ウィリアムスン, J.N.
　十ケ月間の不首尾 …………… 0149
ヴィリエ・ド・リラダン, オーギュスト・ド
　ヴェラ ………………… 0392, 1154
　断頭台の秘密 ………………… 0414
ウィリス, コニー
　ポータルズ・ノンストップ ……… 0572
ヴィルカー, ゲルトルート
　パウラ・モーダーゾーン＝ベッカーに関
　する最終楽章 ………………… 0750
　富嶽十二景 …………………… 0750
ウィルスン, アラン
　疲労した船長の事件 ………… 0231
ウィルスン, リチャード
　ひとけのない道路 …………… 0452
ウィルスン, ロバート・チャールズ
　技術の結晶 …………………… 0519
ウィルソン, エドマンド
　ホームズさん, あれは巨大な犬の足跡で
　した！ ………………………… 1132
ウィルソン, ケヴィン
　いちばん大切な美徳 ………… 1152
ウィルソン, コリン
　古きものたちの墓 …………… 0476
ウィルソン, デリク
　消えたキリスト降誕画 ………… 0233
ウィルソン, F.ポール
　忌むべきものの夜 …………… 0287
　カット ………………………… 0450
　リコール ……………………… 1131
ウィルヘルム, ケイト
　遭遇 …………………………… 1135
ウィンズロウ, ドン
　ポーとジョーとぼく …………… 1149
ウィンター, ダグラス・E.
　危険な話, あるいはスプラッタ小事典 ‥ 0451
ウインターズ, レベッカ
　愛のシナリオ ………………… 0717
　アリーの秘密 ………………… 0731
　イヴに天使が舞いおりて ……… 0733

　イブの口づけ ………………… 0727
　ガラスの丘のプリンセス ……… 0732
　結婚はナポリで ……………… 0720
　競り落とされた想い人 ………… 0718
　天使に魅せられて …………… 0637
　遠まわりの恋人たち …………… 0639
ウィンダム, ジョン
　お人好し ……………………… 0454
ウィントン, ティム
　隣人たち ……………………… 1163
ウィン・リョウワーリン
　僧子虎鶏虫のゲーム ………… 1120
ウェー
　雲輝く黄昏 …………………… 1121
ウェイ, マーガレット
　運命のプロポーズ …………… 0638
ウェイクフィールド, H.R.
　真ん中のひきだし …………… 0420
ウエイクフィールド, H.R.
　防人 …………………………… 0482
ウェイド, ヘンリー
　完全なる償い ………………… 0346
ヴェイリン, ジョナサン
　マリブのタッグ・チーム ……… 0286
ウェイン, ジョン
　モート ………………………… 1128
ウェインライト, ジュリア
　ダニエルによる殺害 ……… 1150, 1151
植草 昌実
　けものたち …………………… 0474
　地下洞 ………………………… 0484
ヴェーケマン, クリストフ
　正真正銘の男 ………………… 1160
宇江佐 真理
　青もみじ ……………………… 0055
　紫陽花 ………………………… 0126
　浮かれ節―竈河岸 …………… 0075
　梅匂う ………………………… 0013
　面影ぼろり …………………… 0079
　織部の茶碗 …………………… 0007
　狐拳 …………………………… 0008
　掘留の家 ……………………… 0053
　下駄屋おけい ………………… 0024
　恋文 …………………………… 0112
　雑踏 …………………………… 0006

出奔	0113		無為秀家	0044
のうぜんかずらの花咲けば	0077		上田 裕介	
彼岸花	0078		マルドゥック・アヴェンジェンス	0550
ひょうたん	0614		ヴェナブル, リン・A.	
備後表	0066		廃墟	0524
びんしけん	0080		上野 英信	
余寒の雪	0119		スカブラの話	0884
我らが胸の鼓動	0081		上野 友之	
上志羽 峰子			先生の帰国	0667
すかんぽん	0822		上野 陽子	
ウェスターバーグ, メラニー			熊本地震	0786
ウォーターマーク	1142		上野 瞭	
ウェスト, ジョン・アンソニー			きみ知るやクサヤノヒモノ	0994
肥満翼賛クラブ	1135		ウェバー, メレディス	
ウェスト, レベッカ			おとぎの国のプリンス	0639
パルテノペ	1132		砂漠に咲いた愛	0719
ウェストレイク, ドナルド・E.			情熱の落としもの	0723
悪党どもが多すぎる	0141		上原 和樹	
金は金なり	0237		あらぶる妹	0465
上田 秋成			靴	0464
吉備津の釜	0432		マッチの家	0465
白峯—『雨月物語』より	0394		上原 小夜	
夢応の鯉魚	0402		旅立ちの日に	0603
上田 早夕里			天からの手紙	0194, 0197
アステロイド・ツリーの彼方へ	0492, 0571		蛍の光	0737
石繭	0484		ホットミルク	0791
魚舟・獣舟	0540, 0548		昔の彼	0195
完全なる脳髄	0490, 0511		らくがきちょうの神様	0194, 0200
饗応	0474		上原 尚子	
くさびらの道	0453		擬態する殺意	0438
上海フランス租界祁斉路三二〇号	0570		上原 正三	
真朱の街	0483		台風怪獣 ヒーカジドン登場─番外編 沖	
ナイト・ブルーの記録	0562		縄県「ヒーカジドン大戦争」	0541
氷波	0501		植松 邦文	
眼神	0475		敬太とかわうそ	0823
夢見る葦笛	0429, 0552		植松 拓也	
楽園（パラディスス）	0574, 0575		恋人は透明人間	0646
上田 進太			植松 三十里	
テレビ	0969		虎目の女城主	0022
上田 登美			上村 佑	
熊本地震	0786		最後の一本	0197
植田 富栄			三冊百円	0584
雪積もる海辺に	0860		千三百年の往来	0603
上田 秀人			啼く蟬	0196
宿場の光	0018		僕は知っている	0199

うえや　　　　作家名索引

うえやま　洋介
　墓標 ……………………………… 0438

ヴェルガ
　金の鍵 …………………………… 1155
　ルーパ …………………………… 1155

ヴェルガ, ジョヴァンニ
　夢 ………………………………… 1156

ウェルシュ, アーヴィン
　送金 ……………………………… 0752

ウェルズ, キャロリン
　犯罪者捕獲法奇譚 ……………… 0231

ウェルズ, ジェフリー
　ライオンに噛み裂かれてむさぼり食われ
　　る ……………………… 1150, 1151

ウェルズ, ジョン・ジェイ
　もうひとつのイヴ物語 ………… 0876

ウェルズ, H.G.
　奇跡をおこせる男 ……………… 0869

ウェルティ, ユードラ
　クライティ──一九四一 ……… 0441
　声はどこから …………………… 1133
　慈善訪問 ………………………… 0880

ヴェルベーケ, アンネリース
　グループでスキップ …………… 1160

ウェルマン, マンリー・ウェイド
　悪魔を侮るな …………………… 0452

ウェル冥土
　墓 ………………………………… 0462

ヴェレル
　オレンジ ………………………… 1159
　検察官 …………………………… 1158

烏焉
　カガクテキ ……………………… 0970
　路駐撲滅大作戦 ………………… 0968

ウォー, イーヴリン
　ディケンズを愛した男 ………… 1135
　ラヴデイ氏の短い休暇 ………… 0262

ヴォスコボイニコフ
　みんな全部うまくいくさ ……… 1159

魚住　陽子
　雨の中で最初に濡れる ………… 0910

ウォード, J.R.
　雪の夜の告白 …………………… 0634

ウォートン, イーディス
　ざくろの実 ……………………… 0446
　呼び鈴 …………………………… 0442
　ローマ熱 ………………………… 1145

ウォートン, デーヴィッド・マイケル
　自殺 …………………… 1150, 1151

ウォーナー, シルヴィア・タウンゼンド
　幸先良い出だし ………………… 1133

ヴォネガット, カート
　明日も明日もその明日も ……… 0499
　家なき者─みなし児しみじみ … 1147

ウォルヴン, スコット
　密告者 …………………………… 0299

ウォルシュ, アン
　避暑地の出来事 ………………… 0445

ウォルシュ, トマス
　ガネットの銃 …………………… 0346

ウォルシュ, マイケル
　モリアーティ, モランほか─正典におけ
　　る反アイルランド的心情 …… 0225

ウォルシュ, M.O.
　フレディたち …………………… 1143

ウォルフォース, ティム
　テレサ …………………………… 0202

ウォルポール, ヒュー
　ターンヘルム …………………… 0420
　トーランド家の長老 …………… 0881
　ラント夫人 ……………………… 0487

ウォレス, ブルース・J.
　ジゴク・プリフェクチュア …… 1148

ウォレン, サミュエル
　癌　ある内科医の日記から …… 1137

ウォレン, ナンシー
　セックスとプードルとダイヤモンド ‥ 0658
　見知らぬ恋人 …………………… 0660
　誘惑には向かない職業 ………… 0662

雨川　アメ
　兄 …………………… 0457, 0458
　連れて行くわ ………… 0457, 0458

宇木　聡史
　サンタとオオタの夜 …………… 0197
　ドライアイスの婚約者 ………… 0196
　ひと駅のプレゼント …………… 0199
　ブラインドデート ……………… 0737
　朗読おじさん …………………… 0584

作家名索引　　　　　　　　　　うちた

ヴクサヴィッチ, レイ
　最終果実 …………………………… 0758
　ささやき ……………………… 0387, 0388
　セーター ……………………… 0706, 0707
　僕らが天王星に着くころ …… 0706, 0707

浮穴 千佳
　耳朶 ……………………………… 0969

宇佐美 まこと
　異界への通路 ………………… 0416, 0417
　犬嫌い ………………………………… 0409
　裏方のおばあさん ………… 0416, 0417
　体がずれた ………………… 0416, 0417
　湿原の女神 …………………………… 0428
　長距離トラック ……………… 0416, 0417
　廃病院 ………………………… 0416, 0417
　機織り ………………………… 0416, 0417
　美容師の話 …………………… 0416, 0417
　道で拾うモノ ………………… 0416, 0417
　安ホテル ……………………… 0416, 0417
　霊の通り路 …………………… 0416, 0417

宇佐美 游
　雪の夜のビターココア ……… 1032, 1033

氏家 浩靖
　日常 ……………………………… 0489

牛島 春子
　祝といふ男 …………………… 1065, 1066

臼居 泰祐
　存在理由 ……………………………… 0972

薄井 ゆうじ
　象鳴き坂 ……………………………… 0053
　恥ずかしい玉 ………………………… 0474
　彫物師甚三郎首生娘 ………………… 0412

ウー・スエー
　ぼくら、君ら、彼らのこと ………… 1121

卯月 雅文
　六十四分間の家出 …………………… 0970

雨澄 碧
　とある愛好家の集い ………………… 0619
　夢の続き ……………………………… 0584

ウスラル・ピエトリ, アルトゥーロ
　雨 ……………………………………… 1161

宇多 ゆりえ
　おいらん六花 ………………………… 0858

泡沫 虚唄
　立っている …………………………… 0427

　棚の裏 ………………………………… 0427
　隣 ……………………………………… 0427
　用心しろ ……………………………… 0427
　呼ぶ風鈴 ……………………………… 0427

歌鳥
　ビスカ氏のたちの悪いいたずら …… 1021
　無垢なる羊 …………………………… 1020

歌野 晶午
　永遠の契り …………………………… 1049
　おねえちゃん ………………… 0165, 0166
　母ちゃん、おれだよ、おれおれ ‥ 0922, 0923
　五十年後の物語 ……………………… 0351
　玉川上死 …………… 0157, 0220, 0221
　散る花、咲く花 ……………………… 0214
　転居先不明 …………………………… 0173
　ドア⇄ドア …………………………… 0274
　ドレスと留袖 ………………………… 0132
　舞姫 …………………………………… 0304
　黄泉路より …………………………… 0303

内田 春菊
　今月の困ったちゃん ………………… 1038
　すてきなボーナス・デイ …………… 1054
　田中静子14歳の初恋 ………………… 1038
　立秋─8月8日ごろ …………………… 0919

内田 東良
　大震災の雪 …………………………… 0863

内田 花
　ファインダー ………………………… 0864

内田 百閒
　大手饅頭 ……………………………… 0807
　餓鬼道看蔬目録 ……………………… 0628
　亀鳴くや ……………………………… 1078
　芥子飯 ………………………………… 0622
　喰意地 ………………………………… 0625
　薬喰 …………………………………… 0625
　件 …………… 0478, 0787, 0880, 0911, 0912
　クルやお前か ………………………… 0798
　サラサーテの盤 ……………………… 1052
　食而 …………………………………… 0625
　掻痒記 ………………………………… 1038
　「東京焼盡」より第三十八章、第五十六
　　章 …………………………………… 0917
　東京日記（抄） ……………………… 0402
　とほほぼえ …………………………… 1077
　バナナの菓子 ………………………… 0618
　百鬼園日暦 …………………………… 0628

冥途 ······················· 0394, 0478
夜の杉（抄） ······················· 0479
旅順入城式 ······················· 0596

内田 康夫
　碓氷峠殺人事件 ················ 0356
　鏡の女 ························· 0279
　夜汽車の記憶 ···················· 0604
　龍神の女 ························ 0277

内山 豪希
　おばばの決闘 ···················· 0858

内山 靖二郎
　刻まれた業 ······················ 0489

宇津 圭
　カーブミラー ···················· 0462

空木 春宵
　繭の見る夢―第二回創元SF短編賞佳作
　 ································· 0513

宇月原 晴明
　赫夜島 ························· 0557

ウッズ, シェリル
　永遠が見えなくて ················ 0641
　白いドレスの願い ················ 0711

内海 隆一郎
　生きてきた証に ·················· 0591
　鰻のたたき ······················ 0611

宇津呂 鹿太郎
　遺髪 ··························· 0462
　携帯電話 ························ 0464
　虫除け ························· 0465
　友情の証 ························ 0463

ウティット・ヘーマムーン
　旧友の呼び声―あるいは、一つの終着
　　点 ··························· 1120

うどう かおる
　グラマンの怪 ·········· 0459, 0461

宇藤 蛍子
　隙間 ·················· 0459, 0461

右遠 俊郎
　私の花さか爺 ···················· 0770

海原 育人
　絶対不運装置―ドラゴンキラーあります
　　その後 ························ 1098
　　理不尽との遭遇 ················ 1048

宇能 鴻一郎
　甘美な牢獄 ······················ 0410

群狼相食む ······················· 0046

宇野 浩二
　因縁事 ························· 1046
　子の来歴 ························ 0816
　橋の上 ························· 0817
　水上瀧太郎讃 ···················· 0993
　屋根裏の法学士 ·················· 0884

宇野 千代
　大人の絵本 ······················ 0275
　今日は良い一日であった ·········· 0993

宇野 なずき
　傷口 ··························· 1051

うの みなこ
　ごまあえ ························ 0849

鵜林 伸也
　ボールがない ···················· 0306

冲方 丁
　黄金児 ························· 0038
　オーガストの命日 ················ 0550
　雁首仲間―『天地明察』番外編 ····· 0951
　五宝の矛 ························ 0042
　純白き鬼札 ······················ 0045
　真紅の米 ························ 0044
　神星伝 ·········· 0515, 0574, 0575
　日本の改暦事情 ·················· 0540
　覇舞謡 ························· 0040
　マルドゥック・スクランブル "-200" ·· 0535
　マルドゥック・スクランブル "104" ·· 0520
　メトセラとプラスチックと太陽の臓器
　 ······················· 0511, 1014

海猫沢 めろん
　アリスの心臓 ···················· 0520
　呼吸 ··························· 0961
　言葉使い師 ············· 0497, 0498
　三毛猫は電氣鼠の夢を見るか ·· 0354, 0355
　ワールズエンド×ブックエンド ····· 0590

梅崎 春生
　赤帯の話 ························ 0924
　蜆 ·················· 0955, 1082
　大王猫の病気 ···················· 0803
　突堤にて ························ 1093

楳図 かずお
　Rôjin ·························· 0522

梅田 晴夫
　荷風先生を悼む―永井荷風追悼 ····· 0993

作家名索引　うんの

梅田 みか
　眠れる森の美女 ………………… 0598
梅田 優次郎
　君にサヨナラを捧げる ………… 0653
梅原 公彦
　キミは本物？ ………… 0457, 0458
　大好きな彼女と一心同体になる方法
　　……………………… 0459, 0461
　旅の忘れ物 ………………………… 0458
　とある民宿にて ……… 0457, 0458
　プチプチ ………………………… 0464
　マユミ ………………… 0457, 0458
梅原 満知子
　愛しの猫 ………………………… 0946
　思い出の一冊 …………………… 0950
　姑の姑 …………………………… 0948
　父親がわり …………… 0946, 1030
　二十六年分のドライブ ………… 0946
　母の絵手紙 ……………………… 0950
　病めるときも …………………… 0631
ウーヤン・ユー
　北からやってきたウルフ ……… 1163
浦賀 和宏
　三大欲求─無修正版 …………… 0343
浦田 千鶴子
　ペット談義 ……………………… 1084
卜部 高史
　赤ペンラブレター ……………… 0974
浦野 奈央子
　三人の食卓 ……………………… 0757
ウリツカヤ, リュドミラ
　自然現象 ………………………… 1125
ウル, エミン
　小川に星が流れる ……………… 1122
ウルエミロ
　今日の運勢 ……………………… 0970
　ギリギリ ………………………… 0969
　三八 ……………………………… 0968
　十進法 …………………………… 0968
　宝くじ …………………………… 0968
漆原 正貴
　いのち …………………………… 0459
　河童のてんぷら ………………… 0460
ウルズィートゥグス, ロブサンドルジーン
　アクアリウム …………………… 1118

　女性 ……………………………… 1118
ウルフ, ヴァージニア
　外から見た女子学寮 …………… 1138
　存在の瞬間 ……………………… 1138
　ラグトンばあやのカーテン …… 0880
ウルフ, ジーン
　素晴らしき真鍮自動チェス機械 … 1136
　列車に乗って …………………… 1133
ウルフ, トバイアス
　いずれは死ぬ身 ………………… 1123
　うたがわしきは罰せず ………… 1134
　二人の少年と、一人の少女 … 0669, 0670
ウールリッチ, コーネル
　一滴の血 ………………………… 0172
ウレア, ルイス・アルベルト
　誰が俺のモンキーを盗ったのか？ … 0297
　チャメトラ …………… 0387, 0388
虚淵 玄
　秋葉原から飛び立つ"たんぽぽの綿毛"
　　─元メイド・遠藤菜乃のアキバ文化通
　　信 ……………………………… 1101
　敵は海賊 ……………… 0497, 0498
宇和 静樹
　空を飛ぶ男 ……………………… 0848
海野 葵
　藤枝大祭 ………………………… 0847
海野 十三
　痣のある女 ……………………… 0153
　科学捕物帳 ……………………… 0153
　鬼仏洞事件 ……………………… 0153
　恐怖の廊下事件 ………………… 0153
　降伏日記 ………………………… 0778
　省線電車の射撃手 ……………… 0256
　沈香事件 ………………………… 0153
　探偵西へ飛ぶ！ ………………… 0153
　地球要塞 ………………………… 0491
　妻の艶書 ………………………… 0153
　電気風呂の怪死事件 …………… 0963
　盗聴犬 …………………………… 0153
　透明猫 ………………… 0795, 0800
　人間天狗事件 …………………… 0153
　蜂矢風子探偵簿 ………………… 0153
　爬虫館事件 ……………………… 0143
　麻雀殺人事件 …………………… 0336
　什器破壊業事件 ………………… 0153
　幽霊妻 …………………………… 0153

413

作家名索引

海野 久実
　交通事故 …………………………… 0821
ウンバ,ベンジャミン
　夜明けの炎 ……………………… 1164

【 え 】

エアーズ,N.J.
　錆の痕跡 ………………………… 0296
エイキン,アンナ・レイティティア
　サー・バートランド-断片──一七七三 … 0441
エイクマン,ロバート
　花よりもはかなく ……………… 1140
　列車 ……………………………… 0420
エイケン,コンラッド
　音もなく降る雪、秘密の雪 ……… 0870
　スミスとジョーンズ …………… 0283
エイケン,ジョーン
　マーマレードの酒 ……………… 0420
永子
　待ち合わせ ……………………… 1023
　結び目 …………………………… 1022
　夜警 ……………………………… 1021
エインフェルズ,ヤーニス
　アスコルディーネの愛─ダウガワ河幻
　　想 ……………………………… 0516
エーヴェルス,ハンス・ハインツ
　蜘蛛 ……………………………… 0419
エヴンソン,ブライアン
　父、まばたきもせず ……… 0387, 0388
　ヘベはジャリを殺す ……… 0387, 0388
エガーズ,デイヴ
　テオ ……………………………… 1129
江賀根
　海水浴 …………………………… 0464
江口 渙
　鞦韆嵐 …………………………… 0065
江口 隣太郎
　夜は朝まで ……………………… 0998
江國 香織
　あげは蝶 ………………………… 1029
　アレンテージョ ………… 0623, 0624
　生きる気まんまんだった女の子の話 ‥ 0805

おそ夏のゆうぐれ ………… 0648, 0649
女友達 ……………………… 0698, 1012
蛾 ………………………… 0740, 0753
草之丞の話 ……………………… 0966
蒸籠を買った日 ………………… 1034
デューク ………………………… 0890
テンペスト ………………… 0745, 0754
晴れた空の下で ………………… 0615
壬生夫妻 …………………… 0906, 1010
メロン …………………………… 0618
夕顔 ……………………… 0048, 0091
亮太 ……………………………… 0994
江坂 遊
　一夜酒 …………………………… 0484
　美しく仕上げるために ………… 0474
　踊る細胞 ………………………… 0136
　家具屋の小径 …………………… 0966
　かげ草 …………………………… 0877
　砂書き …………………………… 0966
　開いた窓 ………………………… 0136
　闇切丸 …………………………… 0571
江崎 来人
　お花さん ………………… 0459, 0461
　百人腐女 ………………………… 0462
　ムグッチョの唄 ………… 0457, 0458
　夜寒のあやかし ………… 0457, 0458
　よんひくさんの木 ……………… 0463
江島 伸吾
　「死体を隠すには」 …………… 0610
エスルマン,ローレン・D.
　咳こむ歯医者の事件 …………… 0225
　ハイエナのこともある ………… 0297
　ブック・クラブ殺人事件 ……… 0594
　冒瀆の天使 ……………………… 0238
エセンダル,メムドゥフ・シェヴケット
　二度の訪問 ……………………… 1122
枝松 蛍
　器物損壊 ………………………… 0224
エチェベリーア,エステバン
　屠場 ……………………………… 1161
越前 魔太郎
　エヴァ・マリー・クロス ……… 0403
えど きりこ
　人見知り克服講座 ……………… 0971

作家名索引　　えるく

江藤 あさひ
　天使たち …………………………… 0987
　修羅になりぬ ……………………… 0989
　冬の蛍 ……………………………… 0990
江藤 淳
　妻と私 ……………………………… 0761
　夏目漱石論—漱石の位置について … 0993
江戸川 乱歩
　赤い部屋 …………………………… 0136
　芋虫 …………… 0437, 0491, 0787, 1095
　陰獣 ………………………………… 0266
　渦巻 ………………………………… 0250
　映画の恐怖 ………………………… 0596
　押絵と旅する男 ………………… 0175,
　　0330, 0390, 0394, 0478, 0911, 0912, 1052
　奇怪なアルバイト ………………… 0148
　霧にとけた真珠 …………………… 0148
　こわいもの（抄）…………………… 0479
　残虐への郷愁 ……………………… 0488
　屍を ………………………………… 0146
　諸君は名探偵になれますか？ ……… 0147
　心理試験 ………………… 0174, 0385
　精神分析医の死 …………………… 0148
　日記帳 ……………………………… 0943
　人間椅子 ………… 0402, 1068, 1072
　「抜打座談会」を評す ……………… 0307
　薔薇夫人 …………………………… 0144
　犯人は誰だ ………………………… 0148
　文学クイズ「探偵小説」…………… 0147
　防空壕 ……………………………… 0917
　宝石商殺人事件 …………………… 0147
　目羅博士 …………………………… 1054
　D坂の殺人事件—草稿版 ………… 0583
エドギュ, フェリト
　チャクルの物語 …………………… 1122
エドワーズ, アミーリア
　鉄道員の復讐 ……………………… 0411
エドワーズ, アメリア・B.
　幽霊駅馬車 ………………………… 0480
エドワーズ, マーティン
　自殺願望の弁護士 ………………… 0234
榎並 のぞみ
　母の着物 …………………………… 0855
エニス, ショーン
　ラブリーを追って ………………… 1142

榎本 滋民
　血みどろ絵金 ……………………… 0063
江原 一哲
　教習番号9 ………………………… 0464
　トラック09 ………………………… 0464
海老沢 泰久
　隠れ念仏 …………………………… 0079
　辻斬り 無用庵隠居修行 ………… 0080
蛭子 能収
　いとしのマックス/マックス・ア・ゴー
　　ゴー ……………………………… 0597
　10年後は天国だったと思う ……… 0961
エフィンジャー, ジョージ・アレック
　時の鳥 ……………………………… 0514
エフゲン, ライアン
　大切であるとされている人たちの不適切
　　な行為 …………………………… 1143
江間 有沙
　人工知能研究をめぐる欲望の対話 … 0556
江見 水蔭
　女房殺し …………………………… 1075
絵夢
　Fレンジャー ……………………… 0970
エムシュウィラー, キャロル
　私はあなたと暮らしているけれど、あな
　　たはそれを知らない ……………… 0881
江村 阿康
　お化けが来るよ …………………… 0464
エーメ
　壁抜け男 …………………………… 0402
　死んでいる時間 …………………… 0869
エモン, ルイ
　ウィンスロップ=スミス嬢の運命 … 1153
エライ, ナズル
　海辺の日曜日—第1章 …………… 1122
　幸せ ………………………………… 1122
エリオット, ジョージ・フィールディング
　銅の鈑 ……………………………… 0452
エリスン, ハーラン
　38世紀から来た兵士 ……………… 0524
エリン, スタンリイ
　ロバート …………………………… 0889
エルクマン・シャトリアン
　見えない眼 ………………………… 0482

415

えるし　作家名索引

エルジンチリオール, ザカリア
　ブルガリア外交官の事件 ………… 0234
エルスン, ハル
　最後の答 ……………………………… 0365
エルデネ, センディーン
　老いた鳥 ……………………………… 1118
　家畜の土埃 …………………………… 1118
　極楽行きの装置 ……………………… 1118
　太陽の鶴 ……………………………… 1118
　ホランとツァムバ …………………… 1118
　ホランとわたし ……………………… 1118
エルロッド, P.N.
　イジーの大あたり …………………… 0320
エレンス, フランス
　分身 …………………………………… 0393
エロ, エルネスト
　勇み肌の男 …………………………… 0449
袁 犀
　十日間 ………………………………… 1115
袁 枚
　人魚 …………………………………… 0479
エンジェル, ロジャー
　野球の織り糸 ………………………… 1133
円城 塔
　(Atlas)³—地図作成局現場担当者(=僕)
　　連続殺人事件 ……………………… 0567
　イグノラムス・イグノラビムス ‥ 0515, 0570
　エデン逆行 …………………………… 0511
　お返事が頂けなくなってから ……… 0961
　<ゲンジ物語>の作者、<マツダイラ・サ
　　ダノブ> …………………………… 0492
　考速 …………………………………… 1058
　犀が通る—珈琲と苺トーストと鷲尾(害
　　はないけど変な人)と英二くんと中道さ
　　んと星図と犀と-野間文芸新人賞受賞第
　　一作 ………………………………… 0560
　死して咲く花、実のある夢 …… 0497, 0498
　『屍者の帝国』を完成させて—特別イン
　　タビュー …………………………… 0569
　十二面体関係 ………………………… 1034
　祖母の記録 …………………………… 1009
　手帖から発見された手記 ………… 0962
　内在天文学 …………………… 0501, 0576
　バナナ剥きには最適の日々 ……… 0552
　パリンプセストあるいは重ね書きされた
　　八つの物語 ……………………… 0500

φ …………………………… 0495, 0568
　ムーンシャイン ……………………… 0525
　良い夜を持っている ………………… 0496
　リアルタイムラジオ ………………… 0494
　Beaver Weaver—海狸(ビーバー)の紡ぎ
　　出す無限の宇宙のあの過去と、いつか
　　また必ず出会う …………………… 0558
　EnJoe140 …………………………… 1053
　Four Seasons 3.25 ………………… 0573
　Jail Over …………………………… 0490
　Yedo ………………………………… 0548
円地 文子
　苺 ……………………………………… 0627
　鬼 …………………………… 0397, 1076
　かの子変相 …………………………… 0397
　二世の縁 拾遺 ……………………… 0397
　猫の草子 ……………………………… 0397
　花食い姥 ……………………………… 0397
　春の歌 ………………………………… 0397
　双面 …………………………………… 0397
　冬の旅 ………………………………… 0397
遠藤 浅蜊
　専用車両 …………………… 0200, 0201
　夏の夜の現実 ……………… 0196, 0201
　野良市議会予算特別委員会 ‥‥ 0197, 0201
　勇者は本当に旅立つべきなのか? ‥ 0603
　竜殺しと出版社 ……………………… 0584
遠藤 周作
　アデンまで ………………… 0993, 0995
　あまりに碧い空 ……………………… 0777
　ヴェロニカ …………………………… 0924
　男と九官鳥 …………………………… 1094
　霧の中の声 …………………………… 0954
　蜘蛛 …………………………………… 0410
　佐藤朔先生の思い出—佐藤朔追悼 ‥‥ 0993
　ニセ学生 ……………………………… 1054
　猫 ……………………………………… 0798
　役たたず ……………………………… 1038
遠藤 慎一
　「恐怖の谷」から「恍惚の峰」へ〜その
　　政策的応用 ………………………… 0495
遠藤 武文
　フラッシュモブ ……………………… 0303
　平和への祈り ……………… 0260, 0261
　レッド・シグナル ………… 0209, 0374
遠藤 徹
　嘴と痣 ………………………………… 0474

作家名索引　　　　　　　　おおか

壊れた少女を拾ったので ………… 0245
なまごみ ……………………… 0453
はだかむし …………………… 0435
エンフボルド, ドルジゾブディン
ジャルガルマー …………………… 1118
エンライト, アン
建築家のラヴストーリーの家 ……… 0746
ポータブル・ヴァージン ………… 0746

【 お 】

及川 和男
木島先生 …………………………… 0782
王 士禎
張巡の妾 …………………………… 0479
王 秋蛍
血の報復 …………………………… 1115
王 昶雄
奔流 …………………………… 0774, 0775
オーウェル, ジョージ
象を撃つ …………………………… 1141
オーウェン, トーマス
不起訴 ……………………………… 0393
扇 智史
アトラクタの奏でる音楽―あなたの曲、
すごく気に入っちゃって…だから、実
験に使わせてほしいんです …… 0566
リンナチューン―鈴名鈴名鈴名。ぼくは
鈴名を離しはしない …………… 0564
逢坂 剛
赤い鞭 ……………………………… 0011
おれたちの街 ……………… 0169, 0170
欠けた古茶碗 ……………………… 0173
五本松の当惑 ……………………… 0582
再会 ………………………………… 0251
新富士模様 ………………………… 0078
その才をねたむ …………………… 0326
ツルの一声 ………………… 0220, 0221
ドゥルティを殺した男 …………… 0326
燃える女 …………………………… 0352
闇の奥 ……………………………… 0271
悪い手 ……………………… 0207, 0370
王城 夕紀
ノット・ワンダフル・ワールズ …… 0493

鶯亭 金升
王子の狐火 ………………………… 0479
淡海 いさな
柱 …………………………………… 1051
大井 三重子
めもあある美術館 ………………… 0546
大石 英司
神隠し谷の惨劇―サイレント・コア番外
篇 ……………………………… 1098
大石 直紀
お地蔵様に見られてる …………… 0315
おばあちゃんといっしょ ………… 0215
仏像は二度笑う …………………… 0314
大泉 黒石
火を吹く息 ………………………… 0250
大泉 貴
銀河帝国の崩壊byジャスティス ‥ 0201, 0791
スノーブラザー …………… 0194, 0198
通りすがりのエイリアン ………… 0200
なつのドン・キホーテたち ……… 0196
ぼくらのドラム・プリン・プロジェク
ト ……………………………… 0619
大内 美予子
おしの ……………………………… 0046
大江 健三郎
人間の羊 …………………………… 0914
大江 賢次
煙草密耕作 ………………………… 0993
大江 豊
漂う、国 …………………………… 0846
大岡 玲
ピクニック ………………………… 1049
大岡 昇平
来宮心中 …………………………… 0978
サッコとヴァンゼッティ ………… 1025
食慾について ……………………… 0628
第三夜 ……………………………… 0479
母 …………………………………… 1071
歩哨の眼について ………… 0776, 1094
真昼の歩行者 ……………………… 0295
竜馬殺し …………………………… 0129
龍馬殺し …………………………… 0005
レイテ戦記 ………………………… 0779
大鴫居 ひよこ
綾 …………………………………… 1021
駄神 ……………………………… 1022

417

大川 一夫
ナイト捜し―問題編・解答編 ……… 0137

大河原 ちさと
魅惑の芳香 ………………… 0459, 0461

おおくぼ 系
アラベスク―西南の彼方で ……… 0930
砂原利倶楽部―砂漠の薔薇 ……… 0936

大久保 智弘
天孤の剣―沖田総司 ……… 0070, 0071

大隈 敏
十兵衛の最期 ………………… 0057

大倉 崇裕
怪獣チェイサー ……………… 0423
サインペインター ……………… 0352
捜索者 ……………………… 0157
福家警部補の災難 ……………… 0321
マックス号事件 ……………… 0316
最も賢い鳥 ……………… 0792, 0793

大倉 燁子
踊る影絵 ……………………… 0256
魔性の女 ……………………… 0742

大倉 桃郎
真田大助の死 ………………… 0019
我が父強し …………………… 0065

大河内 常平
競馬場の殺人 ………………… 0148
サーカス殺人事件 ……………… 0147

大阪 圭吉
石塀幽霊 ……………………… 0143
唄わぬ時計 …………………… 0133
白妖 ………………………… 0256

大坂 繁治
暖雪 ………………………… 0861
マフラーは赤い糸 ……………… 0860
雪どけ水の頃 ………………… 0865

大崎 梢
ウェイク・アップ ……………… 0767
海に吠える …………………… 0811
君の歌 ………………… 0162, 0163
標野にて 君が袖振る ……… 0206, 0375
小暑―7月7日ごろ ……………… 0918
ショップtoショップ ……… 0578, 0579
体育館フォーメーション ………… 0598
灰色のエルミー ………… 0792, 0793
箱の中身は …………………… 0747
闇からの予告状 ………………… 0351

大崎 知仁
ゆっくりさよなら ……… 0654, 0655

大崎 善生
神様捜索隊 …………………… 1049
バルセロナの窓 ………………… 0772
私が私であるための …………… 0982

大沢 在昌
乾いたナイフ ………………… 0326
区立花園公園 ………… 0160, 1015
五十階で待つ ………………… 1096
再会 ………………………… 1010
ジョーカーとレスラー …………… 0219
ジョーカーの徹夜仕事 …………… 1012
大金 ………………………… 1017
不適切な排除 ………… 0132, 0928
ぶんぶんぶん ………………… 1011
亡霊 ………………… 0169, 0170
村 …………………………… 1013
湯の町オプ …………………… 0326
雷鳴 ………………… 0359, 0360
霊園の男 ……………………… 0308
六本木・うどん ………………… 0363
分かれ道 ……………… 0215, 1019

大澤 博隆
AIは人を救済できるか―ヒューマンエー
ジェントインタラクション研究の視点
から ………………………… 0556

大下 宇陀児
「悪魔黙示録」について ………… 0133
奇怪な剣製師 ………………… 0996
危女保護同盟 ………………… 0153
情獄 ………………… 0142, 0436
慎重令嬢 ……………………… 0153
精神分析医の死 ………………… 0148
虹と薔薇 ……………………… 0153
犯人は誰だ …………………… 0148
R燈台の悲劇 ………………… 0250

大島 直次
崖 …………………………… 0846

大島 真寿美
甘い記憶 ……………………… 0686
一冊の本 ……………………… 0589
雨水―2月19日ごろ …………… 0918
カフェスルス ………………… 0893
カフェスルス―1年後 …………… 0895
小さな誇り …………… 0654, 0655

虹色の傘 ……………………… 1091
母の恋 …………………………… 1070
フィルムの外 …………………… 1050
ゆめ ……………………………… 0984

大城 貞俊
　K共同墓地死亡者名簿 ………… 0825

大城 立裕
　病棟の窓 ……………………… 1064
　棒兵隊 ………………………… 0825

大城 竜流
　感応 …………………………… 0464
　醍醐味 ………………………… 0464
　引越祝い ……………………… 0464

大杉 栄
　鎖工場 ………………………… 0765
　奴等の力 ……………………… 1086

大角 哲寛
　親父の夢 ……………………… 0602

太田 工兵
　告訴状 ………………………… 0462

太田 健
　カレーの話 …………………… 0974

太田 忠司
　カタコンベの謎 ……………… 1098
　帰郷 …………………………… 0966
　キリエ ………………………… 0484
　黒い虹 ………………………… 0423
　小犬のワルツ ………… 0792, 0793
　琥珀の瞳 ……………………… 0440
　騒がしい男の謎 ……… 0341, 0342
　冬薔薇の館 …………………… 0622
　マサが辞めたら ……………… 0600
　神影荘奇談 …………………… 0131
　夜を売る ……………………… 0966
　ATM …………………………… 0474

太田 智子
　熊野の長藤 …………………… 0814

太田 美砂子
　小鬼 …………………………… 0824

太田 実
　カムイエクウチカウシ山残照 …… 0601

太田 裕子
　雪中鶯 ………………………… 0859

大田 良馬
　圧迫 …………………………… 0970

大竹 晃子
　お母さんの海 ………………… 0846

大竹 聡
　ほろ酔いと酩酊の間 ………… 0585

大谷 朝子
　りんごの悪魔 ………………… 0824

大谷 房子
　レッツエンジョイ乗馬！ ……… 0601

大津 光央
　満腹亭の謎解きお弁当は今日もホカホカ
　　なのよね …………………… 0224

大塚 清司
　野づらは星あかり …………… 0812

おおつか ここ
　悲劇 …………………………… 0866

大塚 勇三
　スーホの白い馬 ……………… 0885

大槻 ケンヂ
　屋上 …………………………… 1038
　怪人明智文代 ………………… 0146
　くるぐる使い ………… 0527, 0539
　再殺部隊隊長の回想―ステーシー異聞
　　………………………………… 0488
　戦国バレンタインデー ……… 0546

大坪 砂男
　三月十三日午前二時 ………… 0366
　天狗 …………………………… 0174

大手 拓次
　洋装した十六の娘 …………… 0628

大伴 昌司
　立体映画 ……………………… 0532

大西 功
　凍てついた暦 ………………… 0829

大西 科学
　ふるさとは時遠く ……… 0496, 1015

大西 巨人
　神聖喜劇 ……………………… 0779

大沼 珠生
　きつね与次郎 ………………… 0858
　最後の客 ……………………… 0857
　続きは十三次元で …………… 0859
　とんでるじっちゃん ………… 0864

大沼 紀子
　たわいもない祈り―石のまち 金谷 …… 0677
　やきとり鳥吉 ………………… 0894

大野 尚休
　赤い着物の女の子 ………… 0457, 0458
大野 文楽
　お雪の里 …………………………… 0863
大場 さやか
　冬のしっぽ ………………………… 0864
大庭 武年
　競馬会前夜 ………………………… 0336
大庭 みな子
　みつめるもの ……………………… 0993
大場 惑
　誰もが目を背けるもの …………… 0474
大橋 乙羽
　火と水（抄） ……………………… 0784
大原 啓子
　雪ん子バージョンアップ！ ……… 0857
大原 久通
　当たり前 …………………………… 0968
　運動不足の原因 …………………… 0970
　神の落胆 …………………………… 0970
　共存 ………………………………… 0973
　座席ゆずりの上級者 ……………… 0970
　重要なのは ………………………… 0976
　治安立国 …………………………… 0969
　ネットの時代 ……………………… 0969
　残り ………………………………… 0967
　不満電池 …………………………… 0975
　油断大敵 …………………………… 0970
大原 まり子
　アルザスの天使猫 ………………… 0537
　インデペンデンス・デイ・イン・オオサ
　　カ（愛はなくとも資本主義） …… 0527
　オは愚か者のオ …………………… 0517
　スーパー・リーマン ……………… 0518
　女性型精神構造保持者 …………… 0551
大平 友
　生きる意味 ………………………… 0969
大間 九郎
　"女傑"マリエ・ロクサーヌの美しく勇敢
　　な最後 …………………………… 0197
　斜め上でした ………… 0200, 0201
　比翼連理 …………………………… 0619
　ぽちゃぽちゃバンビ ……………… 0195
　耳を澄ませば ……………………… 0791
おおむら しんいち
　かな式まちかど …………………… 0512

大村 友貴美
　キサブロー、帰る ………………… 0782
　スウィング ………………………… 0780
大森 直樹
　人間の本性 ………………………… 0971
大森 康宏
　あるゴーストの独白 ……………… 0837
大矢 秀樹
　温めないカレー …………………… 0937
大家 学
　とりかえしのつかない一日 ……… 0822
大屋 幸世
　助詞一字の誤植―横光利一のために ‥ 0580
大藪 春彦
　雨の露地で ………………………… 0327
　夜明けまで ………………………… 0145
大山 淳子
　あずかりやさん …………………… 0893
　ひだりてさん ……………………… 0801
大山 誠一郎
　赤い十字架 ………………………… 0310
　うれひは青し空よりも …………… 0132
　彼女がペイシェンスを殺すはずがない
　　……………………………………… 0367
　佳也子の屋根に雪ふりつむ
　　………………… 0171, 0288, 0324
　求婚者と毒殺者 …………………… 0311
　雲の上の死 ………………………… 0312
　少年と少女の密室 ………………… 0348
　心中ロミオとジュリエット ……… 0304
　不可能犯罪係自身の事件 …… 0154, 0281
　炎 …………………………………… 0305
　雪の日の魔術 ……………………… 0313
尾賀 京作
　さよなら、お助けマン …………… 1000
岡 俊雄
　宝探し ……………………………… 0968
　犯罪者たち ………………………… 0968
岡内 義人
　国境なき河 ………………………… 0710
岡崎 琢磨
　可視化するアール・ブリュット … 0182
　消えたプレゼント・ダーツ ……… 0181
　午後三時までの退屈な風景 ……… 0179
　このアップルパイはおいしくないね 0619
　純喫茶タレーランの庭で ………… 0183

作家名索引　　おかも

旅の終着 ……………………………… 0199
名前も知らない …………………… 0196
葉桜のタイムカプセル
………………… 0193, 0194, 0224, 0364
パルヘッタの恋 ………………… 0180
ひとつ、ふたつ ………………… 0960

岡崎 弘明
怪人影法師 ……………………… 0474
ぎゅうぎゅう …………………… 0517
自転する男 ……………………… 0966
惑星ニッポン …………………… 0484

岡沢 孝雄
四桂 ……………………………… 0307

小笠原 天音
雪だるまンの恩返し …………… 0857

小笠原 さだ
客 ………………………………… 0748

小笠原 幹夫
牛込怪談 ………………………… 0989
祭礼の日 ………………………… 0988
歳の市雪景 ……………………… 0915
戸塚たそがれ散歩道 …………… 0986
原っぱの怪人 …………………… 0990
原っぱの幽霊 …………………… 0985

岡島 弘子
一人分の平和 …………………… 0846

岡嶋 二人
電話だけが知っている ………… 0264

岡田 淳
なんの話 ………………………… 0994

岡田 早苗
トランスフォーム ……………… 0853
半月 ……………………………… 0853

岡田 鯱彦
深夜の殺人者 …………………… 0148
毒コーヒーの謎 ………………… 0147
妖奇の鯉魚 ……………………… 0307

緒方 隆士
雁の門 …………………………… 1037

岡田 隆彦
月と河と庭 ……………………… 0993

岡田 利規
エリナ …………………………… 0961
ショッピングモールで過ごせなかった休
日 ……………………………… 1062
女優の魂 ………………………… 0962

問題の解決 ……………………… 1060
楽観的な方のケース …………… 1057

岡田 秀文
飛びつき鬼 ……………………… 0484
泡影 ……………………………… 0412
まぶたの父 ……………………… 0020

岡田 睦
悪魔 ……………………………… 1025

岡田 稔
怪奇、白狼譚 …………………… 0029

岡田 八千代
かおり …………………………… 0748

岡田 理子
赤紙と …………………………… 0786
震災からの贈り物 ……………… 0786

岡野 弘樹
ある老人の生活 ………………… 0988
怖いいのち ……………………… 0989
ぼくたちの目的 ………………… 0991
煩悩の矢 ………………………… 0987

岡野 めぐみ
警邏ニダスの目を逸らしたい現実 … 1081

岡部 えつ
縁切り厠 ………………………… 0430
折り指 …………………………… 0458
奇木の森 ………………………… 0475
白壁 …………………………… 0457, 0458
嫁入り人形 ……………………… 0484

尾神 ユウア
花嫁 ……………………………… 0464

岡村 雄輔
うるっぷ草の秘密 ……………… 0366

おかもと（仮）
空想少女は悶絶中 ………… 0200, 0201
『サンタクロースの冬』事件裁判の結果
報告―季報ジャパンリーガル『兎コラ
ム』より抜粋 ………………… 0197
猫か空き巣かマイォォか …… 0201, 0791
マジ半端ねぇリア充研究記録 ‥ 0196, 0201
めりーのだいぼうけん ………… 0603

岡本 一平
かの子の栞―岡本かの子追悼 … 0993

岡本 かの子
愛 …………………………… 0397, 0629
秋の夜がたり …………………… 0397
汗 ………………………………… 0397

上田秋成の晩年	0397	岡本 賢一	
越年 ETSU-NEN	1041	闇の羽音	0130
過去世	0397, 1068	岡本 さとる	
家霊	0615, 0628, 1031, 1077	風流捕物帖 "きつね"	0001
川	0397	岡本 太郎	
狂童女の恋	0397	顔の話	0993
現代若き女性の気質集	0742	岡山 裕美	
蝙蝠	0397	大地震	0786
小町の芍薬	0397	オカ・ルスミニ	
渾沌未分	0397	時を彫る男	1110
鮨	0627, 0917, 0943, 1052	おがわ	
鮨——九三九（昭和一四）年一月	1097	解決編	1023
蔦の門	0397	小川 苺	
扉の彼方へ	0684	パールウエーブ	0822
夏の夜の夢	0397, 1085	小川 一水	
売春婦リゼット	0993	青い星まで飛んでいけ	0525
宝永噴火〈抄〉	0806	アリスマ王の愛した魔物	0511
みちのく	0397	占職術師の希望	1101

岡本 綺堂

宇宙でいちばん丈夫な糸——The Ladies
　who have amazing skills at 2030 … 0496

雪	0397	グラスハートが割れないように	0500
老妓抄	0691, 0884		
老主の一時期	0397		

コズミックロマンスカルテットwith E—
　「結婚してぇん…」全裸女が宇宙船に現
　れた ………………………………… 0564

穴	0398	ゴールデンブレッド	0576
鰻に呪はれた男	0398	幸せになる箱庭	0548
鰻に呪われた男	0611	星風よ、淀みに吹け	0374
置いてけ堀	0398		

町立探偵〈竿竹室士〉「いおり童子」と「こ
　むら返し」………………………………… 0570

お照の父	0106	時じくの実の宮古へ	0620, 0621
温泉雑記（抄）	0479	白鳥熱の朝に	0540
蛔虫	0398	星風よ、淀みに吹け	0209, 0324
影を踏まれた女	0398	御機送る、かなもり堂	1017
蟹	0398, 0478		

ろーどそうるず——バイクの寿命はもって
　十五年だ。おれはミュージーアムに入
　りたいなあ ……………………………… 0560

兜	0398	小川 糸	
火薬庫	0398	霜降——10月23日ごろ	0919
黄い紙	0398	パパミルク	0979
菊人形の昔	0003	ひとなつの花	0698
脚本大坂城——戯曲淀君集の内	0019	僕の太陽	0903
魚妖	0398	小川 勝己	
くろん坊	0437, 0477	愛の遠近法的倒錯	0164
猿の眼	0398	胡鬼板心中	0173
修禅寺物語	1052	小川 国夫	
白髪鬼	0295	大亀のいた海岸	0993
停車場の少女	0398		
利根の渡	0414		
冬の金魚	0063		
山の秘密	0953		
鎧櫃の血	0398		

作家名索引　　おくい

小川 栄
　タイ・ブレーク …………………… 0601
小川 雫
　千夜一夜 …………………………… 0862
緒川 菊子
　おたまじゃくしは蛙の子 ………… 0463
小川 英子
　死ぬのはこわい …………………… 0407
小川 未明
　赤いろうそくと人魚 …… 0400, 0432, 0478
　赤い蠟燭と人魚 ……… 0787, 0889, 1079
　牛女 …………………………… 0391, 1079
　大きな蟹 …………………………… 1079
　お母さんはえらいな ……………… 0741
　樫の木 ……………………………… 0479
　金の輪 ……………………………… 1079
　過ぎた春の記憶 …………………… 0478
　月夜とめがね ……………………… 1080
　月夜と眼鏡 ………………………… 0886
　野ばら ………………… 0766, 0885, 0887
　野薔薇 ……………………………… 1079
　私が童話を書く時の心持ち ……… 0804
尾河 みゆき
　つぎの、つぎの青 ………………… 0828
小川 めい
　背中 ………………………………… 0867
小川 雄輝
　カラスノユメ ……………………… 1090
　昆虫観察日記 ……………………… 1020
小川 洋子
　お料理教室 ………………………… 0613
　風薫るウィーンの旅六日間 ……… 1072
　ギプスを売る人 …………………… 1080
　巨人の接待 ………………… 0740, 0753
　黒子羊はどこへ …………………… 0797
　原稿零枚日記(抄) ………………… 0807
　再試合 ……………………………… 1029
　ビーバーの小枝 …………………… 1061
　ひよこトラック …………………… 1055
　物理の館物語 ……………………… 1009
　夜泣き帽子 ………………………… 0783
　老婆J ……………………………… 0488
小川 好暁
　左手には花を ……………………… 0941
オギ
　うたうたい ………………………… 1023

沖 義裕
　植物たちの企み …………………… 0831
オキシ タケヒコ
　イージー・エスケープ …………… 0495
　エコーの中でもう一度 …………… 0515
　What We Want …………………… 0513
荻田 安静
　山姫 ………………………………… 0479
興田 募
　出目金 ……………………… 0457, 0458
荻田 美加
　板さんの恋 ………………………… 0697
　君を忘れない ……………………… 0664
　こぼしたミルクを嘆いても無駄ではな
　　い ……………………………… 0667
　ゆりちゃんを殺しに ……………… 0682
荻野 アンナ
　いいえ 私は ……………………… 0958
沖野 岩三郎
　いたづら書 ………………………… 1086
荻野 鳥子
　東風吹かば ………………………… 0757
荻世 いをら
　永遠の子ども ……………………… 1060
　半分透明のきみ …………………… 0905
　双子のLDK ……………………… 0905
荻原 規子
　彼女のユニコーン、彼女の猫—西の善き
　　魔女番外篇 …………………… 1098
荻原 浩
　エンドロールは最後まで ………… 0687
　お母さまのロシアのスープ ……… 0218
　サークルゲーム …………………… 0902
　しんちゃんの自転車 ……………… 1008
　成人式 ……………………………… 1019
　空は今日もスカイ ………………… 0900
　トンネル鏡 ………………………… 1013
　長い長い石段の先 ………………… 1039
　吾輩は猫であるけれど …………… 0810
緒久 なつ江
　くねくね、ぐるぐるの夏 ………… 0972
　美容室 ……………………………… 0866
奥泉 明日香
　閻魔様のぱそこん ………………… 0973
　しずむせかい ……………………… 0974
　花の雨 ……………………………… 0973

423

おくい　　作家名索引

奥泉 光
Arabeske—《ダヴィッド同盟》ノート四
から …………………………… 1059

億錦 樹樹
アプリケーション ……………… 0973

オクジャワ
人生の教訓 ……………………… 1158

奥田 哲也
受取人 …………………… 0341, 0342
非業 ……………………………… 0472
父帰ル …………………………… 0484
誘惑 ……………………………… 0474

奥田 登
咲いた団栗 ……………………… 0821
雪女 ……………………………… 0865

奥田 英朗
ここが青山 ……………………… 1008
セブンティーン ………………… 0982
夏のアルバム …………………… 0899
正雄の秋 ………………………… 1018

奥田 裕介
さあ、つぎはどの森を歩こうか … 0814

奥野 信太郎
永井壮吉教授—氷井荷風追悼 …… 0993

奥野 健男
「三田文学」のこと・『昭和の文人』のこ
と ……………………………… 0993

小熊 秀雄
お月さまと馬賊 ………………… 0445
マナイタの化けた話 …………… 0445
焼かれた魚 ……………………… 0870

奥山 景布子
はで彦 …………………………… 0084

小栗 健次
真景累ケ淵 ……………………… 0426

小栗 四海
神の左手 ………………………… 0460
ディアマント …………… 0459, 0461
ブラキアの夜気 ………… 0457, 0458
ポー・トースター ……………… 0489
ロス・ペペスの幻影 …………… 0460
COA ……………………………… 0460

小栗 風葉
片男波 …………………………… 0784
世間師 …………………………… 0953
寝白粉 …………………… 1046, 1075

小栗 虫太郎
赤馬旅館 ………………………… 0230
完全犯罪 ………………………… 0398
紅軍巴蟆を越ゆ ………………… 0398
失楽園殺人事件 ………………… 0488
聖アレキセイ寺院の惨劇 ……… 0143
その後の「リパルズ」 ………… 0479
海蝶斎沿海州先占記 …………… 0398
方子と末起 ……………………… 0289

オコナー, フラナリー
善人はそういない ……………… 1124

オコナー, フランク
国賓 ……………………………… 0684
飲んだくれ ……………………… 1132
はじめての懺悔—告白しみじみ … 1139

尾崎 一雄
美しい墓地からの眺め ………… 0806
玄関風呂 ………………………… 0963
苔 ………………………………… 0807
処女作回想 ……………………… 1092
早春の蜜蜂 ……………………… 1092
暢気眼鏡 ………… 0944, 0955, 1052
虫のいろいろ …………………… 1093

尾崎 喜八
兄弟の愛 ………………………… 0964

尾崎 紅葉
拈華微笑 ………………………… 1052

尾崎 士郎
直江山城守—直江兼続 ………… 0035

尾崎 士郎
島左近 …………………………… 0047
直江山城守 ……………………… 0033
中村遊廓 ………………………… 1078
蜜柑の皮 ………………… 0890, 1086

尾崎 翠
アップルパイの午後 …………… 0626
こおろぎ嬢 ……………… 0911, 0912
新秋名菓—季節のリズム ……… 0622
第七官界彷徨 …………………… 0807
初恋 ……………………………… 0651

おさだ たつや
みんな夢の中 …………………… 0597

小山内 恵美子
おっぱい貝 ……………………… 1061

小山内 薫
千駄木の先生 …………………… 0993

作家名索引　おち

梨の実 …………………… 0616

長部 日出雄
ゴロツキ風雲録 ………… 0089
死者に近い土地 ………… 0854

大佛 次郎
鞍馬天狗 ………………… 0065
真田の藤武者 …………… 0033
真田の藤武者―真田幸村 … 0035
スイッチョねこ ………… 0886
「隅の隠居」の話 猫騒動 … 0799
丹前屏風 ………………… 0059
手首 ……………………… 0295

オサリバン, ブライアン
お父ちゃん似 …………… 0445

小沢 章友
刺青の女 ………………… 0249
星月夜 …………………… 0474

小澤 征良
大雪―12月7日ごろ …… 0919

小沢 真理子
たまもの ………………… 0926

押井 守
後席の男 ………………… 0251

押川 國秋
臨時廻り ………………… 0053

押川 春浪
米国の鉄道怪談 ………… 0479

忍澤 勉
ものみな憩える―第二回創元SF短編賞
堀晃賞 ………………… 0513

尾島 菊
老 ………………………… 0748

尾白 未果
燼灰を蘂ぐおろか者 …… 1081

小津 安二郎
小津安二郎芸談 ………… 0596

オースター, ポール
ブラックアウツ ………… 1123

オースベル, ラモーナ
安全航海 ………………… 1129

小瀬 朧
九十八円 ………………… 0462
水筒の湯 ………………… 0463
喘鳴 ……………………… 0464
ヒメジョオン …………… 0465

分岐点 …………………… 0462
窓辺 ……………………… 0464
冥福を祈る ……………… 0462

尾関 忠雄
京都で、ゴドーを待ちながら … 0985
2015年の孤独王 ……… 0915
MONOLOG ……………… 1026

小田 イ輔
穴 ………………………… 0785
あの日の話 ……………… 0785
空に浮くもの …………… 0785
四年と十一か月 ………… 0785
私の話 …………………… 0785
Rさんの体験 …………… 0785

小田 神恵
あめ玉おじさん ………… 0843

織田 作之助
大阪の女 ………………… 0817
木の都 …………………… 0816
探し人 …………………… 1078
猿飛佐助 ………………… 0099
旅への誘い ……………… 1069
天衣無縫 ………………… 1078
ニコ狆先生 ……………… 0869
人情噺 …………………… 1078
訪問客 …………………… 1082
蛍 ………………………… 0127

小田 隆治
運の悪い男サトウ ……… 0974
偽装火災 ………………… 0970

小田 雅久仁
食書 ……………………… 0515
明滅 ……………………… 0902

小田 ゆかり
海のおくりもの ………… 0474
忘れ盆・忘れな盆 ……… 0484

小田 由季子
暴走じいちゃん―野球編 … 0601

小田 由紀子
霜降月の庭 ……………… 0866

尾高 京子
仔猫の太平洋横断 ……… 0799

おだR
水のココロ ……………… 0973

越智 のりと
主張 ……………………… 0971

越智 文比古
　本能 …………………………………… 0968
落合 重信
　校正 …………………………………… 0580
オーツ, ジョイス・キャロル
　愛する夫へ …………………………… 0296
　いつでもどんな時でもそばにいるよ ‥ 0298
　カボチャ頭 …………………………… 1134
　酷暑のバレンタイン ………………… 0238
　玉蜀黍の乙女―ある愛の物語 ……… 0236
　ストリップ・ポーカー ……………… 0317
　ぜったいほんとなんだから ………… 0299
　追跡 …………………………………… 0758
　フルーツセラー ……………………… 0344
　やあ！ やってるかい！ …… 0387, 0388
　ヤギ少女観察記録―一九八八 ……… 0441
乙一
　愛すべき猿の日記 …………………… 0403
　暗黒系―Goth ………………………… 0488
　階段 …………………………………… 0130
　夏と花火と私の死体 ………………… 0445
　陽だまりの詩 ………………… 0535, 1008
　山羊座の友人 ………………………… 0403
　Calling You …………………………… 0545
　Closet ………………………………… 0249
　GOTH―リストカット事件 ………… 0367
オドエフスキー, ウラジーミル
　オルゴールの中の街 ………………… 0405
　地球の生涯の二日 …………………… 0554
　名前のない街 ………………………… 0406
乙川 優三郎
　小田原鰹 ……………………………… 0075
　乙路 …………………………………… 0077
　甃瓜 …………………………………… 0081
　向椿山 ………………………………… 0002
　笹の雪 ………………………………… 0079
　柴の家 ………………………………… 0024
　逍遙の季節 …………………………… 0080
　太陽は気を失う ……………………… 1017
　まるで砂糖菓子 ……………………… 1064
オニオンズ, オリヴァー
　手招く美女 …………………………… 0487
小貫 風樹
　とむらい鉄道 ………………………… 0173

小沼 丹
　大泥棒だったヴィクトリア女王の伯父―
　　随筆 ………………………………… 0583
　黒いハンカチ ………………………… 0275
　浄徳寺さんの車 ……………………… 0993
　白孔雀のいるホテル ………………… 0995
　バルセロナの書盗 …………………… 0583
　指輪 …………………………………… 0275
　リヤン王の明察 ……………………… 0144
小野 伊都子
　赤い電車は歌い出す ………………… 0867
　しあわせちらし ……………………… 0853
小野 十三郎
　大阪（抄） …………………………… 0816
小野 允雄
　麦藁帽子 ……………………………… 0935
小野 正嗣
　悪の花 ………………………………… 1063
　「…to watashi,towadashi」 ………… 0842
　みのる、一日 ………………………… 1058
小野 るみこ
　里桜 …………………………………… 0858
尾上 柴舟
　鸚鵡の雀 ……………………………… 0479
斧澤 燎
　新たなる黙示 ………………………… 0489
　黒衣の神話 …………………………… 0489
　理想宮奇譚 …………………………… 0489
　惑星Xの使徒 ………………………… 0489
小野塚 充博
　黄金のりんご ………………………… 0866
小野寺 綾
　レインボードロップ ………………… 0665
小野寺 史宜
　寒露―10月8日ごろ ………………… 0919
小野村 誠
　極上と並の物語 ……………………… 0990
　嫁ぐ娘たち …………………………… 0989
オハラ, ジョン
　いかにもいかめしく ………………… 1132
オフェイロン, ジュリア
　受難の娘たち ………………………… 0746
　マッド・マルガ ……………………… 0746
オブライアン, エドナ
　幻燈スライド ………………………… 0746

敷物—母親の苦労しみじみ ……… 1139

オブライエン, フィッツ=ジェイムズ
墓を愛した少年 ………… 0420, 0881

オフラハティ, リーアム
傷ついた海鵜 …………… 1128

小山田 浩子
うらぎゅう ………………… 1062
延長 ………………………… 0961

オリヴァー, チャド
お隣の男の子 …………… 1135

織守 きょうや
三橋春人は花束を捨てない … 0304

折口 信夫
死者の書 ………………… 0394
死者の書（抄） ………… 0479
身毒丸 …………………… 0816

折口 真喜子
月兎 ……………………… 0083

織月 かいこ
雲を飼う ………………… 0865

折原 一
石田黙のある部屋 ……… 0252
音の正体 ………… 0208, 0368
偶然 ……………… 0173, 0264
長編一本分の感動 ……… 0330
トロイの密室 …………… 0131
不透明な密室—Invisible Man ·· 0383, 0384
耳すます部屋 …………… 0266
わが生涯最大の事件 …… 0330

織原 みわ
ゲート …………………… 0983

オルガ, イルファン
あるトルコの一家の物語—第5章「変化
する秩序」 ……………… 1122

オールディス, ブライアン・W.
見せかけの生命 ………… 0519

オロズコ, ダニエル
オリエンテーション …… 0388

温 又柔
線上の子どもたち ……… 0961

恩田 陸
あなたの善良なる教え子より ·· 0290, 0291
ある映画の記憶 ………… 0596
一千一秒殺人事件 ……… 0473
エアハート嬢の到着 …… 0545

オデュッセイア ……………… 0327
思い違い ………… 0162, 0163
かたつむり注意報 ………… 1010
交信 ………………………… 0496
骰子の七の目 ……………… 1012
ジョン・ファウルズを探して … 1108
新・D坂の殺人事件 ……… 0146
水晶の夜、翡翠の朝 ……… 0130
線路脇の家 ………………… 1019
惻隠 ………………………… 0810
卒業 ……………… 0939, 0940
台北小夜曲—DMATのジェネラル ·· 1015
忠告 ………………………… 0500
東京の日記—都電。キャタピラー。伝書
鳩の群れ。桜。とりどりの和菓子。私
の見た東京 ……………… 0559
飛び出す、絵本 …………… 0591
柊と太陽 ………… 0204, 1109
梟の昼間 …………………… 0308
弁明 ………………………… 1011
夕飯は七時 ………………… 0535
ラジオを聴きながら… …… 0327
私と踊って ………………… 1016
悪い春 ……………………… 1034

恩知 邦衛
ある台風伝 ……………… 0968
ふり ……………………… 0974

【か】

河 瑾燦
王陵と駐屯軍 …………… 1117
受難二代 ………………… 1117

河 成蘭
嬉しや、救世主のおでましだ …… 1116

カー, ディクスン
新透明人間 ……………… 0136
四つの黄金律 …………… 0138

カー, テリー
試金石 …………………… 1135

カー, A.H.Z.
決定的なひとひねり ……… 0344

櫂 悦子
謝辞 ……………………… 0770

花衣 沙久羅
一節切 ……………………………… 0473

甲斐 文汀
窓塞ぎ ……………………………… 0463

海音寺 ジョー
納得できない ……………………… 1023

海音寺 潮五郎
奥方切腹 …………………………… 0098
男一代の記 ………………………… 0108
唐薯武士 …………………………… 0883
城井谷崩れ ………………… 0031, 0033
城井谷崩れ―黒田官兵衛 ………… 0035
岐阜城のお茶々様 ………………… 0107
執念谷の物語 ……………………… 0052
武市半平太 ………………………… 0128
竹中半兵衛 ………………………… 0085
忠直卿行状記 ……………………… 0004
脱盟の槍―高田郡兵衛 …………… 0094
千葉周作 …………………………… 0097
人斬り彦斎 ………………………… 0104
芙蓉湖物語 ………………………… 0059
村正―村正 ………………………… 0123
吉田松陰 …………………………… 0101
立花宗茂 …………………………… 0026

貝原
おそうめん ………………… 0460, 0461
巨獣 ………………………… 0460, 0461
静かな団地 ………………… 0460, 0461
授乳 ………………………………… 0464
焚き火 ……………………………… 0463
漬物 ………………………………… 0462
筒穴 ………………………………… 0459
妖精 ………………………………… 0462
綿菓子 ……………………………… 0465

開高 健
巨人と玩具 ………………………… 0927
中年男のシックな自炊生活とは … 0622
美味・珍味・奇味・怪味・媚味・魔味・
　幻味・幼味・妖味・天味 ……… 0618
ロマネ・コンティ・一九三五年 … 1072

ガイザー, ゲルト
私が艶した男 ……………………… 0418

廻転 寿司
おばさんの話 ……………………… 0463
タヌキ ……………………………… 0464
ハトと二挺拳銃とロングコート … 0438

海渡 英祐
杜若の札 …………………………… 0274
死の国のアリス …………………… 0289

海堂 尊
カシオペアのエンドロール ……… 0192
十枚のエチュード ………………… 0223
修行のタイムリミット …………… 0186
チェ・ゲバラ、その生と死 ……… 0178
チェ・ゲバラ、その生と死 連載第三回
　―アルゼンチン人は時計を合わせない・
　そしてチェは死んだ。 ………… 0180
チェ・ゲバラ、その生と死 連載二回 ボ
　リビアのゲバラ ………………… 0179
虹の飴 ……………………… 0224, 0364
被災地の空へ―DMATのジェネラル … 1015
発心のアリバイ …………………… 0185

カイム, ニック
シャーロック・ホームズ対フランケン
　シュタインの怪物 ……………… 0227

カーヴァー, レイモンド
シェフの家 ………………………… 1145

カヴァン, アンナ
あざ ………………………… 0387, 0388
輝く草地 …………………………… 1140
ジュリアとバズーカ ……………… 0878

ガーヴェイ, エイミー
秘密 ………………………………… 0660

カウフマン, ドナ
25階からの同乗者 ………………… 0661
楽園で焦がされて ………………… 0658

カウルズ, フレデリック
カルデンシュタインの吸血鬼――一九三
　八 ………………………………… 0441

かえるいし
人生 ………………………………… 0972

夏音 イオ
桜舞い ……………………………… 0913

加賀 乙彦
くさびら譚 ………………………… 0790
熊 …………………………………… 1062

加上 鈴子
壁の手 ……………………………… 0459
倫敦 ………………………………… 0464

加賀美 雅之
『首吊り判事』邸の奇妙な犯罪―シャル
　ル・ベルトランの事件簿 ……… 0288

作家名索引　　　かさい

ジェフ・マールの追想 ……………… 0348
聖アレキサンドラ寺院の惨劇 ……… 0243
鉄路に消えた断頭吏 ………………… 0356

賀川 敦夫
紅蓮の闇 ……………………………… 0845

かがわ とわ
激辛 …………………………………… 0974

夏川龍治
悩める父親 …………………………… 0970

柿生 ひろみ
雨待ち機嫌 …………………………… 0824

垣根 涼介
コパカバーナの棹師…気取り ‥ 0220, 0221
同窓会─「君たちに明日はない」シリー
ズ番外編 ……………………………… 0951

垣谷 美雨
心の隙間を灯で埋めて ……………… 0768

郭 くるみ
瀬─かわうそ─ ……………………… 1020

岳 真也
龍虎邂逅─近藤勇 …………… 0070, 0071

かく たかひろ
警部補・山倉浩一 …………………… 0278
警部補・山倉浩一 あれだけの事件簿 … 0159

加来 はるか
大地震を生く ………………………… 0786

角田 健太郎
死の卍 ………………………………… 0455

角田 論
船舶王桃太郎の受難 ………………… 1007

角田 光代
いつかの一歩 ………………………… 1016
海まであとどのくらい？ …… 0743, 0744
おかあさんのところにやってきた猫 ‥ 0805
おかえりなさい ……………………… 0685
男 ……………………………………… 0942
神さまに会いにいく ………………… 1063
神さまの庭 …………………… 0623, 0624
クラスメイト ………………………… 0982
こともなし …………………………… 1014
時速四十キロで未来へ向かう ……… 0644
親しくしていただいている（と自分が思っ
ている）編集者に宛てた、借金申し込み
の手紙 ………………………………… 0870
水曜日の恋人 ………………………… 0672
卒業旅行 ……………………… 0678, 0679

その、すこやかならざるときも …… 0647
地上発、宇宙経由 …………… 0675, 0676
父とガムと彼女 ……………… 0896, 0897
同窓会 ………………………………… 1012
夏の出口 ……………………………… 1029
橋の向こうの墓地 …………… 0774, 0775
ピース ………………………………… 0783
ふたり ………………………………… 0736
マザコン ……………………………… 1055
闇の梯子 ……………………………… 1057
楽園 …………………………… 0745, 0754
わか葉の恋 …………………… 0654, 0655
若紫 …………………………… 0048, 0091
わたしとわたしではない女 ………… 1015

香久山 ゆみ
美しい人 ……………………………… 0973
美術館の少女 ………………………… 0974

神楽
招く狐 ………………………………… 0463

影 洋一
ウサギとカメとキツネ ……………… 0971
趣味の数字 …………………………… 0967
前方注意 ……………………………… 0969
誰だったっけ？ ……………………… 0970
評価の時代 …………………………… 0974
ラブ・ゲーム ………………………… 0971

影山 影司
祟りちゃん …………………………… 0462

影山 匙
君が伝えたかったこと ……………… 0603
脱走者の行方 ………………………… 0224
214の会話 …………………………… 0584

籠 三蔵
狼の社 ………………………………… 0465

伽古屋 圭市
ある閉ざされた雪の雀荘で ………… 0223
記念日 ……… 0193, 0224, 0364, 0443
利那に見る夢のつづきは …………… 0198
天使の指輪 …………………………… 0200
夏の終わり …………………… 0196, 0443
なないろ金平糖 第一話 ……………… 0184
なないろ金平糖 第2話 ……………… 0185
本に閉じ込められた男 ……………… 0584
マヨイガ ……………………………… 0603

笠井 潔
消えた山荘 …………………… 0292, 0293

429

かさい

本格ミステリに地殻変動は起きている
か？ …………………… 0367
留守番電話 …………………… 0264

葛西 善蔵
哀しき父 …………… 0955, 1087
奇病患者 …………………… 1038
椎の若葉 …………………… 1087
遊動円木 …………………… 0910

葛西 俊和
怨念の力 …………………… 0427
緊急停止 …………………… 0427
賽銭泥棒 …………………… 0427
住宅地、深夜にて …………… 0427
触れるもの ………………… 0427
迎えの光は ………………… 0427

かさぎ
バスケットゴール …………… 0867

笠置 英昭
古庄帯刀覚書 ………………… 0933

風霧 みぞれ
うみしみ …………………… 0847

風空 加純
美しく咲いていけ …………… 0646

風間 林檎
現実 ………………………… 0971

花山 みちる
陸にあがった人魚 …………… 0849

加地 尚武
彼方から …………………… 1013

梶 よう子
何首烏 ……………………… 0081

樫井 眞生
青髪と赤髪の白けむり ……… 0867

梶井 基次郎
愛撫 …………… 0910, 0943, 1080
温泉（抄） ………………… 0479
交尾 ………………………… 0684
桜の樹の下には ……………… 1087
泥濘 ………………………… 0963
闇の絵巻 …………… 0875, 1052
檸檬 ……… 0616, 0618, 1087, 1093
檸檬――一九二五（大正一四）年一月 ‥ 1097
Kの昇天 …………… 0391, 0883

梶尾 真治
カタミタケ汁 ………………… 0474

葛城淳一の亡霊 …………………… 0453
恐竜ラウレンティスの幻視 …… 0527
幻影の壁面 ………………… 0920
すりみちゃん ……………… 0484
たゆたいライトニング ……… 0492
電気パルス聖餐 …………… 0363
ノストラダムス病原体 ……… 0518
百光年ハネムーン …………… 0537
ブリラが来た夜 …………… 0423
辺境の星で――トワイライトゾーンのおも
いでに …………………… 0571
辺境の星で（トワイライトゾーンのおも
いでに） ………………… 1019
美亜へ贈る真珠 …… 0530, 0545
溶岩洞を伝って …………… 0483

樫木 東林
蛙の置物 …………………… 0464
紙 ………………………… 0463

梶永 正史
最後の客 …………………… 0224
仲直り ……………………… 0791
ロストハイウェイ …… 0193, 0603

梶野 千万騎
笛吹き三千石 ………………… 0964
ぼくらの英雄 ……………… 0065

鹿島 真治
忘却 ………………………… 0975

鹿島田 真希
ガーデン・ノート …………… 1063
キョンちゃん ……………… 0797
波打ち際まで ……………… 1061

樫山 隆昭
熊本地震〜激震の夜〜 ……… 0786
避難所 ……………………… 0786

梶山 季之
瀬戸のうず潮 ……………… 0277
せどり男爵数奇譚 …………… 0878
那覇心中 …………………… 0978
水無月十三么九 …………… 0581

カーシュ, ジェラルド
肝臓色の猫はいりませんか …… 0344
破滅の種子 ………………… 0881
豚の島の女王 ……… 0275, 1140

柏枝 真郷
ノッブスの十戒――PARTNER EX … 1098

柏葉 幸子
海から来た子 …………………… 0780
お地蔵様海へ行く ……………… 0780
風待ち岬 ………………………… 0780
桃の花が咲く …………………… 0782

柏原 幻
争いをなくしたい ……………… 0973

柏原 兵三
幼年時代 ………………………… 0874

春日 武彦
一年霊 …………………………… 0475
ブラジル松 ……………………… 0453

カストロ, アダム＝トロイ
ワイオミング生まれの宇宙飛行士 … 0555

ガストン, ダイアン
ウェルボーン館の奇跡 ………… 0643

かずな
永遠の再会 ……………………… 1051

数野 和夫
雑兵譚 …………………………… 0030

霞 永二
春の気配 ………………………… 0824

香住 春吾
蔵を開く ………………………… 0285

和海 真二
雨男晴れ女 ……………………… 0970

霞 流一
霧の巨塔 ………………… 0322, 0338
首切り監督 ……………………… 0367
ゴルゴダの密室 ………………… 0246
サンタとサタン ………………… 0252
杉玉のゆらゆら ………………… 0362
タワーに死す …………………… 0131
血を吸うマント ………………… 0352
左手でバーベキュー …………… 0135
ぼくのおじさん ………………… 0431
早稲田満のこと ………………… 0246
BAKABAKAします ……………… 0159
Bakabakaします ………………… 0278

粕谷 栄市
箭川 ……………………………… 0479

粕谷 知世
人の身として思いつく限り、最高にどでか
い望み─弟が連れてきたのは、望みを何
でもかなえてくれる神だったんだ ‥ 0565

カズンズ, ジェイムズ・グールド
牧師の汚名 ……………………… 0586

風野 真知雄
首切りの鐘 ……………………… 0060
戦国ぶっかけ飯 ………………… 0076
妻は、くノ一 …………………… 0029

風野 涼一
神様のくれたタイムアウト ……… 0602

カセレス・ララ, ビクトル
マラリア ………………………… 1161

加園 春季
水に棲む鬼 ……………………… 0868

カーター, アンジェラ
愛の館の貴婦人─一九七九 ……… 0441

カターエフ
ナイフ …………………………… 0871

片岡 英子
ラブユー東京 …………………… 0597

片岡 志保美
薄暮の頃 ………………………… 0868

片岡 鉄兵
獣をうつ少年 …………………… 0065
猿の絵の運命 …………………… 0964

片岡 義男
おでんの卵を半分こ …………… 1064
おなじ緯度の下で ……………… 1029
音譜五つの春だった ……… 0354, 0355
遠い雷、赤い靴 ………………… 0644
ドノヴァン、早く帰ってきて …… 0345
「吹いていく風のバラッド」より『12』
『16』 …………………………… 1078
目覚まし時計の電池 …………… 1049

片瀬 チヲル
デニーズでサラダを食べるだけ … 0905
ナメクジ・チョコレート ………… 0905

片瀬 二郎
検索ワード：異次元 …………… 0566
サムライ・ポテト─駅構内のファースト
フード店に立つコンパニオン・ロボッ
トが目覚めたとき …………… 0564
深夜会議 ………………………… 0566
00：00：00.01pm─時間の静止した世界
に閉じこめられた男が狂気とめぐりあ
う …………………………… 0565
花と少年─第二回創元SF短編賞大森望
賞 ……………………………… 0513

かたの　　　　作家名索引

ライフ・オブザリビングデッド―ゾンビ
　の浜田はきょうも出社する ……… 0567

加楽 幽明
　しっぽ …………………………… 1023
　花火 ……………………… 0460, 0461
　漂流物 …………………………… 0489
　禍犬様 ………………… 0459, 0461
　錬想 …………………… 0457, 0458

ガーダム, ジェーン
　青いケシ ………………………… 1123

佳多山 大地
　この世でいちばん珍しい水死人 ‥ 0157, 0362

片山 広子
　うまれた家（抄） ……………… 0479

片山 ふえ
　画家のガガさんのこと …………… 1159

片山 龍三
　婚約 ……………………………… 0985
　セーヌ川の畔にて ……………… 1026
　二塔物語 ………………………… 0915
　π（パイ）は巡る ……………… 0992

下町遊歩
　読売争議と殺人鬼 ……………… 0986

葛 亮
　尹親方の泥人形 ………………… 1111
　テレクラ ………………………… 1112

甲木 千絵
　赤い風船 ………………………… 0755
　姉のコーヒー …………………… 0756
　運動会 …………………………… 0762
　おたふく ………………………… 0949
　解答編 …………………………… 0941
　タイムカプセル ………………… 1083
　父の正月 ………………………… 0763
　晩酌ゆうれい …………………… 0606
　フライドポテト ………………… 0755
　回り道 …………………………… 0965
　三日月と三等星 ………………… 0763
　夢を見る ………………………… 0760

カッチャー, ベン
　Cheap Novelties ……………… 1123

ガッチョーネ, アンジェロ
　至上の愛 ………………………… 1156

カットナー, ヘンリー
　大作＜破滅の惑星＞撮影始末記 …… 0521

ねずみ狩り ……………………… 0445
ハッピー・エンド ……………… 0549

勝間田 憲男
　一寸先は、光 …………………… 0832

勝目 梓
　家族会議 ………………………… 1016
　立ち話 …………………………… 1049
　埋葬 ……………………………… 1013

勝本 詩織
　とるにたらない ………………… 0821

勝山 海百合
　頭だけの男 ……………… 0416, 0417
　泉のぬし ………………… 0416, 0417
　うざね …………………………… 0462
　雄勝石 …………………… 0464, 0785
　神かくし ………………… 0416, 0417
　からすみ ………………………… 0785
　魚怪 ……………………… 0457, 0458
　熊のほうがおっかない ………… 0428
　軍馬の帰還 ……………… 0457, 0458
　原隊に復帰せず ………………… 0463
　呉服屋の大旦那さん …… 0416, 0417
　書聖 ……………………………… 0460
　しらせ …………………… 0416, 0417
　信心 ……………………………… 0463
　小さいサラリーマン（たち） … 0416, 0417
　トイレに現れたお祖母ちゃん ‥ 0416, 0417
　呪いと毒 ………………… 0457, 0458
　葉書と帰還兵 …………… 0416, 0417
　古井戸 …………………… 0459, 0461
　水の歓び ………………………… 0489
　メガネレンズ …………… 0416, 0417
　NOU―能生― …………………… 0462

桂 英二
　小さなビルの裏で ……………… 0148

桂 修司
　死を呼ぶ勲章 ……… 0223, 0224, 0443
　十分後に俺は死ぬ ……………… 0364
　赤光の照らす旅 ………………… 0603
　断罪の雪 ………………… 0193, 0198
　夏の夜の不幸な連鎖 …………… 0195
　猫と博士と愛の死と …………… 0791
　本当に無料で乗れます …… 0199, 0443

桂 文楽
　富久 ……………………………… 0871

桂 米朝
　不精の代参 ……………………… 0884
桂 三木助
　芝浜 ……………………………… 0875
　蛇含草 …………………………… 0390
桂 芳久
　産土 ……………………………… 0993
葛城 輝
　青い蝶 …………………………… 1020
　海堀り人 ………………………… 1020
　天ぷら供養 ……………………… 1021
　堂々巡り ………………………… 1020
　時の澱 …………………………… 1021
　流れ星 …………………………… 1020
　夜目、逃げ足 …………………… 1021
カーティン, ジェレマイア
　フェアとブラウン、そしてトレンブリン
　　グ ……………………………… 0693
カデツキー, エリザベス
　無敵の男たち …………………… 1144
門井 慶喜
　夫のお弁当箱に石をつめた奥さんの話
　　 ……………………… 0578, 0579
　早朝ねはん ……………… 0206, 0375
　図書館滅ぶべし ………… 0357, 0358
　パラドックス実践 … 0208, 0333, 0368
　仏像をなめる―こちら警視庁美術犯罪捜
　　査班 …………………………… 0308
　保険会社がゴッホの絵を買う理由―こち
　　ら警視庁美術犯罪捜査班 ……… 0309
加藤 薫
　雪渓は笑った …………………… 0216
加藤 籌
　おきな …………………………… 0748
加藤 克信
　誰も知らないMy Revolution ……… 0934
加藤 清子
　猫のスノウ ……………………… 0861
　春を待つクジラ ………………… 0862
加藤 楸邨
　深緑 ……………………………… 0993
加藤 千恵
　青と赤の物語 …………………… 0590
　いつかのメール ………………… 0905
　台湾茶「淡月」 ………………… 0894
　多肉植物専門店「グリーンライフrei」 … 0895

パノラマパーク パノラマガール …… 0647
　耳の中の水 ……………………… 0898
　約束のまだ途中 ………………… 0734
　老婆と公園で …………………… 0905
　haircut17 ………………………… 0900
加藤 鉄児
　五十六 …………………………… 0224
　修学旅行のしおり―完全補完版 …… 0603
加藤 望
　アイスクリームが食べたかった …… 0824
加藤 一
　梅の実食えば百まで長生き ……… 0438
　Fresh …………………………… 0438
かとう はるな
　いろりばた絵巻 ………………… 0864
加藤 秀幸
　オリジナリティ ………………… 0972
　空席 ……………………………… 0975
　殺人催眠まやかしの口笛 ……… 0976
　ストレス社会 …………………… 0968
　二位の男 ………………………… 0968
加藤 博文
　点検 ……………………………… 0968
加藤 雅利
　百年後の旅行者 ………………… 0603
加藤 昌美
　中国美人 ………………………… 0972
加藤 実秋
　ラスカル3 ……………… 0220, 0221
加藤 道夫
　「死者の書」と共に―折口信夫追悼 … 0993
　なよたけ ………………………… 0651
加藤 みどり
　執着 ……………………………… 0748
加藤 嘉隆
　進化 ……………………………… 0968
門倉 信
　一部の地域 ……………………… 0972
　禁煙 ……………………………… 0972
　消して …………………………… 0973
　探偵 ……………………………… 0974
　路上駐車 ………………………… 0974
ガードナー, リサ
　笑うブッダ ……………………… 0287
角野 栄子
　さて…と ………………………… 0961

かとの　　　　　作家名索引

白猫さん …………………………… 0798

上遠野 浩平
　製造人間は頭が固い …………… 0492
　鉄仮面をめぐる論議 …………… 0548

カドマリ
　春待ち …………………………… 0824

迦都リーヌ
　あわてた雪女 …………………… 0858

ガートン, レイ
　罪深きは映画 …………………… 0450

金井 美恵子
　暗殺者 …………………………… 0803
　兎 ………………… 0488, 0911, 0912
　家族アルバム …………………… 0613
　昇天 ……………………………… 1063
　猫と暮す―蛇騒動と侵入者 …… 0798
　ピヨのこと ……………………… 0886

金澤 正樹
　花の写真 ………………………… 0463

金山 嘉城
　羚羊 ……………………………… 0933
　小鳥の声 ………………………… 0938
　匂いすみれ ……………………… 0935
　龍子触発 ………………………… 0937

神奈山 つかさ
　現地調査について（報告）……… 0463

蟹海 太郎
　或る駅の怪事件 ………………… 0610

金子 みすゞ
　さびしいとき …………………… 1031

金子 みづは
　葦の原 …………………………… 0409
　海の箱 …………………………… 0489
　根黒の海婚 ……………………… 0489
　燈火星のごとく ………………… 0462
　焼き蛤 …………………… 0459, 0461
　夢のおとない …………… 0460, 0461

金子 光晴
　蛾 ………………………………… 0804
　霧 ………………………………… 0964
　苔 ………………………………… 0807
　薔薇 ……………………………… 0993
　風流尸解記（抄）………………… 0804
　変装狂 …………………………… 0884
　名剣旭丸 ………………………… 0065

金子 洋文
　地獄 ……………………………… 0765
　俘虜 ……………………………… 0766

金城 幸介
　ロボットのお役目 ……………… 0972

金田 光司
　シエスタの牛 …………………… 0974

金原 ひとみ
　葵 ………………………… 0048, 0091
　ミンク …………………… 0488, 1056
　柔らかな女の記憶 ……………… 0979

金広 賢介
　一段消し ………………………… 0762
　海辺にて ………………………… 0763
　かぞえ歌 ………………………… 0756
　乾杯 ……………………………… 1030
　終着駅 …………………… 0606, 1030
　女王のいた家 …………………… 0755
　道しるべ ………………………… 0948

金巻 ともこ
　異聞 井戸の茶碗 ……………… 0796

狩野 いくみ
　赤地蔵 …………………… 0459, 0461
　歌うたい練り歩く ……………… 0460
　からころはつぼ ………… 0460, 0461
　トイレの河童 …………… 0460, 0461

加納 一朗
　ダンシング・ロブスターの謎 …… 0229
　「捕星船業者の消失」事件 ……… 0232
　未完成交狂楽 …………………… 0431

加能 作次郎
　恭三の父 ………………… 1052, 1092

加納 朋子
　裏窓のアリス …………………… 0274
　最上階のアリス ………………… 0330
　座敷童と兎と亀と ……………… 0214
　虹の家のアリス ………………… 0352
　猫の家のアリス ………………… 0802
　非合理な論理 …………………… 0330
　モノレールねこ ………………… 0798

庚春都
　猫の夢 …………………………… 0864

カノックポン・ソンソムパン
　滝 ………………………………… 1120

かみま

鹿目 けい子
　体育館ベイビー ……………………… 0653
　同級生 ………………………………… 0646
　筆耕屋 ………………………………… 0710

鹿屋 めじろ
　卒業前、冬の日 ……………………… 1048

樺山 三英
　庭、庭師、徒弟―地下、密林、川、山、
　廃墟…無限に続く世界を知るには、歩
　　くしかない ………………………… 0563
　ONE PIECES ………………………… 0525

カブアーナ, ルイージ
　吸血鬼 ………………………………… 0418

カフカ, フランツ
　ある学会報告 ………………………… 0880
　雑種 …………………………………… 0886
　父の気がかり ………………………… 0392
　判決―ある物語 ……………………… 1124

甲山 羊二
　赤い屋根 ……………………………… 0988
　あすか ………………………………… 0989
　草壁正十郎 …………………………… 0991
　しおばれん …………………………… 0915
　しまうま倶楽部 ……………………… 0990
　対談「かかってきなさい」最終回 … 0985
　僕だけのろまん地下 ………………… 0992
　The mother …………………………… 1026

鏑木 清方
　影を追ふ―水上瀧太郎追悼 ………… 0993

鏑木 蓮
　かれ草の雪とけたれば ……………… 0243
　終章〜タイムオーバー〜 …………… 0260
　花はこころ …………………………… 0288
　水の泡―死を受けいれるまで ……… 0261

カブラン, ジェイムズ
　去年の冬、マイアミで ……………… 1136

壁井 ユカコ
　おもひでモドキ ……………………… 1101
　ヒツギとイオリ―ママが手配した今度の
　　"友だち"は、最強だった ………… 0564

下前津 凛
　御利用ありがとうございました。 … 0967

鎌田 樹
　曲物師の娘 …………………………… 0109
　末期の夢 ……………………………… 0105

鎌田 直子
　クラブヴィクトリア ………………… 0696
　八つ葉のクローバー ………………… 0664

カミ
　怪盗と名探偵（抄） ………………… 0869

神尾 アルミ
　終の箱庭 ……………………………… 0542

神季 佑多
　殺したい女 …………………………… 0968

神狛 しず
　悪霊の家 ……………………………… 0409
　あの子の気配 ……………… 0416, 0417
　家具・ロフト・残留思念付部屋有りマ
　　ス ………………………… 0416, 0417
　熊の首 ……………………… 0416, 0417
　殺しの兄妹 ………………… 0416, 0417
　自動販売機 ………………… 0416, 0417
　神社を守護するお兄ちゃん … 0416, 0417
　只今満員です ……………… 0416, 0417
　藤娘、踊る ………………… 0416, 0417
　風呂場の女 ………………… 0416, 0417
　見えない保育士 …………… 0416, 0417

神近 市子
　アイデアリストの死―或る男に聞いた
　　話 …………………………………… 1047
　手紙の一つ …………………………… 0748

上司 小剣
　木村重成の妻 ………………………… 0019
　鱧の皮 ………………………………… 0627

カミツキレイニー
　ファーザータイム …………………… 0868

神永 学
　真夜中の図書館 ……………………… 0590

神沼 三平太
　片方 …………………………………… 0464
　手話 …………………………………… 0463

紙舞
　青い光 ………………………………… 0415
　怪しい来客―1 ……………………… 0415
　英会話教室のドア …………………… 0415
　おしどり夫婦 ………………………… 0415
　清滝トンネル ………………………… 0415
　神域 …………………………………… 0415
　魂の温度 ……………………………… 0415
　バレー部の夏合宿 …………………… 0415
　ふすま ………………………………… 0415

かみむ　作家名索引

ミドリさん …………………………… 0415
盲点 …………………………………… 0415

上村 一夫
雛人形夢反故裏 ……………………… 0622

神村 実希
なめくじ ……………………………… 0465
夜勤業務の耳 ………………………… 0464

神森 繁
カミサマのいた公園 ………… 0457, 0458
不思議なこと ………………… 0459, 0461

神谷 久香
青楓 …………………………………… 0849

神家 正成
誰何と星 ……………………………… 0224
戦闘糧食 ……………………………… 0619

神山 和郎
桜雪公園ハコノ石段ヲ上ル ………… 0865
転校生 ………………………………… 0857

カミンスキー, スチュアート・M.
音をたてる歯 ………………………… 1149
苦いレモン …………………………… 0286

カム・パカー
ぼくと妻 ……………………………… 1110
女神 …………………………………… 1110

カムマー, フレデリック・A.,Jr.
サルガッソー小惑星 ………………… 0521

嘉村 礒多
足相撲 ………………………………… 1087
崖の下 ………………………………… 1093
業苦 …………………………… 0955, 1087

亀井 勝一郎
青春の再建と没落 …………………… 1037

亀井 はるの
下町怪異譚 …………………………… 0462
ネパールの宿 ………………………… 0459
呼ぶ声 ………………………………… 0460

亀ヶ岡 重明
アキバ ………………………… 0459, 0461
式神返し ……………………………… 0460

亀野 笑
頼りたいときに ……………………… 0868

加門 七海
あづさ弓 ……………………………… 0053
阿房宮 ………………………………… 0474
甘党 …………………………… 0416, 0417

伊豆での話 …………………… 0416, 0417
火葬場の話 …………………… 0416, 0417
軽井沢での話 ………………… 0416, 0417
くくり姫 ……………………………… 0435
ぐるりよーざ いんへるの ………… 0412
左右衛門の夜 ………………………… 0473
崎川橋にて …………………………… 0408
台風中継での話 ……………… 0416, 0417
蝶の断片 ……………………………… 0472
調伏キャンプ ………………………… 0431
灯籠釣り ……………………………… 0484
道路に女がうずくまっていた話 ‥ 0416, 0417
鳥辺野にて …………………………… 0453
日本橋観光 …………………………… 0428
ハワイでの話 ………………… 0416, 0417
百物語をすると…―1 ……… 0416, 0417
真夜中の住宅街での話 ……… 0416, 0417
昔の思い出 …………………………… 0479
靖国神社での話 ……………… 0416, 0417

化野 蝶々
カンブリアの亡霊 …………………… 0465

茅田 砂胡
がんばれ、ブライスくん！―デルフィニ
　ア戦記外伝 ………………………… 1098

香山 滋
みのむし ……………………………… 0144

柄澤 潤
かおるさん …………………………… 0821
銀河鉄道 ……………………………… 0849

柄澤 昌幸
だむかん ……………………………… 0999
やすぶしん …………………………… 0926

烏本 拓
いいかげん幽霊だと気づいてくれないと
　面白くないわ ……………………… 0460
歌姫の秘石 …………………………… 0460
電車会社 ……………………… 0460, 0461
鳥の頭 ………………………………… 0464
波動 …………………………………… 0462

カリー, エレン
強盗に遭った ………………………… 1123

狩生 玲子
カダカダ ……………………………… 0971
診察の結果 …………………………… 0974

狩俣 繁久
ふまれてもふまれても ……………… 1036

作家名索引　　　　　　　　　　　　　かわす

カリントン, レオノラ
　最初の舞踏会 ……………………… 0448
カール, リリアン・スチュワート
　マネシツグミの模倣 ……………… 0320
カルヴィーノ, イタロ
　月の距離 ………………………… 0883
　魔法の庭 ………………………… 0684
カルカテラ, ロレンゾ
　朝のバスに乗りそこねて ………… 0317
ガルサン, チナギーン
　天の娘 …………………………… 1118
　役割 ……………………………… 1118
カールソン, ロン
　ビーンボール …………………… 0296
カルネジス, パノス
　石の葬式 ………………………… 0881
カルファス, ケン
　喜びと哀愁の野球トリビア・クイズ
　………………………… 0387, 0388
ガルマー, ドルジーン
　狼の巣 …………………………… 1118
河合 莞爾
　また会おう ……………………… 0259
河井 酔茗
　海草の誇 ………………………… 0807
川合 ないる
　未遂 ……………………………… 0462
川上 宗薫
　仮病 ……………………………… 0993
河上 徹太郎
　熊のおもちゃ―丸岡明追悼 ……… 0993
川上 眉山
　大さかずき ……………………… 1075
川上 弘美
　アレルギー ……………………… 0807
　運命の恋人 ……………………… 1025
　エイコちゃんのしっぽ ……… 0743, 0744
　海馬 ……………………………… 0544
　形見 ……………………………… 0709
　河童玉 …………………………… 0910
　神様 2011 ………………… 0496, 0783
　金と銀 …………………… 0648, 0649
　小鳥 ……………………………… 1059
　天頂より少し下って …………… 0735

　「天にまします吾らが父ヨ、世界人類ガ、
　　幸福デ、ありますヨウニ」 ……… 0740
　天にまします吾らが父ヨ、世界人類ガ、
　　幸福デ、ありますヨウニ …… 0753, 1055
　20 ……………………………… 1034
　幕間 ……………………………… 0805
　椰子・椰子 冬（抄） …………… 0479
　夜のドライブ …………………… 0644
川上 未映子
　あしたまた昼寝するね ………… 1063
　あなたたちの恋愛は瀕死 ……… 1057
　感じる専門家 採用試験 ………… 1055
　三月の毛糸 ……………………… 0783
　死んでる先生死んでる歌手、あらゆる記
　　憶によう耐えた ……………… 1020
　母の目を逃がす ………………… 1020
　ふたりのものは、みんな燃やして … 0734
　ミス・アイスサンドイッチ ……… 1062
　わたしには檸檬もないのだったし … 1020
川口 晴美
　壁 ………………………………… 0488
川口 松太郎
　紅梅振袖 ………………………… 1077
　不動図 …………………………… 1077
川崎 彰彦
　「美容荘」の自宅校正者 ………… 0580
川崎 七郎
　桐屋敷の殺人事件 ……………… 0250
川崎 草志
　いっしょだから ………………… 0456
　署長・田中健一の憂鬱 ………… 0310
川崎 長太郎
　鳳仙花 …………………………… 0955
河嶋 忠
　てんくらげ ……………………… 0844
川島 徹
　選択 ……………………………… 0988
　目白の来る山 …………………… 0987
川島 誠
　セカンド・ショット …………… 0994
　ハンド、する？ ………………… 0598
川島 美絵
　メンタルヘルス研修 …………… 0969
かわず まえ
　親友の掟 ………………………… 0973
　楽しい夢 ………………………… 0973

437

かわた　　　　　　　　　　　　　作家名索引

満月の夜 ……………………… 0976
川田 功
　乗合自動車 ……………………… 0255
川田 裕美子
　横着星 …………………………… 0857
　から恋 …………………………… 0859
　天花炎々 ………………………… 0866
　光の在りか ……………………… 0862
河内 仙介
　行間さん ………………………… 0580
川戸 雄毅
　おまじない ……………………… 0967
川奈 由季
　白い翅 …………………………… 0857
カワナカ ミチカズ
　彼女の音 ………………………… 0463
川端 裕人
　ラブレターなんてもらわない人生 … 0738
川端 康成
　片腕 …………… 0391, 0544, 1068, 1080
　合掌 ……………………………… 0917
　級長の探偵 ……………………… 0964
　化粧 ……………………………… 0402
　顕微鏡怪談/白馬 ………………… 0436
　最初の人―南部修太郎追悼 …… 0993
　写真 ……………………………… 0917
　十六歳の日記 …………………… 0816
　心中 …………………… 0479, 0978
　葬式の名人 ……………………… 1047
　月 ………………………………… 0917
　バッタと鈴虫 …………… 0966, 1052
　花ある写真 ……………… 0911, 0912
　日向 ……………………………… 0917
　富士の初雪 ……………………… 0806
　わかめ …………………………… 0625
河原 節子
　「オショネ」と「アマコ」の話 …… 0481
川又 千秋
　嘘三百日記―Scarlet Dairy …… 0474
　火星甲殻団 ……………………… 0538
川光 俊哉
　夏の魔法と少年 ………………… 0998
川村 邦光
　オトメの祈り …………………… 0804

川村 均
　伊豆は巨樹王国 ………………… 0847
川本 晶子
　穀雨―4月20日ごろ …………… 0918
　ニケツ …………………………… 0607
干 宝
　琵琶鬼 …………………………… 0479
カーン, ラジーア・サルタナ
　施し ……………………………… 1144
觀阿彌
　松風 ……………………………… 0391
神崎 京介
　たわむれ ………………………… 1070
神崎 恒
　人の夫 …………………………… 0748
神崎 照子
　ディアトリマの夜 ……………… 0861
　光の中のレモンパイ …………… 0857
神田 茜
　おっぱいブルー ………………… 1019
カントナー, ロブ
　懐かしき青き山なみ …………… 0296
神無月 渉
　スパイN ………………………… 0489
甘南備 あさ美
　全集完結に寄せて ……………… 0489
菅野 雅貴
　ジャンキー・モンキー ………… 0976
上林 暁
　遺児 ……………………………… 0580
　散歩者 …………………………… 1052
　聖ヨハネ病院にて ……………… 0955
　払暁 ……………………………… 0993
　ブロンズの首 …………………… 1093
神林 長平
　あなたがわからない …………… 0494
　いま集合的無意識を、 ………… 0496
　かくも無数の悲鳴―場末の星の酒場に
　　て、人類の希望はおれに託された。日
　　本SF界の巨匠が世界の扉を開く … 0559
　幽かな効能、機能・効果・検出 … 0573
　言葉使い師 ……………………… 0527
　自・我・像 ……………………… 0920
　ぼくの、マシン ………………… 0548
　妖精が舞う ……………………… 0537
　TR4989DA ……………………… 0551

438

作家名索引　きくち

神原 拓生
七十八の春 ………………………… 0986

カンバーランド, リチャード
モントレモスの毒殺者――七九一 … 0441

神戸 登
無人列車 …………………………… 0610

かんべ むさし
決戦・日本シリーズ ……………… 0533
サイコロ特攻隊 …………………… 0534
水素製造法 ………………………… 0877
それは確かです ………… 0474, 0500
成程それで合点録 ………………… 0431
庭に植える木 ……………………… 0484

【 き 】

紀 昀
節婦 ………………………………… 0479

疑 遅
ユスラウメの花 …………………… 1115

魏 微
旅路にて …………………………… 1112

気熱家 慈雨吉
育ての親 …………………………… 0970

紀井 敦
あんよはじょうず ………………… 0969
一日社長体験 ……………………… 0974
立つ鳥あとを濁さず ……………… 0972
命名権 ……………………………… 0974

木内 錠
老師 ………………………………… 0748

木内 昇
蜩橋 ………………………………… 0081
遠眼鏡 …………………… 0354, 0355
呑龍 ………………………………… 0055

キエスーラ, ファブリツィオ
出口のない美術館 ………………… 1156

きき
象を捨てる ………………………… 1021
雑木林の誘い ……………………… 1023
星が流れる ………………………… 1023

木々 高太郎
赤はぎ指紋の秘密 ………………… 0153
信天翁通信 ………………………… 0307

医学生と首 ………………………… 0336
ヴェニスの計算狂 ………………… 0328
永遠の女囚 ……………… 0133, 0329
金冠文字 …………………………… 0153
死の乳母 …………………………… 0229
犯人は誰だ ………………………… 0148
文学少女 …………………………… 0328
宝石商殺人事件 …………………… 0147
網膜脈視症 ……………… 0143, 0414
離魂の妻 …………………………… 0153

木々津 克久
フランケン・ふらん―OCTOPUS ‥ 0496

菊田 英生
こけし ……………………………… 0929

菊池 一郎
春の闇 ……………………………… 0786
水の都で水に苦労する …………… 0786

菊池 和子
足跡 ………………………………… 0861

菊池 寛
仇討三態 …………………………… 0390
入れ札 ……………… 0069, 0325, 0871
大島が出来る話 …………………… 0684
恩讐の彼方に ……………………… 1069
女強盗 ……………………………… 0892
形 ………… 0872, 0873, 0887, 0924
吉良上野の立場 …………………… 0094
黒田如水 …………………………… 0031
光遠の妹 …………………………… 0479
災後雑感 …………………………… 0784
真田幸村 ………………… 0019, 0052
大力物語 …………………………… 0869
忠直卿行状記 …… 0063, 0120, 1087, 1095
父帰る ……………………………… 1031
藤十郎の恋 ………………………… 0651
鼠小僧外伝 ………………………… 0100
百鬼夜行 …………………………… 0477
三浦右衛門の最後 ………………… 0414
身投げ救助業 ……………………… 1087
毛利元就 …………………………… 0964

キクチ セイイチ
紙魚の記 …………………………… 1020

菊地 大
冬の海 ……………………………… 0770

菊地 秀行
石の城 ……………………………… 0472

439

江戸珍鬼草子〈削りカス〉 ………… 0484
介護鬼 ……………………… 0002, 0098
怪獣都市 ………………………… 0422
帰郷 ……………………………… 0490
欠陥本 …………………………… 0582
山海民 …………………………… 0576
しゃべっちゃ駄目 ………………… 0453
出口 ……………………………… 0440
廃墟線 …………………………… 0474
果てしなき航路 …………………… 0920
ふたりきりの町―根無し草の伝説 … 0429
妄執館 …………………………… 0431
厄病神 …………………………… 0483
夜想曲 …………………………… 0435
陽太の日記（抜萃） ……………… 0475

菊池 幸見
　海辺のカウンター ………………… 0780
　黄金熊の里 ……………………… 0782

喜国 雅彦
　赤毛サークル …………………… 0232

菊村 到
　誰かの眼が光る ………………… 0610
　幻の蝶が翔ぶ …………………… 0277

木皿 泉
　20光年先の神様 ………………… 1034

如月 妃
　黄昏に沈む、魔術師の助手 ……… 0241

如月 光生
　健康ナビ・カード ………………… 0968

如月 恵
　時を刻む計り …………………… 1020

木地 雅映子
　糖質な彼女 ……………… 0620, 0621

岸 周吾
　独楽と駒 ………………………… 1007

貴子 潤一郎
　眠り姫 …………………………… 0545

貴志 祐介
　一服ひろばの謎―「防犯探偵・榎本径」
　　シリーズ番外編 ………………… 0951
　密室劇場 ………………… 0257, 0301
　ゆるやかな自殺 …………… 0212, 0382
　夜の記憶 ………………………… 0573

岸田 今日子
　冬休みにあった人 ……………… 0877

岸田 新平
　順番 …………………………… 0969

岸田 るり子
　青い絹の人形 ……… 0212, 0302, 0371
　決して忘れられない夜 …………… 0434
　父親はだれ？ …………………… 0288

木島 次郎
　桜の花をたてまつれ ……………… 0846

岸本 佐知子
　ダース考 着ぐるみフォビア ……… 0500
　分数アパート …………………… 0525
　マイ富士 ………………………… 0886
　ラプンツェル未遂事件 …………… 0910

木城 ゆきと
　霧界 …………………………… 0494

木塚 百川
　プロ …………………………… 0976

規田 恵真
　荒川、喫茶、ブルース …………… 0908

喜田 貞吉
　特殊部落と寺院 ………………… 1047

北 重人
　歳月の舟 ………………………… 0079
　二つの鉢花 ……………………… 0080

紀田 順一郎
　展覧会の客 ……………… 0581, 0587

紀田 祥
　一番きれいなピンク ……………… 0930

希多 美咲
　お菓子の家と廃屋の魔女 ………… 0977

喜多 南
　一年後の夏 ……………… 0194, 0195
　着ぐるみのいる風景 ……… 0194, 0200
　幸福な食卓 ……………… 0193, 0619
　吊り橋効果 ……………………… 0198
　猫の恩返し〈妄想〉 ……………… 0791
　猫の恩返し〈妄想〉 ……………… 0201

北 杜夫
　異形 …………………………… 1025
　怪猫物語 その一 ………………… 0798
　怪猫物語 その二 ………………… 0798
　活動写真 ………………………… 0596
　茸 ……………………………… 0790
　キングコング …………………… 0532
　女王のおしゃぶり ………………… 0146

作家名索引　　きたは

銭形平次ロンドン捕物帖 ………… 0232
秃頭組合 ……………………………… 0230

喜多　喜久
カナブン ……………………………… 0195
きっかけ ……………………………… 0584
地下鉄異臭事件の顛末 …………… 0200
父のスピーチ ……… 0194, 0223, 0224
冬空の彼方に ……………… 0193, 0198
味覚の新世界より ………………… 0619
リケジョ探偵の謎解きラボ ……… 0191
リケジョ探偵の謎解きラボ Research01
　─亡霊に殺された女 …………… 0176
リケジョ探偵の謎解きラボ Research02
　─亡霊に殺された女 …………… 0177
Csのために ………………………… 0364

北浦　真
宇宙からのメッセージ …………… 0976

北大路　魯山人
趣味の茶漬け ……………………… 0622

北方　謙三
梅香る日 …………………………… 0077
行間 ………………………………… 0326
鳩 …………………………………… 0326

北上　秋彦
現場痕 ……………………………… 0782
事故の死角 ………………………… 0780

北川　あゆ
ハッピーエンド …………………… 0969
ビンゴ ……………………………… 0969
わがままな正義 …………………… 0976

北川　歩実
確かなつながり …………………… 0376
天使の歌声 ………………………… 0219

北川　千代子
世界同盟 …………………………… 0804
名を護る …………………………… 1036
夏休み日記 ………………………… 0804

北國　浩二
靄の中 ……………………………… 0500

北詰　渚
カチンコチン ……………………… 0462

北田　薄氷
乳母 ………………………………… 1075

北代　司
チューブ・ライディングの長い夜 … 0601

木谷　新
夜の樹 ……………………………… 0864

北野　恭代
私の芸人 …………………………… 1104

北野　勇作
宇宙からの贈りものたち ………… 0523
大いなるQ ………………………… 0523
かめさん …………………………… 0539
観覧車 ……………………………… 0552
ザリガニさま ……………………… 0966
潮干狩り …………………………… 0966
社員食堂の恐怖 …………………… 0561
社員たち─得意先から帰ってきたら、会
　社が地中深くに沈んでいた ……… 0558
社内肝試し大会に関するメモ─会社の地
　下で事故が起こったんだ。で、死んだ
　よ、研究員が ……………………… 0564
蛇腹と電気のダンス ……………… 0518
大卒ポンプ─あっぱれあっぱれ、大卒ポ
　ンプ！ -あり得べき近未来社会を描い
　た巻頭作 …………………………… 0565
第二箱船荘の悲劇 ………… 0431, 0535
天国 ………………………………… 0484
とんがりとその周辺─あのとんがりは、
　人を乗せて月まで行ったという … 0563
白昼 ………………………………… 0474
はじめての駅で …………………… 0552
ほぼ百字小説 ……………………… 0492
味噌樽の中のカブト虫─私の頭の中には
　カブト虫がいる …………………… 0567

北原　亞以子
証 …………………………………… 0075
嵐の前 ……………………………… 0077
海の音 ……………………………… 0081
臆病者 ……………………………… 0007
お龍 ………………………………… 0129
帰り花 ……………………………… 0079
ぎやまん身の上物語 ……………… 0084
恋知らず …………………………… 0014
こはだの鮓 ………………………… 0614
最後の晩餐 ………………………… 0614
捨足軽 ……………………………… 0080
ともだち …………………………… 0087
炎 …………………………………… 0054
名人かたぎ ………………………… 0012
夜鷹蕎麦十六文 …………………… 0066
老梅 ………………………………… 0083

きたは　　作家名索引

北原　武夫
踊子マリイ・ロオランサン …………　0993

北原　尚彦
愛書家倶楽部 ……………… 0152, 0582
鏡迷宮 …………………………　0139
殺人ガリデブ …………………　0232
三人の剃製 ……………… 0263, 0278
屍者狩り大佐 …………………　0569
ハドスン夫人の内幕 …………　0484
憂慮する令嬢の事件 …………　0132
ワトスン博士の内幕 ……… 0229, 0474

北原　白秋
雀と人間との相似関係 …………　0886
狸の睾丸 ………………………　0479
夜 ……………………………　0488

北見　越
同時進行 ………………………　0975
物語 …………………………　0975

北村　薫
ウィンター・アポカリプス …… 0292, 0293
縁側 …………………………　1067
解釈 …………………………　0589
凱旋 ……………………… 0367, 0583
くしゅん ………………… 0922, 0923
黒い手帳 ………………………　0160
作品が作品を生む ……………　0329
ざくろ …………………………　1013
しりとり ………………… 0620, 0621
白い本 …………………………　0592
想夫恋 ……………………… 0316, 0321
続・二銭銅貨 ……………… 0341, 0342
茶の痕跡 ………………………　1019
夏目漱石『門』を語る …………　1067
ビスケット ……………………　0254
幻の追伸 ………………………　0204
水に眠る ………………………　0963
三つ、惚れられ ………… 0165, 0166
ものがたり ……………………　0329
指 ……………………………　1039

北村　佳澄
蝶の影 …………………………　0855
ハガキの夕暮れ ………………　0867
氷解 …………………………　0868

北村　小松
湖ホテル ………………………　0151

北村　想
土左衛門 ………………………　0479

北本　和久
ロシアン・ルーレット …………　0974

北本　豊春
悪の壁 …………………………　1026
クリスマス・イブ ……………　0989
黒い絵・絵画の魅力 …………　0991
ゴミ …………………………　0985
プリティ大ちゃん ……………　0992
ベートーベン交響曲全曲演奏会 ……　0990

北森　鴻
奇偶論 ……………………… 0322, 0338
棄神祭 ……………………… 0359, 0360
鬼無里 …………………………　0245
邪宗仏 …………………………　0329
背表紙の友 ………………… 0357, 0358
短編というお仕事 ……………　0329
ナマ猫邸事件 …………………　0164
はじまりの物語 ………………　0363
憑代忌 ……………………… 0244, 0249
ラストマティーニ ……… 0206, 0375
瑠璃の契り ……………………　0284

北山　猛邦
さくら炎上 ……………………　0332
恋煩い …………………………　0957
さくら炎上 ……………………　0155
毒入りバレンタイン・チョコ … 0357, 0358
見えないダイイング・メッセージ … 0338
見えないダイイングメッセージ …… 0322

吉平
嫌いなわけ ……………………　0970

木次　園子
アレスケのふとん ……………　0865

ギッシング, ジョージ
クリストファスン ……………　0586

キーティング, H.R.F.
病める統治者の事件 …………　0234

キトゥアイ, オーガスト
家出 …………………………　1164

喜納　渚
描きおろし作品：Sleep …………　1090

木夏　真一郎
伊豆堀越御所異聞 ……………　0823

作家名索引　きむ

鬼怒川 浩
　銃弾の秘密 ……………………… 0366

衣畑 秀樹
　コンビニ ………………………… 0967

キネオラマ
　電氣之街 ………………………… 1051

木野 工
　樹と雪と甲虫と ………………… 0927

木野 裕喜
　男は車上にて面影を見る ………… 0199
　悟りを開きし者 ………… 0201, 0584
　擦れ違いトゥルーエンド ………… 0196
　聖夜にジングルベルが鳴り響く ‥ 0198, 0201
　わらしべ長者スピンオフ …… 0201, 0603

木下 訓成
　じっちゃんの養豚場 …………… 0846

樹下 太郎
　お墓に青い花を ………………… 0145
　貨車引込線 ……………………… 0147
　孤独な朝食 ……………………… 0148
　推理師六段 ……………………… 0285
　やさしいお願い ………………… 0445
　夜に別れを告げる夜 …………… 0522

木下 半太
　バター好きのヘミングウェイ …… 0811

木下 古栗
　死者の棲む森 …………………… 0961
　デーモン日暮 …………………… 0488
　天使たちの野合 ………………… 0709
　本屋大将 ………………………… 1060
　ラビアコントロール …………… 0552
　globarise ……………………… 1064

木下 昌輝
　甘粕の退き口 …………………… 0042
　姦雄遊戯 ………………………… 0043
　クサリ鎌のシシド ……………… 0055
　日ノ本一の兵 …………………… 0038
　幽斎の悪采 ……………………… 0045
　義元の首 ………………………… 0040

木下 径子
　二十歳の石段 …………………… 0931

木下 杢太郎
　食後の歌 ………………………… 0993

木下 夕爾
　わが若き日は恥多し …………… 0580

木葉 功一
　Drop …………………………… 1101

木原 浩勝
　あの中であそぼ ………………… 0479
　二つの月が出る山 ……………… 0886

ギバルギーゾフ
　セリョージャの自転車がほうきになった
　　わけ ………………………… 1158

貴布 吉申
　大切な朝 ………………………… 0821

ギブスン, ウィリアム
　クローム襲撃 …………………… 0551

キプリング, ラドヤード
　インレイの帰還 ………………… 0283
　園丁 ……………………………… 1130
　王になろうとした男 …………… 0879
　獣の印 …………………………… 0419

木部 博已
　ほら貝の音 ……………………… 0852

君島 慧是
　新しい生活 ……………………… 0489
　アボイ邸からプロヴィデンス、カリッジ・
　　ストリート六十六番地に送られた走り
　　書き ………………………… 0489
　いばらの孤島へ ………………… 0463
　いらえ …………………………… 0489
　うるはらすM教授の著述（抜粋）
　　………………………… 0460, 0461
　球体関節リナちゃん …………… 0462
　柘榴のみち ……………………… 0464
　自我の海 ………………………… 0489
　自動口述機ペルセフォネ ……… 0464
　樹戒 ……………………………… 0462
　淳くんの匣 …………… 0457, 0458
　それは永く遠い緑 ……………… 0489
　月は緞帳の襞に ………………… 0458
　デウス・エクス・リブリス …… 0459, 0461
　東京駅の質問 ………… 0457, 0458
　透明な教室 ……………………… 0460
　ドームルーペ …………………… 0465
　泡影行燈 ……………… 0460, 0461
　岬にて …………………………… 0489
　夕陽を跨ぐ友達 ………………… 0460
　卵形 ……………………………… 0465

金 光植
　213号住宅 ……………………… 1117

443

作家名索引

金 史良
　留置場で会った男 …………………… 0880

金 重明
　三別抄耽羅戦記 ……………………… 0077

木村 毅
　七人目の虜 …………………………… 0964

木村 小鳥
　腕相撲 ………………………… 0457, 0458

木村 千尋
　意趣返し ……………………………… 0863
　サンクトペテルブルクの絵画守護官 ‥ 0866
　藩士と珈琲 …………………………… 0864

木村 登美子
　俳句の会 ……………………………… 0985

木村 智佑
　雪猿 …………………………………… 0861

木村 光治子
　みかの魔法の粉 ……………………… 0821

木邨 裕志
　売り上げ ……………………………… 0975
　急病人 ………………………………… 0975

木村 友祐
　イサの氾濫 …………………………… 1060

木村 浪漫
　Ignite ………………………………… 0550

木本 雅彦
　ぼくとわらう―この自伝はダウン症児の
　　物語ではない。僕個人の物語だ …… 0567
　メロンを掘る熊は宇宙で生きろ―不当な
　　拘束、不当な労働、不当な搾取が、鉱
　　山惑星では行われている！ ……… 0566

ギモント,C.E.
　溺死 …………………………………… 1150

キャザー,ウィラ
　彫刻家の葬式 ………………………… 1127
　トミーに感傷は似合わない ………… 1138
　成り行き ……………………………… 0446
　ネリー・ディーンの歓び …………… 1138
　ポールの場合―気質の研究 ………… 1127

キャザーウッド,メアリー・ハートウェル
　青い男 ………………………………… 0446

喜安 幸夫
　乗り遅れた譜代藩の志士 …………… 0103

ギャスケル,エリザベス
　老いた子守り女の話 ………………… 0442

　婆やの話 ……………………………… 0411

キャップス,タッカー
　アリス ………………………………… 1144

キャディガン,パット
　率直に見れば ………………………… 0576

キャネル,J.C.
　フーディーニの秘密 ………………… 0346

木山 捷平
　逢びき ………………………………… 0910
　うけとり ……………………………… 1052
　父危篤 ………………………………… 1037
　耳学問 ………………………………… 1093

木山 省二
　重四郎始末 …………………………… 0835
　丁字饅頭 ……………………………… 0836

伽羅
　Ｙさん一家 …………………………… 0464

ギャリ
　地球の住人たち ……………………… 0684

ギャリス,ミック
　映画の子 ……………………………… 0451
　伝説の誕生 …………………………… 1131

ギャリティ,シェーノン・K.
　プリズン・ナイフ・ファイト　1150, 1151

ギャレット,ケイミーン
　節度ある家族 ………………………… 1143

キャンベル,ギルバート
　コストプチンの白狼 ………………… 0389

キャンベル,ボニー・ジョー
　ゴリラ・ガール ……………………… 1152

キャンベル,ラムジー
　ヴェールを破るもの ………………… 0439
　恐怖の橋 ……………………………… 0439
　湖畔の住人 …………………………… 0476
　スタンリー・ブルックの遺志 ……… 0439
　呪われた石碑 ………………………… 0439
　廃劇場の怪 …………………………… 0451
　魔女の帰還 …………………………… 0439
　ムーン・レンズ ……………………… 0476

キャンベル,J.W.,Jr.
　遊星からの物体Ｘ …………………… 0439

邱 永漢
　食在廣州―食は広州に在り ………… 0628

邱 華棟
　大エルティシ川 ……………… 1113, 1114

作家名索引　　　　　　　きんく

牛耳 東風
　悪魔の憂鬱 ………………………… 0973
九条 紀偉
　幻狐 ……………………………… 0464
ギーヨ, ポール
　契約完了 ………………………… 0203
輝鷹 あち
　浮き石を持つ人へ ……………… 0474
　トリッパー ……………………… 0484
姜 信子
　なもあみだんぶーさんせうだゆう … 1064
　ミッションインポッシブル ……… 0961
京極 夏彦
　最后の祖父 ……………………… 0561
　逃げよう ………………………… 0488
　便所の神様 ……………………… 0430
　無題 ……………………………… 0164
今日泊 亜蘭
　最終戦争 ………………………… 0491
　地球は赤かった ………………… 0522
清岡 卓行
　朝の悲しみ ……………………… 0761
清崎 進一
　路地裏 …………………………… 0846
清崎 敏郎
　紫陽花 …………………………… 0993
魚蹴
　樋犬の主 ………………………… 0489
清本 一磨
　足から …………………………… 0972
吉来 駿作
　嘘をついた ……………………… 0468
キラ=クーチ, アーサー
　一対の手 ………………………… 0886
　一対の手―ある老嬢の怪談 ……… 0480
きりゑ 薫
　同居人 …………………………… 0464
霧ケ峰 涼
　思い出自販機 …………………… 0973
きりぎりす
　殺人者 …………………………… 0975
霧舎 巧
　鬼ではなかったけれど… ………… 0246
　十五分間の出来事 ……………… 0161
　都筑道夫を読んだ男 …………… 0246

桐野 夏生
　柏木 …………………… 0048, 0091
　告白 …………………… 0740, 0753
　雀 ………………………………… 1063
　マダガスカル・バナナフランベを20本
　　………………………………… 1034
桐野 遼
　花殻とスーツ …………………… 0770
切原 加恵
　ビタークリーミーホイップベイベ … 0913
桐生 典子
　雪の降る夜は …………………… 1011
　竜が舞うとき …………………… 0738
桐生 悠三
　暗殺犬 …………………………… 0111
　チェストかわら版 ……………… 0074
ギルバート, エリザベス
　エルクの言葉 …………………… 1126
ギルバート, ポール
　地下鉄の乗客 …………………… 0226
ギルバート,W.S.
　弁護士初舞台 …………………… 0283
ギルフォード,C.B.
　探偵作家は天国へ行ける ……… 0262
キルマー, ジョイス
　恐喝の倫理 ……………………… 0283
ギルマン, シャーロット・パーキンズ
　黄色い壁紙 …………… 0889, 1137
　黄色い壁紙――一八九二 ……… 0441
　藤の大樹 ………………………… 0442
　揺り椅子 ………………………… 0446
ギルモア, アンソニイ
　太陽系無宿 ……………………… 0521
キロガ, オラシオ
　アナコンダ還る ………………… 1161
　羽根まくら ……………………… 0419
キーン, ジェイミー
　アリスの家 ……………………… 1142
金 鍾漢
　幼年、辻詩 海、合唱について、くらい
　　まつくす ……………………… 1066
　幼年、辻詩 海、合唱について、くらいま
　　つくす ………………………… 1065
キング, スティーヴン
　彼らが残したもの ……………… 0236

445

スロットル …………………………… 1131
プレミアム・ハーモニー …………… 1134

【く】

クアク・コフィ・バリリ
　…の鳴き声、…の泣き声 ………… 0891
　バルバラへ ……………………………… 0891
　無罪の少年 …………………………… 0891
クアリア, ロベルト
　彼らの生涯の最愛の時 …………… 0514
クイーン, エラリー
　ガラスの丸天井付き時計の冒険 ……… 0136
　クイーン好み―第1回 …………… 0346
　クイーン好み―第2回 …………… 0346
　クイーン好み―第3回 ……… 0346, 0347
　クイーン好み―第4回 …………… 0347
　姿見を通して―第1回 …………… 0346
　姿見を通して―第2回 …………… 0346
　姿見を通して―第3回 …………… 0346
　姿見を通して―第4回 …………… 0347
クイーン, スティーヴン
　ドルリー ………………………………… 0149
クイン, タラ・T.
　思い出のバレンタイン …………… 0716
グイン, ワイマン
　空飛ぶヴォルプラ ………………… 0499
クィンラン, ブライアン
　死の機械の針によるHIV感染 ……… 1150
クインラン, ブライアン
　死の機械の針によるHIV感染 ……… 1151
グウェン, ヴィエト・タン
　清く正しい生活 …………………… 1143
グエーズィンヨーウー
　車内 ……………………………………… 1121
グオ・シャオルー
　あるカンボジア人の歌 …………… 0752
クォーターマス, ブライアン
　死を捜す犬 …………………………… 0238
久遠 平太郎
　いこうよ、いこうよ ……… 0457, 0458
　二〇〇七年問題 …………………… 0459

岫 まりも
　うらない ……………………………… 0973
　えっち ………………………………… 0974
日下 唄
　水面に眠る …………………………… 1090
日下 圭介
　仰角の写真 …………………………… 0273
　十五年目の客たち ………………… 0856
日下 慶太
　ヌガイエ・ヌガイ ………………… 0862
久下 ハル
　BABY ………………………………… 0821
久坂部 羊
　祝葬 ……………………………………… 0339
草上 仁
　ウンディ ……………………………… 0515
　オレオレ ……………………………… 0484
　缶の中の神 …………………………… 0483
　スピアボーイ ………………………… 0495
　ダイエットの方程式 ……………… 0527
　ディープ・キス ……………………… 0218
　どこかの ……………………………… 0474
　ゆっくりと南へ ……………………… 0538
　予告殺人 ……………………………… 1016
草野 心平
　磐城七浜 ……………………………… 0850
　上小川村 ……………………………… 0850
　春の歌 ………………………………… 0885
草野 万理
　花の刻印 ……………………………… 0867
草間 小鳥子
　N/65億の孤独 ……………………… 0974
草間 彌生
　クリストファー男娼窟 …………… 0954
草見沢 繁
　コスモ酒 ……………………………… 0855
久慈 瑛子
　間引き子・桃太郎、自分捜しの旅へ … 1007
グージ, エリザベス
　羊飼いとその恋人 ………………… 1140
九条 菜月
　占師と盗賊 …………………………… 1081
　エルの通走曲―オルデンベルク探偵事務
　　所録外伝 …………………………… 1098
鯨 統一郎
　アトランティス大陸の秘密 ……… 0249

大行進 …………………………… 0159, 0278
ナスカの地上絵の不思議 …… 0290, 0291
ハードボイルドごっこ ……………… 1098
ミステリアス学園 …………………… 0367
Aは安楽椅子のA ………………… 0131

クジラマク
　赤き丸 …………………………… 0459, 0461
　置き引き ……………………………… 0458
　額縁の部屋 …………………………… 0460
　ガス室 …………………………… 0457, 0458
　自然薯 ………………………………… 0462
　出席簿 …………………………… 0460, 0461
　新築 …………………………………… 0464
　スクランブル ………………………… 0462
　通貨論 ………………………………… 0464
　土星の子供 ……………………… 0460, 0461
　生ゴムマニア …………………… 0457, 0458
　人を喰ったはなし ……………… 0457, 0458
　プラグイン …………………………… 0460
　寄り来るモノ …………………… 0457, 0458

崩木 十弐
　赤い光 ………………………………… 0464
　従兄の話 ……………………………… 0785
　お見合い ………………………… 0460, 0461
　回帰 …………………………………… 0785
　警備保障 ……………………………… 0785
　怖いビデオ ……………………… 0459, 0461
　妻の不貞 ……………………………… 0463
　テレビの箱 …………………………… 0463
　二度目の死 …………………………… 0785
　残されたもの ………………………… 0785
　腹話術 ………………………………… 0462

楠田 匡介
　影なき射手 …………………………… 0147
　完全脱獄 ……………………………… 0145
　第三の穴 ……………………………… 0148
　表装 …………………………………… 0148
　雪 ……………………………………… 0366

楠野 一郎
　味ネコ ………………………………… 1022
　帰還者トーマス ……………………… 1022
　茹でハゲ ……………………………… 1022

楠木 誠一郎
　殺人学園祭 …………………………… 0333

葛原 妙子
　葛原妙子三十三首 …………………… 0488

葛山 二郎
　杭を打つ音 …………………………… 0142
　古銭鑑賞家の死 ……………………… 0336

楠山 正雄
　猫の草紙 ……………………………… 0795

九頭竜 正志
　告知義務法 …………………………… 0972

久世 光彦
　三本指の男 …………………………… 0092
　人攫いの午後―ヴィスコンティの男た
　　ち …………………………………… 0488

クーゼンベルク, クルト
　どなた？ ……………………………… 0275

クック, トマス・H.
　雨 ……………………………………… 0337
　彼女がくれたもの …………………… 0340
　ネヴァーモア ………………………… 1149

グティエレス・ナヘラ, マヌエル
　レースの後で ………………………… 1161

工藤 純子
　3.働き女子！ ………………………… 0401

くどう なおこ
　インタビューあんたねこ …………… 0805

工藤 直子
　ちびへび ……………………………… 0886

工藤 正樹
　二人の思惑 …………………………… 0967
　満員御礼の焼き鳥屋 ………………… 0967

工藤 実
　一休ちゃん …………………………… 0858

工藤 庸子
　語りかける、優しいことば― ……… 1088

グーナン, キャスリン・アン
　ひまわり ……………………………… 0519

邦 正彦
　不思議の国の殺人 …………………… 0289

邦枝 完二
　乳を刺す ……………………………… 0032

国枝 史郎
　後藤又兵衛 ……………………… 0033, 0035
　山窩の恋 ……………………………… 0953
　蔦葛木曽棧 …………………………… 0878

国木 映雪
　ぼくと新しい神さま ………………… 0462

国木田 独歩
竹の木戸 ……………………………… 1087
春の鳥 ………………………… 0787, 1087
武蔵野 ……………… 1052, 1065, 1066

邦光 史郎
海の女戦士 ……………………………… 0107
勝海舟と坂本龍馬 ……………………… 0128

國吉 和子
空色のストケシア―遠い日への誘い ‥ 1084

久能 啓二
玩物の果てに …………………………… 0144

久野 徹也
道程 ……………………………………… 0976

久野 豊彦
虎に化ける ……………………………… 1078

久能 允
帰りの雪 ………………………………… 0859
冬の時計師 ……………………………… 0860

クーパー, ジーン・B.
判事の相続人 …………………………… 0141

クプリーン, アレクサンドル
王の庭園 ………………………………… 0554
乾杯 ……………………………………… 0406
夢 ………………………………………… 0405

久保 竣公
蒐集者の庭 (抄) ……………………… 0479

くぼ ひでき
あの桜 …………………………………… 0407

窪 美澄
たゆたうひかり―霧ケ峰八島ヶ原湿原
………………………………………… 0677
星影さやかな …………………………… 1015
リーメンビューゲル …………………… 0898

久保田 万太郎
朝顔 …………………………… 0993, 1073

久保寺 健彦
キャッチライト ………………………… 1012

久保之谷 薫
鶴が来た夜 ……………………………… 0862

熊谷 達也
川崎船 …………………………………… 1008
ロックとブルースに還る夜 …… 0896, 0897

熊崎 洋
銀鱗の背に乗って ……………………… 0813

久美 沙織
ガラスの中から ………………………… 0440
手仕事 …………………………………… 0517
トリックショット ……………………… 0920
長靴をはいた犬 ………………………… 0780
星降る草原―連載第1回 ……………… 0502
星降る草原―連載第2回 ……………… 0503
星降る草原―連載第3回 ……………… 0504
星降る草原―最終回 …………………… 0505
N荘の怪 ………………………………… 0474

グミリョーフ, ニコライ
ザラ王女 ………………………………… 0406
ストラディヴァリウスのヴァイオリン
………………………………………… 0405

久米 正雄
鎌倉震災日記 …………………………… 0784
嫌疑 ……………………………………… 0295
虎 ………………………………………… 1052
流行火事 ………………………………… 0850

グラアーリ=アレリスキー
火星に行った男 ………………………… 0554

クライスト, ハインリヒ・フォン
ロカルノの女乞食 ……………… 0414, 0419

クライダー, ビル
アリゲーターの涙 ……………………… 0320
ホワイト・シティの冒険 ……………… 0225
無政府主義者の爆弾 …………………… 0226

グライリー, ケイト
ファラとビュローズ・ミンデの幽霊 ‥ 0320

クラヴァン, アンドリュー
彼女のご主人さま ……………………… 0299

クラウザー, ピーター
神の手 …………………………………… 0234

クラウス, ヒューホ
茂みの中の家 …………………………… 1160

倉狩 聡
119 ……………………………………… 0444
カプグラ ………………………………… 0444
美術室の実話 (1) ……………………… 0444
美術室の実話 (2) ……………………… 0444
美術室の実話 (3) ……………………… 0444

クラーク, アーサー・C.
遭難者 …………………………………… 0572
電送連続体 ……………………………… 0555

クラーク, カート
ナックルズ ……………………………… 1135

作家名索引　くりた

クラーク, サイモン
　流れ星事件 …………………… 0233
クラーク, メアリ・ヒギンズ
　告げ口ごろごろ ……………… 1149
倉阪 鬼一郎
　藍染川慕情 …………………… 0017
　頭のなかの鐘 ………………… 0138
　一 ……………………………… 0474
　一年後、砂浜にて …………… 0484
　牛男 …………………………… 0429
　香り路地 ……………………… 0015
　最後の一冊 …………………… 0592
　最終結晶体 …………………… 0921
　昭和湯の幻 …………………… 0249
　赤魔 …………………………… 0580
　它川から ……………………… 0472
　常世舟 ………………………… 0412
　廻り橋 ………………………… 0018
　老年 …………………………… 0488
グラスゴー, エレン
　幻覚のような ………………… 0446
　ジョーダンズ・エンド――一九二三 … 0441
倉田 タカシ
　再突入 ………………………… 0556
　紙片50 ………………………… 0552
　トーキョーを食べて育った―灰色の空の
　　下、殻をまとってぼくらは駆ける。死
　　せる魂を求めて …………… 0567
　夕暮にゆうくりなき声満ちて風―世界と
　　地図と連続と不連続と僕。できるだけ
　　ゆっくりお読み下さい …… 0559
倉田 英之
　アキバ忍法帖 ………………… 0525
倉田 百三
　出家とその弟子 ……………… 1031
倉知 淳
　カラスの動物園 ……………… 0352
　猫と死の街 ………… 0165, 0166, 0802
　春 無節操な殺人 …………… 0335
　春 無節操な死人 …………… 0334
　Aカップの男たち …………… 0339
クラッベ, ティム
　マスター・ヤコブソン ……… 1136
倉橋 由美子
　アポロンの首 ………………… 0395
　ある老人の図書館 …………… 0395

　宇宙人 ………………………… 0395
　貝のなか ……………………… 0395
　巨刹 …………………………… 0391
　合成美女 ……………………… 0522
　囚人 …………………………… 0395
　醜魔たち ……………………… 0488
　白い髪の童女 ………………… 0395
　神秘的な動物 ………………… 0395
　隊商宿 ………………………… 0395
　花の雪散る里 ………………… 0622
　一〇〇メートル ……………… 0599
　虫になつたザムザの話 ……… 0395
　夕顔 …………………………… 0432
　夢のなかの街 ………………… 0395
クラフト・エヴィング商會
　誰もが何か隠しごとを持っている、私と
　　私の猿以外は ……………… 1009
　忘れもの、探しもの ………… 0799
倉持 れい子
　あぜ道 ………………………… 0813
倉本 聰
　武州糸くり唄 ………………… 0890
　若狭宮津浜 …………………… 0890
グラーロ, ウィリアム
　長い年月ののち安らかな寝顔を浮かべた
　　まま、呼吸停止する …… 1150, 1151
クーリー, レイモンド
　短い休憩 ……………………… 0287
グリア, アンドルー・ショーン
　フリン家の未来 ……………… 1123
クリスティー, アガサ
　崖っぷち ……………………… 1124
クリストファー, ジョン
　ランデブー …………………… 0526
栗田 すみ子
　朝の野菜直売所 ……………… 0813
栗田 海歩瑚
　白いコール …………………… 0855
栗田 有起
　クーデター、やってみないか？ ‥ 1032, 1033
　啓蟄―3月6日ごろ …………… 0918
　極楽 ………………………… 1042, 1043
　その角を左に曲がって ……… 0743, 0744
　泣きっつらにハニー ………… 0672
　「ぱこ」 ……………………… 1009

くりつ　作家名索引

リリー ･････････････････････ 0654, 0655

クリック, バーソロミュー
狙撃兵による射殺 ･･･････ 1150, 1151

栗林 一石路
俳句 ･････････････････････････ 0764

栗林 佐知
海の見えない海辺の部屋 ･･･････ 0926

栗原 貞子
生ましめんかな ･･･････････････ 0779

栗原 聡
人を超える人工知能は如何にして生まれ
るのか？―ライブラの集合体は何を思
う？ ･････････････････････････ 0556

栗原 ちひろ
魔法使いは王命に従い竜殺しを試みる
･････････････････････････････ 0542

栗原 裕一郎
＜小説＞企画とは何だったのか ･･････ 0962

グリフェン, クレア
アバネッティ一家の恐るべき事件 ･･･ 0233

グリム
ゾッとしたくて旅に出た若者の話 ･･･ 0869
盗賊の花むこ ･･･････････････････ 0414
灰まみれの少女 アッシェンプッテル ･･･ 0693

栗本 薫
伊集院大介の失敗 ･･･････････････ 0272
黴 ･･･････････････････････････ 0807
月光座―金田一耕助へのオマージュ ･･ 0164
スペードの女王―プロローグ／第1章 ･･･ 0504
スペードの女王―第1章（つづき） ･･･ 0505
スペードの女王―第2章 ･･･････････ 0506
スペードの女王―第2章（つづき） ･･･ 0507
スペードの女王―第3章 ･･･････････ 0508
スペードの女王―第3章（つづき） ･･･ 0509
手間のかかる姫君 ･･･････････････ 0504
ドールの花嫁 ･･･････････････････ 0502
日記より ･･････ 0502, 0503, 0504, 0505
氷惑星再び ･･･････････････････ 0503
袋小路の死神 ･･･････････････････ 0138
滅びの風 ･･･････････････････････ 0538

栗本 志津香
ラブ・アフェア for MEN ･･････････ 0666

栗山 竜司
約束 ･････････････････････････ 0843

グリーン, アレクサンドル
魔法の不名誉 ･･･････････････････ 0405

グリーン, グレアム
八人の見えない日本人 ･････････ 1140

グリーン, デイヴィッド
隅田川オレンジライト ･･･････ 1148
隅田川ゲイシャナイト ･･･････ 1148

グリーン, R.M., Jr.
インキーに詫びる ･････････････ 0529

グリーンウッド, L.B.
最後の闘い ･････････････････ 0234

クリンガーマン, ミルドレッド
赤い心臓と青い薔薇 ･････････ 1135
緑のベルベットの外套を買った日 ･･･ 0528

グリーンドルフィン
おーい ･･･････････････ 0457, 0458
げんまん ･･････････････ 0457, 0458
（地獄、かな？） ･･･････････ 0458
水遊び ･･･････････････ 0457, 0458
火傷 ･････････････････ 0457, 0458

クルーガー, ウィリアム・ケント
遠雷 ･･･････････････････････ 0202

クルーズ, ケイトリン
疑われた花嫁 ･････････････ 0732
脅されたプリンセス ･･･････････ 0721

クルッケンデン, アイザック
復讐の僧あるいは運命の指輪――一八〇
二 ･･･････････････････････ 0441

車谷 長吉
悪の手。 ･････････････････ 0479
夜尿 ･･･････････････････ 1049

グールモン
雪 ･･･････････････････････ 0993

クルーン, レーナ
いっぷう変わった人々 ･･･････ 0881

グレアム, ヘザー
忌むべきものの夜 ･･･････ 0287
風の中の誓い ･･･････････ 0690
パラダイスの一夜 ･･･････ 0680

くれい みゆ
カレー ･･･････････････････ 0868

グレイヴス, ロバート
シュタインピルツ方式 ･･･････ 0283

クレイジャズ, エレン
三角形 ･･･････････････････ 1129
七人の司書の館 ･･･････････ 0758

作家名索引　　　　　　　　　　　くろき

グレイディ, ジェイムズ
　悪魔の遊び場 ……………………… 0286
　運命の街 ……………………………… 0297
グレッシュ, ロイス・H.
　パリのジェントルマン …………… 0234
グレノン, ポール
　どう眠った？ ……………… 0387, 0388
　マネキン …………………………… 0708
グレーブ, ジャン
　タビーは言わない ………………… 0320
暮安 翠
　南天と蝶 …………………………… 0933
クレーンズ, デヴィッド
　テレサ ……………………… 0669, 0670
クレンツ, ジェイン・アン
　波の数だけ愛して ………………… 0694
黒 史郎
　アーカムの河に浮かぶ …………… 0489
　怪しい来客―2 …………………… 0415
　押入れヒラヒラ …………………… 0409
　怪獣地獄 …………………………… 0422
　海底からの悪夢 …………………… 0489
　書かなかった話 …………………… 0415
　蛾鬼 ……………………… 0460, 0461
　ガクン ……………………………… 0460
　口が来た …………………………… 0489
　顕微鏡の中の狂気 ………………… 0489
　幻夢の少年 ………………………… 0489
　ゴルゴネイオン …………………… 0475
　探しもの …………………………… 0415
　歯科呪医 …………………………… 0462
　死神の顔 …………………………… 0415
　少女遠征 …………………………… 0484
　祖父のカセットテープ ……… 0457, 0458
　堕落の部屋 ………………………… 0415
　デコチン君 ………………………… 0415
　天井裏の声 ………………………… 0415
　トイレ文化博物館のさんざめく怪異 ‥ 0430
　床相撲 ……………………………… 0462
　二十五階 …………………………… 0415
　爆笑するもの ……………………… 0415
　腹の中から ………………………… 0489
　フギン＆ムニン …………………… 0440
　魔女の絵画 ………………………… 0489
　緑の鳥は終わりを眺め …………… 0429
　夜闇の祭囃子 ……………………… 0460

山北飢談 ……………………………… 0428
ラゴゼ・ヒイヨ ……………………… 0489
黒 次郎
　足下に寝ている電話の向こう …… 0464
黒井 千次
　聖産業週間 ………………………… 0927
　多年草 ……………………………… 1056
　冷たい仕事 ………………………… 1076
　待つ ………………………………… 0479
　闇の船 ……………………………… 1027
黒岩 重吾
　葛城の王者 ………………………… 0056
クロウ, キャサリン
　狼女物語 …………………………… 0389
黒江 勇
　省電車掌 …………………………… 0765
黒形 圭
　鴉の死 ……………………………… 0465
　葬送の夜 …………………………… 0465
黒川 創
　チェーホフの学校 ………………… 1061
黒川 博行
　カウント・プラン ………………… 0326
　計算症のリアリティー …………… 0326
黒川 裕子
　ランの一日奇術入門 ……………… 1048
黒木 あるじ
　恐山の宿坊 ………………………… 0415
　おまもり …………………………… 0462
　怪談の「力」 ……………………… 0785
　仮説と対策 ………………………… 0427
　くろづか …………………………… 0785
　傾向と対策 ………………………… 0427
　参列者 ……………………………… 0415
　視点 ………………………………… 0785
　城跡の病院 ………………………… 0415
　整頓 ………………………………… 0785
　急かす店 …………………………… 0785
　背中 ………………………………… 0785
　祖母の話 …………………………… 0415
　小さい人―3 ……………………… 0415
　つじさん …………………………… 0463
　電話番号 …………………………… 0785
　ならわし …………………………… 0462
　機織桜 ……………………………… 0484
　母親たち …………………………… 0415

451

くろさ　作家名索引

浮遊物 …………………………………… 0415
ポーランドの墓地 ……………………… 0415
みちのく怪獣探訪録 …………………… 0422
むじな …………………………………… 0415
閑上の釣り人 …………………………… 0785
呼声 ……………………………………… 0785
録画エラー ……………………………… 0415

黒崎 薫
死なない兵士 …………………………… 0490
kaworu963 …………………………… 1053

黒咲 典
怖ろしいもの祓い ……………………… 0465

黒崎 視音
逢魔ケ時 ………………………………… 0134
ノビ師 …………………… 0209, 0374

黒崎 緑
猫が消えた ……………………………… 0252
見えない猫 ……… 0208, 0368, 0802

黒島 伝治
渦巻ける烏の群 …………… 1052, 1087
女工小唄—1 …………………………… 0765
橇 ………………………………………… 0766
電報 ………………………… 0764, 1087
豚群 ……………………………………… 0765

クロショー, ベン・"ヤーツィー"
未成年者とのセックスによる疲労
………………………… 1150, 1151

クロス, シャルル
恋愛の科学 ……………………………… 0449

黒田 研二
神様の思惑 ……………………………… 0339
コインロッカーから始まる物語 …… 0362
はだしの親父 …… 0207, 0322, 0338, 0377
水底の連鎖 ……………………………… 0157
我が家の序列 ……………… 0171, 0324

黒田 広一郎
間一髪 …………………………………… 0460
鳥雲 ………………………… 0459, 0461
テスト ……………………… 0457, 0458

黒田 三郎
夕方の三十分 …………………………… 0886

黒田 夏子
みだれ尺 ………………………………… 1063

黒猫 銀次
空気女 …………………………………… 0459

黒埜形
熊と人間 ………………………………… 0973
三葉虫 …………………………………… 0974

黒葉 雅人
イン・ザ・ジェリーボール ……… 0496

黒羽 カラス
安心感 …………………………………… 0976

グロフ, ローレン
浮上 ……………………………………… 1144
L・デバードとアリエット-愛の物語
………………………… 0669, 0670

クロフツ, F.W.
フローテ公園の殺人 ………………… 0878

黒実 操
ムシイチザの話 ……………………… 0421

黒柳 尚己
揺れる少女 ……………………………… 0971

桑井 朋子
妬ましい ………………………………… 1056

桑島 由一
走り続けるネット世代の早すぎた申し子
—ひとりからの脱ライトノベル …… 1101

桑原 加代子
ベリンガムの青春 …………………… 0936

群司 次郎正
穴—踊子オルガ・アルローワ事件— ‥ 0996

グンテブスーレン・オユンビレグ
偏見 …………………………………… 0891

【け】

ケアリー, エドワード
私の仕事の邪魔をする隣人たちに関する
報告書 ………………………………… 0889

ケアリー, ピーター
影製造産業に関する報告 …………… 0726

ケイ, マーガリート
シークの愛の奴隷 …………………… 0643
ハイランドの聖夜 …………………… 0634

敬 蘭芝
七三一部隊で殺された人の遺族 …… 0779

敬志
義兄のぼやき ………………………… 0465
酒捻り ………………………………… 0464

作家名索引　　こいす

ゲイツ, デイヴィッド・エジャリー
　　後日の災い …………………………… 0298
ゲイル, ゾナ
　　新婚の池 ……………………………… 0446
ケッセル
　　懶惰の賦 ……………………………… 0884
ケッチャム, ジャック
　　シープメドウ・ストーリー ………… 0471
ケマル, オルハン
　　アイシェとファトマ ………………… 1122
　　洗濯屋の娘 …………………………… 1122
欅館 弘二
　　父の分骨 ……………………………… 1026
ケラー, デイヴィッド・H.
　　妖虫 …………………………………… 0454
ケリー, メイヴ
　　愛ゆえに ……………………………… 0746
　　人生は彼女のもの …………………… 0746
ケール, ポーリーン
　　『俺たちに明日はない』 …………… 1133
ゲルドロード, ミシェル・ド
　　エスコリアル ………………………… 0393
　　魔術 …………………………………… 0393
ケレット, エトガル
　　靴 ……………………………………… 0758
　　ブタを割る …………………………… 0758
剣先 あおり
　　わく …………………………………… 0465
剣先 あやめ
　　冬山で死ぬということ ……………… 0465
源氏 鶏太
　　随行さん ……………………………… 0927
ケンドリック, シャロン
　　クリスマスに間に合えば ………… 0730
　　フィアンセを演じて ………………… 0636
ケンドリック, ベイナード
　　どもりの六分儀の事件 ……………… 0149
玄侑 宗久
　　小太郎の義憤 ………………………… 1061
　　猫雨 …………………………………… 1049
　　Aデール …………………………… 1056
現朗
　　奈津子、待つ ………………………… 0972

【こ】

呉 勝浩
　　オレキバ ……………………………… 0240
小池 昌代
　　青いインク …………………………… 0580
　　浮舟 ……………………… 0048, 0091
　　男鹿 ……………………… 0709, 1063
　　タタド ………………………………… 1055
　　名前漏らし …………………………… 1049
　　箱 ………………………… 0552, 1009
　　船饅頭 ………………………………… 0082
小池 真理子
　　一炊の夢 ……………………………… 1010
　　共犯関係 ……………………………… 0802
　　過ぎし者の標 ………………………… 0906
　　捨てる ………………… 0740, 0753, 1055
　　スワン・レイク ……………… 0896, 0897
　　贅肉 …………………………………… 0615
　　翼 ……………………………………… 1039
　　妻の女友達 …………………………… 0258
　　テントと月 …………………………… 1018
　　夏の吐息 ……………………………… 0735
　　廃墟 …………………………………… 1013
　　バスローブ …………………………… 0698
　　春爛漫 ………………………………… 0691
　　岬へ …………………………………… 1016
　　百足 …………………………………… 0890
　　流山寺 ………………………………… 0910
　　悪者は誰？ …………………………… 0856
小石川
　　座布団 ………………………………… 0464
小泉 絵理
　　少女と龍 ……………………………… 0858
　　眠り雪 ………………………………… 0857
小泉 喜美子
　　暗いクラブで逢おう ………………… 0345
　　万引き女のセレナーデ ……………… 0285
　　洋服箪笥の奥の暗闇 ………………… 0272
小泉 信三
　　澤木梢君―澤木四方吉追悼 ……… 0993
小泉 秀人
　　悪がはびこる理由 …………………… 0973
　　顔のない恋人 ………………………… 0971

453

作家名索引

こいす

鬼帳面	…………………	0972
逆転	………………………	0967
源流	………………………	0969
シャドウ	…………………	0970
ゼンマイ仕掛けの神	………	0971
街を見下ろす	……………	0973
持ち腐れ	…………………	0972
幽霊の品格	………………	0968

小泉 凡
松江の怪談—インタビュー	…………	0481

小泉 八雲
小豆磨ぎ橋	………………	0479, 0481
ある女の日記	……………	0883
こんな晩<子捨ての話>	………	0481
屍に乗る人	………………	0478
屍鬼	………………………	0433
食人鬼	……………………	0628
俗唄三つ	…………………	1047
茶わんのなか	……………	1130
停車場で	…………………	0892
破約	………………………	0478
水飴を買う女<子育て幽霊>	…	0481
耳無芳一のはなし—『怪談』より	…	0394

小泉 陽一朗
ならないリプライ	…………	0980

こーいち。
もじもじのくに	……………	0973

小出 正吾
太平洋の橋	………………	0065

小出 まゆみ
鋏とロザリオ	……………	0833
夜泣きの岩	………………	0459

轟
無言	………………………	1020

行 一震
黒く塗ったら	……………	0463
もんがまえ	………………	0459, 0461

黄 桜緑
文句が多い男	……………	0973

紅 旬新
小説の感想屋	……………	0973

高 信太郎
グリーン殺人事件	………	0365
《コーシン・ミステリイ》より	……	0365
僧正殺人事件	……………	0365
Zの悲劇	…………………	0365

耕 治人
案内状	……………………	0962
軍事法廷	…………………	1082
この世に招かれてきた客	…………	0944
料理	………………………	0627

行 方行
かく	………………………	0974
旅服	………………………	0974

コヴェンチューク
かもめ	……………………	1159

甲賀 三郎
急行十三時間	……………	0255
焦げた聖書	………………	0581
ニッケルの文鎮	…………	0143
拾った和同開珍	…………	0336

紅玉 いづき
青春離婚	…………………	0657, 0981
2Bの黒髪	………………	1028

高齋 正
ニュルブルクリングに陽は落ちて	…	0530

神坂 次郎
奥羽の鬼姫—伊達政宗の母	………	0089
お馬は六百八十里	………	0010
おちょろ丸	………………	0050
金玉百助の来歴	…………	0120
最後の忍者	………………	0068
さんずん	…………………	0058
鯛一枚	……………………	0614
女賊お紐の冒険	…………	0098
ばてれん兜	………………	0059
花咲ける武士道	…………	0061
秘伝	………………………	0110
兵庫頭の叛乱	……………	0062
豚とさむらい	……………	0111
仏の荷	……………………	0109

高城 高
ラ・クカラチャ	……………	0144

荒城 美鉾
父の指輪	…………………	0821

香月 日輪
光る海	……………………	0925

上月 文青
続きの空	…………………	0829

高妻 秀樹
赦免花	……………………	0827

作家名索引　　こえん

幸田　文
　黒い裾 …………………………… 0955
　小猫 …………………… 0798, 0886
　しこまれた動物（抄）…………… 0890
　台所のおと ……………………… 0615
　『動物のぞき』より ……………… 0890
　類人猿（抄）……………………… 0890
国府田　智
　平凡な雨 ………………………… 1104
幸田　裕子
　壺の魚 …………………………… 0970
幸田　露伴
　あやしやな ……………………… 0295
　一口剣 …………………………… 1052
　ウッチャリ拾ひ ………………… 0396
　観画談 …………………………… 0394
　金銀 ……………………………… 0479
　幻談 ……………………………… 0883
　鹹加減 …………………………… 0625
　新浦島 …………………………… 0396
　神仙道の一先人 ………………… 0396
　平将門 …………………………… 0067
　土偶木偶 ………………………… 0396
　貧乏 ……………………………… 0884
　望樹記 …………………………… 0396
　水の味 …………………………… 0625
　雪たゝき ………………………… 0396
　雪たたき ………………………… 0390
　楊貴妃と香 ……………………… 0396
　芳野山の仙女 …………………… 0396
郷内　心瞳
　海火 ……………………………… 0785
　帰ろう …………………………… 0785
　来るよ！ 来るよ！ ……………… 0785
　さらば友よ ……………………… 0785
　水難の相 ………………………… 0785
　空還り …………………………… 0785
　チェシャ ………………………… 0785
　中州 ……………………………… 0785
　引き寄せ ………………………… 0785
　見えざる壁 ……………………… 0785
　龍 ………………………………… 0785
コウ・ニェイン
　次の世界のためのもうひとつの創世歌
　………………………………… 1121
河野　アサ
　歩む ……………………………… 1026

黒い雨 …………………………… 0991
午後のひととき ………………… 0990
死者語入 ………………………… 0989
塵とってチン …………………… 0988
時のトンネル …………………… 0987
三日月 …………………………… 0992
約束の虹 ………………………… 0986
河野　多惠子
　歌の声 …………………………… 1063
　逆事 ……………………………… 1060
　その部屋 ………………………… 1058
　骨の肉 ………………… 0615, 0954
　みち潮 …………………………… 0816
　雪 ………………………………… 0436
河野　典生
　彼らの幻の街 …………………… 0531
　機関車、草原に ……… 0522, 0553
　トリケラトプス ………………… 0533
　ニッポンカサドリ ……………… 0532
　パストラル ……………………… 0530
鴻野　元希
　ばあば新茶マラソンをとぶ ……… 0847
河野　泰生
　携帯人間関係 …………………… 0971
　徳の通帳 ………………………… 0969
河野　裕
　一生ぶんの一分間 ……………… 0294
　いつまでも赤 …………………… 0294
　渾身のジャンプ ………………… 0294
　初対面 …………………………… 0294
　満杯の絶望 ……………………… 0294
河野　奥一
　正誤表の話 ……………………… 0580
香箱
　卵 ………………………………… 0465
光明寺　祭人
　漢字検定三級の女 ……………… 0973
港夜　和馬
　上長の資質 ……………………… 0973
紅林　まるこ
　ただ佇む ………………………… 0464
小枝　美月記
　ヒマワリと落陽 ………………… 0668
コーエン, ポーラ
　甦った男 ………………………… 0225

455

こおり 作家名索引

郡山 千冬
　全裸楽園事件 ……………………… 0232
古賀 純
　黒い雨 …………………………… 0822
古賀 宣子
　深川形櫛 ………………………… 0105
小金井 きみ
　太鼓の音 ………………………… 0748
古木 鐵太郎
　紅いノート ……………………… 0944
黒衣
　慈青 ……………………………… 1023
　たぶん好感触 …………………… 1023
告鳥 友紀
　うつる …………………………… 0462
　小バエ一匹 ……………………… 0463
　過ぎゆくもの …………………… 0464
　百足 ……………………………… 0465
コクトー
　マルセイユのまほろし ………… 0402
古倉 節子
　城にのぼる ……………………… 0988
　死のための哲学 ………………… 1026
　天皇と星条旗と日の丸 ………… 0990
　名ごりの夢 ……………………… 0915
　ひとり住まい …………………… 0987
　祭りの日 ………………………… 0989
　満ち潮がくれば ………………… 0986
　ゆり子の日々 …………………… 0991
黒輪土風
　六人の容疑者 …………………… 0329
ゴーゴリ, ニコライ・V.
　ヴィイ …………………………… 0419
　外套 ……………………………… 0390
　鼻 ………………………………… 0402
こころ 耕作
　白刃 ……………………………… 0975
古今亭 志ん生(5代目)
　探偵うどん ……………………… 0363
小酒井 不木
　屍を ……………………………… 0146
　新聞紙の包 ……………………… 0256
　痴人の復讐 ……………………… 0143
小桜 ひなた
　逆怨み …………………………… 0463

越谷 オサム
　観客席からの眺め ………… 0155, 0332
　3コデ5ドル ……………………… 0687
　ジャンピングニー ……………… 0759
　20センチ先には ………………… 0902
　ブティックかずさ ……………… 0895
越谷 友華
　給食のじかん …………………… 0619
　刑法第四五条 …………………… 0224
　二万パーセントの正論 ………… 0584
越谷 蘭
　幸せの場所 ……………………… 0843
小島 達矢
　僕の夢 …………………………… 0302
小島 環
　泣き娘 …………………………… 0055
小島 信夫
　アメリカン・スクール ‥ 0995, 1065, 1066
　石遊び …………………………… 0880
　江藤淳著「作家論」 …………… 0993
小島 正樹
　腕時計 ……………………… 0341, 0342
　密室からの逃亡者 ……………… 0348
小島 政二郎
　喉の筋肉 ………………………… 0993
小島 水青
　怪しい部屋 ……………………… 0415
　五つの生首 ……………………… 0415
　浦和の馬頭観音 ………………… 0415
　禍福 ……………………………… 0415
　修学旅行 ………………………… 0415
　心霊写真 ………………………… 0415
　千葉のリゾートホテル ………… 0415
　火戸町上空の決戦 ……………… 0422
　幽霊自動車 ……………………… 0415
児嶋 都
　ばけもの ………………………… 0429
小島 モハ
　柿をとる人 ……………………… 0462
　ドイツ箱の八月 ………………… 0463
　遠くの星の青い花 ……………… 0464
児嶋 和歌子
　鑪の炎は消えて ………………… 0833
越水 利江子
　洗い屋おゆき …………………… 0796

456

作家名索引　　こ〜ま

五條 瑛
　偽りの季節 …………………………… 0219
小杉 健治
　跡取り ………………………………… 0028
　応援刑事 ……………………………… 0315
　形見 …………………………………… 0060
　手話法廷 ……………………………… 0282
　退職刑事 ……………………………… 0310
　泥棒刑事 ……………………………… 0309
　人情刑事 ……………………………… 0312
　八丁堀の刃 …………………………… 0015
　原島弁護士の処置 …………………… 0330
　表彰刑事 ……………………………… 0313
　不倫刑事 ……………………………… 0308
　暴力刑事 ……………………………… 0311
　迷宮刑事 ……………………………… 0314
コズコ, アレクサンダー
　十二の月たち―あるスラヴの伝説 … 0693
湖西 隼
　我輩はカモではない ………………… 0972
古銭 信二
　猫じゃ猫じゃ ………………………… 0275
五代 ゆう
　常夜往く ……………………………… 0435
　パロの暗黒―第1回 ………………… 0506
　パロの暗黒―第2回 ………………… 0507
　パロの暗黒―第3回 ………………… 0508
　パロの暗黒―最終回 ………………… 0509
古平 宏太
　嘘つきの僕と、嘘つきの祖母 ……… 0843
小滝 ダイゴロウ
　消えた十二月 ………………………… 0866
　シュネームジーク …………………… 0859
小瀧 ひろさと
　ホワイト・テンポ …………………… 0858
木立 嶺
　僕の遺構と彼女のご意向 …………… 0484
児玉 花外
　英雄の碑 ……………………………… 0019
ゴーチエ, テオフィール
　クラリモンド …………… 0419, 0433
　死霊の恋 ……………………………… 0402
コーチス, アンドレ
　越境 …………………………………… 0298

こっく
　闇 ……………………………………… 1051
コックス, クリス
　野菜 …………………………… 1150, 1151
コットレル, C.L.
　危険！ 幼児逃亡中 ………………… 0526
コッパー, ベイジル
　悩める画家の事件 …………………… 0234
コッペ, フランソワ
　黄楊の香り …………………………… 1154
骨櫺
　道端に死が落ちてゐる ……………… 1051
古丁
　山海外経 ……………………………… 1115
ゴーディマー, ナディン
　この国の六フィート ………………… 1132
小手鞠 るい
　クリスマスローズ …………………… 1091
　さようなら …………………………… 0698
　清明―4月5日ごろ ………………… 0918
　ページの角の折れた本 ……………… 0588
　星月夜 …………………… 0675, 0676
　湖の聖人 ………………… 0648, 0649
　無人島 …………………… 0673, 0674
後藤 薫
　朱い実 ………………………………… 0846
後藤 耕
　とりかえル …………………………… 0407
後藤 真子
　ゆめじ白天目 ………………………… 0862
後藤 敏春
　とおい星 ……………………………… 0929
後藤 みわこ
　バラの街の転校生 …………………… 0925
後藤 明生
　私的生活 ……………………………… 1027
ゴドウィン, トム
　冷たい方程式 ………………………… 0526
古処 誠二
　糊塗 …………………………………… 0776
　たてがみ ……………………………… 1012
　水を飲まない捕虜 …………………… 1017
小泊 フユキ
　お弁当 ………………………………… 0619
　ナポレオンの就職指南 ……………… 0791

457

ことん

作家名索引

ゴードン, デイヴィッド
クイーンズのヴァンパイア 0340
ぼくがしようとしてきたこと 0340

ゴードン, ルーシー
愛はベネチアで 0633
億万長者とクリスマス 0632

小中 千昭
吸血魔の生誕 0472
共振周波数 0453
幻影怪獣 ジューニガイン登場―東京都
「十二階幻想」.................. 0541
死角 0474
事実に基づいて―Based On The True
Events 0483
空を見上げよ 0484
トウキョウ・デスワーム 0423

小長谷 建夫
前を歩く人―坦庵公との一日 0812

コナリー, ジョン
カクストン私設図書館 0595

コナリー, マイクル
一ドルのジャックポット 0317
細かな赤い霧 0298
父の日 0296
マルホランド・ダイブ 0238
レッド・アイ 0287

コーニイ, マイクル・G.
グリーンのクリーム 0519

小西 保明
赤い手袋 0857
栗の実おちた 0860
三本の弦 0859
雪の隠れ里 0863

コーニック, ニコラ
海賊のキス 0632
レディ・ラブレスを探して 0729

小沼 純一
めいのレッスン 1088

小橋 博
地の虫―北賀市市太郎伝 0086
落首 0125

コパード, A.E.
消えちゃった 0482

小林 勇
なければなくても別にかまいません ... 0822

小林 一茶
俳句 0807

小林 エリカ
「湖底」......................... 0842

小林 修
換気扇 0457, 0458
気配 0459

小林 紀晴
未来から、降り注いだもの。........ 0961

小林 久三
思うこと 0822

小林 恭二
医学博士 0479
通世記 1056

小林 栗奈
最後の授業 0866
春夏秋冬 0866
スノードーム 0861
春の伝言板 0864
メロディ 0863

小林 清華
すってんころりん溝の上 0602

小林 節子
昼、ロッジ亭オムライス 0757

小林 多喜二
救援ニュースNo.18.附録 0684
女工小唄―3 0765
瀧子其他 1087
人を殺す犬 1087
防雪林 0765
龍介と乞食 0764

小林 剛
読書サークル 0967

小林 信彦
ババロアばあさん 0613

小林 秀雄
蟹まんじゅう 0622

小林 正親
Talkingdogdays 1053

小林 ミア
極刑 0791
西瓜 0194, 0196
卒業 0197
四大義務 0619

小林 泰三
予め決定されている明日 ………… 0535
海を見る人 ………………… 0539, 0544
ウルトラマンは神ではない ……… 0523
大きな森の小さな密室 ……… 0135, 0150
攫われて ……………………… 0130
サロゲート・マザー—わたしは遺伝的に
　繋がりのないこの子たちを産む決心を
　した ………………………… 0566
時空争奪 ……………………… 0525
試作品三号 …………………… 0483
シミュレーション仮説 ………… 0570
逡巡の二十秒と悔恨の二十年 …… 0470
ショグゴス …………………… 0490
朱雀の池 ……………………… 0435
草食の楽園 ……………… 0574, 0575
吹雪の朝 ……………………… 0265
忘却の侵略—冷静に観察すればわかるこ
　とだ。姿なき侵略者の攻撃は始まって
　いる ………………………… 0558
ホロ …………………………… 0453
マウンテンピーナッツ ………… 0523
百舌鳥魔先生のアトリエ ……… 0921
路上に放置されたパン屑の研究 ‥ 0248, 0323

小林 雄次
だるまさんがころんだ ………… 0474

小林 由香
サイレン ……………………… 0215

小林 義彦
雪蛙の宿で …………………… 0862

小原 猛
油すまし ……………………… 0415
御嶽の祟り …………………… 0415
きっかけ ……………………… 0415
告白 …………………………… 0415
臭談 …………………………… 0415
接待 …………………………… 0415
小さい人—1 …………………… 0415
ぬりかべ ……………………… 0415
百物語 ………………………… 0415
霊視 …………………………… 0415

ゴフスタイン, M.B.
私のノアの箱舟 ……………… 0275

小伏 史央
そらは水槽 …………………… 1051

コーベット, デイヴィッド
かわいいパラサイト …………… 0296
誰が俺のモンキーを盗ったのか？ … 0297

コーベン, ハーラン
罠に落ちて …………………… 0202

古保 カオリ
ギネス級 ……………………… 0967
クソオヤジ …………………… 0967
幽霊メモ ……………………… 0972
NOW ON FAKE！ ……………… 0968

小堀 甚二
耳の塩漬 ……………………… 0479

小堀 文一
渡良瀬川啾啾 ………………… 0934

駒崎 優
市場にて—バンダル・アード=ケナー
　ド ………………………… 1098
駒崎優インタビュー—翻訳シリーズ誕生
　前夜 ……………………… 1098

駒沢 直
蟻 …………………………… 0465
風呂 ……………………… 0459, 0461
もったいない ………………… 0463

駒田 信二
私の中国捕虜体験 …………… 0779

小松 エメル
かりそめの家 ………………… 0466
消えた箱の謎 ………………… 0801
件の夢—シロの伊勢道中 ……… 0118
宙色三景 ………………… 0840, 0841
風来屋の猫 …………………… 0809
与市と望月 …………………… 0788
頼越人 ………………………… 0084

小松 和彦
魔境・京都 …………………… 0432

小松 左京
ヴォミーサ ……………… 0527, 0534
牛の首 …………………… 0394, 0877
大阪の穴 ……………………… 0817
大坂夢の陣 …………………… 0039
お召し …………………… 0330, 0543
終りなき負債 ………………… 0553
カマガサキ二〇一三年 ………… 0522
くだんのはは ………………… 0410
結晶星団 ……………………… 0531
ゴルディアスの結び目 ………… 0537

こまつ　作家名索引

召集令状 …………………… 0491, 0777
新都市建設 ………………………… 0137
戦争はなかった …………… 0547, 0776
タイム・ジャック ………………… 0532
長い部屋 …………………………… 0270
猫の首 ……………………………… 0803
上る ………………………………… 0966
保護鳥 ……………………………… 0530
むかしばなし ……………………… 1076
闇の中の子供 ……………………… 0267
幽霊 ………………………………… 0479
夜が明けたら ……………………… 0533

小松　重男
桜田御用屋敷 ……………………… 0120

小松　知佳
おかめ顔 …………………………… 0763
お好み焼きのプライド …………… 0755
戦略会議 …………………………… 0689
東京の背骨 ………………… 0606, 1030
二十歳の誕生日 …………………… 0762
パン屋のケーキ …………………… 0756
みんなのうそ ……………………… 0682

ゴーマン, エド
怒りの帰郷 ………………………… 0203
単独飛行 …………………………… 0297

五味　康祐
一刀斎は背番号6 ………………… 0599
一刀正伝無刀流 山岡鉄舟「山岡鉄舟」… 0104
火術師 ……………… 0006, 0024, 0066
軍師哭く …………………………… 0089
桜を斬る …………………………… 0069
殺人鬼 ……………………………… 0124
猿飛佐助の死 ……………… 0052, 0068
刺客 ………………………………… 0128
先意流「浦波」 …………………… 0119
喪神 ………………………………… 0871
秘剣 ………………………………… 0117
秘し刀霞落し ……………………… 0057
堀主水と宗矩 ……………………… 0064

こみき
エイプリルフール ………………… 0867

小南カーティス　昌代
雪ネコ ……………………………… 0865

小峯　淳
大学半年生 ………………………… 0999

込宮　明日太
備えあれば ………………………… 0971

古宮　昇
自分を取りもどす道 ……………… 0959

小宮　英嗣
賢者セント・メーテルの敗北 …… 0242

小森　健太朗
奥の湯の出来事 …………… 0341, 0342
『攻殻機動隊』とエラリイ・クイーン―
　あやつりテーマの交錯 ………… 0362

小森　淳一郎
時間よ止まれ ……………………… 0967

こやたか　志緒
故郷の大地が揺れて ……………… 0786

小柳　粒男
フォーティユースボーイ ………… 0901

小山　榮雅
小糠雨 ……………………………… 0929

小山　清
落穂拾い …………………… 0878, 0944
聖家族 ……………………………… 0886

小山　啓子
赦免船―島椿 ……………………… 0110

小山　正
それぞれのマラソン ……………… 1001

小山　禎子
復興のきざし ……………………… 0786

コリア, ジョン
異本「アメリカの悲劇」 ………… 0892
ナツメグの味 ……………… 0445, 0877
破風荘の怪事件 …………………… 1132
船から落ちた男 …………………… 0454

コリンズ, ウィルキー
牧師の告白 ………………………… 0411
名作妖異譚 蠟いろの顔 …………… 0485
夢の女 ……………………………… 0413

コリンズ, ナンシー・A.
地獄の家にもう一度 ……………… 1131

コリンズ, バーバラ
トレーラー・ビフォー&アフター … 0239

コリンズ, マックス・アラン
完全犯罪 …………………………… 0286
クォリーの運 ……………………… 0203
死んだはずの男 …………………… 0297

作家名索引　　　こんの

コリンズ,W.チズウェル
　アフリカの恐怖 ……………………… 0425
コルウィン,ローリー
　砂漠の聖アントニウス―愛人しみじみ
　　…………………………………………… 1147
ゴールズワージー
　もう一度 ……………………………… 0871
コルター,エリ
　白手の黒奴 …………………………… 0425
コルタサル,フリオ
　占拠された屋敷 ……………………… 0419
　バッカスの巫女たち ………………… 0880
コールドウェル,アースキン
　苺の季節 ……………………………… 0882
　小春日和 ……………………………… 0882
　最後の記念日―二〇年しみじみ …… 1147
ゴールドスミス,オリヴァー
　ウェイクフィールドの牧師馬を売るこ
　　と ……………………………………… 0283
コールマン,リード・ファレル
　亡霊たちの書 ………………………… 0595
コールリッジ
　クリスタベル姫 ……………………… 0433
是佐 武子
　陶芸造り ……………………………… 1084
紺 詠志
　くさいバス …………………………… 0463
　古井戸とM …………………………… 0465
　屋根の上 ……………………………… 0464
　梨園のマネキン ……………………… 0462
今 東光
　闘鶏 …………………………………… 0871
ゴンザレス,ケビン・A.
　航跡 …………………………………… 1143
近藤 啓太郎
　海人舟 ………………………………… 0995
近藤 紘一
　夫婦そろって動物好き（抄） ……… 0628
近藤 那彦
　The Happy Princess ………………… 0550
近藤 史恵
　終わった恋とジェット・ラグ ……… 0767
　金色の風 ……………………………… 0956
　ゴールよりももっと遠く ………… 1107
　幸せのお手本 ………………………… 0747

シャルロットの友達 ……………… 0132
シャルロットの憂鬱 ……… 0792, 0793
水仙の季節 …………………………… 0130
ダークルーム ……………… 0211, 0379
トゥラーダ …………………………… 1108
箱の部屋 …………………… 0939, 0940
プロトンの中の孤独 ……………… 1105
迷宮の松露 ………………… 0620, 0621
メゾン・カサブランカ［解決編］ …… 0253
メゾン・カサブランカ［問題編］ …… 0253
吉原雀 ………………………………… 0020
旅猫 …………………………………… 0809
レミング ……………………………… 1106
近藤 真柄
　「大逆帖」覚え書 …………………… 1086
コントスキー,ヴィクター
　必殺の新戦法 ………………………… 1136
コンドン,マシュー
　息をするアンバー …………………… 1163
今野 緒雪
　ねむり姫の星 ………………………… 0904
紺野 キリフキ
　とげ抜き師 …………………………… 0695
紺野 仲右エ門
　まんずまんず ………………………… 0863
紺野 夏子
　死なない蛸 …………………………… 0933
今野 敏
　アリバイ ……………………………… 0928
　冤罪 ………………… 0169, 0170, 1012
　監察―横浜みなとみらい署暴対係 … 1015
　眼力 …………………………………… 0312
　機捜235 ……………………………… 0308
　休暇 …………………………………… 1010
　暁光 ……………………… 0213, 0310
　光陰 …………………………………… 0251
　指揮 …………………………………… 0315
　常習犯 …………… 0160, 0167, 0318
　人事 …………………………………… 0204
　チャンナン ……………… 0574, 0575
　薔薇の色 ………………… 0207, 0377
　不眠 …………………………………… 0313
　防波堤 ………………………………… 1014
　みぎわ ……………………………… 0240

461

紺屋 なろう
　渚より …………………………… 0696
コンラッド, ジョゼフ
　秘密の共有者 ………………… 0879
　秘密の共有者―沿岸の一エピソード ‥ 1141
コンロイ, フランク
　中空―父親しみじみ ………… 1147

【 さ 】

佐井 識
　最下層フレンズ ……………… 0853
　ポケットの秘密 ……………… 0849
崔 曼莉
　山中日記 ……………………… 1112
斉木 明
　靴ひも ………………………… 0855
　光 ……………………………… 0853
西條 さやか
　思い出万華鏡 ………………… 0853
西條 奈加
　梅枝 …………………………… 0083
　犀の子守歌 …………………… 0080
　猫の傀儡 ……………………… 0788
　花童 …………………………… 0079
最相 葉月
　幻の絵の先生 ………………… 0525
西條 八十
　お菓子の汽車 ………………… 0628
　トミノの地獄 ………………… 0479
　領土 …………………………… 0275
西条 りくる
　愛と書いて…… ……………… 0668
　痛女ブログへようこそ ……… 0665
　給湯室の女王 ………………… 1083
在神 英資
　それは知らなくていい ……… 0465
　ぶち切レ ……………………… 0463
再生モスマン
　○ちがい電話 ………… 0460, 0461
　亡妻 …………………… 0460, 0461
　マーくんのごちそう ………… 0462
　私の生首 ……………………… 0460

西土 遊
　サランへ ……………………… 0990
　寺泊―昭和五十八年晩秋・奇妙珍妙の
　　旅 …………………………… 0991
齊藤 飛鳥
　妖と稚児 ……………………… 0407
斎藤 綾子
　ハッチアウト ………………… 0518
西東 三鬼
　「神戸」より第九話「鱶の湯びき」… 0917
斉藤 志恵
　旅の途中に …………………… 0865
　鎮守様の白い森 ……………… 0863
斎藤 準
　√1 …………………………… 0837
斎藤 純
　あの日の海 …………………… 0780
　七番目の方角 ………………… 0782
　ル・ジタン …………………… 0258
齊藤 想
　オレンジの家 ………………… 0973
サイトウ チエコ
　この家につく猫 ……………… 0462
斉藤 てる
　クレマチスの咲く庭 ………… 0786
　大切なもの …………………… 0786
斎藤 利雄
　橋のある風景 ………………… 0850
斉藤 直子
　ゴルコンダ―先輩の奥さん、めちゃめ
　　ちゃ美人さんだし、こんな状況なら憧
　　れの花びら大回転ですよ ……… 0558
　白い恋人たち――一部が見えない女体は、完
　　全体よりエロティックなのである ‥ 0563
　禅ヒッキー―お客さまサポートセンター
　　の島袋さん、解脱す …………… 0566
　ドリフター …………………… 0561
斎藤 肇
　屋上から魂を見下ろす ……… 0453
　誰そ …………………………… 0474
　つまり誰もいなくならない … 0341, 0342
　密度 …………………………… 0484
斎藤 久
　『与平の日記』を歩く ……… 0847
斎藤 史子
　傷痕 …………………………… 0932

作家名索引　　　　　　　　　　さかい

斎藤 冬海
　ティアラ ………………………… 0929
さいとう 学
　風のしらべ ……………………… 0827
さいとう 美如
　忘れたはずの恋 ………………… 0666
斎藤 茂吉
　貝殻追放の作者 ………………… 0993
　金瓶村小吟＜抄＞ ……………… 0854
　斎藤茂吉短歌選 ………………… 0611
　新道 ……………………………… 0854
　仁兵衛。スペクトラ …………… 0854
　孫 ………………………………… 0625
　茂吉小話 食/食 つづき ………… 0625
齋藤 葉子
　冷蔵庫からのおくりもの ……… 0849
齊藤 洋大
　恋飛脚遠州往来 ………………… 0814
斎藤 隆介
　ベロ出しチョンマ ……………… 0888
　モチモチの木 …………………… 0887
齊藤 綾子
　馬が来た ………………………… 0862
斎藤 緑雨
　「眼前口頭」他より …………… 0917
　のこり物 ………………………… 0784
　わたし舟 ………………………… 0883
斉藤 倫
　チェロキー ……………………… 0886
才羽 楽
　ロケット花火 …………………… 0224
最果 タヒ
　愛はいかづち。 ………………… 0961
　宇宙以前 ………………………… 0561
　きみはPOP ……………………… 0962
　最終回 …………………………… 1061
　スパークした …………………… 0552
柴門 秀文
　嘘つきとおせっかい …………… 0908
柴門 ふみ
　テレビ塔の奇跡―名古屋テレビ塔 … 0677
サイモン, ロジャー・L.
　街はジャングル ………………… 0286
サイラー, ジェニー
　売出中 …………………………… 0203

サヴェージ, トム
　サイバーデート ………………… 0202
サヴェージ, フェリシティ
　別れの音 ………………………… 0576
佐江 衆一
　犬の抜けまいり ………………… 0010
　命をはった賭け―大阪商人 天野屋利兵
　　衛 ……………………………… 0094
　いぶし銀の雪 …………………… 0014
　解錠綺譚 ………………………… 0003
　木更津余話 ……………………… 0077
　思案橋の二人 …………………… 0007
　勝敗に非ず ……………………… 1013
　対の鉋 ………………… 0012, 0066
　一椀の汁 ………………………… 0612
　水明り …………………………… 0008
サエキ
　私が一番欲しいもの …………… 0971
佐伯 一麦
　俺 ………………………………… 1056
　カビ ……………………………… 0807
　クロール ………………………… 1029
　細かい不幸 ……………………… 1059
　二十六夜待ち ………… 0958, 1062
　日和山 …………………………… 0783
　焼き鳥とクラリネット ………… 1049
三枝 蠍
　そうだよなあ …………………… 0976
早乙女 勝元
　母と子でみる東京大空襲 ……… 0779
早乙女 まぶた
　暗黙のルール …………………… 0463
　求婚 ……………………………… 0464
早乙女 貢
　奥羽の鬼姫―伊達政宗の母 …… 0107
　秘剣鱗返し ……………………… 0119
酒井 貴司
　帰省ラッシュ …………………… 0974
堺 利彦
　山窩の夢 ………………………… 0953
酒井 成実
　眠る男 …………………………… 0822
阪井 雅子
　あたたかな氷 …………………… 0868
　白昼のチュー …………………… 0853

463

酒井 康行
つぐない …………………………… 0975

坂岡 真
おしゅん吾嬬杜夜雨 ……………… 0079

坂上 恵理
靴ひもデイズ ……………………… 0855

坂上 弘
ある秋の出来事 …………………… 1027
薄暮 ………………………………… 1055
バンド・ボーイ …………………… 1073

坂上 誠
年下の男の子 ……………………… 0968

坂木 司
うつろう宝石 ……………………… 0351
神様の作り方 ……………………… 0484
国会図書館のボルト …… 0160, 0578, 0579
ジャグジー・トーク ……………… 0768
女子的生活 ………………………… 0759
先生と僕 ………………………… 0359, 0360
空の春告鳥 ……………………… 0620, 0621

榊林 銘
十五秒 ……………………………… 0215

坂口 安吾
ああ無情 …………………………… 0365
アンゴウ …………………………… 0582
織田信長 …………………………… 0067
風博士 ……………………………… 0402
狂人遺書 …………………………… 0019
梟雄 ………………………………… 0033
梟雄―斎藤道三 …………………… 0035
ぐうたら戦記 ……………………… 0884
黒田如水 ………………………… 0034, 0036
恋をしに行く ……………………… 0684
桜の森の満開の下
　　　　0394, 0432, 0892, 0952, 1067
日月様 ……………………………… 1082
真珠 ………………………………… 0776
精神病覚え書 ……………………… 1038
戦争と一人の女 …………………… 1095
続戦争と一人の女 …… 0774, 0775, 1095
散る日本 …………………………… 1072
直江山城守 ………………………… 0049
直江山城守―直江兼続 …………… 0037
波子 ………………………………… 1052
握った手――一九五四(昭和二九)年四月
………………………………………… 1097

二流の人
二流の人 …………………………… 0031
勉強記 ……………………………… 0869
村のひと騒ぎ …………………… 0993, 1073
夜長姫と耳男 ……………………… 0943
恋愛論 ……………………………… 0629
わが工夫せるオジヤ ……………… 0625
私は海をだきしめてゐたい ……… 1068

坂口 みちよ
ハンカチの花 ……………………… 0855

坂口 三千代
クラクラ日記 ……………………… 0878

坂倉 剛
ギムネマ …………………………… 0970
ドーナツの穴 ……………………… 0975

嵯峨島 昭
ラーメン殺人事件 ………………… 0363

酒月 茗
恩人 ……………………………… 0457, 0458
常連 ………………………………… 0462
食品汚染 …………………………… 0489
町俤 ………………………………… 0459
悪い人 ……………………………… 0463

阪田 寛夫
オーケストラの少年 ……………… 0994
八月十五日 ………………………… 0993
わが町(抄) ………………………… 0816

坂月 あかね
御伽の街 …………………………… 1051

坂堂 功
マルドゥック・スラップスティック ‥ 0550

坂永 雄一
さえずりの宇宙―第一回創元SF短編賞
　大森望賞 ………………………… 0512
ジャングルの物語、その他の物語 ‥ 0569
無人の船で発見された手記 ……… 0492

坂西 志保
猫に仕えるの記 猫族の紳士淑女 … 0799

嵯峨野 晶
暗殺者の輪舞曲 …………………… 0103
誠の桜―市村鉄之助 ………… 0070, 0071

阪野 陽花
そこはいつも青空 ………………… 0815
野に死に真似の遊びして ………… 0838
花の棲家 …………………………… 0823

坂巻 京悟
火曜日 ……………………………… 0465

作家名索引　　さくら

坂本 一馬
　両面雀聖 …………………………… 0474
坂本 四郎
　ブギー …………………………… 1001
坂本 囃敬史
　ギフト …………………………… 0853
坂本 直行
　又吉物語 ………………………… 0794
坂本 美智子
　およぐひと ……………………… 0865
　風花 ……………………………… 0862
　鳥になる日 ……………………… 0863
　僕のティンカー・ベル ………… 0861
　雪の花 …………………………… 0859
坂本 与市
　もう1つの海峡線 ……………… 1026
　烈々布二代―私の北海道5 …… 0985
相良 翔
　ぬるま湯父さん ………………… 0868
サガラ モトコ
　たそがれなき …………………… 0853
佐川 光晴
　おれたちの青空 ………………… 1060
　二月 ……………………………… 1055
　四本のラケット ………………… 0899
佐川 里江
　お姉ちゃんのマーくん ………… 0947
　スフレケーキ …………………… 0755
　世界が終わるまえに …………… 0948
　ひろちゃん ……………………… 0949
　ぼくとお母さんとコータロー … 0965
　ぼくの足の人差し指 …………… 0757
　ママに伝えてほしいこと ……… 0760
サキ
　開いた窓 ………………………… 0877
　あけたままの窓 ………………… 0390
　運命の猟犬 ……………………… 1141
　罪のあがない …………………… 0414
　宵やみ …………………………… 1130
沙岐
　逢いたかっただけなのに ……… 0489
　海縁寺駅降りる ………………… 0489
沙木 とも子
　移り香 ………………… 0459, 0461
　籠の鳥 …………………………… 0463
　視線 ……………………………… 0462

　失くしもの ……………………… 0460
　本家の欄間 ……………………… 0462
　みどりご ………………………… 0489
　幽霊の臨終 ……………………… 0465
向坂 幸路
　バスを待つ間 …………………… 1020
鷺沢 萠
　りんごの皮 ……………………… 0618
崎村 裕
　朝霧 ……………………………… 0988
　金子みすゞの死 ………………… 0990
　支えられる人 …………………… 0915
　少年幸徳秋水 …………………… 0992
　室生犀星の生母 ………………… 0987
　モンパルナスの鳩 ……………… 0986
崎谷 はるひ
　十二時間三十分 ………………… 0698
崎山 麻夫
　ダバオ巡礼 ……………………… 0825
崎山 多美
　うんじゅが、ナサキ …………… 1061
　ピグル風ヌ吹きば ……………… 1056
　見えないマチからションカネーが … 0825
沙霧 ゆう
　欠陥住宅 ………………………… 0968
朔田 有見
　ガールズファイト ……………… 1051
咲乃 月音
　おさらば食堂 …………………… 0619
　お月さんを探して ……………… 0737
　がたんごとん ………… 0194, 0199
　クリスマスローズ …… 0194, 0198
　ひまわりの朝 …………………… 0195
　Bookstore ……………………… 0584
朔間 数奇
　美人湯 …………………………… 0971
サクラ ヒロ
　星と飴玉 ………………………… 1006
桜井 克明
　炬燵のバラード ………………… 0931
桜井 文規
　失色 ……………………………… 0489
櫻井 文規
　山神の嫁 ………………………… 0462
　生活音 …………………………… 0460

465

さくら　作家名索引

桜井 まふゆ
桜のこころには ………………… 1020

桜伊 美紀
雪だるまの種 ………………… 0862

桜井 由
その彼は、ずっと ………………… 0853

櫻井 結花
シフォン ………………………… 0855
ドライバナナ …………………… 0824

咲良色
君の恋に心が揺れて …………… 0683

桜木 紫乃
影のない街 ……………………… 1017
かみさまの娘 …………………… 1008

桜坂 洋
エキストラ・ラウンド ………… 0520
狐と踊れ ………………… 0497, 0498
さいたまチェーンソー少女 …… 0573
毒入りローストビーフ事件 …… 0332
探求「話法」のゼロ地点―「ギートステ
イト」とポストセカイ系小説 …… 1101
毒入りローストビーフ事件 …… 0155

櫻田 智也
サーチライトと誘蛾灯 ………… 0158
緑の女 …………………………… 0304

桜庭 一樹
1、2、3、悠久！ ……… 0939, 0940
五月雨 …………………………… 1011
じごくゆきっ …………………… 1008
脂肪遊戯 ………………… 0206, 0375
ジャングリン・パパの愛撫の手 … 0488
暴君 ……………………… 0290, 0291
A ………………………………… 0548

桜庭 三軒
きれいな人 ……………………… 0821

ささがに
テレストリアル・ゲート ……… 0489

佐々木 新
ガンダムからの文芸キャラクタリズム革
命―新ガンダム、「ガンダムユニコーン」
の勝算 …………………………… 1101

佐々木 江利子
沼の娘 …………………………… 0407

佐々木 喜善
奥州のザシキワラシの話（抄）…… 0479

佐々木 鏡石
寺 ………………………………… 0854
念惑 ……………………………… 0854
日照雨 …………………………… 0854

佐々木 清隆
蓮の花のうら …………………… 0474

佐々木 邦
おてんば娘日記（抄）…………… 1036
にわか英雄 ……………………… 0964

佐々木 敬祐
気になるひと …………………… 0987
首なし馬 ………………………… 0989
峠茶屋のだんご婆さん ………… 0986
謎のメッセージ ………………… 0988

佐々木 禎子
猫の目時計 ……………………… 0809
夜の虹 …………………………… 0466

佐々木 佐津子
吹雪の夜に ……………………… 0859

佐々木 淳一
北の王 …………………………… 0860
津軽にかたむいて ……………… 0865
雪が降り積もる前の、その僅かな永遠 ·· 0859

佐々木 俊輔
ゆめのみらい …………………… 1001

佐々木 譲
降るがいい ……………………… 1019

佐々木 隆
住んでいる家で昔起きたこと ·· 0457, 0458

佐々木 土下座衛門
傘を拾った話 …………… 0457, 0458

佐々木 虎之助
紅 ………………………………… 0865

佐々木 雅博
老後のたのしみ ………………… 0976

佐々木 味津三
髭 ………………………………… 0255

佐々木 基成
人生のはじまり、退屈な日々 …… 1003

佐々木 ゆう
鉢頭摩 …………………………… 0412
家鳴 ……………………………… 0474
山を生きて ……………………… 0833

佐々木 裕一
鬼の目にも泪 …………………… 0028

ほおずき …………………………… 0788

佐佐木 雪子
　櫂の雫 ……………………………… 0784

佐佐木 陸
　あたらしい奴隷 ………………… 1005

佐々木 林
　兵隊の雨が降る ………………… 0846

笹沢 左保
　鬼神の弱点は何処に ………… 0057
　赦免花は散った …………… 0049, 0328
　暮坂峠への疾走 ………………… 0010
　見かえり峠の落日 ……………… 0020
　夢剣 ………………………………… 0004
　老人の予言 ……………………… 0410
　六本木心中 ……………………… 0978

笹野 裕子
　写真の向こう側 ………………… 0851

笹原 ひとみ
　また君に恋をする ……………… 0704

笹原 実穂子
　遺書がなくったっていい ………… 1026
　少女の鏡 ………………………… 0988
　ジョージと逢う ………………… 0989
　造花 ……………………………… 0990
　小さな紙切れ …………………… 0987
　箱 ………………………………… 0991
　パラレル ………………………… 0985
　僕・ミステーク ………………… 0992
　舞衣 ……………………………… 0915

笹本 稜平
　和尚の初恋 ……………………… 0311
　ゴロさんのテラス―『春を背負って』番
　　外編 …………………………… 0951
　死人の逆恨み …………………… 0219
　師走の怪談 ……………………… 0309
　任侠ビジネス …………………… 0310
　ベルちゃんの憂鬱 ……………… 0312
　ボス・イズ・バック …………… 0308

佐手 英緒
　ヨリコに吹く風 ………………… 0489

左手参作
　きっと・あなた〈誓死君〉 ………… 0996

佐多 稲子
　祝辞 ……………………………… 0580
　女店員とストライキ …………… 0765
　川柳 ……………………………… 0765

サター, ジェームズ・L.
　流産 ……………………………… 1150

さだ まさし
　片恋 ……………………………… 1107

佐多 椋
　可燃性 …………………………… 0465
　原因と結果 ……………………… 1023
　小道具 …………………………… 0464
　密室劇場 ………………………… 1021
　模倣 ……………………………… 1023

サタイヤ, J.P.
　フーダニット …………………… 0149

定金 伸治
　黒猫非猫―ユーフォリ・テクニカ0.99.1
　　……………………………………… 1098

佐竹 美映
　江戸人情涙雪 …………………… 0859
　シベリア幻記 …………………… 0860

サド, マルキ・ド
　呪縛の塔 ………………………… 0449

佐藤 愛子
　雨気のお月さん ………………… 1015

佐藤 有文
　骨なし村 ………………………… 0854

佐藤 巌太郎
　啄木鳥 …………………………… 0042

佐藤 賢一
　女王 ……………………………… 0906

佐藤 健司
　ゴール …………………………… 0975
　真理 ……………………………… 0975
　タクシー ………………………… 0975

佐藤 朔
　美しき鎮魂歌―山本健吉追悼 …… 0993

佐藤 駿司
　紅鶴記 …………………………… 0929

佐藤 正午
　真心 …………………………… 0654, 0655

佐藤 章二
　寝台を焼く ……………………… 0991

佐藤 青南
　思い出の皿うどん ……………… 0619
　狂おしいほどEYEしてる ………… 0184
　交通鑑識官 ……………………… 0259
　ご近所さんにご用心 …………… 0188

さとう　作家名索引

サイレント・ヴォイス アブナい十代 … 0181
サイレント・ヴォイスイヤよイヤよも隙
　のうち ……………………………… 0180
サイレント・ヴォイス トロイの落馬 … 0181
消防女子!! 横浜消防局・高柳蘭の奮闘
　〈抄〉……………………………… 0179
精霊流し ………………………… 0194, 0195
信じる者は足もとをすくわれる ……… 0190
世界からあなたの笑顔が消えた日
　……………………… 0194, 0224, 0364
敵の敵も敵 …………………………… 0189
ニャン救大作戦 ……………………… 0791
物騒な世の中 ………………………… 0199
ペテン師のポリフォニー ……………… 0185
ホーム・スイート・ホームグラウンド … 0176
目の上のあいつ ……………………… 0187
目は口以上にモノをいう ……………… 0183
雪の轍 …………………………… 0193, 0197
私のカレーライス ……………… 0223, 0443
私はなんでも知っている ……………… 0178

佐藤　大輔
猫たちの戦野―皇国の守護者外伝 … 1098

佐藤　千恵
記憶 …………………………………… 1023
誤作動 ………………………………… 1021

佐藤　哲也
かにくい ……………………………… 0518
天使 …………………………………… 1010

佐藤　斗史生
戦闘報告未記載事項（ウィル小隊）… 0489
戦闘報告未記載事項（ハルキ小隊）… 0489

佐藤　のぶき
湖が燃えた日 ………………………… 0828

佐藤　典利
ひき逃げ事件 ………………………… 0974

サトウ ハチロー
足軽の先祖 …………………………… 0964
名優のなさけ ………………………… 0065

佐藤　春夫
或る女の幻想 ………………………… 1086
哀れ …………………………………… 1071
酒、歌、煙草、また女―三田の学生時代
　を唄へる歌 ………………………… 0993
サーベル礼讃 ………………………… 0784
少年の日 ……………………………… 0875
女誡扇綺譚 …………………………… 0394

西班牙犬の家 ………………………… 0787
窓展く ………………………………… 1052
大逆事件の思い出 …………………… 1086
猫と婆さん …………………………… 0803
魔のもの Folk Tales（抄）…………… 0479

さとう ひろこ
抱きしむ ……………………………… 0786

佐藤　雅美
槍持ち佐五平の首 …………………… 0010

佐藤　真由美
紫陽花 ………………………………… 0671
ゲーム ………………………………… 0671
通り雨 ………………………………… 0671

佐藤　万里
あなたへの贈り物 …………………… 0763
あの子のために ……………………… 0941
浄巾掛け ……………………………… 0949
ストレート、ゴー …………………… 0947
母の結婚 ……………………………… 0756

佐藤　光直
蟬を喰う女 …………………………… 1104

佐藤　モニカ
カーディガン ………………………… 1064

佐藤　泰志
青春の記憶 …………………………… 0777

さとう ゆう
笑顔の理由 …………………………… 0464
さくらの咲くあさ …………………… 0462
としのころには ……………………… 0464

佐藤　友哉
555のコッペン ……………………… 1107
333のテッペン ……………………… 1105
トカトントンコントロール ………… 1058
ナオコ写本 …………………………… 0590
星の海にむけての夜想曲 …… 0657, 0980
444のイッペン ……………………… 1106

佐藤　善秀
刻の風景 ……………………………… 1084

里内　和也
炊き立てご飯、冷やご飯 …………… 0868

サトシ
ジェラシー …………………………… 0968

里田　和登
空蟬のユーリャ ……………………… 0603
消えていくその日まで ……………… 0196
中継ぎの女 …………………………… 0584

作家名索引　　　　　　　　　　さわい

夏の終りに …………………… 0194, 0199
二人の食卓 …………………… 0194, 0198
里見 弴
　小坪の漁師 ………………………… 1078
　椿 ………………………………… 1052
　妻を買う経験 ……………………… 1071
　俄あれ ……………………… 0275, 1068
　河豚 ……………………………… 1071
里見 蘭
　絆のふたり ………………………… 0302
里村 欣三
　佐渡の唄 …………………………… 0764
里山 はるか
　知らぬ顔の半兵衛 ………………… 0973
佐中 恭子
　父と卓球 …………………………… 0601
真瀬 いより
　溶けない結晶 ……………………… 0864
　ひかりさす ………………………… 0865
真田 葉奈江
　パレード …………………………… 0867
佐野 史郎
　ナミ ……………………………… 0422
佐野 橙子
　ことだまひろい …………………… 0861
佐野 美津男
　浮浪児の栄光(抄) ………………… 1036
佐野 優香里
　ギモーヴ …………………………… 0866
佐野 洋
　あり得ること ……………………… 1049
　あるエープリル・フール ………… 0148
　移動指紋 …………………………… 0271
　お試し下さい ……………………… 0325
　折鶴の血―折鶴刑事部長シリーズより
　　………………………………… 0168
　金属音病事件 ……………………… 0145
　暗い窓 ……………………………… 0267
　三人の容疑者 ……………………… 0148
　死者の電話 ………………………… 0268
　選挙トトカルチョ ………… 0207, 0370
　爪占い ……………………… 0169, 0170
　通夜盗 ……………………… 0220, 0221
　土曜日に死んだ女 ………………… 0147
　ヒッチコック劇場の時代 ………… 0325
　名誉キャディー …………………… 0219

佐野 洋子
　いまとかあしたとかさっきとかむかしと
　　か ……………………………… 0994
サーバー, ジェイムズ
　先生のお気に入り ………………… 1132
　ビドウェル氏の私生活 …………… 0884
砂原 美都
　赤いオープンカーの男 …………… 0682
　東京ボーイズラブ ………………… 0664
　29バージン ………………………… 0667
　ヤリタイ女とサマヨウ男 ………… 0697
サブ
　移動図書館と百年の孤独 ………… 0584
　ファインドアウト ………………… 0603
サマーズ, ジェフ
　釣り銭稼業 ………………………… 0299
ザミャーチン, エヴゲーニー
　洞窟 ………………………………… 0392
鮫田 心臓
　嫉妬に火をつけて ………………… 0821
狭山 温
　怨霊累ケ淵 ………………………… 0426
小夜 佐知子
　合法私刑 …………………………… 0983
サラ, シャロン
　小さな約束 ………………………… 0638
　初恋を取り戻して ………………… 0642
　優しさに包まれるとき …………… 0715
皿洗 一
　豆腐屋の女房 ……………………… 0459
　○×歯科 …………………………… 0462
漸井 宏彰
　基地に咲く花 ……………………… 0834
サリヴァン, C.J.
　最終ラウンド ……………………… 0337
サリス, エヴァ
　カンガルー ………………………… 1163
サーリング, ロッド
　幻の砂丘 …………………………… 0524
沢 昌子
　消えた半夏生 ……………………… 0822
沢井 良太
　をとめトランク …………………… 0462
　首 …………………………… 0459, 0461
　西瓜の穴 …………………………… 0463

さわき　作家名索引

まじない …………………………… 0464
ヨモツヘグヒ …………… 0460, 0461
料理屋 …………………… 0457, 0458

沢木 耕太郎
男派と女派 ……………………… 1107
マリーとメアリー──ポーカー・フェー
ス ……………………………… 1106

沢木 まひろ
カラフル ………………………… 0603
ダイヤモンド …………………… 0200
時田風音の受難 ………………… 0588
パラダイス・カフェ ……… 0193, 0196
ファースト・スノウ ……… 0194, 0198
ブルー・ジャーニー …………… 0737
三日で忘れる。 ………………… 0791

澤口 たまみ
水仙月の三日 …………………… 0780

澤田 文
マーダー・マップ ……………… 0983

澤田 育子
哲学って好きとか言いたいけど全くわか
んないよっていう人間によるなにか ‥ 1022
どうでもいい日常とどうでもよくない感
情の戦争 ………………………… 1022
パンクでナースなフェスティバルへよう
こそ ……………………………… 1022

澤田 瞳子
夏芒の庭 ………………………… 0082
名残の花 ………………………… 0055
鳴鶴 ……………………………… 0084

澤田 博行
川内原発 ………………………… 0786

澤田 ふじ子
石田三成─清涼の士 …………… 0047
雁の絵 …………………………… 0014
木戸のむこうに ………………… 0612
凶妻の絵 ………………………… 0112
嫋々の剣 ………………………… 0119
生死の町─京都おんな貸本屋日記 ‥ 0013
女衒の供養 ……………………… 0078
千姫絵図 ………………… 0023, 0107
贋の正宗─正宗 ………………… 0123
不義の御旗 ……………………… 0102
水面の月 ………………………… 0058
無明の宿 ………………………… 0098
夜の橋 …………………………… 0092

沢渡 咲
エンドロール …………………… 0859

澤西 祐典
砂糖で満ちてゆく ……………… 1062

沢野 ひとし
懐かしの山 ……………………… 0806

澤村 伊智
ひとんち ………………………… 0314

沢村 浩輔
空飛ぶ絨毯 ……………… 0248, 0323
夜の床屋 ………………………… 0205

沢村 鐵
もう一人の私へ ………………… 0780

沢村 凛
人事マン ………………… 0207, 0377
スケジュール …………………… 0685
前世の因縁 ……………… 0208, 0368

澤本 等
第四象限の密室 ……… 0208, 0242, 0381

傘月
電柱症候群 ……………………… 1051

賛子 貴之
ぼくらの自由 …………………… 0852

三田 誠
幻人ダンテ ……………………… 1101

山丁
臭い排気ガスのなかで ………… 1115
荒野を開拓した人たち ………… 1115

サンドフォード, ジョン
リンカーン・ライムと獲物 ……… 0287

三野 恵
みずかがみ ……………………… 0929

三瓶 登
星上山の地蔵 …………………… 0481

三遊亭 圓朝
怪談阿三の森 …………………… 0408

散葉
散歩にうってつけの夕べ ……… 0459

【し】

シー, シュー
　オードリー・ヘプバーンの思い出に寄せ
　て ……………………………… 0337
シアストン, トレヴァー
　アリガト ……………………… 1163
椎名 春介
　笑顔でいっぱい ………………… 0463
　帰り道にて ……………… 0459, 0461
　月間約四〇センチメートル ……… 0462
椎名 誠
　いそしぎ ………………………… 0544
　屋上の黄色いテント─銀座 ……… 0839
　真実の焼うどん ………………… 1054
　ハーケンと夏みかん …………… 0618
　引網軽便鉄道 …………………… 0538
椎名 麟三
　松茸めし ………………………… 0628
ジヴコヴィチ, ゾラン
　列車 ……………………………… 0516
ジェイコブズ, ハーヴィー
　おもちゃ ………………………… 1135
ジェイコブズ, W.W.
　失われた船 ……………………… 0420
　猿の手 ………… 0413, 0419, 0877, 1141
　徴税所 …………………………… 0480
ジェイムズ, アル
　白いカーペットの上のごほうび …… 0262
ジェイムズ, ジュリア
　愛人の秘密 ……………………… 0636
　ふたたびのカリブ海 …………… 0714
ジェイムズ, ピーター
　すんでのところで ……………… 0287
ジェイムズ, ヘンリー
　荒涼のベンチ …………………… 0870
　ほんもの ………………………… 0870
ジェイムズ, メリッサ
　ウエディングは逃避行 ………… 0637
ジェイムズ, M.R.
　古代文字の秘法 ………………… 0413
　ポインター氏の日記帳 ………… 0586

ジェイムズ, P.D.
　大叔母さんの蠅取り紙 ………… 0365
シェイン, ジャネット
　水晶のきらめき ………………… 0876
シェイン, マギー
　光を取り戻すとき ……………… 0699
シェクリー, ジェイ
　バーゲン・シネマ ……………… 0451
シェクリイ, ロバート
　危険の報酬 ……………………… 0572
　思考の匂い ……………………… 0452
　徘徊許可証 ……………………… 0526
　ひる ……………………………… 0499
シェパード, ジム
　恋と水素 ………………… 0669, 0670
ジェームズ, ヘンリー
　本物 ……………………………… 1146
シェリー, メアリ
　死すべき不死の者 ……………… 1141
　新造物者 ………………………… 0433
シェルネガ, ジョン
　アーモンド ……………………… 1150
ジェン, ギッシュ
　白いアンブレラ─アジア系しみじみ ‥ 1147
塩田 全美
　去年の雪 ………………………… 0934
塩野 七生
　嘘と真実 ………………………… 0596
汐見 薫
　黒い服の未亡人 ………………… 0279
枝折 まや子
　電柱フレンズ …………………… 1051
志賀 泉
　いかりのにがさ ………………… 0926
しか をかし
　ダレダ …………………………… 0407
志賀 幸一
　天城峠 …………………………… 0847
志賀 直哉
　赤西蠣太 ………………………… 0883
　イヅク川 ………………… 0479, 1078
　剃刀 ……………………… 0414, 0478
　城の崎にて ……………… 0955, 1093
　瑣事 ……………………………… 1071

しかい　　作家名索引

十一月三日午後の事 ……………… 0787
正義派 ……………………………… 1087
清兵衛と瓢箪 ……………………… 1087
痴情 ………………………………… 1071
濁った頭 …………………………… 0882
真鶴 ………………………………… 1052
山科の記憶 ………………………… 1071

時海 結似
　着物憑きお紺覚書 緑の袖 ……… 0796

式 貴士
　カンタン刑 ……………………… 0547
　死人妻 …………………………… 0515

式田 ティエン
　セブンスターズ、オクトパス ‥ 0223, 0443

式亭 三馬
　浮世風呂 ………………………… 0963

重任 雅彦
　親友 ……………………………… 0975

シゲノ トモノリ
　許可証 …………………………… 0969

重松 清
　あの年の秋 ……………………… 1040
　おまじない ……………………… 0783
　コーヒーもう一杯 ……… 0896, 0897
　それでいい ……………………… 1049
　ホームにて、蕎麦。 …………… 0772

重光 寛子
　桐の花 …………………………… 0937
　じいちゃんの夢 ………………… 0932

地獄熊 マイケル
　マリア様をみてる ……………… 0463

シコーリャック
　みんなの友だちグレーゴル・ブラウン ‥ 1123

志崎 鋭
　新年明けまして、ゆきこです。 …… 0859

梓崎 優
　嘘つき鼠 ………………………… 0134
　凍れるルーシー ………… 0171, 0324
　砂漠を走る船の道 ……………… 0205
　スプリング・ハズ・カム ……… 0306

獅子 文六
　塩百姓 …………………………… 0871

獅子宮 敏彦
　神国崩壊 ………………………… 0284

宍戸 レイ
　アパート ………………… 0416, 0417
　蟻 ………………………… 0416, 0417
　海外の幽霊ホテル ……… 0416, 0417
　南瓜 ……………………… 0416, 0417
　コックリさん …………… 0416, 0417
　心霊スポットにて ……… 0416, 0417
　編集長の怖い話 ………… 0416, 0417
　露出ムービー …………… 0416, 0417
　HIDEの話 ……………… 0416, 0417
　SMホテル ……………… 0416, 0417

シズニージュウスキー, マイク
　フランケンシュタイン、ミイラに会う ‥ 1152

七佳 弁京
　十五年の孤独―人類史上初！ 軌道エレ
　　ベーター人力登攀 ……………… 0563

七字 幸久
　これが青春だ …………………… 0597

七味 一平
　ただほど高いものはない ……… 0969
　未練 ……………………………… 0968
　名演技 …………………………… 0970

シーディ, E.C.
　欲望の夜が明けても …………… 0703

紫藤 ケイ
　ジャックと雪化粧の精 ………… 0197
　月の瞳 …………………… 0194, 0791
　トールとロキのもてなし ……… 0619
　蛍 ………………………………… 0196

紫藤 小夜子
　桜の咲く頃 ……………………… 0976

シナン, ロヘリオ
　赤いベレー ……………………… 1161

篠 綾子
　母子草 …………………………… 0612

紫野 貴李
　哭く戦艦 ………………………… 0557

篠田 節子
　青らむ空のうつろのなかに …… 0327
　トマトマジック ………………… 1015
　バックヤード …………………… 0591
　ビーフになさいますか、それともポーク
　　に… …………………………… 0327
　ヒーラー ………………………… 0173
　操作手 …………………………… 0539

472

夜のジンファンデル ················ 0735
ライフガード ···················· 0607

篠田 真由美
憧れの街、夢の都 ··············· 0440
ウシュクダラのエンジェル ········· 0361
完璧な蒐集 ···················· 0265
砂時計 ························· 0474
対話 ·························· 0920
墓屋 ·························· 0484
ふたり遊び ···················· 0130
密林へ！ ······················ 0592
DYING MESSAGE《Y》 ·········· 0139
forgét me nòt ·················· 0747

篠月 美弥
還らざる月、灰緑の月―契火の末裔外
伝 ·························· 1098

東雲 鷹文
優しい坊や ···················· 0975

篠原 勝之
骨風 ·························· 1062

篠原 昌裕
最低の男 ··············· 0224, 0364
ストラップと猫耳 ··············· 0791
卒業旅行ジャック ·········· 0193, 0603
電車強盗のリスクパフォーマンス ··· 0200
ヘンタイの汚名は受けたくない 0195, 0201
恋愛白帯女子のクリスマス ········· 0198

芝 うさぎ
あふひ ························ 0463

地場 輝彦
瑞穂の奇祭 ···················· 0932

司馬 遼太郎
ある情熱 ······················ 0924
北ノ政所 ······················ 0023
軍師二人―真田幸村・後藤又兵衛 ··· 0036
虎徹 ·························· 0005
睡蓮―花妖譚六 ················· 0056
無名の人 ······················ 0924
村の心中 ······················ 0978
若江堤の霧 ···················· 0039

芝木 好子
蝶になるまで ··················· 0914

柴崎 友香
宇宙の日 ······················ 1057
海沿いの道 ···················· 1009
終わりと始まりのあいだの木曜日 ··· 0979

雲の下の街 ···················· 0942
水曜日になれば〈よくある話〉 ······ 0589
世界の片隅で ··················· 0591
鳥と進化/声を聞く ·············· 0962
ハワイへ行きたい ········· 1032, 1033
火花 1 ························ 0817
火花 2 ························ 0817
メルボルンの想い出―街のクローズが終
わるまでは、インターネットも電話も
使えません ··················· 0567

シバタ カズキ
NKK ························· 0975

柴田 勝家
南十字星 ······················ 0493

柴田 紘
深海の少年 ···················· 0824

柴田 哲孝
賢者のもてなし ············ 0169, 0170
孤月殺人事件 ··················· 0251
草原に咲く一輪の花―異聞 ノモンハン
事件 ························ 0776
初鰹 ················ 0207, 0377, 1011

柴田 友美
PEN ························· 1023

柴田 よしき
隠されていたもの ·········· 0290, 0291
聖夜の憂鬱 ···················· 0325
躑躅幻想 ······················ 0434
鳥辺野の午後 ··················· 0164
願い ·························· 0249
猫は毒殺に関与しない ··········· 0265
花子さんと、捨てられた白い花の冒険 ·· 0747
光る爪 ························ 0802
真夜中の相棒 ··················· 0251
無限のイマジネーションと日常の小さな
謎 ·························· 0325
融雪 ··················· 0620, 0621
雪を待つ朝 ··············· 0165, 0166
LAST LOVE ·················· 0685

柴田 錬三郎
赤い怪盗 ······················ 0232
イエスの裔 ···················· 0295
一の太刀 ······················ 0117
一心不乱物語 ··················· 0006
江戸っ子由来 ··················· 0004
小野次郎右衛門 ················· 0096
怪談累ケ淵 ··············· 0093, 0426

片腕浪人―明石全登 ················ 0037
願流日暮丸 ························· 0119
消えた兇器 ························· 0011
虎徹―長曾襧虎徹 ··················· 0123
虎徹【虎徹】 ························· 0088
示現流 中村半次郎「純情薩摩隼人」·· 0104
実説「安兵衛」 ····················· 0094
蜀山人 ···························· 0099
殺生関白 ··························· 0120
先生の思ひ出―水上瀧太郎追悼 ····· 0993
曾呂利新左衛門 ····················· 0052
竹中半兵衛 ················ 0036, 0085
桃花無明剣 ························· 0106
ぬばたま ··························· 0437
梅一枝 ···························· 0108
平山行蔵 ··························· 0064
三好清海入道 ······················ 0051
名人 ····················· 0024, 0066
名探偵誕生 ························· 0230
百々地三太夫 ······················ 0068
柳生五郎右衛門 ····················· 0124

柴村 仁
×××さんの場合 ················· 1028

澁川 祐子
コロッケ ··························· 0622

渋沢 孝輔
秋に ····························· 0993

澁澤 龍彦
エピクロスの肋骨 ··················· 0396
鏡と影について ····················· 0396
火山に死す―『唐草物語』より ····· 0394
画美人 ···························· 0396
犬狼都市 ··························· 0396
グリモの午餐会 ············ 0622, 0628
護法 ····························· 0396
空飛ぶ大納言 ······················ 0396
ダイダロス ························· 0396
宙におどる巻物―『法験記』巻上より ··· 0479
桃鳩図について ····················· 0396
都心ノ病院ニテ幻覚ヲ見タルコト ··· 0396
鳥と少女 ··························· 0396
女体消滅 ················ 0396, 0434
ねむり姫 ··························· 1095
幼児殺戮者 ························· 0488

渋谷 真弓
祖母の万華鏡 ······················ 0853

渋谷 良一
悪霊 ····························· 0975
手術 ····························· 0975
偽者 ····························· 0969
分裂 ····························· 0967
誘惑 ····························· 0976

ジブラン, カリール
賢い王 ···························· 0275
柘榴 ····························· 0275
諸王朝 ···························· 0275

志保 龍彦
Kudanの瞳―第二回創元SF短編賞日下
三蔵賞 ························· 0513

島 有子
お人形じゃなくて人間よ ··········· 0915
日常の中に咲くものを ············· 0985
花には蕾のおもかげが ············· 1026

島内 真知子
紙ヒコーキ ························· 0988

島尾 伸三
彼の父は私の父の父 ······· 0911, 0912

島尾 敏雄
家の中 ···························· 1094
大鋏 ····························· 0437
沖縄らしさ ························· 0993
孤島夢 ···························· 1095
砂嘴の丘にて ······················ 0850
出孤島記 ··························· 0776
冬の宿り ··························· 0854
摩天楼 ···························· 0391
夢日記(抄) ······················ 0479
われ深きふちより ··················· 0955
湾内の入江で ······················ 0995

島尾 ミホ
その夜 ···························· 1095

島影 盟
麺麭 ····························· 0766

島木 健作
黒猫 ·············· 0795, 0798, 0800
煙 ······························ 0587
黎明 ····························· 1046

島倉 信雄
探査船、火星へ ····················· 0970

島﨑 一裕
いたずらの効果 ····················· 0971
お詫びとお知らせ ··················· 0970

かくれんぼ …………………… 0971
体で覚えろ …………………… 0974
願掛け ………………………… 0971
金貨の行方 …………………… 0967
待遇改善 ……………………… 0970
化けて出る …………………… 0970
パパはサンタクロース ……… 0976
みたて ………………………… 0969

島崎 藤村
　ある女の生涯 ………………… 1077
　伸び支度 ……………………… 1087
　伸びの支度 …………………… 1052
　破戒 …………………………… 1031
　初恋 ………… 0618, 0651, 0885
　短夜の頃 ……………………… 0993
　山国の新平民 ………………… 1046

島津 緒繰
　アーティフィシャル・ロマンス ‥ 0193, 0197
　ある人気作家の憂鬱 …… 0193, 0443, 0584
　ヨシダと幻食 ………………… 0619

島津 由人
　娘のための大冒険 …………… 0970

嶋田 うれ葉
　愛のシアワセ ………………… 0653

島田 一男
　新婚特急の死神 ……………… 0604
　泥靴の死神―屍臭を追う男 … 0145

島田 荘司
　糸ノコとジグザグ …………… 0264, 0327
　ゴーグル男の怪 ……………… 0254
　死聴率 ………………………… 0146
　進々堂世界一周シェフィールド、イギリ
　ス ……………………………… 1096
　進々堂世界一周 戻り橋と悲願花 …… 0376
　発狂する重役 ………………… 0138

島田 雅彦
　須磨 …………………… 0048, 0091
　透明人間の夢 ………… 0958, 1062
　未確認尾行物体 ……………… 1038

縞田 理理
　アベラールとエロイーズ ……… 0542

シマック, クリフォード・D.
　異星獣を追え！ ……………… 0524
　ハウ＝2 ……………………… 0526

島永 嘉子
　霧の山伏峠 …………………… 0915

島村 ゆに
　おたぬきさま ………………… 0460
　伝手 ………………………… 0459, 0461

島村 洋子
　一九二一年・梅雨 稲葉正武 ……… 1071
　一九四一年・春 稲葉正武 ……… 1071
　空 ……………………………… 0738
　猫姫 …………………………… 0053
　紅差し太夫 …………………… 0473

島本 理生
　きよしこの夜 ………………… 0904
　ココア ………………………… 0979
　壊れた妹のためのトリック …… 0590
　最後の教室 …………………… 0672
　さよなら、猫 ………………… 0942
　捨て子たちの午後 …………… 0608
　ドイツ料理屋「アイスバイン」…… 0895
　遠ざかる夜 …………………… 0736
　ときめき ……………………… 0686
　初恋 …………………… 0678, 0679
　雪の夜に帰る ………………… 0982

島森 遊子
　カラス ………………………… 0987

清水 絹
　カウントダウン ……………… 0987
　缶々 …………………………… 0988
　天袋 …………………………… 0986

清水 きよし
　やがて静かに海は終わる ……… 0847

清水 紫琴
　移民学園 ……………………… 1046

清水 信
　短歌 …………………………… 0765

清水 晋
　気遣い ………………………… 0975

志水 辰夫
　頭の隅から …………………… 0325
　ダチ …………………………… 0325

清水 奈緒子
　夜明け前のバスルーム ……… 0824

清水 雅世
　夢見の噺 ……………………… 0279

清水 優
　ヒューマ、甘えてもいいんだよ …… 0843

清水 益三
　或る患者 ……………………… 0968

しみす　　　作家名索引

強請る女 …………………………… 0969

清水 義範
　いわゆるひとつのトータル的な長嶋節
　…………………………………… 0599
　きしめんの逆襲 ………………… 0363
　冴子 ……………………………… 1054
　識者の意見 ……………………… 0264
　シャーロック・ホームズの口寄せ … 0230
　旬 ………………………………… 0618
　全国まずいものマップ ………… 0622
　茶色い部屋の謎 ………………… 0285
　名もなく貧しくみすぼらしく …… 0431
　秘湯中の秘湯 …………………… 0963
　ぶり大根 ………………………… 0613
　放射能がいっぱい ……………… 1035

シムノン, ジョルジュ
　殺し屋 …………………………… 0262

志村 有弘
　役行者と鬼 ……………………… 0056

下川 渉
　生垣の中 ………………………… 0465

子母澤 寛
　玉瘤 ……………………………… 0005
　剣客物語 ………………………… 0104
　のっぺらぼう …………………… 0402
　紋三郎の秀 ……………………… 0871

霜島 ケイ
　婆娑羅 …………………………… 0473

霜島 つらら
　シリバカの騎士 ………………… 0853

下永 聖高
　猿が出る ………………………… 0495

下畑 卓
　軍曹の手紙 ……………………… 1036

下村 敦史
　死は朝、羽ばたく ………… 0214, 0304

下村 悦夫
　侠勇鳥毛の大槍 ………………… 0964

爵 青
　香妃 ……………………………… 1115

釋 迢空
　はるかなる思ひ─長歌幷短歌十四首 ‥ 0993

ジャクスン, シャーリイ
　お告げ …………………………… 1135
　くじ ……………………………… 1124
　世界が闇に包まれたとき ……… 1132

ジャクソン, マージ
　拝啓、クイーン編集長さま ……… 0149

尺取虫
　密室劇場 ………………………… 1022

釈讐瞽掌編妖精没子富士見英次郎耳目
　多すぎる ………………………… 0971

シャーシャ, レオナルド
　言語学 …………………………… 1155
　室内ゲーム ……………………… 1155
　撤去 ……………………………… 1155
　ぶどう酒色の海 ………………… 1156

ジャスティス, ジュリア
　三度目の求婚 …………………… 0714

紗那
　逆襲 ……………………………… 0415
　真相 ……………………………… 0415
　小さい人─2 …………………… 0415
　泣き女 …………………………… 0415
　女人禁制 ………………………… 0415
　ハロウィンパーティ …………… 0415
　憑依 ……………………………… 0415
　ぶるぶる ………………………… 0415
　身代わり ………………………… 0415
　密談 ……………………………… 0415
　ロシアの廃墟 …………………… 0415

ジャパコミ
　支援物資 ………………………… 0785

シャフ, ジェニファー
　休職期間 ………………………… 1142

シャファク, エリフ
　愛─序章と第1章「エラ、ボストン2008
　　年5月17日」……………………… 1122

シャマン・ラポガン
　神様の若い天使 ………………… 1110
　天使の父親 ……………………… 1110

ジャミソン, レスリー
　物言わぬ男たち ………………… 1144

シャミッソー, アーデルベルト・フォン
　アーデルベルトの寓話 ………… 0399

ジャム
　私が驢馬と連れ立つて天国へ行く為の祈
　　り ……………………………… 0993

シャーリー, ジョン
　OK牧場の真実 ………………… 1131

作家名索引　　　　　　　　　　しゅる

シャルヴィス, ジル
　誰も知らない夜 ……………………… 0659
シャーレッド, T.L.
　努力 …………………………………… 0528
ジャンビーン・ダシドンドグ
　男の三つのお話 ……………………… 1110
ジャンプ, シャーリー
　秘密のサンタ ………………………… 0692
周　嘉寧
　幻覚 …………………………………… 1111
シュヴァイケルト, ルート
　落花生 ………………………………… 0750
シュヴァイツァー, ブリット
　旅の途中で …………………………… 1135
シュヴァルツェンバッハ, アンネマリー
　ベルンハルトをめぐる友人たち …… 0876
十一谷　義三郎
　難破船の犬 …………………………… 0065
シュウォッブ, マルセル
　吸血鬼 ………………………………… 0433
　吸血鳥 ………………………………… 0418
　大地炎上 ……………………………… 0392
　血まみれブランシュ――一八九二 … 0441
十文字　青
　私の猫 ………………………………… 0980
ジュエット, セアラ・オーン
　ウィリアムの結婚式 ………………… 1145
　シラサギ ……………………………… 1138
　マーサの愛しい女主人 ……………… 1138
守界
　転界 …………………………………… 0489
　何もできなくて、ごめんなさい。‥ 0457, 0458
朱川　湊人
　いちば童子 …………………… 0896, 0897
　生まれて生きて、死んで呪って …… 0470
　お正月奇談 …………………………… 0456
　虚空楽園 ……………………………… 0152
　死者恋 ………………………………… 0284
　東京しあわせクラブ ………… 0290, 0291
　遠い夏の記憶 ………………………… 0160
　読書家ロップ ………………………… 0591
　夜、飛ぶもの ………………… 0939, 0940
シュタインガート, ゲイリー
　レニー♡ユーニス ………………… 1134

シュタインミュラー, アンゲラ
　労働者階級の手にあるインターネット
　　　　　　　　　　　　　　　　　 0516
シュタインミュラー, カールハインツ
　労働者階級の手にあるインターネット
　　　　　　　　　　　　　　　　　 0516
シュタム, ペーター
　甘い夢を ……………………… 0669, 0670
シュッツ, ベンジャミン・M.
　黒い瞳のブロンド …………………… 0286
　メアリー、メアリー、ドアを閉めて‥ 0141
シュティフター
　水晶 …………………………………… 0879
シュテファン, ヴェレーナ
　それは豊かだった …………………… 0750
シュトルム, テーオドール
　マルテと時計 ………………………… 0684
シュニーダー, クリスティン・T.
　姉妹 …………………………………… 0750
シュニッツラー
　死人に口なし ………………………… 0871
　盲目のジェロニモとその兄 … 0875, 0879
殊能　将之
　キラキラコウモリ …………… 0922, 0923
シュペルヴィエル, ジュール
　沖の小娘 ……………………………… 0392
　バイオリンの声の少女 ……………… 0881
　ひとさらい …………………………… 0448
シュミッツ, ジェイムズ・H.
　おじいちゃん ………………………… 0510
ジュライ, ミランダ
　妹 ……………………………………… 0708
　階段の男 ……………………………… 1125
　水泳チーム …………………… 0886, 1125
　ロイ・スパイヴィ …………………… 1129
シュリンク, ベルンハルト
　息子 …………………………………… 1126
　リューゲン島のヨハン・セバスティアン・
　バッハ ………………………………… 1125
呪淋陀
　マムシ ………………………… 0459, 0461
シュルツ, ブルーノ
　クレプシドラ・サナトリウム ……… 0392
シュルバーグ, バッド
　白い鹿 ………………………………… 1128

477

しゅん　作家名索引

春風亭 柳枝
野晒し ……………………………… 1047

ショー, アーウィン
救命具 …………………………… 1132
八〇ヤード独走―アメフトしみじみ ‥ 1147

舒 柯
本のはなし ……………………… 1115

徐 則臣
屋上にて ………………………… 1112
この数年僕はずっと旅している ‥‥‥ 1111

ジョイス, ジェームズ
アラビー ………………………… 1141
エヴリン ………………………… 1141
死せる人々 ……………………… 0879

城 左門
七十三枚の骨牌 ………………… 0479

ショウ, ボブ
去りにし日々の光 ……………… 0514

城 昌幸
怪奇製造人 ……………………… 0581
鑑定料 …………………………… 0256
殺し場雪明り …………………… 0032
ジャマイカ氏の実験 …………… 0142
絶壁 ……………………………… 0275
その暴風雨 ……………………… 0255
ママゴト ………………… 0145, 0877
猟奇商人 ………………………… 0133

将吉
ハルベリー・メイの十二歳の誕生日 ‥ 1101

源 倏悟
explode scape goat ……………… 0550

上甲 宣之
十二支のネコ …………… 0443, 0791
そして鶏はいなくなった ………… 0619
手首賽銭 ………………………… 0197
防犯心理テスト …………… 0223, 0224
JC科学捜査官 case.2―雛菊こまりと "く
　ねくね" 殺人事件 ……………… 0183
JC科学捜査官 case・3―雛菊こまりと
　"赤いはんてん着せましょかぁ" 殺人事
　件 ……………………………… 0184
JC科学捜査官 case・4―雛菊こまりと
　"メリーさんの電話" 殺人事件 …… 0185
JC科学捜査官 case・5―雛菊こまりと
　"きさらぎ駅" 事件 ……………… 0186

庄司 勝昭
動物翻訳機 ……………………… 0970

庄司 卓
5400万キロメートル彼方のツグミ ‥ 0496

祥寺 真帆
永遠の秘密 ……………………… 0853

小路 幸也
明日を笑え ……………………… 1012
イッツ・ア・スモール・ワールド ‥ 0767
唇に愛を ………………………… 1011
最後から二番目の恋 …………… 0468
幸せな死神 ……………… 1102, 1103
輝子の恋 ………………………… 1039
東京の探偵たち ………… 0349, 0350
ぬらずみ様 ……………………… 0444
蛍の光り ………………… 0840, 0841
ラバーズブック ………………… 0588
レンズマンの子供―信じられないよ。目
　が覚めたら、世界は一変してたんだ ‥ 0559

翔田 寛
影踏み鬼 ………………………… 0060
墓石の呼ぶ声 ……… 0213, 0260, 0261

省都 正人
完全犯罪 ………………………… 0969
吠える犬 ………………………… 0969

翔内 まいこ
杉の見る夢 ……………………… 0858

庄野 潤三
相客 ……………………………… 0816
愛撫 ……………………………… 0954
伊東先生 ………………………… 0993
小えびの群れ …………………… 1094
五人の男 ………………………… 0910
佐渡 ……………………………… 0627
梨屋のお嫁さん ………………… 0618
プールサイド小景 ‥ 0774, 0775, 0995, 1072

笑福亭 松鶴
千両蜜柑 ………………………… 0618

相門 亨
オレオレサギ …………………… 0976
警告 ……………………………… 0975

冗談真実
File No.九十六 ………………… 0489

ジョージ, キャサリン
嵐の夜の奇跡 …………………… 0731
王子様と聖夜を ………………… 0728

キャンドルナイトの誘惑 ……………… 0730

ジョーズ, ニコラス
　ダイヤモンド・ドッグ ……………… 1163

ジョーゾー
　天は蓋 土は中 …………………………… 1121

ショパン, ケイト
　一時間の物語 …………………………… 1137
　手紙 ……………………………………… 0442
　ライラックの花 ………………………… 1138

鄭 泳文
　蝸牛 ……………………………………… 1116
　微笑 ……………………………………… 1116

ジョーンズ, サイアン・M.
　パイロット ……………………………… 1142

ジョーンズ, トム
　スリ ……………………………………… 1123

ジョーンズ, レイモンド・F.
　子どもの部屋 …………………………… 0549

ジョンストン, ジェニファー
　トリオ …………………………………… 0746

ジョンソン, ロジャー
　聖杯をめぐる冒険 ……………………… 0234

ジョンソン, T.ジェロニモ
　冬は去らず ……………………………… 1143

白井 喬二
　芍薬奇人 ………………………………… 0014
　柳生の宿 ………………………………… 0124

白井 浩司
　フランス文学科第一回卒業生 ……… 0993

白井 弓子
　成人式 …………………………………… 0511

白石 維想楼
　川柳 ……………………………………… 0765

白石 一郎
　玉砕―岩屋城 …………………………… 0121
　さいごの一人 …………………………… 0026
　ナポレオン芸者 ………………………… 0098
　庖丁ざむらい …………………………… 0614
　槍は日本号―日本号 …………………… 0122

白石 一文
　いま二十歳の貴女たちへ ……………… 1034
　七月の真っ青な空に …………………… 0687

白石 公子
　メロン …………………………………… 0618

白石 恵子
　走る ……………………………………… 0602

白石 すみほ
　峠 ………………………………………… 0986

白石 竹彦
　シルクハットの宇宙 …………………… 0851

白樺 香澄
　偽作の証明 ……………………………… 0973

白川 紺子
　白雪姫戦争 ……………………………… 0977

白川 光
　たらふく ………………………………… 0858

白河 久明
　…ツキ …………………………………… 0484
　どこからか来た男 ……………………… 0474

白河 三兎
　幸運の足跡を追って …………………… 0797
　子の心、サンタ知らず ………………… 1109
　自作自演のミルフィーユ ……………… 0214
　白紙 ……………………………………… 0960

シラス, ウィルマー・H.
　かえりみれば …………………………… 0529

白洲 正子
　散ればこそ ……………………………… 0993

白鳥 和也
　YAMABUKI ……………………………… 0823

白縫 いさや
　愛玩動物 ………………………………… 1021
　アルデンテ ……………………………… 1023
　傘の墓場 ………………………………… 0462
　眼球 ……………………………………… 1023
　300Hzの交信 …………………………… 1023
　春眠 ……………………………………… 1023
　水溶性 …………………………………… 1023
　たまねぎ ………………………………… 1022
　東の眠らない国 ………………………… 0462

不知火 京介
　あなたに会いたくて ……… 0206, 0386
　マーキングマウス ……………………… 0339

白峰 良介
　赤目荘の惨劇 …………………………… 0252

しりあがり 寿
　参上!!ミトッタマン …………………… 0961

シリン・ネエザマフィ
　サラム …………………………………… 0891

しる　　　　　作家名索引

シール,M.P.
　花嫁 ……………………………… 0420
　ユグナンの妻 …………………… 1140
シルヴァーバーグ, ロバート
　世界の終わりを見にいったとき ….. 0514
　マグワンプ4 …………………… 0528
シルヴィス, ランドール
　インディアン …………………… 0298
白黒 たまご
　絵画の真贋 ……………………… 0863
白多 仁
　君のいる場所まで ……………… 0855
白鳥 省吾
　殺戮の殿堂 ……………………… 0766
城山 三郎
　硫黄島に死す …………………… 0776
　隠し芸の男 ……………………… 1076
　指揮官たちの特攻 ……………… 0779
　輸出 ……………………………… 0927
城山 真一
　境界線 …………………………… 0224
神 薫
　赤と黒 …………………………… 0427
　彼氏の仕事 ……………………… 0427
　ドアとドア ……………………… 0427
　バイバイン ……………………… 0427
　婆汁 ……………………………… 0427
申 京淑
　いま、私たちの隣りに誰がいるのか ….. 1116
金 仁順
　トラジ―桔梗謡 ………………… 1111
シンガー, アイザック・バシェヴィス
　手紙を書く人 …………………… 1133
新川 はじめ
　コッホ島 ………………………… 0866
新宮 正春
　安南の六連銭 …………………… 0027
　近藤勇の首 ……………………… 0046
　坂本龍馬の眉間 …………… 0058, 0129
　笹の露 …………………………… 0117
　吹毛の剣 ………………………… 0089
　秘剣！ 三十六人斬り【不動国行】 ….. 0088
　武蔵を仆した男 ………………… 0004
　柳生十兵衛の眼 ………………… 0057
　柳生友矩の歯 …………………… 0124

新宮 みか
　父ちゃんを待つあいだ ………… 0858
新熊 昇
　あしたもおいで、サミュエル・バーキン
　　ス ……………………………… 0489
　アルハザードの娘 ……………… 0489
　煙猫 ……………………… 0457, 0458
　残心 ……………………………… 0460
　大怪談王 ………………………… 0464
　母猫の獲物 ……………………… 0465
　フジ江さんとブチッキーのこと ….. 0465
　連子窓 …………………… 0459, 0461
シンクレア, メイ
　希望荘 …………………………… 0482
　水晶の瑕 ………………………… 0447
新小田 明奈
　万華鏡サングラス ……………… 0853
しんしねこ
　死の床の夢の子ら ……………… 1051
新城 カズマ
　雨ふりマージ …………………… 0552
　あるいは土星に慰めを ………… 0571
　アンジー・クレーマーにさよならを ‥ 0520
　旧ソビエト連邦・北オセチア自治共和国
　　における<燦爛郷ノ邪眼王>伝承の消
　　長、および "Evenmist Tales" 邦訳にま
　　つわる諸事情について ………… 0921
　マトリカレント―いずれ貴女もまた耳に
　　するはず、深海の響きを。るぶぶぶぶ
　　るうううううんんん ………… 0559
　SinjowKazma …………………… 1053
進藤 小枝子
　赤いぼんでん …………………… 0858
真藤 順丈
　異文字 …………………………… 0484
　餓え ……………………………… 0475
　クライクライ …………………… 0456
　終末芸人 ………………………… 0431
　ボルヘスハウス909 …………… 0429
　CLASSIC ………………………… 0490
新藤 卓広
　異星間刑事捜査交流会 ………… 0619
　キャッチボールとサンタクロース … 0197
　趣味は人間観察 …………… 0195, 0443
　走馬灯 …………………… 0224, 0364
　ネコが死んだ。………………… 0791

480

作家名索引　　　　　　　　　　　　　　すかう

神野 耀雄
　宇宙の卵 ………………………… 0489

新野 剛志
　ねずみと探偵―あぼやん …… 0207, 0377

神保 光太郎
　浅間草春 ………………………… 1037
　あらがみ集 ……………………… 1037
　あら神の歌 ……………………… 1037
　火章 ……………………………… 1037
　業 ………………………………… 1037
　朔太郎生家 ……………………… 1037
　山行するもの …………………… 1037
　詩・風雨の日―詩苑の問題 ……… 1037
　詩篇 ……………………………… 1037
　上州前橋 ………………………… 1037
　峠の像 …………………………… 1037
　童篇 ……………………………… 1037
　波について ……………………… 1037
　春の話 …………………………… 1037
　広瀬河 …………………………… 1037
　冬の話 …………………………… 1037
　北方旅章 ………………………… 1037
　山を越えていくもの …………… 1037

真保 裕一
　遺影 ……………………………… 0326
　瓢箪から駒 ……………………… 0326
　私に向かない職業 ……………… 0270

ジン・リーファン
　独 ………………………………… 0891

【 す 】

水月堂
　ハッピィバァスデイ …………… 1051

水棲モスマン
　使命 ……………………… 0459, 0461

推定モスマン
　彼女のお姉さん ………………… 0489
　同人誌ネクロノミコン ………… 0489
　奉仕種族ショゴスとの邂逅 …… 0489

スイーニイ,C.L.
　価値の問題 ……………………… 0445

水没
　深さをはかる …………………… 0464

スウィフト,グレアム
　トンネル―駆け落ちしみじみ …… 1139

スウィフト,ジョナサン
　アイルランド貧民の子が両親や国の重荷
　　となるを防ぎ、公共の益となるための
　　ささやかな提案 ……………… 1141
　貧家の子女がその両親並びに祖国にとっ
　　ての重荷となることを防止し、かつ社
　　会に対して有用ならしめんとする方法
　　についての私案 ……………… 0414

スウェアリンジェン,ジェイク
　ゾンビ日記 ……………………… 1152

ズヴェーヴォ,イタロ
　母親 ……………………………… 1156

スヴェンソン,マイケル
　ようこそ、ウィルヘルム！ ……… 1148

末浦 広海
　生き証人 ………………… 0209, 0374

末永 昭二
　怪奇美を描く画家・竹中英太郎 …… 0455
　名探偵と「初出誌からわかること」… 0250

須賀 敦子
　ダンテの人ごみ ………………… 0993

菅 慶司
　城 ………………………………… 0786

管 啓次郎
　川が川に戻る最初の日 ………… 1088
　十和田奥入瀬ノート …………… 0842

須賀 しのぶ
　凍て蝶 …………………………… 0562

菅 浩江
　永遠の森 ………………………… 0539
　エクステ効果 …………… 0206, 0386
　おくどさん ……………………… 0435
　言葉は要らない ………………… 0492
　五人姉妹 ………………………… 0548
　そばかすのフィギュア ………… 0527
　妄想少女―心の中の少女がみずみずしく
　　ある限り、私はまだまだ頑張れる … 0567
　雪花散り花 ……………………… 0164

スーカイサー,ミリュエル
　仲間 ……………………………… 0283

スカウ,デイヴィッド・J.
　とどめの一劇 …………………… 0451

481

すかし　　　　　　　作家名索引

透翅 大
　海から告げるもの …………… 0465
　おじいちゃんのおふとん ……… 0465

菅沼 美代子
　伊豆行き松川湖下車の旅 …… 0812

菅原 照貴
　さよならプリンセス ………… 0550

菅原 治子
　困った人 ……………………… 1026
　母の手 ………………………… 0915

菅原 裕二郎
　眠らせて ……………………… 0967

杉井 光
　超越数トッカータ ………… 0211, 0373

杉浦 明平
　アララギ校正の夜 …………… 0580

杉江 征
　いのちのバトン ……………… 0959

杉江 松恋
　ケメルマンの閉じた世界 …… 0156, 0300

杉崎 恒夫
　杉崎恒夫十三首 ……………… 0886

杉澤 京子
　手鞠 …………………………… 0465
　湧く …………………………… 0464

スキップ, ジョン
　スター誕生 …………………… 0451

杉原 保史
　殺意の自覚 …………………… 0959
　事例小説—事例報告でも事例研究でもな
　　く ………………………… 0959

杉村 顕道
　鳥海山物語 …………………… 0854

相村 紫帆
　しょっぱい雪 ………………… 0862

杉本 章子
　去年今年 ……………………… 0083
　ちぎれ雲 ……………………… 0081
　はやり正月の心中 …………… 0126
　夕すずめ ……………………… 0082

杉本 香恵
　蒼の行方 ……………………… 0868

杉本 苑子
　ああ三百七十里 ……………… 0010
　ぎやまん蠟燭 ………………… 0004

校正恐るべし …………………… 0580
泣けよミイラ坊 ………………… 0014
眠れドクトル …………………… 0002
ピント日本見聞記 ……………… 0026
世は春じゃ ……………………… 0009

杉本 利男
　伊豆松崎小景 ………………… 0990
　加賀の宴 ……………………… 0989
　只見一路と控えの間 ………… 0988
　不確かな噂 …………………… 0987
　夕立雨 ………………………… 0992
　夢うつつ ……………………… 0986

杉本 増生
　ぬくすけ ……………………… 0929

杉山 早苗
　伊豆の俳人萩原麦草 ………… 0852

杉山 文子
　けむり ………………………… 0867

杉山 幌
　うなさか ……………………… 0901

杉山 正和
　冬のホタル …………………… 0859

杉山 理紀
　牛替 …………………………… 0864

スクリアル, モアシル
　燃える天使 謎めいた目 …………… 0726

須吾 托矢
　カオリちゃん ……………… 0457, 0458

スコット, ウォルター
　ふたりの牛追い ……………… 0283

スコット, カヴァン
　セヴン・シスターズの切り裂き魔 … 0227

スコット, キム
　捕獲 …………………………… 1163

スコット, ジャスティン
　ニューヨークで一番美しいアパートメン
　　ト ………………………… 0337

朱雀門 出
　行き先 ………………………… 1023
　命の書に封印されしもの …… 0489
　いまからな… ………………… 0415
　うらみ葛の葉 ………………… 0415
　えげれす日和 ………………… 1023
　カミソリを踏む ……………… 0459
　くすくす岩 …………………… 0464

482

くせいけ ……………………… 0415
コノエさん ……………………… 0415
地蔵憑き ……………………… 0475
清麗神の復活 ……………………… 0489
線香花火 ……………………… 0462
ちかしらさん ……………………… 0409
辻占 ……………………… 0415
癩覚 ……………………… 0463
望ちゃんの写らぬかげ ……………… 0484
のほうさん ……………………… 0457, 0458
プリオン的 ……………………… 0460, 0461
蛇を遣わします ……………………… 0415
ペロと黒猫 ……………………… 0415
もう一つの墓 ……………………… 0415
やきかんごふ ……………………… 0415
やまんぶの帯 ……………………… 0462
列見の辻 ……………………… 0415

図子 慧
　愛は、こぼれるqの音色 ………… 0562
　ゴースト ……………………… 0920
　タイスのたずね人 ……………… 0506

鈴鳥 ポチ丸
　箱 ……………………… 1020

鈴木 いづみ
　カラッポがいっぱいの世界 ……… 0573

鈴木 英治
　時読みの女―永倉新八 ……… 0070, 0071

鈴木 輝一郎
　あなたのためを思って ………… 0266
　めんどうみてあげるね …… 0258, 0270

鈴木 清美
　まつりのあと ……………… 0813

鈴木 金次郎
　鼠小僧実記―絵本 ……………… 0100

須月 研児
　叔父の上着 ……………… 0976
　合格発表 ……………… 0968
　紹介 ……………… 0975
　駐車違反 ……………… 0967
　ふんどしの時間 ……………… 0969
　ベストセラー ……………… 0976
　ペット禁止 ……………… 0976
　部屋 ……………… 0976
　役者魂 ……………… 0975

鈴木 光司
　熱帯夜 ……………… 0468

ハンター ……………………… 0939, 0940
フォーカス・ポイント ……………… 1012

鈴木 さくら
　42 ……………………… 0967

すずき さちこ
　あいつ ……………………… 0824

鈴木 さちこ
　スープ ……………………… 0868

鈴木 淳介
　見知らぬ人からの手紙 …………… 0843

鈴木 孝博
　進化したケータイ ……………… 0976

鈴木 敬盛
　情けが溶ける最強湧水都市・三島 … 0812

鈴木 紀子
　山になる ……………………… 0915

鈴木 文也
　円 ……………………… 0463
　解き放たれたもの ……………… 0489
　二文字 ……………………… 0464

鈴木 三重吉
　やどなし犬 ……………………… 1031

鈴木 みは
　みずいろの犬 ……………………… 1023

鈴木 美春
　ある日の出来事 ……………… 0848

鈴木 睦子
　夜のおもいで ……………… 0824

鈴木 めい
　高天神の町 ……………… 0848

すずき もえこ
　雪傘の日 ……………………… 0865

鈴木 雄一郎
　女乞食 ……………………… 0975

鈴木 幸夫
　小説・江戸川乱歩の館 …………… 0146

鈴木 理華
　シンデレラ―クラッシュ・ブレイズ ‥ 1098
　スペインイタリア珍道中 …………… 1098

薄田 泣菫
　黒猫 ……………………… 0795, 0800
　幽霊の芝居見 ……………… 0479

涼原 みなと
　エーラン覚書 ……………… 1048

すすめ 　　作家名索引

雀野 日名子
　きたぐに母子歌 ……………… 0428
　下魚 …………………………… 0484
　中古獣カラゴラン ……………… 0422
　母とクロチョロ ………………… 0409
　僕たちの焚書まつり …………… 0589

須田 地央
　リングのある風景 ……………… 0826

スタイン, ガートルード
　エイダ ………………………… 1138
　ミス・ファーとミス・スキーン ……… 1138

スタイン, R.L.
　愛妻 …………………………… 0202
　ガスライト ……………………… 0287

スタインベック, ジョン
　M街七番地の出来事 …………… 1135

スタウツ, ジェフ
　失血 ……………… 1150, 1151

スタシャワー, ダニエル
　チャレンジャー ………………… 1149
　七つのクルミ …………………… 0225

スタージョン, シオドア
　昨日は月曜日だった …………… 0514
　それ …………………………… 0454
　不思議のひと触れ ……………… 0544

スターリング, ブルース
　江戸の花 ……………………… 0572
　間諜 …………………………… 0551
　慈悲観音 ……………………… 0576

スタンダール
　ほれぐすり ……………………… 0651

スタンパー, W.J.
　死人の唇 ……………………… 0425

スタンリー, ドナルド
　シャーロック・ホームズ対007 …… 0231

スチャリトクル, ソムトウ
　しばし天の祝福より遠ざかり… … 0514

スチュアート, アン
　奇跡のバレンタイン …………… 0712
　キャンドルに願いを …………… 0699
　真夜中の奇跡 ………………… 0650

スティーヴンソン, ファニー・ヴァン・
デ・グリフト
　ハーフ・ホワイト ……………… 1137

スティーヴンソン, ロバート・ルイス
　オララ――八八五 ……………… 0441
　死体泥棒 ……………………… 0413

ステイバー, レイモンド
　メキシカン・ギャッビー ………… 0141

ステーチキン, セルゲイ
　吸血鬼 ………………………… 0406
　祖先達 ………………………… 0554

ステューマカー, アダム
　ネオン砂漠 …………………… 1144

ステンボック, エリック
　向こう岸の青い花―ブルターニュ伝説
　　………………………………… 0389

須藤 文音
　再会 …………………………… 0785
　白い花弁 ……………………… 0785
　父とケサランパサラン ………… 0785
　父の怪談 ……………………… 0785
　ゆく先 ………………………… 0785

陶 淵明
　凶宅 …………………………… 0479

ストゥドニャレク, ミハウ
　時間はだれも待ってくれない …… 0516

ストーカー, B.
　判事の家 ……………………… 0413

ストークス, クリストファー
　マイケル・ロックフェラーを喰った男 … 1144

ストックトン, フランク・R.
　女か虎か ……… 0262, 0365, 0877, 1130
　きみならどうする ……………… 0887
　三日月刀の促進士 …………… 0365
　三日月刀の督励官 …………… 1130

ストラウド, ベン
　シナモン色の肌の女 …………… 0298

ストラザー, ジャン
　みにくい妹 …………………… 0526

ストリンドベルヒ
　一人舞台 ……………………… 0879

ストロス, チャールズ
　ローグ・ファーム ……………… 0519
　ロブスター ……………………… 0551

ストーン, リン
　聖なる贈り物 ………………… 0727

スナイダー, スコット
　ヴードゥー・ハート …………… 0708

作家名索引　　　　　　　　　　すわす

ブルー・ヨーデル …………… 0706, 0707
須永 朝彦
　月光浴 ……………………………… 0966
　就眠儀式―Einschlaf - Zauber …… 0488
須永 淳
　隠し水仙―中濱（ジョン）万次郎外伝 … 0991
　ジョン（中濱）万次郎外伝―出廷に及ば
　　ず ……………………………… 0915
　ジョン（中濱）万次郎外伝―明治への紙
　　縒 ……………………………… 1026
砂川 しげひさ
　赤毛連盟 ………………………… 0232
砂場
　犬は棒などもう嫌いだ ………… 1022
　化石村 …………………………… 1022
　仮面 ……………………………… 1021
　死ではなかった ………………… 1023
　手紙の恋人 ……………………… 1023
　はずれの町 ……………………… 1023
　夜、あける ……………………… 1023
砂原 浩太朗
　いのちがけ ……………………… 0040
スパーク, ミュリエル
　後に残してきた少女 …………… 1140
　百十一年後の運転手 …………… 1134
スピレイン, ミッキー
　死んだはずの男 ………………… 0297
須藤 美貴
　長い拝借 ………………………… 0606
スペクター, クレイグ
　特殊メイク ……………………… 0451
スマレ, マッシモ
　鉄と火から ……………………… 0474
スミアウン
　帰宅 ……………………………… 1121
スミス, アーノルド
　壁画の中の顔 …………………… 0480
スミス, アリ
　五月 …………………… 0706, 0707
　五月―恋情しみじみ …………… 1139
　子供 ……………………………… 0758
スミス, アリソン
　スペシャリスト ………………… 0708

スミス, エミリー・R.
　エミリー・ウィズ・アイアンドレス―セ
　　ンパイポカリプス・ナウ！ ……… 1148
スミス, ガイ・N.
　スポーツ好きの郷士の事件 ……… 0233
スミス, クラーク・アシュトン
　アヴェロワーニュの逢引―一九三一 ·· 0441
スミス, ケン
　イモ掘りの日々 ………………… 1123
スミス, ジュリー
　逃した大魚 ……………………… 0239
　レッド・ロック ………………… 0286
スミス, デニス・O.
　銀のバックル事件 ……………… 0233
　沼地の宿屋の冒険 ……………… 0226
スミス, パトリシア
　彼らが私たちを捨て去るとき …… 0298
スミス,R.T.
　アイリッシュ・クリーク縁起 …… 0299
墨谷 渉
　ナイトウ代理 …………………… 1058
巣山 ひろみ
　青い手 …………………………… 0861
　峠の酒蔵 ………………………… 0860
　πの音楽 ………………………… 0857
　雪玉 ……………………………… 0859
　雪の翼 …………………………… 0861
　椀の底 …………………………… 0862
スラヴィン, ジュリア
　歯好症 …………………………… 0708
　まる呑み ……………… 0706, 0707
スレッサー, ヘンリィ
　最後の微笑 ……………………… 0877
　処刑の日 ………………………… 0890
　毒を盛られたポーン …………… 1136
　どなたをお望み？ ……………… 0445
諏訪 哲史
　点点点丸転転丸 ………………… 0592
　尿意 ……………………………… 1059
　無声抄 …………………………… 1064
スワースキー, レイチェル
　樹海 ……………………………… 0576

485

【せ】

星 竹
花瓶 ……………………… 1113, 1114

成字 終
犬 ……………………………… 0974

井水 伶
師団坂・六〇 ………………… 0279

セイフェッティン, オメル
潔白 ……………………………… 1122
3つの忠告 ……………………… 1122

西方 まぁき
意志のない男 …………………… 0973
医者の言葉 ……………………… 0972
しあわせ恐怖症 ………………… 0972
無意識の罪 ……………………… 0973

セイヤー, マンディ
いいひと ………………………… 1163

青来 有一
スズメバチの戦闘機 …………… 1059

瀬尾 つかさ
ウェイブスウィード …………… 0501

瀬尾 まいこ
運命の湯 ………………………… 0652

瀬川 潮
シュレディンガーの猫 ………… 1023

瀬川 ことび
ラベンダー・サマー …………… 0130

瀬川 深
mit Tuba ………………………… 0997

瀬川 隆文
思い出さないで ………………… 0857
想う故に…。…………………… 0864
硝子の雪花 ……………………… 0859
雪客 ……………………………… 0860
天国からの贈り物 ……………… 0863

関 直恵
ちいさな夜 ……………………… 0824

関 宏江
質量不変の法則 ………………… 0975
二人目 …………………………… 0975

関 沫南
ある街の一夜 …………………… 1115

関口 暁
月夜の晩に母と鯛を …………… 0948
嫁ぐ日まで ……………………… 0762
灯火の消えた暗闇の中で ……… 0983
ばかばかしくて楽しくて ……… 0756
バディーゲーム ………………… 0983

関口 尚
カウンター・テコンダー ……… 0904
さよならの白 ……………… 1099, 1100
晴天のきらきら星 ……………… 1016
図書室のにおい ………………… 1011

関口 光枝
雪童子 …………………………… 0857

関口 涼子
わたしを読んでください。…… 1088

関戸 克己
小説・読書生活（抄）………… 0479

関野 譲治
ようこそ、マシンへ …………… 1026

瀬下 耽
海底 ……………………………… 0455
柘榴病 …………………………… 0142

瀬田 万之助
『きけわだつみのこえ』より … 0779

雪枕
退化 ……………………………… 0974

セディア, エカテリーナ
クジラの肉 ……………………… 0576

瀬戸内 寂聴
夫を買った女 …………………… 1062
恋文の値段 ……………………… 1062
多々羅川 ………………………… 0778
てっせん ………………………… 1071
夏の終り ………………………… 0691
約束 ……………………………… 1057
やまもも ………………………… 0618

瀬那 和章
雨上がりに傘を差すように …… 0214

瀬名 秀明
不死の市 ………………………… 0574
擬眼 ……………………………… 0570
希望―父は悪魔に身を重ね、科学の力
　で世界を変えた-希望を継ぐ者はどこ
　へ？ …………………………… 0560
きみに読む物語 ………………… 0540
新生 ……………………………… 0496

光の栞 ……………………… 0490, 0511
ミシェル―天才ミシェル・ジェランは、
　立ったまま死んでいるのが発見された-
　小松左京『虚無回廊』から生まれた新
　たなる物語 ………………………… 0567
AIR …………………………………… 0484
For a breath I tarry ………… 0552, 0921
SOW狂想曲 ………………………… 0517
Wonderful World ………………… 0501

妹尾 アキ夫
　オースチンを襲う ………………… 0133
　夜曲 ………………………………… 0455
　本牧のヴィナス …………………… 0142
　リラの香のする手紙 ……………… 0230

妹尾 津多子
　明日の行方は、猫まかせ ………… 0822

妹尾 ゆふ子
　グリム幻視『白鳥』 ……………… 0542

ゼーマン, アンジェラ
　モルグ街のノワール ……………… 1149

ゼーヤーリン
　リサ姐御はライザへ行ったことがある
　　か …………………………………… 1121

セラー, ゴード
　不適切に調理されたフグ …… 1150, 1151

ゼラズニイ, ロジャー
　ボルジアの手 ……………………… 1135
　ユニコーン・ヴァリエーション …… 1136

セラネラ, バーバラ
　ミスディレクション ……………… 0203

セルク, カート
　本の事件 …………………………… 0149

千街 晶之
　本邦ミステリドラマ界の紳士淑女録 ‥ 0303
　論理の悪夢を視る者たち.日本篇 …… 0367

仙川 環
　ドナー ……………………………… 1014

仙堂 ルリコ
　靴 …………………………………… 0464

仙洞田 一彦
　電話は鳴らない …………………… 0770

千鳥 環
　仕出しの徳さん …………………… 0859
　雪の大文字 ………………………… 0857

せんべい猫
　アンブッシュ ……………………… 0438

面影は寂しげに微笑む ……………… 0421
クロスローダーの轍 ………………… 0421
大好きだよ。………………………… 0438

セーンマニー, ブンスーン
　金持ちの病 ………………………… 1119
　故郷を離れて ……………………… 1119
　少年僧の夢 ………………………… 1119
　生と死 ……………………………… 1119

【そ】

草子
　スノーグローブ …………………… 0860
　月あかりの庭で子犬のワルツを …… 0862

そうざ
　恩人達 ……………………………… 1020
　超自傷行為 ………………………… 1090
　唯一のもう一つ …………………… 1020

草野 唯雄
　皮を剝ぐ …………………………… 0889

相馬 雨彦
　地球模型 …………………………… 0975

ソウヤー, ロバート・J.
　脱ぎ捨てられた男 ………………… 0519

添田 健一
　磯女 ………………………………… 0462
　食卓の光景 ………………… 0459, 0461
　夜間訓練 …………………………… 0464

添田 みわこ
　こけし館 …………………………… 0855

曾我 明
　颱風圏 ……………………………… 0255

ゾーシチェンコ
　犬の嗅覚 …………………………… 1159
　カヤはさやいだ …………………… 1158
　さっさとおやすみ ………………… 1158
　堂守 ………………………………… 1157

ゾズーリャ, エフィム
　アクと人類の物語 ………………… 0554
　生ける家具 ………………………… 0406

曽根 圭介
　解決屋 ……………………………… 0312
　義憤 ………………………… 0210, 0380

衝突—国際移民プロジェクトは各地で進
　行中だが、貧乏くじを引くのはいつも
　私だ ……………………………… 0559
腸詰小僧 ……………………………… 0309
天誅 ……………………………… 0169, 0170
熱帯夜 …………………………… 0208, 0368
妄執 ……………………………… 0212, 0371
留守番 ……………………………… 0314
老友 ……………………………… 0209, 0369

曾野 綾子
　長い暗い冬 …………………… 0410, 0583

園 子温
　孤独な怪獣 ………………………… 0423

園田 修一郎
　シュレーディンガーの雪密室 ……… 0242
　7番目の椅子 だから誰もいなくなった
　……………………………………… 0243
　ホワットダニットパズル ………… 0241

園田 洋一郎
　「平成二十八年熊本地震」に思う …… 0786

蘇部 健一
　硝子の向こうの恋人—三年前に死んだ
　　"運命の人"を救うのは、ぼくだ。-王道
　　タイムトラベル・ロマンス ……… 0563

杣 ちひろ
　ヘラクレイトスの水 ……………… 0999

ソムサイポン、ブンタノーン
　骨壺 ……………………………… 1119
　放鳥 ……………………………… 1119
　墓地の隣の飲み屋 ……………… 1119

空
　友からの写真 …………………… 0986

空虹 桜
　オン・ザ・ロック ……………… 1023
　これでもか ……………………… 1023
　頭蓋骨を捜せ …………………… 1022
　美術室にて ……………………… 1021
　ペパーミント症候群 …………… 1023
　ボーイスタイル・ガールポップ …… 1023
　ももの花 ………………………… 1023

空守 由希子
　遅れた死神 ……………………… 0462

ソール、ジェリイ
　アンテオン遊星への道 …………… 0524
　見えざる敵 ……………………… 0524

ソルター、ジェームズ
　最後の夜 ………………… 0706, 0707
　楽しい夜 ………………………… 1129

ゾルバヤル、バースティン
　まったき ………………………… 1118

ソローキン、ウラジーミル
　シーズンの始まり ……………… 1124

ソログープ、フョードル
　生まれてこなかったこどものキス … 1158
　獣が即位した国 ………………… 0405
　花かんむりをかぶった人 ……… 1157
　羽根布団 ………………………… 1159
　光と影 …………………… 0392, 0445
　輪まわし ………………………… 1157

成 碩済
　夾竹桃の陰に …………………… 1116

ソーンダーズ、ジョージ
　赤いリボン ……………………… 1129
　シュワルツさんのために ………… 0708

【た】

醍醐 亮
　赤富士の浜 ……………………… 0813

大黒天 半太
　嘘八百 …………………………… 0489
　マジカル・ショッピング ………… 0489
　約束の書 ………………………… 0489

橙 貴生
　深夜呼吸 ………………………… 1004
　月がゆがんでる ………………… 0997
　続いてゆく、揺れながらも ……… 0867

大道 珠貴
　気が向いたらおいでね …………… 0591
　最初でも最期でもなく …………… 1070
　ゆうれいトンネル ……………… 0736

大日谷 見
　ドライブの日 …………………… 1020

大貧民
　治療法 …………………………… 0970
　A型上司 ………………………… 0970

ダイベック、スチュアート
　インフルエンザ ………………… 1088
　猫女 ……………………………… 0726

ペーパー・ランタン …………… 1123

タイボ, パコ・イグナシオ（2世）
　国境の南 ……………………… 0286

タイム 涼介
　夢の中で宙返りをする方法 …… 0585

大門 剛明
　言うな地蔵 …………… 0211, 0379
　カミソリ狐 …………… 0162, 0163
　この雨が上がる頃 …… 0209, 0374

平 金魚
　祈り …………………………… 0462
　落ちてゆく …………… 0457, 0458
　お兄ちゃんの夜 ……………… 0462
　魚屋にて ……………………… 0489
　謝罪の理由 …………… 0460, 0461
　チヤの遺品 …………………… 0463
　裸の男 ………………………… 0464
　八百年 ………………………… 0462
　ひどいところ ………… 0457, 0458
　日々のつみかさね …… 0457, 0458

平 聡
　心療内科 ……………………… 0968

平 繁樹
　秘策 …………………………… 0976

平 平之信
　生まれ変わったら …………… 0459
　グレムリン …………… 0460, 0461

ダ・ヴィンチ・恐山
　『アポロ13』借りてきたよ …… 0909

ダウスン, アーネスト・クリストファー
　十日の菊 ……………………… 0684

田内 志文
　レネの村の辞書 ……………… 0585
　ローエングリンのビニール傘 … 1088

田岡 典夫
　薊野の狸 ……………………… 0050
　お仁王さまとシバテン ……… 0058
　白萩の宿 ……………………… 0109
　鳴海の象 ……………………… 0061
　箱根の山椒魚 ………………… 0125
　弥勒ものがたり ……………… 0074

高井 忍
　新陰流"水月" ………………… 0305
　新陰流"月影" ………… 0211, 0379
　聖剣パズル …………… 0156, 0300

漂流巌流島 ……………………… 0205

高井 信
　女か虎か ……………………… 0484
　神々のビリヤード …………… 0492
　誤用だ！ 御用だ！ ………… 0431
　さかさま ……………………… 0474
　シミリ現象 …………………… 0966

高井 有一
　北の河 ………………………… 0955
　仙石原 ………………………… 1094
　鰡の踊り ……………………… 1056

高家 あさひ
　消え残るものたち …………… 0465
　ご信心のおん方さまは ……… 0464

高石 恭子
　生きのびるための死 ………… 0959

高尾 漂一
　秘密の穴 ……………………… 0975

高岡 啓次郎
　恥じらう月 …………………… 0836

高木 彬光
　十本の指 ……………………… 0032
　性痴 …………………………… 0385
　廃屋 …………………………… 0434
　火の雨ぞ降る ………………… 0522
　百万両呪縛 …………………… 0057
　ミイラ志願 …………………… 0854
　妖婦の宿 ……………………… 0175

高樹 のぶ子
　鰻 ……………………………… 0611
　崖 ……………………………… 1063
　茸 ……………………………… 0790
　トマト雑感 …………………… 0618
　何も起きなかった …… 0896, 0897
　ポンペイアンレッド ………… 1064
　夕陽と珊瑚 …………… 0740, 0753

高崎 節子
　夢がたり ……………………… 0779

高柴 三聞
　雨の日の邂逅 ………………… 0464

高嶋 哲夫
　連鎖 …………………………… 0134

高島 雄哉
　わたしを数える ……………… 0495

鷹匠 りく
　贈り物 ………………………… 0465

たかす　　　　　　　　　作家名索引

タカスギ　シンタロ
　幸運の確率 ………………………… 1023
　氷の女 ……………………………… 1023
　最後の誕生日 …………………… 1021
　辞書をたべる …………………… 1023
　商談 ………………………………… 1022
　そこにいる ……………………… 1022
　ツノ ………………………………… 1022
　人間ピラミッド ………………… 1022
　歯 …………………………………… 1023
　花の種 …………………………… 1023
　鼻の欄 …………………………… 1021
　一つの月 ………………………… 0484
　ヘビの埋葬 ……………………… 1023
　物語の物語 ……………………… 1023
高瀬　美恵
　エステバカ一代 ………………… 0518
高田　郁
　漆喰くい ………………………… 0025
高田　崇史
　バカスヴィル家の犬 ………… 0246
　初心忘るべからず …………… 0246
高田　保
　宣伝 ………………………………… 0766
高田　昌彦
　嗅覚 ……………………………… 0972
　悩みの治療薬 …………………… 0974
　忘れた記憶 ……………………… 0972
高館　作夫
　ある日突然に …………………… 0991
　川柳をつくって ………………… 0985
　老人のつぶやき（一） ………… 1026
　老人のつぶやき（二） ………… 0915
高取　裕
　善人橋の川獺 …………………… 0481
小鳥遊　ふみ
　ある大統領の伝記 ……………… 0970
　凶刀 ………………………………… 0969
　くさり ……………………………… 0969
　人形 ………………………………… 0971
　夢判断 …………………………… 0969
小鳥遊　ミル
　動物霊園の少女 ………………… 0465
鷹野　晶
　雪の博物館 ……………………… 0866

高野　和明
　ゼロ ……………………… 0939, 0940
高野　史緒
　悪魔的暗示（Наваждение）… 0260, 0261
　ヴェネツィアの恋人 ………… 0540
　小ねずみと童貞と復活した女 ‥ 0492, 0569
　ひな菊 …………………… 0552, 1013
　百万本の薔薇 …………………… 0501
　ペテルブルクの昼 レニングラードの夜
　　………………………………… 0440
高野　哉洋
　レモンティー …………………… 0770
高萩　匡智
　川向こうの式典 ………………… 1005
高橋　あい
　星をひろいに …………………… 0845
高橋　篤子
　ウプソルを送る ………………… 0770
高橋　治
　山頭火と鰻 ……………………… 0611
　椿の入墨─神崎省吾事件簿シリーズよ
　　り ……………………………… 0168
高橋　克彦
　愛の記憶 ………………………… 0782
　悪魔のトリル …………………… 0146
　奇縁 ……………………………… 0268
　幻影 ……………………………… 1012
　さるの湯 ………………………… 0780
　卒業写真 ………………………… 0856
　たすけて ………………………… 1049
　短編の妙 ………………………… 0328
　天狗殺し ………………………… 0011
　電話 ……………………………… 0264
　とまどい ………………… 0290, 0291
　ねじれた記憶 …………………… 0328
　筆合戦 …………………… 0244, 0352
　二つ魂 …………………………… 1014
　星の塔 …………………………… 0854
　私のたから ……………………… 1011
高橋　菊江
　直美の行方 ……………………… 0822
高橋　協子
　メビウスの森 …………………… 0846
高橋　源一郎
　凍りつく ………………………… 1049
　さよならクリストファー・ロビン … 1059

490

作家名索引　　　　たかや

さらば、ゴヂラ …………………… 0942
似てないふたり …………………… 0909

高橋 鐵
　怪船「人魚号」 ………………… 0400

高橋 直樹
　小林平八郎―百年後の士道 ……… 0108
　城井一族の殉節 ………………… 0026
　平家の光源氏 …………………… 0082
　闇の松明―伏見城 ……………… 0121

高橋 寛子
　傷みの通過点 …………………… 0959

高橋 史絵
　石がものいう話 ………… 0459, 0461
　送り線香 ………………………… 0463
　水恋 ……………………………… 1023
　トゥング田 ……………………… 0460
　墓参り ………………… 0457, 0458

高橋 幹子
　ホーム …………………………… 0689

高橋 三千綱
　パリの君へ ……………………… 1049

高橋 三保子
　百年の雪時計 …………………… 0861

高橋 睦郎
　第九の欠落を含む十の詩篇 ……… 0488

高橋 幹子
　かすかなひかり ………………… 1083
　99通の想い ……………………… 0668
　チルドレン ……………………… 0682

高橋 由太
　一反木綿 ………………………… 0178
　オサキ油揚げ泥棒になる …… 0223, 0224
　オサキ宿場町へ ………… 0200, 0201
　オサキぬらりひょんに会う ……… 0180
　オサキぬらりひょんに会う―もののけ本
　　所深川事件帖オサキシリーズ …… 0016
　オサキまんじゅう大食い合戦へ …… 0189
　オサキまんじゅう大食い合戦へ 第2回
　　…………………………………… 0190
　オサキまんじゅう大食い合戦へ 第3回
　　…………………………………… 0176
　九回死んだ猫 …………………… 0788
　しゃべる花 ……………………… 0484
　周吉が死んじゃった …………… 0188
　もののけ本所深川事件帖オサキと骸骨幽
　　霊〈抄〉 ………………………… 0181

高橋 葉介
　煙童女―夢幻紳士 怪奇篇 ……… 0440
　木乃伊の恋 ……………………… 0150

高橋 義夫
　キヨ命 …………………………… 0098
　龍の置き土産 …………………… 0114

高畑 啓子
　鬼より怖い生き物に、桃太郎逃げ出す ‥ 1007

高原 英理
　うさと私〈抄〉 ………………… 0886
　グレー・グレー ………………… 0488
　リテラシーゴシック宣言 ……… 0488

高松 素子
　アンリと雪どけ祭り …………… 0859

高見 順
　虚実 ……………………………… 0945
　敗戦日記 ………………………… 0779
　夜 ………………………………… 0993

高見 ゆかり
　あやかしあそび ………………… 0407

髙村 薫
　明るい農村 ……………………… 1012
　田舎教師の独白 ………………… 1059
　街宣車のある風景 ……………… 1060
　カワイイ、アナタ ……… 0740, 0753
　ざらざらしたもの ……………… 0327
　みかん …………………………… 0327
　四人組、大いに学習する ……… 1016
　わが町の人びと ………………… 1019

髙村 光太郎
　梅酒 ……………………………… 0625
　元素智恵子 ……………………… 0761
　こごみの味 ……………………… 0625
　智恵子の半生 …………………… 0761
　米久の晩餐 ……………………… 0625
　裸形 ……………………………… 0761
　レモン哀歌 ……… 0618, 0885, 0888
　レモン哀歌/梅酒 ……………… 1031

高森 美由紀
　カフェオレの湯気の向こうに …… 0862

高柳 重信
　高柳重信十一句 ………………… 0488

高山 明
　観光リサーチセンター ………… 0842

高山 あつひこ
　ギリシャ壺によす ……………… 0464

491

四月一日霧の日の花のスープ ‥‥‥ 0462

高山 聖史
　オデッサの棺 ‥‥‥‥‥‥‥ 0195, 0443
　お届けモノ ‥‥‥‥‥‥‥‥ 0224, 0364
　けもの道 ‥‥‥‥‥‥‥‥‥‥‥ 0619
　ゴミの問題 ‥‥‥‥‥‥‥‥‥‥ 0223
　誉の代償 ‥‥‥‥‥‥‥‥‥‥‥ 0584
　真冬の蜂 ‥‥‥‥‥‥‥‥‥‥‥ 0198
　銘菓 ‥‥‥‥‥‥‥‥‥‥‥‥‥ 0199

高山 羽根子
　うどんキツネつきの―第一回創元SF短
　　編賞・佳作 ‥‥‥‥‥‥‥‥‥ 0512
　母のいる島―十六人の子宝に恵まれた母
　　の意志を、娘たちは受け継いだ ‥‥ 0563

田川 友江
　心むすび ‥‥‥‥‥‥‥‥‥‥‥ 0855

瀧井 孝作
　小猫 ‥‥‥‥‥‥‥‥‥‥‥‥‥ 0799

滝上 舞
　先生の名前 ‥‥‥‥‥‥‥‥‥‥ 0843

タキガワ
　蜘蛛の糸 ‥‥‥‥‥‥‥‥‥‥‥ 1023
　ゲンゴロさん ‥‥‥‥‥‥‥‥‥ 1023
　積み木あそび ‥‥‥‥‥‥‥‥‥ 1023
　天使が通る ‥‥‥‥‥‥‥‥‥‥ 1022
　はじまり ‥‥‥‥‥‥‥‥‥‥‥ 1022
　面 ‥‥‥‥‥‥‥‥‥‥‥‥‥‥ 1021
　役回り ‥‥‥‥‥‥‥‥‥‥‥‥ 1023
　ロケット男爵 ‥‥‥‥‥‥‥‥‥ 1023

多岐川 恭
　網 ‥‥‥‥‥‥‥‥‥‥‥‥‥‥ 1076
　眠れない夜 ‥‥‥‥‥‥‥‥‥‥ 0147
　干潟の小屋 ‥‥‥‥‥‥‥‥‥‥ 0148
　力士の妾宅 ‥‥‥‥‥‥‥‥‥‥ 0020
　私は死んでいる ‥‥‥‥‥‥‥‥ 0285

瀧口 修造
　卵形の室内 ‥‥‥‥‥‥‥‥‥‥ 0993

滝口 康彦
　異聞浪人記 ‥‥‥‥‥‥‥ 0063, 0072
　大野修理の娘―大坂城 ‥‥‥‥‥ 0121
　決死の伊賀越え ‥‥‥‥‥‥‥‥ 0068
　権謀の裏 ‥‥‥‥‥‥‥‥ 0034, 0073
　権謀の裏―鍋島直茂 ‥‥‥‥‥‥ 0036
　猿ケ辻風聞 ‥‥‥‥‥‥‥‥‥‥ 0102
　立花闇千代 ‥‥‥‥‥‥‥‥‥‥ 0022
　仲秋十五日 ‥‥‥‥‥‥‥‥‥‥ 0108

　ときは今 ‥‥‥‥‥‥‥‥‥‥‥ 0116
　与四郎涙雨 ‥‥‥‥‥‥‥‥‥‥ 0026
　拝領妻始末 ‥‥‥‥‥‥‥ 0062, 0098
　旗は六連銭 ‥‥‥‥‥‥‥ 0027, 0039
　放し討ち柳の辻 ‥‥‥‥‥‥‥‥ 0064

滝口 悠生
　泥棒 ‥‥‥‥‥‥‥‥‥‥‥‥‥ 1063

滝坂 融
　doglike ‥‥‥‥‥‥‥‥‥‥‥‥ 0550

たきざわ まさかず
　ドッカーンなお弁当 ‥‥‥‥‥‥ 0849

滝田 真季
　ひぐらりの間 ‥‥‥‥‥‥‥‥‥ 0868

滝田 務雄
　田舎の刑事の趣味とお仕事 ‥‥‥ 0205
　田舎の刑事の宝さがし ‥‥‥‥‥ 0302
　不良品探偵 ‥‥‥‥‥‥‥ 0257, 0301

多岐亡羊
　証拠写真による呪いの掛け方と魔法の破
　　り方 ‥‥‥‥‥‥‥‥‥‥‥‥ 0440
　雪迷子 ‥‥‥‥‥‥‥‥‥‥‥‥ 0474

滝本 竜彦
　おじいちゃんの小説塾 ‥‥‥‥‥ 0981

瀧羽 麻子
　おやすみ ‥‥‥‥‥‥‥‥‥‥‥ 0698
　トキちゃん―阿蘇山本堂 西巌殿寺奥之
　　院 ‥‥‥‥‥‥‥‥‥‥‥‥‥ 0677
　ぱりぱり ‥‥‥‥‥‥‥‥‥‥‥ 0898
　真夏の動物園 ‥‥‥‥‥‥‥‥‥ 1050

田口 静香
　星のたより ‥‥‥‥‥‥‥‥‥‥ 1084

田口 ランディ
　カミダーリ ‥‥‥‥‥‥‥‥‥‥ 0589
　白い犬のいる家 ‥‥‥‥‥‥‥‥ 1010
　虎 ‥‥‥‥‥‥‥‥‥‥‥‥‥‥ 1067
　中島敦『山月記』を語る ‥‥‥‥ 1067

田久保 英夫
　死者の庭 ‥‥‥‥‥‥‥‥‥‥‥ 0993

拓未 司
　後追い ‥‥‥‥‥‥‥‥‥ 0196, 0443
　ある雪男の物語 ‥‥‥‥‥‥‥‥ 0198
　澄み渡る青空 ‥‥‥‥‥‥‥ 0223, 0224
　セカンドライフ ‥‥‥‥‥‥‥‥ 0584
　母の面影 ‥‥‥‥‥‥‥‥ 0364, 0443
　晴れのちバイトくん ‥‥‥‥‥‥ 0768
　揺れる最終電車 ‥‥‥‥‥‥‥‥ 0200

料理人の価値 …………………… 0619

ダグラス, キャロル・ネルソン
　サックスとかけがえのない猫 …… 0320
　芝生と秩序―ローン＆オーダー …… 0239

ダグラス, スチュアート
　閉ざされた客室 ………………… 0228

岳 宏一郎
　吉宗の恋 ………………………… 0078

竹内 郁深
　やっぱり結局 …………………… 1020

竹内 健
　紫色の丘 ………………………… 0488

竹内 伸一
　やぐらの上の雨女 ……………… 0967

武内 涼
　伏見燃ゆ 鳥居元忠伝 …………… 0076

竹河 聖
　父の恋人 ………………………… 0435
　振り向いた女 …………………… 0412

武田 亞公
　港の子供たち …………………… 1036

武田 綾乃
　俺の彼女は人見知り …………… 0196
　かわいそうなうさぎ …… 0193, 0198, 0443
　クリスマスプレゼント ………… 0603

武田 五郎
　回天特攻学徒隊員の記録 ………… 0779

武田 繁太郎
　風潮 …………………………… 1047

武田 若千
　市松人形 ………………………… 0462
　おじさん ………………………… 0465
　女 …………………………… 0459, 0461
　神様 …………………………… 1021
　白いライトバン ………………… 0465
　電話 …………………………… 1022
　バックライト …………………… 0463
　隣家の風鈴 ……………………… 0464

武田 泰淳
　いりみだれた散歩 ……………… 0910
　信念 …………………………… 0924
　ひかりごけ …… 0327, 0414, 0437
　もの食う女 ……………………… 0628
　由井正雪の最期 ………………… 0004

武田 忠士
　写生 …………………………… 0459

竹田 真砂子
　じょさね ………………………… 0083
　玉手箱 …………………………… 0084

武田 八洲満
　あぶ、あぶ ……………………… 0050
　いろはにほへとかたきうち …… 0111
　海に金色の帆 …………………… 0074
　菊のはなかげ …………………… 0109
　五人の武士 ……………………… 0105
　永見右衛門尉貞愛 ……………… 0110
　よく忠によく孝に ……………… 0061

武田 百合子
　『日日雑記』より ……………… 0596
　枇杷 …………………… 0618, 0628
　藪塚ヘビセンター ……… 0911, 0912

武田 麟太郎
　井原西鶴 ………………………… 0816
　大凶の籤 ………………………… 0884

竹谷 友里
　金木犀の風に乗って …………… 0855

竹西 寛子
　五十鈴川の鴨 …………………… 1055
　儀式 …………………………… 0777
　神馬 …………………………… 0874

竹之内 響介
　春子の手 ………………………… 0947
　ベンチウォーマー ……………… 0760
　僕のお父さん …………………… 0965

竹久 夢二
　わすれな草/かへらぬひと ……… 1031

竹村 直伸
　似合わない指輪 ………………… 0145

竹本 健治
　依存のお茶会 …………… 0922, 0923
　恐怖 …………………………… 0136
　恐い映像 ………………………… 0376
　騒がしい密室 …………………… 0150
　世界征服同好会 ………………… 0333
　閉じ箱 …………………………… 0345
　羊の王 …………………………… 0440
　漂流カーペット―鏡家サーガ …… 0378
　瑠璃と紅玉の女王 ……………… 0561

嶽本 野ばら
　死霊婚 …………………………… 0608

たけも　　　　　　　　　　　作家名索引

プリンセス・プリンセス …… 0745, 0754
Flying guts ………………… 0678, 0679
Pearl parable ………………… 1049

竹本 博文
その船に乗ってはいけない ……… 0983

竹森 仁之介
モン族 ……………………………… 0986

竹吉 優輔
イーストウッドに助けはこない ‥ 0260, 0261

タゴール
もっとほんとうのこと …………… 0879

太宰 治
浦島さん …………………………… 0545
黄金風景――一九三九（昭和一四）年三月
………………………………… 1097
桜桃 ………………………… 0616, 0618
カチカチ山 ………………………… 0892
貨幣 ………………………………… 1082
玩具 ………………………………… 0945
魚服記 ………… 0402, 0477, 0807, 0854
きりぎりす ………………………… 0684
グッド・バイ ……………… 0943, 1089
グッド・バイ――一九四八（昭和二三）年
六月 ……………………………… 1097
最後の太閤 ………………………… 0019
弱者の糧 …………………………… 0596
十二月八日 ………………… 1065, 1066
女生徒 ……………………………… 0741
水仙 ………………………………… 1095
千代女 ……………………………… 0741
トカトントン ……………………… 0955
人魚の海―新釈諸国噺 …………… 0400
走れメロス ………………………… 0888
晩年 ………………………………… 0878
美少女 ……………………… 0741, 0963
貧の意地 …………………………… 0875
富嶽百景 ………… 0806, 1052, 1093
待つ ………………………………… 1031
眉山 ………………………………… 1069
懶惰の歌留多 ……………………… 0884
懶惰の歌留多（抄） ……………… 0479

多崎 礼
哭く骸骨 …………………………… 1048
夜半を過ぎて―煌夜祭前夜 ……… 1098

田沢 五月
6.山小屋 …………………………… 0401

ダーシー, エマ
裏切りの花束 ……………………… 0718
冷たいボス ………………………… 0712

ダシゼベグ, ジャンチブドルジーン
花の萎れる夏 ……………………… 1118

ダシドーロブ, ソルモーニルシーン
仮寝の世界 ………………………… 1118

ダシニャム, ロブサンダムビィン
月餅 ………………………………… 1118

但馬 戒融
誘母燈 ……………………………… 0481

多田 智満子
鏡の町または眼の森 ……………… 0993
死刑執行 …………………………… 0479

多田 容子
黒船忍者 …………………………… 0103

只助
赤色ウサギは何を夢見る ………… 0460

タタツ シンイチ
奴等 ………………………………… 0483
鋳像 ………………………………… 0484
風神 ………………………………… 0412

只野 真葛
「奥州ばなし」より ……………… 0854

唯野 未歩子
あにいもうと ……………………… 0805
17歳 ………………………… 0745, 0754
握られたくて ……………… 0743, 0744

立花 腑楽
鬼裂 ………………………… 0460, 0461
黒い羊 ……………………………… 1022
水田に泣く ………………………… 0464
中有駅前商店街にて ……………… 0460
潤落 ………………………………… 0460
天に還す …………………………… 0463
夏の終りに ………………… 0459, 0461
肉色の森 …………………………… 0462
吉田爺 ……………………… 0457, 0458

立原 えりか
くだもののたね …………………… 0618

立原 透耶
赤い絨毯 …………………… 0416, 0417
生霊 ………………………… 0416, 0417
一両目には乗らない ……… 0416, 0417
おかっぱの女の子 ………… 0416, 0417

怪談鍋 …………………… 0416, 0417
散歩途中で …………………… 0416, 0417
白い服を着た女 …………………… 0416, 0417
心霊写真 …………………… 0416, 0417
中国での話 …………………… 0416, 0417
人間違い …………………… 0416, 0417
楽園 …………………… 0484

立原 正秋
流鏑馬 …………………… 0907

立原 道造
のちのおもひに …………………… 1031

日明 恩
心晴日和 …………………… 0769
トマどら …………………… 0620, 0621
山の中の犬 …………………… 0259

龍田 力
きっと忘れない …………………… 0950
「好き」と言えなくて …………………… 0948
地下と宇宙の出来事 …………………… 0983
浮遊島 …………………… 0983

辰野 九紫
青バスの女 …………………… 0255

巽 鏡一郎
テエブル …………………… 0465

巽 聖歌
きみは少年義勇軍 …………………… 1036

立見 千香
社内恋愛 …………………… 0704
すべては手の中に …………………… 0667
トライアングル …………………… 0688
ホップ・ステップ・マザー …………………… 0688
ラスト・ドロップ …………………… 0664
ワンルームの奇跡 …………………… 0666

立見 千春
既婚恋愛 …………………… 0704

巽 昌章
宿題を取りに行く …………… 0316, 0321
東西「覗き」くらべ …………… 0257, 0301
雪の中の奇妙な果実 …………… 0292, 0293

館 淳一
お熱い本はお好き？ …………………… 0518

タテ マキコ
花の香る日 …………………… 0710

舘 有紀
赦しの庭 …………………… 0845

建石 明子
菱川さんと猫 …………………… 0858
乱数の雪 …………………… 0857

立石 一夫
昭和エレジー …………………… 1084

舘澤 亜紀
山荘へ向かう道 …………………… 0862

立野 信之
豪雨 …………………… 0766

立松 和平
鉄腕ボトル …………………… 1059
ともに帰るもの …………………… 1073

堕天
オサナヤ …………………… 0831

ダナー, アレクサンダー
動脈瘤 …………………… 1150, 1151

田中 大也
「運動会」の幕引き …………………… 1090

田中 明子
銀化猫 …………………… 0859
魂のレコード …………………… 0861
惑星のキオク …………………… 0860

田中 アコ
頭の上にカモメをのせて …………………… 0865
君を見る結晶夜 …………………… 0862
降る賛美歌 …………………… 0866

田中 栄子
Genius party & fiction zero 天才たちの
シンフォニック・コラボレーション ‥ 1101

田中 悦朗
悪戯心 …………………… 0975
父の推理小説 …………………… 0976
チョークの行方 …………………… 0976
ばあちゃんの攻防 …………………… 0967
白紙のテスト …………………… 0968
補正 …………………… 0968
道案内 …………………… 0968

田中 光二
最後の狩猟 …………………… 0532
スフィンクスを殺せ …………………… 0533

田中 貢太郎
累物語 …………………… 0426
竈の中の顔 …………………… 0414
義猫の塚 …………………… 0795, 0800
這って来る紐 …………………… 0479
山の怪 …………………… 0477

たなか　作家名索引

田中　小実昌
鮫鱗の足 …………………… 0613
魚撃ち …………………… 1094
からっぽ …………………… 0890
北川はぼくに …………………… 0777
幻の女 …………………… 0345

田中　慎弥
蛹 …………………… 1056
聖堂を描く …………………… 1060

田中　せいや
おむかえ …………………… 0463
小石おばば …………………… 0464
ならわし …………………… 0464
パラパラ …………………… 1023
やわらかな追憶 …………………… 0465
夢の住人 …………………… 1023

田中　貴尚
乳白温度 …………………… 0861

田中　隆尚
爐邊の校正 …………………… 0580

田中　孝博
お兄ちゃん記念日 …………………… 0756
十月十日の二人 …………………… 0763
そら豆のうた …………………… 0950
長い長い帰り道 …………………… 0947
日本一、やさしい一日 …………………… 0946
夫婦のセンセイ …………………… 0631
平均点と最高点 …………………… 0755
ポテトとキャベツ …………………… 0949
ボンタンアメが好きな人 …………………… 0606
六畳一間のスイート・ホーム …………………… 0762
分かれ道 …………………… 0947

田中　健夫
迷惑がられるのはイヤなんです …………………… 0959

田中　千禾夫
ぽーぶる・きくた …………………… 0993

田中　哲弥
おかえり …………………… 0484
羊山羊 …………………… 0500
夕暮れの音楽室 …………………… 0474
夜なのに …………………… 0431, 0552
隣人─家庭を襲い胃を満たし脳に染み入
るこの臭い…恐ろしい非常識が越して
きた …………………… 0558

たなか　なつみ
踊りたいほどベルボトム …………………… 1023

傷 …………………… 1021
告白 …………………… 1023
コメディアン …………………… 1022
最高刑 …………………… 1022
再生 …………………… 0484
しっぽ …………………… 1023
出航 …………………… 1021
長い冒険の果ての正しい結末 …………………… 1023
二人だけの秘密 …………………… 1023
無何有の郷 …………………… 1023
めでたしめでたしのその先 …………………… 1023
ロマンチック・ラブ …………………… 1023
我が家のだるまさんは転ばない …………………… 1022
笑い坊主 …………………… 1023

田中　英光
桑名古庵 …………………… 0019

田中　啓文
あるいはマンボウでいっぱいの海 … 0474
ウルトラマン前夜祭 …………………… 0523
嘔吐した宇宙飛行士 …………………… 0539, 0548
怪獣ルクスビグラの足型を取った男 … 0523
怪獣惑星キンゴジ …………………… 0311
辛い飴 …………………… 0370
辛い飴─永見緋太郎の事件簿 …………………… 0207
ガラスの地球を救え！──なにもかも、
みな懐かしい…SFを愛する者たちすべ
ての魂に捧ぐ …………………… 0558
砕けちる褐色 …………………… 0362
子は鎹 …………………… 0218
悟りの化け物 …………………… 0920
猿の惑星チキュウ …………………… 0313
地獄の新喜劇 …………………… 0431
渋い夢─永見緋太郎の事件簿 ‥ 0208, 0381
集団自殺と百二十億頭のイノシシ … 0570
新鮮なニグ・ジュギペ・グァのソテー。
キウイソース掛け …………………… 0613
「スマトラの大ネズミ」事件 …………………… 0229
忠臣蔵の密室 …………………… 0316, 0321
挑発する赤 …………………… 0245
天国惑星パライゾ …………………… 0312
時うどん …………………… 0173
本能寺の大変─巨体がうなるぞ！信長勝
つか？明智勝つか？世紀の大決斗 ‥ 0566
まごころを君に …………………… 0484
輪廻惑星テンショウ …………………… 0571

田中　文雄
ベルリオーズに乾杯 …………………… 0474

作家名索引　　　　たにく

森は歌う ……………………… 0472

田中 万三記
C・ルメラの死体 ……………… 0151

田中 雅也
「刑期」を終え、生化学者の道を … 1007

田中 雄一
箱庭の巨獣 …………………… 0515

田中 芳樹
燭怪 …………………………… 0078
人皇王流転 …………………… 0077
戦場の夜想曲 ………………… 0538
古井戸 ………………………… 1096
亡国の後 ……………………… 0043

タナカ・T
小指の想い出 ………………… 0597

田名場 美雪
卒業まであと半年 …………… 0959

田辺 青蛙
あめ玉 ………………… 0457, 0458
生き血 ………………… 0457, 0458
お化けの学校 ………… 0457, 0458
がんばり入道 ………………… 0462
首吊り屋敷 …………………… 0475
薫糖 …………………… 0457, 0458
月の味 ………………………… 0460
てのひら宇宙譚―間借りに来た宇宙人、
　人面瘡のお見合い…奇妙奇天烈！ 超短
　編劇場 …………………… 0559
夏の夜 ………………… 0457, 0458
姉やん ………………… 0460, 0461
古い隧道 ……………………… 0462
蜜壺 …………………………… 0460
幽霊画の女 …………… 0459, 0461
夜の来訪者 …………………… 0456
我が家の人形 ………………… 0409

田辺 聖子
おかしな人 …………………… 1054
鬼の歌よみ …………………… 0432
コンニャク八兵衛 …………… 0817
忍びの者をくどく法 ………… 0051
ジョゼと虎と魚たち ………… 0691
たこやき多情 ………… 0613, 0615
雪の降るまで ………… 0911, 0912

田辺 貞之助
海坊主 ………………………… 0408

田辺 十子
あかいゴム …………………… 0855

田辺 ふみ
力を合わせて ………………… 0974

谷 一生
まちぼうけ …………………… 0463

谷 甲州
高射噴進砲隊―覇者の戦塵 ……… 1098
産医、無医村に向かう ……… 0921
灼熱のヴィーナス―金星上空で大事故が
　発生した。だが、本部から現場への指
　示は奇妙だった… …………… 0564
星魂転生 ……………………… 0552
ダマスカス第三工区―不可解な事故だっ
　た。この星の氷には、意思があるの
　か？ ………………………… 0566
星殺し ………………………… 0538
火星鉄道一九 ………………… 0527
メデューサ複合体 …………… 0511
メデューサ複合体―木星の大気中に浮か
　ぶ巨大構造物は、何かがおかしい…宇
　宙土木SF、復活 …………… 0560

谷 春慶
綾瀬美穂 ……………………… 0603
中二ですから ………………… 0195
メイルシュトローム ……… 0199, 0201

谷 瑞恵
なくしものの名前 …………… 0977

谷川 俊太郎
アイザック・ニュートン ……… 0618
朝のリレー …………………… 0885
生きる ………………………… 0885
交合 …………………………… 0807
言葉 …………………………… 0783
探偵電子計算機 ……………… 0436
虎白カップル譚 ……………… 0805
「ペ」 ………………………… 0966
ろうそくがともされた ……… 1088

谷川 流
エンドレスエイト …………… 0546

谷口 純
わかれ 半兵衛と秀吉 ……… 0085

谷口 弘子
鷹丸は姫 ……………………… 0934

谷口 雅美
アカンタレの恋 ……………… 0667

497

あなたの嫌いな色 ……………… 0948
あなたの背中 …………………… 0941
「妹」は幽霊 …………………… 1083
うそつき ………………………… 0965
終わりのまえに ………………… 0688
カワイイ人 ……………………… 0696
今日が最後の日 ………………… 0947
結婚の理由 ……………………… 0704
告白 ……………………………… 0606
最後の親孝行 …………………… 0763
最後の晩餐 ……………………… 0948
最後のひと ……………………… 0704
しあわせのしっぽ ……………… 0682
喋らない男 ……………………… 0689
十年醸造のカタコイ …………… 0666
神社ガール ……………………… 0664
セメントベビー ………………… 0760
走馬灯のように母は。…………… 0762
タラレバ ………………………… 0756
誓いの言葉 ……………………… 0631
父へ ……………………………… 0762
虹 ………………………… 0946, 1030
母が祈る理由 …………………… 0762
母の言霊 ………………………… 0755
母は同い年 ……………………… 0757
ハレの日に ……………………… 0665
反抗期 …………………………… 0606
マシュマロ・マン ……………… 0688
また会う日まで ………………… 0950
見えない糸 ……………… 0946, 1030
「友人」の娘 …………………… 0950
予想外のできごと ……………… 0949

谷崎 潤一郎
或る調書の一節―対話 ………… 0892
鍵 ………………………………… 1095
鶴唳 ……………………………… 0397
過酸化マンガン水の夢 ……… 0911, 0912
恐怖 ……………………………… 1038
魚の李太白 ……………………… 1080
刺青 …………… 0408, 1052, 1068, 1087
人面疽 …………………………… 0596
小さな王国 ……………… 0774, 0775, 0880
人魚の嘆き ……………… 0397, 0400, 0787
ねこ 猫―マイペット 客ぎらひ …… 0799
初音の鼓―『吉野葛』より …… 0622
母を恋うる記 …………………… 0875
美食倶楽部 ……………………… 0869

秘密 ………………… 0330, 0397, 0402
飆風 ……………………………… 0993
天鵞絨の夢 ……………………… 0397
富美子の足 ……………………… 1041
富美子の足――九一九（大正八）年六-七
　月 ……………………………… 1097
幇間 ………………………… 0884, 1087
魔術師 …………………………… 0391
夢の浮橋 ………………………… 0397
柳湯の事件 ……………………… 0963

谷崎 由依
鉄塔のある町で ………………… 0905
蜥蜴 ……………………………… 1063
走る、訳す、そしてアメリカ …… 0905
満ちる部屋 ……………………… 1057
a yellow room …………… 0354, 0355
Jiufenの村は九つぶん ………… 1061

谷原 秋桜子
イタリア国旗の食卓 ……… 0171, 0324
鏡の迷宮、白い蝶 ………… 0156, 0300

谷村 志穂
かさかさと切手 ………………… 1010
風になびく青い風船 …………… 0736
こっちへおいで ………………… 1039
ジェリー・フィッシュの夜 …… 1070
ストーブ ………………………… 1015
ヒトリシズカ …………………… 0685
娘の誕生日 ……………………… 0644

ダーネシュヴァル, スィーミーン
アニース ………………………… 0749

種田 山頭火
小草 ……………………………… 0993
白い路 …………………………… 0625
漬物の味 ………………………… 0625

種村 季弘
永代橋と深川八幡 ……………… 0408
天どん物語―蒲田の天どん …… 0622

田端 智子
音のない雨 ……………………… 0824

田端 六六
天狗のいたずら ………………… 0279

田原 玲子
右隣りの人 ……………………… 1074

ターヒューン, アルバート・ペイスン
青い手紙 ………………………… 0870

作家名索引　　たん

玉岡 かおる
　文学という贈り物 ………………… 0855
　ものがたりをつむぐ人 …………… 0868

玉川 一郎
　スーツ・ケース ………………… 0151

田牧 大和
　まぼろし一味陰始末 …………… 0081

玉木 凛
　オンライン ……………………… 0757

玉木 凛々
　当たり前の世界で ……………… 0941

珠子
　かいもの ………………………… 0462

多麻乃 美須々
　土塀の向こう …………………… 0465

田丸 久深
　ポストの神さま ………………… 0603

田丸 雅智
　グラス …………………………… 0970
　桜 ………………………………… 0484
　自転車に乗って ………… 0467, 1018
　泥酒 ……………………………… 0571
　ホーム列車 ……………………… 0495
　友人Iの勉強法 ………… 0467, 1018
　E高生の奇妙な日常 …… 0467, 1018
　E高テニス部の序列 …… 0467, 1018

タマーロ, スザンナ
　コモド島 ………………………… 1156

田宮 沙桜里
　海辺の家 ………………………… 0460

田宮 虎彦
　銀心中 …………………………… 0978

ダムス, ジーン・M.
　メイン号を覚えてる？ ………… 0320

田村 泰次郎
　蝗 ………………………………… 0776

田村 悠記
　ひどいにおい …………………… 0968

田村 隆一
　死体にだって見おぼえがあるぞ …… 0345

ダーモント, アンバー
　リンドン ………………………… 1142

田山 花袋
　ある墓 …………………………… 1086
　一夜のうれい …………………… 0784

田舎教師（抄） …………………… 0882
帰国 ………………………………… 0953
少女病 ……………… 0955, 1068, 1093
断流 ………………………………… 1075

タラッキー, ゴリー
　天空の家 ………………………… 0749

ダリオ, ルベン
　ルビー …………………………… 1161

ダルヴァシ, ラースロー
　盛雲、庭園に隠れる者 ………… 0516

樽合歓
　死後は良いとこ一度はおいで …… 1051

ダルマール, アウグスト
　田舎暮らし ……………………… 1161

ダレサンドロ, ジャッキー
　オンリー・ユー ………………… 0725

ダーレス, オーガスト
　蝙蝠鐘楼 ………………………… 0425
　調教された鵜の事件 …………… 0231

太朗 想史郎
　神さまと姫さま ………… 0223, 0224
　座席と中年 ……………………… 0200

タワー, ウェルズ
　ヒョウ …………………………… 1125

多和田 葉子
　韋駄天どこまでも ……………… 0709
　一匹の本/複数の自伝 ………… 0592
　おと・どけ・もの ……………… 1058
　不死の島 ………………………… 0783
　胞子 ……………………………… 0807
　ミス転換の不思議な赤 ………… 1063

俵 万智
　先生の机 ………………………… 0994

檀 一雄
　上杉謙信 ………………………… 0041
　武田信玄 ………………………… 0041
　廃絶させるには惜しい夏の味二つ … 0625
　光る道 …………………………… 0892
　娘と私 …………………………… 0596

旦 敬介
　フルートの話 …………………… 1088

但 娣
　風―わが母にささげる …………… 1115
　忽瑪河の夜 ……………………… 1115
　柴を刈る女―愛する楚珊にささげる … 1115

499

たん　　　　　　　　　　作家名索引

壇 蜜
　ふたつの王国 ……………………… 0961
ダンカン, アンディ
　主任設計者 ……………………… 0555
ダンカン, ロナルド
　姉の夫 …………………………… 1135
丹下 健太
　サタデードライバー …………… 0958
ダンセイニ, ロード
　野原 ……………………………… 1130
　バブルクンドの崩壊 …………… 0392
　二壜のソース …………………… 0892
　プロブレム ……………………… 1136
　妖精族のむすめ ………………… 0402
ダンヌンツィオ, ガブリエーレ
　処女地 …………………………… 1156

【 ち 】

遅 子建
　じゃがいも …………………… 1113, 1114
　花びらの晩ごはん …………… 1113, 1114
チーヴァー, ジョン
　シェイディ・ヒルのこそこそ泥棒 … 1132
チェウ・フアン
　流れ星の光 ……………………… 0684
チェスタトン, G.K.
　秘密の庭 ………………………… 0138
チェットウィンド＝ヘイズ, R.
　獲物を求めて …………………… 0454
チェーホフ, アントン・パーヴロヴィチ
　いたずら ………………………… 0684
　かけ …………………… 0871, 0879
　カルタ遊び ……………………… 0870
　結婚申込み ……………………… 0869
　コーラス・ガール ……………… 0892
　煙草の害について ……………… 0390
　酔っ払いと素面の悪魔との会話 … 0405
近田 鳶迩
　かんがえるひとになりかけ ……… 0158
近松 秋江
　愛着の名残り …………………… 0945
　青草 ……………………………… 1052

　黒髪 ……………………… 0955, 1093
　天災に非ず天譴と思え ………… 0784
　雪の日 …………………………… 1087
近山 知史
　レンズの向こう ………………… 0853
千地 隆志
　晦 ………………………………… 0857
樗木 聡
　絶対に成就する結婚相談所 …… 0973
　不思議ラーメン ………………… 0967
　ミスコン ………………………… 0976
治水 尋
　壁 ………………………………… 0974
チーゾーエー
　死んでいった者の罪状 ………… 1121
千梨 らく
　哀れな男 ………………………… 0200
　菊島直人のいちばんアツい日 …… 0195
　最後の料理 ……………………… 0619
　小説王子 ………………………… 0584
　とぼけた二人 …………………… 0197
千野 隆司
　珠簪の夢 ………………………… 0017
　夕霞の女 ………………………… 0016
千野 帽子
　帰したくなくて夜店の燃えさうな … 1029
　『モルグ街の殺人』はほんとうに元祖ミ
　　ステリなのか？―読まず嫌い。名作入
　　門五秒前 評論 ………………… 0323
　ゆるいゆるいミステリの、ささやかな謎
　　のようなもの。………………… 0304
　読まず嫌い。名作入門五秒前『モルグ街
　　の殺人』はほんとうに元祖ミステリな
　　のか？ ………………………… 0248
茅野 雅
　湖畔の夏 ………………………… 0748
茅野 裕城子
　ペチカ燃えろよ ………………… 1055
　北方交通 ………………………… 1057
千葉
　駐車場 …………………………… 0464
千葉 暁
　砕牙―聖刻群龍伝 ……………… 1098
千葉 省三
　十銭 ……………………………… 0804
　虎ちゃんの日記（抄） ………… 0804

作家名索引　　　　　　　　　ちん

千早 茜
　あかがね色の本 ……………… 0590
　管狐と桜 …………………… 1013
　しらかんば―八千穂高原 ……… 0677
　チンドン屋 ………………… 0893
チャイルド, モーリーン
　あなたに誘惑の罠を …………… 0722
　誇り高き結婚 ………………… 0635
チャイルド, リー
　最高に秀逸な計略 …………… 0203
　もう安全 …………………… 0202
　有効にして有益な約因 ………… 0287
チャイルド, リンカーン
　ガスライト ………………… 0287
チャップマン, アーサー
　シャーロック・ホームズ対デュパン ‥ 0231
チャペック, カレル
　アリクについて ……………… 0886
　金庫破りと放火犯の話 ………… 0892
チャポンダ, ダリーゾ
　だれかを救おうとしているあいだに死
　ぬ ……………………… 1150, 1151
茶毛
　信珠 ………………………… 0438
　淘汰 ………………………… 0438
　黙死 ………………………… 0438
チャン, テッド
　息吹 ………………………… 0572
　商人と錬金術師の門 …………… 0514
チャン, ブー
　砂漠 ………………………… 0296
チャン・トゥイ・マイ
　天国の風 …………………… 1110
チャンドラー, レイモンド
　マーロウ最後の事件 …………… 0286
中条 佑弥
　誘蛾灯 ……………………… 0846
チューニッ
　バラの尋常ならざる夢 ………… 1121
趙 京蘭
　同時に ……………………… 1116
千代 有三
　語らぬ沼 …………………… 0147
　殺人混成曲 ………………… 0148

チョイ, エリック
　献身 ………………………… 0555
チョーイマン
　霧晴れ初めし朝 ……………… 1121
張 悦然
　家 …………………………… 1112
　狼さんいま何時 ……………… 1111
張 系国
　シャングリラ ………………… 0881
長 新太
　犬頭人とは ………………… 0479
　ハードボイルド ……………… 0994
超 鈴木
　完全犯罪 …………………… 0974
　今年の漢字 ………………… 0974
　謎 …………………………… 0974
鳥海 たつみ
　指 …………………………… 0849
チョウ・シキン
　言葉 ………………………… 0891
　梅雨―涸れてゆく故郷へ ……… 0891
　焼肉屋合唱曲 ………………… 0891
超短編作家19人集
　未来妖怪燐寸匣 ……………… 0483
チョーサー, ジェフリー
　粉屋の話 …………………… 0869
　免罪符売りの話 ……………… 0283
全 光鏞
　カピタン李 ………………… 1117
　射手 ………………………… 1117
鄭 承博
　裸の捕虜 …………………… 1082
鄭 暎惠
　帰りたい理由 ………………… 1088
知里 真志保
　へっぴりおばけ ……………… 0479
知里 幸恵
　「日記」から ………………… 0886
陳 舜臣
　キッシング・カズン …………… 0271
　スマトラに沈む ……………… 0151
　長い話 ……………………… 0270
　梨の花 ……………… 0383, 0384
　日本早春図 ………………… 0272
　宝蘭と二人の男 ……………… 0269

501

【つ】

椎間 浩二
　急ぎでお願いします ……………… 0974

ツヴァイク, シュテファン
　書痴メンデル ………………………… 0586
　昔の借りを返す話 …………………… 0881
　目に見えないコレクション ……… 0879
　目に見えないコレクション―ドイツ、イ
　　ンフレーション時代のエピソード ‥ 0586

痛田 三
　田んぼ …………………………… 0457, 0458
　半券 ……………………………… 0457, 0458

ツェリンノルブ
　アメリカ …………………………… 1111

ツェンドジャヴ, ドルゴリン
　黄金薬箋 …………………………… 1118

司 茜
　若狭に想う ………………………… 0846

司 凍季
　亡霊航路 …………………………… 0604

柄刀 一
　ある終末夫婦のレシート …… 0341, 0342
　イエローカード …………………… 0244
　ウォール・ウィスパー ……… 0322, 0338
　絵の中で溺れた男 ………………… 0284
　言語と密室のコンポジション ……… 0139
　サイボーグ・アイ ………………… 0440
　紳士ならざる者の心理学 …… 0316, 0321
　太陽殿のイシス（ゴーレムの檻 現代版）
　　…………………………………… 0362
　チェスター街の日 …………… 0248, 0323
　デューラーの瞳 ……………… 0359, 0360
　ネコの時間 …………………… 0792, 0793
　バグズ・ヘブン ……………… 0357, 0358
　緋色の紛糾 ………………………… 0229
　光る棺の中の白骨 …………… 0150, 0152
　古き海の・ ………………………… 0453
　身代金の奪い方 ……………… 0208, 0381
　龍之介、黄色い部屋に入ってしまう ‥ 0352

塚原 渋柿園
　不老術 ……………………………… 0019

塚本 邦雄
　壹越 ………………………………… 1025
　僧帽筋 ……………………………… 0488
　塚本邦雄三十三首 ………………… 0488

塚本 悟
　三鉄活人剣 ………………………… 0829

塚本 修二
　加州情話 …………………………… 0990
　河内のこと ………………………… 0989
　座り心地の良い椅子 ……………… 0991

塚本 青史
　最後に明かされた謎―土方歳三 ‥ 0070, 0071

月島 淳之介
　同期 ………………………………… 0867

つきの しずく
　ひらひらり ………………………… 0849

月野 玉子
　遅れた誕生日 ……………………… 0973
　新発明のヘルメット ……………… 0972
　絶対家政婦ロボ・さっちゃん ……… 0974

月村 了衛
　機龍警察 火宅 …………………… 0511
　機龍警察 化生 …………………… 0568
　機龍警察沙弥 ……………………… 1017
　機龍警察 輪廻 …………………… 0345
　水戸黄門天下の副編集長 ………… 0084
　水戸黄門 謎の乙姫御殿 ………… 0132
　連環 ………………………………… 0928

つくね 乱蔵
　あなたを待ち侘びて ……………… 0424
　黒豆と薔薇 ………………………… 0913
　触るな ……………………………… 0438
　実演販売 …………………………… 0438
　失敗したおやすみなさい ………… 0421
　地図 ………………………………… 0438
　発芽 ………………………………… 0438
　蜜柑と梅干し ……………………… 0438
　楽園 ………………………………… 0421

柘 一輝
　だるまさんがころんだ …………… 0973
　ヒトコントローラー ……………… 0972
　不景気万歳 ………………………… 0973
　編集者の力 ………………………… 0973
　よりによってこんな日に ………… 0972
　わたし、飛べるかな？ …………… 0972

作家名索引　つた

拓植 周子
薄震ならず ……………………… 0786

柘植 めぐみ
消えた拳銃 ……………………… 0294
死はすばらしい ………………… 0294

辻 潤
小説 ……………………………… 0945

辻 淳子
砂埃の向こう …………………… 0665
二十六年分のドライブ ………… 0946

辻 まこと
イヌキのムグ …………………… 0794
多摩川探検隊 …………………… 1029

辻 真先
ああ世は夢かサウナの汗か ……… 0963
嵐の枢島で誰が死ぬ［解決編］ …… 0253
嵐の枢島で誰が死ぬ［問題編］ …… 0253
お座敷列車殺人号 ……………… 0356
銀座某重大事件 …………… 0354, 0355
長篇・異界活人事件 ……… 0159, 0278
東京鐡道ホテル24号室 ………… 0146
名古屋城が燃えた日 …………… 0491
鰈かれる ………………… 0257, 0301
ブルートレイン殺人号 ………… 0604
密室の鬼 ………………… 0341, 0342
友禅とピエロ …………………… 0820
DMがいっぱい ………………… 0252

辻 征夫
突然の別れの日に ……………… 0479

辻堂 魁
一期一会―介錯人別所龍玄始末 …… 0017
介錯人別所龍玄始末 …………… 0015
悲悲… …………………………… 0018

辻堂 ゆめ
茶色ではない色 ………………… 0224
星天井の下で …………………… 0603

辻原 登
首飾り …………………………… 1064
天性の作家 ラフカディオ・ハーン＝小泉
　八雲 ………………………… 0481
虫王 ……………………………… 1058

津島 研郎
笑う石 …………………………… 0481

津島 佑子
電気馬 …………………………… 1057
ニューヨーク、ニューヨーク …… 0709

粒子 ……………………………… 1073

辻村 たまき
白の世界から …………………… 0824

辻村 深月
宇宙姉妹 ………………………… 0909
踊り場の花子 …………………… 0467
サイリウム ……………………… 0903
さくら日和 ………………… 0922, 0923
早穂とゆかり …………………… 0902
十円参り …………………… 0165, 0166
芹葉大学の夢と殺人 ……… 0210, 0372
タイムカプセルの八年 ………… 1024
タイムリミット ………………… 0942
七胴落とし ………………… 0497, 0498
美弥谷団地の逃亡者 ……… 0162, 0163

都筑 道夫
風見鶏 …………………………… 0394
温泉宿 …………………………… 0345
鏡の国のアリス ………………… 0289
風見鶏 …………………………… 0436
首くくりの木 …………………… 0267
黒い扇の踊り子 ………………… 0330
ごろつき ………………………… 0232
ジャケット背広スーツ ………… 0330
写真うつりのよい女―退職刑事シリーズ
　より ………………………… 0168
終電車 …………………………… 0137
署名本が死につながる ………… 0581
出会い …………………………… 0330
長い長い悪夢 …………………… 0479
日光写真 ………………………… 0274
にんぽまにあ …………………… 0232
ホームズもどき ………………… 0230
マジック・ボックス …………… 0269
みぞれ河岸 ……………………… 0273
めんくらい凧 …………………… 0092
闇の儀式 ………………………… 0410
よろいの渡し …………………… 0328
らんの花 ………………………… 0877
蠟いろの顔 ……………………… 0271

津田 和美
思い出の時間 …………………… 0868

都田 万葉
家計を織る ………………… 0460, 0461
水無月に嫁す …………………… 0462
未練の檻 …………………… 0459, 0461

つち　　作家名索引

土 英雄
切断 ……………………………… 0145

土田 耕平
お母さんの思ひ出 ……………… 1031

土屋 隆夫
異説・軽井沢心中 ……………… 0582
重たい影 ………………………… 0145
九十九点の犯罪 ………………… 0148
死者は訴えない ………………… 0282
見えない手 ……………………… 0147
密室学入門 最後の密室 ………… 0365

土屋 望海
柿田川を見つめて ……………… 0814

土家 由岐雄
かわいそうなぞう ………… 0885, 0887

筒井 康隆
アニメ的リアリズム …………… 1014
池猫 ……………………………… 0966
色眼鏡の狂詩曲 ………………… 0553
エロチック街道 ………………… 0963
横領 ……………………………… 1016
おれに関する噂 ………… 0531, 0536
科学探偵帆村 ……… 0354, 0355, 0515
熊の本本線 ……………………… 0532
公共伏魔殿 ……………………… 0547
下の世界 ………………………… 0522
死にかた ………………………… 0432
ジャズ大名 ……………………… 0120
しゃっくり ……………………… 0546
出世の首 ………………………… 1049
上下左右 ………………………… 0573
「聖ジェームス病院」を歌う猫 … 0798
佇むひと ………………………… 0533
駝鳥 ……………………………… 0877
つばくろ会からまいりました … 1015
天狗の落し文（抄） …………… 0479
東海道戦争 ……………………… 0491
如菩薩団 ………………………… 0271
ハリウッド・ハリウッド ……… 0596
人喰人種 ………………… 0626, 0628
フル・ネルソン ………………… 0527
母子像 …………………………… 0410
ポルノ惑星のサルモネラ人間 … 1038
メタモルフォセス群島 ………… 0534
薬菜飯店 ………………………… 0622
Yah！ …………………………… 1054

綱島 恵一
中の手 …………………………… 0974
メッセージ ……………………… 0974

綱淵 謙錠
西郷隆盛と坂本龍馬 …………… 0127
叛 ………………………………… 0068
龍 ………………………… 0102, 0128

恒川 光太郎
海辺の別荘で …………………… 0979
銀の船 …………………………… 0470
古入道きたりて ………… 0620, 0621
弥勒節 …………………………… 0428
屋根猩猩 ………………………… 0276
夕闇地蔵 ………………………… 0468

角田 喜久雄
現場不在証明 …………………… 0143
くちなし懺悔 …………………… 0032
五人の子供 ……………………… 0385
死体昇天 ………………………… 0216
豆菊 ……………………………… 0256
霊魂の足 ………………………… 0366

佃 幸苗
満員電車 ………………………… 0853

椿 八郎
贋造犯人 ………………………… 0307

津原 泰水
エリス、聞えるか？ …………… 0569
延長コード ……………………… 0535
五色の舟 ………………………… 0511
五色の舟――一夜の幻を売る異形の家族
　に、怪物 “くだん” が見せた未来 … 0559
琥珀みがき ……………………… 1010
玉響 ……………………………… 0622
土の枕 …………………………… 0525

壺井 栄
小かげ 猫と母性愛 …………… 0799
初旅 ……………………………… 0944

坪内 逍遙
大いに笑ふ淀君 ………………… 0019
神変大菩薩伝 …………………… 0056

坪子 理美
ふれふれぼうず ………………… 0864

坪田 譲治
枝にかかった金輪 ……………… 0804
お化けの世界 …………………… 0402

作家名索引 ていけ

坪田 宏
　菌 …………………………………… 0366
坪田 文
　境界線 ……………………………… 1021
　空白 ………………………………… 1021
　最先端 ……………………………… 1021
津村 記久子
　うどん屋のジェンダー、またはコルネさ
　　ん ……………………………………… 1059
　職場の作法 ………………………… 0772
　バンドTシャツと日差しと水分の日 … 0979
　フェリシティの面接 … 0354, 0355, 1062
　ペチュニアフォールを知る二十の名所
　　　………………………………………… 1034
　牟名主 ……………………………… 1064
津村 秀介
　伊豆の死角 ………………………… 0605
　恵那峡殺人事件 …………………… 0356
　鉄橋―ひかり157号の死者 ………… 0609
津村 節子
　異郷 ………………………………… 1059
　ひめごと …………………………… 0691
津村 信夫
　私の食卓から ……………………… 0993
津本 陽
　うそつき小次郎と竜馬 … 0058, 0128, 0129
　祇園石段下の血闘 ………………… 0046
　鬼骨の人 ………………… 0034, 0085
　鬼骨の人―竹中半兵衛 …………… 0037
　近藤勇、江戸の日々 ……………… 0104
　『深重の海』より …………………… 0794
　殺人刀 ……………………………… 0077
　寺田屋の散華 ……………………… 0102
　念流手の内 ………………………… 0117
　明治兜割り―胴太貫正国 ………… 0122
　藪三左衛門 ………………………… 0064
栗花落 典
　南極海 ……………………………… 0489
鶴 彬
　川柳 ……………… 0764, 0765, 0766
剣 達也
　白いクジラ ………………………… 0860
ツルゲーネフ, イワン
　片恋 ………………………………… 0879
　勝ち誇る愛の歌 …………………… 0405

蔓葉 信博
　江戸川乱歩と新たな猟奇的エンターテイ
　　ンメント ……………………………… 0305

【て】

ディーヴァー, ジェフリー
　受け入れがたい犠牲 ……………… 0593
　生まれついての悪人 ……………… 0299
　永遠 ………………………………… 0236
　見物するにはいいところ ………… 0337
　章と節 ……………………………… 0203
　つぐない …………………………… 0238
　突風 ………………………………… 0317
　リンカーン・ライムと獲物 ……… 0287
デイヴィス, アジッコ
　流鏑馬な！ 海原ダンク！ ……… 1148
デイヴィーズ, デイヴィッド・スチュ
アート
　ダーリントンの替え玉事件 ……… 0233
デイヴィス, ドロシー・ソールズベリ
　エミリーの時代 …………………… 1149
デイヴィス, リース
　選ばれた者 ………………………… 0172
デイヴィッドスン, アヴラム
　アパートの住人 …………………… 0454
デイヴィッドソン, ヒラリー
　記念日 ……………………………… 0238
ディ・キャンプ, L.スプレイグ
　恐竜狩り …………………………… 0528
ディキンソン, エミリー
　詩 …………………………………… 1146
　（ひとつの心が…） ………………… 1088
ティーク, ルートヴィヒ
　金髪のエックベルト ……… 0392, 0399
ディクスン, カーター
　魔の森の家 ………………………… 0172
ディクソン, スティーヴン
　道にて ……………………………… 0708
ディケンズ, チャールズ
　殺人裁判 …………………………… 0411
　殺人大将 …………………………… 1140
　信号手 …………… 0413, 0414, 1141

505

ていつ　作家名索引

名作妖異譚 蠟いろの顔 …………… 0485

ディック, フィリップ・K.
時間飛行士へのささやかな贈物 …… 0499

ティッサーニー
時代 …………………………………… 1121

ディートリック, ミシェル・レガラード
逆火 …………………………………… 1142

ディニック, リチャード
地下鉄のミイラ男 ………………… 0228

ディーネセン, イサク
空白のページ ……………………… 1138

ティプトリー, ジェイムズ,Jr.
いっしょに生きよう ……………… 0572

テイラー, アンドリュー
死者の永いソナタ ………………… 0593

テイラー, エリザベス
蠅取紙 ……………………………… 0890

テイラー, ジェニファー
愛の謎が解けたら ………………… 0711

テイラー, ピーター
大尉の御曹司 ……………………… 1133

ティリー, マルセル
劇中劇 ……………………………… 0393

ディーン, シェイマス
ケイティの話 一九五〇年十月 …… 0726

ディーン, ジェラルド
悪魔の床 …………………………… 0425

ティンダー, ジェレミー
モスマン …………………………… 1152

ティンティ, ハンナ
二つ目の弾丸 ……………………… 0298

ティンパリー, ローズマリー
マーサの夕食 ……………………… 0452
レイチェルとサイモン …………… 0452

テヴィス, ウォルター・S.
ふるさと遠く ……………………… 0526

デヴィッドスン, メアリジャニス
憎まれっ子、ロマンスにはばかる … 0663

出久根 達郎
四月馬鹿 …………………………… 0081
神かくし …………………………… 0581
楽しい厄日 ………………………… 0587
八雲作品 背後の世界—小泉セツと作家
の妻の役割 ……………………… 0481

手塚 治虫
悪魔の開幕 ………………………… 0491
安達が原 …………………………… 0432
金魚 ………………………………… 0553
そこに指が ………………………… 0553
ブラック・ジャック ……………… 0534
緑の果て …………………………… 0573

手塚 太郎
文明の行方 ………………………… 0968

テッフィ
伝説と現実 ………………………… 1158

デニソン, ジャネール
ファンタジーは真夜中に ………… 0661
四日間の恋人 ……………………… 0659

デパロー, アンナ
真夜中の情熱 ……………………… 0632

デフォー, ダニエル
ヴィール夫人の亡霊 ……………… 0419
ミセス・ヴィールの幽霊 ………… 0482

デ・マーケン, アン
灰 …………………………………… 1143

デミル, ネルソン
本棚殺人事件 ……………………… 0594

デュコーネイ, リッキー
分身 ……………………… 0387, 0388
まじない …………………………… 0758

デュボイズ, ブレンダン
キャッスル・アイランドの酒樽 … 1149
最後のフライト …………………… 0202
パトロール同乗 …………………… 0297
最も偉大な犠牲的行為 …………… 0320

デュマ,A.
稀覯本余話 ………………………… 0577

デュレンマット, フリートリヒ
事故 ………………………………… 0418
トンネル …………………………… 0418

寺沢 淳子
雨あがり …………………………… 0867

寺島 明美
ミヤハタ！　タイムスリップ …… 0831

寺田 旅雨
がんばれ！ ダゴン秘密教団日本支部 … 0489
それゆけ！ ダゴン秘密教団日本支部 … 0489
ティラミスのケーキ ……………… 0489
とあるペットショップにて ……… 0489

ホンダのバイク ……………………… 0489
負けるな！ダゴン秘密教団日本支部 ‥‥ 0489

寺田 寅彦
　一八九六年―三陸沖大津波 津波と人間
　……………………………………… 0784
　猫 子猫 …………………………… 0799
　ねずみと猫 …………………… 0795, 0800
　病院の夜明けの物音 ……………… 1031

寺地 はるな
　こぐまビル ………………………… 1004

デ・ラ・メア, ウォルター
　失踪 ………………………………… 0487
　シートンのおばさん ……………… 0447
　なぞ ………………………………… 0392
　謎 …………………………………… 1141

寺山 修司
　恐山 ………………………………… 0854
　きりすと和讃 ……………………… 0854
　賭博者 ……………………………… 0993

寺山 よしこ
　小さいな復興 ……………………… 0786

テル, ジョナサン
　水晶玉 ……………………………… 0296

輝 美津夫
　新宿マーサ ………………………… 0969

照井 文
　予言 ………………………………… 0976

デルフォス, オリアン・ガブリエル
　男と少年 …………………………… 1144

デレッダ, グラツィア
　ドリーア城の伝説 ………………… 1156

テン, ウィリアム
　奇妙なテナント …………………… 0452

田 兵
　河面の秋 …………………………… 1115

デーンアラン・セーントーン
　毒蛇 ………………………………… 1120

天笑
　隠されたガン事件―上海のシャーロッ
　　ク・ホームズ第四の事件 ……… 0235
　上海のシャーロック・ホームズ第二の事
　　件 ………………………………… 0235

天津 奇常
　邪まな視線 ………………………… 0460

伝助
　輝ける太陽の子 …………………… 1021
　性の起源 …………………………… 1022
　道標への道程 ……………………… 1023

傳田 光洋
　最後のリサイタル ………………… 0474
　そのぬくもりを …………………… 0453
　ゆらぎ ……………………………… 0484

天斗
　兄と弟と一つのベッドで ………… 0913

天藤 真
　純情な蠍 …………………………… 0268
　真説・赤城山 ……………………… 0020
　親友記 ……………………………… 0285

天堂 晋助
　会津の隠密 ………………………… 0103
　花は桜木―山南敬助 ……… 0070, 0071

天道 正勝
　歌舞伎町点景 ……………………… 1026
　釜ヶ崎発陸前高田行き …………… 0991
　幻色回帰 …………………………… 0990
　龍安寺紅葉狩り …………………… 0992

天堂 里砂
　まいごの×2 おやまのこ ………… 1048

デントン, ジェイミー
　悪女になるためのレッスン ……… 0662

デーンビライ, フンアルン
　酒と人々 …………………………… 1119
　古い絹のシン ……………………… 1119
　用水路の開通 ……………………… 1119

【と】

ドーア, アンソニー
　非武装地帯 ………………………… 1125
　もつれた糸 ………………………… 1126

都井 邦彦
　遊びの時間は終らない …………… 0275

戸板 康二
　グリーン車の子供 ………………… 0272
　酒井妙子のリボン ………………… 1025
　少年探偵 …………………………… 1076
　團十郎切腹事件 …………………… 0385
　等々力座殺人事件 ………………… 0820

といる　　　　　　　作家名索引

はんにん ……………………… 0581
振袖と刃物 …………………… 0060
列車電話 ……………………… 0609
和木清三郎さんのこと—和木清三郎追
　悼 …………………………… 0993
ドイル, アーサー・コナン
　赤毛連盟 …………………… 1127
　アメリカのロマン ………… 0225
　技師の親指 ………………… 0136
　三人のガリデブの冒険 …… 1127
　第三世代 …………………… 1137
　茶色い手 …………………… 0420
ドイル, マイケル
　レイチェル・ハウエルズの遺産 ……0234
陶 宗儀
　生き物使い ………………… 0479
ドゥアンサワン, チャンティー
　ノビ大尉の運命 …………… 1119
　深い森の中の一夜 ………… 1119
トウェイン, マーク
　恐ろしき、悲惨きわまる中世のロマン
　ス …………………………… 1130
　ジム・スマイリーと彼の跳び蛙 ……1146
　その名も高きキャラヴェラス郡の跳び
　蛙 …………………………… 0871
　盗まれた白象 ……………… 0892
　山彦 ………………………… 0883
冬華
　まるであの空に愛されるように。… 0702
トゥカメインライン
　予兆 ………………………… 1121
稲川 精二
　エビスサマ ………………… 0489
ドゥギー, ミシェル
　マグニチュード …………… 1088
峠 三吉
　八月六日 …………………… 0779
東郷 隆
　初陣物語 …………………… 0083
　忍城の美女—忍城 ………… 0121
　化鳥斬り …………………… 0078
　高麗討ち …………………… 0082
　坐視に堪えず ……………… 0077
　だいこん畑の女 …………… 0079
　竹俣 ………………………… 0059
　竹俣【竹俣兼光】 ………… 0088

試し胴—大和則長 …………… 0123
　二代目 ……………………… 0084
　にっかり—にっかり青江 … 0122
　退き口 …………………… 0047, 0073
　蓬ケ原 ……………………… 0080
　倭人操倶木 ………………… 0043
東西
　俺にはなぜ愛人がいないんだろう？
　…………………………… 1113, 1114
トゥーサン, ジャン＝フィリップ
　日本の四季 ………………… 1088
桐十
　▼みんな電柱の中にいる ………… 1051
ドウティ, マーク
　アトランティスそのほか—詩でしみじ
　み …………………………… 1147
藤堂 志津子
　夜のかけら（抄） ………… 0882
東野辺 薫
　和紙 ………………………… 0850
堂場 瞬一
　あるタブー ………………… 1040
　去来 ………………………… 0318
　クラッシャー ……………… 0598
　号外 ………………………… 0928
當間 春也
　子供だから ………………… 0970
　脳活性ライフ ……………… 0967
　やさしいひとがいた村の話 ……… 0970
堂間 春也
　殺人依頼 …………………… 0975
百目鬼 野干
　風 …………………………… 0427
　月番 ………………………… 0427
　微風 ………………………… 0427
　予報 ………………………… 0427
　夜の蝉 ……………………… 0427
童門 冬二
　戦いの美学 ………………… 0058
　美鷹の爪 ………………… 0034, 0059
　螢よ死ぬな ………………… 0054
塔山 郁
　嵐の夜に …………………… 0196
　イノセントボイス ………… 0189
　獲物 ……………………… 0224, 0364
　ダークサイドソウル ……… 0187

定年 …………………………… 0193, 0199		戸川 貞雄	
ナイトストーカー（後編）………… 0176		餘燼 ………………………………… 0032	
ナイトストーカー（前編）………… 0190		戸川 昌子	
ハンバーガージャンクション …… 0619		眠れる森の醜女 ………………… 0268	
人を殺さば穴みっつ ……… 0193, 0223		緋の堕胎 ………………………… 0410	
ブックカース ……………………… 0584		戸川 安宣	
本部から来た男 ………… 0210, 0380		『皇帝のかぎ煙草入れ』解析 …… 0302	
ゆきだるまのしずく ……………… 0198		戸川 唯	
ラブ・アブダクション …………… 0186		準備する女 ……………………… 0689	
燈山 文久		ツリーとタワー ………………… 0682	
蒼穹 ……………………………… 0770		戸川 幸夫	
淘山 竜子		大石進種次 ……………………… 0111	
恋 ………………………………… 0988		男谷精一郎信友 ………………… 0105	
遠田 潤子		榊原健吉 ………………………… 0104	
水鏡の虜 ………………………… 0557		佐々木唯三郎 …………………… 0110	
遠野 奈々		鴇家 楽士	
わたしのかたち ………………… 0821		種。 ……………………………… 1090	
遠山 絵梨香		朱鷺田 祐介	
オトコに必要な特典は××× …… 0664		八重洲十三座神楽 ……………… 0489	
君が好き ………………………… 0666		時乃 真帆	
粉雪が積もる、その前に ………… 0665		ハニー・ディップ・ドーナツ …… 0704	
サチコとマナブの関係性 ………… 0697		時村 尚	
卒業証書 ………………………… 0696		一杯のカレーライス―薬屋探偵妖綺談	
通 雅彦		………………………………………… 0378	
渦（うず）………………………… 0992		常盤 陽	
さびしみの港 …………………… 0989		一九六〇年のピザとボルシチ …… 0909	
少年の海 ………………………… 0988		常盤 奈津子	
断港 ……………………………… 0990		アタリ …………………………… 0976	
にたない ………………………… 1026		教訓 ……………………………… 0976	
人間淵 …………………………… 0987		こちらレシートになります …… 0970	
人間の淵 シリーズその2 ……… 0985		五百円分の幸せ ………………… 0976	
人間の淵 シリーズ（一）……… 0915		倒れる人 ………………………… 0967	
人間淵 …………………………… 0986		二五〇一からの手紙 …………… 0969	
十返 一		貧乏が治る薬 …………………… 0968	
希望の評論 ……………………… 1037		徳川 夢声	
戸賀崎 珠穂		歌姫委託殺人事件―あれこれ始末書 ‥ 0144	
無題 ……………………………… 1023		オベタイ・ブルブル事件 ……… 0285	
戸梶 圭太		だから酒は有害である ………… 0996	
悪事の清算 ……………… 0159, 0278		連鎖反応―ヒロシマ・ユモレスク … 0776	
生き残り ………………………… 0444		ドークケート	
TL（タイムライン）殺人 ……… 0444		森の魔力 ………………………… 1119	
マイ・スウィート・ファニー・ヘル ‥ 0218		ド・クーシー, ジョン	
ママ、痛いよ …………………… 0444		夜は千の眼を持つ ……………… 0521	
富樫 倫太郎		徳田 秋聲	
十万両を食う …………………… 0038		犬を逐ふ ………………………… 0789	
わが気をつがんや ……………… 0040		喫茶店今昔 ……………………… 0617	

三文豪俳句抄 ……… 0617, 0789, 0819	鰐 …………………………… 0879
少年の哀み ………………………… 0819	戸田 巽
涼しい飲食 ………………………… 0617	目撃者 …………………………… 0255
大学界隈(抄) ……………………… 0617	トッド, チャールズ
鶫・鰒・鴨など …………………… 0617	帰郷 ……………………………… 0202
風呂桶 ………………… 1052, 1093	トッド, ピーター
町の踊り場 ………………………… 1071	まだらの手 ……………………… 0231
水上瀧太郎のこと ………………… 0993	四十四のサイン ………………… 0231
名物の餅菓子 ……………………… 0617	ドーデ, アルフォンス
厄払い ……………………………… 0784	アルルの女 ……………………… 1154
藪こうじ ……………… 1046, 1075	最後の授業 ………… 0885, 1154
戸口 右亮	星一プロヴァンスのある羊飼いの物語
伊藤さん …………………………… 0974	……………………………… 0684
徳富 蘇峰	ドーデラー, ハイミート・フォン
大阪役に就て ……………………… 0019	陶器でこしらえた女 …………… 0418
徳冨 蘆花	十時 直子
吾家の富 …………………………… 1052	海のさきに ……………………… 0606
不如帰 ……………………………… 1031	その手を引いて ………………… 0950
徳永 圭	外岡 立人
鳥かごの中身 ……………………… 0759	メダル …………………………… 0827
徳永 真一郎	ドノヒュー, エマ
関ケ原忍び風 ……………………… 0068	対価 ……………………………… 0746
徳川宗春 …………………………… 0125	手荷物 …………………………… 0746
徳永 チャルコ	渡馬 直伸
旅の道づれ ………………………… 0824	マルドゥック・クランクイン! …… 0550
篤長 宙史	鳥羽 亮
邪魔 ………………………………… 0463	怒りの簪 ………………………… 0090
ドグミド, バルジリン	土橋 章宏
幽鬼 ………………………………… 1118	海煙 ……………………………… 0818
兎月 カラス	土橋 義史
金色の鬼火矢 ……………………… 0831	占い ……………………………… 0973
どこかの虫	紺屋の白袴 ……………………… 0974
夏の火 ……………………………… 0464	戸原 一飛
戸四田 トシユキ	深刻な不眠症 …………………… 0974
潮風、長者ケ崎の… ……………… 0985	魔法のランプ …………………… 0970
小学六年のときにボクがした殺人 … 0915	飛 浩隆
豊島 ミホ	海の指 …………………………… 0494
銀縁眼鏡と鳥の涙 …… 0673, 0674	銀の匙—情報環境へのアクセスが保障さ
僕たちは戦士じゃない …………… 1101	れた時代にて-天才詩人アリス・ウォン、
真智の火のゆくえ ………………… 0751	誕生 ……………………………… 0565
ももいろのおはか …… 1099, 1100	曠野にて一朝日が差し初め、盤面を奪
忘れないでね ……………………… 0984	い合うゲームが始まった-天才詩人アリ
ドストエフスキー	ス・ウォン、五歳 ……………… 0565
正直な泥棒 ………………………… 0884	自生の夢 ………… 0540, 0576
百姓マレイ ………………………… 0880	

作家名索引　　　　　　　　　　ともい

自生の夢―七十三人を死に追いやった稀
　代の殺人者が、かの怪物を滅ぼすため
　に、いま、召喚される ……………… 0558
ラギッド・ガール ……………………… 0548
La Poésie sauvage ………………… 0492

飛雄
　朝の予兆 ……………………………… 0462
　いちご人形 …………………………… 0460
　円筒形の幽霊 …………………… 0460, 0461
　オレンジジュース …………………… 0463
　団欒図 …………………………… 0460, 0461
　夢の結末 ……………………………… 0460
　よそゆき ………………………… 0459, 0461
　ワゴンの乗客 ………………………… 0462

飛田 一歩
　万華鏡 ………………………………… 1074

トビーノ, マリオ
　ヴィアレッジョ沖のかれら ……… 1156

飛山 裕一
　せどり商売 …………………………… 0584
　当世粗忽長屋 ………………………… 0195
　乱倫巡業 ……………………………… 0603

戸部 新十郎
　あしの功名 …………………………… 0109
　艶説「くノ一」変化 ………………… 0029
　大山詣り ……………………………… 0061
　檻の中 ………………………………… 0125
　桂小五郎と坂本竜馬 ………… 0058, 0128
　京の夢 ………………………………… 0105
　軍役 …………………………………… 0050
　五彩の山 ……………………………… 0111
　近藤勇 天然理心流 ………………… 0104
　大望の身 ……………………………… 0086
　手向 …………………………………… 0110
　放れ駒 ………………………………… 0073
　半蔵門外の変 ………………………… 0068
　秘曲 …………………………………… 0074
　水鏡 …………………………………… 0117
　柳生連也斎 …………………………… 0124

トマージ・ディ・ランペドゥーザ, ジュ
　ゼッペ
　鮫女 …………………………………… 0469
　幼年時代の場所 ……………………… 1155

トマス, ウィル
　アーカード屋敷の秘密 ……………… 0226

トマス, ディラン
　ウェールズの子供のクリスマス ……… 1141

泊 兆潮
　骨捨て ………………………………… 1000

冨岡 美子
　輝く木 ………………………………… 0852
　守り氷 ………………………………… 0818

富園 ハルク
　お行儀良いね ………………………… 0465

富田 常雄
　湯のけむり …………………………… 0009

富田 誠
　脅迫電話 ……………………………… 0968

富永 一彦
　最終列車の予言者 …………………… 0967
　精霊 …………………………………… 0968
　水溜まり ……………………………… 0967

冨原 眞弓
　樹のために― ………………………… 1088

富安 健夫
　美しい姉 ……………………………… 0463
　家族旅行 ……………………………… 0464

友朗
　あわてんぼう ………………………… 0967
　タイムマシン ………………………… 0969
　適材適所 ……………………………… 0971

友井 燕々
　涼み売りと三毛猫 …………………… 0462

友井 羊
　憧れの白い砂浜 ……………………… 0196
　朝のミネストローネ ………………… 0619
　『女の人』のいないバレンタイン …… 0198
　柿 ………………… 0193, 0194, 0223, 0224
　この本は、あなただけのために …… 0584
　シチューのひと ……………………… 0187
　つゆの朝ごはん 第一話―「ポタージュ・
　　ボン・ファム」 …………………… 0180
　つゆの朝ごはん 第二話―ヴィーナスは
　　知っている ………………………… 0181
　つゆの朝ごはん 第三話―「ふくちゃん
　　のダイエット奮闘記」 …………… 0182
　つゆの朝ごはん 第四話―日が暮れるま
　　で待って …………………………… 0183
　忍者☆車窓ラン！ …………………… 0200
　マカロンと女子会 ………… 0193, 0364
　モーニング・タイム ………………… 0186

511

ともた　　　　　　　作家名索引

山奥ガール ………………………… 0188

巴田 夕虚
雨女 ………………………………… 0465

友成 純一
アサムラール―バリに死す ……… 0562
噛み付き女――月三日夕刻、福岡県春日
　市に恐怖の噛み付き女、現る！ … 0565
血塗れ看護婦 ……………………… 0429

友成 匡秀
ロンドンの雪 ……………………… 0861

友野 詳
列車の指跡 ………………………… 0294
ロンドン塔の少女 ………………… 0294

伴野 朗
坂本龍馬の写真 …………… 0128, 0129

戸山 路夫
斬華 ………………………………… 0988

豊崎 由美
『小犬たち』鑑賞エッセイ ………… 1162

豊島 与志雄
奇怪な話(抄) ……………………… 0479
立札 ………………………………… 0883
特殊部落の犯罪 …………………… 1046
猫 …………………………… 0795, 0800
猫先生の弁 ………………… 0795, 0800
猫性 ………………………… 0795, 0800

とよずみ かなえ
冥冥 ………………………………… 0786

豊田 有恒
渋滞 ………………………………… 0533
退魔戦記 …………………………… 0536
隣りの風車 ………………………… 1035
両面宿儺 …………………………… 0531
渡り廊下 …………………………… 0553

豊田 一郎
サクレクール寺院の静かな朝 ……… 0987
死神たちの饗宴 …………………… 0986
驟雨 ………………………………… 1026
新宿夜話 …………………………… 0992
晩年 ………………………………… 0985
ボン・ヴォワイヤージュ ………… 0989
マリアの乳房 ……………………… 0990
みゆき橋 …………………………… 0988

豊福 征子
雪女、ハワイに行く ……………… 0858

ドライヤー, アイリーン
写真の中の水兵 …………………… 0298
母の制裁 …………………………… 0239

ドラグンスキイ
隠しごとはできないものだ ……… 1158
芸の魔法 …………………………… 1157
……好きじゃないもの ………… 1158
ボクの好きなもの ………………… 1158

とり みき
万物理論―完全版 SF大将 特別編 … 0560
Mighty TOPIO …………………… 0496

鳥飼 否宇
ヴァーチャル・ライヴ10・8決戦 …… 0600
呻き淵 ……………………… 0162, 0163
敬虔過ぎた狂信者 ………………… 0150
死刑囚はなぜ殺される ……… 0257, 0301
失敗作 ……………………… 0263, 0278
大山鳴動して鼠一匹 ……………… 0315
天の狗 ………… 0156, 0210, 0300, 0372
天網恢恢疎にして漏らさず ……… 0314
二毛作 ……………………… 0341, 0342
廃墟と青空 ………………………… 0244
墓守ギャルポの誉れ ……………… 0302
ブラックジョーク ………… 0922, 0923
眼の池 ……………………… 0209, 0369

西島 伝法
痕の祀り …………………………… 0523
洞の街―第二回創元SF短編賞受賞後第
　一作 …………………………… 0513
皆勤の徒―第二回創元SF短編賞受賞作
　…………………………………… 0511
奏で手のヌフレツン ……………… 0568
環刑鎖 ……………………… 0495, 1018
史上最大の侵略 …………………… 0523
橡 …………………………………… 0492
電話中につき、ベス ……………… 0515
ひとり気味 ………………………… 0592

ドルヴィリ, バルベエ
罪のなかの幸福 …………………… 0448

ドルジゴトブ, ツェンディーン
犬は家ではおとなしい …………… 1118
わたしはなにを探しているんだ？ … 1118

トルスターヤ,N.
国には外貨が必要だ ……………… 1157
女性運動 …………………………… 1159

512

作家名索引　　なかい

トルストイ
　とびこみ …………………… 0887
　三つの死 …………………… 0879
トルストイ,A.K.
　ヴルダラクの家族 ………… 0406
トレヴァー,ウィリアム
　死者とともに ……………… 1126
　遠い過去 …………………… 1123
　昔の恋人 …………………… 1134
ドレーム,トリスタン
　パタシュ …………………… 1153
　目を貸してあげたパタシュ ……… 1153
トレメイン,ピーター
　キルデア街クラブ騒動 …… 0233
トロワイヤ,アンリ
　共同墓地—ふらんす怪談 ……… 0449
　恋のカメレオン …………… 0449
　黒衣の老婦人 ……………… 0449
　殺人妄想 …………………… 0449
　自転車の怪 ………………… 0449
　死亡統計学者 ……………… 0449
　むじな ……………………… 0449
　幽霊の死 …………………… 0449
十和
　深恋 ………………………… 0681
永遠月 心悟
　二十四センチのパンプス ………… 0849
十和田 操
　押入の中の鏡花先生 ……… 1077
ドワンチャンパー
　価値と価格 ………………… 1119
　その一言が…… …………… 1119
　誰がお金は神様だと言ったのか？ ……… 1119
　山の端に沈む太陽 ………… 1119
トンプスン,ヴィクトリア
　消えた牧師の娘 …………… 0225
トンプソン,ヴィッキー・L.
　熱い週末 …………………… 0714
　花嫁の決心 ………………… 0636

【な】

ナイト,デーモン
　むかしをいまに …………… 0529

内藤 正敏
　魔境・京都 ………………… 0432
内藤 みか
　micanaitoh ………………… 1053
内藤 了
　戸隠キャンプ場にて ……… 0465
　踏まれる …………………… 0462
　真夜中に豚汁 ……………… 0463
ナイトリー,ロバート
　男と同じ給料をもらっているからには
　　　　　　　　　　　…… 0337
ないりこけし
　堕胎せよ地球の仔 ………… 1051
直
　返して ……………………… 0464
直木 三十五
　果物地獄 …………………… 0628
中 勘助
　妹の死 ……………………… 1052
　銀の匙 (抄) ………………… 0886
　島守 ………………………… 0875
　漱石先生と私 ……………… 0993
　孟宗の藪 (抄) ……………… 0479
　夢の日記から ……………… 0477
長井 彬
　悪女の谷 …………………… 0216
　帰り花 ……………………… 0268
永井 荷風
　畦道 ………………………… 1068
　榎物語 ……………………… 0883
　狐 …………………………… 0787
　勲章 ………………………… 1052
　戯作者の死 ………………… 0993
　紅茶の後 …………………… 0993
　妾宅 ………………………… 1071
　妾宅 (抄) …………………… 0628
　西瓜 ………………………… 0625
　断腸亭日乗 ………………… 0779
　にぎり飯 …………………… 1082
　花火 ……………… 1071, 1086, 1087
　人妻—一九四九 (昭和二四) 年一〇月 … 1097
　日和下駄 第十一 夕陽 附 富士眺望 ‥ 0806
　深川の散歩 ………………… 0408
　葡萄棚 ……………………… 1071
　雪解け …………………… 1087

513

永井 豪
- 邪神戦記 …………………………… 0056
- ススムちゃん大ショック ………… 0530
- 真夜中の戦士 ……………………… 0533

永井 するみ
- ターコイズブルーの温もり …… 1099, 1100
- 雪模様 ……………………………… 0219

永井 龍男
- ある書き出し ……………………… 0993
- 沖田総司 …………………………… 0097
- 胡桃割り …………………………… 0874
- 黒い御飯 …………………………… 0628
- 小美術館で ………………………… 1052
- 出口入口 …………… 0872, 0873, 1077
- 蜜柑 ………………………………… 1071

中井 紀夫
- こんなの、はじめて ……………… 0474
- 十一台の携帯電話 ………………… 0264
- 見果てぬ風 ………………………… 0538
- 山の上の交響楽 …………………… 0527

中井 英夫
- あるふぁべてぃく ………………… 0790
- 鏡に棲む男 ………………………… 0622
- 影の舞踏会 ………………………… 0395
- 火星植物園 ………………………… 0395
- 被衣 ………………………………… 0395
- 「カーの欠陥本」 ………………… 0582
- 黒塚 ………………………………… 0436
- 幻戯 ………………………………… 0395
- 銃器店へ …………………………… 0395
- 卵の王子たち ……………………… 0395
- 地下街 ……………………… 0391, 0395
- 日蝕の子ら ………………………… 0395
- 薔人 ………………………………… 0395
- 薔薇の縛め ………………… 0395, 0488
- 薔薇の獄 …………………………… 0395
- 橅館の殺人 ………………………… 0582
- 干からびた犯罪 …………………… 0289
- 牧神の春 …………………… 0395, 0910
- 星の砕片 …………………………… 0395
- 夕映少年 …………………………… 0395

中居 真麻
- 大塩では、うしろいちりょうのとびらが
  ひらきません ……………………… 0199
- ガールズトーク …………………… 0737
- 嫌われ女 …………………………… 0791

- 月のない夏の夜のこと …………… 0195

永井 路子
- お市の三人娘の生存競争 ………… 0023
- 青苔記 ……………………………… 0116
- 関ケ原別記 ………………………… 0073
- 敵将に殉じた猛母―淀殿 ………… 0023
- 無欲にして強運―お江 …………… 0023
- 世渡り上手の知恵者―お初 ……… 0023
- 流転の若鷹 ………………………… 0059

永井 陽子
- 永井陽子十三首 …………………… 0886

永江 久美子
- 白鷺神社白蛇奇話 ………………… 0861

長江 俊和
- 原罪SHOW ………………… 0211, 0379
- 杜の囚人 …………………………… 0376

長尾 宇迦
- 野ざらしの唄 ……………………… 0782

中尾 寛
- よいどれの子 ……………………… 0474

仲生 まい
- Private Laughter ………………… 0868

永岡 慶之助
- 宮崎友禅斎 ………………………… 0014

長岡 弘樹
- 親子ごっこ ………………………… 0160
- オンブタイ ……… 0211, 0257, 0301, 0373
- 傍聞き ……………………………… 0207
- 傍聞き―永見緋太郎の事件簿 …… 0370
- 最後の良薬 ………………………… 0304
- 雑草の道 …………………………… 0312
- 実況中継 …………………………… 0309
- 夏の終わりの時間割 ……………… 0204
- 涙の成分比 ………………………… 1019
- にらみ ……………………… 0305, 0313
- 白秋の道標 ………………………… 0310
- 波形の声 …………………… 0209, 0369
- 文字板 ……………………… 0169, 0170

中上 健次
- 犬の私 ……………………………… 0993
- 化粧 ………………………………… 0954

中上 紀
- 絵葉書 ……………………… 1032, 1033
- 水槽の魚 …………………………… 0738
- 電話 ………………………………… 1059

作家名索引　　　なかし

中川 勇
　熊狩り夜話 ……………………… 0065
中川 キリコ
　想い出の尻尾 ………………… 0824
中川 剛
　手つなぎ鬼 …………………… 0843
中川 純子
　それは突然やってくる ………… 0959
中川 將幸
　餌食 …………………………… 0838
中川 裕朗
　ルーマニアの醜聞 …………… 0232
中河 与一
　氷る舞踏場 …………………… 1092
中川 洋子
　風待港の盆踊り ……………… 0814
　連れあって札所めぐり ………… 0823
　Mさんの鮎 …………………… 0813
中倉 美稀
　地球にやってきた賢いおてんば娘 … 1007
中崎 千枝
　てのひら ……………………… 0862
中里 恒子
　蝶々 …………………………… 1082
中里 友香
　セイヤク ……………………… 0490
　人魚の肉 ……………………… 0488
中沢 敦
　宴の果てに …………………… 0489
　ウレドの遺産 ………………… 0489
長沢 樹
　こんど、翔んでみせろ ………… 0313
　少しだけ想う、あなたを ……… 0310
　月夜に溺れる ………………… 0315
　もし君に、ひとつだけ ………… 0312
中沢 けい
　さくらささくれ ……………… 0945
中沢 啓治
　はだしのゲンはピカドンを忘れない … 0779
長沢 節
　お酒を飲むなら、おしるこのように … 0622
中澤 貴史
　抱っこ ………………………… 0974
中澤 秀彬
　アメリカフウの下で …………… 0988

如月に生きて ………………… 0986
櫛形山の月 維新の風 ………… 0990
櫛形山の月（二）明治の風景 ……… 0991
湖底の灯 ……………………… 0989
旅愁 …………………………… 0987
中澤 日菜子
　星球 …………………………… 1018
中沢 埜夫
　阿蘇の火祭り ………………… 0964
中路 啓太
　神慮のまにまに ……………… 0076
中島 敦
　「幸福」 ……………………… 0890
　幸福 ……………… 0628, 0880, 1080
　山月記 …… 0402, 0885, 0952, 1052, 1067
　『南島譚』より ……………… 0890
　「夫婦」 ……………………… 0890
　マリヤン ……………… 1065, 1066
　木乃伊 ……………………… 0437
　名人伝 ……………………… 0883
　文字禍 ……………………… 0391
中島 栄次郎
　浪曼化の機能 ………………… 1037
永嶋 恵美
　ババ抜き ……………… 0215, 0747
　伴奏者 ……………………… 0265
中島 要
　かくれ鬼 ……………………… 0412
　鈴の音 ……………………… 0788
　ないたカラス ………………… 0083
永島 かりん
　サワジータの部屋 …………… 0855
　ブランコからジャンプ ………… 0867
中島 京子
　川端康成が死んだ日 ………… 1040
　砂糖屋綿貫 …………………… 0893
　妻が椎茸だったころ ……… 0886, 1015
　ポジョとユウちゃんとなぎさドライブ
　ウェイ ……………………… 0607
　モーガン ……………………… 0900
中島 国夫
　川柳 …………………………… 0766
中島 さなえ
　メントール …………………… 0902
中島 たい子
　いらない人間 ………………… 1018

515

なかし　作家名索引

おしるこ …………………………… 0979
親友 ………………………………… 0571
大暑―7月23日ごろ ……………… 0918
中古レコード ……………………… 0570
中嶋 隆
　山の端の月 ………………………… 0055
中島 鉄也
　あやかし心中 …………………… 0463
　「怖い話」のメール ……… 0457, 0458
中嶋 博行
　鑑定証拠 使用凶器 不明 ………… 0282
長島 槙子
　あーぶくたった―わらべうた考 …… 0430
　雛妓 ……………………………… 0412
　恐山 ……………………… 0416, 0417
　渓谷の宿 ………………… 0416, 0417
　白い馬 …………………… 0416, 0417
　聖婚の海 ………………………… 0428
　聖餐 ……………………………… 0489
　父の話 …………………… 0416, 0417
　鳥獣の宿 ………………… 0416, 0417
　ツキ過ぎる ……………… 0416, 0417
　テレビをつけておくと …… 0416, 0417
　人間じゃない …………… 0416, 0417
　山小屋でのこと ………… 0416, 0417
　M君のこと ……………… 0416, 0417
中島 桃果子
　はじまりのものがたり …………… 0979
長嶋 有
　戒名 ……………………………… 1058
　そういう歌 ……………………… 0961
　フキンシンちゃん ……………… 0962
中島 由美子
　スズメの微笑み―バレーボールと歩んだ
　　道 …………………………… 0601
中島 らも
　啓蒙かまぼこ新聞―抜粋 ………… 0622
　沈没都市除霊紀行大阪の悪霊 …… 1054
　Deco-chin ……………………… 0152
ながす みづき
　結びの一番 ……………………… 0855
永瀬 清子
　あけがたにくる人よ ……………… 0886
　苦について ……………………… 0807
永瀬 三吾
　自殺狂夫人 ……………………… 0147

四人の同級生 ……………………… 0147
呼鈴 ……………………………… 0148
永瀬 隼介
　師匠 …………………… 0209, 0369
　凄腕 ……………………………… 0215
　薔薇色の人生 …………………… 0315
永瀬 直矢
　ロミオとインディアナ …………… 0998
仲宗根 三重子
　島 ………………………………… 1036
中園 倫
　優曇華の花咲く頃に ……………… 0938
中田 永一
　鯨と煙の冒険―『百瀬、こっちを向いて。』
　　番外編 ………………………… 0951
　恋する交差点 …………………… 0979
　小梅が通る ……………………… 0984
　地球に礫にされた男 …………… 0960
　なみうちぎわ …………………… 0739
　宗像くんと万年筆事件 …………
　　　　0212, 0302, 0371, 0403, 0904
　メアリー・スーを殺して …… 0403, 0588
中田 公敬
　懐かしい手 ……………………… 0976
　未来からのEメール ……………… 0968
中田 耕治
　日本海軍の秘密 ………………… 0232
なかた 夏生
　坊主 ……………………………… 0465
中田 雅敏
　最後の晩餐 ……………………… 0934
　文久兵賦令農民報国記事 ………… 0931
長田 幹彦
　夜警 ……………………………… 0784
永田 宗弘
　光芒 ……………………………… 0828
中谷 航太郎
　縁切榎―隠密牛太郎・小蝶丸 …… 0017
　付け馬―隠密牛太郎・小蝶丸 …… 0016
　とぼけた男 ……………………… 0015
中津 文彦
　お菊の皿 ………………………… 0782
　仏像は見ていた ………………… 0277
長月 遊
　アイネ・クライネ・ナハトムジーク ‥ 0915
　無限大の快感 …………………… 1026

作家名索引　　　　　　　　　　なかむ

長門 虹
　小さな出来事 ……………………… 0971
長堂 英吉
　伊佐浜心中 ………………………… 0825
　ランタナの花の咲く頃に ………… 0914
中西 伊之助
　朝鮮人のために弁ず ……………… 0784
長沼 映子
　吹雪の夜の一期一会 ……………… 0843
中根 進
　枝打殺人事件 ……………………… 0844
長野 修
　朱色の命 …………………………… 0846
中野 圭介
　白い手 ……………………………… 0256
中野 江漢
　世界人肉料理史 …………………… 0996
中野 重治
　軍人と文学 ………………………… 0766
　交番前 ……………………………… 0765
　啄木の日をむかえて ……………… 1086
仲野 鈴代
　鹿ん舞の里 ………………………… 0814
中野 貴雄
　おせっ怪獣 ヒョウガラヤン登場—大阪
　　府「新喜劇の巨人」……………… 0541
長野 まゆみ
　伊皿子の犬とパンと種 …………… 1064
　●（クロボシ）…………………… 1061
　衣がえ ……………………………… 0942
　花も嵐も春のうち ………………… 0963
　ぼくの大伯母さん ……… 0354, 0355
中野 睦夫
　雪の伝説 …………………………… 0864
中場 利一
　笑わないロボット ………………… 1011
中原 中也
　いちじくの葉 ……………………… 0618
　北の海 ……………………………… 0400
　汚れつちまつた悲しみに… ……… 0885
　一つのメルヘン …………………… 1080
　汚れつちまつた悲しみに…／また来ん
　　春… ……………………………… 1031
中原 裕美
　これ一台 …………………………… 0972

中原 文夫
　アミダの住む町 …………………… 1059
中原 昌也
　声に出して読みたい名前 ………… 0500
　誰も映っていない ………………… 1057
　芳子が持ってきたあの写真 ……… 0961
中原 涼
　イタイオンナ ……………………… 0474
　小説の神様 ………………………… 0484
　地球嫌い …………………………… 0877
仲俣 暁生
　探求「話法」のゼロ地点—「ギートステ
　　イト」とポストセカイ系小説 …… 1101
仲町 六絵
　水晶橋ビルヂング ………………… 0462
　せがきさん ……………… 0459, 0461
　鳥の家 ……………………………… 0462
　目を摘む ………………… 0460, 0461
　雪まろの夏 ………………………… 0861
中村 彰彦
　開城の使者—鶴ケ城 ……………… 0121
　五稜郭の夕日 ……………………… 0046
　松野主馬は動かず ………………… 0047
中村 和恵
　ヨウカイだもの …………………… 1088
　ワタナベさん ……………………… 1088
中村 吉蔵
　無籍者（一幕）…………………… 0953
中村 航
　インターナショナル・ウチュウ・グラン
　　プリ ……………………………… 0909
　さよなら、ミネオ ………………… 0899
　はぐれホタル …………… 0840, 0841
　ハミングライフ …………………… 0739
中村 眞一郎
　詩を書く迄—マチネ・ポエチックのこ
　　と ………………………………… 0993
中村 星湖
　処女作の感想 ……………………… 1092
　町はずれ …………………………… 1092
中村 地平
　悪夢 ………………………………… 1037
中村 春海
　お先に失礼 ………………………… 0915
　ラバウルの狐作戦 ………………… 0985

517

なかむ　　　　作家名索引

仲村 はるみ
月からきたヒロインたち …………　1007

中村 啓
永遠のかくれんぼ …………………　0223
緩慢な殺人 …………………………　0197
時空のおっさん ……………………　0195
途中下車 ……………………………　0200
南風と美女とモテ期 ………………　0603
ねこ端会議 …………………………　0791
微笑む女 …………………　0224, 0364

中村 文則
洞窟の外 ……………………………　0961
火 ……………………………………　1056

中村 ブラウン
捨て猫とホームレス ………………　0988
テクマクマヤコン …………………　0986
もてないおとこ ……………………　0987

中村 正常
幸福な結婚 …………………………　1078
三人のウルトラ・マダム …………　1078
日曜日のホテルの電話 ……………　1078

中村 光夫
勝本氏を悼む―勝本清一郎追悼 …　0993
鉄兜 …………………………………　0766

永森 裕二
はじめのいっぽ ……………………　0808
よし …………………………………　0808

中谷 宇吉郎
イグアノドンの唄 …………………　0883

中山 市朗
あの中であそぼ ……………………　0479

中山 義秀
秋風 …………………………………　1052
争多き日 ……………………………　0993
碑 ……………………………………　0850
春日 …………………………………　0009
風に吹かれる裸木 …………………　0039
日本の美しき侍 ……………………　0047
原田甲斐 ……………………………　0004

中山 七里
アンゲリカのクリスマスローズ
　…………………　0193, 0194, 0197
いつまでもショパン ………………　0178
『馬および他の動物』の冒険 ………　0589
オシフィエンチム駅へ …　0200, 0443
好奇心の強いチェルシー …………　0791

最後の容疑者 ……………　0223, 0224
死ぬか太るか ……………　0201, 0619
どこかでベートーヴェン 第一話 ……　0183
どこかでベートーヴェン 第3話 ……　0185
どこかでベートーヴェン 第四話 ……　0186
どこかでベートーヴェン 第五話 ……　0187
どこかでベートーヴェン 第六話 ……　0188
どこかでベートーヴェン 第七話 ……　0189
二十八年目のマレット ……………　0364
二百十日の風 ……………　0217, 0319
残されたセンリツ …………………　0192
ふたり、いつまでも ………………　0444
平和と希望と―『さよならドビュッシー』
　番外編 …………………………　0951
ポセイドンの罰 ……………………　0191
盆帰り ……………………　0196, 0443
連続殺人鬼カエル男ふたたび―集中掲
　載 ………………………………　0190
連続殺人鬼カエル男ふたたび・2 ……　0177

中山 聖子
彼方の雪 ……………………………　0858
潮の流れは …………………………　0860
静かな祝福 …………………………　0859
スイート・スノウ …………………　0857

中山 千里
どこかでベートーヴェン 第二話 ……　0184

中山 智幸
卵かけごはんを彼女が食べてきたわけ
　じゃなく ………………………　0905
どうしてパレード …………………　0905
ふりだしにすすむ ……　1102, 1103

中山 フミ
入営する弟に ………………………　0766

中山 佳子
雪の反転鏡 …………………………　0860

永山 驢馬
時計じかけの天使 …………………　0512

南木 佳士
神かくし ……………………………　0790
草すべり ……………………………　1057

梨木 香歩
サルスベリ …………………………　0544
本棚にならぶ ………………………　0591

名島 照葉
七夕の夜 ……………………………　0463

作家名索引　　　　ななお

梨屋 アリエ
　Fleecy Love ……………………… 0695
ナース, アラン
　虎の尾 ……………………… 0452
那須 正幹
　The End of the World ………… 1036
謎村
　銀河の間隙の先より ………… 0489
　ヨミコ ……………………… 0859
　ヨミコ・システム ……………… 0860
南津 泰三
　河童の夏唄 ………………… 0848
ナツァグドルジ, ダシドルジーン
　田舎の景観（アマゾンカ） ………… 1118
　暗い岩 ……………………… 1118
　上人様の涙 ………………… 1118
夏川 草介
　寄り道 ……………………… 0608
夏川 秀樹
　カッコウの巣 ……………… 0967
　再会 ………………………… 0976
夏樹 静子
　足の裏 ……………………… 0328
　暗い玄海灘に ……………… 0269
　死刑台のロープウェイ ……… 0605
　証言拒否 …………………… 0282
　宅配便の女 ………………… 0272
　短編の出発点 ……………… 0328
　パスポートの秘密 …………… 0270
　酷い天罰 …………………… 0267
　ほころび ……………… 0220, 0221
　輸血のゆくえ ……………… 0328
　リメーク …………………… 0219
ナッシュ, オグデン
　三無クラブ ………………… 0283
ナッティング, アリッサ
　アリの巣 …………………… 1129
　ダニエル …………………… 1152
　亡骸スモーカー ……………… 1129
夏野
　しるし ……………………… 0463
ナツムー
　スシ ………………………… 1121
夏目 漱石
　硝子戸の中（抄）………… 0479, 1054
　こころ ……………… 0885, 1031

琴のそら音 ………………… 0295
三四郎（抄録）……………… 1087
三四郎〈抄〉………………… 0806
自転車日記 ………………… 0880
それから …………………… 0878
猫の墓 ………… 0795, 0798, 0800
文鳥 ………………………… 0787
坊っちゃん ………………… 0952
正岡子規 …………………… 0622
門 …………………………… 1067
夢十夜 ………………………
　　　0325, 0394, 0402, 0478, 1052, 1085
『夢十夜』より 第三夜 ………… 0889
夏目 直
　ブラインド …………………… 0867
夏目 翠
　曙光の円舞曲 ……………… 1081
名取 佐和子
　板垣さんのやせがまん ………… 1030
　関白宣言ふたたび …………… 0631
　君の卒業式 ………………… 1030
　最終電車で ………………… 0950
　テンショク ………………… 0762
　ハマナスノ実ヲ飾ル頃 ……… 0950
　『マツミヤ』最後の客 ………… 1030
　らっきょう ………………… 0946
七尾 与史
　学園諜報部SIA ……………… 0467
　キルキルカンパニー ………… 0178
　死亡フラグが立ちましたのずっと前 … 0179
　全裸刑事チャーリー衝撃！ 股間グラビ
　　ア殺人事件 ………………… 0584
　全裸刑事チャーリー戦慄！ 真冬のアベ
　　サダ事件 …………………… 0198
　全裸刑事チャーリー 旅の恥は脱ぎ捨て!?
　　事件 ………………………… 0603
　全裸刑事チャーリー ……… 0201, 0223, 0224
　全裸刑事チャーリー オシャレな股間!?
　　殺人事件 ……………… 0201, 0364
　全裸刑事チャーリー 恐怖の全裸車両
　　　　　　　　　　　　 0199, 0201
　全裸刑事チャーリー 真夏の黒い巨塔？
　　殺人事件 ………………… 0195
　ドS編集長のただならぬ婚活 ……… 0180
　僕はもう憑かれたよ 最終話 ……… 0185
　僕はもう憑かれたよ 第一話 ……… 0181
　僕はもう憑かれたよ 第二話 ……… 0182

519

ななか

作家名索引

僕はもう憑かれたよ　第三話 ……… 0183
僕はもう憑かれたよ　第四話 ……… 0184

七河 迦南
暗黒の海を漂う黄金の林檎 ……… 0241
悲しみの子 ………… 0212, 0382
コンチェルト・コンチェルティーノ ‥ 0302
冷たいホットライン ………… 0216

七瀬 圭子
甚兵衛の手 ………………… 0030

七瀬 ざくろ
俺の代理人 ………………… 0975
これそれあれどれ ………… 0976
三年後の俺 ………………… 0976
スッピン ………………… 0967
超PL法時代 ……………… 0976
同窓会 …………………… 0976
ね、信じて ………………… 0975
ふたりの予知能力者 ……… 0975
リバウンドの法則 ………… 0967

七瀬 七海
エックス・デイ …………… 0971
資格社会 ………………… 0968
自動小説作成マシーン ……… 0969
ふりこ …………………… 0970
プレゼント ………………… 0968

七海 千空
ラムネ売り ………………… 0970

斜斤
遊び ……………………… 0462
口 ………………………… 0463
食堂にて ………… 0457, 0458
シルエット ……… 0457, 0458
スコヴィル幻想 …… 0459, 0461
渡し ……………………… 0460

難波 壱
古い背中 ………………… 0835

ナハゼ
簡単な結末 ………………… 1051

波風 立太郎
酔い止め薬 ………………… 0970

なみっち
ジンクス ………………… 0970
誰にも言えない趣味 ……… 0970

ナムスライ, ダムバダルジャーギーン
徳の罪 …………………… 1118

ナムダグ, ドンロビィン
ある犬の死 ………………… 1118
死者を待つ ………………… 1118

奈良 美那
頭のお手入れ ……………… 0200
アトラクションの主人公は映画の主人公
　顔負け ………………… 0198
しろくまは愛の味 ……… 0196, 0443
情けは人のためならず ……… 0603
ニーハイなんて脱がしてやる … 0584

楢木野 史貴
地震と犬たち ……………… 0786

成田 和彦
天使の休暇願 ……………… 0863

成野 秋子
お隣さんのミシン ………… 0824

鳴神月 拓也
不断の探究者 ……………… 0489

成重奇荘
歪んだ鏡 ………………… 0241

ナルスジャック
すばらしき誘拐 …………… 0344

成瀬 あゆみ
独り身の女 ………………… 0867

なるせ ゆうせい
いいキッカケ ……………… 1022
計算と放屁 ………………… 1022
みにくい子は、聖なる夜に鈍く光る ‥ 1022

鳴海 章
撃て、イシモト―冬の狙撃手外伝 … 0308

鳴海 風
うどんげの花 ……………… 0080
大江戸まんじゅう合戦 ……… 0050
天連関理府 ………………… 0074
木星将に月に入らんとす ……… 0086

南梓
祐太のこと ………………… 0824

南條 竹則
浅草の家 ………………… 0409
チョウザメ ………………… 0622

南條 範夫
応天門の変 ………………… 0115
小谷城―横恋慕した家臣 ……… 0023
京洛の風雲 ………………… 0102
霧の城 …………………… 0089
黒い九月の手 ……………… 0136

作家名索引　　にくほ

小五郎さんはペシミスト …………… 0101
最後に笑う禿鼠 ………………… 0116
塚原卜伝 ……………………… 0096
天守閣の久秀—松永久秀 ………… 0036
東海道を走る剣士 ……………… 0020
徳川軍を二度破った智将 ………… 0027
姫君御姉妹 …………………… 0107
松江城の人柱—松江城 …………… 0121
柳沢殿の内意 ………………… 0004

ナンセン, フリッチョフ
　クマと陸地 ………………… 0794

南原 幹雄
　女間者おつな—山南敬助の女 …… 0046
　蔵宿師 ……………………… 0006
　初代団十郎暗殺事件 …………… 0014
　太陽を斬る ………………… 0052
　爪の代金五十両 ……………… 0126
　留場の五郎次 ………………… 0113
　虎之助一代 ………………… 0026
　直江兼続参上 ……… 0034, 0047, 0073
　料理八百善 ………………… 0614

南風野 さきは
　冬の空 ……………………… 1020

【 に 】

新岡 優哉
　靴を揃える ………………… 0969
新津 きよみ
　お守り ……………………… 0747
　思い出を盗んだ女 ……… 0169, 0170
　還って来た少女 ……………… 0130
　寿命 ……………………… 1019
　その日まで ……… 0207, 0370, 1011
　罪を認めてください …………… 0265
　二度とふたたび ……… 0220, 0221
　開けてはならない …………… 0474
　拾ったあとで ………………… 0219
新野 哲也
　嵐の夜の出来事 ……………… 1010
　港が見える丘 ………………… 1013
　嫁はきたとね？ ……………… 1012
新美 南吉
　あかいろうそく ……………… 0888

うた時計 ……………………… 1079
鍛冶屋の子 …………………… 1069
狐 ………………………… 1079
寓話 ……………………… 1079
ごん狐 ……… 0885, 0887, 1031, 1079
終業のベルが鳴る ……………… 1079
月は ……………………… 1079
手袋を買いに ……… 0886, 0887, 1067
ニウ 充
　伝言板 ……………………… 0971
ニーヴン, ラリイ
　ホール・マン ………………… 0572
にーか
　境界線 ……………………… 1051
二階堂 玲太
　困った奴よ ………………… 0077
　相剋の血 …………………… 0109
　信虎の最期 ………………… 0110
　秘術・身受けの滑り槍 ………… 0078
二階堂 黎人
　ある蒐集家の死 ……………… 0361
　白ヒゲの紳士 ………………… 0591
仁木 一青
　七夕呪い合戦 ………… 0460, 0461
　のほれのほれ ………… 0459, 0461
仁木 悦子
　一匹や二匹 …………… 0268, 0802
　聖い夜の中で ………………… 0345
　倉の中の実験 ………………… 0581
　月夜の時計 ………………… 0147
　虹の立つ村 ………………… 0216
　粘土の犬 …………………… 0145
　灰色の手袋 ………………… 0385
　犯人当て横丁の名探偵 ………… 0060
仁木 英之
　雷のお届けもの ……………… 0557
　魔王の子、鬼の娘 …………… 0118
　ラッキーストリング ……… 0939, 0940
仁木 稔
　神の御名は黙して唱えよ ………… 0569
　完璧な涙 …………… 0497, 0498
　にんげんのくに—Le Milieu Humain
　…………………………… 0493
肉・牡丹
　人は死んだら電柱になる ………… 1051

521

にこる　　作家名索引

ニコル,C.W.
男の最良の友、モーガスに乾杯！ ‥‥ 0622

西 秋生
1001の光の物語 ‥‥‥‥‥‥‥‥‥ 0484
チャップリンの幽霊 ‥‥‥‥‥‥‥ 0474
時の獄 ‥‥‥‥‥‥‥‥‥‥‥‥‥ 0483

西 加奈子
宇田川のマリア ‥‥‥‥‥‥‥‥‥ 0652
小鳥 ‥‥‥‥‥‥‥‥‥‥‥‥‥‥ 1039
猿に会う ‥‥‥‥‥‥‥‥ 1042, 1043
ちょうどいい木切れ ‥‥‥ 0899, 1061
トロフィー ‥‥‥‥‥‥‥‥‥‥‥ 0979
泣く女 ‥‥‥‥‥‥‥‥‥‥‥‥‥ 0608
ヘビ ‥‥‥‥‥‥‥‥‥‥‥‥‥‥ 0942
立夏―5月6日ごろ ‥‥‥‥‥‥‥ 0918

仁志 耕一郎
医は仁術なり ‥‥‥‥‥‥‥‥‥‥ 0084

西尾 維新
そっくり ‥‥‥‥‥‥‥‥‥‥‥‥ 0486

西尾 雅裕
鮪 ‥‥‥‥‥‥‥‥‥‥‥‥‥‥‥ 0929
夏 ‥‥‥‥‥‥‥‥‥‥‥‥‥‥‥ 0930
夏・冬 ‥‥‥‥‥‥‥‥‥‥‥‥‥ 0930
冬 ‥‥‥‥‥‥‥‥‥‥‥‥‥‥‥ 0930

西川 武彦
バリーさんの夢 ‥‥‥‥‥‥‥‥‥ 0973

西川 美和
x＝バリアフリー ‥‥‥‥‥‥‥‥ 0596

西木 正明
伝単 ‥‥‥‥‥‥‥‥‥‥‥‥‥‥ 1013

西崎 憲
あなたも一週間で歌がうまくなる ‥‥ 0474
英国短篇小説小史 ‥‥‥‥‥‥‥‥ 1140
開閉式―母の手の甲には、緑色の扉が
　あった ‥‥‥‥‥‥‥‥‥‥‥‥ 0564
自殺屋 ‥‥‥‥‥‥‥‥‥‥‥‥‥ 0453
短篇小説とは何か？―定義をめぐって
　‥‥‥‥‥‥‥‥‥‥‥‥‥‥‥ 1140
塔をえらんだ男と橋をえらんだ男と港を
　えらんだ男 ‥‥‥‥‥‥‥‥‥‥ 0484
奴隷 ‥‥‥‥‥‥‥‥‥‥‥‥‥‥ 0501
廃園の昼餐 ‥‥‥‥‥‥‥‥‥‥‥ 1017
ファンタジーとリアリティー ‥‥‥ 1140
行列―そして絢爛なるものたちが空を渉
　り、すべては静かに終わる ‥‥‥‥ 0559

西澤 いその
オリーブの薫りはまだ届かない ‥‥‥ 0822

西澤 保彦
アリバイ・ジ・アンビバレンス ‥‥‥ 0222
印字された不幸の手紙の問題 ‥‥‥‥ 0249
腕貫探偵 ‥‥‥‥‥‥‥‥‥‥‥‥ 0367
お弁当ぐるぐる ‥‥‥‥‥‥‥‥‥ 0135
かえれないふたり―終章 災厄の結実
　‥‥‥‥‥‥‥‥‥‥‥ 0341, 0342
九のつく歳 ‥‥‥‥‥ 0209, 0374, 0440
恋文 ‥‥‥‥‥‥‥‥‥‥‥‥‥‥ 0213
シュガー・エンドレス ‥‥‥‥‥‥ 0957
外嶋一郎主義―QED ‥‥‥‥‥‥‥ 0378
対の住処 ‥‥‥‥‥‥‥‥ 0162, 0163
時計じかけの小鳥 ‥‥‥‥‥‥‥‥ 0131
二十年前から、この芸風 ‥‥‥‥‥ 0246
パズル舗晦 ‥‥‥‥‥‥‥‥‥‥‥ 0132
変奏曲〈白い密室〉 ‥‥‥‥ 0359, 0360
まちがえられなかった男 ‥‥‥‥‥ 0305
虫とり ‥‥‥‥‥‥‥‥‥‥‥‥‥ 0246

西島 大介
Atmosphere ‥‥‥‥‥‥‥‥‥‥‥ 0520

西島 豪宏
一億二千万分の一 ‥‥‥‥‥‥‥‥ 0971

西田 有希
ファン ‥‥‥‥‥‥‥‥‥‥‥‥‥ 0705

西穂 梓
相聞歌 ‥‥‥‥‥‥‥‥‥‥‥‥‥ 0938

西村 京太郎
殺人は食堂車で ‥‥‥‥‥‥‥‥‥ 0604
最終ひかり号の女 ‥‥‥‥‥‥‥‥ 0609
スーパー特急「かがやき」の殺意 ‥‥ 0820
天下を狙う―黒田如水 ‥‥‥‥‥‥ 0037
南神威島 ‥‥‥‥‥‥‥‥‥‥‥‥ 0328
『南神威島』の頃 ‥‥‥‥‥‥‥‥ 0328
雷鳥九号殺人事件 ‥‥‥‥‥‥‥‥ 0610
わが愛 知床に消えた女 ‥‥‥‥‥‥ 0277

西村 健
出戻り ‥‥‥‥‥‥‥‥‥‥‥‥‥ 0134
点と円 ‥‥‥‥‥‥‥‥‥ 0207, 0370
途上 ‥‥‥‥‥‥‥‥‥‥‥‥‥‥ 0363
張込み ‥‥‥‥‥‥‥‥‥‥‥‥‥ 0251

西村 賢太
悪夢―或いは「閉鎖されたレストランの
　話」 ‥‥‥‥‥‥‥‥‥‥‥‥‥ 1049
一夜 ‥‥‥‥‥‥‥‥‥‥‥‥‥‥ 0944

作家名索引　　　　　　　　　ぬくい

肩先に花の香りを残す人 …… 1044, 1045
跼蹐の門 ……………………… 1062
廃疾かかえて ………………… 1057
西村 さとみ
　レモンの死んだ朝 ……………… 0407
西村 寿行
　瘦牛鬼 …………………………… 0327
西村 酔牛
　鬼の財宝で村に「演芸場」をつくる ‥ 1007
西村 充
　隣人 ……………………………… 1021
西村 風池
　猫爺 …………………… 0459, 0461
　夜勤の心得 ……………………… 0460
西森 涼
　これが私の夢の地図 …………… 0814
西山 繭子
　でっかい本 ……………………… 0585
西脇 順三郎
　体裁のいい景色―人間時代の遺留品 ‥ 0993
　山の酒 …………………………… 0993
似鳥 鶏
　お届け先には不思議を添えて …… 0306
　蹴る鶏の夏休み ………………… 0797
　十八階のよく飛ぶ神様 ………… 0759
　7冊で海を越えられる ……… 0578, 0579
新田 次郎
　明智光秀の母 …………………… 0023
　伊賀越え ………………………… 0116
　異説晴信初陣記 ………………… 0033
　異説晴信初陣記―板垣信形 …… 0035
　太田道灌の最期―太田道灌 …… 0037
　近藤富士 ………………………… 0005
　時の日 …………………………… 0115
　春富士遭難 ……………………… 0806
　まほろしの軍師 ………… 0034, 0041
　まほろしの軍師―山本勘助 …… 0036
　六合目の仇討 …………………… 0010
新田 泰裕
　あぶない ………………………… 0975
仁田 義男
　刺青降誕 ………………………… 0066
弐藤 水流
　ある奇跡 ………………………… 0571

ニトラマナミ
　ココア火山 ……………………… 0868
仁瓶 ゆき子
　小さくたって …………………… 0821
ニーミンニョウ
　黒の上下 ………………………… 1121
ニャムドルジ, グルジャビン
　孤児の歌 ………………………… 1118
ニョウピャーワイン
　私のバッグの中に一本のナイフがある
　…………………………………… 1121
ニール, ナイジェル
　写真 ……………………………… 1140
ニールズ, ベティ
　すてきなプロポーズ …………… 0727
　魅惑のドクター ………………… 0731
丹羽 文雄
　鮎 ………………………………… 1092
　「鮎」に就いて ………………… 1092
　甲羅類 …………………………… 1071
　三田文学の思い出 ……………… 0993

【ぬ】

ヌー, オニール・ドゥ
　重罪隠匿 ………………………… 0298
貫井 輝
　休憩室 ………………… 0457, 0458
　子供靴 …………………………… 0464
　問題教師 ……………… 0459, 0461
貫井 徳郎
　あるソムリエの話 ……………… 1067
　犬は見ている …………………… 0811
　オレンジの水面―『北天の馬たち』番外
　編 ……………………………… 0951
　殺人は難しい …………………… 0254
　帳尻 …………………… 0922, 0923
　蝶番の問題 …………… 0161, 0222
　葉山嘉樹『セメント樽の中の手紙』を語
　る ……………………………… 1067
　分相応 ………………… 0939, 0940
　見ざる、書かざる、言わざる―ハーシュ
　ソサエティ …………… 0140, 0167
　目撃者は誰？ …………………… 0367

523

作家名索引

布靴 底江
老いる …………………………… 0464

沼田 まほかる
ひらひらくるくる ……………… 0456

【 ね 】

ネイサン, マイカ
獲物 ……………………………… 0298

ネヴィンズ, F.M., Jr.
生存者への公開状 ……………… 0149

根岸 鎮衛
赤坂与力の妻亡霊の事 ………… 0408

猫亞 阿月
縁起もん ………………………… 0462

猫吉
安全ポスター …………………… 0463
刑事収容施設及び……第百二十七条 ‥ 0973
諏訪湖奇談 ……………………… 0972
ツキの変わり目 ………………… 0971
秘めたる想い …………………… 0973
冬の蟬 …………………………… 0972
古本奇譚 ………………………… 0462
プレゼント ……………………… 0972

猫田 博人 (Bact.)
人は死んだら電柱になる ………… 1051

猫乃 ツルギ
英猫碑 …………………………… 0489
お粗末な召喚 …………………… 0489
夢猫記 …………………………… 0489

ねこま
第二の人生 ……………………… 0972

猫屋 四季
怪段 ………………… 0457, 0458

ねこや堂
紫陽花の ………………………… 0421
拾い物に福来たる ……………… 0438
蜜柑のある庭 …………………… 0438

ネコヤナギ
桜色の電柱 ……………………… 1051
灯 ………………………………… 1051

ネザマフィ, シリン
白い紙 …………………………… 1058

ねじめ 正一
ケーキ屋のおばさん …………… 1015
蜜柑一箱一回二個 ……………… 0618

ネスィン, アズィズ
走るが勝ち ……………………… 1122
酔っ払いが飲み屋の鏡を壊した ‥‥ 1122
我が愛しの狂人たち―序章と「偉大なる
テロリスト」 ………………… 1122

ネズビット, イーディス
大理石の軀 ……………………… 0413
ハーストコート屋敷のハースト―八九
三 ……………………………… 0441
約束を守った花婿 ……………… 0411

根多加 良
おかえり ………………… 0464, 0785
ここは楽園 ……………………… 0785
しこふみ ………………………… 0785
大好きメーター ………………… 1023
たそがれが好きだった ………… 1023
ちゃぷちゃぷ …………………… 1023
土とわたし ……………………… 0785
引き算 …………………………… 1021
呼び止めてしまった …………… 0459

根室 総一
タバコわらしべ ………………… 0818

根本 勲
亡き妻を恋ふる歌 ……………… 1084

根本 美作子
哀しみの井戸 …………………… 1088

ネルヴァル, ジェラール・ド
シルヴィ …………………………… 0879
緑色の怪物 ……………………… 0449
緑の物怪 ………………………… 0414

ネルソン, リチャード
鹿の贈りもの …………………… 0794

【 の 】

野阿 梓
黄昏郷 El Dormido …………… 0538

ノイズ, アルフレッド
深夜急行 ………………………… 0889

野棘 かな
かまいたちはみた ……………… 0459

作家名索引　　　　　のなか

ひとゆらり …………………… 0465

ノイマン, ローベルト
　文学史 ………………………… 0418

ノヴァーリス
　ザイスの学徒 ………………… 0392

野上 彌生子
　京之助の居睡 ………………… 0748
　燃える過去 …………………… 0784

野木 桃花
　俳句 …………………………… 0807

乃木 ばにら
　黒い不吉なもの ………… 0459, 0461

埜木 ばにら
　鈴 ……………………………… 0462

野口 雨情
　少女と海鬼灯 ………………… 0886

野口 卓
　らくだの馬が死んだ ………… 0090

野口 冨士男
　押花 …………………………… 0993

野口 米次郎
　われ山上に立つ ……………… 0993

野坂 昭如
　俺はNOSAKAだ ……………… 0945
　浣腸とマリア ………… 0816, 1082
　凧になったお母さん ………… 0924
　八月の風船 …………………… 0777
　火垂るの墓 ……… 0779, 1065, 1066
　マッチ売りの少女 …………… 0437
　乱離骨灰鬼胎草 ……………… 1035

野坂 律子
　彼女の伝言 …………………… 0949
　今日は餃子の日 ……………… 0760
　さよならクリスマス ………… 0757
　幸せな人 ……………………… 0763
　自慢の息子 …………………… 0762
　父の背中 ……………………… 0965
　二枚目のハンカチ …………… 0946
　嫁の指定席 …………………… 1083
　ローマの一日 ………………… 0756

野崎 歓
　地震育ち ……………………… 1088

野崎 まど
　インタビュウ ………………… 0492
　第五の地平 …………………… 0568

野澤 匠
　適任人事 ……………………… 0969

野尻 抱影
　三つ星の頃 …………………… 0875

野尻 抱介
　大風呂敷と蜘蛛の糸 ……… 0548, 1010
　素数の呼び声 ………………… 0573

ノース, ライアン
　殺人と自殺、それぞれ ……… 1150

野棲 あづこ
　夏の記憶 ……………………… 0462

乃田 春海
　案山子の背中 ………………… 0864

野田 秀樹
　ミーハーとバナナの時代 …… 0618

野田 昌宏
　コレクター無惨！ …………… 0532
　OH！ WHEN THE MARTIANS GO
　　MARCHIN' IN ……………… 0536

野田 真理子
　孤軍の城 ……………………… 0078

野田 充男
　王子様 ………………………… 0972
　家族 …………………………… 0968
　サル …………………………… 0974
　三字熟語 ……………………… 0975
　死刑 …………………………… 0970
　シャッター …………………… 0976
　手術後 ………………………… 0972
　地図 …………………………… 0967
　追試 …………………………… 0969
　憑依 …………………………… 0974

ノックス, ロナルド・A.
　一等車の秘密 ………………… 0231
　探偵小説十戒 ………………… 0138

ノディエ, Ch.
　ビブリオマニア ……………… 0577

ノディエ, シャルル
　ギスモンド城の幽霊 ………… 0449

野中 柊
　あの日。この日。そして。… 0772
　柘榴のある風景 ……………… 1039
　たとえ恋は終わっても ……… 0736
　二度目の満月 …………… 0648, 0649
　ひばな。はなび。………… 1032, 1033

525

のなみ　　　　　　作家名索引

i? 箱 …………………… 0961

乃南 アサ
アンバランス ……………… 0735
かくし味 …………………… 0325
キープ ……………………… 0685
それは秘密の ……………… 0686
文豪の夢 …………………… 0325

野々宮 夜猿
光の穴 ……………… 0457, 0458

ノバス・カルボ, リノ
ラモン・イェンディアの夜 ……… 1161

延原 謙
レビウガール殺し …………… 0142

ノーブル, ケイト
官能の島で取引を …………… 0703

野辺 慎一
維新の景 …………………… 0987
一本献上 …………………… 0915
残花 ……………………… 0986
鳥の影 …………………… 0988
梵天祭 …………………… 1026

登木 夏実
穴 ………………………… 0459
怪談会にて ………………… 0464
流れ ……………… 0457, 0458

登 芳久
てりむくりの生涯 …………… 0932

野村 胡堂
怪談享楽時代 ……………… 0854
斬られた幽霊 ……………… 0032
五月人形 …………………… 0106
飛竜剣 …………………… 0011
紅唐紙 …………………… 0583

野村 敏雄
死描 ……………………… 0110
人間の情景 ………………… 0105
八丈こぶな草 ……………… 0107

野村 祐子
ハケンの姫君 ……………… 1007

法月 綸太郎
かえれないふたり―第4章 双子の伝承
………………… 0341, 0342
重ねて二つ ………………… 0269
カニバリズム小論 ………… 0222
ギリシャ羊の秘密 ‥ 0207, 0322, 0338, 0377

禁じられた遊び ……………… 0361
サソリの紅い心臓 …………… 0324
殺人パントマイム …………… 0246
三人の女神の問題 …………… 0171
しらみつぶしの時計
………… 0208, 0248, 0323, 0381
ゼウスの息子たち ………… 0135, 0152
時は来た…… …………… 0293
《時は来た…》 …………… 0292
「何故」と「然り」と二十の私と … 0246
盗まれた手紙 …………… 0244, 0284
ノックス・マシン …………… 0525
バベルの牢獄―甘いバニラの匂いは、紙
の本の記憶。前代未聞の脱獄小説、誕
生 ………………………… 0559
引き立て役倶楽部の陰謀 …… 0165, 0166
ヒュドラ第十の首 …………… 0161
吹雪物語(一夢と知性) …… 0292, 0293
まよい猫 …………… 0922, 0923
背信の交点 ………………… 0273
緑の扉は危険 ……………… 0583
『ユダの窓』と「長方形の部屋」の間 ‥ 0330
四色問題 …………… 0359, 0360
ロス・マクドナルドは黄色い部屋の夢を
見るか? …………… 0330

野呂 邦暢
本盗人 …………………… 0587
若い沙漠 …………………… 0581

ノロブ, ダルハーギーン
死場所 …………………… 1118

【 は 】

バー, スティーヴン
最後で最高の密室 ………… 0262, 0365
馬 天
日本鎧の謎 ………………… 0149
バー, ネヴァダ
マジでむかつく最低最悪耳くそ野郎 ‥ 0239
バー, ロバート
第二の収穫 ………………… 0231
バイエ=チャールトン, ファビエンヌ
ピンク色の質問 ……………… 1163

526

作家名索引　　はく

パイク, スー
　彼女のお宝 ……………………… 0299
ハイスミス, パトリシア
　すっぽん ………………………… 1124
　憎悪の殺人 ……………………… 0344
バイタル, ジム
　タリ ……………………………… 1164
パイパー, H.ビーム
　いまひとたびの ………………… 0514
ハイメス・フレイレ, リカルド
　インディオの裁き ……………… 1161
バイロン, ジョージ・ゴードン
　ダーヴェル ……………………… 0283
　不信者 …………………………… 0433
ハーヴィー, W.F.
　羊歯 ……………………………… 1140
　八月の炎暑 ……………………… 0413
　旅行時計 ………………………… 0420
ハーヴェイ, ジョン
　スノウ、スノウ、スノウ ……… 0203
パウエル, ギャリー・クレイグ
　カミラとキャンディの王 ……… 0296
パウエル, ジェイムズ
　道化の町 ………………………… 0365
パウストフスキイ
　ウサギの足 ……………………… 1157
　雪 ………………………………… 1158
ハウスマン, クレメンス
　白マントの女 …………………… 0389
バウチャー, アントニー
　おばけオオカミ事件 …………… 0231
　ジェリー・マロイの供述 ……… 0452
ハウバイン, ロロ
　マーケットの愛 ………………… 1163
ハウフ
　こうのとりになったカリフ …… 0402
パウル, ジャン
　天堂より神の不在を告げる死せるキリス
　トの言葉 ………………………… 0392
バーカー, クライヴ
　恐怖の探求 ……………………… 0889
　セルロイドの息子 ……………… 0450
バーカー, ドロシー
　深夜考 …………………………… 1132

バーカー, ニュージェント
　告知 ……………………………… 1140
芳賀 檀
　方法論 …………………………… 1037
ハカウチ マリ
　愛の愛情 ………………………… 1023
　誰よりも速く …………………… 1022
　ノイズレス ……………………… 1023
　這い回る蝶々 …………………… 1021
　ポリワタシゼーション ………… 1023
伯方 雪日
　覆面 ……………………………… 0150
　Gカップ・フェイント ……… 0154, 0281
萩 照子
　錯誤 ……………………………… 0989
萩尾 望都
　バースディ・ケーキ …………… 0500
萩原 あぎ
　不況 ……………………………… 0970
　むじな2009 …………………… 0970
萩原 朔太郎
　閑雅な食慾 ……………………… 0625
　孤独を懐しむ人 ………………… 0790
　さびしい人格 …………………… 1031
　死なない蛸 ……………… 0402, 1080
　猫町 ……………… 0391, 0402, 0787
　雲雀料理 ………………… 0625, 0628
　虫 ………………………………… 0880
　夢 ………………………………… 1085
萩原 草吉
　文明開化 ………………………… 1051
萩原 由男
　駿府瞽女、花 …………………… 0818
バーク, アラフェア
　勝利 ……………………………… 0296
ぱく きょんみ
　この まちで …………………… 1088
バーク, ジェイムズ・リー
　バグジー・シーゲルがぼくの友だちに
　なったわけ ……………………… 0299
　ビッグ・ミッドナイト・スペシャル ‥ 0296
朴 晟源
　デラウェイの窓 ………………… 1116
バーク, トマス
　がらんどうの男 ………………… 0420

527

はく　　　　作家名索引

白 ひびき
石に潜む …………………… 0459, 0461
穿ち ……………………………… 0463
踊る婆さん ………………… 0457, 0458
階段 ………………………… 0457, 0458
ぐにん …………………………… 0464
蔵 ………………………………… 0489
虹蟲 ……………………………… 0460
銃を置く ………………………… 0464
空を舞う ………………………… 0465
山の中のレストラン ……… 0457, 0458
渡り来るモノ …………………… 0489

パク ワンソ
親切な福姫さん ………………… 1110

白雨
長い階段 ………………………… 0465

バクスター
ガーシュウィンのプレリュード第二番
……………………………… 0880

バクスター, スティーヴン
慣性調整装置をめぐる事件 ……… 0234
月その六 ………………………… 0555
電送連続体 ……………………… 0555

パークター, ジョシュ
E・Q・グリフェン第二の事件 … 0149

獏野 行進
ミカエルの心臓 ………………… 0242

バークリー, アントニー
ボー・ピープのヒツジ失踪事件 … 0231

バークレイ, リンウッド
短い休憩 ………………………… 0287

葉越 晶
細密画 …………………………… 0489
山羊の足 ………………………… 0462

間 岩男
着メロ …………………………… 0968

間 遠南
イソメのこと …………………… 0464
ねばーらんど …………………… 0463

波佐間 義之
イエスの島で …………………… 0931

バザン, ルネ
風の返事 ………………………… 1153

土師 清二
内蔵頭治政 ……………………… 0111

牡丹の雨 ………………………… 0086

橋 てつと
愛しのジュリエット …………… 1026
カムイ伝・穴丑 ………………… 0991
頑是ない、約束 ………………… 0986
共業―実在ヒプノ4 …………… 0985
三百五十万年後の世界頑是ない、約束.
後編 …………………………… 0987
実存ヒプノージュリエット 二 …… 0915

パーシー, ベンジャミン
泥人間 …………………………… 1152

羽志 主水
越後獅子 ………………………… 0247
監獄部屋 …………………… 0143, 0247
雁釣り …………………………… 0247
処女作について ………………… 0247
天佑 ……………………………… 0247
唯炎 ……………………………… 0247
蠅の肢 …………………………… 0247
マイクロフォン ………………… 0247
涙香の思出 ……………………… 0247

端江田 仗
猫のチュトラリー ……………… 0512

パジェット, ルイス
ボロゴーヴはミムジイ ………… 0549

橋口 いくよ
アテクシちゃん ………………… 0671
イッツアスモールワールド …… 0671
されど運命 ……………………… 0671
失恋のしかた …………………… 0671

橋爪 健
南極の黄金船 …………………… 0065

橋本 顕光
ブタの足あと …………………… 0814

橋本 治
安政元年の牡羊座 ……………… 0958
枝豆 ……………………………… 1061
聞く耳 …………………………… 1014
関寺小町 ………………………… 1049

橋本 夏鳴
手紙に乗せて …………………… 0849

橋本 五郎
篝筒の中の囚人 ………………… 0250
レテーロ・エン・ラ・カーヴォ … 0142

橋元 淳一郎
紫青代の始まり ………………… 0921

528

作家名索引　　　はせか

橋本 紡
　雨、やみて …………………… 1070
　鋳物の鍋 ……………… 0654, 0655
　風が持っていった …………… 0979
　桜に小禽 ……………………… 0687
　十九になるわたしたちへ …… 1028
　薄荷 …………………………… 0904
橋本 夢道
　俳句 …………………………… 0764
バジーレ, ジャンバティスタ
　キャット・シンデレラ ……… 0693
パス, オクタビオ
　青い花束 ……………………… 1162
　正体不明の二人への手紙 …… 1162
　白 ……………………………… 1162
　波との生活 …………………… 0880
ハス, ヘンリー
　宇宙船上の決闘 ……………… 0521
バス, リック
　準備、ほぼ完了 ……………… 1123
バズビイ, F.M.
　ここがウィネトカなら、きみはジュデ
　　ィ ………………………… 0514
蓮見 圭一
　秋の歌 ………………………… 1011
　ハッピー・クリスマス、ヨーコ …… 0982
蓮見 仁
　トーキョー・スカイ・ツリー … 0836
　LIFE LIFE …………………… 0835
蓮本 芯
　木箱 …………………………… 0849
ハスラー, エヴェリーン
　翼をもがれた女 ……………… 0750
長谷 敏司
　仕事がいつまで経っても終わらない件
　　………………………………… 0556
　10万人のテリー ……………… 0495
　怠惰の大罪 …………………… 0493
　地には豊穣 …………………… 0520
　バベル ………………………… 0568
　東山屋敷の人々―五十を過ぎて老化を
　　やめた"彼"は、跡継ぎにぼくを指名し
　　た ………………………… 0560
　震える犬 ……………………… 0494
　allo, toi, toi ………………… 0511

馳 星周
　午前零時のサラ …………… 0939, 0940
　古惑仔 ………………………… 0327
　世界の終わり ……………… 0220, 0221
　伊達邦彦になれなかった男たち …… 0327
　DRIVE UP …………………… 0249
長谷川 修
　ささやかな平家物語 ………… 0870
　舞踏会の手帖 ………………… 0870
長谷川 賢人
　お気に召すカバーの色 ……… 0867
長谷川 幸延
　村上浪六 ……………………… 0110
長谷川 集平
　主日に ………………………… 0994
長谷川 樹里
　捨てられない ………………… 0972
長谷川 純子
　夜のかさぶた ………………… 1091
　李連杰の妻 …………………… 0431
長谷川 四郎
　おかし男の歌 ………………… 0869
　子どもたち …………………… 0874
　鶴 ……………………………… 0883
長谷川 伸
　敵討たれに …………………… 0111
　小楠の兵蔵騒ぎ ……………… 0109
　真田範之助 …………………… 0105
　脛毛の筆―三浦権太夫 ……… 0110
　関の弥太ッペ ………………… 0125
　女賊お君 ……………………… 0892
　鼻くそ ………………………… 0628
　髢題目の政 …………………… 0086
　飛騨の了戒 …………………… 0074
　瞼の母 ………………………… 0875
　名人竿忠 ……………………… 0061
　山本孫三郎 …………………… 0050
長谷川 卓也
　一銭てんぷら ………………… 0583
長谷川 龍生
　キノコのアイディア ………… 0790
長谷川 也
　ごはんの神様 ………………… 0619
　本を売ってくれないか ……… 0584
長谷川 博子
　くちなわ坂の赤ん坊 ………… 0481

529

作家名索引

長谷川 不通
　松林の雪 …………………… 0866
長谷川 昌史
　QC(クオンタム・クレイ) …………… 0863
長谷川 穂
　三島夏まつり ………………… 0812
支倉 凍砂
　キタイのアタイ ………………… 0657
ハセベ バクシンオー
　転落 …………………… 0223, 0224
　隣の男 ………………………… 0199
長谷部 弘明
　山鳴る里 ……………………… 0459
バーセルミ, ドナルド
　脅威 …………………………… 1133
秦 和之
　親友 B駅から乗った男 ………… 0610
羽田 圭介
　ウエノモノ …………………… 1034
　カタチ ………………………… 0905
　みせない ……………………… 0905
畑 耕一
　恐ろしき復讐 ………………… 0455
秦 恒平
　蝶 …………………………… 0479
畠 ゆかり
　宝永写真館 …………………… 0812
畑 裕
　砂漠の町の雪 ………………… 0862
畑川 皓
　坂額と浅利与一 ……………… 0030
畠中 恵
　甘き織姫 ……………… 0620, 0621
　苺が赤くなったら ……… 0675, 0676
　思い出した …………………… 0173
　太郎君、東へ ………………… 0557
　茶巾たまご …………………… 0011
　引き出物 ……………………… 1091
　一つ足りない ………………… 0960
　八百万 ………………… 0290, 0291
畠山 明徳
　熊本地震 ……………………… 0786
畠山 拓
　ある殺人 ……………………… 0987
　溺れる男 ……………………… 0992

蜘蛛の巣が揺れる ……………… 0915
三度の恋 ………………………… 0991
静かな関係 ……………………… 0985
鳥妻の章 ………………………… 0989
ペルソナを剝ぐ ………………… 1026
陽羨鵞籠の事 …………………… 0988
冷血 ……………………………… 0986
驢馬と女 ………………………… 0990
波多野 健
　『ブラッディ・マーダー』/推理小説はク
　リスティに始まり、後期クイーン・ボ
　ルヘス・エーコ・オースターをどう読
　むかまで …………………… 0244
畑野 智明
　剱岳へ ………………………… 0602
畑野 智美
　黒部ダムの中心で愛を叫ぶ ……… 0647
波多野 都
　オタクを拾った女の話 ………… 0697
　最後の夜に …………………… 0689
　二冊の辞書 …………………… 0585
　夢の終わり …………………… 0689
バダミ, スニル
　沈黙夫婦 ……………………… 1163
バダムサムボー, ゲンデンジャムツィン
　行く …………………………… 1118
パチェーコ, ホセ・エミリオ
　砂漠の戦い …………………… 1162
蜂飼 耳
　崖のにおい …………………… 1055
　冬至―12月22日ごろ ………… 0919
　人間でないことがばれて出て行く女の置
　き手紙 ……………………… 0870
　ほたるいかに触る ……………… 1025
　繭の遊戯 ……………………… 1049
バチガルピ, パオロ
　小さき供物 …………………… 0572
八駒 海桜
　浴葬 …………………………… 0460
蜂谷 涼
　舞燈籠 ………………………… 0080
パック, ジャネット
　秘密職員 ……………………… 0320
ハックスリー, A.
　肖像画 ………………………… 0651
　ジョコンダの微笑 ……………… 1130

作家名索引　　　　　　　　　　　はなふ

バッサーニ, ジョルジョ
　チーズの中のねずみ ・・・・・・・・・・・・・・・・・　1156

ハッダム, ジェーン
　エーデルワイス ・・・・・・・・・・・・・・・・・・・・　0299

服部　静子
　懐かしい町、伊東 ・・・・・・・・・・・・・・・・・　0823

服部　まゆみ
　松竹梅 ・・・・・・・・・・・・・・・・・・・・・・・・・・・　0164

ハットリ　ミキ
　美しい母 ・・・・・・・・・・・・・・・・・・・・・・・・・　0973
　幸せの占い ・・・・・・・・・・・・・・・・・・・・・・・　0972
　修理人 ・・・・・・・・・・・・・・・・・・・・・・・・・・・　0972
　ナニー ・・・・・・・・・・・・・・・・・・・・・・・・・・・　0972
　母からの電話 ・・・・・・・・・・・・・・・・・・・・・　0973
　ピースケ・ロス症候群 ・・・・・・・・・・・・・　0972

初野　晴
　エレメントコスモス ・・・・・・・・・　0156, 0300
　兼業で小説家を目指す方々へ ・・・・・・　0246
　周波数は77.4MHz ・・・・・・・・・　0357, 0358
　14 ・・・・・・・・・・・・・・・・・・・・・・・・・・・・・・　0246
　シレネッタの丘 ・・・・・・・・・・・・・　0162, 0163
　退出ゲーム ・・・・・・・・・　0207, 0276, 0377
　トワイライト・ミュージアム ・・・・・・・　0957
　ヘブンリーシンフォニー ・・・・・・・・・・・　0768
　理由ありの旧校舎―学園密室？ ・・・・・　0204
　理由ありの旧校舎 ・・・・・・・・・・・・・・・・・　0304

ハーディ, トマス
　恐怖時代の公安委員 ・・・・・・・・・・・・・・・　1128
　グリーブ家のバーバラ―八九一― ・　0441
　三人のよそ者 ・・・・・・・・・・・・・・・・・・・・・　0283

ハート, ジェシカ
　小さな天使のために ・・・・・・・・・・・・・・・　0642
　夢に見たキス ・・・・・・・・・・・・・・・・・・・・・　0716

ハート, ブレット
　セリーナ・セディリア―八六五― ・・・　0441

ハードウィック, エリザベス
　楢の木と斧 ・・・・・・・・・・・・・・・・・・・・・・・　1132

鳩沢　佐美夫
　証しの空文 ・・・・・・・・・・・・・・・　1065, 1066

バドニッツ, ジュディ
　母たちの島 ・・・・・・・・・・・・・・・・　0706, 0707
　来訪者 ・・・・・・・・・・・・・・・・・・・・・・・・・・・　0387

バトホヤグ, プレブフーギーン
　青銅の心臓 ・・・・・・・・・・・・・・・・・・・・・・・　1118

ハートリー, L.P.
　豪州からの客 ・・・・・・・・・・・・・・・・・・・・・　0413
　コティヨン ・・・・・・・・・・・・・・・・・・・・・・・　1140

パトリック, Q.
　少年の意志 ・・・・・・・・・・・・・・・・・・・・・・・　0172

バトリン, ロン
　ドイツから来た子―転校生しみじみ ・・　1139

バートン, ウィリアム
　サターン時代 ・・・・・・・・・・・・・・・・・・・・・　0555

バートン, ビヴァリー
　ホワイトナイトにキスをして ・・・・・・　0692

羽菜　しおり
　カナダの雪原 ・・・・・・・・・・・・・・・・・・・・・　0857

花岡　大学
　百羽のツル ・・・・・・・・・・・・・・・・・・・・・・・　0887

花恋
　手紙 ・・・・・・・・・・・・・・・・・・・・・・・・・・・・・　1020

ハナダ
　新幹線の窓から ・・・・・・・・・・・・・・・・・・・　0465
　世界の終わり ・・・・・・・・・・・・・・・・・・・・・　0464
　無秩序 ・・・・・・・・・・・・・・・・・・・・・・・・・・・　0464

花田　一三六
　帰郷―曙光の誓い後日譚 ・・・・・・・・・・・　1098

花田　清輝
　開かずの箱 ・・・・・・・・・・・・・・・・・・・・・・・　0396
　石山怪談 ・・・・・・・・・・・・・・・・・・・・・・・・・　0396
　伊勢氏家訓 ・・・・・・・・・・・・・・・・・・・・・・・　0396
　歌 ・・・・・・・・・・・・・・・・・・・・・・・・・・・・・・・　0396
　海について ・・・・・・・・・・・・・・・・・・・・・・・　0396
　御伽草子 ・・・・・・・・・・・・・・・・・・・・・・・・・　0396
　鏡の国の風景 ・・・・・・・・・・・・・・・・・・・・・　0396
　球面三角 ・・・・・・・・・・・・・・・・・・・・・・・・・　0396
　楕円幻想 ・・・・・・・・・・・・・・・・・・・・・・・・・　0396
　テレザ・パンザの手紙 ・・・・・・・・・・・・・　0396
　『ドン・キホーテ』註釈 ・・・・・・・・・・・・・　0396
　七 ・・・・・・・・・・・・・・・・・・・・・・・・・・・・・・・　0396
　舞の本 ・・・・・・・・・・・・・・・・・・・・・・・・・・・　0396
　ものぐさ太郎 ・・・・・・・・・・・・・・・・・・・・・　0396
　ものみな歌でおわる―第一幕第一景・・　0396
　林檎に関する一考察 ・・・・・・・・・・・・・・・　0396

英　アタル
　シュレディンガーの猫はポケットの中
　　に ・・・・・・・・・・・・・・・・・・・・・・・・・・・・・・　0791
　ヒロインは、ぽっちゃり『刑』 ・・・・・・　0198
　ホーリーグラウンド ・・・・・・・・・・・・・・・　0603

531

作家名索引 はなふ

花房 一景
　小人 ……………………… 0460, 0461

花村 萬月
　色色灰色 ………………… 1099, 1100
　悪萬 ………………………………… 0077
　漸く、見えた。………………………… 0040

バニスター, マンリー
　イーナ ……………………………… 0389

パニッツァ, オスカル
　エラとルイとのあいだのあらゆる時代の
　　精神における愛の対話 ………… 0418

埴谷 雄高
　虚空 ………………………………… 0391
　鎮魂歌のころ―原民喜追悼 ……… 0993
　無言旅行 …………………………… 0850

ハネイ, バーバラ
　ひとつの嘘 ………………………… 0700

ハーネス, チャールズ・L.
　時の娘 ……………………………… 0529

バーネット, デイヴィッド
　ハドソン夫人は大忙し …………… 0228

馬場 あき子
　鬼の誕生 …………………………… 0432

馬場 信浩
　アメリカ・アイス ………………… 0268

帚木 蓬生
　抗命 ………………………………… 0776

葉原 あきよ
　間の駅 ……………………………… 0464
　神様を待つ ………………………… 1090
　昨日、犬が死んだ ………………… 1023
　警告 ………………………………… 0463
　狸の葬式 …………………………… 0462
　納得できない ……………………… 1022
　ノイズレス ………………………… 1022
　本命チョコレート ………………… 1023
　昔語り ……………………………… 1023
　娘たち ……………………………… 1021
　雪子たち …………………………… 1023

パピーニ, ジョヴァンニ
　返済されなかった一日 …………… 0275

パーマー, ダイアナ
　運命を紡ぐ花嫁 …………………… 0680
　恋の花に敬礼！ …………………… 0700
　トム・ウォーカー―テキサスの恋 … 0635

　ポピーの幸せ ……………………… 0711
　指輪はイブの日に ………………… 0728

浜尾 四郎
　彼が殺したか ……………………… 0143
　殺された天一坊 …………………… 0005
　途上の犯人 ………………………… 0255

浜尾 まさひろ
　ある会話 …………………………… 0967

はまだ 語録
　船旅『二十年目の憂鬱』………… 0603

浜田 嗣範
　クロダイと飛行機 ………………… 0844

葉真中 顕
　洞の奥 ……………………………… 0259
　カレーの女神様 …………………… 0214
　サブマージド ……………………… 0313

はまも さき
　うたたねのあいだ ………………… 0868

濱本 七恵
　いつもあなたを見ている ………… 0697
　君に会いたい ……………………… 0667
　こかげに咲く ……………………… 0664
　サボテンの育て方 ………………… 0696
　さよなら、大好きな人 …………… 0688
　サランへ 私の彼は韓国人 ……… 0704
　ずっと一緒にいた ………………… 0666
　誓い ………………………………… 0688
　手をつなごう ……………………… 0665

ハミルトン, エドモンド
　鉄の神経お許しを ………………… 0521

ハミルトン, スティーヴ
　四人目の空席 ……………………… 0340

ハミルトン, ピーター
　隕石製造団の秘密 ………………… 0521

ハミルトン, ヒューゴー
　ホームシック産業―アイルランドしみじ
　　み ………………………………… 1139

葉室 麟
　天草の賦 …………………………… 0084
　梅の影 ……………………………… 0081
　孤狼なり …………………………… 0044
　汐の恋文 …………………………… 0083
　鷹、翔ける ………………………… 0045
　女人入眼 …………………………… 0080
　鳳凰記 ……………………………… 0038
　牡丹咲くころ ……………………… 0082

532

作家名索引　　はやま

夜半亭有情 ……………………… 0079

林 絵里沙
　ひび割れ ……………………… 0851

林 京子
　空罐 …………………………… 0880
　曇り日の行進 ………………… 0777

林 幸子
　ヒロシマの空 ………………… 0779

林 譲治
　ある欠陥物件に関する関係者への聞き取
　　り調査 ……………………… 0492
　女の姿 ………………………… 0920
　警視庁吸血犯罪捜査班 ……… 0561
　重力の使命 …………………… 0540
　大使の孤独 …………………… 0500

林 翔太
　ドリーム・レコーダー ……… 0970

林 巧
　エイミーの敗北 ……… 0483, 0525
　カラス書房 …………………… 0474
　ピアノのそばで ……………… 1088

林 知佐子
　ちゃあちゃん ………………… 0935

林 千歳
　乙弥と兄 ……………………… 0748

林 吨助
　42.195キロ …………………… 0976

林 望
　風の林檎 ……………………… 0618
　この山道を… ………………… 0644
　「名馬シルヴァー・ブレイズ」後日 ‥ 0232

林 房雄
　双生真珠 ……………………… 0436
　四つの文字 …………………… 0445

林 不忘
　寛永相合傘【粟田口】 ……… 0088

林 不木
　神を見る人 …………… 0457, 0458
　クルークルー ………………… 0489
　シミュラクラ ………… 0459, 0461
　ランバス・フー・ファイター …… 0460

林 美美子
　朝御飯 ………………………… 0625
　魚の序文 ……………………… 0880
　うなぎ ………………………… 0611

柿の実 ………………………… 0616
幸福の彼方 …………………… 1052
幸福の彼方――一九四〇（昭和一五）年 … 1097
魚 ……………………………… 0625
清貧の書 ……………………… 0955
晩菊 …………………………… 1041
風琴と魚の町 ………………… 0764
骨 …………………… 1077, 1095

林 万理
　晩冬 …………………………… 1020

林 真理子
　一年ののち …………… 0691, 0839
　週末の食べ物 ………………… 0618
　リハーサル …………… 0740, 0753

林 由美子
　祈り捧げる …………… 0194, 0198
　緊急下車 ……………………… 0199
　黒の複合 ……………………… 0584
　姿婆 …………………………… 0444
　喉鳴らし ……………………… 0444
　バニラ ………………………… 0619
　ひとでなし …………………… 0444
　まぶしい夜顔 ………… 0194, 0195

林田 遼子
　いもうと ……………………… 0770

林家 正蔵(8代目)
　あたま山 ……………………… 0869

早助 よう子
　家出 …………………………… 1061
　ポイント・カード …………… 0961

早瀬 詠一郎
　石蕗 …………………………… 1013

早瀬 玩具
　代償 …………………………… 0969

早瀬 耕
　眠れぬ夜のスクリーニング ……… 0556

速瀬 れい
　蝶の道行 ……………………… 0474
　螢硝子 ………………………… 0484
　夢ちがえの姫君 ……………… 0435
　連鎖劇 ………………………… 0472

羽山 信樹
　砂塵 …………………………… 0124
　抜国吉―粟田口国吉 ………… 0122
　信長豪剣記 …………………… 0115
　破門 …………………………… 0117

533

はやま 作家名索引

博文の貌 ……………………… 0101

葉山 弥世
朝ごとに ……………………… 0935

葉山 由季
ステータス …………………… 0970

葉山 嘉樹
移動する村落 ………………… 0764
淫売婦 …………… 0742, 0765, 1087
セメント樽の中の手紙 …… 0327, 0394,
0437, 0774, 0775, 0880, 0927, 1067, 1087
出しようのない手紙 ………… 0761
凡父子 ………………………… 0953
山の幸 ………………………… 1052
牢獄の半日 …………………… 0784

早見 江堂
完全無欠の密室への助走 … 0341, 0342
死ぬのは誰か ……………… 0210, 0372

早見 和真
永遠! チェンジ・ザ・ワールド … 1040

はやみ かつとし
子を運ぶ ……………………… 1021
二人だけの秘密 ……………… 1022
道草 …………………………… 1023
夜想曲炎上 …………………… 1023

隼見 果奈
うつぶし ……………………… 1002

早見 俊
仇でござる …………………… 0018
やっておくれな ……………… 0015

早見 裕司
あのこと ……………………… 0474
最後の挨拶 …………………… 0484
【静かな男】ロスコのある部屋 ‥ 0341, 0342
終夜図書館 …………………… 0581

速水 螺旋人
ラクーンドッグ・フリート ……… 0492

はやみね かおる
後夜祭で、つかまえて ……… 0276
少年名探偵WHO─透明人間事件 ‥ 0957
天狗と宿題、幼なじみ ……… 0130

バヤルサイハン, プレブジャビン
猿は猿 ………………………… 1118
二百四十二 …………………… 1118
百年 …………………………… 1118

原 カバン
同好の士 ……………………… 0967

原 宏一
芒種─6月6日ごろ ………… 0918

原 民喜
死のなかの風景 ……………… 0761
心願の国 ……………………… 1052
夏の花 ………………… 0779, 1073
夏の花/廃墟から ……………… 0993
不思議 ………………………… 1037

原 未来子
それは、あきらめに似ている … 0853

原 美代子
紅い傘 ………………………… 0481

原 良子
紲ぐものなき ………………… 0786

原 里佳
山田浅右衛門覚書─目あき首 …… 0481

原 寮
少年の見た男 ………………… 0345
歩道橋の男 …………………… 0267

原石 寛
ある遺書 ……………………… 0992

原尾 勇貴
ゴート・ポストマン …………… 0972

原子 修
人魚 …………………………… 0985
龍馬夢一夜 …………………… 0915

原田 千寿子
避難所 ………………………… 0786

原田 ひ香
君が忘れたとしても ………… 0960
クラシックカー ……………… 0958
立春─2月4日ごろ ………… 0918

原田 眞人
「魍魎の匣」変化抄。 ………… 0486

原田 益水
雲は流れる …………………… 0915
敗戦 …………………………… 0985
春の唄 ………………………… 1026

原田 学
離婚ウィルス ………………… 0971

原田 マハ
ヴィーナスの誕生 …………… 0769
幸福駅 二月一日 …………… 1016

534

作家名索引　　はるの

幸福駅二月一日―愛国駅・幸福駅 ‥‥ 0677
砂に埋もれたル・コルビュジエ ‥‥‥ 0588
旅をあきらめた友と、その母への手紙 ‥ 0963
飛梅 ‥‥‥‥‥‥‥‥‥‥‥‥‥‥‥ 0810
ながれぼし ‥‥‥‥‥‥‥ 0840, 0841
ブリオッシュのある静物 ‥‥‥‥‥ 1034
ブルースマンに花束を ‥‥‥ 0675, 0676
無用の人 ‥‥‥‥‥‥‥‥‥‥‥‥ 1017
はらだ みずき
　おれたちがボールを追いかける理由 ‥ 0598
原田 宗典
　駅のドラマツルギー ‥‥‥‥‥‥ 1054
　少年の夏のスイカ ‥‥‥‥‥‥‥ 0618
原田 康子
　五月晴朗 ‥‥‥‥‥‥‥‥‥‥‥ 1057
バラード,J.G.
　コーラルDの雲の彫刻師 ‥‥‥‥‥ 0499
　マイナス１ ‥‥‥‥‥‥‥‥‥‥ 0365
パラリ,パ
　風景 ‥‥‥‥‥‥‥‥‥‥‥‥‥ 1020
パラリラ
　僕の彼女は○○様 ‥‥‥‥‥‥‥ 0821
ハリス,ジョアン
　道の歌 ‥‥‥‥‥‥‥‥‥‥‥‥ 0752
ハリス,リン・レイ
　千の夜をあなたと ‥‥‥‥‥‥ 0630
　逃避行は地中海で ‥‥‥‥‥‥ 0645
ハリスン,ウイリアム
　テキサス・ヒート ‥‥‥‥‥‥‥ 0299
ハリスン,ハリー
　大瀑布 ‥‥‥‥‥‥‥‥‥‥‥‥ 1135
パリッシュ,P.J.
　銃声 ‥‥‥‥‥‥‥‥‥‥‥‥‥ 0202
　告げ口ペースメーカー ‥‥‥‥‥ 1149
ハリデイ,ブレット
　死刑前夜 ‥‥‥‥‥‥‥‥‥‥‥ 0262
ハリデイ,マグス・L.
　シャーロック・ホームズと品の悪い未亡
　　人 ‥‥‥‥‥‥‥‥‥‥‥‥‥ 0227
ハリファックス卿
　ボルドー行の乗合馬車 ‥‥‥‥‥ 0420
針村 譲司
　ピアノ ‥‥‥‥‥‥‥‥‥‥‥‥ 0976
針谷 卓史
　ガラパゴス・エフェクト ‥‥‥‥‥ 0901

ハリントン,ジョイス
　グレースを探せ ‥‥‥‥‥‥‥‥ 0286
パール,マシュー
　ボストンのドローミオ ‥‥‥‥‥ 0225
春 みきを
　全自動家族 ‥‥‥‥‥‥‥‥‥‥ 0974
春花 夏月
　終わる季節のプレリュード ‥‥‥‥ 0668
バルガス=リョサ,マリオ
　小犬たち ‥‥‥‥‥‥‥‥‥‥‥ 1162
春風 のぶこ
　あなたに夢中 ‥‥‥‥‥‥‥‥‥ 0990
　あの頃、浪漫飛行が流れていて ‥‥‥ 1026
　胃 ‥‥‥‥‥‥‥‥‥‥‥‥‥‥ 0992
　お化け屋敷の猫 ‥‥‥‥‥‥‥‥ 0989
　写真 ‥‥‥‥‥‥‥‥‥‥‥‥‥ 0915
　並一丁 ‥‥‥‥‥‥‥‥‥‥‥‥ 0991
春川 啓示
　黒いタオル ‥‥‥‥‥‥‥‥‥‥ 0973
春木 静哉
　粕漬け ‥‥‥‥‥‥‥‥‥‥‥‥ 1074
春木 シュンボク
　諦めて、鈴木さん ‥‥‥‥‥‥‥ 0972
　運命の相手 ‥‥‥‥‥‥‥‥‥‥ 0971
　完全犯罪 ‥‥‥‥‥‥‥‥‥‥‥ 0971
　批評家 ‥‥‥‥‥‥‥‥‥‥‥‥ 0974
春口 裕子
　ホームシックシアター ‥‥‥‥ 0206, 0386
バルザック,オノレ・ド
　恐怖政治下の一挿話 ‥‥‥‥‥‥ 1154
　ことづけ ‥‥‥‥‥‥‥‥‥‥‥ 0651
晴澤 昭比古
　ホムンクルス ‥‥‥‥‥‥‥‥‥ 0972
晴名 泉
　背中に乗りな ‥‥‥‥‥‥‥‥‥ 1003
春名 トモコ
　純愛 ‥‥‥‥‥‥‥‥‥‥‥‥‥ 1023
　乗車券 ‥‥‥‥‥‥‥‥‥‥‥‥ 1023
　蝶 ‥‥‥‥‥‥‥‥‥‥‥‥‥‥ 1021
　手品通り ‥‥‥‥‥‥‥‥‥‥‥ 1022
　守り神 ‥‥‥‥‥‥‥‥‥‥‥‥ 1022
　三つ編み研究会 ‥‥‥‥‥‥‥‥ 1022
　夜のキリン ‥‥‥‥‥‥‥‥‥‥ 1023
春乃蒼
　迦陵頻伽―極楽鳥になった禿 ‥‥‥ 0459

535

作家名索引

晴居 彗星
　漫才 …………………………………… 0407
バレイジ,A.M.
　暗闇のかくれんぼ ………………… 0452
　象牙の骨牌 …………………………… 0482
パレツキー,サラ
　厳しい試練 …………………………… 0239
　ディーラーの選択 ………………… 0286
バレット,リン
　エルヴィスは生きている ………… 0141
バーロウ,トム
　覆い隠された罪 …………………… 0298
バロウズ,アニー
　子爵が見つけた壁の花 …………… 0724
　子爵の贈り物 ……………………… 0732
　聖夜の贖罪 ………………………… 0650
バロウズ,ウィリアム
　ジャンキーのクリスマス ………… 1123
バロウズ,エドガー・ライス
　ジャングル探偵ターザン ………… 0262
バログ,メアリ
　魅せられて ………………………… 0725
パワーズ,ポール・S.
　洞窟の妖魔 ………………………… 0425
　離魂術 ……………………………… 0425
ハワード,クラーク
　狂熱のマニラ ……………………… 0296
　ブルース・イン・ザ・カブール・ナイ
　　ト ………………………………… 0238
　道は墓場でおしまい ……………… 0298
ハワード,リンダ
　愛していると伝えたい …………… 0701
バン,オースティン
　瓶詰め仔猫 ………………………… 1152
伴 かおり
　猫が来た日 ………………………… 0849
ハーン,キャンディス
　これからずっと …………………… 0725
パン シアンリー
　謝秋娘よ、いつまでも …………… 1110
韓 末淑
　神話の断崖 ………………………… 1117
バンクス,リアン
　波打ち際のロマンス ……………… 0723

パンケーク,ブリース・D'J.
　冬のはじまる日 …………………… 1123
萬歳 淳一
　跳ね馬さま ………………………… 0866
ハンシッカー,ハリー
　名もなき西の地で ………………… 0297
バーンズ,エリック
　きれいなもの、美しいもの ……… 0297
バーンズ,ジュリアン
　共犯関係 …………………………… 1134
　TDFチェス世界チャンピオン戦 … 1136
バーンズ,デューナ
　無化 ………………………………… 1138
飯田 和仁
　隔世遺伝 …………………………… 1020
　僕はみゆきを探している ………… 1021
半田 浩修
　前歯と明日 ………………………… 0867
ハンチントン,シドニー
　灰色熊に槍で立ち向かった男たち … 0794
ハント,ヴァイオレット
　祈り ………………………………… 0442
坂東 眞砂子
　巡礼 ………………………………… 1013
　冷めたい手 ……………… 0939, 0940
　虫の声 ……………………………… 0077
半藤 末利子
　漱石夫人は占い好き ……………… 0798
伴名 練
　一蓮托掌―R.×.ラ×ァ×ィ …… 0495
　かみ☆ふぁみ！―彼女の家族が「お前な
　　んぞにうちの子はやらん」と頑なな件
　お父さんがね、あなたは「生涯童貞の
　　まま惨たらしく死ぬ」だって … 0567
　ゼロ年代の臨界点 ………………… 0511
　なめらかな世界と、その敵 ……… 0492
　フランケンシュタイン三原則、あるいは
　　屍者の簒奪 ……………………… 0493
　美亜羽へ贈る拳銃 ………………… 0496
バーンハイマー,ケイト
　森の中の女の子たち ……………… 1152
半村 良
　およね平吉時穴道行 ……………… 0536
　愚者の街 …………………………… 0954
　錯覚屋繁昌記 ……………………… 0547

作家名索引　　　　ひがし

箪笥 ……………………… 0437, 0877
となりの宇宙人 ……………………… 1076
蛞蝓 ……………………………………… 0966
農閑期大作戦 ……………………… 0530
フィックス ……………………………… 0533
ボール箱 ……………………………… 0534
村人 …………………………………… 0532
H氏のSF ……………………………… 0553

万里 さくら
　落しの刑事 ………………………… 0464

【 ひ 】

ビアス, アンブローズ
　アウル・クリーク橋の一事件 ‥ 0392, 0877
　空に浮かぶ騎士 …………………… 0887
　蔓草の家――一九〇五 …………… 0441
　哲人パーカー・アダスン ………… 0871
　人間と蛇 …………………………… 0390
　モッキングバード ………………… 1127

ピアスン, リドリー
　クイニー公園 ……………………… 0202

柊 サナカ
　選ばれし勇者 …………… 0201, 0584
　鏡に消えたライカM3オリーブ …… 0176
　一柏尾家、ガウディ屋敷の宝さがし ‥ 0177
　カメラ売りの野良少女 …………… 0190
　靴磨きジャンの四角い永遠 ……… 0224
　趣味の愉悦 ………………………… 0197
　ロックスターの正しい死に方 ‥ 0201, 0619

緋衣
　のこっている ……………………… 0463
　八幡様 ……………………………… 0463
　花咲く家 …………………………… 0464

日影 丈吉
　ある絵画論 ………………………… 0395
　ある生長 …………………………… 0395
　浮き草 ……………………………… 0395
　王とのつきあい …………………… 0626
　かぜひき …………………………… 0395
　角の家 ……………………………… 0395
　壁の男 ……………………………… 0395
　かむなぎうた ……………………… 0327
　硝子の章 …………………………… 0395

好もしい人生 ……………………… 0395
こわい家 …………………………… 0395
さんどりよんの唾 ………………… 0395
時代 ………………………………… 0436
食人鬼 ……………………………… 0151
飾燈 ………………………………… 0144
月夜蟹 ……………………………… 0394
鵺の来歴 …………………………… 0408
猫の泉 ……………………………… 0395
舶来幻術師 ………………………… 0395
鳩 …………………………………… 0345
墓碣市民 …………………………… 0395
屋根の下の気象 …………………… 0395
山姫 ………………………………… 0395
夢ばか (抄) ………………………… 0479

日笠 和彦
　月夜 ………………………………… 0976

東 健而
　その後のワトソン博士 …………… 0232

東 直子
　マッサージ ………………………… 0886
　立冬――11月7日ごろ ……………… 0919

東 雅夫
　凶宅奇聞 …………………………… 0409

東川 篤哉
　烏賊神家の一族の殺人 …… 0162, 0163
　馬の耳に殺人 ……………………… 0797
　霧ケ峰涼の逆襲 …………………… 0362
　霧ケ峰涼の屈辱 ………… 0244, 0276
　倉持和哉の二つのアリバイ ……… 0310
　殺人現場では靴をお脱ぎください
　　　　　　… 0322, 0338, 0357, 0358
　死者からの伝言をどうぞ …… 0156, 0300
　死者は溜め息を漏らさない ……… 0309
　時速四十キロの密室 ……………… 0243
　死に至る全力疾走の謎 …………… 0308
　雀の森の異常な夜 ……… 0257, 0301
　とある密室の始まりと終わり …… 0314
　博士とロボットの不在証明 ……… 0313
　春の十字架 ………………………… 0213
　被害者とよく似た男 ……………… 0315
　藤枝邸の完全なる密室 …………… 0222
　魔法使いと死者からの伝言 ……… 0132
　ゆるキャラはなぜ殺される …… 0214, 0312

東野 圭吾
　落下る ……………………… 0206, 0386

537

ひかし　作家名索引

君の瞳に乾杯 …………………………… 0311
クリスマスミステリ ………… 0162, 0309
壊れた時計 ……………………………… 0314
今夜は一人で雛祭り …………………… 0310
サファイアの奇跡 ……………………… 0571
十年目のバレンタインデー …………… 0214
正月ミステリ …………………………… 0308
少年期の衝動 …………………………… 0329
水晶の数珠 ……………………………… 0313
小さな故意の物語 ……………………… 0329
爆ぜる …………………………………… 0274
ルーキー登場 …………………………… 0204
レンタルベビー ………………………… 0570

東山 彰良
小雪―11月22日ごろ ………………… 0919
陽のあたる場所 ………………………… 0928
マイ・ジェネレーション ……………… 1013

東山 新吉
シルダの馬鹿市民 ……………………… 0065

東山 白海
別れ話 …………………………………… 0975

火方 網久
愛してる ………………………………… 0967

ピカード, ナンシー
カウチ先生、大統領を救う フランクリ
ン・カウチ先生とフランキーのお話 ‥ 0320
殺しをやってた ………………………… 0238
愉しいドライヴ ………………………… 0239
電球 ……………………………………… 0298

ひかり
七人目のオトコ ………………………… 0704

ピカール, エドモン
陪審員 …………………………………… 0393

ひかるこ
愛あふれて ……………………………… 1023
悪魔占い ………………………………… 1021
祈り ……………………………………… 1023
月に学ぶ ………………………………… 1023
目玉蒐集人 ……………………………… 1021
もう僕死ぬの？ ………………………… 1022
レースのカーテン ……………………… 1023

氷川 拓哉
泡と消えぬ恋 …………………………… 0967

ひかわ 玲子
草原の風 ………………………………… 0507
猫の風景 ………………………………… 0542

氷川 瓏
乳母車 …………………………………… 0889

美キ やま
俺が小学生!? …………………………… 0683

ピクシリリー, トム
死が我らを分かつまで ………………… 0238

ビクスビイ, ジェローム
きょうも上天気 ………………………… 0499

樋口 明雄
地底超特急、北へ ……………………… 0571
遺され島 ………………………………… 0570
モーレン小屋 …………………………… 0216

樋口 一葉
十三夜 …………………………………… 1087
たけくらべ ……………………………… 0875
にごりえ … 0774, 0775, 0883, 1075, 1087
わかれ道 ………………………………… 1052

樋口 真嗣
怪獣二十六号 …………………………… 0423

樋口 毅宏
人生リングアウト ……………………… 1034

樋口 直哉
メーカーズマーク ……………………… 1091
夜を泳ぎきる …………………………… 1055

樋口 真琴
明け方に見た夢 ………………………… 0457

樋口 摩琴
明け方に見た夢 ………………………… 0458
奈落より ………………………………… 0489

ひこ・田中
roleplay days …………………………… 0925

ひさうち みちお
京都K船の裏の裏丑覗きの会とはなに
か ……………………………………… 0435

久生 十蘭
猪鹿蝶 …………………………………… 0264
うすゆき抄 ……………………………… 0397
奥の海 …………………………………… 0397
海難記 …………………………………… 0397
雲の小径 ………………………………… 1077
黒い手帳 ………………………………… 0871
骨仏 ……………………………………… 0478
湖畔 ……………………………………… 0390
昆虫図 …………………………………… 0478
新西遊記 ………………………………… 0397
新残酷物語 ……………………………… 0397

作家名索引　　　　　　　　　　　　　　ひの

野萩 ································· 0943
葡萄蔓の束 ·························· 1069
母子像 ····························· 0397
予言 ······························· 0394
黄泉から ···························· 0881

久岡 一美
　都合のいい男 ······················ 0976
　夕鶴 ····························· 0976

火坂 雅志
　井伊の虎 ·························· 0083
　勇の腰痛 ·························· 0102
　石段下の闇 ························· 0046
　おさかべ姫―姫路城 ··················· 0121
　剣の漢―上泉主水泰綱 ················· 0047
　子守唄 ···························· 0114
　石鹸 ····························· 0033
　石鹸―石田三成 ····················· 0035
　関寺小町 ·························· 0112
　ぬくもり―水原親憲 ··················· 0079
　盗っ人宗湛 ························· 0116
　馬上の局 ·························· 0082
　幻の軍師 ·························· 0085
　羊羹合戦 ····················· 0059, 0626
　老将 ····························· 0039

久田 樹生
　紫陽花 ···························· 0438
　細胞記憶 ·························· 0438

久藤 準
　家族の肖像 ························· 0970
　扇風機 ···························· 0464

久間 十義
　グレーゾーンの人 ··················· 0773

久山 秀子
　隼のお正月 ························· 0256

ピサルニク, アレハンドラ
　血まみれの伯爵夫人―一九六八 ······ 0441

緋色
　かくて死者は語る ··················· 1051

聖 龍人
　三十余戦、無敗の男―仙台藩鴉組 細谷
　　十太夫 ·························· 0103

ピース, デイヴィッド
　惨事のあと、惨事のまえ ··········· 0783

翡翠殿夢宇
　正義の味方 ························· 0970

ヒースコック, アラン
　平和を守る ························· 0299

日高 佳紀
　コラム「ディスカバー・ニッポン」·· 1065

ピチグリッリ
　幸福の塩化物 ······················ 0869

畢 飛宇
　妹、小青を憶う ··············· 1113, 1114
　雲の上の暮らし ··············· 1113, 1114

必須 あみのさん
　命札 ····························· 0463

ビッセル, トム
　復讐人へのインタビュー ··········· 0296

ピッソラット, ニック
　お尋ね者 ·························· 0296
　この場所と黄海のあいだ ··········· 0340

ヒッチコック, アルフレッド
　クミン村の賢人 ····················· 0877

ピッピ
　オーラルセックス ··················· 1021

ビーティ, アン
　大切にする―パーティしみじみ ····· 1147
　蛇の靴 ···························· 1133

ピーティー, イーリア・ウィルキンソン
　なかった家 ························· 0446

日出彦
　穴 ······························· 0972
　ジャンカ ·························· 0974

人見 直
　教会と魔術と鳥と ··················· 0748

日向川 伊緒
　懐ひろ～い ························· 0848

日向 蓬
　去勢 ····························· 1070

日夏 耿之介
　恠異ぶくろ（抄）···················· 0433
　吸血鬼譚 ·························· 0433

ヒーニー, シェイマス
　清算―母と息子しみじみ ··········· 1139

日野 アオジ
　胸の奥を揺らす声 ··················· 0913

火野 葦平
　千軒岳にて ························· 0477
　紅皿 ····························· 0478
　麦と兵隊 ·························· 0779

539

ひの　作家名索引

詫び証文 …………………………… 0144

日野 啓三
断崖にゆらめく白い掌の群 ………… 0945
七千万年の夜警 …………………… 0880

日野 草
グラスタンク ……………………… 0215

日野 光里
いるみたい ………………………… 0463
お引越し …………………………… 0465
折紙姫 ……………………………… 0464
角打ちでのこと ………… 0459, 0461
炭鉱怪談 …………………………… 0464

桧 晋平
しらさぎ川 ………………………… 0846

日比 嘉高
コラム「歴史小説と〈日本〉のアイデン
ティティ」………………………… 1065

ひびき はじめ
痛い本 ……………………………… 0465
錆びた自転車 ……………………… 0464
廃材トラック ……………………… 0464

響 由布子
終わりの始まり─河合耆三郎 ‥ 0070, 0071

響野 夏菜
二十年 ……………………………… 0977

日比野 碧
犬のまくらと鯨のざぶとん ………… 0821

ひびの けん
結婚の条件 ………………………… 0969

日比野 けん
アリバイ工作 ……………………… 0972

ぴぴぽえちゃん
優良少年 …………………………… 0968

一二三 太郎
励ましの手紙 ……………………… 0975

ヒメーネス, フワン・ラモン
プラテーロ ………………………… 0886

姫野 カオルコ
乙女座の星 ………………………… 0958
結婚十年目のとまどい …………… 0961

火森 孝実
大きなお世話 ……………………… 0973
日本人とコンピューター ………… 0968

ヒモロギ ヒロシ
海辺のサクラ ……………………… 0464

男の世界 …………………………… 0460
火車とヤンキー …………… 0460, 0461
さらばマトリョーシカ …………… 0462
死霊の盆踊り ……………… 0459, 0461
水獣モガンボを追え ……… 0460, 0461
デッドヒート ……………… 0457, 0458
トロイの人形 ……………………… 0462
般若娘 ……………………………… 0460
みずこクラブ ……………………… 0464
夜釣りの心得 ……………… 0457, 0458

桧山 明
電柱の骨 …………………………… 1051

ヒューイット, ケイト
異国のボス ………………………… 0721

ビュキート, メルヴィン・ジュールズ
同郷人会 …………………………… 1123

ピューモン
調弦 ………………………………… 1121

陽羅 義光
あんなか …………………………… 0986
逢坂おんな殺し …………………… 1026
困惑 ………………………………… 0992
チェーホフの女 …………………… 0988
非国民 ……………………………… 0990
房総半島 …………………………… 0987
闇の童話 …………………………… 0991
憂年 ………………………………… 0985
ゆくひと …………………………… 0915
吾輩は病気である ………………… 0989

平井 和正
虎は暗闇より ……………………… 0573
憎しみの罠 ………………………… 0326
レオノーラ ………………………… 0553

平井 呈一
嗜屍と永生 ………………………… 0433

平井 文子
白い歯 ……………………………… 1026
リセット …………………………… 0915

平石 貴樹
虹のカマクーラ …………………… 1035

平岩 弓枝
赤絵獅子 …………………………… 0099
梅屋敷の女 ………………………… 0050
江戸の毒蛇─琉球屋おまん ……… 0061
江戸の娘 …………………………… 0106
おこう ……………………………… 0008

540

作家名索引　　　　　　　　　　　　　ひらや

親なし子なし	0025
女ぶり	0006
狂歌師	0013
狂言師	0066, 0074
子を思う闇	0105
桜十字の紋章	0078
邪魔っけ	0021
出島阿蘭陀屋敷	0098
七化けおさん	0110
二十六夜待の殺人―『御宿かわせみ』より	0093
猫姫おなつ	0125
呪いの家	0109
三つ橋渡った	0092
文珠院の僧―花和尚お七	0086
遊女殺し―太公望のおせん	0111
吉原大門の殺人	0126

平尾 魯僊
「谷の響」より	0854

平岡 篤頼
犯された兎	0910

平岡 陽明
床屋とプロゴルファー	1018

平賀 白山
異形の顔（抄）	0479

平方 イコルスン
とっておきの脇差	0501

平沢 計七
二人の中尉	0766

平田 篤胤
仙境異聞（抄）	0479

平田 健
スカイ・コンタクト	1090

平田 俊子
いとこ、かずん	0607
バスと遺産	0773

平塚 白銀
セントルイス・ブルース	0256

平渡 敏
種	0972
マナー	0972

平野 啓一郎
義足	1049
モノクロウムの街と四人の女	1055
family affair	1062

平野 小剣
関東・武州長瀬事件始末	1046

平林 たい子
桜の下にて	1082
北海道千歳の女	0914

平林 初之輔
予審調書	0143

平松 洋子
処暑―8月23日ごろ	0919

平谷 美樹
貸物屋お庸貸し猫探し	0796
加奈子	0780
黄色いライスカレー	0782
恐怖の形	0474
黒いエマージェンシーボックス	0483
黒脛巾組始末	0103
猫	0484
萩供養	0412
自己相似荘	0453, 0500

平山 敏也
将棋	0970
夢の人	0971

平山 瑞穂
棺桶	0210, 0372
恋する蘭鋳	0483
六畳ひと間のLA	0767

平山 夢明
あるグレートマザーの告白	0490
祈り	0453
異聞耳算用.其の2	0412
宇宙飛行士の死	0474
ウは鵜飼いのウ	0429
オペラントの肖像	0290, 0291
お遍路	0444
きちがい便所	0430
幻画の女	0440
人類なんて関係ない	0339
すき焼き	0444
すまじき熱帯	0249
チャコの怪談物語	1010
箸魔	0475
チョ松と散歩	1016
出会す	0479
テロルの創世	0543
トイレまち	0444
独白するユニバーサル横メルカトル	0331

541

ひらや　　　　　　　　　　作家名索引

ドリンカーの20分 …………………… 0470
吉原首代売女御免帳 ……… 0165, 0166
夏の ……………………………………… 0462
溶解人間 ………………………………… 0351
D-0 ……………………………………… 0456
≒0.04% ………………………………… 0472

平山 蘆江
鈴鹿峠の雨 …………………………… 0477

ピランデッロ, ルイジ
真実 …………………………………… 1155
蠅 ……………………………………… 0414
ホテルで誰かが死んだので… …… 1155
免許証 ………………………………… 1155
山小屋―シチリア小景 …………… 1156

ヒーリイ, ジェレマイア
職務遂行中に ………………………… 0286
父祖の肖像 …………………………… 1149

ヒル, サム
元手 …………………………………… 0317

ヒル, ジョー
スロットル …………………………… 1131
ポップ・アート ……………………… 0543

ピール, デヴィッド
壁に書かれた目録 …………………… 0149

ヒル, ボニー・ハーン
かすかな光, わずかな記憶 ……… 0202

ピール, リディア
倦怠の地に差す影 …………………… 1143

ヒル, レジナルド
犬のゲーム …………………………… 0344

ピールザード, ゾヤ
染み …………………………………… 0749

蛭田 亜紗子
川田伸子の少し特異なやりくち … 0751

蛭田 直美
止まらない時限爆弾を抱きしめて … 0941
ピンク色の空の中で ………………… 0947
Fの壁 ………………………………… 0965
SING IN THE BATH …………… 0760

昼間 寝子
名殺探訪 ……………………………… 0438

ヒロ
鼻毛の人生 …………………………… 0976

ひろ まり
五秒間の真実 ………………………… 0971

広居 歩樹
財布 …………………………………… 0976

広井 公司
トランス・ペアレント …………… 1006

広池 秋子
オンリー達 …………………………… 0914

広小路 尚祈
ドラゴンズ漫談 ……………………… 0600

廣重 みか
逃げるぞ ……………………………… 0786

広瀬 弦
博士とねこ …………………………… 0805

広瀬 心二郎
のら …………………………………… 0926

広瀬 正
二重人格 ……………………………… 0530
もの …………………………………… 0553

広瀬 力
自分本位な男 ………………………… 0976
眠るために生まれてきた男 ……… 0976
ファイヤー・タイガー …………… 0975

広瀬 仁紀
謀略の譜 ……………………………… 0027

廣田 希華
トマト ………………………………… 0824

広津 和郎
甘粕は複数か？ ……………………… 0784
ある夜 ……………………… 0872, 0873

広津 柳浪
亀さん ………………………………… 1075

弘中 麻由
きらきら ……………………………… 0853

曠野 すぐり
ホットひといき ……………………… 0868

日和 聡子
うらしま ……………………………… 1064
蛍 …………………………… 0048, 0091
ゆきおろし …………………………… 0961
行方 ………………………… 0910, 1061

ピンカートン, ダン
ヘッドロック ………………………… 1144

ビンズ, アーチー
深夜の自動車 ………………………… 0425

542

作家名索引　　　ふおす

ビンヤザル, アドナン
　ケレムとアスル―第1章「ズィヤード・
　ハーンと司祭」 …………………… 1122
ビンラー・サンカーラーキーリー
　虹の八番目の色 ………………… 1120

【 ふ 】

ファイク, サイト
　雨中の物語 ……………………… 1122
　のっぽのオメル ………………… 1122
　歯と歯の痛みが何か分からない男 … 1122
　ふろしき ………………………… 1122
ファイラー, バート・K.
　時のいたみ ……………………… 0529
ファウラー, カレン・ジョイ
　王様ネズミ ……………………… 0758
ファーマー, フィリップ・ホセ
　切り裂きジャックはわたしの父 …… 0452
ファーリー, ラルフ・ミルン
　成層圏の秘密 …………………… 0425
ファリス, ジョン
　ランサムの女たち ……………… 0237
フィッシュ, ロバート・L.
　アスコット・タイ事件 ………… 0172
フィッツジェラルド, F.スコット
　眠っては覚め …………………… 1137
　ベンジャミン・バトン ………… 0546
フィニー, アーネスト・J.
　人生の教訓 ……………………… 0297
フィニイ, ジャック
　死者のポケットの中には ……… 0445
　台詞指導 ………………………… 0529
　机の中のラブレター …………… 0545
　リノで途中下車 ………………… 0344
フィリップ
　老人の死 ………………………… 0880
フィリップス, マリー
　チェンジ ………………………… 0752
フィールディング, リズ
　噂の傲慢社長 …………………… 0724
　シンデレラの願い ……………… 0713
　ハッピーエンドをもう一度 …… 0639

プリンセスに選ばれて …………… 0719
フィンダー, ジョゼフ
　有効にして有益な約因 ………… 0287
風花 雫
　エンドレス ……………………… 0971
ブウテ, F.
　嫉妬 ……………………………… 0390
風見鳥
　母と赤子と少年と ……………… 1020
フェアスタイン, リンダ
　黒ヒョウに乗って ……………… 0287
フェイ, リンジー
　ウォーバートン大佐の狂気 …… 0225
　柳細工のかご …………………… 0226
フェインライト, ルース
　メイマ=ブハ …………………… 1128
笛木 薫
　濁流の音 ………………………… 0844
フェデレンカ, アンドレイ
　ブリャハ ………………………… 0516
笛地 静恵
　人魚の海 ………………………… 0512
フェネリー, ベス・アン
　彼の手が求めしもの …………… 0297
フェラレーラ, マリー
　赤ちゃんがかけた魔法 ………… 0656
　恋のレッスン引き受けます …… 0718
　パリでの出来事 ………………… 0636
フェルフルスト, ディミトリ
　美しい子ども …………………… 1125
フエンテス, カルロス
　二人のエレーナ ………………… 1162
フォアマン, ジェームズ
　宇宙の熱的死 …………………… 1150
フォークナー, ウィリアム
　あの夕陽 ………………………… 1145
　エミリーの薔薇 ………………… 0651
　サンクチュアリ ………………… 0878
フォスター, ローリー
　愛は止まらない ………………… 0694
　素直になれなくて ……………… 0659
　セクシーな隣人 ………………… 0722
　抱きしめるほどせつなくて …… 0663
　チェリーな気持ちで …………… 0662

543

プレゼントは愛 …………………… 0713

フォックス, スーザン
　生涯で一度のチャンス ………… 0641

フォード, コーリー
　蛇踊り ………………………… 0870

フォード, ジョン・M.
　幻燈 …………………………… 0450

フォード, リチャード
　モントリオールの恋人 ……… 0669, 0670

フォルヌレ, グザヴィエ
　草叢のダイアモンド …………… 0448

深井 充
　雨物語 ………………………… 0824

深沢 七郎
　絢爛の椅子 …………………… 1025
　月のアペニン山 ……………… 1080
　報酬 …………………………… 1025

深沢 仁
　腐りかけロマンティック ……… 0619
　聖なる夜に赤く灯るは ………… 0197
　夏の幻 ………………… 0194, 0195
　猫を殺すことの残酷さについて ‥ 0443, 0791
　I love you,Teddy ……… 0194, 0199

深澤 夜
　蝗の村 ………………………… 0421
　ウミガメのスープ …………… 0438
　父と子と精霊と ……………… 0424
　長市の祭 ……………………… 0438

深田 亨
　お迎え ………………………… 0465
　空襲 …………………………… 0484
　バディ・システム …………… 0474
　ビストロシリカ ……………… 0464
　みによんの幽霊 ……………… 0465

深田 祐介
　あざやかなひとびと …………… 0927

深津 十一
　稀有なる食材 ………… 0224, 0364
　テイスター・キラー …………… 0619
　夏色の残像 …………………… 0196
　本を愛する人求む …………… 0584
　闇の世界の証言者 ……… 0193, 0197

深野 佳子
　きみちゃんの贈り物 …………… 0853

深堀 骨
　逆毛のトメ …………………… 0709

深町 秋生
　碧い育成 ……………………… 0312
　臆病者の流儀 ………………… 0223
　かわいい子には旅をさせよ …… 0603
　昏い追跡 ……………………… 0309
　黒い夜会 ……………………… 0313
　宿命 …………………………… 0200
　白い崩壊 ……………………… 0310
　ストリート・ファイティング・マン ‥ 0178
　なんでもあり ………… 0224, 0364
　苦い制裁 ……………………… 0314
　卑怯者の流儀 ………………… 0259
　ブックよさらば ……… 0201, 0584
　リトル・ゲットー・ボーイ …… 0182

深町 眞理子
　シャーシー・トゥームズの悪夢 ‥ 0229

深海 和
　ある日の蜀山人 ……………… 0991
　思ひに永き …………………… 0988
　画像考 ………………………… 0989
　恐怖の時節 …………………… 0987
　元禄馬鹿噺 …………………… 0986
　島酒の起こり ………………… 0915
　兆民たちの醜聞 ……………… 0985
　信康異聞 ……………………… 1026
　「よし」の人たち ……………… 0990
　我ぞかずかく ………………… 0992

深水 黎一郎
　秋は刺殺 夕日のさして血のはいと近く
　　なりたるに ………………… 0305
　大癋見警部の事件簿―番外篇 ‥ 0308, 0309
　完全犯罪あるいは善人の見えない牙
　　………………………… 0341, 0342
　現場の見取り図 大癋見警部の事件簿
　　………………………… 0211, 0379
　シンリガクの実験 …………… 0160
　生存者一名 …………………… 0314
　父と子-ピーター・ブリューゲル殺人事
　　件 …………………………… 0310
　適用者一名 …………………… 0315
　とある音楽評論家の、註釈の多い死 (※
　　1) ………………………… 0312
　人間の尊厳と八〇〇メートル …… 0380
　人間の尊厳と八〇〇メートル―日本推理
　　作家協会賞短編部門受賞作 ……… 0210

もうひとつの10・8	0600	福島 正実		
フカミ レン		過去への電話	0536	
親父の名前	0851	離れて遠き	0345	
深緑 野分		福田 栄一		
オーブランの少女	0156, 0300	大黒天	0154, 0281	
血塗られていない赤文字	0467	闇に潜みし獣	0333	
深山 顕彦		a fortune slip	1091	
焼け残った手紙	0489	福田 和代		
蕗谷 塔子		最後のヨカナーン	0571	
タマコ	0462	シザーズ	0140, 0167	
武居 隼人		捨ててもらっていいですか？	0747	
失われた書簡	0489	ぴったりの本あります	0589	
虚の双眸	0489	メンテナンスマン！ つむじの法則	0909	
白い球体	0489	レテの水	0570	
SF促進企画	0489	福田 清人		
福井 健太		たこあげ	0964	
本格ミステリの四つの場面	0316	福田 恆存		
本格ミステリ四つの場面	0321	ニュー・ヨークの焼豆腐	0628	
福井 晴敏		福田 蘭童		
ガンダムからの文芸キャラクタリズム革		ダイナマイトを食う山窩	1047	
命―新ガンダム、「ガンダムユニコーン」		福永 恭助		
の勝算	1101	給仕勲八等	0964	
富久一 博		福永 信		
天の河原	0997	いくさ 公転 星座から見た地球	0500	
福岡 俊也		午後	1059	
ニカライチの小鳥	1002	寸劇・明日へのシナリオ	1055	
福岡 義信		福永 武彦		
かわさき文学賞と我が半生	0822	温室事件	0385	
仕舞扇	0822	夜の寂しい顔	0804	
福沢 徹三		福本 和也		
百物語	0479	幻のハイジャッカー	0605	
福澤 徹三		福本 真也		
家が死んどる	0409	怪盗シャイン	0969	
ごみ屋敷	0474	福元 直樹		
昭和の夜	1012	その手紙は海を越えて	0855	
ドラキュラの家	0472	福本 日南		
憑霊	0453	明石全登	0019	
不登校の少女	0249	福山 重博		
盆の厠	0430	公園に飛ぶ紙ヒコーキは	0976	
やどりびと	0475	灰皿という熱いきっかけ	0968	
福島 千佳		冨士 玉女		
ストロベリーシェイク	0859	怒りの矛先	0427	
空に残した想い	0858	一連の出来事	0427	
玉鬘からの贈り物	0861	最後の言葉	0427	
マトリョーシカの憂鬱	0862	墓守の山	0427	
耳、垂れ	0860	人の最後	0427	

作家名索引

富士 正晴
坐っている …………………………… 0884
帝国軍隊に於ける学習・序 ………… 0778

藤 水名子
秋萌えのラブソディー …………… 0114
ついてくる ………………………… 0473
闇に走る …………………………… 0412
リメンバー ………………………… 0053

藤 雪夫
虹の日の殺人 ……………………… 0610

藤井 彩子
海とハルオ ………………………… 0824

藤井 邦夫
不義の証 素浪人稼業 ……………… 0090

藤井 俊
カワウソ男 ………………………… 0474
銀のプレート ……………………… 0484

藤井 青銅
美しき夢の家族 …………………… 0474
占い ………………………………… 0585

藤井 太洋
ヴァンテアン ……… 0492, 1019, 1034
公正的戦闘規範 …………………… 0493
コラボレーション ………………… 0515
従卒トム …………………………… 0569
第二内戦 …………………………… 0556
常夏の夜 …………………………… 0551
ノー・パラドクス ………………… 0568
不滅のコイル ……………………… 0966

藤井 仁司
オガンバチ ………………………… 0601
夢追い人 …………………………… 0602

藤井 みなみ
マニキュア ………………………… 1021

藤枝 静男
悲しいだけ ………………………… 0761
私々小説 …………………… 0955, 1094
二つの短篇 ………………………… 0993

藤岡 一枝
初恋 ………………………………… 0748

藤岡 真
幻の男 ……………………… 0341, 0342

藤岡 正敏
おだっくいの国、シゾーカに行かざあ ‥ 0848

藤川 桂介
たまくらを売る女 ………………… 0053

藤川 葉
シアワセ測定器 …………………… 0969

藤木 由紗
鬼が棲む時 ………………………… 0915
夜を駆ける女 ……………………… 0985

藤木 稟
水神 ………………………………… 0473
母からの手紙 ……………………… 0470

プーシキン,A.S.
スペードの女王 …………… 0419, 0871

藤崎 秋平
コンポジット・ボム ……………… 0242

藤崎 慎吾
暗闇のセブン ……………………… 0523
五月の海と、見えない漂着物―風待町医
  院 異星人科 …………………… 0571
光の隙間 …………………………… 0453
変身障害 …………………………… 0523
星に願いをピノキオ二〇七六 ……… 0539

藤沢 周
あなめ ……………………………… 1062
草屈 ………………………………… 1058

藤沢 周平
暗殺剣虎ノ眼 ……………………… 0063
小川の辺 …………………………… 0062
賽子無宿 …………………………… 1072
静かな木 …………………………… 0087
吹く風は秋 ………………………… 0907
三千歳たそがれ天保六花撰ノ内 ‥‥ 0126
麦屋町昼下がり …………………… 0069

藤澤 清造
一夜 ………………………………… 0944
われ地獄路をめぐる ……………… 0784

藤沢 ナツメ
蒲焼日和 …………………………… 0849
さくらと毛糸玉 …………………… 0867

藤島 一虎
楳本法神と法神流 ………………… 0110

藤島 七海
星を食べる ………………………… 0972

藤瀬 雅輝
四月四日午前四時四十四分、山手線某駅
  にて …………………………… 0791

作家名索引　　　ふしむ

ローカルアイドル吾妻ケ岡ゆりりの思考
　の軌跡 ‥‥‥‥‥‥‥‥‥‥‥‥‥　0619
藤田　愛子
　渇いた梢 ‥‥‥‥‥‥‥‥‥‥‥‥　1063
　俳優 ‥‥‥‥‥‥‥‥‥‥‥‥‥‥　0992
　別れの海 ‥‥‥‥‥‥‥‥‥‥‥‥　0991
藤田　佳奈子
　お好み焼き屋の娘 ‥‥‥‥‥‥‥　0967
藤田　貴大
　コアラの袋詰め ‥‥‥‥‥‥‥‥　0961
藤田　武司
　増毛の魚 ‥‥‥‥‥‥‥‥‥‥‥‥　0845
藤田　哲夫
　手作りのグラブ ‥‥‥‥‥‥‥‥　0602
藤田　知浩
　探偵小説的南方案内 ‥‥‥‥‥‥　0151
藤田　雅矢
　エンゼルフレンチ―ひとり深宇宙に旅
　　立ったあなたと、もっとミスドでおしゃ
　　べりしてたくて ‥‥‥‥‥‥‥　0558
　おちゃめ ‥‥‥‥‥‥‥‥‥‥‥　0484
　釘拾い ‥‥‥‥‥‥‥‥‥‥‥‥　0435
　計算の季節 ‥‥‥‥‥‥‥‥‥‥　0539
　トキノフウセンカズラ ‥‥‥‥‥　1012
　植物標本集―昭和初期に建てられた温室
　　の地下から発見された、伝説のトビス
　　ミレ ‥‥‥‥‥‥‥‥‥‥‥‥　0564
藤田　優
　ぼたん雪 ‥‥‥‥‥‥‥‥‥‥‥　0859
藤田　宜永
　あなたについてゆく ‥‥‥‥‥‥　0928
　あの人は誰？ ‥‥‥‥‥‥‥‥‥　0309
　黄色い冬 ‥‥‥‥‥‥‥　1011, 1099, 1100
　潜入調査 ‥‥‥‥‥‥‥‥‥‥‥　0132
　探偵・竹花と命の電話 ‥‥‥‥　0212, 0371
　ピンク色の霊安室 ‥‥‥‥‥‥‥　0308
藤谷　治
　解散二十面相 ‥‥‥‥‥‥‥　0349, 0350
　古書卯月 ‥‥‥‥‥‥‥‥‥‥‥　0894
　ささくれ紀行 ‥‥‥‥‥‥‥‥‥　1050
　小満―5月21日ごろ ‥‥‥‥‥‥　0918
　新刊小説の滅亡 ‥‥‥‥‥‥‥‥　0590
　すみだ川 ‥‥‥‥‥‥‥‥　1042, 1043
　続すみだ川 ‥‥‥‥‥‥‥‥　1044, 1045
　その男と私 ‥‥‥‥‥‥‥‥‥‥　0979

フジツリ，ジム
　次善の策 ‥‥‥‥‥‥‥‥‥‥‥　0337
　チェッリーニの解決策 ‥‥‥‥‥　0202
藤沼　香子
　いらっしゃいませ ‥‥‥‥‥‥‥　0465
藤野　碧
　ななかまどの咲く里 ‥‥‥‥‥‥　0937
　雪舞 ‥‥‥‥‥‥‥‥‥‥‥‥‥　0932
藤野　可織
　おはなしして子ちゃん ‥‥‥‥‥　1061
　今日の心霊 ‥‥‥‥‥‥‥‥　0488, 0515
　胡蝶蘭 ‥‥‥‥‥‥‥‥‥‥‥‥　0525
　大自然 ‥‥‥‥‥‥‥‥‥‥‥‥　1029
　はじめての性行為 ‥‥‥‥‥‥‥　0905
　ピエタとトランジ ‥‥‥‥‥‥‥　1062
　美人は気合い ‥‥‥‥‥‥‥‥‥　0958
　ファイナルガール ‥‥‥‥‥‥‥　0905
　わたしとVと刑事C ‥‥‥‥‥　0354, 0355
藤野　千夜
　主婦と交番―下高井戸 ‥‥‥‥‥　0839
椹野　道流
　薬剤師とヤクザ医師の長い夜―QED ‥‥　0378
　ローウェル骨董店の事件簿―秘密の小
　　箱 ‥‥‥‥‥‥‥‥‥‥‥‥‥　0353
藤八　景
　植木鉢少女の枯れる季節 ‥‥‥‥　0197
　スイカ割りの男 ‥‥‥‥‥　0195, 0443
　濃縮レストラン ‥‥‥‥‥‥‥‥　0619
　マヨイガの姫君 ‥‥‥‥‥‥‥‥　0791
藤平　吉則
　嫌われ者 ‥‥‥‥‥‥‥‥‥‥‥　0976
藤巻　一保
　役小角の伝説 ‥‥‥‥‥‥‥‥‥　0056
藤巻　元彦
　新幹線の車窓から ‥‥‥‥‥‥‥　0823
伏見　完
　仮想の在処 ‥‥‥‥‥‥‥‥‥‥　0493
藤宮　和奏
　君を想う ‥‥‥‥‥‥‥‥‥‥‥　0668
藤村
　あじさいを ‥‥‥‥‥‥‥‥‥‥　0464
　ほらねんね ‥‥‥‥‥‥‥‥‥‥　0463
藤村　洋
　船番 ‥‥‥‥‥‥‥‥‥‥‥‥‥　0862

547

ふしも　　　作家名索引

藤本 義一
　赤い風に舞う ……………………… 0046
　樹になりたい僕 …………………… 0851
　坂 ………………………………… 0851

藤本 泉
　ひきさかれた街 …………………… 0531

藤森 成吉
　雲雀 ……………………………… 1052

藤森 ますみ
　"赤電"に乗って …………………… 0813

藤吉 外登夫
　加賀野浄土 ………………………… 0846

藤原 伊織
　オルゴール ………………………… 0906
　雪が降る …………………………… 0326

藤原 審爾
　若い刑事―新宿警察シリーズより … 0168

藤原 月彦
　藤原月彦三十三句 ………………… 0488

藤原 緋沙子
　秋つばめ―逢坂・秋 ……………… 0003
　かえるが飛んだ …………………… 0001
　梅香餅 ……………………………… 0055
　ひぐらし―『隅田川御用帳』より … 0093
　夜明けの雨―聖坂・春 …………… 0106
　葭切 ………………………………… 0083

藤原 遊子
　密室の石棒 ………………………… 0241

フジワラ ヨウコウ
　或ル挿絵画家ノ所有スル魍魎ノ函 … 0486

フース, アンジェラ
　最後の愛 …………………………… 1128

ブース, チャールズ・G.
　蘭の女 ……………………………… 0347

ブース, マシュー
　死を招く詩 ………………………… 0226

文月 悠光
　月夜のくだもの …………………… 1088

フスリツァ, シチェファン
　カウントダウン …………………… 0516
　三つの色 …………………………… 0516

布施 辰治
　その夜の刑務所訪問 ……………… 0784

二ツ川 日和
　蒲生村日記 ………………………… 0985

二葉亭 四迷
　あいびき …………………………… 1087
　嫉妬する夫の手記 ………………… 0943
　平凡(抄) …………………………… 0882

ブッチャー, ティム
　彼女の夢 …………………………… 0752

ブッツァーティ, ディーノ
　七階 ………………………… 0445, 1130
　なにかが起こった ………………… 0137
　待っていたのは …………………… 0445

フッド,T.
　亡霊の影 …………………………… 0413

ふつみ
　愛してるを三回 …………………… 0683

ブート
　星ふる夢みる子どもたち ………… 1051

船越 百恵
　乙女的困惑 ………………… 0263, 0278

船戸 一人
　リビング・オブ・ザ・デッド―高校演劇
　　部をめぐる三人の女。うち二人は死ん
　　だ。これは殺人の告白だ ………… 0563

舟橋 聖一
　華燭 ………………………………… 1077

船山 馨
　刺客の娘 …………………… 0127, 0128

ブニュエル, ルイス
　麒麟 ………………………………… 0418

夫馬 基彦
　行きゆきて玄界灘 ………………… 1058

フラー, ジョン
　亀の悲しみ アキレスの回想録 …… 0726

ブライアント, エドワード
　カッター …………………………… 0451

ブライシュ, アブドゥッサラーム
　臆病 ………………………………… 0404
　愚鈍 ………………………………… 0404
　トラック運転手ウマル …………… 0404
　貪欲 ………………………………… 0404

ブラウン, エリック
　アトキンスン兄弟の失踪 ………… 0233
　火星人大使の悲劇 ………………… 0228

ブラウン, フレドリック
　闘技場 ……………………………… 0524
　うしろをみるな …………………… 1124

548

後ろを見るな …………………… 0262
後ろで声が ……………………… 0877
シャム猫 ………………………… 1136
終列車 …………………………… 0344
古屋敷 …………………………… 1135
ブラスキー, ジャック
　メリーゴーラウンド …………… 0726
ブラック, マイケル・A.
　黄金虫 ………………………… 1149
ブラックウッド, アルジャノン
　空家 …………………………… 0413
　地獄 …………………………… 0447
ブラックマン, サラ
　ジュピターズイン ……………… 1142
ブラッドベリ, レイ
　みずうみ ……………………… 0877
ブラッドリー, マリオン・ジマー
　もうひとつのイヴ物語 ………… 0876
ブラッドン, メアリー・エリザベス
　クライトン館の秘密 …………… 0411
　冷たい抱擁 …………………… 0442
ブラトーノフ, アンドレイ・プラトーノ
ヴィチ
　帰還 …………………………… 0684
ブラナー, ジョン
　思考の谺 ……………………… 0549
ブラナック, マイケル
　たそがれの歌 ………………… 0225
フラン
　思ひ出の君は死せり …………… 1051
ブランカーティ
　幸せな家 ……………………… 1155
　二度とも笑わなかった男の話 …… 1155
フランクリン, トム
　彼の手が求めしもの …………… 0297
　彼の両手がずっと待っていたもの … 0340
　密猟者たち …………………… 0141
フランコ, ラファ
　ピアノ ………………… 1150, 1151
フランシス, トム
　爆発 …………………………… 1150
フランス, アナトール
　金色の目のマルセル …………… 1153
　白い服の婦人 ………………… 1154
　聖母の軽業師 ………………… 1154

聖母の曲芸師 …………………… 0875
薪 ………………………………… 0586
亡霊のお彌撒 …………………… 0469
ユマニテ ………………………… 1154
フランゼン, ジョナサン
　気の合う二人 ………………… 1134
フランツ, オナ
　私と犬 ………………………… 0516
ブランド, クリスチアナ
　ジェミニイ・クリケット事件 …… 0172
　拝啓、編集長様 ……………… 0344
ブランドン, ジェイ
　凄まじい力に追われて ………… 0202
プリースト, クリストファー
　限りなき夏 …………………… 0514
フリーズナー, エスター
　熊さんの迷惑 ………………… 0320
プリチェット, V.S.
　床屋の話 ……………………… 0726
　梯子 …………………………… 1132
ブリッジ, アン
　遭難 …………………………… 0420
フリードソン, マット
　自由の女神 …………………… 1142
フリーマン, メアリー・ウィルキンズ
　壁にうつる影 ………………… 0446
　南西の部屋 …………………… 0480
　ルエラ・ミラー ……………… 0442
ブリヤンテス, グレゴリオ・C.
　アンドロメダ星座まで ………… 1110
ブリーン, ジョン・L.
　ウィリアム・アラン・ウィルソン … 1149
　失われたスリー・クォーターズの事件 … 0225
　画期なき男 …………………… 0149
ブリン, デイヴィッド
　有意水準の石 ………………… 0519
フリン, ブライアン
　角のあるライオン ……………… 0347
ブルー, アニー
　足下は泥だらけ ……………… 1134
プール, ロメオ
　蟹人 …………………………… 0425
古井 由吉
　円陣を組む女たち ……………… 1027

ふるい　　　　　　　　　作家名索引

子供の行方 …………………… 1060
春の坂道 ……………………… 1063
眉雨 …………………………… 0488
ブルィチョフ
青ひげ ………………………… 1159
ブルーエン
美徳の書 ……………………… 0593
ブルガーコフ
さまよえるオランダ人 ………… 1158
古川 薫
青梅 …………………………… 0005
三条河原町の遭遇 …………… 0101
サンフランシスコの晩餐会 …… 0115
春雪の門 ……………………… 0098
婿入りの夜 …………………… 0009
吉田松陰の恋 ………………… 0054
古川 紀
惚れてしまった沼津さんへ ……… 0823
古川 日出男
あたしたち、いちばん偉い幽霊捕るわ
よ …………………………… 1049
鯨や東京や三千の修羅や ……… 1063
十六年後に泊まる …………… 0783
図説東方恐怖譚―その屋敷を覆う、覆す、
覆う ………………………… 0962
タワー/タワーズ ……………… 1010
デーモン ……………………… 1101
マザー、ロックンロール、ファーザー … 0331
赦されるために ……………… 1088
古川 緑波
神戸 …………………………… 0622
悲食記（抄）―昭和十九年の日記から … 0628
フルーク, ジョアン
クリスマス・デザートは恋してる … 0692
古沢 太希
正解 …………………………… 0969
古澤 健
あのこのこと ………………… 0585
古澤 雅子
ニキータのリボン …………… 0855
プルースト
若い娘の告白 ………………… 0880
古田 隆子
知らない街 …………………… 0860
降田 天
命の旅 ………………………… 0603

初天神 ………………………… 0224
冬、来たる …………………… 0191
古田 莉都
降着円盤 ……………………… 1000
古鳥 くあ
喧嘩の後は …………………… 0868
古野 まほろ
消えたロザリオ―聖アリスガワ女学校の
事件簿 1 …………………… 0353
敲翼同惜少年春 ……………… 0333
古橋 智
季節よ、せめて緩やかに流れよ … 0832
古橋 秀之
ある日、爆弾がおちてきて ……… 0535
三時間目のまどか …………… 0543
古屋 賢一
コラボ ………………………… 0463
古山 高麗雄
今夜、死ぬ …………………… 0779
ブルワー＝リットン, エドワード
幽霊屋敷 ……………………… 0419
ブルンチェアヌ, ロクサーナ
女性成功者 …………………… 0516
ブルンナー, クリスティーナ
花嫁 …………………………… 0750
フレイジャー, イアン
お母さん攻略法 ………… 0706, 0707
ブレット, リリー
休暇 …………………………… 1163
ブレナン, ジョゼフ・ペイン
沼の怪 ………………………… 0454
プレブ, サンジーン
影が騒ぐとき ………………… 1118
プレブスレン, プレブジャビン
復讐 …………………………… 1118
プレモンズ, グレゴリー
双子未満 ……………………… 1142
ブレンド, ギャヴィン
コンク・シングルトン偽造事件 … 0231
プロヴォースト, アンネ
一発の銃弾 …………………… 1160
不狼児
『・』 ………………………… 0463
雨 ……………………………… 1021

550

嘯く …………………………………… 1022
キ・テイル・ク・エ・キエル・ケ … 0489
肝だめし …………………… 0459, 0461
夏の最後の晩餐 …………………… 0462
猫を殺すには猫をもってせよ …… 0489
猫である ………………… 0457, 0458
母 ………………………………… 0460
飛脚の夢 …………………………… 0464
ピサの斜塔はなぜ傾いたのか …… 0489
一口怪談 …………………………… 1023
猫笑 ……………………… 0457, 0458
祭の夜 …………………… 0457, 0458
マンゴープリン・オルタナティヴ
……………………………… 0457, 0458
無頭人十四号 …………………… 0489
指切り ………………… 0457, 0458
楽園 ……………………………… 1023
領土 ……………………………… 1023
ブロック, ロバート
夫を殺してしてはみたけれど ………… 0877
小惑星の力学 …………………… 0231
女優魂 …………………………… 0450
スクリーンの陰に ……………… 0452
燈台 ……………………………… 0172
ブロック, ローレンス
言えないわけ …………………… 1124
ケラーのカルマ ………………… 0203
ケラーの責任 …………………… 0141
ケラーの治療法 ………………… 0141
ケラーの適応能力 ……………… 0237
純白の美少女 …………………… 0238
住むところはいいところ ……… 0337
清算 ……………………………… 0297
ブローティガン, リチャード
東オレゴンの郵便局 …………… 1145
ブロート, マックス
無気味なもの …………………… 0418
ブロドキー, ハロルド
ホフステッドとジーンおよび、他者た
ち ……………………………… 1133
ブロードリック, アネット
結婚式はそのままに …………… 0680
フローベール, ギュスターヴ
愛書狂 ………………… 0577, 0586
純な心 …………………………… 0879

フロローフ
原因究明 ………………………… 1159
電報語 …………………………… 1159
ブロワ, レオン
ロンジュモーの囚人たち ………… 0881
ブロンジーニ, ビル
当たりくじ ……………………… 0238
シャーロック・ホームズなんか恐くな
い ……………………………… 0231
弾薬通り ………………………… 0298

【へ】

ベイカー, アリソン
私が西部にやって来て、そこの住人に
なったわけ …………………… 0708
ベイカー, ニコルソン
柿右衛門の器 …………… 0706, 0707
シュノーケリング ……………… 1133
ヘイズ, M.M.M.
それまでクェンティン・グリーは … 0296
ヘイズリット, アダム
献身的な愛 ……………………… 1126
ベイツ, ハリー
地球の静止する日 ……………… 0524
ベイツ, H.E.
決して ………………………… 1140
ヘイデン, G.ミキ
メイドたち ……………………… 0141
平木 さくら
アルクホル・ランプ …………… 0867
ベイリー, H.C.
羊皮紙の穴 ……………………… 0586
ヘイル, ケリー
ペニーロイヤルミント協会 ……… 0228
ヘインズワース, スティーヴン
阿弥陀6 ………………………… 1148
ベインブリッジ, ベリル
誰かに話した方がいい―思春期しみじ
み ……………………………… 1139
ヘインミャッゾー
この詩はこれにて終わる ………… 1121

へくと　　　　　　　　　作家名索引

ヘクト, ベン
　十五人の殺人者たち …………… 0881
ベスター, アルフレッド
　オッディとイド ………………… 0526
平秩 東作
　一つ目小僧(抄) ………………… 0479
ベズモーズギス, デイヴィッド
　マッサージ療法士ロマン・バーマン ‥ 1126
ベタンコート, ジョン・グレゴリー
　アマチュア物乞い団事件 ………… 0233
別 水軒
　鏡 ………………………………… 0459
ヘッセ, ヘルマン
　少年の日の思い出 ………… 0874, 0888
　ラテン語学校生 ………………… 0651
ベッツ, ハイディ
　恋は竜巻のように ……………… 0690
別役 実
　愚者の石 ………………………… 0966
　六連続殺人事件 ………………… 0137
ペトルシェフスカヤ, リュドミラ
　薄暗い運命 ……………… 0669, 0670
　鼻 ………………………………… 1158
ペドレッティ, エリカ
　明るい地のうえに黒々と;新本史斉/訳
　　 ………………………………… 0750
ペトロフ
　コロンブスの上陸 ……………… 1159
ベナルド, マシュー
　飢餓 …………………… 1150, 1151
ベニオフ, デイヴィッド
　悪魔がオレホヴォにやってくる ‥‥ 0340
ベネ, スティーヴン・ヴィンセント
　いかさま師 ……………………… 0283
ヘーベル, ヨーハン・ペーター
　奇妙な幽霊物語 ………………… 0418
ヘミングウェイ, アーネスト
　ある新聞読者の手紙 …………… 1137
　五万ドル ………………………… 0871
　殺し屋 …………………………… 0892
　清潔な、明かりのちょうどいい場所 ‥ 1137
　何かの終わり …………………… 1145
ヘミングス, カウイ・ハート
　アウトラインから始めなさい ……… 1142

ペリー, アン
　英雄たち ………………………… 0141
　人質 ……………………………… 0236
　巻物 ……………………………… 0595
ベリー, ジェディディア
　遺産 ……………………………… 1144
　受け継がれたもの ……………… 1152
ベリー, スティーブ
　悪魔の骨 ………………………… 0287
ベリズフォード,J.D.
　喉切り農場 ……………………… 0420
ベル
　笑い屋 …………………………… 0880
ヘルタイ
　運命 ……………………………… 0869
ベルティーノ, マリー=ヘレン
　ノース・オブ …………………… 1129
ヘルプリン, マーク
　太平洋の岸辺で ………………… 0726
　マル・ヌエバ …………………… 1133
ベルベース, サブハドラ
　返答 ……………………………… 0752
ベルリン, ルシア
　火事 ……………………………… 1129
ペレグリマス, マーカス
　仕事に適った道具 ……………… 0203
ペレルマン,S.J.
　お静かに願いません、只今方向転換
　　中！ …………………………… 1133
ペロー, シャルル
　シンデレラ ……………………… 0693
ベロウン,B.
　穴のあいた記憶 ………………… 1130
ペロタード
　白紙 ……………………………… 1150
ベンジャミン, キャロル・リー
　最後の晩餐 ……………………… 0337
ベンソン,E.F.
　怪奇譚 妖蟲 …………………… 0485
　チャールズ・リンクワースの懺悔 ‥‥ 0482
ベンソン,R.ヒュー
　シャーロットの鏡 ……………… 0480

ベンダー, エイミー
　あらゆるものにまちがったラベルのつい
　　た王国 …………………………… 1088
　わたしたちのなかに ……………… 1152
ベンダー, カレン・E.
　船旅 ………………………………… 0299
ヘンダースン, ゼナ
　闇が遊びにやってきた …………… 0452
ベンチリー, ロバート
　人はなぜ笑うのか—そもそもほんとに笑
　　うのか？ ……………………… 1132
ベントリー,E.C.
　ワトスン博士の友人 ……………… 0231
ヘンドリクス, ジェイムズ・B.
　定期巡視 ………………………… 0275
ヘンドリックス, ヴィッキー
　バージー、ベイビー ……………… 0239
逸見 広
　死児を焼く二人 …………………… 1092
　「死児を焼く二人」顛末記 ……… 1092
辺見 庸
　コンソメ ………………………… 0613
片理 誠
　妖精の止まり木 ………………… 0484

【 ほ 】

ポー, エドガー・アラン
　アッシャア家の崩没 ……………… 0419
　アッシャア屋形崩るるの記—一八三九
　　……………………………… 0441
　ヴァルデマー氏の病状の真相 …… 1145
　「お前が犯人だ」………………… 0414
　燈台 ……………………………… 0172
　モルグ街の殺人 ………………… 1146
蒲 松齢
　鸕 ………………………………… 0479
　小猟犬 …………………………… 0419
　石清虚 …………………………… 0419
　竜肉 ……………………………… 0419
　連瑣 ……………………………… 0881
ボアロー
　すばらしき誘拐 ………………… 0344

ボイエット, スティーヴン・R.
　アンサー・ツリー ………………… 0450
ポイサント, デイヴィッド・ジェームズ
　ベン図 …………………………… 1144
ポイス,T.F.
　海草と郭公時計 ………………… 0869
　バケツと綱 ……………………… 0390
　ピム氏と聖なるパン …………… 1140
ホイットマン, ウォールト
　一度きりの邪な衝動！ ………… 0283
ボイラン, クレア
　処女について …………………… 0746
　架空の娘 ………………………… 0746
　盗んだ子供 ……………………… 1123
ボウエン, エリザベス
　陽気なる魂 ……………………… 0420
ボウエン, マージョリー
　看板描きと水晶の魚 …………… 1140
　フローレンス・フラナリー …… 0420
峯紅
　好きな地理の勉強のために月を出たかぐ
　　や姫 …………………………… 1007
法坂 一広
　新手のセールストーク ……… 0223, 0224
　愚痴の多い相談者 ……………… 0364
　サマータイム …………………… 0196
　終着駅のむこう側 ……………… 0603
　それでもキミはやってない ……… 0199
　福岡国際マラソンに出る方法 …… 0198
　六法全書は語る ………………… 0584
暮木 椎哉
　阿吽の衝突 …………………… 0459, 0461
　畸骨譚 …………………………… 0463
　昼下がりに ……………………… 0464
　木乃伊 ………………………… 0457, 0458
　止まない雨 …………………… 0457, 0458
宝珠 なつめ
　猫と三日月—熱砂の星パライソ外伝 ‥ 1098
北條 純貴
　学歴主義 ………………………… 0974
　人格者 …………………………… 0973
ボウルズ, ジェイン
　なにもかも素敵 ………………… 1138
ボーエン, マージョリ
　色絵の皿 ………………………… 0487

ほかん　　　作家名索引

ホーガン, チャック
　二千ボルト ……………………… 0296

ボグダーノフ, アレクサンドル
　不死の祭日 ……………………… 0554

ポクロフスキイ
　昨日は誕生日 …………………… 1159

矛先 盾一
　恩返し …………………………… 0967
　すみません ……………………… 0967
　となりの雨男 …………………… 0969
　ひとごろし ……………………… 0967
　本物そっくり …………………… 0976

保坂 和志
　生きる歓び ……………………… 0798
　夏、訃報、純愛 ………………… 1064

穂坂 コウジ
　期限切れの言葉 ………………… 1023
　月面炎上 ………………………… 1021
　その他多数 ……………………… 1023
　チョコ痕 ………………………… 1023
　隣りの隣り ……………………… 1022
　間に合わない …………………… 1023
　G ………………………………… 1023

穂崎 円
　そしてまた夜は ………………… 1051

星 アガサ
　美しきブランコ乗り …………… 0968

保志 成晴
　シャボン玉 ……………………… 0460
　千住が原からの眺め ……… 0459, 0461

星 新一
　ああ祖国よ ……………………… 0491
　足あとのなぞ …………………… 0365
　おーいでてこーい ……… 0877, 0917
　おみやげ ………………………… 0885
　解放の時代 ……………………… 0553
　鍵 ………………………… 0536, 0966
　交代制 …………………………… 0532
　さまよう犬 ……………………… 0410
　使者 ……………………………… 0530
　シャーロック・ホームズの内幕 … 0229
　重要な部分 ……………………… 0534
　処刑 ……………………… 0144, 0547
　竹取物語〈口語訳〉〈抄〉 ……… 0806
　たたり …………………………… 0479
　月の光 …………………………… 0917

　時の渦 …………………………… 0546
　ネコ ……………………………… 0803
　ふしぎなネコ …………………… 0798
　ボッコちゃん …………………… 1080
　門のある家 ……………………… 0531
　有名 ……………………………… 0533

星 哲朗
　雨の殺人者―空港 ……………… 0967
　たそがれの階段 ………………… 0969
　鶴子 ……………………………… 0967
　天気予報 ………………………… 0969
　東京みやげ ……………………… 0973
　同窓会 …………………………… 0968
　フライデー ……………………… 0969
　竜宮城 …………………………… 0968

星 雪江
　母の毛糸玉 ……………………… 0863

ボージス, アーサー
　イギリス寒村の謎 ………… 0149, 0365
　ステイトリー・ホームズと金属箱事件 … 0231
　ステイトリー・ホームズの新冒険 … 0231
　ステイトリー・ホームズの冒険 … 0231

星田 三平
　米国の戦慄 ……………………… 0247
　エル・ベチヨオ ………………… 0247
　偽視界 …………………………… 0247
　せんとらる地球市建設記録 …… 0247
　探偵殺害事件 …………………… 0247
　落下傘嬢殺害事件 ……………… 0247
　もだん・しんごう ……………… 0247

星野 智幸
　クエルボ ………………… 0709, 1063
　ててなし子クラブ ……………… 1055
　人間バンク ……………………… 0773
　雛 ………………………………… 1049

星野 道夫
　新しい旅 ………………………… 0794

星野 幸雄
　うきつ …………………………… 0484
　丼小僧 …………………………… 0474

星野 之宣
　雷鳴 ……………………………… 0495

星野 良一
　ある薬指の話 …………………… 0972
　痩せる石鹸 ……………………… 0976

作家名索引　　　　ほり

ボーシュ,リチャード
　二人の聖職者―老いしみじみ ……… 1147
細島 喜美
　野性の女 ……………………………… 0953
細田 民樹
　運命の醜さ …………………………… 0784
細見 和之
　今回の震災に記憶の地層を揺さぶられ
　　て ………………………………… 1088
細谷 幸子
　友情と伊豆 …………………………… 0848
ホーソーン,ナサニエル
　ウェイクフィールド ………………… 1146
　ヒギンボタム氏の災難 ……………… 1130
ポーター,ジェイン
　愛を忘れた伯爵 ……………………… 0730
　運命がくれた愛 ……………………… 0694
　2月14日の約束 ……………………… 0717
ホダー,マーク
　失われた第二十一章 ………………… 0227
穂高 明
　大寒―1月20日ごろ ………………… 0919
　夏のはじまりの満月 ………… 0840, 0841
穂田川 洋山
　二人の複数 …………………………… 1060
ホック,エドワード・D.
　インクの輪 …………………………… 0149
　サーカス美女ヴィットーリアの事件 ‥ 0233
　長方形の部屋 ………………………… 0172
　東洋の精 ……………………………… 0286
　謎のカード事件 ……………………… 0365
　二十五年目のクラス会 ……………… 0344
　ポー・コレクター …………………… 1149
　マーサのオウム ……………………… 0320
　ライツヴィルのカーニバル ………… 0149
ボックス,C.J.
　ナチス・ドイツと書斎の秘密 ……… 0593
　パイレーツ・オブ・イエローストーン ‥ 0299
ホッケンスミス,スティーヴ
　引退した役者の家の地下から発見された
　　未公開回想録からの抜粋 ………… 0225
　よた話 ………………………………… 0202
ボッシュ,フアン
　その女 ………………………………… 1161

堀田 善衞
　海景 …………………………………… 0993
ボナヴェントゥラ
　夜警(抄) ……………………………… 0418
ホーニグ,ドナルド
　二十六階の恐怖 ……………………… 0445
ボビス,マーリンダ
　舌の寓話 ……………………………… 1163
ポープ,ダン
　カラオケ・ナイト …………………… 1143
ホフマン,E.T.A.
　黄金宝壺 ……………………………… 0392
　吸血鬼の女 …………………………… 0418
　砂男 …………………………… 0390, 0879
　ファールンの鉱山 …………………… 0399
　ファルンの鉱山 ……………………… 0418
ホフマンスタール
　バッソンピエール元帥の回想記から ‥ 0414
ぼへみ庵
　改革の旗 ……………………………… 0975
　入国初日 ……………………………… 0975
　ベストセラー ………………………… 0967
ホームズ,ルパート
　ヴィクトリア修道会 ………………… 0317
　夜の放浪者 …………………………… 1149
ホームズ,A.M.
　リアル・ドール …………… 0706, 0707
穂村 弘
　愛の暴走族 …………………………… 1025
　おしっこを夢から出すな …………… 0942
　超強力磁石 …………………………… 0479
ボーモント,チャールズ
　不眠の一夜 …………………………… 0452
ポーラン,ジャン
　よき夕べ ……………………………… 1088
ボーランド,イーヴァン
　郊外に住む女 さらなる点描―母娘しみ
　　じみ ……………………………… 1139
　小包―母娘しみじみ ………………… 1139
　呼ばれて―母娘しみじみ ………… 1139
堀 晃
　暗黒星団 ……………………………… 0534
　渦の底で ……………………………… 1011
　宇宙縫合 …………………… 0574, 0575
　梅田地下オデッセイ ………………… 0817

555

ほり　作家名索引

開封 …………………… 0474, 0500
巨星 …………………………… 0496
再生 …………………………… 0495
崩壊 …………………………… 0484
笑う闇 ………………………… 0525

堀 和久
　片倉小十郎―片倉景綱 ………… 0037

堀 かの子
　金木犀の香り ………………… 0824

堀 敏実
　窓 …………………………… 0484

堀 辰雄
　曠野 ………………………… 1089
　風立ちぬ …………………… 1031
　聖家族 ……………… 1052, 1087
　鳥料理 ……………………… 0625
　麦藁帽子 …………………… 1029
　燃ゆる頬 …………… 0651, 0684

堀 麦水
　鼠妖（抄） ………………… 0479

堀 燐太郎
　ウェルメイド・オキュパイド …… 0242
　ドールズ密室ハウス ………… 0214

堀井 紗由美
　坂をのぼって ………………… 0462
　庭園 ………………………… 0489
　歯 …………………………… 0489
　秘密基地 …………… 0457, 0458
　マシロのいた夏 …… 0460, 0461

堀内 公太郎
　いただきますを言いましょう …… 0619
　浮いている男 ……… 0200, 0201
　恋する消しゴム ……………… 0198
　公開処刑人 森のくまさん2―お嬢さん、
　　お逃げなさい（抄） ………… 0182
　隣の黒猫、僕の子猫 … 0193, 0443, 0791
　夏祭りのリンゴ飴は甘くて酸っぱい味が
　　する ……………………… 0196
　ゆうしゃのゆううつ … 0224, 0364

堀内 万寿夫
　曲亭馬琴 …………………… 0030
　武蔵と小次郎 ……………… 0030

堀江 敏幸
　樫の木の向こう側 …………… 1049
　滑走路へ …………………… 1056
　天文台クリニック …………… 1088

ハントヘン …………………… 0942

堀江 朋子
　川のわかれ ………………… 0935

堀川 アサコ
　暗いバス …………………… 0557

堀川 茂進
　プチ ………………………… 0967

堀口 大學
　一私窩児の死 ……………… 0993
　シャンパンの泡 …………… 0628
　蝉 …………………………… 0884

堀崎 繁喜
　犯人は誰だ ………………… 0148

ボリドリ
　バイロンの吸血鬼 …………… 0433

ホール, ジェイムズ・W.
　隠れた条件 ………… 0141, 0203
　ベル ………………………… 1149

ホール, パーネル
　ポーカーはやめられない …… 0317

ポール, フレデリック
　虚影の街 …………………… 0549

ホール, ラドクリフ
　ミス・オグルヴィの目覚め …… 1138

ポール, ロバート
　ユタの花 …………………… 0225

ホルスト, スペンサー
　サンタクロース殺人犯 ……… 0726

ボールディ, ブライアン
　彼女が東京を救う …………… 1152

ホールディング, ジェイムズ
　アフリカ川魚の謎 …………… 0149

ボールドウィン, ジェイムズ
　サニーのブルース …………… 1145
　サニーのブルース―兄弟しみじみ … 1147

ホールバーグ, ガース・リスク
　アーリー・ヒューマンズ ……… 1144

ボルヘス, ホルヘ・ルイス
　アレフ ……………………… 0392
　記憶の人、フネス …………… 0880

ホルム, クリス・F.
　殺し屋 ……………………… 0297

ホルムズ, エモリー（2世）
　別名モーゼ・ロッカフェラ …… 0299

作家名索引　　まいや

ボレル, ペトリュス
　解剖学者アンドレアス・ヴェサリウス—
　　一八三三 ……………………………… 0441
　解剖学者ドン・ベサリウス—悖徳物語 マ
　　ドリッドの巻 ………………………… 0449

ホワイト,E.B.
　ウルグアイの世界制覇 ……………… 1132

ホワイトヒル, ヘンリー・W.
　河岸の怪人 …………………………… 0425

本城 雅人
　コーチ人事 …………………………… 0213
　持出禁止 ……………………………… 1019

本庄 陸男
　白い壁 ………………………………… 1036

ホーンズビー, ウェンディ
　九人の息子たち ……………………… 0141
　砂嵐の追跡 …………………………… 0299

本田 緒生
　視線 …………………………………… 0255

本多 孝好
　言えない言葉—the words in a capsule
　…………………………………………… 0213
　エースナンバー ……………………… 0900
　ここじゃない場所 …………………… 1105
　十一月の約束 ………………………… 0591
　日曜日のヤドカリ …………………… 1106
　Dear …………………………………… 0739

誉田 哲也
　アンダーカヴァー …………………… 0308
　インデックス ………………………… 0309
　お裾分け ……………………………… 0310
　落としの玲子—「姫川玲子」シリーズ番
　　外編 ………………………………… 0951
　彼女のいたカフェ ………… 0578, 0579
　帰省 ………………………… 1044, 1045
　最後の街 ……………………………… 1098
　三十九番 …………………… 0140, 0167
　シンメトリー ……………… 0169, 0170
　それが嫌なら無人島 ………………… 0315
　初仕事はゴムの味 …………………… 0160

本田 和子
　異文化としての子ども ……………… 0804

本田 モカ
　最後の旅支度 ………………………… 0464
　3 ……………………………………… 1022
　スクリーン・ヒーロー ……………… 1023

　スープ ………………………………… 1022
　チョコ痕 ……………………………… 1023

誉田 龍一
　二百六十八日目の失意—苦無花お初外
　　伝 …………………………………… 0103

ボンテンペルリ, マッシモ
　アフリカでの私 ……………………… 0871
　頭蓋骨に描かれた絵 ………………… 0390
　太陽の中の女 ………………………… 0869
　便利な治療 …………………………… 0877

ボンド, ステファニー
　渚の熱い罠 …………………………… 0690

ボンド, ネルスン
　街角の書店 …………………………… 1135

本堂 平四郎
　秋葉長光—虚空に嘲るもの ………… 0477

ボンバル, マリア・ルイサ
　新しい島々 …………………………… 1161

本間 海奈
　死んだ人の話 ………………………… 0970

本間 浩
　おじいのわらぐつ …………………… 0865

本間 真琴
　アパートの男 ………………………… 0985

【ま】

マ・イ
　こだわり ……………………………… 1121

麦 家
　また人を殺してしまった …………… 1112

マイアー, ヘレン
　旅行プラン …………………………… 0750

マイケルズ, ファーン
　ツリーがくれた贈り物 ……………… 0692

マイケルズ, レナード
　ミルドレッド ………………………… 0708

舞城 王太郎
　ほにゃららサラダ …………………… 1059

マイヤー, クレメンス
　老人が動物たちを葬る ……………… 1125

マイヤーズ, エイミー
　忠臣への手紙 ………………………… 0234

まいや　　　　　　作家名索引

マイヤーズ, マアン
　オルガン弾き ……………………… 0337
マイヤーズ, マーティン
　どうして叩かずにいられないの？ … 0337
マイリンク, グスタフ
　こおろぎ遊び …………………… 0418
　チンデレッラ博士の植物 ………… 0418
　ヨブ・パウペルスム博士はいかにしてそ
　　の娘に赤い薔薇をもたらしたか … 0418
　レオンハルト師 ………………… 0418
マイルズ, トレヴォー・S.
　ハーン：ザ・デストロイヤー …… 1148
　ハーン：ザ・ラストハンター …… 1148
マインキー, ピーター
　ポノたち ………………………… 0758
マーヴェル, ジョン
　偉大なるバーリンゲーム氏 ……… 0346
マウン・ティンカイン
　鐘を打つ音が聞こえるか ………… 1121
マウントフォード, ピーター
　ホライズン ……………………… 1144
マウン・ピエミン
　いまおまえに見える星たちは …… 1121
マウン・ピーラー
　詩 ………………………………… 1121
前を向いて歩こう
　コラージュ：富士夜のでんしんばしら … 1051
前川 亜希子
　河童と見た空 …………………… 0859
前川 麻子
　ニューヨークの亜希ちゃん ……… 0607
　ミルフイユ ……………………… 0738
前川 佐美雄
　短歌 ……………………………… 0807
前川 生子
　お先にどうぞ …………………… 0858
　本を探して ……………………… 0861
前川 知大
　鬼の頭 …………………………… 1060
前川 誠
　新しいメガネ …………………… 0967
　人間になりたい ………………… 0974
前川 由衣
　甘骨山不戦協定 ………………… 0865
　かみがかり ……………………… 0863

シバタの飛べる服 ……………… 0864
前川 裕
　Excessive洋上の告白 …………… 0314
前田 剛力
　聞き耳頭巾 ……………………… 0973
　便乗値上げ ……………………… 0972
前田 曙山
　蟋うり …………………………… 1075
前田 司郎
　嫌な話 …………………………… 1057
前田 茉莉子
　歴史は繰り返す ………………… 0969
前田 美幸
　シロー先輩の告白 ……………… 0821
前田 六月
　夏の思い出を思い出すこと ……… 1051
前山 博茂
　はよう寝んか明日が来るぞ ……… 0848
まえり
　日曜とワンピース ……………… 0867
真魚子
　なんだ、そうか。………………… 0465
マーカム, デイヴィッド
　質屋の娘の冒険 ………………… 0226
真木 和泉
　もう一度選ぶなら ……………… 0770
牧 逸馬
　百日紅 …………………………… 0256
牧 ゆうじ
　思い出 ………………… 0460, 0461
　灯台 ……………………………… 0459
真木 由紹
　唾棄しめる ……………………… 1002
蒔田 淳一
　釣聖 ……………………………… 0838
蒔田 俊史
　キミと風 ………………………… 0602
牧野 修
　ウエダチリコはへんな顔 ……… 0483
　おもひで女 ……………………… 0546
　俺たちに明日はないかもね―でも生きる
　　けど …………………………… 0484
　穢い國から ……………………… 0422
　サクリファイス先輩 …………… 0474
　沈む子供 ………………………… 0429

558

血を吸う掌編 ……………………… 0472
チチとクズの国 …………… 0620, 0621
逃げゆく物語の話 ………………… 0535
僕がもう死んでいるってことは内緒だよ
　―二年にわたりおいらの家は燃えてい
　る ………………………………… 0563
魔王子の召喚 ……………………… 0508
メロディー・フィアー …………… 0517
朦朧記録 …………………………… 0486
問題画家 …………………………… 0921
山藤孝一の『笑っちゃだめヨ!!』… 0431
螺旋文書 …………………………… 0539
リアード武俠傳奇・伝―連載第1回 ‥ 0502
リアード武俠傳奇・伝―連載第2回 ‥ 0503
リアード武俠傳奇・伝―連載第3回 ‥ 0504
リアード武俠傳奇・伝―最終回 …… 0505
黎明コンビニ血祭り実話SP―戦え！ 対
　既知外生命体殲滅部隊ジューシーフルー
　ツ!! ……………………………… 0558

牧野 信一
西瓜喰う人 ………………………… 0945
ゼーロン …………………………… 1052
父を売る子 ………………………… 0955
爪 …………………………………… 1092
風媒結婚 …………………… 0911, 0912
ラガド大学参観記 ………………… 0869

マキヒロチ
10年目の告白 …………………… 0647

万城目 学
インタヴュー ……………………… 1017
永遠 ………………………… 0349, 0350
トシ&シュン ……………………… 1024
長持の恋 …………………………… 0544
魔コごろし ………………………… 0979
夜明け前―注目の作家が明かす、作家の
　はじまり… ……………………… 1101
ローマ風の休日 …………………… 1029

マキャモン, ロバート・R.
夜はグリーン・ファルコンを呼ぶ … 0451

マクガハン, ジョン
僕の恋、僕の傘 …………………… 0726

マークス, ジェフリー
ひづめの下に ……………………… 0320

マクドナルド, イアン
キャサリン・ホイール（タルシスの聖
女） ……………………………… 0519

耳を澄まして ……………………… 0572

マクドナルド, ジョージ
狼娘の島 …………………………… 0389

マクドナルド, ジョン・D.
懐郷病のビュイック ……………… 0262

マクドナルド, ロス
南洋スープ会社事件 ……………… 0231

マクナイト, ジョン・P.
小鳥の歌声 ………………………… 0275

マクナリー, ジョン
クリーチャー・フィーチャー …… 1152

マクヒュー, モーリーン・F.
獣 ………………………… 0706, 0707

マクファデン, デニス
ケリーの指輪 ……………………… 0298
ダイヤモンド小路 ………………… 0297

マクベイン, エド
憎悪 ………………………………… 0237
即興 ………………………………… 0299

マクマハン, リック
冷酷な真実 ………………………… 0202

マクマリン, ジョーダン
ねずみ ……………………………… 1144

マクマーン, バーバラ
それぞれの秘密 …………………… 0633
ラブレター ………………………… 0639

間倉 巳堂
白髪汁 ……………………… 0459, 0461
道連れ柳 …………………………… 0462

マグラア, パトリック
ブロードムアの少年時代 ………… 0726

マクラウド, アリステア
島 …………………………………… 1126

マクラウド, フィオナ
精 …………………………………… 0392

マクラッチー, J.D.
一年後 ……………………………… 0783

マクラム, シャーリン
復活 ………………………………… 0237

マクリーン, マイク
マクヘンリーの贈り物 …………… 0299

マグルス, ポール
クリスマス・ホテルのハドソン夫人 ‥ 0227

まくれ　　　　作家名索引

マクレディ,R.G.
怪樹の腕 ……………………… 0425
マクロイ,ヘレン
燕京綺譚 ……………………… 0172
東洋趣味 ……………………… 0881
マクロフラン,アルフ
自転車スワッピング …………… 1123
マクローリー,モイ
奇妙な召命―神のお召ししみじみ … 1139
魔子 鬼一
牟家殺人事件 ………………… 0307
まこと
おかんの涙 …………………… 0683
マコ・鬼一
若鮎丸殺人事件 ……………… 0256
正岡 子規
仰臥漫録―二 ………………… 0622
くだもの ……………………… 0625
酒 …………………………… 0625
蕈狩 ………………………… 0790
蝶 …………………………… 0787
降ってくる声 ………………… 0849
曼珠沙華 ……………………… 1047
闇汁図解 ……………………… 0625
柚味噌会 ……………………… 0625
正木 ジュリ
納得しました ………………… 0971
優友
逆上がり ……………………… 0972
日本分の一 …………………… 0973
正宗 白鳥
今年の春 ……………………… 0955
死者生者 ……………………… 1052
所感 ………………………… 0993
塵埃 ………………… 0774, 0775
寂寞 ………………………… 1092
戦災者の悲しみ ……………… 1093
正本 壽美
新幹線 ……………… 0457, 0458
マシスン,シオドア
名探偵ガリレオ ……………… 0344
マシスン,リチャード・クリスチャン
赤 …………………………… 1124
一年のいのち ………………… 0877
ヴェンチュリ ………………… 1131

サイレン ……………………… 0451
地獄 ………………………… 0451
万能人形 ……………………… 0452
増登 春行
興国寺城遺聞―康景出奔 ……… 0812
間嶋 稔
海鳴りの丘 …………………… 0844
真下 光一
恩と仇 ………………………… 0967
切り札 ………………………… 0967
損をしない自動販売機 ………… 0970
能力 ………………………… 0976
マーシャル,アリス・J.
薔薇の香る庭 ………………… 1143
マシューズ,クリスティーン
救済の家 ……………………… 0239
ドクター・サリヴァンの図書室 … 0203
真城 昭
砂漠の幽霊船 ………………… 0533
眞住居 明代
おっぱいぱい ………………… 0851
ますくど
飼育の秘 ……………………… 0195
増田 俊也
恋のブランド ………… 0223, 0224
土星人襲来―シャワーや一般的なサービ
スは必要ありません。僕は土星人なん
です ………………………… 0564
増田 修男
癌治療 ………………………… 0971
ゴルフの特訓 ………………… 0971
増田 瑞穂
湖西連峰の山寺跡 …………… 0823
浜名湖一周の旅 ……………… 0847
枡野 浩一
toiimasunomo ………………… 1053
升野 英知
来世不動産 ………… 1044, 1045
ますむら ひろし
霧にむせぶ夜 ………………… 0532
間瀬 純子
揚羽蝶の島 …………………… 1015
黄色い花粉都市 ……………… 0474
死の谷 ………………………… 0472
蛇平高原行きのロープウェイ …… 0484
ミライゾーン ………………… 0483

作家名索引　　　まつけ

野鳥の森 ………………………… 0490

又吉 栄喜
　カーニバル闘牛大会 …………… 0825
　コイン ………………………… 1049
　松明綱引き …………………… 1063
　ターナーの耳 ………………… 1056

町井 登志夫
　スキール ……………………… 0475

町田 康
　末摘花 ………………… 0048, 0091
　猫について喋って自死 ………… 0798
　百万円もらった男 …………… 0805
　文久二年閏八月の怪異 ……… 0354, 0355
　ホワイトハッピー・ご覧のスポン … 1055
　模様 …………………………… 0479
　山羊経 ………………………… 0958
　私の秋、ポチの秋 …………… 0886

松 音戸子
　アイス墓地 …………… 0459, 0461
　海外フェスの話 ……………… 0462
　クチコミ ……………………… 0463
　ご時世 ………………… 0457, 0458
　2011 …………………………… 0489
　百十の手なぐさみ …………… 0464

まつ はるか
　浴衣の裾が …………………… 0913

松井 今朝子
　勝ちは、勝ち ………………… 0082
　恋じまい ……………………… 0126

松井 周
　私のいる風景 ………………… 0961

松井 雪子
　道くさ、道づれ、道なき道 ……… 0607

松浦 寿輝
　石蹴り ………………………… 1064
　塔 ……………………………… 1059
　四人目の男 …………… 0354, 0355

松浦 美寿一
　B墓地事件 …………………… 0142

松浦 理英子
　帯木 …………………… 0048, 0091

松尾 芭蕉
　俳句 …………………………… 0807

松尾 由美
　落としもの―紫の海の砂浜で拾った人間
　の眼鏡は、どこから落ちてきたの？ ·· 0565

亀腹同盟 ………………………… 0230
走る目覚まし時計の問題 ……… 0244, 0284
バルーン・タウンの裏窓 ……… 0361
不透明なロックグラスの問題 …… 0305
ロボットと俳句の問題 ……… 0290, 0291
わたしは鏡 ……………………… 0685

松岡 弘一
　海賊船ドクター・サイゾー ……… 0105

松岡 由美
　じぃちゃんの秘密 …………… 0868

マッカーシー, エリン
　土曜日はタキシードに恋して …… 0661

マッカーシー, メアリー
　雑草 …………………………… 1132

マッカラーズ, カースン
　あんなふうに ………………… 1138

松川 碧泉
　深川七不思議 ………………… 0408

松樹 剛史
　真っ黒星のナイン ……… 1099, 1100

マッキャリー, チャールズ
　ジ・エンド・オブ・ザ・ストリング ·· 0297

マッキャン, フィリップ
　愛の跡 ………………………… 0726

マッキーン, エリン
　手を振っているのではない。溺れている
　んだ …………………………… 1150

マッキンストレイ, ステファン
　ここにいる人間は誰も本心を言わない
　………………………………… 1144

マッキンタイア, F.グウィンプレイン
　ウォリックシャーの竜巻 ………… 0234

まつぐ
　網戸の外 ……………………… 0464
　添い寝 ………………………… 0465

マックあっこ
　べるリング …………………… 0986

マックラスキー, ソープ
　慎重な夫婦 …………………… 0487

マックルアー, ロバート
　俺の息子 ……………………… 0296

マッケナ, シャノン
　いつでもどこでも、あなたと …… 0703
　サプライズパーティの夜に ……… 0660
　聖夜に、あと一度だけ ………… 0658

561

まつけ　　作家名索引

マッケナ, リチャード
　狩人よ、故郷に帰れ …………… 0510
マッケン, アーサー
　白魔 ……………………………… 0392
マッケン, ウォールター
　コルドール ……………………… 1128
マッケンジー, エリザベス
　しろねこ ………………………… 1088
マッケンジー, マーナ
　夢見るバレンタイン …………… 0715
マッコネル, ジェイムズ
　お祖母ちゃんと宇宙海賊 ……… 0521
マッコーマー, デビー
　シンデレラは涙をふいて ……… 0724
　聖夜の再会 ……………………… 0699
　忘れえぬクリスマス …………… 0728
松坂 礼子
　ジモトのひと …………………… 0857
松崎 有理
　あがり―第一回創元SF短編賞受賞作 … 0552
　架空論文投稿計画―あらゆる意味ででっ
　　ちあげられた数章 …………… 0571
　超現実な彼女―代書屋ミクラの初仕事 す
　　べてがなぞでいみふめい―超純情な青
　　年の唄 ………………………… 0563
　ぼくの手のなかでしずかに―第一回創元
　　SF短編賞受賞後第一作 ……… 0512
まつじ
　あるこどものおはなし ………… 1023
　ごはんが食べられない ………… 1022
　水溶性 …………………………… 1023
　ずんぐり ………………………… 1022
マッシー, エリザベス
　隣りのコレクター ……………… 0239
松下 雛子
　雲のサーフィン ………………… 0855
　伝言 ……………………………… 0867
松下 曜子
　瀧をやぶる ……………………… 0852
松下 竜一
　絵本 ……………………… 0872, 0873
マッスン, デイヴィッド・I.
　旅人の憩い ……………… 0514, 0549
松田 青子
　「あなたお医者さま？」のこと …… 0905

おにいさんがこわい …………… 1060
　履歴書 …………………………… 0961
　わたしはお医者さま？ ………… 0905
松田 幸緒
　完璧なママ ……………………… 0280
松田 詩織
　ファミレスかちりかちり ……… 0853
松田 志乃ぶ
　のばらノスタルジア …………… 0977
松田 十刻
　愛那の場合―呑ん兵衛横丁の事件簿よ
　　り ……………………………… 0780
　パラオ残照 ……………………… 0782
松田 文鳥
　壁抜け男 ………………………… 0976
　記憶をなくした女 ……………… 0967
　最高の価値 ……………………… 0975
松谷 みよ子
　学校の便所の怪談 ……………… 0430
　死者からのたのみ（抄） ……… 0479
松苗 あけみ
　薔薇十字猫探偵社 ……………… 0486
松永 延造
　アリア人の孤独 ………………… 1052
松永 佳子
　ホタル …………………………… 0855
松永 伍一
　叫び声 …………………………… 0779
松永 ヒビキ
　えんむすびの神様 ……………… 0855
松長 良樹
　幽霊の見える眼鏡 ……………… 0971
松波 太郎
　アーノルド ……………………… 1058
松野 志保
　黒い本を探して ………………… 0592
松原 直美
　キノコ …………………………… 0975
松原 仁
　芸術と人間と人工知能 ………… 0556
松宮 彰子
　雑木林 …………………………… 1104
松宮 信男
　美し過ぎる人 …………………… 0837

松村 栄子
三波呉服店―2005 ･･･････････････ 0893

松村 進吉
ある記事の齟齬 ･･･････････････ 0438
言えない話 ･･･････････････････ 0415
カイロにて ･･･････････････････ 0415
カンボジアの骨 ･･･････････････ 0415
小春小町 ･･････････････････････ 0424
さなぎのゆめ ･････････････････ 0422
三センチ ･･････････････････････ 0415
子孫 ･･････････････････････････ 0415
巡回 ･･････････････････････････ 0415
通過するもの ･････････････････ 0415
守り神 ････････････････････････ 0415
水音 ･･････････････････････････ 0415
山火事 ････････････････････････ 0415

松村 比呂美
溶ける日 ･･････････････････････ 0475
ナザル ････････････････････････ 0265
蜜腺 ･･････････････････････････ 0747

松村 佳直
カメラ ････････････････････････ 0462
停電の夜に ･･･････････････････ 0464
抜けるので ･･･････････････････ 0463
ばしゅん ･･････････････････････ 0489

松本 楽志
煙突 ･･････････････････････････ 1023
カメラオブスキュラ ･････････････ 1023
観覧草 ････････････････････････ 1023
きのこ ････････････････････････ 1022
空白の石版 ･･･････････････････ 0489
氷売り ････････････････････････ 0464
黄昏の下の図書室 ･････････････ 0474
てのひら ････････････････ 0460, 0461
時計は祝う ･･･････････････････ 0484
ネロル婆さん ･････････････････ 1023
培地ども ･･････････････････････ 0489
はかのうらへまわる ･･･････････ 1021
罰 ････････････････････････････ 1023
氷川丸の夜 ･･･････････････････ 0463
まっぷたつ ･･･････････････････ 0460
むすびめ ･･････････････････････ 1021
結び目 ････････････････････････ 1023
明滅する家族 ･････････････････ 0462
盲蛇の子 ･･････････････････････ 0460
模写 ･･････････････････････････ 1023
物語の物語 ･･･････････････････ 1023

厄 ･･･････････････････････ 0459, 0461
ユゴスの瞳 ･･･････････････････ 0489
ゆびおり ･･････････････････････ 0462
略一族のはんらん ･････････････ 1022
龍宮の手 ･･････････････････････ 0464
ロケット男爵 ･････････････････ 1023
BOUDOIR ････････････････････ 1023

松本 寛大
最後の夏 ････････････････ 0341, 0342

松本 浄
戦友の光 ･･････････････････････ 0462

松本 しづか
惨敗 ･･････････････････････････ 0915
乱気流 ････････････････････････ 1026

松本 清張
穴の中の護符 ･････････････････ 0060
天城越え ･･････････････････････ 0329
或る「小倉日記」伝 ･･･････････ 0993
絵島・生島 ･･･････････････････ 0004
奥羽の二人 ･･･････････････････ 0089
顔 ････････････････････････････ 0596
川中島の戦 ･･･････････････････ 0041
記憶 ･･････････････････････････ 1073
木々作品のロマン性 ･･･････････ 0328
菊枕 ･･････････････････････････ 1095
奇妙な被告 ･･･････････････････ 0282
甲府在番 ･･････････････････････ 0113
誤訳 ･･････････････････････････ 1076
西郷札 ････････････････････････ 0328
佐渡流人行 ･････････････ 0062, 0069
三人の留守居役 ･･･････････････ 0007
白い闇 ････････････････････････ 0856
関ケ原の戦 ･･･････････････････ 0047
背伸び―安国寺恵瓊 ･･･････････ 0037
戦国権謀―本多正純 ･･･････････ 0036
電筆 ･･････････････････････････ 1025
二冊の同じ本 ･････････････････ 0581
張込み ････････････････････････ 0890
左の腕 ････････････････････････ 0021
秀頼走路 ････････････････ 0039, 0115
町の島帰り ･･･････････････････ 0012
柳生一族 ･･････････････････････ 0057
理外の理 ･･････････････････････ 0269

松本 泰
秘められたる挿話 ･････････････ 0255

松本 裕子
輝きの海で ……………………… 0855

松本 侑子
サイバー帝国滞在記 …………… 0517
葡萄の置き手紙 ………………… 0618

松本 零士
おいどんの地球 ………………… 0522
セクサロイド …………………… 0531
セクサロイドin THE DINOSAUR
ZONE …………………………… 0573

松山 幸民
鬼夢 ……………………………… 0848

松浦 静山
地上の龍（抄）………………… 0479

マーティン, ヴァレリー
世の習い ………………………… 0726

マーティン, ジョージ・R.R.
夜明けとともに霧は沈み ……… 0572

マーテルランク, モーリス
夢の研究 ………………………… 0393

円居 挽
ディテクティブ・ゼミナール―第3問 … 0303
定跡外の誘拐 …………………… 0204
BBDB（バイバイデイビイ）……… 0901

圓 眞美
安全な恋 ………………………… 1021
糸？ ……………………………… 1023
からくり ……………… 0459, 0461
至高の恋 ………………………… 1023
たまねぎ ………………………… 1022
たまゆら ………………………… 0462
捩レ飴細工 ……………………… 1023
果つるところ …………………… 0463
蛇が出る ………………………… 0460
床下の骨 ………………………… 0464
夜の散歩 ………………………… 0465

窓宮 荘介
妻の気配り ……………………… 0969
若いお巡りさん ………………… 0970

マートン, サンドラ
誓いのキスを奪われて ………… 0713
プリンスの告白 ………………… 0630

真鍋 正志
冬休みの宿題 …………………… 0862

眞鍋 元之
身はたとひ ……………………… 0109

真伏 修三
わかれ道 ………………………… 0739

真船 均
青の時代 ………………………… 0991

真船 豊
水芭蕉 …………………………… 0850

真帆 沁
穢れなき薔薇は降る …………… 0858
讃歌 ……………………………… 0860
白い枇杷 ………………………… 0815

ママタス, ニック
シャイニー・カー・イン・ザ・ナイト … 0298

麻見 和臣
乗り物ギライ …………………… 0459

間宮 緑
ひとりになる …………………… 0592

豆塚 エリ
いつだって溺れるのは ………… 1006

麻耶 雄嵩
秋 闇雲A子と憂鬱刑事 ……… 0334, 0335
おみくじと紙切れ ……… 0162, 0163, 0308
加速度円舞曲 …………… 0248, 0323
旧友 ……………………………… 0204
白きを見れば …………… 0257, 0301
水難 ……………………………… 0361
失くした御守 …………………… 0376
バッド・テイスト ……… 0922, 0923
バレンタイン昔語り …………… 0302
氷山の一角 ……………………… 0131
二つの凶器 ……………………… 0161
ヘリオスの神像 ………………… 0135

真山 雪彦
彗星 ……………………………… 0865

まゆ
パズル …………………………… 0860

黛 汎海
ダイヤモンドダスト …………… 0857

眉村 卓
青い空 …………………………… 0484
屋上 ……………………………… 0533
危険な人間 ……………………… 0474
来たければ来い ………………… 0592
じきに、こけるよ ……………… 0511
仕事ください …………………… 0410
自殺卵 …………………………… 0522

通りすぎた奴 …………………… 0532	マルティネス, アルバート・E.
名残の雪 ……………………… 0537	役に立たない飾り, あるいはエスクワイ
原っぱのリーダー ……………… 0994	ア誌の「三十歳を過ぎた男の禁止事項」
ピーや ……………… 0345, 0877	から ……………………… 1142
ペケ投げ―近頃, 不思議なことが, とき	マルティネス, リズ
どき起こっているようである …… 0566	フレディ・プリンスはあたしの守護天
真昼の断層 …………………… 0530	使 ……………………… 0337
わがパキーネ ………………… 0553	丸野 麻万
Cloneと虹 …………………… 0114	生きものかんさつ ……………… 0967
マラー, マーシャ	マルーフ, デイヴィッド
彼はかく語りき…彼女もかく語りき ‥ 0239	キョーグル線 ………………… 1163
マライーニ, ダーチャ	丸藤 時生
嵐 ……………………… 1156	楽して儲ける男 ………………… 0972
バンクォーの血 ………………… 1156	丸谷 才一
マラマッド, バーナード	三四郎と東京と富士山〈抄〉 ……… 0806
殺し屋であるわが子よ ………… 1145	丸山 はじめ
夏の読書―図書館しみじみ ……… 1147	特別サービス ………………… 0975
マラルメ	丸山 政也
白鳥 …………………… 0993	青い炎 ………………… 0465
毬	黒松の盆栽 …………………… 0464
小さな魔法の降る日に …………… 0866	ワンピースの女 ………………… 0463
真梨 幸子	円山 まどか
ジョージの災難 ………………… 0444	木の葉に回すフィルム …………… 0901
ネイルアート …………………… 0957	丸山 由美子
ハッピーエンドの掟 ……… 1102, 1103	地震と少女 …………………… 0786
リリーの災難 …………………… 0444	マレリー, スーザン
マリェア, エドゥアルド	シークに買われた花嫁 ………… 0630
会話 …………………… 1161	花嫁の姉 ……………………… 0641
マリーニー, ティム	ボスは放蕩社長 ………………… 0645
死が二人を別つまで …………… 0202	魅惑の花嫁 …………………… 0635
マリネッリ, キャロル	マロック, ダイナ
一夜かぎりのエンゲージ―華麗なるシチ	窓をたたく音 ………………… 0411
リア ……………………… 0642	マローン, マイケル
ドクターの意外な贈り物 ………… 0650	赤粘土の町 …………………… 0141
丸川 雄一	マン, ジョージ
物思う下水道 …………………… 0474	地を這う巨大生物事件 ………… 0227
マルキ, デーヴィッド	マン, トーマス
癌 ……………… 1150, 1151	衣裳戸棚 ……………………… 0392
コカインと鎮痛薬 ………… 1150, 1151	萬歳 邦昭
マルセク, デイヴィッド	薄化粧 ……………………… 1026
ウェディング・アルバム ………… 0519	清次郎 ……………………… 0915
マルティニ, スティーヴ	マンスフィールド, キャサリン
黒ヒョウに乗って ……………… 0287	園遊会 ……………………… 0879
	ささやかな愛 ………………… 0684
	しなやかな愛 ………………… 1138

まんつ 作家名索引

至福 …………………………… 1138
パール・ボタンはどんなふうにさらわれ
たか …………………………… 1140

マンツォーニ, カルロ
ブレーキ ……………………… 0418

マンディアルグ, アンドレ・ピエール
死の劇場 ……………………… 0448

マンデル, エミリー・セイント・ジョン
漂泊者 ………………………… 0298

萬暮雨
風水 …………………………… 0465

マンロー, アリス
女たち ………………………… 1125
記憶に残っていること ………… 1126
ジャック・ランダ・ホテル …… 0669, 0670
流されて ……………………… 1134
フリーラジカル ………………… 0296

マンロー, ランダル
？ ……………………………… 1150

【み】

三浦 協子
希望とは何か ………………… 0770

三浦 さんぽ
潮騒 …………………………… 0463
弔問 …………………………… 0465
名前 …………………………… 0465

三浦 しをん
荒野の果てに ………………… 1109
永遠に完成しない二通の手紙 … 0738
思い出の銀幕 ………………… 0596
胡蝶 …………………………… 1019
春太の毎日 …………………… 0685
純白のライン ………………… 0956
聖域の火─宮島弥山 消えずの霊火堂 … 0677
多田便利軒、探偵業に挑戦する─「まほ
ろ駅前」シリーズ番外編 …… 0951
てっぺん信号 ………………… 0904
ペーパークラフト ……………… 1010

三浦 朱門
冥府山水図 …………………… 0995

三浦 哲郎
お菊 …………………………… 0854

拳銃 …………………………… 1094
忍ぶ川 ………………………… 0955
驟雨 …………………………… 0437
乳房──一九六六 (昭和四一) 年五月 ‥ 1097
とんかつ ……………………… 0872, 0873
にきび ………………………… 0761
贋まさざね記 ………………… 0089
盆土産 ………………………… 0874
みのむし ……………………… 0911, 0912

三浦 大
鮎川哲也を読んだ男 ………… 0610

三浦 真奈美
あれから3年─翼は碧空を翔けて …… 1098

三浦 ヨーコ
下味 …………………………… 0969
ぬこちゃんねる ……………… 0969

ミェーモンルィン
紙飛行機 ……………………… 1121

御於 紗馬
苦談 …………………………… 0462
くだん抄 ……………………… 0463

みか
抹茶アイス …………………… 0913

三日月 拓
ボート ………………………… 0751

三日月 理音
五連闘争 ……………………… 0550

三上 洸
スペインの靴 ………………… 0206, 0375

三上 延
足塚不二雄『UTOPIA最後の世界大戦』
(鶴書房) …………………… 0211, 0379
月の沙漠を ……………………… 0759

三上 於菟吉
嬲られる ……………………… 0996

みかみ ちひろ
三寸ノ喜び …………………… 0849
ライン ………………………… 0855

三川 祐
混血の夜の子供とその兄弟達 … 0472
新月の獣 ……………………… 0571
蝶を食った男の話 …………… 0474
闇の中から生まれるもの達 …… 0484, 0966

深木 章子
犯人は私だ！ ………………… 0303

作家名索引　　みしま

三木 喬太郎
　天晴れ黄八幡兄弟 ………………… 0065
三木 聖子
　親分のこより …………………… 0855
　初雪の日 ………………………… 0861
三木 卓
　咳 ………………………………… 1061
　八月 ……………………………… 1029
　炎に追われて …………………… 0882
美木 麻里
　青山先生 ………………………… 0947
　恋もたけなわ …………………… 0689
　不完全なランナー ……………… 0949
　忘れてもいいよ ………………… 0755
みきはうす店主
　朝 ………………………………… 1020
　拷問 ……………………………… 1020
　忠告 ……………………………… 1020
　ナナハンライダー ……………… 1020
三木原 慧一
　我等が猫たちの最良の年 ……… 1098
汀 こるもの
　裁かれるのは誰か？ …………… 0246
　水密密室！ …………… 0341, 0342
　パッチワーク・ジャングル … 0792, 0793
　Judgment ………………………… 0246
三國 礼
　雪降る公園にて。─dedicated to… 0858
三雲 岳斗
　結婚前夜 ………………………… 0496
　二つの鍵 ……………… 0150, 0218
　無貌の王国（『名もなき王のための遊戯』
　を改題） ……………………… 0343
美倉 健治
　因習祓い ………………………… 0992
　仲違い …………………………… 1026
　母親の形見 ……………………… 0989
巫 夏希
　私の、たったひとりの友人へ …… 1051
三坂 春編
　再度の怪（抄） ………………… 0479
三崎 亜記
　確認済飛行物体 ………………… 0552
　彼女の痕跡展 …………………… 0535
　緊急自爆装置 …………………… 0495
　「欠陥」住宅 …………………… 1010

　スノードーム …………………… 0544
　妻の一割 ………………………… 1016
　バスジャック …………………… 0245
　街の記憶 ………………………… 0979
　闇 ………………………………… 1014
　私 ………………………………… 1015
　Enak！ ………………… 0654, 0655
　The Book Day …………………… 0591
岬 兄悟
　薄皮一枚 ………………………… 0518
　出口君 …………………………… 0517
　誘蛾灯なおれ …………………… 0474
岬 多可子
　白い闇のほうへ ………………… 1088
美崎 理恵
　カツコ美容室 …………………… 0763
　携帯が終わる日 ………………… 0941
　幸せな風景 ……………………… 0965
　どうした、田部ちゃん ………… 0689
　どんぐりの木 …………………… 0757
　ビュリダンのロバ ……………… 0760
　不思議なちから ………………… 0755
　幽霊の時計 ……………………… 1083
三砂 ちづる
　夏至─6月21日ごろ …………… 0918
三里 顕
　眼球 ……………………………… 1023
　期限切れの言葉 ………………… 1023
　恋人ができた日 ………………… 1023
　納得できない …………………… 1023
　母親になれない ………………… 1020
　ピアノ …………………………… 1023
三澤 未来
　Dance …………………………… 1022
三沢 充男
　あずき団子 ……………………… 1074
みじかび 朝日
　黒い手 …………………………… 0463
三島 浩司
　ミレニアム・パヴェ …………… 1015
三島 由紀夫
　雨のなかの噴水 ………… 0684, 1080
　栄養料理「ハウレンサウ」 …… 0622
　折口信夫氏のこと─折口信夫追悼 … 0993
　月澹荘綺譚 ……………………… 0488
　剣 ………………………………… 0599

567

みすい　　作家名索引

潮騒 …………………………… 0952
中世に於ける一殺人常習者の遺せる哲学
　的日記の抜萃 ………………… 0892
仲間 …………………………… 0394
熊野 …………………………… 0993

水池 亘
　スクリーン・ヒーロー ……… 1023
　ボロボロ ……………………… 1021

瑞木 加奈
　雪写し ………………………… 0863
　雪の音 ………………………… 0860
　侘助ひとつ …………………… 0865

水木 京太
　あの日・あの時─小山内薫追悼 …… 0993

水木 しげる
　悪魔くん（抄） ……………… 0628
　宇宙虫 ………………………… 0522
　こどもの国 …………………… 0547

水月 聖司
　闇鍋 …………………………… 0464

水生 大海
　五度目の春のヒヨコ ……… 0213, 0768
　まねき猫狂想曲 ……………… 0801

水槻 真希子
　矩形の青 ……………………… 1003

水城 洋子
　なつやすみ …………………… 0867

水沢 いおり
　優しい風 ……………………… 0824

水澤 世都子
　回帰 …………………………… 1074

水嶋 大悟
　於布津弁天 …………………… 0862

水島 裕子
　人形の脳みそ ………………… 1054

水田 美意子
　うどんをゆでるあいだに …… 0619
　占いの館 ……………………… 0196
　七月七日に逢いましょう …… 0223, 0224
　猫の密室 ……………………… 0791
　ひと駅間の隠し場所 ………… 0199
　雪のせい ……………………… 0198
　私の彼は男前 ………………… 0364

水谷 佐和子
　お下がり ……………………… 0975

水谷 準
　胡桃園の青白き番人 ………… 0142
　酒壜の中の手記 ……………… 0255
　砂丘 …………………………… 0256
　のぞきからくり ……………… 0996
　化けの皮の幸福 ……………… 0996
　故郷の波止場で（書類第四一五号の秘
　　密） ………………………… 0856
　宝石商殺人事件 ……………… 0147
　われは英雄 …………………… 0285

水谷 俊之
　ざんげの値打ちもない ……… 0597

水谷 美佐
　塩むすび ……………………… 0855

水谷 唯那
　屋上の三角形 ………………… 0653

ミストレル, ジャン
　吸血鬼 ………………………… 0418

水野 次郎
　海師の子 ……………………… 0838

水野 仙子
　輝ける朝 ……………………… 0850
　女医の話 ……………………… 0748

水野 葉舟
　取り交ぜて（抄） …………… 0479

水原 紫苑
　このゆふべ城に近づく蜻蛉あり武者はを
　　みなを知らざりしかば ……… 0479

水原 秀策
　君といつまでも ……………… 0603
　地獄の沙汰も顔次第 ………… 0195
　猫型ロボット ………………… 0791
　ベストセラー作家 ………… 0223, 0443
　部屋と手錠と私 …………… 0224, 0364
　Happy Xmas ………………… 0197

水守 亀之助
　不安と騒擾と影響と ………… 0784

水森 サトリ
　銀の匙キラキラ …………… 1099, 1100

溝口 さと子
　借景 …………………………… 0821

三田 とりの
　主婦と排水溝 ………………… 0463

三田 誠広
　彼女の重み …………………… 1049

三谷 晶子
尻軽罰当たらない女―腹黒い11人の女
　　　　　　　　　　　　　　　 0667
　一粒の奇跡の砂 ……………… 0665
　ホームレスの神さま …………… 0696
　真綿で首を絞めるような愛撫 ……… 0697

ミタヒツヒト
　森川空のルール 番外編 ……… 0657, 0980

御手洗 紀穂
　赤に憑かれる ………………… 1104

道尾 秀介
　暗がりの子供 …………… 0160, 1108
　う …………………… 0208, 0381
　橘の寺 ………………… 0210, 0380
　流れ星のつくり方 …… 0331, 0362, 0468
　夏の光 ………… 0209, 0369, 1096
　箱詰めの文字 ………… 0290, 0291
　光の箱 ………………………… 1105
　冬の鬼 ………………… 0165, 0166
　盲蛾 ………………………… 1039
　やさしい風の道 ……………… 0900
　ゆがんだ子供 ………………… 1008
　弓投げの崖を見てはいけない ‥ 0154, 0281
　病葉 ………………………… 1014

道又 紀子
　夕暮れ ……………………… 0959

三井 多和
　天覧 ………………………… 0834

光石 介太郎
　綺譚六三四一 ………………… 0256

神城 耀
　空に架かる橋 ………………… 1020

光郷 輝紀
　歴史 ………………………… 0989

光瀬 龍
　幹線水路二〇六一年 …………… 0553
　市二二二〇年 ………………… 0547
　女忍小袖始末 ………………… 0068
　多聞寺討伐 …………………… 0530
　辺境五三二〇年 ……………… 0522
　墓碑銘二〇〇七年 …………… 0536

三津田 信三
　赫眼 ………………………… 0472
　合わせ鏡の地獄 ……………… 0483
　依頼から本作を書き上げるまで …… 0523
　後ろ小路の町家 ……………… 0435

怪奇写真作家 ………………… 0345
　影が来る …………………… 0523
　死を以て貴しと為す …………… 0440
　死霊の如き歩くもの …………… 0243
　隙魔の如き覗くもの ……… 0357, 0358
　ついてくるもの ……………… 0475
　迷家の如き動くもの ……… 0248, 0323
　屋根裏の同居者 ……………… 0132
　G坂の殺人事件 ……………… 0305

光野 桃
　猫 …………………………… 0798

三羽 省吾
　アプセットメイカー …………… 0598
　1620 ………………………… 0979

光原 百合
　ある女王の物語 ……………… 0265
　ある人妻の物語 ……………… 0265
　ある姫君の物語 ……………… 0265
　かえれないふたり―第2章 失われた記
　　憶 ………………… 0341, 0342
　帰省 ………………………… 0979
　希望の形 ……………… 0220, 0221
　三人の女の物語 ……………… 0265
　黄昏飛行 …………………… 0768
　ツバメたち …………………… 0747
　バー・スイートメモリーへようこそ ‥ 0747
　花をちぎれない程… …………… 0219
　花散る夜に …………………… 0243
　戻る人形 …………………… 0747
　夢捨て場 …………………… 0747

三藤 英二
　親父の悪戯 …………………… 0967
　会社ごっこ …………………… 0967
　ショートカット ……………… 0968
　フェリーがやってきた …………… 0969

美都 曄子
　水族館で逢いましょう ………… 0913

ミトサキ
　きょうだい …………………… 1090

三友 隆司
　丹い波 ……………………… 0834
　池尻の下女 …………………… 0833
　泉光院回国日記―愛染明王の闇 … 0832

ミトラ, ケヤ
　ポンペイ再び ………………… 1143

みとり　　　作家名索引

緑川 貢
町工場 ……………………………… 1037

ミドルトン, リチャード
ブライトン街道で ……………… 0482

ミーナ, デニーズ
見えないマイナス記号 …………… 0239

水上 瀧太郎
貝殻追放 …………………………… 0993
山の手の子 ……………… 0993, 1073

水上 勉
寺泊 ……………………… 0627, 1094
西陣の蝶 …………………………… 0434

水上 呂理
蹠の衝動 …………………………… 0247
石は語らず ………………………… 0247
犬の芸当 …………………………… 0247
お問合せ …………………………… 0247
驚き盤 ……………………………… 0247
処女作の思ひ出 …………………… 0247
精神分析 …………………………… 0247
麻痺性痴呆患者の犯罪工作 ……… 0247
燃えない焔 ………………………… 0247

皆川 志保乃
雪のひと …………………………… 0857

皆川 博子
薊と洋燈 …………………………… 1014
穴 …………………………………… 0474
アンティゴネ ……………………… 0776
『希望』 ………………… 0792, 0793
釘屋敷/水屋敷 …………………… 0409
月蝕領彷徨 ………………………… 0472
春怨 ………………………………… 0820
城館 ………………………………… 0345
新宿薔薇戦争 ……………………… 1040
そ、そら、そらそら、兎のダンス … 0484
チャーリーの受難 ………………… 0082
猫舌男爵 …………………………… 0582
春の滅び …………………………… 0488
水引草 ……………………………… 0592
宿かせと刀投げ出す雪吹哉—蕪村— … 0412
夕陽が沈む ……………… 0429, 0552

皆川 舞子
布団 ………………………………… 0462

湊 かなえ
インコ先生 ………………………… 0543
少女探偵団 ……………… 0349, 0350

罪深き女 …………………………… 0311
長井優介へ ……………… 0160, 1024
蚤取り ……………………………… 0309
ベストフレンド …………………… 0310
ポイズン・ドーター ……………… 0313
望郷、海の星 …………… 0211, 0373
約束 ………………………………… 1108
優しい人 ………………… 0132, 0312
楽園 ………………………………… 1107

湊 邦三
逆潮 ………………………………… 0050
初幟 ………………………………… 0111
花骨牌 ……………………………… 0110

湊 菜海
梅雨明け …………………………… 0821

南 綾子
インドはむりめ …………………… 0652
ばばあのば ………………………… 0751
雪女のブレス …………… 0673, 0674

南 じゅんけい
夢のなかで ………………………… 0975

南 伸坊
家の怪—森銑三『物いふ小箱』より ‥ 0445
巨きな蛤—中国民話より ………… 0445
寒い日—『異苑』より …………… 0445
チャイナ・ファンタジー ………… 0445

南 貴幸
僕と彼女の事情 …………………… 0971

南 もも
駅のある風景 ……………………… 0849

南大沢 健
二番札 ……………………………… 0215

南川 潤
魔法 ………………………………… 0993

源 祥子
縁切り旅行は二人で ……………… 0682
おばあちゃん、もう一回だけ …… 0965
飼い猫の掟、申し送ります ……… 0760
最後の運動会 ……………………… 0949
さよなら、俺のマタニティブルー … 0756
シュッ、シュッ、シュシュシュッ！‥ 0941
ただいま、見守り休暇中 ………… 1083
父、猫を飼う ……………………… 0757
バイバイ、増田くん ……………… 0689
ママの恋 …………………………… 0755
もう一度、娘と …………………… 0763

作家名索引　みやき

リリーはボクの妹だから ………… 0947

水沫 流人
生駒山の秘密会 ……………… 0415
川辺の儀式 ………………… 0415
こっちだよ ………………… 0415
隠処 ……………………… 0430
蜃気楼 …………………… 0415
水難 ……………………… 0415
層 ………………………… 0428
祖母の贈り物 ……………… 0415
晩酌 ……………………… 0415
谷中の美術館 ……………… 0415
山田さんのこと …………… 0415

峰 隆一郎
八辻ケ原 …………………… 0072

峯岸 可弥
あなた …………………… 1023
祈り ……………………… 1023
解凍 (或いは「仕事」) ……… 1023
隠れた男 …………………… 1022
川 ………………………… 1023
キス ……………………… 0484
猿 ………………………… 1022
世界のどこに宙ぶらりんとしているのか
は知らないけれど、もうつまずいて怪
我をすることはないな、判るか? ‥ 1023
天狗 ……………………… 0462
墓を掘り返す ……………… 1021
橋を渡る …………………… 0459
眼鏡 ……………………… 1021
message in a bottle …………… 1023

峯野 嵐
おかえり ……………… 0457, 0458
ハンター ……………… 0459, 0461

蓑 修吉
鰍突きの夏 ………………… 0837

見延 典子
非利法権天 ………………… 0079

三橋 たかし
至福のとき ………………… 0976

三原 光尋
女のみち …………………… 0597

三間 祥平
夜の訪問者 ………………… 0949

三松 道尚
雨の一日 …………………… 0822

耳 目
アルクマン ………………… 0974
落し物 …………………… 0967
北風と太陽は語り継がれる … 0972
決勝進出 …………………… 0968
第38巻6月12日号 ………… 0969
宝くじのトキメキ ………… 0969
騙され易さチェック ……… 0967
腹の中 …………………… 0970
魔法の杖 …………………… 0967
優先席 …………………… 0968

宮内 寒弥
感想 ……………………… 1092
蜃気楼 …………………… 1092

宮内 悠介
青葉の盤 ……………… 0212, 0382
アニマとエーファ ………… 0494
薄ければ薄いほど ………… 0495
かぎ括弧のようなもの …… 1017
スペース金融道 …………… 0562
スペース珊瑚礁 …………… 0568
スペース地獄篇—高利貸しや神を蔑ろに
する者は地獄に封じられる-ダンテ『神
曲』地獄篇 ……………… 0564
スペース蜃気楼—アンドロイドの紳士
の社交場、空飛ぶラスベガスでの大勝
負 ……………………… 0566
星間野球 …………………… 0501
空蜘蛛 …………………… 0353
超動く家にて ……………… 0496
人間の王Most Beautiful Program ‥ 0540
盤上の夜—第一回創元SF短編賞山田正
紀賞 …………………… 0512
百匹目の火神 ……………… 1016
法則 ……………… 0492, 1034
ムイシュキンの脳髄 ……… 0515

宮尾 登美子
自害 ……………………… 0907

宮川 健郎
現代児童文学の語るもの … 0804

宮木 あや子
会心幕張 …………………… 0979
鞄の中 …………………… 1019
校閲ガール ………………… 0588
皇帝の宿—『校閲ガール』番外編 ‥ 0951
憧憬☆カトマンズ ………… 1032
水流と砂金 ………………… 0751

571

みやき　　作家名索引

憧憬☆カトマンズ ……………… 1033
はじめてのお葬式 ……………… 0695

宮木 喜久雄
勲章 …………………………… 0766

宮木 広由
プレゼント …………………… 0853
焼きおにぎり ………………… 0868

三宅 花圃
電報 …………………………… 0784

京 利幸
すばらしき仲間に支えられて …… 0822
八朔祭 ………………………… 0822

宮越 郷平
冬の航跡 ……………………… 0826

宮越 理恵
貪食 …………………………… 0969

宮崎 修二朗
植字校正老若問答 …………… 0580

宮崎 誉子
春分──3月21日ごろ ……… 0918
ミルフィーユ ………………… 1055

宮崎 惇
神変卍飛脚 …………………… 0051

宮里 政充
三途の川亡者殺人事件 ……… 0992
センチメンタル・ブラームス …… 0990
行方不明 ……………………… 1026
李雷は未来へ ………………… 0989

宮沢 章夫
探さないでください ………… 1078
だめに向かって ……………… 1078
夏に出会う女 ………………… 0958

宮澤 伊織
神々の歩法 …………………… 0495

宮沢 賢治
朝に就ての童話的構図 ……… 0790
〔雨ニモ負ケズ〕 …………… 1079
蠕虫舞手 ……………………… 1079
永訣の朝 …………… 0878, 0885, 1031
オツベルとぞう ……………… 0888
月天子 ………………………… 1079
河原坊 ………………………… 0477
鬼言（幻聴）／同 先駆形 …… 0479
〔今日は一日あかるくにぎやかな雪降り
です〕 ……………………… 1079
虔十公園林 …………………… 1079

シグナルとシグナレス ……… 1079
十月の末 ……………………… 0804
真空溶媒 ……………………… 0878
水仙月の四日 ………………… 0943
昴 ……………………………… 0878
セロ弾きのゴーシュ ………… 1079
種山ケ原 ……………………… 0854
注文の多い料理店 …… 0804, 0885, 0887
注文の多い料理店──一九二一（大正一〇）
年一一月 …………………… 1097
『注文の多い料理店』序／注文の多い料理
店 …………………………… 1079
土神ときつね ………………… 0684
毒もみのすきな署長さん …… 0488
どんぐりと山猫 ……………… 0803
なめとこ山の熊 …………… 0794, 1079
二十六夜 ……………………… 0875
猫の事務所 ………………… 0798, 0800
猫の事務所 ある小さな官衙に関する幻
想 …………………………… 0795
春と修羅 ……………………… 0878
春 変奏曲 …………………… 0807
ひかりの素足 ………………… 0391
葡萄水 ……………………… 0616, 0625
やまなし ……… 0618, 0787, 0887, 1079
よだかの星 …… 0888, 1031, 1069, 1079
〔わたくしどもは〕 ………… 1079

宮地 彩
温冷御礼 ……………………… 0868

宮地 佐一郎
海援隊誕生記 ………………… 0127

宮司 孝男
雨の中の如来 ………………… 0813
「英魂」の碑 ………………… 0814
遠州大念仏の夜 ……………… 0812
湖西焼き物考 ………………… 0847
遠い裾野 ……………………… 0823

宮下 知子
雪中花 ………………………… 0710

宮下 奈都
楽団兄弟 ……………………… 0909
空の青さを ………………… 1099, 1100
旅立ちの日に ………………… 0588
なつかしいひと …………… 0578, 0579
日をつなぐ …………………… 0672
No.2──『スコーレNo.4』より …… 0984

作家名索引　みやも

宮下 麻友子
　ひらき屋 ………………………… 0849
宮島 竜治
　乙女のワルツ ……………………… 0597
宮田 一生
　光明 ……………………………… 0853
宮田 真司
　踊りたいほどベルボトム ………… 1021
　逆襲 ……………………………… 1022
　くるくる ………………………… 1023
　仕事 ……………………………… 1022
　蝶の回転 ………………………… 1023
　人見さんは眠れない ……………… 1022
　星を逃げる ……………………… 0484
宮田 そら
　鯖街道を、とおってな …………… 0824
宮田 たえ
　猫の手 …………………………… 1020
　モノトーン ……………………… 1021
宮武 外骨
　『幸徳一派大逆事件顛末』「自序」および
　　「自跋」 ………………………… 1086
　『震災画報』より ………………… 0784
宮地 嘉六
　ある職工の手記 ………………… 0764
　煤煙の臭い ……………………… 0766
宮永 愛子
　時の広がり ……………………… 0842
宮西 建礼
　銀河風帆走―第四回創元SF短編賞受賞
　　作 ……………………………… 0501
宮野 村子
　手紙 ……………………………… 0144
宮ノ川 顕
　芋虫 ……………………………… 0463
宮原 龍雄
　消えた井原老人 ………………… 0147
　首吊り道成寺 …………………… 0307
　新納の棺 ………………………… 0365
　湯壺の中の死体 ………………… 0148
雅
　イニシャル占い ………………… 0853
宮部 和子
　歌は西北の風に乗って …………… 1026
　雑踏の中を ……………………… 0988
　セメントのでこぼこ道 …………… 0989

梅雨の合い間の夢 ………………… 0915
宮部 みゆき
　鬼は外 …………………………… 0352
　海神の裔 ………………………… 0569
　鰹千両 …………………………… 0092
　神無月 ……………………… 0014, 0021
　鬼子母火 …………………… 0025, 0113
　朽ちてゆくまで ………………… 0539
　首吊り御本尊 …………………… 0013
　決して見えない ………………… 0325
　さよなら、キリハラさん ………… 0266
　さよならの儀式 …… 0515, 0574, 0575
　騒ぐ刀【国広】 ………………… 0088
　時雨鬼 …………………………… 0408
　庄助の夜着 ……………………… 0907
　白い騎士は歌う ………………… 0139
　聖痕―「少年Aは人間を超えた存在にな
　　る」そう信じる人々がいた。怒濤の展
　　開、驚愕の問題作 ……………… 0559
　戦闘員 …………………………… 0568
　“旅人”を待ちながら …………… 1011
　チヨ子 …………… 0290, 0291, 1008
　手袋の花 ………………………… 1067
　新美南吉『手袋を買いに』を語る … 1067
　野槌の墓 ………………………… 0160
　のっぽのドロレス ……………… 0583
　博打眼 …………………………… 1096
　ピカリと閃いて ………………… 0325
　人質カノン ……………………… 0272
　保安官の明日―人口八二三人の町に起き
　　た、女子大生の拉致監禁事件。カード
　　がまた揃ったか… ……………… 0563
　星に願いを ……………………… 0494
　迷い鳩 …………………………… 0060
　歪んだ鏡 ………………………… 0587
　我らが隣人の犯罪 ……………… 0274
宮間 波
　深夜の騒音 ……………………… 0459
深山 亮
　紙一重 …………………………… 0303
宮前 和代
　冷蔵庫のキミ …………………… 0868
宮本 章子
　万華鏡の紐 ……………………… 0853
宮本 常一
　土佐源氏 ………………………… 0875

573

宮本 輝
力道山の弟 …………………… 0911, 0912

宮本 紀子
千年のはじめ ………………… 0860
約束 …………………………… 0084
両国橋物語 …………………… 0809

宮本 裕志
友達0人 ……………………… 0859

宮本 正清
戦争はおしまいになった ……… 0779

宮本 昌孝
秋篠新次郎 …………………… 0114
うつけの影 …………………… 0042
金色の涙 ……………… 1099, 1100
紅楓子の恋 …………………… 0033
紅楓子の恋―山本勘助 ………… 0035
春風仇討行 …………………… 0119
水魚の心 ……………………… 0045
非足の人 ……………………… 0040
武商諜人 ……………………… 0076
蘭丸、叛く …………………… 0116
龍吟の剣 ……………………… 0027

宮本 百合子
杏の若葉 ……………………… 0616
三郎爺 ………………………… 0850
三月の第四日曜 ……………… 0766
女工小唄―2 ………………… 0765
舗道 …………………………… 0765
貧しき人々の群 ……………… 0764
夜の若葉 ……………………… 0629

宮良 ルリ
私のひめゆり戦記 …………… 0779

宮脇 俊三
殺意の風景 樹海の巻 ………… 0277

ミューヘイム, ハリイ
埃だらけの抽斗 ……………… 0275

明恵上人
人形変じて女人となる ………… 0479

明神 しじま
あれは子どものための歌 ……… 0303

明神 ちさと
網目温泉 ……………………… 0427
炎天 …………………………… 0462
換気口 ………………………… 0427
ソロキャンプツーリング ……… 0427
二の舞 ………………………… 0464

生者でなしVSヒトデナシ ……… 0427
録音ボタン …………………… 0427

三好 しず九
携帯 …………………………… 1020
待ち合わせ …………………… 1020

三好 創也
こだわり ……………………… 0968
ふれあい ……………………… 0968
無人ホテル …………………… 0968

三好 達治
漁家 …………………………… 0993

三好 徹
歳三、五稜郭に死す …………… 0104
スカイジャック ……………… 0605
天命の人 ……………………… 0078
二度の岐路に立つ …………… 0077
人斬り稼業 …………………… 0128
幽霊銀座を歩く―銀座警察シリーズよ
り ………………………… 0168

ミラー, カムロン
癌 ……………………………… 1150

ミラー, リンダ・ラエル
恋人たちのシエスタ ………… 0701

ミラー, C.フランクリン
黒いカーテン ………………… 0425

ミラー, P.スカイラー
アウター砂州に打ちあげられたもの ‥ 0454

ミラーニ, ミレーナ
エレベーター ………………… 1156

ミルトン, リチャード
幽霊船 ………………………… 0485

ミルハウザー, スティーヴン
ハラド四世の治世に ………… 1134

ミルボー
ごくつぶし …………………… 0414

ミルン, A.A.
シャーロックの強奪 ………… 0231

ミレット, ラリー
魔笛泥棒 ……………………… 0226

三和
蛇女 …………………………… 0463
夕焼け観覧 …………………… 0463

美輪 和音
強欲な羊 ……………………… 0158

作家名索引　　　　　　　　　　　　むらい

三輪 チサ
　雨の日に触ってはいけない ‥‥ 0416, 0417
　今もいる ‥‥‥‥‥‥‥‥‥ 0416, 0417
　鬼子母神の話 ‥‥‥‥‥‥‥ 0416, 0417
　旧街道の話 ‥‥‥‥‥‥‥‥ 0416, 0417
　公衆もしくは共同の ‥‥‥‥‥‥ 0464
　作業服の男 ‥‥‥‥‥‥‥‥ 0416, 0417
　人身事故の話 ‥‥‥‥‥‥‥ 0416, 0417
　ぬいぐるみの話 ‥‥‥‥‥‥ 0416, 0417
　百物語をすると…―2 ‥‥‥‥ 0416, 0417
　船影 ‥‥‥‥‥‥‥‥‥‥‥‥‥ 0464
　ホテルの話 ‥‥‥‥‥‥‥‥ 0416, 0417
　緑の庭の話 ‥‥‥‥‥‥‥‥ 0416, 0417
みわ みつる
　個性的な彼女 ‥‥‥‥‥‥‥‥‥ 0969
　許されぬ恋 ‥‥‥‥‥‥‥‥‥‥ 0975
ミンウェーヒン
　殿方よ、愛がないならお捨てになって ‥ 1121

【 む 】

ムーア, ウォード
　ロト ‥‥‥‥‥‥‥‥‥‥‥‥‥ 0499
ムア, ジョージ
　アルバート・ノッブスの人生 ‥‥‥ 1127
ムーア, マーガレット
　美しき娘 ‥‥‥‥‥‥‥‥‥‥‥ 0713
ムーア, C.L.
　出会いのとき巡りきて ‥‥‥‥‥ 0529
ムアコック, マイケル
　時を生きる種族 ‥‥‥‥‥‥‥‥ 0528
　ドーセット街の下宿人 ‥‥‥‥‥ 0233
向井 成子
　サンザシの実 ‥‥‥‥‥‥‥‥‥ 0846
向井 湘吾
　指数犬 ‥‥‥‥‥‥‥‥‥ 0349, 0350
向井 野海絵
　大樹 ‥‥‥‥‥‥‥‥‥‥ 0457, 0458
向井 万起男
　ウィキペディアより宇宙のこと、知って
　　るよ―1 ‥‥‥‥‥‥‥‥‥‥‥ 0909
　ウィキペディアより宇宙のこと、知って
　　るよ―2 ‥‥‥‥‥‥‥‥‥‥‥ 0909

　ウィキペディアより宇宙のこと、知って
　　るよ―3 ‥‥‥‥‥‥‥‥‥‥‥ 0909
　ウィキペディアより宇宙のこと、知って
　　るよ―4 ‥‥‥‥‥‥‥‥‥‥‥ 0909
向井 ゆき子
　繊月 ‥‥‥‥‥‥‥‥‥‥‥‥‥ 0786
麦田 譲
　龍 ‥‥‥‥‥‥‥‥‥‥‥‥‥‥ 0846
椋 鳩十
　アジサイ ‥‥‥‥‥‥‥‥‥‥‥ 0887
　大造じいさんとガン ‥‥‥‥ 0065, 0887
　盲目の春 ‥‥‥‥‥‥‥‥‥‥‥ 0953
　山の太郎熊 ‥‥‥‥‥‥‥‥‥‥ 0964
向日 一日
　成長の儀式 ‥‥‥‥‥‥‥‥‥‥ 1002
向田 邦子
　お八つの時間 ‥‥‥‥‥‥‥‥‥ 0628
　かわうそ ‥‥‥‥‥‥‥‥‥‥‥ 0326
　ダウト ‥‥‥‥‥‥‥‥‥‥‥‥ 1072
　花の名前 ‥‥‥‥‥‥‥‥‥‥‥ 0691
　普通の人 ‥‥‥‥‥‥‥‥‥‥‥ 0596
　耳 ‥‥‥‥‥‥‥‥‥‥‥ 0911, 0912
無下 衛門
　ここは ‥‥‥‥‥‥‥‥‥‥‥‥ 0786
　益城中学 ‥‥‥‥‥‥‥‥‥‥‥ 0786
武者小路 実篤
　愛と死 ‥‥‥‥‥‥‥‥‥‥‥‥ 0691
　お目出たき人（抄） ‥‥‥‥‥‥ 0882
　空想 ‥‥‥‥‥‥‥‥‥‥‥‥‥ 0910
　久米仙人 ‥‥‥‥‥‥‥‥‥‥‥ 1052
　黒田如水 ‥‥‥‥‥‥‥‥‥‥‥ 0031
夢生
　未来の死体 ‥‥‥‥‥‥‥‥‥‥ 0968
無月 火炎
　冬ごもり ‥‥‥‥‥‥‥‥‥‥‥ 0860
睦月 羊子
　ハル子さんの胸 ‥‥‥‥‥‥‥‥ 0821
武藤 直治
　蘇らぬ朝 ‥‥‥‥‥‥‥‥‥‥‥ 1086
棟田 博
　軍犬疾風号 ‥‥‥‥‥‥‥‥‥‥ 0964
夢魅 あきと
　人は死ヌト ‥‥‥‥‥‥‥‥‥‥ 1051
村井 さだゆき
　縄文怪獣 ドキラ登場―新潟県「ヨビコ
　　の文様」 ‥‥‥‥‥‥‥‥‥‥‥ 0541

村上 あつこ

苺の家	0821
サテンの靴	0849

村上 玄一

愛の封印1	1104

村上 元三

艶説鴨南蛮	0363
桶屋の鬼吉	0110
上総風土記	0009
河童役者	0074
此ノ件厳秘ノ事	0109
酒樽の謎	0032
三度目の顔	0061
泉岳寺の白明	0012
大名料理―長編小説『千両鯉』より	0614
高柳又四郎	0097
東海道 抜きつ抜かれつ	0010
利根の川霧	0111
捕物蕎麦	0086
ひとり狼	0105
深川雪景色	0125
肥った鼠	0050
骨折り和助	0075
夜鷹三味線	0092

村上 貴史

地上最高のゲーム道場―『本格』シリーズの功績	0243

村上 浪六

震災後の感想	0784

村上 春樹

恋するザムザ	0669, 0670
午後の最後の芝生	0774, 0775
新聞	0479
猫の自殺	0798
葡萄	0618
レーダーホーゼン	1072

村上 龍

地獄の黙示録	0596
ユーカリの小さな葉	0783

村上 了介

とっけむにゃーこつ	0786

村木 嵐

いすず橋	0081
仕官の花	0083
昼とんび	0084

村崎 友

紅い壁	0957
あの無邪気さが羨ましい	0246
四月の風はさくら色	1091
富望荘で人が死ぬのだ	0246
密室の本―真知博士五十番目の事件	0155
密室の本―真知博士 五十番目の事件	0332
鎧塚邸はなぜ軋む	0339

紫式部

夕顔―『源氏物語』より	0394

村瀬 継弥

星空へ行く密室	0341, 0342

村田 青

カイブン	0967

村田 和文

4.裏木戸の向こうから	0401

村田 喜代子

茸類	0790

村田 沙耶香

赤ずきんちゃんと新宿のオオカミ	0905
午前二時の朝食	0905
トリプル	0709
街を食べる	1058

村野 四郎

晩年	0993

ムラーベト, ムハンマド

蟻	0404
衣装箱	0404
黒い鳥	0404
狩猟家サイヤード	0404
竪琴	0404
ル・フェッラーフ	0404

村松 暎

奥野先生と私―奥野信太郎追悼	0993

村松 友視

夢子―深川	0839

村松 真理

地下鉄の窓	1057
野百合	1061

村山 槐多

悪魔の舌	0622
鉄の童子	0477

村山 早紀

赤い林檎と金の川	0466
踊る黒猫	0801

作家名索引　　めの

村山 由佳
　アンビバレンス …………………… 0647
　イエスタデイズ ………… 0900, 1016
　TSUNAMI ………………………… 0686
　猫の神さま ………………………… 0810
　約束 ………………………………… 1008
霧梨 椎奈
　経済新聞 …………………………… 0970
無留行 久志
　償い ………………………………… 0976
室井 滋
　趣味 ………………………………… 1054
室岩 里衣子
　背もたれごしの …………………… 0824
室生 犀星
　愛猫 ………………………………… 0803
　あまご ……………………………… 0617
　あゆ ………………………………… 0617
　いわな ……………………………… 0617
　うぐい ……………………………… 0617
　うなぎ ……………………………… 0617
　お小姓児太郎 ……………………… 1068
　川魚の記（抄） …………………… 0617
　かわえび …………………………… 0617
　かわがに …………………………… 0617
　蚤虫斯の記 ………………………… 0789
　五位鷺 ……………………………… 0789
　ごり ………………………………… 0617
　さけ ………………………………… 0617
　三文豪俳句抄 ……… 0617, 0789, 0819
　生涯の垣根 ………………………… 1052
　旅にて ……………………………… 0819
　悼詩 ………………………………… 0886
　日録 ………………………………… 0784
　猫のうた …………………………… 0803
　猫のうた/愛猫 …………………… 0803
　はりうお …………………………… 0617
　ふな ………………………………… 0617
　ます ………………………………… 0617
　蜜のあわれ ………………………… 0391
　みみじゃこ ………………………… 0617
　夜までは …………………………… 0390
ムロジェック, スワヴォミル
　残念です …………………………… 0418
室津 圭
　僕の妹 …………………… 0459, 0461

室町 たけお
　超犯罪多発国 ……………………… 0969
ムンガン, ムラトハン
　アーゼルとヤーディギャール … 1122
　ボヤジュキョイで愛の流血殺人事件 ‥ 1122
　ムラドハンとセルヴィハン もしくは水
　　晶の館の一物語 ………………… 1122

【め】

メーア, マリエラ
　石の時代 …………………………… 0750
メイ, シャロン
　カオイダンの魔法使い …………… 1144
鳴弦楼 主人
　肉弾相搏つ巨人 …………………… 0065
名生 良介
　私と彼女となんとなく …………… 0974
メイスフィールド, ジョン
　レインズ法 ………………………… 0283
迷跡
　消えた絵日記 ……………………… 0489
　樹上の人 …………………………… 0463
メイヤー, F.M.
　アシャムのド・マネリング嬢――一九三
　　五 ………………………………… 0441
メイヨー, ウェンデル
　B・ホラー ………………………… 1152
メイルマン
　3割7分8厘 ……………………… 1020
メークナー, クリストファー
　最後のコテージ …………………… 0297
メッシーナ, マリア
　移りゆく "時" …………………… 1156
メトカーフ, ジョン
　二人提督 …………………………… 0480
目取真 俊
　水滴 ……………………… 1065, 1066
　軍鶏 ………………………………… 0825
　伝令兵 …………………… 0776, 0777
メノ, ジョー
　薬の用法 …………………………… 0758

577

めりめ 作家名索引

メリメ, プロスペル
　キギエの女神 …………………… 0469
　イールのヴィーナス …………… 0419
　すごろく将棋の勝負 …………… 0870
メリル, クリスティン
　乙女の秘めやかな恋 …………… 0634
メルヴィル, ハーマン
　書写人バートルビー──ウォール街の物
　　語 ………………………………… 1146
　バートルビー ………… 0879, 1145
　わしとわが煙突 ………………… 1127
メルキオー, イブ
　デス・レース …………………… 0524
メロイ, マイリー
　愛し合う二人に代わって …… 0669, 0670

【も】

モウウェー
　存在したくないわけ …………… 1121
モウゾー
　サムライ・キングダム ………… 1121
モウティッウェー
　小さな四つ角 …………………… 1121
モウテッハン
　空洞状態のままのその町 ……… 1121
毛利 亘宏
　妖刀・籠釣瓶 …………………… 0118
萌 清香
　サンタのおくりもの …………… 0859
萌木 美月
　共鳴者と熱帯魚 ………………… 0668
モガー, デボラ
　店を運ぶ女 ……………………… 0752
モーガン, サラ
　愛と情熱の日々 ………………… 0715
モーガン, サリー
　手紙 ……………………………… 1163
もくだい ゆういち
　狐の嫁入り ……………………… 0971
　飛び首 …………………………… 0973
　ハッピー日記 …………………… 0968
　バレンタイン作戦 ……………… 0969

　ひまつぶし ……………………… 0973
　本好きの二人 …………………… 0968
モーション, アンドリュー
　屋根裏部屋で──母親しみじみ … 1139
物集 高音
　疥 ………………………………… 0249
モズリイ, ウォルター
　アーチボルド──線上を歩く者 … 0236
　探偵人生 ………………………… 0299
　ミスター・ミドルマン ………… 0317
望月 桜
　きらきら ………………………… 0808
　にせもの ………………………… 0808
望月 誠
　最後のハッピーバースデー …… 0913
モーティマー, キャロル
　億万長者の贈り物 ……………… 0730
　かけがえのない贈り物 ………… 0632
　クリスマス嫌いの億万長者 …… 0650
　クリスマスはあなたと ………… 0727
　高潔な公爵の魔性 ……………… 0724
　聖夜は億万長者と ……………… 0729
　罪深き賭け ……………………… 0640
　伯爵との消えない初恋 ………… 0723
　伯爵の求愛 ……………………… 0715
　富豪のプロポーズ ……………… 0637
　プレイボーイにご用心 ………… 0731
　放蕩伯爵と白い真珠 …………… 0643
　放蕩領主と美しき乙女 ………… 0733
　ボスに恋した秘書 ……………… 0732
　奔放な公爵の改心 ……………… 0656
　身も心も ………………………… 0716
元長 柾木
　デイドリーム、鳥のように …… 0520
　我語りて世界あり …… 0497, 0498
本谷 有希子
　哀しみのウェイトトレーニー … 1061
　無重力系ゆるふわコラム かっこいい宇
　　宙？ …………………………… 0909
　藁の夫 ………………… 0709, 1063
モーパッサン, ギ・ド
　オルラ …………………………… 0419
　くびかざり ……………………… 0390
　酒樽──アルフォンス・タベルニエに … 0892
　ジュール叔父 …………………… 0884
　聖水授与者 ……………………… 0875

作家名索引　　　もり

ひも ……………………………… 0414
宝石 ……………………………… 1154
未亡人 …………………………… 0651
メヌエット―ポール・ブールジェに捧
　ぐ ……………………………… 0880
わら椅子直しの女 ……………… 0883
モフィット,J.
　女と虎と ……………………… 1130
モフェット, クリーヴランド
　謎のカード …………………… 0365
モフェット,C.
　謎のカード …………………… 1130
　謎のカード―続 ……………… 1130
樅山 秀幸
　ビンを砕く …………………… 0853
モーム,W.サマセット
　サナトリウム ………………… 1137
　獅子の皮 ……………………… 0875
　手紙 …………………………… 0892
　マウントドレイゴ卿の死 …… 0414
桃川 春日子
　秘密の女王会議―原作：荻原規子『西の
　善き魔女』 …………………… 1098
ももくちそらミミ
　お座敷の鰐 …………………… 0862
　たあちゃんへ ………………… 0864
　体感温度はもっと高いはずだ … 0464
　夏に見た雪 …………………… 0860
モーラン,P.
　ものぐさ病 …………………… 0884
森 晶麿
　人魚姫の泡沫 ………………… 0213
　花酔いロジック ……………… 0353
森 朝美
　花屋の花よりきれいな花 …… 0849
　ビーフシチュウーでもいいかしら … 0821
森 明日香
　永遠に解けない雪 …………… 0843
森 英津子
　掌編二題 ……………………… 0987
森 絵都
　東の果つるところ ……… 1042, 1043
　ブレノワール …………… 0623, 0624
　放課後の巣 …………………… 0984
　本物の恋 ………………… 0678, 0679

豆を煮る男 ……………………… 1012
ヨハネスブルグのマフィア …… 0686
ラストシーン …………………… 1014
竜宮 ……………………………… 1015
Dahlia …………………………… 0961
森 鷗外
　雁 ……………………………… 0952
　牛鍋 ……………… 0622, 0625, 0628
　最後の一句 ……… 0871, 0924, 1087
　杯 ……………………………… 1052
　鈴木藤吉郎 …………………… 1046
　戦時糧餉談 …………………… 0625
　高瀬舟
　　0434, 0885, 0888, 0924, 1031, 1069
　高瀬舟――一九一六（大正五）年一月 … 1097
　電車の窓 ……………………… 0880
　羽鳥千尋 ……………………… 0883
　服乳の注意 …………………… 0625
　普請中
　　0993, 1065, 1066, 1073, 1087, 1089
　魔睡 …………………………… 0945
　問答のうた …………………… 0784
　夢 ……………………………… 1085
森 香奈
　プラス1 ……………………… 0868
杜 光庭
　異姓 …………………………… 0479
森 しげ
　死の家 ………………………… 0748
森 銑三
　昼日中 ………………………… 0892
　老賊譚 ………………………… 0892
杜 地都
　「うん、そうだね」 ………… 0464
　ココアのおばちゃん ………… 0463
　世話 ……………………… 0457, 0458
　月夜 ……………………… 0460, 0461
　電話 ……………………… 0457, 0458
　風呂敷包み …………………… 0464
　分割払い ……………………… 0459
森 輝喜
　エクイノツィオの奇跡 ……… 0242
モーリ,トリッシュ
　孤島の伯爵 …………………… 0640
森 奈津子
　あたしたちの王国 …………… 0921

579

もり　作家名索引

家族対抗カミングアウト合戦 ……… 0431
西城秀樹のおかげです …………… 0517
長屋の幽霊 …………………… 0473
ナルキッソスたち …………… 0552
ババアと駄犬と私 ……… 0792, 0793
百合君と百合ちゃん―満二十八歳までに
　結婚することが国民の義務となりまし
　た ………………………… 0567

森 日向太
遺書 …………………………… 0971
二〇五九年 …………………… 0971

森 博嗣
いつ入れ替わった？―An exchange of
　tears for smiles …………… 0352
ナイン・ライブス―スカイ・クロラ番外
　篇 …………………………… 1098

森 浩美
最後のお便り ………………… 1016
車輪の空気 …………………… 1015

森 真沙子
定信公始末 …………………… 0412
春浅き古都の宵は… ………… 0472
魔道の夜 ……………………… 0435
無闇坂 ………………………… 0146

森 茉莉
鷗外の味覚 …………………… 0622
曇った硝子 …………………… 1041
黒猫ジュリエットの話 ……… 0803
恋人たちの森 ………………… 0876
贅沢貧乏 ……………………… 0944
独逸の本屋 …………………… 0993
ビスケット …………………… 0628
二人の天使 ……… 0911, 0912

森 深紅
魂の駆動体 ……… 0497, 0498
マッドサイエンティストへの手紙 … 0561
ラムネ氏ノコト―詰まらぬ物事に命を賭
　した男が遺したものが、今や駄菓子屋
　で売られているのだよ …………… 0566

森 ゆうこ
白い永遠 ……………………… 0857

森 由右子
猫の散歩 ……………………… 0824

森 瑶子
朋あり遠方より来たる ……… 0613
凪の光景 ……………………… 0691

森内 俊雄
火星巡暦 ……………………… 1056
梨の花咲く町で ……………… 1060
眉山 …………………………… 0778

森江 賢二
アリバイ ……………………… 0967
浮気の証拠 …………………… 0967
助手席の女 …………………… 0975
慎重派 ………………………… 0967
ストーカー …………………… 0975
注意書き ……………………… 0968
盗む女 ………………………… 0967
分別 …………………………… 0971

森岡 隆司
思いのまま …………………… 0481

森岡 浩之
想い出の家―現実を拡張する-進化した
　メガネのもつ、重要な機能だ …… 0560
孤島のニョロニョロ ………… 0921
光の王 ………………………… 0535
夢の樹が接げたなら ………… 0538

森上 至晃
漂空民 ………………………… 0985

森川 成美
うたう湯釜 …………………… 0401
こねきねま―『宿屋の富』余話 … 0809

森川 楓子
今ひとたび ……… 0194, 0224, 0364
北風と太陽 …………………… 0603
さらば愛しき書 ……… 0201, 0584
十一月の客 …………………… 0223
二本早い電車で。……………… 0199
猫斬り ………………………… 0195
雪夜の出来事 ………………… 0197

森川 茉乃
キラキラ ……………………… 0859

森坂 よしの
熊本市地震 …………………… 0786

森下 雨村
青蛇の帯皮 …………………… 0250
天国の少年 …………………… 0964

森下 うるり
マンティスの祈り …………… 0421

森下 一仁
階段 …………………………… 0474

森下 征二
　燕王の都 ………………………………… 0935
森瀬 繚
　「クトゥルフ神話」のトレンド …… 0476
森田 一二
　川柳 …………………………………… 0766
森田 季節
　赤い森 ………………………………… 0561
森田 啓子
　にごり酒 ……………………………… 0860
森田 浩平
　足を洗う ……………………………… 0972
　走馬灯 ………………………………… 0971
　タイムスリップ ……………………… 0971
森田 たま
　酢のはなし …………………………… 0628
森田 水香
　ダイヤモンドの瞳 …………………… 0864
盛田 隆二
　きみがつらいのは、まだあきらめていな
　　いから ……………………………… 0772
　新宿の果実―新宿 …………………… 0839
　ふたりのルール ……………………… 0982
モリッシー, メアリー
　斜視 …………………………………… 0746
　便宜的結婚 …………………………… 0746
守友 恒
　青い服の男 …………………………… 0336
森永 利恵
　エスケイプスペイス ………………… 1020
森野 樹
　転転転校生生生 ……………………… 0901
森福 都
　黄鶏帖の名跡 ………………………… 0362
　再会 …………………………………… 0738
　妬忌津 ………………………………… 0249
守部 小竹
　六花 …………………………………… 0862
森町 歩
　山のヒーロー ………………………… 0843
森見 登美彦
　蝸牛の角 ……………………………… 1011
　グッド・バイ ………………………… 1014
　この文章を読んでも富士山に登りたくな
　　りません …………………………… 0806

　聖なる自動販売機の冒険 …… 0492, 0571
　廿世紀ホテル ………………………… 1034
　迷走恋の裏路地 ……………………… 0543
　郵便少年 ……………………………… 1050
　四畳半世界放浪記 …………………… 0557
森水 陽一郎
　沖縄の雪 ……………………………… 0865
森村 誠一
　運命の出会い ………………………… 0328
　永遠のマフラー ……………………… 0132
　神風の殉愛 …………………………… 0273
　企業特訓殺人事件 …………………… 0267
　虚偽の雪渓 …………………………… 0216
　魚葬 …………………………………… 0328
　剣菓 …………………………………… 0046
　殺意の接点 …………………………… 0604
　人生の駐輪場 ………………………… 1014
　溯死水系 ……………………………… 0856
　ただ一人の幻影 ……………………… 0160
　天の配猫 ……………………………… 1096
　歪んだ空白 …………………………… 0609
森村 怜
　エピファネイア（公現祭） ………… 0866
　君帰郷 ………………………………… 0858
　SNOW COUNTRY TALES ………… 0864
森本 ねこ
　人は死んだら電柱になる …………… 1051
森本 正昭
　新・松山鏡 …………………………… 0985
森谷 明子
　糸織草子 ……………………………… 0331
　少しの幸運 …………………… 0341, 0342
　ラブ・ミー・テンダー ……………… 0769
森山 透
　風呂敷包み …………………………… 0937
森山 東
　生きびき ……………………………… 0585
　衿替 …………………………………… 0435
　鑑 ……………………………………… 1022
　口づけ ………………………………… 1023
　クリスマスまでに …………………… 1023
　子供の病気 …………………………… 1022
　今昔物語異聞 ………………………… 1021
　シベリアの猫 ………………………… 1021
　約束 …………………………………… 0484

もるす 作家名索引

モールズ, デイヴィッド
地帯兵器コロンビーン ……………… 0576

モールデン, R.H.
十三本目の木 ……………………… 0413

モルナール
チョーカイさん …………………… 0884
賭博者 ……………………………… 0871

諸井 佳文
Ribbon ……………………………… 0849

両角 長彦
宇宙の修行者 ……………………… 0570
この手500万 …………… 0211, 0373
頼れるカーナビ …………………… 1019
にんげんじゃないもん …………… 0456
不可触 ……………………………… 0214
蛇の箱 ……………………………… 0571

諸田 玲子
打役 ………………………………… 0013
似非侍 ……………………………… 0093
女たらし …………………………… 0078
紙漉 ………………………………… 0012
川沿いの道 ………………………… 0077
黒豆 ………………………………… 1011
地獄の目利き ……………………… 0011
蓼食う虫も ………………………… 0083
釜中の魚 …………………………… 0005
やどかりびと ……………………… 0081
よりにもよって …………………… 0079

諸星 大二郎
加奈の失踪 ………………………… 0495
生物都市 …………………………… 0533
百鬼夜行イン ……………………… 0486
不安の立像 ………………………… 0532

モンゴメリ
争いの果て ………………………… 0879

門前 清一
贖罪 ………………………………… 0971

門前 典之
神々の大罪 ……………… 0341, 0342
天空からの死者 …………………… 0288

モンテルオーニ, トマス・F.
ルイーズ・ケアリーの日記 ……… 1131

門田 充宏
風牙―第五回創元SF短編賞受賞作 ‥ 0515

門馬 昌道
ハートエイド ……………………… 0821

モンマース, ヘルムート・W.
ハーベムス・パーパム―新教皇万歳 ‥ 0516

紋屋 ノアン
真夜中の潜水艇 …………………… 0861

モンロー, ルーシー
シークの秘策 ……………………… 0700
憂鬱なフィアンセ ………………… 0633

【や】

ヤアクービー, アフマド
ゲーム ……………………………… 0404
魚が魚を食べる夢を見た男 ……… 0404
昨夜思いついたこと ……………… 0404

八重瀬 けい
茶毘 ………………………………… 0936

八木 圭一
愛国発、地獄行きの切符 ………… 0603
あちらのお客様からの… ………… 0584
"けあらし"に潜む殺意 …………… 0224

八木 重吉
あめの日 …………………………… 0790
花がふつてくると思ふ/母の瞳/蟲 ‥ 1031

矢樹 純
ずっと、欲しかった女の子 ‥ 0224, 0364, 0443
通快バタフライエフェクト ……… 0200

八木 ナガハル
無限登山 …………………………… 0552

八木 義徳
海豹 ………………………………… 1092
異物 ………………………………… 0954
かわさき文学賞コンクールの三十年 ‥ 0822
処女作の思い出 …………………… 1092

八木原 一恵
ラジエール ………………………… 0407

耶止 説夫
南方探偵局 ………………………… 0151

矢口 慧
ここにいる ………………………… 0464
今年から、雪に林檎が香る理由 …… 0858
『幸せにね』 ……………………… 0463

矢口 史靖
逢いたくて逢いたくて …………… 0597

作家名索引　やなぎ

矢口 知矢
　キリギリスのうた …………………… 0973
　見えない少女 ………………………… 0972

薬丸 岳
　オムライス ………………… 0206, 0375
　休日 …………………………… 0209, 0374
　黒い履歴 ……………………… 0207, 0370
　黄昏 …………………………………… 0240
　償い ……………………………… 0169, 0170
　ハートレス …………………… 0208, 0381
　不惑 ……………… 0213, 0260, 0261

ヤコブセン, シェリ
　うんざりのパートナー募集広告 …… 1150

矢崎 存美
　ウミガメの夢 ………………………… 0474
　その橋の袂で ………………………… 0484
　片頭痛の恋 …………………………… 0518
　矢崎麗夜の夢日記 …………………… 0431

野咲 野良
　爪に爪なし猫に爪あり ……………… 0821

屋敷 あずさ
　血天井 ………………………………… 0463
　つゆはらい …………………………… 0462

八島 徹
　三方一両得 …………………………… 0975

屋代 浩二郎
　杉本茂十郎 …………………………… 0030

靖 邦子
　最後の庭 ……………………………… 0855

安井 多恵子
　アレキシサイミアの父と ………… 0853

安岡 章太郎
　陰気な愉しみ ………………………… 1094
　ガラスの靴 …………………………… 0995
　サアカスの馬 ………………………… 0874
　逆立 …………………………………… 1073
　球の行方 ……………………………… 0599
　緑色の豚 ……………………………… 0436

安川 朝子
　ふすまの向こう側 …………………… 0849

八杉 将司
　うつろなテレポーター ……………… 0500
　産森 …………………………………… 0483
　俺たちの冥福 ………………………… 0453
　夏がきた ……………………………… 0474

　ぼくの時間、きみの時間 ………… 0484

椰月 美智子
　ゴールデンアスク …………………… 0590
　三泊四日のサマーツアー …………… 1050
　デイドリーム オブ クリスマス …… 0734

安田 洋平
　相談所 ………………………………… 0967

保田 與重郎
　日本浪曼派のために ………………… 0993
　文芸の大衆化について ……………… 1037

ヤスダハル
　万年筆の催眠術 ……………………… 0867

安原 輝彦
　寒ブリ ………………………………… 0846

矢田 挿雲
　海嘯が生んだ怪談 …………………… 0408

矢田 津世子
　茶粥の記 ……………………………… 0627

ヤーダヴ, ラージェンドラ
　仔犬 …………………………………… 1110

谷津 矢車
　紀尾井坂の残照 ……………………… 0084

矢富 彦二郎
　笄井戸 ………………………………… 0481

柳井 寛
　日かげぐさ …………………………… 0845

矢内 りんご
　牛殺し ………………………………… 0460
　閲覧者 ………………………………… 0489
　怪談サイトの怪 …………… 0457, 0458
　緑の碑文 ……………………………… 0489
　火傷と根付 ………………… 0457, 0458

柳川 春葉
　神の裁判 ……………………………… 0784

柳 広司
　カランポーの悪魔 ………… 0359, 0360
　熊王ジャック …… 0206, 0316, 0321, 0386
　雲の南 ………………………………… 0150
　失楽園 ……………………… 0257, 0301
　すーぱー・すたじあむ ……………… 0899
　日本推理作家協会賞殺人事件 …… 1013
　百万のマルコ ………………………… 0367
　ろくろ首 …………………… 0165, 0166
　ロビンソン ………………… 0248, 0323

583

やなぎ　　　　作家名索引

柳 霧津子
　一大決心 ……………………………… 0974

柳澤 健
　同胞と非同胞 …………………………… 0784

柳田 國男
　河童駒引―『山島民譚集』より ……… 0916
　川童の話 ………………………………… 0916
　川童の渡り ……………………………… 0916
　川童祭懐古 ……………………………… 0916
　唱門師の話 ……………………………… 1047
　遠野物語 (抄) ………………………… 0479
　『遠野物語』より ………… 0394, 0784
　どら猫観察記 猫の島 ……………… 0799
　盆過ぎメドチ談 ……………………… 0916
　山人外伝資料 (山男・山女・山丈・山姥・
　　山童・山姫の話) ………………… 0477

柳田 功作
　取引 ……………………………………… 0972

柳原 慧
　数字男 …………………………………… 0364
　電話ボックス ………… 0223, 0224
　脳を旅する男 ………………………… 0603
　凶々しい声 …………………………… 0198
　闇に向かう電車 ……………………… 0200
　ループする悪意 ……………………… 0584

柳家 喬太郎
　粗忽の死神 …………………………… 0486

梁瀬 陽子
　恋よりも ……………………………… 0824

矢野 隆
　首ひとつ ……………………………… 0040
　死地奔槍 ……………………………… 0076
　焔の首級 ……………………………… 0045
　凡夫の瞳 ……………………………… 0042
　丸に十文字 …………………………… 0044

矢野 徹
　折紙宇宙船の伝説 ………… 0534, 0537
　さまよえる騎士団の伝説 ………… 0532
　耳鳴山由来 …………………………… 0522

矢野 龍王
　三猿ゲーム …………………………… 0343

矢作 俊彦
　globefish …………………………… 1049

八筈 栄
　ざれごと ……………………………… 0992

八尋 舜右
　竹中半兵衛 生涯一軍師にて候 ……… 0085

矢吹 みさ
　サンガツビヨリ ……………………… 0705

矢部 嵩
　教室 ……………………………………… 0495

野暮 粋平
　酒場にて ………………… 0459, 0461

やーま
　君は死んだら電柱になる ………… 1051

山内 マリコ
　アメリカ人とリセエンヌ ………… 0751
　彼女との、最初の一年 …………… 0810
　超遅咲きDJの華麗なるセットリスト全
　　史 ……………………………………… 0734
　ドレスを着た日 …………………… 0961
　もう二十代ではないことについて … 1034

山尾 悠子
　傳説 ……………………………………… 0488

山岡 荘八
　一両二分の屋敷 …………………… 0125
　五両金心中 …………………………… 0074
　親鸞の末裔たち ……………………… 0086
　鉄腕の歌 ……………………………… 0964
　宮本武蔵の女 ………………………… 0111
　柳生十兵衛 …………………………… 0095
　柳生の金魚 …………………………… 0124
　山吹女房 ……………………………… 0050

山上 たつひこ
　〆切だからミステリーでも勉強しよう
　…………………………………………… 0365

山川 方夫
　煙突 ……………………………………… 0993
　夏の葬列 ……………………………… 0874
　昼の花火 ………………… 0599, 0917
　待っている女 ………………………… 0877

山川 彌千枝
　ぞうり …………………………………… 0886

山川 瑤子
　地球の怒り …………………………… 0786

八巻 大樹
　現実の軛、夢への飛翔―栗本薫/中島梓
　　論序説 第1回 …………………… 0506
　現実の軛、夢への飛翔―栗本薫/中島梓
　　論序説 第2回 …………………… 0507

現実の軛、夢への飛翔―栗本薫/中島梓
　　論序説 第3回 …………… 0508
現実の軛、夢への飛翔―栗本薫/中島梓
　　論序説 最終回 …………… 0509

やまき 美里
　金鶏郷に死出虫は囁う ………… 0280

山木 美里
　魔女の家 ………………………… 0858

山木 野夢
　ひじきごはん …………………… 0867

山岸 外史
　新自然主義的提唱 ……………… 1037

山岸 薮鶯
　破靴 ……………………………… 0784

山岸 行輝
　さようなら ……………………… 0863
　水底異聞 ………………………… 0864
　めだぬき ………………………… 0866

山岸 涼子
　夜叉御前 ………………………… 0432

山際 響
　奇妙なマーク …………………… 0972

山口 海旋風
　破壊神の第三の眼 ……………… 0151

山口 晃二
　東京ラプソディ ………………… 0597

山口 さかな
　放課後探偵倶楽部 消えた文字の秘密 … 0702

山口 翔太
　アマレット ……………………… 0668

山口 タオ
　地球人が微笑む時 ……………… 0474
　どこか遠くへ …………………… 0484

やまぐち はなこ
　心臓カテーテル室で ……… 0457, 0458

山口 瞳
　穴一考える人たち ……………… 1076
　貧乏遺伝説 ……………………… 0944

山口 雅也
　カバは忘れない―ロンドン動物園殺人事
　　件（オリジナル版）………… 0232
　靴の中の死体―クリスマスの密室 … 0252
　半熟卵にしてくれと探偵は言った
　　……………………… 0263, 0278
　黄昏時に鬼たちは ………… 0150, 0218

卵の恐怖 ………………………… 0329
鼠が耳をすます時 ……………… 0361
不在のお茶会 …………………… 0139
群れ ……………………………… 0501
『私が犯人だ』 ………………… 0345
割れた卵のような ……………… 0329

山口 道子
　薄墨色の刻 ……………………… 0937

山口 庸理
　こうして生きている …………… 0915
　ダイガクジン 2 ………………… 1026

山口 勇子
　おこりじぞう …………………… 0888

山崎 海平
　南郷エロ探偵社長 ……………… 0996

山崎 佳代子
　祈りの夜 ………………………… 1088

山崎 豊子
　船場狂い ………………………… 0816

山崎 ナオコーラ
　あたしはヤクザになりたい …… 0962
　越境と逸脱 ……………………… 1064
　秋分―9月23日ごろ …………… 0919
　正直な子ども …………………… 0903
　電車を乗り継いで大人になりました
　　……………………… 0673, 0674
　誇りに関して …………………… 0773
　物語の完結 ……………………… 1057
　私の人生は56億7000万年 …… 1032, 1033

山崎 七生
　相合傘 …………………………… 0970

山崎 文男
　ああ、そうなんだ ……………… 0990
　あの日の続きが ………………… 1026
　桜花に …………………………… 0988
　おやおや ………………………… 0991
　月見草 …………………………… 0933
　ぼんやりとした風景 …………… 0987
　松ぼっくり ……………………… 0989
　Mの湯温泉 ……………………… 0992

山崎 マキコ
　音のない海 ……………………… 0738
　ちょっと変わった守護天使 …… 0673, 0674

山崎 正一
　監視の時代 ……………………… 0969

作家名索引

山崎 洋子
熱い闇 ……………………… 0269
柘榴の人 …………………… 0053
長虫 ………………………… 0473
メッセージ ………………… 0591
リボルバー ………………… 0114

山沢 晴雄
砧最初の事件 ……………… 0610
深夜の客 …………… 0341, 0342

山下 歩
凶音窟 ……………………… 0280

山下 清
富士山 ……………………… 0806

ヤマシタ クニコ
自動筆記 …………………… 1023
相談 ………………………… 1022
メール ……………………… 1022

山下 定
夜が降る …………………… 0474

山下 昇平
Mさんの犬 ………………… 0463

山下 敬
土の塵―第一回創元SF短編賞日下三蔵
賞 ………………………… 0512

山下 貴光
オー・マイ・ゴッド ……… 0224, 0364
女の勘 ……………… 0223, 0443
快速マリンライナー ……… 0200
婚活電車 …………………… 0195
単身赴任の夜 ……………… 0197
猫の目 ……………………… 0791
ひとり旅 …………………… 0603

山下 奈美
ジュノ ……………………… 0858
天の犬 ……………………… 0857
真昼の花火 ………………… 0830

山下 明生
親指魚 ……………………… 0994

山下 みゆき
スノーモンスター ………… 0865

山下 芳信
歩いた道 …………………… 0822
かわさき文学賞と私 ……… 0822

山下 欣宏
ドリーム・アレイの錬金術師 ……… 0279

山下 利三郎
素晴らしや亮吉 …………… 0336

山白 朝子
ある印刷物の行方 ………… 0403
トランシーバー …………… 0403

山世 孝幸
宇宙がみえる空 …………… 0865

山田 あかね
やさしい背中 ……… 0654, 0655

山田 彩人
ボールが転がる夏 ………… 0303

山田 詠美
間食 ………………………… 0615
100万回殺したいハニー、スウィートダー
リン ……………………… 0805
虫やしない ………………… 1063
涙腺転換 …………………… 1011

山田 里
永遠のラブレター ………… 0913

山田 深夜
リターンズ ………… 0208, 0368

山田 太一
小泉八雲の思い―「科学」の進歩と人の
心 ………………………… 0481

山田 知佐枝
濃密な部屋 ………………… 0824

八岐 次
マルドゥック・ヴェロシティ"コンフェッ
ション"-予告篇― ……… 0550

山田 智彦
特別休暇 …………………… 0927

山田 奈津子
あの日に戻れたら ………… 0646

山田 野理夫
狐とり弥左衛門 …………… 0854
きりない話 ………………… 0479
黒船 ………………………… 0854

山田 春夜
秋霖 ………………………… 0851

山田 美妙
武蔵野 ……………………… 0067

山田 風太郎
赤い靴 ……………………… 0138
赤穂飛脚 …………………… 0010
刑部忍法陣 ………………… 0052

ガリヴァー忍法島―天叢雲剣 ······· 0123
黄色い下宿人 ························· 0229
くノ一紅騎兵 ························· 0029
くノ一紅騎兵―直江兼続 ·········· 0036
首 ···································· 0144
慶長大食漢 ··························· 0626
剣鬼と遊女 ···················· 0007, 0126
幻妖桐の葉おとし ··················· 0039
笊ノ目万兵衛門外へ
·············· 0049, 0062, 0069, 0108
地獄 ·································· 0582
春本太平記 ··························· 0582
随筆「ある古本屋」 ················· 0582
正義の政府はあり得るか ············ 0063
潜艦呂号99浮上せず ················· 0776
どろん六連銭の巻 ··················· 0051
人間臨終図巻―円谷幸吉 ············ 0622
忍者服部半蔵 ······················· 0099
忍者六道銭 ··························· 0020
蚤の浮かれ噺 ······················· 0582
バルカン戦争 ······················· 0582
叛の忍法帖―明智光秀 ··············· 0037
人を騙す ···························· 0327
踏絵の軍師 ··························· 0085
まぼろしの恋妻 ····················· 0327
水揚帳 ······························· 0582
妖剣林田左文 ······················· 0117
四畳半襖の下張 ····················· 0582

山田 正紀
悪魔の辞典 ··················· 0290, 0291
石に漱ぎて滅びなば ················· 0569
雲のなかの悪魔―クールでシャープな生
　まれついての革命少女、難攻不落の流
　刑星より大脱走 ··················· 0565
交差点の恋人 ······················· 0538
コンセスター ······················· 0920
札幌ジンギスカンの謎 ········ 0171, 0324
襲撃 ·································· 0289
襲撃のメロディ ····················· 0534
短編作家への道 ····················· 0327
バットランド ······················· 0561
ハブ ·································· 0352
原宿消えた列車の謎 ·········· 0357, 0358
フェイス・ゼロ ····················· 1014
別荘の犬 ···························· 0269
別の世界は可能かもしれない。·· 0574, 0575
松井清衛門、推参つかまつる ······· 0422

麺とスープと殺人と ················· 0363
雪のなかのふたり ··················· 0327
TEN SECONDS ························ 0474

山田 宗樹
代体 ·································· 1018

山田 耀平
雪子 ·································· 0864

山田 涼子
篠笛とカグヤ姫 ····················· 1007

やまち かずひろ
靴 ···································· 0976

山手 一郎
いなさ参ろう ······················· 0815

山手 樹一郎
江戸へ逃げる女 ····················· 0125
霧の中 ······························· 0105
櫛 ···································· 0032
下郎の夢 ···························· 0109
ざんぎり ···························· 0111
死神 ·································· 0110
春風街道 ···························· 0010
生命の灯 ···························· 0115
竹光と女房と ······················· 0086
福の神だという女 ··················· 0074
夜馬車 ······························· 0050
浪人まつり ···················· 0061, 0072

山寺 美恵
斐子―あやこ ······················· 0991

邪魔斗 多蹴
体温計 ······························· 0968

山戸 結希
君を得る ···························· 0961

やまなか しほ
オピウム ···························· 1023
誰も知らない言葉 ··················· 1021
楽園のアンテナ ····················· 1022

山中 兆子
製糸女工の唄 ······················· 0765

山中 摹太郎
怪犯人の行方 ······················· 0232

山中 峯太郎
小指一本の大試合 ··················· 0964
南洋に君臨せる日本少年王 ·········· 1036
東の雲晴れて ······················· 1036

山野 浩一
革命狂詩曲—Rapsodia Revolucionaria
　　　　　　　　　　　　　　　　　　0547
地獄八景—ただいまから地獄にご案内い
　たします-山野浩一、三十三年ぶりの新
　作　　　　　　　　　　　　　　　　0567
戦場からの電話—Telephone Call from
　the Field　　　　　　　　　　　　0491
メシメリ街道　　　　　　　　0531, 0537
X電車で行こう　　　　　　　　　　0553

山内 封介
鮮人事件、大杉事件の露国に於ける輿
　論　　　　　　　　　　　　　　　0784

山ノ内 真樹子
大きな木　　　　　　　　　　　　0863
スノードーム　　　　　　　　　　0864

山之内 芳枝
ユリイカ　　　　　　　　　　　　1090

山之口 獏
沖縄よどこへ行く　　　　　　　　0779
汲取屋になった詩人　　　　　　　0944
野宿　　　　　　　　　　　　　　0825

山之口 洋
プロパー・タイム　　　　　　　　1070

山入端 信子
鬼火　　　　　　　　　　　　　　0825

山村 信男
晩涛記　　　　　　　　　　　　　0846

山村 暮鳥
あさがお　　　　　　　　　　　　0628
囈語　　　　　　　　　　　　　　0892

山村 正夫
海猫岬　　　　　　　　　　　　　0271
オフェリアは誰も殺さない　　　　0609
孔雀夫人の誕生日　　　　　　　　0147
暗い唄声　　　　　　　　　　　　0610
降霊術　　　　　　　　　　0383, 0384
獅子　　　　　　　　　　　　　　0145
密室の兇器　　　　　　　　　　　0148
見晴台の惨劇　　　　　　　　　　0148

山村 美紗
偽装の回路　　　　　　　　　　　0264
グルメ列車殺人事件　　　　　　　0609
桜の寺殺人事件　　　　　　　　　0277
残酷な旅路　　　　　　　　　　　0328
ストリーカーが死んだ　　　0383, 0384

特急列車は死を乗せて　　　　　　0356
虹への疾走　　　　　　　　　　　0138

山村 幽星
影を求めて　　　　　　　　0459, 0461
崖の石段　　　　　　　　　　　　0460
幻を追って　　　　　　　　　　　0463
路地の猫　　　　　　　　　　　　0464
ロータリーに立つ影　　　　　　　0465

山本 一力
ありの足音　　　　　　　　　　　0012
いっぽん桜　　　　　　　　　　　0087
永代橋帰帆　　　　　　　　0094, 0113
閻魔堂の虹　　　　　　　　0583, 0591
銀子三枚　　　　　　　　　　　　0080
たもと石　　　　　　　　　　　　0082
端午のとうふ　　　　　　　　　　0020
仲町の夜雨　　　　　　　　　　　0008
のぼりうなぎ　　　　　　　　　　0013
菱あられ　　　　　　　　　　　　0006

山本 兼一
ヴァリニャーノの思惑　　　　　　0080
うわき国広—堀川国広　　　　　　0122
からこ夢幻　　　　　　　　　　　0081
酒しぶき清麿　　　　　　　　　　0078
心中むらくも村正　　　　　　　　0077
心中むらくも村正【村正】　　　　0088

山本 健吉
美しき鎮魂歌—『死者の書』を読みて　0993

山本 巧次
大江戸科学捜査 八丁堀のおゆう—千両
　富くじ根津の夢　　　　　　　　0177
しらさぎ14号の悪夢　　　　　　　0603
その朝のアリバイは　　　　　　　0224

山本 才三郎
海嘯遭難実況談　　　　　　　　　0784

山本 周五郎
あとのない仮名　　　　　　　　　0087
雨あがる　　　　　　　　　0072, 0112
糸車　　　　　　　　　　　　　　0025
大炊介始末　　　　　　　　　　　0917
かあちゃん　　　　　　　　　　　0013
愚鈍物語　　　　　　　　　　　　0009
内蔵允留守　　　　　　　　　　　0924
笄堀　　　　　　　　　　　　　　0022
こんち午の日　　　　　　　0008, 0612
出来ていた青　　　　　　　　　　0295

城中の霜 …………………………… 0054
城を守る者 ……………………… 0034, 0059
城を守る者―千坂対馬 …………… 0036
その木戸を通って ……………… 0890, 1072
だんまり伝九 ……………………… 0964
鼓くらべ ………………………… 0888, 0924
釣忍 ………………………………… 0021
徒労に賭ける ……………………… 0002
なんの花か薫る ………………… 0007, 0014
武家草鞋 …………………………… 0024
不断草 ……………………………… 0907
よじょう …………………………… 0884

山本 大介
窓 …………………………………… 0959

山本 禾太郎
少年と一万円 ……………………… 0255
開鎖を命ぜられた妖怪館 ………… 0143

山本 弘
アリスへの決別 …………………… 0511
オルダーセンの世界 ……………… 0540
大正航時機綺譚―「ええ金儲けのネタを
思いついたんや」「金儲けって、また詐
欺かいな」 ………………………… 0567
多々良島ふたたび ………………… 0523
七パーセントのテンムー ………… 0500
七歩跳んだ男―その男は死んでいた。初
の月面殺人事件か？ 本格SF的と学会的
本格ミステリ開幕 ……………… 0558
廃都の怪神 ………………………… 0423
闇が落ちる前に、もう一度 ……… 0535
四四年前の中二病 ………………… 0523
リアリストたち ………………… 0574, 0575

山本 博美
嫁入り前夜 ………………………… 0689

山本 文緒
子供おばさん ……………………… 0751
20×20 …………………………… 1034
バヨリン心中 ……………………… 0647

山本 眞裕
ひょうたんのイヲ ………………… 0999

山本 水城
初詣 ………………………………… 0464

山本 ゆうじ
蚊帳の外 …………………………… 0459

山本 幸久
クール ……………………………… 0769

舌のさきで ………………………… 1070
天使 …………………………… 1102, 1103
ネコ・ノ・デコ …………………… 0739
野和田さん家のツグヲさん ……… 1010
マニアの受難 ……………………… 0899
雪が降る …………………………… 1091

山脇 千史
陽だまりの幽霊 …………………… 0926

夜宵
朝のうちにやるいくつかのこと … 1051

ヤーン, ハンス・ヘニー
北極星と牝虎 ……………………… 0418
無用の飼育者 ……………………… 0418

ヤング, ロバート・F.
真鍮の都 …………………………… 0528
たんぽぽ娘 ………………………… 0878
時が新しかったころ ……………… 0529
妖精の棲む樹 ……………………… 0510

【ゆ】

ユアグロー, バリー
漁師の小舟で見た夢 ……………… 0783

湯浅 弘子
潮境 ………………………………… 0845

由井 鮎彦
会えなかった人 …………………… 1001

唯川 恵
あね、いもうと …………………… 1010
過去が届く午後 …………………… 0274
ごめん。 ……………… 0675, 0676, 1012
みんな半分ずつ …………………… 1011
ラテを飲みながら ……………… 0673, 0674

柳 美里
パキラのコップ ………………… 1032, 1033

游 美媛
伊豆は第三の故郷 ………………… 0812

ユウキ
春先になると ……………………… 0974

結城 新
目覚まし時計 ……………………… 0973

優騎 洸
論理の犠牲者 ……………………… 0242

結城 昌治
熱い死角―結城昌治自選傑作短篇集より ………… 0168
替玉計画 ……………………… 0325
寒中水泳 ……………………… 0345
孤独なカラス ………………… 0410
喘息療法 ……………………… 0285
葬式紳士 ……………………… 0325
娘のいのち濡れ手で千両 ………… 0060
老後 …………………………… 0437

結城 はに
うきだあまん ………………… 0863
人魚は百年眠らない ………… 0864
幕を上げて …………………… 0862

結城 充考
雨が降る頃 ……………… 0209, 0369
交差 …………………………… 0345
ソラ …………………… 0570, 1017

柚木 緑子
背守りの花 …………………… 0998

遊座 守
世界の一隅 …………………… 0601

遊馬 足掻
或る夏のディレールメント ………… 0196
田舎旅行 ……………………… 0603
紙が語りかけます。ええか、ええのんか ……………………… 0584
真っ白な甲子園 ……………… 0198

有味 風
排水口の恋人 ………………… 0489

夕村
マンホール …………………… 0463

ユエミチタカ
となりのヴィーナス ………… 0492

ゆき
忍恋 …………………………… 0681

由起 しげ子
告別 …………………………… 1052
本の話 ………………………… 0587

吹雪舞桜
夏色に沁みる記憶 …………… 0696

柚木崎 寿久
うっかり同盟 ………………… 0975
首太郎 ………………………… 0975
参観日の作戦 ………………… 0967
ソフトクリーム ……………… 0976

大仏さん …………………………… 0968

雪舟 えま
電 ……………………………… 0886
トリィ&ニニギ輸送社とファナ・デザイン ……………………… 0589
渡りに月の船 ………………… 0961

雪柳 妙
過去夢 ………………………… 0969

ユザンヌ, オクターヴ
シジスモンの遺産 …………… 0586

柚 かおり
遠い海 ………………………… 0986

ゆずき
いじっぱり …………………… 0808
ふくのかみ …………………… 0808

柚木 麻子
終わりを待つ季節 …………… 0898
残業バケーション …………… 0652
白露―9月8日ごろ …………… 0919
私にふさわしいホテル ……… 0751

柚月 裕子
愛しのルナ ……………… 0443, 0791
恨みを刻む …………………… 0240
「お薬増やしておきますね」 ……… 0364
影にそう ……………………… 0603
原稿取り ………………… 0199, 0201
業をおろす …………………… 0178
心を掬う ……… 0212, 0217, 0319, 0382
サクラ・サクラ ……… 0194, 0223, 0224
裁きを望む …………………… 0177
死命を賭ける―《死命》刑事部編 ……… 0179
背負う者 ……………………… 0132
チョウセンアサガオの咲く夏 ……………………… 0193, 0195, 0443
泣き虫の鈴 …………………… 1017
初孫 …………………………… 0444

ユズル
初めて恋してます。…………… 0702

由田 匣
仮通夜 …………………… 0459, 0461
人魂 …………………………… 0462

柚刀 郁茶
立川トワイライトゾーン ……… 0832

湯菜岸 時也
怪鳥 …………………………… 0459
ちゃんばらテッチャン ………… 0463

作家名索引　**ようと**

偵察 ·················	0464
干潟 ·················	0465
ママ ·················	0462

弓場 貴子
願うはあなたの幸せだけを ········	0849

夢座 海二
消えた貨車 ···············	0610

夢野 久作
悪魔祈禱書 ···············	0587
一年後の東京 ·············	0784
一ぷく三杯 ···············	0628
いなか、の、じけん（抄）·····	0869
難船小僧（S·O·S·BOY）·········	0398
お菓子の大舞踏会 ·········	0622
押絵の奇蹟 ···············	0142
オシャベリ姫 ·············	0742
骸骨の黒穂 ···············	1046
怪夢 ····················	0398
きのこ会議 ···············	0790
キャラメルと飴玉 ·········	0622
キャラメルと飴玉/お菓子の大舞踏会 ··	0622
空を飛ぶパラソル ·········	0455
けむりを吐かぬ煙突 ·········	0455
死後の恋 ·········· 0398, 0414
白菊 ····················	0398
木魂 ············· 0391, 0398
空を飛ぶパラソル ·········	0256
卵 ·········· 0329, 0398, 0478
童貞 ····················	0398
人の顔 ··················	0398
瓶詰地獄 ·················	1068
瓶詰の地獄 ···············	0327
微笑 ············· 0398, 0479

夢野 旅人
楽園 ····················	0974

夢野 竹輪
一人暮らし ···············	0463

夢乃 烏子
海底の都 ·········· 0460, 0461
クトゥルーの夢 ···········	0489
黒白映画 ·················	0465
双生児 ··················	0489
鳥居の家 ·················	0464
にらめっこ ···············	0462
花の娘 ··················	0464
万華鏡 ··················	0463

矢 ·············· 0457, 0458
約束 ····················	0462

夢之木 直人
ご請求書 ·················	0976

夢枕 獏
陰態の家 ·········· 0574, 0575
おいでおいでの手と人形の話（抄）··	0479
踊るお人形 ···············	0229
陰陽師鏡童子 ·············	0435
陰陽師 花の下に立つ女 ·····	1067
ゲイシャガール失踪事件 ···	0232
坂口安吾『桜の森の満開の下』を語る ··	1067
ねこひきのオルオラネ ·········	0537
ぱく ····················	0994
檜垣一闇法師 ·············	0432

ユルスナール, マルグリット
源氏の君の最後の恋 ·········· 0684, 0881

尹 大寧
星がひとつところに流れる ···	1116

ユン, プラーブダー
崩れる光 ·················	1120

【よ】

よいこぐま
海の上を走る ·············	0465
坊主の行列 ···············	0464

宵野 ゆめ
サイロンの挽歌—第1回 ·········	0506
サイロンの挽歌—第2回 ·········	0507
サイロンの挽歌—第3回 ·········	0508
サイロンの挽歌—最終回 ·········	0509
宿命の宝冠—連載第1回 ·········	0502
宿命の宝冠—連載第2回 ·········	0503
宿命の宝冠—連載第3回 ·········	0504
宿命の宝冠—最終回 ·········	0505

楊 逸
ココナツの樹のある家 ·········	1064
たなごころ ···············	1060
ワンちゃん ···············	1056

葉 弥
ピンク色の夜 ·········· 1113, 1114

謡堂
遺念蟬 ··················	0421

591

ようみ　作家名索引

虫のある家庭 …………………… 0421

陽未
秘恋 ……………………………… 0681

横井 司
泡坂ミステリ考―亜愛一郎シリーズを中
心に 評論 ……………………… 0324
泡坂ミステリ考―亜愛一郎シリーズを中
心に ……………………………… 0171

横尾 忠則
お岩様と尼僧 …………………… 0479
十年後のいま …………………… 0961
ぶるうらんど …………………… 1056

横倉 辰次
蝦夷のけもの道 ………………… 0109

横関 大
クイズ＆ドリーム ……… 0260, 0261
パピーウォーカー ……………… 0811

横田 順彌
古書狩り ………………………… 0587
最後と最初 ……………………… 0474
姿なき怪盗 ……………………… 0582
大正三年十一月十六日 ………… 0537
真鱈の肝 ………………………… 0232

横田 創
無頭鰤 …………………………… 1057

横田 文子
北風南風 ………………………… 1037

横塚 克明
黍団子に頼らない真の格闘家に成長 ‥ 1007

横溝 正史
一週間 …………………………… 0133
面影双紙 ………………… 0142, 0817
かいやぐら物語 ………………… 0488
神楽太夫 ………………………… 0330
首吊船 …………………………… 0255
谷崎先生と日本探偵小説 ……… 0330
探偵小説 ………………………… 0329
通り魔 …………………………… 0032
百物語の夜 ……………………… 0011
曲がりくねった露地の奥 ねえ！ 泊まっ
てらっしゃいよ ……………… 0996
夢の浮橋―『人形佐七捕物帳』より ‥ 0093

横光 利一
愛の栄光 ………………………… 0964
頭ならびに腹 …………………… 1087
御身 ……………………………… 1092

機械 …………………… 0927, 1052
滑稽な復讐 ……………………… 0804
作家と家について ……………… 0993
七階の運動 ……………………… 0943
蠅 ………… 0872, 0873, 0885, 1087
花園の思想 ……………………… 1089
春は馬車に乗って ………………
0684, 0761, 0911, 0912, 1031, 1069
盲腸 ……………………………… 1038
夢もろもろ ……………………… 1085

横山 悦子
こころ日和 ……………………… 1084

横山 銀吉
不思議なノートブック ………… 0065

よこやま さよ
雨の匂いと風の味 ……………… 0935

横山 信義
闇の底の狩人 …………………… 1098

横山 秀夫
永遠の時効 ……………… 0359, 0360
眼前の密室 ……………………… 0244
第三の時効 ……………………… 0174
第四の殺意 ……………………… 0173
罪つくり ………………… 0206, 0375
二人半持て ……………………… 0315
墓標 ……………………… 0169, 0170
密室の抜け穴 …………………… 0219
密室の人 ………………………… 0282
未来の花 ………… 0209, 0374, 1096

横山・M.嘉平次
不要なファイル ………………… 0976

与謝野 晶子
「女らしさ」とは何か …………… 0741
天変動く ………………………… 0784
不浄―五十首 …………………… 0993
夢の影響 ………………………… 1085

吉井 勇
春寒抄 …………………………… 0993

吉井 春樹
harukiyoshii …………………… 1053

義井 優
ミサコと婿入り息子 …………… 0757

吉井 涼
私のめんどうで大切なものたち …… 0867

作家名索引　　　　　**よした**

吉上 亮
　塋域の偽聖者 ………………………… 0556
　人類暦の預言者 ……………………… 0550
　パンツァークラウンレイヴズ …… 0551
　未明の晩餐 …………………………… 0493

よしお てつ
　描かれた蓮 …………………………… 0464

吉岡 実
　僧侶 …………………………………… 0488

吉開 那津子
　とこしえの光 ………………………… 0770

吉川 英治
　大谷刑部―大谷吉継 ………………… 0037
　からくり琉球館の巻 ………………… 0019
　武田菱誉れの初陣 …………………… 0065
　べんがら炬燵 ……………… 0094, 0907

吉川 英梨
　海天警部の憂鬱 …………… 0200, 0201
　クリスマスとイブ …………………… 0197
　18番テーブルの幽霊 ……… 0217, 0319
　心霊特急 ……………………………… 0196
　猫物件 ………………………………… 0791

吉川 トリコ
　カサブランカ洋装店 ………………… 0894
　寄生妹 ……………………… 0648, 0649
　キッチン田中 ………………………… 0893
　少女病近親者・ユキ ………………… 0751
　1996年のヒッピー …………………… 0734
　冷やし中華にマヨネーズ …………… 0759
　ママはダンシング・クイーン ……… 0600

吉川 永青
　応報の士 ……………………………… 0043
　笹を嚙ませよ ………………………… 0044
　捨て身の思慕 ………………………… 0042
　天竺の甘露 …………………………… 0082
　春の夜の夢 …………………………… 0076

吉川 楡井
　煙火 …………………………………… 0464

吉川 良太郎
　吸血花 ………………………………… 1012
　黒猫ラ・モールの歴史観と意見 ‥ 0574, 0575
　青髭の城で …………………………… 0490

吉阪 市造
　風小僧 ………………………………… 0858

吉沢 景介
　カラス ………………………………… 0474

吉澤 有貴
　遺影と鍵 ……………………………… 0427
　川の向こう …………………………… 0427
　浣腸祈禱 ……………………………… 0427
　ずっと一緒 …………………………… 0427
　竹藪の彼 ……………………………… 0427
　柱時計とロボット …………………… 0427

吉田 篤弘
　イヤリング …………………………… 1070
　曇ったレンズの磨き方 ……………… 1049
　梯子の上から世界は何度だって生まれ変
　　わる ………………………………… 0709

吉田 雨
　ある疑惑 ……………………………… 0971
　ニッケルの月 ………………………… 0972

吉田 一穂
　VENDANGE ………………………… 0628

吉田 甲子太郎
　白い封筒 ……………………………… 1031

吉田 健一
　或る田舎町の魅力 …………………… 0396
　空蟬 …………………………………… 0396
　海坊主 ……………………… 0396, 0945
　邯鄲 …………………………………… 0396
　饗宴 ……………… 0396, 0628, 0917
　小泉さんのこと―小泉信三追悼 …… 0993
　酒の精 ………………………………… 0396
　時間―より第I章 …………………… 0396
　逃げる話 ……………………………… 0396
　沼 ……………………………………… 0396
　百鬼の会 ……………………………… 0391
　ホレス・ワルポオル ………………… 0396
　道端 …………………………………… 0396

吉田 絃二郎
　処女作を出したころ ………………… 1092
　蜥蜴 …………………………………… 1092
　捕虜の子 ……………………………… 1031

吉田 小次郎
　救急車 ………………………………… 0973

吉田 修一
　芥川龍之介『トロッコ』を語る …… 1067
　乙女座の夫、蠍座の妻。……………… 0644
　少年前夜 ……………………………… 0903
　ストロベリーソウル ………………… 1059
　洋館 …………………………………… 1067
　りんご ………………………………… 1056

593

よした　　　　　　　　作家名索引

吉田 純子
1.正義の味方 ヘルメットマン ……… 0401

吉田 スエ子
嘉間良心中 ………………………… 0914

吉田 大成
新婚すれ違い ……………………… 0974

吉田 知子
大広間 ……………………………… 0488
拝む人 ……………………………… 1061
お供え ……………………… 0911, 0912
手術室 ……………………………… 0479
箱の夫 ……………………………… 0684
訪問 ………………………………… 1062
ほくろ毛 …………………………… 0709

吉田 直哉
百足殺せし女の話（抄） ………… 0890

吉田 真司
わたぬき文庫の人々 ……………… 0941

吉田 悠軌
通夜 ………………………… 0459, 0461

吉高 寿男
メッセージ ………………………… 0968

吉永 南央
シンプル・マインド ……………… 0769

吉野 あや
あかいいと ………………………… 0463
丑三つ時に ………………………… 0462
父、悩む …………………… 0459, 0461
枕 …………………………………… 0460
朧車 ………………………… 0457, 0458

吉野 せい
鉛の旅 ……………………………… 0850
涙をたらした神 …………… 0875, 0944

吉野 万理子
マリン・ロマンティスト ………… 0695
約束は今も届かなくて …………… 0898
ロバのサイン会 …………… 0578, 0579

吉野 ゆり
冬の沼 ……………………………… 0868

吉村 昭
山茶花 ……………………………… 1055
少女架刑 …………………… 0391, 1076
少年の夏 …………………… 0872, 0873
で十条 ……………………………… 0580
虹 …………………………………… 0777

飛行機雲 …………………………… 0907
前野良沢 …………………………… 0924
闇にひらめく ……………………… 0611

好村 兼一
青江の太刀 ………………………… 0079
青江の太刀【青江】 ……………… 0088
朝右衛門の刀箪笥―和泉守兼定 …… 0122
闇中斎剣法書 ……………………… 0080
別式女 ……………………………… 0082

吉村 滋
東京双六 …………………………… 0930

吉村 達也
深夜バスの女 ……………………… 0605

吉村 萬壱
希望 ………………………………… 0961
前世は兎 …………………………… 1064
不浄道 ……………………………… 1058
別の存在 …………………………… 0422
微塵島にて ………………… 1044, 1045

吉村 康
父の列車 …………………… 0872, 0873

吉本 ばなな
アーティチョーク ………………… 0735
スポンジ …………………………… 1060
熱のある時の夢（抄） …………… 0479
バナナの秘密 ……………………… 0618
幽霊の家 …………………………… 0615

吉屋 信子
嫗の幻想 …………………………… 0945
鬼火 ………………………………… 1077
ヒヤシンス ………………… 0774, 0775
福寿草 ……………………………… 0804
フリージア（Freesia） …………… 0804
忘れな草 …………………………… 1036

吉行 淳之介
あしたの夕刊 ……………………… 1076
いのししの肉 ……………………… 0613
蛾 …………………………………… 0479
華麗な夕暮 ………………………… 0777
驟雨 ………………………………… 0995
娼婦の部屋 ………………………… 1071
食卓の光景 ………………………… 1094
寝台の舟 …………………………… 1071
谷間 ………………………… 0993, 1073
鳥獣虫魚 …………………………… 0326
追跡者 ……………………………… 0410

594

作家名索引　　　らうあ

出口 ················· 0611, 0628
電話 ···················· 0264
童謡 ···················· 0874
寝台の舟 ················ 1072
蠅 ······················ 1080
堀部安兵衛 ·············· 0095

吉行 理恵
雲とトンガ ········· 0798, 0803

与粋 鷗歌
夕暮れ ·················· 1020

夜釣 十六
楽園 ···················· 1006

依田 柳枝子
やまと健男 ·············· 0784

ヨナ, キット
ファッジ ················ 1150

米一 和哉
チョコミントドーナツとキャラメルシナ
　モンドーナツ ············ 0867

米川 京
蜘蛛の糸 ··········· 0459, 0461
時計 ·············· 0457, 0458

米澤 翔
死ぬまで、生きよう ········ 0974

米澤 穂信
おいしいココアの作り方 ······ 0276
怪盗Xからの挑戦状 ·········· 0254
川越にやってください ········ 0345
913 ········· 0162, 0163, 0903
心あたりのある者 は
············· 0206, 0316, 0321, 0386
柘榴 ···················· 0376
シェイク・ハーフ ·········· 0362
死人宿 ·············· 0211, 0373
下津山縁起 ·············· 1024
シャルロットだけはぼくのもの ····· 0245
玉野五十鈴の誉れ ·········· 1105
綱渡りの成功例 ············ 0132
ナイフを失われた思い出の中に ·· 0155, 0332
満願 ·········· 0210, 0372, 1107
万灯 ···················· 1108
身内に不幸がありまして
············· 0165, 0166, 0322, 0338
リカーシブルーリブート ········ 1106
Do you love me？ ······ 0285, 0290, 0291

米田 三星
生きてゐる皮膚 ············ 0247
蜘蛛 ·············· 0143, 0247
血劇 ···················· 0247
児を産む死人 ············ 0247
告げ口心臓 ·············· 0247
森下雨村さんと私 ·········· 0247

米田 誠司
濃霧注意報 ·············· 0972

ヨハンゼン, ハンナ
異国の町にて ············ 0750

詠坂 雄二
残響ばよえ〜ん ······· 0211, 0373
ドクターミンチにあいましょう ···· 0490

よもぎ
アルデンテ ·············· 1021

【ら】

ライス, クレイグ
うぶな心が張り裂ける ·········· 0172
馬をのみこんだ男 ············ 0890
煙の環 ·················· 0445

ライト, シーウェル・ピースリー
博士を拾ふ ·············· 0425

ライト, マーク
泥棒のもの ·············· 0228

ライバー, フリッツ
アダムズ氏の邪悪の園 ·········· 1135
地獄堕ちの朝 ············ 0528
モーフィー時計の午前零時 ······ 1136
若くならない男 ············ 0549

ライヒー, ケヴィン
イリノイ州リモーラ ·········· 0298

来福堂
ちくわのあな ············ 0465

ライヤーシー, ラルビー
異父兄弟 ················ 0404

磊磊生
放牧地にて ·············· 1115

ラヴァーニープール, モニールー
長い夜 ·················· 0749

595

らうく　　　　作家名索引

ラヴクラフト,H.P.
　アウトサイダー …………………… 0137
　クトゥルフの呼び声 ……………… 0439
ラヴグローヴ, ジェイムズ
　堕ちた銀行家の謎 ………………… 0228
　植物学者の手袋 …………………… 0226
　月をぼくのポケットに …………… 0555
ラヴゼイ, ピーター
　十号船室の問題 …………………… 0344
　世にも恐ろしい物語 ……………… 1149
ラクーエ, リーイン
　ダイイング・メッセージ ………… 0149
ラクーザ, イルマ
　歩く ………………………………… 0750
ラクレア, デイ
　いたずらな天使 …………………… 0729
　謎の恋人 …………………………… 0716
　理想の恋かなえます ……………… 0640
ラグワ, ジャグダリン
　十七歳だった頃 …………………… 1118
　心臓の夢 …………………………… 1118
　ラブレター ………………………… 1118
ラシード, ファーティマ
　シーラ ……………………………… 1143
ラシルド
　アンティノウスの死 ……………… 0876
　自然を逸する者たち ……………… 0876
ラスボーン, ベイジル
　サセックスの白日夢 ……………… 0231
ラッシュ, クリスティン・キャスリン
　代理人 ……………………………… 0238
　Gメン ……………………………… 0296
ラッセル, カレン
　悪しき交配 ………………………… 1134
ラッセル, レイ
　射手座 ……………………………… 0452
ラッツ, ジョン
　スター・ブライト ………………… 0286
　ポー、ポー、ポー ………………… 1149
　ランドリールーム ………………… 0337
ラドクリフ,T.J.
　カッサンドラ ……………………… 1150
ラードナー, リング
　ぴょんぴょんウサギ球 …………… 1132

ラノワ, トム
　完全殺人（スリラー） …………… 1160
らびっと
　シトラスな時間 …………………… 1021
ラヒリ, ジュンパ
　地獄/天国 ………………………… 1125
　ピルザダさんが食事に来たころ … 1126
ラボトー, エミリー
　スマイル …………………………… 0299
ラムレイ, ブライアン
　けがれ ……………………………… 0476
蘭 郁二郎
　蝶と処方箋 ………………………… 0133
乱雨
　自動販売機 ………………………… 0464
ランキン, イアン
　すんでのところで ………………… 0287
　ソフト・スポット ………………… 0344
ラング, リチャード
　幼児殺害犯 ………………………… 0297
ラング,A.
　愛書家煉獄 ………………………… 0577
ラングフォード, デイヴィッド
　忌まわしい赤ヒル事件 …………… 0234
ランズデール, ジョー・R.
　追われた獲物 ……………………… 1131
　ナイト・オブ・ザ・ホラー・ショウ … 1124
　星が落ちてゆく …………………… 0297
　ミッドナイト・ホラー・ショウ … 0450
ランディージ, ロバート・J.
　おれの魂に ………………………… 0203
　ロッカー246 ……………………… 0286
ランディス, ジェフリー・A.
　死がふたりをわかつまで ………… 0519

【 り 】

リー, イーユン
　あまりもの ………………………… 1126
　柿 …………………………………… 1143
リー, ヴァーノン
　聖エウダイモンとオレンジの樹 … 1140
　七短剣の聖女 ……………………… 0420

リー, ウィリアム・M.
　チャリティのことづて ………… 0529
リー, エドワード
　われらが神の年2202年 ………… 0471
李 浩
　五人の国王とその領土 ………… 1111
　父の木 ……………………… 1112
李 絳
　トンネルを抜けて ……………… 0815
李 修文
　夜中の銃声 ………………… 1111
リー, テンポ
　写真の中の人 ……………… 1110
リー, ナム
　エリーゼに会う ……………… 1125
リー, メアリ・スーン
　引き潮 ……………………… 0519
リー, ヨナス
　岩のひきだし ……………… 0420
リヴィタン, モーティマー
　第三の拇指紋 ……………… 0425
リクター, ステイシー
　彼氏島 ……………………… 0708
六道 慧
　小角伝説―飛鳥霊異記 ………… 0056
リゴーニ・ステルン, マーリオ
　猟の前夜 …………………… 0794
リコンダ, アンドリュー
　ハートの風船 ……………… 0297
リージ, ニコラ
　塑像 ………………………… 1156
リシュタンベルジェ, アンドレ
　ミリアーヌ姫 ……………… 1153
リース
　ロータス …………………… 0880
リース, ジーン
　河の音 ……………………… 1140
　懐かしき我が家 ……………… 0445
リチャードスン, ヘンリー・ヘンデル
　女どうしのふたり連れ ………… 1138
律心
　雨降り美人と下心 ……………… 0971
　カレーの日 ………………… 0972
　青春効果 …………………… 0973

存在観 ……………………… 0969
バリアフリー時代 ……………… 0971
真夏の鼻 …………………… 0973
私と牡蠣 …………………… 0974
悪い夢 ……………………… 0971
リッチー, ジャック
　旅は道づれ ………………… 0877
　みんなで抗議を！ …………… 1136
リッチ, H.トンプソン
　片手片足の無い骸骨 ………… 0425
　執念 ………………………… 0425
リットマン, エレン
　カミシンスキイのこと ………… 1143
リップマン, ローラ
　絵本盗難事件 ……………… 0594
　クラック・コカイン・ダイエット（ある
　　いは、たった一週間で体重を激減させ
　　て人生を変える方法） ………… 0299
　心から愛するただひとりの人 … 0202
　ソフィアの信条 ……………… 0317
　ポニーガール ………………… 0238
リデル, シャーロット
　ヴォクスホール通りの古家 ……… 0442
リデル, ロバート
　セバスチャン・グロージャンに何が起
　　こったか ………………… 1143
狸洞快
　案山子 ……………………… 0830
リヒター
　ベンチ ………………… 0872, 0873
リービ英雄
　仲間 …………………… 1065, 1066
リベッカ, スザンヌ
　伯父 ………………………… 1144
リマー, クリスティン
　大富豪の逃げた花嫁 ………… 0656
　花嫁は家政婦 ……………… 0717
理山 貞二
　折り紙衛星の伝説 …………… 0495
　すべての夢｜果てる地で―第三回創元SF
　　短編賞受賞作 ……………… 0496
隆 慶一郎
　異説猿ケ辻の変 ……………… 0129
　氷柱折り【清麿】……………… 0088
　握り飯 ……………………… 0622

597

りゅう　　　　　　　　　作家名索引

張りの吉原 ………………………… 0126
柳生刺客状 ………………………… 0033
柳生刺客状—柳生宗矩 …………… 0035
柳生の鬼 …………………………… 0057
柳枝の剣 …………………… 0064, 0124

リュウ, ケン
　もののあはれ …………………… 0576

龍造寺 信
　三島宿 …………………………… 0818

竜胆寺 雄
　塔 ………………………………… 0479

龍野 智子
　同郷 ……………………………… 0971

龍風 文哉
　初詣 ……………………………… 0465

龍淵 灯
　聖夜の贄 ………………………… 0973

リュカ
　カエルの子 ……………………… 0463

寮 美千子
　螢万華鏡 ………………………… 0925

リリョ, バルドメロ
　十二番ゲート …………………… 1161

リルケ
　ポルトガル文 …………………… 0651

リンク, ケリー
　モンスター ……………………… 1152

リンゲルナッツ
　全生涯 …………………………… 0871

リンスコット, ギリアン
　クロケット大佐のヴァイオリン … 0225

リンゼイ, イヴォンヌ
　愛と夢のはざまで ……………… 0722

リンタイ
　青い心の人 ……………………… 1121

リンチェン, ビャムビン
　怪物ドー最後の夢 ……………… 1118

【る】

ルイス, P.
　エスコリエ夫人の異常な冒険 …… 0390

ルィトヘウ
　扉をたたくジェームス・ボンド … 1158

ルィバコフ
　イワン・イリイチの死 ………… 1158
　風と虚空 ………………………… 1157

ルヴェル, モーリス
　フェリシテ ……………………… 1124

ルーカス, ジェニー
　愛を知らない伯爵 ……………… 0721

流川 透明
　花の地図 ………………………… 1023

ルーキアーノス
　嘘好き、または懐疑者 ………… 0419

ルキアノス
　本当の話 (抄) …………………… 0869

ルキーン, E.
　水ぎょうざ ……………………… 1158

ルキーン, L.
　水ぎょうざ ……………………… 1158

ル・グィン, アーシュラ・K.
　オメラスから歩み去る人々 …… 0499
　教授のおうち …………………… 1133
　孤独 ……………………………… 0572
　ふたり物語 ……………………… 0878

ル=グウィン, アーシュラ・K.
　立場を守る—中絶しみじみ ……… 1147

ルグロ
　ファーブルとデュルイ ………… 0875

ルゴーネス
　ジュリエット祖母さん ………… 0879

ルーサン
　聖地にて靴と靴下の着用を厳禁する … 1121

るどるふ
　予知夢 …………………………… 0968

ルノー, メアリー
　駅者 ……………………………… 0876

ルノアール, ラウル
　死霊 ……………………………… 0425

ルバイン, ポール
　奈落の底 ………………………… 1149

ルポフ, リチャード・A.
　12 : 01PM ……………………… 0514

瑠璃
　いとしのプロビッチ …………… 0868

598

作家名索引　　　　　　　れんし

ルーリー, ベン
　トンネル ……………………………… 0758
ルルー, ガストン
　斧 ………………………………………… 0445
　吸血鬼 ………………………………… 0433

【れ】

レー, ジャン
　夜の主 ………………………………… 0393
レイ, ジャン
　闇の路地 ……………………………… 0419
レイヴァー, ジェイムズ
　誰が呼んだ? ………………………… 0480
冷血
　上海のシャーロック・ホームズ最初の事
　　件 …………………………………… 0235
　モルヒネ事件──上海のシャーロック・
　　ホームズ第三の事件 …………… 0235
令丈 ヒロ子
　めっちゃ、ピカピカの、人たち。…… 0925
　リベザル童話『メフィストくん』─薬屋
　　探偵妖綺談 ………………………… 0378
レイノヴァ, ヴァニヤ
　トランポリン ………………………… 1142
レイモン, リチャード
　狙われた女 …………………………… 0471
レヴィーン, ステイシー
　弟 ………………………………………… 0758
　ケーキ ………………………… 0387, 0388
レヴィンスン, ロバート・S.
　記憶の囚人 …………………………… 0238
レオ, エニッド, デ
　人生の本質 …………………………… 1163
レオニ, レオ
　スイミー ……………………………… 0885
レオン, アン
　3分間で小説を書く方法 ………… 0969
レオン・ユット・モイ
　赤と白 ………………………………… 0891
レスクワ, ジョン
　お遊びポーカー ……………………… 0317
　サイレント・ハント ………………… 0287

レセム, ジョナサン
　スーパーゴートマン ………………… 1134
レッシング, ドリス
　彼 ………………………………………… 0684
　十九号室へ …………………………… 1137
レット, キャシー
　卵巣ルーレット ……………………… 0752
レッドベター, スーザン
　義母の殺し方 ………………………… 0239
レドモンド, クリストファー
　アメリカにやってきたシャーロック・
　　ホームズの生みの親 …………… 0225
レナード, エルモア
　ルーリーとプリティ・ボーイ ……… 0299
レナルズ, マック
　時は金 ………………………………… 0499
レノックス, マリオン
　花嫁にメリー・クリスマス ………… 0733
レ・ファニュ, シェリダン
　オンジエ通りの怪 …………………… 0411
　クロウル奥方の幽霊 ………………… 0482
　ティローンのある一族の歴史の一章──
　　八三九 …………………………… 0441
　妖精にさらわれた子供 ……………… 0420
レヘイン, デニス
　レッド・アイ ………………………… 0287
レールモントフ
　「短剣」の三つの試訳 ……………… 1158
蓮
　届かぬ報い …………………………… 0438
レーン, アンドリュー
　無政府主義者のトリック ………… 0226
レーン, ダグラス・J.
　味方による誤爆 …………… 1150, 1151
連城 三紀彦
　消えた新幹線 ………………………… 0609
　桔梗の宿 ……………………………… 0175
　黒髪 …………………………………… 0269
　裁かれる女 …………………………… 0273
　親愛なるエス君へ …………………… 0137
　小さな異邦人 ………………… 0169, 0170
　白雨 …………………………………… 0331
　ヒロインへの招待状 ……… 0220, 0221
　戻り川心中 …………………………… 0175
　夜の自画像 …………………… 0208, 0368

599

れんて　　　　　　　作家名索引

夜の二乗 ……………………… 0270
レンデル, ルース
　子守り ……………………… 0344

【ろ】

魯 敏
　壁の上の父 ………………… 1111
魯 羊
　青い模様のちりれんげ ……… 1113, 1114
　銀色の虎 …………………… 1113, 1114
ロア・バストス, アウグスト
　捕虜 ………………………… 1161
ロイテンエッガー, ゲルトルート
　シッピスのありがたい死者たち ‥‥ 0750
六條 靖子
　きぇー …………………… 0460, 0461
　姑のハンドバッグ ………… 0459
　手ぬぐい …………………… 0458
　泣き石 …………………… 0457, 0458
ロクティ, ディック
　悪魔の犬 …………………… 0238
　悲しげな眼のブロンド ……… 0286
六文 誠
　目には目を ………………… 0973
ローザイ, ペーター
　オイレンシュピーゲル ……… 0418
ローザン, S.J.
　怒り ………………………… 0337
　今度晴れたら ……………… 0239
　チン・ヨンユン、事件を捜査す … 0297
　春の月見 …………………… 1149
　ペテン師ディランシー ……… 0141
魯迅
　明日 ………………………… 0879, 0880
　剣を鍛える話 ……………… 0392, 0414
　故郷 ………………………… 0874
　孔乙己 ……………………… 0884
　村芝居 ……………………… 0883
ローズ, エミリー
　愛を思い出して …………… 0640
ロス, ジョアン
　魔女のルール ……………… 0663

ローズ, ダン
　悪霊 ………………………… 0708
　ウィージャ・ボード ………… 0708
　会報 ………………………… 0708
　ガラス ……………………… 0708
　キス ………………………… 0708
　クラブ ……………………… 0708
　警棒 ………………………… 0708
　元気 ………………………… 0708
　ジャム ……………………… 0708
　趣味 ………………………… 0708
　人類学 ……………………… 0708
　そんなようなこと ………… 0708
　沈没 ………………………… 0708
　眠る ………………………… 0708
　パイロット ………………… 0708
　剥製 ………………………… 0708
　裸 …………………………… 0708
　花 …………………………… 0708
　美女 ………………………… 0708
　ビデオ ……………………… 0708
　ひとりきり ………………… 0708
　部分 ………………………… 0708
　プルースト ………………… 0708
　ぺてん ……………………… 0708
　ほこり ……………………… 0708
　まさぐる …………………… 0708
　操 …………………………… 0708
　道しるべ …………………… 0708
　無関心 ……………………… 0708
　有料 ………………………… 0708
　リハーサル ………………… 0708
　レズビアン ………………… 0708
　笑う ………………………… 0708
ロス, リリアン
　ヘミングウェイの横顔―「さあ、皆さん
　　のご意見はいかがですか？」……… 1132
ローズ, ロイド
　幽霊と機械 ………………… 0225
ローズ, M.J.
　笑うブッダ ………………… 0287
ロズノー, ウェンディ
　ハートの誘惑 ……………… 0711
ローソン, クレイトン
　天外消失 …………………… 0262
　どもりの六分儀の事件 ……… 0149

600

作家名索引　わいん

ロセッティ, クリスティナ
　誕生日 ……………………… 0886
ロックリー, スティーヴ
　ペルシャのスリッパー ………… 0228
ロッゲム, マヌエル・ヴァン
　ある犬の生涯 …………………… 0418
　窓の前の原始時代 ……………… 0418
ロット, ブレット
　家族 ……………………………… 1129
ローデン, バーバラ
　怪しい使用人 …………………… 0233
ローデンバック, ジョルジュ
　時計 ……………………………… 0393
ロード・ワトスン
　真説シャーロック・ホームズの生還 ‥ 0231
ロハス, マヌエル
　一杯のミルク …………………… 1161
ロバーツ, キース
　スカーレット・レイディ ………… 0454
ロバーツ, ノーラ
　夏のふれあい …………………… 0701
ロバーツ, バリー
　アドルトンの呪い ……………… 0233
ロバーツ, S.C.
　トスカ枢機卿事件 ……………… 0231
ロビンスン, ピーター
　イーストヴェイル・レディーズ・ポー
　　カー・サークル ……………… 0317
　ミッシング・イン・アクション ‥‥ 0141
ロビンソン, ルイス
　潜水夫 ……………………… 0387, 0388
ロブサンツェレン, ペレンレイン
　ノラムティン・ウヴルにて ……… 1118
　水のような空色 ………………… 1118
ロペス・ポルティーリョ・イ・ロハス, ホセ
　持ち主のない時計 ……………… 1161
ロベルト, デ
　ロザリオ ………………………… 1155
ロラン, ジャン
　仮面の孔 ………………………… 0448
ロリンズ, ジェームズ
　悪魔の骨 ………………………… 0287
ロールズ, エリザベス
　純情なシンデレラ ……………… 0733

悩める公爵 ……………………… 0643
ロールストン, W.R.S.
　バーバ・ヤガー ………………… 0693
ローレンス, アンドレア
　幸せまでのカウントダウン ……… 0642
ローレンス, キム
　気高きシーク …………………… 0720
　シークと乙女 …………………… 0719
ローレンス, ステファニー
　ローグ・ジェラードの陥落 ……… 0725
ロレンス, D.H.
　木馬を駆る少年 ………………… 0871
ローレンス, K.M.
　絶望 ……………………………… 1150
ローワン, ヴィクター
　納骨堂に ………………………… 0425
ローン, ランディ
　切り株に恋した男 ……………… 0296
ロング, フランク・ベルナップ
　月面植物殺人事件 ……………… 0521
　千の脚を持つ男 ………………… 0454
　漂流者の手記 …………………… 0425
ロングフェロー, ヘンリー・ワズワース
　ペリゴーの公証人 ……………… 0283
ロンドン, ジャック
　コナの保安官 …………………… 1137
　焚き火 …………………………… 0890
　火をおこす ……………………… 1145
　火を熾す ………………………… 1146
　まん丸顔 ………………………… 0890
ロンム
　ぼくの娘ナターシャ …………… 1159

【わ】

ワイルド, オスカー
　しあわせな王子 ………………… 1141
　ティルニー …………………… 1127
　ナイチンゲールとばら ………… 0892
　秘密のないスフィンクス ……… 0879
　漁師とかれの魂 ………………… 0400
ワインバーグ, ロバート
　パリのジェントルマン …………… 0234

わか　作家名索引

ワカ
素直じゃない私 …………………… 0913

若草田 ひずる
カラス ……………………………… 1026

若杉 鳥子
棄てる金 …………………………… 0764

若竹 七海
あなただけを見つめる …………… 0285
母さん助けて ……………………… 0313
きれいごとじゃない ……………… 0315
暗い越流 …………… 0212, 0309, 0382
黒い袖 ……………………………… 0314
ゴブリンシャークの目 …… 0214, 0312
幸せの家 …………………………… 0310
詩人の死 …………………………… 0361
静かな炎天 ………………………… 0215
船上にて …………………………… 0345
副島さんは言っている―十月 …… 0204
手紙嫌い …………………… 0271, 0870
蠅男 …………………………… 0357, 0358
砒素とネコと粉ミルク …………… 0801
みたびのサマータイム …………… 0130
容疑者が消えた …………… 0292, 0293

わかつき ひかる
ニートな彼とキュートな彼女 …… 0513

若林 真
心の通い合う場 …………………… 0993

若林 つや
断崖 ………………………………… 1037

若林 優稀
弓ケ浜での思い出 ………………… 0823

わかはら あつ子
夏のすきま ………………………… 0821

若久 恵二
灰色の鳥 …………………………… 0858

若者
レイモンド-断片――七九九 …… 0441

若山 牧水
四辺の山より富士を仰ぐ記 ……… 0806
若山牧水 …………………………… 1031

脇田 正
室瀬川の雪 ………………………… 0861
雪の子 ……………………………… 0862

和久井 清水
風のように水のように―宮畑遺跡物語
…………………………………… 0831

ワグナー, カール・エドワード
裏切り ……………………………… 0450

ワグネル
少佐とコオロギ …………………… 1157
白樺 ………………………………… 1157

和坂 しょろ
送り娘 ……………………………… 0968
夏休みの自由課題 ………………… 0969
二十年後診断 ……………………… 0968
良い知らせと悪い知らせ ………… 0971
ライオン退治 ……………………… 0969

鷲尾 雨工
黒田如水 …………………………… 0031

鷲尾 三郎
ガラスの眼 ………………………… 0147
銀の匙 ……………………………… 0144
死の超特急 ………………………… 0147
バッカスの睡り …………………… 0148

和喰 博司
休眠打破 …………………………… 0280

鷲羽 大介
水辺のふたり ……………………… 0785

和田 恵子
迷子鈴 ……………………………… 0936

和田 知見
平和ボケ …………………………… 0969

和田 信子
ミッドナイト・コール …………… 0933

和田 はつ子
鰯の子 ……………………………… 0612
鬼が見える ………………………… 0016
風流雪見鍋 ………………………… 0614

和田 誠
おさる日記 ………………………… 0877

和田 芳恵
暗い血 ……………………………… 0993
祝煙 ………………………………… 0580
接木の台 …………………………… 1093

渡瀬 咲良
冷蔵庫の中に ……………………… 1020

渡辺 温
父を失う話 ………………… 0255, 0391
兵隊の死 …………………………… 0230

作家名索引　　CHA

渡邊 霞亭
　大阪城 …………………………… 0019
渡辺 啓助
　偽眼のマドンナ ………………… 0142
　寝衣 ……………………………… 0145
　薔薇悪魔の話 …………………… 0133
渡辺 剣次
　とどめを刺す …………………… 0148
渡辺 浩弐
　これは小説ではない …………… 0474
　親愛なるお母さまへ …………… 0981
　ブログアイドル♡ちょこたん♡の秘密
　（＾-＾） ………………………… 0483
渡辺 聡
　セブンティーン ………………… 0969
渡辺 淳一
　ガラスの棺 ……………………… 0437
渡辺 順三
　短歌 ………………… 0764, 0765
渡辺 信二
　シッカイヤ蘭子の冒険 ………… 0831
渡邉 大輔
　自生する知と自壊する謎―森博嗣論 評
　　論 ……………………………… 0322
　自生する知と自壊する謎―森博嗣論 ‥ 0338
渡辺 浩
　因果はめぐる …………………… 0973
　本気なの ………………………… 0971
渡辺 裕之
　ストレンジャー―沖縄県警外国人対策
　　課 ……………………………… 0240
渡辺 文子
　復讐の書 ………………………… 0996
渡辺 光昭
　落下傘花火 ……………………… 0932
渡辺 やよい
　Watanabeyayoi ………………… 1053
渡邊 能江
　晩夏 ……………………………… 0822
渡辺 玲子
　合宿の夜に怪しばむ …………… 0938
渡橋 すあも
　アンドロイドは柱を跨ぐ ……… 1051
亙星 恵風
　プラナリアン …………………… 0513

ママはユビキタス ……………… 0512
ワダム,J.
　レディー・エルトリンガムあるいはラト
　　クリフ・クロス城――一八三六 …… 0441
綿矢 りさ
　黒ねこ …………………………… 0805
　こたつのUFO ………………… 1063
　憤死 ……………………………… 1060
渡会 三郎
　父の日の金目鯛 ………………… 0812
　四十一年目の富士山 …………… 0813
渡理 五月
　祝福 ……………………………… 0866
輪渡 颯介
　あけずのくらの ………………… 0118
渡野 玖美
　五里峠 …………………………… 0844
ワトキンス,モーリーン・ダラス
　束縛 ……………………………… 0298
ワトスン
　主婦殺害事件 …………………… 0235
　深く浅い事件 …………………… 0235
ワトスン,イアン
　彼らの生涯の最愛の時 ………… 0514
　夕方、はやく …………………… 0514
鰐梨
　静かな海で ……………………… 0489
藁生田 亘
　水神 ……………………………… 0831
割田 剛雄
　義賊としての鼠小僧―巻末特集 …… 0100

【 ABC 】

ak2
　花鳥諷詠 ………………………… 1021
Beat of blues
　僕らは夜空を眺めていた ……… 1051
BLANC
　オタ恋 …………………………… 0688
Boichi
　全てはマグロのためだった ……… 0525
Chaco
　狂恋 ……………………………… 0681

COM 作家名索引

Comes in a Box
　朝の記憶 …………………………… 1009
D坂ノボル
　増殖 ……………………………… 0973
ganzi
　アービアス ……………………… 0901
i.vv.3
　私って素直じゃない ……………… 0913
IZUMI
　あたたかい涙 …………………… 0868
Kay
　砂漠のラジオ …………………… 1023
km
　カタツムリのジレンマ ………… 1051
KSイワキ
　さようなら、オレンジ ………… 1003
leemin
　ふわりと咲いた ………………… 0821
LiLy
　一点突破 ………………………… 0734
M
　ポインセチア …………………… 0867
MASATO
　テレビ路線図 …………………… 0975
Mayumi
　誰よりもキミを …………………… 0913
McCOY
　盲点 ……………………………… 0969
NARUMI
　赤き花 …………………………… 0786
　カテゴリー ……………………… 0786
nirva=laeva
　「師弟」 ………………………… 1051
O.ヘンリー
　改心 ……………………………… 0390
　警官と讃美歌 …………………… 0884
　賢者の贈りもの ………………… 0877
　賢者の贈り物 …………………… 1146
　最後の一葉 ……………………… 0875
　脈を拝見 ………………………… 1137
　指貫きゲーム …………………… 1130
ORANGE TREE
　WASURERU動物園 …………… 0972
O・T
　しゃべる豚 ……………………… 0975
reY
　禁恋 ……………………………… 0681

sainos
　人は死んだら、電柱になるという話 ‥ 1051
SNOWGAME
　食べるな ………………………… 1021
　マメ ……………………………… 1022
tamax
　a long ＜S＞mile ………………… 1022
TOUGARASHI
　TOUGARASHI'S BAR『last kissは私に
　…』 ……………………………… 0913
Yumi
　Laugh …………………………… 0705

【 記号類 】

15
　リビングデッド・ユース ………… 1051
24号
　高橋さん ………………………… 0460
417
　沈黙こそ弔辞 …………………… 1051
@ahaharui
　3日分の笑顔 …………………… 0781
@aioushii
　魔女のたくらみ ………………… 0781
@akihito_i
　停電の夜の乾杯 ………………… 0781
@amamuta
　アールグレイ …………………… 0781
@another_signal
　自分支援 ………………………… 0781
　ラジオのおかげ ………………… 0781
@ANya52lily
　たくさんのありがとう …………… 0781
@aquall
　学び舎を前に …………………… 0781
　忘れたくない …………………… 0781
@Asatoiro
　日々が戻っても ………………… 0781
@BlackFox17
　震源地 …………………………… 0781
@bttftag
　贈り物を袋につめて …………… 0781
　切符一枚あれば ………………… 0781
　コンビニのありがたさ ………… 0781
@buu_kohan
　精一杯の支援 …………………… 0781

作家名索引　@SA

@chiho_yoshino
明日も笑顔で …………………… 0781
ただ生きているだけで ………… 0781
何も言えないけれど。………… 0781

@chimada
ふたりで分かち合う …………… 0781

@chocolatesity
未来の友へ。…………………… 0781

@churchdevil
僕らが勇者になる。…………… 0781

@Cyai_Cyai
メールの行き先 ………………… 0781

@dropletter
かぐや姫 ………………………… 0781

@harayosy
エイプリルフール ……………… 0781
激励 ……………………………… 0781

@haruhill
未来があるから。……………… 0781

@hedekupauda
命の繰り返し …………………… 0781

@hiro_kinako
愛の桜だより …………………… 0781

@ideimachi
明日元気になあれ ……………… 0781
避難記念日 ……………………… 0781

@in_youth
遠い背中 ………………………… 0781

@jun50r
止った時を再び ………………… 0781
水を買い占めない。…………… 0781
譲り合いの心 …………………… 0781
ラブカウンター ………………… 0781

@kamoe1983
繰り返されても ………………… 0781

@kandayudai
震災を越えて …………………… 0781
節電新商法 ……………………… 0781

@kiyomin
安心しておやすみ。…………… 0781

@kiyosei2
気持ち届け。…………………… 0781
メールでつながる心 …………… 0781

@k_you_nagi
一円玉も集まれば ……………… 0781
うさぎの差し入れ ……………… 0781
幼子を守る竜 …………………… 0781

@Lico_citrus
涙こらえて ……………………… 0781
花のなぐさめ …………………… 0781
ボランティアしよう。………… 0781
歴史をつくろう。……………… 0781

@Lico_citrus
日だまりの幸せ ………………… 0781

@literaryace
ドリームレスキュー …………… 0781

@lotoman
今だから会いたい。…………… 0781

@megumegu69
震災がくれたもの ……………… 0781

@micanaitoh
がんばれるわけは… …………… 0781
きっとまた会えるから。……… 0781
故郷が呼んでいる ……………… 0781
宝物は何ですか？ ……………… 0781

@mick004
生きる理由 ……………………… 0781

@mumei7c
東北を味わおう。……………… 0781

@nagi_tter
二十年後にはきっと。………… 0781

@nara_kuragen
奇跡 ……………………………… 0781

@nayotaf
エール …………………………… 0781
プロポーズ急増 ………………… 0781

@negi_a
きっと、守ってくれる ………… 0781

@nona140c
先は長くても。………………… 0781

@oboroose
朝の風景 ………………………… 0781

@onaishigeo
命のつかいかた ………………… 0781

@Orihika
千円鶴 …………………………… 0781
歯車重ねて ……………………… 0781

@panda_adnap1
もう一度始めよう。…………… 0781

@ruka00
上を向いてみよう。…………… 0781
キャンディ ……………………… 0781
ずっと、おぼえてるから。…… 0781

@sakuyue
書くと楽になる ………………… 0781

605

@SA　　作家名索引

@Sasa_haru77
　自分を応援したい ·················· 0781

@schpertor_kaien
　救援物資 ························· 0781

@senzaluna
　歌で励まそう ····················· 0781
　再起を誓おう ····················· 0781

@setugetufuka
　ひとりじゃないよ ·················· 0781

@shin1960
　募金活動を ······················ 0781

@shinichikudoh
　究極の節電 ······················ 0781
　夢の節電エアコン ·················· 0781

@shortshortshort
　買い占めたいもの ·················· 0781

@silly_cats
　もう会えない人 ···················· 0781

@simmmonnnn
　空っぽの棚 ······················ 0781

@SinjowKazma
　未来のために ····················· 0781

@stdaux
　或る王子の死 ····················· 1051

@takao_rival
　余震ありすぎて ···················· 0781

@takesuzume
　前進しよう。 ····················· 0781
　光を見つめて ····················· 0781

@terueshinkawa
　再会 ··························· 0781

@ti_clocks
　将来の夢 ························ 0781

@tokoya
　生まれたつながり ·················· 0781

@verselef
　経験を糧に ······················ 0781

@wacpre
　明日はまた来る ···················· 0781

@windcreator
　ヒーロー ························ 0781
　負けないぞ日本 ···················· 0781

@ykdawn
　神様がいるところ ·················· 0781
　心配していたよ。 ·················· 0781
　花見の決意 ······················ 0781

@yu_oshikiri
　買い支えよう ····················· 0781

@100_m
　お見舞い前線 ····················· 0781

作 品 名 索 引

作品名索引　　あいゆ

【あ】

ああ三百七十里（杉本 苑子） ………… 0010
ああ、そうなんだ（山崎 文男） ……… 0990
ああ祖国よ（星 新一） ……………… 0491
ああ無情（坂口 安吾） ……………… 0365
ああ世は夢かサウナの汗か（辻 真先） … 0963
愛（岡本 かの子） ……………… 0397, 0629
相合傘（山崎 七生） ………………… 0970
愛あふれて（ひかるこ） ……………… 1023
愛を思い出して（ローズ, エミリー） … 0640
愛を知らない伯爵（ルーカス, ジェニー）
　……………………………………… 0721
愛を忘れた伯爵（ポーター, ジェイン） … 0730
相方（我妻 俊樹） …………………… 0427
愛玩動物（白縫 いさや） …………… 1021
相客（庄野 潤三） …………………… 0816
愛国発、地獄行きの切符（八木 圭一） … 0603
愛妻（スタイン,R.L.） ……………… 0202
アイザック・ニュートン（谷川 俊太郎）
　……………………………………… 0618
挨拶―原爆の写真によせて（石垣 りん）
　……………………………………… 0888
愛し合う二人に代わって（メロイ, マイ
　リー） ……………………… 0669, 0670
アイシェとファトマ（ケマル, オルハン）
　……………………………………… 1122
愛していると伝えたい（ハワード, リン
　ダ） ………………………………… 0701
愛してた人（天音） …………………… 1023
愛してる（火方 網久） ……………… 0967
愛してるを三回（ふつみ） …………… 0683
愛情が足りない（伊東 哲哉） ……… 1020
愛書家倶楽部（北原 尚彦） …… 0152, 0582
愛書家地獄（アスリノー,Ch.） …… 0577
愛書家煉獄（ラング,A.） …………… 0577
愛書狂（フローベール, ギュスターヴ）
　……………………………… 0577, 0586
愛―序章と第1章「エラ、ボストン2008年
　5月17日」（シャファク, エリフ） …… 1122
愛人の秘密（ジェイムズ, ジュリア） … 0636
アイスクリームが食べたかった（加藤
　望） ………………………………… 0824
アイスドール（石田 衣良） ………… 1070
会津の隠密（天堂 晋助） …………… 0103

愛すべき猿の日記（乙一） …………… 0403
アイス墓地（松 音戸子） ……… 0459, 0461
愛する夫へ（オーツ, ジョイス・キャロ
　ル） ………………………………… 0296
藍染川慕情（倉阪 鬼一郎） ………… 0017
会いたい（家田 満理） ……………… 0975
逢いたかっただけなのに（沙岐） …… 0489
逢いたくて逢いたくて（矢口 史靖） … 0597
間の駅（葉原 あきよ） ……………… 0464
開いた窓（サキ） …………………… 0877
愛着の名残り（近松 秋江） ………… 0945
あいつ（すずき さちこ） …………… 0824
アイデアリストの死―或る男に聞いた話
　（神近 市子） ……………………… 1047
愛と書いて……（西条 りくる） ……… 0668
アイとギュネシュ（アリ, ラフミ） … 1122
愛と死（武者小路 実篤） …………… 0691
愛と情熱の日々（モーガン, サラ） … 0715
愛と夢のはざまで（リンゼイ, イヴォン
　ヌ） ………………………………… 0722
愛那の場合―呑ん兵衛横丁の事件簿より
　（松田 十刻） ……………………… 0780
アイネ・クライネ・ナハトムジーク（長月
　遊） ………………………………… 0915
愛の愛情（ハカウチ マリ） ………… 1023
愛の跡（マッキャン, フィリップ） … 0726
アイのうた（青野 零奈） …………… 1051
愛の栄光（横光 利一） ……………… 0964
愛の遠近法的倒錯（小川 勝己） …… 0164
愛の記憶（高橋 克彦） ……………… 0782
愛の桜だより（@hiro_kinako） …… 0781
愛のシアワセ（嶋田 うれ葉） ……… 0653
愛のシナリオ（ウインターズ, レベッカ）
　……………………………………… 0717
愛の謎が解けたら（テイラー, ジェニフ
　ァー） ……………………………… 0711
愛の封印1（村上 玄一） …………… 1104
愛の暴走族（穂村 弘） ……………… 1025
愛の館の貴婦人――九七九（カーター, アン
　ジェラ） …………………………… 0441
あいびき（二葉亭 四迷） …………… 1087
逢びき（木山 捷平） ………………… 0910
愛猫（室生 犀星） …………………… 0803
愛撫（梶井 基次郎） …… 0910, 0943, 1080
愛撫（庄野 潤三） …………………… 0954
愛別（有井 聡） ……………………… 0463
愛ゆえに（ケリー, メイヴ） ………… 0746

609

あいり　　　　　　　作品名索引

アイリッシュ・クリーク縁起（スミス, R.
　T.）……………………………… 0299
アイルランド貧民の子が両親や国の重荷と
　なるを防ぎ、公共の益となるためのささや
　かな提案（スウィフト, ジョナサン）‥ 1141
愛はいかづち。（最果 タヒ）………… 0961
愛はことばから始まる（石原 裕次）…… 0989
愛は、こぼれるqの音色（図子 慧）…… 0562
愛は止まらない（フォスター, ローリー）
　……………………………………… 0694
愛はベネチアで（ゴードン, ルーシー）… 0633
アヴェロワーニュの逢引――一九三一（スミ
　ス, クラーク・アシュトン）………… 0441
アウター砂州に打ちあげられたもの（ミ
　ラー, P.スカイラー）……………… 0454
アウトサイダー（ラヴクラフト, H.P.）‥ 0137
アウトラインから始めなさい（ヘミングス,
　カウイ・ハート）…………………… 1142
アウル・クリーク橋の一事件（ビアス, アン
　ブローズ）……………… 0392, 0877
阿吽の衝突（暮木 椎哉）……… 0459, 0461
会えなかった人（由井 鮎彦）………… 1001
葵（金原 ひとみ）……………… 0048, 0091
碧い育成（深町 秋生）……………… 0312
青いインク（小池 昌代）…………… 0580
青い男（キャザーウッド, メアリー・ハート
　ウェル）……………………………… 0446
青い絹の人形（岸田 るり子）
　……………… 0212, 0302, 0371
青いケシ（ガーダム, ジェーン）…… 1123
青い心の人（リンタイ）…………… 1121
青い空（眉村 卓）…………………… 0484
青い蝶（葛城 輝）…………………… 1020
青い手（巣山 ひろみ）……………… 0861
青い手紙（ターヒューン, アルバート・ペイ
　スン）………………………………… 0870
青い鳥（以知子）…………………… 1020
青い花束（パス, オクタビオ）……… 1162
碧い花屋敷（井上 雅彦）…………… 0429
青い灯（イズミ スズ）……………… 0465
青い光（紙舞）……………………… 0415
青い服の男（守友 恒）……………… 0336
青い星まで飛んでいけ（小川 一水）… 0525
青い炎（丸山 政也）………………… 0465
青い眼（アポリネール, ギョーム）…… 1154
青い模様のちりれんげ（魯 羊）‥ 1113, 1114
青梅（古川 薫）……………………… 0005

青江の太刀（好村 兼一）…………… 0079
青江の太刀【青江】（好村 兼一）…… 0088
青髪と赤髪の白けむり（樫井 眞生）… 0867
青草（近松 秋江）…………………… 1052
蒼ざめた星（有栖川 有栖）………… 0246
青と赤の物語（加藤 千恵）………… 0590
青の時代（真船 均）………………… 0991
蒼の行方（杉本 香恵）……………… 0868
青バスの女（辰野 九紫）…………… 0255
青葉の盤（宮内 悠介）……… 0212, 0382
青ひげ（ブルィチョフ）…………… 1159
蒼淵家の触手（井上 雅彦）………… 0341
青蛇の帯皮（森下 雨村）…………… 0250
青もみじ（宇江佐 真理）…………… 0055
青山先生（美木 麻里）……………… 0947
青らむ空のうつろのなかに（篠田 節子）
　……………………………………… 0327
赤（マシスン, リチャード・クリスチャ
　ン）………………………………… 1124
赤、青、王子（池田 進吾）…… 1042, 1043
あかいいと（吉野 あや）…………… 0463
赤いオープンカーの男（砂原 美都）… 0682
赤い怪盗（柴田 錬三郎）…………… 0232
紅い傘（原 美代子）………………… 0481
赤い風に舞う（藤本 義一）………… 0046
紅い壁（村崎 友）…………………… 0957
赤い着物の女の子（大野 尚休）‥ 0457, 0458
赤い靴（山田 風太郎）……………… 0138
あかいゴム（田辺 十子）…………… 0855
赤い酒（池田 一尋）………………… 0463
赤い十字架（大山 誠一郎）………… 0310
赤い絨毯（立原 透耶）……… 0416, 0417
赤い心臓と青い薔薇（クリンガーマン, ミル
　ドレッド）………………………… 1135
赤い凧（朝宮 運河）………………… 0458
赤い手袋（小西 保明）……………… 0857
赤い電車は歌い出す（小野 伊都子）… 0867
丹い波（三友 隆司）………………… 0834
紅いノート（古木 鐵太郎）………… 0944
赤い歯型（朝松 健）………………… 0453
赤い光（崩木 十弐）………………… 0464
赤い風船（甲木 千絵）……………… 0755
赫い部屋（井上 雅彦）……………… 0444
赤い部屋（江戸川 乱歩）…………… 0136
赤いベレー（シナン, ロヘリオ）…… 1161
赤いぼんでん（進藤 小枝子）……… 0858
朱い実（後藤 薫）…………………… 0846

610

作品名索引　　　　　　　　　　　　あくた

赤い密室（鮎川 哲也）…………… 0174
赤い鞭（逢坂 剛）………………… 0011
赤い森（森田 季節）……………… 0561
赤い屋根（甲山 羊二）…………… 0988
赤いリボン（ソーンダーズ，ジョージ）… 1129
赤い林檎と金の川（村山 早紀）… 0466
赤色ウサギは何を夢見る（只助）… 0460
あかいろうそく（新美 南吉）…… 0888
赤い蠟燭と人魚（小川 未明）
　……………………… 0787, 0889, 1079
赤いろうそくと人魚（小川 未明）
　……………………… 0400, 0432, 0478
赤馬旅館（小栗 虫太郎）………… 0230
赤絵獅子（平岩 弓枝）…………… 0099
赤帯の話（梅崎 春生）…………… 0924
赤か青か（樹 良介）……………… 0975
あかがね色の本（千早 茜）……… 0590
赤紙と（岡田 理子）……………… 0786
赤き花（NARUMI）……………… 0786
赤き丸（クジラマク）…………… 0459, 0461
赤城ミート（彩瀬 まる）………… 0895
赤毛サークル（喜国 雅彦）……… 0232
赤毛連盟（砂川 しげひさ）……… 0232
赤毛連盟（ドイル，アーサー・コナン）… 1127
赤坂与力の妻亡霊の事（根岸 鎮衛）…… 0408
証（北原 亞以子）………………… 0075
赤地蔵（狩野 いくみ）………… 0459, 0461
明石全登（福本 日南）…………… 0019
証しの空文（鳩沢 佐美夫）…… 1065, 1066
赤ずきんちゃんと新宿のオオカミ（村田 沙
　耶香）……………………………… 0905
開かずの箱（花田 清輝）………… 0396
開かずの踏切（安生 正）………… 0195
赤ちゃんがかけた魔法（フェラレーラ，マ
　リー）……………………………… 0656
“赤電”に乗って（藤森 ますみ）… 0813
暁の波（安住 洋子）……………… 0078
赤と黒（神 薫）…………………… 0427
赤と白（レオン・ユット・モイ）…… 0891
赤と透明（甘糟 りり子）………… 1070
アーカード屋敷の秘密（トマス，ウィル）
　……………………………………… 0226
赤西蠣太（志賀 直哉）…………… 0883
赤に憑かれる（御手洗 紀穂）…… 1104
赤粘土の町（マローン，マイケル）… 0141
赤はぎ指紋の秘密（木々 高太郎）… 0153
赤富士の浜（醍醐 亮）…………… 0813

赤ペンラブレター（卜部 高史）…… 0974
赫眼（三津田 信三）……………… 0472
アーカムの河に浮かぶ（黒 史郎）… 0489
赤目荘の惨劇（白峰 良介）……… 0252
あがり一第一回創元SF短編賞受賞作（松崎
　有理）……………………………… 0552
明るい暮らし（一田 和樹）……… 0971
明るい地のうえに黒々と;新本史斉/訳（ペ
　ドレッティ，エリカ）…………… 0750
明るい農村（髙村 薫）…………… 1012
アカンタレの恋（谷口 雅美）…… 0667
秋（芥川 龍之介）……………… 0629, 0741
空家（ブラックウッド，アルジャノン）… 0413
秋風（中山 義秀）………………… 1052
空罐（林 京子）…………………… 0880
秋篠新次郎（宮本 昌孝）………… 0114
秋空晴れて（朝日 壮吉）………… 0065
秋つばめ一逢坂・秋（藤原 緋沙子）… 0003
秋に（渋沢 孝輔）………………… 0993
秋の歌（蓮見 圭一）……………… 1011
秋の水（天田 式）………………… 0199
秋の夜がたり（岡本 かの子）…… 0397
アキバ（亀ヶ岡 重明）………… 0459, 0461
秋葉長光一虚空に嘲るもの（本堂 平四
　郎）………………………………… 0477
アキバ忍法帖（倉田 英之）……… 0525
秋葉原から飛び立つ“たんぽぽの綿毛”一元
　メイド・遠藤菜乃のアキバ文化通信（虚
　淵 玄）…………………………… 1101
秋、ふたり（有馬 結衣）………… 1020
秋萌えのラブソディー（藤 水名子）… 0114
空家の少年（有馬 頼義）………… 0266
秋 闇雲A子と憂鬱刑事（麻耶 雄嵩）
　………………………………… 0334, 0335
諦めて、鈴木さん（春木 シュンボク）… 0972
諦めのいい子（安曇 潤平）……… 0415
秋は刺殺 夕日のさして血のはいと近うな
　りたるに（深水 黎一郎）………… 0305
アクアリウム（ウルズィートゥグス，ロブサ
　ンドルジーン）…………………… 1118
悪がはびこる理由（小泉 秀人）…… 0973
悪事の清算（戸梶 圭太）……… 0159, 0278
握手（井上 ひさし）……………… 0888
悪女になるためのレッスン（デントン，ジェ
　イミー）…………………………… 0662
悪女の谷（長井 彬）……………… 0216
芥川龍之介『トロッコ』を語る（吉田 修

611

あくと　　　　　　　　　作品名索引

一）‥‥‥‥‥‥‥‥‥‥ 1067
悪党どもが多すぎる（ウェストレイク, ドナ
　ルド・E.）‥‥‥‥‥‥‥‥ 0141
アクと人類の物語（ゾズーリャ, エフィ
　ム）‥‥‥‥‥‥‥‥‥‥ 0554
悪の壁（北本 豊春）‥‥‥‥‥ 1026
悪の手。（車谷 長吉）‥‥‥‥‥ 0479
悪の花（小野 正嗣）‥‥‥‥‥ 1063
悪魔（岡田 睦）‥‥‥‥‥‥‥ 1025
悪魔占い（ひかるこ）‥‥‥‥‥ 1021
悪魔を侮るな（ウェルマン, マンリー・ウェ
　イド）‥‥‥‥‥‥‥‥‥ 0452
悪魔がオレホヴォにやってくる（ベニオフ,
　デイヴィッド）‥‥‥‥‥‥ 0340
悪魔祈禱書（夢野 久作）‥‥‥‥ 0587
悪魔くん（抄）（水木 しげる）‥‥ 0628
悪魔的暗示（Наваждение）（高野 史緒）
　‥‥‥‥‥‥‥‥‥ 0260, 0261
悪魔とダンスを（アデア, チェリー）‥ 0712
悪魔の遊び場（グレイディ, ジェイムズ）
　‥‥‥‥‥‥‥‥‥‥‥ 0286
悪魔の犬（ロクティ, ディック）‥‥ 0238
悪魔の開幕（手塚 治虫）‥‥‥‥ 0491
悪魔の舌（村山 槐多）‥‥‥‥‥ 0622
悪魔の辞典（山田 正紀）‥ 0290, 0291
悪魔の背中（浅暮 三文）‥ 0939, 0940
悪魔の床（ディーン, ジェラルド）‥ 0425
悪魔のトリル（高橋 克彦）‥‥‥‥ 0146
悪魔の骨（ベリー, スティーブ）‥‥ 0287
悪魔の骨（ロリンズ, ジェームズ）‥ 0287
悪魔の憂鬱（牛耳 東風）‥‥‥‥ 0973
悪魔黙示録（赤沼 三郎）‥‥‥‥ 0133
「悪魔黙示録」について（大下 宇陀児）‥ 0133
悪夢（中村 地平）‥‥‥‥‥‥ 1037
悪夢―或いは「閉鎖されたレストランの話」
　（西村 賢太）‥‥‥‥‥‥ 1049
悪霊（渋谷 良一）‥‥‥‥‥‥ 0975
悪霊（ローズ, ダン）‥‥‥‥‥ 0708
悪霊憑き（綾辻 行人）‥‥‥‥‥ 0157
悪霊の家（神狛 しず）‥‥‥‥‥ 0409
あけがたにくる人よ（永瀬 清子）‥ 0886
明け方に見た夢（樋口 真琴）‥‥‥ 0457
明け方に見た夢（樋口 摩琴）‥‥‥ 0458
あけずのくらの（輪渡 颯介）‥‥‥ 0118
あけたままの窓（サキ）‥‥‥‥ 0390
明智光秀の母（新田 次郎）‥‥‥ 0023
開けてはならない。（逢上 央士）‥ 0603

あげは蝶（江國 香織）‥‥‥‥‥ 1029
揚羽蝶の島（間瀬 純子）‥‥‥‥ 1015
赤穂飛脚（山田 風太郎）‥‥‥‥ 0010
あこがれ（阿部 昭）‥‥‥‥‥ 0874
憧れの白い砂浜（友井 羊）‥‥‥ 0196
憧れの街、夢の都（篠田 真由美）‥ 0440
阿漕な生業（阿刀田 高）‥‥‥‥ 0325
あざ（カヴァン, アンナ）‥‥ 0387, 0388
朝（みきはうす店主）‥‥‥‥‥ 1020
朝右衛門の刀簞笥―和泉守兼定（好村 兼
　一）‥‥‥‥‥‥‥‥‥ 0122
あさがお（山村 暮鳥）‥‥‥‥‥ 0628
朝顔（久保田 万太郎）‥‥ 0993, 1073
朝霧（崎村 裕）‥‥‥‥‥‥‥ 0988
浅草の家（南條 竹則）‥‥‥‥‥ 0409
朝ごとに（葉山 弥世）‥‥‥‥‥ 0935
朝御飯（林 芙美子）‥‥‥‥‥ 0625
朝に就ての童話的構図（宮沢 賢治）‥ 0790
痣のある女（海野 十三）‥‥‥‥ 0153
朝のうちにやるいくつかのこと（夜宵）‥ 1051
朝の悲しみ（清岡 卓行）‥‥‥‥ 0761
朝の記憶（Comes in a Box）‥‥‥ 1009
朝のバスに乗りそこねて（カルカテラ, ロレ
　ンゾ）‥‥‥‥‥‥‥‥‥ 0317
朝の風景（@oboroose）‥‥‥‥ 0781
朝のミネストローネ（友井 羊）‥‥ 0619
朝の野菜直売所（栗田 すみ子）‥‥ 0813
朝の予兆（飛雄）‥‥‥‥‥‥ 0462
朝のリレー（谷川 俊太郎）‥‥‥ 0885
旭将軍木曽義仲の生涯（石原 裕次）‥ 0988
浅間草春（神保 光太郎）‥‥‥‥ 1037
薊と洋燈（皆川 博子）‥‥‥‥‥ 1014
アサムラール―バリに死す（友成 純一）
　‥‥‥‥‥‥‥‥‥‥‥ 0562
あざやかなひとびと（深田 祐介）‥ 0927
海豹（八木 義徳）‥‥‥‥‥‥ 1092
足跡（菊池 和子）‥‥‥‥‥‥ 0861
足あとのなぞ（星 新一）‥‥‥‥ 0365
蹠の衝動（水上 呂理）‥‥‥‥‥ 0247
アシェンデンの流儀（井上 雅彦）‥ 0431
足を洗う（森田 浩平）‥‥‥‥‥ 0972
足枷の花嫁（ヴァン・ダー・ヴィア, スチュ
　ワート）‥‥‥‥‥‥‥‥ 0425
足から（清本 一磨）‥‥‥‥‥ 0972
足軽の先祖（サトウ ハチロー）‥‥ 0964
悪しき交配（ラッセル, カレン）‥‥ 1134
足切り女（綾倉 エリ）‥‥‥ 0457, 0458

612

作品名索引　　　**あちら**

アジサイ（椋 鳩十）······················ 0887
紫陽花（宇江佐 真理）··················· 0126
紫陽花（清崎 敏郎）····················· 0993
紫陽花（佐藤 真由美）··················· 0671
紫陽花（久田 樹生）····················· 0438
あじさいを（藤村）······················ 0464
紫陽花の（ねこや堂）···················· 0421
あじさい山（有井 聡）··················· 0462
足塚不二雄『UTOPIA最後の世界大戦』（鶴
　書房）（三上 延）··············· 0211, 0379
足相撲（嘉村 礒多）····················· 1087
明日元気になあれ（@ideimachi）········· 0781
あしたの夕刊（吉行 淳之介）············· 1076
明日の行方（小豆沢 優）················· 0985
明日の行方は、猫まかせ（妹尾 津多子）··· 0822
あしたまた昼寝するね（川上 未映子）···· 1063
明日も笑顔で（@chiho_yoshino）······· 0781
あしたもおいで、サミュエル・パーキンス
　（新熊 昇）··························· 0489
味ネコ（楠野 一郎）····················· 1022
足の裏（夏樹 静子）····················· 0328
足の裏の世界（五十嵐 彪太）············· 1022
あしの功名（戸部 新十郎）··············· 0109
葦の原（金子 みづほ）··················· 0409
足下に寝ている電話の向こう（黒 次郎）
　···································· 0464
足下は泥だらけ（プルー、アニー）······ 1134
アシャムのド・マネリング嬢──一九三五
　（メイヤー、F.M.）··················· 0441
明日（魯迅）····················· 0879, 0880
明日を笑え（小路 幸也）················· 1012
あすか（甲山 羊二）····················· 0989
預り物顛末記（石川 友也）··············· 0985
あずかりやさん（大山 淳子）············· 0893
あずき団子（三沢 充男）················· 1074
小豆磨ぎ橋（小泉 八雲）··········· 0479, 0481
アスコット・タイ事件（フィッシュ、ロバー
　ト・L.）···························· 0172
アスコルディーネの愛──ダウガワ河幻想
　（エインフェルズ、ヤーニス）········· 0516
あづさ弓（加門 七海）··················· 0053
アステロイド・ツリーの彼方へ（上田 早夕
　里）····························· 0492, 0571
明日の湯（秋山 浩司）··················· 0895
明日も明日もその明日も（ヴォネガット、
　カート）····························· 0499
明日はまた来る（@wacpre）············· 0781

汗（岡本 かの子）······················· 0397
あぜ道（倉持 れい子）··················· 0813
畦道（永井 荷風）······················· 1068
アーゼルとヤーディギャール（ムンガン、ム
　ラトハン）··························· 1122
薊野の狸（田岡 典夫）··················· 0050
阿蘇の火祭り（中沢 巠夫）··············· 0964
遊び（斜斤）··························· 0462
遊びの時間は終らない（都井 邦彦）······· 0275
仇討三態（菊池 寛）····················· 0390
あたしたち、いちばん偉い幽霊捕るわよ
　（古川 日出男）······················ 1049
あたしたちの王国（森 奈津子）··········· 0921
あだし野へ（有森 信二）················· 0990
あたしはヤクザになりたい（山崎 ナオコー
　ラ）································· 0962
あたたかい涙（IZUMI）················· 0868
あたたかな氷（阪井 雅子）··············· 0868
温めないカレー（大矢 秀樹）············· 0937
安達ヶ原（手塚 治虫）··················· 0432
頭だけの男（勝山 海百合）········· 0416, 0417
頭ならびに腹（横光 利一）··············· 1087
あたまに浮かんでくる人（戌井 昭人）··· 0905
頭の上にカモメをのせて（田中 アコ）··· 0865
頭のお手入れ（奈良 美那）··············· 0200
頭の隅から（志水 辰夫）················· 0325
頭のなかの鐘（倉阪 鬼一郎）············· 0138
頭の中の昏い唄（生島 治郎）············· 0410
あたま山（林家 正蔵（8代目））········· 0869
アダムズ氏の邪悪の園（ライバー、フリッ
　ツ）································· 1135
新しい島々（ボンバル、マリア・ルイサ）·· 1161
新しい出発──戸板康二の直木賞受賞（池田
　弥三郎）····························· 0993
新しい生活（君島 慧是）················· 0489
新しい旅（星野 道夫）··················· 0794
あたらしい奴隷（佐佐木 陸）············· 1005
あたらしい娘（今村 夏子）··············· 1000
新しいメガネ（前川 誠）················· 0967
アタリ（常盤 奈津子）··················· 0976
当たりくじ（プロンジーニ、ビル）······· 0238
当たり前（大原 久通）··················· 0968
当たり前の世界で（玉木 凛々）··········· 0941
アーチボルド一線上を歩く者（モズリイ、
　ウォルター）························· 0236
アチラのいいなり（有坂 トヲコ）······ 0464
あちらのお客様からの…（八木 圭一）··· 0584

613

暑い国で彼女が語りたかった悪い夢（岩井 志麻子）……………………… 0470

熱い死角―結城昌治自選傑作短篇集より （結城 昌治）…………………… 0168

熱い週末（トンプソン，ヴィッキー・L.）… 0714

熱い闇（山崎 洋子）……………………… 0269

アッシャア家の崩没（ポー，エドガー・アラ ン）…………………………… 0419

アッシャア屋形崩るるの記――一八三九（ポー， エドガー・アラン）………… 0441

あったか弁当・おまち堂（あさの ます み）………………………………… 0894

圧迫（大田 良馬）………………………… 0970

天晴れ黄八幡兄弟（三木 喬太郎）…… 0065

アップルパイの午後（尾崎 翠）……… 0626

アーティチョーク（吉本 ばなな）…… 0735

アーティフィシャル・ロマンス（島津 緒 繰）……………………… 0193，0197

アテクシちゃん（橋口 いくよ）……… 0671

アーデルベルトの寓話（シャミッソー，アー デルベルト・フォン）…………… 0399

アデンまで（遠藤 周作）……… 0993，0995

後追い（拓未 司）…………… 0196，0443

アトキンスン兄弟の失踪（ブラウン，エリッ ク）……………………………… 0233

跡取り（小杉 健治）……………………… 0028

後に残してきた少女（スパーク，ミュリエ ル）……………………………… 1140

あとのない仮名（山本 周五郎）……… 0087

痕の祀り（西島 伝法）…………………… 0523

アトラクションの主人公は映画の主人公顔 負け（奈良 美那）……………… 0198

アトラクタの奏でる音楽―あなたの曲，す ごく気に入っちゃって…だから，実験に 使わせてほしいんです（扇 智史）…… 0566

アトラス（アラストゥーイー，シーヴァー） ……………………………… 0749

（Atlas）³―地図作成局現場担当者（＝僕）連 続殺人事件（円城 塔）………… 0567

アトランティスそのほか―詩でしみじみ （ドウティ，マーク）…………… 1147

アトランティス大陸の秘密（鯨 統一郎） ……………………………… 0249

アドルトンの呪い（ロバーツ，バリー）… 0233

穴（飛鳥部 勝則）………………………… 0475

穴（岡本 綺堂）…………………………… 0398

穴（小田 イ輔）…………………………… 0785

穴（登木 夏実）…………………………… 0459

穴（日出彦）……………………………… 0972

穴（皆川 博子）…………………………… 0474

穴―考える人たち（山口 瞳）………… 1076

穴―踊子オルガ・アルローワ事件―（群司 次郎正）………………………… 0996

アナーキー（井上 荒野）……………… 1010

アナコンダ還る（キロガ，オラシオ）… 1161

あなた（峯岸 可弥）…………………… 1023

あなたへの贈り物（佐藤 万里）……… 0763

「あなたお医者さま？」のこと（松田 青 子）……………………………… 0905

あなたを待ち侘びて（つくね 乱蔵）… 0424

あなたがわからない（神林 長平）…… 0494

あなただけを見つめる（若竹 七海）… 0285

あなたたちの恋愛は瀕死（川上 未映子） ……………………………… 1057

あなたに会いたくて（不知火 京介） ……………………… 0206，0386

あなたについてゆく（藤田 宜永）…… 0928

あなたに夢中（春風 のぶこ）………… 0990

あなたに誘惑の罠を（チャイルド，モーリー ン）……………………………… 0722

あなたのうしろに（浅倉 卓弥）……… 0200

あなたの嫌いな色（谷口 雅美）……… 0948

あなたの最終電車（藍上 ゆう）……… 0199

あなたの背中（谷口 雅美）…………… 0941

あなたの善良なる教え子より（恩田 陸） ……………………… 0290，0291

あなたのためを思って（鈴木 輝一郎）… 0266

あなたも一週間で歌がうまくなる（西崎 憲）……………………………… 0474

穴のあいた記憶（ペロウン，B.）……… 1130

穴の底（伊藤 人譽）…………………… 1078

穴の中の護符（松本 清張）…………… 0060

あなめ（藤沢 周）……………………… 1062

アナル・トーク（飯田 文彦）………… 0431

兄（雨川 アメ）……………… 0457，0458

あいにもうと（唯野 未歩子）………… 0805

アニース（ダーネシュヴァル，スィーミー ン）……………………………… 0749

兄と弟と一つのベッドで（天斗）…… 0913

アニマとエーファ（宮内 悠介）……… 0494

アニメ的リアリズム（筒井 康隆）…… 1014

あね，いもうと（唯川 恵）…………… 1010

姉の夫（ダンカン，ロナルド）……… 1135

姉のコーヒー（甲木 千絵）…………… 0756

あのキャンプ（狗飼 恭子）…………… 0671

作品名索引　　　　　　　　　　　あむす

あのこと（早見 裕司）…………… 0474
あの子の気配（神狛 しず）…… 0416, 0417
あのこのこと（古澤 健）………… 0585
あの子のために（佐藤 万里）……… 0941
あの頃、浪漫飛行が流れていて（春風 のぶ
　こ）……………………………… 1026
あの桜（くぼ ひでき）…………… 0407
あの年の秋（重松 清）…………… 1040
あの中であそぶ（木原 浩勝）…… 0479
あの中であそぶ（中山 市朗）…… 0479
あの懐かしい蟬の声は（新井 素子）
　………………………… 0574, 0575
あの日・あの時―小山内薫追悼（水木 京
　太）……………………………… 0993
あの日。この日。そして。（野中 柊）… 0772
あの人は誰？（藤田 宜永）……… 0309
あの日に戻れたら（山田 奈津子）…… 0646
あの日の海（斎藤 純）…………… 0780
あの日の言葉を忘れない―教師編（作者不
　詳）……………………………… 0771
あの日の続きが（山崎 文男）…… 1026
あの日の話（小田 イ輔）………… 0785
あの無邪気さが羨ましい（村崎 友）…… 0246
あの夕陽（フォークナー、ウィリアム）… 1145
アーノルド（松波 太郎）………… 1058
アパート（宍戸 レイ）………… 0416, 0417
アパートの男（本間 真琴）……… 0985
アパートの住人（デイヴィッドスン、アヴラ
　ム）……………………………… 0454
アバネッティ一家の恐るべき事件（グリフェ
　ン、クレア）…………………… 0233
アービアス（ganzi）……………… 0901
アヒージョの罠（蒼井 ひかり）…… 0619
あぶ、あぶ（武田 八洲満）……… 0050
あーぶくたった―わらべうた考（長島 槇
　子）……………………………… 0430
アプセットメイカー（三羽 省吾）…… 0598
アフター・バースト（井上 雅彦）…… 0570
あぶない（新田 泰裕）…………… 0975
あふひ（芝 うさぎ）……………… 0463
油あげの雨―スペイン童話（作者不詳）… 0137
油すまし（小原 猛）……………… 0415
アフリカ川魚の謎（ホールディング、ジェイ
　ムズ）…………………………… 0149
アフリカでの私（ボンテンペルリ、マッシ
　モ）……………………………… 0871
アフリカの恐怖（コリンズ、W.チズウェ

ル）……………………………… 0425
アプリケーション（億錦 樹樹）……… 0973
アベラールとエロイーズ（縞田 理理）… 0542
復讐人へのインタビュー（ビッセル、ト
　ム）……………………………… 0296
アボイ邸からプロヴィデンス、カリッジ・
　ストリート六十六番地に送られた走り書
　き（君島 慧是）………………… 0489
阿房宮（加門 七海）……………… 0474
信天翁通信（木々 高太郎）……… 0307
『アポロ13』借りてきたよ（ダ・ヴィンチ・
　恐山）…………………………… 0909
アポロンの首（倉橋 由美子）…… 0395
アポロンのナイフ（有栖川 有栖）… 0210, 0372
甘い記憶（大島 真寿美）………… 0686
甘い夢を（シュタム、ペーター）… 0669, 0670
甘粕の退き口（木下 昌輝）……… 0042
甘粕は複数か？（広津 和郎）…… 0784
甘き織姫（畠中 恵）………… 0620, 0621
天城越え（松本 清張）…………… 0329
天城峠（志賀 幸一）……………… 0847
天草の賦（葉室 麟）……………… 0084
雨気のお月さん（佐藤 愛子）…… 1015
あまご（室生 犀星）……………… 0617
アマチュア物乞い団事件（ベタンコート、
　ジョン・グレゴリー）………… 0233
海天警部の憂鬱（吉川 英梨）…… 0200, 0201
甘党（加門 七海）…………… 0416, 0417
尼ども山に入り、茸を食ひて舞ひし語―
　『今昔物語集』より（作者不詳）…… 0790
天の河原（富久一 博）…………… 0997
雨ばけ（泉 鏡花）………………… 0398
海人舟（近藤 啓太郎）…………… 0995
甘骨山不戦協定（前川 由衣）…… 0865
雨宿りの歌（あさの あつこ）…… 0734
あまりに碧い空（遠藤 周作）…… 0777
あまりもの（リー、イーユン）…… 1126
アマレット（山口 翔太）………… 0668
網（多岐川 恭）…………………… 1076
アミエルの日記（抄）（アミエル、フレデリッ
　ク）……………………………… 0882
阿弥陀6（ヘインズワース、スティーヴン）
　………………………………… 1148
アミダの住む町（中原 文夫）…… 1059
網戸の外（まつぐ）………………… 0464
網目温泉（明神 ちさと）………… 0427
アムステルダムの水夫（アポリネール、ギョー

あめ　　　　　　　　作品名索引

ム）‥‥‥‥‥‥‥‥‥‥‥‥　0390
飴（伊東 哲哉）‥‥‥‥‥‥‥‥‥‥　1020
雨（ウスラル・ピエトリ, アルトゥーロ）‥　1161
雨（クック, トマス・H.）‥‥‥‥‥‥　0337
雨（不狼児）‥‥‥‥‥‥‥‥‥‥‥　1021
雨あがり（寺沢 淳子）‥‥‥‥‥‥‥　0867
雨上がりに傘を差すように（瀬那 和章）
　　　‥‥‥‥‥‥‥‥‥‥‥‥‥　0214
雨あがる（山本 周五郎）‥‥‥　0072, 0112
雨男（雨の国）‥‥‥‥‥‥‥‥‥‥　0973
雨男晴れ女（和海 真二）‥‥‥‥‥‥　0970
雨女（巴田 夕虚）‥‥‥‥‥‥‥‥‥　0465
雨が降る頃（結城 充考）‥‥‥　0209, 0369
あめ玉（田辺 青蛙）‥‥‥‥‥　0457, 0458
あめ玉おじさん（小田 神恵）‥‥‥‥　0843
〔雨ニモ負ケズ〕（宮沢 賢治）‥‥‥‥　1079
雨の一日（三松 道尚）‥‥‥‥‥‥‥　0822
雨の殺人者―空港（星 哲朗）‥‥‥‥　0967
雨の中で最初に濡れる（魚住 陽子）‥‥　0910
雨の中の如来（宮司 孝男）‥‥‥‥‥　0813
雨のなかの噴水（三島 由紀夫）‥　0684, 1080
雨の匂いと風の味（よこやま さよ）‥‥　0935
あめの日（八木 重吉）‥‥‥‥‥‥‥　0790
雨の日に触ってはいけない（三輪 チサ）
　　　‥‥‥‥‥‥‥‥‥‥　0416, 0417
雨の日の邂逅（高柴 三聞）‥‥‥‥‥　0464
雨の夜、迷い子がひとり（石神 茉莉）‥‥　0483
雨の露地で（大藪 春彦）‥‥‥‥‥‥　0327
雨降り美人と下心（律心）‥‥‥‥‥‥　0971
雨ふりマージ（新城 カズマ）‥‥‥‥　0552
雨降る夜に（赤川 次郎）‥‥‥‥‥‥　1013
雨物語（深井 充）‥‥‥‥‥‥‥‥‥　0824
雨、やみて（橋本 紡）‥‥‥‥‥‥‥　1070
アメリカ（ツェリンノルブ）‥‥‥‥‥　1111
アメリカ・アイス（馬場 信浩）‥‥‥‥　0268
オイレンシュピーゲル（ローザイ, ペー
　ター）‥‥‥‥‥‥‥‥‥‥‥‥　0418
アメリカ人とリセエンヌ（山内 マリコ）
　　　‥‥‥‥‥‥‥‥‥‥‥‥‥　0751
アメリカにやってきたシャーロック・ホー
　ムズの生みの親（レドモンド, クリスト
　ファー）‥‥‥‥‥‥‥‥‥‥‥　0225
米国の戦慄（星田 三平）‥‥‥‥‥‥　0247
アメリカのロマン（ドイル, アーサー・コナ
　ン）‥‥‥‥‥‥‥‥‥‥‥‥‥　0225
アメリカフウの下で（中澤 秀彬）‥‥‥　0988
アメリカン・スクール（小島 信夫）

‥‥‥‥‥‥‥‥‥‥‥　0995, 1065, 1066
アーモンド（シェルネガ, ジョン）‥‥‥　1150
綾（大鴨居 ひよこ）‥‥‥‥‥‥‥‥　1021
あやかしあそび（高見 ゆかり）‥‥‥‥　0407
あやかし心中（中島 鉄也）‥‥‥‥‥　0463
斐子―あやこ（山寺 美恵）‥‥‥‥‥　0991
怪しい使用人（ローデン, バーバラ）‥‥　0233
怪しい部屋（小島 水青）‥‥‥‥‥‥　0415
怪しい来客―1（紙舞）‥‥‥‥‥‥‥　0415
怪しい来客―2（黒 史郎）‥‥‥‥‥‥　0415
怪しい来客―3（安曇 潤平）‥‥‥‥‥　0415
あやしやな（幸田 露伴）‥‥‥‥‥‥　0295
綾瀬美穂（谷 春慶）‥‥‥‥‥‥‥‥　0603
妖と稚児（齊藤 飛鳥）‥‥‥‥‥‥‥　0407
あやめ祭の発見（荒川 百花）‥‥‥‥　0813
あゆ（室生 犀星）‥‥‥‥‥‥‥‥‥　0617
鮎（丹羽 文雄）‥‥‥‥‥‥‥‥‥‥　1092
鮎川哲也を読んだ男（三浦 大）‥‥‥‥　0610
「鮎」に就いて（丹羽 文雄）‥‥‥‥‥　1092
歩む（河野 アサ）‥‥‥‥‥‥‥‥‥　1026
洗い屋おゆき（越水 利江子）‥‥‥‥　0796
予め決定されている明日（小林 泰三）‥‥　0535
あらがみ集（神保 光太郎）‥‥‥‥‥　1037
あら神の歌（神保 光太郎）‥‥‥‥‥　1037
荒川、喫茶、ブルース（規田 恵真）‥‥　0908
嵐（マライーニ, ダーチャ）‥‥‥‥‥　1156
嵐の柩島で誰が死ぬ［解決編］（辻 真先）
　　　‥‥‥‥‥‥‥‥‥‥‥‥‥　0253
嵐の柩島で誰が死ぬ［問題編］（辻 真先）
　　　‥‥‥‥‥‥‥‥‥‥‥‥‥　0253
嵐の前（北原 亞以子）‥‥‥‥‥‥‥　0077
嵐の夜に（塔山 郁）‥‥‥‥‥‥‥‥　0196
嵐の夜の奇跡（ジョージ, キャサリン）‥　0731
嵐の夜の出来事（新野 哲也）‥‥‥‥　1010
争多き日（中山 義秀）‥‥‥‥‥‥‥　0993
争いをなくしたい（柏原 幻）‥‥‥‥‥　0973
争いの果て（モンゴメリ）‥‥‥‥‥‥　0879
新たな引力（アルトシュル, アンドリュー・
　フォスター）‥‥‥‥‥‥‥‥‥　1142
新たなる黙示（斧澤 燎）‥‥‥‥‥‥　0489
新手のセールストーク（法坂 一広）
　　　‥‥‥‥‥‥‥‥‥‥　0223, 0224
曠野（堀 辰雄）‥‥‥‥‥‥‥‥‥‥　1089
荒野の果てに（三浦 しをん）‥‥‥‥‥　1109
アラビー（ジョイス, ジェームズ）‥‥‥　1141
アラビア人占星術師のはなし（アーヴィン
　グ, ワシントン）‥‥‥‥‥‥‥‥　0883

616

作品名索引　　あるさ

アラビアの女予言者メリュック・マリア・ブランヴィル（アルニム, アヒム・フォン）‥‥‥‥‥‥‥‥‥‥‥ 0399
あらぶる妹（上原 和樹）‥‥‥‥‥ 0465
アラベスク―西南の彼方で（おおくぼ系）‥‥‥‥‥‥‥‥‥‥‥‥ 0930
私とノベルスの25年（荒巻 義雄）‥ 1098
あらゆるものにまちがったラベルのついた王国（ベンダー, エイミー）‥‥‥‥ 1088
アララギ校正の夜（杉浦 明平）‥‥ 0580
蟻（駒沢 直）‥‥‥‥‥‥‥‥‥‥ 0465
蟻（宍戸 レイ）‥‥‥‥‥ 0416, 0417
蟻（ムラーベト, ムハンマド）‥‥‥ 0404
アリア人の孤独（松永 延造）‥‥‥ 1052
あり得ること（佐野 洋）‥‥‥‥‥ 1049
アリガト（シアストン, トレヴァー）‥‥ 1163
ありがとう（石田 衣良）‥‥‥‥‥ 0738
アリクについて（チャペック, カレル）‥ 0886
アリゲーターの涙（クライダー, ビル）‥ 0320
アリス（キャップス, タッカー）‥‥‥ 1144
アリスへの決別（山本 弘）‥‥‥‥ 0511
アリスの家（キーン, ジェイミー）‥‥ 1142
アリスの心臓（海猫沢 めろん）‥‥‥ 0520
アリスの不思議な旅（石川 喬司）‥‥ 0289
アリスマ王の愛した魔物（小川 一水）‥ 0511
闘技場（ブラウン, フレドリック）‥‥ 0524
ありの足音（山本 一力）‥‥‥‥‥ 0012
アリの巣（ナッティング, アリッサ）‥ 1129
アリーの秘密（ウインターズ, レベッカ）‥‥‥‥‥‥‥‥‥‥‥‥‥‥ 0731
アリバイ（今野 敏）‥‥‥‥‥‥‥ 0928
アリバイ（森江 賢二）‥‥‥‥‥‥ 0967
現場不在証明（角田 喜久雄）‥‥‥ 0143
アリバイ工作（日比谷 けん）‥‥‥ 0972
アリバイさがし（アームストロング, シャーロット）‥‥‥‥‥‥‥‥‥‥‥ 0344
アリバイ・ジ・アンビバレンス（西澤 保彦）‥‥‥‥‥‥‥‥‥‥‥‥ 0222
アーリー・ヒューマンズ（ホールバーグ, ガース・リスク）‥‥‥‥‥‥‥ 1144
ある秋の出来事（坂上 弘）‥‥‥‥ 1027
ある遺書（原石 寛）‥‥‥‥‥‥‥ 0992
歩いた道（山下 芳信）‥‥‥‥‥‥ 0822
或る田舎町の魅力（吉田 健一）‥‥ 0396
ある犬の死（ナムダグ, ドンロビィン）‥ 1118
ある犬の生涯（ロッゲム, マヌエル・ヴァン）‥‥‥‥‥‥‥‥‥‥‥‥ 0418

あるいは四風荘殺人事件（有栖川 有栖）‥‥‥‥‥‥‥‥‥‥‥ 0359, 0360
あるいは土星に慰めを（新城 カズマ）‥ 0571
あるいはマンボウでいっぱいの海（田中 啓文）‥‥‥‥‥‥‥‥‥‥‥‥ 0474
ある印刷物の行方（山白 朝子）‥‥ 0403
ある映画監督の悩み（犬伏 浩）‥‥ 0970
ある映画の記憶（恩田 陸）‥‥‥‥ 0596
或る駅の怪事件（蟹海 太郎）‥‥‥ 0610
あるエープリール・フール（佐野 洋）‥ 0148
或る王子の死（@stdaux）‥‥‥‥‥ 1051
ある女芸人の元マネージャーの話―その1（岩井 志麻子）‥‥‥‥ 0416, 0417
ある女芸人の元マネージャーの話―その2（岩井 志麻子）‥‥‥‥ 0416, 0417
ある女芸人の元マネージャーの話―その3（岩井 志麻子）‥‥‥‥ 0416, 0417
或る女の幻想（佐藤 春夫）‥‥‥‥ 1086
ある女の生涯（島崎 藤村）‥‥‥‥ 1077
ある女の日記（小泉 八雲）‥‥‥‥ 0883
ある絵画論（日影 丈吉）‥‥‥‥‥ 0395
ある会話（浜尾 まさひろ）‥‥‥‥ 0967
ある書き出し（永井 龍男）‥‥‥‥ 0993
ある家族の夕餉―ニッポンしみじみ（イシグロ, カズオ）‥‥‥‥‥‥‥‥ 1139
ある学会報告（カフカ, フランツ）‥‥ 0880
或る患者（清水 益三）‥‥‥‥‥‥ 0968
あるカンボジア人の歌（グオ・シャオルー）‥‥‥‥‥‥‥‥‥‥‥‥ 0752
ある記事の齟齬（松村 進吉）‥‥‥ 0438
ある奇跡（弐藤 水流）‥‥‥‥‥‥ 0571
ある疑惑（吉田 雨）‥‥‥‥‥‥‥ 0971
歩く（ラクーザ, イルマ）‥‥‥‥‥ 0750
ある薬指の話（星野 良一）‥‥‥‥ 0972
アルクホル・ランプ（平木 さくら）‥ 0867
アルクマン（耳 目）‥‥‥‥‥‥‥ 0974
アールグレイ（@amamuta）‥‥‥‥ 0781
あるグレートマザーの告白（平山 夢明）‥‥‥‥‥‥‥‥‥‥‥‥‥‥ 0490
ある欠陥物件に関する関係者への聞き取り調査（林 譲治）‥‥‥‥‥‥‥ 0492
或る「小倉日記」伝（松本 清張）‥‥ 0993
あるゴーストの独白（大森 康宏）‥‥ 0837
あるこどものおはなし（まつじ）‥‥ 1023
或ル挿絵画家ノ所有スル魍魎ノ函（フジワラ ヨウコウ）‥‥‥‥‥‥‥‥ 0486
アルザスの天使猫（大原 まり子）‥‥ 0537

617

あるさ　　作品名索引

ある殺人（畠山　拓）・・・・・・・・・・・・・・・・・・ 0987
ある自称やり手の編集者の話（岩井　志麻
　子）・・・・・・・・・・・・・・・・・・・ 0416, 0417
ある蒐集家の死（二階堂　黎人）・・・・・・・ 0361
ある終末夫婦のレシート（柄刀　一）
　・・・・・・・・・・・・・・・・・・・・・・・・・・ 0341, 0342
ある情熱（司馬　遼太郎）・・・・・・・・・・・・ 0924
ある女王の物語（光原　百合）・・・・・・・・ 0265
ある職工の手記（宮地　嘉六）・・・・・・・・ 0764
ある新聞読者の手紙（ヘミングウェイ, アー
　ネスト）・・・・・・・・・・・・・・・・・・・・・・・・・ 1137
ある生長（日影　丈吉）・・・・・・・・・・・・・ 0395
あるソムリエの話（貫井　徳郎）・・・・・・・ 1067
ある大統領の伝記（小鳥遊　ふみ）・・・・・ 0970
ある台風伝（恩知　邦衞）・・・・・・・・・・・・ 0968
あるタブー（堂場　瞬一）・・・・・・・・・・・・ 1040
或る調書の一節―対話（谷崎　潤一郎）・・・ 0892
アルデンテ（白縫　いさや）・・・・・・・・・・ 1023
アルデンテ（よもぎ）・・・・・・・・・・・・・・ 1021
ある閉ざされた雪の雀荘で（伽古屋　圭
　市）・・・・・・・・・・・・・・・・・・・・・・・・・・ 0223
あるトルコの一家の物語―第5章「変化す
　る秩序」（オルガ, イルファン）・・・・・・ 1122
或る夏のディレールメント（遊馬　足搔）
　・・・・・・・・・・・・・・・・・・・・・・・・・・・・ 0196
ある人気作家の憂鬱（島津　緒繚）
　・・・・・・・・・・・・・・・ 0193, 0443, 0584
ある墓（田山　花袋）・・・・・・・・・・・・・・ 1086
アルハザードの娘（新熊　昇）・・・・・・・・ 0489
アルバート・ノップスの人生（ムア, ジョー
　ジ）・・・・・・・・・・・・・・・・・・・・・・・・・・ 1127
ある晴れた日のウィーンは森の中にたたず
　む（荒巻　義雄）・・・・・・・・・・・・・・・・ 0530
ある「ハンセン病患者」の日記から（アッ
　プダイク, ジョン）・・・・・・・・・・・・・・ 1137
ある人妻の物語（光原　百合）・・・・・・・・ 0265
ある日突然に（高館　作夫）・・・・・・・・・・ 0991
ある日の蜀山人（深海　和）・・・・・・・・・・ 0991
ある日の出来事（鈴木　美春）・・・・・・・・ 0848
ある日、爆弾がおちてきて（古橋　秀之）・・ 0535
ある姫君の物語（光原　百合）・・・・・・・・ 0265
あるふぁべてぃく（中井　英夫）・・・・・・ 0790
ある古本屋の妻の話（井上　荒野）・・・・・ 0805
アルフレッドの方舟（ヴァンス, ジャッ
　ク）・・・・・・・・・・・・・・・・・・・・・・・・・・ 1135
あるべき所を求めて―書店員編（作者不
　詳）・・・・・・・・・・・・・・・・・・・・・・・・・・ 0771
ある街の一夜（関　沫南）・・・・・・・・・・・ 1115

ある雪男の物語（拓未　司）・・・・・・・・・・ 0198
ある夜（広津　和郎）・・・・・・・・・ 0872, 0873
或る夜の西脇先生（安東　伸介）・・・・・・・ 0993
吸血花（吉川　良太郎）・・・・・・・・・・・・・・ 1012
アルルの女（ドーデ, アルフォンス）・・・ 1154
ある老人の生活（岡野　弘樹）・・・・・・・・ 0988
ある老人の図書館（倉橋　由美子）・・・・・ 0395
あれから3年―翼は碧空を翔けて（三浦　真
　奈美）・・・・・・・・・・・・・・・・・・・・・・・・ 1098
アレキシサイミアの父と（安井　多恵子）
　・・・・・・・・・・・・・・・・・・・・・・・・・・・・ 0853
アレスケのふとん（木次　園子）・・・・・・ 0865
アレフ（ボルヘス, ホルヘ・ルイス）・・・・ 0392
アレルギー（川上　弘美）・・・・・・・・・・・・ 0807
あれは子どものための歌（明神　しじま）
　・・・・・・・・・・・・・・・・・・・・・・・・・・・・ 0303
アレンテージョ（江國　香織）・・・・・ 0623, 0624
泡坂ミステリ考―亜愛一郎シリーズを中心
　に　評論（横井　司）・・・・・・・・・・・・ 0324
泡坂ミステリ考―亜愛一郎シリーズを中心
　に（横井　司）・・・・・・・・・・・・・・・・・・ 0171
合わせ鏡の地獄（三津田　信三）・・・・・・ 0483
あわてた雪女（迦都リーヌ）・・・・・・・・・・ 0858
あわてんぼう（友朗）・・・・・・・・・・・・・・ 0967
泡と消えぬ恋（氷川　拓哉）・・・・・・・・・・ 0967
哀れ（佐藤　春夫）・・・・・・・・・・・・・・・・ 1071
哀れな男（千梨　らく）・・・・・・・・・・・・・ 0200
アンゲリカのクリスマスローズ（中山　七
　里）・・・・・・・・・・ 0193, 0194, 0197
アンゴウ（坂口　安吾）・・・・・・・・・・・・・ 0582
鮟鱇の足（田中　小実昌）・・・・・・・・・・・ 0613
暗黒系―Goth（乙一）・・・・・・・・・・・・・ 0488
暗黒星団（堀　晃）・・・・・・・・・・・・・・・・ 0534
暗黒の海を漂う黄金の林檎（七河　迦南）
　・・・・・・・・・・・・・・・・・・・・・・・・・・・・ 0241
暗殺犬（桐生　悠三）・・・・・・・・・・・・・・ 0111
暗殺剣虎ノ眼（藤沢　周平）・・・・・・・・・・ 0063
暗殺者（金井　美恵子）・・・・・・・・・・・・・ 0803
暗殺者の輪舞曲（嵯峨野　晶）・・・・・・・・ 0103
アンサー・ツリー（ボイエット, スティーヴ
　ン・R.）・・・・・・・・・・・・・・・・・・・・・・ 0450
アンジー・クレーマーにさよならを（新城
　カズマ）・・・・・・・・・・・・・・・・・・・・・・ 0520
闇沼（秋山　真琴）・・・・・・・・・・・・・・・・ 0460
安心感（黒羽　カラス）・・・・・・・・・・・・・ 0976
安心しておやすみ。（@kiyomin）・・・・・ 0781
杏の若葉（宮本　百合子）・・・・・・・・・・・ 0616
安政元年の牡羊座（橋本　治）・・・・・・・・ 0958

618

作品名索引　　　　　　　　　　　　　　　　いきさ

アンセクシー（朝倉 かすみ）…… 0673, 0674
安全航海（オースベル, ラモーナ）…… 1129
安全な恋（圓 眞美）……………… 1021
安全ポスター（猫吉）……………… 0463
アンダーカヴァー（誉田 哲也）…… 0308
アンタさん（阿川 佐和子）…… 0896, 0897
アンタナナリボの金曜市（入江 敦彦）… 0484
闇中斎剣法書（好村 兼一）………… 0080
アンティゴネ（皆川 博子）………… 0776
アンティノゥスの死（ラシルド）…… 0876
アンテオン遊星への道（ソール, ジェリ
　イ）…………………………… 0524
暗闘（岩野 清）…………………… 0748
アンドロイドは柱を跨ぐ（渡橋 すあも）
　………………………………… 1051
アンドロメダ星座まで（ブリヤンテス, グレ
　ゴリオ・C.）…………………… 1110
案内状（耕 治人）………………… 0962
あんなか（陽羅 義光）…………… 0986
あんなふうに（マッカラーズ, カースン）
　………………………………… 1138
安南の六連銭（新宮 正春）………… 0027
蠕虫舞手（宮沢 賢治）…………… 1079
アンバランス（乃南 アサ）………… 0735
アンビバレンス（村山 由佳）……… 0647
アンブッシュ（せんべい猫）……… 0438
暗黙のルール（早乙女 まぶた）…… 0463
あんよはじょうず（紀井 敦）……… 0969
アンリと雪どけ祭り（高松 素子）… 0859

【 い 】

胃（春風 のぶこ）………………… 0992
イタリア国旗の食卓（谷原 秋桜子）
　………………………… 0171, 0324
いいえ 私は（荻野 アンナ）……… 0958
いいかげん幽霊だと気づいてくれないと面
　白くないわ（烏本 拓）………… 0460
いいキッカケ（なるせ ゆうせい）… 1022
井伊の虎（火坂 雅志）…………… 0083
飯鉢山山腹（泡坂 妻夫）………… 0270
いいひと（セイヤー, マンディ）…… 1163
言うな地蔵（大門 剛明）…… 0211, 0379
イヴに天使が舞いおりて（ウインターズ, レ
　ベッカ）………………………… 0733

家（安部 公房）…………………… 0395
家（張 悦然）……………………… 1112
遺影（真保 裕一）………………… 0326
遺影と鍵（吉澤 有貴）…………… 0427
家が死んどる（福澤 徹三）……… 0409
いえきゅぶおじさん（葦原 崇貴）… 0489
家路（朝吹 真理子）……………… 1059
イエ・シェン（作者不詳）………… 0693
イエスタデイズ（村山 由佳）…… 0900, 1016
イエスの裔（柴田 錬三郎）……… 0295
イエスの島で（波佐間 義之）……… 0931
家出（キトゥアイ, オーガスト）…… 1164
家出（早助 よう子）……………… 1061
言えない言葉―the words in a capsule（本
　多 孝好）……………………… 0213
言えない話（松村 進吉）………… 0415
言えないわけ（ブロック, ローレンス）… 1124
家なき者―みなし児しみじみ（ヴォネガッ
　ト, カート）…………………… 1147
家にあるもの（アトゥルガン, ユスフ）… 1122
家の怪―森銑三『物いふ小箱』より（南 伸
　坊）…………………………… 0445
家の中（島尾 敏雄）……………… 1094
家康謀殺（伊東 潤）……………… 0055
イエローカード（柄刀 一）……… 0244
硫黄島に死す（城山 三郎）……… 0776
異界への通路（宇佐美 まこと）… 0416, 0417
意外な犯人（綾辻 行人）………… 0137
烏賊神家の一族の殺人（東川 篤哉）
　…………………………… 0162, 0163
医学生と首（木々 高太郎）……… 0336
医学博士（小林 恭二）…………… 0479
伊賀越え（新田 次郎）…………… 0116
いかさま師（ベネ, スティーヴン・ヴィンセ
　ント）………………………… 0283
いかにもいかめしく（オハラ, ジョン）… 1132
イガヤシ（我妻 俊樹）…………… 0427
怒り（ローザン, S.J.）……………… 0337
怒りの箸（鳥羽 亮）……………… 0090
怒りの帰郷（ゴーマン, エド）……… 0203
いかりのにがさ（志賀 泉）……… 0926
怒りの矛先（冨士 玉女）………… 0427
怒れる高村軍曹（新井 紀一）…… 0766
キギエの女神（メリメ, プロスペル）… 0469
息をするアンバー（コンドン, マシュー）
　………………………………… 1163
行き先（朱雀門 出）……………… 1023

619

いきし　　　　　　　　　　作品名索引

生き地獄（井上　剛）………………… 0571
生きじびき（森山　東）………………… 0585
生き証人（末浦　広海）……… 0209, 0374
生き血（田辺　青蛙）………… 0457, 0458
生きてゐる風（朝松　健）……………… 0475
生きてゐる皮膚（米田　三星）………… 0247
生きてきた証に（内海　隆一郎）……… 0591
生き残り（戸梶　圭太）………………… 0444
生きのびるための死（高石　恭子）…… 0959
生きものかんさつ（丸野　麻万）……… 0967
生き物使い（陶　宗儀）………………… 0479
異郷（津村　節子）……………………… 1059
異形（北　杜夫）………………………… 1025
異形の顔（抄）（平賀　白山）………… 0479
イギリス寒村の謎（ボージス，アーサー）
　………………………………… 0149, 0365
生霊（立原　透耶）…………… 0416, 0417
生きる（谷川　俊太郎）………………… 0885
生きる意味（大平　友）………………… 0969
生きる気まんまんだった女の子の話（江國
　香織）………………………………… 0805
生きる歓び（保坂　和志）……………… 0798
生きる理由（@mick004）……………… 0781
イグアノドンの唄（中谷　宇吉郎）…… 0883
戦いの美学（童門　冬二）……………… 0058
いくさ　公転　星座から見た地球（福永　信）
　……………………………………… 0500
戦は算術に候（伊東　潤）……………… 0083
イグノラムス・イグノラビムス（円城
　塔）…………………………… 0515, 0570
生垣の中（下川　渉）…………………… 0465
池尻の下女（三友　隆司）……………… 0833
池田澄子十三句（池田　澄子）………… 0886
生贄（青島　さかな）…………………… 1023
池猫（筒井　康隆）……………………… 0966
生ける家具（ゾズーリャ，エフィム）… 0406
いこうよ，いこうよ（久遠　平太郎）… 0457, 0458
異国のボス（ヒューイット，ケイト）… 0721
異国の町にて（ヨハンゼン，ハンナ）… 0750
生駒山の秘密会（水沫　流人）………… 0415
イサの氾濫（木村　友祐）……………… 1060
伊佐浜心中（長堂　英吉）……………… 0825
勇の腰痛（火坂　雅志）………………… 0102
勇み肌の男（エロ，エルネスト）……… 0449
伊皿子の犬とパンと種（長野　まゆみ）… 1064
遺産（ベリー，ジェディディア）……… 1144
遺児（上林　暁）………………………… 0580

石遊び（小島　信夫）…………………… 0880
石臼の唄―ダムで沈んだ村のためのレクイ
　エム（池田　星爾）…………………… 0846
イージー・エスケープ（オキシ　タケヒ
　コ）…………………………………… 0495
石がものいう話（高橋　史絵）……… 0459, 0461
石川啄木（石川　啄木）………………… 1031
石蹴り（松浦　寿輝）…………………… 1064
石田三成―清涼の士（澤田　ふじ子）… 0047
石田黙のある部屋（折原　一）………… 0252
石段下の闇（火坂　雅志）……………… 0046
いじっぱり（ゆずき）…………………… 0808
石に漱ぎて滅びなば（山田　正紀）…… 0569
石に潜む（白　ひびき）……… 0459, 0461
イジーの大あたり（エルロッド,P.N.）… 0320
石の時代（メーア，マリエラ）………… 0750
石の城（菊地　秀行）…………………… 0472
石の葬式（カルネジス，パノス）……… 0881
意志のない男（西方　まぁき）………… 0973
碑（中山　義秀）………………………… 0850
石塀幽霊（大阪　圭吉）………………… 0143
石繭（上田　早夕里）…………………… 0484
医者の言葉（西方　まぁき）…………… 0972
石山怪談（花田　清輝）………………… 0396
伊集院大介の失敗（栗本　薫）………… 0272
意趣返し（木村　千尋）………………… 0863
遺書（森　日向太）……………………… 0971
衣裳戸棚（マン，トーマス）…………… 0392
衣装箱（ムラーベト，ムハンマド）…… 0404
遺書がなくったっていい（笹原　実穂子）
　……………………………………… 1026
石は語らず（水上　呂理）……………… 0247
維新の景（野辺　慎一）………………… 0987
イヅク川（志賀　直哉）……… 0479, 1078
五十鈴川の鴨（竹西　寛子）…………… 1055
いすず橋（村木　嵐）…………………… 0081
伊豆での話（加門　七海）…… 0416, 0417
イーストヴェイル・レディーズ・ポーカー・
　サークル（ロビンスン，ピーター）… 0317
イーストウッドに助けはこない（竹吉　優
　輔）…………………………… 0260, 0261
伊豆の死角（津村　秀介）……………… 0605
伊豆の俳人萩原麦草（杉山　早苗）…… 0852
伊豆堀越御所異聞（木夏　真一郎）…… 0823
伊豆松崎小景（杉本　利男）…………… 0990
泉のぬし（勝山　海百合）…… 0416, 0417
泉よ，泉（荒井　恵美子）……………… 0863

620

作品名索引　　いちは

伊豆行き松川湖下車の旅（菅沼 美代子）
　　……………………………………　0812
イズラフェル（アリン，ダグ）…………　1149
いずれは死ぬ身（ウルフ，トバイアス）…　1123
伊豆は巨樹王国（川村 均）……………　0847
伊豆は第三の故郷（游 美媛）…………　0812
異姓（杜 光庭）…………………………　0479
異星間刑事捜査交流会（新藤 卓広）……　0619
異星獣を追え！（シマック，クリフォード・
　D.）……………………………………　0524
伊勢氏家訓（花田 清輝）………………　0396
異説・軽井沢心中（土屋 隆夫）…………　0582
異説猿ケ辻の変（隆 慶一郎）…………　0129
異説晴信初陣記（新田 次郎）…………　0033
異説晴信初陣記―板垣信形（新田 次郎）
　　……………………………………　0035
磯牡蠣（有井 聡）…………　0459, 0461
磯蟹（あずま 菜ずな）…………………　0846
急ぎでお願いします（椎間 浩二）………　0974
いそしぎ（椎名 誠）……………………　0544
磯女（添田 健一）………………………　0462
イソメのこと（間 遠南）………………　0464
五十六（加藤 鉄児）……………………　0224
依存のお茶会（竹本 健治）………　0922, 0923
イタイオンナ（中原 涼）………………　0474
偉大なるバーリンゲーム氏（マーヴェル，
　ジョン）………………………………　0346
痛い本（ひびき はじめ）………………　0465
板垣さんのやせがまん（名取 佐和子）…　1030
板さんの恋（荻田 美加）………………　0697
痛女ブログへようこそ（西条 りくる）…　0665
いたずら（チェーホフ，アントン・パーヴロ
　ヴィチ）………………………………　0684
いたづら書（沖野 岩三郎）……………　1086
悪戯心（田中 悦朗）……………………　0975
いたずらな天使（ラクレア，デイ）……　0729
いたずらの効果（島﨑 一裕）…………　0971
いただきます（イーブン，カー）………　0462
いただきますを言いましょう（堀内 公太
　郎）……………………………………　0619
韋駄天どこまでも（多和田 葉子）……　0709
傷みの通過点（高橋 寛子）……………　0959
一（倉阪 鬼一郎）………………………　0474
119（倉狩 聡）…………………………　0444
一円玉も集まれば（@k_you_nagi）……　0781
一億二千万分の一（西島 豪宏）………　0971
苺（円地 文子）…………………………　0627

一期一会―介錯人別所龍玄始末（辻堂
　魁）……………………………………　0017
苺が赤くなったら（畠中 恵）……　0675, 0676
壹越（塚本 邦雄）………………………　1025
いちご人形（飛雄）……………………　0460
苺の家（村上 あつこ）…………………　0821
苺の季節（コールドウェル，アースキン）
　　……………………………………　0882
一私窩児の死（堀口 大學）……………　0993
一時間の物語（ショパン，ケイト）……　1137
いちじくの葉（中原 中也）……………　0618
一大決心（柳 霧津子）…………………　0974
一段消し（金広 賢介）…………………　0762
一ドルのジャックポット（コナリー，マイク
　ル）……………………………………　0317
1、2、3、悠久！（桜庭 一樹）……　0939, 0940
一日社長体験（紀井 敦）………………　0974
一年後（マクラッチー，J.D.）…………　0783
一年後、砂浜にて（倉阪 鬼一郎）……　0484
一年後の東京（夢野 久作）……………　0784
一年後の夏（喜多 南）……………　0194, 0195
一年のいのち（マシスン，リチャード・クリ
　スチャン）……………………………　0877
一年ののち（林 真理子）…………　0691, 0839
一年霊（春日 武彦）……………………　0475
一の太刀（柴田 錬三郎）………………　0117
いちば童子（朱川 湊人）…………　0896, 0897
市場にて―バンダル・アード＝ケナード（駒
　崎 優）………………………………　1098
一番きれいなピンク（紀田 祥）………　0930
いちばん大切な美徳（ウィルソン，ケヴィ
　ン）……………………………………　1152
いちばん不幸で、そしていちばん幸福な少
　女―中島梓という奥さんとの日々 連載
　第1回（今岡 清）……………………　0502
いちばん不幸で、そしていちばん幸福な少
　女―中島梓という奥さんとの日々 連載
　第2回（今岡 清）……………………　0503
いちばん不幸で、そしていちばん幸福な少
　女―中島梓という奥さんとの日々 連載
　第3回（今岡 清）……………………　0504
いちばん不幸で、そしていちばん幸福な少
　女―中島梓という奥さんとの日々 最終
　回（今岡 清）………………………　0505
いちばん不幸で、そしていちばん幸福な少
　女―中島梓という奥さんとの日々 第2部
　/第1回（今岡 清）…………………　0506
いちばん不幸で、そしていちばん幸福な少

621

いちは　　　　　　　　　作品名索引

女―中島梓という奥さんとの日々 第2部
／第2回（今岡 清）‥‥‥‥‥‥ 0507
いちばん不幸で、そしていちばん幸福な少
女―中島梓という奥さんとの日々 第2部
／第3回（今岡 清）‥‥‥‥‥‥ 0508
いちばん不幸で、そしていちばん幸福な少
女―中島梓という奥さんとの日々 第2部
／最終回（今岡 清）‥‥‥‥‥‥ 0509
一部の地域（門倉 信）‥‥‥‥‥‥ 0972
「一文物語集」より『0～108』（飯田 茂
実）‥‥‥‥‥‥‥‥‥‥‥‥‥‥ 1025
市松小僧始末（池波 正太郎）‥‥‥ 0003
市松人形（武田 若千）‥‥‥‥‥‥ 0462
一夜（西村 賢太）‥‥‥‥‥‥‥‥ 0944
一夜（藤澤 清造）‥‥‥‥‥‥‥‥ 0944
一夜かぎりのエンゲージ―華麗なるシチリ
ア（マリネッリ、キャロル）‥‥‥ 0642
一夜酒（江坂 遊）‥‥‥‥‥‥‥‥ 0484
一夜のうれい（田山 花袋）‥‥‥‥ 0784
一両二分の屋敷（山岡 荘八）‥‥‥ 0125
一両目には乗らない（立原 透耶）‥ 0416, 0417
一蓮托掌―R・×・ラ×ァ×ィ（伴名 練）
‥‥‥‥‥‥‥‥‥‥‥‥‥‥‥‥ 0495
一連の出来事（冨士 玉女）‥‥‥‥ 0427
1620（三羽 省吾）‥‥‥‥‥‥‥‥ 0979
いつ入れ替わった？―An exchange of tears
for smiles（森 博嗣）‥‥‥‥‥ 0352
いつか金だらいな日々―轟拳ヤマト外伝
（飯島 祐輔）‥‥‥‥‥‥‥‥‥ 1098
いつか、猫になった日（赤川 次郎）‥ 0810
いつかの一歩（角田 光代）‥‥‥‥ 1016
いつかの情景（あやめ ゆう）‥‥‥ 1081
いつかのメール（加藤 千恵）‥‥‥ 0905
一休ちゃん（工藤 実）‥‥‥‥‥‥ 0858
一口剣（幸田 露伴）‥‥‥‥‥‥‥ 1052
一歳（葦原 崇貴）‥‥‥‥‥‥‥‥ 0489
一冊の本（大島 真寿美）‥‥‥‥‥ 0589
一週間（横溝 正史）‥‥‥‥‥‥‥ 0133
一生ぶんの一分間（河野 裕）‥‥‥ 0294
いっしょだから（川崎 草志）‥‥‥ 0456
いっしょに生きよう（ティプトリー、ジェイ
ムズ,Jr.）‥‥‥‥‥‥‥‥‥‥ 0572
一心不乱物語（柴田 錬三郎）‥‥‥ 0006
一炊の夢（小池 真理子）‥‥‥‥‥ 1010
一寸先は、光（勝間田 憲男）‥‥‥ 0832
一千一秒殺人事件（恩田 陸）‥‥‥ 0473
一千一秒物語（稲垣 足穂）‥‥‥‥ 1079
『一千一秒物語』より（稲垣 足穂）‥‥ 0394

一銭てんぷら（長谷川 卓也）‥‥‥ 0583
いつだって溺れるのは（豆塚 エリ）‥ 1006
一反木綿（高橋 由太）‥‥‥‥‥‥ 0178
いっちゃんのバカ（伊藤 美紀）‥‥ 0868
イッツ・ア・スモール・ワールド（小路 幸
也）‥‥‥‥‥‥‥‥‥‥‥‥‥‥ 0767
イッツアスモールワールド（橋口 いく
よ）‥‥‥‥‥‥‥‥‥‥‥‥‥‥ 0671
一対の手（キラ=クーチ、アーサー）‥ 0886
一対の手―ある老嬢の怪談（キラ=クーチ、
アーサー）‥‥‥‥‥‥‥‥‥‥‥ 0480
五つの小品―随筆（安妮 宝貝）‥‥ 1112
五つの生首（小島 水青）‥‥‥‥‥ 0415
五つのプレゼント（乾 くるみ）‥ 0220, 0221
一滴の血（ウールリッチ、コーネル）‥ 0172
いつでもどこでも、あなたと（マッケナ、
シャノン）‥‥‥‥‥‥‥‥‥‥‥ 0703
いつでもどんな時でもそばにいるよ（オー
ツ、ジョイス・キャロル）‥‥‥‥ 0298
一点突破（LiLy）‥‥‥‥‥‥‥‥ 0734
一刀斎は背番号6（五味 康祐）‥‥ 0599
一等車の秘密（ノックス、ロナルド・A.）
‥‥‥‥‥‥‥‥‥‥‥‥‥‥‥‥ 0231
一刀正伝無刀流 山岡鉄舟「山岡鉄舟」（五
味 康祐）‥‥‥‥‥‥‥‥‥‥‥ 0104
一杯のカレーライス―薬屋探偵妖綺談（時
村 尚）‥‥‥‥‥‥‥‥‥‥‥‥ 0378
一杯のミルク（ロハス、マヌエル）‥ 1161
一発の銃弾（プロヴォースト、アンネ）‥ 1160
一匹の本/複数の自伝（多和田 葉子）‥ 0592
一匹や二匹（仁木 悦子）‥‥‥‥ 0268, 0802
いっぷう変わった人々（クルーン、レー
ナ）‥‥‥‥‥‥‥‥‥‥‥‥‥‥ 0881
一ぷく三杯（夢野 久作）‥‥‥‥‥ 0628
一服ひろばの謎―「防犯探偵・榎本径」シ
リーズ番外編（貴志 祐介）‥‥‥ 0951
一本足で（アルプ、ハンス）‥‥‥‥ 0418
一本献上（野辺 慎一）‥‥‥‥‥‥ 0915
いっぽん桜（山本 一力）‥‥‥‥‥ 0087
いつまでも赤（河野 裕）‥‥‥‥‥ 0294
いつまでもショパン（中山 七里）‥ 0178
いつもあなたを見ている（濱本 七恵）‥ 0697
いつもの笑顔で―受付業務編（作者不詳）
‥‥‥‥‥‥‥‥‥‥‥‥‥‥‥‥ 0771
いつもの言葉をもう一度（井上 雅彦）‥ 0484
偽りの季節（五條 瑛）‥‥‥‥‥‥ 0219
射手座（ラッセル、レイ）‥‥‥‥‥ 0452

622

凍て蝶（須賀 しのぶ）……………… 0562
凍てついた暦（大西 功）…………… 0829
糸？（圓 眞美）……………………… 1023
伊藤米店（彩瀬 まる）……………… 0893
伊藤さん（戸口 右亮）……………… 0974
移動指紋（佐野 洋）………………… 0271
移動する村落（葉山 嘉樹）………… 0764
伊東先生（庄野 潤三）……………… 0993
移動図書館と百年の孤独（サブ）…… 0584
伊藤典夫インタビュー（青雲立志編）（伊藤
　典夫）……………………………… 0549
糸織草子（森谷 明子）……………… 0331
糸車（山本 周五郎）………………… 0025
いとこ、かずん（平田 俊子）……… 0607
いとこのスープ（朝来 みゆか）…… 0853
従兄の話（崩木 十弐）……………… 0785
愛しのジュリエット（橋 てつと）… 1026
愛しの猫（梅原 満知子）…………… 0946
いとしのプロビッチ（瑠璃）……… 0868
いとしのマックス／マックス・ア・ゴーゴー
　（蛭子 能収）……………………… 0597
愛しのルナ（柚月 裕子）…… 0443, 0791
糸ノコとジグザグ（島田 荘司）… 0264, 0327
イーナ（バニスター，マンリー）… 0389
田舎教師（抄）（田山 花袋）……… 0882
田舎教師の独白（髙村 薫）………… 1059
田舎暮らし（ダルマール，アウグスト）… 1161
田舎の景観（アマゾンカ）（ナツァグドルジ，
　ダシドルジーン）………………… 1118
田舎の刑事の趣味とお仕事（滝田 務雄）
　………………………………………… 0205
田舎の刑事の宝さがし（滝田 務雄）… 0302
いなか、の、じけん（抄）（夢野 久作）… 0869
田舎の風景（青井 知之）…………… 0462
田舎旅行（遊馬 足掻）……………… 0603
蝗（田村 泰次郎）…………………… 0776
蝗うり（前田 曙山）………………… 1075
蝗の村（深澤 夜）…………………… 0421
いなさ参ろう（山手 一郎）………… 0815
稲荷道中、夏めぐり（東 朔水）…… 0466
イニシャル占い（雅）………………… 0853
犬（成字 終）………………………… 0974
犬を逐ふ（徳田 秋聲）……………… 0789
イヌキのムグ（辻 まこと）………… 0794
犬嫌い（宇佐美 まこと）…………… 0409
イヌゲンソーゴ（伊坂 幸太郎）…… 0811
犬と椎茸（井上 荒野）……………… 0672

犬の嗅覚（ゾーシチェンコ）……… 1159
犬の芸当（水上 呂理）……………… 0247
犬のゲーム（ヒル，レジナルド）… 0344
犬の写真（池永 陽）………………… 0152
犬の抜けまいり（佐江 衆一）……… 0010
犬のまくらと鯨のざぶとん（日比野 碧）
　………………………………………… 0821
犬の私（中上 健次）………………… 0993
犬ほどにも命をなくして（アリン，ダグ）
　………………………………………… 0238
犬は家ではおとなしい（ドルジゴトブ，ツェ
　ンディーン）……………………… 1118
犬は棒などもう嫌いだ（砂場）…… 1022
犬は見ている（貫井 徳郎）………… 0811
イネのい（伊坂 灯）………………… 0973
遺念蟬（謡堂）………………………… 0421
井上円了氏と霊魂不滅説（抄）（伊藤 晴
　雨）………………………………… 0479
猪鹿蝶（久生 十蘭）………………… 0264
いのししの肉（吉行 淳之介）……… 0613
イノセントボイス（塔山 郁）……… 0189
いのち（漆原 正貴）………………… 0459
命をはった賭け―大阪商人 天野屋利兵衛
　（佐江 衆一）……………………… 0094
いのちがけ（砂原 浩太朗）………… 0040
命の恩人（赤川 次郎）……………… 0131
命の繰り返し（@hedekupauda）…… 0781
命の書に封印されしもの（朱雀門 出）… 0489
命の城―沼田城（池波 正太郎）…… 0121
命の旅（降田 天）…………………… 0603
命のつかいかた（@onaishigeo）…… 0781
いのちのバトン（杉江 征）………… 0959
祈り（平 金魚）……………………… 0462
祈り（ハント，ヴァイオレット）… 0442
祈り（ひかるこ）……………………… 1023
祈り（平山 夢明）…………………… 0453
祈り（峯岸 可弥）…………………… 1023
祈り捧げる（林 由美子）…… 0194, 0198
祈りの夜（山崎 佳代子）…………… 1088
位牌（伊井 圭）……………… 0341, 0342
遺髪（宇津呂 鹿太郎）……………… 0462
井原西鶴（武田 麟太郎）…………… 0816
いばらの孤島へ（君島 慧是）……… 0463
息吹（チャン，テッド）…………… 0572
異父兄弟（ライヤーシー，ラルビー）… 0404
いぶし銀の雪（佐江 衆一）………… 0014
異物（八木 義徳）…………………… 0954

イブの口づけ（ウインターズ，レベッカ）
………………………………………… 0727
異聞 井戸の茶碗（金巻 ともこ）……… 0796
異文化としての子ども（本田 和子）…… 0804
異聞 巌流島決闘（天野 純希）………… 0118
異文字（真藤 順丈）……………………… 0484
異聞耳算用.其の2（平山 夢明）………… 0412
異聞浪人記（滝口 康彦）……… 0063, 0072
異本「アメリカの悲劇」（コリア，ジョン）
………………………………………… 0892
いまおまえに見える星たちは（マウン・ピ
エミン）………………………………… 1121
いまからな…（朱雀門 出）……………… 0415
いま集合的無意識を、（神林 長平）…… 0496
今だから会いたい。（@lotoman）……… 0781
いまとかあしたとかさっきとかむかしとか
（佐野 洋子）…………………………… 0994
いま二十歳の貴女たちへ（白石 一文）… 1034
今ひとたび（森川 楓子）… 0194, 0224, 0364
いまひとたびの（パイパー，H.ビーム）… 0514
今もいる（三輪 チサ）………… 0416, 0417
忌まわしい赤ヒル事件（ラングフォード，デ
イヴィッド）…………………………… 0234
いま、私たちの隣りに誰がいるのか（申 京
淑）……………………………………… 1116
移民学園（清水 紫琴）…………………… 1046
忌むべきものの夜（ウィルソン，F.ポール）
………………………………………… 0287
忌むべきものの夜（グレアム，ヘザー）… 0287
いもうと（林田 遼子）…………………… 0770
妹（ジュライ，ミランダ）……………… 0708
妹、小青を憶う（畢 飛宇）…… 1113, 1114
妹の死（中 勘助）………………………… 1052
「妹」は幽霊（谷口 雅美）……………… 1083
芋粥（芥川 龍之介）…………… 0625, 0627
不死の市（瀬名 秀明）…………………… 0574
鋳物の鍋（橋本 紡）…………… 0654, 0655
イモ掘りの日々（スミス，ケン）……… 1123
芋虫（江戸川 乱歩）… 0437, 0491, 0787, 1095
芋虫（宮ノ川 顕）………………………… 0463
厭だ厭だ（あさの あつこ）…… 1012, 1039
嫌な話（前田 司郎）……………………… 1057
イヤリング（吉田 篤弘）………………… 1070
依頼から本作を書き上げるまで（三津田 信
三）……………………………………… 0523
いらえ（君島 慧是）……………………… 0489
いらっしゃいませ（藤沼 香子）………… 0465

いらない人間（中島 たい子）………… 1018
イリノイ州リモーラ（ライヒー，ケヴィ
ン）…………………………………… 0298
いりみだれた散歩（武田 泰淳）……… 0910
イルカの恋（石田 衣良）……………… 0687
イルクの秋（安萬 純一）……………… 0241
イールのヴィーナス（メリメ，プロスペ
ル）…………………………………… 0419
いるみたい（日野 光里）……………… 0463
刺青（伊計 翼）………………………… 0427
入れ札（菊池 寛）……… 0069, 0325, 0871
偽眼のマドンナ（渡辺 啓助）………… 0142
色（池波 正太郎）……………………… 0046
色色灰色（花村 萬月）………… 1099, 1100
色絵の皿（ボーエン，マージョリ）…… 0487
いろはにほへとかたきうち（武田 八洲
満）…………………………………… 0111
色眼鏡の狂詩曲（筒井 康隆）………… 0553
いろりばた絵巻（かとう はるな）…… 0864
磐城七浜（草野 心平）………………… 0850
鰯の子（和田 はつ子）………………… 0612
医は仁術なり（仁志 耕一郎）………… 0084
いわな（室生 犀星）…………………… 0617
岩のひきだし（リー，ヨナス）………… 0420
いわゆるひとつのトータル的な長嶋節（清
水 義範）……………………………… 0599
イワン・イリイチの死（ルイバコフ）… 1158
尹親方の泥人形（葛 亮）……………… 1111
因果はめぐる（渡辺 浩）……………… 0973
陰気な愉しみ（安岡 章太郎）………… 1094
インキーに詫びる（グリーン，R.M.,Jr.）
………………………………………… 0529
インクの輪（ホック，エドワード・D.）… 0149
インコ先生（湊 かなえ）……………… 0543
インサイド・SFワールド―この愛すべき
SF作家たち（下）（伊藤 典夫）…… 0573
イン・ザ・ジェリーボール（黒葉 雅人）… 0496
印字された不幸の手紙の問題（西澤 保
彦）…………………………………… 0249
隠者（井上 雅彦）……………………… 0474
陰獣（江戸川 乱歩）…………………… 0266
因習祓い（美倉 健治）………………… 0992
陰樹の森で（石持 浅海）……………… 0362
隠神刑部（乾 緑郎）…………………… 0118
隕石製造団の秘密（ハミルトン，ピーター）
………………………………………… 0521
引退した役者の家の地下から発見された未

作品名索引　　　　　　　　うえる

公開回想録からの抜粋（ホッケンスミス，
　スティーヴ）………………………… 0225
陰慝の家（夢枕 獏）……………… 0574, 0575
インタヴュー（万城目 学）………… 1017
インターナショナル・ウチュウ・グランプ
　リ（中村 航）………………………… 0909
インタビューあんたねこ（くどう なお
　こ）……………………………………… 0805
インタビュウ（野崎 まど）………… 0492
インディアン（シルヴィス，ランドール）
　………………………………………… 0298
インディオの裁き（ハイメス・フレイレ，リ
　カルド）……………………………… 1161
殷帝之宝剣（秋梨 惟喬）……… 0210, 0380
インデックス（誉田 哲也）………… 0309
インデペンデンス・デイ・イン・オオサ
　カ（愛はなくとも資本主義）（大原 まり
　子）…………………………………… 0527
印度更紗（泉 鏡花）………………… 0398
インドはむりめ（南 綾子）………… 0652
因縁事（宇野 浩二）………………… 1046
淫売婦（葉山 嘉樹）……… 0742, 0765, 1087
インフルエンザ（ダイベック，スチュアー
　ト）…………………………………… 1088
インレイの帰還（キプリング，ラドヤー
　ド）…………………………………… 0283

【 う 】

ヴァーチャル・ライヴ10・8決戦（鳥飼 否
　宇）…………………………………… 0600
ヴァリニャーノの思惑（山本 兼一）…… 0080
ヴァルデマー氏の病状の真相（ポー，エド
　ガー・アラン）……………………… 1145
ヴァンテアン（藤井 太洋）… 0492, 1019, 1034
ヴィアレッジョ沖のかれら（トビーノ，マリ
　オ）…………………………………… 1156
ヴィイ（ゴーゴリ，ニコライ・V.）…… 0419
ウィキペディアより宇宙のこと、知ってる
　よ─1（向井 万起男）……………… 0909
ウィキペディアより宇宙のこと、知ってる
　よ─2（向井 万起男）……………… 0909
ウィキペディアより宇宙のこと、知ってる
　よ─3（向井 万起男）……………… 0909
ウィキペディアより宇宙のこと、知ってる
　よ─4（向井 万起男）……………… 0909

ヴィクトリア修道会（ホームズ，ルパー
　ト）…………………………………… 0317
ウィージャ・ボード（ローズ，ダン）… 0708
初陣物語（東郷 隆）………………… 0083
浮いている男（堀内 公太郎）…… 0200, 0201
ヴィーナスの誕生（原田 マハ）……… 0769
ウィリアム・アラン・ウィルソン（ブリー
　ン，ジョン・L.）…………………… 1149
ウィリアムの結婚式（ジュエット，セアラ・
　オーン）……………………………… 1145
ヴィール夫人の亡霊（デフォー，ダニエ
　ル）…………………………………… 0419
ウィンスロップ＝スミス嬢の運命（エモン，
　ルイ）………………………………… 1153
ウィンター・アポカリプス（北村 薫）
　…………………………………… 0292, 0293
餓え（真藤 順丈）…………………… 0475
ディテクティブ・ゼミナール─第3問（円居
　挽）…………………………………… 0303
ウェイク・アップ（大崎 梢）……… 0767
ウェイクフィールド（ホーソーン，ナサニエ
　ル）…………………………………… 1146
ウェイクフィールドの牧師馬を売ること
　（ゴールドスミス，オリヴァー）…… 0283
ウェイブスウィード（瀬尾 つかさ）… 0501
上を向いてみよう。（@ruka00）……… 0781
植木鉢（戌井 昭人）………………… 1009
植木鉢少女の枯れる季節（藤八 景）… 0197
風見鶏（都筑 道夫）………………… 0394
上杉謙信（檀 一雄）………………… 0041
上田秋成の晩年（岡本 かの子）……… 0397
ウエダチリコはへんな顔（牧野 修）… 0483
ウェディング・アルバム（マルセク，デイ
　ヴィッド）…………………………… 0519
ウエディングは逃避行（ジェイムズ，メリッ
　サ）…………………………………… 0637
ヴェニスと手袋（阿刀田 高）……… 1014
ヴェニスの計算狂（木々 高太郎）…… 0328
ヴェネツィアの恋人（高野 史緒）…… 0540
ウエノモノ（羽田 圭介）…………… 1034
ヴェラ（ヴィリエ・ド・リラダン，オーギュ
　スト・ド）…………………… 0392, 1154
ヴェールを破るもの（キャンベル，ラム
　ジー）………………………………… 0439
ウェールズの子供のクリスマス（トマス，
　ディラン）…………………………… 1141
ウェルボーン館の奇跡（ガストン，ダイア
　ン）…………………………………… 0643

625

うえる　　　　　　　　作品名索引

ウェルメイド・オキュパイド(堀 燐太
　郎) ……………………………… 0242
ヴェロニカ(遠藤 周作) …………… 0924
ヴェンチュリ(マシスン, リチャード・クリ
　スチャン) …………………………… 1131
魚撃ち(田中 小実昌) ……………… 1094
ヴォクスホール通りの古家(リデル, シャー
　ロット) ……………………………… 0442
占職術師の希望(小川 一水) ……… 1101
ウォーターマーク(ウェスターバーグ, メラ
　ニー) ………………………………… 1142
魚の序文(林 芙美子) ……………… 0880
ウォーバートン大佐の狂気(フェイ, リン
　ジー) ………………………………… 0225
魚舟・獣舟(上田 早夕里) …… 0540, 0548
ヴォミーサ(小松 左京) ……… 0527, 0534
ウォリックシャーの竜巻(マッキンタイア,
　F.グウィンブレイン) ……………… 0234
ウォール・ウィスパー(柄刀 一) ‥ 0322, 0338
穿ち(白 ひびき) …………………… 0463
浮かれ節―竃河岸(宇江佐 真理) … 0075
浮き石を持つ人へ(輝鷹 あち) …… 0474
浮き浮きしている怖い人(岩井 志麻子)
　……………………………………… 0444
浮き草(日影 丈吉) ………………… 0395
うきだあまん(結城 はに) ………… 0863
うきつ(星野 幸雄) ………………… 0484
浮寝(飯田 章) ……………………… 1055
浮舟(小池 昌代) ……………… 0048, 0091
浮世風呂(式亭 三馬) ……………… 0963
うぐい(室生 犀星) ………………… 0617
受け入れがたい犠牲(ディーヴァー, ジェフ
　リー) ………………………………… 0593
受け継がれたもの(ベリー, ジェディディ
　ア) …………………………………… 1152
うけとり(木山 捷平) ……………… 1052
受取人(奥田 哲也) …………… 0341, 0342
兎(金井 美恵子) ……… 0488, 0911, 0912
ウサギとカメとキツネ(影 洋一) … 0971
ウサギの足(パウストフスキイ) … 1157
うさぎの差し入れ(@k_you_nagi) … 0781
うさと私(抄)(高原 英理) ………… 0886
うざね(勝山 海百合) ……………… 0462
牛男(倉阪 鬼一郎) ………………… 0429
牛女(小川 未明) ……………… 0391, 1079
牛替(杉山 理紀) …………………… 0864
牛込怪談(小笠原 幹夫) …………… 0989

牛殺し(矢内 りんご) ……………… 0460
失われた書簡(武居 隼人) ………… 0489
失われたスリー・クォーターズの事件(ブ
　リーン, ジョン・L.) ……………… 0225
失われた第二十一章(ホダー, マーク) … 0227
失われた船(ジェイコブズ,W.W.) …… 0420
牛の首(小松 左京) …………… 0394, 0877
丑満奇譚(赤崎 龍次) ……………… 0975
丑三つ時に(吉野 あや) …………… 0462
ウシュクダラのエンジェル(篠田 真由
　美) …………………………………… 0361
うしろをみるな(ブラウン, フレドリッ
　ク) …………………………………… 1124
後ろを見るな(ブラウン, フレドリック)
　……………………………………… 0262
後ろ小路の町家(三津田 信三) …… 0435
後ろで声が(ブラウン, フレドリック) … 0877
渦(うず)(通 雅彦) ………………… 0992
雨水―2月19日ごろ(大島 真寿美) …… 0918
碓氷峠殺人事件(内田 康夫) ……… 0356
薄い刃(飛鳥 高) …………………… 0148
薄皮一枚(岬 兄悟) ………………… 0518
薄雲の猫と漱石の猫(石田 孫太郎)
　………………………………… 0795, 0800
薄暗い運命(ペトルシェフスカヤ, リュドミ
　ラ) …………………………… 0669, 0670
薄暮の頃(片岡 志保美) …………… 0868
薄化粧(萬歳 邦昭) ………………… 1026
薄ければ薄いほど(宮内 悠介) …… 0495
薄墨色の刻(山口 道子) …………… 0937
渦の底で(堀 晃) …………………… 1011
渦巻(江戸川 乱歩) ………………… 0250
渦巻ける烏の群(黒島 伝治) … 1052, 1087
うすゆき抄(久生 十蘭) …………… 0397
嘘(伊藤 靖夫) ……………………… 0976
うそ(井上 荒野) …………………… 1018
嘘をついた(吉来 駿作) …………… 0468
嘘三百日記―Scarlet Dairy(川又 千秋)
　……………………………………… 0474
嘘好き、または懐疑者(ルーキアーノス)
　……………………………………… 0419
うそつき(谷口 雅美) ……………… 0965
うそつき小次郎と竜馬(津本 陽)
　………………………… 0058, 0128, 0129
嘘つきとおせっかい(柴門 秀文) … 0908
嘘つき鼠(梓崎 優) ………………… 0134
嘘つきの僕と、嘘つきの祖母(古平 宏太)

626

嘘と真実 (塩野 七生) ……………… 0843
嘘と真実 (塩野 七生) ……………… 0596
嘘と秘密と再会と (ウィリアムズ, キャ
　シー) ……………………………… 0641
嘘八百 (大黒天 半太) ……………… 0489
嘯く (不狼児) ……………………… 1022
歌 (花田 清輝) ……………………… 0396
うたうたい (オギ) ………………… 1023
歌うたい練り歩く (狩野 いくみ) … 0460
うたう湯釜 (森川 成美) …………… 0401
疑われた花嫁 (クルーズ, ケイトリン) … 0732
うたがわしきは罰せず (ウルフ, トバイア
　ス) ………………………………… 1134
宇田川のマリア (西 加奈子) ……… 0652
御嶽の祟り (小原 猛) ……………… 0415
宴の果てに (中沢 敦) ……………… 0489
うたたねのあいだ (はまも さき) … 0868
歌で励まそう (@senzaluna) ……… 0781
うた時計 (新美 南吉) ……………… 1079
歌の声 (河野 多惠子) ……………… 1063
歌姫委託殺人事件―あれこれ始末書 (徳川
　夢声) ……………………………… 0144
歌姫の秘石 (烏本 拓) ……………… 0460
歌は西北の風に乗って (宮部 和子) … 1026
唄わぬ時計 (大阪 圭吉) …………… 0133
打役 (諸田 玲子) …………………… 0013
宇宙以前 (最果 タヒ) ……………… 0561
宇宙がみえる空 (山世 孝幸) ……… 0865
宇宙からの贈りものたち (北野 勇作) … 0523
宇宙からのメッセージ (北浦 真) … 0976
宇宙姉妹 (辻村 深月) ……………… 0909
宇宙人 (倉橋 由美子) ……………… 0395
宇宙船上の決闘 (ハス, ヘンリー) … 0521
宇宙でいちばん丈夫な糸―The Ladies
　who have amazing skills at 2030 (小川
　一水) ……………………………… 0496
宇宙の修行者 (両角 長彦) ………… 0570
宇宙の卵 (神野 耀雄) ……………… 0489
宇宙の熱的死 (フォアマン, ジェームズ)
　……………………………………… 1150
宇宙の日 (柴崎 友香) ……………… 1057
雨中の物語 (ファイク, サイト) …… 1122
宇宙飛行士の死 (平山 夢明) ……… 0474
宇宙縫合 (堀 晃) ………… 0574, 0575
宇宙虫 (水木 しげる) ……………… 0522
洞の街―第二回創元SF短編賞受賞後第一
　作 (西島 伝法) …………………… 0513
うっかり同盟 (柚木崎 寿久) ……… 0975

美しい姉 (富安 健夫) ……………… 0463
美しい子ども (フェルフルスト, ディミト
　リ) ………………………………… 1125
美しい祖母の聖書 (池澤 夏樹) …… 0783
美しい母 (ハットリ ミキ) ………… 0973
美しい人 (香久山 ゆみ) …………… 0973
美しい墓地からの眺め (尾崎 一雄) … 0806
美しき鎮魂歌―『死者の書』を読みて (山
　本 健吉) ………………………… 0993
美しき鎮魂歌―山本健吉追悼 (佐藤 朔)
　……………………………………… 0993
美しきブランコ乗り (星 アガサ) … 0968
美しき娘 (ムーア, マーガレット) … 0713
美しき夢の家族 (藤井 青銅) ……… 0474
美しく咲いていけ (風空 加純) …… 0646
美しく仕上げるために (江坂 遊) … 0474
美し過ぎる人 (松宮 信男) ………… 0837
うつけの影 (宮本 昌孝) …………… 0042
空蝉 (吉田 健一) …………………… 0396
空蝉のユーリャ (里田 和登) ……… 0603
ウッチャリ拾ひ (幸田 露伴) ……… 0396
うつぶし (隼見 果奈) ……………… 1002
移り香 (沙木 とも子) …… 0459, 0461
移りゆく "時" (メッシーナ, マリア) … 1156
うつる (告鳥 友紀) ………………… 0462
うつろう宝石 (坂木 司) …………… 0351
うつろなテレポーター (八杉 将司) … 0500
撃て、イシモト―冬の狙撃手外伝 (鳴海
　章) ………………………………… 0308
腕相撲 (木村 小鳥) ……… 0457, 0458
腕時計 (小島 正樹) ……… 0341, 0342
撃てない警官 (安東 能明) … 0169, 0170
腕貫探偵 (西澤 保彦) ……………… 0367
ヴードゥー・ハート (スナイダー, スコッ
　ト) ………………………………… 0708
うどんをゆでるあいだに (水田 美意子)
　……………………………………… 0619
うどんキツネつきの―第一回創元SF短編
　賞・佳作 (高山 羽根子) ………… 0512
うどんげの花 (鳴海 風) …………… 0080
優曇華の花咲く頃に (中園 倫) …… 0938
うどん屋のジェンダー、またはコルネさん
　(津村 記久子) …………………… 1059
うなぎ (井伏 鱒二) ………………… 0611
うなぎ (林 芙美子) ………………… 0611
うなぎ (室生 犀星) ………………… 0617
鰻 (髙樹 のぶ子) …………………… 0611

うなき　　　　　作品名索引

鰻に呪はれた男（岡本 綺堂） ……… 0398
鰻に呪われた男（岡本 綺堂） ……… 0611
鰻のたたき（内海 隆一郎） ………… 0611
うなさか（杉山 幌） ………………… 0901
海底（瀬下 耽） ……………………… 0455
海原の用心棒（秋山 瑞人） ………… 0573
乳母（北田 薄氷） …………………… 1075
姥皮（作者不詳） ……………………… 0693
乳母車（氷川 瓏） …………………… 0889
産土（桂 芳久） ……………………… 0993
ウプソルを送る（高橋 篤子） ……… 0770
うぶな心が張り裂ける（ライス，クレイ
　グ） ………………………………… 0172
産森（八杉 将司） …………………… 0483
馬をのみこんだ男（ライス，クレイグ） … 0890
『馬および他の動物』の冒険（中山 七
　里） ………………………………… 0589
馬が来た（齊藤 綾子） ……………… 0862
生ましめんかな（栗原 貞子） ……… 0779
雨待ち機嫌（柿生 ひろみ） ………… 0824
馬の耳に殺人（東川 篤哉） ………… 0797
生まれ変わったら（平 平之信） …… 0459
うまれた家（抄）（片山 広子） …… 0479
生まれたつながり（@tokoya） ……… 0781
5.生まれたての笑顔（井嶋 敦子） …… 0401
生まれついての悪人（ディーヴァー，ジェフ
　リー） ……………………………… 0299
生まれて生きて、死んで呪って（朱川 湊
　人） ………………………………… 0470
生まれてこなかったこどものキス（ソログー
　ブ，フョードル） ………………… 1158
"海"（安土 萌） ……………………… 0966
海への贈り物（ヴァンス，ジャック） … 0510
海を越える（池田 さと美） ………… 0843
海をみに行く（石坂 洋次郎） … 0993, 1073
海を見る人（小林 泰三） …… 0539, 0544
ウミガメのスープ（深澤 夜） ……… 0438
ウミガメの夢（矢崎 存美） ………… 0474
海から来た子（柏葉 幸子） ………… 0780
海から告げるもの（透翅 大） ……… 0465
海師の子（水野 次郎） ……………… 0838
うみしみ（風霧 みぞれ） …………… 0847
海千山千―読み解き懺悔文（伊藤 比呂
　美） ………………………………… 1057
海沿いの道（柴崎 友香） …………… 1009
海と風の郷（岩井 三四二） ………… 0079
海とハルオ（藤井 彩子） …………… 0824

海鳴りの丘（間嶋 稔） ……………… 0844
海に金色の帆（武田 八洲満） ……… 0074
海について（花田 清輝） …………… 0396
海に降る雪（東 しいな） …………… 0858
海に吠える（大崎 梢） ……………… 0811
海猫岬（山村 正夫） ………………… 0271
海の女戦士（邦光 史郎） …………… 0107
海の上を走る（よいこぐま） ……… 0465
海のおくりもの（小田 ゆかり） …… 0474
海の音（北原 亞以子） ……………… 0081
海の怪談（安達 光雄） ……………… 0481
海のさきに（十時 直子） …………… 0606
海のなかには夜（生田 紗代） ……… 0672
海の箱（金子 みづほ） ……………… 0489
海の見えない海辺の部屋（栗林 佐知） … 0926
海の指（飛 浩隆） …………………… 0494
海火（郷内 心瞳） …………………… 0785
海辺食堂の姉妹（阿川 佐和子） …… 0685
海辺にて（金広 賢介） ……………… 0763
海辺の家（田宮 沙桜里） …………… 0460
海辺のカウンター（菊池 幸見） …… 0780
海辺のサクラ（ヒモロギ ヒロシ） … 0464
海辺の日曜日―第1章（エライ，ナズル） … 1122
海辺の別荘で（恒川 光太郎） ……… 0979
海坊主（田辺 貞之助） ……………… 0408
海坊主（吉田 健一） ………… 0396, 0945
海堀り人（葛城 輝） ………………… 1020
海まであとどのくらい？（角田 光代）
　………………………………… 0743, 0744
梅枝（伊藤 優子） …………………… 0858
梅枝（西條 奈加） …………………… 0083
梅香る日（北方 謙三） ……………… 0077
呻き淵（鳥飼 否宇） ………… 0162, 0163
梅酒（高村 光太郎） ………………… 0625
梅田地下オデッセイ（堀 晃） ……… 0817
梅匂う（宇江佐 真理） ……………… 0013
梅の影（葉室 麟） …………………… 0081
梅の実食えば百まで長生き（加藤 一） … 0438
楳本法神と法神流（藤島 一虎） …… 0110
梅屋敷の女（平岩 弓枝） …………… 0050
裏方のおばあさん（宇佐美 まこと）
　………………………………… 0416, 0417
4.裏木戸の向こうから（村田 和文） … 0401
うらぎゅう（小山田 浩子） ………… 1062
裏切り（ワグナー，カール・エドワード） … 0450
裏切りの花束（ダーシー，エマ） …… 0718
有楽斎の城（天野 純希） …………… 0044

うらしま（日和 聡子）・・・・・・・・・・・・・・・・・ 1064
浦島さん（太宰 治）・・・・・・・・・・・・・・・・・・・・ 0545
うらない（岬 まりも）・・・・・・・・・・・・・・・・・・ 0973
占い（土橋 義史）・・・・・・・・・・・・・・・・・・・・・・ 0973
占い（藤井 青銅）・・・・・・・・・・・・・・・・・・・・・・ 0585
占師と盗賊（九条 菜月）・・・・・・・・・・・・・・・ 1081
占いの館（水田 美意子）・・・・・・・・・・・・・・・ 0196
裏窓のアリス（加納 朋子）・・・・・・・・・・・・・ 0274
恨みを刻む（柚月 裕子）・・・・・・・・・・・・・・・ 0240
うらみ葛の葉（朱雀門 出）・・・・・・・・・・・・・ 0415
浦和の馬頭観音（小島 水青）・・・・・・・・・・・ 0415
売り上げ（木邨 裕志）・・・・・・・・・・・・・・・・・ 0975
売出中（サイラー，ジェニー）・・・・・・・・・・ 0203
瓜の涙（泉 鏡花）・・・・・・・・・・・・・・・・・・・・・ 0916
ウルグアイの世界制覇（ホワイト，E.B.）
　・・・・・・・・・・・・・・・・・・・・・・・・・・・・・・・・・・ 1132
ヴルダラクの家族（トルストイ，A.K.）・・・ 0406
うるっぷ草の秘密（岡村 雄輔）・・・・・・・・・ 0366
ウルトラマン前夜祭（田中 啓文）・・・・・・・ 0523
ウルトラマンは神ではない（小林 泰三）
　・・・・・・・・・・・・・・・・・・・・・・・・・・・・・・・・・・ 0523
うるはらすM教授の著述（抜粋）（君島 慧
　是）・・・・・・・・・・・・・・・・・・・・・ 0460，0461
うれひは青し空よりも（大山 誠一郎）・・・ 0132
嬉し悲しや一目惚れ（今野 芳彦）・・・・・・ 0855
嬉しや，救世主のおでました（河 成蘭）・・ 1116
ウレドの遺産（中沢 敦）・・・・・・・・・・・・・・・ 0489
洞の奥（葉真中 顕）・・・・・・・・・・・・・・・・・・ 0259
ウは鵜飼いのウ（平山 夢明）・・・・・・・・・・ 0429
うわき国広―堀川国広（山本 兼一）・・・ 0122
浮気の証拠（森江 賢二）・・・・・・・・・・・・・・ 0967
噂の傲慢社長（フィールディング，リズ）
　・・・・・・・・・・・・・・・・・・・・・・・・・・・・・・・・・・ 0724
右腕山上空（泡坂 妻夫）・・・・・・・・・・・・・・ 0329
うんざりのパートナー募集広告（ヤコブセ
　ン，シェリ）・・・・・・・・・・・・・・・・・・・・・・ 1150
雲州英雄記―山中鹿之介（池波 正太郎）
　・・・・・・・・・・・・・・・・・・・・・・・・・・・・・・・・・・ 0036
うんじゅが，ナサキ（崎山 多美）・・・・・・ 1061
運心（安西 玄）・・・・・・・・・・・・・・・・・・・・・・ 0987
「うん，そうだね」（杜 地都）・・・・・・・・・・ 0464
ウンディ（草上 仁）・・・・・・・・・・・・・・・・・・ 0515
運動会（甲木 千絵）・・・・・・・・・・・・・・・・・・ 0762
「運動会」の幕引き（田中 大也）・・・・・・・・ 1090
運動不足の原因（大原 久通）・・・・・・・・・・ 0970
運のいい男（阿刀田 高）・・・・・・・・・・・・・・ 0325
運の悪い男サトウ（小田 隆治）・・・・・・・・ 0974
運命（ヘルタイ）・・・・・・・・・・・・・・・・・・・・・ 0869

運命を紡ぐ花嫁（パーマー，ダイアナ）・・・ 0680
運命がくれた愛（ポーター，ジェイン）・・・ 0694
運命の相手（春木 シュンボク）・・・・・・・・ 0971
運命の恋人（川上 弘美）・・・・・・・・・・・・・・ 1025
運命の出会い（森村 誠一）・・・・・・・・・・・・ 0328
運命のプロポーズ（ウェイ，マーガレッ
　ト）・・・・・・・・・・・・・・・・・・・・・・・・・・・・・・ 0638
運命の街（グレイディ，ジェイムズ）・・・・ 0297
運命の醜さ（細田 民樹）・・・・・・・・・・・・・・ 0784
運命の湯（瀬尾 まいこ）・・・・・・・・・・・・・・ 0652
運命の猟犬（サキ）・・・・・・・・・・・・・・・・・・・ 1141

【え】

エアハート嬢の到着（恩田 陸）・・・・・・・・ 0545
エア・ポケット（あい）・・・・・・・・・・・・・・・ 0855
塋域の偽聖者（吉上 亮）・・・・・・・・・・・・・・ 0556
永遠（ディーヴァー，ジェフリー）・・・・・・ 0236
永遠（万城目 学）・・・・・・・・・・・ 0349，0350
永遠が見えなくて（ウッズ，シェリル）・・・ 0641
永遠！チェンジ・ザ・ワールド（早見 和
　真）・・・・・・・・・・・・・・・・・・・・・・・・・・・・・・ 1040
永遠に完成しない二通の手紙（三浦 しを
　ん）・・・・・・・・・・・・・・・・・・・・・・・・・・・・・・ 0738
永遠に解けない雪（森 明日香）・・・・・・・・ 0843
永遠のかくれんぼ（中村 啓）・・・・・・・・・・ 0223
永遠の子ども（荻世 いをら）・・・・・・・・・・ 1060
永遠の再会（かづな）・・・・・・・・・・・・・・・・・ 1051
永遠の時効（横山 秀夫）・・・・・・・ 0359，0360
永遠の女囚（木々 高太郎）・・・・・・ 0133，0329
永遠の契り（歌野 晶午）・・・・・・・・・・・・・・ 1049
永遠の秘密（祥寺 真帆）・・・・・・・・・・・・・・ 0853
永遠のマフラー（森村 誠一）・・・・・・・・・・ 0132
永遠の森（菅 浩江）・・・・・・・・・・・・・・・・・・ 0539
永遠のラブレター（山田 里）・・・・・・・・・・ 0913
英会話教室のドア（紙舞）・・・・・・・・・・・・・ 0415
映画の恐怖（江戸川 乱歩）・・・・・・・・・・・・ 0596
映画の子（ギャリス，ミック）・・・・・・・・・ 0451
永訣の朝（宮沢 賢治）・・・・ 0878，0885，1031
英国短篇小説小史（西崎 憲）・・・・・・・・・・ 1140
エイコちゃんのしっぽ（川上 弘美）
　・・・・・・・・・・・・・・・・・・・・・・・・ 0743，0744
「英魂」の碑（宮司 孝男）・・・・・・・・・・・・・ 0814
影女（石居 椎）・・・・・・・・・・・・・・・・・・・・・・ 0460
エイダ（スタイン，ガートルード）・・・・・・ 1138

629

永代橋帰帆(山本 一力)‥‥‥‥‥ 0094, 0113
永代橋と深川八幡(種村 季弘)‥‥‥ 0408
英猫碑(猫乃 ツルギ)‥‥‥‥‥‥‥ 0489
エイプリルフール(こみき)‥‥‥‥‥ 0867
エイプリルフール(@harayosy)‥‥‥ 0781
映魔の殿堂(アーノルド, マーク)‥‥ 0451
エイミーの敗北(林 巧)‥‥‥‥ 0483, 0525
英雄たち(ペリー, アン)‥‥‥‥‥‥ 0141
英雄の碑(児玉 花外)‥‥‥‥‥‥‥ 0019
栄養料理「ハウレンサウ」(三島 由紀夫)
‥‥‥‥‥‥‥‥‥‥‥‥‥‥‥‥‥ 0622
エヴァ・マリー・クロス(越前 魔太郎)‥‥ 0403
エヴリン(ジョイス, ジェームズ)‥‥‥ 1141
笑顔でいっぱい(椎名 春介)‥‥‥‥ 0463
笑顔の理由(さとう ゆう)‥‥‥‥‥ 0464
描かれた蓮(よしお てつ)‥‥‥‥‥ 0464
エキストラ・ラウンド(桜坂 洋)‥‥ 0520
駅のある風景(南 もも)‥‥‥‥‥‥ 0849
駅のドラマツルギー(原田 宗典)‥‥ 1054
駅までの道(岩泉 良平)‥‥‥‥‥‥ 1021
エクイノツィオの奇跡(森 輝喜)‥‥ 0242
エクステ効果(菅 浩江)‥‥‥‥ 0206, 0386
えげれす日和(朱雀門 出)‥‥‥‥‥ 1023
エコーの中でもう一度(オキシ タケヒ
 コ)‥‥‥‥‥‥‥‥‥‥‥‥‥‥‥ 0515
餌食(中川 將幸)‥‥‥‥‥‥‥‥‥ 0838
エジプトでは猫は神様、日本では猫は魔物
 (石田 孫太郎)‥‥‥‥‥‥ 0795, 0800
絵島・生島(松本 清張)‥‥‥‥‥‥ 0004
難船小僧(S・O・S・BOY)(夢野 久作)‥ 0398
エスケイプスペイス(森永 利恵)‥‥ 1020
エスコリアル(ゲルドロード, ミシェル・
 ド)‥‥‥‥‥‥‥‥‥‥‥‥‥‥‥ 0393
エスコリエ夫人の異常な冒険(ルイス,P.)
‥‥‥‥‥‥‥‥‥‥‥‥‥‥‥‥‥ 0390
エステ・イン・アズサ(青谷 真未)‥‥ 0895
エステバカ一代(高瀬 美恵)‥‥‥‥ 0518
エースナンバー(本多 孝好)‥‥‥‥ 0900
似非侍(諸田 玲子)‥‥‥‥‥‥‥‥ 0093
蝦夷のけもの道(横倉 辰次)‥‥‥‥ 0109
枝打殺人事件(中根 進)‥‥‥‥‥‥ 0844
エターナル・ライフ 美術館で消えた少女
 (石川 友也)‥‥‥‥‥‥‥‥‥‥ 0986
枝にかかった金輪(坪田 譲治)‥‥‥ 0804
枝豆(橋本 治)‥‥‥‥‥‥‥‥‥‥ 1061
越後獅子(羽志 主水)‥‥‥‥‥‥‥ 0247
越境(コーチス, アンドレ)‥‥‥‥‥ 0298

越境と逸脱(山崎 ナオコーラ)‥‥‥ 1064
エックス・デイ(七瀬 七海)‥‥‥‥ 0971
えっち(岫 まりも)‥‥‥‥‥‥‥‥ 0974
越年 ETSU-NEN(岡本 かの子)‥‥‥ 1041
閲覧者(矢内 りんご)‥‥‥‥‥‥‥ 0489
エーデルワイス(ハッダム, ジェーン)‥‥ 0299
エデン逆行(円城 塔)‥‥‥‥‥‥‥ 0511
江藤淳著「作家論」(小島 信夫)‥‥‥ 0993
江戸へ逃げる女(山手 樹一郎)‥‥‥ 0125
江戸怪盗記(池波 正太郎)‥‥‥ 0009, 0092
江戸鑑出世紙屑(青木 淳悟)‥‥‥‥ 1062
江戸川乱歩と新たな猟奇的エンターテイン
 メント(蔓葉 信博)‥‥‥‥‥‥‥ 0305
江戸珍鬼草子(入江 鳩斎)‥‥‥‥‥ 0412
江戸珍鬼草子〈削りカス〉(菊地 秀行)‥‥ 0484
江戸っ子由来(柴田 錬三郎)‥‥‥‥ 0004
江戸人情涙雪(佐竹 美映)‥‥‥‥‥ 0859
江戸の毒蛇─琉球屋おまん(平岩 弓枝)
‥‥‥‥‥‥‥‥‥‥‥‥‥‥‥‥‥ 0061
江戸の花(スターリング, ブルース)‥‥ 0572
江戸の娘(平岩 弓枝)‥‥‥‥‥‥‥ 0106
恵那峡殺人事件(津村 秀介)‥‥‥‥ 0356
榎物語(永井 荷風)‥‥‥‥‥‥‥‥ 0883
絵の中で溺れた男(柄刀 一)‥‥‥‥ 0284
絵の中の男(芦沢 央)‥‥‥‥‥‥‥ 0215
絵葉書(中上 紀)‥‥‥‥‥‥ 1032, 1033
エピクロスの肋骨(澁澤 龍彦)‥‥‥ 0396
エビくん(浅生 鴨)‥‥‥‥‥‥‥‥ 1062
エビスサマ(稲川 精二)‥‥‥‥‥‥ 0489
エピファネイア(公現祭)(森村 怜)‥‥ 0866
四月馬鹿(出久根 達郎)‥‥‥‥‥‥ 0081
絵本(松下 竜一)‥‥‥‥‥‥ 0872, 0873
絵本盗難事件(リップマン, ローラ)‥‥ 0594
絵本の春(泉 鏡花)‥‥‥‥‥‥ 0488, 0819
エミリー・ウィズ・アイアンドレス─セン
 パイポカリプス・ナウ!(スミス, エミ
 リー・R.)‥‥‥‥‥‥‥‥‥‥‥‥ 1148
エミリーの時代(デイヴィス, ドロシー・
 ソールズベリ)‥‥‥‥‥‥‥‥‥ 1149
エミリーの薔薇(フォークナー, ウィリア
 ム)‥‥‥‥‥‥‥‥‥‥‥‥‥‥‥ 0651
エメラルド色の空(アンブラー, エリッ
 ク)‥‥‥‥‥‥‥‥‥‥‥‥‥‥‥ 0262
獲物(塔山 郁)‥‥‥‥‥‥‥ 0224, 0364
獲物(ネイサン, マイカ)‥‥‥‥‥‥ 0298
獲物を求めて(チェットウィンド=ヘイズ,
 R.)‥‥‥‥‥‥‥‥‥‥‥‥‥‥‥ 0454

エラとルイとのあいだのあらゆる時代の精
　神における愛の対話（パニッツァ，オスカ
　ル）……………………………………… 0418
選ばれし勇者（柊 サナカ）…… 0201, 0584
選ばれた者（デイヴィス，リース）…… 0172
エーラン覚書（涼原 みなと）………… 1048
絵里（新井 素子）……………………… 0496
衿替（森山 東）………………………… 0435
エリス、聞えるか？（津原 泰水）…… 0569
エリーゼに会う（リー，ナム）……… 1125
エリナ（岡田 利規）…………………… 0961
エリナーの肖像（アラン，マージャリー）
　……………………………………………… 0275
エール（@nayotaf）…………………… 0781
エルヴィスは生きている（バレット，リ
　ン）……………………………………… 0141
エルクの言葉（ギルバート，エリザベス）
　……………………………………………… 1126
エルの遁走曲―オルデンベルク探偵事務所
　録外伝（九条 菜月）………………… 1098
エル・ベチヨオ（星田 三平）………… 0247
エルロック・ショルムス氏の新冒険（天城
　一）……………………………………… 0232
エレファント・ジョーク（浅暮 三文）… 0431
エレベーター（ミラーニ，ミレーナ）… 1156
エレメントコスモス（初野 晴）… 0156, 0300
エロチック街道（筒井 康隆）………… 0963
円（鈴木 文也）………………………… 0463
鴛鴦ならび行く（安西 篤子）………… 0034
鴛鴦ならび行く―太原雪斎（安西 篤子）
　……………………………………………… 0036
燕王の都（森下 征二）………………… 0935
役小角の伝説（藤巻 一保）…………… 0056
煙火（吉川 楡井）……………………… 0464
縁側（北村 薫）………………………… 1067
縁起もん（猫а 阿月）………………… 0462
縁切榎―隠密牛太郎・小蝶丸（中谷 航太
　郎）……………………………………… 0017
縁切り厠（岡部 えつ）………………… 0430
縁切り旅行は二人で（源 祥子）……… 0682
燕京綺譚（マクロイ，ヘレン）………… 0172
冤罪（今野 敏）………… 0169, 0170, 1012
天使たち（江藤 あさひ）……………… 0987
遠州大念仏の夜（宮司 孝男）………… 0812
円陣を組む女たち（古井 由吉）……… 1027
艶説鴨南蛮（村上 元三）……………… 0363
艶説「くノ一」変化（戸部 新十郎）… 0029

エンゼルフレンチ―ひとり深宇宙に旅立っ
　たあなたと、もっとミスドでおしゃべり
　してたくて（藤田 雅矢）…………… 0558
延長（小山田 浩子）…………………… 0961
延長コード（津原 泰水）……………… 0535
園丁（キプリング，ラドヤード）……… 1130
炎天（明神 ちさと）…………………… 0462
艶刀忌―越前守助広（赤江 瀑）……… 0123
円筒形の幽霊（飛雄）………… 0460, 0461
煙童女―夢幻紳士 怪奇篇（高橋 葉介）… 0440
とどめの一劇（スカウ，デイヴィッド・J.）
　……………………………………………… 0451
煙突（松本 楽志）……………………… 1023
煙突（山川 方夫）……………………… 0993
エンドレス（風花 雫）………………… 0971
エンドレスエイト（谷川 流）………… 0546
エンドロール（沢渡 咲）……………… 0859
エンドロールは最後まで（荻原 浩）… 0687
役行者と鬼（志村 有弘）……………… 0056
閻魔様のぱそこん（奥泉 明日香）…… 0973
閻魔堂の虹（山本 一力）……… 0583, 0591
えんむすびの神様（松永 ヒビキ）…… 0855
園遊会（マンスフィールド，キャサリン）
　……………………………………………… 0879
遠雷（クルーガー，ウィリアム・ケント）… 0202

【 お 】

お遊びポーカー（レスクワ，ジョン）… 0317
お熱い本はお好き？（館 淳一）……… 0518
おーい（グリーンドルフィン）… 0457, 0458
老（尾島 菊）…………………………… 0748
おいしいココアの作り方（米澤 穂信）… 0276
老いた子守り女の話（ギャスケル，エリザベ
　ス）……………………………………… 0442
老いた鳥（エルデネ，センディーン）… 1118
お市の三人娘の生存競争（永井 路子）… 0023
おいていくもの（石居 椎）…………… 0460
おいでおいでの手と人形の話（抄）（夢枕
　獏）……………………………………… 0479
置いてけ堀（岡本 綺堂）……………… 0398
おーいでてこーい（星 新一）… 0877, 0917
おいどんの地球（松本 零士）………… 0522
おいらん六花（宇多 ゆりえ）………… 0858
老いる（布靴 底江）…………………… 0464

おいわ　　　　　　　　　　作品名索引

お岩様と尼僧（横尾　忠則）………… 0479
奥羽の鬼姫―伊達政宗の母（神坂　次郎）
　　………………………………… 0089
奥羽の鬼姫―伊達政宗の母（早乙女　貢）
　　………………………………… 0107
奥羽の二人（松本　清張）…………… 0089
応援刑事（小杉　健治）……………… 0315
鷗外の味覚（森　茉莉）……………… 0622
桜花に（山崎　文男）………………… 0988
黄鶏帖の名跡（森福　都）…………… 0362
王国（飛鳥部　勝則）………………… 0472
黄昏郷 El Dormido（野阿　梓）…… 0538
黄金熊の里（菊池　幸見）…………… 0782
黄金児（冲方　丁）…………………… 0038
黄金時代（アヴェルチェンコ）……… 1159
黄金伝説（石川　淳）………………… 0914
黄金の腕（阿佐田　哲也）…………… 1072
黄金の雑誌、黄金の刻（芦辺　拓）… 0347
黄金のりんご（小野塚　充博）……… 0866
黄金風景―一九三九（昭和一四）年三月（太
　宰　治）………………………… 1097
黄金宝壺（ホフマン,E.T.A.）……… 0392
黄金笺箋（ツェンドジャヴ,ドルゴリン）
　　………………………………… 1118
逢坂おんな殺し（陽羅　義光）……… 1026
王様ネズミ（ファウラー,カレン・ジョ
　イ）……………………………… 0758
王子様（野田　充男）………………… 0972
王子様と聖夜を（ジョージ,キャサリン）
　　………………………………… 0728
王子の狐火（鴬亭　金升）…………… 0479
奥州のザシキワラシの話（抄）（佐々木　喜
　善）……………………………… 0479
「奥州ばなし」より（只野　真葛）… 0854
王女様とピックル（ウィート,キャロリ
　ン）……………………………… 0320
横着星（川田　裕美子）……………… 0857
応天門の変（南條　範夫）…………… 0115
桜桃（太宰　治）………… 0616, 0618
嘔吐した宇宙飛行士（田中　啓文）‥ 0539, 0548
王とのつきあい（日影　丈吉）……… 0626
嫗の幻想（吉屋　信子）……………… 0945
王になろうとした男（キプリング,ラドヤー
　ド）……………………………… 0879
王の庭園（クプリーン,アレクサンドル）
　　………………………………… 0554
応報の士（吉川　永青）……………… 0043
逢魔ケ時（黒崎　視音）……………… 0134

お馬は六百八十里（神坂　次郎）……… 0010
近江国安義橋なる鬼、人を噉ふ語、第十三
　（今昔物語集）（作者不詳）……… 0432
鷽鷽の雀（尾上　柴舟）……………… 0479
横領（筒井　康隆）…………………… 1016
王陵と駐屯軍（河　瑾燦）…………… 1117
オウンゴール（蒼井　上鷹）… 0169, 0170
覆い隠された罪（バーロウ,トム）… 0298
大石進種次（戸川　幸夫）…………… 0111
大いなるQ（北野　勇作）…………… 0523
大いなる正午（荒巻　義雄）… 0536, 0553
大いに笑ふ淀君（坪内　逍遙）……… 0019
大炊介始末（山本　周五郎）………… 0917
大江戸科学捜査 八丁堀のおゆう―千両富
　くじ根津の夢（山本　巧次）…… 0177
大江戸百物語（石川　英輔）………… 0412
大江戸まんじゅう合戦（鳴海　風）… 0050
大叔母さんの蠅取り紙（ジェイムズ,P.D.）
　　………………………………… 0365
狼女物語（クロウ,キャサリン）…… 0389
狼さんいま何時（張　悦然）………… 1111
狼少女の帰還（相沢　沙呼）………… 0303
狼の巣（ガルマー,ドルジーン）…… 1118
狼の社（籠　三蔵）…………………… 0465
狼娘の島（マクドナルド,ジョージ）… 0389
大亀のいた海岸（小川　国夫）……… 0993
大きなお世話（火森　孝実）………… 0973
大きな顔（伊藤　三巳華）…… 0416, 0417
大きな蟹（小川　未明）……………… 1079
大きな木（山ノ内　真樹子）………… 0863
巨きな蛤―中国民話より（南　伸坊）… 0445
大きな森の小さな密室（小林　泰三）
　　………………………… 0135, 0150
大喰いでなければ（色川　武大）…… 0628
大阪役に就て（徳富　蘇峰）………… 0019
大阪（抄）（小野　十三郎）………… 0816
大阪城（渡邊　霞亭）………………… 0019
大阪城の話（伊藤　三巳華）… 0416, 0417
大さかずき（川上　眉山）…………… 1075
大阪の穴（小松　左京）……………… 0817
大阪の女（織田　作之助）…………… 0817
大坂夢の陣（小松　左京）…………… 0039
大坂落城（安部　龍太郎）…………… 0039
大塩では、うしろいちりょうのとびらがひ
　らきません（中居　真麻）……… 0199
大地震（岡山　裕美）………………… 0786
大地震を生く（加来　はるか）……… 0786

632

作品名索引　　おけす

大島が出来る話（菊池 寛）………… 0684
多すぎる（釈蕈瞽掌編妖精没子富士見英次
　郎耳目）…………………………………… 0971
大空の鷲（井伏 鱒二）……………… 0806
太田道灌の最期―太田道灌（新田 次郎）
　……………………………………………… 0037
大谷刑部―大谷吉継（吉川 英治）…… 0037
大手饅頭（内田 百閒）……………… 0807
大泥棒だったヴィクトリア女王の伯父―随
　筆（小沼 丹）………………………… 0583
大野修理の娘―大坂城（滝口 康彦）…… 0121
大鋏（島尾 敏雄）…………………… 0437
大広間（吉田 知子）………………… 0488
大風呂敷と蜘蛛の糸（野尻 抱介）… 0548, 1010
大癋見警部の事件簿―番外篇（深水 黎一
　郎）…………………………………… 0308, 0309
大松鮨の奇妙な客（蒼井 上鷹）…… 0152
大山詣り（戸部 新十郎）…………… 0061
男鹿（小池 昌代）………………… 0709, 1063
お母さまのロシアのスープ（荻原 浩）… 0218
おかあさんいるかな（伊藤 比呂美）… 0886
お母さん攻略法（フレイジャー, イアン）
　………………………………………… 0706, 0707
お母さんの海（大竹 晃子）………… 0846
お母さんの思ひ出（土田 耕平）……… 1031
おかあさんのところにやってきた猫（角田
　光代）………………………………… 0805
お母さんはえらいな（小川 未明）…… 0741
おかえり（田中 哲弥）……………… 0484
おかえり（根多加 良）…………… 0464, 0785
おかえり（峯野 嵐）……………… 0457, 0458
おかえりなさい（角田 光代）……… 0685
「おかえりなさい」に会いたくて―お花屋
　さん編（作者不詳）………………… 0771
おかげ犬（乾 緑郎）………………… 0603
犯された兎（平岡 篤頼）…………… 0910
おかし男の歌（長谷川 四郎）……… 0869
おかしな人（田辺 聖子）…………… 1054
お菓子の家と廃屋の魔女（希多 美咲）… 0977
お菓子の汽車（西條 八十）………… 0628
お菓子の大舞踏会（夢野 久作）…… 0622
オーガストの命日（冲方 丁）……… 0550
雄勝石（勝山 海百合）…………… 0464, 0785
おかっぱの女の子（立原 透耶）… 0416, 0417
拝む人（吉田 知子）………………… 1061
おかめ顔（小松 知佳）……………… 0763
岡山の友だちの話（岩井 志麻子）… 0416, 0417

お軽はらきり（有馬 頼義）………… 0799
小川に星が流れる（ウル, エミン）…… 1122
小川の辺（藤沢 周平）……………… 0062
おかんの涙（まこと）……………… 0683
オガンバチ（藤井 仁司）…………… 0601
お菊（三浦 哲郎）…………………… 0854
お菊の皿（中津 文彦）……………… 0782
沖田総司（永井 龍男）……………… 0097
おきな（加藤 籌）…………………… 0748
沖縄の雪（森水 陽一郎）…………… 0865
沖縄よどこへ行く（山之口 獏）…… 0779
沖縄らしさ（島尾 敏雄）…………… 0993
お気に召すカバーの色（長谷川 賢人）… 0867
沖の小娘（シュペルヴィエル, ジュール）
　……………………………………………… 0392
置き引き（クジラマク）…………… 0458
お客様は先生です。―スタイリスト編（作
　者不詳）……………………………… 0771
お行儀良いね（富園 ハルク）……… 0465
奥方切腹（海音寺 潮五郎）………… 0098
小草（種田 山頭火）………………… 0993
屋上（大槻 ケンヂ）………………… 1038
屋上（眉村 卓）……………………… 0533
屋上から魂を見下ろす（斎藤 肇）… 0453
屋上にて（徐 則臣）………………… 1112
屋上の黄色いテント―銀座（椎名 誠）… 0839
屋上の三角形（水谷 唯那）………… 0653
おくどさん（菅 浩江）……………… 0435
奥の海（久生 十蘭）………………… 0397
奥野先生と私―奥野信太郎追悼（村松
　暎）…………………………………… 0993
奥の湯の出来事（小森 健太朗）… 0341, 0342
臆病（ブライシュ, アブドゥッサラーム）
　……………………………………………… 0404
臆病者（北原 亞以子）……………… 0007
臆病者の流儀（深町 秋生）………… 0223
億万長者とクリスマス（ゴードン, ルー
　シー）………………………………… 0632
億万長者の贈り物（モーティマー, キャロ
　ル）…………………………………… 0730
送り線香（高橋 弘絵）……………… 0463
送り娘（和坂 しょろ）……………… 0968
贈り物（鷹匠 りく）………………… 0465
贈り物を袋につめて（@bttftag）…… 0781
遅れた死神（空守 由希子）………… 0462
遅れた誕生日（月野 玉子）………… 0973
オーケストラの少年（阪田 寛夫）… 0994

633

おけや　　　　作品名索引

桶屋の鬼吉（村上 元三）………… 0110
おこう（平岩 弓枝）………… 0008
お小姓児太郎（室生 犀星）………… 1068
お好み焼きのプライド（小松 知佳）…… 0755
お好み焼き屋の娘（藤田 佳奈子）… 0967
おこりじぞう（山口 勇子）………… 0888
刑部忍法陣（山田 風太郎）………… 0052
おさかべ姫―姫路城（火坂 雅志）… 0121
お下がり（水谷 佐和子）………… 0975
オサキ油揚げ泥棒になる（高橋 由太）
………………………… 0223, 0224
オサキ宿場町へ（高橋 由太）…… 0200, 0201
お先に失礼（中村 春海）………… 0915
お先にどうぞ（前川 生子）………… 0858
オサキぬらりひょんに会う（高橋 由太）
………………………………… 0180
オサキぬらりひょんに会う―もののけ本
所深川事件帖オサキシリーズ（高橋 由
太）………………………… 0016
オサキまんじゅう大食い合戦へ（高橋 由
太）………………………… 0189
オサキまんじゅう大食い合戦へ 第2回（高
橋 由太）………………… 0190
オサキまんじゅう大食い合戦へ 第3回（高
橋 由太）………………… 0176
お酒を飲むなら、おしるこのように（長沢
節）……………………… 0622
お座敷の鰐（ももくちそらミミ）… 0862
お座敷列車殺人号（辻 真先）…… 0356
幼子を守る竜（@k_you_nagi）…… 0781
オサナヤ（堕天）………………… 0831
おさらば食堂（咲乃 月音）………… 0619
おさる日記（和田 誠）………… 0877
伯父（リベッカ、スザンヌ）……… 1144
お祖父様は犬嫌い（磯村 善夫）… 0065
おじいちゃん（シュミッツ, ジェイムズ・
H.）………………………… 0510
おじいちゃんのおふとん（透翅 大）… 0465
おじいちゃんのゴキブリ退治（赤埴 千枝
子）……………………… 0849
おじいちゃんの小説塾（滝本 竜彦）… 0981
おじいのわらぐつ（本間 浩）…… 0865
押入れ（青木 美土里）……… 0459, 0461
押入れで花嫁（井上 竜）………… 0901
押入の中の鏡花先生（十和田 操）… 1077
押入れヒラヒラ（黒 史郎）………… 0409
押絵と旅する男（江戸川 乱歩）… 0175,
0330, 0390, 0394, 0478, 0911, 0912, 1052

押絵の奇蹟（夢野 久作）………… 0142
教えることは、ただひとつ―サッカー監督
編（作者不詳）………… 0771
おじさん（武田 若千）………… 0465
忍城の美女―忍城（東郷 隆）…… 0121
お静かに願いません、只今方向転換中！
（ペレルマン,S.J.）………… 1133
お地蔵様海へ行く（柏葉 幸子）… 0780
お地蔵様に見られてる（大石 直紀）… 0315
おしっこを夢から出すな（穂村 弘）… 0942
おしどり夫婦（紙舞）………… 0415
おしの（大内 美子子）………… 0046
叔父の上着（須月 研児）………… 0976
押花（野口 冨士男）………… 0993
オシフィエンチム駅へ（中山 七里）
………………………… 0200, 0443
惜みなく愛は奪う（有島 武郎）… 0629
雛妓（長島 横子）………… 0412
オシャベリ姫（夢野 久作）………… 0742
おしゅん吾嬬杜夜雨（坂岡 真）… 0079
お正月奇談（朱川 湊人）………… 0456
和尚の初恋（笹本 稜平）………… 0311
「オショネ」と「アマコ」の話（河原 節
子）……………………… 0481
おしるこ（中島 たい子）………… 0979
お裾分け（誉田 哲也）………… 0310
オースチンを襲う（妹尾 アキ夫）… 0133
小津安二郎芸談（小津 安二郎）… 0596
おせっ怪獣 ヒョウガラヤン登場―大阪府
「新喜劇の巨人」（中野 貴雄）… 0541
襲う（赤川 次郎）………… 0788
おそうめん（貝原）………… 0460, 0461
お供え（吉田 知子）……… 0911, 0912
おそ夏のゆうぐれ（江國 香織）… 0648, 0649
お粗末な召喚（猫乃 ツルギ）…… 0489
恐山（寺山 修司）………… 0854
恐山（長島 横子）………… 0416, 0417
恐山の宿坊（黒木 あるじ）………… 0415
怖ろしいもの祓い（黒咲 典）…… 0465
恐ろしき、悲惨きわまる中世のロマンス
（トウェイン, マーク）………… 1130
恐ろしき復讐（畑 耕一）………… 0455
オタクを拾った女の話（波多野 都）… 0697
おたくもヒキコモリ？（安倍 裕子）… 0975
お尋ね者（ピッソラット, ニック）… 0296
おだっくいの国、シズーカに行かざあ（藤
岡 正敏）……………… 0848

634

作品名索引　　　　　　　おとの

小谷城—横恋慕した家臣（南條 範夫）　… 0023
男谷精一郎信友（戸川 幸夫）　………… 0105
おたぬきさま（島村 ゆに）　…………… 0460
織田信長（坂口 安吾）　………………… 0067
おたふく（岩阪 恵子）　………………… 0817
おたふく（甲木 千絵）　………………… 0949
おたまじゃくしは蛙の子（緒川 萄子）　… 0463
お試し下さい（佐野 洋）　……………… 0325
オタ恋（BLANC）　……………………… 0688
小田原鰹（乙川 優三郎）　……………… 0075
堕ちた銀行家の謎（ラヴグローヴ、ジェイム
　ズ）　…………………………………… 0228
落ちてくる！（伊藤 人譽）　…………… 1078
落ちてゆく（平 金魚）　………… 0457, 0458
落穂拾い（小山 清）　…………… 0878, 0944
落ち屋（浅倉 卓弥）　…………………… 0196
おちゃめ（藤田 雅矢）　………………… 0484
お千代（池波 正太郎）　………………… 0075
おちょろ丸（神坂 次郎）　……………… 0050
落下る（東野 圭吾）　…………… 0206, 0386
おっ母、すまねえ（池波 正太郎）　…… 0021
追っかけられた話（稲垣 足穂）　……… 0479
お月さまと馬賊（小熊 秀雄）　………… 0445
お月さんを探して（咲乃 月音）　……… 0737
お月とお星（作者不詳）　……………… 0693
お告げ（ジャクスン、シャーリイ）　… 1135
オッディとイド（ベスター、アルフレッ
　ド）　…………………………………… 0526
夫を買った女（瀬戸内 寂聴）　………… 1062
夫を殺してはみたけれど（ブロック、ロバー
　ト）　…………………………………… 0877
夫のお弁当箱に石をつめた奥さんの話（門
　井 慶喜）　……………………… 0578, 0579
おっぱい貝（小山内 恵美子）　………… 1061
おっぱいぱい（眞住居 明代）　………… 0851
おっぱいブルー（神田 茜）　…………… 1019
オッベルとぞう（宮沢 賢治）　………… 0888
オデッサの棺（高山 聖史）　…… 0195, 0443
お照の父（岡本 綺堂）　………………… 0106
オデュッセイア（恩田 陸）　…………… 0327
おでんの卵を半分こ（片岡 義男）　…… 1064
おてんば娘日記（抄）（佐々木 邦）　…… 1036
おと（新井 素子）　……………………… 1010
お問合せ（水上 呂理）　………………… 0247
お父ちゃん似（オサリバン、ブライアン）
　………………………………………… 0445
弟（レヴィーン、ステイシー）　……… 0758

音をたてる歯（カミンスキー、スチュアー
　ト・M.）　……………………………… 1149
御伽草子（花田 清輝）　………………… 0396
おとぎの国のプリンス（ウェバー、メレディ
　ス）　…………………………………… 0639
御伽の街（坂月 あかね）　……………… 1051
男（角田 光代）　………………………… 0942
男意気初春義理事—天切り松 闇がたり（浅
　田 次郎）　……………………………… 1015
男一代の記（海音寺 潮五郎）　………… 0108
男一匹（生島 治郎）　…………………… 0267
男が立たぬ（伊東 潤）　………………… 0038
男伊達（安部 龍太郎）　………………… 0108
男と同じ給料をもらっているからには（ナ
　イトリー、ロバート）　……………… 0337
男と九官鳥（遠藤 周作）　……………… 1094
男と少年（デルフォス、オリアン・ガブリエ
　ル）　…………………………………… 1144
オトコに必要な特典は×××（遠山 絵梨
　香）　…………………………………… 0664
男の最良の友、モーガスに乾杯！（ニコル、
　C.W.）　………………………………… 0622
男の城（池波 正太郎）　………………… 0034
男の世界（ヒモロギ ヒロシ）　………… 0460
男の三つのお話（ジャンビーン・ダシドン
　ドグ）　………………………………… 1110
男派と女派（沢木 耕太郎）　…………… 1107
男は車上にて面影を見る（木野 裕喜）　… 0199
脅されたプリンセス（クルーズ、ケイトリ
　ン）　…………………………………… 0721
乙路（乙川 優三郎）　…………………… 0077
落しの刑事（万里 さくら）　…………… 0464
落としの玲子—「姫川玲子」シリーズ番外
　編（誉田 哲也）　……………………… 0951
落し物（耳 目）　………………………… 0967
落としもの—紫の海の砂浜で拾った人間の
　眼鏡は、どこから落ちてきたの？（松尾
　由美）　………………………………… 0565
お届け先には不思議を添えて（似鳥 鶏）
　………………………………………… 0306
おと・どけ・もの（多和田 葉子）　…… 1058
お届けモノ（高山 聖史）　……… 0224, 0364
お届け物（青井 知之）　………………… 0463
大人の絵本（宇野 千代）　……………… 0275
大人の童話冬神の約束（伊藤 浩一）　… 0864
お隣さんのミシン（成野 秋子）　……… 0824
お隣の男の子（オリヴァー、チャド）　… 1135
音の正体（折原 一）　…………… 0208, 0368

635

おとの　　　　　　　　　作品名索引

音のない雨（田端　智子）……………… 0824
音のない海（山崎　マキコ）……………… 0738
音の密室（今邑　彩）……………………… 0273
お富の貞操（芥川　龍之介）……………… 1052
乙女座の夫、蠍座の妻。（吉田　修一）‥ 0644
乙女座の星（姫野　カオルコ）…………… 0958
をとめトランク（沢井　良太）………… 0462
処女について（ボイラン，クレア）…… 0746
オトメの祈り（川村　邦光）……………… 0804
乙女の秘めやかな恋（メリル，クリスティ
　ン）………………………………………… 0634
乙女のワルツ（宮島　竜治）……………… 0597
音もなく降る雪、秘密の雪（エイケン，コン
　ラッド）…………………………………… 0870
乙弥と兄（林　千歳）……………………… 0748
踊子マリィ・ロオランサン（北原　武夫）
　………………………………………………… 0993
踊りたいほどベルボトム（たなか　なつ
　み）………………………………………… 1023
踊りたいほどベルボトム（宮田　真司）… 1021
踊り場の花子（辻村　深月）……………… 0467
オードリー・ヘプバーンの思い出に寄せて
　（シー，シュー）………………………… 0337
踊るお人形（夢枕　獏）…………………… 0229
踊る影絵（大倉　燁子）…………………… 0256
踊る黒猫（村山　早紀）…………………… 0801
踊る細胞（江坂　遊）……………………… 0136
踊る婆さん（白　ひびき）………… 0457, 0458
驚き盤（水上　呂理）……………………… 0247
おなじ緯度の下で（片岡　義男）………… 1029
おならのあと（岩本　敏男）……………… 1036
鬼（円地　文子）…………………… 0397, 1076
鬼、油瓶の形と現じて人を殺す語、第十九
　（今昔物語集）（作者不詳）……………… 0432
おにいさんがこわい（松田　青子）……… 1060
お兄ちゃん記念日（田中　孝博）………… 0756
お兄ちゃんの夜（平　朱魚）……………… 0462
お仁王さまとシバテン（田岡　典夫）…… 0058
鬼が棲む時（藤木　由紗）………………… 0915
鬼が見える（和田　はつ子）……………… 0016
鬼熊酒屋（池波　正太郎）………………… 0002
鬼ではなかったけれど…（霧舎　巧）…… 0246
鬼の頭（前川　知大）……………………… 1060
鬼の歌よみ（田辺　聖子）………………… 0432
鬼の財宝で村に「演芸場」をつくる（西村
　酔牛）……………………………………… 1007
鬼の誕生（馬場　あき子）………………… 0432

鬼の目にも泪（佐々木　裕一）………… 0028
鬼の目元に笑いジワ（青谷　真未）…… 0466
鬼火（池波　正太郎）……………………… 0099
鬼火（山入端　信子）……………………… 0825
鬼火（吉屋　信子）………………………… 1077
鬼坊主の女（池波　正太郎）……………… 0086
鬼娘（あさの　あつこ）…………………… 0486
鬼夢（松山　幸民）………………………… 0848
鬼より怖い生き物に、桃太郎逃げ出す（高
　畑　啓子）………………………………… 1007
鬼は外（宮部　みゆき）…………………… 0352
お人形じゃなくて人間よ（島　有子）… 0915
おねえちゃん（歌野　晶午）……… 0165, 0166
お姉ちゃんのマーくん（佐川　里江）… 0947
おねがい（石田　衣良）…………………… 1049
斧（ルルー，ガストン）…………………… 0445
小野次郎右衛門（柴田　錬三郎）………… 0096
お望み通りの死体（阿刀田　高）………… 0285
オノレ・シュブラックの失踪（アポリネー
　ル，ギョーム）…………………………… 0402
おばあちゃんといっしょ（大石　直紀）… 0215
お祖母ちゃんと宇宙海賊（マッコネル，ジェ
　イムズ）…………………………………… 0521
おばあちゃんの眼鏡（一田　和樹）…… 0970
おばあちゃん、もう一回だけ（源　祥子）‥ 0965
お墓に青い花を（樹下　太郎）…………… 0145
おばけオオカミ事件（バウチャー，アント
　ニー）……………………………………… 0231
お化けが来るよ（江村　阿康）…………… 0464
お化けの学校（田辺　青蛙）……… 0457, 0458
お化けの世界（坪田　譲治）……………… 0402
お化け屋敷の猫（春風　のぶこ）………… 0989
おばさんの話（廻転　寿司）……………… 0463
お花さん（江崎　来人）…………… 0459, 0461
おはなしして子ちゃん（藤野　可織）… 1061
おばばの決闘（内山　豪希）……………… 0858
オピウム（やまなか　しほ）……………… 1023
お引越し（日野　光里）…………………… 0465
お人好し（ウィンダム，ジョン）………… 0454
オフェリアは誰も殺さない（山村　正夫）
　………………………………………………… 0609
於布津弁天（水嶋　大悟）………………… 0862
オーブランの少女（深緑　野分）‥ 0156, 0300
オベタイ・ブルブル事件（徳川　夢声）… 0285
オペラントの肖像（平山　夢明）‥ 0290, 0291
お返事が頂けなくなってから（円城　塔）
　………………………………………………… 0961

お弁当（小泊 フユキ） ………………… 0619
お弁当ぐるぐる（西澤 保彦） …………… 0135
お遍路（平山 夢明） ……………………… 0444
溺れる男（畠山 拓） ……………………… 0992
オー・マイ・ゴッド（山下 貴光） ‥ 0224, 0364
「お前が犯人だ」（ポー，エドガー・アラ
　ン） …………………………………… 0414
おまじない（川戸 雄毅） ………………… 0967
おまじない（重松 清） …………………… 0783
おまもり（黒木 あるじ） ………………… 0462
お守り（新津 きよみ） …………………… 0747
悪萬（花村 萬月） ………………………… 0077
お見合い（崩木 十弐） ……………… 0460, 0461
おみくじと紙切れ（麻耶 雄嵩）
　……………………………… 0162, 0163, 0308
お見舞い前線（@100_m） ………………… 0781
おみやげ（星 新一） ……………………… 0885
おむかえ（田中 せいや） ………………… 0463
お迎え（深田 亨） ………………………… 0465
オムライス（薬丸 岳） ……………… 0206, 0375
お召し（小松 左京） ………………… 0330, 0543
お目出たき人（抄）（武者小路 実篤） ‥‥ 0882
おめでとうを伝えよう！（朝倉 かすみ）
　………………………………………… 0773
オメラスから歩み去る人々（ル・グィン，
　アーシュラ・K.） …………………… 0499
想い（今村 文香） ………………………… 1021
思い出さないで（瀬川 隆文） …………… 0857
思い違い（恩田 陸） ………………… 0162, 0163
思い出（牧 ゆうじ） ………………… 0460, 0461
思い出を盗んだ女（新津 きよみ） ‥ 0169, 0170
思い出した（畠中 恵） …………………… 0173
思い出自販機（霧ケ峰 涼） ……………… 0973
想い出の家―現実を拡張する-進化したメガネ
　のもつ、重要な機能だ（森岡 浩之） ‥ 0560
思い出の一冊（梅原 満知子） …………… 0950
思ひ出の君は死せり（フラン） ………… 1051
思い出の銀幕（三浦 しをん） …………… 0596
思い出の皿うどん（佐藤 青南） ………… 0619
思い出の時間（津田 和美） ……………… 0868
想い出の尻尾（中川 キリコ） …………… 0824
思い出のバレンタイン（クイン，タラ・
　T.） …………………………………… 0716
思い出万華鏡（西條 さやか） …………… 0853
思ひに永き（深海 和） …………………… 0988
思いのまま（森岡 隆司） ………………… 0481
思うこと（小林 久三） …………………… 0822

想う故に…。（瀬川 隆文） ……………… 0864
面影双紙（横溝 正史） ……………… 0142, 0817
仮想の在処（伏見 完） …………………… 0493
面影ほろり（宇江佐 真理） ……………… 0079
面影は寂しげに微笑む（せんべい猫） ‥ 0421
重たい影（土屋 隆夫） …………………… 0145
おもちゃ（ジェイコブズ，ハーヴィー） ‥‥ 1135
おもひで女（牧野 修） …………………… 0546
おもひでモドキ（壁井 ユカコ） ………… 1101
おやおや（山崎 文男） …………………… 0991
「お薬増やしておきますね」（柚月 裕子）
　………………………………………… 0364
親子（石居 椎） …………………………… 0464
親子ごっこ（長岡 弘樹） ………………… 0160
〔親子の考察〕（あお） …………………… 1051
親父の悪戯（三藤 英二） ………………… 0967
親父の名前（フカミ レン） ……………… 0851
親父の夢（大角 哲寛） …………………… 0602
おやすみ（瀧羽 麻子） …………………… 0698
お八つの時間（向田 邦子） ……………… 0628
親なし子なし（平岩 弓枝） ……………… 0025
親分のこより（三木 聖子） ……………… 0855
親指魚（山下 明生） ……………………… 0994
おゆき（井上 ひさし） …………………… 0078
お雪の里（大野 文楽） …………………… 0863
泳ぐ手（伊藤 三巳華） ……………… 0416, 0417
およぐひと（坂本 美智子） ……………… 0865
およね平吉時穴道行（半村 良） ………… 0536
お嫁に行く日―新人教師編（作者不詳） ‥‥ 0771
オララ―一八八五（スティーヴンソン，ロ
　バート・ルイス） …………………… 0441
オーラルセックス（ピッピ） …………… 1021
オリエンテーション（オロズコ，ダニエ
　ル） …………………………………… 0388
折紙宇宙船の伝説（矢野 徹） ……… 0534, 0537
折り紙衛星の伝説（理山 貞二） ………… 0495
折紙姫（日野 光里） ……………………… 0464
折口信夫氏のこと―折口信夫追悼（三島 由
　紀夫） ………………………………… 0993
オリジナリティ（加藤 秀幸） …………… 0972
折鶴の血―折鶴刑事部長シリーズより（佐
　野 洋） ……………………………… 0168
檻の中（戸部 新十郎） …………………… 0125
オリーブの薫りはまだ届かない（西澤 いそ
　の） …………………………………… 0822
織部の茶碗（宇江佐 真理） ……………… 0007
折り指（岡部 えつ） ……………………… 0458

お龍（北原 亜以子）・・・・・・・・・・・・ 0129
お料理教室（小川 洋子）・・・・・・・・・・・・ 0613
オルガン弾き（マイヤーズ，マアン）・・・・ 0337
オルゴール（藤原 伊織）・・・・・・・・・・・・ 0906
オルゴールの中の街（オドエフスキー，ウラ
　ジーミル）・・・・・・・・・・・・・・・・・・・・ 0405
オルダーセンの世界（山本 弘）・・・・・・・ 0540
オールトの天使―娘ときみを救うため、ぼ
　くは時空を超えた-ひとつの火星の物語
　が終わる（東 浩紀）・・・・・・・・・・・・ 0565
オルラ（モーパッサン，ギ・ド）・・・・・ 0419
俺（佐伯 一麦）・・・・・・・・・・・・・・・・・ 1056
オレオレ（草上 仁）・・・・・・・・・・・・・・ 0484
オレオレサギ（相門 亨）・・・・・・・・・・・・ 0976
俺が小学生!?（美キ やま）・・・・・・・・・・ 0683
オレキバ（呉 勝浩）・・・・・・・・・・・・・・ 0240
おれたちがボールを追いかける理由（はら
　だ みずき）・・・・・・・・・・・・・・・・・・・ 0598
『俺たちに明日はない』（ケール，ポーリー
　ン）・・・・・・・・・・・・・・・・・・・・・・・・ 1133
俺たちに明日はないかもね―でも生きるけ
　ど（牧野 修）・・・・・・・・・・・・・・・・・ 0484
おれたちの青空（佐川 光晴）・・・・・・・・・ 1060
おれたちの街（逢坂 剛）・・・・・・ 0169, 0170
俺たちの冥福（八杉 将司）・・・・・・・・・・・ 0453
折れた向日葵（安住 伸子）・・・・・・・・・・・ 0959
おれに関する噂（筒井 康隆）・・・・ 0531, 0536
俺にはなぜ愛人がいないんだろう？（東
　西）・・・・・・・・・・・・・・・・・・・・ 1113, 1114
俺の彼女は人見知り（武田 綾乃）・・・・・・・ 0196
俺の代理人（七瀬 ざくろ）・・・・・・・・・・・ 0975
おれの魂に（ランディージ，ロバート・J.）
　・・・・・・・・・・・・・・・・・・・・・・・・・・ 0203
俺の息子（マックルアー，ロバート）・・・・・ 0296
俺はNOSAKAだ（野坂 昭如）・・・・・・・・・ 0945
おれはミサイル（秋山 瑞人）・・・・・・・・・ 0520
オレンジ（ヴェレル）・・・・・・・・・・・・・・ 1159
オレンジジュース（飛雄）・・・・・・・・・・・・ 0463
オレンジの家（齊藤 想）・・・・・・・・・・・・ 0973
オレンジの水面―『北天の馬たち』番外編
　（貫井 徳郎）・・・・・・・・・・・・・・・・・ 0951
オロダンナの花（板橋 栄子）・・・・・・・・・ 0602
オは愚か者のオ（大原 まり子）・・・・・・・・ 0517
終わった恋とジェット・ラグ（近藤 史
　恵）・・・・・・・・・・・・・・・・・・・・・・・・ 0767
お詫びとお知らせ（島﨑 一裕）・・・・・・・ 0970
おわらい（石井 康浩）・・・・・・・・・・・・・ 0808

終わりを待つ季節（柚木 麻子）・・・・・・・ 0898
終わりと始まり（泉 優）・・・・・・・・・・・・ 1023
終わりと始まりのあいだの木曜日（柴崎 友
　香）・・・・・・・・・・・・・・・・・・・・・・・・ 0979
終りなき負債（小松 左京）・・・・・・・・・・・ 0553
終わりの始まり―河合耆三郎（響 由布
　子）・・・・・・・・・・・・・・・・・ 0070, 0071
終わりのまえに（谷口 雅美）・・・・・・・・・ 0688
終わる季節のプレリュード（春花 夏月）
　・・・・・・・・・・・・・・・・・・・・・・・・・・ 0668
追われた獲物（ランズデール，ジョー・
　R.）・・・・・・・・・・・・・・・・・・・・・・・ 1131
追われる女（井上 昭之）・・・・・・・・・・・・ 0976
恩返し（矛先 盾一）・・・・・・・・・・・・・・・ 0967
オン・ザ・ロック（空虹 桜）・・・・・・・・・ 1023
オンジエ通りの怪（レ・ファニュ，シェリダ
　ン）・・・・・・・・・・・・・・・・・・・・・・・・ 0411
温室事件（福永 武彦）・・・・・・・・・・・・・・ 0385
恩讐の彼方に（菊池 寛）・・・・・・・・・・・・ 1069
恩人（酒月 茗）・・・・・・・・・・・ 0457, 0458
恩人達（そうざ）・・・・・・・・・・・・・・・・・ 1020
温泉雑記（抄）（岡本 綺堂）・・・・・・・・・・ 0479
温泉（抄）（梶井 基次郎）・・・・・・・・・・・・ 0479
温泉宿（都筑 道夫）・・・・・・・・・・・・・・・ 0345
温泉宿の四つの石（一田 和樹）・・・・・・・・ 0463
恩と仇（真下 光一）・・・・・・・・・・・・・・・ 0967
女（武田 若千）・・・・・・・・・・・ 0459, 0461
おんながいる（伊計 翼）・・・・・・・・・・・・ 0427
女か虎か（ストックトン，フランク・R.）
　・・・・・・・・・・・ 0262, 0365, 0877, 1130
女か虎か（高井 信）・・・・・・・・・・・・・・・ 0484
女間者おつな―山南敬助の女（南原 幹
　雄）・・・・・・・・・・・・・・・・・・・・・・・・ 0046
女交渉人ヒカル（五十嵐 貴久）・・ 0220, 0221
女強盗（菊池 寛）・・・・・・・・・・・・・・・・・ 0892
女乞食（鈴木 雄一郎）・・・・・・・・・・・・・・ 0975
女たち（マンロー，アリス）・・・・・・・・・・ 1125
女たらし（諸田 玲子）・・・・・・・・・・・・・・ 0078
女どうしのふたり連れ（リチャードスン，ヘ
　ンリー・ヘンデル）・・・・・・・・・・・・・・ 1138
女と虎と（モフィット,J.）・・・・・・・・・・ 1130
女友達（江國 香織）・・・・・・・・ 0698, 1012
女の顔（岩井 志麻子）・・・・・・・ 0416, 0417
女の勘（山下 貴光）・・・・・・・・ 0223, 0443
女の姿（林 譲治）・・・・・・・・・・・・・・・・・ 0920
『女の人』のいないバレンタイン（友井
　羊）・・・・・・・・・・・・・・・・・・・・・・・・ 0198

作品名索引　　　　　かいそ

女のみち（三原　光尋）……………… 0597
女ぶり（平岩　弓枝）………………… 0006
女も、虎も……（家田　満理）……… 0970
「女らしさ」とは何か（与謝野　晶子）… 0741
怨念の力（葛西　俊和）……………… 0427
音譜五つの春だった（片岡　義男）‥ 0354, 0355
オンブタイ（長岡　弘樹）
　　　　　…… 0211, 0257, 0301, 0373
御身（横光　利一）…………………… 1092
陰陽師鏡童子（夢枕　獏）…………… 0435
陰陽師 花の下に立つ女（夢枕　獏）…… 1067
オンライン（玉木　凛）……………… 0757
オンリー達（広池　秋子）…………… 0914
オンリー・ユー（ダレサンドロ，ジャッ
　　キー）……………………………… 0725
怨霊累ケ淵（狭山　温）……………… 0426
温冷御礼（宮地　彩）………………… 0868

【 か 】

蛾（我妻　俊樹）……………………… 0462
蛾（江國　香織）……………… 0740, 0753
蛾（金子　光晴）……………………… 0804
蛾（吉行　淳之介）…………………… 0479
母さん助けて（若竹　七海）………… 0313
かあちゃん（山本　周五郎）………… 0013
母ちゃん、おれだよ、おれおれ（歌野　晶
　午）…………………………… 0922, 0923
恠異ぶくろ（抄）（日夏　耿之介）…… 0433
海煙（土橋　章宏）…………………… 0818
海縁寺駅降りる（沙岐）……………… 0489
海援隊誕生記（宮地　佐一郎）……… 0127
怪を語れば怪至（浅井　了意）……… 0479
絵画（磯崎　憲一郎）………………… 1058
海外の幽霊ホテル（宍戸　レイ）‥ 0416, 0417
海外フェスの話（松　音戸子）……… 0462
改革の旗（ぼへみ庵）………………… 0975
開化散髪どころ（池波　正太郎）…… 0115
絵画の真贋（白黒　たまご）………… 0863
貝殻追放（水上　瀧太郎）…………… 0993
貝殻追放の作者（斎藤　茂吉）……… 0993
回帰（崩木　十弐）…………………… 0785
回帰（水澤　世都子）………………… 1074
怪奇写真作家（三津田　信三）……… 0345
怪奇製造人（城　昌幸）……………… 0581

怪奇譚 妖蟲（ベンソン，E.F.）……… 0485
怪奇、白狼譚（岡田　稔）…………… 0029
怪奇美を描く画家・竹中英太郎（末永　昭
　二）…………………………………… 0455
海柩（石原　健二）…………………… 0489
懐郷病のビュイック（マクドナルド，ジョ
　ン・D.）…………………………… 0262
皆勤の徒―第二回創元SF短編賞受賞作（酉
　島　伝法）………………………… 0511
海景（堀田　善衞）…………………… 0993
解決編（おがわ）……………………… 1023
解決屋（曽根　圭介）………………… 0312
介護鬼（菊地　秀行）……………… 0002, 0098
骸骨の黒穂（夢野　久作）…………… 1046
回顧展（ウィグノール，ケヴィン）… 0203
買い支えよう（@yu_oshikiri）……… 0781
解散二十面相（藤谷　治）………… 0349, 0350
買い占めたいもの（@shortshortshort）
　………………………………………… 0781
解釈（北村　薫）……………………… 0589
介錯人別所龍玄始末（辻堂　魁）……… 0015
会社ごっこ（三藤　英二）…………… 0967
会社の秘密と打ち上げ（伊東　哲哉）…… 1020
怪獣地獄（黒　史郎）………………… 0422
怪獣チェイサー（大倉　崇裕）……… 0423
怪獣都市（菊地　秀行）……………… 0422
怪獣二十六号（樋口　真嗣）………… 0423
怪獣の夢（有栖川　有栖）…………… 0423
怪獣ルクスビグラの足型を取った男（田中
　啓文）……………………………… 0523
怪獣惑星キンゴジ（田中　啓文）…… 0311
怪樹の腕（マクレディ，R.G.）……… 0425
海嘯が生んだ怪談（矢田　挿雲）…… 0408
解錠綺譚（佐江　衆一）……………… 0003
海嘯遭難実況談（山本　才三郎）…… 0784
開城の使者―鶴ケ城（中村　彰彦）… 0121
海城発電（泉　鏡花）………… 0774, 0775
改心（O.ヘンリー）…………………… 0390
怪人明智文代（大槻　ケンヂ）……… 0146
怪人影法師（岡崎　弘明）…………… 0474
海神の裔（宮部　みゆき）…………… 0569
会心幕張（宮木　あや子）…………… 0979
海水浴（江賀根）……………………… 0464
凱旋（北村　薫）……………… 0367, 0583
街宣車のある風景（髙村　薫）……… 1060
怪船「人魚号」（高橋　鐵）………… 0400
海草と郭公時計（ボイス，T.F.）…… 0869

639

かいそ　　　　　　　作品名索引

海草の誇（河井 酔茗）……………… 0807
海賊船ドクター・サイゾー（松岡 弘一）
　……………………………………… 0105
海賊のキス（コーニック, ニコラ）…… 0632
快速マリンライナー（山下 貴光）…… 0200
怪段（猫屋 四季）…………… 0457, 0458
階段（乙一）…………………………… 0130
階段（白 ひびき）…………… 0457, 0458
階段（森下 一仁）…………………… 0474
怪談阿三の森（三遊亭 圓朝）……… 0408
怪談会にて（登木 夏実）…………… 0464
怪談累ケ淵（柴田 錬三郎）…… 0093, 0426
怪談享楽時代（野村 胡堂）………… 0854
怪談サイトの怪（矢内 りんご）… 0457, 0458
怪談鍋（立原 透耶）………… 0416, 0417
階段の男（ジュライ, ミランダ）…… 1125
怪談の「力」（黒木 あるじ）………… 0785
蛔虫（岡本 綺堂）…………………… 0398
怪鳥（湯菜岸 時也）………………… 0459
海底からの悪夢（黒 史郎）………… 0489
海底の都（夢乃 鳥子）……… 0460, 0461
回天特攻学徒隊員の記録（武田 五郎）… 0779
回転率（あんどー 春）……………… 0973
外套（ゴーゴリ, ニコライ・V.）…… 0390
解凍（或いは「仕事」）（峯岸 可弥）… 1023
怪盗Xからの挑戦状（米澤 穂信）… 0254
怪盗シャイン（福本 真也）………… 0969
怪盗と名探偵（抄）（カミ）………… 0869
解答編（甲木 千絵）………………… 0941
海難記（久生 十蘭）………………… 0397
飼い猫の掟、申し送ります（源 祥子）… 0760
貝の穴に河童の居る事（泉 鏡花）… 0787, 0916
櫂の雫（佐佐木 雪子）……………… 0784
貝のなか（倉橋 由美子）…………… 0395
海馬（川上 弘美）…………………… 0544
怪犯人の行方（山中 峯太郎）……… 0232
解氷（淺里 大助）…………………… 0913
怪猫物語 その一（北 杜夫）……… 0798
怪猫物語 その二（北 杜夫）……… 0798
開封（堀 晃）………………… 0474, 0500
怪物ドー最後の夢（リンチェン, ビャムビ
　ン）…………………………………… 1118
カイブン（村田 青）………………… 0967
開閉式―母の手の甲には、緑色の扉があっ
　た（西崎 憲）……………………… 0564
会報（ローズ, ダン）………………… 0708
解剖学者アンドレアス・ヴェサリウス――

八三三（ボレル, ペトリュス）……… 0441
解剖学者ドン・ベサリウス―悖徳物語 マ
　ドリッドの巻（ボレル, ペトリュス）‥ 0449
解放の時代（星 新一）……………… 0553
戒名（長嶋 有）……………………… 1058
怪夢（夢野 久作）…………………… 0398
かいもの（珠子）…………………… 0462
かいやぐら物語（横溝 正史）……… 0488
回覧板（荒井 恵美子）……………… 0865
カイロにて（松村 進吉）…………… 0415
会話（マリェア, エドゥアルド）…… 1161
界隈の少年（石川 友也）…………… 0990
カウチ先生、大統領を救う フランクリン・
　カウチ先生とフランキーのお話（ピカー
　ド, ナンシー）……………………… 0320
カウンターイルミネーション（安藤 桃
　子）…………………………………… 0709
カウンター・テコンダー（関口 尚）… 0904
カウントダウン（清水 絹）………… 0987
カウントダウン（フスリツァ, シチェファ
　ン）…………………………………… 0516
カウント・プラン（黒川 博行）…… 0326
帰したくなくて夜店の燃えそうな（千野 帽
　子）…………………………………… 1029
返して（直）………………………… 0464
替玉計画（結城 昌治）……………… 0325
還って来た少女（新津 きよみ）…… 0130
かえで―モノローグ（イェニー, ゾエ）… 0750
還らざる月、灰緑の月―契火の末裔外伝
　（篠月 美弥）……………………… 1098
帰りたい理由（鄭 暎惠）…………… 1088
帰りの足（伊東 哲哉）……………… 1020
帰りの雪（久能 允）………………… 0859
帰り花（北原 亞以子）……………… 0079
帰り花（長井 彬）…………………… 0268
帰り道（浅田 次郎）………………… 1014
帰り道にて（椎名 春介）…… 0459, 0461
かえりみれば（安西 玄）…………… 0992
かえりみれば（シラス, ウィルマー・H.）
　……………………………………… 0529
かえる（我妻 俊樹）………… 0460, 0461
かえるが飛んだ（藤原 緋沙子）…… 0001
かえるのいえ、かえらぬのひ（岩里 藁
　人）…………………………………… 0465
蛙の置物（樫木 東林）……………… 0464
カエルの子（リュカ）……………… 0463
かえれないふたり―第1章 不安な旅立ち

作品名索引　かくへ

（有栖川 有栖）・・・・・・・・・・・・・ 0341, 0342
かえれないふたり―第2章 失われた記憶
（光原 百合）・・・・・・・・・・・・・ 0341, 0342
かえれないふたり―第3章 増殖する影（綾
辻 行人）・・・・・・・・・・・・・・・・ 0341, 0342
かえれないふたり―第4章 双子の伝承（法
月 綸太郎）・・・・・・・・・・・・・ 0341, 0342
かえれないふたり―終章 災厄の結実（西澤
保彦）・・・・・・・・・・・・・・・・・・ 0341, 0342
帰ろう（郷内 心瞳）・・・・・・・・・・・・・ 0785
顔（松本 清張）・・・・・・・・・・・・・・・・・・ 0596
カオイダンの魔法使い（メイ, シャロン）
・・・・・・・・・・・・・・・・・・・・・・・・・・・・ 1144
顔のない恋人（小泉 秀人）・・・・・・・・ 0971
顔のない敵（石持 浅海）・・・・・・・・・・ 0244
顔の話（岡本 太郎）・・・・・・・・・・・・・・ 0993
かおり（岡田 八千代）・・・・・・・・・・・・ 0748
カオリちゃん（須吾 托矢）・・・・・ 0457, 0458
香り路地（倉阪 鬼一郎）・・・・・・・・・・ 0015
かおるさん（柄澤 潤）・・・・・・・・・・・・ 0821
科学探偵帆村（筒井 康隆）・・ 0354, 0355, 0515
カガクテキ（鳥焉）・・・・・・・・・・・・・・ 0970
科学捕物帳（海野 十三）・・・・・・・・・・ 0153
案山子（狸洞快）・・・・・・・・・・・・・・・・ 0830
案山子の背中（乃田 春海）・・・・・・・・ 0864
かかしの寝顔（井手 孝史）・・・・・・・・ 0859
加賀騒動（安部 龍太郎）・・・・・・・・・・ 0005
書かなかった話（黒 史郎）・・・・・・・・ 0415
加賀の宴（杉本 利男）・・・・・・・・・・・・ 0989
画家のガガさんのこと（片山 ふえ）・・・・ 1159
加賀野浄土（藤吉 外登夫）・・・・・・・・ 0846
鑑（森山 東）・・・・・・・・・・・・・・・・・・ 1022
鏡（安土 萌）・・・・・・・・・・・・・・・・・・ 0472
鏡（別 水軒）・・・・・・・・・・・・・・・・・・ 0459
鏡と影について（澁澤 龍彦）・・・・・・・・ 0396
鏡に消えたライカM3オリーブ（柊 サナ
カ）・・・・・・・・・・・・・・・・・・・・・・・・ 0176
鏡に棲む男（中井 英夫）・・・・・・・・・・ 0622
鏡の女（内田 康夫）・・・・・・・・・・・・・・ 0279
鏡の国のアリス（都筑 道夫）・・・・・・・・ 0289
鏡の国の風景（花田 清輝）・・・・・・・・ 0396
鏡の町または眼の森（多田 智満子）・・・・ 0993
鏡の迷宮、白い蝶（谷原 秋桜子）・・ 0156, 0300
鏡迷宮（北原 尚彦）・・・・・・・・・・・・・・ 0139
輝きの海で（松本 裕子）・・・・・・・・・・ 0855
輝く木（冨岡 美子）・・・・・・・・・・・・・・ 0852
輝く草地（カヴァン, アンナ）・・・・・・・・ 1140

輝く友情（朝日 壮吉）・・・・・・・・・・・・ 0964
輝ける朝（水野 仙子）・・・・・・・・・・・・ 0850
輝ける太陽の子（伝助）・・・・・・・・・・ 1021
蛾鬼（黒 史郎）・・・・・・・・・・・・・ 0460, 0461
柿（我妻 俊樹）・・・・・・・・・・・・・・・・・・ 0465
柿（友井 羊）・・・・・・ 0193, 0194, 0223, 0224
柿（リー, イーユン）・・・・・・・・・・・・・・ 1143
鍵（谷崎 潤一郎）・・・・・・・・・・・・・・・・ 1095
鍵（星 新一）・・・・・・・・・・・・・・・ 0536, 0966
柿右衛門の器（ベイカー, ニコルソン）
・・・・・・・・・・・・・・・・・・・・・・・・ 0706, 0707
柿をとる人（小島 モハ）・・・・・・・・・・ 0462
かぎ括弧のようなもの（宮内 悠介）・・・・ 1017
柿田川を見つめて（土屋 望海）・・・・・・ 0814
杜若の札（海渡 英祐）・・・・・・・・・・・・ 0274
餓鬼道看蔬目録（内田 百閒）・・・・・・・・ 0628
柿の実（林 芙美子）・・・・・・・・・・・・・・ 0616
限りなき夏（プリースト, クリストファー）
・・・・・・・・・・・・・・・・・・・・・・・・・・・・ 0514
かく（行 方行）・・・・・・・・・・・・・・・・・・ 0974
角打ちでのこと（日野 光里）・・・・ 0459, 0461
架空の娘（ボイラン, クレア）・・・・・・・・ 0746
架空論文投稿計画―あらゆる意味ででっち
あげられた数章（松崎 有理）・・・・・・ 0571
学園諜報部SIA（七尾 与史）・・・・・・・・ 0467
楽光師匠最期の高座『死神』の録音テープ
（葦原 崇貴）・・・・・・・・・・・・・・・・・・ 0462
隠されたガン事件―上海のシャーロック・
ホームズ第四の事件（天笑）・・・・・・ 0235
隠されていたもの（柴田 よしき）・・ 0290, 0291
かくし味（乃南 アサ）・・・・・・・・・・・・ 0325
隠し芸の男（城山 三郎）・・・・・・・・・・ 1076
隠しごとはできないものだ（ドラグンスキ
イ）・・・・・・・・・・・・・・・・・・・・・・・・ 1158
隠し水仙―中濱（ジョン）万次郎外伝（須永
淳）・・・・・・・・・・・・・・・・・・・・・・・・ 0991
隠し紋（泡坂 妻夫）・・・・・・・・・・・・・・ 1013
カクストン私設図書館（コナリー, ジョ
ン）・・・・・・・・・・・・・・・・・・・・・・・・ 0595
隔世遺伝（飯田 和仁）・・・・・・・・・・・・ 1020
楽団兄弟（宮下 奈都）・・・・・・・・・・・・ 0909
かくて死者は語る（緋色）・・・・・・・・・・ 1051
書くと楽になる（@sakuyue）・・・・・・・・ 0781
確認済飛行物体（三崎 亜記）・・・・・・・・ 0552
額縁の部屋（クジラマク）・・・・・・・・・・ 0460
角兵衛狂乱図（池波 正太郎）・・・・・・・・ 0052

641

かくめ　　　　　　　　作品名索引

革命狂詩曲—Rapsodia Revolucionaria（山
　野　浩一）　　　　　　　　　　　 0547
かくも無数の悲鳴—場末の星の酒場にて、人
　類の希望はおれに託された。日本SF界の
　巨匠が世界の扉を開く（神林　長平）‥ 0559
赫夜島（宇月原　晴明）　　　　　　　 0557
家具屋の小径（江坂　遊）　　　　　　 0966
かぐや姫（@dropletter）　　　　　　 0781
神楽太夫（横溝　正史）　　　　　　　 0330
鶴唳（谷崎　潤一郎）　　　　　　　　 0397
かくれ鬼（中島　要）　　　　　　　　 0412
学歴主義（北條　純貴）　　　　　　　 0974
隠れた男（峯岸　可弥）　　　　　　　 1022
隠れた条件（ホール、ジェイムズ・W.）
　　　　　　　　　　　　0141, 0203
隠れ念仏（海老沢　泰久）　　　　　　 0079
かくれんぼ（島﨑　一裕）　　　　　　 0971
家具・ロフト・残留思念付部屋有りマス（神
　狛　しず）　　　　　　　　　0416, 0417
ガクン（黒　史郎）　　　　　　　　　 0460
かけ（チェーホフ、アントン・パーヴロヴィ
　チ）　　　　　　　　　　　 0871, 0879
崖（石垣　りん）　　　　　　　　　　 0779
崖（大島　直次）　　　　　　　　　　 0846
崖（髙樹　のぶ子）　　　　　　　　　 1063
家計を織る（都田　万葉）　　　　0460, 0461
影を追う—水上瀧太郎追悼（鏑木　清方）
　　　　　　　　　　　　　　　　 0993
駈け落ちは死体とともに（赤川　次郎）‥ 0285
影を踏まれた女（岡本　綺堂）　　　　 0398
影を求めて（山村　幽星）　　　　0459, 0461
かけがえのない贈り物（モーティマー、キャ
　ロル）　　　　　　　　　　　　　 0632
影が来る（三津田　信三）　　　　　　 0523
影が騒ぐとき（プレブ、サンジーン）‥ 1118
かげ草（江坂　遊）　　　　　　　　　 0877
駈込み訴え（石持　浅海）　　　　0208, 0381
影製造産業に関する報告（ケアリー、ピー
　ター）　　　　　　　　　　　　　 0726
欠けた古茶碗（逢坂　剛）　　　　　　 0173
崖っぷち（クリスティー、アガサ）　　 1124
影なき射手（楠田　匡介）　　　　　　 0147
影にそう（柚月　裕子）　　　　　　　 0603
崖の石段（山村　幽星）　　　　　　　 0460
崖の下（嘉村　礒多）　　　　　　　　 1093
影のない街（桜木　紫乃）　　　　　　 1017
崖のにおい（蜂飼　耳）　　　　　　　 1055

影の舞踏会（中井　英夫）　　　　　　 0395
影踏み鬼（翔田　寛）　　　　　　　　 0060
掛け星（朝倉　かすみ）　　　　　0675, 0676
影武者（石田　一）　　　　　　　　　 0472
影武者対影武者（乾　緑郎）　　　　　 0042
影屋の告白（明川　哲也）　　　　　　 0245
かけら（青山　七恵）　　　　　　　　 1057
過去への電話（福島　正実）　　　　　 0536
過去が届く午後（唯川　恵）　　　　　 0274
過去世（岡本　かの子）　　　　　0397, 1068
籠の鳥（沙木　とも子）　　　　　　　 0463
過去夢（雪柳　妙）　　　　　　　　　 0969
傘を拾った話（佐々木　土下座衛門）
　　　　　　　　　　　　　0457, 0458
かさかさと切手（谷村　志穂）　　　　 1010
重ね重ね（有坂　十緒子）　　　　0460, 0461
重ねて二つ（法月　綸太郎）　　　　　 0269
累物語（田中　貢太郎）　　　　　　　 0426
傘の墓場（白縫　いさや）　　　　　　 0462
風花（坂本　美智子）　　　　　　　　 0862
カサブランカ洋装店（吉川　トリコ）‥ 0894
風待港の盆踊り（中川　洋子）　　　　 0814
風見鶏（都筑　道夫）　　　　　　　　 0436
過酸化マンガン水の夢（谷崎　潤一郎）
　　　　　　　　　　　　　0911, 0912
火山に死す—『唐草物語』より（澁澤　龍
　彦）　　　　　　　　　　　　　　 0394
火事（ベルリン、ルシア）　　　　　　 1129
—柏尾家、ガウディ屋敷の宝さがし（柊　サ
　ナカ）　　　　　　　　　　　　　 0177
カシオペアのエンドロール（海堂　尊）‥ 0192
可視化するアール・ブリュット（岡崎　琢
　磨）　　　　　　　　　　　　　　 0182
鯎突きの夏（糞　修吉）　　　　　　　 0837
賢い王（ジブラン、カリール）　　　　 0275
火事とポチ（有島　武郎）　　　　　　 1069
河岸の怪人（ホワイトヒル、ヘンリー・
　W.）　　　　　　　　　　　　　　 0425
樫の木（小川　未明）　　　　　　　　 0479
樫の木の向こう側（堀江　敏幸）　　　 1049
貸物屋お庸貸し猫探し（平谷　美樹）‥ 0796
火車とヤンキー（ヒモロギ　ヒロシ）
　　　　　　　　　　　　　0460, 0461
鍛冶屋の子（新美　南吉）　　　　　　 1069
貨車引込線（樹下　太郎）　　　　　　 0147
何首烏（梶　よう子）　　　　　　　　 0081
ガーシュウィンのプレリュード第二番（バ

642

クスター) ……………………… 0880
加州情話（塚本 修二）………… 0990
火術師（五味 康祐）…… 0006, 0024, 0066
火章（神保 光太郎）……………… 1037
鵝掌・熊掌（青木 正児）………… 0622
華燭（舟橋 聖一）………………… 1077
柏木（桐野 夏生）…………… 0048, 0091
春日（中山 義秀）………………… 0009
幽かな効能、機能・効果・検出（神林 長
　平）……………………………… 0573
かすかなひかり（髙橋 幹子）………… 1083
かすかな光、わずかな記憶（ヒル、ボニー・
　ハーン）………………………… 0202
上総風土記（村上 元三）………… 0009
ガス室（クジラマク）………… 0457, 0458
粕漬け（春木 静哉）……………… 1074
ガスライト（スタイン,R.L.）…… 0287
ガスライト（チャイルド, リンカーン）… 0287
風（百目鬼 野干）………………… 0427
風―わが母にささげる（但 娣）… 1115
火星甲殻団（川又 千秋）………… 0538
火星巡暦（森内 俊雄）…………… 1056
火星植物園（中井 英夫）………… 0395
火星人大使の悲劇（ブラウン、エリック）
　………………………………… 0228
火星に行った男（グラアーリ＝アレリス
　キー）…………………………… 0554
火星のダイヤモンド（アンダースン, ポー
　ル）……………………………… 0262
火星のプリンセス―火星には酒が必要だ。
　人類を酩酊させる者-きみと麻ս沙の娘
　が（東 浩紀）…………………… 0560
火星のプリンセス.続（東 浩紀）… 0562
風薫るウィーンの旅六日間（小川 洋子）
　………………………………… 1072
風が持っていった（橋本 紡）…… 0979
化石村（砂場）…………………… 1022
風小僧（吉阪 市造）……………… 0858
風立ちぬ（堀 辰雄）……………… 1031
仮説と対策（黒木 あるじ）……… 0427
風と虚空（ルィバコフ）…………… 1157
風になびく青い風船（谷村 志穂）… 0736
風に吹かれる裸木（中山 義秀）… 0039
風のしらべ（さいとう 学）……… 0827
風の中の誓い（グレアム、ヘザー）… 0690
風の返事（バザン、ルネ）………… 1153
風の街（有森 信二）……………… 0991

風のように水のように―宮畑遺跡物語（和
　久井 清水）……………………… 0831
風の林檎（林 望）………………… 0618
風博士（坂口 安吾）……………… 0402
かぜひき（日影 丈吉）…………… 0395
風待ち岬（柏葉 幸子）…………… 0780
画像考（深海 和）………………… 0989
火葬場の話（加門 七海）…… 0416, 0417
かぞえ歌（金広 晋介）…………… 0756
家族（野田 充男）………………… 0968
家族（ロット、ブレット）………… 1129
家族アルバム（金井 美恵子）…… 0613
家族会議（勝目 梓）……………… 1016
家族対抗カミングアウト合戦（森 奈津
　子）……………………………… 0431
加速度円舞曲（麻耶 雄嵩）…… 0248, 0323
家族の肖像（久藤 準）…………… 0970
家族旅行（富安 健夫）…………… 0464
固い種子（泡坂 妻夫）…………… 0966
片腕（川端 康成）…… 0391, 0544, 1068, 1080
片腕浪人―明石全登（柴田 錬三郎）… 0037
傍聞き（長岡 弘樹）……………… 0207
傍聞き―永見緋太郎の事件簿（長岡 弘
　樹）……………………………… 0370
片男波（小栗 風葉）……………… 0784
カダカダ（狩生 玲子）…………… 0971
敵討たれに（長谷川 伸）………… 0111
仇でござる（早見 俊）…………… 0018
片倉小十郎―片倉景綱（堀 和久）… 0037
片恋（さだ まさし）……………… 1107
片恋（ツルゲーネフ、イワン）…… 0879
カタコンベの謎（太田 忠司）…… 1098
肩先に花の香りを残す人（西村 賢太）
　…………………………… 1044, 1045
カタチ（羽田 圭介）……………… 0905
形（菊池 寛）…… 0872, 0873, 0887, 0924
形と影（伊藤 桂一）……………… 1073
蝸牛（鄭 泳文）…………………… 1116
かたつむり注意報（恩田 陸）…… 1010
カタツムリのジレンマ（km）…… 1051
蝸牛の角（森見 登美彦）………… 1011
片手片足の無い骸骨（リッチ,H.トンプソ
　ン）……………………………… 0425
刀盗人（岩井 三四二）…………… 0362
片方（神沼 三平太）……………… 0464
片方の靴（新井 高子）…………… 1088
形見（川上 弘美）………………… 0709

かたみ　　　　　　　　　　作品名索引

形見（小杉 健治） ・・・・・・・・・・・・・・・・・・ 0060
カタミタケ汁（梶尾 真治） ・・・・・・・・・ 0474
形見の万年筆（池田 宣政） ・・・・・・・・・ 0964
語らぬ沼（千代 有三） ・・・・・・・・・・・・・ 0147
語りかける、優しいことばー（工藤 庸
　子） ・・・・・・・・・・・・・・・・・・・・・・・・・・・・・ 1088
がたんごとん（咲乃 月音） ・・・・・・ 0194, 0199
カチカチ山（太宰 治） ・・・・・・・・・・・・・ 0892
家畜の土埃（エルデネ, センディーン） ・・・ 1118
価値と価格（ドワンチャンバー） ・・・・・・ 1119
価値の問題（スイーニイ, C.L.） ・・・・・・・ 0445
勝ち誇る愛の歌（ツルゲーネフ, イワン）
　・・・・・・・・・・・・・・・・・・・・・・・・・・・・・・・・・ 0405
ガチョウの歌（伊藤 三巳華） ・・・・ 0416, 0417
花鳥諷詠（ak2） ・・・・・・・・・・・・・・・・・・ 1021
勝ちは、勝ち（松井 今朝子） ・・・・・・・ 0082
カチンコチン（北詰 渚） ・・・・・・・・・・・ 0462
鰹千両（宮部 みゆき） ・・・・・・・・・・・・・ 0092
勝海舟と坂本龍馬（邦光 史郎） ・・・・・ 0128
被衣（中井 英夫） ・・・・・・・・・・・・・・・・・ 0395
画期なき男（ブリーン, ジョン・L.） ・・・・ 0149
ガックリ（岩本 勇） ・・・・・・・・・・・・・・・ 0976
カッコウの巣（夏川 秀樹） ・・・・・・・・・ 0967
学校の便所の怪談（松谷 みよ子） ・・・・・ 0430
カツコ美容室（美崎 理恵） ・・・・・・・・・ 0763
カッサンドラ（ラドクリフ, T.J.） ・・・・・・・ 1150
カツジ君（粟根 のりこ） ・・・・・・ 0459, 0461
合宿の夜に怪しばむ（渡辺 玲子） ・・・・・ 0938
合掌（川端 康成） ・・・・・・・・・・・・・・・・・ 0917
滑走路へ（堀江 敏幸） ・・・・・・・・・・・・・ 1056
カッター（ブライアント, エドワード） ・・・ 0451
月天子（宮沢 賢治） ・・・・・・・・・・・・・・・ 1079
カット（ウィルソン, F.ポール） ・・・・・・・・ 0450
活動写真（北 杜夫） ・・・・・・・・・・・・・・・ 0596
河童（芥川 龍之介） ・・・・・・・・・・・・・・・ 0916
河童及河伯ー「椒図志異」より（芥川 龍之
　介） ・・・・・・・・・・・・・・・・・・・・・・・・・・・・・ 0916
かっぱぎ権左（浅田 次郎） ・・・・・・・・・ 0114
河童駒引ー『山島民譚集』より（柳田 國
　男） ・・・・・・・・・・・・・・・・・・・・・・・・・・・・・ 0916
河童玉（川上 弘美） ・・・・・・・・・・・・・・・ 0910
河童と見た空（前川 亜希子） ・・・・・・・ 0859
カッパのクーーアイルランド民話（作者不
　詳） ・・・・・・・・・・・・・・・・・・・・・・・・・・・・・ 0400
河童のてんぷら（漆原 正貴） ・・・・・・・ 0460
河童の夏唄（南津 泰三） ・・・・・・・・・・・ 0848
川童の話（柳田 國男） ・・・・・・・・・・・・・ 0916

川童の渡り（柳田 國男） ・・・・・・・・・・・ 0916
川童祭懐古（柳田 國男） ・・・・・・・・・・・ 0916
河童役者（村上 元三） ・・・・・・・・・・・・・ 0074
克美さんがいる（あせごの まん） ・・・・・ 0331
勝本氏を悼むー勝本清一郎追悼（中村 光
　夫） ・・・・・・・・・・・・・・・・・・・・・・・・・・・・・ 0993
葛城淳一の亡霊（梶尾 真治） ・・・・・・・ 0453
葛城の王者（黒岩 重吾） ・・・・・・・・・・・ 0056
桂小五郎と坂本竜馬（戸部 新十郎）
　・・・・・・・・・・・・・・・・・・・・・・・ 0058, 0128
カーディガン（佐藤 モニカ） ・・・・・・・・ 1064
カテゴリー（NARUMI） ・・・・・・・・・・・・・ 0786
ガーデン・ノート（鹿島田 真希） ・・・・・ 1063
門出（安西 玄） ・・・・・・・・・・・・・・・・・・・ 0986
角の家（日影 丈吉） ・・・・・・・・・・・・・・・ 0395
角店（アスキス, シンシア） ・・・・・・・・・ 0480
蚊取湖殺人事件（泡坂 妻夫） ・・・・ 0135, 0219
悲悲…（辻堂 魁） ・・・・・・・・・・・・・・・・・ 0018
金瓶村小吟＜抄＞（斎藤 茂吉） ・・・・・・ 0854
神奈川県の山で（伊藤 三巳華） ・・ 0416, 0417
加奈子（平谷 美樹） ・・・・・・・・・・・・・・・ 0780
悲しいだけ（藤枝 静男） ・・・・・・・・・・・ 0761
かなしい食べもの（彩瀬 まる） ・・・・・・ 0652
哀しき父（葛西 善蔵） ・・・・・・・・・・ 0955, 1087
かな式まちかど（おおむら しんいち） ・・・ 0512
悲しげな眼のブロンド（ロクティ, ディッ
　ク） ・・・・・・・・・・・・・・・・・・・・・・・・・・・・・ 0286
哀しみの井戸（根本 美作子） ・・・・・・・ 1088
哀しみのウェイトトレーニー（本谷 有希
　子） ・・・・・・・・・・・・・・・・・・・・・・・・・・・・・ 1061
悲しみの子（七河 迦南） ・・・・・・・・ 0212, 0382
彼方から（加地 尚武） ・・・・・・・・・・・・・ 1013
カナダの雪原（羽菜 しおり） ・・・・・・・・ 0857
彼方の雪（中山 聖子） ・・・・・・・・・・・・・ 0858
カナダマ（化野 燐） ・・・・・・・・・・・・・・・ 0429
奏で手のヌフレツン（西島 伝法） ・・・・・ 0568
加奈の失踪（諸星 大二郎） ・・・・・・・・・ 0495
カナブン（喜多 喜久） ・・・・・・・・・・・・・ 0195
カナブンはいない（狗飼 恭子） ・・・・・・ 0671
金丸家の関ケ原（岩井 三四二） ・・・・・ 0082
蟹（岡本 綺堂） ・・・・・・・・・・・・・ 0398, 0478
蟹人（プール, ロメオ） ・・・・・・・・・・・・・ 0425
かにくい（佐藤 哲也） ・・・・・・・・・・・・・ 0518
蟹女房（安部 千恵） ・・・・・・・・・・・・・・・ 0481
カニバリズム小論（法月 綸太郎） ・・・・・ 0222
カーニバル闘牛大会（又吉 栄喜） ・・・・・ 0825
蟹まんじゅう（小林 秀雄） ・・・・・・・・・ 0622

644

作品名索引　　**かみか**

鐘を打つ音が聞こえるか（マウン・ティン　カイン）………… 1121
金子みすゞの死（崎村　裕）………… 0990
ガネットの銃（ウォルシュ, トマス）…… 0346
金持ちの病（セーンマニー, ブンスーン）………… 1119
金は金なり（ウェストレイク, ドナルド・E.）………… 0237
可燃性（佐多　稲）………… 0465
狩野永徳の罠（秋満　吉彦）………… 0834
「カーの欠陥本」（中井　英夫）………… 0582
かの子の栞―岡本かの子追悼（岡本　一平）………… 0993
かの子変相（円地　文子）………… 0397
彼女がくれたもの（クック, トマス・H.）………… 0340
彼女が東京を救う（ボールディ, ブライアン）………… 1152
彼女がペイシェンスを殺すはずがない（大山　誠一郎）………… 0367
彼女との、最初の一年（山内　マリコ）… 0810
彼女と私（麻生　ななお）………… 0967
カノジョの飴（生田　紗代）………… 1091
彼女のいたカフェ（誉田　哲也）…… 0578, 0579
彼女のお宝（パイク, スー）………… 0299
彼女の音（カワナカ　ミチカズ）………… 0463
彼女のお姉さん（推定モスマン）………… 0489
彼女の重み（三田　誠広）………… 1049
彼女のご主人さま（クラヴァン, アンドリュー）………… 0299
彼女の痕跡展（三崎　亜記）………… 0535
彼女の伝言（野坂　律子）………… 0949
彼女のユニコーン、彼女の猫―西の善き魔女番外篇（荻原　規子）………… 1098
彼女の夢（ブッチャー, ティム）………… 0752
河伯令嬢（泉　鏡花）………… 0916
カバジェーロ・チャールス（アレナル, ウンベルト）………… 1161
蒲焼日和（藤沢　ナツメ）………… 0849
椛山訪雪図（泡坂　妻夫）………… 0329
カバは忘れない―ロンドン動物園殺人事件（オリジナル版）（山口　雅也）………… 0232
鞄の中（宮木　あや子）………… 1019
カビ（佐伯　一麦）………… 0807
黴（栗本　薫）………… 0807
画美人（澁澤　龍彦）………… 0396
カピタン李（全　光鏞）………… 1117
花瓶（星　竹）………… 1113, 1114

荷風先生を悼む―永井荷風追悼（梅田　晴夫）………… 0993
カフェオレの湯気の向こうに（高森　美由紀）………… 0862
カフェスルス（大島　真寿美）………… 0893
カフェスルス―1年後（大島　真寿美）…… 0895
歌舞伎（我妻　俊樹）………… 0457, 0458
歌舞伎町点景（天道　正勝）………… 1026
禍福（小島　水青）………… 0415
カプグラ（倉狩　聡）………… 0444
兜（岡本　綺堂）………… 0398
カーブの向う（安部　公房）………… 0395
カーブミラー（宇津　圭）………… 0462
壁（川口　晴美）………… 0488
壁（治水　尋）………… 0974
貨幣（太宰　治）………… 1082
壁にうつる影（フリーマン, メアリー・ウィルキンズ）………… 0446
壁に書かれた目録（ピール, デヴィッド）………… 0149
壁抜け男（エーメ）………… 0402
壁抜け男（松田　文鳥）………… 0976
壁の上の父（魯　敏）………… 1111
壁の男（日影　丈吉）………… 0395
壁の手（加上　鈴子）………… 0459
夏芒の庭（澤田　瞳子）………… 0082
南瓜（宍戸　レイ）………… 0416, 0417
カボチャ頭（オーツ, ジョイス・キャロル）………… 1134
かまいたちはみた（野棘　かな）………… 0459
カマガサキ二〇一三年（小松　左京）… 0522
釜ヶ崎発陸前高田行き（天道　正勝）… 0991
カマキラー（葦原　崇貴）………… 0463
鎌倉震災日記（久米　正雄）………… 0784
竈の中の顔（田中　貢太郎）………… 0414
嘉間良心中（吉田　スエ子）………… 0914
紙（樫木　東林）………… 0463
上泉伊勢守（池波　正太郎）………… 0096
上小川村（草野　心平）………… 0850
神を見る人（林　不木）………… 0457, 0458
紙が語りかけます。ええか、ええのんか（遊馬　足搔）………… 0584
かみがかり（前川　由衣）………… 0863
神かくし（勝山　海百合）………… 0416, 0417
神かくし（出久根　達郎）………… 0581
神かくし（南木　佳士）………… 0790
神隠し（相戸　結衣）………… 0198

645

かみか

作品名索引

神隠し（安堂 虎夫）……………………… 0280
神隠し谷の惨劇―サイレント・コア番外篇
　（大石 英司）…………………………… 1098
神隠しの町（井上 博）…………………… 0280
神風の殉愛（森村 誠一）………………… 0273
神々の大罪（門前 典之）………… 0341, 0342
神々のビリヤード（高井 信）…………… 0492
神々の歩法（宮澤 伊織）………………… 0495
神様（武田 若千）………………………… 1021
神様を待つ（葉原 あきよ）……………… 1090
神様を待っている（池田 晴海）………… 0756
神様がいるところ（@ykdawn）………… 0781
神様捜索隊（大崎 善生）………………… 1049
神様たちのいるところ（飛鳥井 千砂）… 0652
神さまと姫さま（太朗 想史郎）… 0223, 0224
神さまに会いにいく（角田 光代）……… 1063
神様 2011（川上 弘美）………… 0496, 0783
カミサマのいた公園（神森 繁）… 0457, 0458
神様の思惑（黒田 研二）………………… 0339
神様のくれたタイムアウト（風野 涼一）
　…………………………………………… 0602
神様の作り方（坂木 司）………………… 0484
神さまの庭（角田 光代）………… 0623, 0624
かみさまの娘（桜木 紫乃）……………… 1008
神様の若い天使（シャマン・ラボガン）… 1110
カミシンスキイのこと（リットマン, エレ
　ン）……………………………………… 1143
紙漉（諸田 玲子）………………………… 0012
剃刀（志賀 直哉）………………… 0414, 0478
カミソリを踏む（朱雀門 出）…………… 0459
カミソリ狐（大門 剛明）………… 0162, 0163
「剃刀日記」より『序』『蝶』『炭』『薔薇』
　『指輪』（石川 桂郎）…………………… 1078
カミダーリ（田口 ランディ）…………… 0589
噛み付き女――一月三日夕刻、福岡県春日
　市に恐怖の噛み付き女、現る！（友成 純
　一）……………………………………… 0565
雷のお届けもの（仁木 英之）…………… 0557
神の裁判（柳川 春葉）…………………… 0784
神の手（クラウザー, ピーター）………… 0234
神の左手（小累 四海）…………………… 0460
髪の短くなった死体（青崎 有吾）……… 0304
神の御名は黙して唱えよ（仁木 稔）…… 0569
神の目（今邑 彩）………………………… 0361
神の落胆（大原 久通）…………………… 0970
紙飛行機（ミェーモンルィン）………… 1121
紙ヒコーキ（島内 真知子）……………… 0988

紙一重（深山 亮）………………………… 0303
かみ☆ふぁみ！―彼女の家族が「お前なん
　ぞにうちの子はやらん」と頑なな件 お
　父さんがね、あなたは「生涯童貞のまま
　惨たらしく死ぬ」だって（伴名 練）… 0567
紙袋の男（石津 加保留）………………… 1023
カミラとキャンディの王（パウエル, ギャ
　リー・クレイグ）……………………… 0296
カムイエクウチカウシ山残照（太田 実）
　…………………………………………… 0601
カムイ伝・穴丑（橋 てつと）…………… 0991
かむなぎうた（日影 丈吉）……………… 0327
かめさん（北野 勇作）…………………… 0539
亀さん（広津 柳浪）……………………… 1075
亀鳴くや（内田 百閒）…………………… 1078
亀の恩返し（家田 満理）………………… 0975
亀の悲しみ アキレスの回想録（フラー, ジョ
　ン）……………………………………… 0726
亀腹同盟（松尾 由美）…………………… 0230
カメラ（松村 佳直）……………………… 0462
カメラ売りの野良少女（柊 サナカ）…… 0190
カメラオブスキュラ（松本 楽志）……… 1023
仮面（砂場）……………………………… 1021
仮面の孔（ロラン, ジャン）……………… 0448
蒲生村日記（二ツ川 日和）……………… 0985
甜瓜（乙川 優三郎）……………………… 0081
羚羊（金山 嘉城）………………………… 0933
かものはし（日日日）…………………… 0333
かもめ（コヴェンチューク）…………… 1159
カモメ（李 範宣）………………………… 1117
火薬庫（岡本 綺堂）……………………… 0398
佳也子の屋根に雪ふりつむ（大山 誠一
　郎）……………………… 0171, 0288, 0324
蚊帳の外（山本 ゆうじ）………………… 0459
蚊帳のなか（池永 陽）…………………… 0082
カヤはさやいだ（ゾーシチェンコ）…… 1158
火曜日（坂巻 京悟）……………………… 0465
辛い飴（田中 啓文）……………………… 0370
辛い飴―永見緋太郎の事件簿（田中 啓
　文）……………………………………… 0207
唐薯武士（海音寺 潮五郎）……………… 0883
カラオケ・ナイト（ポープ, ダン）…… 1143
からくり（圓 眞美）……………… 0459, 0461
からくりツィスカの余命（市井 豊）
　………………………………… 0156, 0300
からくり琉球館の巻（吉川 英治）……… 0019
から恋（川田 裕美子）…………………… 0859

かれわ

からこ夢幻（山本 兼一）……………… 0081
からころはつぼ（狩野 いくみ）‥ 0460, 0461
からし（伊藤 たかみ）…………… 0654, 0655
芥子飯（内田 百閒）…………………… 0622
カラス（島森 遊子）…………………… 0987
カラス（吉沢 景介）…………………… 0474
カラス（若草田 ひずる）……………… 1026
ガラス（ローズ, ダン）………………… 0708
カラス書房（林 巧）…………………… 0474
硝子戸の中（抄）（夏目 漱石）‥‥ 0479, 1054
ガラスの丘のプリンセス（ウインターズ, レ
　ベッカ）……………………………… 0732
ガラスの檻の殺人（有栖川 有栖）…… 0161
ガラスの靴（安岡 章太郎）…………… 0995
鴉の死（黒形 圭）……………………… 0465
硝子の章（日影 丈吉）………………… 0395
硝子の雪花（瀬川 隆文）……………… 0859
ガラスの地球を救え！―…なにもかも、み
　な懐かしい…SFを愛する者たちすべて
　の魂に捧ぐ（田中 啓文）…………… 0558
カラスの動物園（倉知 淳）…………… 0352
ガラスの中から（久美 沙織）………… 0440
ガラスの棺（渡辺 淳一）……………… 0437
ガラスの便器（石田 衣良）…………… 0942
ガラスの丸天井付き時計の冒険（クイーン,
　エラリー）…………………………… 0136
硝子の向こうの恋人―三年前に死んだ“運
　命の人”を救うのは、ぼくだ。-王道タイ
　ムトラベル・ロマンス（蘇部 健一）‥ 0563
ガラスの眼（鷲尾 三郎）……………… 0147
カラスノユメ（小川 雄輝）…………… 1090
からすみ（勝山 海百合）……………… 0785
体がずれた（宇佐美 まこと）‥ 0416, 0417
体で覚えろ（島﨑 一裕）……………… 0974
からっぽ（田中 小実昌）……………… 0890
カラッポがいっぱいの世界（鈴木 いづ
　み）…………………………………… 0573
空っぽの棚（@simmmonnnn）……… 0781
ガラパゴス・エフェクト（針谷 卓史）‥ 0901
カラフル（沢木 まひろ）……………… 0603
がらんどうの男（バーク, トマス）…… 0420
カランボーの悪魔（柳 広司）…… 0359, 0360
ガリヴァー忍法島―天叢雲剣（山田 風太
　郎）…………………………………… 0123
かりそめの家（小松 エメル）………… 0466
仮通夜（由田 匣）………………… 0459, 0461
仮寝の世界（ダシドーロブ, ソルモーニル

　シーン）……………………………… 1118
乙女的困惑（船越 百恵）………… 0263, 0278
狩人よ、故郷に帰れ（マッケナ, リチャー
　ド）…………………………………… 0510
迦陵頻伽―極楽鳥になった禿（春乃蒼）… 0459
軽井沢での話（加門 七海）……… 0416, 0417
軽い被害ですみました（荒木 伊保里）… 0786
ガールズトーク（中居 真麻）………… 0737
ガールズファイト（朔田 有見）……… 1051
カルタ遊び（チェーホフ, アントン・パーヴ
　ロヴィチ）…………………………… 0870
カルデンシュタインの吸血鬼――九三八
　（カウルズ, フレデリック）………… 0441
カルマはドグマを撃つ（アボット, ジェ
　フ）…………………………………… 0203
カルメン（芥川 龍之介）……………… 1078
カレー（くれい みゆ）………………… 0868
彼（レッシング, ドリス）……………… 0684
家霊（岡本 かの子）‥ 0615, 0628, 1031, 1077
華麗な夕暮（吉行 淳之介）…………… 0777
彼が殺したか（浜尾 四郎）…………… 0143
かれ草の雪とけたれば（鏑木 蓮）…… 0243
彼氏島（リクター, ステイシー）……… 0708
彼氏の仕事（神 薫）…………………… 0427
彼の失敗（井田 敏行）………………… 0255
彼の父は私の父の父（島尾 伸三）‥ 0911, 0912
彼の手が求めしもの（フェネリー, ベス・ア
　ン）…………………………………… 0297
彼の手が求めしもの（フランクリン, ト
　ム）…………………………………… 0297
枯野の歌（作者不詳）………………… 0479
カレーの話（太田 健）………………… 0974
カレーの日（律心）…………………… 0972
カレーの女神様（葉真中 顕）………… 0214
彼の両手がずっと待っていたもの（フラン
　クリン, トム）……………………… 0340
カレー屋のインド人（石田 祥）……… 0619
彼らが残したもの（キング, スティーヴ
　ン）…………………………………… 0236
彼らが私たちを捨て去るとき（スミス, パト
　リシア）……………………………… 0298
彼らの生涯の最愛の時（クアリア, ロベル
　ト）…………………………………… 0514
彼らの生涯の最愛の時（ワトスン, イア
　ン）…………………………………… 0514
彼らの幻の街（河野 典生）…………… 0531
彼はかく語りき…彼女もかく語りき（マ

647

かわ　　　　　　　　　　　作品名索引

ラー，マーシャ）‥‥‥‥‥‥‥‥ 0239
川（岡本 かの子）‥‥‥‥‥‥‥‥ 0397
川（峯岸 可弥）‥‥‥‥‥‥‥‥‥ 1023
カワイイ、アナタ（髙村 薫）‥‥‥ 0740, 0753
かわいい子には旅をさせよ（深町 秋生）
　‥‥‥‥‥‥‥‥‥‥‥‥‥‥‥ 0603
カワイイ人（谷口 雅美）‥‥‥‥‥ 0696
かわいいパラサイト（コーベット，デイヴィッ
　ド）‥‥‥‥‥‥‥‥‥‥‥‥‥ 0296
かわいそうなうさぎ（武田 綾乃）
　‥‥‥‥‥‥‥‥‥ 0193, 0198, 0443
かわいそうなぞう（土家 由岐雄）‥ 0885, 0887
渇いた梢（藤田 愛子）‥‥‥‥‥‥ 1063
乾いたナイフ（大沢 在昌）‥‥‥‥ 0326
川魚の記（抄）（室生 犀星）‥‥‥ 0617
かわうそ（向田 邦子）‥‥‥‥‥‥ 0326
獺一かわうそ一（郭 くるみ）‥‥‥ 1020
カワウソ男（藤井 俊）‥‥‥‥‥‥ 0474
かわえび（室生 犀星）‥‥‥‥‥‥ 0617
皮を剝ぐ（草野 唯雄）‥‥‥‥‥‥ 0889
川が川に戻る最初の日（管 啓次郎）‥ 1088
かわがに（室生 犀星）‥‥‥‥‥‥ 0617
川越にやってください（米澤 穂信）‥ 0345
かわさき文学賞コンクールの三十年（八木
　義徳）‥‥‥‥‥‥‥‥‥‥‥‥ 0822
かわさき文学賞と我が半生（福岡 義信）
　‥‥‥‥‥‥‥‥‥‥‥‥‥‥‥ 0822
かわさき文学賞と私（山下 芳信）‥‥ 0822
川沿いの道（諸田 玲子）‥‥‥‥‥ 0077
川田伸子の少し特異なやりくち（蛭田 亜紗
　子）‥‥‥‥‥‥‥‥‥‥‥‥‥ 0751
河内のこと（塚本 修二）‥‥‥‥‥ 0989
川中島の戦（松本 清張）‥‥‥‥‥ 0041
川に消えた賊（有明 夏夫）‥‥‥‥ 0817
河の音（リース，ジーン）‥‥‥‥‥ 1140
川の向こう（吉澤 有貴）‥‥‥‥‥ 0427
川のわかれ（堀江 朋子）‥‥‥‥‥ 0935
川端康成が死んだ日（中島 京子）‥‥ 1040
川辺の儀式（水沫 流人）‥‥‥‥‥ 0415
川向こうの式典（高萩 匡智）‥‥‥ 1005
河面の秋（田 兵）‥‥‥‥‥‥‥‥ 1115
変わらざる喜び（伊藤 朱里）‥‥‥ 1005
河原坊（宮沢 賢治）‥‥‥‥‥‥‥ 0477
河郎の歌一「蕩々帖」より（芥川 龍之
　介）‥‥‥‥‥‥‥‥‥‥‥‥‥ 0916
癌（マルキ，デーヴィッド）‥‥‥ 1150, 1151
癌（ミラー，カムロン）‥‥‥‥‥‥ 1150

雁（森 鷗外）‥‥‥‥‥‥‥‥‥‥ 0952
癌 ある内科医の日記から（ウォレン，サミュ
　エル）‥‥‥‥‥‥‥‥‥‥‥‥ 1137
間一髪（黒田 広一郎）‥‥‥‥‥‥ 0460
寛永相合傘【粟田口】（林 不忘）‥‥ 0088
棺桶（平山 瑞穂）‥‥‥‥‥‥ 0210, 0372
考える人（井上 靖）‥‥‥‥‥‥‥ 1076
かんがえるひとになりかけ（近田 鳶迩）
　‥‥‥‥‥‥‥‥‥‥‥‥‥‥‥ 0158
願掛け（島﨑 一裕）‥‥‥‥‥‥‥ 0971
願 かけて（泡坂 妻夫）
　‥‥‥‥‥‥‥ 0316, 0321, 0359, 0360
観画談（幸田 露伴）‥‥‥‥‥‥‥ 0394
閑雅な食慾（萩原 朔太郎）‥‥‥‥ 0625
カンガルー（サリス，エヴァ）‥‥‥ 1163
缶々（清水 絹）‥‥‥‥‥‥‥‥‥ 0988
換気口（明神 ちさと）‥‥‥‥‥‥ 0427
換気扇（小林 修）‥‥‥‥‥‥ 0457, 0458
観客席からの眺め（越谷 オサム）‥ 0155, 0332
眼球（白縫 いさや）‥‥‥‥‥‥‥ 1023
眼球（三里 顕）‥‥‥‥‥‥‥‥‥ 1023
玩具（太宰 治）‥‥‥‥‥‥‥‥‥ 0945
玩具店の英雄（石持 浅海）‥‥‥‥ 0160
寒九の滴（青山 真治）‥‥‥‥‥‥ 1057
雁首仲間一『天地明察』番外編（冲方
　丁）‥‥‥‥‥‥‥‥‥‥‥‥‥ 0951
環刑鋼（酉島 伝法）‥‥‥‥‥ 0495, 1018
観光リサーチセンター（高山 明）‥‥ 0842
監獄舎の殺人（伊吹 亜門）‥‥ 0158, 0215, 0305
監獄のバラード（池澤 夏樹）‥‥‥ 1059
監獄部屋（羽志 主水）‥‥‥‥ 0143, 0247
監察一横浜みなとみらい署暴対係（今野
　敏）‥‥‥‥‥‥‥‥‥‥‥‥‥ 1015
漢字検定三級の女（光明寺 祭人）‥‥ 0973
監視の時代（山崎 正一）‥‥‥‥‥ 0969
間食（山田 詠美）‥‥‥‥‥‥‥‥ 0615
感じる専門家 採用試験（川上 未映子）‥ 1055
寛政女武道（池波 正太郎）‥‥‥‥ 0119
慣性調整装置をめぐる事件（バクスター，ス
　ティーヴン）‥‥‥‥‥‥‥‥‥ 0234
頑是ない、約束（橋 てつと）‥‥‥ 0986
「眼前口頭」他より（斎藤 緑雨）‥‥ 0917
完全殺人（スリラー）（ラノワ，トム）‥ 1160
幹線水路二〇六一年（光瀬 龍）‥‥ 0553
完全脱獄（楠田 匡介）‥‥‥‥‥‥ 0145
完全なる償い（ウェイド，ヘンリー）‥ 0346
完全なる脳髄（上田 早夕里）‥‥ 0490, 0511

648

眼前の密室（横山 秀夫）……………… 0244
完全犯罪（小栗 虫太郎）……………… 0398
完全犯罪（コリンズ, マックス・アラン）… 0286
完全犯罪（窃都 正人）………………… 0969
完全犯罪（超 鈴木）…………………… 0974
完全犯罪（春木 シュンボク）………… 0971
完全犯罪あるいは善人の見えない牙（深水
　黎一郎）…………………… 0341, 0342
完全無欠の密室への助走（早見 江堂）
　…………………………… 0341, 0342
感想（宮内 寒弥）……………………… 1092
肝臓色の猫はいりませんか（カーシュ, ジェ
　ラルド）……………………………… 0344
贋造犯人（椿 八郎）…………………… 0307
ガンダムからの文芸キャラクタリズム革命
　―新ガンダム、「ガンダムユニコーン」の
　勝算（佐々木 新）…………………… 1101
ガンダムからの文芸キャラクタリズム革命
　―新ガンダム、「ガンダムユニコーン」の
　勝算（福井 晴敏）…………………… 1101
邯鄲（吉田 健一）……………………… 0396
カンタン刑（式 貴士）………………… 0547
簡単な結末（ナハゼ）………………… 1051
寒中水泳（結城 昌治）………………… 0345
間諜（スターリング, ブルース）……… 0551
間諜―蜂谷与助（池波 正太郎）……… 0047
浣腸祈禱（吉澤 有貴）………………… 0427
浣腸とマリア（野坂 昭如）…… 0816, 1082
癌治療（増田 修男）…………………… 0971
雁釣り（羽志 主水）…………………… 0247
鑑定証拠 使用凶器 不明（中嶋 博行）… 0282
鑑定料（城 昌幸）……………………… 0256
関東・武州長瀬事件始末（平野 小剣）… 1046
神無月（宮部 みゆき）………… 0014, 0021
感応（大城 竜流）……………………… 0464
官能の島で取引を（ノーブル, ケイト）… 0703
雁の絵（澤田 ふじ子）………………… 0014
缶の中の神（草上 仁）………………… 0483
雁の門（緒方 隆士）…………………… 1037
乾杯（金広 賢介）……………………… 1030
乾杯（クプリーン, アレクサンドル）… 0406
関白宣言ふたたび（名取 佐和子）…… 0631
がんばり入道（田辺 青蛙）…………… 0462
がんばれ！ ダゴン秘密教団日本支部（寺田
　旅雨）………………………………… 0489
がんばれ、ブライスくん！―デルフィニア
　戦記外伝（茅田 砂胡）……………… 1098

がんばれるわけは…（@micanaitoh）… 0781
看板（池波 正太郎）…………… 0006, 0626
看板（伊東 哲哉）……………………… 1020
看板描きと水晶の魚（ボウエン, マージョ
　リー）………………………………… 1140
甘美な牢獄（宇能 鴻一郎）…………… 0410
玩物の果てに（久能 啓二）…………… 0144
寒ブリ（安原 輝彦）…………………… 0846
カンブリアの亡霊（化野 蝶々）……… 0465
完璧の蒐集（篠田 真由美）…………… 0265
完璧な涙（仁木 稔）…………… 0497, 0498
完璧なママ（松田 幸緒）……………… 0280
カンボジアの骨（松村 進吉）………… 0415
緩慢な殺人（中村 啓）………………… 0197
贋夢譚 彫る男（稲葉 祥子）…………… 0930
姦雄遊戯（木下 昌輝）………………… 0043
観覧車（北野 勇作）…………………… 0552
観覧草（松本 楽志）…………………… 1023
眼力（今野 敏）………………………… 0312
願流日暮丸（柴田 錬三郎）…………… 0119
寒露―10月8日ごろ（小野寺 史宜）… 0919

【き】

城井谷崩れ（海音寺 潮五郎）… 0031, 0033
城井谷崩れ―黒田官兵衛（海音寺 潮五
　郎）…………………………………… 0035
黄色い花粉都市（間瀬 純子）………… 0474
黄色い壁紙（ギルマン, シャーロット・パー
　キンズ）……………………… 0889, 1137
黄色い壁紙――一八九二（ギルマン, シャー
　ロット・パーキンズ）……………… 0441
黄い紙（岡本 綺堂）…………………… 0398
黄色い下宿人（山田 風太郎）………… 0229
黄色い微笑（井上 武彦）……………… 0927
黄色い冬（藤田 宜永）… 1011, 1099, 1100
黄色いライスカレー（平谷 美樹）…… 0782
きぃー（六條 靖子）…………… 0460, 0461
消えた井原老人（宮原 龍雄）………… 0147
消えた絵日記（迷跡）………………… 0489
消えた貨車（夢座 海二）……………… 0610
消えた兜器（柴田 錬三郎）…………… 0011
消えたキリスト降誕画（ウィルソン, デリ
　ク）…………………………………… 0233
消えた拳銃（柘植 めぐみ）…………… 0294

きえた　　　　　　　　　　作品名索引

消えた左腕事件（秋月　涼介）‥‥‥ 0155, 0332
消えた山荘（笠井　潔）‥‥‥‥‥‥ 0292, 0293
消えた十二月（小滝　ダイゴロウ）‥‥‥ 0866
消えた新幹線（連城　三紀彦）‥‥‥‥‥ 0609
消えた脳病変（浅ノ宮　遼）‥‥‥‥‥‥ 0158
消えた箱の謎（小松　エメル）‥‥‥‥‥ 0801
消えた半夏生（沢　昌子）‥‥‥‥‥‥‥ 0822
消えたプレゼント・ダーツ（岡崎　琢磨）
‥‥‥‥‥‥‥‥‥‥‥‥‥‥‥‥‥‥ 0181
消えた牧師の娘（トンプスン, ヴィクトリ
ア）‥‥‥‥‥‥‥‥‥‥‥‥‥‥‥‥ 0225
消えたロザリオ―聖アリスガワ女学校の事
件簿 1（古野　まほろ）‥‥‥‥‥‥‥ 0353
消えちゃった（コパード,A.E.）‥‥‥‥ 0482
消えていくその日まで（里田　和登）‥‥ 0196
消え残るものたち（高家　あさひ）‥‥‥ 0465
奇縁（高橋　克彦）‥‥‥‥‥‥‥‥‥‥ 0268
紀尾井坂の残照（谷津　矢車）‥‥‥‥‥ 0084
キオク（鮎沢　千加子）‥‥‥‥‥‥‥‥ 0975
記憶（佐藤　千恵）‥‥‥‥‥‥‥‥‥‥ 1023
記憶（松本　清張）‥‥‥‥‥‥‥‥‥‥ 1073
記憶をなくした女（松田　文鳥）‥‥‥‥ 0967
記憶に残っていること（マンロー, アリ
ス）‥‥‥‥‥‥‥‥‥‥‥‥‥‥‥‥ 1126
記憶のアリバイ［解決編］（我孫子　武丸）
‥‥‥‥‥‥‥‥‥‥‥‥‥‥‥‥‥‥ 0253
記憶のアリバイ［問題編］（我孫子　武丸）
‥‥‥‥‥‥‥‥‥‥‥‥‥‥‥‥‥‥ 0253
記憶の欠片（我孫子　武丸）‥‥‥‥‥‥ 0921
記憶の囚人（レヴィンスン, ロバート・S.）
‥‥‥‥‥‥‥‥‥‥‥‥‥‥‥‥‥‥ 0238
記憶の中の町（池田　晴海）‥‥‥‥‥‥ 0948
記憶の人、フネス（ボルヘス, ホルヘ・ルイ
ス）‥‥‥‥‥‥‥‥‥‥‥‥‥‥‥‥ 0880
祇園石段下の血闘（津本　陽）‥‥‥‥‥ 0046
飢餓（ベナルド, マシュー）‥‥‥‥ 1150, 1151
機械（横光　利一）‥‥‥‥‥‥‥ 0927, 1052
奇怪なアルバイト（江戸川　乱歩）‥‥‥ 0148
奇怪な剝製師（大下　宇陀児）‥‥‥‥‥ 0996
奇怪な話（抄）（豊島　与志雄）‥‥‥‥ 0479
気がかりな少女（淺川　継太）‥‥‥‥‥ 0905
気が向いたらおいでね（大道　珠貴）‥‥ 0591
帰還（プラトーノフ, アンドレイ・プラトー
ノヴィチ）‥‥‥‥‥‥‥‥‥‥‥‥‥ 0684
擬眼（瀬名　秀明）‥‥‥‥‥‥‥‥‥‥ 0570
機関車、草原に（河野　典生）‥‥‥ 0522, 0553
帰還者トーマス（楠野　一郎）‥‥‥‥‥ 1022
危機一髪（安曇　潤平）‥‥‥‥‥‥‥‥ 0415

木々作品のロマン性（松本　清張）‥‥‥ 0328
聞き耳頭巾（前田　剛力）‥‥‥‥‥‥‥ 0973
帰郷（太田　忠司）‥‥‥‥‥‥‥‥‥‥ 0966
帰郷（菊地　秀行）‥‥‥‥‥‥‥‥‥‥ 0490
帰郷（トッド, チャールズ）‥‥‥‥‥‥ 0202
帰郷―曙光の誓い後日譚（花田　一三六）
‥‥‥‥‥‥‥‥‥‥‥‥‥‥‥‥‥‥ 1098
企業特訓殺人事件（森村　誠一）‥‥‥‥ 0267
桔梗の宿（連城　三紀彦）‥‥‥‥‥‥‥ 0175
奇偶論（北森　鴻）‥‥‥‥‥‥‥ 0322, 0338
菊島直人のいちばんアツい日（千梨　ら
く）‥‥‥‥‥‥‥‥‥‥‥‥‥‥‥‥ 0195
菊人形の昔（岡本　綺堂）‥‥‥‥‥‥‥ 0003
菊のはなかげ（武田　八洲満）‥‥‥‥‥ 0109
菊枕（松本　清張）‥‥‥‥‥‥‥‥‥‥ 1095
聞く耳（橋本　治）‥‥‥‥‥‥‥‥‥‥ 1014
着ぐるみのいる風景（喜多　南）‥ 0194, 0200
詭計の神（愛理　修）‥‥‥‥‥‥‥‥‥ 0241
義兄のぼやき（敬志）‥‥‥‥‥‥‥‥‥ 0465
『きけわだつみのこえ』より（瀬田　万之
助）‥‥‥‥‥‥‥‥‥‥‥‥‥‥‥‥ 0779
きけ わだつみのこえ（作者不詳）‥‥‥ 1031
期限切れの言葉（穂坂　コウジ）‥‥‥‥ 1023
期限切れの言葉（三里　顕）‥‥‥‥‥‥ 1023
鬼言（幻聴）/同 先駆形（宮沢　賢治）‥‥ 0479
危険な人間（眉村　卓）‥‥‥‥‥‥‥‥ 0474
危険な話、あるいはスプラッタ小事典（ウィ
ンター, ダグラス・E.）‥‥‥‥‥‥‥ 0451
危険の報酬（シェクリイ, ロバート）‥‥ 0572
危険！ 幼児逃亡中（コットレル,C.L.）‥‥ 0526
機巧のイヴ（乾　緑郎）
‥‥‥‥‥‥‥ 0212, 0302, 0371, 0501
稀覯本余話（デュマ,A.）‥‥‥‥‥‥‥ 0577
聴こえてくる言葉―クリエイティブディレ
クター編（作者不詳）‥‥‥‥‥‥‥‥ 0771
帰国（田山　花袋）‥‥‥‥‥‥‥‥‥‥ 0953
畸骨譚（暮木　椎哉）‥‥‥‥‥‥‥‥‥ 0463
鬼骨の人（津本　陽）‥‥‥‥‥‥ 0034, 0085
鬼骨の人―竹中半兵衛（津本　陽）‥‥‥ 0037
既婚恋愛（立見　千春）‥‥‥‥‥‥‥‥ 0704
偽作の証明（白樺　香澄）‥‥‥‥‥‥‥ 0973
キサブロー、帰る（大村　友貴美）‥‥‥ 0782
刻まれた業（内山　靖二郎）‥‥‥‥‥‥ 0489
如月に生きて（中澤　秀彬）‥‥‥‥‥‥ 0986
木更津余話（佐江　衆一）‥‥‥‥‥‥‥ 0077
ギジ（一双）‥‥‥‥‥‥‥‥‥‥‥‥‥ 0459
偽視界（星田　三平）‥‥‥‥‥‥‥‥‥ 0247

650

作品名索引　きてい

起死回生！―作家編（作者不詳） ……… 0771
儀式（竹西 寛子） ………………………… 0777
技師の親指（ドイル，アーサー・コナン）‥ 0136
鬼子母火（宮部 みゆき） ……… 0025, 0113
木島先生（及川 和男） …………………… 0782
きしめんの逆襲（清水 義範） …………… 0363
鬼子母神の話（三輪 チサ） …… 0416, 0417
技術の結晶（ウィルスン，ロバート・チャー
　ルズ） …………………………………… 0519
喜寿童女（石川 淳） ……………………… 1041
樹上の人（迷跡） …………………………… 0463
鬼女の啼く夜（池田 和尋） ……………… 0459
危女保護同盟（大下 宇陀児） …………… 0153
棄神祭（北森 鴻） ……………… 0359, 0360
鬼神の弱点は何処に（笹沢 左保） ……… 0057
キス（峯岸 可弥） ………………………… 0484
キス（ローズ，ダン） ……………………… 0708
傷（たなか なつみ） ……………………… 1021
傷痕（斎藤 史子） ………………………… 0932
気遣い（清水 晋） ………………………… 0975
傷口（宇野 なずき） ……………………… 1051
傷ついた海鵜（オフラハティ，リーアム）
　……………………………………………… 1128
絆のふたり（里見 蘭） …………………… 0302
ギスモンド城の幽霊（ノディエ，シャル
　ル） ………………………………………… 0449
帰省（誉田 哲也） ……………… 1044, 1045
帰省（光原 百合） ………………………… 0979
犠牲者（飛鳥 高） ………………………… 0366
寄生手―バーンストラム博士の日記（アン
　ソニー，R.） ……………………………… 0425
寄生妹（吉川 トリコ） ………… 0648, 0649
帰省ラッシュ（酒井 貴司） ……………… 0974
奇跡（@nara_kuragen） ………………… 0781
奇跡をおこせる男（ウェルズ，H.G.） …… 0869
奇跡のバレンタイン（スチュアート，ア
　ン） ………………………………………… 0712
季節がうつろう秋（有栖川 有栖） ……… 0330
季節よ、せめて緩やかに流れよ（古橋
　智） ………………………………………… 0832
偽装火災（小田 隆治） …………………… 0970
機捜235（今野 敏） ……………………… 0308
偽装の回路（山村 美紗） ………………… 0264
義足（平野 啓一郎） ……………………… 1049
義賊としての鼠小僧―巻末特集（割田 剛
　雄） ………………………………………… 0100
擬態する殺意（上原 尚子） ……………… 0438

キタイのアタイ（支倉 凍砂） …………… 0657
気高きシーク（ローレンス，キム） ……… 0720
北風と太陽（森川 楓子） ………………… 0603
北風と太陽は語り継がれる（耳 目） …… 0972
北風南風（横田 文子） …………………… 1037
北からやってきたウルフ（ウーヤン・
　ユー） ……………………………………… 1163
北川はぼくに（田中 小実昌） …………… 0777
帰宅（スミアウン） ………………………… 1121
きたぐに母子歌（雀野 日名子） ………… 0428
来たければ来い（眉村 卓） ……………… 0592
穢い國から（牧野 修） …………………… 0422
北の海（中原 中也） ……………………… 0400
北の王（佐々木 淳一） …………………… 0860
北の河（高井 有一） ……………………… 0955
北ノ政所（司馬 遼太郎） ………………… 0023
さくら炎上（北山 猛邦） ………………… 0332
綺譚六三四一（光石 介太郎） …………… 0256
きちがい便所（平山 夢明） ……………… 0430
基地に咲く花（漸井 宏彰） ……………… 0834
帰蝶（岩井 三四二） ……………………… 0029
鬼帳面（小泉 秀人） ……………………… 0972
きっかけ（喜多 喜久） …………………… 0584
きっかけ（小原 猛） ……………………… 0415
喫茶店今昔（徳田 秋聲） ………………… 0617
キッシング・カズン（陳 舜臣） ………… 0271
キッチン田中（吉川 トリコ） …………… 0893
啄木鳥（泉 鏡花） ………………………… 0789
啄木鳥（佐藤 巌太郎） …………………… 0042
きっと・あなた〈誓死君〉（左手参作）‥ 0996
きっとまた会えるから。（@micanaitoh）
　……………………………………………… 0781
きっと、守ってくれる（@negi_a） …… 0781
きっと忘れない（龍田 力） ……………… 0950
狐（永井 荷風） …………………………… 0787
狐（新美 南吉） …………………………… 1079
狐がいる（井下 尚紀） …………………… 0459
狐拳（宇江佐 真理） ……………………… 0008
狐と踊れ（桜坂 洋） …………… 0497, 0498
狐とり弥左衛門（山田 野理夫） ………… 0854
狐の嫁入り（もくだい ゆういち） ……… 0971
狐火を追うもの（五十嵐 彪太）‥ 0459, 0461
きつね風呂（石居 椎） …………………… 0463
きつね与次郎（大沼 珠生） ……………… 0858
切符一枚あれば（@bttftag） …………… 0781
キ・テイル・ク・エ・キエル・ケ（不狼児）
　……………………………………………… 0489

651

木戸のむこうに（澤田 ふじ子）	………	0612
樹と雪と甲虫と（木野 工）	…………	0927
鬼無里（北森 鴻）	…………………	0245
樹になりたい僕（藤本 義一）	………	0851
気になるひと（佐々木 敬祐）	………	0987
絹婚式（石田 衣良）	…………………	1011
砧最初の事件（山沢 晴雄）	…………	0610
鬼怒のせせらぎ（伊藤 桂一）	………	0006
ギネス級（古保 カオリ）	……………	0967
記念日（伽古屋 圭市）		
	……… 0193, 0224, 0364, 0443	
記念日（デイヴィッドソン, ヒラリー）	…	0238
気の合う二人（フランゼン, ジョナサン）		
	…………………………	1134
昨日、犬が死んだ（葉原 あきよ）	……	1023
昨日は月曜日だった（スタージョン, シオド		
ア）	………………………………	0514
気の利くウェイトレス（今井 将吾）	0974	
きのこ（松本 楽志）	…………………	1022
キノコ（松原 直美）	…………………	0975
茸（北 杜夫）	………………………	0790
茸（髙樹 のぶ子）	……………………	0790
きのこ会議（夢野 久作）	……………	0790
キノコのアイディア（長谷川 龍生）	0790	
茸の舞姫（泉 鏡花）	…………………	0790
茸類（村田 喜代子）	…………………	0790
城の崎にて（志賀 直哉）	……… 0955, 1093	
樹のために一（冨原 眞弓）	…………	1088
木の葉に回すフィルム（円山 まどか）	0901	
木の都（織田 作之助）	………………	0816
来宮心中（大岡 昇平）	………………	0978
木箱（蓮本 芯）	……………………	0849
基盤の首（池波 正太郎）	……………	0109
厳しい試練（パレツキー, サラ）	……	0239
黎団子に頼らない真の格闘家に成長（横塚		
克明）	……………………………	1007
吉備津の釜（泡坂 妻夫）	……………	0077
吉備津の釜（上田 秋成）	……………	0432
奇病患者（葛西 善蔵）	………………	1038
義猫の塚（田中 貢太郎）	……… 0795, 0800	
キープ（乃南 アサ）	…………………	0685
岐阜城のお茶々様（海音寺 潮五郎）	…	0107
貴婦人（泉 鏡花）	……………………	0398
ギプスを売る人（小川 洋子）	………	1080
器物損壊（枝松 蛍）	…………………	0224
鬼仏洞事件（海野 十三）	……………	0153
ギフト（坂本 雛敬史）	………………	0853

義憤（曽根 圭介）	…………… 0210, 0380	
『希望』（皆川 博子）	……… 0792, 0793	
希望（吉村 萬壱）	……………………	0961
希望─父は悪魔に身を重ね、科学の力で世		
界を変えた-希望を継ぐ者はどこへ？（瀬		
名 秀明）	…………………………	0560
希望荘（シンクレア, メイ）	…………	0482
希望とは何か（三浦 協子）	…………	0770
希望の形（光原 百合）	……… 0220, 0221	
希望のクーポン（一田 和樹）	………	0971
希望の評論（十返 一）	………………	1037
義母の殺し方（レッドベター, スーザン）		
	…………………………………	0239
きまじめユストフ（いしい しんじ）	…	0738
君を得る（山戸 結希）	………………	0961
君を想う（藤宮 和奏）	………………	0668
君を見る結晶夜（田中 アコ）	………	0862
君を忘れない（荻田 美加）	…………	0664
君帰入口（森村 怜）	…………………	0858
君が好き（遠山 絵梨香）	……………	0666
君が伝えたかったこと（影山 匙）	……	0603
きみがつらいのは、まだあきらめていない		
から（盛田 隆二）	…………………	0772
君が忘れたとしても（原田 ひ香）	……	0960
きみ知るやクサヤノヒモノ（上野 瞭）	…	0994
きみちゃんの贈り物（深野 佳子）	……	0853
君といつまでも（池田 晴海）	………	0946
君といつまでも（水原 秀策）	………	0603
キミと風（蒔田 俊史）	………………	0602
きみならどうする（ストックトン, フラン		
ク・R.）	…………………………	0887
君に会いたい（濱本 七恵）	…………	0667
きみに会いに行く（いずみや みその）	…	1051
君にサヨナラを捧げる（梅田 優次郎）	0653	
きみに伝えたくて（あさの あつこ）	…	1109
きみに読む物語（瀬名 秀明）	………	0540
君のいる場所まで（白多 仁）	………	0855
君の歌（大崎 梢）	…………… 0162, 0163	
君の恋に心が揺れて（咲良色）	………	0683
君の卒業式（名取 佐和子）	…………	1030
きみの隣を（狗飼 恭子）	……………	0671
君の瞳に乾杯（東野 圭吾）	…………	0311
奇妙な死（アレ, アルフォンス）	……	0449
奇妙な召命─神のお召ししみじみ（マクロー		
リー, モイ）	………………………	1139
奇妙なテナント（テン, ウィリアム）	…	0452
奇妙な被告（松本 清張）	……………	0282

奇妙なマーク（山際 響）……………… 0972
奇妙な幽霊物語（ヘーベル, ヨーハン・ペーター）……………………………… 0418
君は死んだら電柱になる（やーま）…… 1051
きみはPOP（最果 タヒ）……………… 0962
キミは本物？（梅原 公彦）…… 0457, 0458
ギムネマ（坂倉 剛）…………………… 0970
木村重成の妻（上司 小剣）…………… 0019
ギモーヴ（佐野 優香里）……………… 0866
奇木の森（岡部 えつ）………………… 0475
肝だめし（不狼児）…………… 0459, 0461
肝試し（赤川 次郎）…………………… 0788
気持ち届け。（@kiyosei2）…………… 0781
着物憑き お紺書黄 緑の袖（時海 結似）… 0796
客（我妻 俊樹）………………… 0459, 0461
客（小笠原 さだ）……………………… 0748
逆算（朝井 リョウ）…………………… 1109
逆襲（紗那）…………………………… 0415
逆襲（宮田 真司）……………………… 1022
逆ソクラテス（伊坂 幸太郎）………… 0899
逆転（池波 正太郎）…………………… 0110
逆転（小泉 秀人）……………………… 0967
脚本大坂城―戯曲淀君集の内（岡本 綺堂）……………………………………… 0019
キャサリン・ホイール（タルシスの聖女）（マクドナルド, イアン）……………… 0519
キャッスル・アイランドの酒樽（デュボイズ, ブレンダン）……………………… 1149
キャッチボールとサンタクロース（新藤 卓広）……………………………………… 0197
キャッチボールは続く―印刷会社営業マン編（作者不詳）…………………… 0771
キャッチライト（久保寺 健彦）……… 1012
キャット・シンデレラ（バジーレ, ジャンバティスタ）………………………… 0693
キャット・ループ（石田 祥）………… 0791
ぎやまん身の上物語（北原 亞以子）… 0084
ぎやまん蠟燭（杉本 苑子）…………… 0004
キャラメルと飴玉（夢野 久作）……… 0622
キャラメルと飴玉/お菓子の大舞踏会（夢野 久作）………………………… 0622
キャンディ（@ruka00）………………… 0781
キャンドルナイトの誘惑（ジョージ, キャサリン）………………………………… 0730
キャンドルに願いを（スチュアート, アン）……………………………………… 0699
913（米澤 穂信）……… 0162, 0163, 0903

救援ニュースNo.18.附録（小林 多喜二）……………………………………… 0684
救援物資（@schpertor_kaien）……… 0781
休暇（今野 敏）………………………… 1010
休暇（ブレット, リリー）……………… 1163
九回死んだ猫（高橋 由太）…………… 0788
旧街道の話（三輪 チサ）……… 0416, 0417
嗅覚（高田 昌彦）……………………… 0972
ぎゅうぎゅう（岡崎 弘明）…………… 0517
救急車（吉田 小次郎）………………… 0973
究極の節電（@shinichikudoh）……… 0781
休憩室（貫井 輝）……………… 0457, 0458
球形の楽園（泡坂 妻夫）……… 0383, 0384
吸血鬼（カブアーナ, ルイージ）……… 0418
吸血鬼（シュウォッブ, マルセル）…… 0433
吸血鬼（ステーチキン, セルゲイ）…… 0406
吸血鬼（ミストレル, ジャン）………… 0418
吸血鬼（ルルー, ガストン）…………… 0433
吸血鬼譚（日夏 耿之介）……………… 0433
吸血鬼の女（ホフマン, E.T.A.）……… 0418
吸血鳥（シュウォッブ, マルセル）…… 0418
吸血魔の生誕（小中 千昭）…………… 0472
急行《あがの》（天城 一）…………… 0356
急行出雲（鮎川 哲也）………………… 0604
急行十三時間（甲賀 三郎）…………… 0255
求婚（早乙女 まぶた）………………… 0464
求婚者と毒殺者（大山 誠一郎）……… 0311
救済の家（マシューズ, クリスティーン）……………………………………… 0239
給仕勲八等（福永 恭助）……………… 0964
休日（薬丸 岳）………………… 0209, 0374
九思の剣（池宮 彰一郎）……………… 0108
99通の想い（髙橋 幹子）……………… 0668
九十九点の犯罪（土屋 隆夫）………… 0148
九十八円（小瀬 朧）…………………… 0462
休職期間（シャフ, ジェニファー）…… 1142
給食のじかん（越谷 友華）…………… 0619
旧ソビエト連邦・北オセチア自治共和国における＜燦爛郷ノ邪眼王＞伝承の消長、および "Evenmist Tales" 邦訳にまつわる諸事情について（新城 カズマ）…… 0921
球体関節リナちゃん（君島 慧是）…… 0462
級長の探偵（川端 康成）……………… 0964
給湯室の女王（西条 りくる）………… 1083
牛鍋（森 鷗外）……… 0622, 0625, 0628
九人の息子たち（ホーンズビー, ウェンディ）………………………………… 0141

きゆう　　　　　　作品名索引

九のつく歳（西澤 保彦）… 0209, 0374, 0440
九尾の狐（石持 浅海）………………… 0204
急病人（木邨 裕志）…………………… 0975
休眠打破（和喰 博司）………………… 0280
救命具（ショー, アーウィン）……… 1132
球面三角（花田 清輝）………………… 0396
旧友（麻耶 雄嵩）……………………… 0204
旧友の呼び声―あるいは、一つの終着点
　（ウティット・ヘーマムーン）…… 1120
犬狼都市（澁澤 龍彦）………………… 0396
聖い夜の中で（仁木 悦子）…………… 0345
兇悪の門―兇悪シリーズより（生島 治
　郎）……………………………………… 0168
脅威（バーセルミ, ドナルド）……… 1133
饗宴（吉田 健一）……… 0396, 0628, 0917
饗応（上田 早夕里）…………………… 0474
凶音窟（山下 歩）……………………… 0280
境界線（城山 真一）…………………… 0224
境界線（坪田 文）……………………… 1021
境界線（にーか）……………………… 1051
教会と魔術と烏と（人見 直）………… 0748
仰角の写真（日下 圭介）……………… 0273
今日が最後の日（谷口 雅美）………… 0947
狂歌師（平岩 弓枝）…………………… 0013
恐喝の倫理（キルマー, ジョイス）… 0283
仰臥漫録―二（正岡 子規）…………… 0622
行間（北方 謙三）……………………… 0326
行間さん（河内 仙介）………………… 0580
凶漢消失（泡坂 妻夫）………………… 0582
教訓（常盤 奈津子）…………………… 0976
狂言師（平岩 弓枝）………… 0066, 0074
橇犬の主（魚蹴）……………………… 0489
暁光（今野 敏）……………… 0213, 0310
峡谷の檻（安萬 純一）………………… 0348
凶妻の絵（澤田 ふじ子）……………… 0112
教室（矢部 嵩）………………………… 0495
教習番号9（江原 一哲）……………… 0464
教授のおうち（ル・グィン, アーシュラ・
　K.）……………………………………… 1133
狂人遺書（坂口 安吾）………………… 0019
共振周波数（小中 千昭）……………… 0453
凶（抄）（芥川 龍之介）……………… 0479
恭三の父（加能 作次郎）…… 1052, 1092
共存（大原 久通）……………………… 0973
きょうだい（ミトサキ）……………… 1090
兄弟の愛（尾崎 喜八）………………… 0964
凶宅（陶 淵明）………………………… 0479

凶宅奇聞（東 雅夫）…………………… 0409
夾竹桃の陰に（成 碩済）……………… 1116
凶刀（小鳥遊 ふみ）…………………… 0969
狂童女の恋（岡本 かの子）…………… 0397
共同墓地―ふらんす怪談（トロワイヤ, アン
　リ）……………………………………… 0449
京都で、ゴドーを待ちながら（尾関 忠
　雄）……………………………………… 0985
京都K船の裏の裏丑覗きの会とはなにか（ひ
　さうち みちお）……………………… 0435
狂熱のマニラ（ハワード, クラーク）… 0296
今日の運勢（ウルエミロ）…………… 0970
今日の心霊（藤野 可織）……… 0488, 0515
京之助の居睡（野上 彌生子）………… 0748
京の茶漬―山崎烝（飯島 一次）… 0070, 0071
京の夢（戸部 新十郎）………………… 0105
脅迫電話（富田 誠）…………………… 0968
共犯関係（小池 真理子）……………… 0802
共犯関係（バーンズ, ジュリアン）… 1134
恐怖（竹本 健治）……………………… 0136
恐怖（谷崎 潤一郎）…………………… 1038
恐怖時代の公安委員（ハーディ, トマス）
　…………………………………………… 1128
恐怖政治下の一挿話（バルザック, オノレ・
　ド）……………………………………… 1154
恐怖の形（平谷 美樹）………………… 0474
恐怖の時節（深海 和）………………… 0987
「恐怖の谷」から「恍惚の峰」へ～その政
　策的応用（遠藤 慎一）……………… 0495
恐怖の探求（バーカー, クライヴ）… 0889
恐怖の橋（キャンベル, ラムジー）… 0439
恐怖の廊下事件（海野 十三）………… 0153
共鳴者と熱帯魚（萌木 美月）………… 0668
きょうも上天気（ビクスビイ, ジェロー
　ム）……………………………………… 0499
梟雄（坂口 安吾）……………………… 0033
梟雄―斎藤道三（坂口 安吾）………… 0035
侠勇鳥毛の大槍（下村 悦夫）………… 0964
京洛の風雲（南條 範夫）……………… 0102
驚狸（石川 鴻斎）……………………… 0479
恐竜狩り（ディ・キャンプ, L.スプレイグ）
　…………………………………………… 0528
恐竜ラウレンティスの幻視（梶尾 真治）
　…………………………………………… 0527
狂恋（Chaco）………………………… 0681
〔今日は一日あかるくにぎやかな雪降りで
　す〕（宮沢 賢治）…………………… 1079
今日は餃子の日（野坂 律子）………… 0760

654

今日は良い一日であった（宇野 千代）… 0993
虚影の街（ポール，フレデリック）…… 0549
漁家（三好 達治）………………… 0993
魚怪（勝山 海百合）………… 0457, 0458
許可証（シゲノ トモノリ）………… 0969
虚偽の雪渓（森村 誠一）…………… 0216
玉砕―岩屋城（白石 一郎）………… 0121
蹋蹈の門（西村 賢太）…………… 1062
清く正しい生活（グウェン，ヴィエト・タ
ン）……………………………… 1143
曲亭馬琴（堀内 万寿夫）…………… 0030
玉瘤（子母澤 寛）………………… 0005
キョーグル線（マルーフ，デイヴィッド）
……………………………………… 1163
巨刹（倉橋 由美子）……………… 0391
きよしこの夜（島本 理生）………… 0904
虚実（高見 順）…………………… 0945
馭者（ルノー，メアリー）………… 0876
巨獣（貝原）………………… 0460, 0461
巨人と玩具（開高 健）…………… 0927
巨人の接待（小川 洋子）…… 0740, 0753
去勢（日向 蓬）…………………… 1070
巨星（堀 晃）……………………… 0496
魚葬（森村 誠一）………………… 0328
清滝トンネル（紙舞）……………… 0415
極刑（井上 ひさし）……………… 1071
極刑（小林 ミア）………………… 0791
去年の冬、マイアミで（カプラン，ジェイム
ズ）……………………………… 1136
虚の双眸（武居 隼人）…………… 0489
魚服記（太宰 治）…… 0402, 0477, 0807, 0854
清水坂（有栖川 有栖）…………… 0428
魚眠荘殺人事件（鮎川 哲也）……… 0148
キヨ命（高橋 義夫）……………… 0098
魚妖（岡本 綺堂）………………… 0398
去来（堂場 瞬一）………………… 0318
キョンちゃん（鹿島田 真希）……… 0797
嫌いなわけ（吉平）……………… 0970
吉良上野の立場（菊池 寛）………… 0094
きらきら（弘中 麻由）…………… 0853
きらきら（望月 桜）……………… 0808
キラキラ（森川 茉乃）…………… 0859
キラキラコウモリ（殊能 将之）… 0922, 0923
斬られた幽霊（野村 胡堂）………… 0032
嫌われ女（中居 真麻）…………… 0791
嫌われ者（藤平 吉則）…………… 0976
霧（金子 光晴）…………………… 0964

キリエ（アンダースン，ポール）……… 0510
キリエ（太田 忠司）……………… 0484
霧隠才蔵の秘密（嵐山 光三郎）…… 0051
切り株に恋した男（ローン，ランディ）… 0296
霧ケ峰涼の逆襲（東川 篤哉）……… 0362
霧ケ峰涼の屈辱（東川 篤哉）…… 0244, 0276
ギリギリ（ウルエミロ）…………… 0969
きりぎりす（太宰 治）…………… 0684
キリギリスのうた（矢口 知矢）…… 0973
螽虫斯の記（室生 犀星）…………… 0789
キリクビ（有吉 佐和子）…………… 0993
切り裂きジャックはわたしの父（ファー
マー，フィリップ・ホセ）………… 0452
切り裂き魔の家（石田 一）………… 0490
ギリシア小文字の誕生―民たちよ、見よ。
そして書き記せ。これがお前たちの求め
た文字である（浅暮 三文）……… 0560
ギリシャ壺による（高山 あつひこ）… 0464
ギリシャ羊の秘密（法月 綸太郎）
………… 0207, 0322, 0338, 0377
きりすと和讃（寺山 修司）………… 0854
きりない話（山田 野理夫）………… 0479
霧に、（池神 泰三）……………… 0851
霧にとけた真珠（江戸川 乱歩）…… 0148
霧にむせぶ夜（ますむら ひろし）… 0532
霧の巨塔（霞 流一）………… 0322, 0338
霧の城（南條 範夫）……………… 0089
霧の中（山手 樹一郎）…………… 0105
霧の中の声（遠藤 周作）………… 0954
桐の花（重光 寛子）……………… 0937
霧の山伏峠（島永 嘉子）………… 0915
霧晴れ初めし朝（チョーイマン）…… 1121
切り札（真下 光一）……………… 0967
桐屋敷の殺人事件（川崎 七郎）…… 0250
機龍警察 火宅（月村 了衛）……… 0511
機龍警察 化生（月村 了衛）……… 0568
機龍警察沙弥（月村 了衛）……… 1017
機龍警察 輪廻（月村 了衛）……… 0345
麒麟（ブニュエル，ルイス）……… 0418
キルキルカンパニー（七尾 与史）…… 0178
キルデア街クラブ騒動（トレメイン，ピー
ター）…………………………… 0233
きれいごとじゃない（若竹 七海）…… 0315
きれいな人（桜庭 三軒）………… 0821
きれいなもの、美しいもの（バーンズ、エ
リック）………………………… 0297
鬼裂（立花 腑楽）………… 0460, 0461

きんい　作品名索引

金色の鬼火矢（兎月 カラス） ………… 0831
金色の風（近藤 史恵） ……………… 0956
銀色の虎（魯 羊） ……………… 1113, 1114
金色の涙（宮本 昌孝） ……… 1099, 1100
金色の目のマルセル（フランス, アナトー
　ル） …………………………………… 1153
禁煙（門倉 信） ………………………… 0972
銀河帝国の崩壊byジャスティス（大泉
　貴） ……………………… 0201, 0791
銀河鉄道（柄澤 潤） ……………… 0849
銀化猫（田中 明子） ……………… 0859
銀河の間隙の先より（謎村） ………… 0489
金貨の行方（島﨑 一裕） ……………… 0967
銀河風帆走―第四回創元SF短編賞受賞作
　（宮西 建礼） ……………………… 0501
金環日食を見よう（青井 夏海） ……… 0767
金冠文字（木々 高太郎） ……………… 0153
緊急下車（林 由美子） ……………… 0199
緊急自爆装置（三崎 亜記） ………… 0495
緊急停止（葛西 俊和） ……………… 0427
金魚（手塚 治虫） ……………… 0553
金玉百助の来歴（神family 次郎） ……… 0120
金銀（幸田 露伴） ……………… 0479
キングコング（北 杜夫） ……………… 0532
金鶏郷に死出虫は嘶う（やまき 美里） … 0280
金庫破りと放火犯の話（チャペック, カレ
　ル） …………………………………… 0892
銀座某重大事件（辻 真先） …… 0354, 0355
金鵄のもとに（浅田 次郎） ……………… 1008
金繍忌（入江 敦彦） ……………… 0490
禁じられた遊び（法月 綸太郎） ………… 0361
銀子三枚（山本 一力） ……………… 0080
金属音病事件（佐野 洋） ……………… 0145
禁足地（綾倉 エリ） ……………… 0465
キンダイチ先生の推理（有栖川 有栖） … 0164
金太郎蕎麦（池波 正太郎） …… 0013, 0612
金と銀（川上 弘美） …………… 0648, 0649
金の鍵（ヴェルガ） ……………… 1155
銀の匙（鷲尾 三郎） ……………… 0144
銀の匙―情報環境へのアクセスが保障され
　た時代にて-天才詩人アリス・ウォン、誕
　生（飛 浩隆） ……………………… 0565
銀の匙キラキラ（水森 サトリ） ‥ 1099, 1100
銀の匙（抄）（中 勘助） ……………… 0886
銀の鳥（秋元 いずみ） ……………… 0770
銀のバックル事件（スミス, デニス・O.）
　…………………………………………… 0233

銀の船（恒川 光太郎） ……………… 0470
銀のプレート（藤井 俊） ……………… 0484
金の輪（小川 未明） ……………… 1079
金髪のエックベルト（ティーク, ルートヴィ
　ヒ） ……………………… 0392, 0399
銀縁眼鏡と鳥の涙（豊島 ミホ） ‥ 0673, 0674
金木犀の香り（堀 かの子） ……………… 0824
金木犀の風に乗って（竹谷 友里） ……… 0855
銀鱗の背に乗って（熊崎 洋） ………… 0813
禁恋（reY） ……………………… 0681

【く】

グアテマラ伝説集（アストゥリアス, ミゲ
　ル・アンヘル） ……………… 1162
喰意地（内田 百閒） ……………… 0625
杭を打つ音（葛山 二郎） ……………… 0142
食い地獄（赤瀬川 原平） ……………… 0628
クイ襲撃（小豆沢 優） ……………… 0915
クイズ＆ドリーム（横関 大） ‥‥ 0260, 0261
クイニー公園（ピアスン, リドリー） ‥‥ 0202
食物として（芥川 龍之介） ……………… 0625
クイーン好み―第1回（クイーン, エラ
　リー） ……………………… 0346
クイーン好み―第2回（クイーン, エラ
　リー） ……………………… 0346
クイーン好み―第3回（クイーン, エラ
　リー） ……………………… 0346, 0347
クイーン好み―第4回（クイーン, エラ
　リー） ……………………… 0347
クイーンズのヴァンパイア（ゴードン, デイ
　ヴィッド） ……………………… 0340
クイーンの色紙（鮎川 哲也） ………… 0345
空を飛ぶパラソル（夢野 久作） ………… 0455
空気女（黒猫 銀次） ……………… 0459
共業―実在ヒプノ4（橋 てつと） ……… 0985
空襲（深田 亨） ……………… 0484
空襲のあと（抄）（色川 武大） ………… 0479
空席（加藤 秀幸） ……………… 0975
偶然（折原 一） ……………… 0173, 0264
空想（武者小路 実篤） ……………… 0910
空想少女は悶絶中（おかもと（仮））
　…………………………………………… 0200, 0201
ぐうたら戦記（坂口 安吾） ………… 0884
空中楼閣（朝倉 かすみ） ……………… 1040

作品名索引　　　くつの

空洞状態のままのその町（モウテッハン）
　………………………………… 1121
空白（坪田 文）………………… 1021
空白の石版（松本 楽志）……… 0489
空白のページ（ディーネセン, イサク）… 1138
寓話（新美 南吉）……………… 1079
クエルボ（星野 智幸）……… 0709, 1063
クォリーの運（コリンズ, マックス・アラ
　ン）…………………………… 0203
QC（クォンタム・クレイ）（長谷川 昌史）…… 0863
九月十四日記―山窩の思い出（井伏 鱒
　二）…………………………… 0953
釘拾い（藤田 雅矢）…………… 0435
釘屋敷／水屋敷（皆川 博子）… 0409
くくり姫（加門 七海）………… 0435
矩形の青（水槻 真希子）……… 1003
鵠沼西海岸（阿部 昭）………… 1027
臭い排気ガスのなかで（山丁）… 1115
くさいバス（紺 詠志）………… 0463
日下兄妹（市川 春子）………… 0552
草壁正十郎（甲山 羊二）……… 0991
草屈（藤沢 周）………………… 1058
草すべり（南木 佳士）………… 1057
草之丞の話（江國 香織）……… 0966
くさびら―『狂言集』より（作者不詳）… 0790
くさびら譚（加賀 乙彦）……… 0790
くさびらの道（上田 早夕里）… 0453
草叢のダイアモンド（フォルヌレ, グザヴィ
　エ）…………………………… 0448
くさり（小鳥遊 ふみ）………… 0969
腐りかけロマンティック（深沢 仁）… 0619
クサリ鎌のシシド（木下 昌輝）… 0055
鎖工場（大杉 栄）……………… 0765
くじ（ジャクスン, シャーリイ）… 1124
櫛（山手 樹一郎）……………… 0032
櫛形山の月 維新の風（中澤 秀彬）… 0990
櫛形山の月（二）明治の風景（中澤 秀彬）
　………………………………… 0991
孔雀夫人の誕生日（山村 正夫）… 0147
愚者の石（別役 実）…………… 0966
愚者の街（半村 良）…………… 0954
くしゅん（北村 薫）………… 0922, 0923
鯨と煙の冒険―『百瀬、こっちを向いて。』
　番外編（中田 永一）………… 0951
鯨のくる城（伊東 潤）………… 0081
クジラの肉（セディア, エカテリーナ）… 0576
鯨や東京や三千の修羅や（古川 日出男）

　………………………………… 1063
くすくす岩（朱雀門 出）……… 0464
城にのぼる（古倉 節子）……… 0988
葛原妙子三十三首（葛原 妙子）… 0488
薬喰（内田 百閒）……………… 0625
薬の用法（メノ, ジョー）……… 0758
崩れる光（ユン, プラープダー）… 1120
くせいけ（朱雀門 出）………… 0415
クソオヤジ（古保 カオリ）…… 0967
管狐と桜（千早 茜）…………… 1013
砕けた叫び（有栖川 有栖）…… 0131
砕けちる褐色（田中 啓文）…… 0362
くだもの（正岡 子規）………… 0625
果物地獄（直木 三十五）……… 0628
くだもののたね（立原 えりか）… 0618
苦談（御於 紗馬）……………… 0462
件（内田 百閒）
　　　0478, 0787, 0880, 0911, 0912
くだん抄（御於 紗馬）………… 0463
くだんのはは（小松 左京）…… 0410
件の夢―シロの伊勢道中（小松 エメル）
　………………………………… 0118
口（斜斤）……………………… 0463
口が来た（黒 史郎）…………… 0489
クチコミ（松 音戸子）………… 0463
口づけ（森山 東）……………… 1023
朽助のいる谷間（井伏 鱒二）… 0917
朽ちてゆくまで（宮部 みゆき）… 0539
くちなし懺悔（角田 喜久雄）… 0032
くちなわ坂の赤ん坊（長谷川 博子）… 0481
愚痴の多い相談者（法坂 一広）… 0364
嘴と痣（遠藤 徹）……………… 0474
唇に愛を（小路 幸也）………… 1011
靴（青島 さかな）……………… 1022
靴（上原 和樹）………………… 0464
靴（ケレット, エトガル）……… 0758
靴（仙堂 ルリコ）……………… 0464
靴（やまち かずひろ）………… 0976
靴を揃える（新岡 優哉）……… 0969
朽木越え（岩井 三四二）……… 0078
グッド・オールド・デイズ（石井 睦美）… 0994
グッド・バイ（太宰 治）…… 0943, 1089
グッド・バイ（森見 登美彦）… 1014
グッド・バイ―一九四八（昭和二三）年六
　月（太宰 治）………………… 1097
靴の中の死体―クリスマスの密室（山口 雅
　也）…………………………… 0252

657

くつひ　作品名索引

靴ひも（斉木 明）............ 0855
靴ひもデイズ（坂上 恵理）........ 0855
靴磨きジャンの四角い永遠（柊 サナカ）
.... 0224
掘留の家（宇江佐 真理）......... 0053
クーデター、やってみないか？（栗田 有
起）.............. 1032, 1033
クトゥルーの夢（夢乃 鳥子）....... 0489
「クトゥルフ神話」のトレンド（森瀬 繚）
.... 0476
クトゥルフの呼び声（ラヴクラフト,H.P.）
.... 0439
愚鈍（ブライシュ、アブドゥッサラーム）
.... 0404
愚鈍物語（山本 周五郎）......... 0009
国を蹴った男（伊東 潤）......... 0049
苦肉の策（綾辻 行人）.......... 0246
国には外貨が必要だ（トルスターヤ,N.）
.... 1157
ぐにん（白 ひびき）........... 0464
くねくね、ぐるぐるの夏（緒久 なつ江）.. 0972
くノ一紅騎兵（山田 風太郎）....... 0029
くノ一紅騎兵―直江兼続（山田 風太郎）
.... 0036
くの字（井坂 洋子）........... 0479
首（沢井 良太）........ 0459, 0461
首（山田 風太郎）............ 0144
首折り男の周辺（伊坂 幸太郎）..... 1105
首が痛い（伊東 哲哉）.......... 1020
くびかざり（モーパッサン、ギ・ド）.... 0390
首飾り（辻原 登）............ 1064
首狂言天守composition（朝松 健）..... 0431
首切り監督（霞 流一）.......... 0367
首切りの鐘（風野 真知雄）........ 0060
首くくりの木（都筑 道夫）........ 0267
首太郎（柚木崎 寿久）.......... 0975
首吊り御本尊（宮部 みゆき）....... 0013
首吊り道成寺（宮原 龍雄）........ 0307
『首吊り判事』邸の奇妙な犯罪―シャルル・
ベルトランの事件簿（加賀美 雅之）.. 0288
首吊船（横溝 正史）........... 0255
首吊り屋敷（田辺 青蛙）......... 0475
首なし馬（佐々木 敬祐）......... 0989
首ひとつ（矢野 隆）........... 0040
首輪（芦崎 凪）............. 0997
首輪コンサルタント（伊園 旬）...... 0791
熊（加賀 乙彦）............. 1062
熊王ジャック（柳 広司）

.... 0206, 0316, 0321, 0386
熊狩り夜話（中川 勇）.......... 0065
クマキラー（葦原 崇貴）......... 0460
熊さんの迷惑（フリーズナー、エスター）
.... 0320
熊と人間（黒埜形）........... 0973
クマと陸地（ナンセン、フリッチョフ）... 0794
熊のおもちゃ―丸岡明追悼（河上 徹太
郎）.................. 0993
熊の木本線（筒井 康隆）......... 0532
熊の首（神狛 しず）....... 0416, 0417
熊のほうがおっかない（勝山 海百合）... 0428
熊本市地震（森坂 よしの）........ 0786
熊本地震（上田 登美）.......... 0786
熊本地震（上野 陽子）.......... 0786
熊本地震（畠山 明德）.......... 0786
熊本地震～激震の夜～（樫山 隆昭）.... 0786
汲取屋になった詩人（山之口 貘）..... 0944
クミン村の賢人（ヒッチコック、アルフレッ
ド）.................. 0877
久米仙人（武者小路 実篤）........ 1052
蜘蛛（エーヴェルス、ハンス・ハインツ）.. 0419
蜘蛛（遠藤 周作）............ 0410
蜘蛛（米田 三星）....... 0143, 0247
雲を飼う（織月 かいこ）......... 0865
雲輝く黄昏（ウェー）.......... 1121
雲作り（青島 さかな）.......... 1023
曇った硝子（森 茉莉）.......... 1041
曇ったレンズの磨き方（吉田 篤弘）.... 1049
雲とトンガ（吉行 理恵）..... 0798, 0803
蜘蛛の糸（タキガワ）.......... 1023
蜘蛛の糸（米川 京）....... 0459, 0461
雲の上の暮らし（畢 飛宇）.... 1113, 1114
雲の上の死（大山 誠一郎）........ 0312
雲の小径（久生 十蘭）.......... 1077
雲のサーフィン（松下 雛子）....... 0855
雲の下の街（柴崎 友香）......... 0942
蜘蛛の巣が揺れる（畠山 拓）....... 0915
雲のなかの悪魔―クールでシャープな生ま
れついての革命少女、難攻不落の流刑星
より大脱走（山田 正紀）........ 0565
雲の南（柳 広司）............ 0150
曇り日の行進（林 京子）......... 0777
雲は流れる（原田 益水）......... 0915
蔵（白 ひびき）............. 0489
暗い岩（ナツァグドルジ、ダシドルジー
ン）.................. 1118

658

暗い唄声（山村 正夫）・・・・・・・・・・・・ 0610	クリストファスン（ギッシング, ジョージ）・・・・・・・・・・・・・・・・・・ 0586
暗い越流（若竹 七海）・・・・・ 0212, 0309, 0382	クリストファー男娼窟（草間 彌生）・・・ 0954
クライクライ（真藤 順丈）・・・・・・・・・ 0456	クリスマス・イブ（北本 豊春）・・・・・・・ 0989
暗いクラブで逢おう（小泉 喜美子）・・・ 0345	クリスマス嫌いの億万長者（モーティマー, キャロル）・・・・・・・・・・・・・ 0650
暗い玄海灘に（夏樹 静子）・・・・・・・・ 0269	クリスマス・デザートは恋してる（フルーク, ジョアン）・・・・・・・・・・・ 0692
暗い血（和田 芳恵）・・・・・・・・・・・・ 0993	クリスマスとイブ（吉川 英梨）・・・・・・・ 0197
昏い追跡（深町 秋生）・・・・・・・・・・ 0309	クリスマスに間に合えば（ケンドリック, シャロン）・・・・・・・・・・・・・ 0730
クライティ──九四一（ウェルティ, ユードラ）・・・・・・・・・・・・・・・・・・ 0441	クリスマス・パラドックス（逢上 央士）・・・・・・・・・・・・・・・・・・ 0198
クライトン館の秘密（ブラッドン, メアリー・エリザベス）・・・・・・・・・・ 0411	クリスマスプレゼント（武田 綾乃）・・・・ 0603
暗いバス（堀川 アサコ）・・・・・・・・・・ 0557	クリスマス・ホテルのハドソン夫人（マグルス, ポール）・・・・・・・・・・ 0227
暗い波濤（阿川 弘之）・・・・・・・・・・ 0779	クリスマスまでに（森山 東）・・・・・・・・・ 1023
暗い魔窟と明るい魔境（岩井 志麻子）・・・ 0429	クリスマスミステリ（東野 圭吾）・・ 0162, 0309
暗い窓（佐野 洋）・・・・・・・・・・・・・ 0267	クリスマスローズ（小手鞠 るい）・・・・・ 1091
蔵を開く（香住 春吾）・・・・・・・・・・・ 0285	クリスマスローズ（咲乃 月音）・・ 0194, 0198
暗がりの子供（道尾 秀介）・・・・・・ 0160, 1108	クリスマスはあなたと（モーティマー, キャロル）・・・・・・・・・・・・・・・・ 0727
クラクラ日記（坂口 三千代）・・・・・・・・ 0878	灰色熊に槍で立ち向かった男たち（ハンチントン, シドニー）・・・・・・・・ 0794
クラゲの詩（五十嵐 彪太）・・・・・・・・ 1023	
クラシックカー（原田 ひ香）・・・・・・・・ 0958	クリーチャー・フィーチャー（マクナリー, ジョン）・・・・・・・・・・・・・ 1152
グラス（田丸 雅智）・・・・・・・・・・・・ 0970	区立花園公園（大沢 在昌）・・・・・ 0160, 1015
グラスタンク（日野 草）・・・・・・・・・・ 0215	栗の実おちた（小西 保明）・・・・・・・・・ 0860
グラスハートが割れないように（小川 一水）・・・・・・・・・・・・・・・・・・ 0500	グリーブ家のバーバラ──八九一（ハーディ, トマス）・・・・・・・・・・・ 0441
クラスメイト（角田 光代）・・・・・・・・・ 0982	グリム幻視『白鳥』（妹尾 ゆふ子）・・・・ 0542
クラック・コカイン・ダイエット（あるいは、たった一週間で体重を激減させて人生を変える方法）（リップマン, ローラ）・・・ 0299	グリモの午餐会（澁澤 龍彦）・・・・・ 0622, 0628
	クリュセの魚─火星のあの夏、十一歳のぼくは、十六歳の麻理沙に恋をした-三島由紀夫賞受賞第一作（東 浩紀）・・・ 0559
クラッシャー（堂場 瞬一）・・・・・・・・・ 0598	
内蔵頭治政（土師 清二）・・・・・・・・・ 0111	グリーン殺人事件（高 信太郎）・・・・・・ 0365
内蔵允留守（山本 周五郎）・・・・・・・・ 0924	グリーン車の子供（戸板 康二）・・・・・・ 0272
倉の中の実験（仁木 悦子）・・・・・・・・ 0581	グリーンのクリーム（コーニイ, マイクル・G.）・・・・・・・・・・・・・・・・ 0519
グラビアアイドルの話（岩井 志麻子）・・・・・・・・・・・・・・・・・ 0416, 0417	
クラブ（ローズ, ダン）・・・・・・・・・・・ 0708	クール（山本 幸久）・・・・・・・・・・・・ 0769
クラブヴィクトリア（鎌田 直子）・・・・・・ 0696	狂おしいほどEYEしてる（佐藤 青南）・・・ 0184
鞍馬天狗（大佛 次郎）・・・・・・・・・・ 0065	くるくる（宮田 真司）・・・・・・・・・・・・ 1023
グラマンの怪（うどう かおる）・・ 0459, 0461	クルークルー（林 不木）・・・・・・・・・・ 0489
倉持和哉の二つのアリバイ（東川 篤哉）・・・・・・・・・・・・・・・・・ 0310	くるぐる使い（大槻 ケンヂ）・・ 0527, 0539
蔵宿師（南原 幹雄）・・・・・・・・・・・・ 0006	南十字星（柴田 勝家）・・・・・・・・・・ 0493
暗闇のかくれんぼ（バレイジ,A.M.）・・・ 0452	グループでスキップ（ヴェルベーケ, アンネリース）・・・・・・・・・・・・・ 1160
暗闇のセブン（藤崎 慎吾）・・・・・・・・ 0523	
クラリモンド（ゴーチエ, テオフィール）・・・・・・・・・・・・・・・ 0419, 0433	
繰り返されても（@kamoe1983）・・・・・・・ 0781	
クリスタベル姫（コールリッジ）・・・・・・・ 0433	

くるま　作品名索引

くるまれて（葦原 崇貴） …………… 0241
胡桃園の青白き番人（水谷 準） …… 0142
胡桃割り（永井 龍男） ……………… 0874
グルメ列車殺人事件（山村 美紗） … 0609
クルやお前か（内田 百閒） ………… 0798
来るよ！ 来るよ！（郷内 心瞳） … 0785
ぐるりよーざ いんへるの（加門 七海） 0412
クレイジー・ア・ゴーゴー（飴村 行） 0484
クレオールの魂（安部 公房） ……… 0395
グレー・グレー（高原 英理） ……… 0488
グレースを探せ（ハリントン, ジョイス）
　………………………………………… 0286
グレーゾーンの人（久間 十義） …… 0773
クレプシドラ・サナトリウム（シュルツ, ブ
　ルーノ） ……………………………… 0392
クレマチスの咲く庭（斉藤 てる） … 0786
グレムリン（平 平之信） ……… 0460, 0461
紅蓮の闇（賀川 敦夫） ……………… 0845
黒い雨（井伏 鱒二） ………………… 0779
黒い雨（河野 アサ） ………………… 0991
黒い雨（古賀 純） …………………… 0822
黒い絵・絵画の魅力（北本 豊春） … 0991
黒いエマージェンシーボックス（平谷 美
　樹） …………………………………… 0483
黒い扇の踊り子（都筑 道夫） ……… 0330
黒いカーテン（ミラー, C.フランクリン）
　………………………………………… 0425
黒い九月の手（南條 範夫） ………… 0136
黒い御飯（永井 龍男） ……………… 0628
黒い裾（幸田 文） …………………… 0955
黒い袖（若竹 七海） ………………… 0314
黒いタオル（春川 啓示） …………… 0973
黒い手（みじかび 朝日） …………… 0463
黒い手帳（北村 薫） ………………… 0160
黒い手帳（久生 十蘭） ……………… 0871
黒い鳥（ムラーベト, ムハンマド） … 0404
黒い虹（太田 忠司） ………………… 0423
黒い破壊者（ヴァン・ヴォークト, A.E.）
　………………………………………… 0510
黒い箱（稲垣 足穂） ………………… 0232
黒いハンカチ（小沼 丹） …………… 0275
黒いパンテル（乾 緑郎） …………… 0192
黒い羊（立花 腑楽） ………………… 1022
黒い瞳の内（乾 ルカ） ……………… 0204
黒い瞳のブロンド（シュッツ, ベンジャミ
　ン・M.） ……………………………… 0286
黒い不吉なもの（乃木 ばにら） ‥ 0459, 0461
黒い服の未亡人（汐見 薫） ………… 0279

黒い方程式（石持 浅海） …………… 0496
黒い本を探して（松野 志保） ……… 0592
黒い密室―続・薔薇荘殺人事件（芦辺
　拓） ………………………… 0162, 0163
黒い夜会（深町 秋生） ……………… 0313
黒い履歴（薬丸 岳） ……………… 0207, 0370
クロウル奥方の幽霊（レ・ファニュ, シェリ
　ダン） ………………………………… 0482
黒髪（近松 秋江） ………………… 0955, 1093
黒髪（連城 三紀彦） ………………… 0269
黒く塗ったら（行 一震） …………… 0463
クロケット大佐のヴァイオリン（リンスコッ
　ト, ギリアン） ……………………… 0225
黒子羊はどこへ（小川 洋子） ……… 0797
黒眚（朝松 健） ……………………… 0412
黒白映画（夢乃 鳥子） ……………… 0465
くろづか（黒木 あるじ） …………… 0785
黒塚（中井 英夫） …………………… 0436
クロスローダーの轍（せんべい猫） … 0421
クロダイと飛行機（浜田 嗣範） …… 0844
黒田如水（菊池 寛） ………………… 0031
黒田如水（坂口 安吾） …………… 0034, 0036
黒田如水（武者小路 実篤） ………… 0031
黒田如水（鷲尾 雨工） ……………… 0031
黒ねこ（綿矢 りさ） ………………… 0805
黒猫（島木 健作） ……… 0795, 0798, 0800
黒猫（薄田 泣菫） ……………… 0795, 0800
黒猫ジェリエットの話（森 茉莉） … 0803
黒猫非猫―ユーフォリ・テクニカ0.99.1（定
　金 伸治） …………………………… 1098
黒猫ラ・モールの歴史観と意見（吉川 良太
　郎） ………………………… 0574, 0575
黒の上下（ニーミンニョウ） ……… 1121
黒の複合（林 由美子） ……………… 0584
黒歴巾組始末（平谷 美樹） ………… 0103
黒ヒョウに乗って（フェアスタイン, リン
　ダ） …………………………………… 0287
黒ヒョウに乗って（マルティニ, スティー
　ヴ） …………………………………… 0287
黒船（山田 野理夫） ………………… 0854
黒船忍者（多田 容子） ……………… 0103
黒部ダムの中心で愛を叫ぶ（畑野 智美）
　………………………………………… 0647
●（クロボシ）（長野 まゆみ） ……… 1061
黒松の盆栽（丸山 政也） …………… 0464
黒豆（諸田 玲子） …………………… 1011
黒豆と薔薇（つくね 乱蔵） ………… 0913

作品名索引　けたも

黒マンサージートロイメライ 琉球寅話集
　（池上 永一）…………………………… 0081
クローム襲撃（ギブスン, ウィリアム）… 0551
クロール（佐伯 一麦）…………………… 1029
くろん坊（岡本 綺堂）……………… 0437, 0477
桑名古庵（田中 英光）…………………… 0019
軍役（戸部 新十郎）……………………… 0050
軍犬疾風号（棟田 博）…………………… 0964
軍師哭く（五味 康祐）…………………… 0089
軍師二人―真田幸村・後藤又兵衛（司馬 遼
　太郎）……………………………………… 0036
軍事法廷（耕 治人）……………………… 1082
勲章（永井 荷風）………………………… 1052
勲章（宮木 喜久雄）……………………… 0766
軍人と文学（中野 重治）………………… 0766
軍曹の手紙（下畑 卓）…………………… 1036
薫糖（田辺 青蛙）…………………… 0457, 0458
軍馬の帰還（勝山 海百合）………… 0457, 0458
群狼相食む（宇能 鴻一郎）……………… 0046

【 け 】

"けあらし"に潜む殺意（八木 圭一）…… 0224
警官と讃美歌（O.ヘンリー）…………… 0884
「刑期」を終え、生化学者の道を（田中 雅
　也）………………………………………… 1007
経験を糧に（@verself）………………… 0781
敬虔過ぎた狂信者（鳥飼 否宇）………… 0150
囈語（山村 暮鳥）………………………… 0892
傾向と対策（黒木 あるじ）……………… 0427
警告（相門 亨）…………………………… 0975
警告（葉原 あきよ）……………………… 0463
渓谷の宿（長島 槇子）……………… 0416, 0417
警告文（伊東 祐治）……………………… 0967
経済新聞（霧梨 椎奈）…………………… 0970
計算症のリアリティー（黒川 博行）…… 0326
計算と放屁（なるせ ゆうせい）………… 1022
計算の季節（藤田 雅矢）………………… 0539
刑事収容施設及び……第百二十七条（猫
　吉）………………………………………… 0973
警視庁吸血犯罪捜査班（林 譲治）……… 0561
ゲイシャガール失踪事件（夢枕 獏）…… 0232
芸術と人間と人工知能（松原 仁）……… 0556
携帯（三好 しず九）……………………… 1020
携帯が終わる日（美崎 理恵）…………… 0941

携帯電話（宇津呂 鹿太郎）……………… 0464
携帯人間関係（河野 泰生）……………… 0971
敬太とかわうそ（植松 邦文）…………… 0823
啓蟄―3月6日ごろ（栗田 有起）……… 0918
慶長大食漢（山田 風太郎）……………… 0626
ケイティの話 一九五〇年十月（ディーン,
　シェイマス）……………………………… 0726
芸の魔法（ドラグンスキイ）…………… 1157
競馬会前夜（大庭 武年）………………… 0336
競馬場の殺人（大河内 常平）…………… 0148
警備保障（崩木 十弐）…………………… 0785
警部補・山倉浩一（かく たかひろ）…… 0278
警部補・山倉浩一 あれだけの事件簿（かく
　たかひろ）………………………………… 0159
警棒（ローズ, ダン）…………………… 0708
刑法第四五条（越谷 友華）……………… 0224
螢万華鏡（寮 美千子）…………………… 0925
啓蒙かまぼこ新聞―抜粋（中島 らも）… 0622
契約完了（ギーヨ, ポール）…………… 0203
警邏ニダスの目を逸らしたい現実（岡野 め
　ぐみ）……………………………………… 1081
ケインとミラーの間に（石川 友也）…… 0991
稀有なる食材（深津 十一）………… 0224, 0364
下界のヒカリ（泉 和良）………………… 0981
外科室（泉 鏡花）………… 0910, 1052, 1087
けがれ（ラムレイ, ブライアン）……… 0476
穢れなき薔薇は降る（真帆 沁）………… 0858
ケーキ（レヴィーン, ステイシー）… 0387, 0388
激辛戦国時代―日本人の味覚に激辛が訪れ
　たとき、歴史は動いた（青山 智樹）… 0565
激辛（かがわ とわ）……………………… 0974
劇中劇（ティリー, マルセル）………… 0393
劇的な幕切れ（有栖川 有栖）…………… 0265
ケーキ屋のおばさん（ねじめ 正一）… 1015
激励（@harayosy）……………………… 0781
汚れつちまつた悲しみに…（中原 中也）
　……………………………………………… 0885
下魚（雀野 日名子）……………………… 0484
戯作者の死（永井 荷風）………………… 0993
袈裟と盛遠（芥川 龍之介）……………… 1068
夏至―6月21日ごろ（三砂 ちづる）… 0918
消して（門倉 信）………………………… 0973
化粧（川端 康成）………………………… 0402
化粧（中上 健次）………………………… 0954
消せない情火（イエーツ, メイシー）… 0634
けだもの（池宮 彰一郎）………………… 0008
獣をうつ少年（片岡 鉄兵）……………… 0065

661

けたや　　　　　　　　　　作品名索引

下駄屋おけい（宇江佐 真理）………… 0024
化鳥（泉 鏡花）……………… 0391, 0398
化鳥斬り（東郷 隆）………………… 0078
「欠陥」住宅（三崎 亜記）…………… 1010
欠陥住宅（沙霧 ゆう）……………… 0968
欠陥本（菊地 秀行）………………… 0582
月間約四〇センチメートル（椎名 春介）
　…………………………………… 0462
血劇（米田 三星）…………………… 0247
月光騎手（稲垣 足穂）……………… 0966
月光座—金田一耕助へのオマージュ（栗本
　薫）……………………………… 0164
月光浴（須永 朝彦）………………… 0966
結婚式はそのままに（ブロードリック, ア
　ネット）………………………… 0680
結婚十年目のとまどい（姫野 カオルコ）
　…………………………………… 0961
結婚前夜（三雲 岳斗）……………… 0496
結婚の条件（ひびの けん）………… 0969
結婚の理由（谷口 雅美）…………… 0704
結婚申込み（チェーホフ, アントン・パーヴ
　ロヴィチ）……………………… 0869
結婚はナポリで（ウインターズ, レベッ
　カ）……………………………… 0720
決して（ベイツ, H.E.）……………… 1140
決して見えない（宮部 みゆき）…… 0325
決して忘れられない夜（岸田 るり子）… 0434
決死の伊賀越え（滝口 康彦）……… 0068
決勝進出（耳 目）…………………… 0968
結晶星団（小松 左京）……………… 0531
月蝕領彷徨（皆川 博子）…………… 0472
決戦・日本シリーズ（かんべ むさし）… 0533
月澹荘綺譚（三島 由紀夫）………… 0488
決定的なひとひねり（カー, A.H.Z.）…… 0344
月兎（折口 真喜子）………………… 0083
潔白（セイフェッティン, オメル）… 1122
月餅（ダシニャム, ロブサンダムビィン）
　…………………………………… 1118
月面炎上（穂坂 コウジ）…………… 1021
月面植物殺人事件（ロング, フランク・ベル
　ナップ）………………………… 0521
ゲート（織原 みわ）………………… 0983
気配（小林 修）……………………… 0459
ゲバルトX（飴村 行）…… 0165, 0166, 0429
仮病（川上 宗薫）…………………… 0993
ゲーム（新井 素子）………………… 0570
ゲーム（佐藤 真由美）……………… 0671
ゲーム（ヤアクービー, アフマド）… 0404

けむり（杉山 文子）………………… 0867
煙（島木 健作）……………………… 0587
けむりを吐かぬ煙突（夢野 久作）… 0455
煙猫（新熊 昇）……………… 0457, 0458
煙の環（ライス, クレイグ）………… 0445
ケメルマンの閉じた世界（杉江 松恋）
　……………………………… 0156, 0300
彳（道尾 秀介）……………… 0208, 0381
獣（マクヒュー, モーリーン・F.）… 0706, 0707
獣が即位した国（ソログープ, フョード
　ル）……………………………… 0405
けものたち（植草 昌実）…………… 0474
獣の印（キプリング, ラドヤード）… 0419
けもの道（高山 聖史）……………… 0619
ケラーのカルマ（ブロック, ローレンス）
　…………………………………… 0203
ケラーの責任（ブロック, ローレンス）… 0141
ケラーの治療法（ブロック, ローレンス）
　…………………………………… 0141
ケラーの適応能力（ブロック, ローレン
　ス）……………………………… 0237
ケリーの指輪（マクファデン, デニス）… 0298
蹴る鶏の夏休み（似鳥 鶏）………… 0797
蹴れ、彦五郎（今村 翔吾）………… 0814
ケレムとアスル—第1章「ズィヤード・ハー
　ンと司祭」（ビンヤザル, アドナン）… 1122
下郎の夢（山手 樹一郎）…………… 0109
剣（三島 由紀夫）…………………… 0599
原因究明（フロローフ）……………… 1159
原因と結果（佐多 椋）……………… 1023
幻影（高橋 克彦）…………………… 1012
幻影怪獣 ジューニガイン登場—東京都「十
　二階幻想」（小中 千昭）…………… 0541
幻影の壁面（梶尾 真治）…………… 0920
剣を鍛える話（魯迅）………… 0392, 0414
剣菓（森村 誠一）…………………… 0046
幻覚（周 嘉寧）……………………… 1111
玄鶴山房（芥川 龍之介）…………… 1087
幻覚のような（グラスゴー, エレン）… 0446
剣客物語（子母澤 寛）……………… 0104
喧嘩の後は（古鳥 くあ）…………… 0868
幻画の女（平山 夢明）……………… 0440
喧嘩飛脚（泡坂 妻夫）……………… 0080
玄関風呂（尾崎 一雄）……………… 0963
嫌疑（久米 正雄）…………………… 0295
元気（ローズ, ダン）………………… 0708
幻戯（中井 英夫）…………………… 0395

662

作品名索引　　こいす

剣鬼と遊女（山田 風太郎）……… 0007, 0126
兼業で小説家を目指す方々へ（初野 晴）
　…………………………………… 0246
幻狐（九条 紀偉）………………………… 0464
原稿零枚日記（抄）（小川 洋子）……… 0807
原稿取り（柚月 裕子）……………… 0199, 0201
健康ナビ・カード（如月 光生）……… 0968
言語学（シャーシャ, レオナルド）…… 1155
言語と密室のコンポジション（柄刀 一）
　…………………………………… 0139
ゲンゴロさん（タキガワ）……………… 1023
原罪SHOW（長江 俊和）……… 0211, 0379
検索ワード：異次元（片瀬 二郎）…… 0566
検察官（ヴェレル）……………………… 1158
原始人ランナウェイ（相沢 沙呼）… 0210, 0380
現実（風間 林檎）………………………… 0971
現実の軛、夢への飛翔―栗本薫/中島梓論
　序説 第1回（八巻 大樹）………… 0506
現実の軛、夢への飛翔―栗本薫/中島梓論
　序説 第2回（八巻 大樹）………… 0507
現実の軛、夢への飛翔―栗本薫/中島梓論
　序説 第3回（八巻 大樹）………… 0508
現実の軛、夢への飛翔―栗本薫/中島梓論
　序説 最終回（八巻 大樹）………… 0509
現実離脱（朝凪 ちるこ）……………… 1090
原始の感覚（亜紅）……………………… 1021
源氏の君の最後の恋（ユルスナール, マルグ
　リット）………………………… 0684, 0881
＜ゲンジ物語＞の作者、＜マツダイラ・サダ
　ノブ＞（円城 塔）……………… 0492
賢者セント・メーテルの敗北（小宮 英
　嗣）……………………………… 0242
賢者の贈りもの（O.ヘンリー）……… 0877
賢者の贈り物（O.ヘンリー）………… 1146
賢者のもてなし（柴田 哲孝）…… 0169, 0170
拳銃（三浦 哲郎）………………………… 1094
虔十公園林（宮沢 賢治）……………… 1079
現場裏（北上 秋彦）……………………… 0782
幻色回帰（天道 正勝）………………… 0990
献身（チョイ, エリック）……………… 0555
幻人ダンテ（三田 誠）………………… 1101
献身的な愛（ヘイズリット, アダム）… 1126
元素智恵子（高村 光太郎）…………… 0761
現代語訳 死霊解脱物語聞書（作者不詳）
　…………………………………… 0426
現代児童文学の語るもの（宮川 健郎）… 0804
原隊に復帰せず（勝山 海百合）……… 0463

倦怠の地に差す影（ビール, リディア）… 1143
現代若き女性の気質集（岡本 かの子）… 0742
幻談（幸田 露伴）………………………… 0883
建築家のラヴストーリーの家（エンライト,
　アン）…………………………… 0746
現地調査について（報告）（神奈山 つか
　さ）……………………………… 0463
幻燈（フォード, ジョン・M.）………… 0450
犬頭人とは（長 新太）………………… 0479
幻燈スライド（オブライアン, エドナ）… 0746
剣の漢―上泉主水泰綱（火坂 雅志）… 0047
現場の見取り図 大癋見警部の事件簿（深水
　黎一郎）………………………… 0211, 0379
顕微鏡怪談/白馬（川端 康成）……… 0436
顕微鏡の中の狂気（黒 史郎）………… 0489
見物するにはいいところ（ディーヴァー,
　ジェフリー）…………………… 0337
権謀の裏（滝口 康彦）…………… 0034, 0073
権謀の裏―鍋島直茂（滝口 康彦）…… 0036
献本（石沢 英太郎）…………………… 0581
げんまん（グリーンドルフィン）… 0457, 0458
幻夢の少年（黒 史郎）………………… 0489
検問（伊坂 幸太郎）……… 0208, 0368, 1012
幻妖桐の葉おとし（山田 風太郎）…… 0039
絢爛の椅子（深沢 七郎）……………… 1025
源流（小泉 秀人）……………………… 0969
元禄馬鹿噺（深海 和）………………… 0986

【こ】

コアラの袋詰め（藤田 貴大）………… 0961
鯉（井伏 鱒二）………… 0910, 0993, 1093
恋（淘山 竜子）………………………… 0988
恋をしに行く（坂口 安吾）…………… 0684
五位鷺（室生 犀星）…………………… 0789
碁石を呑だ八っちゃん（有島 武郎）… 0875
小石おばば（田中 せいや）…………… 0464
恋じまい（松井 今朝子）……………… 0126
恋知らず（北原 亞以子）……………… 0014
小泉さんのこと―小泉信三追悼（吉田 健
　一）……………………………… 0993
小泉八雲の思い―「科学」の進歩と人の心
　（山田 太一）…………………… 0481
恋する消しゴム（堀内 公太郎）……… 0198
恋する交差点（中田 永一）…………… 0979

663

こいす   作品名索引

恋するザムザ（村上 春樹）‥‥‥‥‥ 0669, 0670
恋する蘭鋳（平山 瑞穂）‥‥‥‥‥‥‥ 0483
恋と水素（シェパード, ジム）‥‥‥ 0669, 0670
恋に落ちた十二月（アンダーソン, ナタ
　リー）‥‥‥‥‥‥‥‥‥‥‥‥‥‥‥ 0729
仔犬（ヤーダヴ, ラージェンドラ）‥‥ 1110
小犬たち（バルガス＝リョサ, マリオ）‥ 1162
『小犬たち』鑑賞エッセイ（豊崎 由美）‥ 1162
仔犬のお礼（伊集院 静）‥‥‥‥‥‥‥ 1049
小犬のワルツ（太田 忠司）‥‥‥ 0792, 0793
恋のおまじない（岩波 零）‥‥‥‥‥‥ 0970
恋のおまじないのチンク・ア・チンク（相
　沢 沙呼）‥‥‥‥‥‥‥‥‥‥‥‥‥ 0306
恋のカメレオン（トロワイヤ, アンリ）‥ 0449
恋飛脚遠州往来（齊藤 洋大）‥‥‥‥‥ 0814
恋の花に敬礼！（パーマー, ダイアナ）‥ 0700
恋のブランド（増田 俊也）‥‥‥ 0223, 0224
恋のレッスン引き受けます（フェラレーラ,
　マリー）‥‥‥‥‥‥‥‥‥‥‥‥‥‥ 0718
恋人ができた日（三里 顕）‥‥‥‥‥‥ 1023
恋人たちのシエスタ（ミラー, リンダ・ラエ
　ル）‥‥‥‥‥‥‥‥‥‥‥‥‥‥‥‥ 0701
恋人たちの森（森 茉莉）‥‥‥‥‥‥‥ 0876
恋人は透明人間（植松 拓也）‥‥‥‥‥ 0646
恋文（宇江佐 真理）‥‥‥‥‥‥‥‥‥ 0112
恋文（西澤 保彦）‥‥‥‥‥‥‥‥‥‥ 0213
恋文の値段（瀬戸内 寂聴）‥‥‥‥‥‥ 1062
恋もたけなわ（美木 麻里）‥‥‥‥‥‥ 0689
恋よりも（梁瀬 陽子）‥‥‥‥‥‥‥‥ 0824
恋煩い（北山 猛邦）‥‥‥‥‥‥‥‥‥ 0957
恋は竜巻のように（ベッツ, ハイディ）‥ 0690
コイン（又吉 栄喜）‥‥‥‥‥‥‥‥‥ 1049
コインロッカーから始まる物語（黒田 研
　二）‥‥‥‥‥‥‥‥‥‥‥‥‥‥‥‥ 0362
業（神保 光太郎）‥‥‥‥‥‥‥‥‥‥ 1037
光陰（今野 敏）‥‥‥‥‥‥‥‥‥‥‥ 0251
豪雨（立野 信之）‥‥‥‥‥‥‥‥‥‥ 0766
幸運の足跡を追って（白河 三兎）‥‥‥ 0797
幸運の確率（タカスギ シンタロ）‥‥‥ 1023
校閲ガール（宮木 あや子）‥‥‥‥‥‥ 0588
光悦殺し（赤江 瀑）‥‥‥‥‥‥‥‥‥ 0434
公園に飛ぶ紙ヒコーキは（福山 重博）‥ 0976
光遠の妹（菊池 寛）‥‥‥‥‥‥‥‥‥ 0479
紅炎―毛利勝永（池波 正太郎）‥‥‥‥ 0037
業をおろす（柚月 裕子）‥‥‥‥‥‥‥ 0178
号外（堂場 瞬一）‥‥‥‥‥‥‥‥‥‥ 0928
笄井戸（矢富 彦二郎）‥‥‥‥‥‥‥‥ 0481

公開処刑人 森のくまさん2―お嬢さん、お
　逃げなさい（抄）（堀内 公太郎）‥‥‥ 0182
郊外に住む女 さらなる点描―母娘しみじ
　み（ボーランド, イーヴァン）‥‥‥‥ 1139
笄堀（山本 周五郎）‥‥‥‥‥‥‥‥‥ 0022
紅鶴記（佐藤 駿司）‥‥‥‥‥‥‥‥‥ 0929
『攻殻機動隊』とエラリイ・クイーン―あ
　やつりテーマの交錯（小森 健太朗）‥ 0362
合格発表（須月 研児）‥‥‥‥‥‥‥‥ 0968
好奇心の強いチェルシー（中山 七里）‥ 0791
号泣男と腹ペコ女（ヴァシィ章絵）‥ 0675, 0676
公共伏魔殿（筒井 康隆）‥‥‥‥‥‥‥ 0547
紅玉（泉 鏡花）‥‥‥‥‥‥‥‥‥‥‥ 0398
業苦（嘉村 礒多）‥‥‥‥‥‥‥ 0955, 1087
紅軍巴蜒を越ゆ（小栗 虫太郎）‥‥‥‥ 0398
高潔な公爵の魔性（モーティマー, キャロ
　ル）‥‥‥‥‥‥‥‥‥‥‥‥‥‥‥‥ 0724
交合（谷川 俊太郎）‥‥‥‥‥‥‥‥‥ 0807
興国寺城遺聞―康景出奔（増登 春行）‥ 0812
合コンの話（伊坂 幸太郎）‥‥‥‥‥‥ 1106
交差（結城 充考）‥‥‥‥‥‥‥‥‥‥ 0345
口座相違（池井戸 潤）‥‥‥‥‥‥‥‥ 0219
交差点（有森 信二）‥‥‥‥‥‥‥‥‥ 0985
交差点の恋人（山田 正紀）‥‥‥‥‥‥ 0538
こうして生きている（山口 庸理）‥‥‥ 0915
高射噴進砲隊―覇者の戦塵（谷 甲州）‥ 1098
豪州からの客（ハートリー, L.P.）‥‥‥ 0413
公衆もしくは共同の（三輪 チサ）‥‥‥ 0464
交信（恩田 陸）‥‥‥‥‥‥‥‥‥‥‥ 0496
校正（落合 重信）‥‥‥‥‥‥‥‥‥‥ 0580
校正恐るべし（杉本 苑子）‥‥‥‥‥‥ 0580
公正的戦闘規範（藤井 太洋）‥‥‥‥‥ 0493
合成美女（倉橋 由美子）‥‥‥‥‥‥‥ 0522
航跡（ゴンザレス, ケビン・A.）‥‥‥‥ 1143
考速（円城 塔）‥‥‥‥‥‥‥‥‥‥‥ 1058
光速少年（安壇 美緒）‥‥‥‥‥‥‥‥ 0867
交代制（星 新一）‥‥‥‥‥‥‥‥‥‥ 0532
講談・江戸川乱歩一代記（芦辺 拓）‥‥ 0146
降着円盤（古田 莉都）‥‥‥‥‥‥‥‥ 1000
紅茶の後（永井 荷風）‥‥‥‥‥‥‥‥ 0993
虹蟲（白 ひびき）‥‥‥‥‥‥‥‥‥‥ 0460
校長先生の話（岩井 志麻子）‥‥‥ 0416, 0417
向椿山（乙川 優三郎）‥‥‥‥‥‥‥‥ 0002
交通鑑識官（佐藤 青南）‥‥‥‥‥‥‥ 0259
交通事故（海野 久実）‥‥‥‥‥‥‥‥ 0821
肯定（あんどー 春）‥‥‥‥‥‥‥‥‥ 0973
『皇帝のかぎ煙草入れ』解析（戸川 安

664

宣）‥‥‥‥‥‥‥‥‥‥‥‥ 0302
皇帝の宿―『校閲ガール』番外編（宮木 あ
や子）‥‥‥‥‥‥‥‥‥‥‥ 0951
強盗に遭った（カリー，エレン）‥‥‥‥ 1123
『幸徳一派大逆事件顛末』「自序」および「自
跋」（宮武 外骨）‥‥‥‥‥‥‥ 1086
鶴（蒲 松齢）‥‥‥‥‥‥‥‥‥ 0479
こうのとりになったカリフ（ハウフ）‥ 0402
紅梅振袖（川口 松太郎）‥‥‥‥‥ 1077
交番前（中野 重治）‥‥‥‥‥‥‥ 0765
交尾（梶井 基次郎）‥‥‥‥‥‥‥ 0684
香妃（爵 青）‥‥‥‥‥‥‥‥‥ 1115
紅楓子の恋（宮本 昌孝）‥‥‥‥‥ 0033
紅楓子の恋―山本勘助（宮本 昌孝）‥‥ 0035
「幸福」（中島 敦）‥‥‥‥‥‥‥ 0890
幸福（中島 敦）‥‥‥‥ 0628, 0880, 1080
幸福駅 二月一日（原田 マハ）‥‥‥ 1016
幸福駅二月一日―愛国駅・幸福駅（原田 マ
ハ）‥‥‥‥‥‥‥‥‥‥‥‥ 0677
幸福な結婚（中村 正常）‥‥‥‥‥ 1078
幸福な食卓（喜多 南）‥‥‥‥ 0193, 0619
降伏日記（海野 十三）‥‥‥‥‥‥ 0778
幸福の塩化物（ピチグリッリ）‥‥‥ 0869
幸福の彼方（林 芙美子）‥‥‥‥‥ 1052
幸福の彼方――一九四〇（昭和一五）年（林
芙美子）‥‥‥‥‥‥‥‥‥‥ 1097
甲府在番（松本 清張）‥‥‥‥‥‥ 0113
神戸（古川 緑波）‥‥‥‥‥‥‥‥ 0622
「神戸」より第九話「鱶の湯びき」（西東 三
鬼）‥‥‥‥‥‥‥‥‥‥‥‥ 0917
光芒（永田 宗弘）‥‥‥‥‥‥‥‥ 0828
合法私刑（小夜 佐知子）‥‥‥‥‥ 0983
光明（宮田 一生）‥‥‥‥‥‥‥‥ 0853
抗命（帚木 蓬生）‥‥‥‥‥‥‥‥ 0776
孝明天皇の死（安部 龍太郎）‥‥‥‥ 0102
小梅が通る（中田 永一）‥‥‥‥‥ 0984
蝙蝠（岡本 かの子）‥‥‥‥‥‥‥ 0397
蝙蝠鐘楼（ダーレス，オーガスト）‥‥ 0425
拷問（みきはうす店主）‥‥‥‥‥‥ 1020
荒野を開拓した人たち（山丁）‥‥‥‥ 1115
後夜祭で、つかまえて（はやみね かお
る）‥‥‥‥‥‥‥‥‥‥‥‥ 0276
曠野にて―朝日が差し初め、盤面を奪い合
うゲームが始まった-天才詩人アリス・
ウォン、五歳（飛 浩隆）‥‥‥‥ 0565
高野聖（泉 鏡花）‥‥‥‥‥ 0394, 0402
強欲な羊（美輪 和音）‥‥‥‥‥‥ 0158

甲羅類（丹羽 文雄）‥‥‥‥‥‥‥ 1071
光籃（泉 鏡花）‥‥‥‥‥‥‥‥‥ 0398
荒涼のベンチ（ジェイムズ，ヘンリー）‥ 0870
降霊術（山村 正夫）‥‥‥‥ 0383, 0384
恍恋（アポロ）‥‥‥‥‥‥‥‥‥ 0681
コエトイ川のコエトイ橋（岩谷 征捷）‥ 0986
声に出して読みたい名前（中原 昌也）‥ 0500
小えびの群れ（庄野 潤三）‥‥‥‥ 1094
声はどこから（ウェルティ，ユードラ）‥ 1133
児を産む死人（米田 三星）‥‥‥‥ 0247
子を思う闇（平岩 弓枝）‥‥‥‥‥ 0105
小鬼（太田 美砂子）‥‥‥‥‥‥‥ 0824
子を運ぶ（はやみ かつとし）‥‥‥ 1021
氷売り（松本 楽志）‥‥‥‥‥‥‥ 0464
凍りつく（高橋 源一郎）‥‥‥‥‥ 1049
氷の女（タカスギ シンタロ）‥‥‥ 1023
氷る舞踏場（中河 与一）‥‥‥‥‥ 1092
凍れるルーシー（梓崎 優）‥‥ 0171, 0324
こおろぎ遊び（マイリンク，グスタフ）‥ 0418
こおろぎ嬢（尾崎 翠）‥‥‥ 0911, 0912
蟪蛄（木内 昇）‥‥‥‥‥‥‥‥‥ 0081
コカインと鎮痛薬（マルキ，デーヴィッ
ド）‥‥‥‥‥‥‥‥‥‥ 1150, 1151
五カ月前から（石持 浅海）‥‥‥‥ 0570
こかげに咲く（濱本 七恵）‥‥‥‥ 0664
小かげ 猫と母性愛（壺井 栄）‥‥‥ 0799
小鍛冶―小狐丸（浅田 次郎）‥‥‥‥ 0122
五月（スミス，アリ）‥‥‥‥ 0706, 0707
五月―恋情しみじみ（スミス，アリ）‥ 1139
五月晴朗（原田 康子）‥‥‥‥‥‥ 1057
五月人形（野村 胡堂）‥‥‥‥‥‥ 0106
五月の海と、見えない漂着物―風待町医院
異星人科（藤崎 慎吾）‥‥‥‥‥ 0571
黄金虫（ブラック，マイケル・A.）‥‥ 1149
吾家の富（徳冨 蘆花）‥‥‥‥‥‥ 1052
胡鬼板心中（小川 勝己）‥‥‥‥‥ 0173
呼吸（海猫沢 めろん）‥‥‥‥‥‥ 0961
故郷（魯迅）‥‥‥‥‥‥‥‥‥‥ 0874
故郷を離れて（セーンマニー，ブンスー
ン）‥‥‥‥‥‥‥‥‥‥‥‥ 1119
故郷が呼んでいる（@micanaitoh）‥‥‥ 0781
故郷の思い出（綾倉 エリ）‥‥‥‥ 0462
故郷の大地が揺れて（こやたか 志緒）‥ 0786
こぎん（青水 洸）‥‥‥‥‥‥‥‥ 0864
ご近所さんにご用心（佐藤 青南）‥‥ 0188
黒衣の神話（斧澤 燎）‥‥‥‥‥‥ 0489
黒衣の老婦人（トロワイヤ，アンリ）‥‥ 0449

こくう　　　　　　　　　　　作品名索引

虚空（埴谷 雄高）………………… 0391
穀雨―4月20日ごろ（川本 晶子）…― 0918
虚空楽園（朱川 湊人）……………… 0152
国際基準（あんどー 春）…………… 0973
極上と並の物語（小野村 誠）……… 0990
酷暑のバレンタイン（オーツ, ジョイス・
　キャロル）………………………… 0238
告訴状（太田 工兵）………………… 0462
此ノ件厳秘ノ事（村上 元三）……… 0109
告知（バーカー, ニュージェント）…… 1140
告知義務法（九頭竜 正志）………… 0972
黒鳥亭殺人事件（有栖川 有栖）…… 0137
ごくつぶし（ミルボー）……………… 0414
告白（桐野 夏生）………… 0740, 0753
告白（小原 猛）……………………… 0415
告白（たなか なつみ）……………… 1023
告白（谷口 雅美）…………………… 0606
黒白（井上 祐美子）………………… 1098
国賓（オコナー, フランク）………… 0684
告別（由起 しげ子）………………… 1052
こぐまビル（寺地 はるな）………… 1004
極楽（栗田 有起）………… 1042, 1043
極楽行きの装置（エルデネ, センディー
　ン）………………………………… 1118
高麗討ち（東郷 隆）………………… 0082
ゴーグル男の怪（島田 荘司）……… 0254
孤軍の城（野田 真理子）…………… 0078
苔（尾崎 一雄）……………………… 0807
苔（金子 光晴）……………………… 0807
こけし（菊池 英生）………………… 0929
こけし館（添田 みわこ）…………… 0855
焦げた聖書（甲賀 三郎）…………… 0581
孤月殺人事件（柴田 哲孝）………… 0251
苔について（永瀬 清子）…………… 0807
苔やはらかに。（伊藤 香織）……… 0807
午後（福永 信）……………………… 1059
ココア（島本 理生）………………… 0979
ココア火山（ニトラマナミ）………… 0868
ココアとスミレ（石田 衣良）……… 0810
ココアのおばちゃん（杜 地都）…… 0463
ココア山の話（稲垣 足穂）………… 1079
ここがウィネトカなら、きみはジュディ
　（バズビイ, F.M.）………………… 0514
ここが青山（奥田 英朗）…………… 1008
555のコッペン（佐藤 友哉）……… 1107
午後三時までの退屈な風景（岡崎 琢磨）
　……………………………………… 0179

ここじゃない場所（本多 孝好）…… 1105
ココナツの樹のある家（楊 逸）…… 1064
ここにいる（矢口 慧）……………… 0464
ここにいる人間は誰も本心を言わない（マッ
　キンストレイ, ステファン）……… 1144
午後の最後の芝生（村上 春樹）… 0774, 0775
午後の林（赤井 都）………………… 1021
午後のひととき（河野 アサ）……… 0990
こごみの味（高村 光太郎）………… 0625
こころ（夏目 漱石）……… 0885, 1031
心あたりのある者は（米澤 穂信）
　……………… 0206, 0316, 0321, 0386
小五郎さんはペシミスト（南條 範夫）… 0101
心を掬う（柚月 裕子）
　……………… 0212, 0217, 0319, 0382
心から愛するただひとりの人（リップマン,
　ローラ）…………………………… 0202
心の通い合う場（若林 真）………… 0993
心の距離なんて実際の距離にくらべれば、
　―『遠くでずっとそばにいる』番外編（狗
　飼 恭子）………………………… 0951
心の隙間を灯で埋めて（垣谷 美雨）… 0768
心の秤（阿部 光子）………………… 0944
心の闇（綾辻 行人）………………… 0552
こころ日和（横山 悦子）…………… 1084
心むすび（田川 友江）……………… 0855
ここは（無下 衛門）………………… 0786
ここは楽園（根多加 良）…………… 0785
小才子（伊東 潤）…………………… 0084
五彩の山（戸部 新十郎）…………… 0111
湖西焼き物考（宮司 孝男）………… 0847
湖西連峰の山寺跡（増田 瑞穂）…… 0823
誤作動（佐藤 千恵）………………… 1021
五色の舟（津原 泰水）……………… 0511
五色の舟―一夜の幻を売る異形の家族
　に、怪物“くだん”が見せた未来（津原
　泰水）……………………………… 0559
ご時世（松 音戸子）……… 0457, 0458
五十階で待つ（大沢 在昌）………… 1096
後日の災い（ゲイツ, デイヴィッド・エジャ
　リー）……………………………… 0298
孤児の歌（ニャムドルジ, グルジャビン）
　……………………………………… 1118
51番目の密室（アーサー, ロバート）… 0172
五十年後の物語（歌野 晶午）……… 0351
古書卯月（藤谷 治）………………… 0894
古書狩り（横田 順彌）……………… 0587

作品名索引　　こともと

ご信心のおん方さまは（高家 あさひ）…… 0464	骨壺（ソムサイポン，ブンタノーン）…… 1119
《コーシン・ミステリイ》より（高 信太郎）……………………………………… 0365	忽瑪河の夜（但 娣）………………… 1115
小包―母娘しみじみ（ボーランド，イーヴァン）……………………………………… 1139	骨風（篠原 勝之）…………………… 1062
	コッホ島（新川 はじめ）…………… 0866
ゴースト（図子 慧）………………… 0920	骨仏（久生 十蘭）…………………… 0478
コストプチンの白狼（キャンベル，ギルバート）……………………………………… 0389	小坪の漁師（里見 弴）……………… 1078
	「湖底」（小林 エリカ）…………… 0842
コズミックロマンスカルテットwith E―「結婚してぇん…」全裸女が宇宙船に現れた（小川 一水）………………… 0564	湖底の灯（中澤 秀彬）……………… 0989
	コティヨン（ハートリー，L.P.）…… 1140
	虎徹（司馬 遼太郎）………………… 0005
コスモ酒（草見沢 繁）……………… 0855	虎徹―長曾禰虎徹（柴田 錬三郎）… 0123
ご請求書（夢之木 直人）…………… 0976	虎徹【虎徹】（柴田 錬三郎）……… 0088
個性的な彼女（みわ みつる）……… 0969	糊塗（古処 誠二）…………………… 0776
後席の男（押井 守）………………… 0251	小道具（佐多 椋）…………………… 0464
ゴセッジ＝ヴァーデビディアン往復書簡（アレン，ウディ）………………… 1136	孤島のニョロニョロ（森岡 浩之）… 0921
	孤島の伯爵（モーリ，トリッシュ）… 0640
古銭鑑賞家の死（葛山 二郎）……… 0336	後藤又兵衛（国枝 史郎）…… 0033, 0035
午前二時の朝食（村田 沙耶香）…… 0905	孤島夢（島尾 敏雄）………………… 1095
5400万キロメートル彼方のツグミ（庄司卓）……………………………………… 0496	孤独（愛川 弘）……………………… 0933
	孤独（ル・グィン，アーシュラ・K.）… 0572
午前零時のサラ（馳 星周）…… 0939, 0940	孤独を懐しむ人（萩原 朔太郎）…… 0790
去年今年（杉本 章子）……………… 0083	孤独な怪獣（園 子温）……………… 0423
去年の雪（塩田 全美）……………… 0934	孤独なカラス（結城 昌治）………… 0410
古代文字の秘法（ジェイムズ，M.R.）… 0413	孤独な朝食（樹下 太郎）…………… 0148
炬燵のバラード（桜井 克明）……… 0931	今年から、雪に林檎が香る理由（矢口慧）……………………………………… 0858
こたつのUFO（綿矢 りさ）……… 1063	
小楯の兵蔵騒ぎ（長谷川 伸）……… 0109	今年の漢字（超 鈴木）……………… 0974
小太郎の義憤（玄侑 宗久）………… 1061	今年の春（正宗 白鳥）……………… 0955
こだわり（マ・イ）………………… 1121	ことづけ（バルザック，オノレ・ド）… 0651
こだわり（三好 創也）……………… 0968	ことだまひろい（佐野 橙子）……… 0861
鮒（西尾 雅裕）……………………… 0929	琴のそら音（夏目 漱石）…………… 0295
コーチ人事（本城 雅人）…………… 0213	言葉（谷川 俊太郎）………………… 0783
東風吹かば（荻野 鳥子）…………… 0757	言葉（チョウ・シキン）…………… 0891
胡蝶（三浦 しをん）………………… 1019	言葉がチャーチル（青木 淳悟）…… 0962
胡蝶蘭（藤野 可織）………………… 0525	言葉使い師（海猫沢 めろん）… 0497, 0498
こちらレシートになります（常盤 奈津子）……………………………………… 0970	言葉使い師（神林 長平）…………… 0527
	言葉のない距離（伊波 晋）………… 0868
国会図書館のボルト（坂木 司）…………………………… 0160, 0578, 0579	言葉は要らない（菅 浩江）………… 0492
	ゴート・ポストマン（原尾 勇貴）… 0972
国境なき河（岡内 義人）…………… 0710	五度目の春のヒヨコ（水生 大海）… 0213, 0768
国境の南（タイボ，パコ・イグナシオ（2世））…………………………… 0286	子供（スミス，アリ）……………… 0758
	子供おばさん（山本 文緒）………… 0751
コックリさん（宍戸 レイ）…… 0416, 0417	子供靴（貫井 輝）…………………… 0464
滑稽な復讐（横光 利一）…………… 0804	子ども殺し（秋口 ぎぐる）………… 0294
こっちへおいで（谷村 志穂）……… 1039	子供だから（當間 春也）…………… 0970
こっちだよ（水沫 流人）…………… 0415	子どもたち（長谷川 四郎）………… 0874
	子どもと文学（いぬい とみこ）…… 0804

こともなし（角田 光代）	1014	アーサー）	0262
こどもの国（水木 しげる）	0547	コノドント展（絲山 秋子）	1064
子供の頃の思い出（伊藤 三巳華）	0416, 0417	この場所と黄海のあいだ（ピッソラット,	
子供の病気（森山 東）	1022	ニック）	0340
子どもの部屋（ジョーンズ, レイモンド・		この文章を読んでも富士山に登りたくなり	
F.）	0549	ません（森見 登美彦）	0806
子供の行方（古井 由吉）	1060	この本は、あなただけのために（友井	
小鳥（川上 弘美）	1059	羊）	0584
小鳥（西 加奈子）	1039	このまちで（ぱく きょんみ）	1088
小鳥冬馬の心像（石川 智健）	0315	このみす大賞（浅倉 卓弥）	0197
小鳥の歌声（マクナイト, ジョン・P.）	0275	この道（伊藤 真有）	0824
小鳥の声（金山 嘉城）	0938	好もしい人生（日影 丈吉）	0395
粉（井上 荒野）	0673, 0674	この山道を…（林 望）	0644
コナの保安官（ロンドン, ジャック）	1137	このゆふべ城に近づく蜻蛉あり武者をはみ	
粉屋の話（チョーサー, ジェフリー）	0869	なを知らざりしかば（水原 紫苑）	0479
こなゆき（郁風）	0857	この世でいちばん珍しい水死人（佳多山 大	
粉雪が積もる、その前に（遠山 絵梨香）	0665	地）	0157, 0362
古入道きたりて（恒川 光太郎）	0620, 0621	この世に招かれてきた客（耕 治人）	0944
五人姉妹（菅 浩江）	0548	子の来歴（宇野 浩二）	0816
五人の男（庄野 潤三）	0910	小バエ一匹（告鳥 友紀）	0463
五人の国王とその領土（李 浩）	1111	コパカバーナの棹師…気取り（垣根 涼	
五人の子供（角田 喜久雄）	0385	介）	0220, 0221
五人の武士（武田 八洲満）	0105	琥珀（浅田 次郎）	1012
小糠雨（小山 榮雅）	0929	琥珀の瞳（太田 忠司）	0440
こねきねまー『宿屋の富』余話（森川 成		琥珀みがき（津原 泰水）	1010
美）	0809	こはだの鮨（北原 亞以子）	0614
小猫（幸田 文）	0798, 0886	誤発弾（李 範宣）	1117
小猫（瀧井 孝作）	0799	小林平八郎—百年後の士道（髙橋 直樹）	
仔猫の太平洋横断（尾高 京子）	0799		0108
小ねずみと童貞と復活した女（高野 史		小春小町（松村 進吉）	0424
緒）	0492, 0569	小春日和（五十嵐 彪太）	1023
このアップルパイはおいしくないね（岡崎		小春日和（コールドウェル, アースキン）	
琢磨）	0619		0882
この雨が上がる頃（大門 剛明）	0209, 0374	心晴日和（日明 恩）	0769
この家につく猫（サイトウ チエコ）	0462	湖畔（久生 十蘭）	0390
コノエさん（朱雀門 出）	0415	ごはんが食べられない（まつじ）	1022
この国の六フィート（ゴーディマー, ナディ		ごはんの神様（長谷川 也）	0619
ン）	1132	湖畔の住人（キャンベル, ラムジー）	0476
子の心、サンタ知らず（白河 三兎）	1109	湖畔の夏（芽野 雅）	0748
木下闇（天田 式）	0619	小人（花房 一景）	0460, 0461
この詩はこれにて終わる（ヘインミャッ		コーヒーもう一杯（重松 清）	0896, 0897
ゾー）	1121	五百円分の幸せ（常盤 奈津子）	0976
この数年僕はずっと旅している（徐 則		五秒間の真実（ひろ まり）	0971
臣）	1111	小びんの中の進化（赤羽 道夫）	0967
この父その子（池波 正太郎）	0025	呉服屋の大旦那さん（勝山 海百合）	
この手500万（両角 長彦）	0211, 0373		0416, 0417
この手で人を殺してから（ウイリアムズ,		ゴブリンシャークの目（若竹 七海）	

作品名索引　　**ころし**

　　　　　　　　　　　　　 0214, 0312
護法（澁澤 龍彦）　　　　　　　0396
五宝の矛（冲方 丁）　　　　　　0042
こぼしたミルクを嘆いても無駄ではない
　（荻田 美加）　　　　　　　　0667
五本松の当惑（逢坂 剛）　　　　0582
ごまあえ（うの みなこ）　　　　0849
細かい不幸（佐伯 一麦）　　　　1059
細かな赤い霧（コナリー、マイクル）　0298
駒崎優インタビュー――翻訳シリーズ誕生前
　夜（駒崎 優）　　　　　　　　1098
ごますり器（伊東 哲哉）　　　　1020
小町の芍薬（岡本 かの子）　　　0397
困った人（菅原 治子）　　　　　1026
困った奴よ（二階堂 玲太）　　　0077
独楽と駒（岸 周吾）　　　　　　1007
こまどり（ヴィダール、ゴア）　　0452
五万ドル（ヘミングウェイ、アーネスト）
　　　　　　　　　　　　　　　0871
五万人と居士（乾 信一郎）　　　0285
ゴミ（北本 豊春）　　　　　　　0985
混み男（赤羽 道夫）　　　　　　0968
ゴミの問題（高山 聖史）　　　　0223
ごみ屋敷（福澤 徹三）　　　　　0474
米埋糠埋（作者不詳）　　　　　　0693
コメディアン（たなか なつみ）　1022
シンデレラークラッシュ・ブレイズ（鈴木
　理華）　　　　　　　　　　　1098
米福粟福（作者不詳）　　　　　　0693
ごめん。（唯川 恵）　 0675, 0676, 1012
湖面にて（明川 哲也）　　　　　0585
虎目の女城主（植松 三十里）　　0022
コモド島（タマーロ、スザンナ）　1156
子守り（レンデル、ルース）　　　0344
子守唄（火坂 雅志）　　　　　　0114
隠処（水沫 流人）　　　　　　　0430
小山羊の唄（池田 宣政）　　　　0065
誤訳（松本 清張）　　　　　　　1076
小指一本の大試合（山中 峯太郎）　0964
小指の想い出（タナカ・T）　　　0597
誤用だ！ 御用だ！（高井 信）　　0431
コラージュ：富士夜のでんしんばしら（前
　を向いて歩こう）　　　　　　1051
コーラス・ガール（チェーホフ、アントン・
　パーヴロヴィチ）　　　　　　0892
コラボ（古屋 賢一）　　　　　　0463
コラボレーション（藤井 太洋）　　0515

コラム「新国家、樹立？」（飯田 祐子）　1065
コラム「ディスカバー・ニッポン」（日高
　佳紀）　　　　　　　　　　　1065
コラム「歴史小説と〈日本〉のアイデンティ
　ティ」（日比 嘉高）　　　　　1065
コーラルDの雲の彫刻師（バラード,J.G.）
　　　　　　　　　　　　　　　0499
ごり（室生 犀星）　　　　　　　0617
五里峠（渡野 玖美）　　　　　　0844
御利用ありがとうございました。（下前津
　凛）　　　　　　　　　　　　0967
五稜郭の夕日（中村 彰彦）　　　0046
五両金心中（山岡 荘八）　　　　0074
ゴリラ・ガール（キャンベル、ボニー・ジ
　ョー）　　　　　　　　　　　1152
ゴール（佐藤 健司）　　　　　　0975
ゴルゴダの密室（霞 流一）　　　0246
ゴルゴネイオン（黒 史郎）　　　0475
ゴルコンダ―先輩の奥さん、めちゃめちゃ
　美人さんだし、こんな状況なら憧れの花
　びら大回転ですよ（斉藤 直子）　0558
ゴルディアスの結び目（小松 左京）　0537
ゴールデンアスク（椰月 美智子）　0590
ゴールデンブレッド（小川 一水）　0576
コルドール（マッケン、ウォールター）　1128
ゴルフの特訓（増田 修男）　　　0971
ゴールよりももっと遠く（近藤 史恵）　1107
五霊戦鬼（乾 緑郎）　　　　　　0038
これ一台（中原 裕美）　　　　　0972
これが青春だ（七字 幸久）　　　0597
これからずっと（ハーン、キャンディス）
　　　　　　　　　　　　　　　0725
これが私の夢の地図（西森 涼）　　0814
コレクター無惨！（野田 昌宏）　　0532
これそれあれどれ（七瀬 ざくろ）　0976
これでもか（空虹 桜）　　　　　1023
これは小説ではない（渡辺 浩弐）　0474
五連闘争（三日月 理音）　　　　0550
五郎治殿御始末（浅田 次郎）　　0907
孤狼なり（葉室 麟）　　　　　　0044
殺された天一坊（浜尾 四郎）　　0005
ゴロさんのテラス―『春を背負って』番外
　編（笹本 稜平）　　　　　　　0951
殺しをやってた（ピカード、ナンシー）　0238
殺したい女（神季 佑多）　　　　0968
殺しの兄妹（神狛 しず）　　 0416, 0417
殺し場雪明り（城 昌幸）　　　　0032
殺し屋（シムノン、ジョルジュ）　　0262

669

ころし　　　　　　　　作品名索引

殺し屋（ヘミングウェイ, アーネスト）… 0892
殺し屋（ホルム, クリス・F.）… 0297
殺し屋であるわが子よ（マラマッド, バーナード）… 1145
殺人は食堂車で（西村 京太郎）… 0604
ごろつき（都筑 道夫）… 0232
ゴロツキ風雲録（長部 日出雄）… 0089
コロッケ（澁川 祐子）… 0622
衣がえ（長野 まゆみ）… 0942
コロンブスの上陸（イリフ）… 1159
コロンブスの上陸（ペトロフ）… 1159
こわい家（日影 丈吉）… 0395
怖いいのち（岡野 弘樹）… 0989
恐い映像（竹本 健治）… 0376
「怖い話」のメール（中島 鉄也）… 0457, 0458
怖いビデオ（崩木 十弐）… 0459, 0461
こわいもの（抄）（江戸川 乱歩）… 0479
子は鎹（田中 啓文）… 0218
怖がる怖い人（岩井 志麻子）… 0444
古惑仔（馳 星周）… 0327
壊れた妹のためのトリック（島本 理生）… 0590
壊れた少女を拾ったので（遠藤 徹）… 0245
壊れた時計（東野 圭吾）… 0314
孔乙己（魯迅）… 0884
今回の震災に記憶の地層を揺さぶられて（細見 和之）… 1088
婚活電車（山下 貴光）… 0195
ごん狐（新美 南吉）… 0885, 0887, 1031, 1079
コンク・シングルトン偽造事件（ブレンド, ギャヴィン）… 0231
今月の困ったちゃん（内田 春菊）… 1038
混血の夜の子供とその兄弟達（三川 祐）… 0472
根黒の海婚（金子 みづほ）… 0489
コンジとパッジ（作者不詳）… 0693
今昔物語異聞（森山 東）… 1021
『今昔物語』より（作者不詳）… 0394
渾身のジャンプ（河野 裕）… 0294
混成賭博クラブでのめぐり会い―シャペーロン博士に（アポリネール, ギョーム）… 0871
コンセスター（山田 正紀）… 0920
コンソメ（辺見 庸）… 0613
こんち午の日（山本 周五郎）… 0008, 0612
コンチェルト・コンチェルティーノ（七河 迦南）… 0302
昆虫観察日記（小川 雄輝）… 1020

昆虫図（久生 十蘭）… 0478
コンとアンジ（井鯉 こま）… 1004
近藤勇、江戸の日々（津本 陽）… 0104
近藤勇 天然理心流（戸部 新十郎）… 0104
近藤勇の首（新宮 正春）… 0046
近藤富士（新田 次郎）… 0005
こんど、翔んでみせろ（長沢 樹）… 0313
今度晴れたら（ローザン, S.J.）… 0239
渾沌未分（岡本 かの子）… 0397
こんなの、はじめて（中井 紀夫）… 0474
こんな晩＜子捨ての話＞（小泉 八雲）… 0481
コンニャク八兵衛（田辺 聖子）… 0817
コンビニ家族（井川 一太郎）… 0976
コンビニのありがたさ（@bttftag）… 0781
金平糖のふるさと（有村 まどか）… 0863
五ん兵衛船（泡坂 妻夫）… 0079, 0357, 0358
コンポジット・ボム（藤崎 秋平）… 0242
玉蜀黍の乙女―ある愛の物語（オーツ, ジョイス・キャロル）… 0236
婚約（片山 龍三）… 0985
今夜、死ぬ（古山 高麗雄）… 0779
紺屋の白袴（土橋 義史）… 0974
今夜は一人で雛祭り（東野 圭吾）… 0310
困惑（陽羅 義光）… 0992
コンビニ（衣畑 秀樹）… 0967

【さ】

サアカスの馬（安岡 章太郎）… 0874
さあ、つぎはどの森を歩こうか（奥田 裕介）… 0814
最悪の模倣犯（一田 和樹）… 0971
砕牙―聖刻群龍伝（千葉 暁）… 1098
再会（逢坂 剛）… 0251
再会（大沢 在昌）… 1010
再会（須藤 文音）… 0785
再会（夏川 秀樹）… 0976
再会（森福 都）… 0738
再会（@terueshinkawa）… 0781
西原原子力発電所（井上 光晴）… 1035
最下層フレンズ（佐井 識）… 0853
犀が通る―珈琲と苺トーストと鷲尾（害はないけど変な人）と英二くんと中道さんと星図と犀と-野間文芸新人賞受賞第一作（円城 塔）… 0560

作品名索引　さいし

罪過の逆転（浅倉 卓弥）・・・・・・・・・・ 0364
再起を誓おう（@senzaluna）・・・・・・・ 0781
歳月の舟（北 重人）・・・・・・・・・・・・・・ 0079
冴子（清水 義範）・・・・・・・・・・・・・・・・ 1054
最高刑（たなか なつみ）・・・・・・・・・・ 1022
最高に秀逸な計略（チャイルド, リー）・・・ 0203
最高の価値（松田 文鳥）・・・・・・・・・・ 0975
西郷札（松本 清張）・・・・・・・・・・・・・・ 0328
西郷隆盛と坂本龍馬（綱淵 謙錠）・・・・ 0127
最後から二番目の恋（小路 幸也）・・・・ 0468
災後雑感（菊池 寛）・・・・・・・・・・・・・・ 0784
最後で最高の密室（バー, スティーヴン）
・・・・・・・・・・・・・・・・・・・・・・・・・ 0262, 0365
最後と最初（横田 順彌）・・・・・・・・・・ 0474
最後に明かされた謎―土方歳三（塚本 青
史）・・・・・・・・・・・・・・・・・・・・・・ 0070, 0071
最後に笑う禿鼠（南條 範夫）・・・・・・・・ 0116
最後の愛（フース, アンジェラ）・・・・・・ 1128
最後の挨拶（早見 裕司）・・・・・・・・・・ 0484
最後の一葉（O.ヘンリー）・・・・・・・・・・ 0875
最後の一句（森 鷗外）・・・・ 0871, 0924, 1087
最後の一冊（倉阪 鬼一郎）・・・・・・・・・・ 0592
最後の一本（上村 佑）・・・・・・・・・・・・ 0197
最後の運動会（源 祥子）・・・・・・・・・・ 0949
最後のお便り（森 浩美）・・・・・・・・・・ 1016
最後の親孝行（谷口 雅美）・・・・・・・・ 0763
最後の記念日―二〇年しみじみ（コールド
ウェル, アースキン）・・・・・・・・・・ 1147
最後の客（大沼 珠生）・・・・・・・・・・・・ 0857
最後の客（梶永 正史）・・・・・・・・・・・・ 0224
最後の教室（島本 理生）・・・・・・・・・・ 0672
最後の答（エルスン, ハル）・・・・・・・・ 0365
最後のコテージ（メークナー, クリストフ
ァー）・・・・・・・・・・・・・・・・・・・・・・・・ 0297
最後の言葉（冨士 玉女）・・・・・・・・・・ 0427
最後の狩猟（田中 光二）・・・・・・・・・・ 0532
最後の島（井上 荒野）・・・・・・・・・・・・ 0647
最後の授業（小林 栗奈）・・・・・・・・・・ 0866
最後の授業（ドーデ, アルフォンス）
・・・・・・・・・・・・・・・・・・・・・・・・ 0885, 1154
最後のスタンプ（乾 緑郎）・・・ 0194, 0199
最后の祖父（京極 夏彦）・・・・・・・・・・ 0561
最後の太閤（太宰 治）・・・・・・・・・・・・ 0019
最後の闘い（グリーンウッド,L.B.）・・・・ 0234
最後の旅支度（本田 モカ）・・・・・・・・ 0464
最後の誕生日（タカスギ シンタロ）・・・・ 1021
最後の夏（松本 寛大）・・・・・・・・・・ 0341, 0342

最後の庭（靖 邦子）・・・・・・・・・・・・・・ 0855
最後の忍者（神坂 次郎）・・・・・・・・・・ 0068
最後のハッピーバースデー（望月 誠）・・・ 0913
最後の晩餐（北原 亞以子）・・・・・・・・ 0614
最後の晩餐（谷口 雅美）・・・・・・・・・・ 0948
最後の晩餐（中田 雅敏）・・・・・・・・・・ 0934
最後の晩餐（ベンジャミン, キャロル・
リー）・・・・・・・・・・・・・・・・・・・・・・・・ 0337
最後の微笑（スレッサー, ヘンリィ）・・・ 0877
最後のひと（谷口 雅美）・・・・・・・・・・ 0704
さいごの一人（白石 一郎）・・・・・・・・ 0026
最後のフライト（デュボイズ, ブレンダ
ン）・・・・・・・・・・・・・・・・・・・・・・・・・・ 0202
最後の街（誉田 哲也）・・・・・・・・・・・・ 1098
最後のメッセージ（蒼井 上鷹）・・・・・・ 0362
最後の容疑者（中山 七里）・・・・・ 0223, 0224
最後のヨカナーン（福田 和代）・・・・・・ 0571
最後の夜（ソルター, ジェームズ）・・ 0706, 0707
最後の夜に（波多野 都）・・・・・・・・・・ 0689
最後のリサイタル（傅田 光洋）・・・・・・ 0474
最後の良薬（長岡 弘樹）・・・・・・・・・・ 0304
最後の料理（千梨 らく）・・・・・・・・・・ 0619
サイコロ特攻隊（かんべ むさし）・・・・ 0534
骰子の七の目（恩田 陸）・・・・・・・・・・ 1012
賽子無宿（藤沢 周平）・・・・・・・・・・・・ 1072
幸先良い出だし（ウォーナー, シルヴィア・
タウンゼンド）・・・・・・・・・・・・・・・・ 1133
再殺部隊隊長の回想―ステーシー異聞（大
槻 ケンヂ）・・・・・・・・・・・・・・・・・・ 0488
歳三、五稜郭に死す（三好 徹）・・・・・・ 0104
再試合（小川 洋子）・・・・・・・・・・・・・・ 1029
最終回（最果 タヒ）・・・・・・・・・・・・・・ 1061
最終果実（ヴクサヴィッチ, レイ）・・・・ 0758
最終結晶体（倉阪 鬼一郎）・・・・・・・・ 0921
最終戦争（今日泊 亜蘭）・・・・・・・・・・ 0491
最終電車（池田 晴海）・・・・・・・・・・・・ 0606
最終電車で（名取 佐和子）・・・・・・・・ 0950
最終ひかり号の女（西村 京太郎）・・・・ 0609
最終ラウンド（サリヴァン,C.J.）・・・・・・ 0337
最終列車の予言者（富永 一彦）・・・・・・ 0967
最上階のアリス（加納 朋子）・・・・・・・・ 0330
西城秀樹のおかげです（森 奈津子）・・・ 0517
最初でも最期でもなく（大道 珠貴）・・・ 1070
最初の人―南部修太郎追悼（川端 康成）
・・・・・・・・・・・・・・・・・・・・・・・・・・・・・・ 0993
最初の舞踏会（カリントン, レオノラ）・・・ 0448

671

さいす　　　　　　　　作品名索引

ザイスの学徒（ノヴァーリス）………… 0392
再生（綾辻 行人）………………………… 0222
再生（石田 衣良）………………………… 1010
再生（たなか なつみ）…………………… 0484
再生（堀 晃）……………………………… 0495
最先端（坪田 文）………………………… 1021
賽銭泥棒（葛西 俊和）…………………… 0427
咲いた団栗（奥田 登）…………………… 0821
さいたまチェーンソー少女（桜坂 洋）… 0573
最低の男（篠原 昌裕）………… 0224, 0364
さいとう市立さいとう高校野球部雑録（あ
　さの あつこ）…………………………… 1013
斎藤茂吉短歌選（斎藤 茂吉）…………… 0611
再突入（倉田 タカシ）…………………… 0556
再度の怪（抄）（三坂 春編）…………… 0479
犀の子守歌（西條 奈加）………………… 0080
サイバー空間はミステリを殺す（一田 和
　樹）………………………………………… 0305
サイバー帝国滞在記（松本 侑子）……… 0517
サイバーデート（サヴェージ, トム）…… 0202
裁判員法廷二〇〇九（芦辺 拓）… 0321, 0359
財布（広居 歩樹）………………………… 0976
細胞記憶（久田 樹生）…………………… 0438
サイボーグ・アイ（柄刀 一）…………… 0440
サイリウム（辻村 深月）………………… 0903
祭礼の日（小笠原 幹夫）………………… 0988
鰓裂（抄）（石上 玄一郎）……………… 0479
サイレン（小林 由香）…………………… 0215
サイレン（マシスン, リチャード・クリス
　チャン）…………………………………… 0451
サイレント・ヴォイス アブナい十代（佐藤
　青南）……………………………………… 0181
サイレント・ヴォイス イヤよイヤよも隙の
　うち（佐藤 青南）……………………… 0180
サイレント・ヴォイス トロイの落馬（佐藤
　青南）……………………………………… 0181
サイレント・ハント（レスクワ, ジョン）… 0287
サイロンの挽歌―第1回（宵野 ゆめ）… 0506
サイロンの挽歌―第2回（宵野 ゆめ）… 0507
サイロンの挽歌―第3回（宵野 ゆめ）… 0508
サイロンの挽歌―最終回（宵野 ゆめ）… 0509
サインペインター（大倉 崇裕）………… 0352
サウンドエフェクタ（伊東 哲哉）……… 1020
さえずりの宇宙―第一回創元SF短編賞大
　森望賞（坂永 雄一）…………………… 0512
左右衛門の夜（加門 七海）……………… 0473
坂（藤本 義一）…………………………… 0851

逆上がり（優友）………………………… 0972
酒井妙子のリボン（戸板 康二）………… 1025
逆怨み（小桜 ひなた）…………………… 0463
坂をのぼって（堀井 紗由美）…………… 0462
坂額と浅利与一（畑川 皓）……………… 0030
榊原健吉（戸川 幸夫）…………………… 0104
坂口安吾『桜の森の満開の下』を語る（夢
　枕 獏）…………………………………… 1067
砂蛾家の消失（泡坂 妻夫）……………… 0274
逆毛のトメ（深堀 骨）…………………… 0709
逆事（河野 多惠子）……………………… 1060
探さないでください（宮沢 章夫）……… 1078
さかさま（高井 信）……………………… 0474
逆潮（湊 邦三）…………………………… 0050
探し人（織田 作之助）…………………… 1078
探しもの（黒 史郎）……………………… 0415
杯（森 鷗外）……………………………… 1052
サーカス殺人事件（大河内 常平）……… 0147
サーカス美女ヴィットーリアの事件（ホッ
　ク, エドワード・D.）…………………… 0233
逆立（安岡 章太郎）……………………… 1073
酒樽―アルフォンス・タベルニエに（モー
　パッサン, ギ・ド）……………………… 0892
酒樽の謎（村上 元三）…………………… 0032
魚（林 芙美子）…………………………… 0625
魚が魚を食べる夢を見た男（ヤアクービー,
　アフマド）………………………………… 0404
魚の李太白（谷崎 潤一郎）……………… 1080
魚屋にて（平 金魚）……………………… 0489
酒場にて（野暮 粋平）………… 0459, 0461
逆火（ディートリック, ミシェル・レガラー
　ド）………………………………………… 1142
酒壜の中の手記（水谷 準）……………… 0255
坂本龍馬の写真（伴野 朗）…… 0128, 0129
坂本龍馬の眉間（新宮 正春）… 0058, 0129
崎川橋にて（加門 七海）………………… 0408
防人（ウエイクフィールド, H.R.）……… 0482
砂丘（水谷 準）…………………………… 0256
作業服の男（三輪 チサ）……… 0416, 0417
先は長くても。（@nona140c）…………… 0781
錯誤（萩 照子）…………………………… 0989
昨日は誕生日（ポクロフスキイ）……… 1159
朔太郎生家（神保 光太郎）……………… 1037
作品が作品を生む（北村 薫）…………… 0329
昨夜思いついたこと（ヤアクービー, アフマ
　ド）………………………………………… 0404
桜（田丸 雅智）…………………………… 0484

作品名索引　さつさ

山神の嫁（櫻井　文規）・・・・・・・・・・・・・・・・　0462
桜色の電柱（ネコヤナギ）・・・・・・・・・・・・・・・　1051
さくら炎上（北山　猛邦）・・・・・・・・・・・・・・・・　0155
桜を斬る（五味　康祐）・・・・・・・・・・・・・・・・・・　0069
桜回廊（安曇　潤平）・・・・・・・・・・・・・・・・・・・・　0415
桜川のオフィーリア（有栖川　有栖）・・・・　0157
毒入りローストビーフ事件（桜坂　洋）・・　0332
サクラ・サクラ（柚月　裕子）・・　0194, 0223, 0224
さくらささくれ（中沢　けい）・・・・・・・・・・・・　0945
桜島燃ゆ（井川　香四郎）・・・・・・・・・・・・・・・　0103
桜十字の紋章（平岩　弓枝）・・・・・・・・・・・・・　0078
桜葬（池田　晴海）・・・・・・・・・・・・・・・・・・・・・・　0947
桜田御用屋敷（小松　重男）・・・・・・・・・・・・・　0120
桜太夫のふるまい（相田　美奈子）・・・・・・・　0481
さくらと毛糸玉（藤沢　ナツメ）・・・・・・・・・・　0867
桜に小禽（橋本　紡）・・・・・・・・・・・・・・・・・・・・　0687
桜の樹の下には（梶井　基次郎）・・・・・・・・・　1087
桜のこころには（桜井　まふゆ）・・・・・・・・・・　1020
さくらの咲くあさ（さとう　ゆう）・・・・・・・・・　0462
桜の咲く頃（紫藤　小夜子）・・・・・・・・・・・・・・　0976
桜の寺殺人事件（山村　美紗）・・・・・・・・・・・　0277
桜の下にて（平林　たい子）・・・・・・・・・・・・・・　1082
桜の花をたてまつれ（木島　次郎）・・・・・・・　0846
桜の森の満開の下（坂口　安吾）
　・・・・・・・・・　0394, 0432, 0892, 0952, 1067
さくら日和（辻村　深月）・・・・・・・・・　0922, 0923
桜舞い（夏音　イオ）・・・・・・・・・・・・・・・・・・・・・　0913
桜雪公園ハコ石段ヲ上ル（神山　和郎）
　・・　0865
錯乱（池波　正太郎）・・・・・・・・・・・・　0049, 0062
サクリファイス先輩（牧野　修）・・・・・・・・　0474
サークルゲーム（荻原　浩）・・・・・・・・・・・・・・　0902
サクレクール寺院の静かな朝（豊田　一
　郎）・・・・・・・・・・・・・・・・・・・・・・・・・・・・・・・・・・・・・・　0987
ざくろ（北村　薫）・・・・・・・・・・・・・・・・・・・・・・・・　1013
柘榴（ジブラン, カリール）・・・・・・・・・・・・・・・　0275
柘榴（米澤　穂信）・・・・・・・・・・・・・・・・・・・・・・・・　0376
ザクロ甘いか酸っぱいか（岩里　藁人）・・　0460
柘榴のある風景（野中　柊）・・・・・・・・・・・・・・　1039
柘榴の人（山崎　洋子）・・・・・・・・・・・・・・・・・・・　0053
ざくろの実（ウォートン, イーディス）・・・　0446
柘榴のみち（君島　慧是）・・・・・・・・・・・・・・・・　0464
柘榴病（瀬下　耽）・・・・・・・・・・・・・・・・・・・・・・・・　0142
さけ（室生　犀星）・・・・・・・・・・・・・・・・・・・・・・・・　0617
酒（正岡　子規）・・・・・・・・・・・・・・・・・・・・・・・・・・　0625
酒、歌、煙草、また女―三田の学生時代を
　唄へる歌（佐藤　春夫）・・・・・・・・・・・・・・・・　0993

酒しぶき清麿（山本　兼一）・・・・・・・・・・・・・・　0078
酒と人々（デーンビライ, フンアルン）・・・　1119
酒の精（吉田　健一）・・・・・・・・・・・・・・・・・・・・・　0396
叫び声（松永　伍一）・・・・・・・・・・・・・・・・・・・・・　0779
酒捻り（敬志）・・・・・・・・・・・・・・・・・・・・・・・・・・・・・　0464
笹色紅（井上　雅彦）・・・・・・・・・・・・・・・・・・・・・　0412
支えられる人（崎村　裕）・・・・・・・・・・・・・・・・・　0915
笹を嚙ませよ（吉川　永青）・・・・・・・・・・・・・・　0044
佐々木唯三郎（戸川　幸夫）・・・・・・・・・・・・・・　0110
ささくれ紀行（藤谷　治）・・・・・・・・・・・・・・・・・　1050
笹島局九九〇九番（鮎川　哲也）・・・・・・・・・　0264
笹の露（新宮　正春）・・・・・・・・・・・・・・・・・・・・・　0117
笹の雪（乙川　優三郎）・・・・・・・・・・・・・・・・・・・　0079
ささやかな愛（マンスフィールド, キャサリ
　ン）・・・・・・・・・・・・・・・・・・・・・・・・・・・・・・・・・・・・・・・　0684
ささやかな平家物語（長谷川　修）・・・・・・・　0870
ささやき（ヴクサヴィッチ, レイ）・・　0387, 0388
ささら波（安住　洋子）・・・・・・・・・・・・・・・・・・・・　0079
山茶花（吉村　昭）・・・・・・・・・・・・・・・・・・・・・・・・　1055
瑣事（志賀　直哉）・・・・・・・・・・・・・・・・・・・・・・・・　1071
座敷童と兎と亀と（加納　朋子）・・・・・・・・・　0214
坐視に堪えず（東郷　隆）・・・・・・・・・・・・・・・・・　0077
砂嘴の丘にて（島尾　敏雄）・・・・・・・・・・・・・・　0850
砂塵（羽山　信樹）・・・・・・・・・・・・・・・・・・・・・・・・　0124
流離うものたちの館と駅（井上　雅彦）・・・　0472
流離人（浅田　次郎）・・・・・・・・・・・・・・・・・・・・・　1018
座席と中年（太朗　想史郎）・・・・・・・・・・・・・・　0200
座席ゆずりの上級者（大原　久通）・・・・・・・　0970
サセックスの白日夢（ラスボーン, ベイジ
　ル）・・・・・・・・・・・・・・・・・・・・・・・・・・・・・・・・・・・・・・・　0231
サソリの紅い心臓（法月　綸太郎）・・・・・・・　0324
サタデードライバー（丹下　健太）・・・・・・・　0958
定信公始末（森　真沙子）・・・・・・・・・・・・・・・・　0412
サターン時代（バートン, ウィリアム）・・・　0555
サチコとマナブの関係性（遠山　絵梨香）
　・・　0697
サーチライトと誘蛾灯（櫻田　智也）・・・・　0158
殺意の自覚（杉原　保史）・・・・・・・・・・・・・・・・　0959
殺意の接点（森村　誠一）・・・・・・・・・・・・・・・・　0604
殺意の風景 樹海の巻（宮脇　俊三）・・・・・・　0277
錯覚屋繁昌記（半村　良）・・・・・・・・・・・・・・・・　0547
作家的一週間（有川　浩）・・・・・・・・・・・・・・・・　1107
作家と家について（横光　利一）・・・・・・・・・　0993
サックスとかけがえのない猫（ダグラス,
　キャロル・ネルソン）・・・・・・・・・・・・・・・・・・・　0320
サッコとヴァンゼッティ（大岡　昇平）・・・　1025
さっさとおやすみ（ゾーシチェンコ）・・・・　1158

673

さつし　　　　　作品名索引

雑種（カフカ, フランツ）・・・・・・・・・・・・・・・ 0886
殺人依頼（堂間 春也）・・・・・・・・・・・・・・・ 0975
殺人学園祭（楠木 誠一郎）・・・・・・・・・・・・ 0333
殺人ガリデブ（北原 尚彦）・・・・・・・・・・・・ 0232
殺人鬼（五味 康祐）・・・・・・・・・・・・・・・・・ 0124
殺人現場では靴をお脱ぎください（東川 篤
　哉）・・・・・・・・・・・・ 0322, 0338, 0357, 0358
殺人混成曲（千代 有三）・・・・・・・・・・・・・ 0148
殺人裁判（ディケンズ, チャールズ）・・・・ 0411
殺人催眠まやかしの口笛（加藤 秀幸）・・・ 0976
殺人大将（ディケンズ, チャールズ）・・・・ 1140
殺人と自殺、それぞれ（ノース, ライア
　ン）・・・・・・・・・・・・・・・・・・・・・・・・・・・・・ 1150
殺人トーナメント［解決編］（井上 夢人）
　・・・・・・・・・・・・・・・・・・・・・・・・・・・・・・・・ 0253
殺人トーナメント［問題編］（井上 夢人）
　・・・・・・・・・・・・・・・・・・・・・・・・・・・・・・・・ 0253
殺人パントマイム（法月 綸太郎）・・・・・・ 0246
殺人妄想（トロワイヤ, アンリ）・・・・・・・ 0449
殺人者（きりぎりす）・・・・・・・・・・・・・・・・ 0975
殺人は難しい（貫井 徳郎）・・・・・・・・・・・・ 0254
雑草（入江 満）・・・・・・・・・・・・・・・・・・・・ 0786
雑草（マッカーシー, メアリー）・・・・・・・ 1132
雑草の道（長岡 弘樹）・・・・・・・・・・・・・・・ 0312
雑踏（宇江佐 真理）・・・・・・・・・・・・・・・・・ 0006
雑踏の中を（宮部 和子）・・・・・・・・・・・・・ 0988
札幌ジンギスカンの謎（山田 正紀）
　・・・・・・・・・・・・・・・・・・・・・・・・ 0171, 0324
殺戮の殿堂（白鳥 省吾）・・・・・・・・・・・・・ 0766
蹉跌（鮎川 哲也）・・・・・・・・・・・・・・・・・・ 0230
さて…と（角野 栄子）・・・・・・・・・・・・・・・ 0961
サテンの靴（村上 あつこ）・・・・・・・・・・・ 0849
佐渡（庄野 潤三）・・・・・・・・・・・・・・・・・・ 0627
佐藤朔先生の思い出―佐藤朔追悼（遠藤 周
　作）・・・・・・・・・・・・・・・・・・・・・・・・・・・・ 0993
砂糖で満ちてゆく（澤西 祐典）・・・・・・・・ 1062
砂糖屋綿貫（中島 京子）・・・・・・・・・・・・・ 0893
里親面接（我孫子 武丸）・・・・・・ 0792, 0793
里桜（小野 みるこ）・・・・・・・・・・・・・・・・ 0858
佐渡の唄（里村 欣三）・・・・・・・・・・・・・・ 0764
悟りを開きし者（木野 裕喜）・・・・ 0201, 0584
悟りの化け物（田中 啓文）・・・・・・・・・・・ 0920
佐渡流人行（松本 清張）・・・・・・ 0062, 0069
鮑（田中 慎弥）・・・・・・・・・・・・・・・・・・・・ 1056
さなぎのゆめ（松村 進吉）・・・・・・・・・・・ 0422
真田影武者（井上 靖）・・・・ 0027, 0034, 0052
真田大助の死（大倉 桃郎）・・・・・・・・・・・ 0019

真田の蘂武者（大佛 次郎）・・・・・・・・・・・ 0033
真田の蘂武者―真田幸村（大佛 次郎）・・・ 0035
真田範之助（長谷川 伸）・・・・・・・・・・・・・ 0105
真田幸村（今川 徳三）・・・・・・・・・・・・・・ 0030
真田幸村（菊池 寛）・・・・・・・・・ 0019, 0052
サナトリウム（モーム, W.サマセット）・・・ 1137
サニーのブルース（ボールドウィン, ジェイ
　ムズ）・・・・・・・・・・・・・・・・・・・・・・・・・・ 1145
サニーのブルース―兄弟しみじみ（ボール
　ドウィン, ジェイムズ）・・・・・・・・・・・・ 1147
鯖街道を、とおってな（宮田 そら）・・・・・ 0824
裁かれる女（連城 三紀彦）・・・・・・・・・・・ 0273
裁かれるのは誰か？（汀 こるもの）・・・・ 0246
裁きを望む（柚月 裕子）・・・・・・・・・・・・・ 0177
砂漠（チャン, ブー）・・・・・・・・・・・・・・・・ 0296
砂漠を走る船の道（梓崎 優）・・・・・・・・・・ 0205
砂漠に咲いた愛（ウェバー, メレディス）
　・・・・・・・・・・・・・・・・・・・・・・・・・・・・・・・・ 0719
砂漠の戦い（パチェーコ, ホセ・エミリ
　オ）・・・・・・・・・・・・・・・・・・・・・・・・・・・・ 1162
砂漠の一夜の代償（イエーツ, メイシー）
　・・・・・・・・・・・・・・・・・・・・・・・・・・・・・・・・ 0645
砂漠の思想（安部 公房）・・・・・・・・・・・・・ 0395
砂漠の聖アントニウス―愛人しみじみ（コ
　ルウィン, ローリー）・・・・・・・・・・・・・・ 1147
砂漠の町の雪（畑 裕）・・・・・・・・・・・・・・・ 0862
砂漠の幽霊船（真城 昭）・・・・・・・・・・・・・ 0533
砂漠のラジオ（Kay）・・・・・・・・・・・・・・・・ 1023
サー・バートランド-断片――七七三（エイ
　キン, アンナ・レイティティア）・・・・・ 0441
砂原利倶楽部―砂漠の薔薇（おおくぼ
　系）・・・・・・・・・・・・・・・・・・・・・・・・・・・・ 0936
さびしい人格（萩原 朔太郎）・・・・・・・・・・ 1031
さびしいとき（金子 みすゞ）・・・・・・・・・・ 1031
寂しい夜（伊東 哲哉）・・・・・・・・・・・・・・・ 1020
さびしみの港（通 雅彦）・・・・・・・・・・・・・ 0989
さび止め（アンソニー, ジェシカ）・・・・・ 1142
錆の痕跡（エアーズ,N.J.）・・・・・・・・・・・・ 0296
錆びた自転車（ひびき はじめ）・・・・・・・・ 0464
寂れた街（あじ）・・・・・・・・・・・・・・・・・・・ 0971
サファイアの奇跡（東野 圭吾）・・・・・・・・ 0571
三重（一双）・・・・・・・・・・・・・・・・・・・・・・・ 0460
座布団（小石川）・・・・・・・・・・・・・・・・・・・ 0464
サブマージド（葉真中 顕）・・・・・・・・・・・ 0313
サプライズパーティの夜に（マッケナ, シャ
　ノン）・・・・・・・・・・・・・・・・・・・・・・・・・・ 0660
三郎爺（宮本 百合子）・・・・・・・・・・・・・・・ 0850

サーベル礼讃（佐藤 春夫）・・・・・・・・・・・ 0784
サボテンの育て方（濱本 七恵）・・・・・・・ 0696
早穂とゆかり（辻村 深月）・・・・・・・・・・ 0902
サマータイム（法坂 一広）・・・・・・・・・・ 0196
左馬助殿軍語（磯田 道史）・・・・・・・・・・ 0079
さまよう犬（星 新一）・・・・・・・・・・・・・・・ 0410
さまよえるオランダ人（ブルガーコフ）・・ 1158
さまよえる騎士団の伝説（矢野 徹）・・・ 0532
五月雨（桜庭 一樹）・・・・・・・・・・・・・・・・ 1011
寒い朝だった―失踪した少女の謎（麻生 荘
　太郎）・・・・・・・・・・・・・・・・・・・・・・・・・・・ 0348
寒い日―『異苑』より（南 伸坊）・・・・・ 0445
サムライ・キングダム（モウゾー）・・・・・ 1121
サムライ・ポテト―駅構内のファースト
　フード店に立つコンパニオン・ロボット
　が目覚めたとき（片瀬 二郎）・・・・・・・・ 0564
サモワールの薔薇とオニオングラタン（井
　上 荒野）・・・・・・・・・・・・・・・・・・・・・・・・・ 0615
さようなら（小手鞠 るい）・・・・・・・・・・・ 0698
さようなら（山岸 行輝）・・・・・・・・・・・・・ 0863
さようなら、オレンジ（KSイワキ）・・・ 1003
さようなら、妻（朝倉 かすみ）・・・・・・・ 1019
さよなら、お助けマン（尾賀 京作）・・・・ 1000
さよなら、俺のマタニティブルー（源 祥
　子）・・・・・・・・・・・・・・・・・・・・・・・・・・・・・・ 0756
さよなら、キリハラさん（宮部 みゆき）・・ 0266
さよならクリストファー・ロビン（高橋 源
　一郎）・・・・・・・・・・・・・・・・・・・・・・・・・・・・ 1059
さよならクリスマス（野坂 律子）・・・・・ 0757
さよならジンクス（蒼井 ひかり）・・・・・ 0195
さよなら、大好きな人（濱本 七恵）・・・ 0688
さよなら、猫（島本 理生）・・・・・・・・・・・ 0942
さよならのかわりに（市川 拓司）・・・・・ 0591
さよならの儀式（宮部 みゆき）
　・・・・・・・・・・・・・・・・ 0515, 0574, 0575
さよならの白（関口 尚）・・・・・・・・ 1099, 1100
さよならプリンセス（菅原 照貴）・・・・・ 0550
さよなら、ミネオ（中村 航）・・・・・・・・・ 0899
ザラ王女（グミリョーフ, ニコライ）・・・ 0406
サラサーテの盤（内田 百間）・・・・・・・・・ 1052
ざらざらしたもの（髙村 薫）・・・・・・・・・ 0327
皿々山（作者不詳）・・・・・・・・・・・・・・・・・ 0693
さらば愛しき書（森川 楓子）・・・ 0201, 0584
さらば、ゴジラ（高橋 源一郎）・・・・・・・ 0942
さらば友よ（郷内 心瞳）・・・・・・・・・・・・・ 0785
さらばマトリョーシカ（ヒモロギ ヒロ
　シ）・・・・・・・・・・・・・・・・・・・・・・・・・・・・・・ 0462

サラマンダー（いしい しんじ）・・・・・・・ 0591
サラム（シリン・ネザマフィ）・・・・・・・・ 0891
攫われて（小林 泰三）・・・・・・・・・・・・・・・ 0130
サランヘ（西土 遊）・・・・・・・・・・・・・・・・・ 0990
サランヘ 私の彼は韓国人（濱本 七恵）・・・ 0704
ザリガニさま（北野 勇作）・・・・・・・・・・・ 0966
去りにし日々の光（ショウ, ボブ）・・・・ 0514
サル（野田 充男）・・・・・・・・・・・・・・・・・・・ 0974
猿（峯岸 可弥）・・・・・・・・・・・・・・・・・・・・・ 1022
猿ケ辻風聞（滝口 康彦）・・・・・・・・・・・・・ 0102
サルガッソー小惑星（カムマー, フレデリッ
　ク・A., Jr.）・・・・・・・・・・・・・・・・・・・・・ 0521
猿が出る（下永 聖高）・・・・・・・・・・・・・・・ 0495
サルスベリ（梨木 香歩）・・・・・・・・・・・・・ 0544
百日紅（牧 逸馬）・・・・・・・・・・・・・・・・・・・ 0256
サルとトマトの8ビート（坏 健太）・・・・ 0908
猿飛佐助（織田 作之助）・・・・・・・・・・・・・ 0099
猿飛佐助の死（五味 康祐）・・・・・・ 0052, 0068
猿に会う（西 加奈子）・・・・・・・・・ 1042, 1043
猿の絵の運命（片岡 鉄兵）・・・・・・・・・・・ 0964
猿の手（ジェイコブズ, W.W.）
　・・・・・・・・・ 0413, 0419, 0877, 1141
猿の眼（岡本 綺堂）・・・・・・・・・・・・・・・・・ 0398
笊ノ目万兵衛門外へ（山田 風太郎）
　・・・・・・・・・ 0049, 0062, 0069, 0108
さるの湯（高橋 克彦）・・・・・・・・・・・・・・・ 0780
猿の惑星チキュウ（田中 啓文）・・・・・・・ 0313
猿は猿（バヤルサイハン, プレブジャビ
　ン）・・・・・・・・・・・・・・・・・・・・・・・・・・・・・・ 1118
ざれごと（八筈 栄）・・・・・・・・・・・・・・・・・ 0992
されど運命（橋口 いくよ）・・・・・・・・・・・ 0671
サロゲート・マザー―わたしは遺伝的に繋
　がりのないこの子たちを産む決心をした
　（小林 泰三）・・・・・・・・・・・・・・・・・・・・・・ 0566
騒がしい男の謎（太田 忠司）・・・・・ 0341, 0342
騒がしい密室（竹本 健治）・・・・・・・・・・・ 0150
澤木梢君―澤木四方吉追悼（小泉 信三）
　・・・・・・・・・・・・・・・・・・・・・・・・・・・・・・・・・ 0993
騒ぐ刀【国広】（宮部 みゆき）・・・・・・・・ 0088
サワジータの部屋（永島 かりん）・・・・・ 0855
触るな（つくね 乱蔵）・・・・・・・・・・・・・・・ 0438
3（本田 モカ）・・・・・・・・・・・・・・・・・・・・・ 1022
産医、無医村区に向かう（谷 甲州）・・・ 0921
三猿ゲーム（矢野 龍王）・・・・・・・・・・・・・ 0343
讃歌（真帆 沁）・・・・・・・・・・・・・・・・・・・・・ 0860
斬華（戸山 路夫）・・・・・・・・・・・・・・・・・・・ 0988
残花（野辺 慎一）・・・・・・・・・・・・・・・・・・・ 0986

さんか　　作品名索引

三階に止まる（石持 浅海）‥ 0211, 0379, 0562
山海民（菊地 秀行）‥‥‥‥‥‥ 0576
三角形（クレイジャズ, エレン）‥ 1129
三月十三日午前二時（大坪 砂男）‥ 0366
三月十三日の夜（今江 祥智）‥‥ 0805
三月の毛糸（川上 未映子）‥‥‥ 0783
三月の第四日曜（宮本 百合子）‥ 0766
サンガツビヨリ（矢吹 みさ）‥‥ 0705
山窩の恋（国枝 史郎）‥‥‥‥‥ 0953
傘下の花（彩瀬 まる）‥‥‥‥‥ 0898
山窩の夢（堺 利彦）‥‥‥‥‥‥ 0953
斬奸刀（安部 龍太郎）‥‥‥‥‥ 0129
参観日の作戦（柚木崎 寿久）‥‥ 0967
残虐への郷愁（江戸川 乱歩）‥‥ 0488
山行するもの（神保 光太郎）‥‥ 1037
残業バケーション（柚木 麻子）‥ 0652
残響ばよえ〜ん（詠坂 雄二）‥ 0211, 0373
ざんぎり（山手 樹一郎）‥‥‥‥ 0111
サンクチュアリ（フォークナー, ウィリア
　　ム）‥‥‥‥‥‥‥‥‥‥‥ 0878
サンクトペテルブルクの絵画守護官（木村
　　千尋）‥‥‥‥‥‥‥‥‥‥ 0866
山月記（中島 敦）‥‥‥‥‥‥‥
　　　0402, 0885, 0952, 1052, 1067
ざんげの値打ちもない（水谷 俊之）‥‥ 0597
残酷な旅路（山村 美紗）‥‥‥‥ 0328
3コデ5ドル（越谷 オサム）‥‥‥ 0687
サンザシの実（向井 成子）‥‥‥ 0846
三冊百円（上村 佑）‥‥‥‥‥‥ 0584
333のテッペン（佐藤 友哉）‥‥ 1105
三時間目のまどか（古橋 秀之）‥ 0543
三字熟語（野田 充男）‥‥‥‥‥ 0975
惨事のあと、惨事のまえ（ピース, デイヴィッ
　　ド）‥‥‥‥‥‥‥‥‥‥‥ 0783
三十九番（誉田 哲也）‥‥‥ 0140, 0167
38世紀から来た兵士（エリスン, ハーラ
　　ン）‥‥‥‥‥‥‥‥‥‥‥ 0524
三十余戦、無敗の男―仙台藩鴉組 細谷十
　　太夫（聖 龍人）‥‥‥‥‥‥ 0103
三十六人の乗客（有馬 頼義）‥‥ 0605
山椒魚（井伏 鱒二）‥‥‥‥‥‥ 1092
「山椒魚」について（井伏 鱒二）‥ 1092
三条河原町の遭遇（古川 薫）‥‥ 0101
参上!!ミトッタマン（しりあがり 寿）‥ 0961
三四郎〈抄録〉（夏目 漱石）‥‥ 1087
三四郎〈抄〉（夏目 漱石）‥‥‥ 0806
三四郎と東京と富士山〈抄〉（丸谷 才一）

　　‥‥‥‥‥‥‥‥‥‥‥‥‥ 0806
残心（新熊 昇）‥‥‥‥‥‥‥‥ 0460
三途の川亡者殺人事件（宮里 政充）‥‥ 0992
さんずん（神坂 次郎）‥‥‥‥‥ 0058
三寸ノ喜び（みかみ ちひろ）‥‥ 0849
三センチ（松村 進吉）‥‥‥‥‥ 0415
山荘へ向かう道（舘澤 亜紀）‥‥ 0862
三大欲求―無修正版（浦賀 和宏）‥ 0343
サンタクロース殺人犯（ホルスト, スペン
　　サー）‥‥‥‥‥‥‥‥‥‥ 0726
『サンタクロースの冬』事件裁判の結果報
　　告―季報ジャパンリーガル『兎コラム』
　　より抜粋（おかもと（仮））‥ 0197
サンタとオオタの夜（宇木 聡史）‥‥ 0197
サンタとサタン（霞 流一）‥‥‥ 0252
サンタのおくりもの（萌 清香）‥ 0859
山中日記（崔 曼莉）‥‥‥‥‥‥ 1112
三鉄活人剣（塚本 悟）‥‥‥‥‥ 0829
山頭火と鰻（高橋 治）‥‥‥‥‥ 0611
三度の恋（畠山 拓）‥‥‥‥‥‥ 0991
三度目の顔（村上 元三）‥‥‥‥ 0061
三度目の求婚（ジャスティス, ジュリア）
　　‥‥‥‥‥‥‥‥‥‥‥‥‥ 0714
さんどりよんの唾（日影 丈吉）‥ 0395
三人のウルトラ・マダム（中村 正常）‥ 1078
三人の女の物語（光原 百合）‥‥ 0265
三人のガリデブの冒険（ドイル, アーサー・
　　コナン）‥‥‥‥‥‥‥‥‥ 1127
三人の食卓（浦野 奈央子）‥‥‥ 0757
三人の剣製（北原 尚彦）‥‥ 0263, 0278
三人の女神の問題（法月 綸太郎）‥ 0171
三人の容疑者（佐野 洋）‥‥‥‥ 0148
三人のよそ者（ハーディ, トマス）‥ 0283
三人の留守居役（松本 清張）‥‥ 0007
三年後の俺（七瀬 ざくろ）‥‥‥ 0976
残念です（ムロジェック, スワヴォミル）
　　‥‥‥‥‥‥‥‥‥‥‥‥‥ 0418
惨敗（松本 しづか）‥‥‥‥‥‥ 0915
三泊四日のサマーツアー（椰月 美智子）
　　‥‥‥‥‥‥‥‥‥‥‥‥‥ 1050
三八（ウルエミロ）‥‥‥‥‥‥ 0968
三百五十万年後の世界頑是ない、約束.後
　　編（橋 てつと）‥‥‥‥‥‥ 0987
300Hzの交信（白縫 いさや）‥‥ 1023
サンフランシスコの晩餐会（古川 薫）‥ 0115
3分間で小説を書く方法（レオン, アン）‥ 0969
三文豪俳句抄（泉 鏡花）‥‥ 0617, 0789, 0819
三文豪俳句抄（徳田 秋聲）‥ 0617, 0789, 0819

676

作品名索引　　　　しかそ

三別抄耽羅戦記（金　重明）‥‥‥‥‥0077
さんぽ（粟根　のりこ）‥‥‥‥0457, 0458
三方一両得（八島　徹）‥‥‥‥‥‥0975
散歩途中で（立原　透耶）‥‥‥0416, 0417
散歩にうってつけの夕べ（散葉）‥‥0459
散歩者（上林　暁）‥‥‥‥‥‥‥‥1052
三本の弦（小西　保明）‥‥‥‥‥‥0859
三本指の男（久世　光彦）‥‥‥‥‥0092
三無クラブ（ナッシュ，オグデン）‥0283
山ン本五郎左衛門只今退散仕る（稲垣　足
　穂）‥‥‥‥‥‥‥‥‥‥‥‥‥0883
三文豪俳句抄（室生　犀星）‥0617, 0789, 0819
三葉虫（黒埜形）‥‥‥‥‥‥‥‥‥0974
参列者（黒木　あるじ）‥‥‥‥‥‥0415
3割7分8厘（メイルマン）‥‥‥‥‥1020

【し】

詩（ディキンソン，エミリー）‥‥‥1146
詩（マウン・ピーラー）‥‥‥‥‥‥1121
幸せ（エライ，ナズル）‥‥‥‥‥‥1122
しあわせ恐怖症（西方　まぁき）‥‥0972
シアワセ測定器（藤川　葉）‥‥‥‥0969
しあわせちらし（小野　伊都子）‥‥0853
幸福通信（阿刀田　高）‥‥‥‥‥‥0264
幸せな家（ブランカーティ）‥‥‥‥1155
しあわせな王子（ワイルド，オスカー）‥1141
幸せな死神（小路　幸也）‥‥1102, 1103
幸せな人（野坂　律子）‥‥‥‥‥‥0763
幸せな風景（美崎　理恵）‥‥‥‥‥0965
幸せになる箱庭（小川　一水）‥‥‥0548
『幸せにね』（矢口　慧）‥‥‥‥‥0463
幸せの家（若竹　七海）‥‥‥‥‥‥0310
幸せの占い（ハットリ　ミキ）‥‥‥0972
幸せのお手本（近藤　史恵）‥‥‥‥0747
しあわせのしっぽ（谷口　雅美）‥‥0682
幸せの場所（越谷　蘭）‥‥‥‥‥‥0843
幸せまでのカウントダウン（ローレンス，ア
　ンドレア）‥‥‥‥‥‥‥‥‥‥0642
思案橋の二人（佐江　衆一）‥‥‥‥0007
飼育の秘（ますくど）‥‥‥‥‥‥‥0195
爺さんの話（入江　克季）‥‥‥‥‥0463
じいちゃんの秘密（松岡　由美）‥‥0868
じいちゃんの夢（重光　寛子）‥‥‥0932
椎の若葉（葛西　善蔵）‥‥‥‥‥‥1087

破壊神の第三の眼（山口　海旋風）‥‥0151
シェイク・ハーフ（米澤　穂信）‥‥‥0362
シェイディ・ヒルのこそこそ泥棒（チー
　ヴァー，ジョン）‥‥‥‥‥‥‥‥1132
シエスタの牛（金田　光司）‥‥‥‥‥0974
謝秋娘よ、いつまでも（パン　シアンリー）
　‥‥‥‥‥‥‥‥‥‥‥‥‥‥‥‥1110
シェフの家（カーヴァー，レイモンド）‥1145
ジェフ・マールの追想（加賀美　雅之）‥0348
ジェミニイ・クリケット事件（ブランド，ク
　リスチアナ）‥‥‥‥‥‥‥‥‥‥0172
ジェラシー（サトシ）‥‥‥‥‥‥‥‥0968
ジェリー・フィッシュの夜（谷村　志穂）
　‥‥‥‥‥‥‥‥‥‥‥‥‥‥‥‥1070
ジェリー・マロイの供述（バウチャー，アン
　トニー）‥‥‥‥‥‥‥‥‥‥‥‥0452
ジ・エンド・オブ・ザ・ストリング（マッ
　キャリー，チャールズ）‥‥‥‥‥‥0297
支援物資（ジャパコミ）‥‥‥‥‥‥‥0785
盛雲、庭園に隠れる者（ダルヴァシ，ラース
　ロー）‥‥‥‥‥‥‥‥‥‥‥‥‥0516
詩を書く迄一マチネ・ポエチックのこと
　（中村　眞一郎）‥‥‥‥‥‥‥‥0993
鹹加減（幸田　露伴）‥‥‥‥‥‥‥‥0625
潮風、長者ケ崎の…（戸四田　トシユキ）‥0985
潮騒（三浦　さんぽ）‥‥‥‥‥‥‥‥0463
潮騒（三島　由紀夫）‥‥‥‥‥‥‥‥0952
潮境（湯浅　弘子）‥‥‥‥‥‥‥‥‥0845
死を捜す犬（クォーターマス，ブライア
　ン）‥‥‥‥‥‥‥‥‥‥‥‥‥‥0238
汐の恋文（葉室　麟）‥‥‥‥‥‥‥‥0083
潮の流れは（中山　聖子）‥‥‥‥‥‥0860
しおばれん（甲山　羊二）‥‥‥‥‥‥0915
潮干狩り（北野　勇作）‥‥‥‥‥‥‥0966
塩百姓（獅子　文六）‥‥‥‥‥‥‥‥0871
死を招く詩（ブース，マシュー）‥‥‥0226
塩むすび（水谷　美佐）‥‥‥‥‥‥‥0855
死を以て貴しと為す（三津田　信三）‥‥0440
死を呼ぶ勲章（桂　修司）‥‥0223, 0224, 0443
紫苑物語（石川　淳）‥‥‥‥‥‥‥‥0917
自害（宮尾　登美子）‥‥‥‥‥‥‥‥0907
死角（小中　千昭）‥‥‥‥‥‥‥‥‥0474
資格社会（七瀬　七海）‥‥‥‥‥‥‥0968
刺客の娘（船山　馨）‥‥‥‥‥0127, 0128
歯科呪医（黒　史郎）‥‥‥‥‥‥‥‥0462
自・我・像（神林　長平）‥‥‥‥‥‥0920
自画像（天野　邊）‥‥‥‥‥‥‥‥‥0490

677

しかつ　　　　　　　　　　作品名索引

四月一日、花曇り（亜木 康子）……… 1074
四月一日霧の日の花のスープ（高山 あつひこ）………………………………… 0462
四月の風はさくら色（村崎 友）……… 1091
四月四日午前四時四十四分、山手線某駅にて（藤瀬 雅輝）………………… 0791
自我の海（君島 慧是）………………… 0489
鹿の贈りもの（ネルソン, リチャード）… 0794
屍を（江戸川 乱歩）…………………… 0146
屍を（小酒井 不木）…………………… 0146
屍に乗る人（小泉 八雲）……………… 0478
死がふたりをわかつまで（ランディス, ジェフリー・A.）……………………… 0519
死が二人を別つまで（マリーニー, ティム）…………………………………… 0202
死が我らを分かつまで（ピクシリリー, トム）…………………………………… 0238
時間―より第I章（吉田 健一）……… 0396
此岸の家族（岩合 征捷）……………… 0987
仕官の花（村木 嵐）…………………… 0083
時間飛士へのささやかな贈物（ディック, フィリップ・K.）………………… 0499
鹿ん舞の里（仲野 鈴代）……………… 0814
時間よ止まれ（小森 淳一郎）………… 0967
時間旅行はあなたの健康を損なうおそれがあります（吾妻 ひでお）………… 0573
時間はだれも待ってくれない（ストゥドニャレク, ミハウ）………………… 0516
屍鬼（小泉 八雲）……………………… 0433
指揮（今野 敏）………………………… 0315
式神返し（亀ヶ岡 重明）……………… 0460
指揮官たちの特攻（城山 三郎）……… 0779
指揮者に恋した乙女（赤川 次郎）…… 0877
識者の意見（清水 義範）……………… 0264
じきに、こけるよ（眉村 卓）………… 0511
敷物―母親の苦労しみじみ（オブライアン, エドナ）……………………… 1139
試金石（カー, テリー）……………… 1135
時空争奪（小林 泰三）………………… 0525
時空のおっさん（中村 啓）…………… 0195
シークと乙女（ローレンス, キム）… 0719
シグナルとシグナレス（宮沢 賢治）… 1079
シークに買われた花嫁（マレリー, スーザン）……………………………… 0630
シークの愛の奴隷（ケイ, マーガリート）……………………………………… 0643
シークの秘策（モンロー, ルーシー）… 0700
時雨鬼（宮部 みゆき）………………… 0408

四桂（岡沢 孝雄）……………………… 0307
死刑（野田 充男）……………………… 0970
死刑執行（多田 智満子）……………… 0479
死刑囚はなぜ殺される（鳥飼 否宇）……………………………………… 0257, 0301
死刑前夜（ハリデイ, ブレット）…… 0262
死刑台のロープウェイ（夏樹 静子）… 0605
私刑の夏（五木 寛之）………………… 0776
茂みの中の家（クラウス, ヒューホ）… 1160
示現流 中村半次郎「純情薩摩隼人」（柴田 錬三郎）………………………… 0104
事故（デュレンマット, フリートリヒ）… 0418
至高の恋（圓 眞美）…………………… 1023
思考の谺（ブラナー, ジョン）……… 0549
思考の匂い（シェクリイ, ロバート）… 0452
地獄（金子 洋文）……………………… 0765
地獄（ブラックウッド, アルジャノン）… 0447
地獄（マシスン, リチャード・クリスチャン）……………………………… 0451
地獄（山田 風太郎）…………………… 0582
地獄へご案内（赤川 次郎）… 0359, 0360
地獄堕ちの朝（ライバー, フリッツ）… 0528
（地獄、かな？）（グリーンドルフィン）… 0458
地獄/天国（ラヒリ, ジュンパ）……… 1125
地獄の一丁目（池田 和尋）…………… 0460
地獄の沙汰も顔次第（水原 秀策）…… 0195
地獄の新喜劇（田中 啓文）…………… 0431
地獄の目利き（諸田 玲子）…………… 0011
地獄の黙示録（村上 龍）……………… 0596
地獄八景―ただいまから地獄にご案内いたします-山野浩一、三十三年ぶりの新作（山野 浩一）……………………… 0567
ジゴク・プリフェクチュア（ウォレス, ブルース・J.）……………………… 1148
地獄変（芥川 龍之介）………………… 0952
じごくゆきっ（桜庭 一樹）…………… 1008
仕事（宮田 真司）……………………… 1022
仕事がいつまで経っても終わらない件（長谷 敏司）……………………… 0556
仕事ください（眉村 卓）……………… 0410
仕事に適った道具（ペレグリマス, マーカス）……………………………… 0203
死後の恋（夢野 久作）……… 0398, 0414
死後の婚約者（アポリネール, ギョーム）……………………………………… 1154
事故の死角（北上 秋彦）……………… 0780
死後の証言（ヴァン・ドーレン, マーク）… 0283

678

作品名索引　　　　しせい

しこふみ（根多加 良）・・・・・・・・・・・・・・・ 0785
しこまれた動物（抄）（幸田 文）・・・・・・ 0890
死後は良いとこ一度はおいで（樽合歓）・・・ 1051
自作自演のミルフィーユ（白河 三兎）・・・ 0214
試作品三号（小林 泰三）・・・・・・・・・・・・・ 0483
シザーズ（福田 和代）・・・・・・・・ 0140, 0167
自殺（ウォートン, デーヴィッド・マイケ
　　ル）・・・・・・・・・・・・・・・・・・・・・ 1150, 1151
自殺願望の弁護士（エドワーズ, マーティ
　　ン）・・・・・・・・・・・・・・・・・・・・・・・・・・・・ 0234
自殺狂夫人（永瀬 三吾）・・・・・・・・・・・・・ 0147
自殺志願者の小話（綾桜）・・・・・・・・・・・・・ 1051
自殺卵（眉村 卓）・・・・・・・・・・・・・・・・・・・ 0522
自殺屋（西崎 憲）・・・・・・・・・・・・・・・・・・・ 0453
獅子（山村 正夫）・・・・・・・・・・・・・・・・・・・ 0145
死児を焼く二人（逸見 広）・・・・・・・・・・・ 1092
「死児を焼く二人」顛末記（逸見 広）・・・ 1092
獅子吼（浅田 次郎）・・・・・・・・・・・・・・・・・ 1017
私々小説（藤枝 静男）・・・・・・・・ 0955, 1094
シジスモンの遺産（ユザンヌ, オクター
　　ヴ）・・・・・・・・・・・・・・・・・・・・・・・・・・・・ 0586
事実に基づいて―Based On The True
　　Events（小中 千昭）・・・・・・・・・・・・ 0483
死して咲く花、実のある夢（円城 塔）
　　・・・・・・・・・・・・・・・・・・・・・・・・ 0497, 0498
嗜屍と永生（平井 呈一）・・・・・・・・・・・・・ 0433
獅子の皮（モーム, W.サマセット）・・・・・ 0875
獅子の眠り（池波 正太郎）・・・・・・ 0027, 0033
獅子の眠り―真田信之（池波 正太郎）・・ 0035
詩史豊太閤―薨去（岩野 泡鳴）・・・・・・・・ 0019
蜆（梅崎 春生）・・・・・・・・・・・・・ 0955, 1082
使者（星 新一）・・・・・・・・・・・・・・・・・・・・・ 0530
死者を待つ（ナムダグ, ドンロビィン）・・・ 1118
死者からのたのみ（抄）（松谷 みよ子）・・ 0479
死者からの伝言をどうぞ（東川 篤哉）
　　・・・・・・・・・・・・・・・・・・・・・・・・ 0156, 0300
屍者狩り大佐（北原 尚彦）・・・・・・・・・・・ 0569
子爵が見つけた壁の花（バロウズ, アニー）
　　・・・・・・・・・・・・・・・・・・・・・・・・・・・・・・ 0724
子爵の贈り物（バロウズ, アニー）・・・・・ 0732
死者恋（朱川 湊人）・・・・・・・・・・・・・・・・・ 0284
死者語入（河野 アサ）・・・・・・・・・・・・・・・ 0989
死者生者（正宗 白鳥）・・・・・・・・・・・・・・・ 1052
死者とともに（トレヴァー, ウィリアム）
　　・・・・・・・・・・・・・・・・・・・・・・・・・・・・・・ 1126
死者に近い土地（長部 日出雄）・・・・・・・ 0854
死者の書（折口 信夫）・・・・・・・・・・・・・・・ 0394

死者の書（抄）（折口 信夫）・・・・・・・・・・・ 0479
「死者の書」と共に―折口信夫追悼（加藤
　　道夫）・・・・・・・・・・・・・・・・・・・・・・・・・・ 0993
死者の棲む森（木下 古栗）・・・・・・・・・・・ 0961
屍者の帝国―わたしの名はジョン・H・ワ
　　トソン。軍医兼フランケンシュタイン技
　　術者の卵だ（伊藤 計劃）・・・・・・・・・・ 0558
『屍者の帝国』を完成させて―特別インタ
　　ビュー（円城 塔）・・・・・・・・・・・・・・・ 0569
死者の電話（佐野 洋）・・・・・・・・・・・・・・・ 0268
死者の永いソナタ（テイラー, アンドリ
　　ュー）・・・・・・・・・・・・・・・・・・・・・・・・・・ 0593
死者の庭（田久保 英夫）・・・・・・・・・・・・・ 0993
死者のポケットの中には（フィニイ, ジャッ
　　ク）・・・・・・・・・・・・・・・・・・・・・・・・・・・・ 0445
死者は訴えない（土屋 隆夫）・・・・・・・・・ 0282
死者は溜め息を漏らさない（東川 篤哉）
　　・・・・・・・・・・・・・・・・・・・・・・・・・・・・・・ 0309
師匠（永瀬 隼介）・・・・・・・・・・・・ 0209, 0369
史上最大の侵略（西島 伝法）・・・・・・・・・ 0523
至上の愛（ガッチョーネ, アンジェロ）・・・ 1156
辞書をたべる（タカスギ シンタロ）・・・・ 1023
『自叙伝』より（石川 三四郎）・・・・・・・・ 1086
辞書ひき屋（戌井 昭人）・・・・・・・・・・・・・ 0585
地震育ち（野崎 歓）・・・・・・・・・・・・・・・・・ 1088
地震と犬たち（栖木野 史貴）・・・・・・・・・ 0786
地震と少女（丸山 由美子）・・・・・・・・・・・ 0786
詩人の死（若竹 七海）・・・・・・・・・・・・・・・ 0361
詩人の生涯（安部 公房）・・・・・・・・・・・・・ 0395
詩人のナプキン（アポリネール, ギョー
　　ム）・・・・・・・・・・・・・・・・・・・・・・・・・・・・ 0414
指数犬（向井 湘吾）・・・・・・・・・・・ 0349, 0350
静かな海で（鰐梨）・・・・・・・・・・・・・・・・・・・ 0489
静かな炎天（若竹 七海）・・・・・・・・・・・・・ 0215
【静かな男】ロスコのある部屋（早見 裕
　　司）・・・・・・・・・・・・・・・・・・・・・・ 0341, 0342
静かな関係（畠山 拓）・・・・・・・・・・・・・・・ 0985
静かな木（藤沢 周平）・・・・・・・・・・・・・・・ 0087
静かな祝福（中山 聖子）・・・・・・・・・・・・・ 0859
静かな団地（貝原）・・・・・・・・・・・・ 0460, 0461
死すべき不死の者（シェリー, メアリ）・・・ 1141
沈む子供（牧野 修）・・・・・・・・・・・・・・・・・ 0429
しずむせかい（奥泉 明日香）・・・・・・・・・ 0974
シーズンの始まり（ソローキン, ウラジーミ
　　ル）・・・・・・・・・・・・・・・・・・・・・・・・・・・・ 1124
刺青（谷崎 潤一郎）・・ 0408, 1052, 1068, 1087
慈青（黒衣）・・・・・・・・・・・・・・・・・・・・・・・・・ 1023

679

刺青降誕（仁田 義男）	0066	師団坂・六〇（井水 伶）	0279
自生する知と自壊する謎―森博嗣論 評論（渡邉 大輔）	0322	七階の運動（横光 利一）	0943
自生する知と自壊する謎―森博嗣論（渡邉 大輔）	0338	七月七日に逢いましょう（水田 美意子）	0223, 0224
紫青代の始まり（橋元 淳一郎）	0921	七月の真っ青な空に（白石 一文）	0687
刺青の女（小沢 章友）	0249	七人目のオトコ（ひかり）	0704
自生の夢（飛 浩隆）	0540, 0576	死地奔槍（矢野 隆）	0076
自生の夢―七十三人を死に追いやった稀代の殺人者が、かの怪物を滅ぼすために、いま、召還される（飛 浩隆）	0558	質屋の娘の冒険（マーカム, デイヴィッド）	0226
私設博物館資料目録（井上 雅彦）	0453	シチューのひと（友末 羊）	0187
死せる人々（ジョイス, ジェームズ）	0879	死聴率（島田 荘司）	0146
視線（沙木 とも子）	0462	実演販売（つくね 乱蔵）	0438
視線（本田 緒生）	0255	シッカイヤ蘭子の冒険（渡辺 信二）	0831
自然薯（クジラマク）	0462	十ケ月間の不首尾（ウィリアムスン,J.N.）	0149
自然を逸する者たち（ラシルド）	0876	実況中継（長岡 弘樹）	0309
自然現象（ウリツカヤ, リュドミラ）	1125	漆喰くい（高田 郁）	0025
次善の策（フジッリ, ジム）	0337	失血（スタウツ, ジェフ）	1150, 1151
慈善訪問（ウェルティ, ユードラ）	0880	日月様（坂口 安吾）	1082
地蔵憑き（朱雀門 出）	0475	湿原の女神（宇佐美 まこと）	0428
時速四十キロで未来へ向かう（角田 光代）	0644	漆黒（乾 ルカ）	0160
時速四十キロの密室（東川 篤哉）	0243	漆黒のトンネル（井下 尚紀）	0457, 0458
子孫（松村 進吉）	0415	失色（桜井 文規）	0489
耳朶（浮穴 千佳）	0969	十進法（ウルエミロ）	0968
羊歯（ハーヴィー,W.F.）	1140	実説「安兵衛」（柴田 錬三郎）	0094
下味（三浦 ヨーコ）	0969	十銭（千葉 省三）	0804
時代（ティッサーニー）	1121	失踪（デ・ラ・メア, ウォルター）	0487
時代（日影 丈吉）	0436	実存ヒプノージュリエット 二（橋 てつと）	0915
「死体を隠すには」（江島 伸吾）	0610	じっちゃんの養豚場（木下 訓成）	0846
したいことはできなくて（色川 武大）	1038	嫉妬（ブウテ,F.）	0390
死体昇天（角田 喜久雄）	0216	嫉妬する夫の手記（二葉亭 四迷）	0943
死体たちの夏（乾 緑郎）	0196, 0443	嫉妬に火をつけて（鮫田 心臓）	0821
死体泥棒（スティーヴンソン, ロバート・ルイス）	0413	室内ゲーム（シャーシャ, レオナルド）	1155
死体にだって見おぼえがあるぞ（田村 隆一）	0345	失敗作（鳥飼 否宇）	0263, 0278
巳茸譚（岩里 藁人）	0465	失敗したおやすみなさい（つくね 乱蔵）	0421
親しくしていただいている（と自分が思っている）編集者に宛てた、借金申し込みの手紙（角田 光代）	0870	シッピスのありがたい死者たち（ロイテンエッガー, ゲルトルート）	0750
仕出しの徳さん（千鳥 環）	0859	十分後に俺は死ぬ（桂 修司）	0364
仕立屋の猫（稲葉 稔）	0788	しっぽ（加楽 幽明）	1023
舌のさきで（山本 幸久）	1070	しっぽ（たなか なつみ）	1023
下の世界（筒井 康隆）	0522	十本の指（高木 彬光）	0032
下町怪異譚（亀井 はるの）	0462	失楽園（柳 広司）	0257, 0301
		失楽園殺人事件（小栗 虫太郎）	0488
		質量不変の法則（関 宏江）	0975
		失恋の演算（有川 浩）	0695

失恋のしかた（橋口 いくよ） ………… 0671
「師弟」(nirva=laeva) ………………… 1051
師弟決死隊（赤川 武助） …………… 0065
市二二二〇年（光瀬 龍） …………… 0547
私的生活（後藤 明生） ……………… 1027
死ではなかった（砂場） ……………… 1023
視点（黒木 あるじ） ………………… 0785
自転車スワッピング（マクロフラン, アル
　フ） ………………………………… 1123
自転車日記（夏目 漱石） …………… 0880
自転車に乗って（田丸 雅智）… 0467, 1018
自転車の怪（トロワイヤ, アンリ） …… 0449
自転する男（岡崎 弘明） …………… 0966
自動口述機ペルセフォネ（君島 慧是）… 0464
自動小説作成マシーン（七瀬 七海） … 0969
自動販売機（神狛 しず） ……… 0416, 0417
自動販売機（乱雨） …………………… 0464
自動筆記（ヤマシタ クニコ） ………… 1023
シトラスな時間（らびっと） ………… 1021
シートンのおばさん（デ・ラ・メア, ウォル
　ター） ……………………………… 0447
死なない蛸（紺野 夏子） …………… 0933
死なない蛸（萩原 朔太郎） …… 0402, 1080
死なない兵士（黒崎 薫） …………… 0490
シナモン色の肌の女（ストラウド, ベン）
　……………………………………… 0298
しなやかな愛（マンスフィールド, キャサリ
　ン） ………………………………… 1138
死に至る全力疾走の謎（東川 篤哉）… 0308
死にかた（筒井 康隆） ……………… 0432
死神（山手 樹一郎） ………………… 0110
死神対老女（伊坂 幸太郎） ………… 0245
死神たちの饗宴（豊田 一郎） ……… 0986
死神と藤田（伊坂 幸太郎） ………… 0218
死神に名を贈られる午前零時（岩井 志麻
　子） ………………………… 0939, 0940
死神の顔（黒 史郎） ………………… 0415
死神の精度（伊坂 幸太郎） ………… 0173
死人に口なし（シュニッツラー） …… 0871
死人の唇（スタンパー, W.J.） ……… 0425
死人の逆恨み（笹本 稜平） ………… 0219
死人宿（米澤 穂信） ………… 0211, 0373
死ぬか太るか（中山 七里） …… 0201, 0619
死ぬのはこわい（小川 英子） ……… 0407
死ぬのは誰か（早見 江堂） …… 0210, 0372
死ぬまで、生きよう（米澤 翔） ……… 0974
シネマ通りに雨が降る（間 零） ……… 0835

死の家（森 しげ） …………………… 0748
死の乳母（木々 高太郎） …………… 0229
死の機械の針によるHIV感染（クィンラン,
　ブライアン） ……………………… 1150
死の機械の針によるHIV感染（クインラン,
　ブライアン） ……………………… 1151
死の国のアリス（海渡 英祐） ……… 0289
死の劇場（マンディアルグ, アンドレ・ピ
　エール） …………………………… 0448
死の商人（一田 和樹） ……………… 0970
死の谷（間瀬 純子） ………………… 0472
死のための哲学（古倉 節子） ……… 1026
死の超特急（鷲尾 三郎） …………… 0147
死の床の夢の子ら（しんしねこ） …… 1051
死のなかの風景（原 民喜） ………… 0761
忍びの者をくどく法（田辺 聖子） …… 0051
篠笛とカグヤ姫（山田 涼子） ……… 1007
忍ぶ川（三浦 哲郎） ………………… 0955
死の卍（角田 健太郎） ……………… 0455
東洋趣味（マクロイ, ヘレン） ……… 0881
柴を刈る女―愛する楚珊にささげる（但
　娣） ………………………………… 1115
しばし天の祝福より遠ざかり…（スチャリ
　トクル, ソムトウ） ………………… 0514
死場所（ノロブ, ダルハーギーン） … 1118
シバタの飛べる服（前川 由衣） …… 0864
柴の家（乙川 優三郎） ……………… 0024
芝浜（桂 三木助） …………………… 0875
芝生と秩序―ローン＆オーダー（ダグラス,
　キャロル・ネルソン） ……………… 0239
慈悲観音（スターリング, ブルース） … 0576
死描（野村 敏雄） …………………… 0110
渋い夢―永見緋太郎の事件簿（田中 啓
　文） ………………………… 0208, 0381
詩・風雨の日―詩苑の問題（神保 光太
　郎） ………………………………… 1037
シフォン（櫻井 結花） ……………… 0855
至福（マンスフィールド, キャサリン） … 1138
至福のとき（三橋 たかし） ………… 0976
屍舞図（朝松 健） …………………… 0490
シープメドウ・ストーリー（ケッチャム,
　ジャック） ………………………… 0471
渋谷馬鹿見之詩（浅暮 三文） ……… 0474
自分を応援したい（@Sasa_haru77）… 0781
自分を取りもどす道（古宮 昇） …… 0959
自分支援（@another_signal） ……… 0781
自分本位な男（広瀬 力） …………… 0976

しへり　　　　　　　　　　　作品名索引

シベリア幻記（佐竹 美映）………… 0860
シベリアの猫（森山 東）…………… 1021
詩篇（神保 光太郎）………………… 1037
紙片50（倉田 タカシ）……………… 0552
四辺の山より富士を仰ぐ記（若山 牧水）
　　………………………………… 0806
死亡統計学者（トロワイヤ，アンリ）…… 0449
死亡フラグが立ちましたのずっと前（七尾
　与史）…………………………… 0179
脂肪遊戯（桜庭 一樹）………… 0206, 0375
島（仲宗根 三重子）………………… 1036
島（マクラウド，アリステア）……… 1126
縄張り（池波 正太郎）……………… 0125
姉妹（青木 美土里）………………… 0462
姉妹（シュニーダー，クリスティン・T.）…… 0750
仕舞扇（福岡 義信）………………… 0822
仕舞始（池宮 彰一郎）……………… 0069
しまうま倶楽部（甲山 羊二）……… 0990
島酒の起こり（深海 和）…………… 0915
島左近（尾崎 士郎）………………… 0047
島守（中 勘助）……………………… 0875
自慢じゃないが猛虎一声のその虎様が親分
　（石田 孫太郎）……………… 0795, 0800
自慢の息子（野坂 律子）…………… 0762
染み（ピールザード，ゾヤ）………… 0749
清水課長の二重線（朝井 リョウ）… 1034
紙魚の記（キクチ セイイチ）……… 1020
シミュラクラ（林 不木）……… 0459, 0461
シミュラクラの罠（芦辺 拓）……… 0474
シミュレーション仮説（小林 泰三）… 0570
シミリ現象（高井 信）……………… 0966
ジム・スマイリーと彼の跳び蛙（トウェイ
　ン，マーク）……………………… 1146
使命（水棲モスマン）………… 0459, 0461
死命を賭ける─《死命》刑事部編（柚月 裕
　子）……………………………… 0179
〆切だからミステリーでも勉強しよう（山
　上 たつひこ）…………………… 0365
標野にて 君が袖振る（大崎 梢）… 0206, 0375
下北みれん（井上 荒野）…………… 0608
下津山縁起（米澤 穂信）…………… 1024
ジモトのひと（松坂 礼子）………… 0857
下野原光一くんについて（あさの あつ
　こ）……………………………… 0900
霜降月の庭（小田 由紀子）………… 0866
シャイニー・カー・イン・ザ・ナイト（マ
　マタス，ニック）………………… 0298

社員食堂の恐怖（北野 勇作）……… 0561
社員たち─得意先から帰ってきたら、会社が
　地中深くに沈んでいた（北野 勇作）… 0558
蛇踊り（フォード，コーリー）……… 0870
じゃがいも（遅 子建）………… 1113, 1114
蛇含草（桂 三木助）………………… 0390
借景（溝口 さと子）………………… 0821
ジャグジー・トーク（坂木 司）…… 0768
弱者の糧（太宰 治）………………… 0596
灼熱のヴィーナス─金星上空で大事故が発
　生した。だが、本部から現場への指示は
　奇妙だった…（谷 甲州）………… 0564
芍薬奇人（白井 喬二）……………… 0014
ジャケット背広スーツ（都筑 道夫）… 0330
謝罪の理由（平 金魚）………… 0460, 0461
殺三狼（秋梨 惟喬）………………… 0205
斜視（モリッシー，メアリー）……… 0746
謝辞（權 悦子）……………………… 0770
シャーシー・トゥームズの悪夢（深町 眞理
　子）……………………………… 0229
射手（全 光鏞）……………………… 1117
邪宗仏（北森 鴻）…………………… 0329
写真（川端 康成）…………………… 0917
写真（ニール，ナイジェル）………… 1140
写真（春風 のぶこ）………………… 0915
写真うつりのよい女─退職刑事シリーズよ
　り（都筑 道夫）………………… 0168
邪神戦記（永井 豪）………………… 0056
写真の中の水兵（ドライヤー，アイリー
　ン）……………………………… 0298
写真の中の人（リー，テンポ）……… 1110
写真の向こう側（笹野 裕子）……… 0851
ジャズ大名（筒井 康隆）…………… 0120
写生（武田 忠士）…………………… 0459
車窓コンサルタント（伊園 旬）…… 0199
車中の人（飛鳥 高）………………… 0148
ジャックと雪化粧の精（紫藤 ケイ）… 0197
ジャック・ランダ・ホテル（マンロー，アリ
　ス）…………………………… 0669, 0670
しゃっくり（芦田 晋作）…………… 1020
しゃっくり（筒井 康隆）…………… 0546
赤光の照らす旅（桂 修司）………… 0603
シャッター（野田 充男）…………… 0976
川崎船（熊谷 達也）………………… 1008
シャドウ（小泉 秀人）……………… 0970
車内（グエーズィンヨーウー）…… 1121
社内肝試し大会に関するメモ─会社の地下

で事故が起こったんだ。で、死んだよ、研究員が（北野 勇作） …………… 0564
社内恋愛（立見 千香） ………………… 0704
娑婆（林 由美子） ……………………… 0444
ジャバウォッキー（有栖川 有栖） …… 0139
蛇腹と電気のダンス（北野 勇作） …… 0518
しゃべっちゃ駄目（菊地 秀行） ……… 0453
喋らない男（谷口 雅美） ……………… 0689
しゃべる花（高橋 由太） ……………… 0484
しゃべる豚（Ｏ・Ｔ） ………………… 0975
石鹸（火坂 雅志） ……………………… 0033
石鹸―石田三成（火坂 雅志） ………… 0035
シャボン玉（保志 成晴） ……………… 0460
シャボン魂（岩里 藁人） ……… 0459, 0461
邪魔（篤長 宙史） ……………………… 0463
ジャマイカ氏の実験（城 昌幸） ……… 0142
邪魔っけ（平岩 弓枝） ………………… 0021
ジャーミン街奇譚（アラン,A.J.） …… 0480
ジャム（ローズ、ダン） ……………… 0708
シャム猫（ブラウン、フレドリック） … 1136
赦免船―島椿（小山 啓子） …………… 0110
赦免花（高妻 秀樹） …………………… 0827
赦免花は散った（笹沢 左保） … 0049, 0328
車輪の空気（森 浩美） ………………… 1015
ジャルガルマー（エンフボルド、ドルジゾブディン） ………………………… 1118
シャルロットだけはぼくのもの（米澤 穂信） …………………………………… 0245
シャルロットの友達（近藤 史恵） …… 0132
シャルロットの憂鬱（近藤 史恵） ‥ 0792, 0793
社霊（井川 一太郎） …………………… 0976
シャーロックの強奪（ミルン,A.A.） … 0231
シャーロック・ホームズ対007（スタンリー、ドナルド） ……………………… 0231
シャーロック・ホームズ対デュパン（チャップマン、アーサー） ………………… 0231
シャーロック・ホームズ対フランケンシュタインの怪物（カイム、ニック） …… 0227
シャーロック・ホームズ対勇将ジェラール（作者不詳） …………………………… 0231
シャーロック・ホームズと品の悪い未亡人（ハリデイ、マグス・L.） ………… 0227
シャーロック・ホームズなんか恐くない（プロンジーニ、ビル） ……………… 0231
シャーロック・ホームズの内幕（星 新一） …………………………………… 0229
シャーロック・ホームズの口寄せ（清水 義

範） ………………………………… 0230
シャーロットの鏡（ベンソン,R.ヒュー） …………………………………… 0480
ジャンカ（日出彦） …………………… 0974
ジャンキーのクリスマス（バロウズ、ウィリアム） …………………………… 1123
ジャンキー・モンキー（菅野 雅貴） … 0976
シャングリラ（張 系国） ……………… 0881
ジャングリン・パパの愛撫の手（桜庭 一樹） …………………………………… 0488
ジャングル探偵ターザン（バロウズ、エドガー・ライス） …………………… 0262
ジャングルの物語、その他の物語（坂永 雄一） …………………………………… 0569
じゃんけん必勝男（藍原 貴之） ……… 0974
上海のシャーロック・ホームズ最初の事件（冷血） ……………………………… 0235
上海のシャーロック・ホームズ第二の事件（天笑） ……………………………… 0235
上海フランス租界祁斉路三二〇号（上田 早夕里） ………………………………… 0570
シャンパンの泡（堀口 大學） ………… 0628
ジャンピングニー（越谷 オサム） …… 0759
朱色の命（長野 修） …………………… 0846
十一月の客（森川 楓子） ……………… 0223
十一月の夏みかん（岩本 和博） ……… 0847
十一月の約束（本多 孝好） …………… 0591
十一月三日午後の事（志賀 直哉） …… 0787
十一台の携帯電話（中井 紀夫） ……… 0264
驟雨（豊田 一郎） ……………………… 1026
驟雨（三浦 哲郎） ……………………… 0437
驟雨（吉行 淳之介） …………………… 0995
十円参り（辻村 深月） ………… 0165, 0166
銃を置く（白 ひびき） ………………… 0464
修学旅行（小島 水青） ………………… 0415
修学旅行のしおり―完全補完版（加藤 鉄児） …………………………………… 0603
十月十日の二人（田中 孝博） ………… 0763
十月の末（宮沢 賢治） ………………… 0804
周吉が死んじゃった（高橋 由太） …… 0188
銃器店へ（中井 英夫） ………………… 0395
19歳だった（入間 人間） ……………… 1028
宗教違反を平気な天国（秋 竜山） …… 0534
終業のベルが鳴る（新美 南吉） ……… 1079
十九号室へ（レッシング、ドリス） … 1137
十九になるわたしたちへ（橋本 紡） … 1028
襲撃（山田 正紀） ……………………… 0289
襲撃のメロディ（山田 正紀） ………… 0534

しゆう　　　　　　　作品名索引

十号船室の問題（ラヴゼイ，ピーター）　… 0344
十五人の殺人者たち（ヘクト，ベン）　…… 0881
十五年の孤独―人類史上初！ 軌道エレベー
　　ター人力登攀（七佳 弁京）………… 0563
十五年目の客たち（日下 圭介）………… 0856
銃後の守り（アルダイ，チャールズ）
　　　　　　　　　　　　　… 0141, 0202
十五秒（榊林 銘）………………………… 0215
十五分間の出来事（霧舎 巧）…………… 0161
重罪隠匿（ヌー，オニール・ドゥ）…… 0298
銃殺隊（アンロー，ジャック）… 1150, 1151
十三本目の木（モールデン，R.H.）…… 0413
十三夜（樋口 一葉）……………………… 1087
十七歳だった頃（ラグワ，ジャグダリン）
　　　　　　　　　　　　　　　　… 1118
蒐集者の庭（抄）（久保 竣公）………… 0479
終章〜タイムオーバー〜（鏑木 蓮）… 0260
重四郎始末（木山 省二）………………… 0835
囚人（倉橋 由美子）……………………… 0395
銃声（パリッシュ，P.J.）……………… 0202
従卒トム（藤井 太洋）…………………… 0569
渋滞（豊田 有恒）………………………… 0533
住宅地、深夜にて（葛西 俊和）………… 0427
臭談（小原 猛）…………………………… 0415
集団自殺と百二十億頭のイノシシ（田中 啓
　　文）……………………………………… 0570
銃弾の秘密（鬼怒川 浩）………………… 0366
執着（加藤 みどり）……………………… 0748
終着駅（金広 賢介）…………… 0606, 1030
終着駅のむこう側（法坂 一広）………… 0603
終電車（都筑 道夫）……………………… 0137
終電の幽霊（浅地 健児）………………… 0975
修道士による物語――一七九二（作者不詳）
　　　　　　　　　　　　　　　　… 0441
姑のハンドバッグ（六條 靖子）………… 0459
姑の姑（梅原 満知子）…………………… 0948
17歳（唯野 未歩子）…………… 0745, 0754
十二月八日（太宰 治）………… 1065, 1066
12：01PM（ルポフ，リチャード・A.）… 0514
十二時間三十分（崎谷 はるひ）………… 0698
十二支のネコ（上甲 宣之）…… 0443, 0791
十二の月たち―あるスラヴの伝説（コズコ，
　　アレクサンダー）…………………… 0693
十二番ゲート（リリョ，バルドメロ）… 1161
十二面体関係（円城 塔）………………… 1034
執念（リッチ，H.トンプソン）………… 0425
十年後のいま（横尾 忠則）……………… 0961

10年後は天国だったと思う（蛭子 能収）
　　　　　　　　　　　　　　　　… 0961
十年醸造のカタコイ（谷口 雅美）……… 0666
執念谷の物語（海音寺 潮五郎）………… 0052
10年目の告白（マキヒロチ）…………… 0647
十年目のバレンタインデー（東野 圭吾）
　　　　　　　　　　　　　　　　… 0214
自由の女神（フリードソン，マット）… 1142
周波数は77.4MHz（初野 晴）… 0357, 0358
十八階のよく飛ぶ神様（似鳥 鶏）……… 0759
18番テーブルの幽霊（吉川 英梨）… 0217, 0319
秋分―9月23日ごろ（山崎 ナオコーラ）
　　　　　　　　　　　　　　　　… 0919
十兵衛の最期（大隈 敏）………………… 0057
十枚のエチュード（海堂 尊）…………… 0223
醜魔たち（倉橋 由美子）………………… 0488
終末芸人（真藤 順丈）…………………… 0431
週末の食べ物（林 真理子）……………… 0618
10万人のテリー（長谷 敏司）………… 0495
十万両を食う（富樫 倫太郎）…………… 0038
就眠儀式―Einschlaf‐Zauber（須永 朝
　　彦）……………………………………… 0488
終夜図書館（早見 裕司）………………… 0581
重要なのは（大原 久通）………………… 0976
重要な部分（星 新一）…………………… 0534
14（初野 晴）…………………………… 0246
修理人（ハットリ ミキ）………………… 0972
重力の使命（林 譲治）…………………… 0540
秋霖（山田 春夜）………………………… 0851
終列車（ブラウン，フレドリック）…… 0344
十六歳の日記（川端 康成）……………… 0816
十六年後に泊まる（古川 日出男）……… 0783
樹戒（君島 慧是）………………………… 0462
樹海（スワースキー，レイチェル）…… 0576
シュガー・エンドレス（西澤 保彦）… 0957
修行のタイムリミット（海堂 尊）……… 0186
祝煙（和田 芳恵）………………………… 0580
祝辞（佐々 稲子）………………………… 0580
祝葬（久坂部 羊）………………………… 0339
宿題を取りに行く（巽 昌章）… 0316, 0321
宿題代行サービス（藍場 貴之）………… 0974
祝電（石丸 桂子）………………………… 0868
祝といふ男（牛島 春子）……… 1065, 1066
宿場の光（上田 秀人）…………………… 0018
祝福（渡理 五月）………………………… 0866
宿命（深町 秋生）………………………… 0200
宿命の宝冠―連載第1回（宵野 ゆめ）… 0502

684

作品名索引　　しゆん

宿命の宝冠—連載第2回（宵野　ゆめ）‥　0503
宿命の宝冠—連載第3回（宵野　ゆめ）‥　0504
宿命の宝冠—最終回（宵野　ゆめ）‥‥‥　0505
主日に（長谷川　集平）‥‥‥‥‥‥‥‥　0994
手術（渋谷　良一）‥‥‥‥‥‥‥‥‥‥　0975
手術後（野田　充男）‥‥‥‥‥‥‥‥‥　0972
手術室（吉田　知子）‥‥‥‥‥‥‥‥‥　0479
「侏儒の言葉」より（芥川　龍之介）‥‥‥　0917
受城異聞記（池宮　彰一郎）‥‥‥‥‥‥　0064
修禅寺物語（岡本　綺堂）‥‥‥‥‥‥‥　1052
受胎（石居　椎）‥‥‥‥‥‥‥　0460, 0461
シュタインピルツ方式（グレイヴス, ロバー
　ト）‥‥‥‥‥‥‥‥‥‥‥‥‥‥‥‥　0283
主張（越智　のりと）‥‥‥‥‥‥‥‥‥　0971
「出エジプト記」より—文語訳「旧約聖書」
　（作者不詳）‥‥‥‥‥‥‥‥‥‥‥‥　0414
出家せば（安藤　オン）‥‥‥‥‥‥‥‥　0826
出家とその弟子（倉田　百三）‥‥‥‥‥　1031
出航（たなか　なつみ）‥‥‥‥‥‥‥‥　1021
出孤島記（島尾　敏雄）‥‥‥‥‥‥‥‥　0776
シュッ、シュッ、シュシュシュッ！（源　祥
　子）‥‥‥‥‥‥‥‥‥‥‥‥‥‥‥‥　0941
出席簿（クジラマク）‥‥‥‥‥‥　0460, 0461
出世の首（筒井　康隆）‥‥‥‥‥‥‥‥　1049
出奔（蒼井　ひかり）‥‥‥‥‥‥‥‥‥　0584
出奔（宇江佐　真理）‥‥‥‥‥‥‥‥‥　0113
出来ていた青（山本　周五郎）‥‥‥‥‥　0295
受難二代（河　瑾燦）‥‥‥‥‥‥‥‥‥　1117
受難の娘たち（オフェイロン, ジュリア）
　‥‥‥‥‥‥‥‥‥‥‥‥‥‥‥‥‥‥　0746
シュニィユ—軍神ひょっとこ葉武太郎伝
　（荒山　徹）‥‥‥‥‥‥‥‥‥‥‥‥　0082
朱日記（泉　鏡花）‥‥‥‥‥‥‥‥‥‥　0993
授乳（貝原）‥‥‥‥‥‥‥‥‥‥‥‥‥　0464
主任設計者（ダンカン, アンディ）‥‥‥‥　0555
シュネームジーク（小滝　ダイゴロウ）‥‥　0859
ジュノ（山下　奈美）‥‥‥‥‥‥‥‥‥　0858
シュノーケリング（ベイカー, ニコルソ
　ン）‥‥‥‥‥‥‥‥‥‥‥‥‥‥‥‥　1133
手乗りクトゥルー（葦原　崇貴）‥‥‥‥‥　0489
呪縛の塔（サド, マルキ・ド）‥‥‥‥‥‥　0449
ジュピターズイン（ブラックマン, サラ）
　‥‥‥‥‥‥‥‥‥‥‥‥‥‥‥‥‥‥　1142
主婦殺害事件（ワトスン）‥‥‥‥‥‥‥　0235
主婦と交番—下高井戸（藤野　千夜）‥‥‥　0839
主婦と排水溝（三田　とりの）‥‥‥‥‥‥　0463
趣味（室井　滋）‥‥‥‥‥‥‥‥‥‥‥　1054

趣味（ローズ, ダン）‥‥‥‥‥‥‥‥‥　0708
趣味の数字（影　洋一）‥‥‥‥‥‥‥‥　0967
趣味の茶漬け（北大路　魯山人）‥‥‥‥　0622
趣味の愉悦（柊　サナカ）‥‥‥‥‥‥‥　0197
寿命（新津　きよみ）‥‥‥‥‥‥‥‥‥　1019
趣味は人間観察（新藤　卓広）‥‥‥　0195, 0443
主よ、人の望みの喜びよ（浅倉　卓弥）‥‥　0223
修羅霊（入江　敦彦）‥‥‥‥‥‥‥‥‥　0475
修羅になりぬ（江藤　あさひ）‥‥‥‥‥‥　0989
ジュリアとバズーカ（カヴァン, アンナ）
　‥‥‥‥‥‥‥‥‥‥‥‥‥‥‥‥‥‥　0878
ジュリエット祖母さん（ルゴーネス）‥‥　0879
狩猟家サイヤード（ムラーベト, ムハンマ
　ド）‥‥‥‥‥‥‥‥‥‥‥‥‥‥‥‥　0404
ジュール叔父（モーパッサン, ギ・ド）‥‥　0884
シュレディンガーの子猫（阿字　平八郎）
　‥‥‥‥‥‥‥‥‥‥‥‥‥‥‥‥‥‥　0973
シュレーディンガーの雪密室（園田　修一
　郎）‥‥‥‥‥‥‥‥‥‥‥‥‥‥‥‥　0242
シュレディンガーの猫（瀬川　潮）‥‥‥‥　1023
シュレディンガーの猫はポケットの中に
　（英　アタル）‥‥‥‥‥‥‥‥‥‥‥‥　0791
手話（神沼　三平太）‥‥‥‥‥‥‥‥‥　0463
手話法廷（小杉　健治）‥‥‥‥‥‥‥‥　0282
シュワルツさんのために（ソーンダーズ,
　ジョージ）‥‥‥‥‥‥‥‥‥‥‥‥‥　0708
旬（清水　義範）‥‥‥‥‥‥‥‥‥‥‥　0618
純愛（石野　晶）‥‥‥‥‥‥‥‥‥‥‥　0780
純愛（春名　トモコ）‥‥‥‥‥‥‥‥‥　1023
ジュンイチ君（有沢　真由）‥‥‥‥‥‥‥　0198
春怨（皆川　博子）‥‥‥‥‥‥‥‥‥‥　0820
巡回（松村　進吉）‥‥‥‥‥‥‥‥‥‥　0415
春夏秋冬（小林　栗奈）‥‥‥‥‥‥‥‥　0866
俊寛（芥川　龍之介）‥‥‥‥‥‥‥‥‥　0067
春寒抄（吉井　勇）‥‥‥‥‥‥‥‥‥‥　0993
純喫茶タレーランの庭で（岡崎　琢磨）‥‥　0183
淳くんの匣（君島　慧是）‥‥‥‥‥　0457, 0458
逡巡の二十秒と悔恨の二十年（小林　泰
　三）‥‥‥‥‥‥‥‥‥‥‥‥‥‥‥‥　0470
純情な蠍（天藤　真）‥‥‥‥‥‥‥‥‥　0268
純情なシンデレラ（ロールズ, エリザベ
　ス）‥‥‥‥‥‥‥‥‥‥‥‥‥‥‥‥　0733
春雪の門（古川　薫）‥‥‥‥‥‥‥‥‥　0098
春太の毎日（三浦　しをん）‥‥‥‥‥‥‥　0685
純な心（フローベール, ギュスターヴ）‥‥‥　0879
純白の美少女（ブロック, ローレンス）‥‥‥　0238
純白のライン（三浦　しをん）‥‥‥‥‥‥　0956

685

順番（岸田 新平）	0969	
準備する女（戸川 唯）	0689	
準備、ほぼ完了（バス, リック）	1123	
春風仇討行（宮本 昌孝）	0119	
春風街道（山手 樹一郎）	0010	
春分―3月21日ごろ（宮崎 誉子）	0918	
春本太平記（山田 風太郎）	0582	
春眠（白縫 いさや）	1023	
巡礼（坂東 眞砂子）	1013	
女医の話（水野 仙子）	0748	
紹介（須月 研児）	0975	
生涯で一度のチャンス（フォックス, スーザン）	0641	
生涯の垣根（室生 犀星）	1052	
小角伝説―飛鳥霊異記（六道 慧）	0056	
小学六年のときにボクがした殺人（戸四田 トシユキ）	0915	
正月ミステリ（東野 圭吾）	0308	
正月四日の客（池波 正太郎）	0061, 0113	
小寒―1月5日ごろ（飛鳥井 千砂）	0919	
城館（皆川 博子）	0345	
将棋（平山 敏也）	0970	
浄巾掛け（佐藤 万里）	0949	
憧憬☆カトマンズ（宮木 あや子）	1032	
上下左右（筒井 康隆）	0573	
証言拒否（夏樹 静子）	0282	
情獄（大下 宇陀児）	0142, 0436	
証拠写真による呪いの掛け方と魔法の破り方（多岐亡羊）	0440	
少佐とコオロギ（ワグネル）	1157	
正直な子ども（山崎 ナオコーラ）	0903	
正直な泥棒（ドストエフスキー）	0884	
乗車券（春名 トモコ）	1023	
常習犯（今野 敏）	0160, 0167, 0318	
上州前橋（神保 光太郎）	1037	
召集令状（小松 左京）	0491, 0777	
小暑―7月7日ごろ（大崎 梢）	0918	
嫋々の剣（澤田 ふじ子）	0119	
少女遠征（黒 史郎）	0484	
少女怪獣 レッシー登場―神奈川県「女は怪獣 男は愛嬌」（井口 昇）	0541	
少女架刑（吉村 昭）	0391, 1076	
少女探偵団（湊 かなえ）	0349, 0350	
少女と海鬼灯（野口 雨情）	0886	
少女と過ごした夏（伊藤 寛）	0457, 0458	
少女と龍（小泉 絵理）	0858	
少女の鏡（笹原 実穂子）	0988	

少女病（田山 花袋）	0955, 1068, 1093	
少女病近親者・ユキ（吉川 トリコ）	0751	
正真正銘の男（ヴェーケマン, クリストフ）	1160	
庄助の夜着（宮部 みゆき）	0907	
定跡外の誘拐（円居 挽）	0204	
小説（辻 潤）	0945	
小雪―11月22日ごろ（東山 彰良）	0919	
小説・江戸川乱歩の館（鈴木 幸夫）	0146	
小説王子（千梨 らく）	0584	
＜小説＞企画とは何だったのか（栗原 裕一郎）	0962	
小説でてくたあ（石川 喬司）	0534	
小説・読書生活（抄）（関戸 克己）	0479	
小説の神様（中原 涼）	0484	
小説の感想屋（紅 旬新）	0973	
省線電車の射撃手（海野 十三）	0256	
肖像画（ハックスリー, A.）	0651	
正体不明の二人への手紙（パス, オクタビオ）	1162	
妾宅（永井 荷風）	1071	
妾宅（抄）（永井 荷風）	0628	
商談（タカスギ シンタロ）	1022	
松竹梅（服部 まゆみ）	0164	
城中の霜（山本 周五郎）	0054	
上長の資質（港夜 和馬）	0973	
昇天（金井 美恵子）	1063	
省電車掌（黒江 勇）	0765	
浄徳寺さんの車（小沼 丹）	0993	
章と節（ディーヴァー, ジェフリー）	0203	
衝突―国際移民プロジェクトは各地で進行中だが、貧乏くじを引くのはいつも私だ（曽根 圭介）	0559	
上人様の涙（ナツァグドルジ, ダシドルジーン）	1118	
商人と錬金術師の門（チャン, テッド）	0514	
情熱の落としもの（ウェバー, メレディス）	0723	
少年（石川 桂郎）	1078	
少年期の衝動（東野 圭吾）	0329	
少年幸徳秋水（崎村 裕）	0992	
少年前夜（吉田 修一）	0903	
少年僧の夢（セーンマニー, ブンスーン）	1119	
少年探偵（戸板 康二）	1076	
少年と一万円（山本 禾太郎）	0255	
少年と少女の密室（大山 誠一郎）	0348	

少年の哀み（徳田 秋聲） ……………… 0819

少年の意志（パトリック, Q.） ………… 0172

少年の海（通 雅彦） ………………… 0988

少年の夏（吉村 昭） ………… 0872, 0873

少年の夏のスイカ（原田 宗典） ……… 0618

少年の日（佐藤 春夫） ……………… 0875

少年の日の思い出（ヘッセ, ヘルマン）
　　……………………………… 0874, 0888

少年の見た男（原 尞） ……………… 0345

少年名探偵WHO―透明人間事件（はやみ
　ね かおる） ………………………… 0957

勝敗に非ず（佐江 衆一） …………… 1013

小美術館で（永井 龍男） …………… 1052

娼婦の部屋（吉行 淳之介） ………… 1071

掌編二題（森 英津子） ……………… 0987

消防女子!!.悖悖悖悖浜消防局・高柳蘭
　の奮闘〈抄〉（佐藤 青南） ………… 0179

小満―5月21日ごろ（藤谷 治） …… 0918

証明写真機（安部 孝作） …………… 0464

縄文怪獣 ドキラ登場―新潟県「ヨビコの
　文様」（村井 さだゆき） ………… 0541

唱門師の話（柳田 國男） …………… 1047

蕉門秘訣（五十日 寿男） …………… 0830

常夜往く（五代 ゆう） ……………… 0435

逍遥の季節（乙川 優三郎） ………… 0080

将来の夢（@ti_clocks） …………… 0781

勝利（バーク, アラフェア） ………… 0296

上陸待ち（伊集院 静） ……………… 1014

小猟犬（蒲 松齢） …………………… 0419

招霊（「妹のいた部屋」改題）（井上 夢人）
　　……………………………………… 0284

浄霊中（我妻 俊樹） ………… 0457, 0458

常連（酒月 茗） ……………………… 0462

精霊流し（佐藤 青南） ……… 0194, 0195

しょうろ豚のルル（いしい しんじ） …… 0790

昭和エレジー（立石 一夫） ………… 1084

小惑星の力学（ブロック, ロバート） …… 0231

昭和の夜（福澤 徹三） ……………… 1012

昭和湯の幻（倉阪 鬼一郎） ………… 0249

女王（佐藤 賢一） …………………… 0906

諸王朝（ジブラン, カリール） ……… 0275

女王ディナラの物語（作者不詳） …… 1157

女王のいた家（金広 賢介） ………… 0755

女王のおしゃぶり（北 杜夫） ……… 0146

女王蜂のライバル事件（ウィート, キャロリ
　ン） ………………………………… 0225

女誡扇綺譚（佐藤 春夫） …………… 0394

ジョーカーとレスラー（大沢 在昌） …… 0219

ジョーカーの徹夜仕事（大沢 在昌） …… 1012

所感（正宗 白鳥） …………………… 0993

燭怪（田中 芳樹） …………………… 0078

ショグゴス（小林 泰三） …………… 0490

食後の歌（木下 杢太郎） …………… 0993

贖罪（門前 清一） …………………… 0971

蜀山人（柴田 錬三郎） ……………… 0099

食而（内田 百閒） …………………… 0625

植字校正老若問答（宮崎 修二朗） …… 0580

食書（小田 雅久仁） ………………… 0515

食人鬼（小泉 八雲） ………………… 0628

食人鬼（日影 丈吉） ………………… 0151

食卓の光景（添田 健一） …… 0459, 0461

食卓の光景（吉行 淳之介） ………… 1094

飾燈（日影 丈吉） …………………… 0144

食堂にて（斜斤） …………… 0457, 0458

職場の作法（津村 記久子） ………… 0772

食品汚染（酒月 茗） ………………… 0489

植物学者の手袋（ラヴグローヴ, ジェイム
　ズ） ………………………………… 0226

植物たちの企み（沖 義裕） ………… 0831

職務遂行中に（ヒーリイ, ジェレマイア）
　　……………………………………… 0286

食慾について（大岡 昇平） ………… 0628

食在廣州―食は広州に在り（邱 永漢） … 0628

諸君は名探偵になれますか？（江戸川 乱
　歩） ………………………………… 0147

処刑（星 新一） …………… 0144, 0547

処刑の日（スレッサー, ヘンリィ） …… 0890

"女傑"マリエ・ロクサーヌの美しく勇敢な
　最後（大間 九郎） ………………… 0197

女工小唄―1（黒島 伝治） ………… 0765

女工小唄―2（宮本 百合子） ……… 0765

女工小唄―3（小林 多喜二） ……… 0765

曙光の円舞曲（夏目 翠） …………… 1081

ジョコンダの微笑（ハックスリー, A.） …… 1130

じょさね（竹田 真砂子） …………… 0083

助詞一字の誤植―横光利一のために（大屋
　幸世） ……………………………… 0580

きみは少年義勇軍（巽 聖歌） ……… 1036

女子的生活（坂木 司） ……………… 0759

ジョージと逢う（笹原 実穂子） …… 0989

書肆に潜むもの（井上 雅彦） ……… 0583

ジョージの災難（真梨 幸子） ……… 0444

書写人バートルビー――ウォール街の物語
　（メルヴィル, ハーマン） …………… 1146

作品名索引

助手席の女（森江 賢二）　0975
処暑―8月23日ごろ（平松 洋子）　0919
処女作を出したころ（吉田 絃二郎）　1092
処女作回想（尾崎 一雄）　1092
処女作と二作目（泡坂 妻夫）　0329
処女作について（羽志 主水）　0247
処女作の思い出（八木 義徳）　1092
処女作の思ひ出（水上 呂理）　0247
処女作の感想（中村 星湖）　1092
処女地（ダンヌンツィオ, ガブリエーレ）
　1156
書聖（勝山 海百合）　0460
女性（ウルズィートゥグス, ロブサンドル
　ジーン）　1118
女性運動（トルスターヤ,N.）　1159
女性成功者（ブルンチェアヌ, ロクサー
　ナ）　0516
女生徒（太宰 治）　0741
ジョゼと虎と魚たち（田辺 聖子）　0691
初代団十郎暗殺事件（南原 幹雄）　0014
初対面（河野 裕）　0294
ジョーダンズ・エンド―一九二三（グラス
　ゴー, エレン）　0441
書痴メンデル（ツヴァイク, シュテファ
　ン）　0586
署長・田中健一の憂鬱（川崎 草志）　0310
しょっぱい雪（相村 紫帆）　0862
ショッピングモールで過ごせなかった休日
　（岡田 利規）　1062
ショップtoショップ（大崎 梢）　0578, 0579
女店員とストライキ（佐多 稲子）　0765
ショートカット（三藤 英二）　0968
女忍小袖始末（光瀬 龍）　0068
処方秘箋（泉 鏡花）　0398
署名本が死につながる（都筑 道夫）　0581
女優魂（ブロック, ロバート）　0450
女優の魂（岡田 利規）　0962
ジョン（中濱）万次郎外伝―出廷に及ばず
　（須永 淳）　0915
ジョン（中濱）万次郎外伝―明治への紙縒
　（須永 淳）　1026
ジョン・ファウルズを探して（恩田 陸）
　1108
シーラ（ラシード, ファーティマ）　1143
白毛（井伏 鱒二）　1080
白髪鬼（岡本 綺堂）　0295
白髪汁（間倉 巳堂）　0459, 0461

白樺（ワグネル）　1157
白壁（岡部 えつ）　0457, 0458
白壁の文字は夕陽に映える（荒巻 義雄）
　0527
しらかんば―八千穂高原（千早 茜）　0677
白菊（夢野 久作）　0398
シラサギ（ジュエット, セアラ・オーン）　1138
しらさぎ川（桧 晋平）　0846
しらさぎ14号の悪夢（山本 巧次）　0603
白鷺神社白蛇奇話（永江 久美子）　0861
しらせ（勝山 海百合）　0416, 0417
知らない街（古田 隆子）　0860
不知火（安西 玄）　0988
知らぬ顔の半兵衛（里山 はるか）　0973
白刃（こころ 耕作）　0975
白萩の宿（田岡 典夫）　0109
虱（芥川 龍之介）　1054
しらみつぶしの時計（法月 綸太郎）
　0208, 0248, 0323, 0381
白峯―『雨月物語』より（上田 秋成）　0394
白雪姫戦争（白川 紺子）　0977
尻軽罰当たらない女―腹黒い11人の女（三
　谷 晶子）　0667
しりとり（北村 薫）　0620, 0621
シリバカの騎士（霜鳥 つらら）　0853
死霊（ルノアール, ラウル）　0425
死霊婚（嶽本 野ばら）　0608
死霊の恋（ゴーチエ, テオフィール）　0402
死霊の如き歩くもの（三津田 信三）　0243
死霊の盆踊り（ヒモロギ ヒロシ）　0459, 0461
シルヴィ（ネルヴァル, ジェラール・ド）　0879
シルエット（斜斤）　0457, 0458
シルクハットの宇宙（白石 竹彦）　0851
しるし（夏野）　0463
シルダの馬鹿市民（東山 新吉）　0065
事例小説―事例報告でも事例研究でもなく
　（杉原 保史）　0959
シレネッタの丘（初野 晴）　0162, 0163
城（菅 慶司）　0786
白（パス, オクタビオ）　1162
城跡の病院（黒木 あるじ）　0415
白い虎（荒井 恵美子）　0861
白いアンブレラ―アジア系しみじみ（ジェ
　ン, ギッシュ）　1147
城井一族の殉節（髙橋 直樹）　0026
白い犬のいる家（田口 ランディ）　1010
白い腕（阿刀田 高）　0479

作品名索引　　**しんこ**

白い馬（長島 槇子）………… 0416, 0417	白の恐怖（岩里 藁人）………………… 0463
白い永遠（森 ゆうこ）………………… 0857	白の世界から（辻村 たまき）………… 0824
白い壁（本庄 陸男）…………………… 1036	白ヒゲの紳士（二階堂 黎人）………… 0591
白いカーペットの上のごほうび（ジェイムズ, アル）…………………… 0262	白マントの女（ハウスマン, クレメンス）………………… 0389
白い花弁（須藤 文音）………………… 0785	死は朝、羽ばたく（下村 敦史）‥ 0214, 0304
白い紙（ネザマフィ, シリン）……… 1058	師走の怪談（笹本 稜平）……………… 0309
白い髪の童女（倉橋 由美子）………… 0395	死はすばらしい（柘植 めぐみ）……… 0294
白いカンバス（青水 洸）……………… 0865	塵埃（正宗 白鳥）…………… 0774, 0775
白い記憶（安生 正）………… 0193, 0197	親愛なるエス君へ（連城 三紀彦）…… 0137
白い騎士は歌う（宮部 みゆき）……… 0139	親愛なるお母さまへ（渡辺 浩弐）…… 0981
白い球体（武居 隼人）………………… 0489	神域（紙舞）…………………………… 0415
白いクジラ（剣 達也）………………… 0860	新浦島（幸田 露伴）…………………… 0396
白い恋人たち——一部が見えない女体は、完全体よりエロティックなのである（斉藤 直子）…………………… 0563	深淵の蓋（石原 健二）………………… 0489
	進化（加藤 嘉隆）……………………… 0968
白いコール（栗田 海歩瑚）…………… 0855	燼灰を薙ぐおろか者（尾白 未果）…… 1081
白い鹿（シュルバーグ, バッド）…… 1128	深海の少年（柴田 紘）………………… 0824
白い葬列（伊藤 佐喜雄）……………… 1037	人格者（北條 純貴）…………………… 0973
白い手（中野 圭介）…………………… 0256	新陰流 "水月"（高井 忍）…………… 0305
白いドレスの願い（ウッズ, シェリル）… 0711	新陰流 "月影"（高井 忍）…… 0211, 0379
白い歯（平井 文子）…………………… 1026	進化したケータイ（鈴木 孝博）……… 0976
白い翅（川奈 由季）…………………… 0857	新刊小説の滅亡（藤谷 治）…………… 0590
白い枇杷（真帆 沁）…………………… 0815	新幹線（正本 壽美）………… 0457, 0458
白い封筒（吉田 甲子太郎）…………… 1031	新幹線の車窓から（藤巻 元彦）……… 0823
白い服を着た女（立原 透耶）… 0416, 0417	新幹線の窓から（ハナダ）…………… 0465
白い服の婦人（フランス, アナトール）… 1154	心願の国（原 民喜）…………………… 1052
白い崩壊（深町 秋生）………………… 0310	蜃気楼（水沫 流人）…………………… 0415
白いぼうし（あまん きみこ）………… 0618	蜃気楼（宮内 寒弥）…………………… 1092
白い本（北村 薫）……………………… 0592	真空溶媒（宮沢 賢治）………………… 0878
白い路（種田 山頭火）………………… 0625	ジンクス（なみっち）………………… 0970
白い密室（鮎川 哲也）……… 0383, 0384	真紅の米（冲方 丁）…………………… 0044
白い闇（松本 清張）…………………… 0856	真紅の蝶が舞うころに（有沢 真由）… 0584
白い闇のほうへ（岬 多可子）………… 1088	ジンクレールの青い空（秋野 佳月）… 1004
白いライトバン（武田 若千）………… 0465	シンクロ（青島 さかな）……………… 1023
城を守る者（山本 周五郎）… 0034, 0059	シンクロ（青砥 十）…………………… 1023
城を守る者——千坂対馬（山本 周五郎）… 0036	真景累ケ淵（小栗 健次）……………… 0426
銀心中（田宮 虎彦）…………………… 0978	新月の獣（三川 祐）…………………… 0571
純白き鬼札（冲方 丁）………………… 0045	震源地（@BlackFox17）………………… 0781
白きを見れば（麻耶 雄嵩）… 0257, 0301	人皇王流転（田中 芳樹）……………… 0077
白孔雀のいるホテル（小沼 丹）……… 0995	沈香事件（海野 十三）………………… 0153
しろくまは愛の味（奈良 美那）… 0196, 0443	信号手（ディケンズ, チャールズ）………………… 0413, 0414, 1141
シロー先輩の告白（前田 美幸）……… 0821	
白手の黒奴（コルター, エリ）……… 0425	人工知能研究をめぐる欲望の対話（江間 有沙）…………………… 0556
しろねこ（マッケンジー, エリザベス）… 1088	
白猫さん（角野 栄子）………………… 0798	深刻な不眠症（戸原 一飛）…………… 0974
	神国崩壊（獅子宮 敏彦）……………… 0284
	新婚すれ違い（吉田 大成）…………… 0974

689

しんこ　　　　　　作品名索引

新婚特急の死神（島田　一男）………… 0604
新婚の池（ゲイル，ゾナ）……………… 0446
震災を越えて（@kandayudai）………… 0781
震災がくれたもの（@megumegu69）… 0781
『震災画報』より（宮武　外骨）……… 0784
震災からの贈り物（岡田　理子）……… 0786
震災後の感想（村上　浪六）…………… 0784
新西遊記（久生　十蘭）………………… 0397
診察の結果（狩生　玲子）……………… 0974
新残酷物語（久生　十蘭）……………… 0397
人事（今野　敏）………………………… 0204
新自然主義的提唱（山岸　外史）……… 1037
真実（ピランデッロ，ルイジ）……… 1155
真実の焼うどん（椎名　誠）…………… 1054
紳士ならざる者の心理学（柄刀　一）
　　　　　　　　　　　　　 0316, 0321
人事マン（沢村　凛）………… 0207, 0377
神社を守護するお兄ちゃん（神狛　しず）
　　　　　　　　　　　　　 0416, 0417
神社ガール（谷口　雅美）……………… 0664
信珠（茶毛）……………………………… 0438
真珠（坂口　安吾）……………………… 0776
心中（川端　康成）…………… 0479, 0978
心中少女（石持　浅海）………………… 0921
『深重の海』より（津本　陽）………… 0794
心中むらくも村正（山本　兼一）……… 0077
心中むらくも村正【村正】（山本　兼一）… 0088
新秋名菓―季節のリズム（尾崎　翠）…… 0622
心中ロミオとジュリエット（大山　誠一
　郎）…………………………………… 0304
新宿の果実―新宿（盛田　隆二）……… 0839
新宿薔薇戦争（皆川　博子）…………… 1040
新宿マーサ（輝　美津夫）……………… 0969
新宿夜話（豊田　一郎）………………… 0992
真朱の街（上田　早夕里）……………… 0483
信じる者は足もとをすくわれる（佐藤　青
　南）…………………………………… 0190
信心（勝山　海百合）…………………… 0463
人身事故の話（三輪　チサ）……… 0416, 0417
進々堂世界一周シェフィールド，イギリス
　（島田　荘司）………………………… 1096
進々堂世界一周 戻り橋と悲願花（島田　荘
　司）…………………………………… 0376
新生（瀬名　秀明）……………………… 0496
人生（かえるいし）……………………… 0972
神聖喜劇（大西　巨人）………………… 0779
神星伝（冲方　丁）…………… 0515, 0574, 0575

人生の教訓（オクジャワ）…………… 1158
人生の教訓（フィニー，アーネスト・J.）… 0297
人生の駐輪場（森村　誠一）………… 1014
人生のはじまり，退屈な日々（佐々木　基
　成）………………………………… 1003
人生の本質（レオ，エニッド，デ）… 1163
人生胸算用（稲葉　稔）……………… 0084
人生リングアウト（樋口　毅宏）…… 1034
人生は彼女のもの（ケリー，メイヴ）… 0746
真説・赤城山（天藤　真）…………… 0020
真説シャーロック・ホームズの生還（ロー
　ド・ワトスン）…………………… 0231
親切な恋人（アレ，アルフォンス）… 0390
親切な福姫さん（パク　ワンソ）…… 1110
新選組生残りの剣客―永倉新八（池波　正太
　郎）………………………………… 0104
神仙道の一先人（幸田　露伴）……… 0396
新鮮なニグ・ジュギペ・グァのソテー。キ
　ウイソース掛け（田中　啓文）…… 0613
真相（紗那）………………………… 0415
心臓カテーテル室で（やまぐち　はなこ）
　………………………………… 0457, 0458
心臓の夢（ラグワ，ジャグダリン）… 1118
新造物者（シェリー，メアリ）…… 0433
寝台を焼く（佐藤　章二）………… 0991
寝台の舟（吉行　淳之介）………… 1071
新宝島（浅暮　三文）……………… 0920
死んだはずの男（コリンズ，マックス・アラ
　ン）………………………………… 0297
死んだはずの男（スピレイン，ミッキー）
　………………………………… 0297
死んだ人の話（本間　海奈）……… 0970
新築（クジラマク）………………… 0464
しんちゃんの自転車（荻原　浩）… 1008
真鍮色の密室（アシモフ，アイザック）… 0365
真鍮の都（ヤング，ロバート・F.）… 0528
慎重な夫婦（マックラスキー，ソープ）… 0487
慎重派（森江　賢二）……………… 0967
慎重令嬢（大下　宇陀児）………… 0153
新・D坂の殺人事件（恩田　陸）… 0146
死んでいった者の罪状（チーゾーエー）… 1121
死んでいる時間（エーメ）………… 0869
死んでる先生死んでる歌手、あらゆる記憶
　によう耐えた（川上　未映子）…… 1020
シンデレラ（ペロー，シャルル）… 0693
シンデレラの願い（フィールディング，リ
　ズ）………………………………… 0713

690

作品名索引　　　すいせ

シンデレラは涙をふいて（マッコーマー, デ
　ビー）‥‥‥‥‥‥‥‥‥‥‥‥‥‥ 0724
新道（斎藤 茂吉）‥‥‥‥‥‥‥‥‥‥ 0854
新透明人間（カー, ディクスン）‥‥‥‥ 0136
身毒丸（折口 信夫）‥‥‥‥‥‥‥‥‥ 0816
新都市建設（小松 左京）‥‥‥‥‥‥‥ 0137
信念（アシモフ, アイザック）‥‥‥‥‥ 0526
信念（武田 泰淳）‥‥‥‥‥‥‥‥‥‥ 0924
新年明けまして、ゆきこです。（志崎 鋭）
　‥‥‥‥‥‥‥‥‥‥‥‥‥‥‥‥‥ 0859
心配していたよ。（@ykdawn）‥‥‥‥ 0781
新発明のヘルメット（月野 玉子）‥‥‥ 0972
神秘的な動物（倉橋 由美子）‥‥‥‥‥ 0395
新富士模様（逢坂 剛）‥‥‥‥‥‥‥‥ 0078
シンプル・マインド（吉永 南央）‥‥‥ 0769
新聞（村上 春樹）‥‥‥‥‥‥‥‥‥‥ 0479
新聞紙の包（小酒井 不木）‥‥‥‥‥‥ 0256
新平民部落（岩野 泡鳴）‥‥‥‥‥‥‥ 1047
甚兵衛の手（七瀬 圭子）‥‥‥‥‥‥‥ 0030
神変大菩薩伝（坪内 逍遙）‥‥‥‥‥‥ 0056
神変卍飛脚（宮崎 惇）‥‥‥‥‥‥‥‥ 0051
新・松山鏡（森本 正昭）‥‥‥‥‥‥‥ 0985
神馬（竹西 寛子）‥‥‥‥‥‥‥‥‥‥ 0874
シンメトリー（誉田 哲也）‥‥‥ 0169, 0170
対称（イーガン, グレッグ）‥‥‥‥‥‥ 0572
人面疽（谷崎 潤一郎）‥‥‥‥‥‥‥‥ 0596
深夜会議（片瀬 二郎）‥‥‥‥‥‥‥‥ 0566
深夜急行（ノイズ, アルフレッド）‥‥‥ 0889
深夜考（パーカー, ドロシー）‥‥‥‥‥ 1132
深夜呼吸（橙 貴生）‥‥‥‥‥‥‥‥‥ 1004
深夜城の庭師（アルプ, ハンス）‥‥‥‥ 0418
深夜城の庭師（ウイドロブロ, ビセンテ）
　‥‥‥‥‥‥‥‥‥‥‥‥‥‥‥‥‥ 0418
深夜の客（山沢 晴雄）‥‥‥‥ 0341, 0342
深夜の殺人者（岡田 鯱彦）‥‥‥‥‥‥ 0148
深夜の自動車（ビンズ, アーチー）‥‥‥ 0425
深夜の騒音（宮間 波）‥‥‥‥‥‥‥‥ 0459
深夜バスの女（吉村 達也）‥‥‥‥‥‥ 0605
親友（重任 雅彦）‥‥‥‥‥‥‥‥‥‥ 0975
親友（中島 たい子）‥‥‥‥‥‥‥‥‥ 0571
親友記（天藤 真）‥‥‥‥‥‥‥‥‥‥ 0285
親友の掟（かわず まえ）‥‥‥‥‥‥‥ 0973
親友 B駅から乗った男（秦 和之）‥‥‥ 0610
人妖（泉 鏡花）‥‥‥‥‥‥‥‥‥‥‥ 0479
親鸞の末裔たち（山岡 荘八）‥‥‥‥‥ 0086
真理（佐藤 健司）‥‥‥‥‥‥‥‥‥‥ 0975
シンリガクの実験（深水 黎一郎）‥‥‥ 0160

審理（裁判員法廷二〇〇九）（芦辺 拓）
　‥‥‥‥‥‥‥‥‥‥‥‥‥ 0316, 0360
心理試験（江戸川 乱歩）‥‥‥‥ 0174, 0385
心理テスト（井上 賢一）‥‥‥‥‥‥‥ 0968
心療内科（平 聡）‥‥‥‥‥‥‥‥‥‥ 0968
神慮のまにまに（中路 啓太）‥‥‥‥‥ 0076
人類学（ローズ, ダン）‥‥‥‥‥‥‥‥ 0708
人類なんて関係ない（平山 夢明）‥‥‥ 0339
人類暦の予言者（吉上 亮）‥‥‥‥‥‥ 0550
心霊写真（小島 水青）‥‥‥‥‥‥‥‥ 0415
心霊写真（立原 透耶）‥‥‥‥‥ 0416, 0417
心霊スポットにて（宍戸 レイ）‥‥ 0416, 0417
心霊特急（吉川 英梨）‥‥‥‥‥‥‥‥ 0196
深恋（十和）‥‥‥‥‥‥‥‥‥‥‥‥ 0681
神話の断崖（韓 末淑）‥‥‥‥‥‥‥‥ 1117

【す】

水泳チーム（ジュライ, ミランダ）‥ 0886, 1125
水翁よ（赤江 瀑）‥‥‥‥‥‥‥‥‥‥ 0435
西瓜（小林 ミア）‥‥‥‥‥‥‥ 0194, 0196
西瓜（永井 荷風）‥‥‥‥‥‥‥‥‥‥ 0625
水怪―「雑筆」より（芥川 龍之介）‥‥ 0916
西瓜喰う人（牧野 信一）‥‥‥‥‥‥‥ 0945
誰何と星（神家 正成）‥‥‥‥‥‥‥‥ 0224
西瓜の穴（沢井 良太）‥‥‥‥‥‥‥‥ 0463
スイカ割りの男（藤八 景）‥‥‥ 0195, 0443
随監（安東 能明）‥‥‥‥‥‥‥ 0209, 0369
水魚の心（宮本 昌孝）‥‥‥‥‥‥‥‥ 0045
随行さん（源氏 鶏太）‥‥‥‥‥‥‥‥ 0927
水獣モガンボを追え（ヒモロギ ヒロシ）
　‥‥‥‥‥‥‥‥‥‥‥‥‥ 0460, 0461
水晶（シュティフター）‥‥‥‥‥‥‥‥ 0879
水晶玉（テル, ジョナサン）‥‥‥‥‥‥ 0296
水晶の瑕（シンクレア, メイ）‥‥‥‥‥ 0447
水晶のきらめき（シェイン, ジャネット）
　‥‥‥‥‥‥‥‥‥‥‥‥‥‥‥‥‥ 0876
水晶の数珠（東野 圭吾）‥‥‥‥‥‥‥ 0313
水晶の夜、翡翠の朝（恩田 陸）‥‥‥‥ 0130
水晶橋ビルヂング（仲町 六絵）‥‥‥‥ 0462
水神（藤木 稟）‥‥‥‥‥‥‥‥‥‥‥ 0473
水神（藁生田 亘）‥‥‥‥‥‥‥‥‥‥ 0831
彗星（真山 雪彦）‥‥‥‥‥‥‥‥‥‥ 0865
<彗星座>復活（ウィリアムスン, チェッ
　ト）‥‥‥‥‥‥‥‥‥‥‥‥‥‥‥ 0450

691

すいせ　　　　　　　　　作品名索引

彗星さんたち（伊坂 幸太郎）····· 0213, 0769
水仙（太宰 治）······················· 1095
水仙月の三日（澤口 たまみ）·········· 0780
水仙月の四日（宮沢 賢治）··········· 0943
水仙の季節（近藤 史恵）·············· 0130
水槽の魚（中上 紀）··················· 0738
水族館で逢いましょう（美都 曄子）·· 0913
水素製造法（かんべ むさし）········· 0877
スイッチョねこ（大佛 次郎）········· 0886
水滴（目取真 俊）············· 1065, 1066
水田に泣く（立花 腑楽）·············· 0464
水筒の湯（小瀬 朧）·················· 0463
スイート・スノウ（中山 聖子）······· 0857
水難（麻耶 雄嵩）···················· 0361
水難（水沫 流人）···················· 0415
水難の相（郷内 心瞳）················ 0785
随筆「ある古本屋」（山田 風太郎）····· 0582
スイミー（レオニ, レオ）·············· 0885
水密室！（汀 こるもの）······· 0341, 0342
水面に眠る（日下 唄）················ 1090
吹毛の剣（新宮 正春）················ 0089
水溶性（白縫 いさや）················ 1023
水溶性（まつじ）····················· 1023
水曜日になれば〈よくある話〉（柴崎 友
香）······························ 0589
水曜日の恋人（角田 光代）··········· 0672
水曜日の南階段はきれい（朝井 リョウ）
·································· 0687
推理小説作法の二十則（ヴァン・ダイン）
·································· 0138
推理師六段（樹下 太郎）·············· 0285
水流と砂金（宮木 あや子）··········· 0751
水恋（高橋 史絵）···················· 1023
睡蓮―花妖譚六（司馬 遼太郎）········ 0056
スウィング（大村 友貴美）··········· 0780
芻言（今村 力三郎）·················· 1086
数字男（柳原 慧）···················· 0364
数分間のカウンセリング―タクシードライ
バー編（作者不詳）················ 0771
数ミリのためらい（石丸 桂子）········ 0867
末摘花（町田 康）·············· 0048, 0091
頭蓋骨を捜せ（空虹 桜）·············· 1022
頭蓋骨に描かれた絵（ボンテンペルリ, マッ
シモ）···························· 0390
スカイ・コンタクト（平田 健）······· 1090
スカイジャック（三好 徹）··········· 0605
姿なき怪盗（横田 順彌）·············· 0582

姿見を通して―第1回（クイーン, エラ
リー）···························· 0346
姿見を通して―第2回（クイーン, エラ
リー）···························· 0346
姿見を通して―第3回（クイーン, エラ
リー）···························· 0346
姿見を通して―第4回（クイーン, エラ
リー）···························· 0347
スカブラの話（上野 英信）··········· 0884
綯るものなき（原 良子）·············· 0786
スカーレット・レイディ（ロバーツ, キー
ス）······························ 0454
すかんぽん（上志羽 峰子）··········· 0822
杉崎恒夫十三首（杉崎 恒夫）········· 0886
過ぎし者の標（小池 真理子）········· 0906
······好きじゃないもの（ドラグンスキイ）
·································· 1158
過ぎた春の記憶（小川 未明）········· 0478
杉玉のゆらゆら（霞 流一）··········· 0362
「好き」と言えなくて（龍田 力）····· 0948
好きな地理の勉強のために月を出たかぐや
姫（峯紅）························ 1007
杉の見る夢（翔内 まいこ）··········· 0858
隙間（宇藤 蛍子）············· 0459, 0461
隙魔の如き覗くもの（三津田 信三）
····························· 0357, 0358
杉本茂十郎（屋代 浩二郎）··········· 0030
すき焼き（平山 夢明）················ 0444
過ぎゆくもの（告鳥 友紀）··········· 0464
スキール（町井 登志夫）·············· 0475
救い（アボット, パトリシア）········· 0238
スクラム・ガール（間 零）··········· 0833
スクランブル（クジラマク）········· 0462
スクリーンの陰に（ブロック, ロバート）
·································· 0452
スクリーン・ヒーロー（本田 モカ）·· 1023
スクリーン・ヒーロー（水池 亘）····· 1023
スケジュール（沢村 凛）·············· 0685
スコヴィル幻想（斜斤）········ 0459, 0461
凄腕（永瀬 隼介）···················· 0215
少しだけ想う、あなたを（長沢 樹）··· 0310
少しの幸運（森谷 明子）······· 0341, 0342
すごろく将棋の勝負（メリメ, プロスペ
ル）······························ 0870
朱雀の池（小林 泰三）················ 0435
凄まじい力に追われて（ブランドン, ジェ
イ）······························ 0202
スシ（ナツムー）····················· 1121

692

作品名索引　　**すねけ**

鮨（岡本 かの子）　‥‥ 0627, 0917, 0943, 1052
鮨――一九三九（昭和一四）年一月（岡本 かの子）　‥‥‥‥‥‥‥‥‥‥‥ 1097
スジ読み（池井戸 潤）　‥‥‥‥‥ 0169, 0170
鈴（埜木 ばにら）　‥‥‥‥‥‥‥‥‥ 0462
鈴江藩江戸屋敷見聞帳 にゃん！（あさの あつこ）　‥‥‥‥‥‥‥‥‥‥‥‥ 0796
スズカケノキの悲しみ（アリ, ラフミ）　‥ 1122
鈴鹿峠の雨（平山 蘆江）　‥‥‥‥‥‥ 0477
鈴木藤吉郎（森 鷗外）　‥‥‥‥‥‥‥ 1046
涼しい飲食（徳田 秋聲）　‥‥‥‥‥‥ 0617
鈴の音（中島 要）　‥‥‥‥‥‥‥‥‥ 0788
ずずばな（芦原 すなお）　‥‥‥‥‥‥ 0622
涼み売りと三毛猫（友井 燕々）　‥‥‥ 0462
ススムちゃん大ショック（永井 豪）　‥‥ 0530
雀（色川 武大）　‥‥‥‥‥‥‥‥‥‥ 0910
雀（桐野 夏生）　‥‥‥‥‥‥‥‥‥‥ 1063
雀と人間との相似関係（北原 白秋）　‥‥ 0886
スズメの微笑み――バレーボールと歩んだ道（中島 由美子）　‥‥‥‥‥‥‥ 0601
雀の森の異常な夜（東川 篤哉）　‥ 0257, 0301
胡蜂（天羽 孔明）　‥‥‥‥‥‥‥‥‥ 0465
スズメバチの戦闘機（青来 有一）　‥‥‥ 1059
すず屋のお弁当（池田 晴海）　‥‥‥‥ 0949
図説東方妖怖譚――その屋敷を覆う、覆う、覆う（古川 日出男）　‥‥‥‥‥ 0962
スター誕生（スキップ, ジョン）　‥‥‥‥ 0451
スター・ブライト（ラッツ, ジョン）　‥‥ 0286
木魂（夢野 久作）　‥‥‥‥‥‥ 0391, 0398
スタンリー・ブルックの遺志（キャンベル, ラムジー）　‥‥‥‥‥‥‥‥‥‥ 0439
スーツ・ケース（玉川 一郎）　‥‥‥‥ 0151
すってんころりん溝の上（小林 清華）　‥ 0602
ずっと一緒（吉澤 有貴）　‥‥‥‥‥‥ 0427
ずっと一緒にいた（濱本 七恵）　‥‥‥ 0666
ずっと、おぼえてるから。（@ruka00）　‥ 0781
ずっと、欲しかった女の子（矢樹 純）
　‥‥‥‥‥‥‥‥ 0224, 0364, 0443
スッピン（七瀬 ざくろ）　‥‥‥‥‥‥ 0967
すっぽん（ハイスミス, パトリシア）　‥‥ 1124
すっぽん心中（戌井 昭人）　‥‥‥‥‥ 1062
捨足軽（北原 亞以子）　‥‥‥‥‥‥‥ 0080
スティーヴ・フィーヴァー（イーガン, グレッグ）　‥‥‥‥‥‥‥‥‥‥‥ 0519
ステイトリー・ホームズと金属箱事件（ポージス, アーサー）　‥‥‥‥‥‥‥ 0231
ステイトリー・ホームズの新冒険（ポージ

ス, アーサー）　‥‥‥‥‥‥‥‥‥ 0231
ステイトリー・ホームズの冒険（ポージス, アーサー）　‥‥‥‥‥‥‥‥‥ 0231
すてきなプロポーズ（ニールズ, ベティ）　‥‥‥‥‥‥‥‥‥‥‥‥‥‥‥ 0727
すてきなボーナス・デイ（内田 春菊）　‥ 1054
捨て子たちの午後（島本 理生）　‥‥‥ 0608
ステータス（葉山 由季）　‥‥‥‥‥‥ 0970
捨ててもらっていいですか？（福田 和代）　‥‥‥‥‥‥‥‥‥‥‥‥‥‥ 0747
捨て猫とホームレス（中村 ブラウン）　‥ 0988
捨て身の思慕（吉川 永青）　‥‥‥‥‥ 0042
捨てられない（長谷川 樹里）　‥‥‥‥ 0972
捨てる（小池 真理子）　‥‥ 0740, 0753, 1055
棄てる金（若杉 鳥子）　‥‥‥‥‥‥‥ 0764
捨てるに捨てられないネタ（我孫子 武丸）　‥‥‥‥‥‥‥‥‥‥‥‥‥ 0246
ストーカー（森江 賢二）　‥‥‥‥‥‥ 0975
ストーブ（谷村 志穂）　‥‥‥‥‥‥‥ 1015
ストラップと猫耳（篠原 昌裕）　‥‥‥ 0791
ストラディヴァリウスのヴァイオリン（グミリョーフ, ニコライ）　‥‥‥‥‥ 0405
ストリーカーが死んだ（山村 美紗）
　‥‥‥‥‥‥‥‥‥‥‥ 0383, 0384
ストーリー・セラー（有川 浩）　‥‥‥ 1105
ストリップ・ポーカー（オーツ, ジョイス・キャロル）　‥‥‥‥‥‥‥‥‥ 0317
ストリート・ファイティング・マン（深町 秋生）　‥‥‥‥‥‥‥‥‥‥‥ 0178
ストレス社会（加藤 秀幸）　‥‥‥‥‥ 0968
ストレート、ゴー（佐藤 万里）　‥‥‥ 0947
ストレンジャー――沖縄県警察外国人対策課（渡辺 裕之）　‥‥‥‥‥‥‥ 0240
ストロベリーシェイク（福島 千佳）　‥‥ 0859
ストロベリーソウル（吉田 修一）　‥‥‥ 1059
砂（我妻 俊樹）　‥‥‥‥‥‥‥‥‥‥ 0464
砂嵐の追跡（ホーンズビー, ウェンディ）
　‥‥‥‥‥‥‥‥‥‥‥‥‥‥‥ 0299
素直じゃない私（ワカ）　‥‥‥‥‥‥‥ 0913
砂男（ホフマン, E.T.A.）　‥‥‥ 0390, 0879
素直になれなくて（フォスター, ローリー）
　‥‥‥‥‥‥‥‥‥‥‥‥‥‥‥ 0659
砂書き（江坂 遊）　‥‥‥‥‥‥‥‥‥ 0966
砂時計（篠田 真由美）　‥‥‥‥‥‥‥ 0474
砂に埋もれたル・コルビュジエ（原田 マハ）　‥‥‥‥‥‥‥‥‥‥‥‥‥ 0588
砂埃の向こう（辻 淳子）　‥‥‥‥‥‥ 0665
脛毛の筆――三浦権太夫（長谷川 伸）　‥‥ 0110

693

すのう　　　　　　　　　作品名索引

スノウ、スノウ、スノウ（ハーヴェイ、ジョ
　ン）……………………………… 0203
スノーグローブ（草子）…………………… 0860
スノードーム（小林 栗奈）………………… 0861
スノードーム（三崎 亜記）………………… 0544
スノードーム（山ノ内 真樹子）…………… 0864
酢のはなし（森田 たま）…………………… 0628
スノーブラザー（大泉 貴）…… 0194, 0198
スノーモンスター（山下 みゆき）………… 0865
スパイラル（阿部 伸之介）………………… 0976
スパイN（神無月 渉）……………………… 0489
スパークした（最果 タヒ）………………… 0552
スーパーゴートマン（レセム、ジョナサ
　ン）……………………………… 1134
すーぱー・すたじあむ（柳 広司）………… 0899
スーパー特急「かがやき」の殺意（西村 京
　太郎）…………………………… 0820
素晴らしい遺産（一田 和樹）……………… 0971
素晴らしき真鍮自動チェス機械（ウルフ、
　ジーン）………………………… 1136
すばらしき仲間に支えられて（京 利幸）
　…………………………………… 0822
すばらしき誘拐（ナルスジャック）……… 0344
すばらしき誘拐（ボアロー）……………… 0344
素晴らしや亮吉（山下 利三郎）…………… 0336
スーパー・リーマン（大原 まり子）…… 0518
昴（宮沢 賢治）……………………………… 0878
スピアボーイ（草上 仁）…………………… 0495
スープ（鈴木 さちこ）……………………… 0868
スープ（本田 モカ）………………………… 1022
スフィンクスを殺せ（田中 光二）………… 0533
スプリング・ハズ・カム（梓崎 優）…… 0306
スフレケーキ（佐川 里江）………………… 0755
スペインイタリア珍道中（鈴木 理華）… 1098
西班牙犬の家（佐藤 春夫）………………… 0787
スペインの靴（三上 洸）………… 0206, 0375
スペシャリスト（スミス、アリソン）…… 0708
スペース金融道（宮内 悠介）……………… 0562
スペース珊瑚礁（宮内 悠介）……………… 0568
スペース地獄篇―高利貸しや神を蔑ろにす
　る者は地獄に封じられる-ダンテ『神曲』
　地獄篇（宮内 悠介）…………… 0564
スペース蜃気楼―アンドロイドの紳士の社
　交場、空飛ぶラスベガスでの大勝負（宮
　内 悠介）……………………… 0566
すべて（アノーダル、サンジャースレンギー
　ン）……………………………… 1118
すべての夢｜果てる地で―第三回創元SF

短編賞受賞作（理山 貞二）……… 0496
すべては手の中に（立見 千香）…………… 0667
全てはマグロのためだった（Boichi）… 0525
スペードの女王（プーシキン,A.S.）
　………………………………… 0419, 0871
スペードの女王―プロローグ/第1章（栗本
　薫）……………………………… 0504
スペードの女王―第1章（つづき）（栗本
　薫）……………………………… 0505
スペードの女王―第2章（栗本 薫）……… 0506
スペードの女王―第2章（つづき）（栗本
　薫）……………………………… 0507
スペードの女王―第3章（栗本 薫）……… 0508
スペードの女王―第3章（つづき）（栗本
　薫）……………………………… 0509
スポーツ好きの郷士の事件（スミス、ガイ・
　N.）……………………………… 0233
スーホのしろいうま（作者不詳）………… 0888
スーホの白い馬（大塚 勇三）……………… 0885
スポンジ（吉本 ばなな）…………………… 1060
須磨（島田 雅彦）………………… 0048, 0091
スマイル（ラボトー、エミリー）………… 0299
すまじき熱帯（平山 夢明）………………… 0249
スマトラに沈む（陳 舜臣）………………… 0151
「スマトラの大ネズミ」事件（田中 啓
　文）……………………………… 0229
スミス氏の箱庭（石野 晶）………………… 0557
スミスとジョーンズ（エイケン、コンラッ
　ド）……………………………… 0283
すみだ川（藤谷 治）……………… 1042, 1043
隅田川オレンジライト（グリーン、デイヴィッ
　ド）……………………………… 1148
隅田川ゲイシャナイト（グリーン、デイヴィッ
　ド）……………………………… 1148
「隅の隠居」の話 猫騒動（大佛 次郎）… 0799
すみません（矛先 盾一）…………………… 0967
澄み渡る青空（拓未 司）………… 0223, 0224
住むところはいいところ（ブロック、ローレ
　ンス）…………………………… 0337
スリ（ジョーンズ、トム）………………… 1123
すりみちゃん（梶尾 真治）………………… 0484
するめ（伊丹 十三）………………………… 1080
擦れ違いトゥルーエンド（木野 裕喜）… 0196
ずれてる男（稲葉 たえみ）………………… 0967
スロットル（キング、スティーヴン）…… 1131
スロットル（ヒル、ジョー）……………… 1131
諏訪湖奇談（猫吉）………………………… 0972

作品名索引　　せいな

坐っている（富士 正晴）………………… 0884
座り心地の良い椅子（塚本 修二）…… 0991
スワン・レイク（小池 真理子）‥ 0896, 0897
ずんぐり（まつじ）………………………… 1022
寸劇・明日へのシナリオ（福永 信）… 1055
住んでいる家で昔起きたこと（佐々木
　隆）…………………………… 0457, 0458
すんでのところで（ジェイムズ、ピーター）
　……………………………………………… 0287
すんでのところで（ランキン、イアン）… 0287
駿府瞽女、花（萩原 由男）…………… 0818

【 せ 】

生（赤井 都）……………………………… 1021
精（マクラウド、フィオナ）…………… 0392
聖アレキサンドラ寺院の惨劇（加賀美 雅
　之）………………………………………… 0243
聖アレキセイ寺院の惨劇（小栗 虫太郎）
　……………………………………………… 0143
聖域の火―宮島弥山 消えずの霊火堂（三浦
　しをん）………………………………… 0677
精一杯の支援（@buu_kohan）……… 0781
聖エウダイモンとオレンジの樹（リー、ヴァー
　ノン）…………………………………… 1140
生への疑問（ヴィットリーニ）………… 1155
正解（古沢 太希）………………………… 0969
聖家族（小山 清）………………………… 0886
聖家族（堀 辰雄）………………… 1052, 1087
生活音（櫻井 文規）……………………… 0460
星間野球（宮内 悠介）…………………… 0501
正義の政府はあり得るか（山田 風太郎）
　……………………………………………… 0063
正義の味方（翡翠殿夢宇）……………… 0970
1.正義の味方 ヘルメットマン（吉田 純
　子）……………………………………… 0401
正義派（志賀 直哉）……………………… 1087
井月（石川 淳）…………………………… 0884
清潔な、明かりのちょうどいい場所（ヘミ
　ングウェイ、アーネスト）………… 1137
聖剣パズル（高市 忍）………… 0156, 0300
正誤表の話（河野 與一）………………… 0580
聖痕―「少年Aは人間を超えた存在になる」
　そう信じる人々がいた。怒濤の展開、驚
　愕の問題作（宮部 みゆき）………… 0559
星魂転生（谷 甲州）……………………… 0552

聖婚の海（長島 槇子）…………………… 0428
清算（ブロック、ローレンス）………… 0297
清算―母と息子しみじみ（ヒーニー、シェイ
　マス）…………………………………… 1139
聖餐（長島 槇子）………………………… 0489
聖産業週間（黒井 千次）………………… 0927
生死刻々（石原 慎太郎）………………… 1058
製糸女工の唄（山中 兆子）……………… 0765
生死の町―京都おんな貸本屋日記（澤田 ふ
　じ子）…………………………………… 0013
聖獣戦記白い影（井上 伸一郎）………… 0423
青春効果（律心）………………………… 0973
青春の記憶（佐藤 泰志）………………… 0777
青春の再建と没落（亀井 勝一郎）…… 1037
青春離婚（紅玉 いづき）………… 0657, 0981
星条旗とゴッホ（稲沢 潤子）………… 0770
青猩猩探訪（井上 雅彦）………………… 0483
清次郎（萬歳 邦昭）……………………… 0915
成人式（荻原 浩）………………………… 1019
成人式（白井 弓子）……………………… 0511
精神病覚え書（坂口 安吾）……………… 1038
精神分析（水上 呂理）…………………… 0247
精神分析医の死（江戸川 乱歩）………… 0148
精神分析医の死（大下 宇陀児）………… 0148
聖瑞（蒼柳 晋）…………………………… 0474
聖水授与者（モーパッサン、ギ・ド）… 0875
成層圏の秘密（ファーリー、ラルフ・ミル
　ン）……………………………………… 0425
製造人間は頭が固い（上遠野 浩平）… 0492
生存者一名（深水 黎一郎）……………… 0314
生存者への公開状（ネヴィンズ,F.M.,Jr.）
　……………………………………………… 0149
青苔記（永井 路子）……………………… 0116
贅沢貧乏（森 茉莉）……………………… 0944
聖・ダンボールタウン（五十月 彩）… 0857
性痴（高木 彬光）………………………… 0385
聖地にて靴と靴下の着用を厳禁する（ルー
　サン）…………………………………… 1121
成長の儀式（向日 一日）……………… 1002
晴天のきらきら星（関口 尚）………… 1016
聖堂を描く（田中 慎弥）……………… 1060
青銅の心臓（バトホヤグ、プレブフーギー
　ン）……………………………………… 1118
生と死（セーンマニー、ブンスーン）… 1119
整頓（黒木 あるじ）……………………… 0785
聖なる贈り物（ストーン、リン）……… 0727
聖なる自動販売機の冒険（森見 登美彦）

695

せいな　　　　　　　　作品名索引

························· 0492, 0571
聖なる夜に赤く灯るは（深沢 仁）······ 0197
贅肉（小池 真理子）·················· 0615
性の起源（伝助）···················· 1022
聖杯をめぐる冒険（ジョンソン, ロジャー）
································ 0234
青髭の城で（吉川 良太郎）·········· 0490
清兵衛と瓢箪（志賀 直哉）·········· 1087
清貧の書（林 芙美子）·············· 0955
青楓（神谷 久香）·················· 0849
星風よ、淀みに吹け（小川 一水）···· 0374
生物都市（諸星 大二郎）············ 0533
聖母の軽業師（フランス, アナトール）··· 1154
聖母の曲芸師（フランス, アナトール）··· 0875
生まれ変われない街角で（岩井 志麻子）
································ 0490
清明─4月5日ごろ（小手鞠 るい）··· 0918
生命の灯（山手 樹一郎）············ 0115
セイヤク（中里 友香）·············· 0490
聖夜に、あと一度だけ（マッケナ, シャノ
ン）···························· 0658
聖夜にジングルベルが鳴り響く（木野 裕
喜）······················ 0198, 0201
聖夜に降る雪（石川 友也）·········· 0915
聖夜の再会（マッコーマー, デビー）··· 0699
聖夜の贖罪（バロウズ, アニー）······ 0650
聖夜の贄（龍淵 灯）················ 0973
聖夜の憂鬱（柴田 よしき）·········· 0325
聖夜は億万長者と（モーティマー, キャロ
ル）···························· 0729
聖ヨハネ病院にて（上林 暁）········ 0955
星林（暁方 ミセイ）················ 0961
精霊（富永 一彦）·················· 0968
清麗神の復活（朱雀門 出）·········· 0489
鮫女（トマージ・ディ・ランペドゥーザ, ジュ
ゼッペ）·························· 0469
蒸籠を買った日（江國 香織）········ 1034
《せうえうか》の秘密（乾 くるみ）
····················· 0171, 0324, 0343
ゼウスの息子たち（法月 綸太郎）·· 0135, 0152
セヴン・シスターズの切り裂き魔（スコッ
ト, カヴァン）···················· 0227
背負う者（柚月 裕子）·············· 0132
世界を終わらす方法（葦原 崇貴）···· 0489
世界が終わるまえに（佐川 里江）···· 0948
世界が闇に包まれたとき（ジャクスン, シャー
リイ）·························· 1132

世界からあなたの笑顔が消えた日（佐藤 青
南）···················· 0194, 0224, 0364
世界人肉料理史（中野 江漢）········ 0996
世界征服同好会（竹本 健治）········ 0333
世界同盟（北川 千代子）············ 0804
世界の一隅（遊座 守）·············· 0601
世界の終わり（馳 星周）······ 0220, 0221
世界の終わり（ハナダ）············ 0464
世界の終わりを見にいったとき（シルヴァー
バーグ, ロバート）················ 0514
世界の片隅で（柴崎 友香）·········· 0591
世界のどこに宙ぶらりんとしているのか
は知らないけれど、もうつまずいて怪我
をすることはないな、判るか？（峯岸 可
弥）···························· 1023
セカイ、蛮族、ぼく。（伊藤 計劃）·· 0488, 0622
せがきさん（仲町 六絵）······ 0459, 0461
急かす店（黒木 あるじ）············ 0785
セカンド・ショット（川島 誠）······ 0994
セカンドライフ（拓未 司）·········· 0584
咳（三木 卓）······················ 1061
関ヶ原忍び風（徳永 真一郎）········ 0068
関ヶ原の戦（松本 清張）············ 0047
関ヶ原別記（永井 路子）············ 0073
咳こむ歯医者の事件（エスルマン, ローレ
ン・D.）························ 0225
セキセイインコ（井上 靖）·········· 1093
石清虚（蒲 松齢）·················· 0419
関寺小町（橋本 治）················ 1049
関寺小町（火坂 雅志）·············· 0112
関の弥太ッペ（長谷川 伸）·········· 0125
寂寞（正宗 白鳥）·················· 1092
汐蜂（我妻 俊樹）·················· 0463
赤魔（倉阪 鬼一郎）················ 0580
セクサロイド（松本 零士）·········· 0531
セクサロイド in THE DINOSAUR ZONE
（松本 零士）···················· 0573
セクシーな隣人（フォスター, ローリー）
································ 0722
世間師（小栗 風葉）················ 0953
女衒の供養（澤田 ふじ子）·········· 0078
セーター（ヴクサヴィッチ, レイ）·· 0706, 0707
刺客（五味 康祐）·················· 0128
雪客（瀬川 隆文）·················· 0860
セックスとプードルとダイヤモンド（ウォ
レン, ナンシー）·················· 0658
雪渓は笑った（加藤 薫）············ 0216

696

作品名索引　　　　　　　　　　せんこ

殺生関白（柴田 錬三郎）　　　0120
接待（小原 猛）　　　　　　　0415
絶対（狗飼 恭子）　　　　　　0671
絶対家政婦ロボ・さっちゃん（月野 玉
　子）　　　　　　　　　　　0974
絶対に成就する結婚相談所（樗木 聡）　　0973
絶対不運装置―ドラゴンキラーありますそ
　の後（海原 育人）　　　　　1098
ぜったいほんとなんだから（オーツ、ジョイ
　ス・キャロル）　　　　　　　0299
切断（土 英雄）　　　　　　　0145
雪中鶯（太田 裕子）　　　　　0859
雪中花（宮下 知子）　　　　　0710
節電新商法（@kandayudai）　　0781
節度ある家族（ギャレット、ケイミーン）
　　　　　　　　　　　　　　1143
利那に見る夢のつづきは（伽古屋 圭市）
　　　　　　　　　　　　　　0198
殺人刀（津本 陽）　　　　　　0077
絶筆（赤川 次郎）　　　　　　0230
節婦（紀 昀）　　　　　　　　0479
絶壁（城 昌幸）　　　　　　　0275
絶望（ローレンス,K.M.）　　　1150
背戸の家（青木 美土里）　　　0464
瀬戸のうず潮（梶山 季之）　　0277
せどり商売（飛山 裕一）　　　0584
せどり男爵数奇譚（梶山 季之）　0878
背中（小川 めい）　　　　　　0867
背中（黒木 あるじ）　　　　　0785
背中に乗りな（晴名 泉）　　　1003
銭形平次ロンドン捕物帖（北 杜夫）　0232
セーヌ川の畔にて（片山 龍三）　1026
背の高い女（アラルコン、ペドロ・アントニ
　オ・デ）　　　　　　　　　0419
背伸び―安国寺恵瓊（松本 清張）　0037
セバスチャン・グロージャンに何が起こっ
　たか（リデル、ロバート）　　1143
背表紙の友（北森 鴻）　　0357, 0358
セブ島の青い海（井上 夢人）　0252
セブンスターズ、オクトパス（式田 ティエ
　ン）　　　　　　　　0223, 0443
セブンティーン（奥田 英朗）　0982
セブンティーン（渡辺 聡）　　0969
背守りの花（柚木 緑子）　　　0998
蟬（堀口 大學）　　　　　　　0884
蟬を喰う女（佐藤 水直）　　　1104
蟬とタイムカプセル（飯野 文彦）　1011

天佑（羽志 主水）　　　　　　0247
奴等（タタツ シンイチ）　　　0483
セメント樽の中の手紙（葉山 嘉樹）
　　　　　　　　　　0327, 0394,
　　0437, 0774, 0775, 0880, 0927, 1067, 1087
セメントのでこぼこ道（宮部 和子）　0989
セメントベビー（谷口 雅美）　0760
背もたれごしの（室岩 里衣子）　0824
競り落とされた想い人（ウインターズ、レ
　ベッカ）　　　　　　　　　0718
セリーナ・セディリア――一八六五（ハート、
　ブレット）　　　　　　　　0441
芹葉大学の夢と殺人（辻村 深月）　0210, 0372
台詞指導（フィニイ、ジャック）　0529
セリョージャの自転車がほうきになったわ
　け（ギバルギーゾフ）　　　1158
セルロイドの息子（バーカー、クライヴ）
　　　　　　　　　　　　　　0450
ゼロ（高野 和明）　　　0939, 0940
00：00：00.01pm―時間の静止した世界に
　閉じこめられた男が狂気とめぐりあう
　（片瀬 二郎）　　　　　　　0565
ゼロ年代の臨界点（伴名 練）　0511
セロ弾きのゴーシュ（宮沢 賢治）　1079
ゼーロン（牧野 信一）　　　　1052
世話（杜 地都）　　　0457, 0458
1001の光の物語（西 秋生）　　0484
先意流「浦波」（五味 康祐）　0119
千円鶴（@Orihika）　　　　　0781
山海外経（古丁）　　　　　　1115
泉岳寺の白明（村上 元三）　　0012
潜艦呂号99浮上せず（山田 風太郎）　0776
1996年のヒッピー（吉川 トリコ）　0734
一九二一年・梅雨 稲葉正武（島村 洋子）
　　　　　　　　　　　　　　1071
一九四一年・春 稲葉正武（島村 洋子）　　1071
一九六〇年のピザとボルシチ（常盤 陽）
　　　　　　　　　　　　　　0909
仙境異聞（抄）（平田 篤胤）　0479
仙境の晩餐（安生 正）　　0193, 0619
占拠された屋敷（コルタサル、フリオ）　0419
選挙トトカルチョ（佐野 洋）　0207, 0370
繊月（向井 ゆき子）　　　　　0786
千軒岳にて（火野 葦平）　　　0477
泉光隠悖悖悖悖懺国日記―愛染明王の闇
　（三友 隆司）　　　　　　　0832
線香花火（朱雀門 出）　　　　0462
戦国権謀―本多正純（松本 清張）　0036

697

せんこ　　　　　　作品名索引

仙石原（高井 有一）……………… 1094
戦国バレンタインデー（大槻 ケンヂ）… 0546
戦国ぶっかけ飯（風野 真知雄）……… 0076
全国まずいものマップ（清水 義範）… 0622
戦災者の悲しみ（正宗 白鳥）……… 1093
千三百年の往来（上村 佑）………… 0603
全自動家族（春 みきを）…………… 0974
全集完結に寄せて（甘南備 あさ美）… 0489
千住が原からの眺め（保志 成晴）‥ 0459, 0461
全生涯（リンゲルナッツ）………… 0871
戦場からの電話―Telephone Call from the
　Field（山野 浩一）……………… 0491
船上にて（若竹 七海）……………… 0345
線上の子どもたち（温 又柔）……… 0961
戦場の夜想曲（田中 芳樹）………… 0538
戦時糧餉談（森 鷗外）……………… 0625
鮮人事件、大杉事件の露国に於ける輿論
　（山内 封介）……………………… 0784
前進しよう。（@takesuzume）……… 0781
占星術師の予言あるいは狂人の運命―一八
　二六（作者不詳）………………… 0441
先生と僕（坂木 司）…………… 0359, 0360
先生のお気に入り（サーバー, ジェイム
　ズ）………………………………… 1132
先生の思ひ出―水上瀧太郎追悼（柴田 錬三
　郎）………………………………… 0993
先生の帰国（上野 友之）…………… 0667
先生の机（俵 万智）………………… 0994
先生の名前（滝上 舞）……………… 0843
前世の因縁（沢村 凛）………… 0208, 0368
前世は兎（吉村 萬壱）……………… 1064
前奏曲（石神 茉莉）………………… 0484
戦争と一人の女（坂口 安吾）……… 1095
戦争はおしまいになった（宮本 正清）… 0779
戦争はなかった（小松 左京）…… 0547, 0776
先祖返り（青木 美土里）…………… 0460
喘息療法（結城 昌治）……………… 0285
川内原発（澤田 博行）……………… 0786
千駄木の先生（小山内 薫）………… 0993
選択（川島 徹）……………………… 0988
選択肢（あんどー 春）……………… 0972
洗濯屋の娘（ケマル, オルハン）…… 1122
センチメンタル・ブラームス（宮里 政
　充）………………………………… 0990
敵翼同惜少年春（古野 まほろ）…… 0333
宣伝（高田 保）……………………… 0766
戦闘員（宮部 みゆき）……………… 0568

戦闘報告未記載事項（ウィル小隊）（佐藤
　斗史生）…………………………… 0489
戦闘報告未記載事項（ハルキ小隊）（佐藤
　斗史生）…………………………… 0489
戦闘糧食（神家 正成）……………… 0619
「聖ジェームス病院」を歌う猫（筒井 康
　隆）………………………………… 0798
せんとらる地球市建設記録（星田 三平）
　……………………………………… 0247
セントルイス・ブルース（平塚 白銀）… 0256
潜入調査（藤田 宜永）……………… 0132
善人橋の川獺（高取 裕）…………… 0481
善人はそういない（オコナー, フラナリー）
　……………………………………… 1124
千年のはじめ（宮本 紀子）………… 0860
千の脚を持つ男（ロング, フランク・ベル
　ナップ）…………………………… 0454
千の夜をあなたと（ハリス, リン・レイ）‥ 0630
船舶王桃太郎の受難（角田 諭）…… 1007
船場狂い（山崎 豊子）……………… 0816
一八九六年―三陸沖大津波 津波と人間（寺
　田 寅彦）…………………………… 0784
禅ヒッキー―お客さまサポートセンターの
　島袋さん、解脱す（斉藤 直子）… 0566
千姫絵図（澤田 ふじ子）……… 0023, 0107
扇風機（久藤 準）…………………… 0464
前方注意（影 洋一）………………… 0969
ゼンマイ仕掛けの神（小泉 秀人）… 0971
喘鳴（小瀬 朧）……………………… 0464
千夜一夜（小川 雫）………………… 0862
戦友の光（松本 浄）………………… 0462
専用車両（遠藤 浅蜊）………… 0200, 0201
全裸刑事チャーリー衝撃！ 股間グラビア
　殺人事件（七尾 与史）…………… 0584
全裸刑事チャーリー戦慄！ 真冬のアベサ
　ダ事件（七尾 与史）……………… 0198
全裸刑事チャーリー 旅の恥は脱ぎ捨て!?事
　件（七尾 与史）…………………… 0603
全裸刑事チャーリー（七尾 与史）
　………………………… 0201, 0223, 0224
全裸刑事チャーリー オシャレな股間!? 殺
　人事件（七尾 与史）………… 0201, 0364
全裸刑事チャーリー 恐怖の全裸車両（七尾
　与史）………………………… 0199, 0201
全裸刑事チャーリー 真夏の黒い巨塔？ 殺
　人事件（七尾 与史）……………… 0195
全裸楽園事件（郡山 千冬）………… 0232
戦略会議（小松 知佳）……………… 0689

作品名索引　　そして

川柳（井上 剣花坊）……………… 0765, 0766
川柳（井上 信子）………………………… 0766
川柳（佐多 稲子）………………………… 0765
川柳（白石 維想楼）……………………… 0765
川柳（鶴 彬）……………… 0764, 0765, 0766
川柳（中島 国夫）………………………… 0766
川柳（森田 一二）………………………… 0766
川柳をつくって（高館 作夫）…………… 0985
千両蜜柑（笑福亭 松鶴）………………… 0618
線路の国のアリス（有栖川 有栖）… 0204, 1017
線路脇の家（恩田 陸）…………………… 1019

【そ】

添い寝（まつぐ）………………………… 0465
層（水沫 流人）…………………………… 0428
そういう歌（長嶋 有）…………………… 0961
蒼淵家の触手（井上 雅彦）……………… 0342
憎悪（マクベイン, エド）………………… 0237
象を撃つ（オーウェル, ジョージ）…… 1141
象を捨てる（きき）………………………… 1021
憎悪の殺人（ハイスミス, パトリシア）… 0344
造花（笹原 実穂子）……………………… 0990
雑木林（松宮 彰子）……………………… 1104
雑木林の誘い（きき）……………………… 1023
蒼穹（燈山 文久）………………………… 0770
瘦牛鬼（西村 寿行）……………………… 0327
送金（ウェルシュ, アーヴィン）……… 0752
遭遇（ウィルヘルム, ケイト）………… 1135
象牙の骨牌（バレイジ, A.M.）………… 0482
草原に咲く一輪の花―異聞 ノモンハン事
　件（柴田 哲孝）………………………… 0776
草原の風（ひかわ 玲子）………………… 0507
霜降―10月23日ごろ（小川 糸）……… 0919
相剋の血（二階堂 玲太）………………… 0109
捜索者（大倉 崇裕）……………………… 0157
葬式紳士（結城 昌治）…………………… 0325
葬式の名人（川端 康成）………………… 1047
僧子虎鶏虫のゲーム（ウィン・リョウワー
　リン）……………………………………… 1120
宗室の器（天野 純希）…………………… 0045
早春の蜜蜂（尾崎 一雄）………………… 1092
僧正殺人事件（高 信太郎）……………… 0365
増殖（D坂ノボル）………………………… 0973
装飾棺桶（稲葉 祥子）…………………… 1005

草食の楽園（小林 泰三）………… 0574, 0575
喪神（五味 康祐）………………………… 0871
双生児（夢乃 鳥子）……………………… 0489
双生真珠（林 房雄）……………………… 0436
漱石先生と私（中 勘助）………………… 0993
漱石夫人は占い好き（半藤 末利子）…… 0798
葬送の夜（黒形 圭）……………………… 0465
そうだよなあ（三枝 蠟）………………… 0976
相談（ヤマシタ クニコ）………………… 1022
相談所（安田 洋平）……………………… 0967
早朝ねはん（門井 慶喜）………… 0206, 0375
窓展く（佐藤 春夫）……………………… 1052
双頭の影（今邑 彩）……………………… 0325
象鳴き坂（薄井 ゆうじ）………………… 0053
遭難（ブリッジ, アン）…………………… 0420
遭難者（クラーク, アーサー・C.）…… 0572
僧の死にて後、舌残りて山に在りて法花を
　誦する語、第三十一（今昔物語集）（作者
　不詳）……………………………………… 0432
雑兵譚（数野 和夫）……………………… 0030
想夫恋（北村 薫）………………… 0316, 0321
僧帽筋（塚本 邦雄）……………………… 0488
走馬灯（新藤 卓広）……………… 0224, 0364
走馬灯（森田 浩平）……………………… 0971
走馬灯流し（逢上 央士）………… 0193, 0195
走馬灯のように母は。（谷口 雅美）…… 0762
相聞歌（西 穂梓）………………………… 0938
掻痒記（内田 百閒）……………………… 1038
ぞうり（山川 彌千枝）…………………… 0886
僧侶（吉岡 実）…………………………… 0488
副島さんは言っている―十月（若竹 七
　海）………………………………………… 0204
惻隠（恩田 陸）…………………………… 0810
続すみだ川（藤谷 治）…………… 1044, 1045
続戦争と一人の女（坂口 安吾）
　…………………………… 0774, 0775, 1095
続・二銭銅貨（北村 薫）………… 0341, 0342
束縛（ワトキンス, モーリーン・ダラス）… 0298
狙撃兵による射殺（クリック, バーソロミ
　ュー）…………………………… 1150, 1151
粗忽の死神（柳家 喬太郎）……………… 0486
そこにいる（タカスギ シンタロ）……… 1022
そこに指が（手塚 治虫）………………… 0553
そこはいつも青空（阪野 陽花）………… 0815
溯死水系（森村 誠一）…………………… 0856
そして鶏はいなくなった（上甲 宣之）… 0619
そして船は行く（井上 雅彦）…………… 0490

699

そして　　　　作品名索引

そしてまた夜は（穂崎 円）‥‥‥‥‥ 1051
素数の呼び声（野尻 抱介）‥‥‥‥‥ 0573
祖先達（ステーチキン, セルゲイ）‥‥‥ 0554
塑像（リージ, ニコラ）‥‥‥‥‥‥‥ 1156
そ、そら、そらそら、兎のダンス（皆川 博
　子）‥‥‥‥‥‥‥‥‥‥‥‥‥‥ 0484
育ての親（気熱家 慈雨吉）‥‥‥‥‥ 0970
俗唄三つ（小泉 八雲）‥‥‥‥‥‥‥ 1047
即興（マクベイン, エド）‥‥‥‥‥‥ 0299
卒業（恩田 陸）‥‥‥‥‥‥ 0939, 0940
卒業（小林 ミア）‥‥‥‥‥‥‥‥‥ 0197
卒業写真（高橋 克彦）‥‥‥‥‥‥‥ 0856
卒業証書（遠山 絵梨香）‥‥‥‥‥‥ 0696
卒業前、冬の日（鹿屋 めじろ）‥‥‥ 1048
卒業まであと半年（田名場 美雪）‥‥ 0959
卒業旅行（角田 光代）‥‥‥‥ 0678, 0679
卒業旅行ジャック（篠原 昌裕）‥ 0193, 0603
そっくり（西尾 維新）‥‥‥‥‥‥‥ 0486
率直に見れば（キャディガン, パット）‥ 0576
ゾッとしたくて旅に出た若者の話（グリ
　ム）‥‥‥‥‥‥‥‥‥‥‥‥‥‥ 0869
外から見た女子学寮（ウルフ, ヴァージニ
　ア）‥‥‥‥‥‥‥‥‥‥‥‥‥‥ 1138
外嶋一郎主義―QED（西澤 保彦）‥‥ 0378
備えあれば（込宮 明日太）‥‥‥‥‥ 0971
その朝のアリバイは（山本 巧次）‥‥ 0224
その後の「リバルズ」（小栗 虫太郎）‥ 0479
その暴風雨（城 昌幸）‥‥‥‥‥‥‥ 0255
その犬の名はリリー（石沢 英太郎）‥ 0266
その男、剣呑につき（蒼井 ひかり）‥ 0197
その男と私（藤谷 治）‥‥‥‥‥‥‥ 0979
その男は笑いすぎた（戌井 昭人）‥‥ 1022
その女（ボッシュ, フアン）‥‥‥‥‥ 1161
その角を左に曲がって（栗田 有起）
　‥‥‥‥‥‥‥‥‥‥‥‥‥ 0743, 0744
その彼は、ずっと（桜井 由）‥‥‥‥ 0853
その木戸を通って（山本 周五郎）‥ 0890, 1072
その後のワトソン博士（東 健而）‥‥ 0232
その才をねたむ（逢坂 剛）‥‥‥‥‥ 0326
その、すこやかならざるときも（角田 光
　代）‥‥‥‥‥‥‥‥‥‥‥‥‥‥ 0647
その他多数（穂坂 コウジ）‥‥‥‥‥ 1023
その手を引いて（十時 直子）‥‥‥‥ 0950
その手紙は海を越えて（福元 直樹）‥ 0855
その名も高きキャラヴェラス郡の跳ぶ蛙
　（トウェイン, マーク）‥‥‥‥‥‥ 0871
そのぬくもりを（傳田 光洋）‥‥‥‥ 0453

その橋の袂で（矢崎 存美）‥‥‥‥‥ 0484
その場小説―黄・スモウ・チェス（いしい
　しんじ）‥‥‥‥‥‥‥‥‥‥‥‥ 1062
その一言が……（ドワンチャンバー）‥ 1119
そのひとことで（伊藤 陽子）‥‥‥‥ 0849
その日まで（新津 きよみ）‥ 0207, 0370, 1011
その船に乗ってはいけない（竹本 博文）
　‥‥‥‥‥‥‥‥‥‥‥‥‥‥‥‥ 0983
その部屋（河野 多惠子）‥‥‥‥‥‥ 1058
その夜（島尾 ミホ）‥‥‥‥‥‥‥‥ 1095
その夜の刑務所訪問（布施 辰治）‥‥ 0784
そばかすのフィギュア（菅 浩江）‥‥ 0527
蕎麦切おその（池波 正太郎）
　‥‥‥‥‥‥‥‥‥ 0014, 0024, 0074
ソフィアの信条（リップマン, ローラ）‥ 0317
ソフトクリーム（柚木崎 寿久）‥‥‥ 0976
ソフト・スポット（ランキン, イアン）‥ 0344
半熟卵にしてくれと探偵は言った（山口 雅
　也）‥‥‥‥‥‥‥‥‥‥ 0263, 0278
祖父のカセットテープ（黒 史郎）‥ 0457, 0458
祖母の贈り物（水沫 流人）‥‥‥‥‥ 0415
祖母の記録（円城 塔）‥‥‥‥‥‥‥ 1009
祖母の話（黒木 あるじ）‥‥‥‥‥‥ 0415
祖母の万華鏡（渋谷 真弓）‥‥‥‥‥ 0853
叛（綱淵 謙錠）‥‥‥‥‥‥‥‥‥‥ 0068
鼠妖（抄）（堀 麦水）‥‥‥‥‥‥‥ 0479
ソラ（結城 充考）‥‥‥‥‥‥ 0570, 1017
空（島村 洋子）‥‥‥‥‥‥‥‥‥‥ 0738
宙色三景（小松 エメル）‥‥‥ 0840, 0841
空色のストケシア―遠い日への誘い（國吉
　和子）‥‥‥‥‥‥‥‥‥‥‥‥‥ 1084
空を飛ぶ男（宇和 静樹）‥‥‥‥‥‥ 0848
空を飛ぶパラソル（夢野 久作）‥‥‥ 0256
空を舞う（白 ひびき）‥‥‥‥‥‥‥ 0465
空を見上げよ（小中 千昭）‥‥‥‥‥ 0484
空還り（郷内 心瞳）‥‥‥‥‥‥‥‥ 0785
空蜘蛛（宮内 悠介）‥‥‥‥‥‥‥‥ 0353
空飛ぶアスタリスク（相戸 結衣）‥‥ 0791
空飛ぶヴォルプラ（グイン, ワイマン）‥ 0499
空飛ぶ絨毯（沢村 浩輔）‥‥‥ 0248, 0323
空飛ぶ大納言（澁澤 龍彦）‥‥‥‥‥ 0396
空に浮かぶ騎士（ビアス, アンブローズ）
　‥‥‥‥‥‥‥‥‥‥‥‥‥‥‥‥ 0887
空に浮くもの（小田 イ輔）‥‥‥‥‥ 0785
空に架かる橋（神城 耀）‥‥‥‥‥‥ 1020
空に残した想い（福島 千佳）‥‥‥‥ 0858
空の青さを（宮下 奈都）‥‥‥‥ 1099, 1100

作品名索引　　たいし

空の上、空の下（飛鳥井 千砂）‥0578, 0579
空の春告鳥（坂木 司）‥‥‥‥0620, 0621
そら豆のうた（田中 孝博）‥‥‥‥‥0950
空は今日もスカイ（荻原 浩）‥‥‥‥0900
そらは水槽（小伏 史央）‥‥‥‥‥‥1051
橇（黒島 伝治）‥‥‥‥‥‥‥‥‥‥0766
それ（スタージョン、シオドア）‥‥‥0454
それが嫌なら無人島（誉田 哲也）‥‥‥0315
それから（夏目 漱石）‥‥‥‥‥‥‥0878
それぞれの秘密（マクマーン、バーバラ）
　‥‥‥‥‥‥‥‥‥‥‥‥‥‥‥‥0633
それぞれのマラソン（小山 正）‥‥‥‥1001
それでいい（重松 清）‥‥‥‥‥‥‥1049
それでもキミはやってない（法坂 一広）
　‥‥‥‥‥‥‥‥‥‥‥‥‥‥‥‥0199
それでは二人組を作ってください（朝井
　リョウ）‥‥‥‥‥‥‥‥‥‥‥‥0759
それまでクェンティン・グリーは（ヘイズ、
　M.M.M.）‥‥‥‥‥‥‥‥‥‥‥0296
それゆけ！ダゴン秘密教団日本支部（寺田
　旅雨）‥‥‥‥‥‥‥‥‥‥‥‥‥0489
それは、あきらめに似ている（原 未来
　子）‥‥‥‥‥‥‥‥‥‥‥‥‥‥0853
それは知らなくていい（在神 英資）‥‥0465
それは確かです（かんべ むさし）‥0474, 0500
それは突然やってくる（中川 純子）‥‥0959
それは永く遠い緑（君島 慧是）‥‥‥‥0489
それは秘密の（乃南 アサ）‥‥‥‥‥‥0686
それは豊かだった（シュテファン、ヴェレー
　ナ）‥‥‥‥‥‥‥‥‥‥‥‥‥‥0750
ソロキャンプツーリング（明神 ちさと）
　‥‥‥‥‥‥‥‥‥‥‥‥‥‥‥‥0427
曾呂利新左衛門（柴田 錬三郎）‥‥‥‥0052
損をしない自動販売機（真下 光一）‥‥0970
存在観（律心）‥‥‥‥‥‥‥‥‥‥‥0969
存在したくないわけ（モウウェー）‥‥‥1121
存在の瞬間（ウルフ、ヴァージニア）‥‥1138
存在理由（臼居 泰祐）‥‥‥‥‥‥‥‥0972
そんなようなこと（ローズ、ダン）‥‥‥0708
ゾンビ日記（スウェアリンジェン、ジェイ
　ク）‥‥‥‥‥‥‥‥‥‥‥‥‥‥1152

【た】

たあちゃんへ（ももくちそらミミ）‥‥‥0864
対話（篠田 真由美）‥‥‥‥‥‥‥‥‥0920

体育館フォーメーション（大崎 梢）‥‥0598
体育館ベイビー（鹿目 けい子）‥‥‥‥0653
鯛一枚（神坂 次郎）‥‥‥‥‥‥‥‥‥0614
大尉の御曹司（テイラー、ピーター）‥‥1133
ダイイング・メッセージ（ラクーエ、リーイ
　ン）‥‥‥‥‥‥‥‥‥‥‥‥‥‥0149
ダイエットの方程式（草上 仁）‥‥‥‥0527
大エルティシ川（邱 華棟）‥‥‥‥1113, 1114
大王猫の病気（梅崎 春生）‥‥‥‥‥‥0803
体温計（邪魔斗 多蹴）‥‥‥‥‥‥‥‥0968
対価（ドノヒュー、エマ）‥‥‥‥‥‥‥0746
退化（雪枕）‥‥‥‥‥‥‥‥‥‥‥‥0974
大怪談王（新熊 昇）‥‥‥‥‥‥‥‥‥0464
大学界隈（抄）（徳田 秋聲）‥‥‥‥‥0617
ダイガクジン2（山口 庸理）‥‥‥‥‥1026
大学半年生（小峯 淳）‥‥‥‥‥‥‥‥0999
大喝（石居 椎）‥‥‥‥‥‥‥‥‥‥‥0464
大寒―1月20日ごろ（穂高 明）‥‥‥‥‥0919
体感温度はもっと高いはずだ（ももくちそ
　らミミ）‥‥‥‥‥‥‥‥‥‥‥‥0464
体感時間（浅地 健児）‥‥‥‥‥‥‥‥0976
大逆事件の思い出（佐藤 春夫）‥‥‥‥1086
「大逆帖」覚え書（近藤 真柄）‥‥‥‥1086
第九の欠落を含む十の詩篇（高橋 睦郎）
　‥‥‥‥‥‥‥‥‥‥‥‥‥‥‥‥0488
大凶の籤（武田 麟太郎）‥‥‥‥‥‥‥0884
大金（大沢 在昌）‥‥‥‥‥‥‥‥‥‥1017
待遇改善（島崎 一裕）‥‥‥‥‥‥‥‥0970
大行進（鯨 統一郎）‥‥‥‥‥‥0159, 0278
大黒天（福田 栄一）‥‥‥‥‥‥0154, 0281
太鼓の音（小金井 きみ）‥‥‥‥‥‥‥0748
第五の地平（野崎 まど）‥‥‥‥‥‥‥0568
醍醐味（大城 竜流）‥‥‥‥‥‥‥‥‥0464
だいこん畑の女（東郷 隆）‥‥‥‥‥‥0079
大作<破滅の惑星>撮影始末記（カットナー、
　ヘンリー）‥‥‥‥‥‥‥‥‥‥‥0521
第三世代（ドイル、アーサー・コナン）‥1137
第三の穴（楠田 匡介）‥‥‥‥‥‥‥‥0148
第三の時効（横山 秀夫）‥‥‥‥‥‥‥0174
第三の拇指紋（リヴィタン、モーティマー）
　‥‥‥‥‥‥‥‥‥‥‥‥‥‥‥‥0425
第三半球物語（抄）（稲垣 足穂）‥‥‥1079
大山鳴動して鼠一匹（鳥飼 否宇）‥‥‥0315
第三夜（大岡 昇平）‥‥‥‥‥‥‥‥‥0479
大自然（彩瀬 まる）‥‥‥‥‥‥0961, 1063
大自然（藤野 可織）‥‥‥‥‥‥‥‥‥1029
大使の孤独（林 譲治）‥‥‥‥‥‥‥‥0500

701

大樹（向井 野海絵）・・・・・・・・・・・ 0457, 0458	颱風圏（曾我 明）・・・・・・・・・・・・・・ 0255
退出ゲーム（初野 晴）・・・・ 0207, 0276, 0377	台風中継での話（加門 七海）・・・・・ 0416, 0417
大暑—7月23日ごろ（中島 たい子）・ 0918	大富豪の逃げた花嫁（リマー，クリスティ
代償（早瀬 玩具）・・・・・・・・・・・・・ 0969	ン）・・・・・・・・・・・・・・・・・・・・・・・ 0656
大正航時機綺譚―「ええ金儲けのネタを思	大仏さん（柚木崎 寿久）・・・・・・・・・・ 0968
いついたんや」「金儲けって、また詐欺	タイ・ブレーク（小川 栄）・・・・・・・・・ 0601
かいな」（山本 弘）・・・・・・・・・・・・ 0567	台北小夜曲―DMATのジェネラル（恩田
大正三年十一月十六日（横田 順彌）・・・ 0537	陸）・・・・・・・・・・・・・・・・・・・・・ 1015
隊商宿（倉橋 由美子）・・・・・・・・・・・・ 0395	太平洋の岸辺で（ヘルプリン，マーク）・・・ 0726
退職刑事（小杉 健治）・・・・・・・・・・・・ 0310	太平洋の橋（小出 正吾）・・・・・・・・・・・ 0065
大震災の雪（内田 東良）・・・・・・・・・・・ 0863	大望の身（戸部 新十郎）・・・・・・・・・・・ 0086
大震雑記（芥川 龍之介）・・・・・・・・・・・ 0784	退魔戦記（豊田 有恒）・・・・・・・・・・・・ 0536
大好きだよ。（せんべい猫）・・・・・・・・・ 0438	松明綱引き（又吉 栄喜）・・・・・・・・・・・ 1063
大好きな彼女と一心同体になる方法（梅原	大名料理―長編小説『千両鯉』より（村上
公彦）・・・・・・・・・・・・・・・・ 0459, 0461	元三）・・・・・・・・・・・・・・・・・・・・・ 0614
大好きメーター（根多加 良）・・・・・・・・ 1023	タイムカプセル（甲木 千絵）・・・・・・・・ 1083
タイスのたずね人（図子 慧）・・・・・・・・ 0506	タイムカプセルの八年（辻村 深月）・・・・ 1024
大雪—12月7日ごろ（小澤 征良）・・・・・ 0919	タイム・ジャック（小松 左京）・・・・・・・ 0532
大切であるとされている人たちの不適切な	タイムスリップ（森田 浩平）・・・・・・・・ 0971
行為（エフゲン，ライアン）・・・・・・・ 1143	タイムマシン（友朗）・・・・・・・・・・・・・ 0969
大切な朝（貴布 吉申）・・・・・・・・・・・・ 0821	タイムマシンはラッキョウ味（石丸 桂
大切なもの（斉藤 てる）・・・・・・・・・・・ 0786	子）・・・・・・・・・・・・・・・・・・・・・・ 0849
大切にする―パーティしみじみ（ビーティ，	TL(タイムライン)殺人（戸梶 圭太）・・・・・ 0444
アン）・・・・・・・・・・・・・・・・・・・・ 1147	タイムリミット（天沢 彰）・・・・・・・・・・ 0983
大造じいさんとガン（椋 鳩十）・・ 0065, 0887	タイムリミット（辻村 深月）・・・・・・・・ 0942
大卒ポンプ―あっぱれあっぱれ、大卒ポン	代役（石田 一）・・・・・・・・・・・・・・・・ 0429
プ！ -あり得べき近未来社会を描いた巻	ダイヤモンド（沢木 まひろ）・・・・・・・・ 0200
頭作（北野 勇作）・・・・・・・・・・・・・ 0565	ダイヤモンド小路（マクファデン，デニ
代体（山田 宗樹）・・・・・・・・・・・・・・・ 1018	ス）・・・・・・・・・・・・・・・・・・・・・・ 0297
怠惰の大罪（長谷 敏司）・・・・・・・・・・・ 0493	ダイヤモンドダスト（安生 正）・・・・・・・ 0192
ダイダロス（澁澤 龍彦）・・・・・・・・・・・ 0396	ダイヤモンドダスト（黛 汎海）・・・・・・・ 0857
対談「かかってきなさい」最終回（甲山 羊	ダイヤモンド・ドッグ（ジョーズ，ニコラ
二）・・・・・・・・・・・・・・・・・・・・・・ 0985	ス）・・・・・・・・・・・・・・・・・・・・・・ 1163
大胆不敵（アダムス，ブロック）・・・・・・・ 0297	ダイヤモンドの瞳（森田 水香）・・・・・・・ 0864
大地炎上（シュウォッブ，マルセル）・・・・ 0392	ダイヤル7（泡坂 妻夫）・・・・・・・・・・・ 0264
台所のおと（幸田 文）・・・・・・・・・・・・ 0615	太陽を斬る（南原 幹雄）・・・・・・・・・・・ 0052
第七官界彷徨（尾崎 翠）・・・・・・・・・・・ 0807	太陽を喰らうもの（井上 雅彦）・・・・・・・ 0571
ダイナマイトを食う山窩（福田 蘭童）・・・ 1047	太陽系無宿（ギルモア，アンソニイ）・・・・ 0521
第二内戦（藤井 太洋）・・・・・・・・・・・・ 0556	太陽殿のイシス（ゴーレムの檻 現代版）（柄
第二の収穫（バー，ロバート）・・・・・・・・ 0231	刀 一）・・・・・・・・・・・・・・・・・・・・ 0362
第二の人生（ねこま）・・・・・・・・・・・・・ 0972	太陽のシール（伊坂 幸太郎）・・・・・・・・ 1008
第二箱船荘の悲劇（北野 勇作）・・ 0431, 0535	太陽の鶴（エルデネ，センディーン）・・・・ 1118
潜水夫（ロビンソン，ルイス）・・ 0387, 0388	太陽の中の女（ボンテンペルリ，マッシ
大瀑布（ハリスン，ハリー）・・・・・・・・・ 1135	モ）・・・・・・・・・・・・・・・・・・・・・・ 0869
タイパーズハイ（青井 知之）・・・・・・・・ 0464	太陽は気を失う（乙川 優三郎）・・・・・・・ 1017
台風怪獣 ヒーカジドン登場―番外編 沖縄県	第四象限の密室（澤本 等）・・ 0208, 0242, 0381
「ヒーカジドン大戦争」（上原 正三）・・ 0541	第四の殺意（横山 秀夫）・・・・・・・・・・・ 0173

平将門（幸田 露伴） 0067
大力物語（菊池 寛） 0869
大理石像（アイヒェンドルフ, ヨーゼフ・フォン） 0399
大理石の軀（ネズビット, イーディス） 0413
代理人（ラッシュ, クリスティン・キャスリン） 0238
内裏の松原で鬼が女を食う話（作者不詳） 0479
台湾茶「淡月」（加藤 千恵） 0894
第38巻6月12日号（耳 目） 0969
ダーヴェル（バイロン, ジョージ・ゴードン） 0283
軍鶏（日取真 俊） 0825
ダウト（向田 邦子） 1072
楕円幻想（花田 清輝） 0396
倒れる人（常盤 奈津子） 0967
鷹、翔ける（葉室 麟） 0045
高くて遠い街（いしい しんじ） 1058
高瀬舟（森 鷗外） 0434, 0885, 0888, 0924, 1031, 1069
高瀬舟―一九一六（大正五）年一月（森 鷗外） 1097
高天神の町（鈴木 めい） 0848
ダガーナイフ（石田 衣良） 1012
鷹野鍼灸院の事件簿・2―置き忘れのペイン（乾 緑郎） 0178
鷹野鍼灸院の事件簿・3―失われた風景（乾 緑郎） 0179
鷹野鍼灸院の事件簿・4―それぞれのすれ違い（乾 緑郎） 0180
鷹野鍼灸院の事件簿・5―マクワウリを刺す（乾 緑郎） 0181
鷹野鍼灸院の事件簿・7―坂道に立つ女（乾 緑郎） 0187
鷹野鍼灸院の事件簿・8―師、去りし後（乾 緑郎） 0188
鷹野鍼灸院の事件簿・9―アイスマンの呼ぶ声（乾 緑郎） 0189
高橋さん（24号） 0460
鷹丸は姫（谷口 弘子） 0934
高柳重信十一句（高柳 重信） 0488
高柳又四郎（村上 元三） 0097
宝くじ（ウルエミロ） 0968
宝くじのトキメキ（耳 目） 0969
宝探し（岡 俊雄） 0968
だから酒は有害である（徳川 夢声） 0996
宝箱（有本 吉見） 0849
たからもの（石井 康浩） 0808
宝物は何ですか？（@micanaitoh） 0781
它川から（倉阪 鬼一郎） 0472
滝（カノックポン・ソンソムパン） 1120
瀧をやぶる（松下 曜子） 0852
瀧子其他（小林 多喜二） 1087
抱きしむ（さとう ひろこ） 0786
唾棄しめる（真木 由紹） 1002
抱きしめるほどせつなくて（フォスター, ローリー） 0663
炊き立てご飯、冷やご飯（里内 和也） 0868
焚き火（貝原） 0463
焚き火（ロンドン, ジャック） 0890
ダークサイドソウル（塔山 郁） 0187
たくさんのありがとう（@ANya52lily） 0781
タクシー（佐藤 健司） 0975
タクシードライバー（飛鳥井 千砂） 1013
宅配便の女（夏樹 静子） 0272
啄木の日をむかえて（中野 重治） 1086
濁流の音（笛木 薫） 0844
ダークルーム（近藤 史恵） 0211, 0379
竹（岩瀬 成子） 0805
蕈狩（正岡 子規） 0790
たけくらべ（樋口 一葉） 0875
武田信玄（檀 一雄） 0041
武田菱誉れの初陣（吉川 英治） 0065
武市半平太（海音寺 潮五郎） 0128
竹取物語〈口語訳〉〈抄〉（星 新一） 0806
竹中半兵衛（海音寺 潮五郎） 0085
竹中半兵衛（柴田 錬三郎） 0036, 0085
竹中半兵衛 生涯一軍師にて候（八尋 舜右） 0085
竹の木戸（国木田 独歩） 1087
竹俣（東郷 隆） 0059
竹俣【竹俣兼光】（東郷 隆） 0088
竹光と女房と（山手 樹一郎） 0086
竹藪の彼（吉澤 有貴） 0427
たこあげ（福田 清人） 0964
ターコイズブルーの温もり（永井 するみ） 1099, 1100
凧になったお母さん（野坂 昭如） 0924
たこやき多情（田辺 聖子） 0613, 0615
確かなつながり（北川 歩実） 0376
出しようのない手紙（葉山 嘉樹） 0761
駄神（大鴨居 ひよこ） 1022
助けを求める声（伊東 哲哉） 1020

たすけ　　　　　　　　作品名索引

たすけて（高橋 克彦）‥‥‥‥‥ 1049
ダース考 着ぐるみフォビア（岸本 佐知
　子）‥‥‥‥‥‥‥‥‥‥‥‥ 0500
黄昏（薬丸 岳）‥‥‥‥‥‥‥‥ 0240
たそがれが好きだった（根多加 良）‥‥ 1023
黄昏時に鬼たちは（山口 雅也）‥ 0150, 0218
たそがれなき（サガラ モトコ）‥‥ 0853
黄昏に沈む、魔術師の助手（如月 妃）‥ 0241
たそがれの歌（ブラナック, マイケル）‥‥ 0225
たそがれの階段（星 哲朗）‥‥‥ 0969
黄昏の下の図書室（松本 楽志）‥‥ 0474
たそがれのレモンパン（泉 たかこ）‥ 0855
黄昏飛行（光原 百合）‥‥‥‥‥ 0768
ただ生きているだけで（@chiho_yoshino）
　‥‥‥‥‥‥‥‥‥‥‥‥‥ 0781
堕胎せよ地球の仔（ないりこけし）‥‥ 1051
只今満員です（神狛 しず）‥‥ 0416, 0417
ただいま、見守り休暇中（源 祥子）‥‥ 1083
唯灸（羽志 主水）‥‥‥‥‥‥ 0247
佇むひと（筒井 康隆）‥‥‥‥‥ 0533
ただ佇む（紅林 まるこ）‥‥‥‥ 0464
タタド（小池 昌代）‥‥‥‥‥‥ 1055
忠直卿行状記（海音寺 潮五郎）‥‥ 0004
忠直卿行状記（菊池 寛）
　‥‥‥‥ 0063, 0120, 1087, 1095
忠直の檻（天野 純希）‥‥‥‥‥ 0038
ただ一人の幻影（森村 誠一）‥‥‥ 0160
多田便利軒、探偵業に挑戦する—「まほろ駅
　前」シリーズ番外編（三浦 しをん）‥ 0951
ただほど高いものはない（七味 一平）‥‥ 0969
只見一路と控えの間（杉本 利男）‥‥ 0988
漂う、国（大江 豊）‥‥‥‥‥‥ 0846
多々羅川（瀬戸内 寂聴）‥‥‥‥ 0778
多々良島ふたたび（山本 弘）‥‥‥ 0523
鑪の炎は消えて（児嶋 和歌子）‥‥ 0833
たたり（星 新一）‥‥‥‥‥‥‥ 0479
祟りちゃん（影山 影司）‥‥‥‥ 0462
ダチ（志水 辰夫）‥‥‥‥‥‥‥ 0325
立川トワイライトゾーン（柚刀 郁茶）‥‥ 0832
立場を守る一中絶しみじみ（ル＝グウィン,
　アーシュラ・K.）‥‥‥‥‥‥ 1147
立花闇千代（滝口 康彦）‥‥‥‥ 0022
立ち話（勝目 梓）‥‥‥‥‥‥‥ 1049
橘の寺（道尾 秀介）‥‥‥‥ 0210, 0380
立ち向かう者（東 直己）‥‥‥‥ 0219
駝鳥（筒井 康隆）‥‥‥‥‥‥‥ 0877
脱郷（李 浩哲）‥‥‥‥‥‥‥‥ 1117

抱っこ（中澤 貴史）‥‥‥‥‥‥ 0974
たつ子の風（石川 友也）‥‥‥‥ 0992
脱走者の行方（影山 匙）‥‥‥‥ 0224
たった一言の魔法—テレフォンアポイン
　ター編（作者不詳）‥‥‥‥‥ 0771
ダッチオーブン（井上 荒野）‥‥‥ 1070
立っている（泡沫 虚唄）‥‥‥‥ 0427
立つ鳥あとを濁さず（紀井 敦）‥‥ 0972
達也が嗤う（鮎川 哲也）‥‥‥‥ 0174
脱盟の槍—高田郡兵衛（海音寺 潮五郎）
　‥‥‥‥‥‥‥‥‥‥‥‥‥ 0094
たてがみ（古処 誠二）‥‥‥‥‥ 1012
蓼食う虫も（諸田 玲子）‥‥‥‥ 0083
伊達邦彦になれなかった男たち（馳 星
　周）‥‥‥‥‥‥‥‥‥‥‥ 0327
竪琴（ムラーベト, ムハンマド）‥‥‥ 0404
立札（豊島 与志雄）‥‥‥‥‥‥ 0883
たとえ恋は終わっても（野中 柊）‥‥ 0736
田中静子14歳の初恋（内田 春菊）‥‥ 1038
たなごころ（楊 逸）‥‥‥‥‥‥ 1060
棚の裏（泡沫 虚唄）‥‥‥‥‥‥ 0427
ターナーの耳（又吉 栄喜）‥‥‥‥ 1056
七夕の夜（名島 照葉）‥‥‥‥‥ 0463
七夕の夜に（石川 友也）‥‥‥‥ 1026
七夕呪い合戦（仁木 一青）‥‥ 0460, 0461
ダニエル（ナッティング, アリッサ）‥‥ 1152
ダニエルによる殺害（ウェインライト, ジュ
　リア）‥‥‥‥‥‥‥‥ 1150, 1151
多肉植物専門店「グリーンライフrei」（加
　藤 千恵）‥‥‥‥‥‥‥‥‥ 0895
谷崎先生と日本探偵小説（横溝 正史）‥‥ 0330
「谷の響」より（平尾 魯僊）‥‥‥ 0854
谷間（吉行 淳之介）‥‥‥‥ 0993, 1073
他人の島（井上 荒野）‥‥‥ 0654, 0655
他人の日記（一色 俊哉）‥‥‥‥ 0975
タヌキ（廻転 寿司）‥‥‥‥‥‥ 0464
狸を食べすぎて身体じゅう狸くさくなって
　困ったはなし（伊藤 礼）‥‥‥‥ 0626
狸の睾丸（北原 白秋）‥‥‥‥‥ 0479
狸の葬式（葉原 あきよ）‥‥‥‥ 0462
種（平渡 敏）‥‥‥‥‥‥‥‥‥ 0972
種。（錦家 楽士）‥‥‥‥‥‥‥ 1090
たねをまいて（安西 玄）‥‥‥‥ 0990
『種蒔く人帝都震災号外』より（作者不
　詳）‥‥‥‥‥‥‥‥‥‥‥ 0784
種山ケ原（宮沢 賢治）‥‥‥‥‥ 0854
多年草（黒井 千次）‥‥‥‥‥‥ 1056

作品名索引　　　**たれか**

愉しいドライヴ（ピカード,ナンシー）‥‥‥ 0239
楽しい厄日（出久根 達郎）‥‥‥‥‥‥ 0587
楽しい夢（かわず まえ）‥‥‥‥‥‥‥ 0973
楽しい夜（ソルター,ジェームズ）‥‥‥‥ 1129
ダバオ巡礼（崎山 麻夫）‥‥‥‥‥‥‥ 0825
煙草の害について（チェーホフ,アントン・
　パーヴロヴィチ）‥‥‥‥‥‥‥‥‥ 0390
煙草密耕作（大江 賢次）‥‥‥‥‥‥‥ 0993
タバコわらしべ（根室 総一）‥‥‥‥‥ 0818
茶毘（八重瀬 けい）‥‥‥‥‥‥‥‥‥ 0936
旅への誘い（織田 作之助）‥‥‥‥‥‥ 1069
旅をあきらめた友と、その母への手紙（原
　田 マハ）‥‥‥‥‥‥‥‥‥‥‥‥‥ 0963
旅路にて（魏 微）‥‥‥‥‥‥‥‥‥‥ 1112
旅立ちの日に（上原 小夜）‥‥‥‥‥‥ 0603
旅立ちの日に（宮下 奈都）‥‥‥‥‥‥ 0588
旅にて（室生 犀星）‥‥‥‥‥‥‥‥‥ 0819
旅の終着（岡崎 琢磨）‥‥‥‥‥‥‥‥ 0199
旅の途中で（シュヴァイツァー,ブリッ
　ト）‥‥‥‥‥‥‥‥‥‥‥‥‥‥‥ 1135
旅の途中に（斉藤 志恵）‥‥‥‥‥‥‥ 0865
旅の道づれ（徳永 チャルコ）‥‥‥‥‥ 0824
旅の忘れ物（梅原 公彦）‥‥‥‥‥‥‥ 0458
"旅人"を待ちながら（宮部 みゆき）‥‥ 1011
旅人の憩い（マッスン,デイヴィッド・I.）
　‥‥‥‥‥‥‥‥‥‥‥‥‥ 0514, 0549
タビーは言わない（グレープ,ジャン）‥‥ 0320
旅は道づれ（リッチー,ジャック）‥‥‥ 0877
ダブルライン（姉小路 祐）‥‥‥‥‥‥ 0604
たぶん好感触（黒衣）‥‥‥‥‥‥‥‥‥ 1023
蛇平高原行きのロープウェイ（間瀬 純
　子）‥‥‥‥‥‥‥‥‥‥‥‥‥‥‥ 0484
食べるな（SNOWGAME）‥‥‥‥‥‥‥ 1021
玉鬘からの贈り物（福島 千佳）‥‥‥‥ 0861
玉川上死（歌野 晶午）‥‥‥ 0157, 0220, 0221
多摩川探検隊（辻 まこと）‥‥‥‥‥‥ 1029
珠箸の夢（千野 隆司）‥‥‥‥‥‥‥‥ 0017
たまくらを売る女（藤川 桂介）‥‥‥‥ 0053
タマコ（蕗谷 塔子）‥‥‥‥‥‥‥‥‥ 0462
卵（香箱）‥‥‥‥‥‥‥‥‥‥‥‥‥ 0465
卵（夢野 久作）‥‥‥‥‥‥ 0329, 0398, 0478
卵かけごはんを彼女が食べてきたわけじゃ
　なく（中山 智幸）‥‥‥‥‥‥‥‥‥ 0905
卵形の室内（瀧口 修造）‥‥‥‥‥‥‥ 0993
卵の王子たち（中井 英夫）‥‥‥‥‥‥ 0395
卵の恐怖（山口 雅也）‥‥‥‥‥‥‥‥ 0329
騙され易さチェック（耳 目）‥‥‥‥‥ 0967

魂の温度（紙舞）‥‥‥‥‥‥‥‥‥‥ 0415
魂の駆動体（森 深紅）‥‥‥‥‥‥ 0497, 0498
魂の存在証明（一田 和樹）‥‥‥‥‥‥ 0970
魂のレコード（田中 明子）‥‥‥‥‥‥ 0861
ダマスカス第三工区—不可解な事故だっ
　た。この星の氷には、意思があるのか？
　（谷 甲州）‥‥‥‥‥‥‥‥‥‥‥‥ 0566
玉手箱（竹田 真砂子）‥‥‥‥‥‥‥‥ 0084
たまにはまじめな話（伊東 哲哉）‥‥‥ 1020
たまねぎ（白縫 いさや）‥‥‥‥‥‥‥ 1022
たまねぎ（圓 眞美）‥‥‥‥‥‥‥‥‥ 1022
玉野五十鈴の誉れ（米澤 穂信）‥‥‥‥ 1105
球の行方（安岡 章太郎）‥‥‥‥‥‥‥ 0599
タマママーンを探して（石原 まこちん）
　‥‥‥‥‥‥‥‥‥‥‥‥‥‥‥‥‥ 0695
たまもの（小沢 真理子）‥‥‥‥‥‥‥ 0926
たまゆら（圓 眞美）‥‥‥‥‥‥‥‥‥ 0462
玉響（津原 泰水）‥‥‥‥‥‥‥‥‥‥ 0622
だむかん（柄澤 昌幸）‥‥‥‥‥‥‥‥ 0999
手向（戸部 新十郎）‥‥‥‥‥‥‥‥‥ 0110
タムとカムの物語（作者不詳）‥‥‥‥ 0693
試し胴—大和則長（東郷 隆）‥‥‥‥‥ 0123
だめに向かって（宮沢 章夫）‥‥‥‥‥ 1078
たもと石（山本 一力）‥‥‥‥‥‥‥‥ 0082
多聞寺討伐（光瀬 龍）‥‥‥‥‥‥‥‥ 0530
たゆたいライトニング（梶尾 真治）‥‥ 0492
たゆたうひかり—霧ヶ峰八島ヶ原湿原（窪
　美澄）‥‥‥‥‥‥‥‥‥‥‥‥‥‥ 0677
頼りたいときに（亀野 笑）‥‥‥‥‥‥ 0868
頼れるカーナビ（両角 長彦）‥‥‥‥‥ 1019
堕落の部屋（黒 史郎）‥‥‥‥‥‥‥‥ 0415
たらふく（白川 光）‥‥‥‥‥‥‥‥‥ 0858
ダラホテル（戌井 昭人）‥‥‥‥‥ 1044, 1045
タラレバ（谷口 雅美）‥‥‥‥‥‥‥‥ 0756
タリ（バイタル,ジム）‥‥‥‥‥‥‥‥ 1164
ダーリントンの替え玉事件（デイヴィーズ,
　デイヴィッド・スチュアート）‥‥‥‥ 0233
だるまさんがころんだ（小林 雄次）‥‥ 0474
だるまさんがころんだ（柘 一輝）‥‥‥ 0973
誰がお金は神様だと言ったのか？（ドワン
　チャンバー）‥‥‥‥‥‥‥‥‥‥‥ 1119
だれかを救おうとしているあいだに死ぬ
　（チャポンダ,ダリーゾ）‥‥‥‥‥ 1150, 1151
誰が俺のモンキーを盗ったのか？（コーベッ
　ト,デイヴィッド）‥‥‥‥‥‥‥‥‥ 0297
誰が俺のモンキーを盗ったのか？（ウレア,
　ルイス・アルベルト）‥‥‥‥‥‥‥ 0297

705

誰がそう言った（阿段 可成子）‥‥‥‥ 0464
誰かに話した方がいい―思春期しみじみ
　（ベインブリッジ，ベリル）‥‥‥‥‥ 1139
誰かの眼が光る（菊村 到）‥‥‥‥‥‥ 0610
誰が引いた？（安曇 潤平）‥‥‥‥‥‥ 0415
誰が呼んだ？（レイヴァー，ジェイムズ）
　‥‥‥‥‥‥‥‥‥‥‥‥‥‥‥‥‥ 0480
誰そ（斎藤 肇）‥‥‥‥‥‥‥‥‥‥‥ 0474
ダレダ（しか をかし）‥‥‥‥‥‥‥‥ 0407
誰だったっけ？（影 洋一）‥‥‥‥‥‥ 0970
誰にも言えない趣味（なみっち）‥‥‥‥ 0970
誰にも似てない（東 しいな）‥‥‥‥‥ 0860
誰も映っていない（中原 昌也）‥‥‥‥ 1057
誰もが何か隠しごとを持っている、私と
　私の猿以外は（クラフト・エヴィング商
　會）‥‥‥‥‥‥‥‥‥‥‥‥‥‥‥ 1009
誰もが目を背けるもの（大場 惑）‥‥‥ 0474
誰も知らない言葉（やまなか しほ）‥‥ 1021
誰も知らないMy Revolution（加藤 克信）
　‥‥‥‥‥‥‥‥‥‥‥‥‥‥‥‥‥ 0934
誰も知らない夜（シャルヴィス，ジル）‥ 0659
誰よりもキミを（Mayumi）‥‥‥‥‥‥ 0913
誰よりも速く（ハカウチ マリ）‥‥‥‥ 1022
太郎君、東へ（畠中 恵）‥‥‥‥‥‥‥ 0557
たわいもない祈り―石のまち 金谷（大沼
　紀子）‥‥‥‥‥‥‥‥‥‥‥‥‥‥ 0677
タワー/タワーズ（古川 日出男）‥‥‥ 1010
タワーに死す（霞 流一）‥‥‥‥‥‥‥ 0131
たわむれ（神崎 京介）‥‥‥‥‥‥‥‥ 1070
短歌（清水 信）‥‥‥‥‥‥‥‥‥‥‥ 0765
短歌（前川 佐美雄）‥‥‥‥‥‥‥‥‥ 0807
短歌（渡辺 順三）‥‥‥‥‥‥ 0764, 0765
断崖（若林 つや）‥‥‥‥‥‥‥‥‥‥ 1037
断崖にゆらめく白い掌の群（日野 啓三）
　‥‥‥‥‥‥‥‥‥‥‥‥‥‥‥‥‥ 0945
探求「話法」のゼロ地点―「ギートステイト」
　とポストセカイ系小説（東 浩紀）‥‥ 1101
探求「話法」のゼロ地点―「ギートステイト」
　とポストセカイ系小説（桜坂 洋）‥‥ 1101
探求「話法」のゼロ地点―「ギートステ
　イト」とポストセカイ系小説（仲俣 暁
　生）‥‥‥‥‥‥‥‥‥‥‥‥‥‥‥ 1101
「短剣」の三つの試訳（レールモントフ）‥ 1158
断港（通 雅彦）‥‥‥‥‥‥‥‥‥‥‥ 0990
炭鉱怪談（日野 光里）‥‥‥‥‥‥‥‥ 0464
端午のとうふ（山本 一力）‥‥‥‥‥‥ 0020
断罪の雪（桂 修司）‥‥‥‥‥‥ 0193, 0198
探査船、火星へ（島倉 信雄）‥‥‥‥‥ 0970

團十郎切腹事件（戸板 康二）‥‥‥‥‥ 0385
誕生日（ロセッティ，クリスティナ）‥‥ 0886
ダンシング・ベア（アリン，ダグ）‥‥‥ 0141
ダンシング・ロブスターの謎（加納 一
　朗）‥‥‥‥‥‥‥‥‥‥‥‥‥‥‥ 0229
単身赴任の夜（山下 貴光）‥‥‥‥‥‥ 0197
箪笥（半村 良）‥‥‥‥‥‥ 0437, 0877
箪笥の中の囚人（橋本 五郎）‥‥‥‥‥ 0250
ダンスモンキーの虚と実（新沢 克海）‥‥ 0901
暖雪（大坂 繁治）‥‥‥‥‥‥‥‥‥‥ 0861
丹前屏風（大佛 次郎）‥‥‥‥‥‥‥‥ 0059
断腸亭日乗（永井 荷風）‥‥‥‥‥‥‥ 0779
探偵（門倉 信）‥‥‥‥‥‥‥‥‥‥‥ 0974
探偵うどん（古今亭 志ん生（5代目））‥‥ 0363
探偵殺害事件（星田 三平）‥‥‥‥‥‥ 0247
探偵作家は天国へ行ける（ギルフォード，C.
　B.）‥‥‥‥‥‥‥‥‥‥‥‥‥‥‥ 0262
探偵小説（横溝 正史）‥‥‥‥‥‥‥‥ 0329
探偵小説十戒（ノックス，ロナルド・A.）
　‥‥‥‥‥‥‥‥‥‥‥‥‥‥‥‥‥ 0138
探偵小説的南方案内（藤田 知浩）‥‥‥ 0151
探偵人生（モズリイ，ウォルター）‥‥‥ 0299
探偵・竹花と命の電話（藤田 宜永）
　‥‥‥‥‥‥‥‥‥‥‥‥‥ 0212, 0371
探偵電子計算機（谷川 俊太郎）‥‥‥‥ 0436
探偵と彼（安部 公房）‥‥‥‥‥‥‥‥ 0804
探偵西へ飛ぶ！（海野 十三）‥‥‥‥‥ 0153
耽溺（岩野 泡鳴）‥‥‥‥‥‥‥‥‥‥ 1089
ダンテの人ごみ（須賀 敦子）‥‥‥‥‥ 0993
断頭台の秘密（ヴィリエ・ド・リラダン，オー
　ギュスト・ド）‥‥‥‥‥‥‥‥‥‥ 0414
単独飛行（ゴーマン，エド）‥‥‥‥‥‥ 0297
舌の寓話（ボビス，マーリンダ）‥‥‥‥ 1163
ターンヘルム（ウォルポール，ヒュー）‥‥ 0420
短編作家への道（山田 正紀）‥‥‥‥‥ 0327
短篇小説とは何か？―定義をめぐって（西
　崎 憲）‥‥‥‥‥‥‥‥‥‥‥‥‥ 1140
短編というお仕事（北森 鴻）‥‥‥‥‥ 0329
短編の出発点（夏樹 静子）‥‥‥‥‥‥ 0328
短編の妙（高橋 克彦）‥‥‥‥‥‥‥‥ 0328
田んぼ（痛田 三）‥‥‥‥‥‥ 0457, 0458
たんぽぽ娘（ヤング，ロバート・F.）‥‥ 0878
だんまり伝九（山本 周五郎）‥‥‥‥‥ 0964
弾薬通り（プロンジーニ，ビル）‥‥‥‥ 0298
団欒図（飛雄）‥‥‥‥‥‥‥‥ 0460, 0461
断流（田山 花袋）‥‥‥‥‥‥‥‥‥‥ 1075

作品名索引　　　　　ちくふ

【ち】

治安立国（大原 久通）･････････････････ 0969
小さいサラリーマン（たち）（勝山 海百
　合）･･･････････････････････ 0416, 0417
小さいな復興（寺山 よしこ）･･･････････ 0786
小さい人―1（小原 猛）････････････････ 0415
小さい人―2（紗那）･･･････････････････ 0415
小さい人―3（黒木 あるじ）･･･････････ 0415
小さいやさしい右手（安房 直子）･･･････ 0804
小さき供物（バチガルピ, パオロ）･････ 0572
小さき者へ（有島 武郎）･･･ 0761, 1052, 1087
小さくたって（仁瓶 ゆき子）･･･････････ 0821
小さな異邦人（連城 三紀彦）･･･ 0169, 0170
小さな王国（谷崎 潤一郎）･･ 0774, 0775, 0880
小さな黄金の星（作者不詳）･･･････････ 0693
小さな故意の物語（東野 圭吾）･････････ 0329
小さな紙切れ（笹原 実穂子）･･･････････ 0987
小さな出来事（長門 虹）････････････････ 0971
小さな天使のために（ハート, ジェシカ）
　････････････････････････････････････ 0642
小さな秘密（アーガーイー, ファルホン
　デ）･････････････････････････････････ 0749
小さなビルの裏で（桂 英二）･･･････････ 0148
小さな吹雪の国の冒険（アンスティー, F.）
　････････････････････････････････････ 1140
小さな兵隊（伊坂 幸太郎）･････････････ 0160
小さな誇り（大島 真寿美）･････ 0654, 0655
小さな魔法の降る日に（毬）･･･････････ 0866
小さな約束（サラ, シャロン）･････････ 0638
小さな四つ角（モウティッツウェー）･･ 1121
ちいさな夜（関 直恵）････････････････ 0824
小さなレンズの向こう側（赤羽 道夫）･･･ 0974
ちいちゃんのかげおくり（あまん きみ
　こ）･････････････････････････････････ 0887
チェ・ゲバラ、その生と死（海堂 尊）･･ 0178
チェ・ゲバラ、その生と死 連載第三回―
　アルゼンチン人は時計を合わせない・そ
　してチェは死んだ。（海堂 尊）･･････ 0180
チェ・ゲバラ、その生と死 連載二回 ボリ
　ビアのゲバラ（海堂 尊）･･････････ 0179
智恵子の半生（高村 光太郎）･･･････････ 0761
チェシャ（郷内 心瞳）････････････････ 0785
チェスター街の日（柄刀 一）･････ 0248, 0323
チェストかわら版（桐生 悠三）･･･････ 0074

チェッリーニの解決策（フジッリ, ジム）
　････････････････････････････････････ 0202
チェーホフの女（陽羅 義光）･･･････････ 0988
チェーホフの学校（黒川 創）･･･････････ 1061
チェリーな気持ちで（フォスター, ロー
　リー）･･･････････････････････････････ 0662
チェロキー（斉藤 倫）････････････････ 0886
チェロの弦（秋元 倫）････････････････ 0991
チェンジ（フィリップス, マリー）･････ 0752
血を吸う掌編（牧野 修）････････････････ 0472
血を吸うマント（霞 流一）･････････････ 0352
地を這う巨大生物事件（マン, ジョージ）
　････････････････････････････････････ 0227
誓い（濱本 七恵）･････････････････････ 0688
○ちがい電話（再生モスマン）･･･ 0460, 0461
誓いのキスを奪われて（マートン, サンド
　ラ）･････････････････････････････････ 0713
誓いの言葉（谷口 雅美）･･･････････････ 0631
地下街（中井 英夫）････････････ 0391, 0395
ちかしらさん（朱雀門 出）･････････････ 0409
地下鉄異臭事件の顛末（喜多 喜久）･････ 0200
地下鉄の乗客（ギルバート, ポール）･･･ 0226
地下鉄の窓（村松 真理）･･･････････････ 1057
地下鉄のミイラ男（ディニック, リチャー
　ド）･････････････････････････････････ 0228
地下洞（植草 昌実）････････････････････ 0484
地下と宇宙の出来事（龍田 力）･････････ 0983
地下迷宮の帰宅部（石川 博品）･････････ 0515
力を合わせて（田辺 ふみ）･････････････ 0974
チカラになりたい（市野 うあ）･････････ 0941
地球嫌い（中原 涼）･･････････････････ 0877
地球人が微笑む時（山口 タオ）･････････ 0474
地球に礫にされた男（中田 永一）･･･････ 0960
地球にやってきた賢いおてんば娘（中倉 美
　稀）･････････････････････････････････ 1007
地球の怒り（山川 瑤子）･･･････････････ 0786
地球の住人たち（ギャリ）･････････････ 0684
地球の生涯の二日（オドエフスキー, ウラ
　ジーミル）･････････････････････････ 0554
地球の静止する日（ベイツ, ハリー）･･･ 0524
地球模型（相馬 雨彦）････････････････ 0975
地球要塞（海野 十三）････････････････ 0491
地球は赤かった（今日泊 亜蘭）･････････ 0522
ちぎれ雲（杉本 章子）････････････････ 0081
ちぐはぐな話（秋元 松代）･････････････ 1038
竹生島の老僧、水練のこと―古今著聞集
　（作者不詳）･･･････････････････ 0872, 0873

707

ちくわ　　作品名索引

ちくわのあな（来福堂）……………… 0465
痴情（志賀 直哉）………………………… 1071
地上最高のゲーム道場─『本格』シリーズ
　の功績（村上 貴史）………………… 0243
地上の龍（抄）（松浦 静山）…………… 0479
地上発、宇宙経由（角田 光代）… 0675, 0676
痴人の復讐（小酒井 不木）…………… 0143
地図（つくね 乱蔵）…………………… 0438
地図（野田 充男）……………………… 0967
チーズの中のねずみ（バッサーニ, ジョル
　ジョ）…………………………………… 1156
地帯兵器コロンビーン（モールズ, デイヴィッ
　ド）……………………………………… 0576
父へ（谷口 雅美）……………………… 0762
父を失う話（渡辺 温）………… 0255, 0391
父を売る子（牧野 信一）……………… 0955
乳を刺す（邦枝 完二）………………… 0032
父親（伊計 翼）………………………… 0427
父親がわり（梅原 満知子）…… 0946, 1030
父親はだれ？（岸田 るり子）………… 0288
父帰る（菊池 寛）……………………… 1031
父危篤（木山 捷平）…………………… 1037
父とガムと彼女（角田 光代）… 0896, 0897
チチとクズの国（牧野 修）…… 0620, 0621
父とケサランパサラン（須藤 文音）… 0785
父と子と精霊と（深澤 夜）…………… 0424
父と子-ピーター・ブリューゲル殺人事件
　（深水 黎一郎）……………………… 0310
父と卓球（佐中 恭子）………………… 0601
父、悩む（吉野 あや）………… 0459, 0461
父に見えるもの（石川 彦士）………… 0462
父、猫を飼う（源 祥子）……………… 0757
父の怪談（須藤 文音）………………… 0785
父の木（李 浩）………………………… 1112
父の気がかり（カフカ, フランツ）…… 0392
父の恋人（竹河 聖）…………………… 0435
父の就職（我妻 俊樹）………… 0460, 0461
父の正月（甲木 千絵）………………… 0763
父の推理小説（田中 悦朗）…………… 0976
父のスピーチ（喜多 喜久）… 0194, 0223, 0224
父の背中（野坂 律子）………………… 0965
父の背中─会社社長編（作者不詳）… 0771
父の葬式（天祢 涼）…………… 0212, 0371
父の話（長島 槇子）…………… 0416, 0417
父の日（コナリー, マイクル）………… 0296
父の日の金目鯛（渡会 三郎）………… 0812
父の分骨（欅館 弘二）………………… 1026

父の指輪（荒城 美鉾）………………… 0821
父の列車（吉村 康）…………… 0872, 0873
父、まばたきもせず（エヴンソン, ブライア
　ン）……………………………… 0387, 0388
チチンデラ ヤパナ（安部 公房）…… 0395
地底超特急、北へ（樋口 明雄）……… 0571
血天井（屋敷 あずさ）………………… 0463
地には豊穣（長谷 敏司）……………… 0520
血塗られていない赤文字（深緑 野分）… 0467
血の報復（王 秋蛍）…………………… 1115
地の虫─北賀市市太郎伝（小橋 博）… 0086
千葉周作（海音寺 潮五郎）…………… 0097
千葉のリゾートホテル（小島 水青）… 0415
ちびへび（工藤 直子）………………… 0886
乳房──一九六六（昭和四一）年五月（三浦
　哲郎）…………………………………… 1097
智謀の人 黒田如水（池波 正太郎）…… 0031
智謀の人─黒田如水（池波 正太郎）… 0073
血塗れ看護婦（友成 純一）…………… 0429
血まみれの伯爵夫人──一九六八（ピサルニ
　ク, アレハンドラ）…………………… 0441
血まみれブランシュ──一八九二（シュウォッ
　ブ, マルセル）………………………… 0441
血みどろ絵金（榎本 滋民）…………… 0063
魑魅魍魎（石上 玄一郎）……………… 0854
チームF（あさの あつこ）…………… 0598
ちゃあちゃん（林 知佐子）…………… 0935
チャイナタウン・ブルース（生島 治郎）
　………………………………………… 0326
チャイナ・ファンタジー（南 伸坊）… 0445
茶色い手（ドイル, アーサー・コナン）… 0420
茶色い部屋の謎（清水 義範）………… 0285
茶色ではない色（辻堂 ゆめ）………… 0224
茶粥の記（矢田 津世子）……………… 0627
茶巾たまご（畠中 恵）………………… 0011
着メロ（間 岩男）……………………… 0968
チャクルの物語（エドギュ, フェリト）… 1122
チャコの怪談物語（平山 夢明）……… 1010
ちゃーちゃん（乾 ルカ）……… 0165, 0166
チャップリンの幽霊（西 秋生）……… 0474
チヤの遺品（平 金魚）………………… 0463
茶の痕跡（北村 薫）…………………… 1019
ちゃぷちゃぷ（根多加 良）…………… 1023
チャメトラ（ウレア, ルイス・アルベル
　ト）……………………………… 0387, 0388
チャリティのことづて（リー, ウィリアム・
　M.）……………………………………… 0529

作品名索引　　　　　　　　　　　　　　　　　　ちよう

チャーリーの受難（皆川 博子）……… 0082
チャールズ・リンクワースの懺悔（ベンソ
　ン,E.F.）…………………………… 0482
チャレンジャー（スタシャワー, ダニエ
　ル）………………………………… 1149
茶わんのなか（小泉 八雲）………… 1130
チャンナン（今野 敏）……… 0574, 0575
ちゃんばらテッチャン（湯菜岸 時也）… 0463
チャンピオン（井上 靖）…………… 0599
注意書き（森江 賢二）……………… 0968
中有駅前商店街にて（立花 腑楽）…… 0460
中央線の駅（伊藤 三巳華）…… 0416, 0417
中空―父親しみじみ（コンロイ, フラン
　ク）………………………………… 1147
忠告（恩田 陸）……………………… 0500
忠告（みきはうす店主）……………… 1020
中国での話（立原 透耶）…… 0416, 0417
中国美人（加藤 昌美）……………… 0972
中古獣カラゴラン（雀野 日名子）…… 0422
中古レコード（中島 たい子）……… 0570
忠実なペット（葦原 崇貴）………… 0489
駐車違反（須月 研児）……………… 0967
駐車場（千葉）……………………… 0464
仲秋十五日（滝口 康彦）…………… 0108
忠臣への手紙（マイヤーズ, エイミー）… 0234
忠臣蔵の密室（田中 啓文）…… 0316, 0321
中世に於ける一殺人常習者の遺せる哲学的
　日記の抜萃（三島 由紀夫）……… 0892
鋳像（タタツ シンイチ）…………… 0484
宙におどる巻物―『法験記』巻上より（澁
　澤 龍彦）…………………………… 0479
中二ですから（谷 春慶）…………… 0195
中年男のシックな自炊生活とは（開高
　健）………………………………… 0622
注文の多い料理店（宮沢 賢治）
　……………………… 0804, 0885, 0887
注文の多い料理店――一九二一（大正一〇）
　年一一月（宮沢 賢治）…………… 1097
『注文の多い料理店』序/注文の多い料理店
　（宮沢 賢治）……………………… 1079
チューブ・ライディングの長い夜（北代
　司）………………………………… 0601
蝶（秦 恒平）………………………… 0479
蝶（春名 トモコ）…………………… 1021
蝶（正岡 子規）……………………… 0787
超動く家にて（宮内 悠介）………… 0496
鳥雲（黒田 広一郎）………… 0459, 0461

超越数トッカータ（杉井 光）…… 0211, 0373
蝶を食った男の話（三川 祐）……… 0474
超遅咲きDJの華麗なるセットリスト全史
　（山内 マリコ）…………………… 0734
鳥海山物語（杉村 顕道）…………… 0854
鳥瞰図（阿刀田 高）………………… 0820
調教された鵜の事件（ダーレス, オーガス
　ト）………………………………… 0231
超強力磁石（穂村 弘）……………… 0479
長距離トラック（宇佐美 まこと）… 0416, 0417
調弦（ピューモン）………………… 1121
超現実な彼女―代書屋ミクラの初仕事 す
　べてがなぞでいみふめい―超純情な青年
　の唄（松崎 有理）………………… 0563
彫刻家の葬式（キャザー, ウィラ）… 1127
鳥妻の章（畠山 拓）………………… 0989
チョウザメ（南條 竹則）…………… 0622
超自傷行為（そうざ）……………… 1090
長市の祭（深澤 夜）………………… 0438
丁字饅頭（木山 省二）……………… 0836
長州シックス夢をかなえた白熊（荒山
　徹）………………………… 0054, 0083
鳥獣虫魚（吉行 淳之介）…………… 0326
鳥獣の宿（長島 槇子）……… 0416, 0417
張巡の妾（王 士禎）………………… 0479
嘲笑（安曇 潤平）…………………… 0415
帳尻（貫井 徳郎）…………… 0922, 0923
腸詰小僧（曽根 圭介）……………… 0309
釣聖（蒔田 淳一）…………………… 0838
徴税所（ジェイコブズ,W.W.）…… 0480
チョウセンアサガオの咲く夏（柚月 裕
　子）………………… 0193, 0195, 0443
朝鮮人のために弁ず（中西 伊之助）… 0784
朝鮮通信使いよいよ畢わる（荒山 徹）… 0080
朝鮮の併合と少年の覚悟（巌谷 小波）… 1036
長曾我部盛親（東 秀紀）…………… 0039
蝶々（中里 恒子）…………………… 1082
蝶番の問題（貫井 徳郎）…… 0161, 0222
町俤（酒月 茗）……………………… 0459
ちょうどいい木切れ（西 加奈子）… 0899, 1061
蝶と処方箋（蘭 郁二郎）…………… 0133
蝶になるまで（芝木 好子）………… 0914
蝶の回転（宮田 真司）……………… 1023
蝶の影（北村 佳澄）………………… 0855
蝶の断片（加門 七海）……………… 0472
蝶の道行（速瀬 れい）……………… 0474
挑発する赤（田中 啓文）…………… 0245

709

超犯罪多発国（室町 たけお） ……… 0969
調伏キャンプ（加門 七海） ……… 0431
長篇・異界活人事件（辻 真先） ‥ 0159, 0278
長編一本分の感動（折原 一） ……… 0330
長方形の部屋（ホック，エドワード・D.）
　　　　　　　　　　　　　　　…… 0172
眺望コンサルタント（伊園 旬） ‥ 0223, 0224
兆民たちの醜聞（深海 和） ……… 0985
弔問（三浦 さんぽ） ……… 0465
弔夜（秋山 真琴） ……… 0459, 0461
凋落（立花 腑楽） ……… 0460
町立探偵〈竿竹室士〉「いおり童子」と「こ
　むら返し」（小川 一水） ……… 0570
超PL法時代（七瀬 ざくろ） ……… 0976
チョーカイさん（モルナール） ……… 0884
チョークの行方（田中 悦朗） ……… 0976
チヨ子（宮部 みゆき） ‥‥ 0290, 0291, 1008
チョコ痕（穂坂 コウジ） ……… 1023
チョコ痕（本田 モカ） ……… 1023
チョコミントドーナツとキャラメルシナモ
　ンドーナツ（米一 和哉） ……… 0867
チョコレット（稲垣 足穂） ……… 0625
千代女（太宰 治） ……… 0741
ちょっと変わった守護天使（山崎 マキ
　コ） ……… 0673, 0674
ちょっとした修理（アボット，ジェフ） ‥ 0202
箸魔（平山 夢明） ……… 0475
チョ松と散歩（平山 夢明） ……… 1016
塵とってチン（河野 アサ） ……… 0988
治療法（大貧民） ……… 0970
チルドレン（髙橋 幹子） ……… 0682
散る日本（坂口 安吾） ……… 1072
散る花，咲く花（歌野 晶午） ……… 0214
散ればこそ（白洲 正子） ……… 0993
鎮魂歌のころ―原民喜追悼（埴谷 雄高）
　　　　　　　　　　　　　　　…… 0993
鎮守様の白い森（斉藤 志恵） ……… 0863
チンデレッラ博士の植物（マイリンク，グス
　タフ） ……… 0418
チンドン屋（千早 茜） ……… 0893
闖入者―手記とエピローグ（安部 公房）
　　　　　　　　　　　　　　　…… 0547
沈没（ローズ，ダン） ……… 0708
沈没都市除霊紀行大阪の悪霊（中島 ら
　も） ……… 1054
沈黙こそ弔辞（417） ……… 1051
沈黙夫婦（バダミ，スニル） ……… 1163

チン・ヨンユン、事件を捜査す（ローザン，
　S.J.） ……… 0297

【つ】

追試（野田 充男） ……… 0969
追跡（オーツ，ジョイス・キャロル） ‥‥ 0758
追跡者（吉行 淳之介） ……… 0410
ついてくる（藤 水名子） ……… 0473
ついてくるもの（三津田 信三） ……… 0475
追悼 田中文雄さんに捧ぐ（井上 雅彦） ‥‥ 0429
対の鉋（佐江 衆一） ……… 0012, 0066
対の住処（西澤 保彦） ……… 0162, 0163
終の箱庭（神尾 アルミ） ……… 0542
通快バタフライエフェクト（矢樹 純） ……… 0200
通過するもの（松村 進吉） ……… 0415
通貨論（クジラマク） ……… 0464
塚原卜伝（南條 範夫） ……… 0096
捕まえて、鬼平！（青木 淳悟） ……… 0355
捕まえて、鬼平！―鬼平「風説」犯科帳（青
　木 淳悟） ……… 0354
塚本邦雄三十三首（塚本 邦雄） ……… 0488
津軽にかたむいて（佐々木 淳一） ……… 0865
津軽錦（五十月 彩） ……… 0862
…ツキ（白河 久明） ……… 0484
月（川端 康成） ……… 0917
月あかりの庭で子犬のワルツを（草子） ‥‥ 0862
月をぼくのポケットに（ラヴグローヴ，ジェ
　イムズ） ……… 0555
月がゆがんでる（橙 貴生） ……… 0997
月からきたヒロインたち（仲村 はるみ）
　　　　　　　　　　　　　　　…… 1007
接木の台（和田 芳恵） ……… 1093
ツキ過ぎる（長島 槇子） ……… 0416, 0417
月その六（バクスター，スティーヴン） ‥‥ 0555
月と河と庭（岡田 隆彦） ……… 0993
月に学ぶ（ひかるこ） ……… 1023
月の味（田辺 青蛙） ……… 0460
月のアペニン山（深沢 七郎） ……… 1080
月の王（アポリネール，ギョーム） ……… 0392
月のかわいい一側面（大村 小六） ‥ 0657, 0981
ツキの変わり目（猫吉） ……… 0971
月の距離（カルヴィーノ，イタロ） ……… 0883
月の沙漠を（三上 延） ……… 0759
次の世界のためのもうひとつの創世歌（コ

作品名索引　　つめ

ウ・ニェイン）‥‥‥‥‥‥‥ 1121
つぎの、つぎの青（尾河 みゆき）‥‥‥ 0828
月のない夏の夜のこと（中居 真麻）‥‥ 0195
月の光（星 新一）‥‥‥‥‥‥‥‥ 0917
月の瞳（紫藤 ケイ）‥‥‥‥‥ 0194, 0791
月の窓の四姉妹（井出 幸子）‥‥‥‥ 1007
月番（百目鬼 野干）‥‥‥‥‥‥‥ 0427
月見草（山崎 文男）‥‥‥‥‥‥‥ 0933
月夜（日笠 和彦）‥‥‥‥‥‥‥‥ 0976
月夜（杜 地都）‥‥‥‥‥‥ 0460, 0461
月夜蟹（日影 丈吉）‥‥‥‥‥‥‥ 0394
月夜とめがね（小川 未明）‥‥‥‥‥ 1080
月夜と眼鏡（小川 未明）‥‥‥‥‥‥ 0886
月夜に溺れる（長沢 樹）‥‥‥‥‥‥ 0315
月夜のアリババたち（荒井 邦子）‥‥‥ 0849
月夜のくだもの（文月 悠光）‥‥‥‥ 1088
月夜の時計（仁木 悦子）‥‥‥‥‥‥ 0147
月夜の晩に母と鯛を（関口 暁）‥‥‥ 0948
月は（新美 南吉）‥‥‥‥‥‥‥‥ 1079
月は緞帳の襞に（君島 慧是）‥‥‥‥ 0458
机の中のラブレター（フィニイ、ジャッ
　ク）‥‥‥‥‥‥‥‥‥‥‥‥ 0545
つぐない（酒井 康行）‥‥‥‥‥‥‥ 0975
つぐない（ディーヴァー、ジェフリー）‥‥ 0238
償い（無留行 久志）‥‥‥‥‥‥‥‥ 0976
償い（薬丸 岳）‥‥‥‥‥‥ 0169, 0170
鶫・鵙・鴨など（徳田 秋聲）‥‥‥‥ 0617
付け馬―隠密牛太郎・小蝶丸（中谷 航太
　郎）‥‥‥‥‥‥‥‥‥‥‥‥ 0016
告げ口ごろごろ（クラーク、メアリ・ヒギン
　ズ）‥‥‥‥‥‥‥‥‥‥‥‥ 1149
告げ口心臓（米田 三星）‥‥‥‥‥‥ 0247
告げ口ペースメーカー（パリッシュ、P.J.）
　‥‥‥‥‥‥‥‥‥‥‥‥‥ 1149
黄楊の香り（コッペ、フランソワ）‥‥‥ 1154
漬物（貝原）‥‥‥‥‥‥‥‥‥‥‥ 0462
漬物の味（種田 山頭火）‥‥‥‥‥‥ 0625
都合のいい男（久岡 一美）‥‥‥‥‥ 0976
辻占（朱雀門 出）‥‥‥‥‥‥‥‥ 0415
辻斬り 無用庵隠居修行（海老沢 泰久）‥‥ 0080
つじさん（黒木 あるじ）‥‥‥‥‥‥ 0463
続いてゆく、揺れながらも（橙 貴生）‥‥ 0867
続きの空（上月 文青）‥‥‥‥‥‥‥ 0829
都筑道夫を読んだ男（霧舎 巧）‥‥‥ 0246
続きは十三次元で（大沼 珠生）‥‥‥‥ 0859
鼓くらべ（山本 周五郎）‥‥‥ 0888, 0924
蔦葛木曽桟（国枝 史郎）‥‥‥‥‥‥ 0878

蔦の門（岡本 かの子）‥‥‥‥‥‥‥ 0397
土神ときつね（宮沢 賢治）‥‥‥‥‥ 0684
土とわたし（根多加 良）‥‥‥‥‥‥ 0785
土の塵―第一回創元SF短編賞日下三蔵賞
　（山下 敬）‥‥‥‥‥‥‥‥‥ 0512
土の枕（津原 泰水）‥‥‥‥‥‥‥‥ 0525
筒穴（貝原）‥‥‥‥‥‥‥‥‥‥ 0459
つつがなきよう（新井 素子）‥‥‥‥ 0920
躑躅幻想（柴田 よしき）‥‥‥‥‥‥ 0434
ツツジとドクロ（石野 晶）‥‥‥‥‥ 0782
綱渡りの成功例（米澤 穂信）‥‥‥‥‥ 0132
ツノ（タカスギ シンタロ）‥‥‥‥‥ 1022
角のあるライオン（フリン、ブライアン）
　‥‥‥‥‥‥‥‥‥‥‥‥‥‥ 0347
椿（里見 弴）‥‥‥‥‥‥‥‥‥‥ 1052
椿の入墨―神崎省吾事件簿シリーズより
　（高橋 治）‥‥‥‥‥‥‥‥‥ 0168
つばくろ会からまいりました（筒井 康
　隆）‥‥‥‥‥‥‥‥‥‥‥‥ 1015
翼（小池 真理子）‥‥‥‥‥‥‥‥ 1039
翼をもがれた女（ハスラー、エヴェリー
　ン）‥‥‥‥‥‥‥‥‥‥‥‥ 0750
翼を夢見たあなたへ（相木 奈美）‥‥‥ 0849
ツバメたち（光原 百合）‥‥‥‥‥‥ 0747
壺の魚（幸田 裕子）‥‥‥‥‥‥‥‥ 0970
妻を買う経験（里見 弴）‥‥‥‥‥‥ 1071
妻が椎茸だったころ（中島 京子）‥ 0886, 1015
妻と私（江藤 淳）‥‥‥‥‥‥‥‥ 0761
妻の一割（三崎 亜記）‥‥‥‥‥‥‥ 1016
妻の艶書（海野 十三）‥‥‥‥‥‥‥ 0153
妻の女友達（小池 真理子）‥‥‥‥‥ 0258
妻の気配り（窓宮 荘介）‥‥‥‥‥‥ 0969
妻の乳房（赤腹 江森）‥‥‥‥‥‥‥ 0971
妻の不貞（崩木 十弐）‥‥‥‥‥‥‥ 0463
つまり誰もいなくならない（斎藤 肇）
　‥‥‥‥‥‥‥‥‥‥‥‥ 0341, 0342
妻は、くノ一（風野 真知雄）‥‥‥‥ 0029
罪を認めてください（新津 きよみ）‥‥ 0265
積み木あそび（タキガワ）‥‥‥‥‥‥ 1023
罪つくり（横山 秀夫）‥‥‥‥ 0206, 0375
罪のあがない（サキ）‥‥‥‥‥‥‥ 0414
罪のなかの幸福（ドルヴィリ、バルベエ）
　‥‥‥‥‥‥‥‥‥‥‥‥‥‥ 0448
罪深き女（湊 かなえ）‥‥‥‥‥‥‥ 0311
罪深き賭け（モーティマー、キャロル）‥‥ 0640
罪深きは映画（ガートン、レイ）‥‥‥‥ 0450
爪（アイリッシュ）‥‥‥‥‥‥‥‥ 0414
爪（牧野 信一）‥‥‥‥‥‥‥‥‥ 1092

711

つめう　　　　　　　　作品名索引

爪占い（佐野　洋）‥‥‥‥‥‥　0169, 0170
冷たい雨 A Grave with No Name（伊野　隆
　之）‥‥‥‥‥‥‥‥‥‥‥‥‥‥‥　1014
冷たい仕事（黒井　千次）‥‥‥‥‥‥　1076
冷めたい手（坂東　眞砂子）‥‥‥　0939, 0940
冷たい方程式（ゴドウィン, トム）‥‥‥　0526
冷たい抱擁（ブラッドン, メアリー・エリザ
　ベス）‥‥‥‥‥‥‥‥‥‥‥‥‥　0442
冷たいボス（ダーシー, エマ）‥‥‥‥　0712
冷たいホットライン（七河　迦南）‥‥　0216
爪に爪なし猫に爪あり（野咲　野良）‥　0821
爪の代金五十両（南原　幹雄）‥‥‥‥　0126
積る日（赤月　折）‥‥‥‥‥‥‥‥‥　0863
通夜（吉田　悠軌）‥‥‥‥‥‥　0459, 0461
通夜盗（佐野　洋）‥‥‥‥‥‥　0220, 0221
梅雨明け（湊　菜海）‥‥‥‥‥‥‥‥　0821
梅雨一涸れてゆく故郷へ（チョウ・シキ
　ン）‥‥‥‥‥‥‥‥‥‥‥‥‥‥　0891
梅雨の合い間の夢（宮部　和子）‥‥‥　0915
つゆの朝ごはん　第一話―「ポタージュ・ボ
　ン・ファム」（友井　羊）‥‥‥‥　0180
つゆの朝ごはん　第二話―ヴィーナスは知っ
　ている（友井　羊）‥‥‥‥‥‥　0181
つゆの朝ごはん　第三話―「ふくちゃんの
　ダイエット奮闘記」（友井　羊）‥‥　0182
つゆの朝ごはん　第四話一日が暮れるまで
　待って（友井　羊）‥‥‥‥‥‥‥　0183
梅雨の湯豆腐（池波　正太郎）‥‥‥‥　0012
つゆはらい（屋敷　あずさ）‥‥‥‥‥　0462
氷柱折り【清麿】（隆　慶一郎）‥‥‥　0088
ツリーがくれた贈り物（マイケルズ, ファー
　ン）‥‥‥‥‥‥‥‥‥‥‥‥‥‥　0692
釣忍（山本　周五郎）‥‥‥‥‥‥‥‥　0021
釣り銭稼業（サマーズ, ジェフ）‥‥‥　0299
ツリーとタワー（戸川　唯）‥‥‥‥‥　0682
吊り橋効果（喜多　南）‥‥‥‥‥‥‥　0198
鶴（長谷川　四郎）‥‥‥‥‥‥‥‥‥　0883
鶴が来た夜（久保之谷　薫）‥‥‥‥‥　0862
剣岳へ（畑野　智明）‥‥‥‥‥‥‥‥　0602
蔓草の家――一九〇五（ビアス, アンブロー
　ズ）‥‥‥‥‥‥‥‥‥‥‥‥‥‥　0441
鶴子（星　哲朗）‥‥‥‥‥‥‥‥‥‥　0967
ツルの一声（逢坂　剛）‥‥‥‥　0220, 0221
橡（西島　伝法）‥‥‥‥‥‥‥‥‥‥　0492
鶴村の人々（李　範宣）‥‥‥‥‥‥‥　1117
鶴屋南北の町（今尾　哲也）‥‥‥‥‥　0408
連れあって札所めぐり（中川　洋子）‥　0823

連れて行くわ（雨川　アメ）‥‥‥　0457, 0458
石蕗（早瀬　詠一郎）‥‥‥‥‥‥‥‥　1013

【て】

出会い（都筑　道夫）‥‥‥‥‥‥‥‥　0330
出会いのとき巡りきて（ムーア, C.L.）‥　0529
ディアトリマの夜（神崎　照子）‥‥‥　0861
ディアマント（小栗　四海）‥‥‥　0459, 0461
ティアラ（斎藤　冬海）‥‥‥‥‥‥‥　0929
庭園（堀井　紗由美）‥‥‥‥‥‥‥‥　0489
定期巡視（ヘンドリクス, ジェイムズ・
　B.）‥‥‥‥‥‥‥‥‥‥‥‥‥‥　0275
ディケンズを愛した男（ウォー, イーヴリ
　ン）‥‥‥‥‥‥‥‥‥‥‥‥‥‥　1135
帝国軍隊に於ける学習・序（富士　正晴）
　‥‥‥‥‥‥‥‥‥‥‥‥‥‥‥‥　0778
体裁のいい景色―人間時代の遺留品（西脇
　順三郎）‥‥‥‥‥‥‥‥‥‥‥‥　0993
偵察（湯菜岸　時也）‥‥‥‥‥‥‥‥　0464
停車場の少女（岡本　綺堂）‥‥‥‥‥　0398
停車場で（小泉　八雲）‥‥‥‥‥‥‥　0892
泥酒（田丸　雅智）‥‥‥‥‥‥‥‥‥　0571
テイスター・キラー（深津　十一）‥‥　0619
庭前（井伏　鱒二）‥‥‥‥‥‥‥‥‥　0799
でいだら（石居　椎）‥‥‥‥‥‥‥‥　0462
停電の夜に（松村　佳直）‥‥‥‥‥‥　0464
停電の夜の乾杯（@akihito_i）‥‥‥‥　0781
デイドリーム オブ クリスマス（椥月　美智
　子）‥‥‥‥‥‥‥‥‥‥‥‥‥‥　0734
デイドリーム、鳥のように（元長　柾木）‥　0520
定年（塔山　郁）‥‥‥‥‥‥‥　0193, 0199
ディフェンディング・ゲーム（石持　浅
　海）‥‥‥‥‥　0343, 0357, 0358
ディープ・キス（草上　仁）‥‥‥‥‥　0218
ディーラーの選択（パレツキー, サラ）‥　0286
ティラミスのケーキ（寺田　旅雨）‥‥　0489
ティルニー（ワイルド, オスカー）‥‥　1127
ティローンのある一族の歴史の一章――一八
　三九（レ・ファニュ, シェリダン）‥　0441
デウス・エクス・リブリス（君島　慧是）
　‥‥‥‥‥‥‥‥‥‥‥‥‥　0459, 0461
テエブル（巽　鏡一郎）‥‥‥‥‥‥‥　0465
テオ（エガーズ, デイヴ）‥‥‥‥‥‥　1129
手をつなごう（濱本　七恵）‥‥‥‥‥　0665

712

手を振っているのではない。溺れているん
　だ（マッキーン，エリン）………… 1150
手形（安曇 潤平）……………………… 0415
テ・鉄輪（入江 敦彦）………………… 0435
手紙（ショパン，ケイト）…………… 0442
手紙（花恋）……………………………… 1020
手紙（宮野 村子）……………………… 0144
手紙（モーガン，サリー）…………… 1163
手紙（モーム，W.サマセット）……… 0892
手紙を書く人（シンガー，アイザック・バ
　シェヴィス）………………………… 1133
手紙嫌い（若竹 七海）……… 0271, 0870
手紙に乗せて（橋本 夏鳴）………… 0849
手紙の恋人（砂場）…………………… 1023
手紙の一つ（神近 市子）…………… 0748
適温コンサルタント（伊園 旬）…… 0619
適材適所（友朗）……………………… 0971
テキサス・ヒート（ハリスン，ウイリア
　ム）…………………………………… 0299
溺死（ギモント,C.E.）………………… 1150
溺死者の薔薇園（岩井 志麻子）…… 0473
敵将に殉じた猛母―淀殿（永井 路子）… 0023
適任人事（野澤 匠）………………… 0969
敵の敵も敵（佐藤 青南）…………… 0189
適用者一名（深水 黎一郎）………… 0315
敵はいずこに（岩井 三四二）……… 0047
敵は海賊（虚淵 玄）………… 0497, 0498
出口（菊地 秀行）…………………… 0440
出口（吉行 淳之介）………… 0611, 0628
出口入口（永井 龍男）… 0872, 0873, 1077
出口君（岬 兄悟）…………………… 0517
出口のない美術館（キエスーラ，ファブリ
　ツィオ）……………………………… 1156
デクノボウの住みか（伊藤 一美）…… 0959
手首（大佛 次郎）…………………… 0295
手首賽銭（上甲 宣之）……………… 0197
テクマクマヤコン（中村 ブラウン）… 0986
出会す（平山 夢明）………………… 0479
デコチン君（黒 史郎）……………… 0415
手仕事（久美 沙織）………………… 0517
手品通り（春名 トモコ）…………… 1022
出島阿蘭陀屋敷（平岩 弓枝）……… 0098
で十条（吉村 昭）…………………… 0580
手作りのグラブ（藤田 哲夫）……… 0602
テスト（黒田 広一郎）……… 0457, 0458
デス・レース（メルキオー，イブ）… 0524
出たがる（井上 由）………………… 0464

手帖から発見された手記（円城 塔）… 0962
でっかい本（西山 繭子）…………… 0585
哲学って好きとか言いたいけど全くわかん
　ないよっていう人間によるなにか（澤田
　育子）………………………………… 1022
鉄兜（中村 光夫）…………………… 0766
鉄仮面をめぐる論議（上遠野 浩平）… 0548
撤去（シャーシャ，レオナルド）…… 1155
鉄橋―ひかり157号の死者（津村 秀介）
　………………………………………… 0609
哲人パーカー・アダスン（ビアス，アンブ
　ローズ）……………………………… 0871
てっせん（瀬戸内 寂聴）…………… 1071
鉄道員の復讐（エドワーズ，アミーリア）
　………………………………………… 0411
鉄塔のある町で（谷崎 由依）……… 0905
鉄と火から（スマレ，マッシモ）…… 0474
デッドヒート（ヒモロギ ヒロシ）… 0457, 0458
死人妻（式 貴士）…………………… 0515
手つなぎ鬼（中川 剛）……………… 0843
鉄の神経お許しを（ハミルトン，エドモン
　ド）…………………………………… 0521
鉄の童子（村山 槐多）……………… 0477
てっぺん信号（三浦 しをん）……… 0904
鉄路に消えた断頭史（加賀美 雅之）… 0356
鉄腕の歌（山岡 荘八）……………… 0964
鉄腕ボトル（立松 和平）…………… 1059
ててなし子クラブ（星野 智幸）…… 1055
手なし娘（作者不詳）………………… 0693
デニーズでサラダを食べるだけ（片瀬 チヲ
　ル）…………………………………… 0905
手荷物（ドノヒュー，エマ）………… 0746
手ぬぐい（六條 靖子）……………… 0458
てのひら（中崎 千枝）……………… 0862
てのひら（松本 楽志）……… 0460, 0461
てのひら宇宙譚―間借りに来た宇宙人、人
　面瘡のお見合い…奇妙奇天烈！ 超短編
　劇場（田辺 青蛙）………………… 0559
出刃打お玉（池波 正太郎）………… 0007
てぶくろ（五十月 彩）……………… 0860
手袋を買いに（新美 南吉）… 0886, 0887, 1067
手袋の花（宮部 みゆき）…………… 1067
手招く美女（オニオンズ，オリヴァー）… 0487
手間のかかる姫君（栗本 薫）……… 0504
手鞠（杉澤 京子）…………………… 0465
出金（興омは 募）…………………… 0457, 0458
出戻り（西村 健）…………………… 0134

デーモン（古川 日出男） …………… 1101
デーモン日暮（木下 古栗） ………… 0488
デューク（江國 香織） ……………… 0890
デューラーの瞳（柄刀 一） …… 0359, 0360
寺（佐々木 鏡石） …………………… 0854
デラウェイの窓（朴 晟源） ………… 1116
テラス（ヴィース, ロール） ………… 0750
寺田屋の散華（津本 陽） …………… 0102
寺泊（水上 勉） ……………… 0627, 1094
寺泊―昭和五十八年晩秋・奇妙珍妙の旅
　（西土 遊） ………………………… 0991
てりむくりの生涯（登 芳久） ……… 0932
輝子の恋（小路 幸也） ……………… 1039
デルス―運命の射撃（アルセーニエフ, ウラ
　ジミール） ………………………… 0794
天連関理府（鳴海 風） ……………… 0074
テレクラ（葛 亮） …………………… 1112
テレサ（ウォルフォース, ティム） …… 0202
テレサ（クレーンズ, デヴィッド） … 0669, 0670
テレザ・パンザの手紙（花田 清輝） …… 0396
テレストリアル・ゲート（ささがに） … 0489
テレビ（上田 進太） ………………… 0969
テレビをつけておくと（長島 槇子）
　………………………………… 0416, 0417
テレビジョン（秋野 鈴虫） ………… 0534
テレビ塔の奇跡―名古屋テレビ塔（柴門 ふ
　み） ………………………………… 0677
テレビの箱（崩木 十弐） …………… 0463
テレビ路線図（MASATO） ………… 0975
テロルの創世（平山 夢明） ………… 0543
電（雪舟 えま） ……………………… 0886
天衣無縫（織田 作之助） …………… 1078
天を分かつ川（天野 純希） ………… 0043
転界（守界） …………………………… 0489
天外消失（ロースン, クレイトン） …… 0262
天下を狙う―黒田如水（西村 京太郎） … 0037
癲覚（朱雀門 出） …………………… 0463
天からの手紙（上原 小夜） …… 0194, 0197
電気馬（津島 佑子） ………………… 1057
伝奇怪獣 バッケンドン登場―千葉県「南
　総怪異八犬獣」（會川 昇） ……… 0541
転記コンサルタント（伊国 旬） …… 0195
電氣之街（キネオラマ） …………… 1051
電気パルス聖餐（梶尾 真治） ……… 0363
電気風呂の怪死事件（海野 十三） …… 0963
電球（ピカード, ナンシー） ………… 0298
転居先不明（歌野 晶午） …………… 0173

天気予報（星 哲朗） ………………… 0969
天狗（大坪 砂男） …………………… 0174
天狗（峯岸 可弥） …………………… 0462
天空からの死者（門前 典之） ……… 0288
天空からの槍（泉水 堯） …………… 0242
天空の家（タラッキー, ゴリー） …… 0749
天狗殺し（高橋 克彦） ……………… 0011
天狗と宿題、幼なじみ（はやみね かお
　る） ………………………………… 0130
天狗のいたずら（田端 六六） ……… 0279
天狗の落し文（抄）（筒井 康隆） …… 0479
てんくらげ（河嶋 忠） ……………… 0844
天花炎々（川田 裕美子） …………… 0866
点検（加藤 博文） …………………… 0968
転校生（神山 和郎） ………………… 0857
天国（北野 勇作） …………………… 0484
天国からの贈り物（瀬川 隆文） …… 0863
天国の風（チャン・トゥイ・マイ） … 1110
天国の少年（森下 雨村） …………… 0964
天国料理人（雨の国） ……………… 0821
天国惑星パライゾ（田中 啓文） …… 0312
天孤の剣―沖田総司（大久保 智弘）
　………………………………… 0070, 0071
伝言（松下 雛子） …………………… 0867
伝言板（ニウ 充） …………………… 0971
天災に非ず天譴と思え（近松 秋江） … 0784
天使（佐藤 哲也） …………………… 1010
天使（山本 幸久） …………… 1102, 1103
天使が通る（タキガワ） …………… 1022
天使が見たもの（阿部 昭） ………… 1072
天竺の甘露（吉川 永青） …………… 0082
天使たちの野合（木下 古栗） ……… 0709
天使に魅せられて（ウインターズ, レベッ
　カ） ………………………………… 0637
天使の歌声（北川 歩実） …………… 0219
天使の休暇願（成田 和彦） ………… 0863
天使の父親（シャマン・ラポガン） … 1110
天使の指輪（伽古屋 圭市） ………… 0200
電車を乗り継いで大人になりました（山崎
　ナオコーラ） ………………… 0673, 0674
電車会社（烏本 拓） ………… 0460, 0461
電車強盗のリスクパフォーマンス（篠原 昌
　裕） ………………………………… 0200
電車の窓（森 鷗外） ………………… 0880
伝手（島村 ゆに） …………… 0459, 0461
天守閣の久秀―松永久秀（南條 範夫） … 0036
天井裏の声（黒 史郎） ……………… 0415

作品名索引　　　　といれ

テンショク（名取 佐和子）………… 0762
天性の作家 ラフカディオ・ハーン＝小泉八
　雲（辻原 登）…………………………… 0481
傅説（山尾 悠子）………………………… 0488
伝説と現実（テッフィ）………………… 1158
伝説の誕生（ギャリス, ミック）……… 1131
伝説の星（石田 衣良）…………………… 0152
歯好症（スラヴィン, ジュリア）……… 0708
伝単（西木 正明）………………………… 1013
天誅（曽根 圭介）………………… 0169, 0170
電柱（石動 一）…………………………… 1051
電柱症候群（傘月）………………………… 1051
電柱の骨（桧山 明）……………………… 1051
電柱フレンズ（枝折 まや子）………… 1051
天頂より少し下って（川上 弘美）…… 0735
転転転校生生生（森野 樹）……………… 0901
点点点丸転転丸（諏訪 哲史）………… 0592
天堂より神の不在を告げる死せるキリスト
　の言葉（パウル, ジャン）…………… 0392
点と円（西村 健）………………… 0207, 0370
テンと月（小池 真理子）……………… 1018
天と富士山―【東京】（赤瀬川 原平）‥ 0806
デンドロカカリヤ（安部 公房）……… 0391
デンドロカカリヤ―［雑誌「表現」版］（安
　部 公房）………………………………… 0395
天どん物語―蒲田の天どん（種村 季弘）
　………………………………………………… 0622
天に還す（立花 腑楽）…………………… 0463
「天にまします吾らが父ヨ、世界人類ガ、幸
　福デ、ありますヨウニ」（川上 弘美）‥ 0740
天にまします吾らが父ヨ、世界人類ガ、幸福デ、
　ありますヨウニ（川上 弘美）… 0753, 1055
天の狗（鳥飼 否宇）‥ 0156, 0210, 0300, 0372
天の犬（山下 奈美）……………………… 0857
天皇と星条旗と日の丸（古倉 節子）…… 0990
天の配猫（森村 誠一）………………… 1096
天の娘（ガルサン, チナギーン）……… 1118
電筆（松本 清張）………………………… 1025
天秤皿のヘビ（戌井 昭人）……………… 0958
天袋（清水 絹）…………………………… 0986
天ぷら供養（葛城 輝）………………… 1021
テンペスト（江國 香織）………… 0745, 0754
天変動く（与謝野 晶子）……………… 0784
電報（黒島 伝治）………………… 0764, 1087
電報（三宅 花圃）………………………… 0784
電報語（フロローフ）…………………… 1159
天幕と銀幕の見える場所（芦辺 拓）… 0817

天命の人（三好 徹）……………………… 0078
天網恢恢疎にして漏らさず（鳥飼 否宇）
　………………………………………………… 0314
天目山の雲（井上 靖）………………… 0041
天文台クリニック（堀江 敏幸）……… 1088
転落（ハセベ バクシンオー）… 0223, 0224
天覧（三井 多和）………………………… 0834
展覧会の客（紀田 順一郎）……… 0581, 0587
伝令兵（目取真 俊）……………… 0776, 0777
電話（高橋 克彦）………………………… 0264
電話（武田 若千）………………………… 1022
電話（中上 紀）…………………………… 1059
電話（杜 地都）…………………… 0457, 0458
電話（吉行 淳之介）……………………… 0264
電話だけが知っている（岡嶋 二人）… 0264
電話中につき、ベス（西島 伝法）…… 0515
電話番号（黒木 あるじ）……………… 0785
天は蓋 土は中（ジョーゾー）………… 1121
電話ボックス（柳原 慧）………… 0223, 0224
電話は鳴らない（仙洞田 一彦）……… 0770

【と】

ドア⇄ドア（歌野 晶午）……………… 0274
ドアとドア（神 薫）…………………… 0427
とある愛好家の集い（雨澄 碧）……… 0619
とある音楽評論家の、註釈の多い死（※1）
　（深水 黎一郎）………………………… 0312
とあるペットショップにて（寺田 旅雨）
　………………………………………………… 0489
とある密室の始まりと終わり（東川 篤
　哉）……………………………………… 0314
とある民宿にて（梅原 公彦）… 0457, 0458
ドイツから来た子―転校生しみじみ（バト
　リン, ロン）…………………………… 1139
独逸の本屋（森 茉莉）………………… 0993
ドイツ箱の八月（小島 モハ）………… 0463
ドイツ料理屋「アイスバイン」（島本 理
　生）……………………………………… 0895
トイレを借りに（青井 知之）………… 0462
トイレに現れたお祖母ちゃん（勝山 海百
　合）……………………………… 0416, 0417
トイレの河童（狩野 いくみ）… 0460, 0461
トイレ文化博物館のさんざめく怪異（黒 史
　郎）……………………………………… 0430

715

トイレまち（平山 夢明）	0444
塔（松浦 寿輝）	1059
塔（竜胆寺 雄）	0479
塔をえらんだ男と橋をえらんだ男と港をえ	
らんだ男（西崎 憲）	0484
東海道を走る剣士（南條 範夫）	0020
東海道戦争（筒井 康隆）	0491
東海道 抜きつ抜かれつ（村上 元三）	0010
燈火星のごとく（金子 みづは）	0462
桃花無明剣（柴田 錬三郎）	0106
動機（家田 満理）	0976
同期（月島 淳之介）	0867
陶器でこしらえた女（ドーデラー、ハイミー	
ト・フォン）	0418
桃鳩図について（澁澤 龍彦）	0396
同級生（鹿目 けい子）	0646
同郷（龍野 智子）	0971
東京駅の質問（君島 慧是）	0457, 0458
東京しあわせクラブ（朱川 湊人）	0290, 0291
「東京焼盡」より第三十八章、第五十六章	
（内田 百閒）	0917
同郷人会（ビュキート、メルヴィン・ジュー	
ルズ）	1123
東京双六（吉村 滋）	0930
トウキョウ・デスワーム（小中 千昭）	0423
東京鐵道ホテル24号室（辻 真先）	0146
東京日記（抄）（内田 百閒）	0402
東京の背骨（小松 知佳）	0606, 1030
東京の探偵たち（小路 幸也）	0349, 0350
東京の日記―都電。キャタピラー。伝書鳩	
の群れ。桜。とりどりの和菓子。私の見	
た東京（恩田 陸）	0559
東京ボーイズラブ（砂原 美都）	0664
東京みやげ（星 哲朗）	0973
東京ラプソディ（山口 晃二）	0597
同居人（きりゑ 薫）	0464
洞窟（飛鳥部 勝則）	0429
洞窟（ザミャーチン、エヴゲーニー）	0392
洞窟の外（中村 文則）	0961
洞窟の妖魔（パワーズ、ポール・S.）	0425
峠（白石 すみほ）	0986
闘鶏（今 東光）	0871
憧憬☆カトマンズ（宮木 あや子）	1033
陶芸造り（是佐 武子）	1084
峠茶屋のだんご婆さん（佐々木 敬祐）	0986
峠の酒蔵（巣山 ひろみ）	0860
峠の像（神保 光太郎）	1037

道化の町（パウエル、ジェイムズ）	0365
同好の士（原 カバン）	0967
東西「覗き」くらべ（巽 昌章）	0257, 0301
冬至―12月22日ごろ（蜂飼 耳）	0919
悼詩（室生 犀星）	0886
同時進行（北見 越）	0975
冬至草（石黒 達昌）	0535
どうした、田部ちゃん（美崎 理恵）	0689
糖質な彼女（木地 雅映子）	0620, 0621
どうして叩かずにいられないの？（マイヤー	
ズ、マーティン）	0337
どうしてパレード（中山 智幸）	0905
同時に（趙 京蘭）	1116
藤十郎の恋（菊池 寛）	0651
同人誌ネクロノミコン（推定モスマン）	0489
蕩尽に関する一考察（有栖川 有栖）	0284
当世粗忽長屋（飛山 裕一）	0195
同窓会（角田 光代）	1012
同窓会（七瀬 ざくろ）	0976
同窓会（星 哲朗）	0968
同窓会―「君たちに明日はない」シリーズ	
番外編（垣根 涼介）	0951
盗賊の花むこ（グリム）	0414
淘汰（茶毛）	0438
灯台（牧 ゆうじ）	0459
燈台（ブロック、ロバート）	0172
燈台（ポー、エドガー・アラン）	0172
父ちゃんを待つあいだ（新宮 みか）	0858
盗聴犬（海野 十三）	0153
疼痛二百両（池波 正太郎）	0087
童貞（夢野 久作）	0398
道程（久野 徹也）	0976
どうでもいい日常とどうでもよくない感情	
の戦争（澤田 育子）	1022
堂々巡り（葛城 輝）	1020
どう眠った？（グレノン、ポール）	0387, 0388
銅の鋺（エリオット、ジョージ・フィール	
ディング）	0452
堂場警部補とこぼれたミルク（蒼井 上	
鷹）	0207, 0370
逃避行は地中海で（ハリス、リン・レイ）	0645
動物のいない国（アリ、ラフミ）	1122
『動物のぞき』より（幸田 文）	0890
動物翻訳機（庄司 勝昭）	0970
動物霊園の少女（小鳥遊 ミル）	0465
豆腐屋の女房（皿洗 一）	0459
童篇（神保 光太郎）	1037

作品名索引　　　**ときよ**

同胞と非同胞（柳澤　健）‥‥‥‥‥‥　0784
東北を味わおう。（@mumei7c）‥‥‥‥　0781
動脈瘤（ダナー, アレクサンダー）‥　1150, 1151
透明な教室（君島　慧是）‥‥‥‥‥‥　0460
透明な雪（青砥　十）‥‥‥‥‥‥‥‥　1023
透明人間の夢（島田　雅彦）‥‥　0958, 1062
透明猫（海野　十三）‥‥‥‥‥　0795, 0800
堂守（ゾーシチェンコ）‥‥‥‥‥‥‥　1157
とうもろこしの種まき（アンダーソン, シャー
　ウッド）‥‥‥‥‥‥‥‥‥‥‥‥‥　0684
童謡（吉行　淳之介）‥‥‥‥‥‥‥‥　0874
東洋の精（ホック, エドワード・D.）‥‥　0286
トゥラーダ（近藤　史恵）‥‥‥‥‥‥　1108
ドゥルティを殺した男（逢坂　剛）‥‥　0326
灯籠釣り（加門　七海）‥‥‥‥‥‥‥　0484
燈籠流し（安曇　潤平）‥‥‥‥‥‥‥　0415
道路に女がうずくまっていた話（加門　七
　海）‥‥‥‥‥‥‥‥‥‥‥　0416, 0417
「…to watashi,towadashi」（小野　正嗣）
　‥‥‥‥‥‥‥‥‥‥‥‥‥‥‥‥‥　0842
トゥング田（高橋　史絵）‥‥‥‥‥‥　0460
ドS編集長のただならぬ婚活（七尾　与史）
　‥‥‥‥‥‥‥‥‥‥‥‥‥‥‥‥‥　0180
遠い海（柚　かおり）‥‥‥‥‥‥‥‥　0986
遠い過去（トレヴァー, ウィリアム）‥‥　1123
遠い雷、赤い靴（片岡　義男）‥‥‥‥　0644
遠い裾野（宮司　孝男）‥‥‥‥‥‥‥　0823
遠い背中（@in_youth）‥‥‥‥‥‥‥　0781
遠い夏の記憶（朱川　湊人）‥‥‥‥‥　0160
遠い日々（安西　玄）‥‥‥‥‥‥‥‥　0989
とおい星（後藤　敏春）‥‥‥‥‥‥‥　0929
十日間（袁　犀）‥‥‥‥‥‥‥‥‥‥　1115
十日の菊（ダウスン, アーネスト・クリスト
　ファー）‥‥‥‥‥‥‥‥‥‥‥‥‥　0684
遠くの星の青い花（小島　モハ）‥‥‥　0464
遠ざかる夜（島本　理生）‥‥‥‥‥‥　0736
遠すぎる風景（綾辻　行人）‥‥‥‥‥　0246
遠野物語（抄）（柳田　國男）‥‥‥‥　0479
『遠野物語』より（柳田　國男）‥‥　0394, 0784
とほほえ（内田　百閒）‥‥‥‥‥‥‥　1077
遠まわりの恋人たち（ウインターズ, レベッ
　カ）‥‥‥‥‥‥‥‥‥‥‥‥‥‥‥　0639
遠眼鏡（木内　昇）‥‥‥‥‥‥　0354, 0355
通り雨（佐藤　真由美）‥‥‥‥‥‥‥　0671
通りすがりのエイリアン（大泉　貴）‥‥　0200
通りすぎた奴（眉村　卓）‥‥‥‥‥‥　0532
通り抜ける（淺川　継太）‥‥‥‥‥‥　0905

通り魔（横溝　正史）‥‥‥‥‥‥‥‥　0032
戸隠キャンプ場にて（内藤　了）‥‥‥　0465
蜥蜴（谷崎　由依）‥‥‥‥‥‥‥‥‥　1063
蜥蜴（吉田　絃二郎）‥‥‥‥‥‥‥‥　1092
トカトントン（太宰　治）‥‥‥‥‥‥　0955
トカトントンコントロール（佐藤　友哉）
　‥‥‥‥‥‥‥‥‥‥‥‥‥‥‥‥‥　1058
トキウドン（あか）‥‥‥‥‥‥‥‥‥　0459
時うどん（田中　啓文）‥‥‥‥‥‥‥　0173
時を生きる種族（ムアコック, マイケル）
　‥‥‥‥‥‥‥‥‥‥‥‥‥‥‥‥‥　0528
時を刻む計り（如月　恵）‥‥‥‥‥‥　1020
時を超えるもの（井上　雅彦）‥‥‥‥　0571
時を彫る男（オカ・ルスミニ）‥‥‥‥　1110
時が新しかったころ（ヤング, ロバート・
　F.）‥‥‥‥‥‥‥‥‥‥‥‥‥‥‥　0529
時カクテル（東　直己）‥‥‥‥‥‥‥　0308
時じくの実の宮古へ（小川　一水）‥　0620, 0621
妬忌津（森福　都）‥‥‥‥‥‥‥‥‥　0249
時田風音の受難（沢木　まひろ）‥‥‥　0588
トキちゃん—阿蘇山本堂　西巌殿寺奥之院
　（瀧羽　麻子）‥‥‥‥‥‥‥‥‥‥　0677
時の葦舟（荒巻　義雄）‥‥‥‥‥‥‥　0532
時のいたみ（ファイラー, バート・K.）‥‥　0529
時の渦（星　新一）‥‥‥‥‥‥‥‥‥　0546
時の崖（安部　公房）‥‥‥‥‥‥‥‥　0599
時の形容詞（アヨルザナ, グンアージャビ
　ン）‥‥‥‥‥‥‥‥‥‥‥‥‥‥‥　1118
時の過ぎゆくままに（井上　荒野）‥‥　1016
時の鳥（エフィンジャー, ジョージ・アレッ
　ク）‥‥‥‥‥‥‥‥‥‥‥‥‥‥‥　0514
時のトンネル（河野　アサ）‥‥‥‥‥　0987
時の日（新田　次郎）‥‥‥‥‥‥‥‥　0115
時の獄（西　秋生）‥‥‥‥‥‥‥‥‥　0483
時の広がり（宮永　愛子）‥‥‥‥‥‥　0842
刻の風景（佐藤　善秀）‥‥‥‥‥‥‥　1084
トキノフウセンカズラ（藤田　雅矢）‥‥　1012
時の娘（ハーネス, チャールズ・L.）‥‥　0529
時の澱（葛城　輝）‥‥‥‥‥‥‥‥‥　1021
解き放たれたもの（鈴木　文也）‥‥‥　0489
ときめき（島本　理生）‥‥‥‥‥‥‥　0686
トーキョーを食べて育った—灰色の空の
　下、殻をまとってぼくらは駆ける。死せ
　る魂を求めて（倉田　タカシ）‥‥‥　0567
トーキョー・スカイ・ツリー（蓮見　仁）‥‥　0836
時よ止まれ（東　浩紀）‥‥‥‥‥‥‥　0961
時読みの女—永倉新八（鈴木　英治）
　‥‥‥‥‥‥‥‥‥‥‥‥‥　0070, 0071

717

ときは今（滝口 康彦） ……………… 0116
時は金（レナルズ, マック） ………… 0499
《時は来た…》（法月 綸太郎） ……… 0292
時は来た……（法月 綸太郎） ………… 0293
独（ジン・リーファン） …………… 0891
毒入りバレンタイン・チョコ（北山 猛
　邦） ………………………… 0357, 0358
毒入りローストビーフ事件（桜坂 洋） 0155
土偶木偶（幸田 露伴） ……………… 0396
毒を盛られたポーン（スレッサー, ヘンリ
　ィ） ……………………………… 1136
毒蛾に刺された男（伊東 潤） ……… 0082
徳川軍を二度破った智将（南條 範夫） … 0027
徳川宗春（徳永 真一郎） …………… 0125
毒コーヒーの謎（岡田 鯱彦） ……… 0147
読者よ欺かれておくれ（芦辺 拓） … 0135
特殊部落と寺院（喜田 貞吉） ……… 1047
特殊部落の犯罪（豊島 与志雄） …… 1046
特殊メイク（スペクター, クレイグ） … 0451
読書家専用車両（逢上 央士） ……… 0584
読書家ロップ（朱川 湊人） ………… 0591
読書サークル（小林 剛） …………… 0967
ドクター・サリヴァンの図書室（マシュー
　ズ, クリスティーン） …………… 0203
ドクターの意外な贈り物（マリネッリ, キャ
　ロル） …………………………… 0650
ドクターミンチにあいましょう（詠坂 雄
　二） ……………………………… 0490
禿頭組合（北 杜夫） ………………… 0230
毒と毒（犬飼 六岐） ………………… 0083
徳の通帳（河野 泰生） ……………… 0969
徳の罪（ナムスライ, ダムバダルジャーギー
　ン） ……………………………… 1118
独白するユニバーサル横メルカトル（平山
　夢明） …………………………… 0331
特別休暇（山田 智彦） ……………… 0927
特別サービス（丸山 はじめ） ……… 0975
毒蛇（デーンアラン・セーントーン） … 1120
毒もみのすきな署長さん（宮沢 賢治） 0488
特約条項 第三条（安生 正） … 0224, 0364
時計（米川 京） ……………… 0457, 0458
時計（ローデンバック, ジョルジュ） 0393
時計じかけの小鳥（西澤 保彦） …… 0131
時計じかけの天使（永山 驢馬） …… 0512
時計は祝う（松本 楽志） …………… 0484
溶けない結晶（真瀬 いより） ……… 0864
とげ抜き師（紺野 キリフキ） ……… 0695

溶ける日（松村 比呂美） …………… 0475
どこかでベートーヴェン 第一話（中山 七
　里） ……………………………… 0183
どこかでベートーヴェン 第二話（中山 千
　里） ……………………………… 0184
どこかでベートーヴェン 第3話（中山 七
　里） ……………………………… 0185
どこかでベートーヴェン 第四話（中山 七
　里） ……………………………… 0186
どこかでベートーヴェン 第五話（中山 七
　里） ……………………………… 0187
どこかでベートーヴェン 第六話（中山 七
　里） ……………………………… 0188
どこかでベートーヴェン 第七話（中山 七
　里） ……………………………… 0189
どこか遠くへ（山口 タオ） ………… 0484
どこかの（草上 仁） ………………… 0474
どこからか来た男（白河 久明） …… 0474
とこしえの光（吉開 那津子） ……… 0770
床相撲（黒 史郎） …………………… 0462
常夏の夜（藤井 太洋） ……………… 0551
床屋とプロゴルファー（平岡 陽明） … 1018
床屋の源さん、探偵になる（青山 蘭堂） 0241
床屋の話（プリチェット, V.S.） …… 0726
常世舟（倉阪 鬼一郎） ……………… 0412
ド・サヴェルヌ夫人（アルニム, アヒム・フォ
　ン） ……………………………… 0418
土左衛門（北村 想） ………………… 0479
土佐源氏（宮本 常一） ……………… 0875
閉ざされた客室（ダグラス, スチュアー
　ト） ……………………………… 0228
トシ&シュン（万城目 学） ………… 1024
年下の男の子（坂上 誠） …………… 0968
杜子春（芥川 龍之介） ……………… 0887
歳の市風景（小笠原 幹夫） ………… 0915
としのころには（さとう ゆう） …… 0464
閉じ箱（竹本 健治） ………………… 0345
屠場（エチェベリーア, エステバン） … 1161
途上（西村 健） ……………………… 0363
途上の犯人（浜尾 四郎） …………… 0255
図書館滅ぶべし（門井 慶喜） … 0357, 0358
図書室のにおい（関口 尚） ………… 1011
与四郎涙雨（滝口 康彦） …………… 0026
都心ノ病院ニテ幻覚ヲ見タルコト（澁澤 龍
　彦） ……………………………… 0396
トスカ枢機卿事件（ロバーツ, S.C.） … 0231
土星人襲来―シャワーや一般的なサービス
　は必要ありません。僕は土星人なんです

（増田 俊也） ……………………… 0564
土星の子供（クジラマク） ……… 0460, 0461
ドーセット街の下宿人（ムアコック, マイケ
ル） …………………………………… 0233
土葬（阿丸 まり） ………………………… 0465
土蔵（稲垣 考人） ………………………… 0481
途中下車（中村 啓） ……………………… 0200
戸塚たそがれ散歩道（小笠原 幹夫） …… 0986
ドッカーンなお弁当（たきざわ まさか
ず） …………………………………… 0849
特急列車は死を乗せて（山村 美紗） …… 0356
嫁ぐ日まで（関口 暁） …………………… 0762
嫁ぐ娘たち（小野村 誠） ………………… 0989
とつけむにゃーこつ（村上 了介） ……… 0786
突然の別れの日に（辻 征夫） …………… 0479
突堤にて（梅崎 春生） …………………… 1093
とっておきの脇差（平方 イコルスン） … 0501
とっぴんぱらりのぷう（朝倉 かすみ） … 0979
突風（ディーヴァー, ジェフリー） ……… 0317
ドッペルゲンガー（安曇 潤平） ………… 0415
届かぬ報い（蓮） …………………………… 0438
とどめを刺す（渡辺 剣次） ……………… 0148
等々力座殺人事件（戸板 康二） ………… 0820
ドナー（仙川 環） ………………………… 1014
どなた？（クーゼンベルク, クルト） …… 0275
どなたをお望み？（スレッサー, ヘンリ
ィ） …………………………………… 0445
ドーナツの穴（坂倉 剛） ………………… 0975
隣（泡沫 虚唄） …………………………… 0427
となりの雨男（矛先 盾一） ……………… 0969
となりのヴィーナス（ユエミチタカ） … 0492
となりの宇宙人（半村 良） ……………… 1076
隣の男（ハセベ バクシンオー） ………… 0199
隣の黒猫、僕の子猫（堀内 公太郎）
…………………………… 0193, 0443, 0791
隣りのコレクター（マッシー, エリザベ
ス） …………………………………… 0239
隣の空も青い（飛鳥井 千砂） …………… 0759
隣りの隣り（穂坂 コウジ） ……………… 1022
隣りの風車（豊田 有恒） ………………… 1035
隣の四畳半（赤川 次郎） ………… 0165, 0166
隣の嫁（伊藤 左千夫） …………………… 0651
利根の川霧（村上 元三） ………………… 0111
利根の渡（岡本 綺堂） …………………… 0414
ドノヴァン、早く帰ってきて（片岡 義
男） …………………………………… 0345
殿方よ、愛がないならお捨てになって（ミ

ンウェーヒン） …………………………… 1121
賭博者（寺山 修司） ……………………… 0993
賭博者（モルナール） …………………… 0871
飛梅（原田 マハ） ………………………… 0810
飛び首（もくだい ゆういち） …………… 0973
とびこみ（トルストイ） ………………… 0887
飛び出す、絵本（恩田 陸） ……………… 0591
飛びつき鬼（岡田 秀文） ………………… 0484
扉をたたくジェームス・ボンド（ルィトヘ
ウ） …………………………………… 1158
扉の彼方へ（岡本 かの子） ……………… 0684
跳ぶ少年（石田 衣良） …………………… 0903
土塀の向こう（多麻乃 美須々） ………… 0465
とぼけた男（中谷 航太郎） ……………… 0015
とぼけた二人（千梨 らく） ……………… 0197
止った時を再び（@jun50r） …………… 0781
トマト（廣田 希華） ……………………… 0824
とまどい（高橋 克彦） …………… 0290, 0291
トマト雑感（髙樹 のぶ子） ……………… 0618
トマトマジック（篠田 節子） …………… 1015
トマどら（日明 恩） ……………… 0620, 0621
「ド真ん中」目指して―物流配送企業の部
長編（作者不詳） ………………… 0771
富久（桂 文楽） …………………………… 0871
トミーに感傷は似合わない（キャザー, ウィ
ラ） …………………………………… 1138
トミノの地獄（西條 八十） ……………… 0479
トム・ウォーカー―テキサスの恋（パーマー,
ダイアナ） …………………………… 0635
とむらい鉄道（小貫 風樹） ……………… 0173
ドームルーペ（君島 慧是） ……………… 0465
乙女（阿井 景子） ………………………… 0129
留場の五郎次（南原 幹雄） ……………… 0113
止まらない時限爆弾を抱きしめて（蛭田 直
美） …………………………………… 0941
朋あり遠方より来たる（森 瑤子） ……… 0613
友からの写真（空） ……………………… 0986
ともしび（青水 洸） ……………………… 0861
灯（ネコヤナギ） ………………………… 1051
灯火の消えた暗闇の中で（関口 暁） …… 0983
ともしびは永遠に（アーノルド, ジュディ
ス） …………………………………… 0699
ともだち（北原 亞以子） ………………… 0087
友達0人（宮本 裕志） …………………… 0859
ともに帰るもの（立松 和平） …………… 1073
どもりの六分儀の事件（ケンドリック, ベイ
ナード） ……………………………… 0149

作品名索引

どもりの六分儀の事件（ロースン, クレイトン） …………… 0149
土曜日に死んだ女（佐野 洋）………… 0147
土曜日はタキシードに恋して（マッカーシー, エリン）…………… 0661
虎（久米 正雄）…………………… 1052
虎（田口 ランディ）……………… 1067
ドライアイスの婚約者（宇木 聡史）…… 0196
トライアングル（立見 千香）……… 0688
ドライバナナ（櫻井 結花）………… 0824
ドライブの日（大日谷 見）………… 1020
ドラキュラ・ドラキュラ（アルトマン, H.C.）…………… 0418
ドラキュラの家（福澤 徹三）……… 0472
ドラゴンズ漫談（広小路 尚祈）…… 0600
ドラゴン＆フラワー（石田 衣良）… 0678, 0679
トラジー桔梗謡（金 仁順）………… 1111
虎白カップル譚（谷川 俊太郎）…… 0805
虎ちゃんの日記（抄）（千葉 省三）… 0804
トラック運転手ウマル（ブライシュ, アブドゥッサラーム）…………… 0404
トラック09（江原 一哲）…………… 0464
虎に化ける（久野 豊彦）…………… 1078
どら猫観察記 猫の島（柳田 國男）… 0799
虎猫平太郎（石田 孫太郎）……… 0795, 0800
虎の尾（ナース, アラン）…………… 0452
虎之助一代（南原 幹雄）…………… 0026
虎は暗闇より（平井 和正）………… 0573
トランシーバー（山白 朝子）……… 0403
トランスフォーム（岡田 早苗）…… 0853
トランス・ペアレント（広井 公司）… 1006
トーランド家の長老（ウォルポール, ヒュー）…………… 0881
トランポリン（レイノヴァ, ヴァニヤ）… 1142
鳥（安房 直子）…………………… 0886
ドリーア城の伝説（デレッダ, グラツィア）…………… 1156
鳥居強右衛門（池波 正太郎）……… 0064
トリィ＆ニニギ輸送社とファナ・デザイン（雪舟 えま）…………… 0589
鳥居の家（夢乃 鳥子）……………… 0464
トリオ（ジョンストン, ジェニファー）… 0746
トリオソナタ（井上 雅彦）………… 0921
鳥を見た人（赤江 瀑）……………… 0272
とりかえしのつかない一日（大家 学）… 0822
とりかえル（後藤 耕）……………… 0407
鳥かごの中身（徳永 圭）…………… 0759

トリケラトプス（河野 典生）……… 0533
とりつく（飛鳥部 勝則）…………… 0474
トリックショット（久美 沙織）…… 0920
トリッパー（輝鷹 あち）…………… 0484
鳥と少女（澁澤 龍彦）……………… 0396
鳥と進化/声を聞く（柴崎 友香）…… 0962
鳥になる日（坂本 美智子）………… 0863
鳥の頭（烏本 拓）…………………… 0464
鳥の家（仲町 六絵）………………… 0462
鳥の影（野辺 慎一）………………… 0988
取引（柳田 功作）…………………… 0972
ドリフター（斉藤 直子）…………… 0561
トリプル（村田 沙耶香）…………… 0709
鳥辺野にて（加門 七海）…………… 0453
鳥辺野の午後（柴田 よしき）……… 0164
取り交ぜて（抄）（水野 葉舟）…… 0479
ドリーム・アレイの錬金術師（山下 欣宏）…………… 0279
ドリーム・レコーダー（林 翔太）… 0970
ドリームレスキュー（@literaryace）… 0781
取り戻した人生（家田 満理）……… 0970
捕物蕎麦（村上 元三）……………… 0086
努力（シャーレッド, T.L.）………… 0528
鳥料理（堀 辰雄）…………………… 0625
ドリンカーの20分（平山 夢明）…… 0470
ドールズ密室ハウス（堀 燐太郎）… 0214
トールとロキのもてなし（紫藤 ケイ）… 0619
とるにたらない（勝本 詩織）……… 0821
ドールの花嫁（栗本 薫）…………… 0502
ドルリー（クイーン, スティーヴン）… 0149
奴隷（西崎 憲）……………………… 0501
奴隷のような人間（ヴィットリーニ）… 1155
ドレスを着た日（山内 マリコ）…… 0961
ドレスと留袖（歌野 晶午）………… 0132
トレーラー・ビフォー＆アフター（コリンズ, バーバラ）…………… 0239
トロイの人形（ヒモロギ ヒロシ）… 0462
トロイの密室（折原 一）…………… 0131
徒労に賭ける（山本 周五郎）……… 0002
泥靴の死神―屍臭を追う男（島田 一男）…………… 0145
トロッコ（芥川 龍之介）… 0885, 0888, 1067
ドロッピング・ゲーム（石持 浅海）…………… 0209, 0288, 0369
トロフィー（西 加奈子）…………… 0979
泥棒（滝口 悠生）…………………… 1063
泥棒刑事（小杉 健治）……………… 0309

作品名索引　　なかま

泥棒のもの（ライト，マーク）‥‥‥‥‥　0228
どろん六連銭の巻（山田 風太郎）‥‥‥　0051
トワイライト・ミュージアム（初野 晴）
　‥‥‥‥‥‥‥‥‥‥‥‥‥‥‥‥‥‥　0957
十和田奥入瀬ノート（管 啓次郎）‥‥‥　0842
とんかつ（三浦 哲郎）‥‥‥‥‥　0872, 0873
とんがりとその周辺—あのとんがりは、人
　を乗せて月まで行ったという（北野 勇
　作）‥‥‥‥‥‥‥‥‥‥‥‥‥‥‥‥　0563
『ドン・キホーテ』註釈（花田 清輝）‥　0396
どんぐりと山猫（宮沢 賢治）‥‥‥‥‥　0803
どんぐりの木（美崎 理恵）‥‥‥‥‥‥　0757
豚群（黒島 伝治）‥‥‥‥‥‥‥‥‥‥　0765
曇斎先生事件帳—木乃伊とウニコール（芦
　辺 拓）‥‥‥‥‥‥‥‥‥‥‥‥‥‥　0367
貪食（宮越 理恵）‥‥‥‥‥‥‥‥‥‥　0969
遁世記（小林 恭二）‥‥‥‥‥‥‥‥‥　1056
とんでるじっちゃん（大沼 珠生）‥‥‥　0864
トンネル（デュレンマット，フリートリ
　ヒ）‥‥‥‥‥‥‥‥‥‥‥‥‥‥‥‥　0418
トンネル（ルーリー，ベン）‥‥‥‥‥　0758
トンネル—駆け落ちしみじみ（スウィフト，
　グレアム）‥‥‥‥‥‥‥‥‥‥‥‥　1139
トンネルを抜けて（李 絳）‥‥‥‥‥‥　0815
トンネル鏡（荻原 浩）‥‥‥‥‥‥‥‥　1013
丼小僧（星野 幸雄）‥‥‥‥‥‥‥‥‥　0474
貪欲（ブライシュ，アブドゥッサラーム）
　‥‥‥‥‥‥‥‥‥‥‥‥‥‥‥‥‥‥　0404
呑龍（木内 昇）‥‥‥‥‥‥‥‥‥‥‥　0055

【 な 】

内在天文学（円城 塔）‥‥‥‥‥　0501, 0576
ないたカラス（中島 要）‥‥‥‥‥‥‥　0083
ナイチンゲールとばら（ワイルド，オス
　カー）‥‥‥‥‥‥‥‥‥‥‥‥‥‥‥　0892
ナイトウ代理（墨谷 渉）‥‥‥‥‥‥‥　1058
ナイト・オブ・ザ・ホラー・ショウ（ラン
　ズデール，ジョー・R.）‥‥‥‥‥‥　1124
ナイト捜し—問題編・解答編（大川 一
　夫）‥‥‥‥‥‥‥‥‥‥‥‥‥‥‥‥　0137
ナイトストーカー（後編）（塔山 郁）‥　0176
ナイトストーカー（前編）（塔山 郁）‥　0190
ナイト・ブルーの記録（上田 早夕里）　0562
ナイフ（カターエフ）‥‥‥‥‥‥‥‥　0871
ナイフを失われた思い出の中に（米澤 穂

信）‥‥‥‥‥‥‥‥‥‥‥‥‥‥　0155, 0332
ナイン（井上 ひさし）‥‥‥‥‥‥‥‥　0599
ナイン・ライブス—スカイ・クロラ番外篇
　（森 博嗣）‥‥‥‥‥‥‥‥‥‥‥‥　1098
直江兼続参上（南原 幹雄）‥　0034, 0047, 0073
直江山城守（尾崎 士郎）‥‥‥‥‥‥‥　0033
直江山城守（坂口 安吾）‥‥‥‥‥‥‥　0049
直江山城守—直江兼続（尾崎 士郎）‥‥　0035
直江山城守—直江兼続（坂口 安吾）‥‥　0037
ナオコ写本（佐藤 友哉）‥‥‥‥‥‥‥　0590
直隆の武辺（天野 純希）‥‥‥‥‥‥‥　0055
名を護る（北川 千代子）‥‥‥‥‥‥‥　1036
直美の行方（高橋 菊江）‥‥‥‥‥‥‥　0822
長い階段（白雨）‥‥‥‥‥‥‥‥‥‥　0465
長い暗い冬（曾野 綾子）‥‥‥‥‥　0410, 0583
永井壮吉教授—氷井荷風追悼（奥野 信太
　郎）‥‥‥‥‥‥‥‥‥‥‥‥‥‥‥‥　0993
長い長い悪夢（都筑 道夫）‥‥‥‥‥‥　0479
長い長い石段の先（荻原 浩）‥‥‥‥‥　1039
長い長い帰り道（田中 孝博）‥‥‥‥‥　0947
長い年月ののち安らかな寝顔を浮かべた
　まま、呼吸停止する（グラーロ，ウィリア
　ム）‥‥‥‥‥‥‥‥‥‥‥‥　1150, 1151
長い拝借（須藤 美貴）‥‥‥‥‥‥‥‥　0606
長い話（陳 舜臣）‥‥‥‥‥‥‥‥‥‥　0270
長い部屋（小松 左京）‥‥‥‥‥‥‥‥　0270
長い冒険の果ての正しい結末（たなか なつ
　み）‥‥‥‥‥‥‥‥‥‥‥‥‥‥‥‥　1023
長井優介へ（湊 かなえ）‥‥‥‥‥　0160, 1024
永井陽子十三首（永井 陽子）‥‥‥‥‥　0886
長い夜（ラヴァーニープール，モニールー）
　‥‥‥‥‥‥‥‥‥‥‥‥‥‥‥‥‥‥　0749
長い廊下の果てに（芦辺 拓）‥‥‥　0341, 0342
長靴をはいた犬（久美 沙織）‥‥‥‥‥　0780
吉原首代売女御免帳（平山 夢明）‥　0165, 0166
中島敦『山月記』を語る（田口 ランデ
　ィ）‥‥‥‥‥‥‥‥‥‥‥‥‥‥‥‥　1067
中州（郷内 心瞳）‥‥‥‥‥‥‥‥‥‥　0785
仲違い（美倉 健治）‥‥‥‥‥‥‥‥‥　1026
仲町の夜雨（山本 一力）‥‥‥‥‥‥‥　0008
中継ぎの女（里田 和登）‥‥‥‥‥‥‥　0584
なかった家（ピーティー，イーリア・ウィル
　キンソン）‥‥‥‥‥‥‥‥‥‥‥‥　0446
仲直り（梶永 正史）‥‥‥‥‥‥‥‥‥　0791
中の手（綱島 恵一）‥‥‥‥‥‥‥‥‥　0974
仲間（あんどー 春）‥‥‥‥‥‥‥‥‥　0974
仲間（スーカイサー，ミリュエル）‥‥‥　0283

721

なかま　作品名索引

仲間（三島 由紀夫）・・・・・・・・・・・・・・・ 0394
仲間（リービ英雄）・・・・・・・・・・ 1065, 1066
永見右衛門尉貞愛（武田 八洲満）・・・・ 0110
長虫（山崎 洋子）・・・・・・・・・・・・・・・ 0473
中村遊廓（尾崎 士郎）・・・・・・・・・・・ 1078
長持の恋（万城目 学）・・・・・・・・・・・ 0544
長屋の幽霊（森 奈津子）・・・・・・・・・ 0473
流れ（登木 夏実）・・・・・・・・・・ 0457, 0458
流れ熊（戌井 昭人）・・・・・・・・・・・・・ 0905
流されて（マンロー, アリス）・・・・・・・ 1134
ながればし（原田 マハ）・・・・・ 0840, 0841
流れ星（葛城 輝）・・・・・・・・・・・・・・・ 1020
流れ星事件（クラーク, サイモン）・・・・ 0233
流れ星のつくり方（道尾 秀介）
　・・・・・・・・・ 0331, 0362, 0468
流れ星の光（チェウ・フアン）・・・・・・・ 0684
泣き石（六條 靖子）・・・・・・・・・・ 0457, 0458
泣き女（紗那）・・・・・・・・・・・・・・・・・・・ 0415
亡骸スモーカー（ナッティング, アリッ
　サ）・・・・・・・・・・・・・・・・・・・・・・・・・・・・ 1129
渚の熱い罠（ボンド, ステファニー）・・・・ 0690
渚より（紺屋 なろう）・・・・・・・・・・・・ 0696
泣きっつらにハニー（栗田 有起）・・・・ 0672
亡き妻を恋ふる歌（根本 勲）・・・・・・・ 1084
凪の光景（森 瑤子）・・・・・・・・・・・・・ 0691
泣き虫の鈴（柚月 裕子）・・・・・・・・・・ 1017
泣き娘（小島 環）・・・・・・・・・・・・・・・ 0055
亡き者を偲ぶ日（乾 くるみ）・・・・・・・ 0582
泣き笑い姫（安西 篤子）・・・・・・・・・・ 0107
泣く女（西 加奈子）・・・・・・・・・・・・・ 0608
哭く髑髏（多崎 礼）・・・・・・・・・・・・・ 1048
啼く魚（阿丸 まり）・・・・・・・・・・・・・ 0462
失くした御守（麻耶 雄嵩）・・・・・・・・ 0376
失くしもの（沙木 とも子）・・・・・・・・ 0460
なくしものの名前（谷 瑞恵）・・・・・・・ 0977
啼く蟬（上村 佑）・・・・・・・・・・・・・・・ 0196
哭く戦艦（紫野 貴李）・・・・・・・・・・・・ 0557
泣けよミイラ坊（杉本 苑子）・・・・・・・・・ 0014
なければなくても別にかまいません（小林
　勇）・・・・・・・・・・・・・・・・・・・・・・・・・・・・ 0822
名古屋城が燃えた日（辻 真先）・・・・・ 0491
名残の花（澤田 瞳子）・・・・・・・・・・・ 0055
名残の雪（眉村 卓）・・・・・・・・・・・・・ 0537
名ごりの夢（古倉 節子）・・・・・・・・・・ 0915
情けが溶ける最強湧水都市・三島（鈴木 敬
　盛）・・・・・・・・・・・・・・・・・・・・・・・・・・・・ 0812
情けは人のためならず（奈良 美那）・・・ 0603

ナザル（松村 比呂美）・・・・・・・・・・・ 0265
梨の花（陳 舜臣）・・・・・・・・・・・ 0383, 0384
梨の花咲く町で（森内 俊雄）・・・・・・・ 1060
梨の実（小山内 薫）・・・・・・・・・・・・・ 0616
梨屋のお嫁さん（庄野 潤三）・・・・・・・ 0618
ナスカの地上絵の不思議（鯨 統一郎）
　・・・・・・・・・・・・・・・・・・ 0290, 0291
なづき（我妻 俊樹）・・・・・・・・・・・・・ 0458
「何故」と「然り」と二十の私と（法月 綸
　太郎）・・・・・・・・・・・・・・・・・・・・・・・・・ 0246
なぞ（デ・ラ・メア, ウォルター）・・・・ 0392
謎（超 鈴木）・・・・・・・・・・・・・・・・・・・ 0974
謎（デ・ラ・メア, ウォルター）・・・・・ 1141
謎のカード（モフェット, クリーヴラン
　ド）・・・・・・・・・・・・・・・・・・・・・・・・・・・・ 0365
謎のカード（モフェット, C.）・・・・・・・ 1130
謎のカード一続（モフェット, C.）・・・・ 1130
謎のカード事件（ホック, エドワード・
　D.）・・・・・・・・・・・・・・・・・・・・・・・・・・・・ 0365
謎の恋人（ラクレア, デイ）・・・・・・・・ 0716
謎のメッセージ（佐々木 敬祐）・・・・・ 0988
ナチス・ドイツと書斎の秘密（ボックス, C.
　J.）・・・・・・・・・・・・・・・・・・・・・・・・・・・・ 0593
夏（荒畑 寒村）・・・・・・・・・・・・・・・・ 1086
夏（西尾 雅裕）・・・・・・・・・・・・・・・・ 0930
夏色に沁みる記憶（吹雪 舞桜）・・・・・・ 0696
夏色の残像（深津 十一）・・・・・・・・・・ 0196
夏が終わる星（浅暮 三文）・・・・・・・・ 0484
夏がきた（八杉 将司）・・・・・・・・・・・ 0474
懐かしい手（中田 公敬）・・・・・・・・・・ 0976
なつかしいひと（宮下 奈都）・・・ 0578, 0579
懐しい人々（井上 良夫）・・・・・・・・・・ 0133
懐かしい町、伊東（服部 静子）・・・・・・ 0823
懐かしき青い山なみ（カントナー, ロブ）
　・・・・・・・・・・・・・・・・・・・・・・・・・・・・・・・ 0296
懐かしき我が家（リース, ジーン）・・・・ 0445
懐かしの山（沢野 ひとし）・・・・・・・・ 0806
なつくさ（青葉 涼人）・・・・・・・・・・・ 0808
ナックルズ（クラーク, カート）・・・・・ 1135
奈津子、待つ（現朗）・・・・・・・・・・・・ 0972
納得しました（正木 ジュリ）・・・・・・・ 0971
納得できない（海音寺 ジョー）・・・・・・ 1023
納得できない（葉原 あきよ）・・・・・・・ 1022
納得できない（三里 顕）・・・・・・・・・・ 1023
夏と花火と私の死体（乙一）・・・・・・・・ 0445
夏 夏に散る花（我孫子 武丸）・・・ 0334, 0335
夏に消えた少女（我孫子 武丸）・・・・・・ 0376

作品名索引　なまえ

夏に出会う女（宮沢 章夫） …………… 0958
夏に見た雪（ももくちそらミミ） …… 0860
夏の（平山 夢明） ………………………… 0462
夏のアルバム（奥田 英朗） ……………… 0899
夏の思い出を思い出すこと（前田 六月）
　………………………………………… 1051
夏の終り（瀬戸内 寂聴） ………………… 0691
夏の終わり（伽古屋 圭市） …… 0196, 0443
夏の終りに（里田 和登） ……… 0194, 0199
夏の終りに（立花 腑楽） ……… 0459, 0461
夏の終わりの時間割（長岡 弘樹） …… 0204
夏の記憶（野棲 あづこ） ………………… 0462
夏の最後の晩餐（不狼児） ……………… 0462
夏のすきま（わかはら あつ子） ……… 0821
夏の葬列（山川 方夫） ………………… 0874
夏の愉しみ（アレ，アルフォンス） …… 0892
夏の出口（角田 光代） ………………… 1029
夏の吐息（小池 真理子） ……………… 0735
夏の読書―図書館しみじみ（マラマッド，
　バーナード） ………………………… 1147
なつのドン・キホーテたち（大泉 貴）… 0196
夏のはじまりの満月（穂高 明） ·· 0840, 0841
夏の花（原 民喜） ……………… 0779, 1073
夏の花/廃墟から（原 民喜） …………… 0993
夏の火（どこかの虫） …………………… 0464
夏の日（青山 文平） …………………… 0084
夏の光（道尾 秀介） …… 0209, 0369, 1096
夏のふれあい（ロバーツ，ノーラ） …… 0701
夏の魔法と少年（川光 俊哉） ………… 0998
夏の幻（深沢 仁） ……………… 0194, 0195
夏の夜の現実（遠藤 浅蜊） …… 0196, 0201
夏の夜の不幸な連鎖（桂 修司） ……… 0195
夏の夜の夢（岡本 かの子） …… 0397, 1085
夏の夜（田辺 青蛙） …………… 0457, 0458
夏、訃報、純愛（保坂 和志） ………… 1064
夏・冬（西尾 雅裕） …………………… 0930
夏祭りのリンゴ飴は甘くて酸っぱい味がす
　る（堀内 公太郎） …………………… 0196
ナツメグの味（コリア，ジョン） … 0445, 0877
夏目漱石『門』を語る（北村 薫） …… 1067
夏目漱石論―漱石の位置について（江藤
　淳） …………………………………… 0993
なつやすみ（水城 洋子） ……………… 0867
夏休み日記（北川 千代子） …………… 0804
夏休みの自由課題（和坂 しょろ） …… 0969
夏休みは終わらない（秋元 康） ……… 1029
七（花田 清輝） ………………………… 0396

なないろ金平糖 第一話（伽古屋 圭市） ··· 0184
なないろ金平糖 第2話（伽古屋 圭市） ·· 0185
七階（ブッツァーティ，ディーノ） ·· 0445, 1130
ナナカマド（石持 浅海） ……………… 0310
ななかまどの咲く里（藤野 碧） ……… 0937
7冊で海を越えられる（似鳥 鶏） ·· 0578, 0579
七三一部隊で殺された人の遺族（敬 蘭
　芝） …………………………………… 0779
七十三枚の骨牌（城 左門） …………… 0479
78回転の密室（芦辺 拓） ……………… 0244
七十八の春（神原 拓生） ……………… 0986
七千万年の夜警（日野 啓三） ………… 0880
七短剣の聖女（リー，ヴァーノン） …… 0420
七つのクルミ（スタシャワー，ダニエル）
　………………………………………… 0225
七胴落とし（辻村 深月） ……… 0497, 0498
七人の司書の館（クレイジャズ，エレン）
　………………………………………… 0758
七人目の虜（木村 毅） ………………… 0964
七化けおさん（平岩 弓枝） …………… 0110
七パーセントのテンムー（山本 弘） …… 0500
7番目の椅子 だから誰もいなくなった（園
　田 修一郎） ………………………… 0243
七番目の方角（斎藤 純） ……………… 0782
ナナハンライダー（みきはうす店主） ·· 1020
七歩跳んだ男―その男 は死んでいた。初の
　月面殺人事件か？ 本格SF的と学会的本
　格ミステリ開幕（山本 弘） ………… 0558
斜め上でした（大間 九郎） …… 0200, 0201
ナニー（ハットリ ミキ） ……………… 0972
なにかが起こった（ブッツァーティ，ディー
　ノ） …………………………………… 0137
何かの終わり（ヘミングウェイ，アーネス
　ト） …………………………………… 1145
何も言えないけれど。（@chiho_yoshino）
　………………………………………… 0781
何も起きなかった（髙樹 のぶ子） ·· 0896, 0897
なにもかも素敵（ボウルズ，ジェイン） … 1138
何もできなくて、ごめんなさい。（守界）
　………………………………………… 0457, 0458
菜の花や（泡坂 妻夫） ………………… 0078
那覇心中（梶山 季之） ………………… 0978
嬲られる（三上 於菟吉） ……………… 0996
鍋の中（井上 ひさし） ………………… 0854
ナポレオン芸者（白石 一郎） ………… 0098
ナポレオンの就職指南（小泊 フユキ） ··· 0791
名前（三浦 さんぽ） …………………… 0465

723

なまえ 作品名索引

名前のない街（オドエフスキー, ウラジーミル） ……… 0406
名前も知らない（岡崎 琢磨）……… 0196
名前漏らし（小池 昌代）……… 1049
ナマコ式（青島 さかな）……… 1021
なまごみ（遠藤 徹）……… 0453
生ゴムマニア（クジラマク）……… 0457, 0458
ナマ猫邸事件（北森 鴻）……… 0164
鉛の旅（吉野 せい）……… 0850
鉛の卵（安部 公房）……… 0395, 0522
ナミ（佐野 史郎）……… 0422
なみうちぎわ（中田 永一）……… 0739
波打ち際のロマンス（バンクス, リアン）
……… 0723
波打ち際まで（鹿島田 真希）……… 1061
波子（坂口 安吾）……… 1052
涙こらえて（@k_you_nagi）……… 0781
涙ダルマが融けるとき（あおい まちる）
……… 0858
涙の成分比（長岡 弘樹）……… 1019
波との生活（パス, オクタビオ）……… 0880
波について（神保 光太郎）……… 1037
波の数だけ愛して（クレンツ, ジェイン・アン）
……… 0694
なめくじ（神村 実希）……… 0465
蛞蝓（半村 良）……… 0966
ナメクジ・チョコレート（片瀬 チヲル）
……… 0905
なめとこ山の熊（宮沢 賢治）……… 0794, 1079
なめらかな世界と、その敵（伴名 練）……… 0492
なめり、なめり、（有坂 十緒子）……… 0459
なもあみだんぶーさんせうだゆう（姜 信子）
……… 1064
名もなき西の地で（ハンシッカー, ハリー）
……… 0297
名もなく貧しくみすぼらしく（清水 義範）
……… 0431
悩みの治療薬（高田 昌彦）……… 0974
悩める画家の事件（コッパー, ベイジル）
……… 0234
悩める公爵（ロールズ, エリザベス）……… 0643
悩める父親（夏川龍治）……… 0970
なよたけ（加藤 道夫）……… 0651
奈落の底（ルバイン, ポール）……… 1149
奈落より（樋口 摩琴）……… 0489
ならないリプライ（小泉 陽一朗）……… 0980
楢の木と斧（ハードウィック, エリザベス）
……… 1132

楢山鍵店、最後の鍵（天祢 涼）……… 0348
ならわし（黒木 あるじ）……… 0462
ならわし（田中 せいや）……… 0464
成り行き（キャザー, ウィラ）……… 0446
鳴神（泡坂 妻夫）……… 0271
ナルキッソスたち（森 奈津子）……… 0552
成程それで合点録（かんべ むさし）……… 0431
鳴海の象（田岡 典夫）……… 0061
慣れることと失うこと（甘糟 りり子）… 0644
南極海（栗花落 典）……… 0489
南極の黄金船（橋爪 健）……… 0065
南郷エロ探偵社長（山崎 海平）……… 0996
南神威島（西村 京太郎）……… 0328
『南神威島』の頃（西村 京太郎）……… 0328
南西の部屋（フリーマン, メアリー・ウィルキンズ）
……… 0480
なんだ、そうか。（真魚子）……… 0465
なんでもあり（深町 秋生）……… 0224, 0364
南天と蝶（暮安 翠）……… 0933
『南島譚』より（中島 敦）……… 0890
何の音だ（井上 斑猫）……… 1023
なんの花か薫る（山本 周五郎）…… 0007, 0014
なんの話（岡田 淳）……… 0994
難破（赤染 晶子）……… 1060
難破船の犬（十一谷 義三郎）……… 0065
南風と美女とモテ期（中村 啓）……… 0603
南方探偵局（耶止 説夫）……… 0151
難民になる（池澤 夏樹）……… 0779
南洋スープ会社事件（マクドナルド, ロス）
……… 0231
南洋に君臨せる日本少年王（山中 峯太郎）
……… 1036

【に】

似合わない指輪（竹村 直伸）……… 0145
二位の男（加藤 秀幸）……… 0968
新美南吉『手袋を買いに』を語る（宮部 みゆき）
……… 1067
新納の棺（宮原 龍雄）……… 0365
匂い梅（泡坂 妻夫）……… 1011
匂いすみれ（金山 嘉城）……… 0935
苦い制裁（深町 秋生）……… 0314
苦いレモン（カミンスキー, スチュアート・M.）
……… 0286

作品名索引　　にちし

似顔絵（伊東 哲哉）・・・・・・・・・・・・・・・・・　1020
苦潮（天田 式）・・・・・・・・・・・・・・・・・・・・・・・　0196
二月（佐川 光晴）・・・・・・・・・・・・・・・・・・・・　1055
2月14日の約束（ポーター, ジェイン）・・　0717
苦手なもの（稲村 たくみ）・・・・・・・・・・・　0968
ニカライチの小鳥（福岡 俊也）・・・・・・・・　1002
ニキータのリボン（古澤 雅子）・・・・・・・・　0855
握った手――一九五四（昭和二九）年四月（坂
　口 安吾）・・・・・・・・・・・・・・・・・・・・・・・・・・・　1097
にきび（三浦 哲郎）・・・・・・・・・・・・・・・・・・　0761
握られたくて（唯野 未歩子）・・・・　0743, 0744
にぎり飯（永井 荷風）・・・・・・・・・・・・・・・・　1082
握り飯（隆 慶一郎）・・・・・・・・・・・・・・・・・・　0622
憎しみの罠（平井 和正）・・・・・・・・・・・・・・　0326
肉色の森（立花 腑楽）・・・・・・・・・・・・・・・・　0462
肉弾相搏つ巨人（鳴弦楼 主人）・・・・・・・・　0065
憎まれっ子、ロマンスにはばかる（デヴィッ
　ドスン, メアリジャニス）・・・・・・・・・・・・　0663
肉まんと呼ばれた男（戌井 昭人）・・・・・・　0961
ニケツ（川本 晶子）・・・・・・・・・・・・・・・・・・　0607
逃げゆく物語の話（牧野 修）・・・・・・・・・・　0535
逃げよう（京極 夏彦）・・・・・・・・・・・・・・・・　0488
逃げるぞ（廣重 みか）・・・・・・・・・・・・・・・・　0786
逃げる旗本（芦川 淳一）・・・・・・・・・・・・・・　0103
逃げる話（吉田 健一）・・・・・・・・・・・・・・・・　0396
ニコ狆先生（織田 作之助）・・・・・・・・・・・・　0869
濁った頭（志賀 直哉）・・・・・・・・・・・・・・・・　0882
にごりえ（樋口 一葉）
　　　　　0774, 0775, 0883, 1075, 1087
にごり酒（森田 啓子）・・・・・・・・・・・・・・・・　0860
濁り酒（伊藤 永之介）・・・・・・・・・・・・・・・・　0764
二冊の同じ本（松本 清張）・・・・・・・・・・・・　0581
二冊の辞書（波多野 都）・・・・・・・・・・・・・・　0585
虹（谷口 雅美）・・・・・・・・・・・・・・　0946, 1030
虹（吉村 昭）・・・・・・・・・・・・・・・・・・・・・・・・　0777
虹色の傘（大島 真寿美）・・・・・・・・・・・・・・　1091
虹への疾走（山村 美紗）・・・・・・・・・・・・・・　0138
西陣の蝶（水上 勉）・・・・・・・・・・・・・・・・・・　0434
20光年先の神様（木皿 泉）・・・・・・・・・・・・　1034
二十歳の石段（木下 径子）・・・・・・・・・・・・　0931
廿世紀ホテル（森見 登美彦）・・・・・・・・・・　1034
20センチ先には（越谷 オサム）・・・・・・・・　0902
虹と薔薇（大下 宇陀児）・・・・・・・・・・・・・・　0153
虹の飴（海堂 尊）・・・・・・・・・・・・・　0224, 0364
虹の家のアリス（加納 朋子）・・・・・・・・・・　0352
虹のカマクーラ（平石 貴樹）・・・・・・・・・・　1035
「西の京」戀幻戯（朝松 健）・・・・・・・・・・・・　0435

虹の立つ村（仁木 悦子）・・・・・・・・・・・・・・　0216
虹の八番目の色（ビンラー・サンカーラー
　キーリー）・・・・・・・・・・・・・・・・・・・・・・・・・・　1120
虹の日の殺人（藤 雪夫）・・・・・・・・・・・・・・　0610
20（川上 弘美）・・・・・・・・・・・・・・・・・・・・・・　1034
20×20（山本 文緒）・・・・・・・・・・・・・・・・・・　1034
29バージン（砂原 美都）・・・・・・・・・・・・・・　0667
二十五階（黒 史郎）・・・・・・・・・・・・・・・・・・　0415
25階からの同乗者（カウフマン, ドナ）・・・　0661
二十五年目のクラス会（ホック, エドワー
　ド・D.）・・・・・・・・・・・・・・・・・・・・・・・・・・・・・　0344
23時のブックストア（石田 衣良）・・・・・・　0591
二十三センチの祝福（彩瀬 まる）・・・・・・　0751
二十四センチのパンプス（永遠月 心悟）
　　　　　　　　　　　　　　　　　　　　　　　0849
二重人格（広瀬 正）・・・・・・・・・・・・・・・・・・　0530
二十人目ルール（井上 荒野）・・・・・・・・・・　1034
二十年（響野 夏菜）・・・・・・・・・・・・・・・・・・　0977
二十年後診断（和坂 しょろ）・・・・・・・・・・　0968
二十年後にはきっと。（@nagi_tter）・・・・・　0781
二十年前から、この芸風（西澤 保彦）・・・　0246
二十八年目のマレット（中山 七里）・・・・・　0364
二十六年分のドライブ（梅原 満知子）・・・　0946
二十六年分のドライブ（辻 淳子）・・・・・・・　0946
二十六夜（宮沢 賢治）・・・・・・・・・・・・・・・・　0875
二十六夜待ち（佐伯 一麦）・・・・・・　0958, 1062
二十六夜待の殺人――『御宿かわせみ』より
　（平岩 弓枝）・・・・・・・・・・・・・・・・・・・・・・・・　0093
二十六階の恐怖（ホーニグ, ドナルド）・・・　0445
ニジンスキーの手（赤江 瀑）・・・・・・・・・・　0954
ニセ学生（遠藤 周作）・・・・・・・・・・・・・・・・　1054
二世の縁 拾遺（円地 文子）・・・・・・・・・・・・　0397
二世の契（泉 鏡花）・・・・・・・・・・・・・・・・・・　0398
贋の正宗―正宗（澤田 ふじ子）・・・・・・・・　0123
贋まさざね記（三浦 哲郎）・・・・・・・・・・・・　0089
にせもの（望月 桜）・・・・・・・・・・・・・・・・・・　0808
偽者（渋谷 良一）・・・・・・・・・・・・・・・・・・・・　0969
二〇五九年（森 日向太）・・・・・・・・・・・・・・　0971
二五〇一からの手紙（常盤 奈津子）・・・・・　0969
二〇〇七年問題（久遠 平太郎）・・・・・・・・　0459
2011（松 音戸子）・・・・・・・・・・・・・・・・・・・・　0489
2015年の孤独王（尾関 忠雄）・・・・・・・・・・　0915
二千ボルト（ホーガン, チャック）・・・・・・　0296
二代目（東郷 隆）・・・・・・・・・・・・・・・・・・・・　0084
にたない（通 雅彦）・・・・・・・・・・・・・・・・・・　1026
日常（氏家 浩靖）・・・・・・・・・・・・・・・・・・・・　0489
日常の中に咲くものを（島 有子）・・・・・・　0985

725

にちし　作品名索引

日常の一コマ（伊東 哲哉）………… 1020
日蔵上人吉野山にて鬼にあふ事（宇治拾遺
　物語）（作者不詳）………………… 0432
日曜とワンピース（まえり）………… 0867
日曜日のホテルの電話（中村 正常）… 1078
日曜日のヤドカリ（本多 孝好）……… 1106
日録（室生 犀星）…………………… 0784
にっかりーにっかり青江（東郷 隆）… 0122
「日記」から（知里 幸恵）…………… 0886
日記帳（江戸川 乱歩）……………… 0943
日記より（栗本 薫）‥ 0502, 0503, 0504, 0505
ニッケルの月（吉田 雨）…………… 0972
ニッケルの文鎮（甲賀 三郎）……… 0143
日光写真（都筑 道夫）……………… 0274
日蝕の子ら（中井 英夫）…………… 0395
ニッポンカサドリ（河野 典生）…… 0532
似てないふたり（高橋 源一郎）…… 0909
二塔物語（片山 龍三）……………… 0915
二度とふたたび（新津 きよみ）‥ 0220, 0221
二度とも笑わなかった男の話（ブランカー
　ティ）………………………………… 1155
ニートな彼とキュートな彼女（わかつき ひ
　かる）………………………………… 0513
二度の岐路に立つ（三好 徹）……… 0077
二度の訪問（エセンダル，メムドゥフ・シェ
　ヴケット）…………………………… 1122
二度目の死（崩木 十弐）…………… 0785
二度目の満月（野中 柊）…… 0648, 0649
二の舞（明神 ちさと）……………… 0464
二宮金太郎（今江 祥智）…………… 0994
ニーハイなんて脱がしてやる（奈良 美
　那）…………………………………… 0584
二番札（南大沢 健）………………… 0215
2Bの黒髪（紅玉 いづき）…………… 1028
201号室の災厄（有栖川 有栖）…… 0352
二百四十二（バヤルサイハン，プレブジャビ
　ン）…………………………………… 1118
213号住宅（金 光植）……………… 1117
214の会話（影山 匙）……………… 0584
二百十日の風（中山 七里）…… 0217, 0319
二百六十八年目の失意―苦無花お初外伝
　（誉田 龍一）……………………… 0103
仁兵衛。スペクトラ（斎藤 茂吉）… 0854
日本一、やさしい一日（田中 孝博）… 0946
日本海軍の秘密（中田 耕治）……… 0232
日本人とコンピューター（火森 孝実）… 0968
日本推理作家協会賞殺人事件（柳 広司）

……………………………………… 1013
日本早春図（陳 舜臣）……………… 0272
日本の美しき侍（中山 義秀）……… 0047
日本の改暦事情（沖方 丁）………… 0540
日本の四季（トゥーサン，ジャン＝フィリッ
　プ）…………………………………… 1088
日本橋観光（加門 七海）…………… 0428
二本早い電車で。（森川 楓子）…… 0199
日本分の一（優友）………………… 0973
日本鎧の謎（馬 天）………………… 0149
日本浪曼派のために（保田 與重郎）… 0993
二枚舌の掛軸（乾 くるみ）…… 0248, 0323
二枚目のハンカチ（野坂 律子）…… 0946
二万パーセントの正論（越谷 友華）… 0584
二毛作（鳥飼 否宇）………… 0341, 0342
ニャン救大作戦（佐藤 青南）……… 0791
入営する弟に（中山 フミ）………… 0766
入国初日（ぽへみ庵）……………… 0975
乳白温度（田中 貴尚）……………… 0861
ニュース（伊計 翼）………………… 0427
ニューヨークで一番美しいアパートメント
　（スコット，ジャスティン）………… 0337
ニューヨーク、ニューヨーク（津島 佑
　子）…………………………………… 0709
ニューヨークの亜希ちゃん（前川 麻子）
……………………………………… 0607
ニュー・ヨークの焼豆腐（福田 恆存）… 0628
ニュルブルクリンクに陽は落ちて（高齋
　正）…………………………………… 0530
尿意（諏訪 哲史）…………………… 1059
女房殺し（江見 水蔭）……………… 1075
女賊お君（長谷川 伸）……………… 0892
女賊お紐の冒険（神坂 次郎）……… 0098
女体（芥川 龍之介）………… 0684, 1041
女体消滅（澁澤 龍彦）……… 0396, 0434
女人禁制（紗那）…………………… 0415
女人入眼（葉室 麟）………………… 0080
如菩薩団（筒井 康隆）……………… 0271
にらみ（長岡 弘樹）………… 0305, 0313
にらめっこ（夢乃 鳥子）…………… 0462
二流の人（坂口 安吾）……………… 0031
にわか雨（飛鳥 高）………………… 0147
俄あれ（里見 弴）…………… 0275, 1068
にわか英雄（佐々木 邦）…………… 0964
庭に植える木（かんべ むさし）…… 0484
庭、庭師、徒弟―地下、密林、川、山、廃
　墟…無限に続く世界を知るには、歩くし

作品名索引　　　　　　ぬるま

かない（樺山 三英）……………… 0563
人魚（袁 枚）……………………… 0479
人魚（原子 修）…………………… 0985
人形（小鳥遊 ふみ）……………… 0971
人形の脳みそ（水島 裕子）……… 1054
任俠ビジネス（笹本 稜平）……… 0310
人形変じて女人となる（明恵上人）…… 0479
人魚伝（安部 公房）……………… 0400
人魚の海（笛地 静恵）…………… 0512
人魚の海―新釈諸国噺（太宰 治）…… 0400
人魚の嘆き（谷崎 潤一郎）… 0397, 0400, 0787
人魚の肉（中里 友香）…………… 0488
人魚姫の泡沫（森 晶麿）………… 0213
人魚物語（アンデルセン, ハンス・クリス
チャン）………………………… 0400
人魚は百年眠らない（結城 はに）…… 0864
人間椅子（江戸川 乱歩）… 0402, 1068, 1072
人間淵（通 雅彦）………………… 0987
人間じゃない（長島 槙子）…… 0416, 0417
にんげんじゃないもん（両角 長彦）…… 0456
人間でないことがばれて出て行く女の置き
手紙（蜂飼 耳）………………… 0870
人間天狗事件（海野 十三）……… 0153
人間と蛇（ビアス, アンブローズ）…… 0390
人間になりたい（前川 誠）……… 0974
人間の王Most Beautiful Program（宮内 悠
介）……………………………… 0540
にんげんのくに―Le Milieu Humain（仁木
稔）……………………………… 0493
人間の情景（野村 敏雄）………… 0105
人間の尊厳と八〇〇メートル（深水 黎一
郎）……………………………… 0380
人間の尊厳と八〇〇メートル―日本推理
作家協会賞短編部門受賞作（深水 黎一
郎）……………………………… 0210
人間の羊（大江 健三郎）………… 0914
人間の淵 シリーズその2（通 雅彦）…… 0985
人間の淵 シリーズ（一）（通 雅彦）…… 0915
人間の本性（大森 直樹）………… 0971
人間バンク（星野 智幸）………… 0773
人間ピラミッド（タカスギ シンタロ）…… 1022
人間淵（通 雅彦）………………… 0986
人間臨終図巻―円谷幸吉（山田 風太郎）
………………………………… 0622
忍者☆車窓ラン！（友井 羊）…… 0200
忍者服部半蔵（山田 風太郎）…… 0099
忍者六道銭（山田 風太郎）……… 0020

刃傷（池波 正太郎）……………… 0111
人情刑事（小杉 健治）…………… 0312
人情噺（織田 作之助）…………… 1078
にんじん（戌井 昭人）…………… 1022
にんぽまにあ（都筑 道夫）……… 0232
忍恋（ゆき）……………………… 0681

【ぬ】

ぬいぐるみの話（三輪 チサ）…… 0416, 0417
鵼の来歴（日影 丈吉）…………… 0408
ヌガイエ・ヌガイ（日下 慶太）…… 0862
泥濘（梶井 基次郎）……………… 0963
「抜打座談会」を評す（江戸川 乱歩）…… 0307
脱ぎ捨てられた男（ソウヤー, ロバート・
J.）……………………………… 0519
ぬくすけ（杉本 増生）…………… 0929
ぬくもり―水原親憲（火坂 雅志）…… 0079
抜国吉―粟田口国吉（羽山 信樹）…… 0122
抜け忍サドンデス（乾 緑郎）… 0224, 0364
抜けるので（松村 佳直）………… 0463
ぬこちゃんねる（三浦 ヨーコ）…… 0969
主（赤川 次郎）…………………… 0788
盗っ人宗湛（火坂 雅志）………… 0116
盗まれたカキエモンの謎（荒俣 宏）…… 0232
盗まれた白象（トウェイン, マーク）…… 0892
盗まれて（今邑 彩）……………… 0270
盗まれた手紙（法月 綸太郎）… 0244, 0284
盗む女（森江 賢二）……………… 0967
盗んだ子供（ボイラン, クレア）…… 1123
ぬっへっほふ（朝松 健）………… 0483
ヌード・マン・ウォーキング（伊井 直
行）……………………………… 1055
ぬばたま（柴田 錬三郎）………… 0437
沼（吉田 健一）…………………… 0396
沼地蔵（乾 緑郎）………………… 0443
沼地の宿屋の冒険（スミス, デニス・O.）
………………………………… 0226
沼地獄（乾 緑郎）………………… 0223
沼の怪（ブレナン, ジョゼフ・ペイン）…… 0454
沼の娘（佐々木 江利子）………… 0407
ぬらずみ様（小路 幸也）………… 0444
ぬりかべ（小原 猛）……………… 0415
ぬるま湯父さん（相良 翔）……… 0868

727

【ね】

ネイルアート（真梨 幸子） ············· 0957
ネヴァーモア（クック，トマス・H.） ···· 1149
ねぇ。（岩佐 なを） ······················ 0479
姉やん（田辺 青蛙） ············· 0460, 0461
寝白粉（小栗 風葉） ············· 1046, 1075
ネオン砂漠（ステューマカー，アダム） ··· 1144
願い（柴田 よしき） ······················ 0249
願うはあなたの幸せだけを（弓場 貴子）
  ····························· 0849
願わない少女（芦沢 央） ················ 0132
寝衣（渡辺 啓助） ······················ 0145
ネコ（星 新一） ························· 0803
猫（井伏 鱒二） ························· 0798
猫（遠藤 周作） ························· 0798
猫（豊島 与志雄） ············· 0795, 0800
猫（平谷 美樹） ························· 0484
猫（光野 桃） ························· 0798
猫雨（玄侑 宗久） ······················ 1049
猫占い（雨宮 湘介） ······················ 0986
猫を殺すことの残酷さについて（深沢
  仁） ····················· 0443, 0791
猫を殺すには猫をもってせよ（不狼児） ··· 0489
猫を抱く少女（秋山 浩司） ··············· 0801
猫女（ダイベック，スチュアート） ······ 0726
猫か空き巣かマイコォか（おかもと（仮））
  ····························· 0201, 0791
猫が消えた（黒崎 緑） ················ 0252
猫が来た日（伴 かおり） ··············· 0849
ネコが死んだ。（新藤 卓広） ··············· 0791
猫型ロボット（水原 秀策） ··············· 0791
猫斬り（森川 楓子） ······················ 0195
猫 子猫（寺田 寅彦） ······················ 0799
猫爺（西村 風池） ············· 0459, 0461
猫舌男爵（皆川 博子） ················ 0582
猫じゃ猫じゃ（古銭 信二） ··············· 0275
猫人種の影（アヨルザナ，グンアージャビ
  ン） ····························· 1118
猫先生の弁（豊島 与志雄） ····· 0795, 0800
ネコ染衛門（青木 玉） ················ 0798
ねこタクシー4コマシアター（いとう うら
  ら） ····························· 0808
猫たちの戦野―皇国の守護者外伝（佐藤 大

輔） ····························· 1098
猫である（不狼児） ············· 0457, 0458
猫と暮す―蛇騒動と侵入者（金井 美恵
  子） ····························· 0798
猫と死の街（倉知 淳） ····· 0165, 0166, 0802
猫と婆さん（佐藤 春夫） ··············· 0803
猫と博士と愛の死と（桂 修司） ··············· 0791
猫と三日月―熱砂の星パライソ外伝（宝珠
  なつめ） ····························· 1098
猫について喋って自死（町田 康） ······ 0798
猫に仕えるの記 猫族の紳士淑女（坂西 志
  保） ····························· 0799
ねこ 猫―マイペット 客ぎらひ（谷崎 潤一
  郎） ····························· 0799
猫の悪と猫の善（一）（石田 孫太郎）
  ····························· 0795, 0800
猫の悪と猫の善（二）（石田 孫太郎）
  ····························· 0795, 0800
猫の家のアリス（加納 朋子） ··············· 0802
猫の泉（日影 丈吉） ······················ 0395
猫のうた（室生 犀星） ················ 0803
猫のうた/愛猫（室生 犀星） ··············· 0803
猫のお林（日本民話）（作者不詳） ······ 0479
猫の恩返し（妄想）（喜多 南） ··············· 0791
猫の恩返し〈妄想〉（喜多 南） ··············· 0201
猫の神さま（村山 由佳） ················ 0810
猫の傀儡（西條 奈加） ················ 0788
猫の首（小松 左京） ······················ 0803
猫の恋（天田 式） ······················ 0791
猫の散歩（森 由右子） ················ 0824
ネコの時間（柄刀 一） ····· 0792, 0793
猫の自殺（村上 春樹） ················ 0798
猫の事務所（宮沢 賢治） ····· 0798, 0800
猫の事務所 ある小さな官衙に関する幻想
  （宮沢 賢治） ····················· 0795
猫のスノウ（加藤 清子） ················ 0861
猫の草子（円地 文子） ················ 0397
猫の草紙（楠山 正雄） ················ 0795
猫のチュトラリー（端江田 仗） ··············· 0512
猫の手（宮田 たえ） ······················ 1020
ネコ・ノ・デコ（山本 幸久） ··············· 0739
猫の墓（夏目 漱石） ····· 0795, 0798, 0800
猫の風景（ひかわ 玲子） ················ 0542
猫の密室（水田 美意子） ················ 0791
猫の目（山下 貴光） ······················ 0791
猫の目時計（佐々木 禎子） ··············· 0809
猫の夢（庚春都） ······················ 0864

作品名索引　　　　のさら

猫バスの先生（東 直己）················ 0318
ねこ端会議（中村 啓）················· 0791
猫八（岩野 泡鳴）··················· 1052
ねこひきのオルオラネ（夢枕 獏）········ 0537
猫姫（島村 洋子）··················· 0053
猫姫おなつ（平岩 弓枝）·············· 0125
猫物件（吉川 英梨）················· 0791
猫町（萩原 朔太郎）······· 0391, 0402, 0787
猫もカイコ業界の一役者（石田 孫太郎）
······························ 0795, 0800
猫は毒殺に関与しない（柴田 よしき）··· 0265
捩レ飴細工（圓 眞美）··············· 1023
ねじれた記憶（高橋 克彦）············ 0328
ね、信じて（七瀬 ざくろ）············ 0975
ねずみ（マクマリン，ジョーダン）······ 1144
鼠か虎か（荒山 徹）················· 0079
鼠が耳をすます時（山口 雅也）········ 0361
ねずみ狩り（カットナー，ヘンリー）···· 0445
鼠小僧外伝（菊池 寛）··············· 0100
鼠小僧実記―絵本（鈴木 金次郎）······ 0100
鼠小僧次郎吉（芥川 龍之介）····· 0100, 0892
ねずみと探偵―あぽやん（新野 剛志）
···························· 0207, 0377
ねずみと猫（寺田 寅彦）········ 0795, 0800
鼠はにっこりこ（飛鳥 高）············ 0144
寝台の舟（吉行 淳之介）·············· 1072
妬ましい（桑井 朋子）··············· 1056
強請る女（清水 益三）··············· 0969
熱帯夜（鈴木 光司）················· 0468
熱帯夜（曽根 圭介）············ 0208, 0368
ネットの時代（大原 久通）············ 0969
熱のある時の夢（抄）（吉本 ばなな）··· 0479
ねばーらんど（間 遠南）············· 0463
ネパールの宿（亀井 はるの）·········· 0459
ネプチューン（新井 素子）············ 0537
寝耳から水（伊東 哲哉）·············· 1020
眠っては覚め（フィッツジェラルド，F.ス
　コット）······················· 1137
眠らせて（菅原 裕二郎）·············· 0967
眠り課（石川 美南）················· 0525
ねむり姫（澁澤 龍彦）··············· 1095
眠り姫（貴子 潤一郎）··············· 0545
ねむり姫の星（今野 緒雪）············ 0904
眠り雪（小泉 絵理）················· 0857
眠る（ローズ，ダン）················ 0708
眠る男（酒井 成実）················· 0822
眠るために生まれてきた男（広瀬 力）··· 0976

眠れドクトル（杉本 苑子）············ 0002
眠れない夜（伊東 哲哉）·············· 1020
眠れない夜（多岐川 恭）·············· 0147
眠れぬ夜のスクリーニング（早瀬 耕）··· 0556
眠れる森の醜女（戸川 昌子）·········· 0268
眠れる森の美女（梅田 みか）·········· 0598
狙われた女（レイモン，リチャード）···· 0471
ネリー・ディーンの歓び（キャザー，ウィ
　ラ）··························· 1138
ネロル婆さん（松本 楽志）············ 1023
拈華微笑（尾崎 紅葉）··············· 1052
粘土の犬（仁木 悦子）··············· 0145
年年歳歳（阿川 弘之）··············· 0995
念流手の内（津本 陽）··············· 0117
念惑（佐々木 鏡石）················· 0854

【の】

ノイズレス（ハカウチ マリ）·········· 1023
ノイズレス（葉原 あきよ）············ 1022
脳を旅する男（柳原 慧）·············· 0603
脳活性ライフ（當間 春也）············ 0967
農閑期大作戦（半村 良）·············· 0530
納骨堂に（ローワン，ヴィクター）······ 0425
濃縮レストラン（藤八 景）············ 0619
のうぜんかずらの花咲けば（宇江佐 真
　理）··························· 0077
濃密な部屋（山田 知佐枝）············ 0824
濃霧注意報（米田 誠司）·············· 0972
能力（真下 光一）··················· 0976
野江さんと蒟蒻（井上 荒野）····· 0743, 0744
逃した大魚（スミス，ジュリー）········ 0239
退き口（東郷 隆）············· 0047, 0073
野菊の墓（伊藤 左千夫）········ 0691, 1031
夜曲（妹尾 アキ夫）················· 0455
遺され島（樋口 明雄）··············· 0570
残されたセンリツ（中山 七里）········ 0192
残されたもの（崩木 十弐）············ 0785
残されていた文字（井上 雅彦）··· 0136, 0966
のこっている（緋衣）················ 0463
残り（大原 久通）··················· 0967
のこり物（斎藤 緑雨）··············· 0784
野ざらし（石川 淳）················· 1082
野晒し（春風亭 柳枝）··············· 1047
野ざらしの唄（長尾 宇迦）············ 0782

729

のしま　　　　　　作品名索引

野島沖（いしい しんじ）………… 1044, 1045
野宿（山之口 獏）………………………… 0825
ノース・オブ（ベルティーノ, マリー＝ヘレン）………………………………………… 1129
野槌の墓（宮部 みゆき）………………… 0160
ノストラダムス病原体（梶尾 真治）…… 0518
野づらは星あかり（大塚 清司）………… 0812
のぞきからくり（水谷 準）……………… 0996
望ちゃんの写らぬかげ（朱雀門 出）… 0484
のちのおもひに（立原 道造）…………… 1031
後の想いに（五十月 彩）………………… 0863
ノックス・マシン（法月 綸太郎）……… 0525
ノックの音が（新井 素子）……………… 0474
ノット・ワンダフル・ワールズ（王城 夕紀）……………………………………………… 0493
ノップスの十戒―PARTNER EX（柏枝 真郷）……………………………………………… 1098
のっぺらぼう（伊藤 雪魚）……………… 0967
のっぺらぼう（子母澤 寛）……………… 0402
のっぽのオメル（ファイク, サイト）…… 1122
のっぽのドロレス（宮部 みゆき）……… 0583
喉を鳴らすもの（井上 雅彦）…………… 0571
喉切り農場（ベリズフォード, J.D.）…… 0420
喉鳴らし（林 由美子）…………………… 0444
喉の筋肉（小島 政二郎）………………… 0993
…の鳴き声、…の泣き声（クアク・コフィ・バリリ）…………………………………… 0891
野に死に真似の遊びして（阪野 陽花）… 0838
野萩（久生 十蘭）………………………… 0943
野ばら（小川 未明）…… 0766, 0885, 0887
野原（ダンセイニ, ロード）……………… 1130
野薔薇（小川 未明）……………………… 1079
ノー・パラドクス（藤井 太洋）………… 0568
のばらノスタルジア（松田 志乃ぶ）…… 0977
ノビ師（黒崎 視音）……………… 0209, 0374
伸び支度（島崎 藤村）…………………… 1087
ノビ大尉の運命（ドゥアンサワン, チャンティー）……………………………………… 1119
伸びの支度（島崎 藤村）………………… 1052
信虎の最期（二階堂 玲太）……………… 0110
信長豪剣記（羽山 信樹）………………… 0115
信康異聞（深海 和）……………………… 1026
ノベライズ（朝倉 かすみ）……………… 0695
のほうさん（朱雀門 出）………… 0457, 0458
のぼりうなぎ（山本 一力）……………… 0013
上る（小松 左京）………………………… 0966
のぼれのぼれ（仁木 一青）……… 0459, 0461

蚤取り（湊 かなえ）……………………… 0309
蚤の浮かれ噺（山田 風太郎）…………… 0582
野百合（村松 真理）……………………… 1061
のら（広瀬 心二郎）……………………… 0926
野良市議会予算特別委員会（遠藤 浅蜊）………………………………………… 0197, 0201
ノラムティン・ウヴルにて（ロブサンツェレン, ペレンレイン）…………………… 1118
乗合自動車（川田 功）…………………… 0255
乗り移るもの（秋芳 雅人）……… 0457, 0458
乗り遅れた譜代藩の志士（喜安 幸夫）… 0103
乗り物ギライ（麻見 和臣）……………… 0459
呪いと毒（勝山 海百合）………… 0457, 0458
呪いの家（平岩 弓枝）…………………… 0109
呪いの特売（赤川 次郎）………… 0162, 0163
のろま（秋口 ぎぐる）…………………… 0294
呪われた石碑（キャンベル, ラムジー）… 0439
野和田さん家のツグヲさん（山本 幸久）………………………………………………… 1010
暢気眼鏡（尾崎 一雄）…… 0944, 0955, 1052
飲んだくれ（オコナー, フランク）……… 1132

【 は 】

歯（タカスギ シンタロ）………………… 1023
歯（坪田 宏）……………………………… 0366
歯（堀井 紗由美）………………………… 0489
ばあちゃんの攻防（田中 悦朗）………… 0967
ばあば新茶マラソンをとぶ（鴻野 元希）………………………………………………… 0847
灰（デ・マーケン, アン）………………… 1143
梅安晦日蕎麦（池波 正太郎）…………… 0614
梅一枝（柴田 錬三郎）…………………… 0108
灰色のエルミー（大崎 梢）……… 0792, 0793
灰色の手袋（仁木 悦子）………………… 0385
灰色の鳥（若久 恵二）…………………… 0858
灰色の道（赤井 都）……………………… 0484
ハイウェイ惑星（石原 藤夫）…… 0536, 0553
ハイエナのこともある（エスルマン, ローレン・D.）………………………………… 0297
廃園の昼餐（西崎 憲）…………………… 1017
煤煙の臭い（宮地 嘉六）………………… 0766
廃屋（我妻 俊樹）………………………… 0463
廃屋（高木 彬光）………………………… 0434
バイオリンの声の少女（シュペルヴィエル,

作品名索引　　**はくし**

ジュール）　………………………… 0881
徘徊許可証（シェクリイ, ロバート）　…… 0526
梅香餅（藤原 緋沙子）　………………… 0055
廃墟（ヴェナブル, リン・A.）　………… 0524
廃墟（小池 真理子）　…………………… 1013
廃墟線（菊地 秀行）　…………………… 0474
廃墟と青空（鳥飼 否宇）　……………… 0244
俳句（栗林 一石路）　…………………… 0764
俳句（小林 一茶）　……………………… 0807
俳句（野木 桃花）　……………………… 0807
俳句（橋本 夢道）　……………………… 0764
俳句（松尾 芭蕉）　……………………… 0807
俳句の会（木村 登美子）　……………… 0985
拝啓、クイーン編集長さま（ジャクソン, マージ）　……………………………… 0149
拝啓、編集長様（ブランド, クリスチアナ）　……………………………………… 0344
廃劇場の怪（キャンベル, ラムジー）　…… 0451
廃材トラック（ひびき はじめ）　……… 0464
灰皿という熱いきっかけ（福山 重博）　… 0968
廃疾かかえて（西村 賢太）　…………… 1057
売春婦リゼット（岡本 かの子）　……… 0993
陪審員（ピカール, エドモン）　………… 0393
排水口の恋人（有味 風）　……………… 0489
廃絶させるには惜しい夏の味二つ（檀 一雄）　……………………………………… 0625
敗戦（原田 益水）　……………………… 0985
敗戦日記（高見 順）　…………………… 0779
培地ども（松本 楽志）　………………… 0489
はいと答える怖い人（岩井 志麻子）　… 0444
廃都の怪神（山本 弘）　………………… 0423
灰になり骨になる（池田 晴海）　……… 0631
πの音楽（巣山 ひろみ）　……………… 0857
BBDB（バイバイデイビイ）（円居 挽）　… 0901
バイバイほらふき（碧井 かえる）　…… 0821
バイバイ、増田くん（源 祥子）　……… 0689
バイバイン（神 薫）　…………………… 0427
廃病院（伊藤 三巳華）　………… 0416, 0417
廃病院（宇佐美 まこと）　……… 0416, 0417
灰まみれの少女 アッシェンプッテル（グリム）　……………………………………… 0693
這い回る蝶々（五十嵐 彪太）　………… 1021
這い回る蝶々（ハカウチ マリ）　……… 1021
俳優（藤田 愛子）　……………………… 0992
ハイランドの聖夜（ケイ, マーガリート）　…………………………………………… 0634
拝領妻始末（滝口 康彦）　……… 0062, 0098

パイレーツ・オブ・イエローストーン（ボックス,C.J.）　……………………………… 0299
パイロット（ジョーンズ, サイアン・M.）　…………………………………………… 1142
パイロット（ローズ, ダン）　…………… 0708
バイロンの吸血鬼（ポリドリ）　………… 0433
π（パイ）は巡る（片山 龍三）　………… 0992
パウラ・モーダーゾーン＝ベッカーに関する最終楽章（ヴィルカー, ゲルトルート）　……………………………………… 0750
ハウ＝2（シマック, クリフォード・D.）　… 0526
蝿（吉行 淳之介）　……………………… 1080
蝿（アズウェル, ジェラルド）　………… 0346
蝿（ピランデッロ, ルイジ）　…………… 0414
蝿（横光 利一）　…… 0872, 0873, 0885, 1087
蝿男（若竹 七海）　……………… 0357, 0358
蝿を憎む記（泉 鏡花）　………… 0398, 0886
蝿取紙（テイラー, エリザベス）　……… 0890
蝿の肢（羽志 主水）　…………………… 0247
覇王の血（伊東 潤）　…………………… 0045
破戒（島崎 藤村）　……………………… 1031
墓を愛した少年（オブライエン, フィッツ＝ジェイムズ）　………………… 0420, 0881
墓を掘り返す（峯岸 可弥）　…………… 1021
葉書と帰還兵（勝山 海百合）　…… 0416, 0417
ハガキの夕暮れ（北村 佳澄）　………… 0867
バカスヴィル家の犬（高田 崇史）　…… 0246
博士とねこ（広瀬 弦）　………………… 0805
博士とロボットの不在証明（東川 篤哉）　…………………………………………… 0313
はかのうらへまわる（松本 楽志）　…… 1021
ばかばかしくて楽しくて（関口 暁）　… 0756
墓参り（高橋 史絵）　…………… 0457, 0458
墓守ギャルポの誉れ（鳥飼 否宇）　…… 0302
墓守の山（冨士 玉女）　………………… 0427
墓屋（篠田 真由美）　…………………… 0484
萩供養（平谷 美樹）　…………………… 0412
履惚れ（井上 雅彦）　…………………… 0444
パキラのコップ（柳 美里）　…… 1032, 1033
ばく（夢枕 獏）　………………………… 0994
白雨（連城 三紀彦）　…………………… 0331
白猿（阿部 達昭）　……………………… 0489
白紙（白河 三兎）　……………………… 0960
白紙（ペロタード）　……………………… 1150
博士を拾ふ（ライト, シーウェル・ピースリー）　…………………………………… 0425
バグジー・シーゲルがぼくの友だちになっ

731

たわけ（バーク，ジェイムズ・リー）‥0299
白紙のテスト（田中 悦朗）‥‥‥‥‥0968
伯爵との消えない初恋（モーティマー，キャ
　ロル）‥‥‥‥‥‥‥‥‥‥‥‥‥0723
伯爵の釘（泉 鏡花）‥‥‥‥‥‥‥‥0398
伯爵の求愛（モーティマー，キャロル）‥0715
伯爵の知らない血族―ヴァンパイア・オム
　ニバス（井上 雅彦）‥‥‥‥‥‥‥0571
白秋の道標（長岡 弘樹）‥‥‥‥‥‥0310
爆笑するもの（黒 史郎）‥‥‥‥‥‥0415
薄震ならず（拓植 周子）‥‥‥‥‥‥0786
バグズ・ヘブン（柄刀 一）‥‥0357, 0358
剥製（ローズ，ダン）‥‥‥‥‥‥‥‥0708
剥製の子規（阿部 昭）‥‥‥‥‥‥‥0993
博打眼（宮部 みゆき）‥‥‥‥‥‥‥1096
白昼（朝宮 運河）‥‥‥‥‥‥0457, 0458
白昼（北野 勇作）‥‥‥‥‥‥‥‥‥0474
白昼のチュー（阪井 雅子）‥‥‥‥‥0853
白鳥（マラルメ）‥‥‥‥‥‥‥‥‥‥0993
白鳥熱の朝に（小川 一水）‥‥‥‥‥0540
爆発（フランシス，トム）‥‥‥‥‥‥1150
バグベア（飛鳥部 勝則）‥‥‥‥‥‥0440
薄暮（坂上 弘）‥‥‥‥‥‥‥‥‥‥1055
白妖（大阪 圭吉）‥‥‥‥‥‥‥‥‥0256
舶来幻術師（日影 丈吉）‥‥‥‥‥‥0395
歯車重ねて（@Orihika）‥‥‥‥‥‥0781
歯車の花（青砥 十）‥‥‥‥‥‥‥‥1020
はぐれホタル（中村 航）‥‥‥‥0840, 0841
白露―9月8日ごろ（柚木 麻子）‥‥‥0919
波形の声（長岡 弘樹）‥‥‥‥0209, 0369
バケツと綱（ポイス，T.F.）‥‥‥‥‥0390
化けて出る（島崎 一裕）‥‥‥‥‥‥0970
化けの皮の幸福（水谷 準）‥‥‥‥‥0996
励ましの手紙（一二三 太郎）‥‥‥‥0975
ばけもの（児嶋 都）‥‥‥‥‥‥‥‥0429
バーゲン・シネマ（シェクリー，ジェイ）‥0451
ハーケンと夏みかん（椎名 誠）‥‥‥0618
ハケンの姫君（野村 祐介）‥‥‥‥‥1007
「ぱこ」（栗田 有起）‥‥‥‥‥‥‥‥1009
箱（小池 昌代）‥‥‥‥‥‥‥0552, 1009
箱（笹原 実穂子）‥‥‥‥‥‥‥‥‥0991
箱（鈴鳥 ポチ丸）‥‥‥‥‥‥‥‥‥1020
箱詰めの文字（道尾 秀介）‥‥‥0290, 0291
箱庭の巨獣（田中 雄一）‥‥‥‥‥‥0515
箱根の山椒魚（田岡 典夫）‥‥‥‥‥0125
箱の夫（吉田 知子）‥‥‥‥‥‥‥‥0684

箱の中身は（大崎 梢）‥‥‥‥‥‥‥0747
箱のはなし（明川 哲也）‥‥‥0783, 1088
箱の部屋（近藤 史恵）‥‥‥‥0939, 0940
葉桜のタイムカプセル（岡崎 琢磨）
　‥‥‥‥‥‥0193, 0194, 0224, 0364
鋏とロザリオ（小出 まゆみ）‥‥‥‥0833
婆娑羅（霜島 ケイ）‥‥‥‥‥‥‥‥0473
橋を渡る（峯岸 可弥）‥‥‥‥‥‥‥0459
梯子（プリチェット，V.S.）‥‥‥‥‥1132
はしごにされた男（伊藤 まさよし）‥‥0971
梯子の上から世界は何度だって生まれ変わ
　る（吉田 篤弘）‥‥‥‥‥‥‥‥‥0709
橋のある風景（斎藤 利雄）‥‥‥‥‥0850
橋の上（宇野 浩二）‥‥‥‥‥‥‥‥0817
橋の向こうの墓地（角田 光代）‥0774, 0775
パージー，ベイビー（ヘンドリックス，ヴィッ
　キー）‥‥‥‥‥‥‥‥‥‥‥‥‥0239
はじまり（タキガワ）‥‥‥‥‥‥‥‥1022
はじまりのさくら（岩川 元）‥‥‥‥0710
はじまりのものがたり（中島 桃果子）‥0979
はじまりの物語（北森 鴻）‥‥‥‥‥0363
初めて恋してます。（ユズル）‥‥‥‥0702
はじめての駅で（北野 勇作）‥‥‥‥0552
はじめてのお葬式（宮木 あや子）‥‥‥0695
はじめての懺悔―告白しみじみ（オコナー，
　フランク）‥‥‥‥‥‥‥‥‥‥‥1139
はじめての性行為（藤野 可織）‥‥‥0905
初めて本をつくるあなたがすべきこと（朱
　野 帰子）‥‥‥‥‥‥‥‥‥‥‥0588
はじめのいっぽ（永森 裕二）‥‥‥‥0808
ばしゅん（松村 佳直）‥‥‥‥‥‥‥0489
馬上の局（火坂 雅志）‥‥‥‥‥‥‥0082
柱（淡海 いさな）‥‥‥‥‥‥‥‥‥1051
恥じらう月（高岡 啓次郎）‥‥‥‥‥0836
柱時計とロボット（吉澤 有貴）‥‥‥0427
走り続けるネット世代の早すぎた申し子―
　ひとりからの脱ライトノベル（桑島 由
　一）‥‥‥‥‥‥‥‥‥‥‥‥‥‥1101
走る（白石 恵子）‥‥‥‥‥‥‥‥‥0602
走るが勝ち（ネスィン，アズィズ）‥‥‥1122
走る目覚まし時計の問題（松尾 由美）
　‥‥‥‥‥‥‥‥‥‥‥‥‥0244, 0284
走る，訳す，そしてアメリカ（谷崎 由
　依）‥‥‥‥‥‥‥‥‥‥‥‥‥‥0905
走れメロス（太宰 治）‥‥‥‥‥‥‥0888
バー・スイートメモリーへようこそ（光原
　百合）‥‥‥‥‥‥‥‥‥‥‥‥‥0747

バスを待つ間（向坂 幸路） ………… 1020
恥ずかしい杭（天久 聖一） ………… 0961
初心忘るべからず（高田 崇史） ……… 0246
恥ずかしい玉（薄井 ゆうじ） ………… 0474
バスケットゴール（かさぎ） ………… 0867
バスジャック（三崎 亜記） ………… 0245
バースディ・ケーキ（萩尾 望都） …… 0500
バステト（井上 夢人） ……… 0792, 0793
バスと遺産（平田 俊子） ………… 0773
ハーストコート屋敷のハースト――八九三
　（ネズビット, イーディス） ……… 0441
パストラル（河野 典生） ………… 0530
蓮の花のうら（佐々木 清隆） ………… 0474
パスポートの秘密（夏樹 静子） ……… 0270
パズル（まゆ） ………… 0860
パズル韜晦（西澤 保彦） ………… 0132
はずれの町（砂場） ………… 1023
バスローブ（小池 真理子） ………… 0698
爆ぜる（東野 圭吾） ………… 0274
機織り（宇佐美 まこと） …… 0416, 0417
機織桜（黒木 あるじ） ………… 0484
裸（ローズ, ダン） ………… 0708
裸の男（平 金魚） ………… 0464
裸の捕虜（鄭 承博） ………… 1082
はだかむし（遠藤 徹） ………… 0435
はだしの親父（黒田 研二）
　………… 0207, 0322, 0338, 0377
はだしのゲンはピカドンを忘れない（中沢
　啓治） ………… 0779
パタシュ（ドレーム, トリスタン） …… 1153
バター好きのヘミングウェイ（木下 半
　太） ………… 0811
二十歳の誕生日（小松 知佳） ………… 0762
3.働き女子！（工藤 純子） ………… 0401
働きたい理由（石井 斉） ………… 0770
旗は六連銭（滝口 康彦） ……… 0027, 0039
鉢かづき（青山 七恵） ………… 1064
八月（三木 卓） ………… 1029
鉢かつぎ姫（作者不詳） ………… 0693
八月十五日（阪田 寛夫） ………… 0993
八月の炎暑（ハーヴィー, W.F.） ……… 0413
八月の風船（野坂 昭如） ………… 0777
八月六日（峠 三吉） ………… 0779
八〇ヤード独走―アメフトしみじみ（ショー,
　アーウィン） ………… 1147
八丈こぶな草（野村 敏雄） ………… 0107
鉢頭摩（佐々木 ゆう） ………… 0412

八人の見えない日本人（グリーン, グレア
　ム） ………… 1140
八幡様（緋衣） ………… 0463
蜂矢風子探偵簿（海野 十三） ………… 0153
爬虫館事件（海野 十三） ………… 0143
罰（松本 楽志） ………… 1023
薄荷（橋本 紡） ………… 0904
発芽（つくね 乱蔵） ………… 0438
バッカスの睡り（鷲尾 三郎） ………… 0148
バッカスの巫女たち（コルタサル, フリ
　オ） ………… 0880
初鰹（柴田 哲孝） ……… 0207, 0377, 1011
白球の彼方（あさの あつこ） ………… 1010
発狂する重役（島田 荘司） ………… 0138
バックヤード（篠田 節子） ………… 0591
バックライト（武田 若千） ………… 0463
初恋（尾崎 翠） ………… 0651
初恋（島崎 藤村） ……… 0618, 0651, 0885
初恋（島本 理生） ……… 0678, 0679
初恋（藤岡 一枝） ………… 0748
初恋を取り戻して（サラ, シャロン） … 0642
八朔祭（京 利幸） ………… 0822
初仕事はゴムの味（誉田 哲也） ……… 0160
初島航路（五十嵐 均） ………… 0605
発信（一双） ………… 0489
抜粋された学級文集への注解（井上 雅
　彦） ………… 0475
罰せられた親殺し――七九九（作者不詳）
　………… 0441
バッソンピエール元帥の回想記から（ホフ
　マンスタール） ………… 0414
バッタと鈴虫（川端 康成） ……… 0966, 1052
初旅（壺井 栄） ………… 0944
ハッチアウト（斎藤 綾子） ………… 0518
八丁堀の刃（小杉 健治） ………… 0015
パッチワーク・ジャングル（汀 こるも
　の） ………… 0792, 0793
パッチン留め（綾倉 エリ） ………… 0462
這って来る紐（田中 貢太郎） ………… 0479
初天神（降田 天） ………… 0224
初登校（厚谷 勝） ………… 0975
バッド・テイスト（麻耶 雄嵩） ‥ 0922, 0923
バットランド（山田 正紀） ………… 0561
初音の鼓―『吉野葛』より（谷崎 潤一
　郎） ………… 0622
初幟（湊 邦三） ………… 0111
ハッピィバァスディ（水月堂） ………… 1051

はつひ

作品名索引

ハッピー・エンド（カットナー，ヘンリー）
………………………………… 0549
ハッピーエンド（北川 あゆ）………… 0969
ハッピーエンドをもう一度（フィールディ
ング，リズ）………………………… 0639
ハッピーエンドの掟（真梨 幸子）‥ 1102, 1103
ハッピー・クリスマス、ヨーコ（蓮見 圭
一）………………………………… 0982
ハッピー日記（もくだい ゆういち）…… 0968
八百年（平 金魚）…………………… 0462
初孫（柚月 裕子）…………………… 0444
初詣（山本 水城）…………………… 0464
初詣（龍風 文哉）…………………… 0465
初雪の日（三木 聖子）……………… 0861
果つるところ（圓 眞美）…………… 0463
バディーゲーム（関口 暁）………… 0983
バディ・システム（深田 亨）……… 0474
はてしない物語（石原 旭）………… 0969
果てしなき航路（菊地 秀行）……… 0920
はで彦（奥山 景布子）……………… 0084
ばてれん兜（神坂 次郎）…………… 0059
鳩（北方 謙三）……………………… 0326
鳩（日影 丈吉）……………………… 0345
波動（烏本 拓）……………………… 0462
ハートエイド（門馬 昌道）………… 0821
ハート・オブ・ゴールド（石田 衣良）‥ 0772
ハドスン夫人の内幕（北原 尚彦）… 0484
ハドソン夫人は大忙し（バーネット，デイ
ヴィッド）…………………………… 0228
ハトと二挺拳銃とロングコート（廻転 寿
司）………………………………… 0438
ハートの風船（リコンダ，アンドリュー）
………………………………… 0297
ハートの誘惑（ロズノー，ウェンディ）… 0711
歯と歯の痛みが何か分からない男（ファイ
ク，サイト）………………………… 1122
ハードボイルド（長 新太）………… 0994
ハードボイルドごっこ（鯨 統一郎）… 1098
羽鳥千尋（森 鷗外）………………… 0883
バートルビー（メルヴィル，ハーマン）
………………………………… 0879, 1145
ハートレス（薬丸 岳）……… 0208, 0381
パトロール同乗（デュボイズ，ブレンダ
ン）………………………………… 0297
花（戌井 昭人）……………………… 1022
花（ローズ，ダン）…………………… 0708
鼻（ゴーゴリ，ニコライ・V.）……… 0402

鼻（ペトルシェフスカヤ, リュドミラ）… 1158
花ある写真（川端 康成）……… 0911, 0912
花を置く人（井川 一太郎）………… 0976
涙をたらした神（吉野 せい）… 0875, 0944
花をちぎれない程…（光原 百合）… 0219
花がふつてくると思ふ/母の瞳/蟲（八木 重
吉）………………………………… 1031
花殻とスーツ（桐野 遼）…………… 0770
花骨牌（湊 邦三）…………………… 0110
花かんむりをかぶった人（ソログーブ，フョー
ドル）……………………………… 1157
花食い姥（円地 文子）……………… 0397
鼻くそ（長谷川 伸）………………… 0628
鼻毛の人生（ヒロ）…………………… 0976
花子さんと、捨てられた白い花の冒険（柴
田 よしき）………………………… 0747
花子の生首（一色 さゆり）………… 0224
花咲く家（緋衣）……………………… 0464
花咲ける武士道（神坂 次郎）……… 0061
花曝れ首（赤江 瀑）………………… 0488
話し石（石田 衣良）………………… 0468
放し討ち柳の辻（滝口 康彦）……… 0064
花園の管理人（家田 満理）………… 0968
花園の思想（横光 利一）…………… 1089
花散る夜に（光原 百合）…………… 0243
花と少年—第二回創元SF短編賞大森望賞
（片瀬 二郎）……………………… 0513
バナナの菓子（内田 百閒）………… 0618
バナナの秘密（吉本 ばなな）……… 0618
バナナ剥きには最適の日々（円城 塔）… 0552
花には蕾のおもかげが（島 有子）… 1026
花の雨（奥泉 明日香）……………… 0973
花の香る日（タテ マキコ）………… 0710
花の刻印（草野 万理）……………… 0867
花の萎れる夏（ダシゼベグ，ジャンチブドル
ジーン）…………………………… 1118
花の写真（金澤 正樹）……………… 0463
花の棲家（阪野 陽花）……………… 0823
花の種（タカスギ シンタロ）……… 1023
花の地図（流川 透明）……………… 1023
花のなぐさめ（@k_you_nagi）……… 0781
花の名前（向田 邦子）……………… 0691
花の娘（夢乃 鳥子）………………… 0464
花の雪散る里（倉橋 由美子）……… 0622
鼻の欄（タカスギ シンタロ）……… 1021
花火（加楽 幽明）…………… 0460, 0461
花火（永井 荷風）……… 1071, 1086, 1087

花びらの晩ごはん（遅 子建）····· 1113, 1114
花見の決意（@ykdawn）··············· 0781
花も嵐も春のうち（長野 まゆみ）··· 0963
花屋の花よりきれいな花（森 朝美）···· 0849
花酔いロジック（森 晶麿）·············· 0353
花嫁（荒巻 義雄）······················· 1098
花嫁（尾神 ユウア）···················· 0464
花嫁（シール,M.P.）···················· 0420
花嫁（ブルンナー, クリスティーナ）···· 0750
花嫁にメリー・クリスマス（レノックス, マ
　リオン）···························· 0733
花嫁の姉（マレリー, スーザン）····· 0641
花嫁の帰る場所（ウィッグス, スーザン）
　································· 0638
花嫁の決心（トンプソン, ヴィッキー・
　L.）······························· 0636
花嫁の悪い癖（伊藤 たかみ）··········· 0979
花嫁は家政婦（リマー, クリスティン）··· 0717
花よりもはかなく（エイクマン, ロバー
　ト）······························· 1140
放れ駒（戸部 新十郎）··················· 0073
離れて遠き（福島 正実）··············· 0345
花はこころ（鏑木 蓮）··················· 0288
花は桜木—山南敬助（天堂 晋助）·· 0070, 0071
花童（西條 奈加）······················· 0079
ハニー・ディップ・ドーナツ（時乃 真
　帆）······························· 0704
バニラ（林 由美子）···················· 0619
跳ね馬さま（萬歳 淳一）··············· 0866
羽根布団（ソログープ, フョードル）···· 1159
羽根まくら（キロガ, オラシオ）········ 0419
パノラマパーク パノラマガール（加藤 千
　恵）······························· 0647
母（有井 聡）·························· 0464
母（井上 史）·························· 0571
母（大岡 昇平）························ 1071
母（不狼児）·························· 0460
ババアと駄犬と私（森 奈津子）·· 0792, 0793
ばばあのば（南 綾子）·················· 0751
母を恋うる記（谷崎 潤一郎）··········· 0875
母親（ズヴェーヴォ, イタロ）·········· 1156
母親たち（黒木 あるじ）··············· 0415
母親になれない（三里 顕）·············· 1020
母親の形見（美倉 健治）··············· 0989
母が祈る理由（谷口 雅美）·············· 0762
母からの手紙（藤木 稟）··············· 0470
母からの電話（ハットリ ミキ）········ 0973

帚木（松浦 理英子）············· 0048, 0091
母子草（篠 綾子）······················· 0612
婆汁（神 薫）·························· 0427
母たちの島（バドニッツ, ジュディ）
　································· 0706, 0707
母と赤子と少年と（風見鳥）·········· 1020
母とクロチョロ（雀野 日名子）········ 0409
母と子でみる東京大空襲（早乙女 勝元）
　································· 0779
母に連れられて荒れ地に住み着く（伊藤 比
　呂美）···················· 1065, 1066
ババ抜き（永嶋 恵美）·········· 0215, 0747
母猫の獲物（新熊 昇）················· 0465
母の遺影が泣き出した（市野 うあ）···· 0757
母のいる島—十六人の子宝に恵まれた母の
　意志を、娘たちは受け継いだ（高山 羽根
　子）······························· 0563
母の絵手紙（梅原 満知子）·············· 0950
母の面影（拓未 司）·········· 0364, 0443
母の覚悟（岩井 三四二）··············· 0022
母の着物（榎並 のぞみ）··············· 0855
母の毛糸玉（星 雪江）················· 0863
母の結婚（佐藤 万里）················· 0756
母の恋（大島 真寿美）················· 1070
母の言霊（谷口 雅美）················· 0755
母の制裁（ドライヤー, アイリーン）···· 0239
母の手（菅原 治子）···················· 0915
母の目を逃がす（川上 未映子）········ 1020
パパミルク（小川 糸）················· 0979
バーバ・ヤガー（ロールストン,W.R.S.）
　································· 0693
婆やの話（ギャスケル, エリザベス）···· 0411
植物標本集—昭和初期に建てられた温室の
　地下から発見された、伝説のトビスミレ
　（藤田 雅矢）······················· 0564
ババロアばあさん（小林 信彦）········ 0613
母は同い年（谷口 雅美）··············· 0757
パパはサンタクロース（島﨑 一裕）···· 0976
パピーウォーカー（横関 大）·········· 0811
ハブ（山田 正紀）······················· 0352
破風荘の怪事件（コリア, ジョン）······ 1132
ハーフ・ホワイト（スティーヴンソン, ファ
　ニー・ヴァン・デ・グリフト）······· 1137
覇舞謡（冲方 丁）······················· 0040
バブルクンドの崩壊（ダンセイニ, ロー
　ド）······························· 0392
ハーベムス・パーパム—新教皇万歳（モン

マース, ヘルムート・W.) ………… 0516
バベル(長谷 敏司) ……………… 0568
バベルの牢獄―甘いバニラの匂いは、紙
の本の記憶。前代未聞の脱獄小説、誕生
（法月 綸太郎）………………… 0559
浜田青年ホントスカ(伊坂 幸太郎)
……………………………… 0154, 0281
浜名湖一周の旅(増田 瑞穂) ……… 0847
ハマナスノ実ヲ飾ル頃(名取 佐和子) … 0950
ハミングライフ(中村 航) ………… 0739
破滅の種子(カーシュ, ジェラルド) …… 0881
鱧の皮(上司 小剣) ………………… 0627
破門(羽山 信樹) …………………… 0117
破約(小泉 八雲) …………………… 0478
林雅賀のミステリ案内―故人の想いを探る
（乾 くるみ）…………………… 0582
隼のお正月(久山 秀子) …………… 0256
葉山嘉樹『セメント樽の中の手紙』を語る
（貫井 徳郎）…………………… 1067
はやり正月の心中(杉本 章子) ……… 0126
はよう寝んか明日が来るぞ(前山 博茂)
………………………………… 0848
バヨリン心中(山本 文緒) ………… 0647
薔薇(金子 光晴) …………………… 0993
薔薇悪魔の話(渡辺 啓助) ………… 0133
薔薇色の靴の乙女(イソップ) ……… 0693
薔薇色の人生(永瀬 隼介) ………… 0315
パラオ残照(松田 十刻) …………… 0782
原島弁護士の処置(小杉 健治) …… 0330
薔薇十字探偵社(松苗 あけみ) …… 0486
原宿消えた列車の謎(山田 正紀) … 0357, 0358
落下傘嬢殺害事件(星田 三平) …… 0247
薔薇荘殺人事件(鮎川 哲也) ……… 0138
パラソル(井上 雅彦) ……………… 0966
パラダイス・カフェ(沢木 まひろ)
……………………………… 0193, 0196
パラダイスの一夜(グレアム, ヘザー) … 0680
原田甲斐(中山 義秀) ……………… 0004
払ってください(青井 夏海) …… 0257, 0301
原っぱの怪人(小笠原 幹夫) ……… 0990
原っぱの幽霊(小笠原 幹夫) ……… 0985
原っぱのリーダー(眉村 卓) ……… 0994
薔人(中井 英夫) …………………… 0395
パラドックス実践(門井 慶喜)
………………………… 0208, 0333, 0368
ハラド四世の治世に(ミルハウザー, スティー
ヴン）…………………………… 1134

薔薇の縛め(中井 英夫) ……… 0395, 0488
薔薇の色(今野 敏) ………… 0207, 0377
薔薇の香る庭(マーシャル, アリス・J.) … 1143
バラの尋常ならざる夢(チューニッ) … 1121
腹の中(耳 目) ……………………… 0970
腹の中から(黒 史郎) ……………… 0489
バラの花の精(アンデルセン, ハンス・クリ
スチャン）……………………… 0684
薔薇の獄(中井 英夫) ……………… 0395
バラの街の転校生(後藤 みわこ) …… 0925
パラパラ(田中 せいや) …………… 1023
薔薇夫人(江戸川 乱歩) …………… 0144
パラレル(笹原 実穂子) …………… 0985
バリアフリー時代(律 心) ………… 0971
はりうお(室生 犀星) ……………… 0617
ハリウッド・ハリウッド(筒井 康隆) … 0596
針谷夕雲(有馬 頼義) ……………… 0095
張込み(西村 健) …………………… 0251
張込み(松本 清張) ………………… 0890
バリーさんの夢(西川 武彦) ……… 0973
パリでの出来事(フェラレーラ, マリー)
………………………………… 0636
パリの君へ(高橋 三千綱) ………… 1049
パリの小鳥屋(伊集院 静) ………… 0906
パリのジェントルマン(グレッシュ, ロイ
ス・H.)………………………… 0234
パリのジェントルマン(ワインバーグ, ロ
バート)………………………… 0234
巴里の空の下オムレツのにおいは流れる
（石井 好子）…………………… 0622
張りの吉原(隆 慶一郎) …………… 0126
ぱりぱり(瀧羽 麻子) ……………… 0898
パリンプセストあるいは重ね書きされた八
つの物語(円城 塔) …………… 0500
春浅き古都の宵は…(森 真沙子) …… 0472
パールウエーブ(小川 苺) ………… 0822
春を待つクジラ(加藤 清子) ……… 0862
はるかなる思ひ―長歌并短歌十四首(釋 迢
空）……………………………… 0993
バルカン戦争(山田 風太郎) ……… 0582
ハル子さんの胸(睦月 羊子) ……… 0821
春子の手(竹之内 響介) …………… 0947
春先になると(ユウキ) …………… 0974
バルセロナの書盗(小沼 丹) ……… 0583
バルセロナの窓(大崎 善生) ……… 0772
パルテノペ(ウェスト, レベッカ) …… 1132
春と修羅(宮沢 賢治) ……………… 0878

作品名索引　　　　　　　　　　はんつ

春の唄（原田　益水）・・・・・・・・・・・・・・　1026
春の歌（円地　文子）・・・・・・・・・・・・・・　0397
春の歌（草野　心平）・・・・・・・・・・・・・・　0885
春の気配（霞　永二）・・・・・・・・・・・・・・　0824
春の坂道（古井　由吉）・・・・・・・・・・・・　1063
春の十字架（東川　篤哉）・・・・・・・・・・　0213
春の寵児（赤江　瀑）・・・・・・・・・・・・・・　0391
春の月見（ローザン，S.J.）・・・・・・・・・　1149
春の伝言板（小林　栗奈）・・・・・・・・・・　0864
春の鳥（国木田　独歩）・・・・・・・　0787, 1087
春の話（神保　光太郎）・・・・・・・・・・・・　1037
春の滅び（皆川　博子）・・・・・・・・・・・・　0488
春の闇（菊池　一郎）・・・・・・・・・・・・・・　0786
パールのようなもの（井上　閑日）・・・・　0465
春の夜の夢（吉川　永青）・・・・・・・・・・　0076
バルバラへ（クアク・コフィ・バリリ）・・・　0891
春彼岸（東　しいな）・・・・・・・・・・・・・・　0857
春富士遭難（新田　次郎）・・・・・・・・・・　0806
パルヘッタの恋（岡崎　琢磨）・・・・・・・　0180
ハルベリー・メイの十二歳の誕生日（将
　　吉）・・・・・・・・・・・・・・・・・・・・・・・・・・・　1101
春　変奏曲（宮沢　賢治）・・・・・・・・・・・　0807
パール・ボタンはどんなふうにさらわれた
　　か（マンスフィールド，キャサリン）・・　1140
春待ち（カドマリ）・・・・・・・・・・・・・・・・　0824
春　無節操な殺人（倉知　淳）・・・・・・・　0335
春　無節操な死人（倉知　淳）・・・・・・・　0334
春山入り（青山　文平）・・・・・・・・・・・・　0083
春爛漫（小池　真理子）・・・・・・・・・・・・　0691
春は馬車に乗って（横光　利一）・・・・・・
　　　　　　0684, 0761, 0911, 0912, 1031, 1069
バルーン・タウンの裏窓（松尾　由美）・・・　0361
晴れた空の下で（江國　香織）・・・・・・・・・　0615
パレード（真田　葉奈江）・・・・・・・・・・・　0867
晴のち雨天（鮎川　哲也）・・・・・・・・・・・　0820
晴れのちバイトくん（拓未　司）・・・・・・　0768
ハレの日に（谷口　雅美）・・・・・・・・・・　0665
バレー部の夏合宿（紙舞）・・・・・・・・・・　0415
バレンタイン作戦（もくだい　ゆういち）
　　・・・・・・・・・・・・・・・・・・・・・・・・・・・・・・・　0969
バレンタイン昔語り（麻耶　雄嵩）・・・・　0302
ハロウィンパーティ（紗那）・・・・・・・・・　0415
ハロウィーンパーティの夜（安土　萌）・・　0474
パロの暗黒—第1回（五代　ゆう）・・・・　0506
パロの暗黒—第2回（五代　ゆう）・・・・　0507
パロの暗黒—第3回（五代　ゆう）・・・・　0508
パロの暗黒—最終回（五代　ゆう）・・・・　0509

ハワイへ行きたい（柴崎　友香）・・　1032, 1033
ハワイでの話（加門　七海）・・・・・・　0416, 0417
バワン・プティとバワン・メラ（作者不
　　詳）・・・・・・・・・・・・・・・・・・・・・・・・・・・・　0693
麺麭（島影　盟）・・・・・・・・・・・・・・・・・・　0766
パン！（飯野　文彦）・・・・・・・・・・・・・・　0474
晩夏（井上　靖）・・・・・・・・・・・・・・・・・・　0874
晩夏（渡邊　能江）・・・・・・・・・・・・・・・・　0822
晩夏—ぱぴぷぺぽ一族の熱い時代（浅暮　三
　　文）・・・・・・・・・・・・・・・・・・・・・・・・・・・・　0566
版画画廊の殺人（荒巻　義雄）・・・・・・・　0325
ハンカチの花（坂口　みちよ）・・・・・・・　0855
晩菊（林　芙美子）・・・・・・・・・・・・・・・・　1041
ハンギング・ゲーム（石持　浅海）・・・・・　0243
バンク（伊坂　幸太郎）・・・・・・・・・・・・　0219
バンクォーの血（マライーニ，ダーチャ）
　　・・・・・・・・・・・・・・・・・・・・・・・・・・・・・・・　1156
パンクでナースなフェスティバルへようこ
　　そ（澤田　育子）・・・・・・・・・・・・・・・　1022
半月（岡田　早苗）・・・・・・・・・・・・・・・・　0853
判決—ある物語（カフカ，フランツ）・・・・　1124
半券（痛田　三）・・・・・・・・・・・・・　0457, 0458
反抗期（谷口　雅美）・・・・・・・・・・・・・・　0606
犯罪（有馬　二郎）・・・・・・・・・・・・・・・・　0970
犯罪者たち（岡　俊雄）・・・・・・・・・・・・　0968
犯罪者捕獲法奇譚（ウェルズ，キャロリ
　　ン）・・・・・・・・・・・・・・・・・・・・・・・・・・・・　0231
犯罪の場（飛鳥　高）・・・・・・・・・・　0383, 0384
ハーン：ザ・デストロイヤー（マイルズ，ト
　　レヴォー・S.）・・・・・・・・・・・・・・・・・・　1148
ハーン：ザ・ラストハンター（マイルズ，ト
　　レヴォー・S.）・・・・・・・・・・・・・・・・・・　1148
藩士と珈琲（木村　千尋）・・・・・・・・・・　0864
判事の家（ストーカー，B.）・・・・・・・・・　0413
判事の相続人（クーパー，ジーン・B.）・・・　0141
晩酌（水沫　流人）・・・・・・・・・・・・・・・・　0415
晩酌ゆうれい（甲木　千絵）・・・・・・・・・　0606
晩春の夕暮れに（池波　正太郎）・・・・・・　0120
盤上の夜—第一回創元SF短編賞山田正紀
　　賞（宮内　悠介）・・・・・・・・・・・・・・・　0512
半世紀の早稲田作家（青野　季吉）・・・・・・　1092
伴奏者（永嶋　恵美）・・・・・・・・・・・・・・　0265
半蔵門外の変（戸部　新十郎）・・・・・・・・　0068
ハンター（鈴木　光司）・・・・・・・・　0939, 0940
ハンター（峯野　嵐）・・・・・・・・・・　0459, 0461
パンツァークラウンレイヴズ（吉上　亮）
　　・・・・・・・・・・・・・・・・・・・・・・・・・・・・・・・　0551

737

作品名索引

パンツァーボーイ（ウィリアムズ, ウォルター・ジョン）…………… 0551
晩冬（林 万理）………………… 1020
晩涛記（山村 信男）…………… 0846
半島にて（阿部 喜和子）……… 0785
ハンド、する？（川島 誠）…… 0598
ハントヘン（堀江 敏幸）……… 0942
バンド・ボーイ（坂上 弘）…… 1073
バンドTシャツと日差しと水分の日（津村 記久子）……………… 0979
般若娘（ヒモロギ ヒロシ）…… 0460
はんにん（戸板 康二）………… 0581
犯人当て横丁の名探偵（仁木 悦子）…… 0060
犯人は誰だ（江戸川 乱歩）…… 0148
犯人は誰だ（大下 宇陀児）…… 0148
犯人は誰だ（木々 高太郎）…… 0148
犯人は誰だ（堀崎 繁喜）……… 0148
犯人は私だ！（深木 章子）…… 0303
晩年（太宰 治）………………… 0878
晩年（豊田 一郎）……………… 0985
晩年（村野 四郎）……………… 0993
万能人形（マシスン, リチャード・クリスチャン）………………… 0452
叛の忍法帖―明智光秀（山田 風太郎）… 0037
ハンバーガージャンクション（塔山 郁）…………………… 0619
飯場の殺人（飛鳥 高）………… 0147
万物理論―完全版 SF大将 特別編（とり みき）…………………… 0560
半分透明のきみ（荻世 いをら）… 0905
パン屋のケーキ（小松 知佳）… 0756

【ひ】

火（中村 文則）………………… 1056
ピアノ（針村 譲司）…………… 0976
ピアノ（フランコ, ラファ）…… 1150, 1151
ピアノ（三里 顕）……………… 1023
ピアノのそばで（林 巧）……… 1088
柊と太陽（恩田 陸）…… 0204, 1109
緋色の紛糾（柄刀 一）………… 0229
緋色の帽子（池永 陽）…… 1099, 1100
眉雨（古井 由吉）……………… 0488
ピエタとトランジ（藤野 可織）… 1062
火をおこす（ロンドン, ジャック）…… 1145

火を熾す（ロンドン, ジャック）…… 1146
日をつなぐ（宮下 奈都）……… 0672
火を吹く息（大泉 黒石）……… 0250
被害者とよく似た男（東川 篤哉）… 0315
檜垣―闇法師（夢枕 獏）……… 0432
日かげぐさ（柳井 寛）………… 0845
東オレゴンの郵便局（ブローティガン, リチャード）……………… 1145
東と西（アクーニン）………… 1159
東の雲晴れて（山中 峯太郎）… 1036
東の眠らない国（白縫 いさや）… 0462
東の果つるところ（森 絵都）… 1042, 1043
東山殿御庭（朝松 健）………… 0218
東山屋敷の人々―五十を過ぎて老化をやめた"彼"は、跡継ぎにぼくを指名した（長谷 敏司）………………… 0560
干潟（湯菜岸 時也）…………… 0465
干潟の小屋（多岐川 恭）……… 0148
ひからない蛍（朝井 リョウ）… 0903
光（斉木 明）…………………… 0853
光を取り戻すとき（シェイン, マギー）… 0699
光を見つめて（@takesuzume）… 0781
ひかりごけ（武田 泰淳）… 0327, 0414, 0437
ひかりさす（真瀬 いより）…… 0865
光と影（ソログープ, フョードル）… 0392, 0445
ピカリと閃いて（宮部 みゆき）… 0325
光の穴（野々宮 夜猿）…… 0457, 0458
光の在りか（川田 裕美子）…… 0862
光の王（森岡 浩之）…………… 0535
光の栞（瀬名 秀明）…… 0490, 0511
ひかりの素足（宮沢 賢治）…… 0391
光の隙間（藤崎 慎吾）………… 0453
光の中のレモンパイ（神崎 照子）… 0857
光の箱（道尾 秀介）…………… 1105
光る海（香月 日輪）…………… 0925
光る爪（柴田 よしき）………… 0802
光る棺の中の白骨（柄刀 一）… 0150, 0152
光る道（檀 一雄）……………… 0892
轢かれる（辻 真先）…… 0257, 0301
氷川丸の夜（松本 楽志）……… 0463
彼岸花（宇江佐 真理）………… 0078
墓（ウェル冥土）……………… 0462
ひきさかれた街（藤本 泉）…… 0531
引き算（根多加 良）…………… 1021
引き潮（リー, メアリ・スーン）… 0519
引き立て役倶楽部の陰謀（法月 綸太郎）…………………… 0165, 0166

作品名索引　ひつち

引綱軽便鉄道（椎名　誠）‥‥‥‥‥‥‥　0538
引き出物（畠中　恵）‥‥‥‥‥‥‥‥‥　1091
ひき逃げ事件（佐藤　典利）‥‥‥‥‥‥　0974
飛脚の夢（不狼児）‥‥‥‥‥‥‥‥‥‥　0464
卑怯者の流儀（深町　秋生）‥‥‥‥‥‥　0259
秘曲（戸部　新十郎）‥‥‥‥‥‥‥‥‥　0074
引き寄せ（郷内　心瞳）‥‥‥‥‥‥‥‥　0785
ヒギンボタム氏の災難（ホーソーン，ナサニ
　エル）‥‥‥‥‥‥‥‥‥‥‥‥‥‥‥　1130
ピクニック（大岡　玲）‥‥‥‥‥‥‥‥　1049
ひぐらし―『隅田川御用帳』より（藤原　緋
　沙子）‥‥‥‥‥‥‥‥‥‥‥‥‥‥‥　0093
蜩の鳴く夜に（石田　衣良）‥‥‥‥‥‥　1015
ひぐらりの間（滝田　真季）‥‥‥‥‥‥　0868
ピグル風ヌ吹きば（崎山　多美）‥‥‥‥　1056
髭（佐々木　味津三）‥‥‥‥‥‥‥‥‥　0255
悲劇（おおつか　ここ）‥‥‥‥‥‥‥‥　0866
火消しの殿（池波　正太郎）‥‥‥‥‥‥　0094
髯題目の政（長谷川　伸）‥‥‥‥‥‥‥　0086
秘剣（五味　康祐）‥‥‥‥‥‥‥‥‥‥　0117
秘剣鱗返し（早乙女　貢）‥‥‥‥‥‥‥　0119
秘剣！　三十六人斬り【不動国行】（新宮　正
　春）‥‥‥‥‥‥‥‥‥‥‥‥‥‥‥‥　0088
非業（奥田　哲也）‥‥‥‥‥‥‥‥‥‥　0472
飛行機雲（吉村　昭）‥‥‥‥‥‥‥‥‥　0907
飛行機用（池田　月子）‥‥‥‥‥‥‥‥　0855
非合理な論理（加納　朋子）‥‥‥‥‥‥　0330
非国民（陽羅　義光）‥‥‥‥‥‥‥‥‥　0990
緋衣（朝松　健）‥‥‥‥‥‥‥‥‥‥‥　0472
被災地の空へ―DMATのジェネラル（海堂
　尊）‥‥‥‥‥‥‥‥‥‥‥‥‥‥‥‥　1015
秘策（平　繁樹）‥‥‥‥‥‥‥‥‥‥‥　0976
ピサの斜塔はなぜ傾いたのか（不狼児）‥‥　0489
菱あられ（山本　一力）‥‥‥‥‥‥‥‥　0006
菱川さんと猫（建石　明子）‥‥‥‥‥‥　0858
ひじきごはん（山木　野夢）‥‥‥‥‥‥　0867
秘し刀霞落し（五味　康祐）‥‥‥‥‥‥　0057
飛車と騾馬（絲山　秋子）‥‥‥‥‥‥‥　0961
美醜記（岩里　藁人）‥‥‥‥‥‥‥‥‥　0462
美術館の少女（香久山　ゆみ）‥‥‥‥‥　0974
美術室にて（空虹　桜）‥‥‥‥‥‥‥‥　1021
美術室の実話（1）（倉狩　聡）‥‥‥‥‥　0444
美術室の実話（2）（倉狩　聡）‥‥‥‥‥　0444
美術室の実話（3）（倉狩　聡）‥‥‥‥‥　0444
秘術・身受けの滑り槍（二階堂　玲太）‥‥　0078
美女（ローズ，ダン）‥‥‥‥‥‥‥‥‥　0708
微笑（鄭　泳文）‥‥‥‥‥‥‥‥‥‥‥　1116

美少女（太宰　治）‥‥‥‥‥　0741，0963
悲食記（抄）―昭和十九年の日記から（古川
　緑波）‥‥‥‥‥‥‥‥‥‥‥‥‥‥‥　0628
美食倶楽部（谷崎　潤一郎）‥‥‥‥‥‥　0869
避暑地の出来事（ウォルシュ，アン）‥‥　0445
聖岳から（安西　玄）‥‥‥‥‥‥‥‥‥　1026
美人湯（朔間　数奇）‥‥‥‥‥‥‥‥‥　0971
美人は気合い（藤野　可織）‥‥‥‥‥‥　0958
ピース（角田　光代）‥‥‥‥‥‥‥‥‥　0783
ビスカ氏のたちの悪いいたずら（歌鳥）‥‥　1021
ビスケット（北村　薫）‥‥‥‥‥‥‥‥　0254
ビスケット（森　茉莉）‥‥‥‥‥‥‥‥　0628
日付の数だけ言葉が（青木　淳悟）‥‥‥　1056
ピースケ・ロス症候群（ハットリ　ミキ）
　‥‥‥‥‥‥‥‥‥‥‥‥‥‥‥‥‥‥　0972
ビストロシリカ（深田　亨）‥‥‥‥‥‥　0464
ビストロ・チェリイの蟹（井上　荒野）‥‥　0613
ひづめの下に（マークス，ジェフリー）‥‥　0320
疥（物集　高音）‥‥‥‥‥‥‥‥‥‥‥　0249
非足の人（宮本　昌孝）‥‥‥‥‥‥‥‥　0040
砒素とネコと粉ミルク（若竹　七海）‥‥　0801
ビタークリーミーホイップベイベ（切原　加
　恵）‥‥‥‥‥‥‥‥‥‥‥‥‥‥‥‥　0913
飛騨の了戒（長谷川　伸）‥‥‥‥‥‥‥　0074
陽だまりの詩（乙一）‥‥‥‥‥　0535，1008
日だまりの幸せ（@Lico_citrus）‥‥‥‥　0781
陽だまりの幽霊（山脇　千史）‥‥‥‥‥　0926
ひだりてさん（大山　淳子）‥‥‥‥‥‥　0801
左手でバーベキュー（霞　流一）‥‥‥‥　0135
左手には花を（小川　好暁）‥‥‥‥‥‥　0941
左の腕（松本　清張）‥‥‥‥‥‥‥‥‥　0021
筆合戦（高橋　克彦）‥‥‥‥‥‥　0244，0352
ヒツギとイオリーママが手配した今度の“友
　だち”は、最強だった（壁井　ユカコ）‥‥　0564
ビッグ・ミッドナイト・スペシャル（バー
　ク，ジェイムズ・リー）‥‥‥‥‥‥‥　0296
火つけ彦七（伊藤　野枝）‥‥‥‥‥‥‥　1046
筆耕屋（鹿目　けい子）‥‥‥‥‥‥‥‥　0710
引越祝い（大城　竜流）‥‥‥‥‥‥‥‥　0464
必殺の新戦法（コントスキー，ヴィクター）
　‥‥‥‥‥‥‥‥‥‥‥‥‥‥‥‥‥‥　1136
羊飼いとその恋人（グージ，エリザベス）
　‥‥‥‥‥‥‥‥‥‥‥‥‥‥‥‥‥‥　1140
羊の王（竹本　健治）‥‥‥‥‥‥‥‥‥　0440
羊山羊（田中　哲弥）‥‥‥‥‥‥‥‥‥　0500
ぴったりの本あります（福田　和代）‥‥　0589
ヒッチコック劇場の時代（佐野　洋）‥‥　0325

739

ひてお　　　　　　　　作品名索引

ビデオ（ローズ, ダン）‥‥‥‥‥‥ 0708
秀頼走路（松本 清張）‥‥‥‥‥ 0039, 0115
日照雨（佐々木 鏡石）‥‥‥‥‥‥ 0854
秘伝（神坂 次郎）‥‥‥‥‥‥‥‥ 0110
酷い天罰（夏樹 静子）‥‥‥‥‥‥ 0267
ひどいところ（平 金魚）‥‥‥ 0457, 0458
ひどいにおい（田村 悠記）‥‥‥‥ 0968
ビドウェル氏の私生活（サーバー, ジェイム
　ズ）‥‥‥‥‥‥‥‥‥‥‥‥‥ 0884
秘湯中の秘湯（清水 義範）‥‥‥‥ 0963
ひと駅間の隠し場所（水田 美意子）‥ 0199
ひと駅のプレゼント（宇木 聡史）‥‥ 0199
人を致して（伊東 潤）‥‥‥‥‥‥ 0044
人を超える人工知能は如何にして生まれる
　のか？―ライブラの集合体は何を思う？
　（栗原 聡）‥‥‥‥‥‥‥‥‥‥ 0556
人を殺さば穴みっつ（塔山 郁）‥ 0193, 0223
人を殺す犬（小林 多喜二）‥‥‥‥ 1087
人を騙す（山田 風太郎）‥‥‥‥‥ 0327
人買い伊平治（鮎川 哲也）‥‥‥‥ 0329
人斬り稼業（三好 徹）‥‥‥‥‥‥ 0128
人斬り彦斎（海音寺 潮五郎）‥‥‥ 0104
人喰い人種（筒井 康隆）‥‥‥‥ 0626, 0628
一口怪談（不狼児）‥‥‥‥‥‥‥ 1023
美徳の書（ブルーエン）‥‥‥‥‥ 0593
ひとけのない道路（ウィルスン, リチャー
　ド）‥‥‥‥‥‥‥‥‥‥‥‥‥ 0452
人こひ初めしはじめなり（飯野 文彦）‥ 0249
ひとごろし（矛先 盾一）‥‥‥‥‥ 0967
ヒトコントローラー（柘 一輝）‥‥‥ 0972
ひとさらい（シュペルヴィエル, ジュー
　ル）‥‥‥‥‥‥‥‥‥‥‥‥‥ 0448
人攫いの午後―ヴィスコンティの男たち
　（久世 光彦）‥‥‥‥‥‥‥‥‥ 0488
人質（ペリー, アン）‥‥‥‥‥‥‥ 0236
人質カノン（宮部 みゆき）‥‥‥‥ 0272
人妻――一九四九（昭和二四）年一〇月（永井
　荷風）‥‥‥‥‥‥‥‥‥‥‥‥ 1097
一度きりの邪な衝動！（ホイットマン, ウォー
　ルト）‥‥‥‥‥‥‥‥‥‥‥‥ 0283
人魂（由田 匣）‥‥‥‥‥‥‥‥‥ 0462
ひとつ息をして、ひと筆書く（ヴァレンテ,
　キャサリン・M.）‥‥‥‥‥‥‥ 0576
一つ足りない（畠中 恵）‥‥‥‥‥ 0960
ひとつの嘘（ハネイ, バーバラ）‥‥‥ 0700
（ひとつの心が…）（ディキンソン, エミ

リー）‥‥‥‥‥‥‥‥‥‥‥‥‥ 1088
一つの月（タカスギ シンタロ）‥‥‥ 0484
一つのメルヘン（中原 中也）‥‥‥‥ 1080
ひとつ、ふたつ（岡崎 琢磨）‥‥‥‥ 0960
一粒の奇跡の砂（三谷 晶子）‥‥‥‥ 0665
一つ目小僧（抄）（平秩 東作）‥‥‥ 0479
ひとつ目さうし（朝松 健）‥‥‥‥‥ 0440
ひとでなし（林 由美子）‥‥‥‥‥‥ 0444
生者でなしVSヒトデナシ（明神 ちさと）
　‥‥‥‥‥‥‥‥‥‥‥‥‥‥‥ 0427
ひとなつの花（小川 糸）‥‥‥‥‥‥ 0698
人の夫（神崎 恒）‥‥‥‥‥‥‥‥‥ 0748
人の顔（夢野 久作）‥‥‥‥‥‥‥‥ 0398
人の最後（冨士 玉女）‥‥‥‥‥‥‥ 0427
ピートの春（乾 緑郎）‥‥‥‥‥ 0194, 0791
人の身として思いつく限り、最高にどでか
　い望み―弟が連れてきたのは、望みを何
　でもかなえてくれる神だったんだ（粕谷
　知世）‥‥‥‥‥‥‥‥‥‥‥‥ 0565
一房の葡萄（有島 武郎）‥‥‥‥ 0616, 1031
人間違い（立原 透耶）‥‥‥‥‥ 0416, 0417
人見さんは眠れない（宮田 真司）‥‥ 1022
人見知り克服講座（えど きりこ）‥‥ 0971
火と水（抄）（大橋 乙羽）‥‥‥‥‥ 0784
ヒトモドキ（有川 浩）‥‥‥‥‥‥‥ 1106
ひとゆらり（野棘 かな）‥‥‥‥‥‥ 0465
一節切（花衣 沙久羅）‥‥‥‥‥‥‥ 0473
ひとり狼（村上 元三）‥‥‥‥‥‥‥ 0105
ひとり気味（酉島 伝法）‥‥‥‥‥‥ 0592
ひとりきり（ローズ, ダン）‥‥‥‥‥ 0708
一人暮らし（夢野 竹輪）‥‥‥‥‥‥ 0463
ヒトリシズカ（谷村 志穂）‥‥‥‥‥ 0685
ひとりじゃないよ（@setugetufuka）‥‥ 0781
ひとり住まい（古倉 節子）‥‥‥‥‥ 0987
ひとり旅（山下 貴光）‥‥‥‥‥‥‥ 0603
ひとりで大丈夫？（蒼井 上鷹）‥‥‥ 0484
一人では無理がある（伊坂 幸太郎）‥ 1109
ひとりになる（間宮 緑）‥‥‥‥‥‥ 0592
一人舞台（ストリンドベルヒ）‥‥‥‥ 0879
一人分の平和（岡島 弘子）‥‥‥‥‥ 0846
ひとりぼっち（赤星 都）‥‥‥‥‥‥ 0463
独り身の女（成瀬 あゆみ）‥‥‥‥‥ 0867
人は死ヌ（夢魅 あきと）‥‥‥‥‥‥ 1051
人は死んだら電柱になる（肉・牡丹）‥ 1051
人は死んだら電柱になる（猫田 博人
　（Bact.））‥‥‥‥‥‥‥‥‥‥‥ 1051
人は死んだら電柱になる（森本 ねこ）‥ 1051

740

作品名索引　　　　ひやく

人は死んだら、電柱になるという話 (sainos)
　………………………………………… 1051
人はなぜ笑うのか―そもそもほんとに笑う
　のか?（ベンチリー, ロバート）……… 1132
一椀の汁（佐江 衆一）………………… 0612
ひとんち（澤村 伊智）………………… 0314
雛（芥川 龍之介）…………… 0872, 0873
雛（星野 智幸）………………………… 1049
ひな菊（高野 史緒）………… 0552, 1013
雛人形夢反故裏（上村 一夫）………… 0622
避難記念日 (@ideimachi) …………… 0781
避難所（樫山 隆昭）…………………… 0786
避難所（原田 千寿子）………………… 0786
避難命令（梓 林太郎）………………… 0216
陽のあたる場所（東山 彰良）………… 0928
火の雨ぞ降る（高木 彬光）…………… 0522
緋の堕胎（戸川 昌子）………………… 0410
陽の残り（秋山 省三）………………… 0835
日の丸あげて（赤川 次郎）…………… 0328
日ノ本一の兵（木下 昌輝）…………… 0038
ひばな。はなび。（野中 柊）… 1032, 1033
火花 1（柴崎 友香）…………………… 0817
火花 2（柴崎 友香）…………………… 0817
ビーバーの小枝（小川 洋子）………… 1061
雲雀（藤森 成吉）……………………… 1052
雲雀料理（萩原 朔太郎）…… 0625, 0628
日々が戻っても (@Asatoiro) ………… 0781
『日日雑記』より（武田 百合子）…… 0596
日々のつみかさね（平 金魚）… 0457, 0458
日日の友（阿部 昭）…………………… 1027
批評家（春木 シュンボク）…………… 0974
ひび割れ（林 絵里沙）………………… 0851
微風（百目鬼 野干）…………………… 0427
ビーフシチュウーでもいいかしら（森 朝
　美）…………………………………… 0821
非武装地帯（ドーア, アンソニー）…… 1125
ビーフになさいますか、それともポーク
　に…（篠田 節子）…………………… 0327
ビブリオマニア（ノディエ,Ch.）……… 0577
秘宝館（いしい しんじ）……………… 1064
ひまつぶし（もくだい ゆういち）…… 0973
ひまわり（グーナン, キャスリン・アン）‥ 0519
ヒマワリと落陽（小枝 美月記）……… 0668
ひまわりの朝（咲乃 月音）…………… 0195
向日葵ラプソディ（綾崎 隼）………… 1028
肥満禁止令（岩波 零）………………… 0969
肥満翼賛クラブ（ウェスト, ジョン・アンソ

ニー）………………………………… 1135
美味・珍味・奇味・怪味・媚味・魔味・幻
　味・幼味・妖味・天味（開高 健）…… 0618
秘密（ガーヴェイ, エイミー）………… 0660
秘密（谷崎 潤一郎）…… 0330, 0397, 0402
秘密基地（堀井 紗由美）…… 0457, 0458
秘密職員（パック, ジャネット）……… 0320
秘密の穴（高尾 漂一）………………… 0975
秘密の共有者（コンラッド, ジョゼフ）… 0879
秘密の共有者―沿岸の一エピソード（コン
　ラッド, ジョゼフ）………………… 1141
秘密のサンタ（ジャンプ, シャーリー）… 0692
秘密の女王会議―原作：荻原規子『西の善
　き魔女』（桃川 春日子）…………… 1098
秘密のないスフィンクス（ワイルド, オス
　カー）………………………………… 0879
秘密の庭（チェスタトン,G.K.）……… 0138
ピム氏と聖なるパン（ボイス,T.F.）… 1140
火村英生に捧げる犯罪（有栖川 有栖）
　……………………………… 0357, 0358
姫君御姉妹（南條 範夫）……………… 0107
ひめごと（津村 節子）………………… 0691
ヒメジョオン（小瀬 朧）……………… 0465
秘めたる想い（猫吉）…………………… 0973
秘められたる挿話（松本 泰）………… 0255
ひも（モーパッサン, ギ・ド）………… 0414
緋紋谷事件（鮎川 哲也）……………… 0356
ピーや（眉村 卓）…………… 0345, 0877
百羽のツル（花岡 大学）……………… 0887
百光年ハネムーン（梶尾 真治）……… 0537
百十一年後の運転手（スパーク, ミュリエ
　ル）…………………………………… 1134
百十の手なぐさみ（松 音戸子）……… 0464
百姓マレイ（ドストエフスキー）…… 0880
百人腐女（江崎 来人）………………… 0462
百人目（霞ヶ浦 武史）………………… 0971
百年（バヤルサイハン, プレブジャビン）
　……………………………………… 1118
百年後の旅行者（加藤 雅利）………… 0603
百年の雪時計（高橋 三保子）………… 0861
白魔（マッケン, アーサー）…………… 0392
百万円もらった男（町田 康）………… 0805
100万回殺したいハニー、スウィートダー
　リン（山田 詠美）…………………… 0805
百万に一つの偶然（ヴィカーズ, ロイ）… 0172
百万のマルコ（柳 広司）……………… 0367
百万本の薔薇（高野 史緒）…………… 0501

741

ひやく　　　　　　　　　　　　　作品名索引

百万両呪縛（高木 彬光）……………… 0057
一〇〇メートル（倉橋 由美子）……… 0599
百物語（小原 猛）………………………… 0415
百物語（福沢 徹三）……………………… 0479
百物語をすると…―1（加門 七海）
　　　　　　　　　　　　　…… 0416, 0417
百物語をすると…―2（三輪 チサ）
　　　　　　　　　　　　　…… 0416, 0417
百物語の夜（横溝 正史）………………… 0011
冷やし中華にマヨネーズ（吉川 トリコ）
　　　　　　　　　　　　　……………… 0759
ヒヤシンス（吉屋 信子）……… 0774, 0775
百鬼園日暦（内田 百間）………………… 0628
百鬼の会（吉田 健一）…………………… 0391
百鬼夜行（菊池 寛）……………………… 0477
百鬼夜行イン（諸星 大二郎）………… 0486
百匹目の火神（宮内 悠介）…………… 1016
日向（川端 康成）………………………… 0917
ヒュドラ第十の首（法月 綸太郎）…… 0161
ヒューマ、甘えてもいいんだよ（清水
　優）……………………………………… 0843
ビュリダンのロバ（美崎 理恵）……… 0760
ヒョウ（タワー、ウェルズ）…………… 1125
憑依（紗那）……………………………… 0415
憑依（野田 充男）………………………… 0974
憑依箱と嘘箱（岩井 志麻子）………… 0475
美容院の話（岩井 志麻子）…… 0416, 0417
病院の夜明けの物音（寺田 寅彦）…… 1031
氷解（北村 佳澄）………………………… 0868
評価の時代（影 洋一）…………………… 0974
漂空民（森上 至晃）……………………… 0985
兵庫頭の叛乱（神坂 次郎）…………… 0062
氷山の一角（麻耶 雄嵩）……………… 0131
美容室（緒久 なつ江）…………………… 0866
美容師の話（宇佐美 まこと）…… 0416, 0417
猫笑（不狼児）………………… 0457, 0458
猫性（豊島 与志雄）………… 0795, 0800
表彰刑事（小杉 健治）…………………… 0313
表装（楠田 匡介）………………………… 0148
ひょうたん（宇江佐 真理）…………… 0614
瓢箪から駒（真保 裕一）……………… 0326
ひょうたんのイヲ（山本 眞裕）……… 0999
病棟の窓（大城 立裕）………………… 1064
美鷹の爪（童門 冬二）………… 0034, 0059
氷波（上田 早夕里）…………………… 0501
漂泊者（マンデル、エミリー・セイント・ジョ
　ン）……………………………………… 0298

飄風（谷崎 潤一郎）……………………… 0993
漂流カーペット―鏡家サーガ（竹本 健
　治）……………………………………… 0378
漂流巌流島（高井 忍）………………… 0205
漂流者の手記（ロング、フランク・ベルナッ
　プ）……………………………………… 0425
漂流物（加楽 幽明）……………………… 0489
漂流者（我孫子 武丸）………………… 0161
憑霊（福澤 徹三）………………………… 0453
氷惑星再び（栗本 薫）………………… 0503
比翼連理（大間 九郎）………………… 0619
ひよこトラック（小川 洋子）………… 1055
ひょっとこ（芥川 龍之介）…………… 0883
ピヨのこと（金井 美恵子）…………… 0886
日和下駄 第十一 夕陽 附 富士眺望（永井
　荷風）…………………………………… 0806
日和山（佐伯 一麦）……………………… 0783
ぴょんぴょんウサギ球（ラードナー、リン
　グ）……………………………………… 1132
ヒーラー（篠田 節子）………………… 0173
開いた窓（江坂 遊）……………………… 0136
平賀源内無頼控（荒巻 義雄）………… 0515
ひらき屋（宮下 麻友子）……………… 0849
開けてはならない（新津 きよみ）…… 0474
平沢君の靴（作者不詳）………………… 0784
ひらひらくるくる（沼田 まほかる）… 0456
ひらひらり（つきの しずく）………… 0849
平山行蔵（柴田 錬三郎）……………… 0064
糜爛性の楽園（飴村 行）……………… 0430
ビリーブ（荒井 登喜子）……………… 0992
非利法権天（見延 典子）……………… 0079
飛竜剣（野村 胡堂）……………………… 0011
ひる（シェクリイ、ロバート）……… 0499
比類のない神々しいような瞬間（有栖川 有
　栖）……………………………………… 0367
昼下がりに（暮木 椎哉）……………… 0464
ビルザダさんが食事に来たころ（ラヒリ、
　ジュンパ）……………………………… 1126
昼とんび（村木 嵐）……………………… 0084
昼の花火（山川 方夫）………… 0599, 0917
昼日中（森 銑三）………………………… 0892
昼、ロッジ亭オムライス（小林 節子）… 0757
秘恋（陽未）……………………………… 0681
ヒーロー（@windcreator）…………… 0781
拾い物に福来たる（ねこや堂）……… 0438
ヒロインへの招待状（連城 三紀彦）
　　　　　　　　　　　　　…… 0220, 0221

742

作品名索引　ふうふ

ヒロインは、ぽっちゃり『刑』（英 アタル） …………………………… 0198
疲労した船長の事件（ウィルスン, アラン） ……………………………… 0231
天鵞絨の夢（谷崎 潤一郎） …………… 0397
ヒロシマの空（林 幸子） ……………… 0779
広瀬河（神保 光太郎） ………………… 1037
ひろちゃん（佐川 里江） ……………… 0949
拾ったあとで（新津 きよみ） ………… 0219
拾った和同開珎（甲賀 三郎） ………… 0336
博文の貌（羽山 信樹） ………………… 0101
枇杷（武田 百合子） ………… 0618, 0628
琵琶鬼（干 宝） ………………………… 0479
ビンを砕く（樅山 秀幸） ……………… 0853
貧家の子女がその両親並びに祖国にとっての重荷となることを防止し、かつ社会に対して有用ならしめんとする方法についての私案（スウィフト, ジョナサン） … 0414
ピンク色の質問（バイエ＝チャールトン, ファビエンヌ） …………………… 1163
ピンク色の空の中で（蛭田 直美） …… 0947
ピンク色の夜（葉 弥） ……… 1113, 1114
ピンク色の霊安室（藤田 宜永） ……… 0308
ビンゴ（北川 あゆ） …………………… 0969
備後表（宇江佐 真理） ………………… 0066
びんしけん（宇江佐 真理） …………… 0080
貧者の軍隊（石持 浅海） ……………… 0218
便乗値上げ（前田 剛力） ……………… 0972
瓶詰め仔猫（バン, オースティン） …… 1152
瓶詰地獄（夢野 久作） ………………… 1068
瓶詰の地獄（夢野 久作） ……………… 0327
ピント日本見聞記（杉本 苑子） ……… 0026
貧の意地（太宰 治） …………………… 0875
貧乏（幸田 露伴） ……………………… 0884
貧乏遺伝説（山口 瞳） ………………… 0944
貧乏が治る薬（常盤 奈津子） ………… 0968
ビーンボール（カールソン, ロン） …… 0296

【ふ】

φ（円城 塔） ………………… 0495, 0568
ファイナルガール（藤野 可織） ……… 0905
ファイヤー・タイガー（広瀬 力） …… 0975
ファインダー（内田 花） ……………… 0864
ファインダウト（サブ） ……………… 0603

ファーザータイム（カミツキレイニー） … 0868
ファースト・スノウ（沢木 まひろ）
……………………………… 0194, 0198
ファッジ（ヨナ, キット） ……………… 1150
ファーブルとデュルイ（ルグロ） …… 0875
ファミレスかちりかちり（松田 詩織） … 0853
ファラとビュローズ・ミンデの幽霊（グライリー, ケイト） ………………… 0320
ファールンの鉱山（ホフマン,E.T.A.） … 0399
ファルンの鉱山（ホフマン,E.T.A.） … 0418
ファレサイ島の奇跡（乾 敦） ………… 0365
ファン（西田 有希） …………………… 0705
ファンタジーとリアリティー（西崎 憲）
………………………………………… 1140
ファンタジーは真夜中に（デニソン, ジャネール） …………………………… 0661
不安と騒擾と影響と（水守 亀之助） … 0784
不安の立像（諸星 大二郎） …………… 0532
フィアンセを演じて（ケンドリック, シャロン） ……………………………… 0636
フィギュア・フォー（我孫子 武丸） … 0246
フィク・ダイバー（井上 雅彦） ……… 0517
フィックス（半村 良） ………………… 0533
フィッツ＝マーティン大修道院の廃墟——八〇一（作者不詳） ……………… 0441
「吹いていく風のバラッド」より『12』『16』（片岡 義男） ………………… 1078
フィニッシュ・ゲートから（あさの あつこ） ……………………………… 0956
フィルムの外（大島 真寿美） ………… 1050
フィンガーボウル（石田 衣良） … 0654, 0655
福爾摩斯最後の事件（作者不詳） …… 0235
封印されるもの（井上 雅彦） ………… 0571
風牙——第五回創元SF短編賞受賞作（門田 充宏） ………………………… 0515
風琴と魚の町（林 芙美子） …………… 0764
風景（パラリ, パ） …………………… 1020
風光（有森 信二） ……………………… 1026
風神（タタツ シンイチ） ……………… 0412
風水（萬暮雨） ………………………… 0465
風船コンサルタント（伊園 旬） ……… 0197
風潮（武田 繁太郎） …………………… 1047
風牌（伊集院 静） ……………………… 1010
風媒結婚（牧野 信一） ……… 0911, 0912
「夫婦」（中島 敦） …………………… 0890
ふうふう、ふうふう（色川 武大） …… 0917
夫婦そろって動物好き（抄）（近藤 紘一）

743

ふうふ　　　　　　　　　　作品名索引

夫婦の城（池波 正太郎）……… 0022, 0112
夫婦のセンセイ（田中 孝博）……… 0631
夫婦浪人―『剣客商売四 天魔』より（池波
　正太郎）………………… 0072
風来屋の猫（小松 エメル）……… 0809
風流尸解記（抄）（金子 光晴）……… 0804
風流捕物帖"きつね"（岡本 さとる）… 0001
風流雪見鍋（和田 はつ子）……… 0614
フェアとブラウン、そしてトレンブリング
　（カーティン、ジェレマイア）……… 0693
フェイス・ゼロ（山田 正紀）……… 1014
笛吹き三千石（梶野 千万騎）……… 0964
フェリーがやってきた（三藤 英二）… 0969
フェリシテ（ルヴェル、モーリス）…… 1124
フェリシティの面接（津村 記久子）
　……………… 0354, 0355, 1062
フォーカス・ポイント（鈴木 光司）… 1012
フォーティユースボーイ（小柳 粒男）… 0901
深い森の中の一夜（ドゥアンサワン、チャン
　ティー）………………… 1119
深川形櫛（古賀 宣子）……… 0105
深川浅景（泉 鏡花）……… 0408
深川七不思議（伊東 潮花）……… 0408
深川七不思識（松川 碧泉）……… 0408
深川の散歩（永井 荷風）……… 0408
深川雪景色（村上 元三）……… 0125
深く浅い事件（ワトスン）……… 0235
富嶽十二景（ヴィルカー、ゲルトルート）
　………………………… 0750
富嶽百景（太宰 治）…… 0806, 1052, 1093
深さをはかる（水没）……… 0464
不可触（両角 長彦）……… 0214
鱶に曳きずられて沖へ（安達 征一郎）… 0825
不可能犯罪係自身の事件（大山 誠一郎）
　……………………… 0154, 0281
深緑（加藤 楸邨）……… 0993
ふかみどりどり（朝倉 かすみ）… 1099, 1100
不完全なランナー（美木 麻里）……… 0949
不完全犯罪（鮎川 哲也）……… 0147
ブギー（坂本 四郎）……… 1001
不起訴（オーウェン、トーマス）……… 0393
不義の証 素浪人稼業（藤井 邦夫）……… 0090
不義の御旗（澤田 ふじ子）……… 0102
不義密通一件（岩井 三四二）……… 0080
無気味なもの（ブロート、マックス）……… 0418
不況（萩原 あぎ）……… 0970

父帰ル（奥田 哲也）……………… 0484
フキンシンちゃん（長嶋 有）……… 0962
フギン＆ムニン（黒 史郎）……… 0440
河豚（里見 弴）……… 1071
福家警部補の災難（大倉 崇裕）……… 0321
福岡国際マラソンに出る方法（法坂 一
　広）……………………… 0198
吹く風は秋（藤沢 周平）……… 0907
復讐（ブレブスレン、プレブジャビン）… 1118
復讐の書（渡辺 文子）……… 0996
復讐の僧あるいは運命の指輪―一八〇二
　（クルッケンデン、アイザック）……… 0441
福寿草（吉屋 信子）……… 0804
服乳の注意（森 鷗外）……… 0625
ふくのかみ（ゆずき）……… 0808
福の神だという女（山手 樹一郎）……… 0074
覆面の恋泥棒（アレン、ルイーズ）……… 0720
ふくろうたち（稲葉 真弓）…… 0354, 0355
梟のシエスタ（伊与原 新）…… 0162, 0163
梟の昼間（恩田 陸）……… 0308
袋小路の死神（栗本 薫）……… 0138
腹話術（崩木 十弐）……… 0462
不景気万歳（柘 一輝）……… 0973
武家草鞋（山本 周五郎）……… 0024
富豪のプロポーズ（モーティマー, キャロ
　ル）……………………… 0637
不細工な女（葵 優喜）……… 0967
不在のお茶会（山口 雅也）……… 0139
フジ江さんとプチッキーのこと（新熊
　昇）……………………… 0465
藤枝大祭（海野 葵）……… 0847
藤枝邸の完全なる密室（東川 篤哉）… 0222
不思議（原 民喜）……… 1037
不思議なこと（神森 繁）…… 0459, 0461
不思議なちから（美崎 理恵）……… 0755
ふしぎなネコ（星 新一）……… 0798
不思議なノートブック（横山 銀吉）… 0065
不思議な本屋（伊東 哲哉）……… 1020
不思議の国の殺人（邦 正彦）……… 0289
不思議の国の犯罪（天城 一）……… 0366
不思議のひと触れ（スタージョン, シオド
　ア）……………………… 0544
不思議ラーメン（樗木 聡）……… 0967
富士山（山下 清）……… 0806
父子像（朝宮 運河）……… 0429
藤野君のこと（安部 公房）……… 0534
武士の子（赤川 武助）……… 0065

744

作品名索引　　　　　　　　　　　　　　ふつく

不死の島（多和田 葉子）……………… 0783
不死の祭日（ボグダーノフ, アレクサンドル）……………………………………… 0554
藤の大樹（ギルマン, シャーロット・パーキンズ）…………………………………… 0442
富士の初雪（川端 康成）………………… 0806
伏見燃ゆ 鳥居元忠伝（武内 涼）……… 0076
藤娘、踊る（神狛 しず）………… 0416, 0417
武州糸くり唄（倉本 聰）………………… 0890
不浄一五十首（与謝野 晶子）…………… 0993
浮上（グロフ, ローレン）……………… 1144
武商諜人（宮本 昌孝）…………………… 0076
不浄道（吉村 萬壱）……………………… 1058
不精の代参（桂 米朝）…………………… 0884
藤原月彦三十三句（藤原 月彦）………… 0488
不信者（バイロン, ジョージ・ゴードン）… 0433
普請中（森 鷗外）
　　　　0993, 1065, 1066, 1073, 1087, 1089
ふすま（紙舞）…………………………… 0415
ふすまの向こう側（安川 朝子）……… 0849
父祖の肖像（ヒーリイ, ジェレマイア）… 1149
舞台裏（池田 久輝）……………………… 0251
舞台うらの男（池波 正太郎）…………… 0105
双面（円地 文子）………………………… 0397
ブタを割る（ケレット, エトガル）…… 0758
双子のLDK（荻世 いをら）…………… 0905
双子未満（プレモンズ, グレゴリー）…… 1142
不確かな噂（杉本 利男）………………… 0987
ふたたびのカリブ海（ジェイムズ, ジュリア）……………………………………… 0714
二つ魂（高橋 克彦）……………………… 1014
ふたつの王国（壇 蜜）…………………… 0961
二つの鍵（三雲 岳斗）…………… 0150, 0218
二つの凶器（麻耶 雄嵩）………………… 0161
ふたつのシュークリーム（伊岡 瞬）… 0134
二つの短篇（藤枝 静男）………………… 0993
二つの『血』の物語（赤川 次郎）……… 0328
二つの月が出る山（木原 浩勝）………… 0886
二つの鉢花（北 重人）…………………… 0080
二つ目の弾丸（ティンティ, ハンナ）… 0298
豚とさむらい（神坂 次郎）……………… 0111
豚と緬羊（石浜 金作）…………………… 0996
フーダニット（サタイア,J.P.）………… 0149
ブタの足あと（橋本 顕光）……………… 0814
豚の島の女王（カーシュ, ジェラルド）… 0275, 1140
二壜のソース（ダンセイニ, ロード）… 0892

二文字（鈴木 文也）……………………… 0464
ふたり（角田 光代）……………………… 0736
ふたり遊び（篠田 真由美）……………… 0130
ふたり、いつまでも（中山 七里）……… 0444
ふたりきりの町―根無し草の伝説（菊地 秀行）……………………………………… 0429
二人だけの秘密（たなか なつみ）…… 1023
二人だけの秘密（はやみ かつとし）… 1022
二人提督（メトカーフ, ジョン）………… 0480
ふたりで分かち合う（@chimada）…… 0781
ふたり流れる（市川 拓司）……………… 0942
ふたりの牛追い（スコット, ウォルター）… 0283
二人のエレーナ（フエンテス, カルロス）… 1162
二人の思惑（工藤 正樹）………………… 0967
二人のクラウン（乾 緑郎）……………… 0186
二人の少年と、一人の少女（ウルフ, トバイアス）……………………… 0669, 0670
二人の食卓（里田 和登）………… 0194, 0198
二人の聖職者―老いしみじみ（ボーシュ, リチャード）……………………………… 1147
二人の中尉（平沢 計七）………………… 0766
二人の天使（森 茉莉）…………… 0911, 0912
ふたりの名前（石田 衣良）……………… 1008
二人の複数（穂田川 洋山）……………… 1060
ふたりのものは、みんな燃やして（川上 未映子）…………………………………… 0734
ふたりの予知能力者（七瀬 ざくろ）… 0975
ふたりのルール（盛田 隆二）…………… 0982
二人半持て（横山 秀夫）………………… 0315
二人目（関 宏江）………………………… 0975
ふたり物語（ル・グィン, アーシュラ・K.）……………………………………… 0878
不断草（山本 周五郎）…………………… 0907
不断の探究者（鳴神月 拓也）…………… 0489
プチ（堀川 茂進）………………………… 0967
ぶち切レ（在神 英資）…………………… 0463
プチプチ（梅原 公彦）…………………… 0464
釜中の魚（諸田 玲子）…………………… 0005
ブーツ（井上 荒野）……………………… 0686
ふつうでないこと（アシュウィン, ケリー）… 0238
普通の人（向田 邦子）…………………… 0596
復活（マクラム, シャーリン）…………… 0237
払暁（上林 暁）…………………………… 0993
ブックカース（塔山 郁）………………… 0584
ブック・クラブ殺人事件（エスルマン, ロー

745

ふつく　　　　　　　　　　　　　作品名索引

レン・D.）　……………………… 0594
ブックよさらば（深町 秋生）　…… 0201, 0584
復興のきざし（小山 禎子）　……… 0786
仏像をなめる―こちら警視庁美術犯罪捜査
　班（門井 慶喜）　………………… 0308
物騒な世の中（佐藤 青南）　……… 0199
仏像は二度笑う（大石 直紀）　…… 0314
仏像は見ていた（中津 文彦）　…… 0277
仏壇（伊計 翼）　…………………… 0427
降ってくる声（正岡 子規）　……… 0849
物理の館物語（小川 洋子）　……… 1009
ブティックかずさ（越谷 オサム）　…… 0895
フーディーニの秘密（キャネル, J.C.）　… 0346
筆置くも夢のうちなるるしるしかな（朝松
　健）　………………………………… 0484
不適切な排除（大沢 在昌）　…… 0132, 0928
不適切に調理されたフグ（セラー, ゴー
　ド）　…………………………… 1150, 1151
葡萄（村上 春樹）　………………… 0618
舞踏会の手帖（長谷川 修）　……… 0870
不登校の少女（福澤 徹三）　……… 0249
ぶどう酒色の海（シャーシャ, レオナル
　ド）　………………………………… 1156
不動図（川口 松太郎）　…………… 1077
葡萄水（宮沢 賢治）　………… 0616, 0625
葡萄棚（永井 荷風）　……………… 1071
葡萄蔓の束（久生 十蘭）　………… 1069
葡萄の置き手紙（松本 侑子）　…… 0618
不透明な密室―Invisible Man（折原 一）
　………………………………… 0383, 0384
不透明なロックグラスの問題（松尾 由
　美）　………………………………… 0305
懐ひろ〜い（日向川 伊緒）　……… 0848
肥った鼠（村上 元三）　…………… 0050
布団（皆川 舞子）　………………… 0462
ふな（室生 犀星）　………………… 0617
船影（三輪 チサ）　………………… 0464
武奈ヶ岳から（安西 玄）　………… 0915
船旅（ベンダー, カレン・E.）　…… 0299
船旅『二十年目の憂鬱』（はまだ 語録）　… 0603
船弁当（五十月 彩）　……………… 0861
船饅頭（小池 昌代）　……………… 0082
橅館の殺人（中井 英夫）　………… 0582
船から落ちた男（コリア, ジョン）　… 0454
船番（藤村 洋）　…………………… 0862
吹雪に死神（伊坂 幸太郎）　…… 0290, 0291
吹雪の朝（小林 泰三）　…………… 0265

吹雪の夜に（佐々木 佐津子）　…… 0859
吹雪の夜の一期一会（長沼 映子）　…… 0843
吹雪物語（一夢と知性）（法月 綸太郎）
　………………………………… 0292, 0293
部分（ローズ, ダン）　……………… 0708
富望荘で人が死ぬのだ（村崎 友）　… 0246
ふまれてもふまれても（狩俣 繁久）　… 1036
踏まれる（内藤 了）　……………… 0462
不満電池（大原 久通）　…………… 0975
踏み板（井上 優）　…………… 0459, 0461
踏絵の軍師（山田 風太郎）　……… 0085
富美子の足（谷崎 潤一郎）　……… 1041
富美子の足――一九一九（大正八）年六-七月
　（谷崎 潤一郎）　………………… 1097
不眠（今野 敏）　…………………… 0313
不眠の一夜（ボーモント, チャールズ）　… 0452
不滅のコイル（藤井 太洋）　……… 0966
不滅の詩人（アシモフ, アイザック）　… 0877
冬（西尾 雅裕）　…………………… 0930
浮遊島（龍田 力）　………………… 0983
浮遊物（黒木 あるじ）　…………… 0415
浮遊惑星ホームバウンド（伊与原 新）　… 0353
冬を待つ人（蒼 隼大）　…………… 0863
冬、来たる（降田 天）　…………… 0191
冬ごもり（無月 火炎）　…………… 0860
冬 蜃気楼に手を振る（有栖川 有栖）
　………………………………… 0334, 0335
冬薔薇の館（太田 忠司）　………… 0622
冬空の彼方に（喜多 喜久）　… 0193, 0198
冬のアブラゼミ（安土 萌）　……… 0484
冬の海（菊地 大）　………………… 0770
冬の鬼（道尾 秀介）　………… 0165, 0166
冬の鞄（安達 千夏）　……………… 1059
冬の金魚（岡本 綺堂）　…………… 0063
冬の航跡（宮越 郷平）　…………… 0826
冬のしっぽ（大場 さやか）　……… 0864
冬の蟬（猫吉）　…………………… 0972
冬の空（南風野 さきは）　………… 1020
冬の旅（円地 文子）　……………… 0397
冬の時計師（久能 允）　…………… 0860
冬の沼（吉野 ゆり）　……………… 0868
冬のはじまる日（パンケーク, ブリース・
　D’J.）　……………………………… 1123
冬の話（神保 光太郎）　…………… 1037
冬のホタル（杉山 正和）　………… 0859
冬の蛍（江藤 あさひ）　…………… 0990
冬の宿り（島尾 敏雄）　…………… 0854

作品名索引　　　　ふるす

冬休みにあった人（岸田 今日子）…… 0877
冬休みの宿題（真鍋 正志）………… 0862
冬山で死ぬということ（剣先 あやめ）… 0465
冬は去らず（ジョンソン，T.ジェロニモ）
……………………………………… 1143
芙蓉湖物語（海音寺 潮五郎）……… 0059
「芙蓉荘」の自宅校正者（川崎 彰彦）… 0580
不要なファイル（横山・M.嘉次）… 0976
フライデー（星 哲朗）……………… 0969
フライドポテト（甲木 千絵）……… 0755
ブライトン街道で（ミドルトン，リチャー
ド）………………………………… 0482
ブラインド（夏目 直）……………… 0867
ブラインドデート（宇木 聡史）…… 0737
ブラキアの夜気（小栗 四海）… 0457, 0458
プラグイン（クジラマク）………… 0460
自己相似荘（平谷 美樹）……… 0453, 0500
ブラジル松（春日 武彦）…………… 0453
プラス1（森 香奈）………………… 0868
ブラックアウツ（オースター，ポール）… 1123
ブラック・ジャック（手塚 治虫）… 0534
ブラックジョーク（鳥飼 否宇）… 0922, 0923
フラッシュモブ（遠藤 武文）……… 0303
『ブラッディ・マーダー』/推理小説はクリ
スティに始まり、後期クイーン・ボルヘ
ス・エーコ・オースターをどう読むかま
で（波多野 健）………………… 0244
ブラテーロ（ヒメーネス，フワン・ラモ
ン）………………………………… 0886
プラナリアン（亘星 恵風）………… 0513
フランケンシュタイン三原則、あるいは屍
者の簒奪（伴名 練）……………… 0493
フランケンシュタイン、ミイラに会う（シ
ズニージュウスキー，マイク）… 1152
フランケン・ふらん―OCTOPUS（木々津
克久）……………………………… 0496
ブランコからジャンプ（永島 かりん）… 0867
フランス文学科第一回卒業生（白井 浩
司）………………………………… 0993
ふり（恩知 邦衞）…………………… 0974
ブリオッシュのある静物（原田 マハ）… 1034
プリオン的（朱雀門 出）……… 0460, 0461
ふりこ（七瀬 七海）………………… 0970
フリージア（Freesia）（古屋 信子）… 0804
プリズン・ナイフ・ファイト（ギャリティ，
シェーノン・K.）………… 1150, 1151
振袖と刃物（戸板 康二）…………… 0060

ぶり大根（清水 義範）……………… 0613
ふりだしにすすむ（中山 智幸）… 1102, 1103
プリティ大ちゃん（北本 豊春）…… 0992
振り向いた女（竹河 聖）…………… 0412
ブリャハ（フェダレンカ，アンドレイ）… 0516
俘虜（金子 洋文）…………………… 0766
不良品探偵（滝田 務雄）……… 0257, 0301
ブリラが来た夜（梶尾 真治）……… 0423
フリーラジカル（マンロー，アリス）… 0296
不倫刑事（小杉 健治）……………… 0308
フリン家の未来（グリア，アンドルー・ショー
ン）………………………………… 1123
プリンスの告白（マートン，サンドラ）… 0630
プリンセスに選ばれて（フィールディング，
リズ）……………………………… 0719
プリンセス・プリンセス（嶽本 野ばら）
…………………………… 0745, 0754
古い絹のシン（デーンビライ，フンアル
ン）………………………………… 1119
古い隧道（田辺 青蛙）……………… 0462
古い背中（難波 壱）………………… 0835
古井戸（明野 照葉）………………… 0249
古井戸（勝山 海百合）……… 0459, 0461
古井戸（田中 芳樹）………………… 1096
古井戸とM（紺 詠志）……………… 0465
ぶるうらんど（横尾 忠則）………… 1056
震える犬（長谷 敏司）……………… 0494
降るがいい（佐々木 譲）…………… 1019
ブルガリア外交官の事件（エルジンチリオー
ル，ザカリア）…………………… 0234
古き海の……（柄刀 一）…………… 0453
古きものたちの墓（ウィルソン，コリン）
…………………………………… 0476
プールサイド小景（庄野 潤三）
………………… 0774, 0775, 0995, 1072
ふるさと遠く（テヴィス，ウォルター・S.）
…………………………………… 0526
故郷の波止場で（書類第四一五号の秘密）
（水谷 準）……………………… 0856
ふるさとは時遠く（大西 科学）… 0496, 1015
降る賛美歌（田中 アコ）…………… 0866
ブルーシート（浅尾 大輔）………… 1058
ブルー・ジャーニー（沢木 まひろ）… 0737
古庄帯刀覚書（笠置 英昭）………… 0933
ブルース・イン・ザ・カブール・ナイト（ハ
ワード，クラーク）……………… 0238
プルースト（ローズ，ダン）……… 0708

747

ふるす
作品名索引

ブルースマンに花束を（原田 マハ）
………………………………… 0675, 0676
フルーツセラー（オーツ, ジョイス・キャロ
ル） ……………………………… 0344
フルートの話（旦 敬介） ………… 1088
ブルートレイン殺人号（辻 真先） …… 0604
フル・ネルソン（筒井 康隆） ……… 0527
ぶるぶる（紗那） ………………… 0415
ブルー、ブルー、ブルー、ピンク（五十川
椿） ……………………………… 0868
古本奇譚（猫吉） ………………… 0462
古本名勝負物語—随筆（五木 寛之） …… 0583
古屋敷（ブラウン, フレドリック） …… 1135
ブルー・ヨーデル（スナイダー, スコッ
ト） …………………………… 0706, 0707
ふれあい（三好 創也） ——………… 0968
プレイボーイにご用心（モーティマー, キャ
ロル） …………………………… 0731
プレイボーイの友達（伊藤 三巳華）
………………………………… 0416, 0417
ブレーキ（マンツォーニ, カルロ） …… 0418
プレゼント（七瀬 七海） ………… 0968
プレゼント（猫吉） ……………… 0972
プレゼント（宮木 広由） ………… 0853
プレゼントの人形（我妻 俊樹） …… 0427
プレゼントは愛（フォスター, ローリー）
………………………………… 0713
フレディたち（ウォルシュ, M.O.） …… 1143
フレディ・プリンスはあたしの守護天使
（マルティネス, リズ） ………… 0337
ブレノワール（森 絵都） ……… 0623, 0624
水恋鳥（阿丸 まり） ………… 0459, 0461
ふれふれぼうず（坪子 理美） …… 0864
プレミアム・ハーモニー（キング, スティー
ヴン） …………………………… 1134
触れるもの（葛西 俊和） ………… 0427
フレンドシップ・シェイバー（相沢 沙
呼） ……………………………… 0467
プロ（木塚 百川） ……………… 0976
風呂（駒沢 直） ……………… 0459, 0461
浮浪児の栄光（抄）（佐野 美津男） …… 1036
不老術（塚原 渋柿園） …………… 0019
風呂桶（徳田 秋聲） ………… 1052, 1093
ブログアイドル♡ちょこたん♡の秘密（＾˗
＾）（渡辺 浩弐） …………… 0483
ふろしき（ファイク, サイト） ……… 1122
風呂敷包み（森山 透） ………… 0937

風呂敷包み（杜 地都） …………… 0464
行列—そして絢爛なるものたちが空を渉り、
すべては静かに終わる（西崎 憲） …… 0559
プロセルピナ（飛鳥部 勝則） ……… 0152
フローテ公園の殺人（クロフツ, F.W.）… 0878
ブロードムアの少年時代（マグラア, パト
リック） ………………………… 0726
プロトンの中の孤独（近藤 史恵） …… 1105
プロパー・タイム（山之口 洋） …… 1070
風呂場の女（神狛 しず） ……… 0416, 0417
プロブレム（ダンセイニ, ロード） …… 1136
プロポーズ（岩泉 良平） ………… 1090
プロポーズ急増（@nayotaf） ……… 0781
フローレンス・フラナリー（ボウエン, マー
ジョリー） ……………………… 0420
ブロンズの首（上林 暁） ………… 1093
不惑（薬丸 岳） ……… 0213, 0260, 0261
ふわふわ（伊東 哲哉） …………… 1020
ふわりと咲いた（leemin） ………… 0821
文学クイズ「探偵小説」（江戸川 乱歩）… 0147
文学史（ノイマン, ローベルト） …… 0418
文学少女（木々 高太郎） ………… 0328
文学という贈り物（玉岡 かおる） …… 0855
分割払い（杜 地都） ……………… 0459
分岐点（小瀬 朧） ……………… 0462
文久二年閏八月の怪異（町田 康）… 0354, 0355
文久兵賦令農民報国記事（中田 雅敏）… 0931
文芸の大衆化について（保田 與重郎）… 1037
文豪の夢（乃南 アサ） …………… 0325
分散配分出入一件（岩井 三四二） …… 0083
憤死（綿矢 りさ） ……………… 1060
分身（エレンス, フランス） ……… 0393
分身（デュコーネイ, リッキー）… 0387, 0388
分数アパート（岸本 佐知子） ……… 0525
分相応（貫井 徳郎） ………… 0939, 0940
文鳥（夏目 漱石） ……………… 0787
ふんどしの時間（須月 研児） …… 0969
ぶんぶんぶん（大沢 在昌） ……… 1011
分別（森江 賢二） ……………… 0971
文明開化（萩原 草吉） …………… 1051
文明の行方（手塚 太郎） ………… 0968
分裂（渋谷 良一） ……………… 0967

748

作品名索引　　へりめ

【へ】

「ぺ」(谷川 俊太郎) ･････････････････ 0966
並一丁(春風 のぶこ) ･････････････････ 0991
平均点と最高点(田中 孝博) ･･･････････ 0755
平家の光源氏(髙橋 直樹) ･････････････ 0082
米国の鉄道怪談(押川 春浪) ･･･････････ 0479
開鎖を命ぜられた妖怪館(山本 禾太郎)
　･････････････････････････････････････ 0143
平成十九年一月十七日の日記(綾野 祐
　介) ･････････････････････････････････ 0489
「平成二十八年熊本地震」に思う(園田 洋
　一郎) ･･･････････････････････････････ 0786
平成28年4月14日まで そして平成28年4月
　16日(井川 捷) ･････････････････････ 0786
兵隊の雨が降る(佐々木 林) ･･･････････ 0846
兵隊の死(渡辺 温) ･･･････････････････ 0230
閉店後(我妻 俊樹) ･･･････････････････ 0427
平凡(抄)(二葉亭 四迷) ･･･････････････ 0882
平凡な雨(国府田 智) ･････････････････ 1104
平和への祈り(遠藤 武文) ･････････ 0260, 0261
平和を守る(ヒースコック, アラン) ･･･ 0299
平和と希望と―『さよならドビュッシー』
　番外編(中山 七里) ･････････････････ 0951
平和ボケ(和田 知見) ･････････････････ 0969
海螺斎沿海州先占記(小栗 虫太郎) ･･･ 0398
壁画の中の顔(スミス, アーノルド) ･･･ 0480
ベケ投げ―近頃, 不思議なことが, ときどき
　起こっているようである(眉村 卓) ･･ 0566
ページの角の折れた本(小手鞠 るい) ･･･ 0588
ベストショット(有沢 真由) ･････････ 0196
ベストセラー(須月 研児) ･･･････････ 0976
ベストセラー(ぽへみ庵) ･････････････ 0967
ベストセラー作家(水原 秀策) ･･ 0223, 0443
ベストフレンド(湊 かなえ) ･･･････････ 0310
ペチカ燃えろよ(茅野 裕城子) ･･･････ 1055
ペチュニアフォールを知る二十の名所(津
　村 記久子) ･････････････････････････ 1034
別式女(好村 兼一) ･･･････････････････ 0082
別所さん(絲山 秋子) ･････････････････ 1062
別荘の犬(山田 正紀) ･････････････････ 0269
ペット禁止(須月 研児) ･･･････････････ 0976
ペット談義(浦田 千鶴子) ･････････････ 1084
ヘッドロック(ピンカートン, ダン) ･･･ 1144
別の世界は可能かもしれない。(山田 正

紀) ･･････････････････････････････ 0574, 0575
別の存在(吉村 萬壱) ･････････････････ 0422
へっぴりおばけ(知里 真志保) ･･･････ 0479
別名モーゼ・ロッカフェラ(ホルムズ, エモ
　リー(2世)) ･････････････････････････ 0299
ペテルブルクの昼 レニングラードの夜(高
　野 史緒) ･･･････････････････････････ 0440
ぺてん(ローズ, ダン) ･････････････････ 0708
ペテン師ディランシー(ローザン, S.J.) ･･･ 0141
ペテン師のポリフォニー(佐藤 青南) ･･･ 0185
ベートーベン交響曲全曲演奏会(北本 豊
　春) ･･･････････････････････････････ 0990
紅(佐々木 虎之助) ･･･････････････････ 0865
紅差し太夫(島村 洋子) ･･･････････････ 0473
紅皿(火野 葦平) ･･･････････････････ 0478
紅皿欠皿(作者不詳) ･･･････････････････ 0693
紅唐紙(野村 胡堂) ･･･････････････････ 0583
ペニーロイヤルミント協会(ヘイル, ケ
　リー) ･･･････････････････････････････ 0228
ペーパークラフト(三浦 しをん) ･･････ 1010
ペパーミント症候群(空虹 桜) ･･･････ 1023
ペーパー・ランタン(ダイベック, スチュ
　アート) ･････････････････････････････ 1123
ヘビ(西 加奈子) ･･･････････････････ 0942
蛇(阿刀田 高) ･･･････････････････････ 0437
蛇苺(井上 雅彦) ･･･････････････････ 0444
蛇を遣わします(朱雀門 出) ･･･････････ 0415
蛇女(三和) ･････････････････････････ 0463
蛇が出る(圓 眞美) ･･･････････････････ 0460
蛇くい(泉 鏡花) ･･･････････････････ 1047
蛇の靴(ビーティ, アン) ･･･････････････ 1133
蛇の箱(両角 長彦) ･･･････････････････ 0571
ヘビの埋葬(タカスギ シンタロ) ･･････ 1023
ヘブンリーシンフォニー(初野 晴) ･･･ 0768
ヘベはジャリを殺す(エヴンソン, ブライア
　ン) ･････････････････････････････ 0387, 0388
ヘミングウェイの横顔―「さあ, 皆さんの
　ご意見はいかがですか?」(ロス, リリア
　ン) ･････････････････････････････････ 1132
部屋(須月 研児) ･･･････････････････ 0976
部屋と手錠と私(水原 秀策) ･･･ 0224, 0364
ヘラクレイトスの水(杣 ちひろ) ･･････ 0999
ヘリオスの神像(麻耶 雄嵩) ･･･････････ 0135
ベリゴーの公証人(ロングフェロー, ヘン
　リー・ワズワース) ･･･････････････････ 0283
水ぎょうざ(ルキーン, E.) ･････････････ 1158
水ぎょうざ(ルキーン, L.) ･････････････ 1158

749

へりん　　　　　　　作品名索引

ベリンガムの青春（桑原 加代子）……… 0936
ベル（ホール, ジェイムズ・W.）……… 1149
ペルシャのスリッパー（ロックリー, スティー
　ヴ）…………………………………… 0228
ヘルシンキ（池澤 夏樹）………………… 1056
ペルソナを剝ぐ（畠山 拓）……………… 1026
ベルちゃんの憂鬱（笹本 稜平）………… 0312
地獄の家にもう一度（コリンズ, ナンシー・
　A.）…………………………………… 1131
ベルリオーズに乾杯（田中 文雄）……… 0474
べるリング（マックあっこ）…………… 0986
ベルンハルトをめぐる友人たち（シュヴァ
　ルツェンバッハ, アンネマリー）……… 0876
ベレスタの小箱（五十月 彩）…………… 0864
ベロ出しチョンマ（斎藤 隆介）………… 0888
ベロと黒猫（朱雀門 出）………………… 0415
変化する陳述（石浜 金作）……………… 0143
べんがら炬燵（吉川 英治）……… 0094, 0907
便宜的結婚（モリッシー, メアリー）…… 0746
勉強記（坂口 安吾）……………………… 0869
辺境五三二〇年（光瀬 龍）……………… 0522
辺境の星で―トワイライトゾーンのおもい
　でに（梶尾 真治）……………………… 0571
辺境の星で（トワイライトゾーンのおもい
　でに（梶尾 真治）……………………… 1019
偏見（グンテブスーレン・オユンビレグ）
　………………………………………… 0891
弁護士初舞台（ギルバート, W.S.）…… 0283
返済されなかった一日（パピーニ, ジョヴァ
　ンニ）…………………………………… 0275
ベンジャミン・バトン（フィッツジェラル
　ド, F.スコット）……………………… 0546
編集者の力（柘 一輝）…………………… 0973
編集長の怖い話（宍戸 レイ）…… 0416, 0417
便所の神様（京極 夏彦）………………… 0430
変身障害（藤崎 慎吾）…………………… 0523
ベン図（ポイサント, デイヴィッド・ジェー
　ムズ）…………………………………… 1144
片頭痛の恋（矢崎 存美）………………… 0518
変装狂（金子 光晴）……………………… 0884
変奏曲〈白い密室〉（西澤 保彦）… 0359, 0360
ヘンタイの汚名は受けたくない（篠原 昌
　裕）……………………………… 0195, 0201
ベンチ（リヒター）……………… 0872, 0873
ベンチウォーマー（竹之内 響介）…… 0760
返答（ベルベース, サブハドラ）……… 0752
弁明（恩田 陸）………………………… 1011

便利な治療（ボンテンペルリ, マッシモ）
　………………………………………… 0877
へんろう宿（井伏 鱒二）………………… 1052

【ほ】

保安官の明日―人口八二三人の町に起き
　た、女子大生の拉致監禁事件。カードが
　また揃ったか…（宮部 みゆき）……… 0563
ボーイスタイル・ガールポップ（空虹
　桜）…………………………………… 1023
ポイズン・ドーター（湊 かなえ）…… 0313
ポインセチア（M）……………………… 0867
ポインター氏の日記帳（ジェイムズ, M.
　R.）…………………………………… 0586
ポイント・カード（早助 よう子）…… 0961
泡影（岡田 秀文）……………………… 0412
泡影行燈（君島 慧是）………… 0460, 0461
宝永写真館（畠 ゆかり）……………… 0812
宝永噴火〈抄〉（岡本 かの子）………… 0806
鳳凰記（葉室 麟）……………………… 0038
崩壊（堀 晃）…………………………… 0484
放課後探偵倶楽部 消えた文字の秘密（山口
　さかな）……………………………… 0702
放課後の巣（森 絵都）………………… 0984
幇間（谷崎 潤一郎）…………… 0884, 1087
箒川（粕谷 栄市）……………………… 0479
忘却（鹿島 真治）……………………… 0975
忘却の侵略―冷静に観察すればわかること
　だ。姿なき侵略者の攻撃は始まっている
　（小林 泰三）………………………… 0558
望郷、海の星（湊 かなえ）…… 0211, 0373
奉教人の死（芥川 龍之介）…… 0993, 1031
防空壕（江戸川 乱歩）………………… 0917
暴君（桜庭 一樹）……………… 0290, 0291
亡国の後（田中 芳樹）………………… 0043
亡妻（再生モスマン）………… 0460, 0461
胞子（多和田 葉子）…………………… 0807
奉仕種族ショゴスとの邂逅（推定モスマ
　ン）…………………………………… 0489
放射能がいっぱい（清水 義範）……… 1035
芒種―6月6日ごろ（原 宏一）………… 0918
報酬（深沢 七郎）……………………… 1025
望樹記（幸田 露伴）…………………… 0396
坊主（なかた 夏生）…………………… 0465

750

作品名索引　　　　　　　　　　　　　ほくら

坊主の行列（よいこぐま）………… 0464
宝石（モーパッサン, ギ・ド）…… 1154
宝石商殺人事件（江戸川 乱歩）… 0147
宝石商殺人事件（木々 高太郎）… 0147
宝石商殺人事件（水谷 準）……… 0147
防雪林（小林 多喜二）…………… 0765
鳳仙花（川崎 長太郎）…………… 0955
暴走じいちゃん―野球編（小田 由季子）
……………………………………… 0601
房総半島（陽羅 義光）…………… 0987
法則（宮内 悠介）……… 0492, 1034
放鳥（ソムサイポン, プンタノーン）… 1119
庖丁ざむらい（白石 一郎）……… 0614
放蕩伯爵と白い真珠（モーティマー, キャロ
ル）………………………………… 0643
放蕩領主と美しき乙女（モーティマー, キャ
ロル）……………………………… 0733
冒瀆の天使（エスルマン, ローレン・D.）
……………………………………… 0238
防波堤（今野 敏）………………… 1014
防犯心理テスト（上甲 宣之）… 0223, 0224
棒兵隊（大城 立裕）……………… 0825
方法論（芳賀 檀）………………… 1037
放牧地にて（磊磊生）…………… 1115
訪問（吉田 知子）………………… 1062
訪問客（織田 作之助）…………… 1082
宝蘭と二人の男（陳 舜臣）……… 0269
謀略の譜（広瀬 仁紀）…………… 0027
暴力刑事（小杉 健治）…………… 0311
亡霊（大沢 在昌）………… 0169, 0170
亡霊航路（司 凍季）……………… 0604
亡霊たちの書（コールマン, リード・ファレ
ル）………………………………… 0595
亡霊の影（フッド, T.）…………… 0413
吠える犬（省都 正人）…………… 0969
ほおずき（天田 式）……… 0224, 0364
ほおずき（佐々木 裕一）………… 0788
捕獲（スコット, キム）…………… 1163
火影（有森 信二）………………… 0915
干からびた犯罪（中井 英夫）…… 0289
ポーカーはやめられない（ホール, バーネ
ル）………………………………… 0317
保吉の手帳から（芥川 龍之介）… 0543
ぽきぽき（五十嵐 貴久）………… 0249
募金活動を（@shin1960）………… 0781
ぼくを乗せる電車（今居 海）…… 0972
ぼくがしようとしてきたこと（ゴードン, デ

イヴィッド）……………………… 0340
僕がもう死んでいるってことは内緒だよ
――二年にわたりおいらの家は燃えている
（牧野 修）……………………… 0563
牧師の汚名（カズンズ, ジェイムズ・グール
ド）………………………………… 0586
牧師の告白（コリンズ, ウィルキー）… 0411
牧神の春（中井 英夫）……… 0395, 0910
僕だけのろまん地下（甲山 羊二）… 0992
僕たちの焚書まつり（雀野 日名子）… 0589
ぼくたちの目的（岡野 弘樹）…… 0991
僕たちは戦士じゃない（豊島 ミホ）… 1101
ぼくと新しい神さま（国木 映雪）… 0462
ぼくとお母さんとコータロー（佐川 里
江）………………………………… 0965
僕と彼女と知らない彼（池田 和尋）… 0489
僕と彼女の事情（南 貴幸）……… 0971
ぼくと妻（カム・パカー）………… 1110
ぼくとわらう―この自伝はダウン症児の物
語ではない。僕個人の物語だ（木本 雅
彦）………………………………… 0567
ぼくの足の人差し指（佐川 里江）… 0757
僕の遺構と彼女のご意向（木立 嶺）… 0484
僕の妹（室津 圭）………… 0459, 0461
ぼくの大伯母さん（長野 まゆみ）… 0354, 0355
ぼくのおじさん（霞 流一）……… 0431
僕のお父さん（竹之内 響介）…… 0965
僕の彼女は○○様（パラリラ）…… 0821
僕の恋、僕の傘（マクガハン, ジョン）… 0726
ぼくの時間、きみの時間（八杉 将司）… 0484
ボクの好きなもの（ドラグンスキイ）… 1158
僕の太陽（小川 糸）……………… 0903
僕のティンカー・ベル（坂本 美智子）… 0861
ぼくの手のなかでしずかに―第一回創元SF
短編賞受賞後第一作（松崎 有理）… 0512
僕の話を聞いてくれませんか？（岩泉 良
平）………………………………… 1090
僕の舟（伊坂 幸太郎）…………… 0687
僕のプライド（伊東 哲哉）……… 1020
僕の帽子のお話（有島 武郎）…… 1080
ぼくの、マシン（神林 長平）…… 0548
ぼくの娘ナターシャ（ロンム）…… 1159
僕の夢（小島 達矢）……………… 0302
北壁（石原 慎太郎）……………… 0599
僕・ミステーク（笹原 実穂子）… 0992
僕らが天王星に着くころ（ヴクサヴィッチ,
レイ）……………………… 0706, 0707

751

ほくら

僕らが勇者になる。(@churchdevil) ···· 0781
ぼくら、君ら、彼らのこと (ウー・スエー)
··· 1121
ぼくらの英雄 (梶野 千万騎) ··········· 0065
ぼくらの自由 (贄子 貴之) ··············· 0852
ぼくらのドラム・プリン・プロジェクト (大
　泉 貴) ·· 0619
僕らは夜空を眺めていた (Beat of blues)
··· 1051
ほくろ供養 (井口 朝生) ··············· 0014
ほくろ毛 (吉田 知子) ··················· 0709
僕は知っている (上村 佑) ·············· 0199
僕は泣いちっち (磯村 一路) ··········· 0597
僕はみゆきを探している (飯田 和仁) ··· 1021
僕はもう憑かれたよ 最終話 (七尾 与史)
··· 0185
僕はもう憑かれたよ 第一話 (七尾 与史)
··· 0181
僕はもう憑かれたよ 第二話 (七尾 与史)
··· 0182
僕はもう憑かれたよ 第三話 (七尾 与史)
··· 0183
僕はもう憑かれたよ 第四話 (七尾 与史)
··· 0184
捕鯨異聞 (猪口 和則) ··················· 0971
墓碣市民 (日影 丈吉) ··················· 0395
ポケットの秘密 (佐井 識) ·············· 0849
保険会社がゴッホの絵を買う理由—こちら
　警視庁美術犯罪捜査班 (門井 慶喜) ·· 0309
保健室の午後 (赤川 次郎) ·············· 0802
保護鳥 (小松 左京) ····················· 0530
ボコバキ (池田 和尋) ········· 0457, 0458
ほこり (ローズ, ダン) ··················· 0708
誇り高き結婚 (チャイルド, モーリーン)
··· 0635
埃だらけの抽斗 (ミューヘイム, ハリイ)
··· 0275
誇りに関して (山崎 ナオコーラ) ····· 0773
ポー・コレクター (ホック, エドワード・
　D.) ·· 1149
ほころび (夏樹 静子) ········· 0220, 0221
暮坂峠への疾走 (笹沢 左保) ··········· 0010
菩薩修繕出入一件 (岩井 三四二) ····· 0081
ボサノバ (井上 荒野) ········· 0648, 0649
星—プロヴァンスのある羊飼いの物語 (ドー
　デ, アルフォンス) ························ 0684
星を食べる (藤島 七海) ··············· 0972
星を逃げる (宮田 真司) ··············· 0484

星をひろいに (高橋 あい) ·············· 0845
星が落ちてゆく (ランズデール, ジョー・
　R.) ·· 0297
星影さやかな (窪 美澄) ··············· 1015
星風よ、淀みに吹け (小川 一水) ·· 0209, 0324
星が流れる (きき) ······················· 1023
星がひとつところに流れる (尹 大寧) ··· 1116
星上山の地蔵 (三瓶 登) ··············· 0481
星球 (中澤 日菜子) ····················· 1018
星殺し (谷 甲州) ························· 0538
星月夜 (小手鞠 るい) ········· 0675, 0676
星月夜 (小沢 章友) ····················· 0474
母子像 (筒井 康隆) ····················· 0410
母子像 (久生 十蘭) ····················· 0397
星空へ行く密室 (村瀬 継弥) ···· 0341, 0342
星天井の下で (辻堂 ゆめ) ·············· 0603
星と飴玉 (サクラ ヒロ) ··············· 1006
星と煉乳 (石田 千) ····················· 0958
星に願いを (宮部 みゆき) ·············· 0494
星に願いをピノキオ二〇七六 (藤崎 慎
　吾) ·· 0539
星の海にむけての夜想曲 (佐藤 友哉)
··· 0657, 0980
星の砕片 (中井 英夫) ··················· 0395
星のたより (田口 静香) ··············· 1084
星の塔 (高橋 克彦) ····················· 0854
星の流れに (色川 武大) ··············· 0914
星降る草原—連載第1回 (久美 沙織) ·· 0502
星降る草原—連載第2回 (久美 沙織) ·· 0503
星降る草原—連載第3回 (久美 沙織) ·· 0504
星降る草原—最終回 (久美 沙織) ····· 0505
星ふる夢みる子どもたち (ブート) ····· 1051
歩哨の眼について (大岡 昇平) ·· 0776, 1094
ポジョとユウちゃんとなぎさドライブウェ
　イ (中島 京子) ··························· 0607
ボス・イズ・バック (笹本 稜平) ····· 0308
ボストの神さま (田丸 久深) ··········· 0603
ボスと秘書だけの聖夜 (イエーツ, メイ
　シー) ·· 0650
ボストンのドロ—ミオ (パール, マシュー)
··· 0225
ボスに恋した秘書 (モーティマー, キャロ
　ル) ·· 0732
ボスは放蕩社長 (マレリー, スーザン) ··· 0645
補正 (田中 悦朗) ························· 0968
「捕星船業者の消失」事件 (加納 一朗) ··· 0232
ポセイドンの罰 (中山 七里) ··········· 0191

作品名索引　　ほらい

墓石の呼ぶ声（翔田　寛）　…　0213, 0260, 0261
ポータブル・ヴァージン（エンライト，アン）　……………………………………　0746
ホタル（松永　佳子）　…………………　0855
蛍（織田　作之助）　……………………　0127
蛍（紫藤　ケイ）　………………………　0196
蛍（日和　聡子）　………………　0048, 0091
ほたるいかに触る（蜂飼　耳）　………　1025
螢硝子（速瀬　れい）　…………………　0484
ポータルズ・ノンストップ（ウィリス，コニー）　……………………………………　0572
蛍と呼ぶな（岩井　三四二）　……　0003, 0077
蛍の光（上原　小夜）　…………………　0737
蛍の光り（小路　幸也）　………　0840, 0841
螢よ死ぬな（童門　冬二）　……………　0054
牡丹咲くころ（葉室　麟）　……………　0082
牡丹の雨（土師　清二）　………………　0086
ぼたん雪（藤田　優）　…………………　0859
墓地の隣の飲み屋（ソムサイポン，ブンタノーン）　………………………………　1119
ぽちゃぽちゃバンビ（大間　九郎）　…　0195
北海道千歳の女（平林　たい子）　……　0914
北極星と牝虎（ヤーン，ハンス・ヘニー）　…　0418
ボッコちゃん（星　新一）　……………　1080
発心のアリバイ（海堂　尊）　…………　0185
坊っちゃん（夏目　漱石）　……………　0952
ホットひといき（曠野　すぐり）　……　0868
ホットミルク（上原　小夜）　…………　0791
ポップ・アート（ヒル，ジョー）　……　0543
ホップ・ステップ・マザー（立見　千香）　…　0688
北方交通（茅野　裕城子）　……………　1057
北方旅章（神保　光太郎）　……………　1037
ポテトとキャベツ（田中　孝博）　……　0949
ホテルで誰かが死んだので…（ピランデッロ，ルイジ）　……………………………　1155
ホテルの話（三輪　チサ）　……　0416, 0417
ボート（三日月　拓）　…………………　0751
舗道（宮本　百合子）　…………………　0765
歩道橋の男（原　寮）　…………………　0267
仏の荷（神坂　次郎）　…………………　0109
施し（カーン，ラジアア・サルタナ）　…　1144
ポーとジョーとぼく（ウィンズロウ，ドン）　……………………………………　1149
ポー・トースター（小栗　四海）　……　0489
火戸町上空の決戦（小島　水青）　……　0422
不如帰（徳冨　蘆花）　…………………　1031

ポニーガール（リップマン，ローラ）　…　0238
ほにゃららサラダ（舞城　王太郎）　……　1059
骨（井上　荒野）　………………………　0899
骨（林　芙美子）　………………　1077, 1095
骨折り和助（村上　元三）　……………　0075
骨捨て（泊　兆潮）　……………………　1000
骨なし村（佐藤　有文）　………………　0854
骨の肉（河野　多惠子）　………　0615, 0954
炎（大山　誠一郎）　……………………　0305
炎（北原　亞以子）　……………………　0054
炎に追われて（三木　卓）　……………　0882
焔の首級（矢野　隆）　…………………　0045
炎の武士（池波　正太郎）　……………　0041
ポノたち（マインキー，ピーター）　……　0758
ポピーの幸せ（パーマー，ダイアナ）　…　0711
ボー・ピープのヒツジ失踪事件（バークリー，アントニー）　………………………　0231
墓碑銘二〇〇七年（光瀬　龍）　………　0536
墓標（梓見　いふ）　……………………　0851
墓標（うえやま　洋介）　………………　0438
墓標（横山　秀夫）　……………　0169, 0170
ホフステッドとジーニーおよび、他者たち（ブロドキー，ハロルド）　…………　1133
ぽーぶる・きくた（田中　千禾夫）　……　0993
微笑（夢野　久作）　……………　0398, 0479
微笑む女（中村　啓）　…………　0224, 0364
ほぼ百字小説（北野　勇作）　…………　0492
ポー、ポー、ポー（ラッツ，ジョン）　…　1149
誉の代償（高山　聖史）　………………　0584
ホーム（高橋　幹子）　…………………　0689
ホームシック産業―アイルランドしみじみ（ハミルトン，ヒューゴー）　………　1139
ホームシックシアター（春口　裕子）　………………………………　0206, 0386
ホーム・スイート・ホームグラウンド（佐藤　青南）　………………………………　0176
ホームズさん、あれは巨大な犬の足跡でした！（ウィルソン，エドマンド）　…　1132
ホームズの正直（乾　信一郎）　………　0232
ホームズもどき（都筑　道夫）　………　0230
ホームにて、蕎麦。（重松　清）　………　0772
ホームレスの神さま（三谷　晶子）　……　0696
ホーム列車（田丸　雅智）　……………　0495
ホムンクルス（晴澤　昭比古）　………　0972
ボヤジュキョイで愛の流血殺人事件（ムンガン，ムラトハン）　…………………　1122
ホライズン（マウントフォード，ピーター）

753

ほらか　作品名索引

- ‥‥‥‥‥‥‥‥‥‥‥‥　1144
- ほら貝の音（木部 博已）‥‥‥‥‥　0852
- 鰡と子供ら（石井 隆義）‥‥‥‥‥　0815
- ほらねんね（藤村）‥‥‥‥‥‥‥　0463
- 鰡の踊り（高井 有一）‥‥‥‥‥　1056
- ボランティア（有井 聡）‥‥‥‥‥　0463
- ボランティアしよう。（@k_you_nagi）‥　0781
- ホランとツァムバ（エルデネ, センディーン）‥‥‥‥‥‥‥‥‥‥　1118
- ポーランドの墓地（黒木 あるじ）‥　0415
- ホランとわたし（エルデネ, センディーン）‥‥‥‥‥‥‥‥‥‥　1118
- ホーリーグラウンド（英 アタル）‥　0603
- 堀の向こうから（葦原 崇貴）‥‥‥　0465
- 堀部安兵衛（吉行 淳之介）‥‥‥‥　0095
- 彫物師甚三郎首生娘（薄井 ゆうじ）　0412
- 堀主水と宗矩（五味 康祐）‥‥‥‥　0064
- 捕虜（ロア・バストス, アウグスト）　1161
- 捕虜の子（吉田 絃二郎）‥‥‥‥‥　1031
- ポリワタシゼーション（ハカウチ マリ）‥‥‥‥‥‥‥‥‥‥‥　1023
- ボールが転がる夏（山田 彩人）‥‥　0303
- ボールがない（鵜林 伸也）‥‥‥‥　0306
- ボルジアの手（ゼラズニイ, ロジャー）　1135
- ボルドー行の乗合馬車（ハリファックス卿）‥‥‥‥‥‥‥‥‥　0420
- ポルトガル文（リルケ）‥‥‥‥‥　0651
- ボールの場合―気質の研究（キャザー, ウィラ）‥‥‥‥‥‥‥‥　1127
- ポルノ惑星のサルモネラ人間（筒井 康隆）‥‥‥‥‥‥‥‥‥　1038
- ボール箱（半村 良）‥‥‥‥‥‥‥　0534
- ボルヘスハウス909（真藤 順丈）‥　0429
- ホルマリン槽の女（相戸 結衣）‥‥　0195
- ホール・マン（ニーヴン, ラリイ）‥　0572
- ほれぐすり（スタンダール）‥‥‥　0651
- ホレス・ワルポオル（吉田 健一）‥　0396
- 惚れてしまった沼津さんへ（古川 紀）　0823
- ホロ（小林 泰三）‥‥‥‥‥‥‥　0453
- ボロゴーヴはミムジイ（パジェット, ルイス）‥‥‥‥‥‥‥‥‥　0549
- 滅びの風（栗本 薫）‥‥‥‥‥‥‥　0538
- ボロボロ（水池 亘）‥‥‥‥‥‥‥　1021
- ほろ酔いと酩酊の間（大竹 聡）‥‥　0585
- ホワイト・シティの冒険（クライダー, ビル）‥‥‥‥‥‥‥‥‥　0225
- ホワイト・テンポ（小瀧 ひろさと）‥　0858
- ホワイトナイトにキスをして（バートン, ビ

- ヴァリー）‥‥‥‥‥‥‥‥‥　0692
- ホワイトハッピー・ご覧のスポン（町田 康）‥‥‥‥‥‥‥‥‥‥　1055
- ホワットダニットパズル（園田 修一郎）‥‥‥‥‥‥‥‥‥‥‥　0241
- ボン・ヴォワイヤージュ（豊田 一郎）‥　0989
- 本を愛する人求む（深津 十一）‥‥‥　0584
- 本を売ってくれないか（長谷川 也）‥　0584
- 本を探して（前川 生子）‥‥‥‥‥　0861
- 本を読む旅（石田 衣良）‥‥‥‥‥　0644
- 盆帰り（中山 七里）‥‥‥　0196, 0443
- 本格派作家の特長（鮎川 哲也）‥‥　0329
- 本格ミステリに地殻変動は起きているか？（笠井 潔）‥‥‥‥‥‥　0367
- 本格ミステリの四つの場面（福井 健太）‥‥‥‥‥‥‥‥‥‥‥　0316
- 本格ミステリ四つの場面（福井 健太）‥　0321
- 本気なの（渡辺 浩）‥‥‥‥‥‥‥　0971
- 本家の欄間（沙木 とも子）‥‥‥‥　0462
- 本日のみ限定品（石居 椎）‥‥　0459, 0461
- 本好きの二人（もくだい ゆういち）‥　0968
- 盆過ぎメドチ談（柳田 國男）‥‥‥　0916
- 本多忠勝の女（井上 靖）‥‥‥‥‥　0022
- 本棚殺人事件（デミル, ネルソン）‥　0594
- 本棚にならぶ（梨木 香歩）‥‥‥‥　0591
- ホンダのバイク（寺田 旅雨）‥‥‥　0489
- 本多正信（今川 徳三）‥‥‥‥‥‥　0030
- ボンタンアメが好きな人（田中 孝博）‥　0606
- ぽんち（岩野 泡鳴）‥‥‥‥‥‥‥　1077
- ポンちゃんの抗議（石川 友也）‥‥　0989
- 梵天祭（野辺 慎一）‥‥‥‥‥‥‥　1026
- 本当に無料で乗れます（桂 修司）‥　0199, 0443
- 本当の話（抄）（ルキアノス）‥‥‥　0869
- 本と謎の日々（有栖川 有栖）‥‥‥‥‥　0212, 0382, 0578, 0579
- 本に閉じ込められた男（伽古屋 圭市）‥　0584
- 本盗人（野呂 邦暢）‥‥‥‥‥‥‥　0587
- 本能（越智 文比古）‥‥‥‥‥‥‥　0968
- 本能寺の大変―巨体がうなるぞ！ 信長勝つか？ 明智勝つか？ 世紀の大決斗（田中 啓文）‥‥‥‥‥‥　0566
- 本能寺ノ変朝―堺の豪商・天王寺屋宗及（赤木 駿介）‥‥‥‥‥　0116
- 煩悩の矢（岡野 弘樹）‥‥‥‥‥‥　0987
- 盆の厠（福澤 徹三）‥‥‥‥‥‥‥　0430
- 本の事件（アンドリュース, デイル・C.）‥　0149
- 本の事件（セルク, カート）‥‥‥‥　0149

本のはなし（舒 柯）・・・・・・・・・・・・・・・ 1115
本の話（由起 しげ子）・・・・・・・・・・・・・ 0587
本部から来た男（塔山 郁）・・・・ 0210, 0380
凡父子（葉山 嘉樹）・・・・・・・・・・・・・・ 0953
凡夫の瞳（矢野 隆）・・・・・・・・・・・・・・ 0042
ポンペイアンレッド（髙樹 のぶ子）・・・・ 1064
ポンペイ再び（ミトラ, ケヤ）・・・・・・・・ 1143
奔放な公爵の改心（モーティマー, キャロ
　ル）・・・・・・・・・・・・・・・・・・・・・・・・・・・ 0656
本邦ミステリドラマ界の紳士淑女録（千街
　晶之）・・・・・・・・・・・・・・・・・・・・・・・・・ 0303
盆土産（三浦 哲郎）・・・・・・・・・・・・・・ 0874
本命チョコレート（葉原 あきよ）・・・・・ 1023
本牧のヴィナス（妹尾 アキ夫）・・・・・・ 0142
ほんもの（ジェイムズ, ヘンリー）・・・・・ 0870
本物（ジェームズ, ヘンリー）・・・・・・・ 1146
本物そっくり（矛先 盾一）・・・・・・・・・ 0976
本物の恋（森 絵都）・・・・・・・・ 0678, 0679
本屋大将（木下 古栗）・・・・・・・・・・・・ 1060
本屋の魔法使い（阿刀田 高）・・・・・・・ 0591
ぼんやりとした風景（山崎 文男）・・・・・ 0987
ポンラップ群島の平和（荒巻 義雄）・・・・ 0491
奔流（王 昶雄）・・・・・・・・・・・・ 0774, 0775

【 ま 】

舞衣（笹原 実穂子）・・・・・・・・・・・・・・ 0915
マイクロフォン（羽志 主水）・・・・・・・・ 0247
マイケル・ロックフェラーを喰った男（ス
　トークス, クリストファー）・・・・・・・・・ 1144
迷子鈴（和田 恵子）・・・・・・・・・・・・・・ 0936
まいごの×2 おやのこ（天堂 里砂）・・ 1048
マイ・ジェネレーション（東山 彰良）・・・ 1013
マイ・スウィート・ファニー・ヘル（戸梶
　圭太）・・・・・・・・・・・・・・・・・・・・・・・・・ 0218
埋葬（勝目 梓）・・・・・・・・・・・・・・・・・・ 1013
舞燈籠（蜂谷 涼）・・・・・・・・・・・・・・・・ 0080
マイナス 1（バラード, J.G.）・・・・・・・・・ 0365
舞の本（花田 清輝）・・・・・・・・・・・・・・ 0396
舞姫（歌野 晶午）・・・・・・・・・・・・・・・・ 0304
マイ富士（岸本 佐知子）・・・・・・・・・・・ 0886
毎夜、ボドゥルム一第1章（イレリ, セリ
　ム）・・・・・・・・・・・・・・・・・・・・・・・・・・・ 1122
マウンテンピーナッツ（小林 泰三）・・・・ 0523
マウントドレイゴ卿の死（モーム, W.サマ

セット）・・・・・・・・・・・・・・・・・・・・・・・・ 0414
前を歩く人一坦庵公との一日（小長谷 建
　夫）・・・・・・・・・・・・・・・・・・・・・・・・・・・ 0812
前野良沢（吉村 昭）・・・・・・・・・・・・・・ 0924
前歯と明日（半田 浩修）・・・・・・・・・・・ 0867
魔王子の召喚（牧野 修）・・・・・・・・・・・ 0508
魔王の子、鬼の娘（仁木 英之）・・・・・・・ 0118
禍犬様（加楽 幽明）・・・・・・・・・ 0459, 0461
紛者（朝井 まかて）・・・・・・・・・・・・・・ 0055
凶々しい声（柳原 慧）・・・・・・・・・・・・・ 0198
曲がりくねった露地の奥 ねえ！ 泊まって
　らっしゃいよ（横溝 正史）・・・・・・・・・ 0996
蒔かれし種 秋月の日記（あわぢ 生）・・・ 0336
マカロンと女子会（友井 羊）・・・・ 0193, 0364
薪（フランス, アナトール）・・・・・・・・・ 0586
巻物（ペリー, アン）・・・・・・・・・・・・・・ 0595
魔境・京都（小松 和彦）・・・・・・・・・・・ 0432
魔境・京都（内藤 正敏）・・・・・・・・・・・ 0432
マーキングマウス（不知火 京介）・・・・・ 0339
幕間（川上 弘美）・・・・・・・・・・・・・・・・ 0805
幕を上げて（結城 はに）・・・・・・・・・・・ 0862
マグニチュード（ドゥギー, ミシェル）・・・ 1088
マクヘンリーの贈り物（マクリーン, マイ
　ク）・・・・・・・・・・・・・・・・・・・・・・・・・・・ 0299
枕（吉野 あや）・・・・・・・・・・・・・・・・・・ 0460
真桑瓜（青山 文平）・・・・・・・・・・・・・・ 0304
マグワンプ4（シルヴァーバーグ, ロバー
　ト）・・・・・・・・・・・・・・・・・・・・・・・・・・・ 0528
マーくんのごちそう（再生モスマン）・・ 0462
マーケットの愛（ハウバイン, ロロ）・・・ 1163
負けないぞ日本（@windcreator）・・・・・ 0781
曲物師の娘（鎌田 樹）・・・・・・・・・・・・・ 0109
負けるな！ ダゴン秘密教団日本支部（寺田
　旅雨）・・・・・・・・・・・・・・・・・・・・・・・・・ 0489
孫（斎藤 茂吉）・・・・・・・・・・・・・・・・・・ 0625
真心（佐藤 正午）・・・・・・・・・・・ 0654, 0655
まごころを君に（田中 啓文）・・・・・・・・ 0484
魔コごろし（万城目 学）・・・・・・・・・・・ 0979
誠の桜一市村鉄之助（嵯峨野 晶）・・ 0070, 0071
誠の旗の下で一藤堂平助（秋山 香乃）
　・・・・・・・・・・・・・・・・・・・・・・・ 0070, 0071
孫の目 じいの目（相藤 克秀）・・・・・・・ 0786
正岡子規（夏目 漱石）・・・・・・・・・・・・・ 0622
正雄の秋（奥田 英朗）・・・・・・・・・・・・・ 1018
マサが辞めたら（太田 忠司）・・・・・・・・ 0600
まさぐる（ローズ, ダン）・・・・・・・・・・・ 0708
方子と末起（小栗 虫太郎）・・・・・・・・・・ 0289

755

まさこ　　　　　　　　　　作品名索引

マザコン（角田　光代）‥‥‥‥‥‥ 1055
マーサの愛しい女主人（ジュエット, セア
　ラ・オーン）‥‥‥‥‥‥‥‥‥‥ 1138
マーサのオウム（ホック, エドワード・
　D.）‥‥‥‥‥‥‥‥‥‥‥‥‥‥ 0320
マーサの夕食（ティンバリー, ローズマ
　リー）‥‥‥‥‥‥‥‥‥‥‥‥‥ 0452
マザー、ロックンロール、ファーザー（古
　川　日出男）‥‥‥‥‥‥‥‥‥‥ 0331
マジカル・ショッピング（大黒天　半太）
　‥‥‥‥‥‥‥‥‥‥‥‥‥‥‥‥ 0489
益城中学（無下　衛門）‥‥‥‥‥‥ 0786
増毛の魚（藤田　武司）‥‥‥‥‥‥ 0845
マジック・ボックス（都筑　道夫）‥‥ 0269
マジでむかつく最低最悪耳くそ野郎（バー,
　ネヴァダ）‥‥‥‥‥‥‥‥‥‥‥ 0239
まじない（沢井　良太）‥‥‥‥‥‥ 0464
まじない（デュコーネイ, リッキー）‥ 0758
マジ半端ねぇリア充研究記録（おかもと
　（仮））‥‥‥‥‥‥‥‥‥ 0196, 0201
麻雀殺人事件（海野　十三）‥‥‥‥ 0336
火星鉄道一九（谷　甲州）‥‥‥‥‥ 0527
魔術（芥川　龍之介）‥‥‥‥ 0390, 1072
魔術（ゲルドロード, ミシェル・ド）‥ 0393
魔術――一九一九（大正八）年一一月（芥川
　龍之介）‥‥‥‥‥‥‥‥‥‥‥‥ 1097
魔術師（谷崎　潤一郎）‥‥‥‥‥‥ 0391
マシュマロ・マン（谷口　雅美）‥‥ 0688
魔性の女（大倉　燁子）‥‥‥‥‥‥ 0742
魔女の家（山木　美里）‥‥‥‥‥‥ 0858
魔女の絵画（黒　史郎）‥‥‥‥‥‥ 0489
魔女の帰還（キャンベル, ラムジー）‥ 0439
魔女のたくらみ（@aioushii）‥‥‥‥ 0781
魔女のルール（ロス, ジョアン）‥‥ 0663
マシロのいた夏（堀井　紗由美）‥ 0460, 0461
ます（室生　犀星）‥‥‥‥‥‥‥‥ 0617
魔睡（森　鷗外）‥‥‥‥‥‥‥‥‥ 0945
覆面（伯方　雪日）‥‥‥‥‥‥‥‥ 0150
貧しき人々の群（宮本　百合子）‥‥ 0764
マスター・ヤコブソン（クラッベ, ティ
　ム）‥‥‥‥‥‥‥‥‥‥‥‥‥‥ 1136
また会う日まで（谷口　雅美）‥‥‥ 0950
また会おう（河合　莞爾）‥‥‥‥‥ 0259
マダガスカル・バナナフランベを20本（桐
　野　夏生）‥‥‥‥‥‥‥‥‥‥‥ 1034
又吉物語（坂本　直行）‥‥‥‥‥‥ 0794
また君に恋をする（笹原　ひとみ）‥ 0704

まだだ（井上　由）‥‥‥‥‥‥‥‥ 0463
また人を殺してしまった（麦　家）‥ 1112
マーダー・マップ（澤田　文）‥‥‥ 0983
真鱈の肝（横田　順彌）‥‥‥‥‥‥ 0232
まだらの手（トッド, ピーター）‥‥ 0231
待ち合わせ（永子）‥‥‥‥‥‥‥‥ 1023
待ち合わせ（三好　しず九）‥‥‥‥ 1020
街を食べる（村田　沙耶香）‥‥‥‥ 1058
街を見下ろす（小泉　秀人）‥‥‥‥ 0973
まちがえられなかった男（西澤　保彦）‥ 0305
街角の書店（ボンド, ネルスン）‥‥ 1135
町工場（緑川　貢）‥‥‥‥‥‥‥‥ 1037
マチコちゃんの報告（青山　七恵）‥ 0905
街で立ち止まる時―「ススキノ探偵」シ
　リーズ番外編（東　直己）‥‥‥‥ 0951
町の踊り場（徳田　秋聲）‥‥‥‥‥ 1071
街の記憶（三崎　亜記）‥‥‥‥‥‥ 0979
町の島帰り（松本　清張）‥‥‥‥‥ 0012
真智の火のゆくえ（豊島　ミホ）‥‥ 0751
町はずれ（中村　星湖）‥‥‥‥‥‥ 1092
まちぼうけ（谷　一生）‥‥‥‥‥‥ 0463
街はジャングル（サイモン, ロジャー・
　L.）‥‥‥‥‥‥‥‥‥‥‥‥‥‥ 0286
待つ（黒井　千次）‥‥‥‥‥‥‥‥ 0479
待つ（太宰　治）‥‥‥‥‥‥‥‥‥ 1031
松井清衛門、推参つかまつる（山田　正
　紀）‥‥‥‥‥‥‥‥‥‥‥‥‥‥ 0422
松江城の人柱―松江城（南條　範夫）‥ 0121
松江の怪談―インタビュー（小泉　凡）‥ 0481
松風（観阿彌）‥‥‥‥‥‥‥‥‥‥ 0391
鞦韆嵐（江口　渙）‥‥‥‥‥‥‥‥ 0065
末期の夢（鎌田　樹）‥‥‥‥‥‥‥ 0105
マックス号事件（大倉　崇裕）‥‥‥ 0316
真っ黒星のナイン（松樹　剛史）‥ 1099, 1100
マッサージ（東　直子）‥‥‥‥‥‥ 0886
マッサージ療法士ロマン・バーマン（ベズ
　モーズギス, デイヴィッド）‥‥‥ 1126
まっしろけのけ（有吉　佐和子）‥‥ 1041
真っ白な甲子園（遊馬　足搔）‥‥‥ 0198
まったき（ゾルバヤル, バースティン）‥ 1118
松茸めし（椎名　麟三）‥‥‥‥‥‥ 0628
マッチ売りの少女（野坂　昭如）‥‥ 0437
マッチの家（上原　和樹）‥‥‥‥‥ 0465
マッチ箱の人生（阿刀田　高）‥‥‥ 0268
抹茶アイス（みか）‥‥‥‥‥‥‥‥ 0913
待っていたのは（ブッツァーティ, ディー
　ノ）‥‥‥‥‥‥‥‥‥‥‥‥‥‥ 0445

作品名索引　　**まほろ**

待っている女（山川 方夫）………… 0877
マッドサイエンティストへの手紙（森 深紅）……………………………… 0561
マッド・マルガ（オフェイロン，ジュリア）…………………………… 0746
泥人間（パーシー，ベンジャミン）… 1152
松野主馬は動かず（中村 彰彦）…… 0047
松林の雪（長谷川 不通）…………… 0866
まっぷたつ（松本 楽志）…………… 0460
松ぼっくり（山崎 文男）…………… 0989
『マツミヤ』最後の客（名取 佐和子）‥ 1030
待宵びと（今井 絵美子）…………… 0001
茉莉花（我妻 俊樹）………… 0457, 0458
まつりのあと（鈴木 清美）………… 0813
祭りの日（古倉 節子）……………… 0989
祭の夜（不狼児）…………… 0457, 0458
魔笛泥棒（ミレット，ラリー）…… 0226
マテリアルマダム（阿修蘭）……… 1074
摩天楼（島尾 敏雄）………………… 0391
窓（堀 敏実）………………………… 0484
窓（山本 大介）……………………… 0959
魔道の夜（森 真沙子）……………… 0435
窓をたたく音（マロック，ダイナ）… 0411
窓の前の原始時代（ロッゲム，マヌエル・ヴァン）……………………… 0418
窓塞ぎ（甲斐 文汀）………………… 0463
窓辺（小瀬 朧）……………………… 0464
マトリカレント―いずれ貴女もまた耳にするはず、深海の響きを。るぶぶぶるううううんんん（新城 カズマ）…… 0559
マトリョーシカの憂鬱（福島 千佳）… 0862
マナー（平渡 敏）…………………… 0972
マナイタの化けた話（小熊 秀雄）… 0445
眼神（上田 早夕里）………………… 0475
真鶴（志賀 直哉）…………………… 1052
真夏の梅（泉 鏡花）………………… 0617
真夏の動物園（瀧羽 麻子）………… 1050
真夏の鼻（律心）…………………… 0973
真夏の夢（有島 武郎）……………… 1085
学び舎を前に（@aquall）…………… 0781
マニアの受難（山本 幸久）………… 0899
間に合わない（穂坂 コウジ）……… 1023
マニキュア（藤井 みなみ）………… 1021
操作手（篠田 節子）………………… 0539
マニング氏の金のなる木（アーサー，ロバート）……………………… 0344
間抜け（井上 剛）…………………… 0484

招き猫異譚（今江 祥智）…………… 0591
まねき猫狂想曲（水生 大海）……… 0801
マネキン（グレノン，ポール）…… 0708
招く狐（神楽）……………………… 0463
マネシツグミの模倣（カール，リリアン・スチュワート）……………… 0320
魔のもの Folk Tales（抄）（佐藤 春夫）……………………………… 0479
魔の森の家（ディクスン，カーター）… 0172
間引き子・桃太郎、自分捜しの旅へ（久慈 瑛子）…………………… 1007
麻痺性痴呆患者の犯罪工作（水上 呂理）……………………………… 0247
真昼の断層（眉村 卓）……………… 0530
真昼の花火（山下 奈美）…………… 0830
真昼の歩行者（大岡 昇平）………… 0295
まぶしいもの（伊集院 静）………… 1012
まぶしい夜顔（林 由美子）… 0194, 0195
まぶたの父（岡田 秀文）…………… 0020
瞼の母（長谷川 伸）………………… 0875
真冬の幻灯屋（岩崎 明）…………… 0857
真冬の蜂（高山 聖史）……………… 0198
マフラーは赤い糸（大坂 繁治）…… 0860
魔法（南川 潤）……………………… 0993
魔法使いと死者からの伝言（東川 篤哉）……………………………… 0132
魔法つかいの夏（石川 喬司）……… 0536
魔法使いは王命に従い竜殺しを試みる（栗原 ちひろ）………………… 0542
魔法のおうち（秋山 咲絵）………… 0853
魔法の杖（耳 目）…………………… 0967
魔法の庭（カルヴィーノ，イタロ）… 0684
魔法の不名誉（グリーン，アレクサンドル）………………………… 0405
魔法のランプ（戸原 一飛）………… 0970
まぼろし一味陰始末（田牧 大和）… 0081
幻を追って（山村 幽星）…………… 0463
幻の愛妻（岩間 光介）……………… 0280
幻の絵の先生（最相 葉月）………… 0525
幻の男（藤岡 真）…………… 0341, 0342
幻の女（田中 小実昌）……………… 0345
まぼろしの軍師（新田 次郎）… 0034, 0041
幻の軍師（火坂 雅志）……………… 0085
まぼろしの軍師―山本勘助（新田 次郎）……………………………… 0036
まぼろしの恋妻（山田 風太郎）…… 0327
幻の砂丘（サーリング，ロッド）…… 0524

757

幻の蝶が翔ぶ（菊村 到）	0277	マラリア（カセレス・ララ，ビクトル）	1161
幻の追伸（北村 薫）	0204	マリー（明石 裕子）	0822
幻のハイジャッカー（福本 和也）	0605	マリア様をみてる（地獄熊 マイケル）	0463
幻の娘（有栖川 有栖）	0468	マリアの乳房（豊田 一郎）	0990
ママ（湯菜岸 時也）	0462	マリーとメアリー──ポーカー・フェース	
ママ、痛いよ（戸梶 圭太）	0444	（沢木 耕太郎）	1106
ママゴト（城 昌幸）	0145, 0877	マリブのタッグ・チーム（ヴェイリン，ジョ	
ママに伝えてほしいこと（佐川 里江）	0760	ナサン）	0286
ママの恋（源 祥子）	0755	マリヤン（中島 敦）	1065, 1066
マーマレードの酒（エイケン，ジョーン）		マリン・ロマンティスト（吉野 万理子）	
	0420		0695
ママ恋（石井 里奈）	0704	マルセイユのまほろし（コクトー）	0402
ママはダンシング・クイーン（吉川 トリ		まるであの空に愛されるように。（冬華）	
コ）	0600		0702
ママはユビキタス（亘星 恵風）	0512	まるで砂糖菓子（乙川 優三郎）	1064
マムシ（呪淋陀）	0459, 0461	マルテと時計（シュトルム，テーオドー	
マメ（SNOWGAME）	1022	ル）	0684
マーメイド（阿刀田 高）	0877	マルドゥック・アヴェンジェンス（上田 裕	
豆を煮る男（森 絵都）	1012	介）	0550
豆菊（角田 喜久雄）	0256	マルドゥック・ヴェロシティ "コンフェッ	
守り神（春名 トモコ）	1022	ション"-予告篇─（八岐 次）	0550
守り神（松村 進吉）	0415	マルドゥック・クランクイン！（渡馬 直	
守り氷（冨岡 美子）	0818	伸）	0550
繭の見る夢──第二回創元SF短編賞佳作（空		マルドゥック・スクランブル "-200"（沖方	
木 春宵）	0513	丁）	0535
繭の遊戯（蜂飼 耳）	1049	マルドゥック・スクランブル "104"（沖方	
マユミ（梅原 公彦）	0457, 0458	丁）	0520
眉山（太宰 治）	1069	マルドゥック・スラップスティック（坂堂	
眉山（森内 俊雄）	0778	功）	0550
マヨイガ（伽古屋 圭市）	0603	丸に十文字（矢野 隆）	0044
迷家の如き動くもの（三津田 信三）		マル・ヌエバ（ヘルプリン，マーク）	1133
	0248, 0323	まる呑み（スラヴィン，ジュリア）	0706, 0707
マヨイガの姫君（藤 八景）	0791	○×歯科（皿洗 一）	0462
まよい猫（法月 綸太郎）	0922, 0923	マルホランド・ダイブ（コナリー，マイク	
迷い鳩（宮部 みゆき）	0060	ル）	0238
真夜中に豚汁（内藤 了）	0463	マーロウ最後の事件（チャンドラー，レイモ	
真夜中の相棒（柴田 よしき）	0251	ンド）	0286
真夜中の一秒後（石田 衣良）	0939, 0940	真綿で首を絞めるような愛撫（三谷 晶	
真夜中の奇跡（スチュアート，アン）	0650	子）	0697
真夜中の散歩（岩里 藁人）	0457, 0458	廻り橋（倉阪 鬼一郎）	0018
真夜中の住宅街での話（加門 七海）		回り道（甲木 千絵）	0965
	0416, 0417	満員御礼の焼き鳥屋（工藤 正樹）	0967
真夜中の情熱（デパロー，アンナ）	0632	満員電車（佃 幸苗）	0853
真夜中の戦士（永井 豪）	0533	満願（米澤 穂信）	0210, 0372, 1107
真夜中の潜水艇（紋屋 ノアン）	0861	万華鏡（飛田 一歩）	1074
真夜中の図書館（神永 学）	0590	万華鏡（夢乃 鳥子）	0463
魔羅節（岩井 志麻子）	0327	万華鏡サングラス（新小田 明奈）	0853
		万華鏡の紐（宮本 章子）	0853

作品名索引　　みさす

満月（赤井　都）・・・・・・・・・・・・・・・・・・・・・・・　1023
満月の夜（かわず　まえ）・・・・・・・・・・・・・　0976
マンゴープリン・オルタナティヴ（不狼
　児）・・・・・・・・・・・・・・・・・・・・・・・　0457, 0458
漫才（晴居　彗星）・・・・・・・・・・・・・・・・・・・・　0407
曼珠沙華（正岡　子規）・・・・・・・・・・・・・・・　1047
まんずまんず（紺野　仲右エ門）・・・・・・・　0863
マンティスの祈り（森下　うるり）・・・・・・　0421
万灯（米澤　穂信）・・・・・・・・・・・・・・・・・・・・　1108
真ん中のひきだし（ウェイクフィールド,H.
　R.）・・・・・・・・・・・・・・・・・・・・・・・・・・・・・・・・　0420
万年筆の催眠術（ヤスダハル）・・・・・・・・・・　0867
満杯（アップダイク,ジョン）・・・・・・・・・・・　1134
満杯の絶望（河野　裕）・・・・・・・・・・・・・・・・　0294
万引き女のセレナーデ（小泉　喜美子）・・・　0285
満腹亭の謎解きお弁当は今日もホカホカな
　のよね（大津　光央）・・・・・・・・・・・・・・・・　0224
マンホール（夕村）・・・・・・・・・・・・・・・・・・・・　0463
マンホールの蓋（赤井　都）・・・・・・・・・・・・　1023
まん丸顔（ロンドン,ジャック）・・・・・・・・・　0890

【み】

美亜へ贈る真珠（梶尾　真治）・・・・・　0530, 0545
見あげる二人（朝宮　運河）・・・・・・・　0457, 0458
美亜羽へ贈る拳銃（伴名　練）・・・・・・・・・・　0496
木乃伊（中島　敦）・・・・・・・・・・・・・・・・・・・・　0437
木乃伊（暮木　椎哉）・・・・・・・・・・・・・　0457, 0458
ミイラ志願（高木　彬光）・・・・・・・・・・・・・・　0854
木乃伊の恋（高橋　葉介）・・・・・・・・・・・・・・　0150
身内に不幸がありまして（米澤　穂信）
　・・・・・・・・・・・・・・・・　0165, 0166, 0322, 0338
三浦右衛門の最後（菊池　寛）・・・・・・・・・・　0414
見えざる壁（郷内　心瞳）・・・・・・・・・・・・・・　0785
見えざる敵（ソール,ジェリイ）・・・・・・・・　0524
見えない糸（谷口　雅美）・・・・・・・　0946, 1030
見えない少女（矢口　知矢）・・・・・・・・・・・・　0972
見えないダイイング・メッセージ（北山　猛
　邦）・・・・・・・・・・・・・・・・・・・・・・・・・・・・・・・・　0338
見えないダイイングメッセージ（北山　猛
　邦）・・・・・・・・・・・・・・・・・・・・・・・・・・・・・・・・　0322
見えない手（土屋　隆夫）・・・・・・・・・・・・・・　0147
見えない猫（黒崎　緑）・・・・　0208, 0368, 0802
見えない光の夏（秋沢　一氏）・・・・・・・・・・　0834
見えない保育士（神狛　しず）・・・・　0416, 0417

見えないマイナス記号（ミーナ,デニー
　ズ）・・・・・・・・・・・・・・・・・・・・・・・・・・・・・・・・　0239
見えないマチからションカネーが（崎山　多
　美）・・・・・・・・・・・・・・・・・・・・・・・・・・・・・・・・　0825
見えない眼（エルクマン・シャトリアン）
　・・・・・・・・・・・・・・・・・・・・・・・・・・・・・・・・・・・・　0482
見かえり峠の落日（笹沢　左保）・・・・・・・・　0020
ミカエルの心臓（獏野　行進）・・・・・・・・・・　0242
未確認尾行物体（島田　雅彦）・・・・・・・・・・　1038
味覚の新世界より（喜多　喜久）・・・・・・・・　0619
神影荘奇談（太田　忠司）・・・・・・・・・・・・・・　0131
三日月（河野　アサ）・・・・・・・・・・・・・・・・・・　0992
三日月刀の促進士（ストックトン,フラン
　ク・R.）・・・・・・・・・・・・・・・・・・・・・・・・・・・・　0365
三日月刀の督励官（ストックトン,フラン
　ク・R.）・・・・・・・・・・・・・・・・・・・・・・・・・・・・　1130
三日月と三等星（甲木　千絵）・・・・・・・・・・　0763
味方による誤爆（レーン,ダグラス・J.）
　・・・・・・・・・・・・・・・・・・・・・・・・・・・　1150, 1151
みかの魔法の粉（木村　光治子）・・・・・・・・　0821
身代わり（紗那）・・・・・・・・・・・・・・・・・・・・・・　0415
みかん（髙村　薫）・・・・・・・・・・・・・・・・・・・・　0327
蜜柑（芥川　龍之介）・・・・・・・・・・・・・・・・・・
　　　　　0616, 0618, 0875, 1069, 1087
蜜柑（永井　龍男）・・・・・・・・・・・・・・・・・・・・　1071
未完成交狂楽（加納　一朗）・・・・・・・・・・・・　0431
蜜柑と梅干し（つくね　乱蔵）・・・・・・・・・・　0438
蜜柑のある庭（ねこや堂）・・・・・・・・・・・・・・　0438
蜜柑の皮（尾崎　士郎）・・・・・・・・・　0890, 1086
蜜柑一箱一回二個（ねじめ　正一）・・・・・・　0618
御機送る、かなもり堂（小川　一水）・・・・　1017
右隣りの人（田原　玲子）・・・・・・・・・・・・・・　1074
右頬に豆を含んで（色川　武大）・・・・・・・・　0622
みぎわ（今野　敏）・・・・・・・・・・・・・・・・・・・・　0240
三国の宿にて（有栖川　有栖）・・・・・・・・・・　0246
ミケーネ（いしい　しんじ）・・・・・・・・・・・・　1049
三毛猫（赤川　次郎）・・・・・・・・・・・・・・・・・・　0788
三毛猫ホームズの遺失物（赤川　次郎）・・・　0352
三毛猫ホームズの感傷旅行（赤川　次郎）
　・・・・・・・・・・・・・・・・・・・・・・・・・・・・・・・・・・・・　0356
三毛猫は電氣鼠の夢を見るか（海猫沢　めろ
　ん）・・・・・・・・・・・・・・・・・・・・・・・・　0354, 0355
操（ローズ,ダン）・・・・・・・・・・・・・・・・・・・・　0708
岬へ（小池　真理子）・・・・・・・・・・・・・・・・・・　1016
岬にて（君島　慧是）・・・・・・・・・・・・・・・・・・　0489
ミサコと婿入り息子（義井　優）・・・・・・・・　0757
背信の交点（法月　綸太郎）・・・・・・・・・・・・　0273

759

見ざる、書かざる、言わざる―ハーシュソサエティ（貫井 徳郎）‥‥‥‥ 0140, 0167
ミシェル―天才ミシェル・ジェランは、立ったまま死んでいるのが発見された-小松左京『虚無回廊』から生まれた新たなる物語（瀬名 秀明）‥‥‥‥‥ 0567
短い休憩（クーリー, レイモンド）‥‥‥ 0287
短い休憩（バークレイ, リンウッド）‥‥‥ 0287
短夜の頃（島崎 藤村）‥‥‥‥‥‥‥‥‥ 0993
三島宿（龍造寺 信）‥‥‥‥‥‥‥‥‥‥ 0818
三島夏まつり（長谷川 穂）‥‥‥‥‥‥‥ 0812
見知らぬ恋人（ウォレン, ナンシー）‥‥‥ 0660
見知らぬ人からの手紙（鈴木 淳介）‥‥‥ 0843
微塵島にて（吉村 萬壱）‥‥‥‥ 1044, 1045
ミス・アイスサンドイッチ（川上 未映子）‥‥‥‥‥‥‥‥‥‥‥‥‥‥‥‥‥ 1062
水明り（佐江 衆一）‥‥‥‥‥‥‥‥‥‥ 0008
水揚帳（山田 風太郎）‥‥‥‥‥‥‥‥‥ 0582
水遊び（グリーンドルフィン）‥‥‥ 0457, 0458
水飴を買う女＜子育て幽霊＞（小泉 八雲）‥‥‥‥‥‥‥‥‥‥‥‥‥‥‥‥‥ 0481
未遂（川合 ないる）‥‥‥‥‥‥‥‥‥‥ 0462
みずいろの犬（鈴木 みは）‥‥‥‥‥‥‥ 1023
みずうみ（ブラッドベリ, レイ）‥‥‥‥‥ 0877
湖が燃えた日（佐藤 のぶき）‥‥‥‥‥‥ 0828
湖の聖人（小手鞠 るい）‥‥‥‥‥ 0648, 0649
湖ホテル（北村 小松）‥‥‥‥‥‥‥‥‥ 0151
水を買い占めない。（@jun50r）‥‥‥‥‥ 0781
ミス・オグルヴィの目覚め（ホール, ラドクリフ）‥‥‥‥‥‥‥‥‥‥‥‥‥‥‥ 1138
水音（松村 進吉）‥‥‥‥‥‥‥‥‥‥‥ 0415
水を飲まない捕虜（古処 誠二）‥‥‥‥‥ 1017
みずかがみ（三野 恵）‥‥‥‥‥‥‥‥‥ 0929
水鏡（戸部 新十郎）‥‥‥‥‥‥‥‥‥‥ 0117
水鏡の虜（遠田 潤子）‥‥‥‥‥‥‥‥‥ 0557
みずこクラブ（ヒモロギ ヒロシ）‥‥‥‥ 0464
ミスコン（樗木 聡）‥‥‥‥‥‥‥‥‥‥ 0976
水沢文具店（安澄 加奈）‥‥‥‥‥‥‥‥ 0894
水底異聞（山岸 行輝）‥‥‥‥‥‥‥‥‥ 0864
水溜まり（富永 一彦）‥‥‥‥‥‥‥‥‥ 0967
ミスター・ミドルマン（モズリイ, ウォルター）‥‥‥‥‥‥‥‥‥‥‥‥‥‥‥‥ 0317
ミスディレクション（セラネラ, バーバラ）‥‥‥‥‥‥‥‥‥‥‥‥‥‥‥‥‥ 0203
ミステリアス学園（鯨 統一郎）‥‥‥‥‥ 0367
ミス転換の不思議な赤（多和田 葉子）‥‥‥ 1063
水に棲む鬼（加園 春季）‥‥‥‥‥‥‥‥ 0868

水に眠る（北村 薫）‥‥‥‥‥‥‥‥‥‥ 0963
水の味（幸田 露伴）‥‥‥‥‥‥‥‥‥‥ 0625
水の泡～死を受けいれるまで（鏑木 蓮）‥‥‥‥‥‥‥‥‥‥‥‥‥‥‥‥‥ 0261
水のココロ（おだR）‥‥‥‥‥‥‥‥‥‥ 0973
水の都で水に苦労する（菊池 一郎）‥‥‥ 0786
水の恵み（阿川 弘之）‥‥‥‥‥‥‥‥‥ 0942
水のような空色（ロブサンツェレン, ベレンレイン）‥‥‥‥‥‥‥‥‥‥‥‥‥ 1118
水の歓び（勝山 海百合）‥‥‥‥‥‥‥‥ 0489
水芭蕉（真船 豊）‥‥‥‥‥‥‥‥‥‥‥ 0850
水引草（皆川 博子）‥‥‥‥‥‥‥‥‥‥ 0592
ミスファイア（伊岡 瞬）‥‥‥‥‥ 0209, 0374
ミス・ファーとミス・スキーン（スタイン, ガートルード）‥‥‥‥‥‥‥‥‥‥‥ 1138
水辺のふたり（鷺羽 大介）‥‥‥‥‥‥‥ 0785
瑞穂の奇祭（地場 輝彦）‥‥‥‥‥‥‥‥ 0932
水湧き出づる町で（伊野里 健）‥‥‥‥‥ 0838
未成年者とのセックスによる疲労（クロショー, ベン・"ヤーツィー"）‥‥‥ 1150, 1151
店を運ぶ女（モガー, デボラ）‥‥‥‥‥‥ 0752
見せかけの生命（オールディス, ブライアン・W.）‥‥‥‥‥‥‥‥‥‥‥‥‥‥ 0519
ミセス・ヴィールの幽霊（デフォー, ダニエル）‥‥‥‥‥‥‥‥‥‥‥‥‥‥‥‥ 0482
ミセス・ヴォードレーの旅行（アームストロング, マーティン）‥‥‥‥‥‥‥‥ 1140
みせない（羽田 圭介）‥‥‥‥‥‥‥‥‥ 0905
魅せられて（バログ, メアリ）‥‥‥‥‥‥ 0725
晦（千地 隆志）‥‥‥‥‥‥‥‥‥‥‥‥ 0857
味噌樽の中のカブト虫―私の頭の中にはカブト虫がいる（北野 勇作）‥‥‥‥‥ 0567
みぞれ河岸（都筑 道夫）‥‥‥‥‥‥‥‥ 0273
三田山上の秋月（岩田 豊雄）‥‥‥‥‥‥ 0993
三田時代―サルトル哲学との出合い（井筒 俊彦）‥‥‥‥‥‥‥‥‥‥‥‥‥‥‥ 0993
みたて（島﨑 一裕）‥‥‥‥‥‥‥‥‥‥ 0969
みたびのサマータイム（若竹 七海）‥‥‥ 0130
三田文学の思い出（丹羽 文雄）‥‥‥‥‥ 0993
「三田文学」のこと・『昭和の文人』のこと（奥野 健男）‥‥‥‥‥‥‥‥‥‥‥ 0993
みだれ尺（黒田 夏子）‥‥‥‥‥‥‥‥‥ 1063
道案内（田中 悦朗）‥‥‥‥‥‥‥‥‥‥ 0968
道を照らす光（池田 晴海）‥‥‥‥‥‥‥ 0946
道草（はやみ かつとし）‥‥‥‥‥‥‥‥ 1023
道くさ、道づれ、道なき道（松井 雪子）‥‥‥ 0607
道子（荒木 郁）‥‥‥‥‥‥‥‥‥‥‥‥ 0748

みち潮（河野 多惠子）	0816	三つの鐘（葦原 崇貴）	0489
満ち潮がくれば（古倉 節子）	0986	三つの死（トルストイ）	0879
道しるべ（金広 賢介）	0948	3つの忠告（セイフェッティン, オメル）	1122
道しるべ（ローズ, ダン）	0708	三つの涙（乾 くるみ）	0304
道標への道程（伝助）	1023	三つの願い（赤井 都）	1022
道連れ柳（間倉 巳堂）	0462	三つの願い（伊東 哲哉）	1020
道で拾うモノ（宇佐美 まこと）	0416, 0417	蜜壺（田辺 青蛙）	0460
三千歳たそがれ天保六花撰ノ内（藤沢 周平）	0126	三つ、惚れられ（北村 薫）	0165, 0166
		密度（斎藤 肇）	0484
道にて（ディクソン, スティーヴン）	0708	ミッドナイト・コール（和田 信子）	0933
道の歌（ハリス, ジョアン）	0752	ミッドナイト・ホラー・ショウ（ランズデール, ジョー・R.）	0450
みちのく（岡本 かの子）	0397		
みちのく怪獣探訪録（黒木 あるじ）	0422	蜜のあわれ（室生 犀星）	0391
道端（吉田 健一）	0396	三つ橋渡った（平岩 弓枝）	0092
道端に死が落ちてゐる（骨欄）	1051	三つ星の頃（野尻 抱影）	0875
道行き（青木 美土里）	0463	みつめるもの（大庭 みな子）	0993
満ちる部屋（谷崎 由依）	1057	「密猟志願」より（稲見 一良）	0794
道は墓場でおしまい（ハワード, クラーク）	0298	密猟者たち（フランクリン, トム）	0141
		密林へ！（篠田 真由美）	0592
三つ編み研究会（春名 トモコ）	1022	観てもらえませんか？（飯野 文彦）	0920
三日で忘れる。（沢木 まひろ）	0791	水戸黄門天下の副編集長（月村 了衛）	0084
3日分の笑顔（@aharui）	0781	水戸黄門 謎の乙姫御殿（月村 了衛）	0132
密告者（ウォルヴン, スコット）	0299	緑色の怪物（ネルヴァル, ジェラール・ド）	0449
密使（伊坂 幸太郎）	0562		
密室学入門 最後の密室（土屋 隆夫）	0365	緑色の豚（安岡 章太郎）	0436
密室からの逃亡者（小島 正樹）	0348	みどりご（沙木 とも子）	0489
密室劇場（貴志 祐介）	0257, 0301	ミドリさん（紙舞）	0415
密室劇場（佐多 椋）	1021	緑の女（櫻田 智也）	0304
密室劇場（尺取虫）	1022	緑の扉は危険（法月 綸太郎）	0583
密室作法 改訂（天城 一）	0150	緑の鳥は終わりを眺め（黒 史郎）	0429
密室の鬼（辻 真先）	0341, 0342	緑の庭の話（三輪 チサ）	0416, 0417
密室の兇器（山村 正夫）	0148	緑の果て（手塚 治虫）	0573
密室の石棒（藤原 遊子）	0241	緑の碑文（矢内 りんご）	0489
密室の戦犯（安東 能明）	0259	緑のプリン（安藤 知明）	0813
密室の毒殺者（赤川 次郎）	0605	緑のベルベットの外套を買った日（クリンガーマン, ミルドレッド）	0528
密室の抜け穴（横山 秀夫）	0219		
密室の人（横山 秀夫）	0282	緑の物怪（ネルヴァル, ジェラール・ド）	0414
密室の本―真知博士五十番目の事件（村崎 友）	0155	緑の森を求めて―二つの大地（新井 信子）	1084
密使の太刀（犬飼 六岐）	0084	深泥丘奇談―切断（綾辻 行人）	1096
ミッションインポッシブル（姜 信子）	0961	水上瀧太郎讃（宇野 浩二）	0993
ミッシング・イン・アクション（ロビンソン, ピーター）	0141	水上瀧太郎のこと（徳田 秋聲）	0993
		身投げ救助業（菊池 寛）	1087
蜜腺（松村 比呂美）	0747	水無月十三忌九（梶山 季之）	0581
密談（紗那）	0415	水底の鬼（岩下 悠子）	0303
みつちゃん（猪熊 弦一郎）	0799	水底の連鎖（黒田 研二）	0157
三つの色（フスリツァ, シチェファン）	0516	水無月に嫁す（都田 万葉）	0462

みなと 作品名索引

港が見える丘（新野 哲也） ………… 1013
港の子供たち（武田 亞公） ………… 1036
南青山骨董通り探偵社（五十嵐 貴久） … 0311
南から来た人々（李 浩哲） ………… 1117
三波呉服店―2005（松村 栄子） ……… 0893
細密画（葉越 晶） ………………… 0489
みにくい妹（ストラザー、ジャン） …… 0526
みにくい子は、聖なる夜に鈍く光る（なる
　せ ゆうせい） ……………………… 1022
醜い空（朝松 健） ………………… 0429
みによんの幽霊（深田 亨） ………… 0465
ミネラルウォーターで無理やりな午前4時
　（以知子） ……………………… 1021
身代金の奪い方（柄刀 一） …… 0208, 0381
みのむし（香山 滋） ……………… 0144
みのむし（三浦 哲郎） ……… 0911, 0912
水面の月（澤田 ふじ子） ………… 0058
みのる、一日（小野 正嗣） ………… 1058
三橋春人は花束を捨てない（織守 きょう
　や） …………………………… 0304
三柱（有井 聡） ………………… 0462
見果てぬ風（中井 紀夫） ………… 0538
ミーハーとバナナの時代（野田 秀樹） … 0618
見晴台の惨劇（山村 正夫） ………… 0148
壬生夫妻（江國 香織） ……… 0906, 1010
未亡人（モーパッサン、ギ・ド） …… 0651
耳（向田 邦子） …………… 0911, 0912
耳を澄まして（マクドナルド、イアン） … 0572
耳を澄ませば（大間 九郎） ………… 0791
耳学問（木山 捷平） ……………… 1093
みみじゃこ（室生 犀星） ………… 0617
耳すます部屋（折原 一） ………… 0266
耳、垂れ（福島 千佳） ……………… 0860
みみてん（岩谷 涼子） …………… 0865
耳無芳一のはなし―『怪談』より（小泉 八
　雲） …………………………… 0394
耳鳴山由来（矢野 徹） …………… 0522
耳の塩漬（小堀 甚二） …………… 0479
耳の中の水（加藤 千恵） ………… 0898
耳の役割（家田 満理） …………… 0969
未明の晩餐（吉上 亮） …………… 0493
身も心も（モーティマー、キャロル） … 0716
脈を拝見（O.ヘンリー） …………… 1137
宮崎友禅斎（永岡 慶之助） ………… 0014
美弥谷団地の逃亡者（辻村 深月） … 0162, 0163
ミヤハタ！ タイムスリップ（寺島 明美）
　…………………………… 0831

宮本武蔵の女（山岡 荘八） ………… 0111
ミユキちゃん（亜羅又の沙） ………… 0533
みゆき橋（豊田 一郎） …………… 0988
妙な話（芥川 龍之介） ……… 0391, 0478
三好清海入道（柴田 錬三郎） ……… 0051
未来へ踏み出す足（石持 浅海）
　…………… 0206, 0316, 0321, 0386
未来があるから。（@haruhill） …… 0781
未来からのEメール（中田 公敬） …… 0968
未来から、降り注いだもの。（小林 紀晴）
　…………………………… 0961
未来人F（有栖川 有栖） …………… 0351
ミライゾーン（間瀬 純子） ………… 0483
未来の死体（夢生） ……………… 0968
未来のために（@SinjowKazma） …… 0781
未来の友へ。（@chocolatesity） …… 0781
未来の花（横山 秀夫） …… 0209, 0374, 1096
未来妖怪燐寸匣（超短編作家19人集） … 0483
ミラボー橋（アポリネール、ギョーム） … 0883
ミリアーヌ姫（リシュタンベルジェ、アンド
　レ） …………………………… 1153
ミルクマーケットの出会い（ウィッカム、
　ジョン） ……………………… 1128
ミルドレッド（マイケルズ、レナード） … 0708
ミルフィーユ（宮崎 誉子） ………… 1055
ミルフイユ（前川 麻子） …………… 0738
ミルフィーユの食べ方がわからない（相戸
　結衣） ………………………… 0619
ミレニアム・パヴェ（三島 浩司） …… 1015
未練（七味 一平） ………………… 0968
未練の檻（都田 万葉） …… 0459, 0461
弥勒節（恒川 光太郎） …………… 0428
弥勒ものがたり（田岡 典夫） ……… 0074
魅惑のドクター（ニールズ、ベティ） … 0731
魅惑の花嫁（マレリー、スーザン） …… 0635
魅惑の舞踏会（アレン、ルイーズ） …… 0728
魅惑の芳香（大河原 ちさと） … 0459, 0461
見渡す限り（ヴァフィー、ファリーバー）
　…………………………… 0749
身はたとひ（眞鍋 元之） …………… 0109
民営化（伊丈 カツキ） …………… 0968
ミンク（金原 ひとみ） …… 0488, 1056
みんな全部うまくいくさ（ヴォスコボイニ
　コフ） ………………………… 1159
みんなで抗議を！（リッチー、ジャック）
　…………………………… 1136
▼みんな電柱の中にいる（桐十） ……… 1051

762

作品名索引　　　　むすめ

みんなのうそ（小松 知佳）‥‥‥‥‥ 0682
みんなの友だちグレーゴル・ブラウン（シ
　コーリャック）‥‥‥‥‥‥‥‥‥‥ 1123
みんな半分ずつ（唯川 恵）‥‥‥‥‥ 1011
みんな夢の中（おさだ たつや）‥‥‥ 0597

【む】

無意識の罪（西方 まぁき）‥‥‥‥‥ 0973
ムイシュキンの脳髄（宮内 悠介）‥‥ 0515
無為秀家（上田 秀人）‥‥‥‥‥‥‥ 0044
牟家殺人事件（魔子 鬼一）‥‥‥‥‥ 0307
夢応の鯉魚（上田 秋成）‥‥‥‥‥‥ 0402
無音（青水 洸）‥‥‥‥‥‥‥‥‥‥ 0866
無化（バーンズ，デューナ）‥‥‥‥‥ 1138
霧界（木城 ゆきと）‥‥‥‥‥‥‥‥ 0494
無何有の郷（たなか なつみ）‥‥‥‥ 1023
迎えの光は（葛西 俊和）‥‥‥‥‥‥ 0427
むかしをいまに（ナイト，デーモン）‥ 0529
昔語り（葉原 あきよ）‥‥‥‥‥‥‥ 1023
昔の思い出（加門 七海）‥‥‥‥‥‥ 0479
昔の借りを返す話（ツヴァイク，シュテファ
　ン）‥‥‥‥‥‥‥‥‥‥‥‥‥‥‥ 0881
昔の彼（上原 小夜）‥‥‥‥‥‥‥‥ 0195
昔の恋人（トレヴァー，ウィリアム）‥ 1134
むかしばなし（小松 左京）‥‥‥‥‥ 1076
百足（小池 真理子）‥‥‥‥‥‥‥‥ 0890
百足（告鳥 友紀）‥‥‥‥‥‥‥‥‥ 0465
百足殺せし女の話（抄）（吉田 直哉）‥ 0890
無関心（ローズ，ダン）‥‥‥‥‥‥‥ 0708
麦と兵隊（火野 葦平）‥‥‥‥‥‥‥ 0779
麦屋町昼下がり（藤沢 周平）‥‥‥‥ 0069
麦藁帽子（小野 允雄）‥‥‥‥‥‥‥ 0935
麦藁帽子（堀 辰雄）‥‥‥‥‥‥‥‥ 1029
酬い（石持 浅海）‥‥‥‥‥ 0290, 0291
無口な車掌（飛鳥 高）‥‥‥‥‥‥‥ 0147
ムグッチョの唄（江崎 来人）‥‥ 0457, 0458
無垢なキューピッド（アンドルーズ，エイ
　ミー）‥‥‥‥‥‥‥‥‥‥‥‥‥‥ 0723
無垢なる羊（歌鳥）‥‥‥‥‥‥‥‥‥ 1020
夢剣（笹沢 左保）‥‥‥‥‥‥‥‥‥ 0004
無限大の快感（長月 遊）‥‥‥‥‥‥ 1026
無限登山（八木 ナガハル）‥‥‥‥‥ 0552
無限のイマジネーションと日常の小さな謎
　（柴田 よしき）‥‥‥‥‥‥‥‥‥‥ 0325

婚入りの夜（古川 薫）‥‥‥‥‥‥‥ 0009
向こう岸の青い花—ブルターニュ伝説（ス
　テンボック，エリック）‥‥‥‥‥‥ 0389
無言（轟）‥‥‥‥‥‥‥‥‥‥‥‥‥ 1020
無言の帰宅（青井 知之）‥‥‥‥‥‥ 0465
無言旅行（埴谷 雄高）‥‥‥‥‥‥‥ 0850
無罪の少年（クアク・コフィ・バリリ）‥ 0891
武蔵を伏した男（新宮 正春）‥‥‥‥ 0004
武蔵と小次郎（堀内 万寿夫）‥‥‥‥ 0030
武蔵野（国木田 独歩）‥‥‥ 1052, 1065, 1066
武蔵野（山田 美妙）‥‥‥‥‥‥‥‥ 0067
虫（萩原 朔太郎）‥‥‥‥‥‥‥‥‥ 0880
ムシイチザの話（黒実 操）‥‥‥‥‥ 0421
虫王（辻原 登）‥‥‥‥‥‥‥‥‥‥ 1058
虫とり（西澤 保彦）‥‥‥‥‥‥‥‥ 0246
むじな（黒木 あるじ）‥‥‥‥‥‥‥ 0415
むじな（トロワイヤ，アンリ）‥‥‥‥ 0449
むじな2009（萩原 あぎ）‥‥‥‥‥‥ 0970
虫になつたザムザの話（倉橋 由美子）‥ 0395
虫のある家庭（謡堂）‥‥‥‥‥‥‥‥ 0421
虫の居所（荒居 蘭）‥‥‥‥‥‥‥‥ 0571
虫のいろいろ（尾崎 一雄）‥‥‥‥‥ 1093
虫の声（坂東 眞砂子）‥‥‥‥‥‥‥ 0077
虫歯の薬みたいなもの（井上 荒野）‥ 0738
虫やしない（山田 詠美）‥‥‥‥‥‥ 1063
無重力系ゆるふわコラム かっこいい宇宙？
　（本谷 有希子）‥‥‥‥‥‥‥‥‥‥ 0909
無情のうた—『UN-GO』第二話 坂口安吾
　「明治開化安吾捕物帖ああ無情」より（會
　川 昇）‥‥‥‥‥‥‥‥‥‥‥‥‥‥ 0501
虫除け（宇津呂 鹿太郎）‥‥‥‥‥‥ 0465
無人島（小手鞠 るい）‥‥‥‥ 0673, 0674
無人の船で発見された手記（坂永 雄一）
　‥‥‥‥‥‥‥‥‥‥‥‥‥‥‥‥‥ 0492
無人踏切（鮎川 哲也）‥‥‥‥‥‥‥ 0610
無人ホテル（三好 創也）‥‥‥‥‥‥ 0968
無人列車（神戸 登）‥‥‥‥‥‥‥‥ 0610
息子（シュリンク，ベルンハルト）‥‥ 1126
結びの一番（ながす みづき）‥‥‥‥ 0855
むすびめ（松本 楽志）‥‥‥‥‥‥‥ 1021
結び目（永子）‥‥‥‥‥‥‥‥‥‥‥ 1022
結び目（松本 楽志）‥‥‥‥‥‥‥‥ 1023
娘たち（葉原 あきよ）‥‥‥‥‥‥‥ 1021
娘と私（檀 一雄）‥‥‥‥‥‥‥‥‥ 0596
娘のいのち濡れ手で千両（結城 昌治）‥ 0060
娘のための大冒険（島津 由人）‥‥‥ 0970
娘の誕生日（谷村 志穂）‥‥‥‥‥‥ 0644

763

むせい　　　　　　　作品名索引

無声抄（諏訪 哲史）・・・・・・・・・・・・・・・・・ 1064
無政府主義者のトリック（レーン，アンド
　リュー）・・・・・・・・・・・・・・・・・・・・・・・・・ 0226
無政府主義者の爆弾（クライダー，ビル）
　・・・・・・・・・・・・・・・・・・・・・・・・・・・・・・・ 0226
無籍者（一幕）（中村 吉蔵）・・・・・・・・・ 0953
夢想の部屋（岩井 志麻子）・・・・・・・・・ 0249
無題（赤井 都）・・・・・・・・・・・・・・・・・・・ 1023
無題（京極 夏彦）・・・・・・・・・・・・・・・・・ 0164
無題（戸賀崎 珠穂）・・・・・・・・・・・・・・・ 1023
無秩序（ハナダ）・・・・・・・・・・・・・・・・・・ 0464
無敵の男たち（カデツキー，エリザベス）
　・・・・・・・・・・・・・・・・・・・・・・・・・・・・・・・ 1144
無頭鰯（横田 創）・・・・・・・・・・・・・・・・・ 1057
無頭人十四号（不狼児）・・・・・・・・・・・・ 0489
宗像くんと万年筆事件（中田 永一）
　・・・・・・・・・・ 0212, 0302, 0371, 0403, 0904
胸の奥を揺らす声（日野 アオジ）・・・ 0913
無貌の王国（『名もなき王のための遊戯』を
　改題）（三雲 岳斗）・・・・・・・・・・・・・・ 0343
無明の宿（澤田 ふじ子）・・・・・・・・・・・ 0098
無名の人（司馬 遼太郎）・・・・・・・・・・・ 0924
無闇坂（森 真沙子）・・・・・・・・・・・・・・・ 0146
無用の飼育者（ヤーン，ハンス・ヘニー）・・ 0418
無用の人（原田 マハ）・・・・・・・・・・・・・ 1017
無欲にして強運―お江（永井 路子）・・ 0023
村（大沢 在昌）・・・・・・・・・・・・・・・・・・・ 1013
村上浪六（長谷川 幸延）・・・・・・・・・・・ 0110
紫色の丘（竹内 健）・・・・・・・・・・・・・・・ 0488
密室の本―真知博士 五十番目の事件（村崎
　友）・・・・・・・・・・・・・・・・・・・・・・・・・・・ 0332
村重好み―耀變天目記（秋月 達郎）・・ 0114
村芝居（魯迅）・・・・・・・・・・・・・・・・・・・ 0883
ムラドハンとセルヴィハン もしくは水晶の
　館の一物語（ムンガン，ムラトハン）・・ 1122
村の心中（司馬 遼太郎）・・・・・・・・・・・ 0978
村のひと騒ぎ（坂口 安吾）・・・・・・ 0993, 1073
村の誇り（アーヴィング，ワシントン）・・ 1137
村人（半村 良）・・・・・・・・・・・・・・・・・・・ 0532
村正―村正（海音寺 潮五郎）・・・・・・・ 0123
群れ（山口 雅也）・・・・・・・・・・・・・・・・・ 0501
室生犀星の生母（崎村 裕）・・・・・・・・・ 0987
室瀬川の雪（脇田 正）・・・・・・・・・・・・・ 0861
ムーンシャイン（円城 塔）・・・・・・・・・ 0525
ムーン・レンズ（キャンベル，ラムジー）・・ 0476

【め】

メアリー・スーを殺して（中田 永一）
　・・・・・・・・・・・・・・・・・・・・・・・・ 0403, 0588
メアリー，メアリー，ドアを閉めて（シュッ
　ツ，ベンジャミン・M.）・・・・・・・・・・・ 0141
名演技（七味 一平）・・・・・・・・・・・・・・・ 0970
銘菓（高山 聖史）・・・・・・・・・・・・・・・・・ 0199
鳴鶴（澤田 瞳子）・・・・・・・・・・・・・・・・・ 0084
迷宮刑事（小杉 健治）・・・・・・・・・・・・・ 0314
迷宮書房（有栖川 有栖）・・・・・・・・・・・ 0591
迷宮の松露（近藤 史恵）・・・・・・ 0620, 0621
明月珠（石川 淳）・・・・・・・・・・・・・・・・・ 0993
名剣旭丸（金子 光晴）・・・・・・・・・・・・・ 0065
名作妖異譚 蠟いろの顔（コリンズ，ウィル
　キー）・・・・・・・・・・・・・・・・・・・・・・・・・ 0485
名作妖異譚 蠟いろの顔（ディケンズ，チャー
　ルズ）・・・・・・・・・・・・・・・・・・・・・・・・・ 0485
命札（必須 あみのさん）・・・・・・・・・・・ 0463
名殺探訪（昼間 寝子）・・・・・・・・・・・・・ 0438
明治兜割り―胴太貫正国（津本 陽）・・ 0122
名人（柴田 錬三郎）・・・・・・・・・・ 0024, 0066
名人かたぎ（北原 亞以子）・・・・・・・・・ 0012
名人竿忠（長谷川 伸）・・・・・・・・・・・・・ 0061
名人伝（中島 敦）・・・・・・・・・・・・・・・・・ 0883
迷走恋の裏路地（森見 登美彦）・・・・・ 0543
名探偵エノケン氏（芦辺 拓）・・・・・・・ 0352
名探偵ガリレオ（マシスン，シオドア）・・ 0344
名探偵誕生（柴田 錬三郎）・・・・・・・・・ 0230
名探偵と「初出誌からわかること」（末永
　昭二）・・・・・・・・・・・・・・・・・・・・・・・・・ 0250
冥途（内田 百閒）・・・・・・・・・・・・ 0394, 0478
メイドたち（ヘイデン，G.ミキ）・・・・・・ 0141
めいのレッスン（小沼 純一）・・・・・・・ 1088
「名馬シルヴァー・ブレイズ」後日（林
　望）・・・・・・・・・・・・・・・・・・・・・・・・・・・ 0232
冥福を祈る（小瀬 朧）・・・・・・・・・・・・・ 0462
冥府山水図（三浦 朱門）・・・・・・・・・・・ 0995
名物の餅菓子（徳田 秋聲）・・・・・・・・・ 0617
メイマ＝ブハ（フェインライト，ルース）
　・・・・・・・・・・・・・・・・・・・・・・・・・・・・・・・ 1128
冥冥（とよずみ かなえ）・・・・・・・・・・・ 0786
命名権（紀井 敦）・・・・・・・・・・・・・・・・・ 0974
明滅（小田 雅久仁）・・・・・・・・・・・・・・・ 0902
明滅する家族（松本 楽志）・・・・・・・・・ 0462

764

作品名索引　　**めんと**

名優のなさけ（サトウ ハチロー）・・・・・・ 0065
名誉キャディー（佐野 洋）・・・・・・ 0219
メイルシュトローム（谷 春慶）・・ 0199, 0201
迷路事情（我妻 俊樹）・・・・・・ 0460
迷路の天狗（我妻 俊樹）・・・・・・ 0427
迷惑（あんどー 春）・・・・・・ 0974
迷惑がられるのはイヤなんです（田中 健夫）・・・・・・ 0959
メイン号を覚えてる？（ダムス，ジーン・M.）・・・・・・ 0320
目を貸してあげたパタシュ（ドレーム，トリスタン）・・・・・・ 1153
目を摘む（仲町 六絵）・・・・・・ 0460, 0461
メーカーズマーク（樋口 直哉）・・・・・・ 1091
眼鏡（峯岸 可弥）・・・・・・ 1021
メガネの導き（青井 知之）・・・・・・ 0464
メガネレンズ（勝山 海百合）・・・・ 0416, 0417
女神（カム・パカー）・・・・・・ 1110
メキシカン・ギャツビー（ステイバー，レイモンド）・・・・・・ 0141
目吉の死人形（泡坂 妻夫）・・・・・・ 0011
盲蛇の子（松本 楽志）・・・・・・ 0460
輪廻りゆくもの（芦辺 拓）・・・・・・ 0440
目覚まし時計（結城 新）・・・・・・ 0973
目覚まし時計の電池（片岡 義男）・・・・・・ 1049
メシメリ街道（山野 浩一）・・・・ 0531, 0537
目白の来る山（川島 徹）・・・・・・ 0987
メゾン・カサブランカ［解決編］（近藤 史恵）・・・・・・ 0253
メゾン・カサブランカ［問題編］（近藤 史恵）・・・・・・ 0253
めだぬき（山岸 行輝）・・・・・・ 0866
目玉蒐集人（ひかるこ）・・・・・・ 1021
メタモルフォセス群族（筒井 康隆）・・・・ 0534
メダル（外岡 立人）・・・・・・ 0827
メッセージ（綱島 恵一）・・・・・・ 0974
メッセージ（山崎 洋子）・・・・・・ 0591
メッセージ（吉高 寿男）・・・・・・ 0968
めっちゃ、ピカピカの、人たち。（令丈 ヒロ子）・・・・・・ 0925
めでたしめでたしのその先（たなか なつみ）・・・・・・ 1023
メデューサ複合体（谷 甲州）・・・・・・ 0511
メデューサ複合体―木星の大気中に浮かぶ巨大構造物は、何かがおかしい…宇宙土木SF、復活（谷 甲州）・・・・・・ 0560
メトセラとプラスチックと太陽の臓器（冲方 丁）・・・・・・ 0511, 1014

目に見えないコレクション（ツヴァイク，シュテファン）・・・・・・ 0879
目に見えないコレクション―ドイツ、インフレーション時代のエピソード（ツヴァイク，シュテファン）・・・・・・ 0586
目には目を（六文 誠）・・・・・・ 0973
メヌエット―ポール・ブールジェに捧ぐ（モーパッサン，ギ・ド）・・・・・・ 0880
眼の池（鳥飼 否宇）・・・・・ 0209, 0369
目の上のあいつ（佐藤 青南）・・・・・・ 0187
メビウスの森（高橋 協子）・・・・・・ 0846
めもあある美術館（大井 三重子）・・・・・・ 0546
目羅博士（江戸川 乱歩）・・・・・・ 1054
メリーゴーラウンド（プラスキー，ジャック）・・・・・・ 0726
めりーのだいぼうけん（おかもと（仮））・・・・・・ 0603
メール（ヤマシタ クニコ）・・・・・・ 1022
メールでつながる心（@kiyosei2）・・・・・・ 0781
メールの行き先（@Cyai_Cyai）・・・・・・ 0781
メルボルンの想い出―街のクローズが終わるまでは、インターネットも電話も使えません（柴崎 友香）・・・・・・ 0567
メロディ（小林 栗奈）・・・・・・ 0863
メロディー・フィアー（牧野 修）・・・・・・ 0517
メロン（江國 香織）・・・・・・ 0618
メロン（白石 公子）・・・・・・ 0618
メロンを掘る熊は宇宙で生きろ―不当な拘束、不当な労働、不当な搾取が、鉱山惑星では行われている！（木本 雅彦）・・ 0566
目は口以上にモノをいう（佐藤 青南）・・・ 0183
面（タキガワ）・・・・・・ 1021
免許証（ピランデッロ，ルイジ）・・・・・・ 1155
めんくらい凧（都筑 道夫）・・・・・・ 0092
免罪符売りの話（チョーサー，ジェフリー）・・・・・・ 0283
女性型精神構造保持者（大原 まり子）・・・ 0551
メンタルヘルス研修（川島 美絵）・・・・・・ 0969
メンテナンスマン！ つむじの法則（福田 和代）・・・・・・ 0909
めんどうみてあげるね（鈴木 輝一郎）・・・・・・ 0258, 0270
麺とスープと殺人と（山田 正紀）・・・・・ 0363
メントール（中島 さなえ）・・・・・・ 0902

765

【 も 】

もう安全（チャイルド, リー） ……… 0202
もういいかい（赤川 次郎） ………… 0204
もういいかい（亜鷺 一） …………… 0967
もう一度（ゴールズワージー） ……… 0871
もう一度選ぶなら（真木 和泉） …… 0770
もう一度始めよう。（@panda_adnap1）
………………………………………… 0781
もう一色選べる丼（青崎 有吾） …… 0204
盲蛾（道尾 秀介） …………………… 1039
もう会えない人（@silly_cats） …… 0781
亡霊のお彌撒（フランス, アナトール） 0469
妄執（曽根 圭介） …………… 0212, 0371
妄執館（菊地 秀行） ………………… 0431
妄想少女―心の中の少女がみずみずしく
　ある限り、私はまだまだ頑張れる（菅 浩
　江） ………………………………… 0567
孟宗の藤（抄）（中 勘助） ………… 0479
盲腸（横光 利一） …………………… 1038
盲点（紙舞） ………………………… 0415
盲点（McCOY） ……………………… 0969
もう二十代ではないことについて（山内 マ
　リコ） ……………………………… 1034
もう一度（池田 晴海） ……………… 0950
もう一度、娘と（源 祥子） ………… 0763
もうひとつのイヴ物語（ウェルズ, ジョン・
　ジェイ） …………………………… 0876
もうひとつのイヴ物語（ブラッドリー, マリ
　オン・ジマー） …………………… 0876
もうひとつの階段（東 しいな） …… 0861
もうひとつの10・8（深水 黎一郎） …… 0600
もう一つの墓（朱雀門 出） ………… 0415
もうひとつの街（アイヴァス, ミハル） … 0516
もう一人いる…（天沢 彰） ………… 0983
もう一人の私へ（沢村 鐵） ………… 0780
もう僕死ぬの？（ひかるこ） ……… 1022
網膜脈視症（木々 高太郎） …… 0143, 0414
盲目のジェロニモとその兄（シュニッツ
　ラー） ……………………… 0875, 0879
盲目の春（椋 鳩十） ………………… 0953
毛利元就（菊池 寛） ………………… 0964
「魍魎の匣」変化抄。（原田 眞人） … 0486
朦朧記録（牧野 修） ………………… 0486
もう1つの海峡線（坂本 与市） …… 1026

燃えない焰（水上 呂理） …………… 0247
燃える女（逢坂 剛） ………………… 0352
燃える過去（野上 彌生子） ………… 0784
燃える天使 謎めいた目（スクリアル, モア
　シル） ……………………………… 0726
燃えるマシュマロ（アレクサ, カミール）
………………………………… 1150, 1151
モーガン（中島 京子） ……………… 0900
茂吉小話 食/食 つづき（斎藤 茂吉） … 0625
目撃者（戸田 巽） …………………… 0255
目撃者は誰？（貫井 徳郎） ………… 0367
黙死（茶毛） ………………………… 0438
木喰上人（一瀬 玉枝） ……………… 0030
木星将に月に入らんとす（鳴海 風） … 0086
木馬を駆る少年（ロレンス, D.H.） … 0871
木曜ごとに（アウンチェイン） …… 1121
文字禍（中島 敦） …………………… 0391
もし君に、ひとつだけ（長沢 樹） … 0312
文字たちの輪舞（石井 洋二郎） …… 1088
文字板（長岡 弘樹） ………… 0169, 0170
若しも…（伊藤 雪魚） ……………… 0975
もじもじのくに（こーいち。） …… 0973
模写（松本 楽志） …………………… 1023
百舌鳥魔先生のアトリエ（小林 泰三） … 0921
モスマン（ティンダー, ジェレミー） 1152
モダン吸血鬼（アルデン, W.L.） …… 0433
もだん・しんごう（星田 三平） …… 0247
持ち腐れ（小泉 秀人） ……………… 0972
望月周平の秘かな旅（有栖川 有栖） … 0330
持出禁止（本城 雅人） ……………… 1019
持ち主のない時計（ロペス・ポルティーリョ・
　イ・ロハス, ホセ） ………………… 1161
モチモチの木（斎藤 隆介） ………… 0887
モーツァルトのいる島（池上 永一） … 1013
モッキングバード（ビアス, アンブロー
　ズ） ………………………………… 1127
もったいない（駒沢 直） …………… 0463
もっとほんとうのこと（タゴール） … 0879
最も偉大な犠牲的行為（デュボイズ, ブレン
　ダン） ……………………………… 0320
最も賢い鳥（大倉 崇裕） …… 0792, 0793
もつれた糸（ドーア, アンソニー） … 1126
もてないおとこ（中村 ブラウン） … 0987
モート（ウェイン, ジョン） ……… 1128
元手（ヒル, サム） …………………… 0317
戻り川心中（連城 三紀彦） ………… 0175
モドル（乾 ルカ） …………… 0208, 0381

作品名索引　　もんは

戻る人形（光原 百合）……………… 0747
モーニング・タイム（友井 羊）……… 0186
もの（広瀬 正）……………………… 0553
物言わぬ男たち（ジャミソン, レスリー）
　…………………………………… 1144
什器破壊業事件（海野 十三）……… 0153
物思う下水道（丸川 雄一）………… 0474
ものがたり（北村 薫）……………… 0329
物語（北見 越）……………………… 0975
物語を継ぐもの（芦辺 拓）………… 0484
ものがたりをつむぐ人（玉岡 かおる）… 0868
ものがたり「かぐや姫」（作者不詳）…… 1007
物語集（石川 美南）………………… 1009
物語の完結（山崎 ナオコーラ）…… 1057
物語の物語（タカスギ シンタロ）… 1023
物語の物語（松本 楽志）…………… 1023
ものがたり「桃太郎」（作者不詳）…… 1007
もの食う女（武田 泰淳）…………… 0628
ものぐさ太郎（花田 清輝）………… 0396
ものぐさ病（モーラン, P.）………… 0884
モノクロウムの街と四人の女（平野 啓一
　郎）……………………………… 1055
モノトーン（宮田 たえ）…………… 1021
もののあはれ（リュウ, ケン）……… 0576
もののけ本所深川事件帖オサキと骸骨幽霊
　〈抄〉（高橋 由太）……………… 0181
ものみな愁える―第二回創元SF短編賞堀
　晃賞（忍澤 勉）………………… 0513
ものみな歌でおわる―第一幕第一景（花田
　清輝）…………………………… 0396
モノレールねこ（加納 朋子）……… 0798
モビール（イエルシルド, P.C.）…… 0418
モーフィー時計の午前零時（ライバー, フ
　リッツ）………………………… 1136
モブ君（乾 ルカ）………… 0578, 0579
模倣（佐多 椋）……………………… 1023
桃（阿部 昭）………………………… 0275
ももいろのおはか（豊島 ミホ）‥ 1099, 1100
桃太郎（芥川 龍之介）……………… 0943
桃太郎. 桃（阿部 昭）……………… 0618
百々地三太夫（柴田 錬三郎）……… 0068
ももの花（空虹 桜）………………… 1023
桃の花が咲く（柏葉 幸子）………… 0782
靄の中（北國 浩二）………………… 0500
燃ゆる頬（堀 辰雄）……… 0651, 0684
模様（町田 康）……………………… 0479
モラトリアム（花鶏 縁）…………… 0465

モリアーティ、モランほか―正典における
　反アイルランド的心情（ウォルシュ, マイ
　ケル）…………………………… 0225
森江春策の災難（芦辺 拓）………… 0252
森川空のルール 番外編（ミタヒツヒト）
　………………………… 0657, 0980
森下雨村さんと私（米田 三星）…… 0247
森で待つ（阿川 佐和子）…………… 0686
杜の囚人（長江 俊和）……………… 0376
森の中の女の子たち（バーンハイマー, ケイ
　ト）……………………………… 1152
森の魔力（ドークケート）…………… 1119
森は歌う（田中 文雄）……………… 0472
モルグ街の殺人（ポー, エドガー・アラ
　ン）……………………………… 1146
『モルグ街の殺人』はほんとうに元祖ミス
　テリなのか？一読まず嫌い。名作入門五
　秒前 評論（千野 帽子）………… 0323
モルグ街のノワール（ゼーマン, アンジェ
　ラ）……………………………… 1149
モルヒネ事件―上海のシャーロック・ホー
　ムズ第三の事件（冷血）………… 0235
モーレン小屋（樋口 明雄）………… 0216
門（夏目 漱石）……………………… 1067
もんがまえ（行 一震）…… 0459, 0461
文句が多い男（黄 桜緑）…………… 0973
紋三郎の秀（子母澤 寛）…………… 0871
文珠院の僧―花和尚お七（平岩 弓枝）… 0086
文殊の知恵の輪（岩里 藁人）……… 0464
モンシロチョウ（葦原 崇貴）……… 0464
モンスター（リンク, ケリー）……… 1152
モン族（竹森 仁之介）……………… 0986
問題画家（牧野 修）………………… 0921
問題教師（貫井 輝）……… 0459, 0461
問題の解決（岡田 利規）…………… 1060
問答のうた（森 鷗外）……………… 0784
モントリオールの恋人（フォード, リチャー
　ド）……………………… 0669, 0670
モントレモスの毒殺者――一七九一（カンバー
　ランド, リチャード）…………… 0441
門のある家（星 新一）……………… 0531
モンパルナスの鳩（崎村 裕）……… 0986
門番（一双）……………… 0460, 0461

767

【 や 】

矢（夢乃 鳥子） ················· 0457, 0458
やあ！やってるかい！（オーツ, ジョイス・
　　キャロル） ················· 0387, 0388
夜闇の祭囃子（黒 史郎） ············· 0460
八重洲十三座神楽（朱鷺田 祐介） ······ 0489
八百万（畠中 恵） ················· 0290, 0291
やがて静かに海は終わる（清水 きよし）
　　 ························· 0847
焼かれた魚（小熊 秀雄） ············· 0870
夜間訓練（添田 健一） ············· 0464
焼きおにぎり（宮木 広由） ··········· 0868
やきかんごふ（朱雀門 出） ··········· 0415
山羊経（町田 康） ················· 0958
山羊座の友人（乙一） ··············· 0403
ヤギ少女観察記録──一九八八（オーツ, ジョ
　　イス・キャロル） ··············· 0441
焼き鳥とクラリネット（佐伯 一麦） ···· 1049
やきとり鳥吉（大沼 紀子） ··········· 0894
焼肉屋合唱曲（チョウ・シキン） ······ 0891
山羊の足（葉越 晶） ··············· 0462
焼き蛤（金子 みづほ） ············· 0459, 0461
柳生一族（松本 清張） ············· 0057
柳生五郎右衛門（柴田 錬三郎） ······ 0124
柳生刺客状（隆 慶一郎） ············· 0033
柳生刺客状──柳生宗矩（隆 慶一郎） ·· 0035
柳生十兵衛（山岡 荘八） ············· 0095
柳生十兵衛の眼（新宮 正春） ········· 0057
柳生友矩の歯（新宮 正春） ··········· 0124
柳生の鬼（隆 慶一郎） ············· 0057
野球の織り糸（エンジェル, ロジャー） ··· 1133
柳生の金魚（山岡 荘八） ············· 0124
柳生の宿（白井 喬二） ············· 0124
柳生連也斎（戸部 新十郎） ··········· 0124
夜勤業務の耳（神村 実希） ··········· 0464
夜勤の心得（西村 風池） ············· 0460
厄（松本 楽志） ················· 0459, 0461
薬剤師とヤクザ医師の長い夜──QED（椹野
　　道流） ························ 0378
薬菜飯店（筒井 康隆） ············· 0622
役者魂（須月 研児） ··············· 0975
薬草取（泉 鏡花） ················· 0477
約束（石川 友也） ················· 0988
約束（栗山 竜司） ················· 0843

約束（瀬戸内 寂聴） ··············· 1057
約束（湊 かなえ） ················· 1108
約束（宮本 紀子） ················· 0084
約束（村山 由佳） ················· 1008
約束（森山 東） ··················· 0484
約束（夢乃 鳥子） ················· 0462
約束を守った花婿（ネズビット, イーディ
　　ス） ························ 0411
約束の書（大黒天 半太） ············· 0489
約束の虹（河野 アサ） ············· 0986
約束のまだ途中（加藤 千恵） ········· 0734
約束は今も届かなくて（吉野 万理子） ··· 0898
役たたず（遠藤 周作） ············· 1038
役立たず（青山 七恵） ············· 1059
役に立たない飾り, あるいはエスクワイア
　　誌の「三十歳を過ぎた男の禁止事項」か
　　ら（マルティネス, アルバート・E.） ·· 1142
厄払い（徳田 秋聲） ··············· 0784
厄病神（菊地 秀行） ··············· 0483
役回り（タキガワ） ················· 1023
八雲作品 背後の世界──小泉セツと作家の
　　妻の役割（出久根 達郎） ········· 0481
やぐらの上の雨女（竹内 伸一） ······ 0967
役割（ガルサン, チナギーン） ······· 1118
焼跡のイエス（石川 淳） ············· 1052
夜警（青山 真治） ················· 1055
夜警（永子） ····················· 1021
夜警（長田 幹彦） ················· 0784
夜警（抄）（ボナヴェントゥラ） ······ 0418
やけた線路の上の死体（有栖川 有栖） ··· 0610
火傷（グリーンドルフィン） ········· 0457, 0458
火傷と根付（矢内 りんご） ········· 0457, 0458
焼け残った手紙（深山 顕彦） ········· 0489
夜行巡査（泉 鏡花） ··············· 1075
野菜（コックス, クリス） ··········· 1150, 1151
矢崎麗夜の夢日記（矢崎 存美） ······ 0431
やさしいお願い（樹下 太郎） ········· 0445
優しい風（水沢 いおり） ············· 0824
やさしい風の道（道尾 秀介） ········· 0900
やさしい背中（山田 あかね） ········· 0654, 0655
優しい人（湊 かなえ） ············· 0132, 0312
やさしいひとがいた村の話（當間 春也）
　　 ························· 0970
優しい坊や（東雲 鷹文） ············· 0975
優しさに包まれるとき（サラ, シャロン）
　　 ························· 0715
夜叉御前（山岸 涼子） ············· 0432

作品名索引　　　やまひ

椰子・椰子　冬（抄）（川上　弘美）……… 0479
靖国越え（間　零）………………………… 0832
靖国神社での話（加門　七海）…… 0416, 0417
やすぶしん（柄澤　昌幸）………………… 0926
安ホテル（宇佐美　まこと）……… 0416, 0417
野性の女（細島　喜美）…………………… 0953
痩せる石鹸（星野　良一）………………… 0976
夜想曲（菊地　秀行）……………………… 0435
夜想曲炎上（はやみ　かつとし）………… 1023
野鳥の森（間瀬　純子）…………………… 0490
八辻ケ原（峰　隆一郎）…………………… 0072
やっておくれな（早見　俊）……………… 0015
八つ葉のクローバー（鎌田　直子）……… 0664
やっぱり結局（竹内　郁深）……………… 1020
奴等の力（大杉　栄）……………………… 1086
宿かせと刀投げ出す雪吹哉―蕪村―（皆川
　博子）……………………………………… 0412
やどかりびと（諸田　玲子）……………… 0081
やどなし犬（鈴木　三重吉）……………… 1031
宿無しの磔刑（イエーツ, ウィリアム・バト
　ラー）……………………………………… 0283
やどりびと（福澤　徹三）………………… 0475
谷中の美術館（水沫　流人）……………… 0415
柳細工のかご（フェイ, リンジー）……… 0226
柳沢殿の内意（南條　範夫）……………… 0004
柳の木の下で（アンデルセン, ハンス・クリ
　スチャン）………………………………… 0651
家鳴（佐々木　ゆう）……………………… 0474
夜尿（車谷　長吉）………………………… 1049
屋根裏の散歩者（有栖川　有栖）………… 0146
屋根裏の同居者（三津田　信三）………… 0132
屋根裏の法学士（宇野　浩二）…………… 0884
屋根裏部屋で―母親しみじみ（モーション,
　アンドリュー）…………………………… 1139
屋根猩猩（恒川　光太郎）………………… 0276
屋根の上（紺　詠志）……………………… 0464
屋根の上のサワン（井伏　鱒二）………… 0885
屋根の下の気象（日影　丈吉）…………… 0395
夜馬車（山手　樹一郎）…………………… 0050
夜半を過ぎて―煌夜祭前夜（多崎　礼）… 1098
夜半亭有情（葉室　麟）…………………… 0079
藪こうじ（徳田　秋聲）…………… 1046, 1075
流鏑馬（立原　正秋）……………………… 0907
流鏑馬な！　海原ダンク！（ディヴィス, ア
　ジッコ）…………………………………… 1148
藪三左衛門（津本　陽）…………………… 0064
藪塚ヘビセンター（武田　百合子）… 0911, 0912

藪の中（芥川　龍之介）…………… 0295, 0434
破靴（山岸　藪鶯）………………………… 0784
やぶれ弥五兵衛（池波　正太郎）… 0029, 0039
山（浅見　淵）……………………………… 1092
病をはこぶもの（井上　雅彦）…………… 0571
病めるときも（梅原　満知子）…………… 0631
山へ（安西　玄）…………………………… 0985
山を生きて（佐々木　ゆう）……………… 0833
山奥ガール（友井　羊）…………………… 0188
山を越えていくもの（神保　光太郎）…… 1037
山火事（松村　進吉）……………………… 0415
山北飢談（黒　史郎）……………………… 0428
山国の新平民（島崎　藤村）……………… 1046
6.山小屋（田沢　五月）…………………… 0401
山小屋―シチリア小景（ピランデッロ, ルイ
　ジ）………………………………………… 1156
山小屋でのこと（長島　槇子）…… 0416, 0417
やましい三人（秋口　ぎぐる）…………… 0294
山科の記憶（志賀　直哉）………………… 1071
山田浅右衛門覚書―目あき首（原　里佳）
　……………………………………………… 0481
山田さんのこと（水沫　流人）…………… 0415
山藤孝一の『笑っちゃだめヨ!!』（牧野
　修）………………………………………… 0431
大和心（泉　鏡花）………………………… 1036
やまと健男（依田　柳枝子）……………… 0784
止まない雨（暮木　椎哉）………… 0457, 0458
やまなし（宮沢　賢治）
　………………………… 0618, 0787, 0887, 1079
山鳴る里（長谷部　弘明）………………… 0459
「山」について（浅見　淵）……………… 1092
山になる（鈴木　紀子）…………………… 0915
山の上の交響楽（中井　紀夫）…………… 0527
山の上の春子（青山　七恵）……………… 0734
山の怪（田中　貢太郎）…………………… 0477
山の酒（西脇　順三郎）…………………… 0993
山の幸（葉山　嘉樹）……………………… 1052
山の太郎熊（椋　鳩十）…………………… 0964
山の手の子（水上　瀧太郎）……… 0993, 1073
山の中の犬（日明　恩）…………………… 0259
山の中のレストラン（白　ひびき）… 0457, 0458
山の端に沈む太陽（ドワンチャンバー）… 1119
山の端の月（中嶋　隆）…………………… 0055
山の秘密（岡本　綺堂）…………………… 0953
山のヒーロー（森町　歩）………………… 0843
山彦（我妻　俊樹）………………………… 0460
山彦（トウェイン, マーク）……………… 0883

769

やまひ 作品名索引

山人外伝資料（山男・山女・山丈・山姥・
　山童・山姫の話）（柳田 國男）　……… 0477
山姫（荻田 安静）　…………………… 0479
山姫（日影 丈吉）　…………………… 0395
山吹女房（山岡 荘八）　……………… 0050
山女魚剣法（伊藤 桂一）　…………… 0009
山本孫三郎（長谷川 伸）　…………… 0050
やまもも（瀬戸内 寂聴）　…………… 0618
やまんぶの帯（朱雀門 出）　………… 0462
闇（こっく）　…………………………… 1051
闇（三崎 亜記）　……………………… 1014
闇が遊びにやってきた（ヘンダースン, ゼ
　ナ）　…………………………………… 0452
闇が落ちる前に、もう一度（山本 弘）　… 0535
闇からの予告状（大崎 梢）　………… 0351
闇切丸（江坂 遊）　…………………… 0571
闇汁図解（正岡 子規）　……………… 0625
闇鍋（水月 聖司）　…………………… 0464
闇に走る（藤 水名子）　……………… 0412
闇に潜みし獣（福田 栄一）　………… 0333
闇にひらめく（吉村 昭）　…………… 0611
闇に向かう電車（柳原 慧）　………… 0200
闇の絵巻（梶井 基次郎）　…… 0875, 1052
闇の奥（逢坂 剛）　…………………… 0271
闇の儀式（都筑 道夫）　……………… 0410
闇の世界の証言者（深津 十一）　‥ 0193, 0197
闇の底の狩人（横山 信義）　………… 1098
闇の松明―伏見城（高橋 直樹）　…… 0121
闇の童話（陽羅 義光）　……………… 0991
闇の中から生まれるもの達（三川 祐）
　…………………………………… 0484, 0966
闇の中の声（池波 正太郎）　………… 0051
闇の中の子供（小松 左京）　………… 0267
闇の羽音（岡本 賢一）　……………… 0130
闇の梯子（角田 光代）　……………… 1057
闇の船（黒井 千次）　………………… 1027
闇の路地（レイ, ジャン）　…………… 0419
闇夜にカラスが散歩する（赤川 次郎）　… 0164
病める統治者の事件（キーティング, H.R.
　F.）　…………………………………… 0234
ヤリタイ女とサマヨウ男（砂原 美都）　… 0697
槍の穂先にて（板床 勝美）　………… 0836
槍持ち佐五平の首（佐藤 雅美）　…… 0010
槍は日本号―日本号（白石 一郎）　… 0122
やれやれ、また魚か！（葦原 崇貴）　… 0489
柔らかい時計（荒巻 義雄）　………… 0531
柔らかな女の記憶（金原 ひとみ）　… 0979

やわらかな追憶（田中 せいや）　…… 0465
ヤン様（イラーセク, アロイス）　…… 0418

【ゆ】

唯一のもう一つ（そうざ）　………… 1020
由井正雪の最期（武田 泰淳）　……… 0004
有意水準の石（ブリン, デイヴィッド）　… 0519
憂鬱なフィアンセ（モンロー, ルーシー）
　………………………………………… 0633
夕顔（江國 香織）　…………… 0048, 0091
夕顔（倉橋 由美子）　………………… 0432
夕顔―『源氏物語』より（紫式部）　… 0394
夕霞の女（千野 隆司）　……………… 0016
夕方の三十分（黒田 三郎）　………… 0886
夕方、はやく（ワトスン, イアン）　… 0514
誘蛾灯（中条 佑弥）　………………… 0846
誘蛾灯なおれ（岬 兄悟）　…………… 0474
勇敢な漁師と9人の盗賊（アリ, ラフミ）　… 1122
ゆうき（石井 康浩）　………………… 0808
幽鬼（ドグミド, バルジリン）　……… 1118
夕暮れ（道又 紀子）　………………… 0959
夕暮れ（与粋 鴎歌）　………………… 1020
夕暮にゆうくりなき声満ちて風―世界と地
　図と連続と不連続と僕。できるだけゆっ
　くりお読み下さい（倉橋 タカシ）　… 0559
夕暮れの音楽室（田中 哲弥）　……… 0474
有効にして有益な約因（チャイルド, リー）
　………………………………………… 0287
有効にして有益な約因（フィンダー, ジョゼ
　フ）　…………………………………… 0287
『憂国志談大逆陰謀の末路』より（池 雪
　蕾）　…………………………………… 1086
幽斎の悪采（木下 昌輝）　…………… 0045
優作の優（岩城 裕明）　……………… 0901
ゆうしゃのゆううつ（堀内 公太郎）
　…………………………………… 0224, 0364
勇者は本当に旅立つべきなのか？（遠藤 浅
　蜊）　…………………………………… 0603
誘女（伊予 葉山）　…………………… 0460
友情と伊豆（細谷 幸子）　…………… 0848
友情の証（宇津呂 鹿太郎）　………… 0463
遊女殺し―太公望のおせん（平岩 弓枝）
　………………………………………… 0111
「友人」の娘（谷口 雅美）　………… 0950
友人Iの勉強法（田丸 雅智）　…… 0467, 1018

作品名索引 **ゆきた**

夕すずめ（杉本 章子） ……………… 0082
夕鶴（久岡 一美） ………………… 0976
遊星からの物体X（キャンベル,J.W.,Jr.）
　　　　　　　　　　　　　　　……… 0439
融雪（柴田 よしき） ………… 0620, 0621
優先席（耳 目） …………………… 0968
友禅とピエロ（辻 真先） ………… 0820
夕立雨（杉本 利男） ……………… 0992
祐太のこと（南梓） ………………… 0824
有ちゃん（五十月 彩） …………… 0859
遊動円木（葛西 善蔵） …………… 0910
憂年（陽羅 義光） ………………… 0985
夕映少年（中井 英夫） …………… 0395
夕飯は七時（恩田 陸） …………… 0535
夕陽を跨ぐ友達（君島 慧是） …… 0460
夕陽が沈む（皆川 博子） …… 0429, 0552
夕陽と珊瑚（髙樹 のぶ子） … 0740, 0753
郵便少年（森見 登美彦） ………… 1050
郵便屋シュヴァルの大いなる夢（ヴァイス,
　　ペーター・ウルリッヒ） ……… 0418
幽閉（井伏 鱒二） ………………… 0807
誘母燈（但馬 戒融） ……………… 0481
有名（星 新一） …………………… 0533
夕焼け観覧（三和） ………………… 0463
夕闇地蔵（恒川 光太郎） ………… 0468
有料（ローズ，ダン） ……………… 0708
優良少年（ぴぴぽえちゃん） …… 0968
憂慮する令嬢の事件（北原 尚彦） … 0132
幽霊（小松 左京） ………………… 0479
幽霊駅馬車（エドワーズ，アメリア・B.） ‥ 0480
幽霊画の女（田辺 青蛙） ……… 0459, 0461
幽霊管理人（伊藤 三巳華） …… 0416, 0417
幽霊銀座を歩く―銀座警察シリーズより
　　（三好 徹） …………………… 0168
幽霊自動車（小島 水青） ………… 0415
幽霊妻（海野 十三） ……………… 0153
幽霊船（ミルトン，リチャード） … 0485
幽霊と機械（ローズ，ロイド） …… 0225
ゆうれいトンネル（大道 珠貴） …… 0736
幽霊に関する一考察（飛鳥部 勝則） … 0484
幽霊の家（吉本 ばなな） ………… 0615
ユウレイノウタ（入沢 康夫） …… 0479
幽霊の死（トロワイヤ，アンリ） … 0449
幽霊の芝居見（薄田 泣菫） ……… 0479
幽霊の時計（美崎 理恵） ………… 1083
幽霊の品格（小泉 秀人） ………… 0968
幽霊の見える眼鏡（松長 良樹） ……… 0971

幽霊の臨終（沙木 とも子） ……… 0465
幽霊メモ（古保 カオリ） ………… 0972
幽霊屋敷（ブルワー＝リットン，エドワー
　　ド） …………………………… 0419
幽霊列車（赤川 次郎） …………… 0610
幽霊はここにいた（岩崎 正吾） ‥ 0292, 0293
誘惑（奥田 哲也） ………………… 0474
誘惑（渋谷 良一） ………………… 0976
誘惑には向かない職業（ウォレン，ナン
　　シー） ………………………… 0662
愉快な客（有森 信二） …………… 0992
愉快犯（井上 賢一） ……………… 0968
床下の骨（圓 眞美） ……………… 0464
浴衣の裾が（まつ はるか） ……… 0913
ユーカリの小さな葉（村上 龍） … 0783
歪んだ愛（天沢 彰） ……………… 0983
歪んだ鏡（成重奇荘） …………… 0241
歪んだ鏡（宮部 みゆき） ………… 0587
歪んだ空白（森村 誠一） ………… 0609
ゆがんだ子供（道尾 秀介） ……… 1008
雪（岡本 かの子） ………………… 0397
雪（楠田 匡介） …………………… 0366
雪（グールモン） ………………… 0993
雪（河野 多惠子） ………………… 0436
雪（パウストフスキイ） ………… 1158
雪色の恋（有沢 真由） …………… 0603
雪写し（瑞木 加奈） ……………… 0863
雪鰻（浅田 次郎） ………………… 0611
雪を待つ朝（柴田 よしき） …… 0165, 0166
ゆきおろし（日和 聡子） ………… 0961
雪女（奥田 登） …………………… 0865
雪女の肖像（東 しいな） ………… 0857
雪女のブレス（南 綾子） ……… 0673, 0674
雪女、ハワイに行く（豊福 征子） … 0858
雪蛙の宿で（小林 義彦） ………… 0862
ゆきかがみ（あめの くらげ） …… 0863
雪傘の日（すずき もえこ） ……… 0865
雪が降り積もる前の、その僅かな永遠（佐々
　　木 淳一） …………………… 0859
雪が降る（藤原 伊織） …………… 0326
雪が降る（山本 幸久） …………… 1091
雪子（山田 耀平） ………………… 0864
雪子たち（葉原 あきよ） ………… 1023
雪猿（木村 智佑） ………………… 0861
雪地蔵（青山 蓮太郎） …………… 0851
雪たいき（幸田 露伴） …………… 0396
雪たたき（幸田 露伴） …………… 0390

771

ゆきた　　作品名索引

雪玉（巣山 ひろみ） ････････････････ 0859
ゆきだるまのしずく（塔山 郁） ･･････ 0198
雪だるまの種（桜伊 美紀） ･･････････ 0862
雪だるまの恩返し（小笠原 天音） ････ 0857
雪積もる海辺に（植田 富栄） ････････ 0860
雪と金婚式（有栖川 有栖） ･･････････ 1096
雪解け（永井 荷風） ･･････････････････ 1087
雪どけ水の頃（大坂 繁治） ･･････････ 0865
ゆきねこ（あまの かおり） ･･････････ 0866
雪ネコ（小南カーティス 昌代） ･･････ 0865
雪の音（瑞木 加奈） ････････････････ 0860
雪の隠れ里（小西 保明） ････････････ 0863
雪の子（脇田 正） ･･････････････････ 0862
雪の時間（郁風） ･･････････････････ 0861
雪のせい（水田 美意子） ･･････････ 0198
雪の大文字（千鳥 環） ････････････ 0857
雪の翼（巣山 ひろみ） ････････････ 0861
雪の伝説（中野 睦夫） ････････････ 0864
雪のとびら（有本 吉見） ･･････････ 0864
雪の中の奇妙な果実（巽 昌章）･･ 0292, 0293
雪のなかのふたり（山田 正紀） ･･････ 0327
雪の博物館（鷹野 晶） ････････････ 0866
雪の花（坂本 美智子） ････････････ 0859
雪の反転鏡（中山 佳子） ･･････････ 0860
雪の日（近松 秋江） ････････････････ 1087
雪のひと（皆川 志保乃） ･･････････ 0857
雪の日の魔術（大山 誠一郎） ･･････ 0313
雪の降るまで（田辺 聖子）･････ 0911, 0912
雪の降る夜は（桐生 典子） ････････ 1011
雪の夜の告白（ウォード,J.R.） ･･････ 0634
雪の夜に帰る（島本 理生） ････････ 0982
雪の夜のビターココア（宇佐美 游）
　･･･････････････････････････ 1032, 1033
雪の轍（佐藤 青南） ･････････ 0193, 0197
雪バス（暁 ことり） ････････････････ 0824
雪花散り花（菅 浩江） ････････････ 0164
雪降る公園にて。―dedicated to…（三國
　礼） ････････････････････････ 0858
雪舞（藤野 碧） ･･････････････････ 0932
雪迷子（多岐亡羊） ････････････････ 0474
雪まろの夏（仲町 六絵） ･･････････ 0861
雪模様（永井 するみ） ････････････ 0219
行きゆきて玄界灘（夫馬 基彦） ････ 1058
雪夜の出来事（森川 楓子） ･･････ 0197
雪童子（関口 光枝） ･･････････････ 0857
雪ん子バージョンアップ！（大原 啓子）
　････････････････････････････ 0857

行く（バダムサムボー, ゲンデンジャムツィ
　ン） ･･･････････････････････ 1118
行方（日和 聡子） ･･････････ 0910, 1061
行方不明（宮里 政充） ････････････ 1026
ゆく先（須藤 文音） ････････････････ 0785
ユグナンの妻（シール,M.P.） ･･････ 1140
ゆくひと（陽羅 義光） ････････････ 0915
輸血のゆくえ（夏樹 静子） ････････ 0328
ユゴスの瞳（松本 楽志） ･･････････ 0489
輸出（城山 三郎） ･･････････････････ 0927
ユスラウメの花（疑 遅） ･･････････ 1115
譲り合いの心（@jun50r） ･･････････ 0781
ユタの花（ポール, ロバート） ･･････ 0225
『ユダの窓』と「長方形の部屋」の間（法月
　綸太郎） ･･････････････････ 0330
油断大敵（大原 久通） ････････････ 0970
ゆっくりさよなら（大崎 知仁） ･･ 0654, 0655
ゆっくりと南へ（草上 仁） ････････ 0538
湯壺の中の死体（宮原 龍雄） ･･････ 0148
茹でハゲ（楠野 一郎） ････････････ 1022
湯どうふ（泉 鏡花） ･････････ 0617, 0625
ユニコーン・ヴァリエーション（ゼラズニ
　イ, ロジャー） ･･････････････ 1136
湯のけむり（富田 常雄） ･･････････ 0009
湯の町オプ（大沢 在昌） ･･････････ 0326
指（北村 薫） ･･････････････････････ 1039
指（鳥海 たつみ） ･･････････････････ 0849
ゆびおり（松本 楽志） ････････････ 0462
指切り（不狼児） ･･･････････ 0457, 0458
指先アクロバティック（青砥 十） ････ 1022
指貫きゲーム（O.ヘンリー） ････････ 1130
指の上の深海（稲葉 真弓） ････････ 1057
指輪（小沼 丹） ･･････････････････ 0275
指輪はイブの日に（パーマー, ダイアナ）
　････････････････････････････ 0728
ユープケッチャ（安部 公房） ･･････ 0395
優布子さんのこと（石倉 麻里） ････ 0855
ユマニテ（フランス, アナトール） ････ 1154
弓ケ浜での思い出（若林 優稀） ････ 0823
柚味噌会（正岡 子規） ････････････ 0625
弓投げの崖を見てはいけない（道尾 秀
　介） ･････････････････････ 0154, 0281
ゆめ（大島 真寿美） ････････････････ 0984
夢（芥川 龍之介） ･･････････････････ 1085
夢（ヴェルガ, ジョヴァンニ） ････････ 1156
夢（クプリーン, アレクサンドル） ･････ 0405
夢（萩原 朔太郎） ･･････････････････ 1085

772

作品名索引　　ようか

夢（森　鷗外）……………………… 1085
夢一夜（阿刀田　高）……………… 1039
夢うつつ（杉本　利男）…………… 0986
夢追い人（藤井　仁司）…………… 0602
夢を見る（甲木　千絵）…………… 0760
夢がたり（高崎　節子）…………… 0779
夢子―深川（村松　友視）………… 0839
ゆめじ白天目（後藤　真子）……… 0862
夢十夜（夏目　漱石）
　　　　　0325, 0394, 0402, 0478, 1052, 1085
『夢十夜』より 第三夜（夏目　漱石）… 0889
夢捨て場（光原　百合）…………… 0747
夢ちがえの姫君（速瀬　れい）…… 0435
夢日記（抄）（島尾　敏雄）……… 0479
夢に見たキス（ハート，ジェシカ）… 0716
夢猫記（猫乃　ツルギ）…………… 0489
夢の浮橋（谷崎　潤一郎）………… 0397
夢の浮橋―『人形佐七捕物帳』より（横溝
　　正史）………………………… 0093
夢の影響（与謝野　晶子）………… 1085
夢のおとない（金子　みづほ）… 0460, 0461
夢の終わり（波多野　都）………… 0689
夢の女（コリンズ，ウィルキー）… 0413
夢の香り（石田　衣良）………… 0896, 0897
夢のかけら 麺のかけら（石持　浅海）… 0363
夢の通い路よるさへや（五十月　彩）… 0864
夢の樹が接げたなら（森岡　浩之）… 0538
夢の結末（飛雄）…………………… 0460
夢の研究（マーテルランク，モーリス）… 0393
夢の住人（田中　せいや）………… 1023
夢の節電エアコン（@shinichikudoh）… 0781
夢の続き（雨澄　碧）……………… 0584
夢のなかで（南　じゅんけい）…… 0975
夢の中で宙返りをする方法（タイム　涼
　　介）…………………………… 0585
夢のなかの街（倉橋　由美子）…… 0395
夢の日記から（中　勘助）………… 0477
夢の人（平山　敏也）……………… 0971
ゆめのみらい（佐々木　俊輔）…… 1001
夢ばか（抄）（日影　丈吉）……… 0479
夢判断（小鳥遊　ふみ）…………… 0969
夢筆耕（石川　英輔）……………… 0053
夢見の噺（清水　雅世）…………… 0279
夢見る葦笛（上田　早夕里）…… 0429, 0552
夢見るバレンタイン（マッケンジー，マー
　　ナ）…………………………… 0715
夢見る貧しい人々（岩井　志麻子）… 0327

夢もろもろ（横光　利一）………… 1085
熊野（三島　由紀夫）……………… 0993
熊野の長藤（太田　智子）………… 0814
ゆらぎ（傳田　光洋）……………… 0484
百合（我妻　俊樹）………………… 0462
閼上の釣り人（黒木　あるじ）…… 0785
ユリイカ（山之内　芳枝）………… 1090
揺り椅子（ギルマン，シャーロット・パーキ
　　ンズ）………………………… 0446
百合君と百合ちゃん―満二十八歳までに
　　結婚することが国民の義務となりました
　　（森　奈津子）………………… 0567
ゆり子の日々（古倉　節子）……… 0991
ゆりちゃんを殺しに（荻田　美加）… 0682
ゆるいゆるいミステリの、ささやかな謎の
　　ようなもの。（千野　帽子）…… 0304
ゆるキャラはなぜ殺される（東川　篤哉）
　　……………………………… 0214, 0312
許されぬ恋（みわ　みつる）……… 0975
許されようとは思いません（芦沢　央）
　　……………………………… 0214, 0304
赦されるために（古川　日出男）… 1088
赦しの庭（舘　有紀）……………… 0845
ゆるやかな自殺（貴志　祐介）… 0212, 0382
揺れる最終電車（拓未　司）……… 0200
揺れる少女（黒柳　尚己）………… 0971

【よ】

夜明けとともに霧は沈み（マーティン，ジョー
　　ジ・R.R.）…………………… 0572
夜明けの雨―聖坂・春（藤原　緋沙子）… 0106
夜明けの炎（ウンバ，ベンジャミン）… 1164
夜明け前―注目の作家が明かす、作家のは
　　じまり…（万城目　学）……… 1101
夜明け前のバスルーム（清水　奈緒子）… 0824
夜明けまで（大藪　春彦）………… 0145
良い知らせと悪い知らせ（和坂　しょろ）
　　………………………………… 0971
与市と望月（小松　エメル）……… 0788
酔い止め薬（波風　立太郎）……… 0970
よいどれの子（中尾　寛）………… 0474
宵の外套（井上　雅彦）…………… 0435
宵やみ（サキ）……………………… 1130
良い夜を持っている（円城　塔）… 0496
ヨウカイだもの（中村　和恵）…… 1088

773

ようか

作品名索引

溶解人間（平山 夢明） …………… 0351
洋館（吉田 修一） ………………… 1067
羊羹合戦（火坂 雅志） ……… 0059, 0626
溶岩洞を伝って（梶尾 真治） ……… 0483
容疑者が消えた（若竹 七海） … 0292, 0293
陽気なる魂（ボウエン，エリザベス） … 0420
妖奇の鯉魚（岡田 鯱彦） ………… 0307
楊貴妃と香（幸田 露伴） ………… 0396
妖剣林田左文（山田 風太郎） …… 0117
ようこそ、ウィルヘルム！（スヴェンソン，
　マイケル） ……………………… 1148
ようこそ、マシンヘ（関野 譲治） …… 1026
幼児殺害犯（ラング，リチャード） …… 0297
幼児殺戮者（澁澤 龍彦） ………… 0488
用心しろ（泡沫 虚唄） …………… 0427
用水路の開通（デーンビライ，フンアル
　ン） ……………………………… 1119
妖精（貝原） ……………………… 0462
妖精が舞う（神林 長平） ………… 0537
妖精族のむすめ（ダンセイニ，ロード） … 0402
妖精にさらわれた子供（レ・ファニュ，シェ
　リダン） ………………………… 0420
妖精の棲む樹（ヤング，ロバート・F.） … 0510
妖精の止まり木（片理 誠） ……… 0484
陽美鶯籠の事（畠山 拓） ………… 0988
洋装した十六の娘（大手 拓次） … 0628
陽太の日記（抜萃）（菊地 秀行） … 0475
妖虫（ケラー，デイヴィッド・H.） …… 0454
妖刀・籠釣瓶（毛利 亘宏） ……… 0118
幼年時代（柏原 兵三） …………… 0874
幼年時代の場所（トマージ・ディ・ランペ
　ドゥーザ，ジュゼッペ） …………… 1155
幼年、辻詩 海、合唱について、くらいま
　つくす（金 鍾漢） ………………… 1066
幼年、辻詩海、合唱について、くらいまつ
　くす（金 鍾漢） ………………… 1065
遥拝隊長（井伏 鱒二） …………… 0774
遙拝隊長（井伏 鱒二） …………… 0775
羊皮紙の穴（ベイリー，H.C.） …… 0586
洋服簞笥の奥の暗闇（小泉 喜美子） … 0272
妖婦の宿（高木 彬光） …………… 0175
妖魔の辻占（泉 鏡花） …………… 0398
漸く、見えた。（花村 萬月） ……… 0040
余寒の雪（宇江佐 真理） ………… 0119
ヨギ ガンジーの予言（泡坂 妻夫） …… 0136
善きサマリヤ人（アルダイ，チャールズ）
　………………………………… 0337

夜汽車の記憶（内田 康夫） ……… 0604
よき夕べ（ポーラン，ジャン） …… 1088
よくある話（伊予 葉山） …… 0457, 0458
浴葬（八駒 海桜） ………………… 0460
よく忠によく孝に（武田 八洲満） … 0061
欲望の夜が明けても（シーディ，E.C.） … 0703
予言（照井 文） …………………… 0976
予言（久生 十蘭） ………………… 0394
横切る（井上 雅彦） ……………… 0444
予告殺人（草上 仁） ……………… 1016
邪まな視線（天津 奇常） ………… 0460
横槍ワイン（市井 豊） …………… 0306
汚れつちまつた悲しみに…/また来ん春…
　（中原 中也） …………………… 1031
夜寒のあやかし（江崎 来人） … 0457, 0458
よし（永森 裕二） ………………… 0808
霞切（藤原 緋沙子） ……………… 0083
芳子が持ってきたあの写真（中原 昌也）
　………………………………… 0961
吉田爺（立花 腑楽） ………… 0457, 0458
吉田松陰（海音寺 潮五郎） ……… 0101
吉田松陰の恋（古川 薫） ………… 0054
吉田同名―第七回創元SF短編賞受賞作（石
　川 宗生） ………………………… 0492
ヨシダと幻食（島津 緒繰） ……… 0619
「よし」の人たち（深海 和） ……… 0990
芳野山の仙女（幸田 露伴） ……… 0396
吉宗の恋（岳 宏一郎） …………… 0078
義元の首（木下 昌輝） …………… 0040
義元の呪縛（天野 純希） ………… 0084
よじょう（山本 周五郎） ………… 0884
四畳半世界放浪記（森見 登美彦） … 0557
四畳半襖の下張（山田 風太郎） … 0582
吉原雀（近藤 史恵） ……………… 0020
吉原大門の殺人（平岩 弓枝） …… 0126
餘燼（戸川 貞雄） ………………… 0032
余震ありすぎて（@takao_rival） … 0781
予審調書（平林 初之輔） ………… 0143
夜釣りの心得（ヒモロギ ヒロシ） … 0457, 0458
予想外のできごと（谷口 雅美） … 0949
よそゆき（飛雄） …………… 0459, 0461
寄り来るモノ（クジラマク） … 0457, 0458
夜鷹三味線（村上 元三） ………… 0092
夜鷹蕎麦十六文（北原 亞以子） … 0066
よだかの星（宮沢 賢治）
　……………… 0888, 1031, 1069, 1079
よた話（ホッケンスミス，スティーヴ） … 0202

774

予知夢（るどるふ） …………… 0968
予兆（トゥカメインライン） …… 1121
四日間の恋人（デニソン, ジャネール） … 0659
四つの黄金律（カー, ディクスン） …… 0138
四つの文字（林 房雄） …………… 0445
酔っ払いが飲み屋の鏡を壊した（ネスィン,
　アズィズ） ………………………… 1122
酔っ払いと素面の悪魔との会話（チェーホ
　フ, アントン・パーヴロヴィチ） …… 0405
淀君（井上 友一郎） ……………… 0023
夜中の銃声（李 修文） …………… 1111
夜長姫と耳男（坂口 安吾） ……… 0943
夜泣きの岩（小出 まゆみ） ……… 0459
夜泣き帽子（小川 洋子） ………… 0783
世にも恐ろしい物語（ラヴゼイ, ピーター）
　…………………………………… 1149
四人組、大いに学習する（髙村 薫） 1016
四人の同級生（永瀬 三吾） ……… 0147
四人目の男（松浦 寿輝） ……… 0354, 0355
四人目の空席（ハミルトン, スティーヴ）
　…………………………………… 0340
米久の晩餐（髙村 光太郎） ……… 0625
四年と十一か月（小田 イ輔） …… 0785
世の習い（マーティン, ヴァレリー） … 0726
ヨーの話（青山 七恵） …………… 0905
夜の訪問者（三間 祥平） ………… 0949
夜の放浪者（ホームズ, ルパート） 1149
ヨハネスブルグのマフィア（森 絵都） … 0686
呼ばれて―母娘しみじみ（ボーランド, イー
　ヴァン） ………………………… 1139
呼声（黒木 あるじ） ……………… 0785
呼び止めてしまった（根多加 良） 0459
呼び鈴（ウォートン, イーディス） 0442
呼鈴（永瀬 三吾） ………………… 0148
よびんど（畦ノ陽） ……………… 0463
呼ぶ声（亀井 はるの） …………… 0460
ヨブ・パウペルスム博士はいかにしてその
　娘に赤い薔薇をもたらしたか（マイリン
　ク, グスタフ） ………………… 0418
呼ぶ風鈴（泡沫 虚唄） …………… 0427
『与平の日記』を歩く（斎藤 久） 0847
予報（百目鬼 野干） ……………… 0427
読まず嫌い。名作入門五秒前『モルグ街
　の殺人』はほんとうに元祖ミステリなの
　か？（千野 帽子） …………… 0248
読売争議と殺人鬼（下町 遊歩） … 0986
甦った男（コーエン, ポーラ） …… 0225

蘇らぬ朝（武藤 直治） …………… 1086
黄泉から（久生 十蘭） …………… 0881
ヨミコ（謎村） …………………… 0859
ヨミコ・システム（謎村） ……… 0860
黄泉路より（歌野 晶午） ………… 0303
嫁入り人形（岡部 えつ） ………… 0484
嫁入り前夜（山本 博美） ………… 0689
夜目、逃げ足（葛城 輝） ………… 1021
嫁の指定席（野坂 律子） ………… 1083
嫁はきたとね？（新野 哲也） …… 1012
蓬ケ原（東郷 隆） ………………… 0080
ヨモツヘグヒ（沢井 良太） …… 0460, 0461
頼越人（小松 エメル） …………… 0084
ヨリコに吹く風（佐手 英緒） …… 0489
憑代忌（北森 鴻） ……………… 0244, 0249
よりにもよって（諸田 玲子） …… 0079
よりによってこんな日に（柘 一輝） 0972
寄り道（夏川 草介） ……………… 0608
「夜」（石田 千） ………………… 0842
夜（北原 白秋） …………………… 0488
夜（高見 順） ……………………… 0993
夜、あける（砂場） ……………… 1023
夜を売る（太田 忠司） …………… 0966
夜を泳ぎきる（樋口 直哉） ……… 1055
夜を駆ける女（藤本 由紗） ……… 0985
夜が明けたら（小松 左京） ……… 0533
夜が降る（山下 定） ……………… 0474
夜、飛ぶもの（朱川 湊人） …… 0939, 0940
夜なのに（田中 哲弥） ………… 0431, 0552
夜に別れを告げる夜（樹下 太郎） 0522
夜の斧（五木 寛之） ……………… 0436
夜のおもいで（鈴木 睦子） ……… 0824
夜のかけら（抄）（藤堂 志津子） 0882
夜のかさぶた（長谷川 純子） …… 1091
夜の樹（木谷 新） ………………… 0864
夜の記憶（貴志 祐介） …………… 0573
夜のキリン（春名 トモコ） ……… 1023
夜の小人（飛鳥井 千砂） ………… 1018
夜の寂しい顔（福永 武彦） ……… 0804
夜の散歩（圓 眞美） ……………… 0465
夜の自画像（連城 三紀彦） …… 0208, 0368
夜の二乗（連城 三紀彦） ………… 0270
夜のジンファンデル（篠田 節子） 0735
夜の杉（抄）（内田 百閒） ……… 0479
夜の蟬（百目鬼 野干） …………… 0427
夜の床屋（沢村 浩輔） …………… 0205
夜のドライブ（川上 弘美） ……… 0644

夜の鳥（化野 燐）・・・・・・・・・・・・・・・・・・・ 0435
夜の虹（佐々木 禎子）・・・・・・・・・・・・・・・ 0466
夜の主（レー、ジャン）・・・・・・・・・・・・・・ 0393
夜の橋（澤田 ふじ子）・・・・・・・・・・・・・・ 0092
夜のバス（石川 喬司）・・・・・・・・・・・・・・ 0533
夜の来訪者（田辺 青蛙）・・・・・・・・・・・・ 0456
夜の若葉（宮本 百合子）・・・・・・・・・・・・ 0629
夜松の女（石橋 直子）・・・・・・・・・・・・・・ 0481
夜までは（室生 犀星）・・・・・・・・・・・・・・ 0390
夜は朝まで（江口 隣太郎）・・・・・・・・・・ 0998
夜はグリーン・ファルコンを呼ぶ（マキャ
　モン、ロバート・R.）・・・・・・・・・・・・・・ 0451
夜は千の眼を持つ（ド・クーシー、ジョ
　ン）・・・・・・・・・・・・・・・・・・・・・・・・・・・・・・・・ 0521
鎧塚邸はなぜ軋む（村崎 友）・・・・・・・・ 0339
よろいの渡し（都筑 道夫）・・・・・・・・・・ 0328
鎧櫃の血（岡本 綺堂）・・・・・・・・・・・・・・ 0398
喜びと哀愁の野球トリビア・クイズ（カル
　ファス、ケン）・・・・・・・・・・・・・ 0387, 0388
世渡り上手の知恵者―お初（永井 路子）
　・・・・・・・・・・・・・・・・・・・・・・・・・・・・・・・・・・・・ 0023
世は春じゃ（杉本 苑子）・・・・・・・・・・・・ 0009
四十一年目の富士山（渡会 三郎）・・・・ 0813
42（鈴木 さくら）・・・・・・・・・・・・・・・・・・ 0967
42.195キロ（林 岏助）・・・・・・・・・・・・・・ 0976
四四年前の中二病（山本 弘）・・・・・・・・ 0523
四十四のサイン（トッド、ピーター）・・・・ 0231
四色問題（法月 綸太郎）・・・・・・・ 0359, 0360
四大義務（小林 ミア）・・・・・・・・・・・・・・ 0619
よんひくさんの木（江崎 来人）・・・・・・ 0463
四分間では短すぎる（有栖川 有栖）
　・・・・・・・・・・・・・・・・・・ 0162, 0163, 0376
四本のラケット（佐川 光晴）・・・・・・・・・・ 0899
四枚のカード（乾 くるみ）
　・・・・・・・・・・・・・ 0322, 0338, 0357, 0358
444のイッペン（佐藤 友哉）・・・・・・・・・・・ 1106

【ら】

雷雨の庭で（有栖川 有栖）・・・・・・ 0248, 0323
ライオン退治（和坂 しょろ）・・・・・・・・・・ 0969
ライオンに噛み裂かれてむさぼり食われる
　（ウェルズ、ジェフリー）・・・ 1150, 1151
来世不動産（升野 英知）・・・・・・ 1044, 1045
雷鳥九号殺人事件（西村 京太郎）・・・・・・ 0610

ライツヴィルのカーニバル（ホック、エド
　ワード・D.）・・・・・・・・・・・・・・・・・・ 0149
書く機械（有栖川 有栖）・・・・・・・・・・・・・ 0222
ライフ・オブザリビングデッド―ゾンビの浜
　田はきょうも出社する（片瀬 二郎）・・ 0567
ライフガード（篠田 節子）・・・・・・・・・・・・ 0607
ライブハウスにて（綾倉 エリ）・・・・・・・・ 0464
来訪者（バドニッツ、ジュディ）・・・・・・・・ 0387
雷鳴（大沢 在昌）・・・・・・・・・・・・ 0359, 0360
雷鳴（星野 之宣）・・・・・・・・・・・・・・・・・・ 0495
ライラックの香り（アリン、ダグ）・・・・・・ 0340
ライラックの花（ショパン、ケイト）・・・ 1138
ライン（みかみ ちひろ）・・・・・・・・・・・・・ 0855
ラヴデイ氏の短い休暇（ウォー、イーヴリ
　ン）・・・・・・・・・・・・・・・・・・・・・・・・・・・・・・・ 0262
ラガド大学参観記（牧野 信一）・・・・・・ 0869
羅漢崩れ（飛鳥部 勝則）
　・・・・・・・・・・・・ 0156, 0300, 0341, 0342
ラギッド・ガール（飛 浩隆）・・・・・・・・・・ 0548
裸形（高村 光太郎）・・・・・・・・・・・・・・・・・・ 0761
楽園（角田 光代）・・・・・・・・・・・・ 0745, 0754
楽園（立原 透耶）・・・・・・・・・・・・・・・・・・ 0484
楽園（つくね 乱蔵）・・・・・・・・・・・・・・・・・・ 0421
楽園（不狼児）・・・・・・・・・・・・・・・・・・・・・・ 1023
楽園（湊 かなえ）・・・・・・・・・・・・・・・・・・ 1107
楽園（夢野 旅人）・・・・・・・・・・・・・・・・・・ 0974
楽園（夜釣 十六）・・・・・・・・・・・・・・・・・・ 1006
楽園回帰（飯野 文彦）・・・・・・・・・・・・・・ 0472
楽園で焦がされて（カウフマン、ドナ）・・・ 0658
楽園のアンテナ（やまなか しほ）・・・・・・ 1022
楽園のいろ（因幡 縁）・・・・・・・・・・・・・・ 0863
楽園（パラディスス）（上田 早夕里）
　・・・・・・・・・・・・・・・・・・ 0574, 0575
らくがきちょうの神様（上原 小夜）
　・・・・・・・・・・・・・・・・・・ 0194, 0200
ラ・クカラチャ（高城 高）・・・・・・・・・・・ 0144
楽して儲ける男（丸藤 時生）・・・・・・・・・・ 0972
落首（小橋 博）・・・・・・・・・・・・・・・・・・・・ 0125
らくだの馬が死んだ（野口 卓）・・・・・・・・ 0090
ラグトンばあやのカーテン（ウルフ、ヴァー
　ジニア）・・・・・・・・・・・・・・・・・・・・・・・・・・ 0880
ラクーンドッグ・フリート（速水 螺旋
　人）・・・・・・・・・・・・・・・・・・・・・・・・・・・・・・・ 0492
ラゴゼ・ヒイヨ（黒 史郎）・・・・・・・・・・・・ 0489
ラジエール（八木原 一恵）・・・・・・・・・・ 0407
ラジオを聴きながら…（恩田 陸）・・・・・・ 0327
ラジオのおかげ（@another_signal）・・・・ 0781

作品名索引　りけし

ラスカル3（加藤 実秋）‥‥‥‥‥ 0220, 0221
ラストコール（石田 衣良）‥‥‥‥‥‥ 0249
ラストシーン（森 絵都）‥‥‥‥‥‥‥ 1014
ラスト・セッション（蒼井 上鷹）‥ 0206, 0386
ラストドロー（石田 衣良）‥‥‥‥‥ 0284
ラスト・ドロップ（立見 千香）‥‥‥‥ 0664
ラストマティーニ（北森 鴻）‥‥ 0206, 0375
螺旋文書（牧野 修）‥‥‥‥‥‥‥‥ 0539
拉致（東 直己）‥‥‥‥‥‥‥‥‥‥ 0309
落花（飛鳥 高）‥‥‥‥‥‥‥‥‥‥ 0148
落下傘花火（渡辺 光昭）‥‥‥‥‥‥ 0932
落花生（シュヴァイケルト, ルート）‥‥ 0750
楽観的な方のケース（岡田 利規）‥‥‥ 1057
ラッキーストリング（仁木 英之）‥ 0939, 0940
ラッキースプレー（井川 一太郎）‥‥‥ 0972
ラッキーセブン（乾 くるみ）‥‥‥‥‥ 0302
らっきょう（名取 佐和子）‥‥‥‥‥‥ 0946
ラテを飲みながら（唯川 恵）‥‥ 0673, 0674
ラテン語学校生（ヘッセ, ヘルマン）‥‥ 0651
ラバウルの狐作戦（中村 春海）‥‥‥‥ 0985
ラバーズブック（小路 幸也）‥‥‥‥‥ 0588
ラビアコントロール（木下 古栗）‥‥‥ 0552
ラブ・アフェア for MEN（栗本 志津香）
‥‥‥‥‥‥‥‥‥‥‥‥‥‥‥‥‥ 0666
ラブ・アブダクション（塔山 郁）‥‥‥ 0186
ラブカウンター（@jun50r）‥‥‥‥‥‥ 0781
ラブ・ゲーム（影 洋一）‥‥‥‥‥‥‥ 0971
ラブ・ミー・テンダー（森谷 明子）‥‥ 0769
ラブユー東京（片岡 英子）‥‥‥‥‥‥ 0597
ラブリーを追って（エニス, ショーン）‥ 1142
ラブレター（マクマーン, バーバラ）‥‥ 0639
ラブレター（ラグワ, ジャグダリン）‥‥ 1118
ラブレターなんてもらわない人生（川端 裕
　人）‥‥‥‥‥‥‥‥‥‥‥‥‥‥‥ 0738
ラプンツェル未遂事件（岸本 佐知子）‥ 0910
ラベンダー・サマー（瀬川 ことび）‥‥ 0130
ラムネ売り（七海 千空）‥‥‥‥‥‥‥ 0970
ラムネ氏ノコト―詰まらぬ物事に命を賭し
　た男が遺したものが、今や駄菓子屋で売
　られているのだよ（森 深紅）‥‥‥‥ 0566
ラーメン殺人事件（嵯峨島 昭）‥‥‥‥ 0363
ラモン・イェンディアの夜（ノボス・カル
　ボ, リノ）‥‥‥‥‥‥‥‥‥‥‥‥‥ 1161
乱気流（松本 しづか）‥‥‥‥‥‥‥‥ 1026
卵形（君島 慧是）‥‥‥‥‥‥‥‥‥‥ 0465
ランサムの女たち（ファリス, ジョン）‥ 0237
乱数の雪（建石 明子）‥‥‥‥‥‥‥‥ 0857

卵巣ルーレット（レット, キャシー）‥‥ 0752
ランタナの花の咲く頃に（長堂 英吉）‥ 0914
懶惰の歌留多（太宰 治）‥‥‥‥‥‥‥ 0884
懶惰の歌留多（抄）（太宰 治）‥‥‥‥ 0479
懶惰の賦（ケッセル）‥‥‥‥‥‥‥‥ 0884
蘭鋳（井上 雅彦）‥‥‥‥‥‥‥‥‥‥ 0444
ランデヴー（五十嵐 彪太）‥‥‥‥‥‥ 0462
ランデブー（クリストファー, ジョン）‥ 0526
ラント夫人（ウォルポール, ヒュー）‥‥ 0487
ランドリールーム（ラッツ, ジョン）‥‥ 0337
ランの一日奇術入門（黒川 裕子）‥‥‥ 1048
蘭の女（ブース, チャールズ・G.）‥‥‥ 0347
らんの花（都筑 道夫）‥‥‥‥‥‥‥‥ 0877
ランバス・フー・ファイター（林 不木）‥ 0460
蘭丸、叛く（宮本 昌孝）‥‥‥‥‥‥‥ 0116
乱離骨灰鬼胎草（野坂 昭如）‥‥‥‥‥ 1035
乱倫巡業（飛山 裕一）‥‥‥‥‥‥‥‥ 0603

【り】

リアード武俠傳奇・伝―連載第1回（牧野
　修）‥‥‥‥‥‥‥‥‥‥‥‥‥‥‥ 0502
リアード武俠傳奇・伝―連載第2回（牧野
　修）‥‥‥‥‥‥‥‥‥‥‥‥‥‥‥ 0503
リアード武俠傳奇・伝―連載第3回（牧野
　修）‥‥‥‥‥‥‥‥‥‥‥‥‥‥‥ 0504
リアード武俠傳奇・伝―最終回（牧野
　修）‥‥‥‥‥‥‥‥‥‥‥‥‥‥‥ 0505
リアリストたち（山本 弘）‥‥‥ 0574, 0575
リアルタイムラジオ（円城 塔）‥‥‥‥ 0494
リアル・ドール（ホームズ, A.M.）‥ 0706, 0707
リアルラブ？（石田 衣良）‥‥‥‥‥‥ 0739
梨園のマネキン（紺 詠志）‥‥‥‥‥‥ 0462
理外の理（松本 清張）‥‥‥‥‥‥‥‥ 0269
リカーシブルーリブート（米澤 穂信）‥ 1106
力士の妾宅（多岐川 恭）‥‥‥‥‥‥‥ 0020
力道山の弟（宮本 輝）‥‥‥‥‥ 0911, 0912
陸にあがった人魚（花山 みちる）‥‥‥ 0849
リケジョ探偵の謎解きラボ（喜多 喜久）
‥‥‥‥‥‥‥‥‥‥‥‥‥‥‥‥‥ 0191
リケジョ探偵の謎解きラボ Research01―
　亡霊に殺された女（喜多 喜久）‥‥‥ 0176
リケジョ探偵の謎解きラボ Research02―
　亡霊に殺された女（喜多 喜久）‥‥‥ 0177
リケジョの婚活（秋吉 理香子）‥‥‥‥ 0215

りけん　　　　　　　　　作品名索引

俚諺を一ツ見てやろう（石田 孫太郎）
　　……………………………… 0795, 0800
リコール（ウィルソン,F.ポール）……… 1131
離婚ウィルス（原田 学）…………… 0971
離魂術（パワーズ、ポール・S.）…… 0425
離魂の妻（木々 高太郎）…………… 0153
リサ姐御はライザへ行ったことがあるか
　（ゼーヤーリン）……………………… 1121
リセット（平井 文子）……………… 0915
理想宮奇譚（斧澤 燎）……………… 0489
理想の恋かなえます（ラクレア,デイ）… 0640
リターンズ（山田 深夜）…… 0208, 0368
立夏―5月6日ごろ（西 加奈子）…… 0918
六花（守部 小竹）…………………… 0862
立花宗茂（海音寺 潮五郎）………… 0026
立華白椿（朝松 健）………………… 0474
立秋―8月8日ごろ（内田 春菊）…… 0919
立春―2月4日ごろ（原田 ひ香）…… 0918
立体映画（大伴 昌司）……………… 0532
立体コンサルタント（伊園 旬）…… 0364
立冬―11月7日ごろ（東 直子）…… 0919
リップ・ヴァン・ウィンクル（アーヴィン
　グ、ワシントン）…………………… 0884
リテラシーゴシック宣言（高原 英理）… 0488
リトル・ゲットー・ボーイ（深町 秋生）… 0182
リノで途中下車（フィニィ、ジャック）… 0344
リバウンドの法則（七瀬 ざくろ）…… 0967
リハーサル（林 真理子）…… 0740, 0753
リハーサル（ローズ、ダン）………… 0708
予行演習（井上 夢人）……………… 0928
リビアの月夜（Humoresque）（稲垣 足穂）
　………………………………………… 0142
リビング・オブ・ザ・デッド―高校演劇部
　をめぐる三人の女。うち二人は死んだ。
　これは殺人の告白だ（船戸 一人）…… 0563
リビングデッド・ユース（15）…… 1051
理不尽との遭遇（海原 育人）……… 1048
リベザル童話『メフィストくん』―薬屋探
　偵妖綺談（令丈 ヒロ子）………… 0378
リボルバー（山崎 洋子）…………… 0114
リメーク（夏樹 静子）……………… 0219
リメンバー（藤 水名子）…………… 0053
リーメンビューゲル（窪 美澄）…… 0898
略一族のはんらん（松本 楽志）…… 1022
リヤン王の明察（小沼 丹）………… 0144
両面雀聖（坂本 一馬）……………… 0474
理由（井上 荒野）…………… 0623, 0624

龍（芥川 龍之介）…………………… 0787
龍（郷内 心瞳）……………………… 0785
龍（麦田 譲）………………………… 0846
理由ありの旧校舎―学園密室？（初野
　晴）…………………………………… 0204
竜が舞うとき（桐生 典子）………… 0738
龍吟の剣（宮本 昌孝）……………… 0027
竜宮（森 絵都）……………………… 1015
竜宮城（星 哲朗）…………………… 0968
龍宮の手（松本 楽志）……………… 0464
流行火事（久米 正雄）……………… 0850
龍虎邂逅―近藤勇（岳 真也）…… 0070, 0071
龍子触発（金山 嘉城）……………… 0937
竜殺しと出版社（遠藤 浅蜊）……… 0584
流産（サター、ジェームズ・L.）…… 1150
流山寺（小池 真理子）……………… 0910
粒子（津島 佑子）…………………… 1073
柳枝の剣（隆 慶一郎）……… 0064, 0124
龍神の女（内田 康夫）……………… 0277
龍介と乞食（小林 多喜二）………… 0764
留置場で会った男（金 史良）……… 0880
柳湯の事件（谷崎 潤一郎）………… 0963
龍の置き土産（高橋 義夫）………… 0114
龍之介、黄色い部屋に入ってしまう（柄刀
　一）…………………………………… 0352
流離剣統譜（荒山 徹）……………… 0077
リューゲン島のヨハン・セバスティアン・
　バッハ（シュリンク、ベルンハルト）… 1125
龍（綱淵 謙錠）……………… 0102, 0128
龍安寺紅葉狩り（天道 正勝）……… 0992
猟奇小説家（我孫子 武丸）………… 0273
猟奇商人（城 昌幸）………………… 0133
諒君の三輪車（五十月 彩）………… 0865
両国橋物語（宮本 紀子）…………… 0809
良識派（安部 公房）………… 0872, 0873
漁師とかれの魂（ワイルド、オスカー）… 0400
漁師の小舟で見た夢（ユアグロー、バリー）
　………………………………………… 0783
亮太（江國 香織）…………………… 0994
領土（西條 八十）…………………… 0275
領土（不狼児）……………………… 1023
竜肉（蒲 松齢）……………………… 0419
猟の前夜（リゴーニ・ステルン、マーリ
　オ）…………………………………… 0794
龍馬暗殺（安部 龍太郎）…………… 0127
竜馬殺し（大岡 昇平）……………… 0129
龍馬殺し（大岡 昇平）……………… 0005

作品名索引　れいの

龍馬夢一夜（原子　修）…………… 0915
両面宿儺（豊田　有恒）…………… 0531
料理（耕　治人）…………………… 0627
料理人の価値（拓未　司）………… 0619
料理屋（沢井　良太）……… 0457, 0458
料理八百善（南原　幹雄）………… 0614
旅行時計（ハーヴィー，W.F.）…… 0420
旅行プラン（マイアー，ヘレン）… 0750
旅愁（中澤　秀彬）………………… 0987
旅順入城式（内田　百閒）………… 0596
旅情（池田　晴海）………… 0606, 1030
旅猫（近藤　史恵）………………… 0809
旅服（行　方行）…………………… 0974
李雷は未来へ（宮里　政充）……… 0989
リラの香のする手紙（妹尾　アキ夫）… 0230
リリー（栗田　有起）……… 0654, 0655
リリーの災難（真梨　幸子）……… 0444
リリーはボクの妹だから（源　祥子）… 0947
李連杰の妻（長谷川　純子）……… 0431
履歴書（松田　青子）……………… 0961
隣家の風鈴（武田　若千）………… 0464
リンカーン・ライムと獲物（サンドフォー
　ド，ジョン）……………………… 0287
リンカーン・ライムと獲物（ディーヴァー，
　ジェフリー）……………………… 0287
リングのある風景（須田　地央）… 0826
りんご（吉田　修一）……………… 1056
林檎（新井　素子）………………… 0484
林檎に関する一考察（花田　清輝）… 0396
りんごの悪魔（大谷　朝子）……… 0824
りんごの皮（鷺沢　萠）…………… 0618
臨時廻り（押川　國秋）…………… 0053
隣人（西村　充）…………………… 1021
隣人一家庭を襲い胃を満たし脳に染み入る
　この臭い…恐ろしい非常識が越してきた
　（田中　哲弥）…………………… 0558
隣人たち（ウィントン，ティム）… 1163
リンドン（ダーモント，アンバー）… 1142
リンナチューン―鈴名鈴名鈴名。ぼくは鈴
　名を離しはしない（扇　智史）… 0564
輪廻惑星テンショウ（田中　啓文）… 0571

【る】

涙香の思出（羽志　主水）………… 0247

類人猿（抄）（幸田　文）………… 0890
ルイーズ・ケアリーの日記（モンテルオー
　ニ，トマス・F.）………………… 1131
涙腺転換（山田　詠美）…………… 1011
ルエラ・ミラー（フリーマン，メアリー・ウィ
　ルキンズ）………………………… 0442
ルーキー登場（東野　圭吾）……… 0204
ル・ジタン（斎藤　純）…………… 0258
ルシファー・ストーン（伊東　潤）… 0076
留守番（曽根　圭介）……………… 0314
留守番電話（笠井　潔）…………… 0264
ルックスライク（伊坂　幸太郎）… 0204
流転の若鷹（永井　路子）………… 0059
√1（斎藤　準）…………………… 0837
ルーパ（ヴェルガ）………………… 1155
ルビー（ダリオ，ルベン）………… 1161
ル・フェッラーフ（ムラーベト，ムハンマ
　ド）………………………………… 0404
ループする悪意（柳原　慧）……… 0584
ルーマニアの醜聞（中川　裕朗）… 0232
瑠璃と紅玉の女王（竹本　健治）… 0561
ルーリーとプリティ・ボーイ（レナード，エ
　ルモア）…………………………… 0299
瑠璃の契り（北森　鴻）…………… 0284
ルル（いしい　しんじ）…………… 0783

【れ】

レアイズム（秋永　幸宏）………… 0848
霊園の男（大沢　在昌）…………… 0308
冷血（畠山　拓）…………………… 0986
冷酷な真実（マクマハン，リック）… 0202
霊魂の足（角田　喜久雄）………… 0366
霊視（小原　猛）…………………… 0415
麗人宴（入江　敦彦）……………… 0429
冷蔵庫からのおくりもの（齋藤　葉子）… 0849
冷蔵庫のキミ（宮前　和代）……… 0868
冷蔵庫の中に（渡瀬　咲良）……… 1020
レイチェルとサイモン（ティンバリー，ロー
　ズマリー）………………………… 0452
レイチェル・ハウエルズの遺産（ドイル，マ
　イケル）…………………………… 0234
レイテ戦記（大岡　昇平）………… 0779
れいにーでいず奇談（岩崎　明）… 0824
霊の通り路（宇佐美　まこと）… 0416, 0417

779

れいひ　　　　　　　　　作品名索引

霊廟探偵（入江　敦彦）‥‥‥‥‥‥　0440
黎明（島木　健作）‥‥‥‥‥‥‥‥　1046
黎明コンビニ血祭り実話SP―戦え！ 対既
　知外生命体殲滅部隊ジューシーフルー
　ツ!!（牧野　修）‥‥‥‥‥‥‥‥‥　0558
レイモンド-断片―一七九九（若者）‥‥‥　0441
レインズ法（メイスフィールド, ジョン）
　‥‥‥‥‥‥‥‥‥‥‥‥‥‥‥‥　0283
レインボードロップ（小野寺　綾）‥‥‥　0665
レオノーラ（平井　和正）‥‥‥‥‥‥　0553
レオンハルト師（マイリンク, グスタフ）
　‥‥‥‥‥‥‥‥‥‥‥‥‥‥‥‥　0418
歴史（光郷　輝紀）‥‥‥‥‥‥‥‥　0989
歴史をつくろう。（@k_you_nagi）‥‥‥　0781
歴史は繰り返す（前田　茉莉子）‥‥‥‥　0969
レースの後で（グティエレス・ナヘラ, マヌ
　エル）‥‥‥‥‥‥‥‥‥‥‥‥‥　1161
レースのカーテン（ひかるこ）‥‥‥‥‥　1023
レズビアン（ローズ, ダン）‥‥‥‥‥‥　0708
レーダーホーゼン（村上　春樹）‥‥‥‥　1072
列見の辻（朱雀門　出）‥‥‥‥‥‥‥　0415
列車（エイクマン, ロバート）‥‥‥‥‥　0420
列車（ジヴコヴィチ, ゾラン）‥‥‥‥‥　0516
列車電話（戸板　康二）‥‥‥‥‥‥‥　0609
列車に乗って（ウルフ, ジーン）‥‥‥‥　1133
列車の指跡（友野　詳）‥‥‥‥‥‥‥　0294
レッツエンジョイ乗馬！（大谷　房子）‥‥　0601
レッテラ・ブラックの肖像（井上　雅彦）
　‥‥‥‥‥‥‥‥‥‥‥‥‥‥‥‥　0440
レッド・アイ（コナリー, マイクル）‥‥‥　0287
レッド・アイ（レヘイン, デニス）‥‥‥‥　0287
レッド・シグナル（遠藤　武文）‥‥　0209, 0374
レッド・ロック（スミス, ジュリー）‥‥‥　0286
烈々布二代―私の北海道5（坂本　与市）‥‥　0985
レディー・エルトリンガムあるいはラト
　クリフ・クロス城――八三六（ワダム,
　J.）‥‥‥‥‥‥‥‥‥‥‥‥‥‥　0441
レディ・ラブレスを探して（コーニック, ニ
　コラ）‥‥‥‥‥‥‥‥‥‥‥‥‥　0729
レテの水（福田　和代）‥‥‥‥‥‥‥　0570
レテーロ・エン・ラ・カーヴォ（橋本　五
　郎）‥‥‥‥‥‥‥‥‥‥‥‥‥‥　0142
レニー♡ユーニス（シュタインガート, ゲイ
　リー）‥‥‥‥‥‥‥‥‥‥‥‥‥　1134
レネの村の辞書（田内　志文）‥‥‥‥‥　0585
レビウガール殺し（延原　謙）‥‥‥‥‥　0142
レミング（近藤　史恵）‥‥‥‥‥‥‥　1106

檸檬（梶井　基次郎）‥‥　0616, 0618, 1087, 1093
檸檬――九二五（大正一四）年一月（梶井
　基次郎）‥‥‥‥‥‥‥‥‥‥‥‥　1097
レモン哀歌（高村　光太郎）‥‥　0618, 0885, 0888
レモン哀歌/梅酒（高村　光太郎）‥‥‥‥　1031
レモンティー（高野　哉洋）‥‥‥‥‥‥　0770
レモンのしっぽ（五十嵐　千代美）‥‥‥‥　0867
レモンの死んだ朝（西村　さとみ）‥‥‥‥　0407
レールの上をどこまでも行く―電車の運転
　士編（作者不詳）‥‥‥‥‥‥‥‥　0771
恋愛白帯女子のクリスマス（篠原　昌裕）
　‥‥‥‥‥‥‥‥‥‥‥‥‥‥‥‥　0198
恋愛の科学（クロス, シャルル）‥‥‥‥‥　0449
恋愛論（坂口　安吾）‥‥‥‥‥‥‥‥　0629
連環（月村　了衛）‥‥‥‥‥‥‥‥‥　0928
連鎖（高嶋　哲夫）‥‥‥‥‥‥‥‥‥　0134
連瑣（蒲　松齢）‥‥‥‥‥‥‥‥‥‥　0881
連鎖劇（速瀬　れい）‥‥‥‥‥‥‥‥　0472
連鎖反応―ヒロシマ・ユモレスク（徳川　夢
　声）‥‥‥‥‥‥‥‥‥‥‥‥‥‥　0776
連子窓（新熊　昇）‥‥‥‥‥‥　0459, 0461
レンズの向こう（近山　知史）‥‥‥‥‥　0853
レンズマンの子供―信じられないよ。目が
　覚めたら、世界は一変してたんだ（小路
　幸也）‥‥‥‥‥‥‥‥‥‥‥‥‥　0559
錬想（加楽　幽明）‥‥‥‥‥‥　0457, 0458
連続殺人鬼カエル男ふたたび―集中掲載
　（中山　七里）‥‥‥‥‥‥‥‥‥‥　0190
連続殺人鬼カエル男ふたたび・2（中山　七
　里）‥‥‥‥‥‥‥‥‥‥‥‥‥‥　0177
レンタルベビー（東野　圭吾）‥‥‥‥‥　0570

【ろ】

ロイ・スパイヴィ（ジュライ, ミランダ）‥‥　1129
蠟いろの顔（都筑　道夫）‥‥‥‥‥‥‥　0271
ローウェル骨董店の事件簿―秘密の小箱
　（梶野　道流）‥‥‥‥‥‥‥‥‥‥　0353
廊下に立っていたおばさんの話（岩井　志麻
　子）‥‥‥‥‥‥‥‥‥‥‥　0416, 0417
老妓抄（岡本　かの子）‥‥‥‥　0691, 0884
老後（結城　昌治）‥‥‥‥‥‥‥‥‥　0437
牢獄の半日（葉山　嘉樹）‥‥‥‥‥‥‥　0784
老後のたのしみ（佐々木　雅博）‥‥‥‥‥　0976
老師（木内　錠）‥‥‥‥‥‥‥‥‥‥　0748

作品名索引　　　ろまね

朧車（吉野 あや）……………… 0457, 0458
老主の一時期（岡本 かの子）………… 0397
老将（火坂 雅志）…………………… 0039
老人が動物たちを葬る（マイヤー，クレメンス）…………………………… 1125
老人の死（フィリップ）……………… 0880
老人のつぶやき（一）（高館 作夫）… 1026
老人のつぶやき（二）（高館 作夫）… 0915
老人の予言（笹沢 左保）…………… 0410
ろうそくがともされた（谷川 俊太郎）… 1088
老賊譚（森 銑三）…………………… 0892
労働者階級の手にあるインターネット（シュタインミュラー，アンゲラ）………… 0516
労働者階級の手にあるインターネット（シュタインミュラー，カールハインツ）… 0516
朗読おじさん（宇木 聡史）………… 0584
牢名主（津村 記久子）……………… 1064
浪人志願（一本木 凱）……………… 0832
浪人まつり（山手 樹一郎）… 0061, 0072
老年（倉阪 鬼一郎）………………… 0488
老梅（北原 亞以子）………………… 0083
老婆J（小川 洋子）………………… 0488
老婆と公園で（加藤 千恵）………… 0905
老友（曽根 圭介）…………… 0209, 0369
ローエングリンのビニール傘（田内 志文）……………………………… 1088
ローカルアイドル吾妻ケ岡ゆりりの思考の軌跡（藤瀬 雅輝）……………… 0619
ロカルノの女乞食（クライスト，ハインリヒ・フォン）…………… 0414, 0419
録音ボタン（明神 ちさと）………… 0427
録画エラー（黒木 あるじ）………… 0415
六月雨日（池田 晴海）……………… 0948
六合目の仇討（新田 次郎）………… 0010
ローグ・ジェラードの陥落（ローレンス，ステファニー）…………………… 0725
六十四分間の家出（卯月 雅文）…… 0970
六畳ひと間のLA（平山 瑞穂）…… 0767
六畳一間のスイート・ホーム（田中 孝博）……………………………… 0762
六人の容疑者（黒輪 土風）………… 0329
ローグ・ファーム（ストロス，チャールズ）…………………………… 0519
六連続殺人事件（別役 実）………… 0137
ろくろ首（柳 広司）………… 0165, 0166
ロケット男爵（タキガワ）…………… 1023
ロケット男爵（松本 楽志）………… 1023

ロケット花火（才羽 楽）…………… 0224
ロザリオ（ロベルト，デ）…………… 1155
ロシアの廃墟（紗那）………………… 0415
ロシアン・ルーレット（北本 和久）… 0974
路地裏（清崎 進一）………………… 0846
露地うらの虹（安藤 美紀夫）……… 1036
ロジカル・デスゲーム（有栖川 有栖）………………………… 0156, 0300
路地の猫（山村 幽星）……………… 0464
露出ムービー（宍戸 レイ）… 0416, 0417
路上駐車（門倉 信）………………… 0974
路上に放置されたパン屑の研究（小林 泰三）………………………… 0248, 0323
ロストハイウェイ（梶永 正史）… 0193, 0603
ロス・ペペスの幻影（小栗 四海）… 0460
ロス・マクドナルドは黄色い部屋の夢を見るか？（法月 綸太郎）…………… 0330
ロータス（リース）…………………… 0880
ロータリーに立つ影（山村 幽星）… 0465
路駐撲滅大作戦（烏焉）……………… 0968
ロッカー246（ランディージ，ロバート・J.）……………………………… 0286
ロックスターの正しい死に方（柊 サナカ）…………………… 0201, 0619
ロックとブルースに還る夜（熊谷 達也）………………………… 0896, 0897
六法全書は語る（法坂 一広）……… 0584
六本木・うどん（大沢 在昌）……… 0363
六本木心中（笹沢 左保）…………… 0978
ロト（ムーア，ウォード）…………… 0499
ろーどそうる―バイクの寿命はもって十五年だ。おれはミュージーアムに入りたいなあ（小川 一水）…………… 0560
ロバート（エリン，スタンリイ）…… 0889
驢馬と女（畠山 拓）………………… 0990
ロバのサイン会（吉野 万理子）… 0578, 0579
ろば奴（いしい しんじ）…………… 0962
ロビンソン（柳 広司）……… 0248, 0323
ロブスター（ストロス，チャールズ）… 0551
爐邊の校正（田中 隆尚）…………… 0580
ロボットと俳句の問題（松尾 由美）………………………… 0290, 0291
ロボットのお役目（金城 幸介）…… 0972
ローマ風の休日（万城目 学）……… 1029
ロマネ・コンティ・一九三五年（開高 健）……………………………… 1072
ローマ熱（ウォートン，イーディス）… 1145

781

ろまの　　　　　　　　　　作品名索引

ローマの一日（野坂 律子） ············· 0756
浪曼化の機能（中島 栄次郎） ·········· 1037
ロマンチック・ラブ（たなか なつみ） ··· 1023
ロミオとインディアナ（永瀬 直矢） ···· 0998
ロンジュモーの囚人たち（ブロワ，レオ
　ン） ·························· 0881
倫敦（加上 鈴子） ·················· 0464
ロンドン塔の少女（友野 詳） ·········· 0294
ロンドンの雪（友成 匡秀） ············ 0861
ロンバード卿の蔵書（イネス，マイケル）
　····························· 0586
論理の悪夢を視る者たち.日本篇（千街 晶
　之） ························· 0367
論理の犠牲者（優騎 洸） ·············· 0242

【わ】

電送連続体（クラーク，アーサー・C.） ··· 0555
電送連続体（バクスター，スティーヴン）
　····························· 0555
ワイオミング生まれの宇宙飛行士（カスト
　ロ，アダム＝トロイ） ············· 0555
我が愛しの狂人たち―序章と「偉大なるテ
　ロリスト」（ネスィン，アズィズ） ···· 1122
わが愛 知床に消えた女（西村 京太郎） ··· 0277
我が愛は海の彼方に（荒山 徹） ········ 0078
若鮎丸殺人事件（マコ・鬼一） ········· 0256
若いお巡りさん（窓宮 荘介） ·········· 0970
若い寡婦たちには果物をただで（イングラ
　ンダー，ネイサン） ·············· 1125
若い刑事―新宿警察シリーズより（藤原 審
　爾） ························· 0168
若い沙漠（野呂 邦暢） ················ 0581
若い娘の告白（プルースト） ··········· 0880
若江堤の霧（司馬 遼太郎） ············ 0039
わが気をつがんや（富樫 倫太郎） ······ 0040
若き獅子（池波 正太郎） ········ 0101, 0128
若き獅子―高杉晋作（池波 正太郎） ···· 0054
若くならない男（ライバー，フリッツ） ··· 0549
わが工夫せるオジヤ（坂口 安吾） ······ 0625
若狭に想う（司 茜） ················· 0846
若狭宮津浜（倉本 聰） ················ 0890
わが生涯最大の事件（折原 一） ········ 0330
我が父強し（大倉 桃郎） ·············· 0065
我輩はカモではない（湖西 隼） ········ 0972
吾輩は猫であるけれど（荻原 浩） ······ 0810

吾輩は病気である（陽羅 義光） ········ 0989
わがパキーネ（眉村 卓） ·············· 0553
わか葉の恋（角田 光代） ········ 0654, 0655
わが町（抄）（阪田 寛夫） ············ 0816
わが町の人びと（高村 薫） ············ 1019
わがままな正義（北川 あゆ） ·········· 0976
若紫（角田 光代） ·············· 0048, 0091
わかめ（川端 康成） ················· 0625
我が家の序列（黒田 研二） ······ 0171, 0324
我が家のだるまさんは転ばない（たなか な
　つみ） ······················ 1022
我が家の人形（田辺 青蛙） ············ 0409
若山牧水（若山 牧水） ················ 1031
別れてください（青井 夏海） ·········· 0367
別れの海（藤田 愛子） ················ 0991
別れの音（サヴェージ，フェリシティ） ··· 0576
別れ話（東山 白海） ················· 0975
わかれ 半兵衛と秀吉（谷口 純） ········ 0085
わかれ道（樋口 一葉） ················ 1052
わかれ道（真伏 修三） ················ 0739
分かれ道（大沢 在昌） ·········· 0215, 1019
分かれ道（田中 孝博） ················ 0947
わが若き日は恥多し（木下 夕爾） ······ 0580
和木清三郎さんのこと―和木清三郎追悼
　（戸板 康二） ·················· 0993
わく（剣先 あおり） ················· 0465
湧く（杉澤 京子） ··················· 0464
惑星ニッポン（岡崎 弘明） ············ 0484
惑星のキオク（田中 明子） ············ 0860
惑星Xの使徒（斧澤 燎） ·············· 0489
病葉（道尾 秀介） ··················· 1014
理由ありの旧校舎（初野 晴） ·········· 0304
ワゴンの乗客（飛雄） ················· 0462
和紙（東野辺 薫） ··················· 0850
わしとわが煙突（メルヴィル，ハーマン）
　····························· 1127
倭人操倶木（東郷 隆） ················ 0043
わずか四分間の輝き（碧野 圭） ········ 0767
忘れえぬクリスマス（マッコーマー，デ
　ビー） ······················ 0728
忘れた記憶（高田 昌彦） ·············· 0972
忘れたくない（@aquall） ············· 0781
忘れたはずの恋（さいとう 美如） ······ 0666
忘れてもいいよ（美木 麻里） ·········· 0755
忘れないでね（豊島 ミホ） ············ 0984
ワスレナグサ（市川 拓司） ············ 1091
忘れな草（吉屋 信子） ················ 1036

わすれな草/かへらぬひと（竹久 夢二）
　………………………………… 1031
忘れ盆・忘れな盆（小田 ゆかり）…… 0484
忘れもの、探しもの（クラフト・エヴィン
　グ商會）………………………… 0799
忘れられない（石本 秀希）………… 0464
早稲田満のこと（霞 流一）………… 0246
綿菓子（貝原）……………………… 0465
〔わたくしどもは〕（宮沢 賢治）……… 1079
妾は、猫で御座います（新井 素子）… 0810
私（三崎 亜記）……………………… 1015
渡し（斜斤）………………………… 0460
わたしを数える（高島 雄哉）……… 0495
わたしを読んでください。（関口 涼子）… 1088
私が一番欲しいもの（サエキ）…… 0971
わたしが仕事を休んだ理由（今唯 ケンタロ
　ウ）……………………………… 1020
私が西部にやって来て、そこの住人になっ
　たわけ（ベイカー、アリソン）……… 0708
私が斃した男（ガイザー、ゲルト）… 0418
私が童話を書く時の心持ち（小川 未明）
　………………………………… 0804
『私が犯人だ』（山口 雅也）………… 0345
私が驢馬と連れ立つて天国へ行く為の祈り
　（ジャム）………………………… 0993
私が私であるための（大崎 善生）… 0982
私たちを見つけてくださった方へ。（麻茂
　流）……………………………… 1020
わたしたちがいるべき場所（ヴァンデンバー
　グ、ローラ）……………………… 1152
わたしたちのなかに（ベンダー、エイミー）
　………………………………… 1152
わたし食べる人（阿刀田 高）……… 0613
私って素直じゃない（i.vv.3）……… 0913
私ですよ（安曇 潤平）……………… 0415
私と犬（フランツ、オナ）…………… 0516
わたしとVと刑事C（藤野 可織）… 0354, 0355
私と踊って（恩田 陸）……………… 1016
私と牡蠣（律心）…………………… 0974
私と彼女となんとなく（名生 良介）… 0974
私とソレの関係（飯野 文彦）……… 0429
わたし、飛べるかな？（柘 一輝）… 0972
わたしとわたしではない女（角田 光代）
　………………………………… 1015
私にふさわしいホテル（柚木 麻子）… 0751
私に向かない職業（真保 裕一）…… 0270
わたしには檸檬もないのだったし（川上 未
　映子）…………………………… 1020

私の秋、ポチの秋（町田 康）……… 0886
私の家に降る雪は（東 しいな）…… 0866
私のいる風景（松井 周）…………… 0961
わたしのかたち（遠野 奈々）……… 0821
私のカレーライス（佐藤 青南）… 0223, 0443
私の彼は男前（水田 美意子）……… 0364
私の芸人（北野 恭代）……………… 1104
わたしの恋人（郁風）……………… 0859
私の仕事の邪魔をする隣人たちに関する報
　告書（ケアリー、エドワード）…… 0889
私の食卓から（津村 信夫）………… 0993
私の人生は56億7000万年（山崎 ナオコー
　ラ）…………………………… 1032, 1033
私のたから（高橋 克彦）…………… 1011
私の、たったひとりの友人へ（巫 夏希）… 1051
私の魂にキスを（アラル、インジ）… 1122
私の中国捕虜体験（駒田 信二）…… 0779
私の生首（再生モスマン）………… 0460
私の猫（十文字 青）………………… 0980
私のノアの箱舟（ゴフスタイン、M.B.）… 0275
私のバッグの中に一本のナイフがある（ニョ
　ウピャーワイン）………………… 1121
私の花さか爺（右遠 俊郎）………… 0770
私の話（小田 イ輔）………………… 0785
私のひめゆり戦記（宮良 ルリ）…… 0779
私のめんどうで大切なものたち（吉井
　涼）……………………………… 0867
わたし舟（斎藤 緑雨）……………… 0883
渡し船（安曇 潤平）………………… 0415
私はあなたと暮らしているけれど、あな
　たはそれを知らない（エムシュウィラー、
　キャロル）………………………… 0881
私は海をだきしめてゐたい（坂口 安吾）
　………………………………… 1068
わたしはお医者さま？（松田 青子）… 0905
わたしは鏡（松尾 由美）…………… 0685
私はこうしてデビューした（蒼井 上鷹）
　……………………………… 0220, 0221
私は死んでいる（多岐川 恭）……… 0285
わたしはなにを探しているんだ？（ドルジ
　ゴトブ、ツェンディーン）………… 1118
私はなんでも知っている（佐藤 青南）… 0178
ワタナベさん（中村 和恵）………… 1088
わたぬき文庫の人々（吉田 真司）… 0941
綿虫（天田 式）……………………… 0197
渡良瀬川啾啾（小堀 文一）………… 0934
渡り来るモノ（白 ひびき）………… 0489

渡りに月の船（雪舟 えま） ……… 0961
渡り廊下（豊田 有恒） …………… 0553
ワトスン博士の内幕（北原 尚彦）‥ 0229, 0474
ワトスン博士の友人（ベントリー,E.C.）
………………………………………… 0231
罠に落ちて（コーベン, ハーラン） …… 0202
鰐（ドストエフスキー） …………… 0879
詫び証文（火野 葦平） …………… 0144
侘助ひとつ（瑞木 加奈） ………… 0865
輪まわし（ソログープ, フョードル） …… 1157
嗤い声（稲毛 恍） ………………… 0587
わら椅子直しの女（モーパッサン, ギ・
ド） ………………………………… 0883
笑い坊主（我妻 俊樹） …………… 1023
笑い坊主（たなか なつみ） ……… 1023
笑い屋（ベル） …………………… 0880
笑う（ローズ, ダン） ……………… 0708
笑う石（津島 研郎） ……………… 0481
笑うブッダ（ガードナー, リサ） …… 0287
笑うブッダ（ローズ,M.J.） ……… 0287
笑う闇（堀 晃） …………………… 0525
わらしべ長者スピンオフ（木野 裕喜）
…………………………………… 0201, 0603
藁の夫（本谷 有希子） ………… 0709, 1063
藁屋の歌（井川 香四郎） ………… 0028
笑わないロボット（中場 利一） …… 1011
悪い手（逢坂 剛） ……………… 0207, 0370
悪い夏悪い旅（五木 寛之） ……… 0583
悪い春（恩田 陸） ………………… 1034
悪い人（酒月 茗） ………………… 0463
悪い夢（律心） …………………… 0971
ワールズエンド×ブックエンド（海猫沢 め
ろん） ……………………………… 0590
ワールドエンド（藍井 倫） ……… 0969
悪者は誰？（小池 真理子） ……… 0856
我語りて世界あり（元長 柾木）‥ 0497, 0498
われ山上に立つ（野口 米次郎） … 0993
われ地獄路をめぐる（藤澤 清造） … 0784
我ぞかずかく（深海 和） ………… 0992
割れた卵のような（山口 雅也） …… 0329
われ深きふちより（島尾 敏雄） … 0955
われらが神の年2202年（リー, エドワー
ド） ………………………………… 0471
我等が猫たちの最良の年（三木原 慧一）
…………………………………………… 1098
我らが胸の鼓動（宇江佐 真理） … 0081
我らが隣人の犯罪（宮部 みゆき） …… 0274

われは英雄（水谷 準） …………… 0285
ワンちゃん（楊 逸） ……………… 1056
湾内の入江で（島尾 敏雄） ……… 0995
椀の底（巣山 ひろみ） …………… 0862
ワンピースの女（丸山 政也） …… 0463
ワンルームの奇跡（立見 千香） … 0666

【ん】

んんーげっげ（有坂 十緒子） ……‥ 0457, 0458

【ABC】

A（桜庭 一樹） …………………… 0548
A型上司（大貧民） ……………… 0970
Aカップの男たち（倉知 淳） …… 0339
Aデール（玄侑 宗久） …………… 1056
Aは安楽椅子のA（鯨 統一郎） … 0131
A Cinderella Story（一原 みう） … 0977
Across The Border（阿部 和重） … 1034
adachib（安達 瑶b） ……………… 1053
a fortune slip（福田 栄一） ……… 1091
AIのできないこと、人がやりたいこと（相
澤 彰子） ………………………… 0556
AIは人を救済できるか―ヒューマンエー
ジェントインタラクション研究の視点か
ら（大澤 博隆） ………………… 0556
AIR（瀬名 秀明） ………………… 0484
All about you（井上 荒野） …… 0745, 0754
allo,toi,toi（長谷 敏司） ………… 0511
a long <S>mile（tamax） ………… 1022
An Incident（有島 武郎） ……… 1087
Arabeske―《ダヴィッド同盟》ノート四か
ら（奥泉 光） …………………… 1059
A.T.D Automatic Death―EPISODE：
0 NO DISTANCE,BUT INTERFACE
（伊藤 計劃） …………………… 0548
ATM（太田 忠司） ……………… 0474
Atmosphere（西島 大介） ……… 0520
a yellow room（谷崎 由依） …… 0354, 0355
B墓地事件（松浦 美寿一） ……… 0142
B・ホラー（メイヨー, ウェンデル） …… 1152
BABY（久下 ハル） ……………… 0821

作品名索引　　**KAW**

BAKABAKAします（霞 流一）……… 0159
Bakabakaします（霞 流一）………… 0278
Beaver Weaver—海狸（ビーバー）の紡ぎ出
　す無限の宇宙のあの過去と、いつかまた
　必ず出会う（円城 塔）…………… 0558
BEE（伊坂 幸太郎）………… 0217, 0319
Bookstore（咲乃 月音）…………… 0584
Border（有吉 玉青）……………… 0736
BOUDOIR（松本 楽志）…………… 1023
C・ルメラの死体（田中 万三記）…… 0151
Calling You（乙一）……………… 0545
Cheap Novelties（カッチャー, ベン）… 1123
CLASSIC（真藤 順丈）…………… 0490
Cloneと虹（眉村 卓）……………… 0114
Closet（乙一）……………………… 0249
COA（小栗 四海）………………… 0460
Csのために（喜多 喜久）…………… 0364
D坂の殺人事件—草稿版（江戸川 乱歩）
　……………………………………… 0583
Dahlia（森 絵都）………………… 0961
Dance（三澤 未来）……………… 1022
Dear（本多 孝好）………………… 0739
Deco-chin（中島 らも）…………… 0152
DL2号機事件（泡坂 妻夫）…… 0175, 0330
DMがいっぱい（辻 真先）………… 0252
doglike（滝坂 融）………………… 0550
Do you love me？（米澤 穂信）
　………………… 0285, 0290, 0291
DRIVE UP（馳 星周）…………… 0249
Drop（木葉 功一）………………… 1101
DYING MESSAGE《Y》（篠田 真由美）
　……………………………………… 0139
D-0（平山 夢明）………………… 0456
E高生の奇妙な日常（田丸 雅智）… 0467, 1018
E高テニス部の序列（田丸 雅智）… 0467, 1018
Enak！（三崎 亜記）…………… 0654, 0655
EnJoe140（円城 塔）……………… 1053
E・Q・グリフェン第二の事件（パークター,
　ジョシュ）………………………… 0149
Excessive洋上の告白（前川 裕）……… 0314
explode scape goat（源 條悟）…… 0550
Fの壁（蛭田 直美）……………… 0965
Fレンジャー（絵夢）……………… 0970
family affair（平野 啓一郎）……… 1062
File No.九十六（冗談真実）……… 0489
Fleecy Love（梨屋 アリエ）……… 0695
Flying guts（嶽本 野ばら）…… 0678, 0679

For a breath I tarry（瀬名 秀明）… 0552, 0921
forgét me nòt（篠田 真由美）……… 0747
Four Seasons 3.25（円城 塔）……… 0573
Fresh（加藤 一）………………… 0438
From the Nothing,With Love（伊藤 計
　劃）………………………………… 0525
G（穂坂 コウジ）………………… 1023
Gカップ・フェイント（伯方 雪日）… 0154, 0281
G坂の殺人事件（三津田 信三）…… 0305
Gメン（ラッシュ, クリスティン・キャスリ
　ン）………………………………… 0296
Genius party & fiction zero 天才たちのシ
　ンフォニック・コラボレーション（田中
　栄子）……………………………… 1101
globarise（木下 古栗）…………… 1064
globefish（矢作 俊彦）…………… 1049
GOTH—リストカット事件（乙一）… 0367
H氏のSF（半村 良）……………… 0553
haircut17（加藤 千恵）…………… 0900
Hana（岩崎 明）………………… 0824
Happy Xmas（水原 秀策）………… 0197
harukiyoshii（吉井 春樹）………… 1053
HELLO（天谷 朔子）……………… 0465
HIDEの話（宍戸 レイ）………… 0416, 0417
if（伊坂 幸太郎）………………… 1034
Ignite（木村 浪漫）……………… 0550
I love you,Teddy（深沢 仁）…… 0194, 0199
izutada（泉 忠司）……………… 1053
i？箱（野中 柊）………………… 0961
J・サーバーを読んでいた男（浅暮 三文）
　……………………………………… 0362
Jail Over（円城 塔）……………… 0490
JC科学捜査官 case.2—雛菊こまりと“くね
　くね”殺人事件（上甲 宣之）……… 0183
JC科学捜査官 case・3—雛菊こまりと“赤
　いはんてん着せましょかぁ”殺人事件（上
　甲 宣之）………………………… 0184
JC科学捜査官 case・4—雛菊こまりと“メ
　リーさんの電話”殺人事件（上甲 宣之）
　……………………………………… 0185
JC科学捜査官 case・5—雛菊こまりと“き
　さらぎ駅”事件（上甲 宣之）……… 0186
Jiufenの村は九つぶん（谷崎 由依）… 1061
Judgment（汀 こるもの）………… 0246
K共同墓地死亡者名簿（大城 貞俊）… 0825
Kの昇天（梶井 基次郎）………… 0391, 0883
kaworu963（黒崎 薫）…………… 1053

785

Kudanの瞳—第二回創元SF短編賞日下三蔵賞（志保 龍彦）‥‥‥‥‥ 0513

L・デバードとアリエット-愛の物語（グロフ，ローレン）‥‥‥‥‥‥ 0669, 0670

La Poésie sauvage（飛 浩隆）‥‥‥‥‥ 0492

LAST LOVE（柴田 よしき）‥‥‥‥‥ 0685

Laugh（Yumi）‥‥‥‥‥‥‥‥‥‥‥ 0705

LIFE LIFE（蓮見 仁）‥‥‥‥‥‥‥ 0835

M街七番地の出来事（スタインベック，ジョン）‥‥‥‥‥‥‥‥‥‥‥‥‥ 1135

M君のこと（長島 槇子）‥‥‥‥ 0416, 0417

Mさんの鮎（中川 洋子）‥‥‥‥‥ 0813

Mさんの犬（山下 昇平）‥‥‥‥‥ 0463

Mの湯温泉（山崎 文男）‥‥‥‥‥ 0992

message in a bottle（峯岸 可弥）‥‥‥ 1023

micanaitoh（内藤 みか）‥‥‥‥‥ 1053

Mighty TOPIO（とり みき）‥‥‥‥ 0496

mit Tuba（瀬川 深）‥‥‥‥‥‥‥ 0997

MONOLOG（尾関 忠雄）‥‥‥‥‥ 1026

N荘の怪（久美 沙織）‥‥‥‥‥‥ 0474

NKK（シバタ カズキ）‥‥‥‥‥‥ 0975

NOU—能生—（勝山 海百合）‥‥‥‥ 0462

NOW ON FAKE！（古保 カオリ）‥‥‥ 0968

No.2—『スコーレNo.4』より（宮下 奈都）
‥‥‥‥‥‥‥‥‥‥‥‥‥‥‥ 0984

N/65億の孤独（草間 小鳥子）‥‥‥‥ 0974

OH！ WHEN THE MARTIANS GO MARCHIN' IN（野田 昌宏）‥‥‥‥ 0536

OK牧場の真実（シャーリー，ジョン）‥‥ 1131

ONE PIECES（樺山 三英）‥‥‥‥‥ 0525

Pearl parable（嶽本 野ばら）‥‥‥‥ 1049

PEN（柴田 友美）‥‥‥‥‥‥‥‥ 1023

PK（伊坂 幸太郎）‥‥‥‥‥‥‥‥ 1060

Private Laughter（仲生 まい）‥‥‥‥ 0868

Rさんの体験（小田 イ輔）‥‥‥‥‥ 0785

R燈台の悲劇（大下 宇陀児）‥‥‥‥ 0250

Rのつく月には気をつけよう（石持 浅海）
‥‥‥‥‥‥‥‥‥‥‥‥‥‥‥ 0331

Radio Free Yuggoth（葦原 崇貴）‥‥‥ 0489

Ribbon（諸井 佳文）‥‥‥‥‥‥‥ 0849

RIDE ON TIME（阿部 和重）‥‥‥‥ 0783

Rôjin（楳図 かずお）‥‥‥‥‥‥‥ 0522

roleplay days（ひこ・田中）‥‥‥‥‥ 0925

Rusty nail（石神 茉莉）‥‥‥‥‥‥ 0474

R-18—二次元規制についてとある出版関係者たちの雑談（有川 浩）‥‥‥‥‥‥ 1108

S理論（有川 浩）‥‥‥‥‥‥‥‥‥ 0543

SF促進企画（武居 隼人）‥‥‥‥‥ 0489

SING IN THE BATH（蛭田 直美）‥‥ 0760

SinjowKazma（新城 カズマ）‥‥‥‥ 1053

SMホテル（宍戸 レイ）‥‥‥‥ 0416, 0417

SNOW COUNTRY TALES（森村 怜）
‥‥‥‥‥‥‥‥‥‥‥‥‥‥‥ 0864

SOW狂想曲（瀬名 秀明）‥‥‥‥‥ 0517

sprout（葦原 青）‥‥‥‥‥‥‥‥ 1081

T（いしい しんじ）‥‥‥‥‥ 1042, 1043

Talkingdogdays（小林 正親）‥‥‥‥ 1053

TDFチェス世界チャンピオン戦（バーンズ，ジュリアン）‥‥‥‥‥‥‥‥‥ 1136

TEN SECONDS（山田 正紀）‥‥‥‥ 0474

The Book Day（三崎 亜記）‥‥‥‥‥ 0591

The End of the World（那須 正幹）‥‥ 1036

The Happy Princess（近藤 那彦）‥‥‥ 0550

The Indifference Engine（伊藤 計劃）
‥‥‥‥‥‥‥‥ 0500, 0540, 0576

The mother（甲山 羊二）‥‥‥‥‥‥ 1026

Thieves in The Temple（阿部 和重）‥‥ 0962

toiimasunomo（枡野 浩一）‥‥‥‥‥ 1053

TOUGARASHI'S BAR『last kissは私に…』（TOUGARASHI）‥‥‥‥‥‥‥ 0913

TR4989DA（神林 長平）‥‥‥‥‥‥ 0551

TSUNAMI（村山 由佳）‥‥‥‥‥‥ 0686

VENDANGE（吉田 一穂）‥‥‥‥‥ 0628

WASURERU動物園（ORANGE TREE）
‥‥‥‥‥‥‥‥‥‥‥‥‥‥‥ 0972

Watanabeyayoi（渡辺 やよい）‥‥‥‥ 1053

Weather（伊坂 幸太郎）‥‥‥‥ 1102, 1103

What We Want（オキシ タケヒコ）‥‥ 0513

Wonderful World（瀬名 秀明）‥‥‥‥ 0501

x＝バリアフリー（西川 美和）‥‥‥‥ 0596

X電車で行こう（山野 浩一）‥‥‥‥‥ 0553

Y駅発深夜バス（青木 知己）‥‥ 0244, 0284

Yさん一家（伽羅）‥‥‥‥‥‥‥‥ 0464

Yah！（筒井 康隆）‥‥‥‥‥‥‥‥ 1054

YAMABUKI（白鳥 和也）‥‥‥‥‥ 0823

Yedo（円城 塔）‥‥‥‥‥‥‥‥‥ 0548

youkai名彙（化野 燐）‥‥‥‥‥‥‥ 0483

Zの悲劇（高 信太郎）‥‥‥‥‥‥‥ 0365

【 記号類 】

？（マンロー，ランダル）‥‥‥‥‥‥ 1150

作品名索引 ×××

『・』（不狼児）⋯⋯⋯⋯⋯⋯⋯⋯⋯ 0463
≒0.04％（平山 夢明）⋯⋯⋯⋯⋯⋯ 0472
×××さんの場合（柴村 仁）⋯⋯⋯ 1028

アンソロジー内容総覧
日本の小説・外国の小説 2007-2016

2018 年 1 月 25 日　第 1 刷発行

発 行 者／大高利夫
編集・発行／日外アソシエーツ株式会社
　　　　　　〒140-0013 東京都品川区南大井6-16-16 鈴中ビル大森アネックス
　　　　　　電話 (03)3763-5241（代表）FAX(03)3764-0845
　　　　　　URL　http://www.nichigai.co.jp/
発 売 元／株式会社紀伊國屋書店
　　　　　　〒163-8636 東京都新宿区新宿 3-17-7
　　　　　　電話 (03)3354-0131（代表）
　　　　　　ホールセール部（営業）電話 (03)6910-0519

電算漢字処理／日外アソシエーツ株式会社
印刷・製本／光写真印刷株式会社

不許複製・禁無断転載　　　　　　《中性紙三菱クリームエレガ使用》
〈落丁・乱丁本はお取り替えいたします〉
ISBN978-4-8169-2701-0　　**Printed in Japan, 2018**

本書はディジタルデータでご利用いただくことが
できます。詳細はお問い合わせください。

歴史時代小説 文庫総覧

歴史小説・時代小説の文庫本を、作家ごとに一覧できる図書目録。他ジャンルの作家が書いた歴史小説も掲載。書名・シリーズ名から引ける「作品名索引」付き。

昭和の作家

A5・610頁　定価（本体9,250円＋税）　2017.1刊

吉川英治、司馬遼太郎、池波正太郎、平岩弓枝など作家200人を収録。

現代の作家

A5・670頁　定価（本体9,250円＋税）　2017.2刊

佐伯泰英、鳴海丈、火坂雅志、宮部みゆきなど平成の作家345人を収録。

文庫で読める児童文学2000冊

A5・340頁　定価（本体7,800円＋税）　2016.5刊

大人も読みたい児童文学を、手軽に読める文庫で探せる図書目録。古典的名作から現代作家の話題作まで、国内外の作家206人の2,270冊とアンソロジー53冊を収録。学校図書館・公共図書館での選書にも役立つ。

文学賞受賞作品総覧　小説篇

A5・690頁　定価（本体16,000円＋税）　2016.2刊

明治期から2015年までに実施された主要な小説の賞338賞の受賞作品7,500点の目録。純文学、歴史・時代小説、SF、ホラー、ライトノベルまで、幅広く収録。受賞作品が収録されている図書1万点の書誌データも併載。

海外文学 新進作家事典

A5・600頁　定価（本体13,880円＋税）　2016.6刊

最近10年間に日本で翻訳・紹介された海外の作家1,500人のプロフィールと作品を紹介した人名事典。既存の文学事典類では探せない最新の人物を中心に、欧米からアジア、第三世界の作家についても一望できる。2006～2016年の翻訳書3,700点の情報を併載。

データベースカンパニー
日外アソシエーツ

〒140-0013　東京都品川区南大井6-16-16
TEL.(03)3763-5241　FAX.(03)3764-0845　http://www.nichigai.co.jp/